阅微草堂笔记

[清]纪昀 著　邵海清等 译

全译

上海古籍出版社

图书在版编目(CIP)数据

阅微草堂笔记全译／(清)纪昀著；邵海清等译. —上海：上海古籍出版社,2014.3(2019.9 重印)

ISBN 978-7-5325-6214-5

Ⅰ.①阅… Ⅱ.①纪…②邵… Ⅲ.①笔记小说—小说集—中国—清代 Ⅳ.①I242.1

中国版本图书馆 CIP 数据核字(2012)第 010391 号

阅微草堂笔记全译

(全二册)

[清]纪 昀 著

邵海清等译

上海世纪出版股份有限公司

上 海 古 籍 出 版 社 出版

(上海瑞金二路 272 号 邮政编码 200020)

(1) 网址:www. guji. com. cn

(2) E-mail:guji1@guji. com. cn

(3) 易文网网址:www. ewen. co

上海世纪出版股份有限公司发行中心发行经销 常熟文化印刷有限公司印刷

开本 635×965 1/16 印张 44 插页 4 字数 788,000

2012 年 8 月第 1 版 2019 年 9 月第 8 次印刷

印数:15,701-18,800

ISBN 978-7-5325-6214-5

I·2439 定价:98.00 元

如发生质量问题,读者可向承印公司调换

前　言

　　清代自康熙、乾隆以来,文言笔记小说极为繁荣,以成就和影响而言,当推《聊斋志异》为第一。可以和它分庭抗礼的,则是纪昀的《阅微草堂笔记》。

　　纪昀(1724—1805),字晓岚,一字春帆,号孤石老人,在《笔记》中自署"观弈道人",直隶献县(今属河北)人。二十四岁中举,三十一岁成进士,由编修官至翰林院侍读学士。在他的一生中,除四十五岁时因泄露消息给行将受到查抄的姻亲两淮盐运使卢见曾受牵连谪戍乌鲁木齐三年外,可说是宦途通显。乾隆三十八年(1773)即从他四十九岁起主持修纂《四库全书》达十余年,纂定《四库全书总目提要》,可说是倾注了他毕生的精力。以后累官至礼部尚书、协办大学士,卒谥"文达"。他的诗文经后人辑为《纪文达公遗集》十六卷。

　　《阅微草堂笔记》是纪昀晚年所作,包括《滦阳消夏录》六卷,《如是我闻》、《槐西杂志》、《姑妄听之》各四卷,《滦阳续录》六卷,自乾隆五十四年(1789)至嘉庆三年(1798)陆续写成,前后历时九年。嘉庆五年(1800),其门人盛时彦为之校订合刊,定名为《阅微草堂笔记五种》。

　　这五种笔记前都有作者所撰写的小序,并附有盛时彦所作的几则序跋,从中可以窥见纪昀著书的宗旨及其文学见解,其大要有二:一、作者是有所为而作的。小序中虽一再谦称此书是"昼长无事,追录旧闻"、"时作杂记,聊以消闲",然而接着又声明,它"或有益于劝惩","大旨期不乖于风教",诚如鲁迅所指出的:"盖不安于仅为小说,更欲有益人心。"二、作者有意识地与《聊斋志异》相抗衡。盛时彦在《姑妄听之》跋语中引纪昀的话说:"《聊斋志异》盛行一时,然才子之笔,非著书者之笔也。……小说既述见闻,即属叙事,不比戏场关目,随意装点。……今燕昵之词,媟狎之态,细微曲折,摹绘如生。使出自言,似无此理;使出作者代言,则何从而闻见之? 又所未解也。"这段话很有代表性,他把小说分成"才子之笔"和"著书者之笔",认为小说属于记述见闻的叙事体,因而必须如实记录。显然,纪昀对文学的想象和虚构的看法,今天看来,未免保守和迂腐。但他有自己的艺术追求,他的《笔记》就是有意识地要走一条与《聊斋》迥然不同的创作道路。

　　《笔记》全书二十四卷,近一千二百则。作者交游广阔,博闻强记,力求每一条都有根据、有来历。一旦发现前书有误记或漏记之处,事后还往往加以补记或订正,其写作态度是颇为严肃的。当时每一卷书成,即不胫而走,并为书肆刊刻流传,扩大了影响,于是又不断有人以新事异闻相告,所谓"物常聚于所好",其写作过程与《聊斋志异》颇有相似之处。只是由于纪昀的出身门第、社会地位和声望,向他提供素材的,包括尊长、亲族、师友、后辈,多半属于统治阶层的中上层,但是,也有一部分采自贩夫、仆隶、兵士和下层知识分子之口。从题材看,举凡乡里见闻、异地风光、官场世相、民情风俗、轶事掌故、典章名物、鬼狐精怪、医卜星相,无所不有,真可以说上下古今,包罗万象。

纪昀一生居官清要,基本上是一帆风顺的,而且正如他在《姑妄听之》小序中所说,三十岁以后,即沉湎于典籍。然而他毕竟浮沉仕途数十年,熟悉官场内情,并就耳目闻见所及,笔之于书。所以在《笔记》中,描写那些为官作宦者骄横恣肆、玩物丧志或是颠顸贪婪、草菅人命的为数不少。而对于官场中人的尔虞我诈、排挤倾轧,作者尤为反感。《滦阳消夏录》六《鬼隐》写阴间的官和阳间的官一样难当,以致做了鬼还要找一个鬼迹罕至的深山岩洞去做鬼隐士,作者对于"宦海风波,世途机阱"真可以说是深恶而痛绝了。《滦阳消夏录》六《老僧入冥》指出除官之外,最为民害的有四种人:吏、役、官之亲属、官之仆隶,他们"无官之责,有官之权","依草附木,怙势作威,足使人敲髓洒膏,吞声泣血"。

《笔记》涉及的社会矛盾是多方面的。全书直接反映民生疾苦虽为数不多,但有一些篇章所记叙的事却骇人听闻。《滦阳消夏录》二《周某》记明崇祯末年河南、山东遇到大旱灾和蝗灾,草根树皮皆尽,以至以人为粮。妇女、儿童被鬻于市,名之为"菜人",并具体描写了"屠者买去,如刲羊豕"的惨不忍睹的景象。《如是我闻》二《奇节异烈之女》也有类似的记载,令人触目惊心。然而这绝不是一般的"小说家言",它可以与相关的历史记载相印证。

在长期的封建社会中,妇女受束缚、受歧视、受欺压历来是最深重的,特别是那些为生活所迫,被鬻为奴,或被逼为妾媵以至沦为娼妓的,其命运更为悲惨。《笔记》对此作了深入的揭露,并表示了自己的同情。《槐西杂志》二《侍郎夫人》记富贵人家驾驭女奴的"三部曲"以及虐待婢女的残暴手段,令人发指。《如是我闻》三《虐婢之报》记一女孩被拐卖为婢,数年中受尽了种种非人的折磨和摧残。《姑妄听之》四《狐狸为女奴辩冤》记一小女奴在主人的逼迫拷打之下,诬服盗卖金钏,被毒打得体无完肤。她们不仅在肉体上饱受凌虐,同时还遭受人格上的侮辱而求告无门。《笔记》中还写了不少妇女被逼或被鬻为媵妾的故事。《槐西杂志》二《堕楼姬》和《滦阳续录》五《董华妻》,同是写在饥荒的年头,两对恩爱夫妻被活活拆散,两妇分别被鬻为贵官和富翁的姬妾。故事写出了这两个不幸的女子为生活所迫,隐忍苟活,盼望与故夫重新团聚,最终希望破灭,奋身殉情的曲折过程。作者"哀其遇,悲其志",对她们的悲惨遭遇和凛然正气,表示了由衷的同情和赞佩。

盛时彦在《阅微草堂笔记》序中说:"河间先生以学问文章负天下重望,而天性孤直,不喜以心性空谈,标榜门户。"所以,在《笔记》中对于宋儒的苛察不情,道学家的虚伪迂执,时有所抨击。《滦阳消夏录》四《巧发奸谋》记两个以道学家自任的迂夫子谋夺一寡妇之田,往来密商的信札在讲学时恰巧为生徒所拾得,他们虚伪丑恶的面目在大庭广众之下霎时间暴露无遗,讽刺不可谓不辛辣。《如是我闻》三《理学害人》写某医生一再拒卖堕胎药,迫使一女子自缢而死,后在冥间状告其杀人。故事中借一冥官之口抨击了"固执一理而不揆事势之利害"的宋儒,也是切中要害的。

《笔记》中有大量谈狐说鬼、搜奇志怪的故事,这是魏晋以来笔记小说中最常见的题材。纪昀是相信有鬼神的,并从理性上接受有鬼论。他认为人们只有相信鬼神的存在,才能够自觉接受"暗室亏心,神目如电"的说教,持无鬼论则不利于劝善惩恶,因而在《笔记》中津津乐道地狱轮回、命运果报。但是纪昀毕竟是有见识、有眼光的学者,不同于一般的愚夫愚妇,所以他既相信有鬼神,但又并不一味地迷信鬼神,甚至还发出过"鬼神茫昧,究不知其如何也"、"或一切幻象,由心而造,未可知也"的疑问。这样我们也就不难理解,为什么在盛谈狐鬼的《笔记》中,却又有许多精彩的不怕鬼的故事。其中像《滦阳消夏录》一《鬼不足畏》、《滦阳消夏录》六《南皮许南金》、《如是我闻》二《鬼避姜三莽》、《滦阳续录》五《不畏鬼》等篇,尤为人所称道,这几则故事结尾关于畏与不畏的一番议论,亦至为精当,颇能予人启迪。在《笔记》中,还有相当一部分则显系借鬼狐以说人事,托寓言而寄感慨。《姑妄听之》四《阴司报应》引莫雪崖言,一乡人离魂入冥,见到三数奇鬼,状貌丑怪,实际上讥刺了现实世界中形形色色巧伪诡媚、妄自尊大、忌刻深险的人。《滦阳消夏录》二《青雷寓言》引朱青雷言,一个因避仇而窜匿深山里的人,因为怕鬼而伏不敢起,鬼说:"至可畏者莫若人,鬼何畏焉? 使君颠沛至此者,人耶鬼耶?"虚无飘渺的鬼并不可怕,真正可怕的是那些居心险恶的小人,这话显然是有感而发的。作者在这两篇故事的结尾明白地指出,这当是他们的"寓言"。

此外,《笔记》还记载和表彰了一些乡里或市井细民的言行。《槐西杂志》一《杀虎》记徽州唐姓老翁善于猎虎;《槐西杂志》二《放生咒》记佃户孙某善于击鸟,其技艺的精巧娴熟,令人咋舌。《姑妄听之》二《沉河之石》记一老兵推究沉于河中的二石兽,当于河之上流觅之;《槐西杂志》一《溺尸握粟》记河干一叟剖析投水而死和弃尸于水者的区别,研求物理,鞭辟入里。这些故事表现了劳动者丰富的生活经验和聪明才智。《笔记》还以肯定的态度写了一些"君子不齿"的处于社会底层的女子。《姑妄听之》三《婢女放火擒盗》写一个灶婢的机智和胆略,《槐西杂志》三《太湖渔女》写一个渔家女的沉着勇敢,《姑妄听之》四《妓女智贩灾民》写一个妓女的侠义行为,作者批驳了那些无理的责难,赞扬了她们是"奇女子"和"女侠",表现了一定的民主思想。

纪昀对中年时远戍乌鲁木齐的经历印象很深,曾作有《乌鲁木齐杂诗》一百六十首。在《笔记》中,也有不少追记西北边陲山川景物和风土人情的篇章。又,纪昀所处的乾嘉之世盛行考据之学,这种时代风气也在《笔记》中留下明显的印记。其中像《如是我闻》三《〈西游记〉作者》借扶乩考论《西游记》中部分官制皆同明制,可证作者非元人而为明人,向为《西游记》研究者所重视。《槐西杂志》一《方竹》考辨《桂苑丛谈》载方竹出大宛国(即哈萨克)、《古今注》载乌孙(即伊犁)有青田核、《杜阳杂编》载芸香草出于阗国(即和阗)诸说,证之以实地见闻,指出"均小说附会之词",亦确凿有据。

当然,由于纪昀所处的社会地位及其世界观,由于他的那种"不乖于风教"、"有益于劝惩",即不违背封建的伦理道德和有利于巩固现存统治秩序的写作目的,书中宣扬封建礼教,鼓吹奴隶道德以及渲染因果报应、鬼神迷信的地方确是相当多的。这类内容过去甚至被誉为"觉梦之清钟,迷津之宝筏",今天的读者自然不难识别其局限性。

《阅微草堂笔记》和《聊斋志异》有着不同的艺术风格和写作特点,从比较中我们容易看出它们之间明显的区别:

第一,《聊斋》"用传奇法,而以志怪",在创作方法上,它更多地得力于唐人传奇小说,长于铺叙描绘,形象生动传神,想象丰富奇特,达到了很高的美学成就;《笔记》则着意模仿晋、宋志怪,尚质黜华,以立体谨严、叙述简古为其特色。

第二,《聊斋》中的多数篇章,结构工巧,故事情节曲折离奇,极尽其波澜起伏、腾挪跌宕之能事,其体制较接近于近代的短篇小说;《笔记》则一般故事性较弱,篇幅也比较简短。但作者叙写见闻,不拘一格,意匠经营,不露痕迹,每能于不知不觉中引人入胜。其中有一部分体式更近于随笔、小品、诗话之类,这与笔记这种体裁历来就容量很大的特点有关,而非体例不纯。

第三,《聊斋》的语言精雕细琢,华美典丽,尤长于描摹人物对话,有着绘声绘色的艺术效果;《笔记》的语言则不事雕饰,淡雅明净,平易自然,使人有洗尽铅华、天趣盎然之感。写景状物,亦时有可观,如《槐西杂志》二《避暑山庄细草》写承德避暑山庄清幽的景色,《如是我闻》二《瑞兆》、《槐西杂志》二《乌鲁木齐野畜》写塞外的奇卉异兽,《如是我闻》四《百兽之王》写雄狮的威武都是传神之笔。作者辨析事理,精微入妙,但有时议论说教过多,或游离故事情节,津津于引经据典,未免令人生厌。

《聊斋志异》和《阅微草堂笔记》在思想和艺术上各有自己的特色和长处,它们代表着文言笔记小说中两种不同的流派,有如双峰对峙,各自拥有众多的读者,对清代文坛和文言短篇小说的发展都产生过重大的影响。

本书的翻译,由邵海清译《滦阳消夏录》一至六卷和《如是我闻》一、二卷,楼含松译《如是我闻》三、四卷,陈铭译《槐西杂志》一至四卷和《滦阳续录》五、六卷,廖可斌译《姑妄听之》一至四卷,江兴祐译《滦阳续录》一至四卷。各篇的小标题均为译者所加。由于是分头译成,加之时间较为仓促,译笔的繁简和风格容或不尽一致,疏漏之处也在所难免,敬希读者鉴谅并惠予指正!

邵海清

目　录

卷　一

滦阳消夏录(一)

卷 二

滦阳消夏录(二)

卷 三

滦阳消夏录(三)

卷 四

滦阳消夏录(四)

卷　五

滦阳消夏录（五）

卷　六

滦阳消夏录(六)

卷 七

如是我闻（一）

卷　　八

如是我闻（二）

卷　九

如是我闻（三）

卷　十

如是我闻（四）

卷 十 一

槐西杂志（一）

卷 十 二

槐西杂志(二)

卷 十 三

槐西杂志(三)

卷 十 四

槐西杂志（四）

卷 十 五

姑妄听之（一）

卷 十 六

姑妄听之(二)

卷 十 七

姑妄听之（三）

卷　十　八

姑妄听之（四）

卷 十 九

滦阳续录（一）

卷 二 十

滦阳续录(二)

卷二十一

滦阳续录(三)

卷二十二

滦阳续录（四）

卷二十三

滦阳续录（五）

卷二十四

滦阳续录（六）

滦阳消夏录(一)

长 生 猪

　　胡御史牧亭说:他乡里有人养了一头猪,这猪看到隔壁老翁就怒目狂叫,奔跑着冲上去要咬他;看到别人则不是这样。隔壁老翁开始对它很恼火,要想买来吃它的肉,后来一想就醒悟过来,说:"这大概就是佛经所说的前世冤业吧,世界上没有不可解的冤仇。"于是用好价钱把它买下来,送到寺庙里做长生猪。以后再见到它,这猪就贴着耳朵亲热地迎上来,不再像过去那副样子了。曾见过孙重画的伏虎罗汉,有西蜀李衍的题诗,诗曰:"至人骑猛虎,驭之犹骐骥。岂伊本驯良,道力消其鸷。乃知天地间,有情皆可契。共保金石心,无为多畏忌。"可以为这件事作注解。

狐 语

　　沧州刘士玉举人家有间书房,被狐精所占据。这狐精白天同人对话,掷瓦片石块击打人,但就是看不到它的形体。担任知州的平原董思任,是个好官吏,他听说这件事后,就亲自前往驱除狐精。正当他在大谈人与妖路数不同的道理时,忽然屋檐头大声说:"您做官很爱护百姓,也不捞取钱财,所以我不敢击打您。但您爱护百姓是图好名声,不捞取钱财是怕有后患罢了,所以我也不躲避您。您就不要再多说了,以免自找麻烦。"董狼狈而回,好几天心里都不快活。

　　刘有一个女佣人,很是粗蠢,独独不怕狐精,狐精也不击打她。有人在与狐精对话时问起这件事,狐精说:"她虽然是个低微的佣人,却是一个真正孝顺的女人呵。鬼神见到她尚且要敛迹退避,何况是我辈呢!"刘于是叫女佣人住在这间房里,狐精当天就离去了。

鬼嘲夫子

爱堂先生说:听说有一个老夫子晚上走路,忽然碰到他死去的友人。夫子素来刚直,也不害怕,问道:"您到哪里去?"回答说:"我做阴间的官吏,到南村去办勾魂的差使,刚巧同路罢了。"于是就一起走,到了一间破屋子前,鬼说:"这是读书人的房子。"问他怎么知道,鬼说:"大凡人白天忙忙碌碌,他的性灵就淹没了。只是在睡着的时候,不生一丝杂念,人的元气精神明朗清澈,胸中所读过的书,字字都吐出光芒,从人的百窍里出来,它的形状隐约纷乱,灿烂如同锦绣。学识像郑玄、孔安国,文章像屈原、宋玉、班固、司马相如的,光彩上照高空,同星月争辉。其次的几丈高,再其次的几尺高,这样逐渐减少,最低的也微光闪烁,像一盏灯,映照门窗;人不能看见,只有鬼神能看到罢了。这房子上的光芒高有七八尺,由此知道。"夫子问:"我读书一辈子了,睡眠中光芒有多少呢?"鬼吞吞吐吐了好久说:"昨天经过您教书的地方,您刚巧白天睡觉,看到您胸中有厚厚的解释经义的文章一部,选刻取中的试卷五六百篇,经文七八十篇,应试的策文三四十篇,字字都化成黑烟笼罩在屋上。学生们诵读的声音,就像在浓云密雾之中,实在没见到什么光芒,不敢乱讲。"夫子愤怒地斥骂他,鬼大笑着走了。

诗有鬼气

东光李又聃先生曾经到宛平丞相废弃的园子里,看到廊檐下有诗二首。其一说:"飒飒西风吹破棂,萧萧秋草满空庭。月光穿漏飞檐角,照见莓苔半壁青。"其二说:"耿耿疏星几点明,银河时有片云行。凭栏坐听谯楼鼓,数到连敲第五声。"墨色隐约暗淡,几乎不像是人书写的。

梦赠诗扇

董曲江先生名叫元度,平原人。乾隆十七年进士,进入翰林院,经甄别考试后,改授知县官,又改任府学教授,上书称病辞职回家。他少年时梦见人赠送给他一把扇子,上面有三首绝句说:"曹公饮马天池日,文采西园感故知。至竟心情终不改,月明花影上旌旗。""尺五城南并马来,垂杨一例赤鳞开。黄金屈戌雕胡锦,不信陈王八斗才。""箫鼓冬冬画烛楼,是谁亲按小凉州?春风豆蔻知多少,并作秋江一段愁。"语句多半难解,后来也终于没有验证,弄不清是什么缘故。

鬼 谈 诗

平定王举人执信,曾经跟随在榆林做官的父亲,夜里住宿在野寺里的藏经阁下,听到阁上有人连续不断地低声说话,好像是谈论诗。他感到很惊讶,这里很少有读书人,哪里会有人谈诗呢?于是仔细听,最终还是听不大清楚。后来说话声渐渐传出经阁廊檐下,才稍稍听得分明。其中一个说:"唐彦谦的诗格调不高,但是'禾麻地废生边气,草木春寒起战声'毕竟是好句。"其中另一个说:"在下曾经有句说:'阴碛日光连雪白,风天沙气入云黄。'不是亲身到过关外,看不到这种景象。"其中一个又说:"在下也有一联是:'山沉边气无情碧,河带寒声亘古秋。'自以为颇能表达边城日暮时候的情状。"相互吟咏赏玩了好久,寺里的钟声忽然敲响了,于是寂然不再有声音。天亮后起来一看,只见阁上的锁钥盖满了尘土,已经封闭很久了。

"山沉边气"这一联,后来在任总镇的遗稿中见到。总镇名叫举,是在出兵金川时身经百战而阵亡的。"阴碛"这一联,终于不知道是谁的诗。但从他的精灵长在,能够同任公交游这点来看,也可以认定他不是平常的鬼了。

吕四遭报应

沧州城南上河涯有个无赖吕四,凶狠横暴无所不为,人们怕他像怕虎狼一样。一天傍晚,吕四同一伙品行恶劣的少年在村外乘凉,忽然隐隐地听到雷声,风雨就要来了。他又远远地看见好像一个年轻的妇女避入河岸古庙里,吕对那伙恶少年说:"她可以奸淫。"这时已是黑夜,阴云密布,吕突然奔入,掩住她的口,那伙人剥去她的衣服,轮奸了她。忽而电光一闪,穿入窗户,吕看到那女子相貌像是他的妻子,连忙松开手问她,果然不错。吕大为恼恨,要拎起她掷到河里去,妻子大声哭喊说:"你要奸淫人家,以致别人奸淫了我,天理昭著,你还要杀我吗?"吕无话可说,连忙寻找衣裤,已经随风吹入河中去了。吕急得直打转,无法可想,只好自己背负着裸体的女人回家。云散后月光明亮,满村喧哗哄笑，都争着前来问是怎么回事。吕不好回答，竟自跳了河。

原来他的妻子回娘家，约定过一个月才归来。没料到娘家遭了火灾，无屋可住，于是提前回来了，吕不知道而碰到这场劫难。后来他妻子梦见吕来说："我的罪孽深重，应当永远堕入地狱。只因生前侍奉母亲还算尽孝，阴间官吏翻检簿册，使我得以转为蛇身，现在前往投生了。你的后夫不久就来了，好好服侍新的公婆。阴间的律条，不孝罪最重，不要使自己陷于阴司沸滚的汤锅里！"到他妻子再嫁的那天，屋角有条赤练蛇垂头向下窥看，意思好像有点恋恋不舍。他妻子回想起以前所做的梦，刚要抬头问它，忽然听到门外鼓乐的声音，蛇在屋上跳腾了多次，然后奋然离去。

狐 狸 缘

献县周氏的仆人周虎，被狐狸精所迷惑，二十多年来就像夫妻一样。狐狸精曾经对仆人说："我修炼形体已经四百多年，过去的经历中同你有注定的缘分应当补足，一天不满就一天不能升天；缘分一尽，我就离去了。"有一天，狐狸精沾沾自喜，又流泪伤心，对周虎说："这个月的十九日，我们缘分已经尽了，理当分别。我已经为你相定一个女人，可以聘定她。"于是拿出白银交给周虎，让他备办礼物。从此亲昵欢好，超过平时，经常形影不离。到十五日，狐狸精忽然早起告别，周虎怪她日期提前了，她哭泣着说："注定的缘分一天不可以减少，也一天不可以增加。只有把日子推迟或者提早，则可以根据实际情况决定罢了。我留出这三天的缘分，是为了以后能有再一次相会的时间。"过了几年，狐狸精果然再来，欢会三天而后离去。临走时呜咽着说："从此终生永别了！"

陈德音先生说："这个狐狸精善于留有余地，惜福的人应当如此。"刘季箴先生则说："三天后终于还须一别，何必留出这短暂的时间。这狐狸精修炼形体四百年，还没有到悬崖撒手、不顾一切的地步，碰到事情不应当如此。"我觉得两公说的话，各自说明了一方面的意义，各自有切当的地方。

李公遇仙

献县县令明晟，应山人。曾经要想申雪一件冤狱，而担心上司不答应，因而犹疑不决。县学公差有个叫王半仙的，交了一个狐友，谈论些小的吉凶，多半有应验。派他前去询问，狐精正色说："他尊驾做百姓的父母官，只应当论案件冤与不冤,不应当问上司答应不答应。难道不记得总督李公的话吗?"公差回报,明晟为此感到惊惧。因而谈起总督李公卫没有显达时,曾经同一个道士渡江,恰巧有人同船夫争骂,道士叹息说:"性命在顷刻之间,还计较几文钱吗?"随即那人被船帆的尾部扫中,落江而死。李公心里感到惊奇。船到江中间,刮起了风,眼看将要倾覆。道士跛着脚念诵咒语,风停止了,终于渡过了江。李公再三拜谢道士的重生之恩。道士说:"刚才落江的,这是命运,我不能救;您是贵人,遇到困厄得以渡江,也是命运,我不能不救,何必要道谢呢?"李公又下拜说:"领受老师这个训戒,我终身安于命运了。"道士说:"这也不全然如此。一身的困穷显达,应当安于命运,不安于命运就要奔走争斗、排挤倾轧,无所不至。不知道李林甫、秦桧就是不倾轧陷害好人,也要做宰相,他们作恶,只是枉然给自己增加罪状罢了。至于国计民生的利和害,就不可以谈命运。天地的降生人才,朝廷的设置官员,是用来补救气数和运会的。如果一身掌握着事业权力,却袖手听凭命运的安排,那么天地何必降生这个人才,朝廷何必设置这个官职呢?《论语》里看守城门的人说:'知道不可以而却要去做。'诸葛武侯说:'鞠躬尽瘁,死而后已。成败利钝,不是能够预料的。'这是圣贤立身安命的学问,您请记住它。"李公恭敬地接受教训,拜问他的姓名,道士说:"说了恐怕您惊怕。"下船走了几十步,隐灭不见形迹。过去在省城,李公曾经讲起过这件事,不知这个狐精怎么能够得知。

梦入阴司

北村的郑苏仙,一天做梦到了阴司,看见阎罗王正在点验犯人。有个邻村的老妇到了殿前,阎王改变了神色,拱拱手,赏给她一杯茶,并命令阴司小吏赶紧送她投生好去处。郑私下询问阴司小吏说:"这是个农家老妇,有什么功德呢?"阴司小吏说:"这个老妇一生中没有利己损人的心。要说利己的心,即使是有德行的读书人或者也不能避免。但是利己的人必然要损害别人,种种机巧的心思,因这而萌生,种种冤仇罪过,因这而造成。甚至于遗臭万年,流毒四海,都是这一念为害呵!这是个村妇,却能够克制自己的私心,那些读书讲学的儒生,面对她应该脸红,阎王加以礼遇,有什么好奇怪呢?"郑向来有心计,听了这话,就惊醒了过来。

郑又说:这个老妇未到以前,有一个官穿着官服昂然而入,自称所到之处只喝一杯水,现今无愧于鬼神。阎王讥笑说:"设置官员以治理百姓,下至于管理驿站、闸门的官吏,都有或利或弊的事情要处理。如果说不要钱就是好官,那么树立一个木偶在堂上,连水都不喝,不更强于您吗?"官又辩解说:"我虽然没有功,也没有罪。"阎王说:"您一生处处只求保全自己,某案某案为避嫌疑而不讲,不是辜负了百姓吗?某事某事怕烦难吃重而不举办,不是辜负了国家吗?三年一次考核官吏成绩,是为了什么?无功就是有罪了!"这官大为局促不安,锋芒锐气顿时消减。阎王安详地看着他笑笑说:"怪您气太盛了。平心静气而论,您算得上是三四等的好官,来世还不至于失去官位。"命令立即送到转轮王那里。

观看这两件事情,知道人心的隐微私衷,鬼神都能够看得见。即使是贤人的一念之私,也不免于受到责备。《诗经》里说的"看你独自在室内,做事无愧于神明",确实是这样吧。

雷　击

雍正十年,有个官宦人家的儿媳妇,从来不和家人争吵。一天,突然有一股迅猛的闪电穿过窗户,就像火光的强烈喷射,雷神的斧楔贯入她的心脏,洞穿左胸而出。她的丈夫也被雷的火焰焚烧,从脊背到臀部全烧得焦黑,只剩一点微弱的气息。过了很久,他才苏醒过来,看着妻子的尸体,哭泣说:"我性格刚强,同母亲争论或者是有的;你不过私下诉说心中的抑郁,背着灯擦眼泪罢了,为什么雷错击中你呢?"不知道法律着重主谋,阴司和阳间是一样的呵。

无云和尚

有个无云和尚,不知道是什么样人。康熙年间,他暂时寄住在河间的资胜寺,整天默默地坐着,同他谈话也不答。一天,他忽然登上禅床,用界尺拍了一下案桌,就平静淡泊地坐化了。有人看到案桌上有偈语说:"削发辞家净六尘,自家且了自家身。仁民爱物无穷事,原有周公孔圣人。"佛法近于墨家,这个和尚倒近于杨朱了。

狐女幻变

宁波吴生,喜欢游逛妓院。后来亲近一个狐女,经常幽会,但仍然出入于青楼之间。一天,狐女请求说:"我能变形幻化,凡您所眷恋的,我一见就可以幻化出她的相貌,一丝不差;只要您一想念,她就应您的念头而来,不比您用黄金买笑更好吗?"试了一下,果然能够立刻变换形貌,同真的没有什么两样,于是不再外出。有一次,他对狐女说:"眠花宿柳,实在惬意舒心;可惜是幻化的,思想上终隔着一层薄膜。"狐女说:"不能这样说,声色的娱乐,本来如闪电的光、击石的火。岂但我像某某是幻化,就是她某某也是幻化;岂但某某幻化,就是我也是幻化;就是千百年来的名媛美女,都是幻化呵!白杨绿草,黄土青山,哪一处不是古来的歌舞场所?男女欢合同埋香葬玉、赋别鹤离鸾之曲,不过像臂膀一曲一伸的工夫罢了。这中间两美相遇,或用时刻计算,或用日计算,或用月计算,或用年计算,终有诀别的时候。等到诀别,那么几十年而散,同短暂的相遇而散,同样是悬崖撒手,转眼成空。依翠偎红,亲热昵爱,不都好像春梦吗?即使往昔的情谊原本很深,能够终身相守,但是青春的容颜不能长留,白发已经上头,一个人的身体,不再是过去的样子。那么当时的青黛长眉、粉白脸颊,也可以说它是幻化了,为什么独独以我像某某是幻化呢?"吴了然省悟过来。几年以后,狐女辞别而去,吴竟然从此不再涉足妓院。

鬼谈理学

交河及孺爱、青县张文甫,都是老书生,同时在献县教授生徒。一天,两人于月光下一起在南村、北村之间散步,渐渐离学馆远了,一片荒郊,寂静无声,丛生的草木黑森森地布满四周。张文甫心里害怕,要想返回,说:"荒坟之间多鬼,怎么可以久留呢?"这时,突然有一个老人扶着拐杖走来,拱手让二人坐下,说:"世上哪里有鬼,没听说过阮瞻的论点吗?二位是儒家学者,怎么相信佛教怪异妄诞的说法呢?"于是阐发程、朱阴阳二气屈伸的道理,剖解证明,条理清楚,言词流畅。两人听了都点头赞同,慨叹宋儒理解的真切。互相应酬答对,竟然忘记问这老人的姓名。这时,刚巧有几辆大车远远而来,那牛铃发出铮铮的响声,老人整衣急起说:"黄泉下的人,冷寂得很久了。不主张无鬼之论,不能够留二位作通夜之谈。现在将要分别,谨以实情相告,不要因为戏弄侮慢而惊怪呵!"转眼之间,就不见了。这一带很少有文士,只有董空如先生的墓相近,或者就是他的魂吧。

塾师弃馆

河间唐生，喜欢戏谑侮弄，当地土人到现在还能称说，所谓唐啸子的就是。有个学塾的老师，好谈论无鬼，曾经说："阮瞻遇鬼，哪里有这种事，是和尚们胡乱造出来的谎言罢了。"一天夜里，唐向塾师的窗户撒土，又发出呜呜的声音，敲击着房门。塾师惊恐地问是谁，他就说："我是阴阳二气当中的天赋之能。"塾师大为惊恐，用被子蒙着头，两腿发抖，让两个弟子通宵守着他。第二天，塾师觉得浑身疲乏，躺在床上起不来。朋友来问候，他只是呻吟着说："有鬼。"后来人们知道是唐的作弄，无不拍手而笑。但是从此以后，鬼魅大肆活动，没有一天不是抛掷瓦石，摇动门窗。开始还以为是唐又来了，细加观察，却是真鬼魅。塾师实在禁不起它的戏弄纠缠，就辞馆而去。这是因为震惊恐惧之后，加上惭愧，他的气已经衰颓，狐精乘他丧气而打击他。妖由人兴，就是这个意思吧。

骑驴少妇

天津某举人，同几个朋友在郊外踏青，都是少年轻佻。看见柳荫当中有个少妇骑驴经过，欺她孤身无伴，邀约众人在后面追逐，用轻薄的语言调戏。少妇只不答腔，鞭打驴子急步跑去。有两三个人先追到，少妇忽然下驴，柔声细语，意思像是喜悦的样子。不一会儿，某某同三四个人也追了上来，仔细一看，正是他的妻子。但他妻子不会骑驴，这天也没有理由到郊外来。边疑惑边恼怒，走近前去责骂她，他妻子嬉笑如故。某某的怒气像潮水一般在胸中奔涌，扬起手掌要打她的脸；他妻子忽然飞步骑上驴背，另换了一副形象，用鞭子指着某某数落说："看见别人的妻子就百般调戏猥亵，看见是自己的妻子就愤恨成这种样子！你读圣贤的书，一个'恕'字还没能理解，怎么会在登科录中挂名呢？"数落完以后，就一直往前走了。某某面色像死灰，僵立在道旁，几乎不能挪步，竟不知道是什么鬼魅。

白岩寓言

德州田白岩说:有一个额都统,在云贵边界山间行走,看见道士把一个美艳的女子按倒在石头上,要想剖取她的心。女子哀叫求救,额连忙催动坐骑跑上去,立即猛击道士的手,女子"嗷"的一声,化成一道火光飞走了。道士顿着脚说:"您败坏了我的事!这个精魅已经迷杀一百多人,所以想抓住杀了它,以消除祸害。但因它吸取人的精液已经很多,年久通灵,斩它的头则元神逃脱,所以必须剖它的心才能致它于死地。您现在放走了它,又留下无穷的后患了。怜惜一只猛虎的性命,放在深山里,不知道沼泽山林中又有多少麋鹿的生命要丧在它的口中啊!"说着把匕首插入鞘中,恨恨地渡过溪水走了。这大概是白岩的寓言,也就是所谓一家哭泣哪能比得上一方人受害吧。姑息宽容那些贪官污吏,自以为积了阴德,人们也称道他忠厚;而穷苦的百姓卖掉儿女、赔上妻子,都不想上一想,这样的长者又有什么用呢?

鬼　算

献县有个小官吏王某,惯会替人写诉讼状,善于巧取人的财物。但是每当有所积蓄的时候,必定会有一件意外的事给耗费掉。有一个城隍庙的道童,夜里在堂前的廊屋里行走,听到有两个小吏拿着簿册核对计算。其中一个说:"他今年所积蓄的比较多,应当用什么方法来消耗它?"正在沉思之间,其中另一个说:"一个翠云足够了,用不着费多少周折。"这个庙里往往碰到鬼,道童经常见到,也不害怕,但不知道翠云是谁,也不知道替谁计算消耗。不久有一个小妓翠云来到,王某十分宠爱她,耗费掉他所积蓄的十分之八九;又沾染上毒疮,求医用药,无所不至,等到医好,就已经荡然无存了。人们估计他平生捞取所得,可以屈指计数的,大约有三四万两银子。后来发疯病突然死去,竟然没有钱买棺材下殓。

台湾驿使

陈云亭公子说:有一个台湾传递公文的使者,住在驿站的房舍里。一次他看见有个美艳的女子攀登上墙头向下窥看。使者叱骂搜寻，却什么也没有见到。到了半夜，他听到一声清朗的声音，一看原来是一片瓦掷到他的枕头边。使者叱问是什么妖精，敢于戏弄天子的使者？只听窗外朗声回答说："您的俸禄命运厚重，我回避不及，以致于您叱责搜寻。我害怕受到神的谴责，心里至今惴惴不安。现在您睡觉时萌生邪念，把我错当成驿卒的女儿，谋划以后讨来作妾。人心一动，鬼神就知道。以邪招来邪，神就不能因此而归咎于我，所以投掷瓦片相报复。您为什么动怒呢？"使者大为惭愧丧气，不等到天亮，就急急忙忙整束行装离去了。

真人降狐怪

叶旅亭御史的住宅里，一次忽然出了个狐怪。这狐怪白天同人对话，还逼迫叶让出所住的地方。它搅扰侮弄，以至于杯盘自己跳动，桌榻自己移位。叶把这事告诉了张真人，真人又交付给法官办理。先是画一道符，刚张贴就碎裂。其次行文都城隍，也没有效验。法官说："这个肯定是天狐，非拜道奏章上天不可。"于是建道场七天，到第三天，狐还在咒骂；到第四天，才语气委婉地请求和解。叶不想同它为难，也祈求不必完事，就此算了。真人说："奏章已经拜奉，不能够追回了。"到了第七天，忽然听到砰砰訇訇的格斗声，门窗破裂掉落，到傍晚还没完。法官又发文征召别的神相助，狐怪终于被擒获。用小口的坛子装起来，埋在广渠门外。

我曾经问真人差遣鬼神的缘故，回答说："我也不知道它的所以然，只是依法施行罢了。大概鬼神的派遣都受印的支配，而符箓由法官掌管。真人就像官长，法官就像小吏。真人没有法官不能制作符箓，法官没有真人的印，他的符箓也不灵。这中间有灵验有不灵验，就像各个官司的行文奏章，或者准许或者驳回，不能够一一都必然通行罢了。"这话很是近理。又问假如在空屋、深山里，突然碰到精怪，您还能制伏吗？回答说："譬如一个大官经过，强盗当然躲避藏匿；或者无知猖狂，突然冲犯，大官虽然手里握有兵符，但来不及征召调动，一时也没有什么办法。"这话也很切实。这样看来，一切神奇的说法，都是出于附会。

经 香 阁

朱子颖运使说：他镇守泰安的时候，听说有个读书士人来到泰山的深处，忽然听到从石壁中传出人的说话声说："是什么地方的经书香，难道有转世的人来了吗？"又听"割"的一声震响，石壁从中间裂开，现出了紫贝美玉装饰的宫阙楼阁，耸立山顶，有位年老的儒者顶冠束带下来迎接。士人惊怕奇怪，问这里是什么地方，回答说："这是经香阁。"士人询问经香的意思，答："这说来长了，请坐下慢慢听我讲来。过去孔子删定经书，传教万年，诸经的要义、精微的言辞，一代一代地传授下来。汉代的各位儒者，离开上古不远，阐释注解，大概能够窥见先圣的心，而且当时风俗淳朴，尚未流于凉薄，没有培植党羽争名的习气，只是各传老师的学说，实实在在地追溯渊源。流传到唐代，斯文的风气也没有改变。到了北宋，刻为注疏十三部，为先圣所嘉许。大儒们担心新说日日兴盛，儒家经典学说将渐渐失传，所以建造这个阁来贮藏它。中间是初刻本，用五色玉做成匣子，是尊崇先圣的遗教；配上历代官刻的本子，用白玉做成匣子，是显示帝王表彰的功德，都在南面。左右则是各家私刻的本子，每一部书成，必定取初印精好的，按照时代次序入藏这个阁中，用青玉做成匣子，是奖励钻研古籍的辛勤，都在东西面。并且用珊瑚做成书签，黄金制作锁钥。东西两边廊屋，用沉檀木做小桌子，锦绣做垫子。各位大儒的神灵，每年来观看一次，共同依次相坐在这阁里。后面三排房子，则是唐以前各位儒者解释经书义理之书，逐套编列，收入一个库房之中。除此以外，即使是著述高与身齐，声誉荣耀超出当代之上，总听任他自己贮藏于深山之中，不得进入这门一步，这是先圣的意旨呵。各种书籍每到子刻、午刻，一字一句都发出浓浓的香味，所以题名叫经香。因为一元旋转，二气交融，阴气起于午时的正中，阳气生于子时的夜半，圣人的心与天地相通。各位大儒阐发圣人的义理，它的精微深奥也与天地相通，所以互相感应。但必须是能传承这门学问的人才能闻到，其他人则不能。世上的儒者对这十三部经书，有的焚油膏以继日光，钻研仰望一辈子；有的深推曲解，吹毛求疵，百般抨击，也各自因为他的性情学识的根柢不同罢了。您四世以前做刻字工，曾经手刻过《周礼》半部，所以余香还在，我得以知道您的来到。"于是引导他遍看楼阁廊屋，用茶点果品来招待，然后送别说："您善于自爱，这里是不容易来的呵！"士人回头一看，只有万峰直插天空，幽深不见人迹。

按，这件事荒唐怪诞，大概是尊汉学者的寓言。汉代儒者以解释古书字句为专门的学问，宋代儒者以阐发经书的义理为重，好像汉学粗而宋学精。但是不明白古书的字句，义理又何从知道？一概诋毁排斥，把它看成犹如渣滓，这就未免像已经造成了华美的大车，而回头去斥责原始时没有辐条的车轮；得以渡过了迷津，立即焚弃宝贵的筏子。于是攻击宋儒的，又纷纷而起。所以我编著《四库全书》诗部总叙中说：宋儒的攻击汉儒，不是为讲解儒家的经书起见，不过求得胜过汉儒罢了；后人的攻击宋儒，也不是为讲解儒家的经书起见，不过是不平于宋儒的诋毁汉儒罢了。韦苏州的诗说："水性自云静，石中亦无声。如何两相激，雷转空山惊。"就是这个意思了。平心静气而论，《周易》从王弼开始改变旧的说法，是宋学的萌芽。宋儒不攻击《孝经》旧疏，因为词义很明显。宋儒所争的，只是今文、古文的字句，也无关于大旨，都可以暂且搁置不予议论。至于《尚书》、《三礼》、《三传》、《毛诗》、《尔雅》各种注疏，都是根据古义，断然不是宋儒所能。《论语》、《孟子》，宋儒积累一生的精力，字斟句酌，也断然不是汉儒所能赶得上的。大概汉儒看重老师的传授，自有来源；宋儒崇尚心悟，研求容易深入。汉儒或者执著于旧文，过于相信传述经义的文字；宋儒或者单凭主观猜测而下判断，勇于改动经文。计算它的得失，也还相当。只是汉儒的学问，不是读书考古，不能下一句话；宋儒的学问，则人人都可以空谈。这中间兰草和艾蒿同生，确实有不能满足人心的地方，这就是讥笑指摘的由来。这种虚构的话，也不是无缘无故而起的。

鬼不足畏

户部尚书曹竹虚说：他的族兄从歙县往扬州，路过友人的家。这时正是盛夏，友人请他进入书屋里坐，那书屋很是宽敞高爽。晚上，他准备在里面安置一个卧榻，友人说："这里有鬼魅，夜晚不能住。"曹却一定要住宿。到了半夜，有一种薄得像夹纸的东西从门缝里蠕蠕地爬进来。进入室内以后，渐渐展开成人的形状，竟是一个女子。曹见后，却一点也不害怕。忽然，那女子披散头发，吐出舌头，做出吊死鬼的样子。曹笑着说："还是头发，只是稍乱；还是舌头，只是稍长，又有什么好怕的？"忽然，女子又自己摘下头颅，放在桌上。曹又笑着说："有头尚且不足以惧怕，何况没有头呢！"鬼的伎俩用尽，忽然消失。等到返回的途中，曹又住在这里。半夜，门缝里又有东西在爬动。刚露出头，曹就向它吐着唾沫说："又是这个让人扫兴的东西吗？"那东西就没有进来。

这与嵇中散的故事相类似。虎不吃酒醉的人，因为他不知道害怕。大概怕就心乱，心乱神就涣散，神涣散，那么鬼就得以乘虚而入。不怕就心定，心定就神全,神全,那妖邪之气就不能侵犯。所以记载中散这故事的书中,称说他"神志清醒,鬼惭而去"。

土神护妻

董曲江说:默庵先生做总管漕运的官员时,官署里有土神、马神两个祠堂,只有土神有配偶。他的小儿子倚仗自己有才能而气盛骄傲,说土神是满脸胡子的老翁,不应该拥有美艳的妻子;马神年轻,正是好配偶。就把女像移到了马神祠。顿时,他感到头晕目眩,跌倒在地,不省人事。默庵先生听说这件事,亲自祷告,移回了像,人才苏醒过来。

又听说河间学官官署有土神,也配以女像。有一个训导说学宫里不可以塑女人,于是另建一个小祠堂把像迁了过去。土神附在他小孙子的身上发话说:"你的道理虽然堂堂正正,但是心却是私的,正想扩充你的住宅罢了,我是不服的呵!"训导正在从容不迫、理直气壮地谈论古礼,突然说中他的私衷,大为惊怕。于是一直到他任期结束,都不敢居住这个房间。

这两件事相类似。有的说:"训导迁庙还是出于礼,董子太亵渎神了,责罚应当重。"我说董子少年,只是放荡狂妄罢了。训导内里挟着私心,使对自己有利;外面假借公正的道理,使人不能说什么。如果不是神揭发他的阴谋,人们还以为他能纠正祭祠的典礼呢。《春秋》着重揭露人的用心,训导的责罚应当重于董子。

搬 运 术

戏法都是手法快罢了,但是也确实有般运术。(宋朝人写"搬运"都作"般"。)回忆小时候在外祖父雪峰先生家,一个术士放一杯酒在小桌子上,举起手掌一拍,杯子陷入桌中,杯口同桌平。但是摸桌子下面,却摸不到杯子的底。过一会儿取出,小桌子还是原样。这或者是障眼法。又拿起一大碗切细的鱼肉,抛掷到空中,就不见了,让他取回,回答说:"不能了,在书房画厨夹层的抽屉里,您们自己去取吧。"这时因为宾客和随从纷杂众多,书房古器物很多,所以书房门已牢牢地关锁;而且夹层的抽屉高只有两寸,碗高却有三四寸的样子,也绝对不可能放进去,所以怀疑他弄虚作假。叫拿钥匙开启观看,则碗放在小桌子上,换盛了佛手五个,原来盛佛手的盘子,换盛了切细的鱼肉,藏在夹层的抽屉里了,这不是般运术吗?

从情理上说必然没有的,事实上或许会有的,大抵如此,但实际也还是情理上所有的。狐怪山精,盗取人的东西不足为奇,能够降伏禁治狐怪山精的也不足为奇。既然能够降伏禁治,就可以差遣;既然能够盗取人的东西,就可以替人盗取东西。这又有什么好奇怪的呢?

何必如此

有个老仆人庄寿说:过去服侍某官,看见一个官天快亮时就来了,又一个官接着而来,都是至交,看样子好像是秘密传递消息的。一会儿都走了,主人也叫人驾车马接着出门。到傍晚才回来,车危马疲,十分困乏。一会儿前面两个官又来了,在灯下或咬耳朵、或点头、或摇手、或皱眉、或鼓掌,不知道所商议的是什么事情。天交二更,我远远地听到北窗外面有吃吃的笑声,房间里却没有听到。正在疑惑之间,忽然又听得长叹一声说:"何必如此!"客人和主人才都惊起,开窗急看,新下过一场雨之后,泥地平如手掌,绝无人的踪迹,大家都怀疑我在说梦话。我当时因为主人禁止不要窃听,回避站立在南面屋檐外的花架下,实在不曾睡,也不曾说什么,究竟也不知道它是什么缘故。

村童吟诗

永春有个叫邱二田的举人,一次偶然歇息在九鲤湖的路旁。只见有一个孩童急匆匆骑牛而来,到邱的面前,站立了一会儿,就朗声吟诵道:"来冲风雨来,去踏烟霞去。斜照万峰青,是我还山路。"邱举人感到很奇怪,一个乡村孩童,怎么能说出这样的话来?凝神思索了一会,正要询问,只见戴着斗笠的孩童已在半里之外的树荫中了。不知这是神仙在玩弄游戏,还是乡间学塾的小孩子听别人吟诵后偶然记住的。

罗洋山人诗

莆田有个叫林霈的教谕,因在台湾任满,升调北上。到了涿州以南,他下车小解,看见一间破屋的围墙外面,有用磁片的尖角划出的一首诗说:"骡纲队队响铜铃,清晓冲寒过驿亭。我自垂鞭玩残雪,驴蹄缓踏乱山青。"落款为"罗洋山人"。读完后,他自言自语地说:"诗稍有韵致。但罗洋是什么地方呢?"只听那破屋里传出声音说:"看那诗句,好像是湖广一带人。"林需进屋观看,只见满屋尘土,遍地败叶,并无人影。他知道碰到了鬼,就警觉地登车离去。自那以后,林需经常郁郁不乐,不久就死了。

梦作一联

景州李基塙,字露园,康熙五十三年举人,是我女婿的同事。他博学端方,善于做诗。在等候补缺的日子里,有天他梦中作一联语说:"鸾翮毳中散,蛾眉屈左徒。"醒后自己也不能解释。后来他得到湖南一个县令的官职,死于任上。这湖南也正是屈原一路吟咏的地方。

小 花 犬

先祖母张太夫人,家中养了一只小花狗。丫鬟们因为厌恶它偷肉,就暗地里把它掐死了。其中有一个丫鬟,名叫柳意,梦中经常看见这狗来咬她,她就常说梦话。太夫人知道后,说:"这狗是丫鬟们一起杀的,为什么只恨柳意呢?一定是柳意也偷肉,所以不能服它的心吧。"经过查问,果然如此。

古 柏

福建汀州试院里,堂前有两棵古老的柏树,是唐代的东西,说是有神。在我巡行考试的日子里,吏员告知应当到树前拜谒。我说树木的精怪不为害,听其自然就行了,不是祭祀的礼制上所有,天子的使者不应当拜谒。树的枝叶茂密高耸,隔着几进房屋都可以看到。这天晚上,月光明亮,我走在石阶上,抬头看见树梢上有两个穿红衣服的人,向我弯腰打拱作揖,慢慢地逐渐隐没。叫师爷出来看,还见到了。我第二天到树前,各报以一揖,为它在祠堂门前刻了一副对联:"参天黛色常如此,点首朱衣或是君。"这事也颇为奇怪。袁子才曾把这件事记载在《新齐谐》里,所记的稍有不同,是因为传闻差错的缘故。

吕 道 士

德州宋清远先生说:有个吕道士,不知道是什么来历,善于弄幻术,曾经寄住在户部尚书田山薑的家里。那时正值紫藤盛开,宾客会聚赏玩。有一个鄙俗的士人言词猥琐浅陋,唠叨个不停,实在败坏人的意兴。有一个少年性格轻浮随便,厌弃鄙薄得更厉害,斥责他不要多说。两人捋袖伸臂几乎动手。一个老儒为他们和解,都不听,也露出恼怒的脸色。满座的人因此都不高兴。道士向小童附耳低语,拿来纸笔,画了三道符焚烧,三个人忽然都起身,在院子里回旋绕行好几次。那个俗客跑到东南角坐下,喃喃地自言自语,听起来,是与妻妾谈论家务事。忽而左右回顾,好像和解了;忽而和颜悦色,为自己辩解;忽而做出承认罪过的样子;忽而屈一膝跪;忽而两膝并屈下跪;忽而不停地叩头。看那个少年,则坐在西南角花栏上面,流转目光飞送媚眼,亲切地柔声细语。忽而嬉戏欢笑;忽而谦逊地道谢;忽而低声地唱《浣纱记》,呦呦地吟唱个不停,用手自己打着拍子,极尽妖冶放荡的样子。老儒则端坐在石凳之上,讲《孟子》齐桓、晋文之事这一章。解字析句,挥动着手,左顾右盼,好像同四五个人对话。忽而摇头说:"不是。"忽而瞪眼说:"还不理解吗?"咯咯地像患痨病似地咳嗽,还不肯停。众人惊笑,道士摇手制止。等到酒筵将尽,道士又焚烧了三道符,三个人茫茫然呆坐着,一会儿才醒过来,自称不知不觉酒醉睡着了,表示失礼而谢罪。众人暗笑着散去。道士说:"这是小术,不足称道。叶法善引导唐明皇进月宫,就是用的这个符。当时误以为是真仙,迂腐的儒者又以为是虚妄的话,都是井底之蛙罢了。"后来在旅馆,用符摄取一个路过的贵人之妾的魂。妾苏醒以后,登车时识得他的路径门户,同贵人说了,立即搜捕他,已经逃走。这就是《周礼》之所以禁止怪民的缘故吧。

马 语

交河有个老儒及润础,参加雍正乙卯年的乡试。一天晚上,他走到石门桥,想投宿客店。但客店都住满了,只有一间小屋,因为窗子靠着马厩,所以没有人肯住,及就住了进去。及住下后,只听群马跳跃,闹得夜里不能入睡。人静以后,忽然听得马在说话。及爱看杂书,早先记得宋人笔记、小说一类书中,有堰下牛语的事情,知道不是鬼怪。他屏住呼吸倾听,只听一匹马说:"今天才知道挨饿的苦,生前所欺骗隐匿的草豆钱,究竟在哪里呢?"一匹马说:"我等多是由养马人转生,死了的才知道,活着的不觉悟,真让人叹息。"众马都呜咽起来。又听一匹马说:"阴间的审判也不很公平,王五为什么得以变狗呢?"一匹马说:"阴间小卒曾经说起过,他的一妻二女都是淫乱放荡,把他的钱全偷去给了相好的,抵得上他罪孽的一半了。"一匹马说:"确是这样,罪有轻有重,姜七堕落成猪身,更受屠宰切割,更不如我等了。"及忽然轻轻咳嗽,于是寂然不闻语声。及经常举这件事以警戒养马人。

善 骂

我的一个侍妾,平生从来没说过骂人的话。她说她亲眼看到自己的祖母善于骂人,后来全然没有什么疾病,忽然舌头烂到了喉咙,饮食说话都不能够,折腾了几天就死了。

隐 恶

有个某生在家里偶尔晚起,叫妻妾不来。问小婢,说是一起跟随一个少年向南走了。某生拔刀追上,将要一起斩杀,少年忽然不见。有一个老和尚穿着红袈裟,一手托钵,一手摇动锡杖,挡住他的刀说:"你还不觉悟吗?你利心太重,嫉妒心太重,机变巧诈之心太重,而又使人终于不能觉察。鬼神忌隐匿的恶事,所以判这两个女人私奔来报复你,她们有什么罪呢?"说完也隐去不见。某生默默地把妻妾带回家,妻妾说:"我们开始并不认识那少年,也没有互相爱悦,但忽而茫茫然如同做梦,随他而去。"左邻右舍也说:"这两个女人不是贪淫私奔的人,彼此又向来不和睦,哪里肯跟随同一个人呢?而且私奔一定要避人,哪里有白天公然行走,慢步等待人追赶的呢?一定是受到神的谴责,这是确定无疑的了。"但是终于不能明白他的罪恶,真是隐恶啊!

西 行 谶

凡事往往都是命里注定的,难道不是这样吗?戊子年春天,我替人题《蕃骑射猎图》说:"白草粘天野兽肥,弯弧爱尔马如飞。何当快饮黄羊血,一上天山雪打围。"这年八月,竟然投身军旅到了西域。又,董文恪公曾替我作《秋林觅句图》。我到乌鲁木齐,城西有茂密的森林,古老的树木高耸入云,绵延几十里。以前的将军伍公弥泰在里面造了一座亭子,题名"秀野"。散步在其间,很像是前面这幅画中的景色。辛卯年回到京城,就自己题一首绝句说:"霜叶微黄石骨青,孤吟自怪太零丁。谁知早作西行谶,老木寒云秀野亭。"

疡 医

南皮治疗创伤的医生某人,医术很精,但是喜欢暗地里用毒药,勒索大笔钱财,谁不满足他的要求,就必死。因为他的手段诡诈隐秘,别的医生不能消解。一天,他的儿子被雷震死。现在这个人还在,但没有谁再敢聘请他了。有的说某某杀人很多,天为什么不击杀他自身而击杀他的儿子,不是刑罚失当吗?要知道罪没有达到极点,刑罚不到他的妻儿;恶没有达到极点,连累不到下一代。击杀他的儿子,正是表明灾祸延伸到他的后嗣了。

两 术 士

安中宽说:过去吴三桂叛变,有个精于六壬占卜法的术士前去投奔。路上碰到一个人,说他也想投奔吴三桂。晚上,两人住在一个客店里。那人睡在西墙下,术士说:"您不要睡在这里,这墙到亥刻应当倒塌。"那人说:"您的术数不深,这墙向外倒,不是向内倒。"到了夜里,果然如此。我说这是附会的说法,这人能够知道墙的向内或向外倒塌,就不知道三桂的必然失败吗?

幻 术

有一个和尚,云游到交河苏吏部次公家里。这和尚善于弄幻术,出奇招变化无穷,说与吕道士同一个师父。他曾经用泥捏成一头猪,一念咒,猪就渐渐蠕动;再念咒,忽然发出声音;又念咒,跳跃而起了。于是交付厨房宰杀了招待客人,味道不太好。吃完,客人都反胃呕吐,所吐的都是泥土。有一个士人因为下雨留下同宿,私下询问和尚道:"《太平广记》记载:术士只要对着一片瓦念咒,那瓦片就会移动到别人那边;划墙壁立刻就开,可以暗中到达人家的闺房里面;师父的法术能达到这一点吗?"和尚说:"这不难。"就拾起一片瓦,念了好久的咒,说:"拿这个前去,但是不要说话,一说话,那么法术就失灵了。"士人一试,墙壁果然开启。士人到了一个地方,只见他所爱慕的一个女子刚刚卸妆,准备睡觉。士人遵照和尚的告诫,不敢说话,赶快关了门,登上床榻亲近眠爱,女子也欢乐和洽。士人因疲倦而熟睡。忽然,他张开眼睛,发觉睡在妻子的床榻上。夫妻俩正互相疑惑询问,和尚登门数落他说:"吕道士因为一念之差,已受到雷打,您更要连累我吗? 小术耍弄了您,幸而没有损伤大德,以后再不要萌生这种念头。"不一会又叹息说:"这个念头,掌管命运的神已经记录下来,虽然没有大的惩罚,恐怕在阴司记载禄位的簿册上于你会有妨碍呵!"后来士人果然困顿失意,晚年时只获得一任训导,至死过着寒士的困苦生活。

胡 维 华

　　康熙年间,献县胡维华以烧香为名,聚众叛乱。他居住的地方,沿大城、文安走,离京城三百多里;沿青县、静海走,离天津二百多里。胡维华计划兵分二路,一路出其不意,兼程到达京城;一路占据天津,掠夺海船。得利则天津的兵也往北赶,不利则逃往天津,登船入海而去。但当他正要给下属部署时,事情已经泄露。官军前往擒拿,先包围,后用火攻,斩尽杀绝,连幼小的孩童也一个没留下。

　　当初,胡维华的父亲富有资财,喜欢周济穷人,从来没有大的恶行。邻村有个老儒张月坪,生有一女,长得鲜艳美丽,可以称得上国色,胡父看到以后,不觉为之心醉。但是张月坪品行端正,又迂腐固执,没有把女儿给人做妾的道理。胡父就聘请他来家教读。

　　月坪因父母的灵柩在辽东,无法运回,所以经常闷闷不乐。有一次偶然与胡父谈及此事,胡父就捐助钱财让他扶灵柩而归,并且赠予埋葬的坟地。月坪田里有具横死的尸体,生前是他的仇家,官府因此要以谋杀罪审理。胡父又千方百计替他申辩,使月坪得以释放。

　　一天,月坪的妻子带着女儿回娘家,三个儿子都很小,月坪回自家看守门户,估计要好几天后返回。胡父就暗中指使家丁夜里锁上他的门户,焚烧他的房子,父子四人都被烧为灰烬。他却假装吃惊哀悼,代为料理丧葬,而且常常周济月坪的妻女,竟至依他为生。有人要想聘定她女儿,月坪妻必定来同他商量,他就暗中阻挠,使不能成功。时间久了,渐渐露出求她女儿做妾的意思。月坪妻感激他的恩惠,要想答应。女儿开始不情愿,夜里梦见她的父亲说:"你不去,我终不能满足我的心愿。"女儿于是听从了母命。一年多,生下维华,女儿随即病死。维华竟覆灭了他的宗族。

蓄志报复

又,离我家三四十里,有一户人家的主人,凌辱虐待他的仆役夫妇致死,然后又娶了他们的女儿。这女子本来聪慧机灵,料理他的饮食衣着器用,事事称心。凡是可以博得他欢心的,放荡淫戏,无所不至。人们都私下议论她忘记了父母之仇。这主人受迷惑已经很深,只要她的话就听。女子开始先引导他奢侈华靡,破他的家产十分之七八。又进谗言离间他的骨肉之亲,使得他们如同强盗、仇人相对。还经常讲《水浒传》中宋江、柴进等的故事,称赞这些人为英雄,怂恿他结交盗贼,结果以杀人罪抵命。处决的那天,女子不哭她的丈夫,却私下带一杯酒祭告她父母的坟墓说:"父母亲经常在我梦魇时惊我,恨恨地像要打我,现在该知道女儿的用心了吧?"人们才知道她蓄谋已久,志在报复,说:"这女子所做的,不但人不能猜测,鬼也不能猜测,心机真深啊!"然而不用阴险来论定,《春秋》推究本意,父母之仇原是不共戴天的呵。

乌鲁木齐二事

我在乌鲁木齐时,军中佐吏备办公文几十张,捧着墨笔请求写判语,说:"凡是客居死于此地的,他的棺木回原籍,照例颁给凭证,否则魂不能够入关。"因为是行文到阴司,所以不用朱笔的判语,它的印也用黑墨。看它的文理,浅陋荒诞得很,说:"为给照事:照得某处某人,年若干岁,以某年某月某日在本处病故。今亲属搬柩归籍,合行给照。为此牌仰沿路把守关隘鬼卒,即将该魂验实放行,毋得勒索留滞,致干未便。"我说:"这是小吏和差役借口捞钱罢了。"禀知将军,取消那个定例。十天后,有的来禀告城西荒坟中有鬼哭,是没有凭证不能回去的缘故。我斥责它虚妄。又十天,有的来告鬼哭已靠近城里。照样予以斥责。再过了十天,我所住的墙外有翽翽的声音,(《说文》说:"翽,鬼声。")我还以为是小吏和差役假装的。过了几天,声音到了窗外。这时月光明亮如同白天,自己起来寻找察看,实在没有一人。同事观御史成说:"您所主张的道理正当,即使将军也不能改变。但是鬼哭实在大家都听到,没有得到凭证的,确实也怨恨您。何不试着给一纸凭证,姑且阻止那些抓住这件事背地里说坏话的人的口。倘若鬼哭还是照旧，那么您更有话可说了。"我勉强听从了他的建议，这天晚上就寂然无声。还有军中佐吏宋吉禄在掌印的房里，忽然头晕跌倒，很久以后苏醒过来，说见到他的母亲来。一会儿，官军呈送公文，拆开一看，则是哈密报告吉禄的母亲来探望儿子，死在路上了。

天下事真是何所不有，儒生们谈论的是正常的情况罢了。我曾经作乌鲁木齐杂诗一百六十首，其中一首说："白草飗飗接冷云，关山疆界是谁分？幽魂来往随官牒，原鬼昌黎竟未闻。"就是说的这两件事。

渡 江 僧

范蘅洲说：过去渡钱塘江，有一个和尚来搭船，直接在坐处铺上布巾，靠着桅杆，同人互不答腔。和他谈话，嘴里随便答应，眼睛却看着别处，神情意态很不在意。蘅洲怪他傲慢，也不再说。这时西风很猛，蘅洲偶然得了两句说："白浪簸船头，行人怯石尤。"下联还接不上，吟涌了好几遍。和尚忽然闭起眼睛轻轻吟道："如何红袖女，尚倚最高楼？"蘅洲不明白他这两句的意思。再同他说话，仍旧不答理。等到船系缆绳时，恰巧一个少女站在楼上，正是穿着红色衣袖。蘅洲这才大为吃惊，再三询问，那和尚回答说："偶然望见罢了。"但是周围烟水浩渺迷茫，屋舍遮掩，和尚怎么能看得见呢？怀疑他能够未卜先知，要想向他行礼，则已经振动锡杖走了。蘅洲茫茫然无从推测，说："这又是一个骆宾王了！"

老 桑 树

清苑张铖在河南郑州做官时，官署里有棵老桑树，两手还合抱不过来，说是栖息着神灵怪异之物。张觉得厌恶而把它砍伐掉了。这天夜里，他的女儿灯下看到一个人，面目手脚以及衣帽都是深绿的颜色，厉声说："你的父亲太霸道，暂且在你身上显示警戒！"张铖吃惊地叫仆妇婢女到来，女儿神气已经痴呆了。后来嫁与太仆戈仙舟，不久死去。驱除恶鬼，毁坏淫邪的祠庙，正是狄梁公、范文正公那样人的事。德行如果不足以胜过它，少有不自取其败的。

阳宅与凶宅

钱文敏公说:"天的祸福,不就如同君主的赏罚吗? 鬼神的观察,不就如同官吏的审议吗? 如今假使有一道弹劾的公文说:'某人为人处世没有什么污点,做官有政绩,但是门前的路朝着不吉利的方向,营建时犯了不吉利的日子,罪应当贬职责罚。'上司是准许呢还是驳回呢? 又假使有一封推荐的文书说:'某人为人处世多污点,做官不成样子,但是门前的路朝着吉利的方向,营建时正当吉利的日子,功应当升官任用。'上司又准许呢还是驳回呢? 官吏所必然驳斥的,难道说鬼神倒是允许的吗? 所以阳宅的说法,我终不以为然。"这个比方十分清楚,用来质问那些风水先生,他们也没有什么好辩解的。但是所见到的实在有凶宅:京城里给孤寺斜对面路南的一所住宅,我前去吊唁过五次;粉坊琉璃街最北头路西的一所住宅,我前去吊唁过七次。给孤寺的住宅,曹宗丞学闵曾经居住过,刚搬进去,两个仆人一天晚上突然一起死亡,他害怕而搬迁走了;粉坊琉璃街的住宅,邵教授大生曾经居住过,白天往往见到变怪灾异,但他坚毅果断,并不害怕,竟然死在里面。这又是什么道理呢? 刘文正公说:"卜地的事见于《书经》,卜日的事见于《礼记》,假如没有吉凶,圣人为什么要占卜呢? 但恐怕不是现今术士所能知道罢了。"这才是公平合理的议论。

老 杏 树

沧州潘班善于书画,自称黄叶道人。曾经夜里住在友人的屋舍里,听到墙壁间小声说:"您今晚不要留人一起睡,当出来亲近您。"班大为惊恐,搬了出来。友人说:"屋中原有这个怪物,是一个柔媚的女子,不会危害于人的。"后来友人私下同接近的人说:"潘君难道终身困于青衿——做一辈子秀才吗? 这个怪物不是鬼不是狐,不明白是什么东西。碰到粗俗的人不出来,碰到富贵的人也不出来,只有碰到才子而又失意落魄的才出来侍寝。"后来潘果然困顿不得志而终。过了十多年,忽然夜里听到屋中哭泣的声音。第二天,大风吹折一棵老杏树,这个怪物才灭绝。外祖父张雪峰先生开玩笑说:"这个怪物很不错,它的志向在穿绸着缎的人之上。"

百年女鬼

陈枫崖光禄说:康熙年间,枫泾一个太学生曾经在别墅里读书,看见草中有一片石块,已经断裂,日久侵蚀,损坏脱落,只留存几十字,偶尔有一两个成句,好像是短命亡故女子的碑石。这个太学生原是喜欢多事的人,猜想她的坟墓一定在附近,于是常在石上陈设茶果,用亲昵的语言来祝告。过了一年多,看到一个美丽的女子在菜畦之间独行,手里拿着野花,朝着太学生一笑。太学生走近她的旁边,以眉目挑逗传情。正相导引进入篱笆后面丛生的草木间,女子伫立直望着他,好像有所思虑,忽然自己打着耳光说:"一百多年来,心像古井一样,现在竟被浪荡子挑动吗?"一边说,一边顿着脚。忽然,就不见了。太学生这才知道就是坟墓里的鬼。蔡修撰季实说:"古来称盖棺论定,现在看这件事,才知道盖棺还难以论定。这个本来贞节的魂灵,竟然因为一念之差,几乎失去她原来的操守。"晦庵先生有诗道:"世上无如人欲险,几人到此误平生。"确是如此呵!

哑 鬼

王举人金英说:江宁有一个书生,住宿在老家的废园里。一天夜晚,月色明亮,有个艳丽的女子在他窗前偷看,知道不是鬼就是狐。但因爱她的姣好美丽,也不害怕。书生招呼让她进入室内,这女子就温柔多情地主动亲近。但是始终没有一句话,问她也不回答,只是含笑,流转目光看着他。像这样有一个多月,不知道是什么缘故。一天,书生拉着她一定要追问,女子才拿笔写字说:"我是前明某翰林的侍妾,不幸短命而死。因为平生巧于进谗陷害,使得一门骨肉,如同水火一样不相容。阴司给予谴责,罚做哑鬼,已经埋没沦落二百多年了。您如能够替我写《金刚经》十部,使我得以仰仗佛的力量,超度救拔于苦海之中,那我就世世代代心怀感激了。"书生依照她的请求去做。写完的这一天,女子到书生这里一拜再拜,仍旧拿着笔写字说:"依凭着金经的忏悔,已经脱离了鬼的境界,但是前生的罪孽重,只能带着业障前往投生,还得要做三辈子哑妇,才能够说话哩!"

卷 二

滦阳消夏录(二)

命相之谜

董文恪公做工部侍郎时,说过去在富阳县的乡村居住,有个乡村老者坐在邻居家,听到读书声,说:"是个贵人啊。"请求与他见面。老者仔细地看了多次,又问他时辰八字,沉思了很久说:"您的命运和相貌都是一品,应当在某年得知县,某年代理大县,某年实际升授,某年升通判,某年升知府,某年由知府升布政使,某年升巡抚,某年升总督。望您好好爱惜自己,到时候会知道我说的不错。"后来他没有再见到这个老者,他的话也没有应验。但是仔细考较生平,那么所谓知县,乃是由拔贡生得了户部的七品官;所谓升调代理大县,乃是庶吉士;所谓实际升授,乃是编修;所谓通判,乃是中允;所谓知府,乃是侍读学士;所谓布政使,乃是内阁学士;所谓巡抚,乃是工部侍郎。官品俸禄都符合,年份也都符合,只是内官和外官的途径不同罢了。所以他的话说应验不算应验,说不应验也算应验,只是不知道总督怎么样。后来董公以某年官拜礼部尚书,官品俸禄仍旧符合。

按,推算天干地支,或者出奇地应验,或者全然不应验,或者一半应验一半不应验。我曾经以见闻当中最确凿的反复深思,八字的贵贱贫富,只不过大概如此。这中间的消长伸缩,稍有异同。无锡邹小山先生的夫人同安州陈密山先生的夫人时辰八字全然相同。小山先生做礼部侍郎,密山先生做贵州布政使,都是二品官。论起爵位,布政使不如侍郎尊贵;论起俸禄,则侍郎不如布政使丰厚,互相补偿了。二位夫人都是高寿,陈夫人早年守寡,但是晚年康强安乐;邹夫人白头夫妻相亲相爱,但是晚年失明,家底也薄,又互相补偿了。这个或者地域有南北、时辰有前半、后半吧。我的第六个侄儿同奴仆的儿子刘云鹏,出生时只隔着一堵墙,两窗相对,两儿一起落地啼哭。不但时同刻同,以至于分秒也同。侄儿到十六岁而早死,奴仆的儿子至今还在。难道不是命运所赋予的福气只有这个数,侄儿生长在富贵之中,消耗已完;奴仆的儿子生长在贫贱之中,消耗得不多,福气还没有完吗?盛衰生灭,道理像是如此,且等待精通命相的人再来细说。

易 位

　　曾伯祖父光吉公,康熙初年,做镇番守备的官。他说有位姓李的太学生的妻子,经常虐待他的妾,一发怒就剥去她下身的衣服鞭打,几乎没有停过一天。同里有个老妇,能够入阴司,所谓走无常的就是。她规劝李妻说:"娘子同这个妾有前世的冤业,不过应偿还二百鞭罢了。现在妒心旺盛,鞭打她几乎超过十多倍,又欠她的债了。而且良家妇女受刑罚,即使官法也不剥去衣服。娘子一定要使她裸露以表示羞辱,这样做虽称心痛快,但就是触犯鬼神的禁忌。娘子同我情厚,因为暗地里见到了阴间的簿册,不敢不让你知道。"李妻讥笑说:"死老太婆! 你这完全是骗人的话! 要想我祈祷消灾,捞取我钱财吗?"就在这时,经略莫洛碰到王辅臣叛变,乱党纷纷起来,李死于战事,妾被副将韩公得到,喜欢她的聪明智慧,独占宠爱。韩公没有正妻,理家的事就由妾掌管。李妻被贼所劫掠,贼败被俘,分赏给将士,恰巧也归了韩公。妾留着她做婢女,让她跪在堂上,对她说:"你如能受我的指挥,每天早晨起来,先跪在梳妆台前面,自己脱去下身的衣服,伏在地上接受五鞭,然后供使唤,就饶了你的命。否则你是贼党的妻室,杀了不算违禁,当一寸一寸地碎割你,去喂猪狗。"李妻怕死,失去志气,叩头表示愿意照办。但是妾不要她很快就死,鞭打不很厉害,让她知道痛楚罢了。一年多后,李妻才因别的疾病死去。计算她受鞭打的次数,恰巧相当。这个女人真是没有节操无耻啊! 也是因为鬼神所禁忌,暗地里夺去了她的精神。这件事韩公自己并不隐讳,而且拿它来说明因果报应,所以人们知道它的详情。

　　韩公又说:这还是明显地调换了两人的位置。明末我曾经游历襄阳、邓州一带,和术士张鸳湖住在一起。鸳湖熟知寓所主人的妻子虐待妾太过分,心里积下不平之气,私下说:"道家有借形法,凡是修炼没有成功,气血已经衰退,不能够合成仙丹得道成仙的,就借一个壮盛的躯体,乘他睡着的时候,同他互相调换。我曾经学过这个方法,不妨试试看。"第二天,那家忽然听得妻子在妾房里说话,妾在妻子房里说话。等到出了房门,则讲妻子话的是妾,讲妾的话的是妻子了。妾得到妻子的身体,只是默默地坐着。妻子得到妾的身体,很不甘心,乱纷纷地争吵,亲属和宗族里的人不能裁决。告到官府里,官员以此事怪异荒诞而发怒,鞭打那个丈夫,把他赶了出去。大家都不知道该怎么办。然而根据形体而论,妻子实在是妾,因她不在正妻的地位,所以威风也就不能施展,竟然分房各住而罢。这事更加奇特了。

嘲俗儒

相传有个学塾的老师，乘着夏夜月光明亮，带领他的学生在河间献王祠堂外面田埂上乘凉。他一面讲《诗经》的模拟试题，琅琅的声音就像钟鼓。又叫小儿子诵读《孝经》，诵读完再讲。他忽然抬头看见祠堂门前两棵古柏下面，隐隐约约有人，靠近一看，只见形状颇为奇怪，知道是神鬼。然而私下思量，在这献王祠前面，绝对不会有妖怪鬼魅。上前去问姓名，只听回答说："我们是毛苌、贯长卿、颜芝，因为谒见献王到了这里。"塾师大喜，一拜再拜，请求讲授经文义理，毛、贯一起说："您所讲的我们刚才已经听到，都不是我等所理解的，无从奉答。"塾师又下拜说："《诗》的义理深奥精微，难以传授我这极愚蠢的人。请颜先生讲一讲《孝经》可以吗？"颜转过脸向里说："您的小儿子所诵读的，文词漏落、次序颠倒，全然不是我所传的本子，我也没有可说的地方。"忽而听到传献王的晓谕说："门外好像有人喝醉了酒说话，刺耳的吵闹声已经很久，可以赶他走。"

我说这同爱堂先生所说学究碰到阴间小吏的事一样，都是渊博高雅之士编造的玩笑话，用来嘲骂庸俗的儒者的。但是门户空洞风就随之而来、桐子似乳头引来鸟雀筑巢——流言蜚语也不是凭空而来的吧。

因 果

先父姚安公生性严厉，家中没有杂七杂八的宾客。一天，姚安公同一个衣衫破烂的人说话，呼唤我们兄弟向他行礼说："这是宋曼珠的曾孙，不通消息很久了，现今才见到。明末兵乱，你们的曾祖父年十一岁，在战乱中流浪，靠着宋曼珠才活了下来。"于是想方设法替他谋求生计，并告戒我们兄弟说："道义所应当报答的，不必谈论因果报应，但是因果确实也不差。过去某公受人重生的恩惠，富贵了以后，看到恩人的子孙零落，他竟淡漠得像个陌路之人。后来某公生病困顿，正在吃药，恍恍惚惚看到恩人亲手交给他两封信，都没有封口。一看，则是当年乞求救援的信。某公把杯子打翻在地上说：'我死得晚了！'这天晚上死去。"

扶乩问寿

宋按察蒙泉说:某公在明朝时做谏官,曾经扶乩请神降示寿数,仙人判断他当于某年某月某日死。他计算为期不远,所以经常郁郁不欢。但到了某年某月某日,居然无事。后来他进入本朝,做到了九卿的职位。恰巧同僚家里扶乩,以前的仙人又降临,某公叩问以前所判的为什么没有应验,仙人又下判语说:"您不死,我怎么办?"某公反复沉思,忽然命人备车马走了。因为所判的是甲申年三月十九日,正是明朝覆亡,崇祯皇帝自缢那一天!

砚 铭

沈椒园先生做鳌峰书院院长的时候,给我看高邑赵忠毅公的旧砚,正面上部有"东方未明之砚"六个字,背面有铭文道:"残月荧荧,太白睒睒,鸡三号,更五点,此时拜疏击大奄。事成策汝功,不成同汝贬。"乃是弹劾魏忠贤时,用这砚起草疏文的。末尾有小字一行,题"门人王铎书"。这一行遗漏没有镌刻,而墨色深入到石骨之中。干时就不见,拿水洗濯,则五个字明白显现。相传开始叫王铎书写这段铭文时,没有来得及镌刻而灾变起。后来在谪戍的住所,才加以镌刻,招呼刻工,不要刻这一行。但是历经一百多年,洗涤不去,这事颇为奇怪。有的说:忠毅嫉恶如仇十分严格,渔洋山人笔记中称王铎的人品一天不如一天,书品也一天不如一天。那么忠毅先已有所见了,削去他的名字,是排斥他;洗涤不去,是要显示他曾经被忠毅所排斥吧。天地鬼神,常在一件事上,偶尔露出它的机巧,使人知道警戒。或者是这样吧!

二 格

乾隆十五年,官府的库房里丢失玉器,调查那些世代看守园林中的仆隶户,有一户叫常明,受审时,忽然发出儿童的声音说:"玉器并不是他所盗窃,人却真是他所杀的。我就是被杀掉的人的魂。"审问官一听大惊,把案子转送到了刑部。姚安公这时做江苏司郎中,同余公文仪等一起审讯。魂说:"我的名字叫二格,年十四岁,家在海淀,父亲叫李星望。前年元宵节,常明领我看灯回来。夜深人静,常明调戏我,我竭力拒绝,而且说回去要告诉父亲。常明就用衣带勒死了我,埋在河岸下。父亲疑心常明把我隐藏了起来,告到巡城的官员那里,送到了刑部。因为事情没有证据,商议另外缉捕真凶。我的魂经常跟着常明走,只是相隔四五尺,就觉得炽热像烈火,不能够靠近。后来热稍稍减退,渐渐靠近到二三尺,又渐渐靠近到尺把。昨天竟都不觉得热,才得以附身。"又说初次审讯时,魂也随着到了刑部,并指着广西司的那个门。按照所说的月份日子,果然查得原来的案卷。问他的尸体,说在河岸第几棵柳树的旁边。发掘以后,也找到了,尸身还没有坏。他的父亲来辨认后,大声痛哭说:"是我的儿啊!"事情虽然虚幻不可捉摸,而证据检验都是真的。而且讯问时,叫常明的名字,就忽然像梦中醒来,说常明的话;叫二格的名字,就忽然像昏晕酒醉,说二格的话。互相辩论多次,才招认伏罪。又,父子俩絮絮叨叨地谈论家务事,一一分明。案件没有可疑之处,于是以实际情况上报,按照法律来论罪。命令下达的这一天,魂高兴极了。魂生前本来是卖糕为生的,忽然高唱一声:"卖糕!"父亲哭泣着说:"好久没有听到这个了,很像是活着时候的声音呵!"问:"儿准备去哪里?"答说:"我也不知道,姑且走罢。"从此再问常明,不再说二格的话了。

治狱可畏

张受长副使,南皮人,做河南开归道道员时,曾夜里阅读一份断狱的案卷。他思考着自言自语地说:"用刀割颈自杀死的,刀痕应当进去重而出来轻,现在进去轻而出来重,为什么呢?"忽然听到背后叹息一声说:"您还算懂事。"他回头观看,却并没一人。唉的叹了口气说:"多么厉害,审理案件真可怕啊!这次幸而不错,怎么能够保证别的日子不错呢?"于是上书称病而归。

反　常

先叔母高宜人的父亲名叫荣祉,做山西陵川县令。有一个旧的玉马,质地不太洁白,血染斑斑。这个玉马用紫檀木雕作底座承放,经常搁在小桌上。它的前脚本来作双双下跪要想起来的形状。一天,左脚忽然伸出在底座外面。高公大惊,全衙署的人也来传观,说:"这个物件程朱也不能推知啊。"一个师爷说:"凡是物件年岁久了,就变为妖;得到人的精气多了,也能变为妖。这道理容易明白,不足为怪。"众人议论打碎它,但犹豫不决。第二天,它的脚仍然屈回到原来的形状。高公说:"这是真有知觉了。"丢到炽热的火炉中,好像微微发出呦呦的声音。后来也没有别的变异。但是高氏从此渐渐衰败。高宜人说,这马煅了三天,分裂成两段,还赶得上看到它半个身子。

又,武清王庆坨曹家大厅的柱子,忽然生出牡丹两朵,一紫色,一碧绿色,花瓣中的经络像金丝,花叶繁茂下垂,过了七八天才枯萎谢落。它的根由柱子而出,纹路相连接,靠近柱子二寸光景,还是枯木,往上才渐渐发青。先母太夫人是曹氏的外甥女,小时亲眼看到,都说是祥瑞。外祖父雪峰先生说:"事物反常的为妖,哪里来的祥瑞?"后来曹家也衰落了。

玉带化白蛇

已故外祖母说:曹化淳死的时候,他家里用前明的玉带殉葬。过了几年,墓前经常见到一条白蛇。后来,坟墓被水浸蚀,棺木朽坏。改葬的这一天,别的珍异物件都在,只有玉带不见了。蛇身有一节节的纹路,还像带的形状。难道是他凶猛暴戾的魂魄借玉而化的吗?

镜中之影

外祖父张雪峰先生性情高洁,书房中的几案和砚台都精致整洁,图书和史籍也排列得整整齐齐。这书房经常关锁着,只有张雪峰先生亲自来了才能开启。院子里花木繁茂,苔藓密如绿毡。小僮、婢女如果没有使唤命令,也不敢轻易踏进一步。舅父健亭公年十一、二岁时,一次,趁外祖父到别处去了,就私自往院子里树下乘凉。听到室内好像有人行走,怀疑外祖父已经先回来。他屏住呼吸,从窗缝里偷看,看见竹椅上坐着一个女子,浓妆艳抹,如同图画。椅子的对面有一面大方镜,高约五尺;镜中的影子,竟是一只狐狸。他心中害怕,不敢随便走动,继续偷看她做些什么。女子忽然见到自己的影子,连忙起身绕着镜四周呵气,镜面昏暗如雾。过了很久回到座位,镜面上呵气的痕迹也渐渐消退;再看她的影子,则也是一个美好的女子了。健亭公恐怕被她看到,就踮着脚回去了。后来,他把这事私下同先父姚安公说过。

姚安公曾经给孙儿们讲《大学·修身》一章,举出这件事情为例说:"明镜空空,所以事物无从逃遁它的形影。但是一旦被妖气所掩盖,尚且失去真实的

29

形状。何况私心偏向,先有所遮蔽的呢?"又说:"不但私心可以遮蔽,即使是公心也可以遮蔽。正人君子,被小人乘机加以反激,如果固执专断,也有可能导致颠倒是非的。过去包孝肃的属吏假装弄权的样子,使应该杖责的囚犯反而不予杖责,这也是妖气掩盖了镜子呵。所以正心诚意,一定要先推究事物的原理而获取真知。"

贞 孤

有一个卖花老妇说:京城有一所住宅靠近空的园地,园中本来多狐。有一个美丽的女人夜里越过矮墙同邻家少年亲昵,因害怕事情泄漏,就开始假托姓名。后来欢爱渐渐和洽,估计不至于相抛弃,就自己冒充是园中的狐女。少年喜欢她的美色,也不疑心拒绝。很久以后,忽然这个女人家的屋上有瓦片掷来,听到骂声说:"我居住园中长久了,小儿女们戏耍抛掷砖头石块,惊动了邻里,或者是有的。实在没有放荡迷惑人的事,你为什么污辱我?"事情才泄露出来。怪啊! 狐狸精的诱惑常常假托于人,这个女人竟假托于狐狸精。善于诱惑的人被比作狐狸精,这个狐狸精竟然比人还要坚贞。

妾 再 嫁

有一个远游在外的士人,以写字绘画来供养自己。他在京城娶了一个妾,非常爱她。有时他参加宴会,也一定要在衣袖里藏一些果子食品带回来给她。那妾也和他很相投合。没过多久,士人病势危急,对妾说:"我没有家,你没有去处;我没有亲属,你没有依靠。我以笔墨为生,我一死,你琵琶别抱——另嫁他人,这是势所必然,也在情理之中。我没有留下债务连累你,你也没有父母兄弟牵连阻挠,可以按自己的意志行事。你可以不要受人家一点聘金,只同他相约逢年过节允许你祭扫我的坟墓,那么我就没有遗恨了。"妾哭泣着接受了教诲。娶她的人也能够信守事先的约定,又很爱她。但妾经常郁郁不欢,回想起旧日的恩情,夜里一定做梦同原来的丈夫同床共枕,睡梦中有时发出呢呢的梦话。丈夫觉察了,秘密地延请术士,用符箓来镇压。梦话倒是停止了,而病渐渐发作,逐渐到了危殆的地步。临死时,她用前额叩着枕头说:"旧人情意重,实在不能忘记,这是您所深知,我也不回避。昨天夜里又在梦中见到他,他对我说:'我长久被驱赶,现在得以再来。你的病已经到了这样,何不一起走呢?'我也已经答应他了。如果我能够得到您格外的恩惠,送回我的尸身到他的坟墓里,我当生生世世结草衔环来报答您深重的恩德。这不合情理的请求,希望您考虑安排。"说完,气息奄奄地死去。丈夫也是一个豪爽之士,感慨地说:"魂已经去了,留着这个遗体又有什么用呢? 杨越公能够合乐昌公主和徐德言的破镜,使他们夫妻重新团圆,我就不能使他们合之于黄泉之下吗?"他竟然按照她的请求做了。

这是雍正十二、三年间的事,我这年十一、二岁,听人讲过而忘记了他的姓名。我说再嫁,是背弃了原来的丈夫;嫁了以后又有不忠之心,是背弃了后来的丈夫,这个女人进和退都是无所依凭的。何子山先生也说:"思念而死,怎比得上殉情而死呢?"何励庵先生则说:"《春秋》责备贤人,不可以用士大夫的观念来规范普通男女。哀伤她的遭遇可以了,同情她的心志可以了。"

鬼 饮 酒

屠夫许方曾经挑着两坛酒走夜路,疲倦了,就在大树底下休息。那时,月光明亮如同白昼,远远地听见呜呜的声音,一个鬼从草木丛生的地方出来,形状可怕。于是,他就躲避到树后,拿着扁担用来自卫。鬼到了酒坛前面,跳跃舞蹈,十分欢喜,立时打开就喝,喝光了一坛,还想打开第二坛。但第二坛酒的封盖刚打开一半,这个鬼就萎靡地倒下了。许方恨极了,而且看它好像没有别的本领,就突然举起扁担打去,只觉得好像击中了什么虚空的东西。于是连连痛击,那鬼渐渐松散着地,化成浓烟一团。许方恐怕它幻变,又击打了一百多下,那烟平铺地面,渐散渐开,烟痕像淡墨,像轻纱,渐渐愈散愈薄,最后一点也没有了。这是因为这个鬼已经消灭了。

我说鬼是人的余气,气逐渐地趋向消灭,所以《左传》称新鬼大,旧鬼小。世上有见到鬼的,而没有听说见到伏羲、轩辕以前的鬼,因为已经消灭尽了。酒是散气的,所以医家活血、发汗、开郁结、驱寒气的药,都用酒来治疗。这个鬼以只留下一点儿的气,而用满坛的酒来驱散。炽盛的阳气振动鼓荡,蒸发熔化微弱的阴气,它的消灭净尽是理所当然的。这是消灭于酒醉,不是消灭于击打。听到这件事情的时候,有个戒酒的人说:"鬼善于变幻,因为酒的缘故,以至于躺卧着而受击打。鬼本来是人所怕的,因为酒的缘故,反被人所困。沉迷于酒而不悟的人想想吧!"有个嗜酒的人说:"鬼虽然没有形体,但有知觉,所以免不了喜怒哀乐之心。现在昏昏然醉卧,消失归于虚无,返回到了它的本原了。酒中的趣味没有比这个更深的了。佛家以涅槃——圆寂为极乐境界,那些忙忙碌碌的人哪里会知道啊!"这就是庄子所说的"此亦一是非,彼亦一是非"吧?

牛 产 麟

献县有一个庄户人家,牛生麒麟。这庄户人家因惊怕而把麒麟打死了。知县刘征廉收葬了它,刻一块石碑说:"见麟郊。"刘原是个好官吏,但这个举动何等浅陋呵!麒麟本来是仁兽,实在不是牛种。小牛犊的鳞片和角,不过是下雷雨时受蛟龙的感应罢了。

鬼 畏 人

董文恪公没有登第时,设学馆在一所空的住宅里,有人说这里常可见到怪异。董公不相信,夜里用竹笼罩着灯光等待。三更以后,阴风飒飒,庭院中的门户自动打开,有几个像人又不像人的怪物杂乱地拥进来。看见董公,大惊说:"这个屋子有鬼!"都狼狈地奔逃出去。董公拿着棍棒追逐,他们又互相呼叫着说:"鬼追来了,赶快跑!"争着越过墙头走了。董公常常谈起这事,自己笑着说:"不知道为什么叫我是鬼?"故城的贾汉恒,这时跟随董公学习经文,于是举出《太平广记》所载夜叉要想吃哥舒翰妾的尸体,翰正睡在旁边,夜叉相互说:'贵人在这里,怎么办?' 翰自己考虑叫我做贵人,打它应当没有什么害处,于是起身击打,夜叉奔逃散去。鬼、贵的音相近,或者鬼叫先生为贵人,先生听得不清楚。"董公笑笑说:"是这样吧!"

降 坛 诗

乾隆十五年秋天,我买得一部《埤雅》,书中间折叠着一张绿色精美的纸片,上面有诗说:"愁烟低幂朱扉双,酸风微戛玉女窗。青燐隐隐出古壁,土花蚀断黄金釭。""草根露下阴虫急,夜深悄映芙蓉立。湿萤一点过空塘,幽光照见残红泣。"末了题"靓云仙子降坛诗,张凝敬录"。大约是请神扶乩的人所书写。我说这是鬼诗,不是仙诗。

梦中作诗

沧州张铉耳先生在睡梦中作一首绝句说："江上秋潮拍岸生,孤舟夜泊近三更。朱楼十二垂杨遍,何处吹箫伴月明。"自己题写跋语道："梦假如不是这样想的,怎么能成诗;梦假如是这样想的,平生从未到过江南,为什么想到了这里。弄不清它的缘故,姑且记录留存。桐城姚别峰和我起初并不相识,新近他从江南来,在李锐巅家里见面。他所刻近来的诗作,竟然有这首诗。问写作的年月,则是在我做梦后的一年多。开箱拿出旧稿来看,两人都感到惊异。人世间真有不可解释的事情!宋代儒者事事都讲究理,这个理又从哪里推求呢?"

又,海阳李漱六,名承芳,与我是乾隆十二年丁卯科乡试的同年。我厅堂上挂的《渊明采菊图》,是蓝田叔画的。董曲江说:"神情何等像李漱六!"我仔细观看,确实如此。后来漱六以举人入京应试,求得这幅画去,说平生所作的小照,都不及这一张。这事也不可解释。

周 某

景城西面偏僻处有几个荒坟,将要坍平了。我小时候经过这里,老仆人施祥指着说:"这就是周某的子孙,因为一件善事而延续三代的。"前朝明代崇祯末年,河南、山东遇到大旱和蝗灾,草根树皮都吃尽了,于是发生了人吃人的事,官吏不能禁止。有些妇女、儿童,被两手反绑,赶到市上出卖,叫做菜人。屠夫买去后,好像切割羊和猪一样,一一把他们屠宰。周氏的祖先,一次从东昌做生意贩运回来,到市上吃午饭。屠夫说:"肉完了,请稍等一下。"很快看见拽着两个女子到厨房里,呼叫说:"客人等得久了,可以先拿一只蹄子来。"周氏的祖先连忙出来阻止,只听到一声长长的惨叫,则一个女子已被砍断右臂,在地上翻覆转动;另一个女子吓得浑身颤抖,面无人色。她们看到周,就一起哀叫,一个求快点死,一个求救命。周动了恻隐之心,就出钱把她们赎了出来。一个已经没有生存的希望,只好马上当胸把她刺死;一个带了回来,因为没有儿子,收做妾。后来这妾生下一个儿子,右臂有一条红线,从胳肢窝绕过肩胛,活脱脱是那个断臂女。后来传了三代才绝了后。都说周本来没有儿子,这三代是一件善事所延续的。

农家少妇

青县农家的一个少妇,性格轻佻,随着她的丈夫操作,形影不离。两人经常相对嬉笑,不避忌人,有时夏天的夜里一起睡在瓜园中。人们都鄙薄她的放荡。但是对别人则面孔像冰冷的铁,有人私底下挑逗她,她必定严厉地拒绝。后来碰到强盗,身上受了七刀,还在斥骂,终于没有被污而死。人们又都惊奇她的贞烈。

老儒刘君琢说:"这就是有所谓内在美而未曾得到教育培养。她只是深于夫妻之情,所以誓死没有二心;只是不懂得礼法,所以情欲的意念,留存于仪表面容;亲昵的隐私,表现于一举一动之中。"辛彤甫先生说:"程子有个说法:凡是躲避嫌疑的,都是内心有所不足。这个女人心里没有别的想头,所以正大光明直接去做,从不怀疑自己,这就是她所以能够以死守节的缘故。那些喜欢标举端庄严肃的人,我见得多了。"先父姚安公说:"刘君是正论,辛君也是有感而发。"

后来她的丈夫夜里看守豆田,单独住宿在圆形草屋里,忽然看见妻子到来,欢爱如同平时。她对丈夫说:"阴司的官员因为我贞烈,判来世取中乡试榜,官居县令。我因为怀念您而不想去,所以请求辞去官位俸禄做一个游魂,可以长久跟随您。阴司的官员怜悯我,已经允许了。"丈夫为此感动得哭泣,发誓不另找配偶。从此,他妻子白天隐去,夜里就来,二十年几乎没有中断一天,就连儿童有时也能暗中看到。这是康熙末年的事,姚安公能够举出他们的姓名、住址,现在忘记了。

韩 生

献县有一个老儒韩生,性格刚强正直,一举一动一定要遵照礼的规定,所以全乡人都推尊他为德高望重的长者。有一天,他得了寒邪侵袭的疾病,恍恍惚惚之间,见一个鬼站立在他前面,说:"城隍神来传唤你了。"韩想气数已尽,应当死了,抗拒也没有益处,于是跟着前去。到了一个官衙,神查点簿册,说:"因为姓相同,错了。"打了那鬼二十板子,让它送回。韩意下不平,上前提问说:"人命至关重要,神为什么派遣糊里糊涂的鬼,以致有错抓的事。倘若不查点出来,不是竟然枉死吗? 这叫什么聪明正直呢?"神笑着说:"说你倔强,现在果然如此。要知道天时的运行,各年间不能没有差异,何况是鬼神呢！错误了而能够立即觉察,这叫聪明;觉察了而不袒护,这叫正直,你哪里够得上知道这点呢。考虑到你的言行没有什么污点,姑且宽恕你,以后不要再像这样急躁狂妄了。"韩忽然苏醒过来。这是韩章美说的。

大　月

先祖父有个僮仆,名叫大月,年十三四岁。他曾经跟随村里人到河里罩鱼,得到一条大鱼,几乎有二尺长。大月刚用手举起给众人看,鱼忽然拨剌一声掉转尾巴,击中他的左面脸颊,向前跌倒水中。众人奇怪他不起来,正要把他拉起,只见缕缕血丝浮出水面。原来有一些破碗在泥中,锋利像刀刃,刺中他的太阳穴,死了。起先,他的母亲梦见他被人抓住捆绑在砧板上,像羊、猪般地宰割,好像还在恨恨不已。醒后厌恶这个梦境,经常告戒他不要同人争斗,没有料到竟被鱼所击中。佛家所谓前世中欠了它的命吧！

嫁祸于神

礼部侍郎刘青垣说:有一对中表兄妹,涉及到元稹《会真记》里所写的那种嫌疑,女方有了孕,被母亲所觉察。女子谎称夜里经常有一个巨人来压,身体很重而颜色黑黑的。母亲说:"这个必定是泥塑的神像兴妖作怪。"给了她一根彩色的丝线,叫她等那巨人来的时候,暗地里系在他的脚上。这女的偷偷地把彩色丝线给了她的情人,系到了关帝祠周将军的脚上。母亲寻觅发现了,把那周将军的脚几乎打断了。后来中表兄妹再度幽会,忽然见到周将军来击打他们的腰,男女一起直僵僵地躺着不能起来。人们都说:"这是污蔑神灵的报应啊！"要知道独得其利而嫁祸于人,这方法够巧妙了。巧是造物主所忌的,算尽了万种机关,反而算到了自家身上,这就是天道。神憎恨他们用心险恶,而不是憎恨他们的污蔑。

罗两峰画鬼

扬州罗两峰,眼睛能看到鬼,说:"凡是有人的地方都有鬼,那些多年滞留的横死恶鬼,多半在幽暗空旷的住宅里,人不可以进去,进去了就要受害。那些往来不绝的鬼,中午前因阳气盛,多在墙的阴影里;中午后,阴气盛了,就四散游行。它们可以穿墙而过,而不从门户出入。碰到人则避让路边,是害怕阳气。这是到处都有的,没有什么祸害。"又说:"鬼所聚集的地方,总是人烟密集的处所。偏僻的地方、空旷的野地,就很少见到鬼。它们喜欢围绕厨房灶头,好像要想闻闻饮食的气味。又喜欢进入厕所,就不知道是什么缘故了,或者是取人迹很少到来这一点吧。"罗两峰所画的《鬼趣图》,人们颇疑心他是凭想象创作的。画中有一个鬼,头大于身体差不多十倍,尤其像是出之于虚幻的想象。但是听先父姚安公说,瑶泾陈公曾经在夏天的夜里挂起窗子睡觉,窗子阔一丈。忽然有一个大面孔的鬼来窗前偷看。那鬼的面孔大得同窗的宽度相等,所以看不到它的身体。陈公急忙拔剑刺它左面的眼睛,那鬼就随手隐而不见了。对屋的一个老仆说他也曾看到,并说鬼是从窗下地里涌现出来的。于是掘地一丈多,但什么也没发现,只得停止。可见果然有这种鬼的。这类渺茫暗昧的事情,我到哪里去询问呢!

刘 四

奴仆刘四,乾隆三十七年夏天请假回家探望,自己驾着牛车载着他的妻子。离家三四十里时,已将近半夜,牛忽然不走了。妻子在车中惊叫说:"有一个鬼,头大得像坛子,在牛的前面。"刘四注意观看,只见一个矮黑的女人,头戴一个破鸡笼,边舞边叫说:"来!来!"刘四惊恐地掉转车头,那女人又跳到牛的前面,叫:"来!来!"就这样转来转去,一直到鸡叫。那女人忽然站住,笑着说:"夜里凉快,没有什么事,借你们夫妻消遣消遣。不过是偶尔相戏弄,我去以后,当心不要骂我,骂则我再来。我这里有个鸡笼,是前村某家的东西,请你捎带着还给他。"说完,把鸡笼掷到车上走了。刘四驾着车子,一直到天明才到家,夫妻俩已经昏昏然像喝醉了酒。妻子不久病死,刘四也穷困流落,弄得不像人样。鬼大概是趁他衰败的气数吧。

陈 双

景城有刘武周的坟墓,《献县志》上也有记载。按,武周是太行山北马邑人,坟墓不应该在这里,所以怀疑是隋朝刘炫的坟墓,因为刘炫是景城人。《一统志》记载,他的坟墓在献县东面八十里。景城距离县城八十七里,大约相当于这里。旧时有狐精居住,有时戏弄酒醉的人。乡里有个陈双,是酒鬼,听说后愤怒地说:"妖兽胆敢如此!"到坟墓所在的地方,边数落边骂。这时耕种的人遍布田野,都看见他的父亲气愤地坐在坟墓旁。陈双一边跳跃,一边叫骂。大家争着上前喝叱道:"你为什么醉成这样,竟然骂你的父亲!"陈双凝神看去,果然是父亲,于是大惊叩头。父亲径自快步走回,陈双跟在后面哀求,终于在村子外面追上了。他正伏在地上诉说,忽然婆娘们四面围拢过来,放声大笑说:"陈双为什么要跪拜他的妻子?"陈双仰面看去,又果然是他的妻子。他惊得呆呆地站着,妻子也径自快步走回。陈双迷惘地回到家,发现父亲和妻子其实不曾出去过。这才知道都是狐精幻变戏弄他的,羞惭得好几天不敢出门。听说的人都禁不住大笑起来。

我认为陈双如果不去骂狐精,何至于遭到狐精的戏弄?这是他自己的错误招来的。当然,狐精不戏弄人,也不至于遭到陈双的咒骂,这也是狐精的错误招来的。颠倒错乱、纠缠不清,都是由于一个轻率的念头引起。所以佛家说,一切世人,当心不要制造起因。

方 桂

方桂,是乌鲁木齐一个被流放的囚犯的儿子。他说,曾经在山中牧马,一匹马忽然逃去。他跟踪前往寻找,隔着山岭听到马叫声很凄厉。循着声音的方向,到了一个幽深的山谷,看见几个东西像人又像野兽,全身鳞片毛糙、色彩错落,如同古松;头发蓬乱,像鸟羽装饰的车盖;眼珠突出,颜色纯白,就像镶嵌着两枚鸡蛋。这些东西一起按住马,活活地咬它的肉。放牧的人多半携带火铳防身,方桂本就顽皮暴烈,于是爬上树放铳,那几个东西全部进入到茂密的森林中去,这时,马的半个躯体已经被吃掉了。后来没有再见到过,所以至今不知道是什么东西。

狐 居

芮庶子铁厓住宅中一栋楼房,有狐精居住在它上面,经常关锁着。狐精有时夜间在厨房里整治饮食、在屋舍里宴请客人,家里人经常见到也不惊怪。凡是盗贼、火烛一类事,都能够替主人呵禁护卫,彼此相安已经很久。后来把住宅卖给了李学士廉衣。廉衣向来不相信妖异诞妄的事情,亲自前往打开观看,则楼上的三间房子,洁净得没有一点点尘土。中间一片像席子那么大,用木板垫着,整齐得就像桌榻,其他也没见到什么。当时正在修建房子,于是一并拆毁了那楼房,使它没有地方可住,也没有别的怪异的现象。等到新修建的房子刚刚落成,突然烈火四起,片刻之间,连一寸的椽子也没留下。而相邻的用茅草盖的屋顶却一根草也没有烧着。都说是狐精所干的。

礼部侍郎刘青垣说:"这所住宅原当在这一天焚烧。如果气数不应当焚烧,狐精怎么敢放火?"我说妖精鬼魅能够一一遵守法令,那么老天就不会有用暴雷诛杀的事了。王法禁止杀人,不敢杀的占多数,杀人抵罪的也时常有。这固然是不可知的。

雉 与 蛇

刑部侍郎王兰泉说:梦午塘做江南提学使的时候,衙署后面有高高的土山,经常夜里见到发光的怪物,说有一只雉鸡、一条蛇居住在上面,都因为年岁长久了而能够作怪。午塘少年气盛,命人拿了铁锹、畚箕之类准备掘平它。众人犹豫不动手,午塘正在发怒督促,忽然随风飘来一片席子蒙住他的头;急忙撤去,又有一片蒙住,都是衙署中凉篷上的东西。午塘觉察它的奇异,于是叫衙役停止了。土山现在还高高地耸立着。

某 生

老仆魏哲听他父亲说:顺治初年,有个某生,距离我家八九十里,忘记了他的姓名,同妻子先后死去。过了三、四年,他的妾也死了。刚巧他家雇佣的工人走夜路避雨,宿在东岳祠的走廊里。似梦非梦,看见某生戴着枷站立庭前,妻妾跟随着。有一个神,衣冠像城隍,弯腰对岳神说道:"某生污辱了二人有罪,救活了二命也有功,应当相抵消。"岳神不高兴地说:"二人怕死忍受耻辱,还可以宽恕。某生救活二人,正是为了要想污辱二人,只应该治罪,怎么说功罪相抵呢?"挥挥手让他出去。某生以及妻妾也随之出来。佣工惊恐不敢出声,天明回来告诉家人,都不能理解。有一个某生家旧日的仆人哭泣着说:"怪啊!竟然因为这件事被逮捕吗?这事只有我父子知道,因为受恩深重,发誓不敢说。现在已经改朝换代,才敢回头讲说。两个主母其实都不是女人。前朝明代天启年间，魏忠贤害死了裕妃，她名位下的宫女、内监都被秘密地抓去送入东厂，死得很惨。有两个内监，一个叫福来，一个叫双桂，改名换姓逃亡躲藏。因为同主人曾经相识，主人正经商住在京城，他俩夜里投奔前来。主人引进密室，我从洞孔里偷看。主人对二人说：'你们声音相貌在男女之间，与一般人稍有不同，一出去必然被抓住。如果改换女装，就察访不着。但是两个没有丈夫的女人寄宿在人家里，形迹可疑，也必然败露。二位已经净了身，本来与女人没有什么不同；肯委屈迁就做我的妻妾，就万无一失了。'两人进退都无计可出，考虑了很久，一起曲意依从。于是代为置办妇女的服饰，钳穿他们的耳朵，渐渐可以承受珠玉的耳坠。并且买来软骨药，暗地里为他们缠脚。过了几个月，居然是两个端好的女人了。就用车载着回老家，假装说是在京城娶来的。两人长久住在宫中，都皮肤白净、温柔文雅，没有一点男子汉的样子。这事又远出人们意料之外，竟然没有人觉察。只是奇怪他们不从事女红，以为是仗着宠爱骄气懒惰罢了。两人感激主人的再生之恩，所以事定以后，也甘心跟他白首到老。但实在是花言巧语引诱胁迫，而并非怜悯他们的无路可走，理所当然地要受到司命之神的谴责了。确实是人可欺鬼神不可欺啊！"

科名有命

乾隆二十四年，我主持山西的乡试，有两份卷子，都考试合格了。一个定在第四十八名，填写草榜时，分房阅卷的考官万泉县令吕瀟，错收他的卷子在衣箱里，竟寻觅不到；一个定在第五十三名，填写草榜时，阴风吹灭蜡烛有三四次，换了别的卷子才罢。榜揭晓以后，拆封查看，失去卷子的叫范学敷，吹灭蜡烛的叫李腾蛟。颇为疑心两个考生有缺德之事，所以冥冥之中受到了惩罚。但是乾隆二十五年乡试，这两个考生都取中了。范仍旧第四十八名；李在乾隆四十六年成为进士。才知道科举考试是有命运的，早一年也不可得。那些忙忙碌碌钻营追逐的人为了什么呢？就是追求而得到了，也必然是命里所应该有的，不去追求也会得到的呵。

女鬼撕卷

先父姚安公说：雍正八年会试，同雄县汤举人同一个号舍。汤半夜忽然看见披发的女鬼撩起帘子，用手撕裂他的卷子，好像蝴蝶乱飞。汤向来刚强正直,也不恐惧,坐在那里问她说:"前生我不知道,今生则实在没有做过害人的事,你为什么来呢?"鬼惊视却步说:"您不是四十七号吗?"汤说:"我四十九号。"原来前面有两间空的号舍,鬼除去没有数。鬼仔细地看了好久,行礼谢罪而去。不一会儿,四十七号喧闹呼叫某甲中邪了。这个鬼真是糊涂,汤君可说是意外的灾祸。幸而他内心无所惭愧,仓促之间敢于提出辩驳,只撕裂一份卷子罢了。否则也危险了。

阴司见闻

顾员外德懋自己说做东岳的阴官,我并不深信,但是他的话则有道理。过去在裘文达公家里,他曾经对我说:"阴司看重贞节的妇女,但也有等级差别:有的因为儿女之爱,有的因为田宅的丰厚,有所牵挂眷恋而不去的,下等;不免于情欲的萌动而能够以礼义自己克制的,次等;心如一口枯井,波浪不生,富贵也不看见,饥寒也不知道,利害也不计较,这是上等了,像这样的千百个得不到一个,得到一个则鬼神也为之而起敬意。一天,纷纷传说有节妇到了,冥王改换面容,阴官都整顿衣服站立等待迎接。看见一个老妇疲困地走来,她行走时一步高似一步,好像踩着阶梯。等走到了,她竟然从大殿屋脊上面过去,不知道走向哪里。冥王惊愕地说:'这已经升天,不在我的鬼簿中了。'"又说:"贤臣也有三等:畏惧法令制度的为下等;爱惜名声节操的为次等;忠心于朝廷,只知道国计民生,不知道是祸是福以及诋毁与赞誉的为上等。"又说:"阴司厌恶急于进取而争竞的举动,说种种罪孽都是从此而生,所以多半使他困窘受挫,使之得不偿失。人心愈是巧,则鬼神的机变也愈是巧。但是不太看重隐逸,说天地降生人才,原本期望对世事有所补益。人人都去做巢父、许由,那么到现在洪水四处泛滥,连挂瓢的树、供牛犊饮水的地方也不可得了。"又说:"阴司的律条像《春秋》责备贤能的人,而善意帮助别人。君子片面固执妨害了什么事情,也作为过失记录下来。小人有一件事情对人有利,也一定给予小的好报。世上人不明白这个道理,所以大多怀疑因果有时出了偏差罢了。"

鬼藏药方

内阁学士永宁,患病颇为衰弱困顿。延请医生诊治,没有立刻痊愈,改请一个医生,索取前面医生所开的药方,没能得到。永公以为是小婢错放在别的地方,责令她寻找,说找不到将要鞭打你。他正靠着枕头歇息,恍恍惚惚间有人跪在灯下说:"您不要鞭打婢女,这个药方是小人所藏,小人就是您做按察使的时候平反而得生的囚犯。"问藏药方是什么意思,回答说:"医家同行都相妒忌,务必要改动前面医生的药方以显示他的长处。您所服的药没有错,只不过才开始试服了一帖,力量还没有到罢了。如果后来的医生见到药方,必然要相反以标新立异,那么您就危险了,所以小人偷偷地窃取了。"永公正在昏沉气闷,也没有想到他是鬼。稍过了一会儿,才醒悟过来,惊恐地流下了汗。于是就说前面的药已经丢失,不再记得,请后来的医生另外开一个药方。看他所用的药,则仍旧是前面医生的方子。就接连服用了几帖,病突然像消失了一样。永公在镇守乌鲁木齐的日子里,亲口对我谈起过,说:"这个鬼可以说熟悉世情了。"

钱化群蜂

堂叔棨庵说:肃宁有一个学塾的老师,讲程朱之学。一天,有游方和尚在学塾外面要饭,木鱼声琅琅,从辰刻到午刻不曾停息。塾师感到讨厌,出去喝叱,让他走,并且说:"你本来是儒家之外的异端,愚民或者受你的迷惑罢了。这里都是圣贤的信徒,你何必作妄想呢?"和尚行礼说:"佛家募化衣食,就像儒家追求富贵,同样是失去它的本来面目,先生何必定要苦苦相逼呢?"塾师发怒,自己拿了责罚学童的用具来扑打。和尚抖擞衣服而起说:"太恶作剧了!"遗落布袋于地而去。塾师料想他必定再来,但到晚上竟然不到。摸一摸,袋里所贮藏的都是零散的钱。那班弟子要想伸进手去取,塾师说:"如果等候他长久再不来,再作计较。但须要数数清楚,也许可以免得争闹。"刚打开袋子,则群蜂聚集涌动,螫得老师、弟子的面目全肿了。号叫扑救,邻里的人都吃惊地前来问讯。和尚忽然推门而入说:"圣贤竟然谋划隐藏别人的钱财吗?"提起袋子径自走了。临出门,合掌对塾师说:"异端偶尔触犯了圣贤,希望予以宽恕。"围观的人都笑了。有的说:"这是幻术。"有的说:"塾师喜欢辟佛,看见和尚就辱骂,所以和尚把蜜蜂放在袋里,来戏弄他。"棨庵说:"这件事是我亲眼所见,如果先放许多蜜蜂在袋里,必然有蠕动的样子,在袋的外面可以看到,当时确是不曾看见。说它是幻术较为接近。"

青雷寓言

朱青雷说：有一个躲避仇敌逃窜藏匿在深山里的人，当时月明风清，看见一个鬼依靠在白杨树下面，吓得伏着不敢起来。鬼忽然见到了他，说："您为什么不出来？"他战栗着回答说："我怕您。"鬼说："最可怕的莫过于人，鬼有什么好怕的呢？使您狼狈困顿到这个地步的，是人呢还是鬼呢？"一笑而隐去。我说这是青雷有感触而发的寓言。

巨　蟒

都察院库房里有一条巨大的蟒蛇，有时或者夜里出来，我做都察院左都御史时计有两次见到。它盘曲的形迹碰着灰尘的地方，大约阔两寸多，估计它的身子相当于直径五寸。墙壁没有缝隙，门也没有缝隙，窗格阔不到两寸，不知道怎么出入。大概事物久了就能够变化形迹，狐狸精魅能够从窗缝里往来，它本来的形体也不是窗缝所能容纳的。都察院办事的吏员说它的出现同吉凶相应，其实并无应验，不过神化它的说法罢了。

城隍惩醉奴

阴间和阳间不是同一条道路，人能够整治的，鬼神不必再整治，以表示不亵渎。阴间和阳间又是同一个道理，人所来不及整治的，鬼神也或者代为整治，以表示难以猜度。戈太仆仙舟说：有个奴仆曾经酒醉睡在城隍的神桌上，神把他抓了去，鞭打二十下，两条大腿青色的鞭痕斑斑点点，太仆亲眼看到的。

土神之灵

杜生村，距离我家十八里。那村里有个贪图富家财物的人，打算卖掉他家的童养媳给人做妾。那童养媳虽然没有成婚，但是同丈夫相聚已经数年，论理不当再嫁。估计事情不可能阻止，于是秘密约定一起逃走。公婆发觉，随后追赶。两人夜里到达我村的土神祠,无处可以歇宿,相抱而哭泣。忽然祠内说话道:"追赶的人将要到来,可以藏在神桌下面。"一会儿管香火的庙祝跟跟跄跄地酒醉而归,横躺在门外。公婆追到问起踪迹,庙祝说着梦话答应道:"是年少的男女二人吗?年纪约多少,衣服鞋子又怎样,向某一条路上去了。"公婆急忙按照他所指的路前去。两人因而得以避免被发现,一路要饭到了童养媳的父母家。父母要告到官府,于是才不至于被卖掉。当时祠中没有一人,庙祝说:"我起初不知道这件事,也不记得说过这样的话。"大概都是土神的灵验了。

破屋独存

乾隆四十五年,京城杨梅竹斜街发生火灾,烧毁了差不多一百间房屋。有一间破屋屹立独存,四面是破败的墙头,齐刷刷地像划定的界线,乃是守寡的媳妇守着她生病的婆婆不肯离开。这就是所谓:"孝弟之至,通于神明。"

智却魏忠贤

于氏,是肃宁的旧家大族。魏忠贤窃弄权柄时,把王侯将相看成如同泥土渣滓。只是因为生长在肃宁,耳濡目染,看于家就像是六朝时的王、谢望族。他为侄儿求婚,非要得到于氏的女儿不可。刚巧于氏的小儿子前往参加乡试,于是备酒强邀到家,当面同他商议。于生考虑允许吧则祸在日后,不允许吧则祸在目前,仓促之间不能决定。就假托父亲在,难以自作主张。忠贤说:"这个容易,您赶紧写信,我能够立即送达您父亲。"这天晚上,于翁梦见他已故的父亲就像平时一样的督促功课,出了两道题:一是"孔子曰诺",二是"归洁其身而已矣"。正在构思,忽然被敲门声惊醒,得到儿子的信,猛然领悟过来。于是复信许婚,而附带地说自己病情很危急,催促儿子赶快回来。肃宁离开京城四百多里,等到信返回,天方微明,演戏还没有散场。于生匆匆整理行装,路上官吏们迎接等候宴请的已经接连不断。到家以后,父子俩都称有病不出。这一年是天启四年,过了三年,而忠贤败亡,竟得免于灾祸。事定之后,于翁坐着小车遍游郊外,说:"我三年杜门不出,只博得今朝看花饮酒,真是危险啊!"于生临走时,忠贤给予一幅小像,说:"先让新媳妇认识我的面孔。"

于氏同我家是表亲,我小时候还见到过这轴像,样子修长魁伟而瘦削,面白色泛红,两边颧骨微微突出,脸颊稍狭,目光好像喝醉了酒,形如卧蚕的眉毛以上的部分薄薄地涂以赤红色,就像微微肿起。穿着鲜红的衣服,座旁的茶几上显眼地排列着九颗金印。

土神祠道士

杜林镇土神祠的道士,梦见土神说话道:"这里的事务繁重之极,我失于呵禁护卫,以致传播瘟疫的鬼误入孝子节妇的家里,损伤幼童。现在削职去了。新来的神性格严厉,你好好地侍奉他,恐怕不像我的姑息宽容了。"道士以为是春梦不足为凭,很不介意,过了几天,酒醉躺在神座的旁边,得了寒邪的病症,几乎垮掉了。

月夜一女子

景州戈太守桐园在朔平做官时,有个师爷夜里睡醒,这时明月满窗,看见一个女子在小桌旁侧身而坐,大为恐怖,呼唤家奴。女子摇手说:"我住在这里长久了,您没有见到罢了。今天偶尔来不及回避,为什么惊怕成这样?"师爷叫唤得更加急促。女子微笑说:"果真要想祸害于您,奴仆怎么能救呢?"拂拭衣服即刻起身,就像微风振动窗纸,穿过窗户上的格子而去。

泥塑判官

颍州贡生吴跃鸣说:他家乡的老儒林生,是一个正直的人。曾经读书神庙中,庙本来宽敞阔大,租赁居住的人很多。林生性格孤高,一概不相通问。一天,半夜不睡,在月下散步。忽然一个客人来叙谈问候,林生正在寂寞,于是邀入室内一起谈话,很有道理情致。偶尔涉及因果的事情,林生说:"圣贤的行善,都是无所为而为的;有所为而为,那事情虽然合乎天理,而内心已经纯然是人欲了。所以佛家种福田的说法,君子是不讲的。"客人说:"先生的话,纯粹是儒家的论调。但用来约束自己则可以,用来约束别人则不可以;用来约束君子还可以,用来约束天下的人则断然不可以。圣人树立教化,是想使人行善而已。那些不能行的,则诱导扶助以促成之;不肯行的,则驱使鞭策以逼迫之。于是乎刑罚、奖赏产生了。能够因为羡慕奖赏而行善,圣人只肯定他的善,必定不责备他为追求奖赏而这样做的了；能够因为害怕刑罚而行善，圣人也肯定他的善，必定不责备他为躲避刑罚而这样做的了。假如用刑罚、奖赏使他遵循天理，而又责备他羡慕奖赏、害怕刑罚是人欲，那就等于认为不激发鼓励刑罚、奖赏是不善，激发鼓励刑罚、奖赏也是不善，人们将无所措手足，不知该怎么办了。况且羡慕奖赏、躲避刑罚既然叫它人欲，而又用刑罚、奖赏来激发鼓励，人们将会说圣人实际上是用人欲来诱导民众的，有这样的道理吗？因为普天下上智的人少而平凡的人多，所以圣人的刑罚、奖赏是为中等以下的人设立教化；佛家的因果，也是为中等以下的人演说佛法。儒家、佛家的宗旨虽然不同，至于它的教人行善，则意思同出一辙。先生拿着董子谋利计功的说法，用来驳斥佛家的因果，将要连圣人的刑罚、奖赏也驳斥掉吗？先生只看见僧徒引诱人布施叫做行善，说可以得福；看见愚民吃素烧香叫做行善，说可以得福。不这样做的叫做不行善，说一定会获罪。于是说佛家因果，正是用来迷惑众人。而不知道佛家所谓善恶，同儒家没有不同；所谓善恶的报应，也同儒家没有两样。"林生意下不以为然，还想要再申述自己的意见，一转眼之间，天已将亮。客人起身要走，林竭力地挽留。他忽然挺立不动，乃是庙中的一个泥塑判官。

冥吏答问

族祖雷阳公说：从前有个人遇见阴间的官吏，便问："命运都是以前定好的，是这样吗？"阴间的官吏答："是的。但只是困穷、亨通、长寿、短命的气数，像唐代小说中所说的能够预知人一生的食料，乃是术士的射覆法——置物于覆器之下，让人猜测，用以占卜的游戏罢了。如果为每个人都要繁琐地记下这等事情，即使以大地为架子，也不能收藏完这类簿册了。"问："定数可以改动吗？"答："可以。大善就改动，大恶就改动。"问："因果报应为什么有应验有不应验？"答："人世的善恶讲这一生，祸福也讲这一生。阴司则善恶连同前生，祸福连同后生，所以好像有时不应验。"问："因果报应为什么不同？"答："这都各自由于他本来的命运。用人事来打比方，同样是升官，尚书升一级就是宰相，典史升一级不过是主簿罢了。同样是降级，有加级的抵消，没有加级的那就降了。所以事情相同，报应有时不同。"问："为什么不使人事先知道？"答："情势不可以。事先知道了，那么人事就平息了，诸葛武侯变为多事、唐末的六个佞臣变为知道天命的了。"问："为什么又使人偶尔知道？"答："不偶尔显示一下，那么仗着没有鬼神而人心可以放肆，暗昧难知的地方将无所不为了。"先父姚安公曾经讲述这件事，说："这个或者是雷阳的议论，假托之于阴间的官吏罢了。但是按照情理来度量，想来也不过如此。"

鬼神颠倒

先父姚安公有一个仆人，看起来谨慎忠厚，其实最有心计。一天，他趁主人急需时，托词粉饰要挟勒索，获利数十两银子。他的妻子也一副正直傲慢、洁身自好的样子，好像不可侵犯，而暗里有外遇，很久就想同她相好的出逃，苦于没有盘缠。既然得到这些银两，就偷了一同逃跑。过了十几天被捕捉到了，夫妇两人的奸恶于是一起败露。我们兄弟很是快意。

姚安公说："这事为什么凑巧互相牵连，一至于此呢？恐怕有鬼神在那中间指使。鬼神的指使，难道只是为了博取人的一时痛快吗？大概是用来显示鉴戒罢了。所以碰到这种事情，应当生警惕心，不可以生欢喜心。甲同乙是朋友，甲住在下口，乙住在泊镇，相距三十里。乙的妻子因事去甲家，甲用酒灌醉而留她过夜。乙心里知道，不能说出口，反而表示谢意。甲的妻子渡河翻了船，随着急流漂到了乙的门前，被人所救，乙认出而搀扶着到家，也用酒灌醉而留她过夜。甲心里知道，不能说出口，也反而表示谢意。他邻居的一个老妇暗地里知道了，合掌念佛说：'有这种事情吗？我知道惧怕了。'她的儿子正在帮助人捏造罪名告状，连忙自己去叫他回来。你们像这个老妇就好了。"

亡叔寄语

四川毛公振翮担任河间府同知时，说他的家乡人有傍晚在山间行走的，避雨进入一座废弃的祠庙，已经先有一个人坐在屋檐下面。仔细一看，乃是他亡故的叔父，惊怕要想逃避，他的叔父急忙止住他说："因为有事情告诉你，所以相等待。不会祸害你，你不要害怕。我死去之后，你的叔母失去你祖母的欢心，经常无缘无故地挨打。你的叔母虽然顺从忍受不抗拒，但是心里怀着怨气仇恨，在没有人的地方偷偷地咒骂。我在阴曹地府做差役，看到土地神行文通报多次了。要靠你传话，劝诫她悔改。如果不知道悔悟，恐怕不免要堕入地狱呵。"说完就消失了。乡人回来告诉他的叔母，她虽然坚决遮饰说没有，但是惶恐不安地变了脸色，好像无地自容。可知鬼的话语不是乱说的了。

鬼 囚

　　毛公又说:有人夜里行走,碰到一人样子像里长,锁拘着一个囚犯,坐在树下。于是并坐一起暂时歇息。囚犯哭泣个不停,里长鞭打他。这人意中不忍,从旁边劝说阻止。里长说:"这是个凶狠狡猾的魁首,生平所摆布排挤的不止几百人。阴司判他七世变猪身,我押他前去投生。您为什么要怜悯呢?"这个人惶惧地起身。两个鬼也一下子隐去了形迹。

卷　三

滦阳消夏录(三)

戈壁大蝎虎

俞提督金鳌说:他曾经夜间行走在辟展的戈壁中(戈壁,是碎沙乱石不生水草的地方,就是瀚海)。远远见到一个高差不多一丈的东西,像人又不像人,急急地追赶他。他就弯弓搭箭,射中了它的胸部,它仆倒又起来。再射它,才向前跌倒。靠近观看,乃是一只大蝎虎。竟然能够像人一样地站立行走,怪啊!

林中黑气

昌吉叛乱的时候,抓住了逆党,都杀戮于迪化城西面的树林中(迪化,就是乌鲁木齐,现今建为州。树林连绵不绝,俗称为树窝),这时是戊子年八月。后来林中有黑气数团,往来迅捷,夜间行走的碰到就着迷。我说这是凶恶悖逆的魂魄,聚集而成为凶险怪异之气,就像是蛇类虽死,余毒还沾染了草木,不足为怪。凡是阴邪之气,碰上阳刚之气就会消失。派遣了几个军士,在月夜里埋伏火枪射击,应手散灭。

关帝祠马

乌鲁木齐关帝祠有马,是市上的商贾施舍用来供神的。曾经自己在山林中吃草,不回马厩。每到初一、十五祭神,必定黎明时先立在祠门外,直立不动如同泥塑,所站立的地方,尺寸不差。碰到小的月份,它的到来也不失期。祭祀完毕,仍然不知道它去了哪里。我说是道士先引到祠外,神化他的说法罢了。庚寅年二月初一,我到祠稍早,确实见到它从下着雪的沙石地上慢步而来,贴着耳朵站立在祠门外面。雪中绝对没有人迹,这也奇了。

真 魅

淮镇,在献县东面五十五里,就是《金史》里所说的槐家镇。有一户姓马的,家里忽然出现变异,夜里有时抛掷瓦片石块,有时鬼声呜呜作响,有时无人的地方会突然起火,折腾了一年多还不停止。姓马的祈祷禳解也没有效验,于是另买了房子搬走了。他搬走后,有人又租赁这所住宅居住,同样也不太平,不久也搬往别处。所以没有人敢再问津。有个老儒不相信这事,用贱价买到了。挑选日子迁居,竟安安静静地没有别的事故,颇以为他的道德能够战胜妖孽。不久之后,有狡猾的强盗登门同他争骂,才知道住宅的变异,都是老儒买通了强盗夜里干的,不是真的妖魅。先父姚安公说:"妖魅也不过变幻罢了。老儒的变幻到了这种样子,就称他是真魅好了。"

斋 僧

己卯年七月,姚安公在苑家口,遇见一个和尚,合掌行礼说:"分别七十三年了,相见不施一顿斋饭吗?"刚巧旅店所卖的都是素食,于是同他一起吃饭。问他的年纪,解开袋子取出一份度牒,乃是前朝明代成化二年所颁给的。姚安公问:"师父这张度牒传到现在几代了?"他立即收入袋中,说:"您怀疑我,我不必再说。"饭还没有吃完就离去,竟然无从推测他的真假。姚安公曾经举这件事以告戒昀说:"士大夫好奇,往往为这一类人所连累。即使是真仙、真佛,我宁可当面错过。"

夜闻琴棋声

我家假山上有一座小楼,狐精居住在里面五十多年了。人不上去,狐精也不下来,但时常见到门窗无风却能自动开关。楼的北面叫绿意轩,老树绿荫森森,是夏天乘凉的地方。戊辰年七月,忽然夜里听到琴声、棋声。童仆跑来禀告姚安公,姚安公知道是狐精所为,丝毫也不介意,只是对童仆说:"原就胜于你们饮酒赌博。"第二天告知昀说:"海上客没有机心,那么白鸥可以狎玩。平安相处已经很久了,只宜以不闻不见对待它。"到现在也全然没有别的变异。

雅　狐

丁亥年春天,我携带家属到京城。因为虎坊桥的旧宅没有赎出,权且住在钱香树先生的空宅里。钱先生说这楼上也有狐精居住,所以平时只是关锁杂物,人不轻易上去。我戏粘一首诗在墙壁上道:"草草移家偶遇君,一楼上下且平分。耽诗自是书生癖,彻夜吟哦莫厌闻。"一天,侍妾开锁取物,急叫看到了怪事。我跑去一看,只见地板尘土上满满地画着荷花,茎叶高高挺立,具有情致韵味。于是我把纸笔放在小桌上,又粘一首诗在墙壁上道:"仙人果是好楼居,文采风流我不如。新得吴笺三十幅,可能一一画芙蕖?"过了几天打开观看,竟然没有动笔。以此告知裘文达公,裘公笑着说:"钱香树家的狐精,原就应该较为风雅。"

祈梦吕公祠

河间冯树枏粗通笔墨,落拓在京城十多年。每每遇到机会,总是没有成就。他求告于人,都是口头上答应得很好而实际没有什么帮助,穷愁潦倒,心情抑郁,于是求梦于吕仙祠。一天夜里,他梦见一人对他说:"你不要怨恨人情淡薄,这是因缘罢了,是你自己造成的。你过去的一生中,喜欢用虚词博取长者的名声。遇到有善事,心里知道必然不能举办,一定再三怂恿,使人感激你的赞成;遇到有恶人,心里知道必然不可以宽恕,一定再三申辩表白,使人感激你的拯救。虽然对于人没有什么损害和增益,但是恩惠都归于你,怨恨必归于人,机变巧诈已经做得太过分。而且你所赞成、拯救,都是你身在局外,别人承担它的利害的。那事情稍稍涉及到你,就退避唯恐来不及,眼看着那人火烧水溺,虽然是一举手的力气,也怕烦不做,这心还可问吗?由此想来,人们对你貌合而情疏,外表关切而内心漠视,适当还是不适当呢?鬼神的责备人,一两件行事的过失,还可以用善行相抵;至于罪在心术,则为阴间法令所不容。今生已经无望,勉力修未来可以了。"后来果然饥寒而死。

干 仆 辩

史松涛先生，名茂，华州人。官做到太常寺卿，同先父姚安公是好友。我十四五岁时，回忆他同先父姚安公谈论一件事说：某公曾鞭打死了一个干练的仆人。这仆人后来附在一个痴呆的婢女身上同某公争辩说："奴仆舞弊应当死，但是主人杀奴仆，奴仆实在不甘心。主人高高的爵位、优厚的俸禄，不超过奴仆的受恩吗？接受钱财，出卖官爵，积累银两到了多少万，不超过奴仆的收受贿赂吗？某件事某件事，颠倒是非，一进一出，生死变化，不超过奴仆的窃弄权柄吗？主人可以辜负国家，为什么责备奴仆辜负主人呢？主人杀奴仆，奴仆实在不甘心。"某公发怒而打他，仆人还呜呜地哭个不停。后来某公也不得善终。松涛先生因而叹息说："我辈断断乎不至于这样，但是同进同退随大流，坐享俸钱，而每每责备僮仆婢女无所事事，岂不是人家口里不言，心中也要讥笑吗？"

依样壶芦

束城李某，因贩卖枣子往来于相邻的县，私下引诱寓所主人的少妇而归。等回到家，他的妻子先已跟人逃走。李某惊异地说："幸而携带了这个女人来，要不然就成鳏夫了。"人们一算，他的妻子搬走财物的日期，正当这个女人同他出逃的后一天，刚巧相报，但李某这时还不觉悟。过了不久，这个女人不乐意住在农家，又跟随一个少年逃走，李某才茫茫然感到若有所失。后来这女人的丈夫追寻踪迹到了束城，要想告发李某。李某以为女人已经到别处去，没有旁证，坚决不肯承认。正在闹纠纷之间，听说乡里有扶乩的。众人说："何不向仙人质询？"仙人判一首诗道："鸳鸯梦好两欢娱，记否罗敷自有夫。今日相逢须一笑，分明依样画壶芦。"女人的丈夫不再说什么，自管自回去了。两县接界，有知道情况的人说："这个女人起初也是她丈夫引诱来的。"

荔 姐

满姓老妇，是我弟弟的乳母。她有一个女儿，名叫荔姐，出嫁到近村民家为妻。一天,荔姐听说母亲有病,来不及等待丈夫同行,就匆匆赶来探望。当时已经入夜,残缺的月亮微有光明,只见一个人在后面追得很急。荔姐估计是强横暴徒,但在空旷的野地里,无处可以呼救。于是隐身古墓的白杨树下,把发簪和耳饰藏入怀中,解下丝带系在颈上,披发吐舌,瞪眼直视,等待来人。那人将要走近,荔姐反而招他来坐,那人走到荔姐身旁一看,发现是个吊死鬼,大吃一惊,倒地不起,荔姐就趁机赶快逃脱。等到进门,全家大惊,慢慢地询问,得知实情,又气愤又好笑。正在商议向邻里追问,第二天纷纷传说某家少年遇鬼中了邪,那鬼现在还跟着他,已经发狂胡言乱语。后来求医问药、画符驱鬼,都没有效验,竟终身得了癫痫病。这或者由于恐怖之余,妖邪鬼魅趁机而击中了他,就不可知了。或者一切幻象,由心而造作,也不可知了。或者明察的神诛杀恶人,暗中夺去了他的魂魄,这也不可知了。但都可以作为那些浮浪子弟的鉴戒。

贿盗扮鬼

总督唐公执玉,曾经查证一件杀人案,罪案已经定了。有一夜,他灯前独坐,忽然听到一阵轻轻的哭泣声,声音又好像渐渐靠近窗户。他叫小婢出去观看,那小婢突然叫了一声跌倒了。唐公自己打开门帘,只见一个鬼满身是血跪在石阶下。唐公厉声喝叱它,那鬼叩着头说:"杀我的是某人,县官竟误判了某人。冤仇不能昭雪,眼睛不能闭啊!"唐公说:"知道了。"鬼才离去。第二天,唐公亲自提审。众人供死者的衣服鞋子同所见的相合,因此更加深信不疑,竟然按照鬼所说的,改判某人。原审问官百般申辩,唐公始终以为南山可移,此案不能动。他的幕友怀疑有别的缘故,略微向唐公探询,才具体说出事情的始末,也无可如何。

一天晚上,幕友求见,问:"鬼从哪里来的?"唐公答:"自己到石阶下。"幕友又问:"鬼从哪里去的?"唐公答:"忽然越墙而去。"幕友说:"凡是鬼有外形而无实质,离去应当是急速隐没,不应当越墙。"于是就在越墙的地方寻找察看,虽然砖瓦没有破裂,而新下过雨之后,数重的屋上都隐隐地有泥迹,一直到外面的围墙而下。指着让唐公看,说:"这必然是囚犯买通了手脚麻利的强盗所干的。"唐公沉思,猛然领悟,仍旧依照原来的判决。隐讳这件事,也不再深究。

破 寺 僧

景城南面有座破寺,四周没有居民,只有一个和尚携带两个弟子管理香火。他们都蠢笨如同农村雇工,见到人不能礼貌地对待。但是诡谲欺诈很是厉害,偷偷买来松香炼成细末,夜里用纸卷起点燃火星撒布空中,光焰四射。人们望见前往询问,则师父弟子关门大睡,都回说不知道。又偷偷买来戏场上的佛衣,装作菩萨罗汉的形状。月夜时或者站在屋脊上,或者隐约映现在寺门的树下。人们望见前往询问,也说没有看见。或者举出所见到的同他们说,则合掌说:"佛在西天,到这破落的寺院做什么? 官府正在查禁白莲教,同您没有仇,何必造出这种话害我?"人们更加相信是佛的显示现身,布施日益增多。但是寺院一天天地颓败凋敝,也不肯修葺一张瓦片一根椽子,说:"这地方的人喜欢散布流言蜚语,常说这寺中多怪异;再一修缮显出庄严,那些造言惑众的人更加有借口了。"这样积蓄了十几年,渐渐致富。忽然被强盗暗中注意,师父弟子一起被拷打而死,钱财全部被掠。官府检点所留下的袋子和箱子,发现松香、戏衣之类,才悟出他们的奸计。这是前朝明代崇祯末年的事。已故高祖厚斋公说:"这个和尚以不诱惑为诱惑,也极巧妙了。但是诱惑所得,恰巧用来自己伤害自己,所以说他最笨拙也可以。"

老僧说法

有个书生宠幸一个娈童,相爱如同夫妇。娈童生病将死,对书生万般的凄切眷恋。气已经断了,还握着书生的手腕,掰开才松手。后来睡梦之中见到他,灯影月光之下见到他,渐渐到了白天也见到他,相距经常是七八尺。问他不说话,叫他不向前,靠近他则退却。因此惘惘然成了心病,画符请神治疗没有效验。他的父亲暂且叫他借住在寺院里,希望鬼不敢进入佛地。到了那里,则仍然见到,和以前一样。

一个老和尚说:"种种魔障,都是起于心。果然是这个童子吗? 是心所招致;不是这个童子吗? 是心所幻变。只要空你的心,一切就都消灭了。"又一个老和尚说:"师父对下等人说上等的法,他没有把握自己的意志力,心怎么能空? 正像只说病症,不开药物罢了。"于是就对书生说:"邪念纠缠盘结在一起,如同草之生根。应当像物在洞孔中,用楔子把它通出来;楔子塞满洞孔,则物自然出来。你应当想:这个童子死后,他的身体渐渐僵冷,渐渐膨胀,渐渐臭秽,渐渐腐烂,渐渐尸虫蠕动,渐渐五脏六腑碎裂,血肉狼藉,显出种种颜色。他的面目渐渐改变,渐渐变色,渐渐变得像恶鬼罗刹,那么恐怖的念头生了。再想:这个童子如果还在,一天长大一天,渐渐壮实魁伟,不再有妩媚的姿态,渐渐有稀疏的胡须,渐渐脸颊上的长须长得如同能刺人的戟,渐渐面皮苍黑,渐渐头发花白,渐渐两鬓如雪,渐渐头上秃顶、牙齿缺落,渐渐弯腰曲背,病痨咳嗽,鼻涕眼泪,流涎吐沫,肮脏不可接近,那么厌弃的念头生了。再想:这个童子先死,所以我思念他;倘若我先死,他的相貌姣好,肯定有人引诱,利益的勾引,势力的胁迫,他未必能像寡妇那样保持节操。一旦离去,陪他人睡觉,我在活着的时候,对我的种种淫亵的话语,种种淫亵的姿态,都回过来向了这个人,由着他任意娱乐;从前的种种亲昵欢爱,如同浮云散灭,没有留下一丁点儿痕迹,那么愤怒的念头生了。再想:这个童子如果活着,或者倚仗宠爱,骄横任性,使我难以忍受,偶尔触犯,翻脸咒骂;或者我的钱财不丰厚,不能满足他的要求,顿时生出异心,形状脸色冷漠;或者他见人家富贵,抛弃我到了别处,同我相遇,如同陌路人,那么怨恨的念头生了。有这种种念头在心中起伏生灭,那么心就没有多余的闲空。心没有多余的闲空,那么一切爱恋之根、欲念之根无处容纳,一切魔障不去摆脱就自行退却了。"

书生按照他的教诲去做,几天中,有时见,有时不见。又过了几天,竟然消灭了形迹。病好了前往寻访,则寺中并没有这两个和尚。有的说是古佛化身显现,有的说和尚在十方常住,来往如行云,偶尔萍水相逢,很快又云游到别处去了。

卖 面 妇

先母太夫人的乳母廖氏说:沧州马落坡有个女人以卖面为业,拿卖剩下的面奉养婆婆。因为贫穷养不起驴子,经常自己推磨,夜夜要磨到四更天。婆婆死了以后,上坟归来,在路上碰到两个少女,迎过来笑着说:"同住了二十多年,还有点面熟吗?"女人感到惊讶,不知道如何回答。两个少女说:"嫂嫂不要惊讶,我姊妹都是狐狸精,被嫂嫂的孝心所感动,每夜帮助嫂嫂推磨。没有料到为上帝所赞许,由于这个功德,得以参悟成了正果。现在嫂嫂奉养婆婆的事情已完,我姊妹也登仙去了。恭敬地前来道别,并且感谢对我们的提拔携带。"说完,像一阵风似地离去,转眼之间已经不见。女人回来,再推她的磨,则力气几乎不能胜任,不再像过去那样的运转自如了。

乌鲁木齐

乌鲁木齐,翻译出来就是好围场。我在这地方时,有一个笔帖式——翻译满汉文书的官员,名叫乌鲁木齐。计算他命名的日子,在平定西域以前二十多年。他说:"自己刚出生时,父亲梦见我的祖父,说:'你所生的儿子,当名为乌鲁木齐。'并且用指头画出那字给他看。父亲醒来后,却没有领会是什么话,但是梦境很清楚,姑且用作了名字。不料现在果然到了这里,想来将要终身在此地吗?"后来他升掌印房的主事,果然死于任上。他从随军出征到死,始终未曾离开这里。事情都是原先定好的,难道不是如此吗?

巴 拉

乌鲁木齐又说:有个仆役名叫巴拉,随军出征时,遇贼往往尽力战斗。后来一枝乱飞的箭贯通他的左颊,箭头从他右耳之后穿出,还奋力用刀砍中一贼,同贼一起仆倒。以后自己因事到孤穆第(在乌鲁木齐、特纳格尔之间),梦见巴拉来拜见,衣帽整洁,很不像是低贱的仆役。梦中忘记他已经死了,问他:"一向在哪里? 现在要到哪里去?"他回答说:"因为奉命办事经过这里,偶尔碰到主人,一抒久存的思念罢了。"又问:"怎么得的官?"他答道:"忠孝节义,上帝所看重。凡是为国献出生命的,虽然卑下到仆役隶卒,生前假如没有罪过,阴间必然给予一个职位;原来有罪恶的,也消除前罪,向人道中转生。奴才现今做博克达山神的部将,俸禄如同骁骑校。"问:"去哪里?"他答:"昌吉。"又问:"去办什么事?"他答道:"带有公文,内容不能知道。"我突然醒了过来,巴拉的话音好像还在耳边。当时是戊子年六月。到了八月十六日,而有昌吉变乱的事,鬼大概不敢预先泄露。

出土花女鞋

昌吉修筑城墙时,掘地到五尺多,得到红绉丝的绣花女鞋一只,制作精致,还没有完全朽烂。我的乌鲁木齐杂诗说:"筑城掘土土深深,邪许相呼万杵音。怪事一声齐注目,半钩新月薛花侵。"就是吟咏这件事情的。入土到了五尺多,最近也须要几十年，为什么不坏？额鲁特女子不缠脚，为什么能做成弯曲如弓的样子，只有三寸光景？这必定有它的缘故，现在不得而知了。

郭 六

郭六，是淮镇的农家妇女，不知道是她的丈夫姓郭还是父亲姓郭，但大家都叫她郭六。雍正二、三年间，是个大饥荒年头。她的丈夫自忖活不下去，出去到四方要饭。临走时，对着她叩头说："父母都年老有病，我托付给你了。"这女人原有姿色，乡里少年见她食用不足，就用金钱挑逗她，她都不应答。只用女红来养活公婆。后来实在难以赡养，就邀请众多邻里，叩头说："我的丈夫把父母托付我，现在我的力量用尽了，如不另作打算，就会一起饿死。邻里能帮助我，那就恳求帮助我；如不能帮助我，那么我就得卖花，不要笑话我。"（乡里俗语把妇女倚门卖笑称为卖花。）邻里进退犹豫，吞吞吐吐，慢慢散去。于是她痛哭着告知公婆，公然同那班浪荡子交游。她暗地里积蓄了夜里卖身的钱，又购买了一个女子。但是防范得很严，不让外人见到她的面。有的说这是要谋求大价钱，也没有人辩驳。

过了三年多，她的丈夫回来了。问候刚完，就同他去见公婆，说："父母都在，现在还给你。"又引自己所购买的女子来见丈夫说："我的身子已经被玷污，不能忍着耻辱再面对你；已经为你另外娶了一个妻子，现在也交给你。"丈夫惊愕，还没有答腔，她就说："我且去给你备饭。"说着已经到厨下割颈自杀了。县令来验看，两眼还炯炯不闭。县令判她葬在夫家的祖坟里，而不附葬于丈夫的坟墓，说："不合葬，是应当同丈夫断绝关系；葬于祖坟，表明她没有同公婆断绝关系。"这时她眼睛仍然不闭。她的公婆哀声号哭说："她本来是个贞节的女人，因为我们两人的缘故，使她到了这种地步。儿子不能奉养父母，反而要与代养父母的人断绝关系吗？况且身为男子，不能奉养，自己逃避而托付给一个少妇，路上行人也知道他心里想的是什么了，是谁的过错而断绝她的呢？这是我们家里的事，官府不必过问。"说完，她的眼睛就闭上了。当时村落里的人议论很不一致。已故祖父宠予公说："节孝应当并重，节孝又不能两全。这一件事不是圣贤不能判断，我不敢说一句话。"

死有余憾

某御史依法被处死刑。有个审问官白天和衣打盹,恍恍惚惚间见到他,吃惊地问道:"您有冤吗?"答:"谏官接受贿赂出卖奏章,依照法令应当杀头。我有什么冤?"审问官问:"不冤,为什么来见我?"某御史答道:"对您感到不满意。"审问官问:"审问官七八个人,旧交像我的也有两三个人,为什么单单不满意我?"某御史道:"我同您有旧日的嫌隙仇恨,不过是进身取官中互相倾轧罢了,不是不共戴天的怨仇。我在公堂对簿时,您虽然避嫌疑不提问,而得意洋洋地表现出来有恩德于人的神色。我的罪案成立时,您虽然虚言抚慰,而暗暗地带着轻薄。这是别人依据法令置我于死地,而您是因宿怨以我的死为快。患难的关头,这是最伤人心的,我怎么能满意呢?"审问官惶恐惭愧,谢罪说:"那么您将要报复我吗?"某御史道:"我死于法,怎么能报复您? 您的居心是这样,自然不是承受福惠之道,也不用我报复。只不过意中有所不平,使您知道罢了。"某御史说完,审问官就如睡如醒,张开眼睛,那人已不在那里了。桌上残茶还有微温。

后来他所亲近的人,见他惘惘然若有所失,就私下问他,他才详细地说出事情的始末,叹息说:"幸运啊,我没有落井下石,他还愤恨得这样。曾子说:'哀矜勿喜。'不正是这样吗?"他所亲近的人为别人讲述,也感叹说:"一旦有了私心,虽然判决相当于他的罪行尚且不服,何况同他的罪行不相当呢!"

死不解怨

程编修鱼门说:"怨仇忌恨对于人可厉害了! 宋小岩将死,以一张信纸寄给他的朋友说:'白骨可成尘,游魂终不散。黄泉业镜台,待汝来相见。'我亲眼见到的。他的朋友将死,用手拍着床说:'宋公且坐。'我也是亲眼见到的。"

某公多事

相传某公奉命出使归来,驻留在接待宾客的房舍里。当时庭院中菊花盛开,某公在花下徘徊。他看见有小童隐约映现在稀疏的竹枝间,年纪约十四五岁,端丽温雅,如同盛妆的女子。经询问才知道是房舍主人的儿子。某公把他叫来谈话,发觉他十分聪慧灵巧。某公拿一把扇赠送给他,看到他目光流转送情,意思像是主动要来亲近。某公也爱他的秀美聪颖,依恋不舍,同他温声软语,恋恋不舍。恰巧左右的人都不在,童子当即跪下,拉着某公的衣袖,说:"您如果不厌弃,我就不敢欺骗您。我的父亲陷身于冤狱,如能得到您的一句话,他就可以活命。您肯救助,我当不惜这个身子。"童子刚从袖子里摸出状纸,忽然一股暴风冲击,把六扇窗门全部吹开,他们谈话的情景,几乎被侍从们偷看到。某公知道有异样的情况,就连忙挥手让他离去,说:"到晚上再慢慢商量。"并立即叫人驾车马走了。后经访察,知道是因为土豪杀了人,罪案急切不能解免,买通了官府中的小吏,引导某公留宿他家,暗地里买了娈童,假装是他的儿子;又买通左右,得以到面前,用秦弱兰引诱陶毂的计策。没有料到冤魂显示变异。裴文达公曾经说:"此公偶尔多事,差一点中了计。士大夫一言一行,不可不谨慎,如果当时面孔像包公,又哪里有机会可乘。"

孟村一女

明朝崇祯末年,孟村有大盗肆意抢劫,看见一个女子有姿色,就把她和她的父母一起抓了起来。女子不肯受污辱,大盗就捆绑她的父母,用烧红的铁烙他们。父母悲惨凄切地号叫,让女儿顺从贼人。女子要求放父母走,才肯依从。贼知道她欺骗自己,必定要先让她受污而后释放。女子就奋力腾跃打贼的耳光,同父母一起被杀死,尸体抛弃在野地里。后来贼同官兵格斗,马到了尸体的旁边,惊退不肯前进,于是陷入烂泥里被捕获。这女子也是有灵了,可惜她的姓名已不可查考。

议论这件事的,有的说女子在家,是要顺从父母的命令的。父母命令她依从贼人,她为了自己的名声,眼看着父母悲惨残酷的遭遇,似乎过于忍心。有的说命令有出自正常与动乱的不同情况,依从贼人不可以同许嫁相比。父母命令做娼妓,也做娼妓吗?女子似乎无罪。先父姚安公说:"这事同郭六正好相反,都是有理由可说的,而于心总有些不安。不吃有毒的马肝,算不上不知道滋味。"

泥 古 者

刘羽冲，不知他的名，沧州人。已故高祖父厚斋公经常同他互相唱和。他性格孤僻，喜欢讲古代的制度，其实迂腐不着边际，不可能实行。他曾经请董天士作画，请厚斋公题诗。其中有一幅《秋林读书》，上面的题诗说："兀坐秋树根，块然无与伍。不知读何书，但见须眉古。只愁手所持，或是井田谱。"原是规劝他的意思。他偶尔得到古代的兵书，经年累月地伏案诵读，自以为可以带领十万兵。刚碰到地方有强盗，自己操练乡兵去进行较量，全队溃败覆亡，几乎被捉。又得到古代的水利书，经年累月地伏案诵读，自以为可以使千里之地成为肥沃的土壤。绘制地图，陈述意见，请命于州官。州官也好事，让他在一个村子里试验。田间水道刚刚开挖成功，水大量流入，顺着水沟灌入，人差不多成为鱼了。因此他感到抑郁不得志，经常独自步行在庭前阶下，摇着头自言自语说："古人岂欺我哉！"就这样，一天要念上千百遍，也还是这六个字。不久，发病而死。

后来，在风清月明的晚上，往往见到他的魂在坟墓前的松柏之下，摇着头独自步行，侧着耳朵一听，所念诵的仍旧是这六个字。有人笑他，就忽然隐去。第二天等候他，仍然如此。泥古不化的人是愚蠢的，但为什么愚蠢到了这种地步呵！阿文勤公曾经教诲昀说："满肚都是书能坏事，肚中竟然没有一卷书也能坏事。下棋的国手不废弃旧棋谱，而不拘泥于旧棋谱；国医不拘泥于古药方，而不离开古药方。所以说：'神而明之，存乎其人。'又说：'能与人规矩，不能使人巧。'"

魏忠贤之传说

明朝魏忠贤的罪恶，是史书上所未曾见到过的。有人说他知道事情必然失败，暗中养了一只骡子，能够日行七百里，以准备逃亡；暗中养了一个相貌像自己的人，以准备代他去死。后来在阜城尤家店，竟用这个办法私下逃脱。我说这是没有根据的说法。以天道来理论，假如神道不假，忠贤断然没有幸免的道理。以人事来理论，忠贤独揽政权七年，谁不认识他？假使逃窜潜伏在旧党的家里，小人的交情，势败就分离，只有捆绑献出来的份儿。假使潜逃隐藏在荒僻的地方，那么耕种放牧的人之中，突然来了个太监，奇怪的话语，奇怪的面貌,所见所闻都使他们吃惊,不出三天,必然败露。假使远远逃亡于国境之外,那么严世蕃还曾通日本,仇鸾还曾交俺答,忠贤没有这方面的关系。山遥海深的阻挡,边关渡口的隔绝,去又将往哪里?过去建文帝出逃,后世尚且流传着疑问。但是建文没听说有过错,人心未去,那些旧臣遗老,还怀有对故主的思念。燕王用武力篡夺皇位,屠杀忠良,又是天下人所不赞许的。递相容留隐藏,从情理上说或者是有的。忠贤酷虐的气焰熏天,流毒四海,人人都想要杀掉他才快意。这时离明亡还有十五年,这十五年中怎么能深藏不露呢?所以私逃的说法,我断断不以为然。

文安王岳芳说:"乾隆初年,县学中忽然雷霆轰击栅栏,回绕着文庙,闪电强光激射,就像掣动条条赤练蛇,进入殿门又回转的有十几趟。训导王著起身说:'这肯定有异样的情况。'冒雨进去观看,见有只大蜈蚣伏在先师孔子的牌位上,钳出来掷到阶前,霹雳一声,蜈蚣死而天转晴。验看它的背上,有用朱笔书写的'魏忠贤'字样。"这个说法,我倒是相信的。

红 柳 娃

乌鲁木齐的深山中,牧马人经常见到小人,高一尺光景,男女老幼全都有。遇到红柳开花时,就折下柳枝盘成小圈,戴在头上,列队跳跃舞蹈,发出呦呦的声音,就像按着曲谱歌唱。有时到行军的帐篷里偷窃食物,被人逮住,就跪下哭泣。捆住它,则不进食而死。放了它,起初不敢立刻就走,走了几尺,就回头看,或者追上去喝叱它,仍旧跪下哭泣。离开人稍远些,估计追不上了,才度涧越山而去。但是它们的巢穴所在,始终找不到。这东西不是树木成精,也不是山中怪兽,大概是传说中矮人国的僬侥之类。不知道它们的名称,因为形状像小儿而喜欢戴红柳,因此叫作红柳娃。

县丞丘天锦因为巡视牧场,曾经得到一个,腌制带回。细看它的须眉毛发,同人没有两样。知道《山海经》里所说的诤人,确凿无疑是有的。有极小的必然有极大的,《列子》里所说的龙伯之国,也必然确凿无疑是有的了。

雪 莲

塞外有雪莲,生在高山积雪当中,样子像现今的洋菊,不过叫名为莲而已。它生长时必定成双,雄的略大,雌的小。但是不长在一起,也不同根,相离必有一两丈。见到其中的一株，再寻找另外一株，没有找不到的。大概像兔丝、茯苓，一气所化，气是相连的。凡是望见这种花，不声不响地前往探寻，就能得到。如果指着它互相告知，它就缩入雪中，消失不见痕迹。即使掘雪寻求，也得不到。草木有知觉，这道理不可理解。土人说是山神爱惜它，或者是这样吧？

这花生长在极寒的地方，而性极热。大概二气中一方胜过另一方是有的，而一方灭绝另一方是没有的，积阴凝于外，则纯阳结于内。坎卦以一阳陷于二阴之中，剥复二卦，以一阳居于五阴的上或下，是它的象征。但是浸入酒中作为补药，多半引起血热妄行。或者用来合成春药，它的祸患尤为厉害。因为天地的阴阳均匀调和，万物才生长。人身的阴阳均匀调和，各种血脉才能和顺。所以《素问》说："亢则害，承乃制。"自从丹溪创立阳常有余、阴常不足的说法，医家失去了他的本意，往往用苦寒来戕伐生气。张介宾之辈矫枉过直，于是偏于补阳，而参蓍桂附，它的流弊也能够到杀人的地步。这是不知易道虽扶阳，而乾之上九，也戒以"亢龙有悔"。嗜好欲望日盛一日，身体虚弱的多，温补的方药，容易见到小的效验，坚信的人就多。所以我说偏于伐阳的，是韩非的刑名之学；偏于补阳的，是商鞅的富强之术。初用时都有功效，积重不返，它的损伤根本，则是一样的。雪莲的功不能补患，也是这个道理了。

风　穴

唐太宗《三藏圣教序》中所说的风灾鬼难之域，似乎就是现今辟展土鲁番的地方。在这地方的沙漠中单独行走，往往能听到叫他的姓名，一答应就随声而去不再回来。又有风穴在南山，它的大小像口井，风不时地从里面出来。每次出来，则数十里之外，先听到波涛般的声音，过了一二刻，风才刮过来。它所横向经过的道路，阔不过三四里，可以急速行进而避开它。如果来不及避开，那么众多的车辆用大绳连接成一体，尚且要鼓动颠簸，就像大江波浪汹涌中的船只。有时一辆车单独碰到，那么人马行李都轻得像片片树叶，飘飘然不知道吹往哪里去了。风都是自南而北，过了几天，又自北而南，就像呼吸的一往一来。

我在乌鲁木齐接到辟展发来的公文，说军校雷庭在某天人马都被风吹过岭北，没有踪迹。又，昌吉通判报称，某日午刻有一个人从天而下，乃是特纳格尔遣送的犯人徐吉，被风吹来的。不久特纳格尔县丞报称，徐吉这天逃跑。计算它的时刻，从巳时的后半时到午时，已经飞腾了二百多里。这在那里并不为怪,在别处就是异闻了。徐吉说,被吹的时候如醉酒如做梦,身体旋转像车轮,眼睛不能睁开,耳朵里像听到万鼓的鸣响,口鼻像有东西堵塞遮蔽,气不得出,努力了好久,才能呼吸一次。按,《庄子》里说:"大块噫气,其名为风。"气无所不在,不应该有孔穴。大概是气所偶尔聚集,因而形成这一怪异。就像火气的偶尔结聚在巴蜀,就成为火井。地下流动的水脉,偶尔结聚在于阗,就成为黄河的源头。

何励庵寓言

何励庵先生说:相传明末有个书生独自行走在丛生的草木间,听到琅琅的读书声,奇怪在空旷的野地里哪里能有这个。循声寻找,则一个老翁坐在墓地中间,旁边有十多只狐狸,各自捧书蹲身而坐。老翁看见他,起身迎接,那些狐狸都捧着书像人一样的站立。书生考虑既然懂得读书,必定不会有祸害。因而同他们以礼相见,席地而坐。问:"读书为了什么?"老翁说:"我们都是修仙的。凡狐狸的求仙有两条途径:其一是采精气,拜星斗,渐渐到了通灵变化。然后积年修炼而成正果,这是由妖而求仙。但是设或入了邪僻一路,就触犯了天条。这条路快速而危险。其一是先炼形成为人,既得以成为人,然后讲习内丹,这是由人而求仙。虽然吞吐导引的修炼,不是一朝一夕的功夫,而长久地坚持,自然能够圆满。这条路曲折而安全。但是形体不能自变,是随心而变。所以先读圣贤的书,明白三纲五常的道理。心变化那么形体也就变化了。"书生借他的书看,都是《五经》、《论语》、《孝经》、《孟子》之类,但只有经文而没有注解。问:"经不解释,何从讲解贯通?"老翁说:"我辈读书,只求明理。圣贤的言语,本来不艰深,口头讲授予接受,疏通解释词义,就可以知道它的义理要旨,要注解做什么?"书生奇怪他所持的议论怪僻,惘惘然不知所对。姑且问他的寿数,答说:"我都记不得了。只记得我受经的日子,世上还没有刻版印刷的书。"又问:"经历了几个朝代,世事有没有同异?"答:"大都相差不太远。只是在唐朝以前,只有儒者。北宋以后,常听说某甲是圣贤,这点小有差别罢了。"书生无从估量,作揖而别。后来在途中遇见这个老翁,要想同他说话,老翁却掉转头径自走了。

按,这大概是先生的寓言。先生曾经说:"用讲经文求取科第出身,残缺不全,将就应付,言词愈美而经愈是荒疏。用讲经文树立门户,众说纷纭,辩论驳难,说法愈详细而经也愈是荒疏。"他们的语意就像符节一样的符合。又曾经说:"凡是巧妙的手段方法,中间必然有不稳当的地方。如果步步踏实,即使小有失误,终不至于折臂伤足。"这同老翁所说的修仙的两条途径,也是同一个意思。

卧虎山人

有一个扶乩的从江南来,他所降的仙人自称是卧虎山人,不谈吉凶,只同人唱和诗词,也能作画。画不过是兰竹数笔,只有大体的样子而已。他的诗清浅而不庸俗,曾经当面见到下坛的一首绝句道:"爱杀嫣红映水开,小停白鹤一徘徊。花神怪我衣襟绿,才藉莓苔稳睡来。"又咏舟,限车字;咏车,限舟字。道:"浅水潺潺二尺余,轻舟来往兴何如?回头岸上春泥滑,愁杀疲牛薄笨车。""小车辚辚驾乌牛,载酒聊为陌上游。莫羡王孙金勒马,双轮徐转稳如舟。"其余大都与此类似。问他的姓名表字,则说:"世外的人,何必留名?一定要相逼迫,只有杜撰遵命罢了。"

甲同乙一起学那人画的符,召他也来。但是字多半不可辨认,是因为扶乩的人手不熟练。一天,乙焚烧了符,仙人竟然不降。过了几天再召,仍旧不降。后来竟降临于甲家,甲询问乙召而不降的缘故,仙人下判语道:"人生以孝弟为本,这二者有愧于心,就不可以成为人。此君近来同他的哥哥分家,隐藏起了千金。又谎说父亲有旧债,应当兄弟共同偿还,实际上是瞒下了他哥哥偿还的据为己有。我虽然是世外的空闲之身,不参与人间事,但在道义上不同这等人打交道。烦请转达这个意思,以后不要再以此相亵渎。"又下判语示甲道:"您近来得到新鲜果品,儿女们全都吃到了,而独独忘记了孤苦的侄子,使他哭泣通宵。虽然是出于无心,总还由于意中有所歧视。以后如果再如此,我也不来了。"先父姚安公说:"我见到他的诗词,以为是灵鬼;观看这番议论,似乎竟是仙人。"

孟 夫 人

广西提督田公耕野,起初娶孟夫人,早死。田公做凉州总兵时,月夜独坐在官衙的房舍里,恍恍惚惚梦见夫人从树梢轻快地飘然而下,互相慰劳问候如同平时。说:"我本来是天帝的女儿,命里注定应当做您的妻子,缘分满了仍然归去。现在经过这里相遇,也是余缘未完的缘故。"田公问:"我最终应当做什么官?"答:"官不止于现职,将要离任了。"问:"我寿数有多少?"答:"这个难说。您死时不在乡里，不在官衙，不在道路馆舍驿站，也不死于战争对阵，时候到了自然知道。"问："死后还能相见吗？"答："这个在您了，您努力升天，就可以相见，否则就不能了。"田公后来讨伐叛乱的苗民，部队返回，死于行军的帐幕之下。

魏藻遇罗刹

奴仆魏藻，性格轻佻放荡，喜欢偷看妇女。一天，在村外碰到一个少女，好像相识，但不知道她的姓名住址。向她挑逗说话，女子不回答，却眉目传情，径自朝西面走去。魏藻正盯着她看，女子回顾，像是在招呼他，就跟随前往。渐渐逼近，女子面红，小声说："来往人多，恐怕被疑心。您可以相隔小半里，等到了家，我在墙外车房里等您，枣树下拴着一头牛，旁边有石滚子的就是。"过后渐走渐远，傍晚将要到达李家洼，离家有三十里了。久雨初晴，泥将要淹没小腿，脚趾也肿痛。远远看见女子已进入车房，正在暗暗喜欢，快步向前。女子正背面站立，忽然转过脸来，竟然现出恶鬼罗刹的形状，锯齿样的牙，钩子般尖利的手爪，面色青蓝，目光闪烁像灯。魏藻惊怕，回头就走，罗刹急步追来。他疯狂似地奔跑了二十多里，到相国庄，已经到了亥时的前半时。认识这是他丈人家的门，急忙不停地敲门。门刚打开，就突然冲进去，碰撞一个少女倒地，他也随着向前跌倒。妇女们愤怒叫嚷，自各拿了捣衣棒乱打他的大腿。魏藻气结不能说话，只是呼叫"我我"。一会儿，一个老妇拿了灯出来，才知道是女婿，都又吃惊又好笑。第二天，用牛车载他回家，躺在床上几乎有两个月。

当魏藻来去的时候，人只见到他自己去自己回，不见有罗刹，也不见有少女。岂非以邪招来邪，狐鬼乘机而侮辱他吗？已故兄长晴湖说："魏藻从此以后不敢再到野外游乐，路上遇到妇女，必定低下头来。这就称之为神明显示警戒也可以。"

堕井不死

离我家十多里，有一个瞎子姓卫。戊午年除夕，他到所有经常叫他弹唱的人家辞岁，各家都给了他食物，自己背着回来。半路，他失脚掉到了一口枯井里。因为是在空旷的野地，路径偏僻，又家家都在守岁，所以路上没有行人。他大声呼叫，气堵口干，没有应他的。幸而井底空气温暖，又有糕饼可以吃，渴得厉害,就吃水果,竟然几天不死。碰巧屠夫王以胜赶猪回来,离井还有半里路光景,忽然绳断猪逃,疯狂奔跑在野田中,也失脚掉到井里。王以胜拿钩弄出了猪,才发现瞎子,已经只剩一点气息未断了。

那井不是屠夫所应当经过的地方,这仿佛有一种什么神力在支配。已故兄长晴湖问到在井里的情况,瞎子说:"当时万念都空,心已经如同死去。只是想到老母卧病,等待瞎眼的儿子来奉养。现在连瞎眼的儿子也不能得了,估计这时恐怕已经成了饿死的人,觉得酸痛彻于肝脾,不可忍受罢了。"已故兄长说:"不是这一个念头,王以胜所赶的猪必定不会断了绳子。"

齐 大

齐大,是献县的大盗。曾经同众盗一起进行抢劫,其中一个强盗看到这家的女人美貌,逼着要奸污她。用刀威胁不从,就反绑她的手,缚在凳上,已经剥去她的下身衣服,叫两个强盗左右挟住她的脚了。齐大正在看庄(强盗的语言,称在屋上瞭望以防止救助的为看庄),听到女人的号叫,从屋脊跳下,挺着刀冲进来说:"谁敢这样,我就不同他一起活在世上!"气势汹汹地要打斗,目光如同饿虎。就在这情势紧迫、其间不容一发的时刻,由于齐大的到来,那女人才得以脱险。后来群盗一起被捕,同时被杀,只有齐大始终不能缉获。众盗说,官来追捕时,齐大其实就伏在马槽下面。兵丁差役都说,往来搜了几遍,只见槽下有枯竹一捆,约有十多根,积满尘土,污秽不堪,好像是抛弃放置了多年的东西。

打 包 僧

张贡生晴岚说:一所寺院的藏经阁上,有狐精居住,和尚们大多住宿在阁下。一天,正是酷热的天气,有一个打包僧——云游和尚厌憎嘈杂,就搬了坐卧的用具住到了阁上。和尚们忽然听到梁上狐精说话道:"大家暂且各自回到房间去,我的家眷不少,将搬到阁下来住。"和尚们:"久住阁上,为什么忽然又要占据这里?"狐精答道:"和尚住在那里。"和尚问:"你躲避和尚吗?"狐精道:"和尚是佛子,怎么敢不回避?"又问:"我们不是和尚吗?"狐精不答,再三问他,才回答说:"你们自以为是和尚,我还有什么好说的!"堂兄懋园听到后说:"这个狐精黑白分得太分明,但也可以使三教中人各自发深省。"

甲 乙 丙

甲看见乙的妻子，艳羡她的美，同丙谈起，丙说："她的丈夫粗鲁凶悍，倒是可以图谋的。如果不吝惜挥霍钱财，我能够为您办到这件事。"于是选择同里的浪荡子，用金钱利诱并嘱咐他说："你白天隐藏在乙家，而故意让乙听到。等到被抓住，就自己承认要想偷窃。白天不是偷窃的时候，你的容貌衣服没有偷儿的样子，必定疑心有奸情，你不要应承。官再审问而后承认，罪不过是披枷、受杖刑。我会设法使这个案子没有结果，不会有什么苦处。"浪荡子如他所教而行，罪案果然不了了之。但是乙竟然休弃了他的妻子。丙担心他后悔，教乙的妻家告乙的状，又暗中贿赂旁证的人，使他不能胜诉，于是愤怒而另嫁他的女儿。乙也态度决绝，听她再嫁。甲就用重价买来做妾。丙又教浪荡子反咬甲一口，揭发他的阴谋，而教甲用贿赂来平息。计算前后侵吞有千两银子了。就在这时听说家庙举办赛会，就尽力备办供奉赛神所用的酒食器具，将用以求福。先一天晚上，管香火的庙祝梦见神说："某人的金钱从何而来？居然用丰盛的礼物来祭献我。明天来，千万不要让他入庙。不合礼仪的祭祀，鬼神尚且不接受，何况是不义的祭祀呢！"丙来了以后，庙祝用神的话拒绝，他愤怒而不相信。刚到阶前，那些扛抬的人跌倒在地，供品全都毁坏，于是恐惧地返回。过了一年多，甲死去。浪荡子因为同谋的缘故，经常来往于丙的家里，就引诱他的女儿逃走。丙也愤气郁结而死，他的妻子携带家财改嫁。女儿到了德州，被人查究出通奸的情状，一纸公文遣送回原籍，受杖刑后由官府发卖。这时丙的奸谋已经败露，乙十分愤恨，于是变卖家产赎出丙的女儿，让她侍寝三个晚上而后转卖于人。有的说，丙死时，乙还没有娶，丙的妻子就嫁给了他。这是故意造出来使人称心快意的话，实际没有这样的事。浪荡子后来成为乞丐，丙的女儿流落成为娼妓，则是实有其事。

木客论诗

益都李词畹说：秋谷先生游历南方的日子里，借住在一户人家的园亭中。一天晚上，上床躺下以后，要想做一首诗。正在沉思之间，听到窗外有人说道："您还没有睡吗？对您清丽的词句，我已经醉心了十多年。现今幸而下榻在这个房间，偷听您的言论，虽然已经一整月，始终因没有机会提出疑难的问题请教为恨。担心您或者会突然间到别处去，不能够尽情倾吐我心里所想的，这就成为平生的憾事了。所以不揣冒昧，希望隔窗听您的谈论，先生能不拒绝吗?"秋谷问:"您是谁?"答:"别墅幽深，重重的门户夜间都关闭，自然断不是人迹所能到。先生的神思平和旷达，想来不会恐怖，也不必深究了。"问:"为什么不进入房间相会晤?"答:"先生的胸怀洒脱闲散，我也对礼仪形式感到厌倦。只要能有精神的交往，何必一定在形体之间呢?"秋谷于是每天同他应酬答对，对《诗经》的六义探讨得颇为深刻。就这样继续了几个晚上。一次，偶尔乘着醉意戏问道:"听您的议论，不是神不是仙，也不是鬼不是狐，莫非是东坡所说'山中木客解吟诗'吗?"说完寂然无声。捅一条窗缝窥看，残缺的月亮微有光明，有个模模糊糊的影子掠过水亭的檐角而去。园子里老树高耸入云，怀疑它是树木的精怪。

词畹又说:秋谷同精怪谈话时，有客人在偷听。精怪说渔洋山人的诗就像名山胜水，奇树幽花，而没有一寸的泥土来种植五谷;如同雕刻的栏杆，曲折的台榭，池苑馆舍，景色宜人，而没有寝室遮蔽风雨;如同彝鼎罍洗这类古玩器皿，色彩错杂灿烂，堆满桌子，而没有釜甑这样的炊具供烧火煮饭;如同编织锦绣，精巧就像出自仙人的织机，而没有裘皮袍葛布衣来抵御寒暑;如同舞衣歌扇，姬妾众多，而没有主妇来主持家政料理饮食;如同梁孝王的兔园、石崇的金谷园，有满堂风雅的客人，而没有良友进劝戒谏诤的话。秋谷极为击节赞赏。又说明末的诗如平庸的音乐，杂乱鸣奏，所以渔洋用清新的诗风来挽救;近人的诗浮华的声响日日增加，所以先生用深刻显黯的诗风来挽救。其势本相承袭，从情理上说不应一方胜过另一方。私下考虑两家的宗派，应当调和互补，合则双美，离则两伤。说是秋谷还很觉不平哩。

卖药道士

乌鲁木齐有道士在市上卖药。有的说他是有妖术的，人们看到他夜里住在旅店中，临睡时必定掏摸所佩的袋子，拿出一个小葫芦，倒出两丸黑的东西，立即有两个少女同他一起睡觉，天亮就不见了。问他，则推说没有。我回忆起《辍耕录》所载周月惜的事，就说:"这乃是所采活人的魂，这个法术吃马肉就可以破。"刚巧中营有马死去，派遣吏员秘密嘱咐旅店主人，问刚巧有马肉，可以吃吗?道士扭头说:"马肉怎么可以吃?"我更加疑心，打算处理这件事。同事陈君题桥说:"道士携带少女，您没有亲眼见到;不吃马肉，您也没有亲眼见到。周月惜的事，出自陶九成的小说，不知道真不真。所说的马肉破法，也不知道能不能证实。您相信传闻的话，依照没有根据的说法，立即兴起大案，似乎并不妥当。塞外不应当留杂七杂八的人，下令主管的官吏驱逐他出境，这就足够了。"我于是停了下来。

后来将军温公听到说："要想穷究惩治太过分了些，倘使他害怕刑罚乱供别的情节，事关重大，又没有确实的凭据，该作出什么样的行动呢？驱逐出境又太不够了些。倘使流转到了别的地方，或者造成了什么事故，说是曾经在乌鲁木齐长久居住，谁承担这事的过错？形迹可疑的人，关津要隘照例应当盘问搜查。查验有了确实的证据，就应当交付主管的官吏处置；查验没有确实的证据，就出具公文递解回原籍，使他不再迷惑民众，不也好吗？"我们两人都佩服温公的议论。

死生有命

庄学士本淳少年时随父亲书石先生停船在江岸边，夜里失脚落进了江中，船上人不知道。漂荡之间听到人说道："可以救起福建学院，这有关系，不要草草了事。"庄本淳不知不觉已经被钩在本船的舵尾上，呼救才得以幸免。后来他果然做了福建学政。赴任时，他举这件事对我说："我恐怕回不来了吧。"我用修身养性以待天命的说法勉励他，后来他竟死于任上。

又他的哥哥礼部侍郎庄方耕，雍正八年在京城的住宅里，遇到地震，压在小胡同里。刚好两堵墙对面倒塌，互相抵住，像人字帐幕的形状。他坐在里面一昼夜，才被人发掘出来。岂不是死生有命吗！

梦 魇

何励庵先生说：他十三四岁时，跟随罢官的父亲回京城，人多船又狭小，于是摊开席子在一只大箱子上睡觉。半夜，觉得有一只手掌摸索他，冷得像冰，梦魇了好久才醒来。后来夜夜都是如此，以为是神虚，吃药也没有效验。到登上陆地后才好。后来知道箱子是他家仆人的东西。仆人的母亲死在官衙里，棺材停在郊外。临出发时，偷偷地焚烧了棺材，而用衣服包裹骨殖藏在箱子中。当是由于人睡在它上面，魂不得安，所以作这样的变怪。这样看起来，客死在外的人的魂随骨返回，确实是有的了。

缢鬼忏悔

励庵先生又说:有个友人姓聂,前往西山深处上坟回来,天冷日短,阴沉沉地天已晚了。因为害怕有老虎为患,所以跌跌撞撞,尽力赶路。望见有破庙在山腰里,急忙奔入。这时已经天黑,听到墙角有人说话道:"这里不是人境,施主可以赶紧离去。"他以为是和尚,就问:"师父为什么在这暗里坐着?"答:"佛家不说谎话,自身实在是吊死鬼,在这里等替代的。"聂恐惧战栗,过了一会儿说:"与其死于虎,倒不如死于鬼,我同师父一起住宿了。"鬼说:"不去也可以。但是阴间和阳世不是一条道,您承受不了阴气的侵袭,我承受不了阳气的炙烤,都不得安宁。各自占据一个角落,不要互相靠近好了。"聂远远地询问等替代的缘故。鬼说:"上帝爱好生命,不想要人自己伤害自己的性命。像忠臣的尽节,烈妇的保全贞操,这虽然是意外的横死,同寿终而死没有什么区别,不必等替代。那因情势紧迫困窘、更没有求生之路的,同情他事情出于不得已,也交付转生轮回,仍然查核计算他的生平,依照善恶接受报应,也不必等替代。倘若有一线的希望可以活命,或者因为小小的愤恨不能忍受,或者借此连累别人,放纵他的邪恶之气,轻率地上吊的,那么大大地违背天地降生万物的心,因而必定使他等替代以表示惩罚。所以囚禁之后,沉沦滞留,动不动达百年之久。"问:"不是有引诱人相替代的吗?"鬼说:"我不忍心。凡是人上吊时,为节义而死的,魂从头顶上升,他的死迅速。为愤恨嫉妒而死的,魂从心处下降,他的死缓慢。没有断气的时刻,各条血脉倒涌上来,肌肤寸寸都像要裂开,痛得如同用刀在碎割,胸腹肠胃里如同烈火焚烧,简直无法忍受。像这样要过十多刻,形与神才分离。想想这样的痛苦,看见上吊的人正要阻止,让他赶快回头,肯去引诱他吗?"聂说:"师父存这样的念头,自然一定要升天。"鬼说:"这个不敢盼望。只是一心一意地念佛,企图忏悔罢了。"一会儿,天将要亮了,问他不说话,仔细观看,也没有见到什么。

后来聂每次上坟,必定携带饮食纸钱祭奠他,总有旋风围绕左右。有一年,旋风不来,料想他因为一念之善,已经解脱鬼的处境了。

狐友说梦

王半仙曾经访问他的狐友,狐友迎着他笑说:"您昨夜做梦到了范住的家里,与她欢聚娱乐。"范住这人,是城中的名妓。王回忆确实有这个梦,就问他怎么知道,狐友回答说:"人禀受阳气而生,阳亲附于上,气常发露于头顶。睡觉时则神聚于心,灵光同阳气相映照,如同镜的取影。梦生于心,它的影都显现于阳气中,一往一来,或生或灭,忽而变形成为一两寸的小人,如同图画,如同戏剧,如同虫的蠕动。就是不可告人的事情,也百态尽露,鬼神都能够见到,狐狸中通灵的也能够见到,只是听不到他的话语罢了。昨天偶尔经过您家,所以见到了您的梦。"又说:"心的善恶,也显现在阳气中。生一个善念,那么气中有一条线如同烈火;生一个恶心,那么气中有一条线如同浓烟。浓烟罩头,还有一线的光亮,是畜生道中的人。连一线的光亮也没有,是地狱中的人了。"王问:"恶人浓烟罩头,他的梦中之影怎么能够再见到?"狐友答道:"人心本善,是恶念遮蔽了它。睡觉时一念不生,那么这心就回归到它的本体,阳气自然光明。即使在他刚醒来时,念头还没有起,光明也还在;念头渐起,就渐昏暗;念头全起,就全都昏暗了。您不读书,不妨去问秀才,孟子所说的夜气,就是这个了。"王惶恐地说:"鬼神的审鉴观察,竟然到了睡梦之中。"

雷击李善人

雷出自地中,过去在福建白鹤岭上见到。岭高有五十里,阴雨时低头观看,浓云只到山的一半,有一缕气从云中涌出,笔直地向上激射,气的纤细的末端忽然火光迸散,立即砰的发出声音,同火炮完全相似。至于轰击东西的雷,则从天而下。戊午年夏天,我同堂兄懋园、坦居在崔庄三层楼上读书,开窗朝四面望去,可以看到好几里远。当时正下雷阵雨,远远见到一个人从南边来,离庄大约半里光景,忽然跪在地上。突然间云气向下低垂,罩住看不见了。忽而雷震一声,火光照眼,如在咫尺之间,云已经收敛而上了。过了一会儿,只听见人声嘈杂地说高川李善人被雷所击死。随着众人前往观看,只见李遍身焦黑,仍然拱着手端正地跪着,仰面朝天,背上有朱笔写的字,不是篆字也不是籀字,不是草书也不是隶书,点画缠绕,不能分辨出几个字。这人吃斋礼佛,没有善迹,也没有恶迹。不知道是为了前世的冤业还是为了别人所不知的罪恶,才有这个报应。他的侄子李士钦说:"这天早晨起来,他一定要到崔庄去,实际上没有一点事,竟然冒雨而来,碰上了这场灾难。"有的说:"这天崔庄是大集市(崔庄市人交易,以一、六日大集,三、八日小集。)大概是鬼神驱赶他来给众人看的。"

墨吏伏诛

　　我在兵部做官时,曾经有一个吏员被狐狸精所诱惑,衰弱消瘦只剩一把骨头。求张真人画符治疗,忽然听到屋檐头有人说话道:"您做吏员,无理捞取钱财,应当遭受刑法处死。我前生曾经受到您再生的恩德,所以用美色来迷惑,摄取您的精气,要想您因痨病而善终。现今被驱赶,是您冤业重,不可救了。您应当努力积善,还有万一的希望可以挽回。"从此病愈,但竟不改过。后来果然以盗用印章、私收马税被处死。部里办事的吏员有知道那事情的,后来讲给了我听。

绣　鸾

　　前母张太夫人,有个婢女叫绣鸾。曾经月夜坐在堂前阶上,呼叫她,则东西走廊都有一个绣鸾跑出来,形状衣服没有一点区别,以至于右襟反折一只角,左袖一半卷起也相同。张太夫人大惊,几乎跌倒。再观看,只存其中的一个,问她,是从西廊来。又问:"看见东廊的人吗?"说:"没有看见。"这是七月间的事。到十一月,张太夫人就去世了。大概福运已将尽,所以妖魅敢于现形吧。

菩萨心肠

　　沧州插花庙的尼姑,姓董氏,遇到观音大士诞辰,整治供品器具将完,忽然觉得稍有倦意,靠着小桌暂时歇息。恍恍惚惚间,梦见大士对她说道:"你不献供品,我也不会忍受饥饿;你就是献了供品,我也不会吃得更饱。寺门外有四五个外地流亡的饥民,讨饭不得,困穷饥饿将要支持不住了,你撤下供品给他们吃,功德超过供我十倍了。"忽然惊醒过来。开门出去一看,果然不错。从此每年供品祭献完毕,都用来施舍给讨饭的人,说这是菩萨的意思。

舟子渡轿夫

先母太夫人说：沧州有个轿夫田某，母亲生膨胀病情况危急。听说景和镇一个医生有特效药，但两地相距一百多里。田某清晨狂奔而去，傍晚已经狂奔而回，上气不接下气。但是这天晚上卫河猛涨，船不敢过渡。于是仰天大声呼号，眼泪随声音而下。众人虽然哀怜他，但又无可奈何。忽然一个船夫解开缆绳叫道："假使有神理，这人不会落水。来来，我渡你。"奋起鼓动船桨，劈浪向前行进。弹指间的工夫，已经抵达东岸。观看的人都合掌念诵佛号。先父姚安公说："这个舟子相信天道的诚笃，超过了那些读书人。"

滦阳消夏录（四）

戒 狂 生

　　卧虎山人在田白岩家扶乩求神，众人烧香跪拜祈祷。一个狂生独自靠着小桌斜坐，说："江湖上的游历之士，不过是练熟了手法做做游戏罢了，哪里有真仙天天听人呼唤的？"乩仙就书写一诗道："鹁鸪惊秋不住啼，章台回首柳萋萋。花开有约肠空断，云散无踪梦亦迷。小立偷弹金屈戌，半酣笑劝玉东西。琵琶还似当年否？为问浔阳估客妻。"狂生大为吃惊，不知不觉屈膝下跪。原来这是他几天之前，秘密寄给旧日相好妓女的诗，没有留存底稿。乩仙又下判语道："这张信笺幸而没有寄到，寄到则又是一个步飞烟了。这女人既然已经从良，你这样做就是非分地希图别人的内眷。香山居士偶尔作寓言，您竟然付之于实际行动吗？大抵风流佳话，多是下地狱的根源苗头。昨天看见阴间的官员记录在簿册，所以我得以记了下来。孽海波浪无边，回头是岸。山人唠叨，实在是抱着一片苦心，先生不要惊讶我多嘴吧。"狂生像鹄似的伸长头颈站立在乩桌旁，几乎脸无人色。一年多后，他就去世了。

　　我所见到扶乩的，只有这个乩仙不谈吉凶，而喜欢规劝人的过失，恐怕是灵鬼当中的正直者吧！先父姚安公向来厌恶虚妄的祭祀，只有碰到这个乩仙，必定一揖到地说："像这样的端方严正，就是鬼也应当敬重。"

说 扶 乩

　　姚安公没有登第的时候，遇到扶乩的人，问有无功名，判道："前程万里。"又问登第当在哪一年，判道："登第却须要等候一万年。"姚安公以为是说或者应当从别的途径进身。等到癸巳年皇上寿诞开恩科登第，方才领悟万年的说法。后来官居云南姚安府知府，请求回家奉养父母而归，就没有再出仕。连前程万里的说法也应验了。大抵幻术多半手法快速灵巧，只有扶乩一件事，倒是的确有所凭借依附，但都是灵鬼当中的能舞弄笔墨的罢了。所称说的某神某仙，固然属于假托，就是自称某代某人的，问到本人集子中的诗文，也多半说年代久远忘记，不能回答了。那扶乩的人，碰到善书的就书写工整，碰到能诗的就作诗工巧,碰到完全不善于作诗、书写的,则虽能成篇却很缓慢。我稍稍能诗而不善书,堂兄坦居善书而不能诗。我扶乩时,则作诗敏捷而书写潦草;坦居扶乩时,则书写清整而诗意浅近粗率。我同坦居其实都没有留心,大概也是借人的精神,才能够运动。就是通常所说的鬼不自灵,待人而灵。用来占卜的蓍龟本来是枯草和腐朽的甲壳,而能够知道吉凶,也是待人而灵罢了。

度帆楼缢鬼

已故外祖父居住在卫河东岸,有楼靠近水边,题名"度帆"。这座楼朝西,而楼下层的门则是朝东,别成院落,同楼不相通。先前有仆人史锦捷的妻子吊死在这个院子里,所以长久没有人住,也没有关锁。有僮仆婢女不知道这件事,半夜在这里幽会。听到门外窸窸窣窣像有人行走,害怕被看见,伏着不敢动。偷偷地从门缝里看去,竟是一个吊死鬼走在石阶上,对着月亮微微叹息。两人大腿发抖,都僵在门内,不敢出去。门被这两个人所占据,鬼也不敢进来。相持了好久,有条狗见到鬼而吠叫起来,群狗听到声音也聚在一起叫。众人以为有盗贼,争相点旺灯烛、手持器械前往,鬼隐去而僮仆的奸情败露。婢女羞愧不能自容,等到晚上也到这个院子里上吊。被发觉而救醒转来,又偷着一再前去,直到把她退还给她的父母才罢。因而领悟鬼不是不敢进入房间,而是用败露他们的奸情,使她感到羞愧而上吊的方法来求替代。已故外祖母说:"这个女人活着时阴险狡猾,死了还要这样,她的沉沦的确是应当的了。"先母太夫人说:"这个婢女不做这种事,鬼又哪里有机可乘?罪过不可以都推到鬼的身上。"

缢鬼求代可解

辛彤甫先生居官宜阳知县时,有个老叟投送呈文,说:"昨晚住宿在东城门外,看见吊死鬼五六个,从门缝里进来,恐怕是想找替身。恳求告戒老百姓,对仆役姬妾不要凌辱虐待,对欠债的不要逼迫勒索,什么事情都要互让,不要争斗,好使得鬼无处施展它的伎俩。"先生大怒,鞭打而驱逐了他。老叟也不怨恨后悔,到阶下拍着膝盖说:"可惜啊,这五六条命不可救了!"过了几天,城内上报吊死的有四起。先生大惊,急忙找来老叟问他。老叟说:"连日昏昏沉沉,都不记得了,现在才知道曾经投送过这件呈文。难道得罪了鬼神,使我受鞭打吗?"

当时这件事乱哄哄地传说,家家都作了准备,上吊而获得解救的果然有两个:一个女人为婆婆所虐待,婆婆沉痛地自我悔恨;一个迫于拖欠债务,债主立刻焚烧了债券,都得以不死。这才知道命数虽然是原先定下的,假如能够尽人力,也必然有一二分机会可以挽回。又知道人命最为重要,鬼神虽然预先知道他应当死去,但只要有一线可以挽回,也必定转而假借人力来挽救他。大概气数命运所到,就像严冬的风雪,天地也不得不如此。至于披上皮袍御雪,用泥涂塞窗户避风,那就听之于人事,并不禁止各人的作为。

捐金拒色

献县史某,不知道他的名字。为人不拘小节,而襟怀开朗有正气,看待那些龌龊的人,很是轻蔑不屑。一次,他偶尔从赌场归来,看见村民中有一对夫妇抱着儿子相对哭泣。他们的邻人说:"为了欠富豪家的债,卖掉妻子来偿还。夫妇感情原很好,儿子又没有断奶,就要弃之而去,所以悲伤。"史某问:"所欠有多少?"答:"三十两银子。"史某又问:"所卖的有多少?"答道:"五十两银子,给人做妾。"史某听后,问道:"可以赎吗?"答道:"契约刚刚成立,银两还没有付,为什么不可以赎!"史某当即拿出赌场赢来的七十两银子给他,说:"三十两银子还债,四十两银子拿去用以谋生,不要再卖妻了。"夫妇两人十分感激史某的恩德,煮了一只鸡留他喝酒。畅饮之后,丈夫抱着儿子出去,向妻子使眼色,意思是让她侍寝以作报答。妻子点头会意,说话时对史某稍显亲热戏谑,史某正色道:"我史某半生做强盗,半生做捕快,杀人不曾眨过眼。若是乘人危急,奸污别人妻子,这是绝对不干的!"吃喝完,甩动手臂径自走了,不再说一句话。

半个月以后,他所居住的村子夜里着火。这时秋收刚完,家家屋上屋下都堆满了柴草,茅草的屋檐,高粱秆的篱笆,一会儿四面都是烈火,估计不能逃出,同妻子闭目静坐等死。这时恍恍惚惚间听到屋上远远地呼叫道:"东岳有紧急公文,史某一家一并除名。"刺的发出声音,后面墙壁一半倒塌,于是左手携着妻子,右手抱着儿子,一跃而出,好像有人在庇护着他。火熄灭以后,计算一村之中,烧死的有九人。邻里都合掌说:"昨天还偷偷地笑你痴,没有想到七十两银子竟赎出了三条命。"我说这事受到司命之神的保佑,捐助金钱的功占十分之四,拒绝色欲的功占了十分之六。

盗 遇 牛

　　姚安公在刑部做官时,德胜门外有七个人共同施行抢劫,被逮捕的有五个,只有王五、金大牙两人没有抓获。王五逃到潞县,路上被深沟所阻,只有小桥,可以通过一个人。有一条健壮的牛怒瞪着眼当道而卧,靠近它就奋力顶撞,只好退回寻找别的道路,竟突然同巡逻的人相遇。金大牙逃到清河,桥的北面有牧童驱赶两头牛过来,把他挤倒在泥中,金发怒而争斗起来。清河离京城近,被人认出,告诉了里长,里长把他捆绑起来送官。二人都是回民,都以宰牛为业,而都因为牛败露。岂不是宰割悲惨残酷,即使是畜牲兽类也怀着仇恨,恶毒之气所凭依,借它的同类来报复吗!要不然,碰到牛顶撞仆倒,还是事理中所常有的;无故而挡着桥,谁使它这样的呢!

暂入轮回

　　宋蒙泉说:孙峨山先生曾经卧病在高邮的船中,忽然好像散步到了岸上,感到十分爽快舒适。一会儿,有人引导他行走,恍恍惚惚间忘记为什么会这样,也不问。跟随前去到了一户人家,门和路很华丽整洁。渐渐进入内室,看见一个少妇正在临产。要想退避,那人在背后拍了一掌,已经昏昏然失去知觉。很久以后,渐渐醒来,则形体已经缩小,包裹在锦绣的襁褓中。知道这是转生,已是无可奈何。要想说话,只觉得寒气从头顶囟门当中灌入,就闭口不能出声。四面观看房中,桌榻器物古玩以及对联书画,都清清楚楚。到第三天,婢女抱着他洗浴,失手坠落地上,再次昏昏然失去知觉,醒来则仍然躺在船中。家里人说:"你断气已经三天,因为四肢柔软,胸腹间还温热,所以不敢把你收殓。"先生连忙取一张纸片记录他的所见所闻,派遣使者从某路送到某门中,告诉他们不要过分鞭打婢女。于是慢慢地为家里的人详细叙说。这天,病就痊愈了,径自去到这一家,看见婢女老妇,都像旧相识。主人老而无子,彼此都相对感叹称奇。

　　近来通政使梦鉴溪也有这样的事,也记得那道路门户。前去寻访,果然这一天生了儿子,随即死去。不久前在值宿的房舍里,内阁学士图时泉谈起那情形十分清楚,大抵同峨山先生所说的相类似。只是峨山先生记得去不记得返回。鉴溪则往返都分明,而且路途中遇到他先已亡故的夫人,到家进入内室时,见到夫人同女儿坐在一起,就这些细节小有不同。轮回的说法,为儒家学者所排斥,而其实倒往往是有的,前因后果,这理自然不假。只是二公短暂地进入轮回,随即回归本体,无缘无故现这一梦幻泡影,则不可用常理来推论了。天地四方之外,圣人存而不论,暂时存疑好了。

祈梦断案

远房伯父灿臣公说:过去有一个县令,碰到杀人案不能决断,拖延了很多时日。于是到城隍祠里求梦。梦见神引来一个鬼,头顶磁盆,盆中种竹十多枝,青翠可爱。醒来后,检点案卷中有姓祝的,祝、竹音相同,想来一定是的。尽力查办,没有线索。又检点案卷中有名叫节的,私下叩念道:"竹有节,一定是的。"尽力查办,也没有线索。但是这两个人,已经九死一生了。估计不能再审问明白,于是以疑难案件上报,请求另外缉捕杀人者,结果也没有捕获。要知道疑难的案件,虚心研求审理,或者可以得到真情。祷告神灵求之于梦,不过是使愚民因害怕而屈服,骗他吐出实情而已。如果以睡梦当中的恍恍惚惚,再加上猜测,就拿来作为判案的确凿证据,很少有不出错误的。从古以来,求梦断案的事情,我以为都是事后的附会。

县令明察

雍正十年六月,一天夜里下大雷雨,献县城西有村民被雷击死。县令明公晟前往验看,下令用棺材收殓了。过了半个多月,忽然抓了一个人来审问他道:"你买火药做什么?"答:"用来打鸟。"追问道:"用火铳打鸟雀,少不过几钱,多到一两光景,足够一天用了。你买二三十斤,为什么?"答:"预备许多天的用途。"又追问道:"你买药不满一个月,估计所用不过一二斤,其余的现今藏在什么地方?"那人无话可说。用刑审讯他,果然得到因奸谋杀的情状,同奸妇一起依法判处死刑。有的问:"怎么知道是这个人?"答:"火药不是数十斤不能伪造打雷,合药必定要用硫黄。现今正当盛夏,不是逢年过节放爆竹的时候,买硫黄的人少,可以数得出来。我暗地使人到市上察看买硫黄的谁多,都说是某匠;又暗地察看某匠卖药给什么人,都说是某人。所以知道。"又问:"怎么知道雷是伪造的?"答:"雷打人,从上而下,不炸裂地面。或者有毁坏房屋的,也从上而下。现在茅草顶屋梁都飞了起来,土炕的炕面也揭了去,知道

77

火是从下面起来的。又这里离城五六里,雷电是相同的。这天夜里雷电虽然迅猛暴烈,但都是在云中盘旋回绕,没有往下击打的样子,所以知道。当时死者的妻子先回了娘家,难以研求深问。因此一定要先找到这个人,而后可以审讯那女人。"这个县令可说是明察了。

雷击毒母者

太仆寺卿戈仙舟说:乾隆十三年,河间西门外桥上,雷打死了一个人。这人死后仍端正地跪着不倒,手里还擎着一个纸包,没有被雷火烧着。查看都是砒霜,不知道是什么缘故。一会儿他的妻子听到消息来了,见了并不哭,说:"早知道有今天,只恨他死得晚了!这人曾经辱骂老母,昨天忽然萌生恶念,要想买砒霜毒死母亲,我哭着劝谏了一夜也不肯听从。"

二 姑 娘

远房堂兄旭升说:村子南面旧时有狐女,常去诱惑少年,所谓二姑娘的就是。同族有个人要想活捉到她,但没有说出口。一天,他在废园里见到一个美女,怀疑她就是。戏唱一首情歌,只见她高兴地用眉目送情,折下草花掷在她的面前。她正要俯身拾取,忽然后退几步说:"您有坏念头。"越过破败的墙头竟自走了。后来有两个书生在东岳庙僧房里读书,一个居住在南室,同她亲近。一个居住在北室,却没有见到。南室书生曾经怪她迟来,戏谑地说:"左手牵着仙人浮丘的袖子,右手拍着仙人洪崖的肩膀——你同时和另一个人相处在一起吗?"狐女说:"您不因为我异于人类而薄待我,所以愿意为喜欢自己的人修饰容貌。北室书生的心如同木石,我怎么敢接近?"南室书生说:"为什么不登上墙头暗中看一下呢?未必就是三年都不允许。如果能够使他改变操守,也可以免得他摆着程伊川——道学家的面孔向人。"狐女说:"磁石只可以吸引针,如果气质不是同类,就是吸引它也不动。不要多事了,免得自讨羞辱。"当时一起侍奉在姚安公旁边,姚安公说:"过去也听到过这个,这件事在顺治末年。居住在北室的好像是同族祖父雷阳公。雷阳是一个老副贡,八股以外没有一点长处。只是心地朴实,狐就不敢接近。可知被妖魅所诱惑的,都是自己先萌生邪念的缘故。"

痴 鬼

先母太夫人娘家曹氏,有个老妇能够看到鬼。外祖母回娘家时,同她谈论阴间的事。老妇说:"昨天在某家见到一个鬼,可说是痴到极点了;但是情状可怜,也使人感动。鬼名叫某,住在某村,家里也是小康,死时年二十七八岁。刚死百天以后,他的妻子约我相伴,见到他经常坐在院子里的丁香树下。他有时听到妻子的哭声,有时听到儿子的啼哭声,有时听到兄嫂和妻子的诟骂声,虽然阳气逼迫炙烤,不能靠近,但是必定侧着耳朵在窗外偷听,凄惨的脸色异常明显。后来他见到媒人到他妻子的房里,很感诧异,就惊觉起来,张开手左右张望。后来听到议婚不成,才稍有喜色。过后媒人又来往于兄嫂和妻子两边,他就奔走跟随,惶惶然如有所失。送聘礼的这一天,他坐在树下,眼睛直直地盯着妻子的房间,眼泪像雨一般地不断流下。从此妻子每次出入,他就跟在她的后面,眷恋之情更加深厚。改嫁的前一天晚上,妻子收拾嫁妆,他又徘徊在屋檐外,有时靠着柱子哭泣,有时低着头若有所思。只要稍微听到房内的咳嗽声,他就从缝隙里偷偷张望,来回转悠了一整夜。我叹息说:'痴鬼何必如此!'他好像没有听见一样。娶亲的人进来,拿着火烛往前走,他就避立在墙角落,仍然伸头望着妻子。我同他妻子出门,回头看到他远远地跟着到了娶亲的人家,被门神所阻拦,叩头哀求,才得以进来。进来后躲在墙角落,望着妻子行婚礼,凝神站立像酒醉的样子。妻子进了房,他稍稍靠近窗子,那样子就同妻子收拾嫁妆时一模一样。到了房中灭烛睡觉,他还不去,被宅神驱赶,才狼狈而出。那时我因为受他妻子嘱咐回来看望他儿子,鬼也跟着回来。看到他径直进入妻子的房间,凡是妻子所坐所睡的地方,他都一一看遍。一会儿听到儿子寻找母亲啼哭,他跑出来环绕儿子四周,把两手互相握在一起,做出无可奈何的样子。一会儿嫂子出来,打了儿子一巴掌,他就顿着脚拍着胸口,远远地做出咬牙切齿的样子。我看了不忍心,就直接回家,不知道他以后怎么样了。后来我暗地里讲给他妻子听,他妻子听后,咬着牙齿,非常懊悔。乡里有一个年轻寡妇准备再嫁,听到这件事后,发誓说:'我不忍心让死去的人做出这种样子。'"

唉!君子仗义不背弃人,不因为生死有什么区别;小人无处不背弃人,也不因为生死有什么区别。普通人的情,则是人在而情义在,人死而情义也就没有了。假如一想到死者的情状,未尝不悲伤,未尝没有感触。儒家学者见到那些谄媚烦扰鬼神的人求福,怪异荒诞之说的滋生惑乱,就断然主张无鬼之论,失去了上古贤明君王以神道设教的深切用心,徒然使愚夫愚妇,蛮横地一概无所顾忌。还不如这个乡里老妇的话,能够触动人的生死之感了。

借尸回生

刑部侍郎王兰泉说:巡抚胡文伯的弟媳,死去一天后,又重新苏醒过来,同家里的人都不相识,也不容许她的丈夫靠近。仔细询问她的缘故,则是陈姓女儿的魂借尸回生。问起所居住的地方,相离只有几十里。呼唤她的亲属到来,都能一一清楚地相认。陈女不肯留在胡家,胡家拿了镜子使她自己照看,见到形状容貌都不是原来的了,于是无可奈何而同胡成为夫妇。这同《明史·五行志》中司牡丹的事情相同。当时官府为她断案,依照形体而不依照魂。因为形体是有依据的,魂则没有凭证。假使依照魂来断定归属,必然有假托的以便实现他的奸计,所以要防止这种倾向的发展。

江西术士

有个山西商人,居住在京城的信成客店里,衣服仆从和马匹都很华丽,说是准备援例报效捐官的。一天,有个贫穷的老叟来寻访,仆人们不替他通报,老叟自己等候在门口,才得以相见。山西商人神情意态冷落,一杯茶之后,没有别的问候冷暖的话。老叟慢慢地露出请求帮助的意思,商人就不高兴地说:"这时捐官的款项还不够,哪里再有余力顾及到你呢?"老叟意下不平,于是对着众人一一讲述山西商人过去穷困,十多年来,一直靠了老叟才能维持生活;又曾帮助百两银子,让他经商贩卖,渐渐成为富人。现今自己罢官流落,听到他到来,心里很高兴,以为有了救星了。也没有什么奢望,只是想得到过去帮助他的那个数目,稍稍偿还一点债务,这副老骨头能返回家乡就足够了。说完哭个不停,但山西商人好像不曾听见。忽然同房的一个江西人,自称姓杨,向山西商人作揖询问,说:"这个老叟所说的确实吗?"山西商人面色发红说:"这事固然是有的,但恨力量不能报答。"杨说:"您将要做官,不用担忧没有借的地方。倘使有人肯借给您百两银子,一年内才偿还,不取一分一毫的利息,您肯拿来报答他吗?"山西商人勉强答应说:"很愿意。"杨说:"您只要写个借据,百两银子由我给你。"山西商人迫于公众的议论,不得已写了借据。杨收了借据,打开一个破旧的箱子,从中拿出百两银子,交付给山西商人。山西商人闷闷不乐地接过银子,交给老叟。杨又整治酒饭,留老叟及山西商人喝酒。老叟十分高兴,山西商人只是应景陪酒,直到散席。老叟称谢而去,杨几天后也搬往别处,从此就不通音讯。

后来山西商人检点箱子,发现少了百两银子,箱子上的扣锁封皮标识都像原样,无处可以查问。又少了一件狐皮背心,而在箱子里得到当票一张,写着钱二千,大约符合杨备酒所用去的钱的数目。山西商人这才知道杨本来是一个术士,姑且用来同他开一个玩笑。同房舍的人都暗暗称快。山西商人惭愧沮丧,也搬走了,不知道去了哪里。

诗 谶

翰林院编修蒋菱溪,是赤厓先生的儿子。蒋喜欢吟咏,曾经作七夕诗道:"一霎人间箫鼓收,羊灯无焰三更碧。"又作中元节诗道:"两岸红沙多旋舞,惊风不定到三更。"赤厓先生见到了,面容变色说:"为什么忽然作鬼语?"果然不久,他就去世了。所以刘文定公为他的遗稿作序说:"借着牵牛星来陈述词赋,三更天发出青绿颜色的火焰;遇到盂兰节而演说佛法,两岸边有着凶星当值的红沙。诗中的预兆先已出现,像您才超过终军的年岁;悼念的文字嘱托谁写?看来就是相当于潘岳'寓直散骑之省'时年龄的我了。"

自污救人

农夫陈四,夏夜在圆形的草屋里看守瓜田。远远地看见老柳树下隐隐约约地有几个人影,他疑心是偷瓜的,就假装睡着,留心倾听。只听其中一个人说:"不知道陈四已经睡着了没有?"另一个人说:"陈四不过几天就来同我们交游,有什么好怕的?昨天在土神祠值班,看到城隍的公文了。"又一个人说:"您不知道吗?陈四延长寿命了。"众人问:"什么缘故?"答:"某家失少了钱两千文,他家的婢女被鞭打了几百下都没有承认。婢女的父亲也气愤地说:'生个女儿像这样,倒不如没有。倘若果然偷盗,我一定勒死她。'婢女说:'这是不承认得死,承认也得死了。'叫天叫地地哭泣。陈四的母亲怜惜她,偷偷地典当衣服得了两千钱,捧还给了主人说:'老妇糊涂,一时贪利拿了这钱。原以为主人积存的钱多,未必立即算得出来。不料连累了这个婢女,心里实在惶恐惭愧。钱还没有用,我冒着死罪,前来自首,免得结来世的冤仇。老妇也没有脸面住在这里,请求从现在起告辞。'婢女因而得到了宽免。土神称赞她不惜污辱自己来救人,禀告到城隍,城隍禀告到东岳。东岳查点簿册,这个女人原应老而丧子,挨冻受饿死。因为这个功德,判处陈四借来世的寿命到今世,使能奉养他的母亲。你昨天已经下班,所以不知道。"陈四正在暗暗地愤恨母亲因为偷钱被驱逐,到这时才消除了疑虑。九年以后,母亲死去,陈四办完了丧事,也无疾而终了。

战 疫 鬼

岳父马公周箓说:东光县南乡有个姓廖的,募捐建造埋葬无主尸骨的义冢,村民相助完成了这件事,已经过了三十多年了。雍正初年,东光发生大的瘟疫。姓廖的梦见一百多个人站立在门外,其中一个上前致词说:"疫鬼将要来了,向您恳求焚烧纸旗十多面,用银箔纸糊的木刀一百多把,我等将同疫鬼战斗,以报答一村的恩惠。"廖本来是一个好事的人,就按照嘱托制作了纸旗木刀焚烧。几天之后,夜里听到四周旷野里嘈杂的呼叫和格斗的声音,直到清晨才停止。全村果然没有一个人沾染上瘟疫的。

精魂昼见

沙河桥张某在京城里经商贩卖,娶了一个妻子回来。这女子一举一动都有名门大族人家的风度。张本来有千两银子的产业,经营得也十分有条理。一天,有一个贵官带着众多随从,张着杏黄色的伞盖,坐着八人抬的轿子,到了他的门前,问道:"这是张某的家吗?"邻里回答说:"是的。"贵官指挥左右的人说:"张某没有罪,可把他的妻子绑来。"随从应声反绑他妻子的两手出来。张某见到那显赫的声势,也不敢随便多说。贵官命令剥去他妻子的衣服,打了三十下屁股,昂首阔步走了。村里的人跟随着观看,到那林木掩映的地方,一转眼间,那贵官的队伍就不见了,只有旋风滚滚向西南方向而去。他妻子当受责打时,只是叩头口称死罪。后来人们问其中的缘故,他妻子哭泣着说:"我本来是侍郎某公的妾,公在世的日子,为了巩固受宠的地位,曾经发誓不改嫁。现在魂魄在白天显现,我也没有什么可以再说的了。"

王 秃 子

王秃子从小父母双亡,失去了他本来的姓。他依附在姑姑家里生活,就姓了王。王秃子为人凶狠狡猾,撒泼放刁,所到之处连孩童们都吓得逃避,鸡犬也为之不宁。一天夜里,他和同伴从高川大醉而归,经过南横子坟堆间,被一群鬼所阻拦。他的同伴大腿发抖伏在地上,秃子独自一人奋力同他们搏斗。一个鬼喝叱道:"秃子不孝,我是你的父亲,胆敢肆意还手!"秃子本不认识父亲,正在疑惑之间,又一个鬼喝叱道:"我也是你的父亲,胆敢不拜!"群鬼又一齐呼叫道:"王秃子,你不祭奠你的母亲,以致你的母亲饥饿流落在这里,做了我们众人的妻子,因此,我等都是你的父亲。"秃子愤怒,挥舞拳头,四处旋转乱打,但击中的都像空的袋子。他一直奔跳到了鸡叫,没有力气再动,就倒在丛生的草木间。群鬼都嬉笑着道:"王秃子的英雄气完了,今天才算为家乡邻里出了一口气。如果你不知道悔改,改天我们仍然在这里等你。"秃子已经力竭,再也不敢说话。天亮鬼散,同伴才扶着他回去。从此以后,豪气消减。一天夜里,他携带妻子逃去,不知道结果怎样。

这件事琐碎不足道,但是足见凶狠强横的人,必然会遇到敌手。人所不能够制伏的,鬼也要忌恨而共同制伏他。

巴 蜡 虫

戊子年夏天,京城里传说有飞虫夜里伤人。但其实并没有人受虫伤害,也没有人见到虫,只是用图给人看而已。它的形状像蚕蛾而大些,有一对钳形的前脚,好事的人指认它为射工。按,射工即短狐,传说能含沙射人影,但并没有说它能飞能刺人,所以这说法尤其错误。我到了西域,才知道所画的就是辟展的巴蜡虫。这种虫禀受炎热炽烈之气而生,见了人就飞着追逐。用水喷它,就变软而伏了下来。如果喷不着,被它所刺中,就应赶快嚼茜草的根,敷在疮上,就会痊愈,否则毒气攻心而死。乌鲁木齐多生长茜草,山南辟展各屯,经常用官府的公文调取,给收割的人防备这种虫。

缢鬼魅人

乌鲁木齐的虎峰书院,旧时有充军犯人的妻子吊死在窗格上面。书院的山长、前巴县县令陈执礼,一天夜里点着明亮的蜡烛看书,听到窗内天花板上有窸窣的声音。抬头一看,只见一个女子的两只纤细的脚从纸缝里慢慢地垂下来,渐渐露出膝盖,渐渐露出大腿。陈原先已经知道这件事,就厉声说:"你自己因奸情败露,愤恨而死,要来害我吗?我不是你的仇人。要来诱惑我吗?我一生不去花街柳巷,你也不能诱惑。你敢下来,我就用棍棒打你。"于是,那女子的脚便慢慢缩着上去,还微微发出叹息的声音。一会儿,女子从纸缝里露面向下窥看,看上去面目姣美。陈仰起面孔吐着唾沫说:"死了还要无耻吗?"于是退了进去。陈吹灭蜡烛上床睡觉,袖中藏着刀等待她来,竟然没有下来。第二天,仙游陈题桥来访,谈到这件事,天花板上有像撕裂绸布的声音,后来也没有再见到。

但是他的仆人睡在外房,夜里经常说梦话,久后渐渐成了痨病。临死时,陈因为他跟从到了两万里以外,哭得很悲哀。仆人挥挥手说:"有个好女人曾经私下主动和我相好,现今招我为夫婿,这一去很快乐,不要悲伤。"陈顿着脚说:"我自己仗着胆力不肯搬迁住处,祸害到你了。厉害啊,外邪之气真能坏事!"后来同榜取中的六安杨君逢源代替主持书院,回避居住到了别的房间,说:"孟子说过:'不立乎岩墙之下。'"

白昼见鬼

任职郎中的德亨,夏天在乌鲁木齐城外散步,因而到秀野亭乘凉。坐的时间稍久,忽然听到大声说话道:"您可以回去,我将要宴请客人。"德亨狼狈地奔跑回来,告诉我说:"我将要死了吗?竟白天见鬼。"我说:"无缘无故见到鬼,自然不是好事。如果到了鬼的聚集处见到鬼,就像到人家见到人罢了,有什么好奇怪的呢?"因为亭在城西幽深的树林里,万木高耸于天空,抬头看不见太阳。客居他乡人的棺木暂时停放等待归葬的,罪人被依法处死的,都在这块地方,所以往往出现变化怪异。

叱 道 学

武邑县某公,同亲戚朋友一起在佛寺藏经阁的前面赏花。这地方最为开阔敞亮,而阁上时常有变化怪异,到了夜里人们就不敢坐在阁下。某公以道学家自居,坦然并不相信。他在喝酒尽兴、耳根发热的时候,畅谈《西铭》中万物一体的道理,满座拱手恭听,不觉到了夜里。忽然阁上厉声喝叱道:"现时正在闹饥荒发瘟病,百姓多有些死亡的。你作为退休居乡的官宦,既不想早日倡导义举,施粥舍药;就应该乘这个长夜,关门安睡,还不失为一个只顾自己的自了汉。而你却空谈高论,讲什么民胞物与——世人都是我的同胞,万物都是我的同辈,不知道讲到天亮,还是可以当饭吃、可以作药服不? 姑且打你一砖,听你再讲什么邪不胜正!"忽然一块城墙砖飞打下来,声音就像雷震,把杯盘桌子都打碎。某公慌张地跑出来说:"不相信程朱之学,这就是妖之所以为妖吧?"慢慢地步行,叹息着去了。

神仙游戏

沧州的画工伯魁,字起瞻。(他的姓就是这个伯字,自称是伯州犁的后代。朋友中有人同他开玩笑说:"你怎么不称说第二代祖先太宰公?"近来他的子孙不识字,竟然自称姓白了。)曾经画一幅仕女图,刚刚钩出轮廓,因为有别的事情,没有画完,锁在书房中。过了两天,要想补成它,只见小桌上调配颜色的小碟子纵横散乱,狼藉不堪,画笔也差不多浸湿沾染遍了,图画已经完成。神采生动,有别于平常画的风格。伯魁大为惊奇,拿来给我已故母舅张公梦征看,伯魁正是跟着他学画的。张公说:"这不是你所赶得上的,也不是我所赶得上的,或许是偶尔碰到神仙作游戏吧?"当时守城的郡尉永公宁很喜欢画,用好价钱买了下来。永公后来升任四川副都统,携带了画上任。将要罢官的前几天,画上的仕女忽然不见,只隐隐约约留下了人影,纸色就像新的,其余树石等则仍然暗旧。大概是败落的征兆先行显现。但是它所以能化去的原因,则始终不得而知。

戏溺髑髅之报

佃户张天锡,曾经在野田里看见一个骷髅头,开玩笑撒尿在它的口中。骷髅头忽然跳起来发出声音说:"人和鬼不同的路,为什么欺侮我?而且我是一个女人,你作为男子汉,竟然无礼地污辱我,这更加不可以。"渐跳渐高,一直碰到他的脸面。天锡惊惶地奔逃回来,鬼竟跟随着到了他家,夜里就在墙头屋檐间责骂不已。天锡于是大发寒热,神志昏乱,连人也认不出来。全家跪拜祷告,女鬼的怒气好像稍稍缓解一些。有人询问她生前的姓名、乡里、居处,鬼一一自己道来。众人叩头说:"这样说起来,应当是高祖母了,为什么要害子孙呢?"鬼像是悲凉地呜咽着说:"这里原是我的家吗?几时搬迁到这里?你们都是我的什么人?"众人讲了事情的始末,鬼不胜叹息说:"我本来无意来到这里,众鬼要想借这件事寻求食物,怂恿我来罢了。他们有几个在病人的房里,有几个在门外。可以准备一瓢浆水,等我好好地打发他们。大凡鬼经常苦于饥饿,如果是无缘无故地兴祸作灾,又恐怕神责备。所以遇到事情,就生出事端,要求祭祀酬谢。你们以后见到这种情况,要谨慎回避,不要中他们的机关。"众人照她说的办了。鬼说:"他们已经散去了。我口中的污秽之气不可忍耐,可以到原处寻找我的骨头,洗净而后埋葬掉。"于是呜咽了几声,就沉寂了。

鬼念子孙

又,佃户何大金,夜里看守麦田,有一个老翁来同他一起坐。大金心想,村子里没有这个人,料想是过路的人偶尔在此歇息。老翁要求喝水,何大金就拿罐中的水给他。老翁又问起大金的姓名,并且问他的祖父,悲伤地说:"你不要害怕,我就是你的曾祖父,不会害你的。"还仔细询问家里的事,忽而喜悦,忽而悲哀。临行时,嘱咐大金说:"鬼除了自己等候放焰口——为地狱中的饿鬼举行超度佛事时求食以外,没有别的事情。只有对子孙念念不能忘记,时间越是长久,心里越是迫切。只是苦于阴间和阳间的阻隔,得不到音讯。或者偶尔听说子孙兴隆繁盛,就欣欣然要高兴好几天,群鬼都来道贺。偶尔听说子孙零落,也要悲哀好几天,群鬼都来吊唁。较之世上人的盼望子孙,几乎要迫切十倍。现今听说你等还算温饱,我又要且歌且舞的好几天了。"回过头再三再四地叮嘱、勉励,然后离去。

先父姚安公说："何大金这么笨拙迟钝的人,一定编不出这些话来。听了这些话,使人追念先人的心,油然而生了。"

不让浪子

乾隆二十一年,有一个福建的士人赴京应试。年底到达京城,仓促之间找不到住宿的地方,于是在先农坛北面的破寺里租了一间老屋。住了十几天,半夜里听到窗外有人说话道："某先生,且醒一醒,我有一句话要对你说。我居住在这个房间已很久了,起初因为您是读书人,几千里辛苦求取功名,所以奉让给您。后来看见先生天天外出,以为是初到京城,应当寻亲访友,也不见怪。近来看见先生多半酒醉而归,就有些怀疑。刚才听到你同和尚的谈话,才知道你竟是天天在酒楼里看戏,是一个浪子罢了。我避住到了佛像座位的后面,起居出入都不方便,实在不能克制忍耐让给一个浪子。先生明天不搬走,我瓦片石块已经准备好了。"和尚在对面屋子里也听到这话,于是劝士人搬往别处。从此不敢再出租这个房间,有来询问的,就举出这件事来告诉他。

姑虐妇死

申苍岭先生,名丹,是谦居先生的弟弟。谦居先生性情温和平易,先生性格豪爽,而为人处世方正耿介,则是一样的。乡里有一个女人被婆婆虐待而吊死,先生因为两家都是世家大族,劝女人的父亲和哥哥不要牵进讼事之中。这天夜里,听到一个女人的哭声远远地传来,渐渐入门,渐渐到了窗外。那女人边哭边诉说,言词十分惨痛,深深埋怨先生平息讼事。先生喝吒她说:"婆婆虐待媳妇致死,法律上没有抵罪的规定。就是告状,也不能使你快意。而且告状必定要检验,一检验必定要裸露身子,不是更加有辱两家的门户吗?"鬼仍然哭泣个不停。先生说:"君臣之间没有官司,父子之间没有官司。人们怜惜你枉死,谴责你婆婆暴虐是可以的,你以媳妇而要想状告婆婆,这一个念头就已经触犯名义了。任凭你诉之于贤明的神道,也肯定不会为你伸雪的。"鬼竟寂静无声地离去了。

谦居先生说:"苍岭的这番话,告知天下做媳妇的可以,告知天下做婆婆的则不可以。"先父姚安公说:"苍岭的话,是儿子与儿子之间谈孝道。谦居的话,是父亲与父亲之间谈慈爱。"

俗气逼人

董曲江游历京城时,和一个友人同住一个寓所。倒不是为了作伴,而是为了节省一点住宿饮食的费用。友人追逐富贵,多半在外住宿。曲江独自睡在房舍里,夜里有时听到翻动书册、摩弄器玩古物的声音,知道京城里多狐,也不奇怪。有一夜,他把未完成的诗稿放在小桌上,又好像听到吟诵的声音。曲江问是何人,却听不到回答。等到天亮一看,稿子上已经被圈点过几句了。又多次发问,终不应声。到了友人回归寓所,就通夜寂静无声。友人颇感惊奇,以为自己有福禄的命相,所以妖邪不敢来侵犯。一次,日照的李庆子偶然来借宿,饮酒尽兴以后,曲江同友人都已经睡觉。李趁月色在空园子里散步,看见一个老翁带着一个童子站立在树下,心里知道是狐,于是躲藏起来,偷看他做些什么。童子说:"冷得厉害,且回房去。"老翁摇头说:"与董公同一个房间固然没有妨碍,但这一位俗气逼人,哪里可以共同相处,宁可坐在凄风冷月之中。"李后来把这话泄露给别的友人,于是渐渐地被他所听到。因此对李怀恨入骨,终竟被他所排挤,狼狈地背着书箱回去了。

夙 孽

我的大女儿嫁给德州卢家,所居住的地方叫纪家庄。曾经见到一个人躺在溪边,穿着破旧的棉絮呻吟着。一看,则每一个毛孔中有一个虱子,嘴都朝里,后脚都钩在破絮上,无法解开,一解就痛入心肝骨髓。无可奈何,竟然坐看他死。这大概是前世的冤孽遭到报应吧。

红衣女子

内阁学士汪晓园租住阎王庙街一所住宅,庭院里有枣树,是一百年以上的东西。每到月光明亮的晚上,就看见树的斜枝上有一个红衣女子垂脚而坐,抬头向着月亮,全不顾忌人。靠近她,就不见了;退后望去,则仍旧在原处。曾经使两个人,一个站立在树下面,一个在房间里。房间里的人看见树下那人的手以及脚,立在树下的人却没有见到什么。当望见那个红衣女子时,低头看地上，树有影子而女子没有影子。用瓦片、石块投掷过去，竟毫无障碍。用火铳打去，应声散灭；烟火一过去，随即恢复本来的形状。主人说：自从买了这所住宅，就有这个怪。但是不为害于人，所以人也相安无事。

木怪花妖，这事情是经常有的，大概是变幻的居多。像这个妖怪既不动也不说话，默默空坐在一条树枝上，实在不知道是为什么。晓园担心它为患，搬了住处回避。后来主人砍掉了树，这个怪才绝迹。

廖 姥

廖姥姥，青县人，娘家姓朱，是先母太夫人的奶妈。年纪不到三十而守了寡，发誓不再嫁，依靠先母太夫人终身，死时年已九十六岁。性格严正，碰到有应当说的话，必定直抒己见，从容不迫地同先母太夫人争辩。先父姚安公也不以普通的老妇人对待她。我以及弟妹们都跟随她吃饭睡觉，饥饱冷热，她没有一件不体贴照料周到。但如果稍有点不遵守礼节，就会遭到她的呵喝、禁止，管束仆人婢女尤其不稍加宽容，所以仆婢没有不私下恨她的。她掌钥匙，管厨房，谁也抓不到她一丝一毫自私之处，大家对她也竟然无可奈何。

她曾经带着一个童子从亲戚家互相问候回来，已经傍晚了。这时，风雨突然来到，她跑着躲进一座废弃园子的破屋里。雨到了夜里还没有停，远远地听到墙外有人说话道："我正来投奔你的屋子避雨，你怎么冒雨坐在树下？"又听得树下的人回答说："你不要多话，廖家的节妇在屋子里。"于是寂静无声。后来童子偶尔讲起这件事，仆婢们都说："人不近情理，鬼也嫌恶而回避她。"唉！鬼果真是因嫌恶而回避她吗？

狐友谈道

安姓表兄，忘记了他的名字。他曾同一个狐精交友，经常在收打作物的场院里交谈，安能看见狐精，别人就看不见。狐精自称生于北宋初年，安问到宋代的历史事件，它回答说："都不知道。凡是学仙的，必定游历于世外，使得一切因缘断绝，一心一意精心修炼。如果对世事有所见闻，在心里就必然有所是非。有所是非，必然就有所爱憎。有所爱憎，那么喜怒哀乐之情必然接连交替而生，用以消减他的精气，精神耗费而形状也就衰敝了，哪里能到现今还在呢？等到大道既成以后，来往于人世间，看一切机巧变诈都像戏剧，看一切得失胜败以至于治乱兴亡,都像虚幻的水泡和影子。当时既然没有留意,又怎么能一一记得呢?就是同您相遇,这也是有前缘。但是几百年来相遇像您的,不知道有多少,大都是像浮萍随水漂泊偶尔相逢,像烟云的忽而散去,过去的说笑也多半不能记忆。那么自身所未曾接触的,从这里也可以想见了。"

当时八里庄三官庙发生了一件雷打蝎虎的事,安问起物久通灵,多半遭到雷劈,难道长生也是造物主所禁忌的吗?狐精回答说:"这有两个方面,如炼成内丹导气引体,或者服食金石烧炼的外丹,都是经历艰难辛苦得以悟道,就像努力耕作得以致富,是理所当然的。若是诱惑梦魇,盗采精气,损别人的寿数,延自己的年龄,这同抢劫偷盗没有什么区别,天上的律令也是不容的。又或者任意兴妖作幻,给百姓造成祸害,天上的律令也是不容的。如果他保养精神,完善自己的生命,不给人带来祸患,于世无所争竞,那么老寿的事物,正如同老寿的人罢了,何至于触犯造物主的禁忌呢?"舅父实斋先生听到这话后说:"这个狐精所说的,都属于老子学说中粗浅的一类。但是用来自我养生,也足够了。"

负心当得报

浙江有个士人,夜里做梦到了一个官衙,说是都城隍庙。有阴司的官吏对他说:"现今某公控告他的朋友负心,牵扯上您作证,您试想想曾经有这件事情不?"士人回忆了一下,确有这事。过了一会儿,都城隍登上公座。阴司官吏禀告某人控诉某人负心的事,证人已经来到,请求审问判决。都城隍把案卷向士人出示,士人据实回答。都城隍说:"这伙人结党营私,互相勾结以求进取,以同异来定爱恶,以爱恶来定是非。势力孤单时就攀拉依附以寻求援助,势均力敌时就排斥倾轧而互相吞噬。翻手为云,覆手为雨,转眼之间,千头万绪。本来是小人之交,怎能要求以君子之道?执着戈矛进入房间——互相攻击争斗,这是理所必然。根究查问已经分明,可以把他赶走。"说罢,回过头来对士人说:"你会不会说对负心的人有失罚的地方呢?要知道种瓜得瓜,种豆得豆,因果是相抵偿的;花既结子,子又开花,因果是相生发的。那个负心者,又有负心的人紧跟在他后面,不用等鬼神来处理的了。"士人忽然醒了过来。后来经过几年,事情果然如同神所说的那样。

戒 杀 生

福建某夫人喜欢吃猫。得了猫就先贮藏石灰在缸子里,把猫丢进里面,而后用滚水灌进去。猫被石灰气所侵蚀,毛全脱落,用不着拔除料理;血都回流到内脏,肉洁白光亮如玉,说是味道胜过童子鸡十倍。天天张网设置机括,所捕杀的猫无法计算。后来夫人病危,发出呦呦的猫叫声,过了十几天才死。道员卢拔吉曾经同她相邻而居,拔吉的儿子荫文,是我的女婿,曾经同我说起过。因而谈到景州一个官家子弟,喜欢拿猫狗之类,拗折它们的脚,旋转向后,观看它们痛苦地跳跃号叫以为戏乐,所残杀的也多。后来生下的子女,脚后跟都反朝前面。又,我家奴仆之子王发善于玩鸟铳,所击没有不中的,一天经常要杀鸟几十只。王发只有一个儿子,名叫济宁州,是他到济宁州去时所生的。长到十一二岁时,忽然满身生疮,就像火烙过的痕迹。每一个疮里,有一粒铁弹子,竟然不知道从何而入。百药都不能治,王发竟因此绝了后代。杀戮的冤业很重,确是如此呵!

我曾经奇怪那些修善果的,都是按照日期持斋素食,如同奉了戒律,而在平时就不能戒杀。佛教的持斋,难道以吃蔬菜果品就算是功德吗? 正因为吃蔬菜果品就是不杀生罢了。而今空自说某日某日是观音的斋期,某日某日是准提菩萨的斋期,这一天持斋,佛就大欢喜;不是这一天,厨房里宰杀的、烹煮的满满当当,砧板上罗列着肥美的食品,屠杀宰割悲惨残酷,佛是不问的。天底下有这样的事理吗? 而且天子无故不杀牛,大夫无故不杀羊,士人无故不杀狗和猪,这是礼制。儒家学者遵照圣贤的教训,固然万万没有断肉的道理。但是除招待宾客和举行祭祀以外,杀牲也是万万不宜的。因为一块肉的缘故,立刻宰杀一条生命;因为一碗羹汤的缘故,立刻杀害几十条或者几百条生命。以众多生命无穷的恐惧痛苦,无穷的悲惨怨愤,供我一转眼之间的适于口味,同按照日期持斋的心,岂不稍嫌不协调吗? 东坡先生向来持这一论调,私下以为这是折中的道理。愿意同修善果的人一起向他质询。

戒 臆 断

"六合之外,圣人存而不论。"但是天地四方这六合之中,实在也有不能论的。人的死,如照儒家学者的说法,则是魂升而魄降罢了。就如照佛家的说法,鬼也收录于阴司,不能再到人世了。而世上有回煞——灵魂返舍,有凶煞出现的说法;那些庸俗的术士又有一种书,能够预先知道它的日辰时刻和所去的方向,这也荒诞虚妄到极点了。但是我曾经在隔壁院子的楼窗远远地见到它离去,就像一道白烟,出于烟囱之中,向着西南方向慢慢地消失,同所推算的时刻方向没有一点差错。又曾经两次亲手开启锁钥,仔细观看撒灰的处所,手迹脚迹清晰分明,同活着的时候没有什么两样,所亲近的人都能够辨识出来,这又怎么说呢? 祸福有命,生死有数,即使是圣贤也不能同造物主抗争。而世上有蛊毒魔魅的法术,明白地载于刑事法规。蛊毒我没有看见,魔魅则是几次见到过。施行这种法术的,不过是瞎子、巫师和土木工匠。但是确实能影响人的祸福生死,一一都有效验。这样说来,天地鬼神的权柄,听任他们播弄而无所忌惮了,这又怎么说呢? 其中必然有它的道理,只是人不能知道罢了。宋代的儒者对于在理上不可解释的,都凭主观判断以为是没有的,这不是胶柱鼓瑟,拘泥而不知变通吗?

李又聃先生说:"宋代儒者根据理来谈天,自以为穷尽了造化阴阳的本源,对于日月五星,说得凿凿有据,就像指着自己的手掌一样的明白无误。但是宋代的历法经过十次变化而差异愈大。自从郭守敬以后,用实际的测量来检验,用日月亏蚀来查证,才知道濂、洛、关、闽的道学家们对于这事全未理解。就是邵康节最精通数学,也仅仅以单双数方圆来揣摩它的踪迹,实在不是从推算天象历法而知道的。故而所持的论调愈高,愈不免郢书燕说般的穿凿附会。日月五星这七政的运行有形迹可据,尚且不能以理来猜测判断,何况原始混沌之气的太极、宇宙本体的先天只能求之于无形之中的呢? 先圣有过这样的话:'君子于不知,盖阙如也。'"

女巫郝媪

女巫郝姓老妇,是村妇当中狡猾的。我小的时候在沧州吕氏姑母家里见到过她。她自己说狐神附在她身上,能说出人的吉凶。凡是人家细小的事务,一一都能知道,所以相信的人很多。实际则是分布徒众同党,结交婢女老妇,代为刺探隐秘的事情,以达到她欺诈的目的。曾经有一个孕妇问所生的是男是女,郝应许是男的,后来竟生了一个女的。这女人问,神的话为什么不灵验,郝瞪着眼睛说:"你本来应该生男,某月某日你娘家送来饼二十只,你把六只供奉公婆,藏起十四只自己吃。阴司责怪你不孝,所以转男成女,你还不觉悟吗?"这女人不知道这事情先已被她所探知,于是惊惶地伏罪。她的巧于牵扯掩饰大都同这个相类似。一天,正在烧香召神,她忽然端坐朗声说道:"我是真狐神。我辈虽然同人混杂而居,其实各自吐纳修炼形体,岂肯同乡里老妇结缘,干预人家的琐事? 这个老妇阴谋百出,以妖邪虚妄捞取钱财,而竟托名于我辈。所以今天当真附在她的身上,使大家都知道她的奸恶。"于是一一数落她隐微丑恶的行为,而且一并举出她的徒众同党的姓名。说完,郝忽然像梦中醒来,狼狈逃去。后来不知道她的结果如何。

蛇 啮 心

侍妾的母亲沈妈说:高川有一个乞丐,同母亲妻子住在一所破庙里。乞丐夏天拾了一斗多麦子,嘱咐妻子磨成面粉用来供养母亲。妻子藏起了好面,把粗面和着脏水做饼给母亲吃。这天晚上,下大雷雨,黑暗中妻子忽然嗷地叫了一声。乞丐起来看望,只见一条大蛇,从他妻子的嘴里进去,咬她的心,把她咬死了,乞丐把她拖出去埋掉。沈妈亲眼见到蛇尾拖在她的胸腹之间,说是有两尺多长。

巧发奸谋

有两个学塾的老师居住在相邻的村子里,都以道学家自命。一天,互相邀约会讲,学生在近旁陪坐的有十多人。正在辩论人性和天命,剖析天理人欲,严正的词色,如同面对圣贤。忽然飒的一阵微风,吹起一片纸落在阶下,旋转舞动个不停。学生拾起一看,则是二人阴谋夺取一个寡妇的田产,往来秘密商量的书信。这或者是神厌恶他们的虚伪,所以奇巧地揭露他们的奸计吧! 但是行施这种手段的人多的是,原未曾一一败露。听说这封书信既然泄露,他们的阴谋不能实行,寡妇的田产竟然得以保全。当是由于孤独的寡妇苦苦守节,感动了幽冥世界,故而显示这样的灵异,暗中为她呵禁保护吧。

耆儒词穷

举人李存其说:蠡县有所凶宅,一个年高望重的儒者同几个客人住宿在里面。夜里听到窗外发出拨剌的声音,老儒喝叱道:"邪不犯正,妖不胜德。我讲道学三十年,有什么好怕你的?"窗外好像有女子说话道:"您讲道学,听说很久了。我虽然异于人类,也颇涉猎儒家的书籍。《大学》的要领在诚意,诚意的要领在慎独——在独处中谨慎不苟。您一言一行,必定遵循古礼,果然是为自身的修养着想呢? 或者是还有一点追求名声的意图在呢? 您作语录,断断地同诸位儒者争辩,果然是为阐明道理打算呢? 或者是还有一点好胜的心思在呢? 修己明道,这是天理;近名好胜,这是人欲的自私。自私的欲望都不能克制,所讲的又是什么学问呢? 这事不用费口舌来争,您在清静的夜晚,摸摸心口,先问问自己怎么样? 那么邪的敢不敢于干犯,妖的能不能够战胜,已经可以清楚地知道了,何必用这种声音和脸色相加于我呢?"老儒听后,汗下如雨,哆嗦着不能对答。慢慢地听到窗外轻轻笑着说:"您不敢回答,还算能够不欺骗自己的天性,姑且让您睡觉。"又听到拨剌的一声,掠过屋檐而去。

天道好还

某公死后,所积蓄的古玩器物,家中寡妇、孤儿不知道它们的价值,求某公的朋友估价。朋友故意抬高它们的价格,使得他们长久不能出售。等到他们困窘到了极点,然后用贱价取得。过了两年,这个朋友也死了,所积蓄的古玩器物,他家中的寡妇、孤儿也不知道它们的价值,又有相好的朋友仿效他原来的计谋,取之而去。有人说:"天道循环,报应不爽,没有往而不返的。仿效他的计谋的,罪应当减轻。"我说这是称快于心的说法,不可以立为准则。偷盗是有罪的,从而又去偷盗他,可以说罪轻于盗贼吗?

许方屠驴

屠夫许方,就是前面所记载的夜里碰到醉鬼的那个人。他屠宰驴子的时候,先在地上掘出一条壕沟,在上面放一块板,板的四角穿四个孔,把驴的脚嵌进去。有来买肉的,随着所买的多少,用壶灌滚水浇驴的身子,使得毛脱肉熟,然后割而取之,说是必定要这样肉才爽脆甘美。过了一两天,驴的肉被割尽,方才死去。驴还没有死时,箝住它的口不让出声,它目光怒射,炯炯地像两支蜡烛,惨不忍看,而许方却不当回事。后来许方患病,遍身溃烂得没有一块完好的皮肤,形状同他所屠宰的驴一样。在床褥上翻来覆去,求死不得,哀声号叫了四五十天才断气。他在病中痛切地自责,并嘱咐他的儿子志学赶紧改换职业。许方死了之后，志学于是改而杀猪。我小时候还见到过他，现今没有听说他有子孙，想来已经绝嗣很久了。

驳无鬼论

受朝廷征聘过的隐者边随园说：有个走无常的进入阴间，见一个老儒站立在堂下的走廊里，看上去很是恐惧慌张。有一个阴间的官吏，像是他的旧交，向他作揖问候完了，拱手对着他笑道："先生平日主张无鬼论，不知道先生今天是什么东西？"那些鬼都大笑起来。老儒蜷缩在一边，哑口无言。

守藏神语

东光的马大还，曾经在夏天的夜里裸身睡在资胜寺的藏经阁。觉得有人拽他的手臂说："起来起来，不要亵渎了佛经。"醒来看见一个老人在旁边，问："你是谁？"答："我是守藏神。"大还天性豁达，也不恐怖。当时月光明亮如同白昼，就叫老人坐而对谈，说："您为什么缘故看守这个经藏？"答："是上天的命令。"问："儒家的书籍多得存放时可堆到屋顶，运输时可使牛马累得出汗，没有听说有神为它守护，上天难道偏重佛经吗？"答："佛用神道来实施教化，百姓或者信或者不信，所以用神来看守。儒家以人道来实施教化，一般人都应当敬谨守护它，一般人也都知道敬谨守护它，所以不用烦劳神力。并不是偏重佛经。"问："这样说起来，那么上天看待三教都一样吗？"答："儒家以修己作为本体，以治人作为功用；道家以静作为本体，以柔作为功用；佛家以定作为本体，以慈作为功用。它们的宗旨各别，不能一致。至于教人为善，则没有不同。对事物有益，也没有不同。它们的归宿大体相同，上天固然不能不让它们并存。但是儒家为百姓立命，而执持它的根本于自身。佛家和道家都是自然而成的学问，而用余力惠及于物。所以以阐明人道的为主，阐明神道的来辅助它，也不能专用佛道来治理天下。这就是它不一致而一致，一致而又不一致的地方。因为儒家像五谷，一天不吃就饿，几天不吃一定会饿死。佛道像药物，生死得失的关头，喜怒哀乐的情感，用来宽解冤仇罪过、消除愤根郁闷，较之儒家最为快速；它的祸福因果的说法，用来震动极愚蠢的人，也较之儒家为更容易接受。只是切中病情就停止，不可以专门服用、经常服用，导致偏于一方，留下祸患。儒家或者空谈心与性，同瞿昙——释逊牟尼、老聃混而为一；或者排斥打击佛道二氏,如同抵御仇敌,都是片面的见解。"问:"道士僧徒恣意兴妖作怪,不努力攻击它,不留下祸患于世道吗?"答:"这谈论的是它的根本。若是它的末流,岂止佛道遗留祸患,儒家的遗留祸患难道还少吗? 就是您醉了裸身而睡,恐怕也未必是周公、孔子的礼法吧?"大还惭愧谢罪,又畅谈到天亮,老人才辞别而去。竟不知是什么神道,有的说是狐精。

百工祀祖

百工技艺,各自奉祀一个神作为祖先。娼妓奉祀管仲,是因为他建议齐桓公设淫乐场所女间三百。演员奉祀唐玄宗,是因为在他设梨园教习歌舞弟子。这都是著名的典故。官府小吏奉祀萧何、曹参,木工奉祀鲁班,这还是有道理的。至于靴工奉祀孙膑,铁工奉祀老君之类,则是荒诞不可问了。长班所奉祀的叫钟三郎,关着门夜里祭奠,隐讳得很深,竟不知道是什么神。曲阜颜介子说:"一定是中山狼的转音。"先父姚安公说:"这个不一定如此,也不一定不如此。郅书燕说——穿凿附会,曲解原意,固然未必没有益处。"

妇挞夫有理

先叔父仪庵公,有个当铺在西城中。一座小楼被狐精所占据,夜里经常听到它们的说话声,但是不害人,时间久了也就相安。一天夜里,楼上传出一片很响的责骂鞭打的声音,大家前往倾听。忽然听到有人忍痛高呼道:"楼下的诸位都应当明理,世上有妻子打丈夫的吗?"恰巧其中一人刚被妻子打了,脸上的抓痕还没有痊愈。众人哄然一笑说:"这固然是有的,不足为怪。"楼上这群狐精也哄然一笑,它们的争斗才解开了。听说这件事的人无不绝倒。仪庵公说:"这狐精以一笑收敛威风怒火,还可以用善意来对待它。"

让产徐四

田村徐四,是个农夫。父亲已死,继母生的一个弟弟,极其凶狠悖逆。家里有田一百多亩,分家产时弟弟以赡养母亲作为借口,取得其中十分之八,徐四委曲地顺从了他。弟弟又挑选那些肥沃丰美的田,他也委曲地顺从了他。

后来弟弟所分得的产业耗尽,再向徐四索要,于是徐四把所分得的全部给了他,自己却租田耕种,心里倒也安然自得。一天夜里,徐四从邻村喝醉了酒回来,路经枣树林,碰到一群鬼向他抛掷泥土,他发抖不敢往前走。群鬼啾啾地叫着,向他渐渐逼近,等到见了面,都肃然吃惊后退,说:"原来是让家产的徐四兄。"话音刚落,群鬼忽然都化成黑烟,向四面散去。

五 台 僧

白衣庵和尚明玉说:过去五台山有一个和尚,夜里经常做梦到了地狱里,看见种种像图绘中见过的恐怖的形象。有个年高有德的和尚教他精心诚意地念经,但是梦做得更厉害,渐渐到了疲困不起。又一个年高有德的和尚说:"这一定是你没有出家以前,制造过恶业。出家以后,逐渐明白了因果,知道自己死后一定会下地狱,生出恐怖心;因为恐怖心,造成各种形象。所以念经愈是虔诚,幻象愈是增多。要知道佛法广大,容许人忏悔。一切恶业,随着念头的改变,都可以消除。放下屠刀,立地成佛,你没有听说过吗?"这个和尚听了这话,就对着佛发愿,勇猛地锐意求进,从此太平无事,不再做这种梦了。

不忘旧情

沈观察夫妇两人都死了,他们的小儿子寄养在亲戚的家里,贫乏得不像人的样子。沈观察的妾改嫁给姓史的太常寺卿,听说以后心里凄怆,经常暗中让婢女老妇给那小儿子衣服物品。后来太常知道了,说:"这还在人情天理之中。"也不加以禁止。

钱塘季沧州因而说起:有一个寡妇生病躺着,不能自己烧饭,哀声呼叫邻居的老妇代烧,但老妇也不能经常来。忽然一个少女推门进来说:"我是新来的邻居家的女儿,听说姊姊困苦缺乏饮食,心里常常感到不忍。现在告知父母,愿意替姊姊备办饮食并侍候疾病。"从此每天来到她家,这样有三四个月。寡妇病痊愈了,将要登门拜谢她的父母,女子流着眼泪说:"不敢欺骗,我实是狐狸精,同你郎君活着的时候最相亲近。现今感念旧情,又同情姊姊苦苦守节,所以托名而来。"说罢,把几锭白银放在床上,呜咽着而去。

这两件事情颇相类似。这样说起来,琵琶别抱——另嫁别人,掉头无情的,不但不及这个妾,同时也不及这个狐狸精。

两妻争座

吴侍读颉云说:癸丑年,有一个前辈,已忘了他的姓,好像是王言敷先生,回忆得不很真切了。王言敷曾经在海丰寺街租屋居住,住宅后面有破屋三间,说是有鬼,不可居人。但是鬼不出来作怪,只是偶尔听到声响而已。一天晚上,屋里有责骂声。王言敷伏在墙角倾听,乃是两妻争座位,一个说我先来,一个说我年长,争辩个不停。前辈不觉叹息说:"死了还不停息吗?"再听,就沉寂了。

妻妾共同居住,克制忍耐相安的,十对当中或者有一对;欢欣地互相投合的,千百对当中或者有一对,因为还有名分管辖着。至于两妻并立,则从来没有一对互相投合的,也从来没有一对相安的。没有名分管辖着,那么双方不肯互相谦让,固然是在情理之中了,又何怪于吵闹纷争呢!

滦阳消夏录(五)

郑　五

郑五,不知道是什么地方的人,带着母亲和妻子流落他乡居住在河间,以做木工维持生活。后来得了重病,临死前,嘱咐他的妻子说:"我本来没有立锥之地,你又不善于女红,我死之后,估计老母必然会因为冻饿而死。现今同你约定,有能够替我奉养母亲的,你就嫁给他,我死而不恨。"妻子如所约定的那样,母亲赖以生存了下来。有时奉事稍稍懈怠,那么房间里就发出像打碎磁器、折断竹竿的声音。有一年,棉衣没有做好,母亲哭泣叫冷,忽然有大的声音像钟鼓似的震动墙壁。像这样过了有七八年。母亲死了以后,家中才平静了。

负心背德之狱

有个佃户名叫曹自立,粗识文字,但所识不多。偶尔因感受寒邪致病,昏沉糊涂中被一个差役从家中带走。路上碰到另一个差役,一看是抓错了人。两个差役互相对骂了很久,便送他回去。经过一个地方,四面是石头筑成的墙,周围有一里光景,里面浓烟涌出,紫色的火焰照耀,门额上有六个像斗大的字。曹自立不能全认识,只是记住字的笔画写法。清醒过来以后,人们根据他所记的偏旁推测,像是"负心背德之狱"。

债　鬼

世上称短命的人为讨债鬼,这原是有的。卢南石说:朱元亭的一个儿子生痨病,当病情危急、气息微弱时,呻吟着自言自语道:"这下还欠我十九两银子。"一会儿医生在药中投入人参,药煎好,还没有来得及服就死了。所用人参正好值十九两银子。这是近日的事情。有人说:"四海之中,一日之内,短命的人不知道有多少,前世欠债的哪里会有如此之多?"要知道死生如转轮,因果循环,就像恒河里的沙,堆积的数量无法测算;就像太空里的云,形态变幻不可思议:这确实难以拘泥于一种形式。但是估计它的多数情况,那么冤仇罪错纠结在一起,由于财物引起的居多。老子说:"天下攘攘,皆为利往;天下熙熙,皆为利来。"人的一生,大概没有不用心于这个的。不过天地所生的财物,只有这个数目。这边得到那边就失去,这边盈余那边就亏损。机巧从这里产生,恩仇从这里结下。善恶业缘的报复,可以延续到三世。我们看谋利的人之多,就可以知道讨债的人不会少了。司马迁说过:"怨毒之于人,甚矣哉!"君子宁可相信它是有的,或者可以启发人的深思。

强 鬼

乡里有位女人新近守寡,一个行动轻狂的人,贿赂了相邻的老妇人挑动她。夜里进入她的房内,关上门将要睡觉。忽然灯光发绿暗淡,缩小如豆。一会儿爆的一声,红色的火焰四射,圆圆的有两尺光景,像一面大镜,中间现出人的面孔,竟是她原来的丈夫。男女一起发出嗷的叫声仆倒在床榻下。家里人吃惊地起来一看,那事情于是败露出来。有人怀疑寡妇失节的很多,为什么这个鬼独独有灵?我说鬼有强弱,人有盛衰。这本来是个强鬼,又适逢二人的运数衰败,所以能够成为灾祸了。其他饮恨于黄泉之下,冤魂纠缠几世的,不知道有多少,并非全是神随形而消灭的。有人又怀疑妖物有所凭依,做出这个变化怪异,这或许是有的。但是妖不会自己兴起,而是因为人而兴起。也是幽魂怨愤仇恨之气,暗暗相感召,妖邪鬼魅才乘机而假借于人。要不然在贞节的鲁国陶婴的房里,为什么没听说有黎丘的奇鬼呢?

夙 因

通政使罗仰山任礼部的属官时,受到同僚的倾轧,动一动就受到牵制,步步像行走在荆棘之中。他本性迂阔,渐渐怨愤成病。一天,正郁郁不欢地空坐,忽然做梦到了一座山里,花开水流,风日清和爽朗,觉得神思开朗,胸中郁结的不平之气顿时消失。沿着溪水散步,走到一座茅屋。有一个老翁请他进去小坐,谈论颇为融洽。老翁问为什么面带病容,罗把他所苦恼的事情全都讲了出来。老翁叹息着说:"这有前世的因缘,是您所不理解的。您七百年前是宋朝的黄筌,某人就是南唐的徐熙。徐的画品,本来在黄之上。黄恐怕夺去他侍奉帝王的宠幸,巧词排挤抑制,使他沦落困顿,含恨而亡。而后二人转辗轮回,未得相遇机会。这一世业缘凑巧遇合,才得以因对付过去的仇敌称快于心。他的加于您的,就是您曾经加于他的,您又有什么好怨恨的呢? 一般说来,没有去而不回的,是天之道;有施予必有报答,是人之情。既然已经种下了因,终究应当结出果。那自然机能的感应,就像磁石的吸引铁针,不靠近则已,一靠近就吸牢而不能解脱。那怨愤仇恨的纠结,就像石的含火,不触则已,一触就激发而立时生出火花。它终于不能消除,就像疾病的潜伏,必然有突然发作的日子。它终于相遇合,就像日月的旋转,必然有交会的轨迹。这样看起来,种种害人的策略,恰恰是用来自害而已。我在前世里,同您有旧交,因为您不省悟,所以为您陈述忧患的由来。您同他已经结了果了,从今以后,小心不要再制造因好了。"罗了然地醒悟过来,争胜负的心顿时消尽。几天之内,旧病全除。这是我十来岁时听到霍易书先生说的。有的说是卫公延璞的事情,先生偶尔记错的。不知道它确实的情况,一并附记在这里。

鬼 讼

田白岩说:康熙年间,江南有征收漕粮的案件,官吏被依法判处死刑的有好几个人。几年以后,有一人在扶乩时降临于他的友人家,自己说正在阴间状告某公。友人吃惊地说:"某公是守法循理的官吏,而且他总督两江,在这个案件以前的十多年,为什么无缘无故地要状告他?"乩又书写说:"这个案件不是一天之内引起的,当它刚刚萌发时,罢免一个官,流放一两个吏员,就可以预先消除隐患。某公为了博取忠厚的名声,养着肿毒不治,让它天长日久而溃烂,我辈于是遭了它的难。我辈害民祸国,不能同现在的执法官为仇。追溯灾祸的根源,不状告某公又去状告谁呢?"写完乩就不动了。至今不知道九泉之下,是怎样定案的。《金人铭》说:"涓涓不壅,将为江河;毫末不札,将寻斧柯。"古代圣人所预见到的极远了。这个鬼所说的,大旨也不算无理。

犬毁妇容

乡里有一个姜某将死,嘱咐他的妻子不要改嫁,妻子哭着答应了。后来有羡慕这个女人容貌的,用大价钱买做妾。正浓妆艳抹地登上车,姜家养的一只狗忽然像人一样地立起身子怒叫着,两只前爪抱住女人咬她的面孔,咬碎她的鼻子,并且弄瞎她的一只眼睛。女人的容貌既然毁坏,买的人也就弃之而去。

后来也再没有企图得到她的。这是康熙甲午、乙未年间的事。如今健在的老人还有亲眼见到的。他们都说："这狗有义气,用维护道德来爱它的主人;这狗有智谋,能够抓住问题的关键。"我说狗绝对不会认识到这一点,这是她亡故丈夫的厉鬼依托在狗身上的缘故。

马 逸

爱堂先生一次夜里喝酒后归来,马忽然受惊奔逃,草树茂盛障蔽四周,沟渠田埂凹凸不平,有三四次几乎摔下马来。忽而有人从道旁伸出一只手挽住辔头,另一只手扶他下来,说:"老母过去承蒙拯救接济,现在来救您,让您避免断骨的危险。"问他的姓名,转眼之间已经消失了。先生自己回忆生平没有这样的事,不知道鬼为什么这样说。这也许就是佛经所说的无心布施,才是最大的功德吧?

张 福

张福是杜林镇人,以担货贩卖为业。一天,同乡里富豪争路,富豪指挥仆人把他推落到了石桥下面。当时河正结冰,棱角就像锋利的刀,他头颅骨被摔得破裂,奄奄地仅存一丝呼吸。里长原本怀恨富豪,立刻报告了官府。官府垂涎富豪的钱财,官司办得很急。张福暗中让他的母亲对富豪说:"您偿了我的命,对我有什么好处? 如果能够替我供养老母幼子,那么趁我没有断气,我到官府去说自己是失足掉到了桥下。"富豪答应了。张福略微通识一些文字,这时还能够忍着疼痛自己书写状纸。张生前写的供词确凿,官吏也无可奈何。张福死了之后,富豪竟背弃约言。他的母亲多次到官府控告,终于因为张生前写的供词有凭有据,所以始终不能伸雪。富豪后来乘醉夜行,也因为马颠仆从桥上掉下而死。人们都说:"这是背弃张福的报应了。"

先父姚安公说:"审理案件是多么困难啊! 而人命案尤其难。有顶替凶犯的甘心替人去死,有行贿讲和的甘心出卖所亲近的人,这已经仓促间不容易询问了。至于被杀的人亲手写的供状,说不是这个人所杀,这即使是虞舜时司法官皋陶来办案,也不能定他的罪。倘若不是背弃约言不兑现,以致遭到鬼的诛杀,那么就会出钱而免罪了。诉讼的情状变化万端,有什么怪事不会发生呢? 主管刑法的难道仅仅依据常理就可轻率地判决吗?"

狐戏守财奴

姚安公说:有个叫孙天球的,把钱财当作性命,空手积累到了千两银子。即使妻儿受冻挨饿,也看得像陌路人一样,自己也忍受寒冷饥饿,不轻易用一个钱。病危时,他把平时所积蓄的钱财摆在枕前,一一用手抚摩着说:"你竟然不属于我所有了吗?"呜咽着而死去。孙没有死以前,被狐精所戏弄,经常把他的财物摄走,使他窘迫着急得要想寻死,竟然又在别的地方找到,像这样的事发生不止一次。

又有一个刘某,也把钱财当作性命,也被狐精所戏弄。有一年的除夕,凡是刘亲友当中贫穷的,刘对每家都赠银数两,众人都惊讶他一反平日的所作所为。随即听说刘床前秘藏的箱子里被狐精偷盗去二百多两银子,而留下感谢的字条数十张。

原来孙的钱财是辛苦所得,狐精怪他吝啬,特地戏弄他罢了;刘的钱财大多是巧诈剥削而来,所以狐竟然把它散发掉了。它的处理也颇为得当。

古寺鬼语

我提督福建学政时,师爷钟忻湖说:他的朋友过去在某公的幕府里,因为会同查勘住宿在古寺里。月色朦胧中,看见某公的窗下有人影徘徊了很久,慢慢地上钟楼而去。他心里知道是鬼怪,但是素来有胆量,仍暗暗跟随前往寻找。到了钟楼前,楼门已关闭上锁,听见楼上好像有两人在谈话。其中一个说:"您为什么空着回来?"另一个说:"这里很少有官吏来,今天幸而有两个官员一起住宿,将等待夜深人静以后申诉我的冤情。刚才偷听他们所说的话,不是揣摩迎合上司的方法,就是消除填补设法遮掩的手段,这不足以办理我的事,所以失望地回来了。"说完,好像有叹息的声音。再听,竟沉寂了。第二天,暗中告诉主人,主人果然变了脸色摇摇手,告诫他不要多事。至今不知道到底是什么冤情。

我说这是你的朋友怀恨于他的主人,所以造出这番话,形容他的巧于趋吉避祸,被鬼所侮弄罢了。如果就这一件事情而论,鬼不是亲眼目睹,话没有亲耳听到。恍惚遥远,茫茫然没有确实的证据,即使是阎罗王、包龙图,也没有办法着手处理,而竟求之于某公吗?

狐戏学究

平原董秋原说,海丰有座佛寺,向来多狐,常常抛掷瓦片石块戏弄人。一个迂阔的学究借东厢房三间教授生徒,听说有这种事,自己到佛殿上呵呵斥责它。几个晚上寂然无声,学究表现出自以为高明的得意神色。一天,东家过来谈话,学究拱手作揖的时候,忽然袖子里一个卷子掉到地上,拿来一看,是男女淫亵的秘戏图。东家默默地离去。第二天,学生们不来了。

狐没有触犯人,人却去触犯狐,竟然反而被狐所中伤。君子的对于小人,谨慎防备他而已;无缘无故触犯他的锋芒,很少有不失败的。

周 将 军

关帝祠里都塑有周将军像,他的名字则不见于历史传记。查考元朝鲁贞《汉寿亭侯庙碑》,已经有"乘赤兔兮从周仓"的话,那么他的来源已经很久,他的神灵也最为显著。乡里老妇有叫刘破车的,说她的丈夫曾经酒醉睡在关帝香案的前面,梦见周将军踢他起来,左大腿上乌青的痕迹,过了半个月才消退。

冥吏话轮回

说鬼没有轮回,那么从古至今,鬼天天增加,将使大地不能容纳;说鬼有轮回,那么这里死那里生,随即变换形体而去,又应当世上没有一个鬼了。贩运夫、农家妇,往往转世,好像没有不轮回的。荒废的田野坟冢,往往见到鬼,又好像有不轮回的。表兄安天石曾经卧病,魂到了阴间,就这个问题询问管理簿籍的吏员。吏员说:"有轮回的,有不轮回的。轮回的有三种情况:有福的受报答,有罪的受报应,有恩有怨的受回报。不轮回的也有三种情况:圣贤仙佛不进入轮回,重罪入无间地狱的不得轮回,无罪无福的人听任他游走于荒坟之间,余气未尽的就暂时存在,余气渐消的就归于灭绝。如同露珠水泡,忽而有忽而无;如同闲花野草,自己生长自己凋落,像这样的无可轮回。或者有无所依托的魂魄,附于人身感而成孕,叫做偷生。志行高洁的僧道,转世借形,叫做夺舍。这都是偶然的变化显现,不在轮回的常理之中。至于神灵的下降人世,辅助清明的时代;妖魔鬼怪成群降生,四处杀戮抢劫,这又是气数所形成,不以轮回来论了。"天石本来是不相信轮回的,病愈了以后,曾经把阴间听来的话告诉人说:"据他所说的,竟是确凿成理。"

司禄神语

星命术士虞春潭替人推算命运,多半能神奇地说中。偶尔漫游襄阳、汉口一带,和一个士人同船,谈论颇为融洽。时间一长,虞奇怪那士人不睡不吃,怀疑是仙或是鬼。夜里秘密地询问他,士人说:"我不是仙,也不是鬼,是文昌帝君下面管理禄位的神,有事情到南岳去,同您有缘,所以能够得到几天的交往相处罢了。"虞因而问起他说:"我对于命相之理自以为懂得颇深,曾经推算某人应当大贵而竟然没有应验。您主管为官食禄的簿籍,应当知道其中原因。"士人说:"这个人的运命本来很尊贵,因为过于热中名利,所以削减去十分之七了。"虞说:"热中于为官作宦,这也是常情,为什么阴间的贬斥这样重呢?"士人说:"热中于为官作宦,那些强横凶暴的必然要依仗权力,依仗权力的必然凶狠而刚愎自用;那些懦弱胆小的必然要巩固职位,巩固职位的用心必然阴险而奸诈。而且依仗权力、巩固职位,这必然要急于进取而竞争,急于竞争互相倾轧,这必然要排挤别人。至于排挤别人,就不问人的贤还是不贤,而问朋党的异还是同;不计较事情的可与否,而只取决于自己的胜和负。它的流弊,就说不尽了。这样他的恶在贪婪残酷之上,年寿尚且要削减,何止于禄位呢!"虞暗地里记住他的话。过了两年多,某人果然死了。

狐 妾

张铉耳先生的同族人中,有以狐女做妾的,另外营建僻静的居室给她住。床榻帷帐日用器具同人没有什么两样,但她自己有婢女仆妇,不用张的奴仆罢了。室内没有一点灰尘,只是坐久了感觉阴气森森,也时常听到室内说笑的声音,而看不见说笑者的形体。张本来是个大族,每当亲戚宴会,来宾多请求见她一面,都没有得到允许。一天,张一定要勉强她,她就说:"某家的某娘子还可以,别的人一律不见。"某娘子进入室内和她会晤,见她举止娴静优雅,相貌好像三十来岁的人。问到她室中寒冷的缘故,回答说:"娘子自己心中害怕罢了,这屋子原本没有什么特殊之处。"后来张问起她单单见这个人的缘故,回答说:"人是阳类,鬼是阴类,狐介于人鬼之间,但也是阴类。所以出来经常是在夜间,白天阳气盛的时候,不敢轻易同人接触。某娘子阳气已经衰微,所以我能够见。"张惶恐地说:"你每天和我同寝共处,我恐怕衰弱了吧?"回答说:"这个别有缘故。凡是狐的诱惑人,有两条路:一叫蛊惑,一叫凤因。蛊惑的,阳气被阴气所侵蚀,侵蚀完了就死去;凤因则与人本来有缘分,气自然相感应,阴阳调合,所以可以长久而相安。但是蛊惑的占十分之九,凤因的只占十分之一。那些蛊惑的也必然自称是凤因,但用伤害人不伤害人可以知道它的真假罢了。"后来见到她的那个妇人,果然不久就去世了。

改行从善

姓罗的和姓贾的房屋相邻而居,罗家富有,贾家贫穷。罗要想吞并贾的房子,而压低它的价格;贾想要出售给别人,罗又暗暗地加以阻挠。时间长久了而更加困窘,不得已减低价格出售给罗。罗经营改造,土木建筑焕然一新。落成的这一天,罗盛设筵席祭神。纸钱刚刚点燃,忽然被一阵狂风卷起贴附到屋梁上,顿时发出猛烈的火焰,烟煤迸散如雨般落下。一弹指之间,一寸的椽子也没有留下,连同他旧居的房子也烧掉了。火刚起时,众人一齐动手相救,罗捶着胸口制止他们说:"方才火光之中,我恍恍惚惚的见到贾已死的父亲,这是他怨愤仇恨所造成的,救也没有用处,我后悔来不及了。"连忙叫来贾的儿子,书写了字据,把丰产的良田二十亩赠送给他。从此罗改变行为,专做善事,后来竟享有高寿,无疾而终。

河工某官

沧州姓樊的扶乩时,管理治河工程的某官在座。降临乩坛的是关帝;忽然大笔书写道:"某人到前面来!你用文字忏悔,话语大多转来转去为自己辩护,对神尚且这样,对人就可想而知。要知道误伤了人是过错,辩护则是罪恶了。天之道宽恕过错而惩罚罪恶,难道听凭你巧言辩护吗?"那人伏在地上心跳气喘,挥洒汗水如同下雨。从此那人闷闷不乐如有所失,过了几个月就病死了。始终不知道他所忏悔的是什么事情。

代死为神

褚寺农家有媳妇和婆婆同睡的,夜里下雨墙倒,泥土簌簌地落下。媳妇听到声音急忙起身,用背抵着墙壁,一面大声呼叫婆婆醒来。婆婆爬着掉到了炕下,媳妇竟然被墙压住,她的尸体正在婆婆睡的地方。这是个真正的孝妇,因为微贱没有人告知官府,时间一久连同她的姓名都失去了。相传媳妇死去之后,婆婆哭得很悲痛。一天,邻居告诉她的婆婆说:"夜里梦见你的媳妇穿戴着有品级的冠帔来说:'传话给我的婆婆,不要哭我。我因为代死的缘故,现在已成为神了。'"乡里的父老都说:"我夜里所梦见的也是如此。"

有的说:"媳妇果然成神,为什么不在她婆婆的梦中显示? 这是乡邻要想缓解她的悲伤,编造出这样的话。"我说忠孝节义的人,死了必定成为神。天道明明白白,历来有验证,这事可以相信它是有的。即使说一个人造出这种话,众人附和,"天视自我民视,天听自我民听"。人心以为是神,天也必然以为是神了,何必又怀疑它是虚妄的呢?

相交以心

长山聂松岩以善于雕刻印章游历京城,曾经在我家坐馆,说他的家乡有同狐交友的。每当宾客朋友宴会,招呼它同坐,饮食谈笑,同人没有什么两样,只是听到它的声音而看不见他的身形罢了。有人强要它相见,说:"面对面看不到,怎么算是相交呢?"狐说:"相交是以心相交,不是以貌相交。要知道人心难以测度,深险过于山川;设置种种机关陷阱坑害人,从这里隐藏埋伏。诸位不见他的心,以貌相交,反以为亲密;对于不见貌的,反以为疏远,不也荒谬吗?"田白岩说:"这个狐精的阅历世情可以说是很深了。"

胆怯见鬼

肃宁老儒王德安,是康熙四十五年的进士,先父姚安公跟从他读书学习。他曾经在夏天去友人的家,爱他的园亭轩敞爽朗,要想下榻在这里,友人以夜里有鬼怪推辞。王因而举出所见到的一件事情说:"江南姓岑的书生,曾经借宿在沧州张蝶庄的家里。张家墙壁上挂着钟馗的像,如真人一样高,前面又陈设一台自鸣钟。岑大醉就寝,都没有来得及看见。夜半酒醒,月光明亮如同白昼,听到机器轮盘格格的声音,已经很奇怪;忽然见到画像,以为是奇鬼,拿起桌上的端砚往上打去,砰的发出巨大声音,震动了门窗。僮仆推门进来一看,只见墨汁淋漓,头面都是黑的,画像前面的钟以及玉瓶、磁鼎,已经碎裂了。听说的人无不笑得前仰后合。这样说起来动不动说见了鬼,都是人自己胆怯罢了,鬼究竟在哪里呢?"话刚说出口,墙角落里忽然应声说:"鬼就在这里,夜里当来拜见,希望不要用砚台来砸我。"王默默地就出来了。后来曾经把这个经历告诉门徒说:"鬼没有白天对话的道理,这个必然是狐。我恐怕自己的德行不足以胜妖,所以躲避它。"可见始终是坚持无鬼之论的。

明 器

明器,是古代的丧葬用的礼器,后世又造纸车纸马。孟云卿《古挽歌》说:"冥冥何所须,尽我生人意。"大概是说姑且用来缓解悲痛罢了。但是长子汝佶病危时,他的女儿替他焚烧一只纸马,汝佶气绝以后又重新苏醒过来说:"我的魂出了门,茫茫然不知道朝哪个方向走。碰到老仆王连升牵一匹马来送我回家,恨它的脚是跛的,颠簸得很不适意。"焚烧纸马的奴仆流着眼泪说:"这是奴才的罪过。点火时,确是错折断了它的脚。"

又,六堂舅母常氏病重临死时,喃喃地自言自语说:"刚才去看新宅很好,但东面墙壁损坏,可怎么办?"侍奉疾病的人前去看她的棺材,果然在左侧烂穿一个小洞,工匠和督工的还都没有发觉。

穷达有命

李又聃先生说:过去有清寒士子落第的,焚烧他留下的试卷,状诉于文昌祠。夜里梦见神对他说:"你读书半辈子了,还不知道穷困通达都有命吗?"我曾经随侍先父姚安公,偶尔说起这件事,姚安公不悦地说:"又聃是参加科举考试的士子,传述这样的话还可以。你等是亲手掌握判定文章高下以取士的权力的,传述这样的话就不可以了。聚奎堂柱子上有孝感熊相国题写的联语说:'赫赫科条,袖里常存惟白简;明明案牍,帘前何处有朱衣?'你没有见到吗?"

李玉典言

海阳李玉典前辈说:有两个书生在佛寺里读书,夜里正在轻薄地戏谑。忽然墙壁上现出大圆镜,直径有一丈多,照得光明如同白昼,毛发都能看清。听到屋檐头说话声道:"佛法广大,固然不责怪你们。但你们自己看看,镜子里是什么样的形状?"我说幽会总是秘密约定的,必然没有人在旁边,是谁见到的呢? 两个书生断断没有自己说的道理,又怎么能听到呢? 但是这事在情理上是会有的,固然不必以子虚乌有来看待它。

玉典又说:有个老儒在废弃的园地里设馆授徒。一天夜里,听到墙外有吟诵的声音,一会儿又听到辩论的声音,又听到纷争的声音,又听到责骂的声音。好一会以后,终于听到殴打的声音。园地后面空旷没有人居住,心里知道是鬼。正在发抖的时候,已经争斗到了窗外。其中有一个盛气大声呼叫道:"他评论批驳我的文章,实在受冤气愤,现在一起到先生这里请求指正。"于是朗声吟诵了数百字,句句自己用手打着节拍。那另一个一边呻吟叫痛,一边轻轻地讥笑他。老儒害怕得心跳气喘不敢说话。其中一个厉声说:"先生究竟以为如何?"老儒吞吞吐吐了很久,用额角叩着枕头说:"我瘦弱得像鸡的肋骨不足以抵挡尊驾的拳头。"那一个大笑着而去,另一个在窗外来来往往,咻咻地嘘着气,到鸡叫了才沉寂,这是从胶州法黄裳那里听来的。我说这个也是黄裳的寓言。

绝代丽女

天津有个书生叫孟文熺,有聪俊的才能,张石邻先生最喜爱他。一天,张扫墓回来,在路旁的酒店里碰到孟,看见他在墙壁上新写的一首诗:"东风翦翦漾春衣,信步寻芳信步归。红映桃花人一笑,绿遮杨柳燕双飞。徘徊曲径怜香草,惆怅乔林挂落晖。记取今朝延伫处,酒楼西畔是柴扉。"问他所写何意,隐讳不说。张一定要追问,才说刚刚在路旁见到一个美丽的女子,她的容貌冠绝当代,所以坐在这里,希望她再出来。张问她的住处,孟用手指点。张大惊说:"这是某家的坟院,荒废长久了。怎能够有美女呢?"二人一起前往寻觅,果然坟头上蓬草丛生,幽暗没有人迹。

冥　罚

我在乌鲁木齐时,一天,有人报告,军校王某被派去运输伊犁的军用器械,他的妻子在家独居。今天过了中午,门不开,叫她不答应,应当是有异常情况。因此行文派迪化同知木金泰前往查勘。到了那儿,破门而入,则男女二人共枕而卧,裸体相抱,他们的腹部都被破开,已经死去。那男子不知道从何而来,也没有认识他的。研求询问邻里,茫茫然没有头绪,打算以疑案了结了。这天晚上,女尸忽然呻吟,看守的人吃惊地一看,已经复活过来。过了一天,能够说话,自己供称同这个人从小相爱,既经出嫁,还私下幽会。后来跟随丈夫驻扎防守西域,这人想念她不能丢开,又寻访而来。刚到门,就引入室内,所以邻里都没有觉察。担心短暂的相会终当分离,于是相约一起死。用刀自杀时痛极昏迷,忽然像做梦觉醒,魂就已经离开身体。赶紧寻觅这人,不知道到哪里去了。只有自己独立在沙漠里,白草黄云,四望没有边际。正在彷徨之间,被一个鬼捆绑而去。到了一个官府,很是被盘问羞辱了一番。阴官说是虽然无耻,命还没有终了;喝叱打了一百杖,驱逐她返回。杖系用铁铸成,十分痛楚,重又晕死过去。等到渐渐苏醒,则回生了。看她的大腿,果然受杖的痕迹重重叠叠。

驻防大臣巴公说:"这女人已经受到阴司的惩罚,通奸的罪可以不要再判刑了。"我的乌鲁木齐杂诗有一首道:"鸳鸯毕竟不双飞,天上人间旧愿违,白草萧萧埋旅榇,一生肠断华山畿。"就是咏这件事情的。

鬼亦大佳

朱青雷说:他曾经同高西园在水边散步,这时早春的冰刚刚融解,明净的绿水波纹流动。高说:"回忆晚唐有'鱼鳞可怜紫,鸭毛自然碧'的句子,没有一个字说到春水,而晴天的水波动荡不定的样子,像在眼前。可惜不记得他的姓名了。"朱正在沉思未作回答之际,听见老柳树后面有人说话道:"这是初唐刘希夷的诗,并不是晚唐人所作。"走过去看,并无一人。朱惶恐不安地说:"白日见鬼了。"高微笑着说:"像这样的鬼见一见,倒也非常好,但恐怕他不肯出来相见罢了。"说完,对着树作了三个揖而行。回来翻检刘的诗,果然有这两句话。

我偶然把这事告诉了戴东原，东原因而说起，有两个书生在烛光下对谈，争论《春秋》的周正、夏正，唇枪舌剑，你来我往，僵持不下。窗外忽然有声音叹息说："左氏是周时人，不会不知道周代的正朔，二位先生何必耗费言词呢？"出去看窗外，只有一个小僮，正在熟睡。

观看这两件事，儒家学者天天谈考证，讲《尚书·尧典》的"曰若稽古"，动不动至于十四万字，怎么知道渺渺茫茫之中，没有人在旁边嘲笑的呢？

驴　语

聂松若说：即墨于生骑一匹驴子到京城去，半路里在高岗上歇息，把驴子系在树上，自己倚靠着石头打盹。忽然看见驴子抬头四面张望，长叹道："不到这里几十年，青山还是原来的样子，村落已经不是旧时的路径了。"于本来好奇，听到驴子说话以后，迅速地跳起来说："这是宋处宗的长鸣鸡，天天骑着它一起谈天，不怕长途寂寞了。"就作着揖同它说话，驴子吃草不答。反复地开导，相约同它做忘形之交，驴子也像没有听见。发怒而痛打它，驴子上下跳跃狂叫，始终不能说话，最后竟打断了一只驴腿，只好把驴卖到了屠宰市场，自己步行着回来。这件事极可笑，大概是睡梦之中错听了吧？或者是这匹驴子前世的冤孽罪责，有什么东西凭借着它，来激起于的怒火杀了它吧？

狐　斗

三叔父仪南公有一个壮健的仆人毕四，善于射猎，能够拉十石弓，经常在野地里捕捉鹌鹑。凡是捕捉鹌鹑的，一定要在夜里，先用稻麦秆插在地上，像种植禾谷的田陇，而在它的上面张上网；用牛角作弯曲的号管，模仿鹌鹑的声音来吹。鹌鹑聚集拢来以后，先稍微惊动它，使它渐渐避入稻麦秆中；然后大声地惊扰它，使它成群地突然飞起，那么就全部触网了。吹管的时候，它的声音凄惨呜咽，往往误引了鬼物到来。所以一定要修筑圆形茅屋自卫，并携带兵器来防备它。

一天夜里，月明之下，毕四看见一个老翁来行礼说："我是狐，儿孙同北村的狐结怨，全族械斗。他在阵地上抓住我的一个女儿，每次战斗时必定反绑双手驱赶出来用以羞辱我；我也在阵地上抓住他的一个妾，像他所做的那样予以报复。因此结仇更深，约定今夜在这里决战。听说您仗义任侠，恳求助一臂之力,那就一辈子感恩。到时您要看清,拿铁尺的是他,拿刀的是我。"毕原本好事,欣然跟随他前往,隐藏在丛生的草木间。过不一会,两边布阵交手,两狐拼死血战,杀得难分难解,以至相抱用手搏斗。毕仔细看准了目标,拉弓一发,射倒了北村狐。不料弓强箭利,穿腹而过,连老翁也洞穿腋下死了。两边阵里各自惊恐慌张,夺了尸体,弃去战俘而逃。毕解开捆绑两狐的绳子并且告诉她们说:"传话你们的家族,两家胜败相当,可以解冤了。"以前,北村每天夜里听到战斗的声音,从此以后就沉寂了。

这同李冰的事相类似,但是冰和江神战斗,是为了抗拒灾害、抵御祸患,这些狐精为发泄私愤,双方战斗不已,结果落得两败俱伤,这不也可以结束了吗?

鬼魅淳良

姚安公在云南时,师爷说衙署中香橼树下,月夜有红衣裳的女子浓妆艳抹而立,见了人就渐渐地隐没入土中,众人议论挖出来看看。姚安公拿来一盏酒浇在树下,亲自祝祷说:"你见了人就隐去,是无意于兴祸作祟了,又何必多次现出你的形体,自取暴露尸骨之祸呢?"从此以后那红衣女子就不再出现了。

姚安公有一个书斋很是宽敞明亮,长久没有人居住。舅父安公五章当时相从在云南,偶尔夏天裸身在里面睡觉,梦见一人作揖开言说:"我们同您虽然有阴间阳世的不同,但是我们家属居住在这里,也有男女的分别,您为什么不能自己注意礼节呢?"舅父惊惧地醒来,于是不敢再去。

姚安公曾经说:"树下的鬼,可以用道理来晓谕她;书斋的精魅,能够用道理来晓谕人。这个偏僻的州郡地处万山之中,风俗质朴,就像神话中的混沌七窍还没有凿开,所以异于人类的鬼魅也像这样的淳朴善良。"

泥 孩

我两三岁的时候,曾经看见四五个小儿,穿着彩衣、带着金钏、跟着我一起玩耍,都叫我做弟弟,看上去对我很是亲爱。我稍长大时,那些小儿就都不见了。后来我把这事告诉了先父姚安公。公沉思了很久,黪然想起来说:"你的前母恨没有儿子,时常叫老尼姑用彩色丝线拴神庙里的泥孩回来,放在卧室里,每一个都起一个小名,每天都用糖果饼饵来供给它们,同喂养儿子一样。你前母死了以后,我叫人把这些泥孩埋在楼后面的空院子里,你见到的必定就是这些物件了。"先父恐怕日后它们兴妖作怪,打算把它们掘出来,但是年深月久,已经找不到埋它们的地方了。前母就是张太夫人的姊姊。有一年前母的忌日,家里祭祀以后,张太夫人白天睡觉,梦见前母用手推她说:"三妹太不懂事了,锋利的刀怎么可以给儿子玩?"她奇怪地惊醒过来,见我正坐在身旁,已把姚安公皮带上的佩刀扯出刀鞘了。这才知道魂归来受祭奠,是确有其事的。古人所以奉事死去的人同侍奉活着的人一样。

伪装煞神

表叔王碧伯的妻子亡故,术士说某一天的子刻回煞——魂灵返舍。到那天,全家都回避出去。有一个盗贼伪装成煞神,越墙而入,正打开箱子偷取簪环首饰,恰巧另一个盗贼又伪装成煞神而来,鬼声呜呜,渐渐逼近。前面这个盗贼仓皇慌张地避出,在庭院里相遇,彼此都以为对方是真煞神,都惊慌而掉了魂,面对面地倒在地上。黎明时,家里人哭着回来,突然见到他们,大为惊怕;仔细一看,才知道是盗贼。用姜汤灌醒,就让他们穿着鬼的装束捆绑送官,沿路众人聚集观看,没有不大笑而不能自持的。根据这一件事情,回煞的说法应当是虚妄的了。但是回煞的形迹,我实在是多次亲眼看到过。鬼神渺茫模糊,实在不知道它到底怎么样。

妓书绝句

益都朱天门说:甲子年夏天,同几个友人夜里在明湖畔宴集,召唤妓女陪侍饮酒。正在畅饮的时候,一个妓女素来不识字,忽然拿起笔来书写一首绝句道:"一夜潇潇雨,高楼怯晓寒。桃花零落否?呼婢卷帘看。"抛在一个友人的面前。那人看完,立刻变了脸色仆倒地上,妓女也仆倒在地上。过了一会儿,妓女苏醒过来,而那人始终没有苏醒。后来遍问他所亲近的人,始终不知道是什么缘故。

扶乩作书画

癸巳、甲午年间,有扶乩的从正定来,不谈吉凶,只作书画。人们颇疑心他是假托的,但是见到他给曹慕堂作着色的山水长卷以及醉钟馗的像,笔墨都不俗。又见到他赠给董曲江的一联说:"黄金结客心犹热,白首还乡梦更游。"也很像董曲江的为人。

悍 妇

佃户曹二的妻子很是凶暴蛮横,动不动就厉声斥责风雨,辱骂鬼神。邻里之间,一句话不合,就卷起袖子露出手臂,拿着两根捣衣棒,奋力呼喊,上下跳跃,像咆哮怒吼的老虎。一天,她乘着阴雨出来偷窃麦子,忽然风雷大作,巨大的冰雹像鹅蛋,不一会,她已经受伤仆倒在地上。忽然间大风卷起一个可以盛五斗的笆斗掉落在她的面前,就靠顶着它得以不被冰雹砸死。难道天也怕她的蛮横吗? 有的说:"她虽然凶暴乖张,而善于服侍她的婆婆。每次同人争斗,婆婆喝叱她,就驯服收敛了;婆婆打她耳光,她也跪而忍受。"这样说起来,她遇难不死,是有原因的了。孔子说:"夫孝,天之经也,地之义也。"难道不是这样吗?

天雨与龙雨

癸亥年夏天,高川的北面落下一条龙,乡里人大多亲眼看到。姚安公叫备车马前往观看,赶到那里,龙已经乘风雨飞去了。它的曲折爬行、张牙舞爪的痕迹,被它糟蹋的两亩地光景稻谷作物,还分明可见。龙是神物,是什么导致它坠落的呢? 有的说:"这是降雨有错误,天所给予的惩罚。"

按,世上称龙能够招致降雨,而宋代儒者说雨是天地之气,不是由龙而来的。我认为《礼记》称"天降时雨,山川出云",所以《公羊传》说"触石而出,肤寸而合,不崇朝而遍雨乎天下者,唯泰山尔"。这是宋儒的说法所依据的。《易·文言》传称"云从龙",所以董仲舒的求雨法,是用土龙召雨,这是世俗的说法所依据的。大概有天雨,有龙雨:油油然流动着云,潇潇地下着微雨的,是天雨;疾风震雷,不久就过去的,是龙雨。考察凡是触犯龙潭的,立刻招致风雨,天地之气能够像这样迅速地合拢吗? 洗盏谢神,酬答念诵梵咒的,也可以立刻招致风雨,天地之气能够像这样的限定时刻吗? 所以必须两种道理并陈,它的理才完备。一定要浅陋拘泥地坚持一种说法,岂不是不能顺通它的变化了吗?

白昼见鬼

同乡人王驴在田野里耕作,疲倦了,就枕着土块睡着。忽然看见一顶轿子从西面而来,仆从马匹很多。轿中坐着的,是我已故的叔父仪南公。王驴奇怪仪南公正在卧病,为什么出门? 急忙走近前面问候。仪南公同他谈了很久,才向东北方而去。王驴回来时,听到仪南公已经逝世了。估计所见到的仆从马匹,正符合所焚烧的纸制冥器的数目。仆人沈崇贵的妻子亲耳听到王驴说的。后来过了一个多月,王驴也病死了。因此可知白天遇到鬼,终究是因为气衰了。

第三女之死

我第三个女儿许婚给太仆寺卿戈仙舟的儿子。十岁那年,在庚戌年夏至这一天死了。先一天,病情已经危急,我因为在地坛参与祭礼,女儿忽然自言自语说:"今天初八,我当在明天辰刻去,还来得及见到我的父亲。"问怎么知道,闭着眼睛不言语。我初九日典礼完成回到住所,果然来得及在她死前见上一面。死时,墙壁上挂的洋钟,恰巧玲玲的响了八声,这也是奇怪的了。

義与义之争

厨子杨羲,粗略地知道文字,跟随姚安公在云南时,忽然梦见两个鬼拿了朱笔写的传票来拘捕,票上写的名字是"杨义"。杨羲争辩说:"我名叫杨羲,不叫杨义,你一定是错抓了。"二鬼都说:"义字上还有一点,是省笔的羲字。"杨羲又争辩说:"从来没有见到羲字这样写法,应当仍是义字,错滴了一滴墨点。"二鬼不能勉强他而去。同睡的人听到他的梦话,很是清楚。不久,姚安公辞官归家奉养父母,杨羲跟随到了平彝,又梦见二鬼拿了票来,上面竟明明白白用楷书写着"杨羲"的字样。杨羲仍旧不服说:"我已经回到北方,应当属于直隶城隍管辖;你们是云南城隍所派,怎么能拘捕我?"喧嚷辱骂了很久,同睡的人呼唤他才醒。杨说二鬼很是气愤,好像誓不罢休的样子。第二天,走到滇南胜境坊下,杨羲果然因马颠仆而坠落地上摔死了。

义犬四儿

我在乌鲁木齐时,养了几条狗。辛卯年遇赦召还东归,一条黑狗叫四儿,恋恋不舍地跟着走,驱赶它也不肯回去,竟一起到了京城。路上看守行李很严,不是我到跟前,即使是僮仆也不能取走一样东西。有谁稍稍靠近,它就像人一样地立起怒咬。一天,经过辟展七达坂(达坂译出来就是山岭,有七重,曲折陡峻,称为天险),四辆车,一半在岭北,一半在岭南,已经日暮天黑,不能全部过去。这狗就独卧在山岭峰顶,左右张望看护着。见到人影,它就跑过去看。我替它赋诗二首道:"归路无烦汝寄书,风餐露宿且随予。夜深奴子酣眠后,为守东行数辆车。""空山日日忍饥行,冰雪崎岖百廿程。我已无官何所恋,可怜汝亦太痴生。"就是记录这一事实的。到了京城一年多,一天晚上,四儿中毒而死。有的说:"奴仆们厌恶它守夜严厉,所以用计杀了它,而借口于盗贼。"这是想当然了。我收葬它的骨骸,要想替它起一个坟冢,题上"义犬四儿墓",而雕琢石头象征随我出塞四奴的形状,跪在它的墓前,各雕刻姓名于胸间,分别为赵长明、于禄、刘成功、齐来旺。有的说:"拿这四个奴仆放在狗的旁边,恐怕狗还嫌他们不够格。"我才打消了这个主意,只是在这些奴仆所住房舍的门楣题上"师犬堂"几个字罢了。

起初,姓翟的举人赠送给我这条狗时,前一天晚上,梦见旧仆宋遇叩头说:"想到主人从军万里,今天前来服役。"第二天,得了这条狗,清楚地知道是宋遇所转生的。但是宋遇活着的时候,阴险狡诈,是众仆人的魁首,为什么做了狗反而忠诚了?难道自己知道因为恶业堕落,改悔而向善吗?他也可以说是善于补过了。

通灵幻化

狐精能够变化形体,所以狐当中通灵的,可以往来于一丝缝隙当中,但不过是变化自己的形体罢了。宋蒙泉说:他家里的一个仆妇被狐所诱惑,夜里就剥去她的衣服一丝不挂,从窗格里抬出去放在走廊下,一起调笑嬉戏。她的丈夫拔出刀追赶,则门锁住不能打开;或者虚掩门扇而等待着,也能自行牢牢地关上,只能够在窗内怒骂而已。一天,丈夫暗中藏着鸟铳准备隔窗打它,到时候寻找铳而不可得。第二天,才在钱柜中找到。铳长接近五尺,而柜口只有一尺多,不知道怎么能够放进去的。这是狐同时能变化其他事物的形体了。宋代儒者动不动说格物——穷究事物的原理,像这样一类事,又怎么可以用理来推究呢?

姚安公曾经说:"狐居住在墓地里,而幻化成房舍,人看着就像真的,不知道狐自己看上去怎么样?狐具有毛皮,而幻化成粉面黛眉的美女,人看着就像真的,不知道狐自己看上去又怎么样?不知道这个狐所幻化的,另一个狐看去更会怎么样?这真是不知道从哪里去推究了。"

第一奇事

乌鲁木齐把总蔡良栋说:这里刚平定时,曾经巡逻瞭望到了南山深处(乌鲁木齐在天山之北,所以叫它南山)。当时日色已近傍晚,好像见到隔着溪涧有人影,疑惑是玛哈沁(额鲁特语叫盗贼为玛哈沁,部队里袭用它原来的名称),就伏在丛生的草木中秘密地侦察他们。看见一个人穿着军装坐在一块大石头上,几个士兵在旁侍立,相貌都狰狞可怕。他们的话因为隔得稍远,不可分辨。只见坐着的军官指挥一个士兵从石洞中叫六个女子出来。她们都长得美丽白净,所穿的都是彩色丝绸衣服,各人的手都被反缚着,恐惧颤抖低头跪下,挨个儿被带到坐着的人的面前,剥去裙裤,伏于地上,鞭打得流血,凄惨号叫的声音响彻山林深谷。鞭打完了以后,官兵径自离去。六女战抖着跪送,望不见人影了,才呜咽回洞。那地方距观察处有一箭之遥,而涧谷深山崖陡,无路可通。于是让弓力强的集中射对崖的一棵树,有两枝箭射到了树上,用来作为标志。第二天,迂回几十里,寻到那地方,则洞口布满了尘土。拿着火炬进去,曲曲折折大约深有四丈光景,绝对没有人行走的痕迹。不知道昨天所遇到的是什么神,他所鞭打的是什么东西。我生平所见的奇事,这件要数第一。考证《太平广记》记载老僧见到天人追捕飞天野叉的事情,野叉正是一个好女子。蔡所见到的恐怕也是它的同类吧!

羊报冤

六畜供作食用,这是常理。但是杀过了头,就成为罪恶冤孽。不是应该杀的人而去杀它,它也会报冤的。乌鲁木齐把总茹大业说:吉木萨游击派遣奴仆入山寻找雪莲,迷路不得回来。一天夜里,梦见奴仆满身是血而来说:"在某山碰到玛哈沁,被碎割吃掉了,剩余的骸骨还在桥南第几棵松树下面,恳求前往追寻。"游击派遣下属军官寻到树下,果然血污狼藉,但是看去都是羊骨。原来放牧的士兵共同偷盗了一只官府饲养的羊,在这里杀掉了。人们还疑心奴仆或者死在别的处所。过了两天,奴仆靠着打猎的引路归来,方才知道是羊借奴仆的魂,用来揭发放牧士兵的罪过罢了。

牛 怪

姓李的老妇,青县人。乾隆丁巳、戊午年间,在我家掌管炊事。李说她的乡里一户农家,住所邻近一座古墓。所养的两头牛,时常登上坟墓践踏。农家夜里做梦有人责骂他。乡下百姓粗笨戇直,对这梦一点也不放在心上。忽而家中变怪大作,夜里见到两个东西,它大得像牛,四处踩踢,上下跳跃,院子里的坛坛罐罐都被打碎了。像这样连续有几个晚上,以至于把石滚子搬到了房顶上,砰的一声滚落,火焰飞腾起来,把捣衣石敲断成了几段。农家恨极了,于是多借一些猎枪,等怪物来的时候,一同射击,两个怪物一起应声仆倒。农家大喜,急忙取火出来观看,竟是所养的两头牛。从此变怪不再发作,家境也渐渐衰落。凭借他的牛来兴妖作怪,使他自己杀了它,可说是巧于拨弄了。总归也是利用了他的粗野强悍之气,所以能够假手于他自己进行报复。

疑 案

献县城东的双塔村,有两个老和尚共住一所庵堂。一天晚上,有两个老道士来叩门借宿。和尚起初不允许,道士说:"佛道虽然是两教,出家则是一样的,师父为什么见解这样狭隘呢?"和尚于是留下了他们。第二天一直到晚上,庵门不开,叫也不应。邻人跳墙进去观看,发现四个人都不见了;而僧房一件东西都没有丢失,道士旅行袋里数十两银子也都在。人们都大为吃惊,把这情况报告给了官府。

县令粟公千钟来验看,一个牧童说村子南面十多里外的枯井里,好像有死人。急忙前往察看,只见四具尸体重叠在那里,但都没有伤。粟公说:"一样东西没有丢失,就不是盗贼;年纪都已衰老,就不是奸情;偶尔相逢留宿,就不是仇敌;身上没有一点伤痕,就不是被杀。四个人为什么同死?四具尸体为什么一起搬移?门关锁着不开尸体为什么能够出来?距离很远尸体为什么能够搬到井里？这事情出于情理之外。我能够审讯人，不能够审讯鬼；人没有可以审讯的，只当以疑案审结罢了。"直接申报上级官府，上级官府也无可驳问，最后批准了他的报告。

应山明公晟，是一个精明强干的县令，曾经说："我到献县，就听说了这个案件，思考了几年，不能解答。碰到这类事情，应当以不解来解答它。一自作聪明，就破绽百出了。人们说粟公糊涂，我正佩服他的糊涂呵！"

吸 毒 石

《左传》上说："深山大泽，实生龙蛇。"小奴仆玉保，是被流放到乌鲁木齐的人的儿子。起初，隶属特纳格尔驻屯的军队。他曾经进入山谷追赶逃亡的羊，碰见到一条大蛇，粗大得像柱子，盘在高岗的顶上，向着太阳晒鳞片。全身五色斑斓，像用锦绣堆成。头顶上一只角，长有一尺光景。有一群雉鸡飞过，相距四五丈，被蛇张口一吸，都迅疾地跌落，像箭似的投入壶中。他心里知道羊被蛇吞了，趁蛇没有看见，沿着溪涧逃回，恐怖得几乎失去魂魄。军中佐吏邬图麟因而说起，这蛇极毒，而它的角能解毒，就是所谓的吸毒石。见到这蛇的，携带几斤雄黄，在上风头焚烧起来，蛇就疲困不能动了。取下它的角锯成块，毒疮刚起来时，用一块放在疮的顶部，就像磁的吸铁，相粘不能解脱。等到毒气吸出，才自动脱落。放在人奶中，浸出它的毒，仍旧可以再用。毒轻的奶变绿色，稍重的变暗青色，极重的变黑紫色。变黑紫色的，吸四五次，毒才可以尽，其余的一两次就痊愈了。我记得堂兄懋园家里有吸毒石，治毒疮颇为灵验。它的质地既不像木头又不像石头，至此才知道是蛇角了。

难产之鬼

正乙真人能够作催生符，人家中大多有这符。这不是求雨驱妖，同真人有什么关系？这事情实在不可理解。有的说："道书记载有两个鬼：一个叫语忘，一个叫敬遗，能够使人难产。知道它的名字而写在纸上，它就离去了。符或者是制服这两个鬼的吧？"

要知道在四海内外，登上临产的褥垫的，几乎像恒河里的沙，难以计算，那天下只有这语忘、敬遗两个鬼吗？或者是一处各有两个鬼，一家各有两个鬼，它的名字都叫语忘、敬遗呢？如果天下只有这两个鬼，它们将要到处游历奔走而兴灾祸,那是何等的劳苦? 如果一处各有两个鬼,一家各有两个鬼,那么生育的时候少,不生育的时候多,纷纷乱乱地千百亿万个鬼,无所事事,静静地等待人的生育而兴灾祸,鬼又何等的闲散无用呢?

有的说:"难产的原因是多方面的,语忘、敬遗是其中之一。不能肯定它是语忘、敬遗,也不能肯定它不是语忘、敬遗,所以要召唤神将试行勘查。"这也是一种解释了。只是以万一有可能的事情,而天天召唤神将试行勘查,神将来了而有鬼,神将就驱赶了它;神将来了而不是鬼,神将就要徒劳往返,不是亵渎神灵了吗? 即使神不嫌亵渎,而一道符箓一员神将,这是要炼出无数的神将,使之等待如周幽王不时发出报警的烽火似的召请;上帝将要因为真人的一道符箓,增设一员神将。如果诸多的符箓,共一员神将,那么这员神将即使有千手千眼,也疲于奔命;上帝将要因为真人诸多的符箓,特地设置无数化身的神,供捕风捉影的差事了,能还是不能? 但是赵鹿泉前辈有一道符箓,是从明代传下来的,说是品行高洁的真人精炼刚气所画,试了一下,它的灵验如同声音的有回响。鹿泉不是不负责任乱说的人,这道符何以灵验我就无从推测了。

雷　神

俗传张真人的奴仆都是鬼神。张曾经同客人对谈,管理茶水的,是雷神。客人无礼,归去时霹雳也就随之而来,差一点不能幸免。这是无稽之谈。记得有一天,张和我一起陪同祭祀,将要进去而遗忘了他的朝珠,向我借。我开玩笑说:"雷部的捷鬼律令跑得最快,为什么不派遣他去取呢?"真人为之鞭然而笑。我在福州学使任上时,老仆魏成夜夜被狐鬼作祟所困扰,有一夜乘着醉意愤怒地喝叱说:"我的主人向来同天师友好,明天寄一封信去,雷部立刻就到了。"随着话声,狐鬼就消失了。这样说起来,狐鬼也惯常地听到这话的了。

木工制木妖

奴仆王廷佐,夜里从沧州乘马归来。到了常家砖河,马忽然惊退。黑暗中见到大树阻住去路,这树是向来所没有的。王勒马从旁边经过,这树随着马向四面旋转阻挡在他的面前。盘旋回绕了几刻时间,马渐渐疲乏,人也渐渐迷乱。忽而他所认识的木工姓国的、姓韩的从东面来,看见廷佐痴痴地站立,感到奇怪。廷佐指点着那树相告,这时二人已经醉了,齐声叫道:"佛殿少一根栋梁,正在寻找大树。今天幸而得到它,不可失去机会。"各自拿了斧头、锯子奔跑过去,树突然化成旋风而去。《阴符经》说:"禽之制在气。"木妖怕匠人,正像狐精怕猎户。在积久的威势控制下,他的气焰足以压倒妖物,不一定要有超过妖物的力量。

正直聪明之神

宁津苏子庚说:丁卯年夏天,张氏婆媳一起割麦。刚收拾拢来,有大的旋风从西方来,把麦子吹得四处飘散。媳妇恼怒,把镰刀掷去,只见风过处洒了几滴血沾染在地上。两人正在一起寻找拾取所散失的麦子,媳妇忽然靠在树上昏昏地像酒醉一样,觉得自己的魂被人缚住到了一个神祠。那神愤怒地喝叱说:"泼妇!竟敢伤我的小吏,快来接受鞭打。"媳妇性格向来刚强,抗议说:"穷人家种几亩麦,赖以活命。烈日之中婆媳辛苦割麦,刚刚完毕,竟被怪风吹散。以为是作祟害人的鬼怪,所以用镰刀掷它,没有想到是伤了大王的使者。而且使者来往,自有官路可走,为什么横着经过民田,糟蹋人家的麦子?如果我为了这个受鞭打,实是心所不甘。"神低着头说:"她的言词正直,可以遣送回去。"媳妇苏醒,而旋风又吹过,仍旧把她们的麦子卷在一起。

说这件事时,吴桥王仁趾说:"这个不知道是什么神,不曲意庇护他的私人,可以说他是正直的了;先听浮泛不实的诉说,使媳妇差一点受刑,说他聪明就未必了。"景州戈荔田说:"媳妇诉说她的冤情,神就能够审察,这也算聪明了。倘使诉说的人一味哀求,听的人昏愦糊涂,您更说他是什么呢?"子庚说:"仁趾对人苛求没有个完,荔田的话是对的。"

鳖 宝

四川布政使张公宝南,是已故祖母的堂弟。他的母亲太夫人喜欢吃鳖羹。一天,厨子得到一只大鳖,刚刚砍断它的头,有小人长四五寸,从颈部跳出来,绕鳖而走。厨子大惊,跌倒在地,众人救他苏醒过来,小人已经不知道往哪里去了。等到剖开鳖腹,那小人仍然在里面,已经死了。已故祖母曾经拿来观看,已故母亲当时还幼小,也在旁亲眼看到。它的装扮服饰像《职贡图》中回族人的样子,帽子黄色,夹衣蓝色,带子红色,靴子黑色,都是纹路分明像画出来的;面目手足,也都像雕刻绘画。学馆老师岑生认识它,说:"这个名叫鳖宝,得到活的,割开手臂纳入肉中,就吃人的血以为生。人的手臂中有这一宝,那么地里的金银珠玉之类,隔着泥土都可以看见。人血被吸尽而死,子孙又割开手臂纳入,这样可以代代富有。"厨子听得这话,大为懊悔,每一想起,就打自己的耳光。外祖母曹太夫人说:"根据岑老师所说,这是用性命来换取财物了。肯用性命来换取财物,那样的计谋多得很,何必割手臂养鳖?"厨子到底还是想不开,竟然自己悔恨而死。

野狐听经

孤树上人,不知道是怎么样的人,也不知道他的名字。明朝崇祯末年,居住在景城的破寺里面。已故高祖厚斋公,曾经写诗赠给他。一天夜里他灯下念诵经书,窗外有窸窣的声音,好像是有人来往。他便责问是谁,只听见外面朗声回答说:"我是野狐,为了听经来到这里。"问:"某佛寺讲经说法的集会最为盛大,为什么不去听?"狐回答说:"他们是在有人处念经,师父是在无人处念经的呵。"孤树上人后来对厚斋公讲述这事,厚斋公说:"师父把这话告诉我,也是在有人处念经了。"孤树怅然失意地有好长时间。

巨笔吐焰

李太白梦见笔头上生花,只不过是睡梦当中的幻景罢了。福建陆路提督马公负书,生性酷爱文墨,稍有空闲就临砚挥毫。一天,所用的大笔悬挂在笔架上,忽然吐出火焰。光长有数尺,从笔端倒过来照射到地上,又反卷而上,蓬蓬勃勃地过了一刻时间才收敛。衙署里的武官和兵丁都看到了这个情景。马公以此为背景画成小照,我曾经为这张画题诗。但是马公竟然死于任所,那么也是妖异而不是祥瑞了。

暮年生子

兵部侍郎史抑堂,是相国文靖公的次子。在家里闲住时,忽然无缘无故头昏眼花,感觉魂灵出窍到了门外,有人扶着他登上轿子,行走几里路后,又有轿子从后面追来,大叫且住。停下一看,则是文靖公。抑堂下轿拜见,文靖公对他说道:"你还有子孙没有出世,这时候怎么可以前往?"挥手命抬轿的送他回来。抑堂霍然而醒,这一年他已七十四岁。第二年,生下一个儿子;过了两年,又生下一个儿子,果然如文靖公所说的那样。这是抑堂七十八岁时到京城,亲口对我说的。

卷　六

滦阳消夏录(六)

阔面巨人

乌什回族部落将要叛乱时,城西有高的土山,说是他们始祖的坟墓。每天将近傍晚,就看见巨人站立墓上,面阔超过一尺,抬头向东,好像在张望什么。叛党消灭以后,阔面巨人就不再出现。有人说:"这是他知道厄运将要来临,等待收他子孙的魂。"有人说:"向东张望,这是告诉他的子孙,有兵从东边来,要早作准备。"有人说:"回族部落属西域,向东方这是面向内,告戒他的子孙不可以叛乱。"这几说哪个正确,都不得而知。它是显示乌什将要消灭的妖孽之象,那是没有疑问的。

老僧人冥

宏恩寺的和尚明心说:上天竺有个老和尚,曾经进入阴间,见到面目狰狞的鬼卒驱赶着几千人,在一个大官署的外面,都剥去衣服反绑着。有个官员南面而坐,胥吏拿着簿册高声点名,一一选择精粗,估量肥瘦,就像屠宰市场上出卖羊猪。他心里大为奇怪,又看见一个胥吏离开官员稍远,是旧施主,于是合掌打个问讯:"这都是些什么人?"胥吏说:"天界众魔,都是拿人作为粮食。如来佛运用大神力,使魔王畏惧屈服,虔诚信奉了五种戒律,然而部族繁多,反叛、归顺没有定数,都说自从太古以来,众魔吃人,就像人吃谷物。佛能够禁断人吃谷物,我们就不吃人。像这样的吵吵闹闹,就是那魔王也不能控制。佛因为孽海中大浪洪波,沉沦其中的不得超生,阿鼻地狱已经不能容纳。于是发文给阎罗,要想移这狱中的囚犯,供它们食用;它们的肚子吃饱了,可以避免毒害生灵。十殿阎王共同商议,以为关系到百姓生命的,没有像太守、县令的了,造福最容易,造祸也深远。只是这种种冤情罪恶,大多不是自己所作。按阴司照摄众生善恶的业镜,罪有所归。那些最成为百姓祸害的,一是胥吏,二是差役,三是官的亲属,四是官的仆从。这四种人,没有官的责任,却有官的权力。官或者还考虑到自己政绩的考核,他们则只知道牟取私利,依草附木,仗着权势作威作福,足以使人敲骨髓、洒脂膏,忍气吞声,泪尽血出。四大洲之内,只有这四种人为恶作孽最多。所以清理我们的泥犁地狱,供它们的烹煮。把白净的、柔脆的、丰腴的,供给魔王吃,把粗材供给众魔吃。所以先分出等级,然后发送。这中间恶孽稍轻的,一经碎割烹炮,就化为乌有。恶孽重的,抛撒剩余的骨头,用孽风来吹,还他的本来形相,再供宰割,从二三次到千百次不等。恶孽最重的,以至于一天化形好几遍,屠杀剖解、烧烤烹煮没有个完了。"和尚以手加额说:"诚然不如削发脱离凡尘,可以没有这种忧虑。"胥吏说:"不是的,他的权可以害人,他的力就可以救济人。佛教圣地灵山会上,原就有官员;就是这四种人,也未尝没有逍遥于西方极乐的莲花世界的。"说完,和尚忽然觉醒。和尚有个侄儿在一个县令的衙署中,急忙发信敦促他归来,规劝让他改换职业。这事就是和尚告诉他的侄儿,而明心在寺院里得以听说的。虽然话说得颇为荒诞,似乎出于寓言;但是以神道设立教化,使人知道畏惧,也是一片警世的苦心,不可用佛门禁止谎言的戒律来约束的。

林鬼遇鬼

沧州瞎子刘君瑞,曾经以弹唱来往于我家。说他的同伴有一个姓林的,一天傍晚,有人上门来呼唤说:"某官的船停泊在河岸,听说你擅长弹词,邀请前去一试,当会有优厚的赏赐。"立即催促他抱上琵琶,牵着他的竹杖,引导他前往。大约走了四五里,到了船的旁边。问候完毕,听到主人指挥说:"船里面炎热,坐在岸上演奏技艺,我靠着船窗听好了。"林贪他的赏赐,竭力弹唱。约略接近三更天,手指痛喉咙干,求一滴水都不可得。侧着耳朵听去,四周男女杂坐,笑语喧哗,感觉不像是官宦之家,又觉得不像是在水边,就停止弹奏,要想起身。众人发怒说:"瞎贼,你是什么东西? 敢于不听使唤!"众人纷纷用手捶打他,他痛得不可忍受,于是哀声求饶,再次演奏。长久之后,听到人声渐渐散去,还不敢停息。忽然听到耳边呼叫道:"林先生为什么缘故太阳还没有出来,坐在乱坟间演奏,是贪图树下面早晨凉爽吗?"林听了,吃惊地询问,原来是他的邻人早起贩卖经过这里,才知道是被鬼所戏弄,狼狈而归。姓林的向来多心计,号称"林鬼"。听到这事的都笑起来说:"今天鬼碰到鬼了。"

白以忠役鬼

先父姚安公说:乡里有个叫白以忠的,偶尔买得役使鬼的符咒一册,希望凭借这个演习搬运法,或许可以谋生。于是按照书上所写的置办各种作法的器物,在月光明亮的夜晚,穿着道士的服装,到墓地里试验。他按着桌子对着书念诵咒语,果然听到四面啾啾的声音。一会儿暴风突然刮起,把他的书卷起落在草地里,被一个鬼跳出来抢去。众鬼吵嚷着一起出来说:"你仗着符咒拘禁差遣我们,现在符咒已经失去,我们不怕你了。"围聚拢来殴打他,以忠跌跌撞撞地奔逃,背后瓦片碎石就像急骤的雨点,只能勉强地逃回家中。这天夜里,疟疾大发,疲困地躺了一个多月,怀疑也是鬼在作祟。一天,诉说给姚安公听,既感羞惭,又感气愤。姚安公说:"幸运呵!你的法术不成功,不过成为一个笑柄罢了。倘使不幸而法术成功,哪里能知道不因为法术而招致祸患。这是你的福气,你又有什么好怨恨的呢!"

鬼求公论

堂侄虞惇所居的住宅,是本村南边的旧园地。未曾建造住宅时,四面没有居民。一天晚上,浇园地的田大睡在井旁的小屋里,听到墙外争骂的声音,怀疑是村里的人,隔墙问道:"你们是谁?夜深无缘无故地来打扰我。"其中一个叫道:"有一件事情求大哥的公论,不知道哪里来的外地鬼,强行进入我家,调戏我的妻子,天下有这种道理吗?"另一个叫道:"我本是自己带着钱到闻家庙去,这个女人看见我就嬉笑,邀请我进入房间;这人突然进来,抢夺我的钱,天下又有这种道理吗?"田知道是鬼,闭口不敢回答。二鬼一起说:"这里不能了却这件事,当告到土地那里去罢了。"吵吵闹闹地向东北方而去。田第二天到土地祠问管香火的庙祝,竟寂然没有听见什么,都疑心是田乱说。临清李名儒说:"这不足为怪,想来是这个女人使他们和解了。"众人都笑了起来。

鬼神有无之辩

乾隆四年,我和东光李云举、霍养仲一起在生云精舍里读书。一天晚上,偶尔谈论鬼神,云举认为有,养仲认为没有。正在辩驳诘问之间,云举的仆人突然说:"人世间原有奇事,倘若奴才不是亲身经历过,即便奴才我也是不相信有鬼的。我曾经经过城隍祠前面的乱坟之间,失足踏破一具棺材。夜里梦见被城隍拘了去,说是有人告我毁坏了他的房室。心里知道是踏破棺材的事,同他辩论说:'你的房室原不该当着路,不是我侵犯你。'鬼又争辩说:'路自己上了我的房屋,不是我的房屋故意当路。'城隍微笑着朝我说:'人人都走这条路,不能责怪你;人人踏了不破,为什么你踏破了?也不能就释放你,应当偿还他焚烧给亡人的纸钱。'过后又说:'鬼不能自己修葺棺材,你用一块板覆盖住,填实泥土在上面好了。'第二天,我照神所教导的做了,仍旧焚化纸钱,有旋风把它的灰卷去。一天夜里再经过那个地方,听到有人叫我坐。心里知道是过去的那个鬼,飞快地跑回。那鬼大笑,磔磔的声音像猫头鹰。到现在想起来,还毛发耸立哩。"

养仲对云举说:"你的仆人帮助你,我一张口胜不过两张口了。但是我终不能把别人的所见当作我的所见。"云举说:"让您审理案件,是要事事亲眼目睹而后相信呢,还是从众人口中取证呢?事事必须亲眼目睹,是没有这样的道理的;众人口中取证,不是把别人的所见当作我的所见吗?您怎么处理呢?"于是相互一笑而结束了争论。

粤东异僧

府学教授莆田林清标说,郑成功占据台湾时,粤东有个奇异的和尚航海而来,搏斗的武艺没有人能比得上,他祖露手臂端坐着,任你用刀砍去,就像砍在铁石之上。他又兼通六壬、遁甲、风角这些占卜吉凶的方术。同他谈论兵法,他也能娓娓说来,有条有理。成功正在招聘延请豪杰之士,很是敬重礼遇他。时间稍久,他渐渐傲慢无礼,成功不能忍受,而且怀疑他是间谍,要想杀了他,又害怕不能得手。成功的大将刘国轩说:"一定要除掉他,这事包在我身上。"于是到和尚那里去亲近,忽然请求说:"师父是佛一般地位的人,但不知道碰到摩登伽女还能被摄召去吗?"和尚说:"如同参寥和尚,长久以来心就像沾泥的柳絮,沉寂不再波动了。"刘因而开玩笑说:"要想用南汉刘王集体宣淫的'大体双'方式验证一下您的道行功力,更坚定众人的信仰之心,可以吗?"于是选择娈童妓女美丽善淫的,设置褥子枕头,在他的旁边恣意地淫亵狎玩,柔情腻态,极尽天下的妖冶媚惑。和尚说笑自如,好像没有看到听见的一般,过了好久,忽然闭上眼睛不看。国轩拔出剑来一挥,头已经忽然落了下来。国轩说:"这一技术不是有鬼神,只是炼气自己固守罢了。心定就气聚,心一动那么气就散了。这个和尚心开始不动,所以敢于纵目观看。等到闭住眼睛不看,知道他已经动心而勉强克制,所以刀一下就不能抵御了。"刘所议论的颇能深入精微之处。但不知他这种杀人抢掠、品行恶劣的年轻人,怎么能认识到这一点。他们肆意横行大海深处十多年,想来也不是偶然的了。

江南崔寅

牛公悔庵曾经同五公山人在城南散步,于是就坐在树下谈《易》。忽然听到背后有人说话道:"二位所论,乃是方术家的《易》,不是儒家的《易》。"二人奇怪他刚才从哪里来,回答说:"已经先坐在这里,二位没有看见罢了。"问他的姓名,答:"江南崔寅。今天住宿在城外的旅店里,天还没到晚,偶尔闲走,解解闷气。"山人爱他的文雅,于是就同他促膝而谈,推究方术家儒家的说法。崔说:"圣人作《易》,是说人事,不是说天道;是为众人而说,不是为圣人而说。圣人随心所欲而不超越法度,本来没有疑惑,何必要等待占卜来决定呢?众人不了解行事的时机,每每遇到矛盾分歧无法决断,所以圣人用阴阳的盛衰,显示人事的进退,使他们知道趋吉避凶罢了。这是儒家的根本意旨。反正万事万物,超不出阴阳两端,后来的人推而广之,各阐明一义。杨简、王宗传阐发心学,这是佛家的《易》,渊源出于王弼。陈抟、邵康节推论先天,这是道家的《易》,渊源出于魏伯阳。方术家的《易》,推演于管辂、郭璞,渊源于焦延寿、京房,就是二位所说的了。《易》之道广大,无所不包,见智见仁,各有各的见解,道理原是一贯的。后人忘记了它的根本原始,反而以旁生的歧义作为正宗。这就变成圣人作《易》,只是为一两个上等智慧的人而设,不是垂示教训于千万世的书,为千万人共同理解的道理了。经就是常,是说通常的道理;经就是径,是说人所共同遵循的道路。《易》,曾经是《六经》之首,难道可以把它说得神秘莫测,使人不可理解吗?"二人喜爱他言谈的意趣,谈论到月亮上来还没有完。询问他的行踪,多尘世之外的话。二人逊谢说:"先生是儒者而隐居的吗?"崔微笑说:"果真是隐者,那就连掩藏声名隐晦踪迹都来不及,哪里能够让你们知道我的名字?果真是儒者,连反过来要求自己、克制自己的私欲都来不及,哪里能够讲学?世上所称为儒者的隐者的,都是乱七八糟的角色。我正厌恶这些而逃避它,先生算了吧,不要污染我的耳朵!"刬的一阵悠长的叫声,树叶乱飞,他已经消失了。二人这才知道所见到的不是人。

南皮许南金

南皮的许南金先生,最有胆量。在佛寺里面读书,同一个友人共一张床榻。半夜里,看见北面墙壁上点燃了两支蜡烛。仔细一看,竟是一个人的面孔从墙壁里出来,大得像畚箕;两支蜡烛,原来是它的眼睛的光芒。友人大腿发抖,怕得要死。先生披上衣服慢慢地起来说:"正要想读书,苦于蜡烛点完了,您来得很好。"于是拿起一本书背着它坐,响起了琅琅的读书声。读了没有几页,目光渐渐隐去;拍着墙壁叫它,它也不出来了。又一天夜里上厕所,一个小童拿着蜡烛跟随着。这个面孔突然从地上涌出,对着来的人笑,小童丢掉蜡烛仆倒地上。先生就拾起来放在怪物的顶上说:"蜡烛正没有烛台,您来得又很好。"怪物仰面看着不动,先生说:"您哪里不可以去,竟在这里。海上有追逐臭味的人,您难道就是吗?不可辜负您的来意。"就用污秽的草纸擦拭它的嘴,怪物大口地呕吐,狂叫了几声,蜡烛熄灭,它也隐没了。从此以后不再见到。先生曾经说:"鬼怪精魅都是真有的,也有时候见到过。只是检点生平,没有不可以面对鬼怪精魅的,那么这颗心自然不被惊动了。"

鬼 隐

戴东原说:明末有一个宋某,选择埋葬的地方,到了歙县的深山里,日色已是傍晚,风雨将要来了。宋看见山岩下有洞,就奔过去暂避。听到洞内有人说话道:"这里面有鬼,您不要进去。"问:"那你为什么进去?"答:"自身就是鬼。"宋请求一见,答:"和您相见,那么阳气与阴气相斗,您一定要发寒热,小有不安,不如您点着火自卫,远远地隔着座位谈天。"宋问:"您必定有坟墓,为什么住在这里?"答:"我在神宗的时候做县令,厌恶做官的为了财物货利互相争夺,为了晋升官职互相倾轧,就弃职回家。死后向阎罗请求,不要轮回转生人世。于是用来世的禄位,改登记做阴司的官员。没有料到幽暗的冥府之中,相争夺、相倾轧,也仍然如人间一样。我又弃职回归坟墓。坟墓处于群鬼之间,往来嘈杂,不胜其烦,不得已避居在这里。虽然是凄风苦雨,萧条冷落,难以承受,但同宦海里的风波险恶、世途上的机关陷穽相比较,就如同生活在三十三天之中了。寂静清冷的空山,都已经忘记了岁月,同鬼相隔绝已不知道有多少年,同人相隔绝更不知道有多少年。自己欣喜解脱了万种尘缘,潜心于自然,不料又与人迹相通。明天当立即搬迁居处,武陵的渔人,不要再寻访桃花源了。"说完,不再答对;问他的姓名,也不答。宋携带有笔砚,于是蘸润墨汁大书"鬼隐"两个字在洞口而去。

巧 对

阳曲王近光说:冀宁道道员赵公孙英有两个师爷,一个姓乔,一个姓车,合雇了一乘骡轿回原籍。赵公开玩笑用他们的姓作对联道:"乔车二幕友,各乘半轿而行。"恰巧都是轿的半个字。当时衙署里扶乩召请仙人,就举这个请对下联。乩下判语道:"这是实人实事,不是可以强凑而成的。"过了半年,又召请仙人,乩忽然下判语道:"前次的对联我已经得到了:卢马两书生,共引一驴而走。"又判说:"四日后辰巳之间,往南门外候之。"到时候赵派遣差役侦察,果然有卢、马两个书生,用一匹驴子驮着刻印的新进士试卷,到省城里出售。赵公笑着说:"巧倒诚然是巧,然而两生受的侮辱够深了。"这就是所谓的箭在弦上,不得不发,虽然是仙人也忍不住要笑了。

狐精戏报

已故祖父有个庄子叫厂里,现今分派属于堂弟东白家。听说没有分家时,场院里一个柴垛有些年头了,说是狐精居住在其中,人不敢侵犯。偶然有个佃户某醉了,睡在它的旁边,其他佃户告戒不要触怒仙家,某不听,反而肆意地责骂。忽然听到有人说话道:"你醉了,我不计较,姑且回家去睡好了。"第二天,那佃户到园地里看守瓜田,他的妻子挑着饭来送,远远地望见圆形瓜棚中一个红衣衫的女子同丈夫坐在一起,见到妇人吃惊地起身,急忙跳过矮墙离去。妇人原本妒忌凶悍,以为丈夫有了外遇;气愤不可忍耐,立即用扁担痛打。那佃户有一百张嘴也不能为自己辩白,挨了一顿饱打。妇人手倦稍停,还喃喃地毒骂。忽然听到树梢头的大笑声,方才知道是狐精戏弄报复他。

凤世冤愆

吴惠叔说:他的家乡有户世家大族,只有一个儿子,遭受疾病折磨很厉害。叶天士给他诊断说:"脉象显现鬼的证候,不是药物所能够治疗的了。"于是请上方山道士建坛打醮。到了半夜里,阴风飒飒,坛上的烛光都暗淡发绿。道士横剑闭目,好像见到了什么,不久之后竟撩衣而出,说:"妖精作祟,我的法术能够除去,至于前世的冤仇罪过,虽然有解脱的办法,但肯不肯解脱,仍旧在于受冤者本人。如果关到人伦纲纪,事情干犯天条,即使拜本上奏,也不能到达于天廷。这个祸祟乃是你的父亲遗留下你一个幼年的弟弟,你的哥哥遗留下两个孤苦的侄儿,你像蚕食桑叶、鲸吞食物,几乎没剩下一点汁水;又把孤苦无依的孩童,看得像陌路人。以至于饥饱寒热,没有人可以告诉,疾病痛痒,听凭他呼叫。你的父亲含痛积恨于九泉之下,诉之于阴间官府。阴司的官员颁发公文,让拿你的儿子来偿还冤仇。我虽然有法术,只能够替人驱赶鬼物,不能够替儿子驱赶父亲。"果然他的儿子不久就死了。后来终于没有儿子,只好以他的侄儿作为后嗣。

二牛斗盗

护持寺在河间东面四十里,有个农夫于某,家境小康。一天夜里,于外出,几个强盗从屋檐跳下来,挥动大斧,砍破门扇,发出丁丁的声音。家里只有妇女弱小,伏在枕头上颤抖,听凭他们所为而已。忽然于家所养的两头牛,愤怒地吼叫着跳进来,奋力用角和强盗争斗。强盗举刀齐下,牛斗得愈是猛烈,最后强盗竟然受了伤,狼狈而逃。原来在乾隆八年,河间闹大饥荒,养牛的无力饲养,大多出卖到屠宰市场。这两头牛到了屠夫家的门前,哀叫着伏在地上,不肯向前。于见到了心里怜悯,脱去衣服当了钱把它们赎出来,受寒忍冻回家。牛的以死来报答果然是得当的了;只是强盗在里面的房间,牛在外面的棚里,牛怎么知道有警报? 而且牛不是矫健轻捷的动物,外面的门牢牢地关闭着,为什么能够一跳越过墙头? 这个必然有人使它这样做的了,不是鬼神的作为又能是谁的作为呢? 这是乙丑年冬天,我在河间岁考,刘东堂对我说的。东堂就是护持寺的人,说是亲见两头牛身上各有几处刀伤。

瑞草不瑞

芝草称为祥瑞之草,但也不一定就是祥瑞。静海元巡抚在甘肃时,衙署中生出九茎的芝草,于是用来作为自己的号。但是不久就罢了官。舅舅安公五占,棺材停在室内,忽然棺材上生出一茎芝草。从此以后子孙衰微,现今连一个孩童也没有了。

大概祸福将要萌生,自然的机能先行发动;不寻常的预兆,按理并不空来。

只不过是吉是凶,则不能预先猜测罢了。已故的兄长晴湖就说过:"人们知道预兆发端于鬼神,而人事应验它。不知道实际上是预兆发端于人事,而鬼神应验它,也不见得是不可以预先猜测到的。"

梵字大悲咒

大学士伍公弥泰说:过去在西藏,看见悬崖上没有路的地方,有天生的梵文大悲咒,字字分明,那不是人力所能办到的,那地方也不是人迹所能到达的。当时伍公曾经说出它的山名,梵文的音难记,我现在已忘记那山名了。伍公一生没有虚妄的话,知道确实不是虚构出来的。天地的广大,无所不有。宋代儒者每当理所没有的,就断定它必然没有。他们不知道,无所不有就是理呵。

黄教和红教

喇嘛教有两种,一叫黄教,一叫红教,各自以他们的衣服来区别。黄教讲究道德,阐明因果,和佛家派有别而源相同。红教就只擅长于幻术。理藩院尚书留公保住说:驻扎在西藏时,曾经触犯了一个红教喇嘛,有人就说登山时,他一定要来报复。留公让轿子喝道前行,而暗地里乘马跟随在它的后面。到了半山,果然一匹马跳出来压在轿子上,轿碎成了粉末。这是留公自己说的。

过去在乌鲁木齐参与军事时,有人走失了马,一个红教喇嘛拿张小木凳,念咒念了很久,凳子忽然反复折转,就好像打水的桔槔。让失马的人跟着走,到了一个山谷,他的马就在那里。这是我亲眼目睹的。考证西域吞刀吞火变幻术的人,从西汉时已经有了。这个大概是他们相传遗留下来的法术,不是佛家的根本之法。所以黄教说红教是魔。有的说:"这就是波罗门,佛经所谓的邪师外道。"这一说法大概是接近事实的。

狐不为祟

巴里坤、辟展、乌鲁木齐各处山里都多狐,但是没听说有祸祟于人的。只有根克忒有个小儿夜里捕狐,被一个黑影所扑倒,坠落山崖伤了脚,人们都说是狐兴的妖。其实,这也许是胆怯眼花而坠下,并不是狐在兴妖。大概自从突厥、回鹘以来，就以射猎为业。今天则有逃荒的、屯兵驻防的、开垦的、出塞寻食的，搜山岩挖窟穴，捕捉得更多。狐是因为经常受到打击，不能活得很长，所以不能够长久修炼而成为精魅吧？或者是僻处在荒凉的边境，人们已经不知道导气引体的炼形之术，所以狐也不知道吧？由此可见风俗必有所开化，不开化就不能通晓；人情遵循所学习的，不学习则不能。道家化性起伪的说法，大要不能说没有见地。姚安公说云南南部偏僻的州郡，鬼也淳朴善良，就是这个道理了。

托名求食

副都统刘公鉴说：过去在伊犁，有个善于扶乩的，他所请的神自称是唐燕国公张说。同人唱和的诗文，记录下来成册。生性嗜好饮酒，每次降临乩坛，必定焚烧纸钱，而用大酒杯来祭奉。岂不知白龙堆、葱岭、雪山的沙漠荒僻之地，燕国公怎么会来？刘公诵读了神的几篇诗文，词意都浅近鄙陋，恐怕是张打油、胡钉铰一类，死于冰天雪地的异乡，游魂不能归去，托名张说来骗取祭奉酒食的吧！

鬼欺秃项马

同里人张某深刻阴险而诡诈，即使是至亲的骨肉，也不能得到他一句真实的话。他口舌灵巧便捷，人们多被他所欺骗，给他起个外号叫"秃项马"。马秃了颈项就是没有鬃毛，鬃和踪同音，是说他恍恍惚惚、闪烁不定，没有踪迹可以寻觅。一天，他和父亲夜里行走迷了路，隔着田陇看到几个人团团围坐，就大声询问应当朝哪个方向走，几个人都回答说："向北。"因而陷在深的泥沼里；张又远远地大声问那几个人，都回答说："转向东面。"竟然几乎淹死。父子二人在污泥里脚步歪斜、跌跌撞撞，被困住不能出来。这时，听到那几个人拍掌笑道："秃项马，你今天知道虚妄的话误人了吗？"话声仿佛近在耳边，而看不见说话人的身形，张才知道被鬼所欺骗了。

妖由人兴

妖由人所兴起,往往是有的。李云举说:某甲胆子极小,另某乙要想同他开开玩笑。乙的奴仆手黑得像墨,乙让他藏在房间里,秘密约好说:"我同某甲坐在月下,我惊叫有鬼,你就从窗缝里伸出一只手。"到约定的时候,乙呼叫起来,突然一只手伸了出来,它的大小像畚箕,五个手指直挺着像舂米的棒槌。客人和主人一齐感到吃惊,仆人们都吵嚷起来说:"他难道是真鬼吗?"拿着火把手持棍棒进去,只见乙仆昏睡在墙壁角落里。众人救他醒来,他说是黑暗中好像有东西用气吹我,我就昏迷神志不清了。

同族的叔叔槃庵说,有两个人一起在佛寺里读书。一个人灯下装作吊死鬼的样子,站立在面前,看到另一个人惊吓得要死。急忙呼叫:"是我,你不要怕。"另一人说:"我知道是你,但你背后是什么东西?"装鬼的人回头一看,竟是一个真的吊死鬼。大概机诈之心一旦萌生,鬼就用机诈之心跟着回应。这也可以比喻为螳螂捕蝉、黄雀在后的故事了。

环环相报

我八九岁时,在堂舅安公实斋的家里,听得苏老丈东皋说:交河县令某人,侵蚀国库里的钱财数千两,命他的奴仆送回家。奴仆半路上谎报在黄河上翻了船,而偷偷地派自己的奴仆送回自己家。奴仆的奴仆又窃取了北上,走到兖州,被强盗所劫夺,人也被杀害了。堂舅惊异地说:"可怕啊!这不是人所做而是鬼所做的了。鬼神难道一定要在白天现形,左边悬挂着照摄众生善恶的业镜,右边执持着阴间的簿册,指挥众生,在六道中轮回,而后见出善恶的报应吗?这个足以当得森罗殿上铁制的榜牌了。"

苏老丈说:"县令不窃取钱财,何至于被奴仆侵吞?奴仆不侵吞,何至于被奴仆的奴仆学样?奴仆的奴仆不学样,何至于被强盗屠杀劫掠?这仍是人所做的而不是鬼神所做的了。如您所说,那么是县令应当受到报应,所以使奴仆窃取钱财;奴仆应当受到报应,所以使奴仆的奴仆学样;奴仆的奴仆应当受到报应,所以使强盗屠杀劫掠。鬼神既然派遣他去报复,人又从而去报复他,不也颠倒错乱了吗?"堂舅说:"这是苏公的通达雄辩之才,却不是正理。但是保留苏公的说法,也足以在随波起伏、顺风而倒的风气之中,用来劝人自立。"

鬼畏倔强

大理寺卿刘乙斋做御史时,曾经租赁西河沿的一所住宅。宅里每夜有几个人敲击木梆,琅琅的声音一直响到天亮;它的转更发擂——同谯楼上的鼓声相应。看去则没有人的形影,刺耳的声音到了使人不得片刻安睡的地步。乙斋本来就很倔强,于是自己撰写一文,指明陈述它的罪状,抄成大字贴在墙壁上来驱赶它。这天晚上宅里就沉寂了。乙斋自负这一举动不亚于韩昌黎的作文驱除鳄鱼。我说:"您的文章道德似乎还比不上昌黎,但是性刚气盛,平生还没有作暧昧的事情,所以敢于强悍地不怕鬼。又因经济窘迫迁居这所住宅,力尽不能再搬,也没有别的办法可想,只有同鬼拼死斗争。这在您是困兽犹斗,在鬼是穷寇勿追罢了。您不记得《太平广记》载有周书记同鬼争住宅,鬼畏惧他的质直刚强而逃去吗?"乙斋笑着拍打我的背脊说:"真像魏收一样的轻薄呵!然而您是了解我的。"

笔捧楼山魈

我提督福建学政时,衙署中有栋"笔捧楼",因为它左右夹着两座佛塔而得名。学使住在下层,它的上层则是夹墙曲折,不是正午的时候不很看得清东西。旧时被山魈所占据,虽然不见独脚和脚跟反向前的形状,而夜里往往听到声音。偶尔回忆起杜工部"山精白日藏"的诗句,悟出鬼怪精魅都是避光明而就黑暗,当是由于密室幽暗,所以此辈在这里潜藏。于是我下令把墙壁全部拆除,使得四面明窗洞开,福州三山青色的烟云,就像在眼前。题写匾额叫"浮青阁",题写对联道:"地迥不遮双眼阔,窗虚只许万峰窥。"从此山魈搬迁到了衙署东南角的会经堂。堂原本荒废很久了,既对于人没有害处,也就听凭它藏匿踪迹,不做得太过分了。

山鬼为祟

徐公景熹官居福建盐道时,衙署中的箱笼往往有火从里面发出,而关锁如同原样。又一天夜里,有东西偷偷剪去他侍妾的头发,为祸作祟得很厉害。不久之后，徐公罢官放归，没有来得及动身就死了。山鬼能够知道一年中的事情，所以趁他将要离去的时候肆意地侮弄。徐公兴盛时，山鬼隐声藏迹；衰气一到，就无缘无故地侵害凌辱。这就是妖邪鬼魅之所以为妖邪鬼魅吧！

青 苗 神

我的家乡当青苗覆盖田野时，每天夜里田陇之间就有一种东西，分不清它的头和脚，只见它倒过来腾跃而行，捣着地发出登登的如同棒槌的声音。农家见惯了不奇怪，把它叫做"青苗神"，说它常常替庄户人家赶鬼。这个神一出来，那么各种各样的鬼都各自回到它们的住处，不敢在田野里到处游走了。这个神在古书上没有记载，但确实不是妖邪精魅。堂兄懋园曾经在李家洼见到过它，在月光下仔细看去，形状像一只布袋，每一次翻折，就一头着地，行走颇为沉重迟缓。

陈太夫人

已故祖父宠予公，原配陈太夫人早死，续娶的张太夫人出嫁的那天，独自坐在房间里，看见一个少妇揭起门帘进来，径自坐到床边，穿黑色的披肩，黄色的衣衫，淡绿的裙子，举止有大家的风度。新娘不便表达问候的意思，心想是堂姒娌、姑表姊妹罢了。那人不断地细说家务事的得失，婢女仆妇的善恶，细致而又详尽。好久之后，仆妇捧茶进来，那人就直接出去了。后来经过了几天，张奇怪家里没有这个人；仔细地向家里人描述她的衣服装饰，原来就是陈太夫人入殓时穿的衣服。死者和生者互相妒忌，见于书上记载的多了。陈太夫人已经掩埋于黄泉，还担心新人不熟悉照管家务，现身指点示明，不因阴阳而阻隔，这是何等样的居心呵！现今子孙得登科第、历任官职的，都是陈太夫人所生的这一脉。

文仪班中人

高伯祖爱堂公，明末在学校间享有声誉。他专心于郑玄、孔安国之学，不管冬夏，读书经常到半夜。一天晚上，做梦到了一个官署，匾额题着"文仪"；

班内十来个人在处理案卷，一个个恍惚像是旧相识。看见爱堂公都惊讶地说："您还要再迟七年，才应当归来，现在还早哩。"忽然惊醒过来，自己知道活不长了，于是天天同僧道游历。偶然遇到一个道士，谈论颇为融洽，挽留同他一起饮酒。道士别去以后，路上碰到奴仆胡门德，说："刚才一本书忘记给你的主人，你可以带回去。"爱堂公看了一下，都是驱神役鬼的符咒。关门练习，全部通晓它的法术，常常用作戏耍，以消磨岁月。过了七年，到崇祯十年，果然病死。死去半天，又苏醒过来说："我因为亵渎使用了五雷法，受到阴间的惩罚，阴司追还这本书，可赶紧焚烧它。"烧完，又死过去。半天又苏醒过来说："阴司检查，缺了三页，命令回来索取。"看那灰里，果然有三页没有烧尽。重新焚烧掉它，才终于死了。

这件事姚安公附载在家谱里。姚安公从已故曾祖父那里听来，曾祖父从高祖父那里听来，高祖父就是亲手焚烧这本书的。谁说竟然没有鬼神呢？

故城现影

我本族的人所居住的地方叫景城，是宋朝的旧县城，城址还仿佛可以辨识。有时偶然在天刚亮时，远远望见烟雾当中现出一个城的影子，城楼女墙看上去很真切，类似于海市蜃楼。这事情别的书上多有记载，但是不明白它的道理。我说凡是有形的东西，必然有精气。土地的厚实之处，就是地的精气所聚集的地方，就像是人有魂魄一样。这城四周回绕数里，它的形可算是巨大了。从汉代到宋代一千多年，成为精气所聚集地已经很久，就像人的获取多、用途广，他的魂魄就特别强大了。所以它的形虽然化去，而精气所盘旋集结的，不是一天的积蓄，就不是一天所能散尽。偶然现出形相，仍旧作城的形状，正像人死后鬼留存，鬼仍旧作人的形状一样。但是古代的城郭不都现形，现形的又不常见，那是什么缘故呢？人的死，或者有鬼，或者没有鬼；鬼的存在，或者看见，或者看不见：也是像这样罢了。

读书应知礼

南宫鲍敬之先生说：他的家乡有个陈生，在神祠里读书。夏天的夜里，陈脱衣露体睡在廊屋下，梦见神把他召到了神座前，喝叱责备得很严厉。陈辩白说："殿上先有贩货的几个人睡着，我回避在廊屋下，为什么反而获罪？"神说：

"贩子就可以,你就不可以。他们蠢笨得像山林间的野兽,有什么值得同他们计较的? 你读书而不知道礼吗?《春秋》对贤能的人求全责备,道理就在于此。所以君子的对于世道,可以随俗的就顺随,不必苟且求异;不可以随俗的就不顺随,也不必苟且求同。世上对于违礼的事情,动不动说某某曾经做过。不论事情的是非,只论事情的有无,自古以来,什么事情不曾有人做过? 难道可以一一拿来作为借口吗?"

著书当存风化

渔洋山人记载张巡的妾转世索命的事情,我不以为然。他说的是:"君为忠臣,我则何罪,而杀以飨士?"要知道孤城将破,巡已经决意捐献生命。巡应当殉国,妾不应当殉主吗? 从古以来忠臣坚守节操,倾覆宗族、毁灭妻儿的不知道有多少。假使人人索命,天地之间没有三纲五常了;假使容许他索命,天地之间也没有神理了。王经的母亲,含笑受刀,她是什么样的人呢! 这个妾索命或许是妖怪鬼魅作祟,依托一件古事来求祭飨,也未可知。或许是明末的那些臣子,顾惜自己的身家,要偷生苟全性命,编造出这样的话,用来为自己解脱,也未可知。儒家学者著书,应当保存风俗教化,即使是齐谐志怪,也不应该收录违背正理的话。

冯道墓妖

同族的叔叔桀庵说:景城的南边,经常在太阳将要出来时,看见一个东西驾着旋风向东飞驰。人们看不见它的身子,只见有昂起的头,高一丈多,长长的鬣毛下垂着,不知道是什么怪物。有的说:"冯道坟墓前的石马,年岁久了成为妖怪。"考证冯道住宅所在地,现在叫相国庄。他妻子的家,现在叫夫人庄。都同景城相近。所以已故高祖父有诗道:"青史空留字数行,书生终是让侯王。刘光伯墓无寻处,相国夫人各有庄。"他的坟墓所在县志已经不能明确指出。北村的南面,有个地方叫石人洼,残缺的石像,还有存留的。本地人指说是冯道的坟墓,想来或者有所传承吧。

董空如曾经乘着醉意夜里行走,走到冯道墓前,在它的旁边小便。忽然阴风横卷过来,黄沙碎石乱飞,好像隐隐地有愤怒的声音。空如喝叱说:"长乐老失节无耻,七八百年之后,难道还有神灵? 这个肯定是妖邪鬼魅依托罢了。胆敢再猖狂,将天天用小便来浇你!"话刚说完,风就停止了。

董 天 士

南村董天士,不知道他的名字,明末秀才,是已故高祖父的老友。《花王阁剩稿》中,有哭天士的诗四首道:"事事知心自古难,平生二老对相看。飞来遗札惊投箸,哭到荒村欲盖棺。残稿未收新画册(原注:天士以画自给。),余资惟卖破儒冠。布衾两幅无妨敛,在日黔娄不畏寒。""五岳填胸气不平,谈锋一触便纵横。不逢黄祖真天幸,曾怪嵇康太世情。开牖有时邀月入,杖藜到处避人行。料应尘海无堪语,且试骖鸾向紫清。""百结悬鹑两鬓霜,自餐冰雪润空肠。一生惟得秋冬气,到死不知罗绮香。(原注:天士不娶。)寒赍村醪才破戒,老栖僧舍是还乡。只今一瞑无余事,未要青蝇作吊忙。""廿年相约谢风尘,天地无情殒此人。乱世逃禅聊解脱,衰年哭友倍酸辛。关河泱泱连兵气,齿发沧浪寄病身。泉下有灵应念我,白杨孤冢亦伤神。"天士的生平,可以想见。县志不替他立传,是因为没有见到已故高祖父的诗。相传天士死后,有人看见他骑驴上泰山,叫他不答应;一会儿被老树所遮蔽,就不见了。想来或许是遗弃形骸登仙了吧?还是相貌偶尔相像呢?推究他孤僻的性格,似乎以成仙较为接近真情。

身后示罚

已故高祖父集子里有《快哉行》一篇道:"一笑天地惊,此乐古未有。平生不解饮,满引亦一斗。老革昔媚珰,正士皆碎首。宁知时势移,人事反复手。当年金谷花,今日章台柳。巧哉造物心,此罚胜枷杻。酒酣谈旧事,因果信非偶。淋漓挥醉墨,神鬼运吾肘。姓名讳不书,聊以存忠厚。时皇帝十载,太岁在丁丑。恢台仲夏月,其日二十九。同观者六人,题者河间叟。"原是为许显纯的诸多姬妾流落妓院而作的。起初,那些姬妾隶属妓女的名册时,有发誓宁死不从的。夜里梦见显纯满身是血而来说:"我死了也不能掩盖罪恶,所以拿你们来显示身后的惩罚。你如果不依从,我的罪更加重。"那些姬妾往往举出这事告诉客人,所以有"因果信非偶"的句子。

果报之速

　　已故四叔父栗甫公,一天去河城探访友人。路上看见一个人骑着马向东北方飞跑,突然被柳树枝叉挂住而跌落下来,众人跑去观看,已经断气了。过了一顿饭的工夫,一个女人号叫哭泣着来到说:"婆婆病了,没有药物,步行了一昼夜,向娘家借得几件衣服首饰,不料被骑马贼所抢夺。"众人引导她去看落马的人,这时已经重新苏醒过来。女人叫起来说:"正是这个人。"他的包袱抛掷在路旁,问到包袱当中衣服首饰的数目,落马的人不能回答;女人所说的,打开一看,却一一符合。落马的人于是认罪。众人因白昼抢夺,其罪应当处以绞刑,就要抓起那人解送官府。落马的人叩头乞求饶命,愿意把怀中的几十两银子给女人为自己赎罪。女人因为婆婆的病危急,也不愿牵扯到公堂上,于是拿了他的银两而放他走了。叔父说:"因果报应之快,没有快于这件事的了。每一想到,觉得到处有鬼神。"

齐舜庭就擒

　　齐舜庭,是前面所记大盗齐大的同族。最为凶狠蛮横,能够用绳系着刀柄,在两三丈以外抛掷伤人,他的党羽称之为"飞刀"。他的邻居叫张七,舜庭原本把张看成是奴仆,强买张的住屋以扩充马舍,并且让他的党羽恐吓张说:"不赶快搬迁,灾祸立刻到了。"张不得已,携带妻女仓促惊惶地出走,不知道该往哪里去,于是到神祠里祷告说:"小人不幸被大盗逼迫,困窘无路,恭敬地把棍棒立在神前,我将顺它所倒的方向逃难。"棍棒倒向东北方,于是慢慢地一路行乞到了天津,把女儿嫁给了煮盐工,自己帮助他晒盐,勉强能够维持生活。

　　三四年后,舜庭打劫粮饷的事情暴露,官兵包围捕捉,他黑夜里趁着风雨得以脱身免祸。他的党羽有在商船上的,齐想要投奔他们航海出逃,就白昼潜伏,夜里行走,偷窃瓜果作为食物,幸而没有被人发觉。一天晚上,又饥饿,又口渴,他远远地望见一盏灯发出微弱的亮光。试着敲敲门,一个少妇开门凝视他好久,忽然叫道:"齐舜庭在这里。"原来追捕的文书,已经急速递送到了天津,立出赏格招募人捕捉他了。众兵丁听到声音全部聚集,舜庭一件武器也没有,于是低头就擒。少妇就是张七的女儿。假使不逼迫驱逐张七到这里,那么齐舜庭已经改变服色,人们没有认识他的,这地方距离出海口只有几里路,齐就已经扬帆逃出海外了。

王兰洲忏悔

王兰洲曾经在乘船途中买了一个童子,年十三四岁,很是俊秀文雅,也略知字义。童子说父亲死了,家境败落;同母亲、兄长投奔亲戚不遇,想搭船回到南边去。因行李当光卖完,所以卖身作路费。同他谈话,羞涩得像新媳妇,本来已经感到奇怪了。等到就寝,竟然脱光衣服躺着。王本意买来供使唤,没有别的念头;但是如今他温顺地主动亲近,自己也就控制不住了。事后,童子伏在枕头上暗暗哭泣,王就问:"你不愿意吗?"答:"不愿意。"问:"不愿意为什么先来亲近我?"答:"我的父亲在世时,所养的几个小奴仆,没有不在枕席上侍候的。有刚来羞愧拒绝的,就加以鞭打,说:'想想买你做什么?糊涂到这样!'知道奴仆服侍主人,本分应当这样,不这样就应当受鞭打,所以不敢不自己献身。"王急忙起身推开枕头说:"可怕啊!"连忙叫船夫鼓动船桨,一夜追上他的母亲兄长,把童子还给他们,并且赠送了五十两银子。王心里还不能安宁,又在悯忠寺礼拜佛像忏悔。梦见伽蓝神对他说:"你犯了过错在顷刻之间就改正了,阴司还没有登记上簿册,可以不必亵渎佛祖了。"

魂附亡人衣

戈东长前辈在翰林院任职时,他的祖父傅斋先生在市上买了一件浅绿色的袍子。一天,傅斋先生锁了门出去,回来时丢失了钥匙。他恐怕不小心遗落在床上了,隔窗看去,竟然见到这件袍子直挺挺地像人一样站立着,听到惊叫的声音才仆倒。众人建议烧掉它,刘啸谷前辈当时在同一个寓所,说:"这必定是死人的衣服,魂灵附着它罢了。鬼是阴气,见到阳光就散去。"放在烈日中反复晒了几天,再放回房间里,秘密地观察它,它不再作祟了。

又,东长头早秃,经常用假发接续辫子。将要罢官时,假发忽然舒展开来,曲折宛转就像蛇摆动尾巴。东长不久就罢官回乡了。这也是死人的头发感染了衰败之气而产生的变幻。

应举之狐

德清翰林院编修徐开厚,也是壬戌科的前辈。刚刚进入词馆供职时,每天夜里读书,住宅后面的空屋中就有读书声,同他的琅琅声互相应和。细听所诵读的,也是馆阁中应用的律赋。打开门则没有看到什么。一天晚上,他放轻脚步、屏住呼吸偷偷看去,只见一个少年,穿青色的短袖上衣,蓝绫的长衫,拿着一卷书背向着月亮而坐,摇头吟诵,好像有不尽的趣味,不像是作祟的。此后,也没有什么吉凶的迹象。唐代的小说记载天狐在超异科目中策问二道,都是四个字的韵语,文章颇为古雅深奥,或者这个狐精也是应科举考试的吧? 这是戈东长前辈说的,戈和徐是同年取中的进士。

七 千 钱

乌鲁木齐八蜡祠有个道士,年纪八十多岁。一天夜里,他把七千铜钱分布在褥子下,睡在它的上面而死了。众人议论用这个钱来为他办理丧事。夜里道士托梦给州县工房官吏邬玉麟说:“我看守官庙,棺材应该官府供给,钱是我辛苦所积蓄的,恳求纳入棺材里,等到来世我自己取用。”玉麟怜悯而依从了他。葬毕,叹息着说:“把钱贮藏在棺材中,埋在空旷的野地里,这是等于用美玉入棺,一定要暴露尸骨。”我说:“用钱来买棺材,还能够托梦;打开棺材抢夺,他为祸作祟是必然的了。谁肯为了七千钱用性命和鬼争夺? 肯定是没有事的。”众人都笑了起来。但是玉麟说的是正理。

埋骨得路

辛卯年春天,我从乌鲁木齐回来,到了巴里坤,老仆咸宁靠着马鞍睡着了,大雾当中同众人失去联络,错误地顺着野马马蹄的印迹进入乱山之中,迷失不得出来,自己料想必死。偶尔见到山边下面俯伏着的尸体,大概是流放的人逃窜冻死的,背上缚着布袋,装有干粮。咸宁借以充饥,因而跪拜祝告说:“我埋葬您的尸骨,您有灵就引导我的马行走。”于是搬移尸体到岩洞里,运来乱石牢牢地堵塞。然后他迷迷糊糊地由着马行走。过了十多天,忽然寻到了路,出山就是哈密的境内了。哈密游击徐君,是在乌鲁木齐时的老相识,于是他投奔徐的衙署等待我。我迟了两天才到,相见如同隔世。这不知道是鬼果然有灵,引导他出来;或者神因为一个行善的念头,保佑使他出来;或者是偶然侥幸而得以出来。徐君说:"我宁可归功于鬼神,以作为对那些掩埋遗骨的人的鼓励。"

鬼尚好名

董曲江前辈说:顾侠君刻印《元诗选》刚刚完工,家里有个五六岁的儿童忽然举手向外指着说:"有穿戴士绅衣冠的数百人,朝着门跪拜。"唉,鬼尚且好名呵!我认为搜索沉埋的,搜集散失的,用表彰的力量,使死者的作品发出光辉,他们在九泉之下感念不尽,固然是情理上所应有的。至于互通声气,号召门徒,胡刻滥印,互相吹捧为神圣,不但明代末期,所标榜的多半名不符实,就是月泉吟社那些人,也摆脱不了虚夸浮泛的毛病。大概结党的多有私心,争名的互相倾轧,就是盖棺以后,论定还难,何况是文酒盘桓,我唱你和的日子呢!《昭明文选》因为何逊还在世,就不登他一个字,古人的见地可谓深远了。

黑驴啖人

我的第二个女儿嫁给长山袁家,所住的地方叫焦家桥。今年女儿回娘家,说离开所住处二三里光景,有个农家女回娘家过了一阵,父亲送她回婆家去。半路上她进入坟地的树丛里小便,过了很久才出来。她的父亲奇怪她的模样神色有些不对,听她的语言也和以前不同,心里暗暗地有疑惑,但是无从说起。到了家里以后,她的丈夫私下告诉他的父母说:"我和新娘子平安地相处已经很久了,今天见了她心里惊跳,这是什么缘故?"父母斥责他瞎说,硬叫他回去睡觉。儿子所住的房间同父母隔一道墙,夜里忽然听到翻跌仆倒和发出膈膈的声音。父母惊起偷听,就听到他们的儿子大声地号叫,家里众人破门而入,只见有个东西像匹黑驴冲开人群出来,火光迸射,一跳就消失了。再看他们的儿子,只留下一点残余的血迹。天明前往寻找他的妻子,竟然找不到,疑心也被它吃掉了。这同《太平广记》所记载的罗刹鬼的事全然相似,恐怕也是鬼吧?从这件事看,知道佛家经典不全是欺诳,小说稗官也不全出自虚构。

丑妇失节

河间有个女人,性格放荡,但是相貌最丑陋。天天浓妆艳抹地靠在门前,人们没有看她一眼的。后来高叶飞到天长做官,她的丈夫随从而去,很被信任委用。丈夫巧取豪夺,每年寄很多银两回家。女人凭借她的钱财,用来招引诱惑少年,门庭就像市场一样热闹。等到叶飞获罪,她的丈夫逃归,则家中箱笼、袋子全空,器物也变卖将尽,只留下一个丑妇,身上生满杨梅疮毒罢了。人们说,他如果不拥有丰厚的资产,这个女人万万没有失节的道理,这岂不是天意吗?

魇 术

伯祖父湛元公、堂伯君章公、堂兄旭升,三代都因为心里惊跳不能入睡而死。旭升的儿子汝允,也患上这个疾病。一天修缮住宅,工匠斜视着楼角而笑说:"这里面有东西。"拆了开来,则砖砌得像小佛龛,一个旧的灯架在里面。听人说这个东西能使人不能入睡,是当时泥瓦匠的魇魔术。汝允从此以后病就好了。丁未年春天,堂侄汝伦给我说这件事。这是什么道理呢?但是,看到这一件东西藏在墙壁中,就能够掌握主人的生死,那么住宅的有吉有凶,这种说法应当是确实的了。

户部郎中

户部司员戴临,因工于书法侍奉于内廷。他曾经做梦到了阴司,遇到一个吏员,是旧时的朋友,挽留他一起谈天。偶尔揭开他的簿册,正好见到自己的名字,名字下面用朱笔草书,像一个犀字。吏员夺了过去把它掩上,意思好像有些恼怒,问他,也不回答。戴在惊惧惶恐中忽然醒了过来。猜不出它的缘故。戴偶然把这事告诉了裘文达公,文达沉思着说:"这恐怕是阴司简便的簿籍,如同六部和都察院摘要的文件;户中两个字,连写颇像是犀字,您大概将以户部郎中的官职结局吧?"后来竟然如同文达所说。

祈梦得诗

东光的霍易书先生，雍正二年乡试中了举人。他滞留在京城里，没有找到就职的地方，于是到吕仙祠中求梦，梦见神以诗相示道："六瓣梅花插满头，谁人肯向死前休。君看矫矫云中鹤，飞上三台阅九秋。"到了雍正五年，开始定帽顶的制度，他的是铜质盘出六瓣像梅花，才悟出首句的意思。私下以为仙鹤是一品服饰，三台是宰相的位子，这一句既然应验，末了两句也必然应验的了。后来由中书舍人官做到奉天知府，犯有过错贬降军臺，这地方叫葵苏图，其实是第三臺，官府公文省笔都写臺为台，恰巧符合诗中所说。果然过了九年才回来。在塞外的日子里，自己署别号叫云中鹤，用的是诗中的话。

后来霍对姚安公说起这件事，姚安公说："霍字的上面是雲字头，下面是鹤字的一半，正好隐含着您的姓，也不是泛泛的话。"先生叹息着说："岂但是这点呢！早年时气盛，决意努力上进，自己以为卿相可以立刻到手，结果导致颠仆挫折，就是由此而来。第二句神告戒我了，可惜当时没有想到呵！"

签示试题

古代用龟来占卜，孔子为《易经》作系辞，竭力谈蓍草的功用，而龟渐渐废弃。《火珠林》才用铜钱代替蓍草，但还需要掷六次。《灵棋经》才定为掷一次成卦，但还需要排列铜钱。到了神祠里的签，就一掣而得，更加简便了。神祠大都有签，而没有比关帝的签更灵验的了；关帝的签，没有比正阳门旁边神祠里的更灵验的了。大概一年中从元旦到除夕，一天中从天明到黄昏，摇签筒一直发出琅琅的响声。一只筒不够，就放置几只筒。杂乱纷纭，顷刻之间，万种情状，不但没有时间去检查核对，而且也容不得去思索议论。即使有千手千目，也不能一一应付。但是所得到的签，都灵验得像当面说的话，这是什么缘故呢？其中最奇怪的，乾隆十七年乡试，一个南方的士子在三月初一日斋戒沐浴前来祷告，恳求示知试题，得一签道："阴里相看怪尔曹，舟中敌国笑中刀。藩篱剖破浑无事，一种天生惜羽毛。"这一科《孟子》题目为"曹交问曰：'人皆可以为尧舜'"至"汤九尺"，应的是首句。《论语》的题目为"夫子莞尔而笑曰：'割鸡焉用牛刀'"，应的是第二句。《中庸》的题目为"故天之生物，必因其材而笃焉"，应的是第四句，这真是不可思议了。

某　公

孙虚船先生说：他的朋友曾经患寒邪之症，昏沉迷糊中觉得魂灵神气飞翔腾越，随风飘荡。到了一个官署，仔细观看，门内都是鬼神，知道是阴间。他看到有人从旁边的门进去，试着跟随走进，没有人喝叱禁止；又随着众人坐在廊屋下面，也没有人询问。偷看堂上，告状的人纷繁交织。冥王左手翻检簿册，右手执笔，有一两句话判决的，有数十句、数百句才判决的，同人世间管理刑事的衙署没有一点区别。被判者带上镣铐引导而下，都服服帖帖没有背后的非议。忽然见到前辈某公服饰齐整地进来，冥王请他坐，问为什么事诉讼。某公就诉说门生和旧时的属吏负恩，所举的有几十人，意下颇为愤恨，冥王的面色好像不以为然，等他说完，拱拱手说："这些人争斗排挤，机诈万种，天道昭彰，终究会遭到阴司的惩罚。但是神诛杀他们可以，您责备他们就不可以。种桃李的人得到它的果实，种蒺藜的人得到它的刺，您没有听说过吗？您所赏识的人，大都是趋炎附势之流；失势之后，而要求他们以道义相待，这是凿冰而去求出火。您也有偏差，还有什么工夫来责备人呢？"某公怅然失意了好久，迟疑地竟退了出来。友人原本同他相识，要想走近前去问讯，忽然听到背后叱咤的声音，一回头之间，已经在惶恐不安中醒了过来。

欠债必还

董文恪公的老仆王某，性格谦和谨慎，善于照应门户，数十年没有触犯过一个人，就是被人们称为"王和尚"的那一个。他说曾经跟随文恪公住宿在博将军废弃的园子里，月夜靠着石头乘凉，远远地看见一个人慌张地隐身躲避，一个人阻拦止住他，抓住他的手臂一起坐在树下，说："以为你升天很久了，竟然在这里相遇吗？"于是先讲相交的深厚，其次责备他做事的负心，说："某件事趁我急需，故意说得很难来勒索我，从中侵吞了多少。某件事欺我不熟悉，虚报夸大它的数目来谎骗我，从中吃没了多少。"像这样的几十件事，每说一件，打他一下耳光，怒气喷涌，好像要把对方吞下去。一会儿一个老叟从草丛间出来，说："他现在已经堕落到饿鬼道里，您何必相欺凌？而且欠了债必定要偿还，又何必太性急？"那一个人更怒，说："既然已经是饿鬼，又怎么还债？"老叟说："恶业有满的时候，债就有还的日子。阴司的定律，凡是借贷的本利钱，来世有禄位的就偿还，没有禄位的就免去，因为是限于他的能力。如果是胁迫、诱骗取得的钱财，即使历经千年万代必须要填补。其中有人没有禄位可以抵偿的，就变成六畜来偿还；有人一世不足以抵偿的，就用几世来偿还。今晚董公所吃的猪，不是他干练的奴仆某人的第十一世身子吗?"那人的怒气像是略略平息，才放了手各自散去。老叟料想是土地神，所说干练的仆人，王某还曾经见到过，果然是最有心计的。

鬼神护佑

福建布政使曹绳柱说：有一年司道官员在按察使衙署里会议，献食还没有完，一个仆人携带小儿经过堂下，小儿惊慌恐怖地不肯向前，说："有无数个奇鬼，都是身长一丈多，用肩膀顶承着屋梁柱子。"众人听到呼叫的声音，刚出来询问，天花板上就掉落泥土，簌簌的声音好像在抛撒豆子。众人急忙跳跃而出，转眼间已经栋梁折断倒地了。众人都庆幸说是鬼神的护佑。湖广总督定长，当时任巡抚，听到讲起这件事，叹息着说："既然到处有鬼神护佑，自然必定到处有鬼神在察看。"

卷 七

如是我闻(一)

孙公降坛诗

太原折生遇兰说:他的家乡有扶乩的,降临乩坛的神大书一诗道:"一代英雄付逝波,壮怀空握鲁阳戈。庙堂有策军书急,天地无情战骨多。故垒春滋新草木,游魂夜览旧山河。陈涛十郡良家子,杜老酸吟意若何?"署名叫"柿园败将"。乩坛中的人都肃然起敬,知道是白谷孙公。柿园的这一次战役,败在朝中旨意的催促作战,罪不在公。诗中以房琯的车战用来自比,引为自己的过错。看看正人君子的用心,再看王化贞之流的覆败误国,还千方百计推卸责任给别人,真如日月星之光和九泉之比了。大同杜生宜滋也抄录有这首诗,"空握"作"辜负","春滋"作"春添","意若何"作"竟若何",共有四个字不同。大概传写中偶有差异,它的大旨则没有什么区别。

烈妇鸣冤

许南金先生说:康熙五十四年,经过阜城的漫河。夏天下雨,道路泥泞,马疲困不肯前进,他就在路旁树下休息,坐而打盹。恍恍惚惚看见有女子下拜说道:"妾是黄保宁的妻子汤氏,在这里被强贼所逼迫,用死力来抗拒,结果被砍了数刀而死。官府虽然捕获了强贼一并诛杀,但因为妾已经被污辱,竟然不予表彰。冥府官员哀怜我贞节壮烈,让我居住在这里,作为意外死亡的诸鬼之长,到现在已经四十多年了。作为异乡乞食的女人,孤独地一个人行走,突然碰到三个壮健的男子,抓住缚在树上,肆意地奸淫残害,除了骂贼求死,别无其他办法。当时咬牙受了玷污,由于力量抵敌不过,不是节操的不坚定。主持审判的人苟求不已,不也冤枉吗? 您的行状相貌像是一个儒家学者,当然必定明白事理,恳求代为伸雪。"梦中想要询问她的乡里住处,突然已经醒了过来。后来他问起阜城的士大夫,没有人知道这件事的;问起几位老吏,也找不到这件事的案卷。大概当时不以为是烈妇,湮没很久了。

狐嘲道士

京城里某道观，原来有狐。道士建坛打醮，聚敛了很多银两。事完以后，道士同他的徒弟在神座的灯前，计算出入账目，还缺少几两银子。师父说徒弟吞没，徒弟说师父错算，算盘珠子格格地响，到三更天还没有完。忽然屋梁上说话道："新秋凉爽，我疲倦了要想睡觉，你何必在这里烦扰？这几两银子，不是你要想买春药，放在怀中，经过后巷刘二姐家，二姐索要金戒指，你趁着醉意掏出给了她吗？为什么竟然忘了呢？"徒弟转过脸去掩住口，道士才默默地收起簿子出来。剃头匠魏福当时居住在道观内，亲耳听到的。它的声音咿咿呦呦，就像小儿女的说话。

旱 魃

旱魃肆虐，见于《云汉》这首诗，这件事出于经典了。《山海经》落实为女魃，似乎是因为诗中的话而附会上去的。但是根据它所说的，不过是一个妖神罢了。近代所说的旱魃，则都是僵尸，发掘出来焚烧掉它，也往往能够招来雨。雨是天地受感而动、和乐融洽的产物，一个僵尸的气焰，竟然能够充塞乾坤，使其隔绝不通吗？雨也有龙所发动的，一个僵尸的伎俩，竟然能够驱逐神物，使其畏惧躲避不前吗？这些用什么样的学说来解释它呢？

又狐狸总是躲避雷打，从宋朝以来，见于杂说的不一而足。狐狸如果没有罪，雷霆按指定日期而击打它，这是滥用刑罚了，天道是不会这样的。狐狸如果有罪，什么时候不可以诛杀，而一定要限定为某一日某一刻，使其事先知道早早避开？就是一时暂且避免，又什么时候不可以诛杀，竟然过了这一时刻，就不再追究处理？这是失于处罚了，天道也是不会这样的。这又用什么样的学说来解释它呢？

偶尔阅读近人的《夜谈丛录》，见到所记载的一件焚烧旱魃的事，两件狐狸避劫难的事，因而记下所疑惑的，等待穷究事物道理的人来审察。

井水之疑

虎坊桥西面一所住宅,是南皮张公子畏的旧居,现在是都察院左副都御史刘云房住着。宅内有一口井,子午两个时辰打的水是甘甜的,其余的时辰则不是这样,实在不明白其中的道理。有的说:"阴气生于午时之中,阳气生于子时之半,同地气相应。"但是元气广大无垠,充满于天地,为什么其他的井不同地气相应,而这口井独独相应呢? 西方最讲究格物学,《职方外纪》记载其地有水流,一天之中十二次涨潮,同测时的仪器晷和漏不差一点儿。有要想穷究它的道理的,在水边建造房子,日夜测量它,始终不能明白,以至于气愤而投水自尽。这口井或者也是属于这一类吧。

煞　神

张读《宣室志》说:俗传人死后几天,应当有飞禽从棺材中出来,叫做煞。太和年中,有一个郑生,用网捉住一只大鸟,毛色青苍,高五尺多,忽然不见了。寻访里中的百姓询问,有人回答说:"里中有人死去已有几天,占卜的人说今天煞应当出去。他家里的人等候观察它,有大鸟颜色青苍,从棺材中出来。您所捕获的果然是它吧?"这就是现今所谓的煞神。

徐铉《稽神录》说:彭虎子少年强壮有气力,曾经说没有鬼神。母亲死去,民间巫师告戒他说:"某天祸煞应当回来,还有所杀戮,还是出去回避为宜。"全家妻小都出去逃避隐匿,虎子单独留下不去。夜里有人推门而入,虎子慌张焦急无计,幸好原先有一只大瓮,于是钻了进去,用板盖在头上。虎子感觉母亲在板上,有人问:"板下没有人吗?"母亲说:"没有。"这就是现今所谓的回煞。

俗说夭折而死的孩子还没有生牙齿的没有煞,有牙齿的就有煞。巫师能够预先算定它的日期。家奴孙文举、宋文都通晓这个法术。我曾经索取观看其书,不过是用年月日时天干地支来推算,没有什么别的神奇深奥。那某一天逢某凶煞,应当用某符祈求消灾,则是用欺诈的言词来骗取钱财而已。或者有屋室狭窄,没有地方避煞的,又有压制的方法,使它伏而不出,叫做斩殃,这尤其荒诞。但是家奴宋遇的妻子死去,遇召唤巫师来斩殃;至今所居住的房间里,夜里经常作响,小儿女也多见到她的形状,似乎又不全是虚假的了。天地之大，何所不有；阴间和阳间之理，无法加以穷尽。不必曲意为之解释，也不必极力批驳它的说法。

鬼应有中外

死了的人，魂灵隶属阴间的名册。但是地球圆周九万里，直径三万里，各国的疆土不可以用数量来计算，它的人民应当百倍于中国，鬼也应当百倍于中国。为什么游历阴司的，所见到的都是中国的鬼，没有一个边界之外的鬼呢？其所在的地方各有阎罗王吗？顾郎中德懋，是兼理阴间官吏的，我曾经问起过他，不能解答。人不死的，名字列于仙人名册的了。但是赤松、广成，在上古的时候听说过；为什么后代所遇到的仙人，都出于近世？刘向以后所记载的，都没有听说过呢？难道终归于消失，像朱子的论魏伯阳吗？娄真人近垣，是管领道教的，曾经问起过他，也不能解答。

鬼神默佑

同乡人阎勋，怀疑他的妻子同表弟私通，于是携带火铳射杀他的表弟，又回来杀他的妻子，用刀刺胸部，格格地好像刺中铁石，始终不能杀伤。有的说："这是鬼神怜悯她枉死，暗中在佑助她。"但是世上枉死的很多，鬼神为什么不能尽行暗中佑助他们呢？应当是其妻另外有善行，所以暗中受到护佑罢了。

施舍之争

景州申君学坤，是谦居先生的儿子。纯良厚道，质朴率真，不失家传的风尚。他相信道学很是深挚，曾经对堂兄懋园说："过去在某寺院，看见和尚用种福田来诱骗财物，供他们享受酒肉的费用。我因此写一篇议论文章，劝戒人们不要施舍。夜里梦见一个神，好像他们那教中所谓伽蓝的，和我侃侃地争辩说：'您不要如此。以佛法而论，广大慈悲，万物平等，那和尚尼姑不是万物之一吗？施舍食物到了乌鸦老鹰，爱惜到了爬虫老鼠，是要想它们能生存。这辈人依靠施舍而生存，您一定要使他们饥饿而死，不是把他们看得简直还不如乌鸦老鹰爬虫老鼠吗？其中破坏戒律，自己堕落地狱的，诚然到处都是。但是因为有枭鸟——食母的恶鸟而全部杀掉鸟类,因为有破镜——食父的恶兽而全部杀掉兽类,有这种道理吗? 以世法而论,田不足以分给,不能不使百姓自己谋食。他们和尚尼姑也是百姓的一种,募捐化缘也是谋生的一条路而已。如果一定认为他们不耕种不纺织,是蠹蚀国家消耗民财之类,那不耕种不纺织而蠹蚀国家消耗民财的,独独是和尚尼姑吗? 您何不一一立论禁止施舍供奉他们呢? 而且天下之大,这辈人何止数十万,一朝断绝了他们衣食的来源,瘦弱的辗转于山谷沟渠,姑且不详细讨论;凶悍狡黠的铤而走险,您怎样妥善地处理他们以后的事呢? 韩昌黎辟佛,尚且说鳏寡孤独废疾者有养。您没有办法来养活,而只是断绝他们的生路,不但不是佛的意思,恐怕也不是孔子孟子的意思吧。一言既出,驷马追之不及,您请考虑。'我梦中要想同他辩论,忽然已经醒来,他的话一一清楚地可以回忆。您以为所论的怎么样?"懋园沉思了很久,说:"您所持的是正理,而他所见的广大。但是人情所向往的,'匪今斯今',岂是您的一番议论所能阻止? 这个神刺刺地说个没有完,实在是多此一番争辩罢了。"

善妒之妇

和我同榜取中的金门高,是吴县人。他曾经乘船夜里停泊在淮安、扬州之间,看见岸上两个老叟碰到一起,在水边的草亭上就坐。一个老叟说:"您近来做什么事?"另一个老叟说:"主人在园林里避暑,我天天进入他的水阁,观看活生生的秘戏图,百种娇媚充分表露,也很可以玩赏。他的第五个姬妾,尤其妖冶艳丽,看到她对主人剪发立誓,约定将来在燕子楼中的关盼盼;又约定要像玉箫转世,重新侍奉韦皋。主人为此而感动下泪。但偶然听到她同母亲私下商议,则说主人已经老了,应当及早积储钱物,为另嫁他人打算。您说这些人可以相信吗?"二人共同叹息了很久。一个老叟又说:"听说他的正妻很贤惠,是这样吗?"另一个老叟掉过头去说:"是个天下善于妒忌的人,有什么贤惠可说! 因妒忌而喧闹争吵,这是为渊驱鱼——把人推向了敌方。这个女人对于姬妾的到来,软弱的用恩惠来安抚,放纵她出入游荡,不加防范,使其流于淫荡,丈夫自然感到羞愧而抛弃她。刚强的用礼来对待,表面尊重使她同自己相匹敌,而暗地里引导她同丈夫相对抗,使其养成骄傲凶悍,丈夫不堪忍受而抛弃她。有这两种方法所不能诱骗的,就秘密地煽动捏造,务必使她们像参星和商星彼此对立,最终两败俱伤,又是常有的。幸而不立即败坏,而一门之内,时时听到辱骂的声音。使她的丈夫进入姬妾的房间,碰上的是怨恨的话语、忧愁的容颜;进入妻子的房间,遇到的则是温柔的声音、和悦的神色。他的去就不问而可以知道的了。这是个天下善于妒忌的人,有什么贤惠可说?"门高偷听他们的话,佩服所说切中事理,而不理解天天进入水阁的话。正在凝神思索之间,有官船敲着铜钲而来,收帆要想停泊。两个老叟转眼已经不见,才明白他们不是人类。

狐 遗 方

已故兄长晴湖说:"喝盐卤的,血液凝固而死,无药可以医治。乡里有妇人喝了这东西,家人正在慌张没有办法,突然一个老妇推门进来说:'可以赶紧取隔壁卖豆腐家所磨的豆浆灌下去,卤遇到豆浆就凝浆成为豆腐而不凝血了。我是前村的老狐,曾经听到仙人说过这个方子。'说完就不见了。试了一下,果然得以复活。刘涓子有鬼遗留的方子,这个可以称为狐遗留的方子。"

鬼 求 食

雇工秦尔严,曾经驾车从李家洼前往淮镇,碰到拿火铳打鸟鹊的,马都受惊奔逃。尔严慌张中坠落车下,横躺在车辙中,自料没有活的道理,而马忽然不走了。到晚上回家,买酒自己庆贺,灯下和同伴谈起这事的奇异。听到窗外有人说话道:"你说马自己不走吗? 是我两人扯住它的辔头呵。"开门出去观看,寂然没有人迹。第二天于是带着酒肉,到坠落的地方祭祀。先父姚安公听到这件事,说:"鬼像这样求食,鬼又有什么可怕的!"

狐教子弟

里人王五贤(幼年时听到叫他的字是这两个音,不知道是否就是这两个字),是个老塾师。他曾经夜里经过古墓,听到鞭打的声音,并且听到责备数落说:"你不读书识字,不能够明白事理,将来什么坏事干不出来? 等到上犯天条的时候,你后悔就晚了!"他认为深更半夜,在空旷的野地里,有什么人会在这里教训子弟呢? 仔细听去,才听出声音发自狐居住的洞穴之中。五贤叹息说:"没有料到这样的话,竟在这里听到。"

恶作剧

已故叔父仪南公,有当铺在西城。雇工陈忠,主管购买菜蔬。同伴都说他近来多额外的利润,应当宴请大家。陈忠隐讳说没有。第二天箱子的锁钥没有打开,而所积蓄的几千钱,只剩下九百。当铺楼上原有狐,经常隔着窗子同人谈话。陈忠疑心是它所做的,试着前去询问,狐果然朗声回答说:"九百钱是你做雇工的佣资,分内所应得,我不敢拿。其余都是你每天所侵吞得来的,原就不是你的东西。今天端午节,已替你买粽子多少,买酒多少,买肉多少,买鸡鱼及瓜菜果品各多少,连同用菖蒲浸泡兑以雄黄的酒,也代为买得,都在楼下的空屋里。你应该早些烧煮熏炙,迟了则天气暑热,恐怕腐败。"开门观看,重重叠叠地堆在那里。陈忠一人无法吃下,只好同众人一起吃了。这个狐可说是恶作剧了,但也颇为使人快意。

拆 字

亥有二首六身,是拆字的开端了。汉代预言吉凶征兆的图书谶语,多是离或合字的点画。到了宋朝的谢石等人,才把这个方术作为专门之学,但也往往有神奇的效验。乾隆十九年,我在殿试以后,还没有宣布登第名次,在董文恪公家里,偶尔碰到一个能够拆字的浙江士人。我写了一个"墨"字,浙江的士人说:"龙头竟然不属于您了。里字拆开为二甲,下面作四点,那是二甲第四吧?但是必然进翰林院,四点是庶字的脚,士是吉字的头,这是庶吉士了。"后来果然如此。

又戊子年秋天,我因为泄漏言词获罪,案子颇为紧急,每天有一个军官相伴看守着我。一个姓董的军官说会拆字,我写了一个"董"字让他拆。董说:"您要远远戍守边疆了,这是千里万里。"我又写了一个"名"字。董说:"下面是口字,上面是外字的偏旁,这是口外了。日在西边为夕,那是西域吧?"问:"将来能够回来吗?"答:"字形像君,又像召,一定会被召还回去的。"问:"在哪一年回来呢?"答:"口是四字的外围,而中间缺两笔,那是不满四年吧?今年戊子,到四年为辛卯;夕字是卯字的偏旁,也是相合的。"后来果然参与军事于乌鲁木齐,在辛卯年六月召回京城。大概精神所发动,鬼神能够相通;人的内气机能一旦萌生运行,形象先有预兆。同数蓍草灼龟壳的事同一个道理,好像神奇而并不是神奇。

胡宫山怕鬼

行医的胡宫山,不知道是什么样的人。有的说:"他本来姓金,实际上是吴三桂的间谍。三桂失败,才改变姓名。"事情没有旁证,无法了解清楚。我六七岁时还见到过他,年纪八十多岁了,轻便敏捷如同猿猴,搏斗的技巧无与伦比。他曾经在乘船途中,夜里遇到强盗,手里没有一点武器,只倒拿一支烟筒,挥动如风,七八个人都被他刺中了鼻孔仆倒。但是他最怕鬼,一生不敢一个人睡觉。他说少年时曾经碰到一个僵尸,挥拳打去,就像打中木石,几乎被它抓住,幸而跳上高大的树顶。僵尸绕着树跳跃,到天亮才抱住树木不动。直到有系着铃铛的马帮经过,他才敢向下观看。只见那僵尸满身的白毛,眼睛红得像朱砂,手指像弯曲的钩子,牙齿露在嘴唇外面像快刀,他害怕得几乎掉了魂。他又曾经住宿在山间的旅店里,夜里觉得被中蠕蠕而动,疑心是蛇鼠之类。一会儿,支撑伸展,渐长渐大,突出与他并枕而卧,乃是一个裸体妇人。双臂抱住他就像粗绳捆缚,接吻嘘气,血腥味直贯鼻子,不觉昏晕死去。第二天得到灌救,才苏醒过来。从此以后,他吓破了胆,黄昏以后,碰到风声月影,就恐惧地后退。

居铉罢官

南皮县令居公铉,在州县的幕中二十年,熟习官府文书,聘请的礼物年年不空。拥有的钱财既然丰厚,于是按例捐得了官,满以为是驾轻车就熟路。等到一上任,竟昏愦得如同木鸡,诉讼双方争辩,他总是面红语塞,不能吐出一个字;见了上司,进退应对,没有不颠三倒四的。过了一年,就以才力不及受到弹劾。解任的这天,梦见一个蓬头垢面的人向他作个大揖说:"您已经罢官,我从此别去了。"忽然惊醒,觉得心境顿时开朗。他贫穷得没有办法归去,又重操旧业,就精明果断,又判决顺畅如同流水了。他所见到的是前世的冤业吗?或者就是韩昌黎所送的穷鬼呢?

缢鬼与溺鬼

裘文达公说:他担任詹事官职的时候,轮到值日,五更天时去圆明园。途中,他看见路旁高高的柳树下,灯火围绕,好像有异常情况。到了那里,只见是一个护军在树上上吊,众人解下救他。过了好久,那护军苏醒过来,自己说经过这里暂时歇息,看见路旁小屋中有灯光,一个少妇坐在圆窗里招引我,我就越窗而入,刚一低头,颈项已经被挂住了。这是吊死鬼变形求人替代。这样的事到处都有,只是这个鬼却能够变出屋子、设置绳索,确是值得惊奇的了。

又先农坛西北面,文昌阁的南面(文昌阁俗称高庙),汇聚有积水,也往往有溺死鬼引诱人。我十三四岁时,看见一个人无缘无故进入水中,已经淹没半个身子,众人呼叫着拉他,才勉强地回来;痴痴地坐了好久,渐渐有点苏醒的样子。众人问他:"有什么苦恼而投水自尽?"答:"实在没有什么苦恼,但口渴得厉害,看见一个茶店,跑去求喝水,还记得它的门上悬挂着匾额,粉白的板青色的字,叫'对瀛馆'。"命名颇有点文雅的含义,谁题名谁书写的呢? 这个鬼更奇了。

刘 鬼 谷

山东刘君善谟,是我丁卯年同榜取中的。因为他聪慧灵巧,都戏叫他刘鬼谷。刘原本诙谐,也时常用来称呼自己。于是鬼谷的名字大为著称,而他的字就像别号,人们反而不知道了。乾隆十六年,他租住校尉营的一所小住宅。田白岩偶尔经过闲谈,四面环顾感慨地说:"这是凤眼张三的旧居,门庭还如同原样,埋香骨于黄土已经二十多年了。"刘惊骇地说:"自从选择这个居处,我几次梦见一个艳丽的女人来往于厅堂廊屋之间,就是这个人吧?"白岩问她的形状,确实不错。刘沉思了很久,拍着几案说:"淫鬼是个什么东西,敢于迷惑刘鬼谷! 果真现形,一定着力痛打。"田白岩说:"这个女人在世时,是个真鬼谷子,纵横百变,被她所颠倒的人可多了。你这个假鬼谷子又何在话下! 京城地方大得很,何必一定要和鬼同住?"竭力劝他迁往别处。我也曾经到这里寻访过刘,回忆斜对着戈芥舟的住宅大约有六七家,如今不能指实它的位置了。

盗贼与呼声

太常寺卿史松涛说:起初担任户部主事时,住在安南营,同一个寡妇相邻。一天晚上,盗贼进入寡妇家,在墙壁上凿洞已经凿穿了,忽然大声呼叫道:"有鬼!"狼狈地跳过墙头而去。至今不知道他见到了什么。难道神也哀怜她的孤独无依,暗中佑助她吗?

又戈东长前辈有一天吃完饭,坐在阶下赏看菊花。忽然听到大声呼叫道:"有贼!"它的声音悲咽,就像牛在瓮中鸣叫,全家惊异。一会儿,连叫不停,仔细一听,是在廊屋下的炉坑里。赶紧叫巡逻的人来,打开一看,则是疲困的一个饿夫,抬头长跪,自己说前两天乘暗私自闯入,伏藏在这个坑里,企图夜深的时候出来偷窃。不料二更天微雨,夫人命令搬两瓮腌菜放在坑板上,于是不能出来。还希望雨止天晴搬下去,竟然两天不搬,饥饿不能忍耐。自己思想出来而被抓住,罪不过遭棒打;不出来,则最后要成为饿鬼。所以反而出声自己呼叫罢了。这事情极奇,而事实上为情理所必有。记录下来也足以供人一笑。

案例种种

河间府胥吏刘启新,略知文义。一天问人说:"枭鸟、破镜是什么东西?"有的回答说:"枭鸟吃母,破镜吃父,都是不孝的东西。"刘拍着手说:"是了我患感受寒邪的病,昏迷中魂到了阴司,看见两个官员几案相连而坐,一个小吏拿着文件请示说:'某处的狐被它的孙子咬死,禽兽无知,难以用人的道理来要求它。现今只是商议抵罪,不判处不孝的罪。'左边一个官员说:'狐同其他的禽兽有区别,已经修炼形体成为人的,应当断以人间的律条;没有修炼形体成为人的,自然应当仍旧断以禽兽的律条。'右边一个官员说:'不对,禽兽别的事情和人不同,至于亲属天性,则和人同一个道理。上古的贤明君王诛杀枭鸟、破镜,不因为禽兽而宽免。应当仍旧判处不孝,交付地狱。'左边一个官员点头表示同意,说:'您说的是。'一会儿,小吏抱着文件下来。用巴掌打我,心里惊跳而醒。所说的都一一清楚地记得,只是不理解枭鸟、破镜的话,疑心是不孝的鸟兽,如今果然不错。"

按,这件事情新奇,所以阴间官府也费事商议酌量。由此知道案情万变,难以执持一端。根据我见过事情出于法律条例之外的:一个人外出,错传已经死了,他的父母因而把媳妇卖给别人做妾。丈夫归来,迫于是父母所做的,不能诉讼,只好偷偷地到了娶去的人家,等待时机和妻子见了一面,竟携带她逃走。过了一年,双双被捕获。如果认为不是奸情,她却已经另嫁;如果认为是奸情,男人却本是她原来的丈夫。官府没有律条可以引用。

又抢劫的盗贼之中,另有一类叫赶蛋,不做盗贼而做盗贼的盗贼。他们每每等候盗贼外出,或者偷袭盗贼的巢穴,或者在路上拦截,夺取所劫掠的财物。一天,互相格斗,一起抓到了官府,以为不是盗贼,则事实上强抢;以为是盗贼,则所劫掠的乃是盗贼的赃物。这也没有律条可以引用。

又有因通奸而怀孕的,判决责罚以后,官府依照律条判生了儿子还给奸夫。后来生了儿子,本夫愤恨而把婴儿杀了。奸夫控告故意杀他的儿子。虽然有律条可以引用,而终觉得奸夫所申诉的,有理无情;本夫所做的,有情无理。于是无法摆得平。不知道那地下阴司的官员,碰到这类事情,又该作什么样的判断呢?

风氏园古松

丰宜门外风氏园的古松,前辈多有诗歌题咏,钱香树先生还见到过,现在已经成为烧火的柴了。何华峰说:相传松树没有枯时,每当风静月明,有时听到丝竹之声。一个王公大臣偶尔游览那个地方,偕同宾客友人夜里前往倾听。二更后,有琵琶声,好像出于树干之中,又好像是在树梢。很久之后,只听小声缓缓地唱道:"人道冬夜寒,我道冬夜好。绣被暖如春,不愁天不晓。"王公大臣喝叱说:"什么样的老妖精,敢于对我唱这样的淫词!"戛的一声停了下来。过了一会儿,琵琶登登地重新响了起来,又唱道:"郎似桃李花,妾似松柏树。桃李花易残,松柏常如故。"王公大臣点点头说:"这个还较为接近风雅。"余音飘荡之间,微微听到树外悄悄地说:"这位老人家很容易对付,只是作这等语言,就生出欢喜心。"拨剌的一声响,如同弦断了。再听下去,就寂然无声了。

继妻受杖

佃户卞晋宝,耕作时,在田陇边歇息,头枕土块暂时睡一会儿,朦胧当中听到人说话道:"昨天官府当中有什么事?"回答说:"昨天勘查某人续娶的妻子,给了一百铁杖。虽然是一脸的病容,尚且眉目如画,肌肤白如凝脂。每受一杖,哀叫宛转,如同风引洞箫,使人心碎。我手发颤打不下去,几乎反而受鞭打。"问的人叹息说:"正因为像这样的艳丽妩媚,所以迷惑她的丈夫,残害前妻的儿女,造作种种的恶业。"晋宝私下思索是什么官府,而用铁杖行刑?要想起来问讯,打呵欠伸懒腰,擦擦眼睛,竟是荒烟蔓草,四面观望,寂静无声。

养 与 教

故城贾汉恒说:张二酉、张三辰,是兄弟俩。二酉先死,三辰抚育侄儿如同自己所生。管理田产,谋画婚娶,都是尽心竭力。侄儿生了痨病,料理医药,几乎废寝忘餐。侄儿死后,经常忽忽如有所失,人们都称道他的友爱。过了几年,三辰病情危重,昏乱眼花中自言自语说:"咄咄怪事!刚才到阴司,二哥控告我杀了他的儿子,断绝了他的后代,岂不冤枉哩!"从此口中经常喃喃地说着,不太能分辨清楚。一天,稍稍清醒,说:"这确是我的过错了。兄长对阎罗王数落我说:'这孩子不是不可以感化教诲的,你做叔父,离父亲只差着一点罢了,却只知道养育而不知道教育,放纵他为所欲为,总怕违背他的意思,使得他恣意任情寻花问柳,染上难以医治的毒疮而死,不是你杀了他而又是谁呢?'我茫茫然无从回答。我后悔晚了!"反手搥打着自己而死。三辰所做的,是低下的习俗所难以做到的;判以杀侄的罪,这是《春秋》责备贤者罢了。然而终不能说二酉苛刻。

平定的王执信,是我己卯年所取中的士子。他恳求我为他的继母写墓志,称说继母生一个弟弟叫执蒲,妾生的一个弟弟叫执璧。平时饮食衣服,三个儿子没有什么差异;遇到有过错,责骂鞭打也三个儿子没有什么差异。贤惠啊!这几句话已经说尽了。

达 观

钱遵王《读书敏求记》记载:赵清常死去,子孙卖掉他的遗书。武康山中,白天鬼哭。有聚必有散,为什么见识如此不通达呢?明朝寿宁侯的旧宅第在兴济,拆卖得差不多了,只剩下厅堂还保留着,后来把它的木料卖给我已故的祖父。拆卸的这一天,工匠也听到柱子里面有哭泣的声音。千年以来的痴魂,几乎同出一辙。我曾经对董曲江说:"大地山河,佛家还以为是水泡幻影,区区一点又何足道。我百年以后,倘使图书器物古玩,散落在人间,使得鉴赏家指点抚摩说:'这是纪晓岚的旧物。'这个也是佳话,有什么可恨的呢!"曲江说:"您说这样的话,好名心还在。我则以为消闲打发日子,不能不借这个娱乐自己。到了我已不存在,其他还有什么意义?任它们让虫鼠饱食、丢弃于泥沙之中罢了。所以我的书没有印记,砚台没有铭文标志,正像好花朗月,胜水名山,偶尔同我相逢,便为我所有;等到云烟在眼前经过,不再问是谁家的东西了。怎么能镌刻别号、题写名字,为后人作打算呢!"他的见识尤其显得超脱。

阴　谴

官员强奸仆妇,罪止于罚扣俸禄,因为家庭亲近,暧昧难以明察,法律用意深刻细微,防止开了诬蔑反咬的坏风气。但是横暴强迫,冥冥之中受到责罚其实是很严厉的。戴遂堂先生说:康熙末年,有世家之子挟持奸污仆妇,仆人气恼郁结,得了食不下咽之病。当时仆妇已经怀孕,仆人临死时,用手抚摩着她的腹部说:"男的呢?女的呢?能够为我复仇吗?"后来生了一个女儿,稍稍长大,极其聪慧美丽。世家之子又娶来做妾,生下一个儿子。文园消渴——像司马相如那样犯了糖尿病,不久不能终其天年而夭亡了。这女子家门淫乱,竟牵进讼事之中到了公堂之上,大大地有损家庭的声誉。十来年里,仆妇穿白衣扶着棺材,女儿穿青衫对簿公堂,先生都是亲眼见到的,就像只相隔了几天。岂不是怨气仇恨所汇聚,生出这样的尤物来报复的吗?

缢后显影

遂堂先生又说:有个人调戏他的仆妇,妇人不答理。主人发怒说:"你再敢抗拒,就打死你。"她哭泣着告诉丈夫,丈夫正在大醉之中,又发怒说:"你敢于丧失志节,就用刀刺进你的胸膛。"妇人愤怒地说:"顺从不顺从都是死,倒不如先死了。"竟上吊自杀。官府来查验,尸体没有伤,说的话没有证据,又死在她丈夫的旁边,无处归罪,不能追究。但从此那上吊的屋子里,即使天气晴朗,也阴沉沉地像罩上了一层薄雾,夜里就有声音如同撕裂缯帛。在灯前月下,每每见到黑气摇动荡漾,就像人的影子,靠近它就没有了。像这样的有十多年,主人死了才停。主人未死以前,日夜使人环绕着病榻,疑心他是见到什么了。

怨鬼求衣

乌鲁木齐军中佐吏邬图麟说：他的表兄某，曾经到泾县寻访友人。遇到下雨，夜里投奔一个废弃的寺院。寺院墙垣破败，荒草遍地，四面没有居民，只有山门还可以暂住，他就姑且停留等待天晴。当时黑云如墨，暗中听到女子的声音说："怨鬼叩头，恳求赐给纸衣一套，白骨感恩。"某恐怖不能动弹，但估量无可回避，勉强起来问她。鬼哭泣着说："妾本来是个村女，偶尔独自经过这个寺院，被和尚所拦阻挽留。妾哭骂不从，激怒和尚而被杀。当时衣服已全部剥去，于是被裸体掩埋，到现在一百多年了。虽然身在地狱饿鬼之处，终有廉耻之情，身上没有一丝一缕，愧于见到神明。所以宁愿抱着久未昭雪的冤屈，潜藏形迹不出。今天幸而遇到君子，倘使取几层的彩纸，剪作衣裙，焚烧于寺门，使幽魂得遮蔽身体，就可以到冥府里申诉，再进入轮回。希望您哀怜而予以拯救。"某颤抖着答应了她，哭泣声就停止了。后来不能够再到那个地方，竟然没能焚烧过。他曾经自己说背弃了这一诺言，使这个鬼含恨黄泉，经常耿耿于心而感到不安。

业镜与心镜

于道光说：有个士人，夜里经过岳庙，红色的大门紧紧地关闭着，却有人从庙里出来，知道是神灵，就合掌加额，长跪而拜，呼叫上圣。那人伸手扶住他说："我不是高贵的神道，是右台司镜的胥吏，带着文簿到这里。"问："司镜是什么意思？是业镜吗？"答："你说的差不多了，但却又是另一件事。业镜所照，是做事的善恶罢了。至于内心细微的隐曲，真诚与虚伪万种头绪，起灭无常，包藏着难以测量之心，幽深细密，无迹可以窥看，往往外貌像麒麟鸾凤，心中掩藏着鬼蜮伎俩，隐恶没有露出形迹，业镜就不能照见。南北宋以后，这种技术更加工巧，装饰弥补，有时终身不败露。所以护法众天神合议，移置业镜于左台，照真小人；增设心镜于右台，照伪君子。圆光相对映照，心灵通明，有固执的，有偏心的，有黑如漆的，有曲如钩的，有拉杂如粪土的，有混浊如泥污的，有心机深险千重万掩的，有脉络盘曲左穿右贯的，有像荆棘的，有像刀剑的，有像蜂和蝎子的，有像虎狼的，有现出做官的冠服和车盖的，有现出金银气的，甚至有隐隐约约现出男女秘戏图的。而回顾他们的外形，则都是神态庄严的道学家的面貌。那圆润光亮像明珠，清彻像水晶的，千百个中的一两个罢了。像这样的，我站立在镜的旁边，登录而记下来，三个月送达一次给岳帝，决定降罪或赐福。大概名声愈高则责备愈严，心术愈巧则惩罚愈重。春秋二百四十年，暴露的坏人坏事不只一处，只有雷击夷伯的庙，天特意表示谴责于展氏，是因为隐恶的缘故。你要记住它。"士人下拜接受教诲，回来后恳求道光书写匾额，把他的居室命名为"观心"。

盗　句

有一个歌童扇子上画着鸡冠，在筵席上请求李露园题诗。露园戏写了一首绝句道："紫紫红红胜晚霞，临风亦自弄夭斜。枉教蝴蝶飞千遍，此种原来不是花。"都赞叹他运意双关的巧妙。露园赴任湖南去后，有扶乩的，有人用鸡冠请求题写，乩就大书这首诗。我吃惊地说："这不是李露园的诗吗？"乩忽然不动，扶乩的狼狈而去。颜介子叹息说："仙人也偷盗诗句。"有的说："这个扶乩的本来是假托的，已经多次因为偷盗诗句败露了。"

狐能报德虑远

堂兄坦居说：过去听刘馨亭谈两件事。一件是，有一个农家子被狐所迷惑，延请术士降伏整治。狐被抓获，将要放到油锅里烹，农家子叩头求免，于是纵之而去。后来思念成病，医治没有效果。狐有一天再来，相见时悲喜交集。狐的意思看上去很是冷淡，对农家子说："您苦苦相忆念，只为喜欢我的容貌罢了，不知道这是我幻变的相貌；见到我本来的形状，您就惊慌回避都来不及了。"说完，忽然扑倒在地，只见它青色的毛，长长的尾巴，鼻息咻咻作响，目光闪烁如同蜡烛，跳跃上屋，长长地嗥叫几声而去。农家子从此病好了。这个狐可说是能够报恩的。

又一件也是农家子被狐所迷惑，延请术士降伏整治。法术不灵验，符箓都被狐所撕裂，将要上坛殴打。一个老妇像是狐的母亲，制止说："物爱惜它的同群，人庇护他的同党。这个术士道术虽然浅，伤害他过分了，恐怕其他的术士来报复。不如且随你的夫婿去睡觉，听任他逃避。"这个狐可说能够考虑得长远了。

瑞 杏 轩

康熙五十二年，先父姚安公读书于厂里（前明土贡澄浆砖，这里是砖厂的旧址），偶尔攀折杏花插在水中，后来花落，结了两枚像豆那样大小的杏子，渐长渐大，以至于红熟，同在树上没有什么区别。这一年碰到祝贺万寿开设恩科，乡试就中了举人。王德安先生当时同住，给题写匾额叫"瑞杏轩"。这个庄园后来分给了堂弟东白。

乾隆二十九年，我从福建回来，问起这个匾，已经不存在了。打算请刘石庵补写，而代东白修葺这所房屋，作记刻石嵌于墙壁，以保存先世的遗迹。后来拖延没有办成，不知道哪一天能够实现这个愿望。

邻叟滑稽

先父姚安公说：雍正初年，李家洼佃户董某，父亲死后留下一头牛，老而且跛脚，将要卖给屠宰的店铺。不料牛逃到他父亲坟墓的前面，伏在地上，直僵僵地躺卧，牵拉鞭打都不起来，只是摇着尾巴长声鸣叫。村里人听说这件事，络绎不绝地来观看。忽然邻居老叟刘某气愤愤地到来，用棍棒打牛说："他的父亲掉在河里，同你有什么相干？让他随着波浪漂流淹没，充作鱼鳖的食粮，岂不大好？你无缘无故地多事，让他抓着你的尾巴上岸，使他多活十几年，以致他活着受奉养，病了须医药，死去要棺木盛敛，而且留下一个坟头，每年需要祭祀扫墓，成为董氏子孙无穷的拖累。你的罪可大了！走向死亡这是你的本分，牟牟地叫着为了什么！"原来董某的父亲曾经掉入深水中，牛跟着跳进去，牵住它的尾巴才得以出来。董起初不知道这件事，听说以后大为惭愧，自己打着耳光说："我不是人！"赶紧拉了牛回家。几个月之后，牛病死，董哭泣着把它埋了。这个老叟很有滑稽之风，同东方朔救汉武帝乳母的事竟然暗合。

衰气所召

姨父王公紫府，是文安旧时的大族。家道没有中落时，屠宰店铺架上一个猪头，忽然脱钩落地，上下跳跃而前行，街上的人喧闹着追逐它，猪头一直跳进他家的门而止。从此他家一天天衰败,甚至于到了连厚粥都吃不上的地步。现今子孙已没有遗留的了。这是王氏姨母自己说的。

又姚安公说:表亲某氏家(年岁长久忘了他的姓氏,只记得姚安公说这件事时,称呼说你的表伯),清晨开门,有一只兔慢慢走了进来,绝不怕人,一直到了里面寝室的床上躺卧着,于是把它煮吃了。几年之中,家里的人差不多死光了,住宅也拆为平地了。这都是衰气所招来的。

遇鬼说鬼

王菊庄说:有个书生,夜里停泊鄱阳湖,在月光下散步纳凉。他到了一个酒店,碰到几个人,各人道了姓名,都是同乡人。于是买酒小饮,谈笑颇为融洽,一起说鬼的故事,搜奇出新,多出人意料之外。一个人说:"这些固然都奇,但是没有奇过我所见的了。过去在京城里,为躲避都市喧闹,我寄居在丰台花匠的家里,偶尔遇见一个士人一起谈论。我说这里的花事很是兴盛,只是墓地里多鬼可憎恨。士人说:'鬼也有雅有俗,不可以一概厌弃。我过去游西山,遇到一个人论诗,很有精深的造诣,自己吟诵他所作的,有句说:深山迟见日,古寺早生秋。又说:钟声散墟落,灯火见人家。又说:猿声临水断,人语入烟深。又说:林梢明远水,楼角挂斜阳。又说:苔痕侵病榻,雨气入昏灯。又说:鸺鹠岁久能人语,魍魉山深每昼行。又说:空江照影芙蓉泪,废苑寻春蛱蝶魂。都清雅富有情致。正打算问他寄居的处所,忽然有牲口的铃铛声琅琅作响,他就忽然消灭了形迹。这个鬼难道还可憎恨吗?'我爱他的超脱,要想留他一起饮酒。那人抖抖衣服起身说:'得以免掉您的憎恨,已是大幸,哪里敢再进入美味佳肴的郇公厨呢?'一笑而隐去。我方才知道说鬼的就是鬼呵!"书生于是开玩笑说:"这个算得上奇绝,从古以来所没有听说过的。但是阳羡鹅笼的故事,幻中出幻,竟辗转而生生不已,怎能知道说这个鬼说鬼的,不又就是鬼呢?"这几个人一时变了脸色,微风飒然而起,灯光暗淡,都一起化成轻烟薄雾,蒙蒙地向四面散去。

临终遗言

庚午年四月,先母太夫人病情危重时,对子孙说:"旧时听说地下家眷,临终的时候一一相见,今天果然如此。幸而我平生处事严谨,面对他们还不致有羞愧的脸色。你等在世,家庭骨肉之间,应当处处为将来相见留些余地。"姚安公说:"聪明卓绝的人士,事事都能知道,而独独不知道人有死的时候;经纶满腹、开创济世的人才,事事都能够筹划,而独独不能够为死的时候筹划。倘使知道人有死的时候,一切作为必定有意兴索然自己回头的;倘使能够为死的时候筹划,一切作为必定有所戒惧自己停止的。可惜人们往往求之于天地四方之外,而失之于眼前。"

窃玉璜

一个南方的士人,以文章游历于公卿之间。偶尔得到一块汉代的玉璜——半圆形的璧,质地明亮洁白,而血色的斑痕透骨,曾经用作镇纸。一天,他借寓在某公的家里,正在灯下写一篇文章,听得窗缝里有声音,忽然一只手伸进来。怀疑是盗贼,拿起铁如意要想打去,只见那手纤细瘦削像春葱,瑟缩抖动着而停了下来。他在窗纸上戳一个洞偷看去,竟是一个青面罗刹鬼,一时受惊吓而仆倒地上。等到醒来,则这个玉璜已经失去了。他疑心是狐精幻变的形相,不再追问下去。后来在市上偶然见到,询问从哪里得来,已经辗转经过几个主人,竟不能够得到头绪。过了很久,才知道是某公的家奴,假作鬼的装扮所取去的。董曲江开玩笑说:"她知道您是惜花的御史,所以敢露出这柔软嫩白的手。假使碰到我辈这样的粗材,断乎不敢自取被砍断手腕的后果。"我说这个奴仆假作鬼的装扮,一是为了使人不敢捕捉,一是为了使人不再追索。又灯下一只手掌破窗而入,恐怕遭到打击,所以假作女子的手,使人知道不是盗贼;并且引人看见狞恶的形状,使人知道不是人类。他的构想也很周密。大概这类人替主人服役,即使他笨拙得像木槌,到了为非作歹,干犯律条,则奇计一个接一个地产生,像鬼像蜮,大抵都是如此,不单是这一个人一件事。

自取其侮

朱竹坪御史,曾经在阁梨村尚书的家里参加一个小聚会。饮宴中间,竹坪感慨地说:"清廉耿介是君子的分内事,倘若倚仗他的清廉耿介而欺凌人和物,就太嫌虚骄之气不能除去了。以前某公做御史的时候,居住这所房屋,座上有人谈到狐精,某公痛骂了它一番。几天之后,月下见到一个盗贼跳过墙垣而入。内外搜捕,都没有踪迹,忙乱了一整夜。等到天亮,忽然看见厅堂上躺卧着一个老人,打呵欠伸懒腰而起说:'长夏潮湿暑热(长夏一词出于黄帝《素问》,是说六月份。王太仆注:"读上声。"杜工部"长夏江村事事幽"句,都读平声,大概注家偶然失考),偶然投奔这里纳凉,以致主人通夜不安,实在深深地感到惭愧。'一笑而消逝。这是因为无缘无故地侵犯狐精,狐精用这个来戏弄他。岂不是自取侮辱吗?"

谑 狂 生

朱天门的家里扶乩,好事的人多前往观看。一个狂士以书画自负,意气傲慢,旁若无人,以至于对着客人脱去袜子搔爬脚上的污垢,向着乩讥笑说:"姑且请出示下坛诗。"乩当即题写道:"回头岁月去骎骎,几度沧桑又到今。会见会稽王内史,亲携宾客到山阴。"众人说:"这样说来,那么仙人还赶得上见到王右军吗?"乩写道:"岂但是王右军,一并见到顾虎头。"狂生听说起立道:"二老风流,既然曾经亲眼见过;这时候群贤都来到,古今人相差多少?"又写道:"二公虽然卓绝的技艺入于神妙,然而意存谦退,雅人高深的情致,使见到的人意气消融;和骂座的灌夫相比,自然别是一流人物。离之是双美,何必合之使两伤呢?"众人知道意有所指,相互顾盼目视而窃笑,回头看狂生,已经穿上袜子要想逃跑了。这不知道是什么样的灵鬼,做出这样使人难堪的戏谑。惠安的陈公子云亭曾经题写这个狂生的《寒山老木图》道:"憔悴人间老画师,平生有恨似徐熙。无端自写荒寒景,皴出秋山鬓已丝。""使酒淋漓礼数疏,谁知侠气属狂奴。他年倘续宣和谱,画史如今有灌夫。"乩所说的骂座灌夫,应当就是指的这个。又不知道这个鬼怎么能知道这首诗的。

某太学生

舅舅张公梦征说:小时候听说沧州有个太学生,居住在河边。一天夜里,有个小吏拿着名片叩门,说新太守经过这里,听说主人是此地的世家大族,邀请到船上相见。刚巧主人因为参加会同送葬,住宿在亲戚家,相距有十多里。看门人拿着名片奔往相告,主人当即命备车马返回,则船已经开走。就整顿车马,备办了礼品,沿岸急速追赶,日夜奔驰二百多里,已经到了山东德州界内。碰到人就询问,却被告知不但没有这个官,并且没有这条船,于是狼狈而回,惘惘然像做梦似的有好几天。有人疑心他家多财产,强盗要想引诱他出来从而抓住他,恰巧因为他外出到别的地方而幸免。又有人疑心他看待贫穷的亲友如同仇人,而不惜用很多金钱去巴结权贵,近村原就有狐精,不过是厌恶而戏弄他。这些都没有旁证。但是同乡人喧闹传言,都说:"某太学生碰到鬼了。"已故外祖父雪峰公说:"这不是狐不是鬼也不是强盗,就是贫穷的亲友所做出来的。"这种说法就接近事实了。

点 穴

俗传鹊蛇争斗的地方是风水好的坟地,在争斗的地方点定墓穴,子孙就会大富大贵,称之为龙凤地。我十一二岁时,淮镇孔家田中曾经有过鹊蛇争斗这样的事,舅舅安公实斋亲眼见到过。孔用这地筑坟,也没有什么效验。我说鹊拿虫蚁作食粮,有时见到小蛇就去啄取,蛇游动抗争,有点像争斗,这也是事物情态所常有的。必定当时曾经有看风水的人替人家选择葬地,指着鹊蛇争斗的地方是圹穴,就像陶侃葬母,仙人指点牛睡眠的地方是圹穴罢了。后人见到它有应验,就传闻失实,说凡是鹊蛇争斗的地方必定吉祥。这样说起来,那么因为陶侃的事情,就可以说凡是牛睡眠的地方都必然吉祥了吗?

绳 还 绳

庆云、盐山之间,有个人夜里经过墓地,为群狐所阻拦,把他裸体反绑双手,倒挂在树梢上。天亮了,人们才见到,拿了梯子把他解下来,看到背上大书三个字,是"绳还绳",不明白它的意思。过了很久,才记起二十年前,他曾经捕获一狐把它倒挂起来,如今是来报宿怨了。胡厚庵先生模仿李西涯新乐府,其中有《绳还绳》一篇道:"斜柯三丈不可登,谁蹑其杪如猱升?谛而视之儿倒绷,背题字曰绳还绳。问何以故心懵腾,恍然忽省蹶然兴,束缚阿紫当年曾。旧事过眼如风灯,谁期狭路遭其朋。吁嗟乎!人妖异路炭与冰,尔胡肆暴先侵陵?使衔怨毒伺隙乘。吁嗟乎!无为祸首兹可惩。"说的就是这件事。

塾师劝狐

刘香畹说:沧州靠近海的地方,有个牧童,年纪十四五岁,虽然是农家子弟,生得颇为白净。有一天,他在山坡旁午睡,醒来觉得背上好像背着一样东西,但是看去没有形体,摸去没有质地,问它也没有声音。他吃了惊吓回家,告诉父母,他们也无可奈何。几天以后,背上那东西越来越像是拥抱,越来越像是抚摩,接着越来越像是梦魇,于是被它淫污。从此随时被它淫戏狎昵,而没有形体没有质地没有声音,则仍旧像原来那样。有时能从它那儿得到钱物水果食品,也不很多。相邻的塾师对他的父亲说:"这恐怕是狐,应当在家中藏一头猎犬,等听到媚惑的声音时,推开门嗾使狗去抓住它。"父亲如他所教的施行,狐嗷的一声破窗而出,在屋上上下跳跃,骂童子负心。塾师大声对它说道:"您幻化通灵,必定知道世上的事。男女互相喜爱,是以情来感动的。但是早晨发誓死同墓穴,晚上跳到别人船上去的,还不知道有多少。至于娈童,本来不是女子之身,抱着被子侍寝,不过是出卖色相罢了。当他扑粉熏香,含着娇羞,眉目送情,得到万端锦帛作赏赐,玩弄者用千金来买笑,并非像小家碧玉的多情,回过身来投入怀抱;等到富有的钱财用尽了,位高的权力失去了,或者挥动手臂永远离开,或者掉转枪头反咬一口,翻云覆雨,从古以来都是如此。萧韶的对于庾信,慕容冲的对于苻坚,记载在史书上,是其中最显著的。所施予的那样多,所报答的尚且这样,那么同这类人论交情,就像抟沙泥作饭了。况且您所赠予的,还不及京都豪贵的万分之一,而要想这个童子心坚如金石,不也荒唐吗?"说完,屋上就寂然无声了。好久,忽然听到顿着脚说:"先生算了吧。我今天才知道我的痴呆。"接着大声地叹息了几声而去。

桐柏山神

姜白岩说:有个士人在桐柏山中行走,碰到一伙人,仪仗队在前面引导,衣冠形状像是鬼神,就暂时躲避在树林里。车中的贵官已经见到他,叫他出来,同他谈话,意思很是亲切融洽。于是他拜问那贵官所封的官爵,回答说:"我就是这山的神。"又拜问:"神生于哪一个朝代,希望能够传播于人世,用来扩大人们的见闻。"答:"您所问的是人和鬼,我则是地神。自从天地混沌之气剖分,融结成万种形体,形成聚气,气聚藏精,精凝孕育质地,质立蕴含神灵。所以神灵同天地并生,只有圣人通晓造化的本原,所以祭天时的燔柴、祭山时的瘗玉,记载在《六经》里。自从稗官野史杂记,创造鄙俚之词,说刘,说张,以为天帝也有废兴;说吕、说冯,以为河伯也有夫妇,儒家学者批评这种说法。紫阳——朱熹崛起,于是以理来解释天,连皇矣上帝的下临也斥责为乌有。而鬼神的特性,就归之于阴阳二气的屈伸了。木石的精气,还生出夔和罔两这样山林中的精怪；雨土的精气，还生出羵羊这样土地中的精怪。岂有乾坤运转，元气弥漫无际，反而不能聚而上升，成为至高无上的主宰吗！看您的衣冠，应当是文士，试着传播我的话，使得儒者知道圣人是为报功德而祭飨的缘由。"士人一拜再拜而退。但是他每次把这告诉别人，对方每每疑心以为是虚妄。我说这番话推论鬼神的本原，立意很精辟。但这自然是白岩的寓言，借托于神的语言罢了。赫赫神灵，难道耐烦同讲学家争论是非吗？

老狐自献

翰林院编修裘超然说：丰宜门内玉皇庙街有几间破屋，封锁关闭已经很久，说是其中有狐精。刚巧江西一个举人同几个朋友过夏（唐代参加科举考试的士子下第以后，读书等待再次考试，叫做过夏），看中这个地方幽雅僻静，在旁边租了房屋。有一天，他看见一个少妇站立在屋檐下，神态很是妩媚，心里知道是狐狸精，因少年豪气旺盛，意下并不惧怕。黄昏以后，他走到门前行礼，用轻薄的言词问候。当天夜里，他听到床前有窸窣的声音，心里知道狐狸精到了，暗中举起手拉她上来。她就纵身投入怀抱，二人立即互相亲昵狎戏，万般淫荡，举人忙于应付，弄得疲困不堪。等到月上窗明，仔细一看，竟是一个白发老妇，黑丑可憎，吃惊地问："你是谁？"她并不羞愧，自己说："本是城楼上的老狐，娘子怪我贪吃懒做，斥逐居住这所房屋，寂寞已经数年。感念您的见爱，所以冒着羞耻自献罢了。"举人恼怒地搧她的脸颊，要想捆起来鞭打。撑持挣扎之间，同屋的人听到声音，都来帮助捕捉，忽然一脱手，已经琤的一声破窗逃走。第二天晚上，她还自己坐在屋檐头，用温柔的语言相呼唤，举人斥责辱骂，忽然被飞来的瓦片所击中。又一天晚上，揭开帐子要想睡觉，她竟然裸体躺在床上，笑着招手。举人抽刀向她砍去，才泣骂而去。举人害怕她再来，只好迁移住处回避她。登上车的时候，突然见以前看到的少妇从里面走出，秘密地派遣小奴打听，才知道是寓所主人的外甥女，前几天偶尔到街上买花粉的。

选人猎艳

琴工钱生（因能鼓琴客居在裘文达公的家里，滑稽善于诙谐戏谑。因为面部有癜风引起的斑点，都称呼他"钱花脸"。来往了几年，竟然未能知道他的乡里住处和名字）说：有一个候选的官员住在会馆里，在会馆后面墙壁的缺口处,看见一个女人,很有姿色,衣裳陈旧,而修饰得很是整洁,心中颇为喜欢她。看守馆舍的人有个母亲,年纪五十多岁,原是富贵人家的婢女,进退语言,都还有大家的规矩风度,经常代她的儿子看门。料想她有才干,用金钱贿赂,希望想办法能会晤一次。回答说:"我一向没有见到过这个女人,好像是新来的,姑且试着侦察一下,你不要抱有太大的希望。"过了十几天,她才来回报说:"已经找到了。她本来是良家女子,因为贫穷的缘故,忍着羞耻这样做。但是怕别人知道,等到夜深月黑,才可以来。她恳求您不要点灯烛,不要说话,不要笑,不要使僮仆以及同馆舍的人听到声息,听见钟声就不要挽留。每天晚上赠给她二两银子就够了。"选人如所约定的行事,已经往来了一个多月。有一夜,邻居不慎失火,选人慌张地起身。僮仆都进入室内抢救行李箱笼;一个人掀帐子拉褥垫,訇的发出声音,一个裸体的女人掉在床榻下,竟是看守馆舍的人的母亲,没有不大笑而不能自持的。

原来京城里的媒人最好刁狡猾,碰到选人娶姬妾,多用美女引去观看,到时候偷偷地换成下等货,有发觉受骗上当而打官司的。女子蒙着头入门,背着灯用扇子遮面,定情以后才发觉,委屈迁就的也有。这个老妇习惯于当地的风气,竟然用自身来替代。后来访问四邻,墙壁缺口外面其实没有这个女人。有的说:"这是妖精。"裴文达公说:"是这个老妇招引的一个妓女,炫耀引诱选人罢了。"

兔鬼报冤

安氏堂舅善于打鸟铳,到郊外原野里追逐兔子,信手而发,兔子没有能够逃脱的,所射杀的兔子可以用千百来计数。一天,碰到一只兔子像人一样的站立而打拱,眼睛炯炯发光像是愤怒。他举起铳要想打去,忽然枪膛爆炸而伤了手指,兔子已经没有了踪迹。心里知道是兔鬼报冤,于是停止了这件事。

又曾经打猎晚归,天已经渐渐昏黑,看见小旋风卷起一个物件,火光荧荧,旋转着像车轮。他举起铳打中了,只见落下的竟是秃笔一枝,笔管上微微有血渍。明朝人小说中记载牛天锡供状的事情,说凡是器物在庚申这一天得到人血,都能够成精怪。这个也许就是吧!

敝 帚 精

僮仆王廷佑的母亲说:青县的一户百姓,除夕那天,有个卖通草花的,叩门叫道:"我已经在门口站立很久了,为什么花钱还不送出来啊?"查问家中,实在没有人买花。而卖花的人坚持说有一个头发下垂的女子拿了进去。正在纷乱吵闹间,忽然听到一个老妇急叫道:"真是大怪事,厕所中破扫帚柄上,竟插了几朵花。"拿来查看,果然是刚才所拿进去的。于是用锉刀锉断那扫帚而焚烧它,只听火中发出呦呦的声音,还有一缕缕的血流出。

这个妖精既然解得变化形体,就应该潜心修养灵气,为什么竟然作出这样的变异,使人知觉而被歼灭掉,岂不是自取其败吗? 天下那种未有所成就而先行自己炫耀,刚有所得而不能自己收敛隐藏的,大概就是同这把扫帚相类似吧!

黑狐说因果

外祖父张公雪峰家的僮仆王玉,善于射猎。曾经从新河带着盐租返回,碰到三个强盗,连发三箭把他们一个个射倒,在各人脸上唾了唾沫,放他们走了。有一天,他带着弓箭夜里行走,看见一只黑狐像人一样站立向月而拜,就拉满弓一箭射去,黑狐应着弦声中了箭。回来以后,他寒热大作。这天晚上,绕着房屋有哭泣的声音说:"我自己拜月修炼形体,对你有什么妨害? 无缘无故地被杀害,所以我一定要对你进行报复。可恨你还没有衰败,当向司命之神申诉罢了。"几天以后,窗格上发出铿铿的声音,他惊异地察看询问,听得窗外说话道:"王玉,我告诉你,我昨天到阴间去告你,冥官检查簿册,才知道你过去一生中含冤告状申辩,我做掌刑法的官,暗中庇护私党,使你理由正当却得不到伸雪,抑郁愤恨,自己刺杀而死。我堕落此身成为狐,这一箭正用来报复,因果分明,我不怨你。只是当日违心冤枉地拷问你,还欠你鞭打一百多下。你肯发愿免予偿还,那么阴司就可以在簿册上注销,来生拜受你的恩赐多多了。"说完,好像听到叩头的声音。王喝叱说:"今生的债还不清楚,谁能够讨前生的债呢? 妖鬼快去,不要打扰我的睡眠。"于是寂然无声。世上看见作恶的没有报应,动不动就怀疑神理的没有根据,哪里知道在冥冥之中有像这样的曲折哩!

妖由人兴

雍正十二年，我头一次跟随姚安公到了京城。听说御史某公生性多疑，起初典得永光寺一所住宅，这地方空旷，他顾虑有盗贼，每夜派遣几个家奴轮流负责摇铃击柝；还防他们的松懈怠惰，即使是严寒的冬天和湿热的盛夏，也一定拿着灯烛亲自巡视，不胜其劳。另外典得西河沿一所住宅，那里市中店铺像梳篦齿那样密密地排列着，他又担心有火灾，每间屋子里都储备水缸，到夜里摇铃击柝四处巡视，就像在永光寺的时候一样，不胜其劳。再典得虎坊桥东面一所住宅，同我家的宅邸只相隔几家。他看见房屋幽深，又疑心有精怪，先延请和尚念经，放焰口——为地狱中的饿鬼做佛事，铙钹鼓声铮铮地有好几天，说是用来为鬼超度。又延请道士设坛召神将，悬挂符箓，念诵咒语，铙钹鼓声铮铮地又是好几天，说是用来驱狐。这所住宅本来倒没什么，从此以后，精怪于是大兴，抛掷砖瓦，盗窃器物，夜夜不能安居。婢女老妇仆役趁机勾结为奸，所损失的无法计算。议论的人都说是妖由人兴。住了不到一年，他又典了绳匠胡同一所住宅。搬去以后不通音问，不知道他作什么样的设施了。姚安公曾经说："'天下本无事，庸人自扰之。'大概就是说的这种人吧！"

梦 中 梦

钱塘陈乾纬说：过去同几个朋友，坐船游玩到了西湖深处。秋雨初晴，登上寺院的楼上远眺。一个朋友偶尔吟诵"举世尽从忙里老，谁人肯向死前休"的句子，大家相互感慨叹息。寺里的和尚微笑说："根据我所闻所见，有死了还不肯罢休的。几年以前，秋月清彻明净，坐在这个楼上，听到桥边有争骂的声音，过了好久吵闹得更厉害。这地方没有人居住，心里知道是鬼。仔细听他们的话，说得又快又激烈，互相打岔抢先，不太能辨清，好像是争墓田界限。一会儿听一个人呼叫道：'二位不要吵，听老僧一句话可以吗？人在世路上，纷乱不宁，是因为不知道这一生是一场梦罢了。现在二位梦已经醒了，苦心经营，千方百计，以求取富贵，富贵现今在哪里呢？机巧之心万种，用来酬恩报怨，恩怨现今又在哪里呢？青山没有改变，白骨已经干枯，孤独地只剩下一个魂灵。想那黄粱一梦所幻化出来的，还能够醒悟；为什么亲身阅历过，反而不知道万事皆空？而且真仙真佛以外，从古以来没有不死的人；大圣大贤以外，从古以来也没有不消失的鬼。连同这孤独的一个魂灵,长久以后也不免于消亡。为什么在这电光石火般的瞬间之内,却又兴起像蜗牛角上的蛮氏、触氏两国之间兵戎相见的争斗,岂不是做着梦中之梦吗?'说完,听得呜呜啜泣的声音,又听到长叹的声音说:'悲哀和欢乐之情没有忘却,这就难怪不能把得到和丧失看得一样。像这样的牵挂,老僧也不能够替你们解脱了。'于是不再听到说话,疑心他们的责难还没有完。"乾纬说:"这个自然是师父的粲花之舌——隽妙的言词如明丽的春花——所编造出来的罢了。然而在内心深处用人情来检验,实在也是为情理中所有的。"

狐哀女奴

陈竹吟曾经在一个富家教读。有一个小奴婢听到她的母亲在路上行乞,饥饿得差不多要倒毙,暗地里偷了三千钱给她,被同伴们所揭发,鞭打得很苦。富家的一间楼房,有狐借住了几十年,从来没有为祸作祟。这一天,奴婢受鞭打时,忽然楼上哭声嘈杂如同开了锅。陈感到奇怪因而抬头询问,只听上面齐声答应说:"我辈虽然异于人类,也具有人心。哀痛这个女孩年纪还不到十岁,而为了母亲受鞭打,不觉失声哭泣,不是故意前来打扰。"主人把鞭子丢在地上,一连有好几天面无人色。

一言识伪

竹吟和朱青雷游览长椿寺,在卖书画的地方,见到一个卷轴,用擘窠大字书写道:"梅子流酸溅齿牙,芭蕉分绿上窗纱。日长睡起无情思,闲看儿童捉柳花。"落款题"山谷道人"。正准备议论真假,一个乞丐在旁边斜视着微笑道:"黄鲁直竟书写杨诚斋的诗,大是奇闻。"甩动手臂竟自离去。青雷惊奇地说:"能说出这样的话,怎么会讨饭?"竹吟叹息说:"能说出这样的话,又怎么能不讨饭?"我说这是竹吟愤激的话,是所谓名士习气罢了。聪明灵秀的士人,或者依仗才华,傲慢不能随俗,长久而后背理荒谬,怪僻执拗,使人不敢接近的,那情势可能讨饭。或者有文才无品行,长久而后污秽的行迹,丑恶的名声,使人不屑于谈论的,那情势也可能讨饭。这难道可以写成《感士不遇赋》吗?

咎由自取

一个官宦家的子弟,家财极富。那些无赖假装同他亲热,引诱他饮酒赌博,出入歌舞场。没有几年,竟然断了炊烟,面容憔悴而死。病情危垂时,他对妻子说:"我被人迷惑,以至于此,到阴间一定要告状。"过了半年,示梦给他的妻子说:"我不能胜诉了。冥官说以色事人的美童和娼妓,本来就是抛弃廉耻,依靠声色来谋生的。他们诱惑人以取得财物,就像虎豹的吃人,鲸鱼的吞船一样。但是人不入山,虎豹怎能吃?船不去航海,鲸鱼怎能吞?你自己去亲近他,他有什么过错呢?只有淫邪亲密的朋友,如同设置陷阱来等待野兽,不进去不停止;悬着香饵来钓鱼,得不到不罢休。这就意味着阳间应有明白的刑律,阴间应有作孽的报应了。"

又听说有个书生亲昵一个狐女,生痨病而死。家里人清明上坟,看见有个少妇洒酒祭奠,焚烧纸钱,俯伏着哭泣得很悲哀。书生的妻子认得是狐女,远远地骂道:"死妖精害人,雷早晚会打杀你,还要假慈悲吗?"狐女整饬衣襟从容地回答说:"凡是我辈女求男的,这是采补;杀人过多,为天上律条所不容。男求女的,这是情感;沉溺过度了,因此而导致伤生。正像夫妇的互相爱悦,酿成疾病而夭亡,结局由自己造成,鬼神也不追究理论那种男女情欲之事,姊姊为什么要责备我呢?"

这两件事足以互相引发阐明。

走 无 常

干宝的《搜神记》记载马势的妻子蒋氏的事情,就是现今所谓的走无常。武清王庆垞曹家,有个老仆妇充任这个差使。先母太夫人曾经问起阴司追捕,哪会缺乏鬼卒,为什么还需要你们这样的人?回答说:"病人的床榻必定有人四面守护,阳气炽烈,鬼卒难以接近。又或者有真正的贵人,他的气旺;有真正的君子,他的气刚,鬼卒尤其不敢接近。又或者是带兵主刑的官,有严峻酷烈之气;强横凶猛的人,有凶残暴戾之气,鬼卒也不能接近。只有生人的魂灵身体是阴的而阳气却旺盛,不用顾虑这些事,所以一定要携带他们以备不时之需。"话说得颇近情理,好像不是乡村老妇所能够杜撰出来的。

鸟鸣可惜

河间一个世家的住宅上,忽然有十几只鸟哀鸣盘旋,它的声音很是悲哀,好像是说:"可惜!可惜!"知道不是好兆头,而无法猜测预兆着什么事情。几天后,才知道是他家的儿子出卖住宅偿还赌债,鸟啼叫的时候,就是写契约的时刻。难道是他父祖的魂灵所凭借的吗?作为人的子孙的,听到这件事,应当警惕深思了。

游士排场

有个云游四方以谋生的士人,借居在万柳堂。夏天的时候,堂内挂着用湘妃竹做的帘子,摆着香榧木做的几桌,陈列古砚七八块,古玉器、铜器、磁器十来件,书册、画卷又十来件,放置毛笔的笔床、为砚台注水的水注、酒盏、茶杯、纸扇、用棕榈叶制成的拂尘之类,都极其精致。墙壁上听粘贴的,也都是名士的笔迹。焚香安坐,琴声铿然作响,人们望去如同神仙。不是显贵者的车乘,不能够登上他的厅堂。一天,有两个道士结伴游览,偶然经过士人所居住的地方,边走边说道:"前辈中有赶上见到杜工部的,那形状差不多如同乡村老翁。我过去在汴京城,见到黄山谷、苏东坡,都像是贫寒失意的穷酸光景,不及近日的名流,有许多家什。"朱导江当时偶尔同行,听说这话感到奇怪惊讶,偷偷地跟随在他们的后面。到了车马丛集杂乱的地方,红尘弥漫四合,忽然已经不见,竟不知道是鬼是仙。

游魂为厉

发遣到乌鲁木齐的犯人刘刚,骁勇雄健,无与伦比。他不耐烦耕作,找到一个机会潜逃到了根克忒,将要出境了。夜里碰到一个老叟说:"你是逃亡的吗?前面有卡伦(卡伦,是戍守瞭望的地方),恐怕不能过去。不如暂且藏在我的屋子里,等到黎明耕种的人都出来了,可以混杂在他们中脱身。"刘刚依从了他。等到稍稍能分辨颜色,觉得恍恍惚惚像梦中醒了过来,自身坐在老树空心的树干里。再看老叟,也不是昨天的相貌;仔细审视,竟是过去亲手杀掉并

175

把尸体扔到深涧中去的那个人。他仓促间感到惊愕,正要想起身,巡逻的骑兵已经到来,于是俯首就擒。军屯法:凡流放的犯人私逃,二十日之内自动归来的,还可以宽免死罪。刘刚被捕时在第二十日黎明,介乎两者之间,掌管屯田事务的官员要想从宽让他活命。刘刚自己讲述夜里所见,自知必然不免,愿意早日被依法处决。于是他被送往官署执行死刑。杀人在七八年之前,长久没有被发觉,而游魂作怪为祸,讨命于二万里之外,真是可怕啊!

选人举债

日南坊守栅栏的士兵王十,是姚安公旧时驾驭车马的仆人。他说乾隆六年夏天,夜里坐在高庙乘凉,暗中看见两个人坐在楼阁下面,疑心是盗贼,静静地伺察,看他们往哪里去。当时有西北放债的商人在绍兴会馆演戏赛神,锣鼓声没有停息。一个人说:"这班人很是快乐,但巧于算计剥削,恐怕造的孽也深了。"另一个人说:"这中间也有差别。过去听到判官谈论到这种事,凡是候选官员或者等候补缺多年,客居生活困乏,或者赴任远地,旅费艰难,这是不得已而举债。其中苦处,不可尽说。如果趁他急迫,多方要挟勒索,使得处处碰壁,进退两难,忍痛写立借据,这样的罪同抢劫相等。阳间的律条不过用棍棒敲打,阴间的律条就应当堕入地狱。至于放荡成性,骄横奢侈成了习惯,预期到任的时候,可以从百姓那里捞取用来偿还弥补,于是指望着这个借贷,肆意地挥霍享受。已经负债如山,还要挥金似土,以致渐渐显出枯竭,天天受到追呼催逼。选授有了官职,逃亡却没有了路,不得不吞声含恨,成为几桌上的肉,任凭这班人的宰割。积欠的数量既多,讨债难以一定讨到,所以先求取高利息,以希望得失的相当。在那里是势所必然,在这里是事由自取。阳间的官员论处虽有明白的条文,鬼神却不很责难他们了。"王听了这番话,怀疑他们不像是生人。一会儿,歌唱吹奏已经停了下来,只见两人一道起身,不等开锁,已过了栅栏门。随即听到道路上喧闹传说酒尽客散,有一个人中暑突然死去。才知道这两个人,是追捕勾魂的鬼。

罢官县令

莆田的林生霈说:福建有一个县令,罢官以后住在客舍里。夜里有一群强盗,破门而入。一个老妇吃惊呼叫,被刀砍中脑袋仆倒地上,僮仆没有敢出来的。巷子里有巡逻的人，一向不满意县令的所作所为，也袖手旁观。强盗于是肆意地搜索劫掠。他的幼子年纪十四五岁，用锦被蒙了头躺着，强盗扯取被子，见他美丽如同好女子，嘻笑抚摩，好像要想行非礼之事。中刀的老妇突然跃起，夺取强盗的刀，径自背着这个孩子夺门而出，追赶的人都被她所伤，于是只捆扎装载所抢劫的离去。县令奇怪老妇已经六十岁，向来没有听说她有搏斗的技能，为什么如此勇猛？急忙前往寻找看望，则老妇挺身站立，大声说道："我是某都某甲，曾经蒙受您的再生之恩。死后在土神祠当差，听说您被抢劫，特地来看看。做官所得的钱财，是您用刑罚逼索得来的，阴司判处装入强盗的口袋，我不敢救助。至于侵犯到了公子，则强盗的罪应当诛杀，所以附在这个老妇身上同他们战斗，您努力行善吧，我去了。"于是昏昏然就像酒醉睡着了。救醒过来问她，糊糊涂涂并不记得。原来这个县令碰到穷人和穷人诉讼，剖析判处也颇公正明白，所以结果受到了善报。

长　随

　　州县官雇佣的长随仆役，姓名籍贯都没有一定。大概是预防不法受贿败露，到时使官府无从寻找踪迹和追捕。姚安公曾经见到自己应考时分房阅卷的房官陈公石窗的一个长随，自称是山东朱文；后来在高淳县令梁公润堂家里再次见到，则自称河南李定，梁公颇为倚重信任他。临启程时，这个人忽然得了怪病，于是梁公托姚安公暂时收留他在家，约定痊愈时再前往梁处。他的病状是，从两只脚趾寸寸溃烂，慢慢地向上，到了胸腹部穿孔流脓而死。死后检点他的箱笼行李，有小册子写的是蝇头小字，记载他所跟随过的有十七名官员。开列着每一名官员的阴私事，详细记载某时某地，某人参与，某人在旁见到，以及往来的书信，审理判决的案卷，无一不详备地记录。他的同类有知道情况的，说："他曾经挟制过几个官了。他的妻子也是某官的侍婢，与她私通，一起偷偷逃跑，留了一封信在几桌上，官竟然不敢追究。现今得了这种疾病，岂不是天道吗？"

　　霍老丈易书说："这班人依靠别人的门户，原就为舞弊而来。譬如那养鹰的，断断不能要求它吃谷子，在于主人的善于驾驭罢了。如果喜欢他的灵便，把他当作耳目心腹加以委任，没有不如同倒拿干戈，把柄授给别人的。这个人不足以责备，我倒要责备那十七个官员。"姚安公说："这番话还没有说到根本要害。假如那十七个官员绝对没有阴私事可以书写，即使这个人天天准备着纸笔，又能有什么作为呢？"

献县近事

情理中所必然没有的，事情或者竟然是有的，然而究竟也是情理中所有的，执着于情理的人自己太固执成见了。献县近年有两件事。一件是韩守立的妻子俞氏，服侍祖婆婆十分孝顺。乾隆二十五年，祖婆婆眼睛失明，她千方百计为之医治祈祷，都没有效验。有狡诈的人欺骗说，割肉熬油点灯，祈求神的保佑，就可以很快痊愈。妇人不知道这是欺骗，就割下自己身上的肉，熬油点了起来。过了十几天，祖婆婆的眼睛竟然复明。妇人受欺骗这也太愚笨了，但是正由于愚笨所以心诚，由于心诚所以鬼神为之感动。这是无理之中却有着最精深的道理。另一件是乞丐王希圣双脚卷曲，用大腿代脚，用手肘支撑着行走。一天，在路上拾得遗失的二百两银子，搬动银袋藏在草堆里，坐守着以等待寻找的人。一会儿，商店主人张际飞慌张地寻来，王问他，张说的与遗失的银子相符，王希圣就拿出银子来归还他。际飞请王希圣分取银两以示酬谢，王不肯接受。张把王请到了家里，商量供养他一辈子。希圣说："我的形体残废，是天所给予的惩罚；违背天意坐吃，将一定有大的灾祸。"说完就坚决地离开了。后来疲困地躺在裴圣公的祠堂下面（裴圣公不知道是什么样的人，从志书里也不能知悉。世代居住本地的人说，求雨的时候有灵验），忽然有酒醉的人扯他的脚，痛得不可忍耐；醉人去了以后，脚已经伸直了。王希圣从此就能够行走。活到乾隆三十六年，才死去。际飞本是已故祖父的门下宾客，我还来得及见到，他自己讲述这件事很详细。大概希圣行善，理当受到报答；而他安于自己的命运，不受人的报答，所以神代为报答了。这岂不是貌似无理却有着精深的道理吗？

戈芥舟前辈曾经把这两件事情记载在县志里，讲学家颇因为他说到怪异的事情而以为是疵病。我说芥舟的这本志书，只有乩仙联句以及王生夭折的儿子两条，偶尔不肯割舍罢了。全书都是体例谨严，具有史家的法则。他记载这两件事，正是从中可以见到男女平民足以感动神明，用来激发行善之心，使轻薄的风俗淳厚，并非以小说家的语言滥登地方的志书。汉朝建安年中，河间太守刘照的妻子"葳蕤锁"的事情，记载在《录异传》；晋武帝时，河间女子开棺再生的事情，记载在《搜神记》，都是献县的典故，它的文字为何不曾被删除呢！

老猴学书

外叔祖父张公紫衡家里有小园林，其中筑有假山，有洞叫"泄云"。洞前是种菊的地方，山后养了几只鹤。有王昊庐先生集欧阳永叔、唐彦谦的句子题写对联道："秋花不比春花落，尘梦那知鹤梦长。"颇为工巧切当。一天，洞中的笔墨移动，满墙壁都是摹仿的这十四个字，拗折倾斜，不成点画；用笔或者从下而上，从右而左，或者应连的断了，应断的连着：好像是不识字的人所书写的。家中怀疑是儿童的游戏，就重新粉刷而关锁了它的门户。过了几天，打开观看，仍然如此，才知道是精怪。一天晚上，听到格格磨墨的声音，众人拿着刀突然进去捕捉，一只老猴跳起来冲开人逃去，从此不再见到了。不知道它学习书写是什么意思。

我曾经说小说记载人类以外的生物能够懂得文墨的，只有鬼和狐稍可相信。鬼本来是人，狐接近于人。其他草木鸟兽，怎么能自己知道诗文声律上的毛病？至于浑家的门客乃至苍蝇、扫帚也都能诗，即使属于寓言，也不应该荒诞到这种地步。这只猴子年岁长久通了灵性，学着人的样子涂涂抹抹，正是它顽皮的本色，原不必深求有什么意义。

卷 八

如是我闻(二)

以情解冤

　　已故叔父仪南公说:有王某、曾某,一向是好朋友。王艳羡曾的妻子,趁着曾某被强盗诬告,暗中贿赂狱吏把他弄死在牢狱里。王正在谋求媒人说合,心里忽然自己感到后悔,就放弃了原来的计划,打算作功德来解除冤仇。既而一想佛法有无尚不可确知,于是他迎请曾的父母妻子到家里,奉养十分周到。像这样过了好几年,耗费了他家财的一半。曾的父母意下觉得自己不能安心,要想把媳妇给王。王竭力推辞,奉养得更加小心。又过了几年,曾的母亲病了,王侍奉汤药,衣不解带。曾的母亲临死时,说:"长久承受厚恩,来世用什么来报答呢?"王于是叩头流血,具体陈述了实情,恳求她到阴间见到曾的时候,代为解释。曾的母亲慷慨地答应了。曾的父亲也手写了一封信,纳入曾母的袖子里说:"死后果然见到了儿子,把这个交给他。如果再要结怨,黄泉之下就不要相见了。"后来王替曾的母亲经营丧葬,督工辛劳困倦,在墓穴的旁边打盹,忽然听到耳边大声说:"你我的冤仇固然已解,但你有一个女儿,忘记了吗?"一惊而醒,于是就把女儿许嫁给了曾的儿子。后来王竟然得到善终。以必然不能解开的冤仇,而用不能不解开的情意来感动他,真是一个狡诈的人啊!但是像这样的冤仇还可以解开,可知没有不可以解开的冤仇了,这也足以用来劝勉那些能悔罪的人。

丐妇尽孝

　　堂兄旭升说:有一个讨饭的妇人很孝顺她的婆婆,曾经因为饥饿而倒在路上,而手上的一钵饭紧握不肯放,说:"婆婆还没有吃。"她自己说起初也只是跟随婆婆要饭,听从指挥罢了。一天,一起暂住在古庙里,夜里听到殿上厉声道:"你为什么不回避孝妇,使得她受了阴气发寒热?"一个人声称手里捧着紧急公文,仓促间没来得及见到。又听到喝叱责备道:"忠臣孝子,头顶上神光照耀有几尺高,你难道眼瞎了吗?"一会儿听到鞭打呼叫的声音。好久才沉寂下去。第二天到了村子里,果然听到一个女人送饭到田头,被旋风刮倒,患了头痛病。问起那妇人的事迹,果然以孝顺著称。从此受到感动,侍奉婆婆经常恐怕不周到。

孝 与 淫

旭升又说:县中胥吏李懋华,曾经因事到张家口去。在居庸关外,夜里迷失了道路,暂时在山边的神祠里面休息。一会儿灯火晃动照耀,远远看见车马嘈杂,将要到达祠门。他心想大概是神灵,就伏藏在廊屋下面。只见几个贵官,一起进入祠中,坐在左边的,像是城隍。中间四五个座位上,则不认识是什么神。几个小吏抱着簿册陈列在桌上,一一检点查看。李偷听他们的谈话,则是查验一郡的善恶。一个神说:"某妇人侍奉尊亲没有失礼,但只是表面诚挚而内心并不诚挚。某妇人也能够得到公婆的欢心,但是退下来在她丈夫面前有怨言。"一个神说:"风俗日益浮薄,神道也要帮助人行善。阴间的律条孝妇延寿十二年,这两个妇人减半好了。"大家说:"好。"过了一会儿,一个神又说:"某妇人十分孝顺而又十分淫荡,怎样处置她?"一个神说:"阳间的律条犯了淫,罪状只是受杖刑,而不孝就应当诛杀。这是不孝的罪重于淫了。不孝的罪重,那么能够孝的福也重。轻罪不可以削减重福,理应舍弃淫而论她的孝。"一个神说:"辛劳服侍奉养,是孝的小的方面;行止有亏,使尊亲蒙受耻辱,是不孝的大的方面。小的孝难以赎免大的不孝,理应舍弃孝而惩处她的淫。"一个神说:"孝是大的德,不是其他的恶所能够遮掩;淫是大的罪,不是其他的善所能够赎免。理应罪和福各自受到报应。"旁坐的弯腰行礼请示说:"罪和福互相抵消可以吗?"神转过头来说:"因为淫而削减孝的福,这是使人怀疑孝没有福了;因为孝而免除淫的罪,这是使人怀疑淫没有罪了。互相抵消恐怕不可以。"一个神隔着座位说道:"因为孝的缘故,虽然十分淫荡而不加罪,不使人更加知道孝吗? 因为淫的缘故,虽然十分孝顺而得不到福,不使人更加警戒淫吗? 互相抵消是对的。"一个神沉思了很久说:"这件事出入颇为重大,到天上的官署请命好了。"说完都起身,各自命备车马而散。李原是一个老吏,熟习官府文书,暗中记下他们的话,反复思考,不能决断。不知道天上的官署作出什么样的判断。

雷震李十

董曲江说:陵县有一个寡妇,夏天的夜里被盗贼撬窗入内,乘她睡觉时奸污了她。到惊醒呼叫,盗贼已经逃跑了。寡妇愤恨病死,竟然得不到当事盗贼的姓名。过了四年多,忽然村民李十被雷击死。一个老妇合掌念诵佛号说:"某妇人的冤伸雪了。当她呼救的时候,我亲眼见到李十跳过墙头出来,我是因为怕他的强横而不敢说呵!"

雅狐康默

西城将军教场的一所住宅,周兰坡学士曾经居住过。夜里有时听到楼上吟诵的声音,他知道是狐,并不惊讶。等到兰坡搬家,狐也搬往别处。后来田白岩租下,住了几个月,狐才重新回来。白岩用酒和干肉祭祀,并且在几桌上陈列祝词说:"听说这蜗牛般简陋的庐舍,曾经停留过仙人的车驾。又听说飘然远去,似是沙门佛子。鄙人如同系着的匏瓜,微末一官,就像浮萍的漂泊,到现在已经十年,手头拮据,向人借贷,才选择了这一处民居。几个晚上以来,微微听到咳嗽和笑声,似乎仙人的车驾重新返回。难道是鄙人的德行浅薄,所以受到侵扰?或者是过去有缘分,来这里相聚呢?既然承蒙惠顾,怎敢拒绝嘉宾!只是希望各守门庭,使得人与鬼神隔路,或许都能够归于宁静,不同种类的苔藓并不妨碍同在一山。恭敬地陈述心腹之言,希望鉴照。"第二天,楼前飘落下来一张帖子说:"在下虽然异于人类,颇为喜爱诗书,很不想同俗客为伍。这所宅子几十年来都是擅长文辞的人寄居之所,同素来所爱好的相投合,所以携带家族安然住下。自从兰坡先生舍我而去,以后来居住的人,我眼内不能承受他们市侩的容貌,耳内不能承受他们唱歌吹奏的声音,鼻内不能承受他们酒肉的气息,迫于无奈,遁迹到了山林。现今听得先生是山薮的少子,文章必然有师承,所以望影归来,不是有意相扰。从今以后,可能有时翻检书册如同獭祭鱼,偶尔抽动书签;借笔作书如老鸦之涂沫,暂时研磨有圆形斑点的砚石。除此之外,如果有一丝一毫的侵犯,任凭先生诉之于神明。希望开拓清远的怀抱,不要猜忌疑心。"末了题"康默顿首顿首"。从此不再听到声音了。

白岩曾经把这张帖子给客人看,字行倾斜,墨色浅淡,像是匆匆所书写。有的说:"白岩寄身于微末的官职,滑稽玩世,故意造作此事用来寄托诙谐嘲弄。寓言十中有九,或者是这样吧?"然而这同李庆子遇狐叟的事情大意相类似,不应该尘俗的人士与风雅的精怪,重见于一时,又同出于山东。或者李因为田的事情而附会,或者田因为李的事情而推移演变,都不可知。传闻中不同的说法,姑且保存它针砭世事的意思而已。

报 冤

一个世家子弟,因为奢侈骄纵触犯了法网。死后几年,亲戚当中有召仙人降临的,他忽然附乩自己道出姓名,并且陈述惭愧和懊悔之情。过后又写道:"在下家法本来严格,在下的遭祸,是因为太夫人过于溺爱,养成骄奢任性的性格,所以踏上了陷阱而不知道罢了。即使如此,在下不怨恨太夫人。因为在下在过去的一世中,欠了太夫人的命,所以现在用溺爱的方式杀掉我,暗中报冤。因果牵连缠绕,并不是偶然的。"观看的人都为此叹息。因为报冤而做逆子,这是从古以来就有的。因为报冤而做慈母,这是书上的记载所没有看到过的。但是据他所说的,竟是确凿而合乎情理。

孤 松 庵

宛平的何华峰,任宝庆府同知时,在山间行走疲乏困顿,望见水边有一座草庵,就投奔前去暂时歇息。门上匾额写着"孤松庵",门联上写道:"白鸟多情留我住,青山无语看人忙。"有老和尚守门,请何进去,用茶招待,颇为清香洁净,而态度冷淡没有主人待宾客的意思。三间房子也很朴素雅致,中间悬挂着一轴绘画的佛像,有用八分书体题字写道:"半夜钟磬寂,满庭风露清。琉璃青黯黯,静对古先生。"不署姓名,印章也模糊分辨不清。旁边一副对联写道:"花幽防引蝶,云懒怯随风。"也不题写落款。何华峰指着询问道:"这是师父自己题写的吗?"他态度淡漠,并不答应,只是用手指指耳朵而已。归来的途中,再经过这个地方,只见波光和山中雾气的光影,四面环顾,萧条地不见以前庵堂的所在。随从的人记得遗失一支烟筒,寻找时发现还在老柏树下。竟不知道是佛祖还是鬼怪。华峰画有《佛光示现卷》,并且自己记载事情的经过很详细。华峰死后,想来已经如云烟的经过眼前一样佚失了。

汲水女子

同族兄长次辰说:他的同榜取中的士子、康熙五十三年的举人某,曾经游览嵩山,看见一个女子在溪涧里汲水。他试着恳求给一点水喝,女子高兴地给了他一瓢;试着问路,女子也高兴地指点。于是二人一起坐在树下谈话,女子似乎颇懂得一点文墨,不像是农家妇女。举人怀疑她是狐狸精,但因为爱她的秀丽文雅,暂且和她亲密地相处一会。女子忽然抖抖衣服起来说:"危险啊!我几乎败坏了。"举人奇怪地问她,女子惭愧脸红地说:"我跟随师父学道一百多年,自己以为这颗心就像静止的水。师父说:'你能够不起坏念头罢了,坏念头原就存在的。不见想要的东西,所以心不乱,见到心就乱了。一百万亩沙地里,留一粒草子,见雨就发芽。你的魔障将要到了,明天试过,你自己就会知道了。'今天果然碰到您,一问一答,留恋不舍,已经微微动了一点念头;再过片刻,就不能自己把持了。危险啊!我几乎败坏了。"纵身一跳,直上树梢,倏忽像飞鸟般地离去。

旧 端 砚

次辰又说:同族的祖父征君公——不接受朝廷征聘的隐士——名讳叫炅,康熙十八年举荐博学鸿词,因为天性放纵不受拘束,恐怕妨碍游览,称病不参加考试。他曾经到登州去观看海市蜃楼,经过一个乡村的学塾稍事休息,看见桌子上一块旧的端砚,背面刻有连笔草书十六个字道:"万木萧森,路古山深,我坐其间,写《上堵吟》。"旁边书写"惜哉此叟"四个字,大概是他的别号了。族祖问是从哪里得来,塾师说:"村子南面树林中有恶鬼,夜里走路的碰到它就生病。一天,众人等候他出来,拿了兵器攻打它,追到一座坟墓边就消失了。于是众人一起发掘,在坟墓里得到这块砚台。我用一斗小米换来的。"

按,《上堵吟》是孟达所作。这个必定是前朝的旧臣,投降而后重新叛变,失败逃窜入山而死的。活着的时候既然进退无所凭依,死了又不深自潜藏,自取暴露骸骨的灾祸。真是顽固不知应变的鬼啊!

海 夜 叉

海里的有夜叉,如同山中的有山魈,不是鬼不是精魅,自成一个种类,介乎人和物之间。刘石庵参政说,诸城靠海的地方,有人搭建一座小屋捕鱼。一天,众人都摇船出去了,有夜叉进入小屋里,偷喝他们的酒,喝光了一罐,酒醉而睡去了。结果被众人所抓获,捆起来痛打,一点没有显出什么灵异,竟然困顿倒地而死。

铳 击 影

同族的侄儿贻孙说:过去在潼关,住宿在一个驿站里。当夜月色洒满了窗户,贻孙看见有两个人影映在窗子上,怀疑是盗贼;仔细看去,则腰肢纤细柔弱,头上发髻依稀可见,像是一个女子带着一个婢女。他在窗纸上捅一个洞暗中探看,却不见它们的形体,知道是妖精,用佩刀隔着窗格砍去,只见有两道黑烟,声音像响箭,越过屋脊而去。贻孙担心它们第二夜再来,告戒仆人借来打鸟的火铳守候。夜半的时候,果然又见到影子,竟是两只老虎相对蹲伏着。他和仆人一起发铳打去,虎影应声而消失,从此不再来。疑心本来是游荡魂魄,所以没有形状实体,碰到闪光震动照耀,就消散不能聚拢了。

抱子掷钱

献县的书生王相御,生了一个儿子,有抱他的,空中就会掷下几十文钱。知县杨某亲自前往观看,竟掷下白银五钱。这个儿子随即短命而死,也没有别的奇异。有的说:"是王生让变戏法的搬运得来,是要借这个收敛财物。"有的说:"这是狐精所做的。"这都不可知了。但是做官的碰到这类事情,即使确实有鬼凭依着,也应当整治禁止,使它不要惑乱民众的听闻,正不必判断它是真实的还是虚妄的。

凶煞示兆

李又聃先生说:雍正末年,东光城里,有一夜忽然家家狗叫,声音像潮水涌动。人们都互相惊奇地出来观望,月光下看见一个人头发披到腰间,穿着丧服系着麻带,手里拿着一只大袋子,袋子里有千百只鹅鸭的声音,挺身直立在一户人家的屋脊上。过了好久,又移过别一家。第二天,凡是昨夜那异人站立过的地方,都有鹅鸭两三只,从屋檐头掷下。有的人煮来吃了,同平常畜养的没有什么差异,不知道是什么怪物。后来凡是得到鹅鸭的人家,都有死丧,才知道是凶煞神偶尔出现。

已故岳父马公周箓家,这天夜里也得到两只鸭子,这一年他的弟弟靖逆卫同知庚长公死去。又聃先生的话如果确实说得不错,那么从古至今,遭受丧事的像恒河里的沙不可胜数,为什么独独显示征兆在这天夜里?这一夜之中,为什么独独显示征兆在这个地方?在这个地方之中,为什么独独显示征兆在几家?它的显示征兆,都掷给鹅鸭,又取什么意义?鬼神的事理,有的可知,有的不可知,只好留存而不议论它好了。

鬼　趣

道士王昆霞说:过去游览嘉禾,新秋气候爽朗宜人,在湖滨散步,离开人群稍远,偶尔看到一处官宦家废弃的园圃,只见丛生的竹子,古老的林木,寂静得没有人的踪迹。王在里面徘徊停留,不知不觉地大白天睡着了,梦见穿着古代衣冠的人一揖到地说:"寂寥的荒林,很少见到嘉宾;既然见到了君子,实在以得偿素愿而感到宽慰。希望不要因为我异于人类而加以摈弃。"王心里知道是鬼,姑且问他从哪里来,回答说:"在下是耒阳的张湜,元末时客居在这地区,死而葬于客地。我爱好这里的风土,不再有回去的念头。园林已经换了十几个主人,我还是留在这里不忍离去。"问:"人都怕死而喜欢活着,你为什么独独酷爱鬼趣?"答:"死和生虽然不同,但是性灵不改,境界也不改。山川风月,人见到它,鬼也见到它;登临名山胜水吟诵咏叹,人有这些,鬼也有这些。鬼有什么不如人?而且幽深艰险的胜地,人所不到的,鬼得以魂游;萧条寂寞、清静冷落的景色,人所不见的,鬼得以夜间赏玩。人尚且有时不如鬼。那些怕死而喜欢活着的,由于嗜好和欲望扰乱心神,妻子儿女结下的恋念,一旦舍弃进入阴间,就像高官解下印授辞免官职,隐退憩息于山林泉石之间,不能不感到忧伤。他们不知道本来住在山林泉石间的人,耕田凿井,和乐相安,原就没有什么忧伤在心中。问:"六道转辗轮回,事情应当有主管的,你为什么竟然得以自由?"答:"求生如同求官,听凭别人的意旨,不求生的如同逃避名声,听凭自己所为。假如不求生,神也不勉强的。"又问:"寄托情怀既然深远,吟咏必然也多。"答:"兴之所到,有时得到一联一句,大抵不成篇,境过就忘,也不再追寻求索。偶然还记得,可以向高明的贤士求教的,才三五章罢了。"于是朗声吟诵道:"残照下空山,暝色苍然合。"昆霞打着节拍称赏,又吟诵道:"黄叶——"刚得二字,忽然听到吵闹呼叫声,昆霞突然醒了过来,则是渔船打着船桨在相互招呼。昆霞重新靠着柱子闭目而坐,不再能成梦了。

六壬占术

昆霞又说:他的师傅精通六壬占术,而不替人占卜。昆霞少年时,一天早起,师傅把一封短信交给他说:"拿了这个去某家借书,规定申刻到,早了晚了都要打你。"某家与此地相距有七八十里,昆霞竭尽全力,刚刚在指定时刻赶到,只见某家兄弟正在争斗,打开那封信,只有小字一行道:"借晋书王祥传一阅。"兄弟互相看着默默无语,争斗于是平息了。原来他家的弟弟正是继母所生。

地水风火

嘉峪关外有戈壁滩,直径一百二十里,都是堆积的沙子,没有一寸泥土。只有居中一座大的山丘,名叫天生墩,有戍边的士兵守着。冬天积冰,夏天储水,以供给往来传递公文的驿使。起初,威信公岳公钟琪征西时,怀疑这墩本来是一座土山,被飞沙所掩没,只露出它的顶。既然有山,必然有水。就派士兵开凿它,凿到了几十丈,忽然拿着铁锹的人都坠落下去。在洞上的人俯伏着听去,听到风声如雷的轰鸣,于是停止了挖掘。那个洞现在已经坍塌,我出塞的时候,还能看见它遗留的遗迹。按,佛家有地水风火的说法。我听说陕西有个迁葬的人,打开墓穴时,棺材已经半焦,这是千总茹大业亲眼见到的,大概是地火所烧灼。又,献县姓刘的,母亲死了,合葬时打开墓穴,找不到他父亲的棺材,追寻过去,竟在七八步外,倒栽在土中,这是先父姚安公亲眼见到的。彭芸楣参政也说，他的家乡有迁葬的，棺材里的骨头聚拢在一角，就像堆积柴火似的，大概是地风所吹。由此可知大气运行于地中，阴气化成水，阳气则化成风、化成火。水和土同属于阴类，一气相生，所以无处不有。阳气则包藏于阴中，那微小的，闪烁动荡的气性被阴气所化解；稍壮的凝聚而成硫黄、朱砂、毒砂之类；那最盛的郁结而成风成火，所以经常聚于一地，不能处处见到罢了。

凿井筑城

伊犁城里没有井，人们都出城到河里面汲水。一个佐领说："戈壁都是堆积的沙子，没有水，所以草木不生。现今城里有许多老树，假如它的下面没有水，树怎么能活？"于是拔除树木，就它的根下面凿井，果然都得到泉水，只是汲水得要用长的绳索罢了。因此知道古代称雍州土厚水深，显然是不错的。徐公子蒸远曾经参与这件事，有一次对我说起过，这个佐领可以说是格物——能够推究事物的原理。蒸远能说出他的姓名，可惜我已经忘记了。

后来乌鲁木齐修筑城池时，鉴于伊犁的没有水，于是选择通向湿润的地方以接近流水。我描写这个地方的杂诗有道："半城高阜半城低，城内清泉尽向西。金井银床无用处，随心引取到花畦。"是记录它的实情。然而有时雪消水涨，则南门就不能开。又，北山旁支山脚逼近城门的瞭望楼，登上山冈顶上的关帝祠戏楼，那么城里的一切都看得清清楚楚。所以我诗中又说："山围芳草翠烟平，迢递新城接旧城。行到丛祠歌舞处，绿氍毹上看棋枰。"巴公彦弼镇守这里时，参将海起云请求在山脚下坚固地修筑小的堡垒，成为互相声援的犄角之势。巴公说："你只能在旷野里交战，实在不知道兵法。这座山虽然可以俯视城中，但是敌人如果在山上构结栅栏，可以筑起炮台仰击。火性向上燃烧，形势方便有利，地势逼近，瞄准也不难，他们决不能屯结聚集。如果修筑一个小的堡垒在上面，兵多了则地方狭小不能容纳，兵少了则力量薄弱不能守卫。如果被敌人所占据，反而资助他们用来作保障了。"各将领无不感叹佩服。因为记伊犁凿井的事情，一并附带记录下来。

瑞　兆

乌鲁木齐泉水甘甜土地肥沃，即便是花草也都繁茂兴盛。江西蜡五色都具备，花朵像大的杯子，花瓣艳丽像洋菊。虞美人花大得像芍药。大学士温公以户部侍郎的身份出来镇守时,阶前的一丛虞美人忽然变成异样的颜色,花瓣深红像朱砂,花心则浓绿像鹦鹉,映着日色灼灼有光,就像金星的隐约闪耀,即使是画工着色也不能及。温公随即升任福建巡抚而去。我用彩线系在花梗上作记号,秋天收它的籽。第二年种下去,仍然是平常的花卉罢了。才知道这花是祥瑞的兆头,就像扬州的芍药偶尔开出金带围一样。

青骡偿债

辛彤甫先生记异诗道:"六道谁言事杳冥,人羊转毂迅无停。三弦弹出边关调,亲见青骡侧耳听。"这是他康熙六十年在我家设馆的日子里所作。起初,乡里人某货郎欠已故祖父很多银两不还,而且还说出负心的话。已故祖父生性胸襟开阔、豪爽大方,一笑也就罢了。一天,午睡起来,对姚安公说:"某货郎死了已经很久,刚才忽然梦见他,这是为什么?"一会儿养马人来报,马生了一头青骡,都说:"某货郎来偿还旧债了。"已故祖父说:"欠我应该偿还的多了,为什么独独某货郎来偿还?某货郎欠人的也多了,为什么独独来偿还我?事情有偶然相合的地方,不要把它说得神乎其神,使人家的子孙蒙受羞耻。"但是养马人每次戏叫某货郎,那骡就昂起头作出愤怒的样子。某货郎平生喜欢弹三弦,唱边关调。有人对青骡弹唱这只曲子,它就耸起耳朵倾听。

刀 笔

古代写字用竹简,错了就用刀削去改正,所以叫刀笔。黄山谷把他的尺牍取名刀笔,已经不是本义。现今写诉讼状纸的称刀笔,则是说笔像刀而已,又是一个意义了。我任福建提督学政时,一个书生因替人写状词诬告充军边疆。听说他将要败露时,正替人构思讼词,手中的笔"爆"的一声,中间裂开像刀劈一样。他仍笃笃定定不知道警惕,终于遭受灾祸。

又,文安的王岳芳说,他的家乡有捏造罪名陷害好人的,一次正在起草讼词,惊奇发现写的字都是赤色,一看,竟是血从笔端出来。他丢掉笔站起身来。从此洗手再也不干这种事,竟然得到善终。

我也看见一个善于诉讼的,替人出谋划策,诬告一个富有的人引诱藏匿他的妻子,弄得那个富有的人几乎破了家。案子还没有了结,而善于诉讼的人的妻子,真的被人所引诱逃跑。他不知道案犯的姓名,竟然无法使用他善于诉讼的本领。

巧 应

天道乘除消长,不能完全估量。善恶的报应,有时应验,有时不应验,有时立即应验,有时慢慢地应验,也有时显示出巧妙的应验。我在乌鲁木齐时,吉木萨报告发遣来的犯人刘允成因为欠债过多,被迫而上吊自杀。我命令胥吏在名册中销除他的姓名,看见原来案卷中有注语道:"为重利盘剥,逼死人命事。"

无 头 鬼

乌鲁木齐巡检所驻扎的地方,叫呼图壁。呼图译出来是鬼,呼图壁译出来就是有鬼。曾经有商人夜里行走,黑暗中看见树下有人影,怀疑是鬼,呼叫着问他,回答说:"我天晚了到这里,怕鬼不敢前进,等待人结伴同行。"于是相伴一起行走,渐渐互相亲近起来。那人问:"有什么急事,冒着寒冷夜里行走?"商人说:"我过去欠一个朋友四千钱,听说他夫妇都病了,饮食、药物恐怕供给不上,所以前去送还。"那人后退立在树背后说:"本来要想祸害您,求一点小小的祭祀。现今听到您的话,是一个真正的忠厚长者。我不敢侵犯您,愿意给您领路,可以吗?"商人迫不得已,只好姑且跟随着他。凡是道路上险要阻塞的地方,鬼都预先告知。一会儿,残缺的月亮微微升起,稍稍能够分辨物体形状。商人仔细一看,竟是一个无头的人。他战栗着后退站立,鬼也忽然消失了。

赤城山老翁

冯巨源任赤城教谕时,说赤城山中一个老翁,相传是元代的人。巨源前往看他,称呼他为仙人。他回答说:"我不是神仙,只是吐故纳新导气引体,得以不死罢了。"询问他的方法,回答说:"不离开丹经,却又不是丹经所能够完全包括,它的分切节制,极为微妙。假使没有口诀真传,只是依法运用,如同看着棋谱相对下棋,棋必然要失败;如同拘泥药方治病,病情必然危险了。缓急先后,稍稍一失去调节,或者固结而成为毒疮,或者凝滞而变成痉挛,甚至精气昏乱,神不能回归躯体,竟至于成为癫痫病。那就不仅无益,而且有损了。"问:"容城、彭祖的方术,可以延年吗?"答:"这是邪道,练得不得法的,灾祸立即就会降临;真得法的,也仅仅使人壮盛。壮盛到了极点,必然有决裂奔溃的祸患。譬如违背情理聚敛财富,并非不能很快富裕,而断断没有终身享有的道理。您不要为它所迷惑。"又问:"服用丹药来延年益寿,那方法怎么样?"答:"药物是用来攻克疾病,调补气血,而不是用来养生的。方士所服食的,不过是草木金石,草木不能够不衰朽腐烂,金石不能不消融化解。它们尚且不能存留自己,却可以说是借它们的余气,反而能够长期存留吗?"又问:"得以成仙的,果然不死吗?"答:"神仙可以不死,而也时时可以死。要知道有生必然有死,这是物理的规律。炼气存神,都是逆向而制止它。逆向制止的力量不松懈,就气聚而神也聚;逆向制止的力量有时松懈了,就气消而神也消。消就是死了。如同富有财货的人家,勤俭就长久富裕,不勤俭就逐渐贫穷;再加上奢侈放荡,那么贫穷立刻来到。那做神仙的,固然也兢兢业业地,恐怕不能够自保,并非修炼自身精、气、神的内丹一旦成功,就可以经历万种劫难不坏了。"巨源请求遵行弟子拜师的礼节。答:"您同此道无缘,何必徒然荒废自己的本业?不如算了吧。"巨源只好惆怅地回去了。景州戈鲁斋给我讲述了这件事,称说他的话都挺实在,不像是方士的炫耀惑人。

乩仙论医

先父姚安公说:有扶乩替人治病的,仙人自称叫芦中人。问:"难道是伍子胥相国吗?"回答说:"他自是隐去本意用来暗示的话,我却真的以这个作为名号。"他的方子有时有效有时没有效,人家问他,就回答说:"我能够治病,不能够治命。"一天,他降坛到牛老丈希英(姚安公称牛丈的字是这两个字的读音,不知道是不是这两个字。牛丈名讳叫㻞,娶前母安太夫人的堂妹)家,有乞求虚亏症状的方子的,仙人下判语说:"您的病不是药所能医治的,只要抑止嗜好欲望,远远地胜于草根树皮。"又有乞求养儿子的方子的,仙人下判语说:"养儿子有方子,并且能够有神奇的效验。但是有方子和无方子相同,有神效也和无效相同。人的精血化育生长,其中包含着欲火,尚且要毒发成为痘,十个中必然要损一两个。何况用热药辅助,集聚凝结而成胚胎,它所蕴含的毒必然要加上几倍。所以每次碰到生痘,一百个中难得一个是完好的。人们徒然在幼儿夭亡的时候,悼惜他的短寿;而不知道没有出生之日,已经先伏下必死的征兆。生如同不生,那么养儿子又有什么可以宝贵的呢?这个道理是很明显的,而过去的贤人没有悟出这一点。山人的志向在于济助世人,不忍心用这个方术来欺骗人。"他的说法切中事理,都是医家所不肯说的,或许真的是有灵鬼依附在他身上吗?

又听说刘季箴先生曾经同他谈论医道,乩仙说:"您补虚好用人参。虚症有种种不同的症候,而人参的性能则有专门主治的方面,不能够通治各种病症。拿脏腑来说,人参只能到上焦、中焦,而下焦就达不到。拿荣——血的循环、卫——气的周流来说,人参只能到气分,而达不到血分。肾肝虚和阴虚,而用人参来补,哪能有用处呢? 不但没有用处,这种阳气偏盛的症象不是更灼热炽盛了吗? 而且古方有生参、熟参的分别,现今采人参的一得到就拿来蒸,哪里会有生参呢? 古代人参生于上党,秉受中央的土气,所以它的性温厚,先进入中焦。而今上党之气衰竭,只是用辽参,秉受东方的春气,所以它的药性萌发,先升到上部。就以药而论,也各有运用变通之处,愿您慎重使用。"季箴极不以为然。我不懂医道,一起连带把它记录下来,等待精通此道的人来论定。

解砒毒方

歙县人蒋紫垣,客居在献县程家庄,以行医作为职业。有解砒毒的方子,用了有十分把握,但是一定要索取高价,不能满足他所要求的,就眼看着人死去。一天蒋突然死亡,托梦给寓所的主人说:"我因为贪利的缘故,耽误九条人命了。死去的人上诉于阴司,阴司判我九世服砒霜而死。现在将要转入轮回,贿赂了鬼卒,得以来见您,把这个方子奉送。您能够拿来救活一个人,那么我就少受一世冤业的报应。"说完,哭泣着而去说:"我后悔晚了!"那个方子用防风一两,研为细末,用水调服而已,没有其他神秘的药物。又听沈老丈丰功说:"用冷水调石青解砒毒可神了。"沈老丈平生不说虚妄的话,他的方子应当也是有效验的。

鬼求助猎者

老儒刘挺生说:东城有个打猎的,半夜睡醒过来,听到窗纸发出"浙浙"的响声。一会儿,又听到窗下有窸窣的声音。他披上衣服喝叱询问,忽然听见回答说:"我是鬼,有事情求您,您不用害怕。"问它什么事情,答:"狐同鬼从古以来不一起居住,狐所掘洞做窝的墓,都是无鬼的坟墓,我的坟墓在村北三里光景,狐趁我到别的地方去了,聚集家族占据了它,反而驱逐我,使我不得进入。要想同它争斗,可我本来是文士,必定不能得胜;要想到土地神那里去告状,即便幸而得到申雪,它终究也要报复,又必定不能得胜。只有依靠您到打猎时,能够绕道半里路,一次次经过那个地方,那么它们必定恐怖而搬到别处去了。然而倘使有所遇的时候,不要立即捕获杀戮,恐怕事情的机密或许会泄漏出去,它又要同我结怨了。"打猎的如它所说的做了,后来梦见它来道谢。

喜鹊的巢被斑鸠所占据,喜鹊讨回自己的巢,理由本来是正当的。然而力量不足以战胜斑鸠,就避而不争;力量足以战胜它,又深虑远思而不能尽它的全力。不求侥幸的胜利,不求过度的胜利,这就是它之所以终于得到胜利的原因吧!衰弱的人碰到强暴,像这个鬼一样做就可以了。

生魂离体

舅父张公健亭说:沧州长官王某,有个爱女患病十分沉重。家里人夜里进入书斋,忽然见到她对着月亮独自站立在花阴下,家里人惊恐地返回,怀疑是狐狸精幻化成她的形状,唤出狗去扑她,就忽然消失了形迹。一会儿房中的病人说话道:"刚才做梦到书斋那儿去看月亮,意下很是爽快适意,不料有猛虎突然到来,差一点不能幸免,到现在还心跳流汗。"家里人才知道所看见的是她的生魂。医生听到这一情况说:"这是形和神已经分离,即使是卢国的扁鹊也无从下手了。"不久她果然死去。

黄 金 印

福建有方竹、燕山的柿子形状稍微带方,这各是一个物种。山东益都有方柏,大概是偶尔见到的一株,其他的柏树就都不方。我八九岁时,见到外祖父家介祉堂中有菊四盆,开的花都是正方形,瓣瓣整齐如同裁剪的一样。据说是得之于天津查氏,名叫黄金印。先父姚安公求取它的根回来,移植在家里,第二年花渐渐变圆,再一年就全圆了。有的说:"花本是平常的菊花,只是种的人别有方法。如同用靛蓝浸莲子,则花色青;用墨揉搓玉簪的根,则花色黑。"这或者也是一种说法吧!

笃信程朱

家奴宋遇病情危重时,忽然张开眼睛说:"你兄弟们来了吗? 大限在哪一天?"既而自言自语说:"十八日也可以。"当时一个讲学家在我的家里设馆,听到后讥笑说:"这是生病说胡话。"到时候宋果然死了,讲学家又讥笑说:"偶然巧合罢了。"申铁蟾正同他一起吃饭,丢掉筷子叹息说:"您可以说是忠实地信仰程朱的了。"

奇节异烈之女

奇节异烈的人,埋没没有流传下来的,哪能说得完呵。姚安公从云台公那里听说一件事:"明末避乱的时候,见到一对夫妇同逃的,那丈夫像是腰里装有钱财,一个盗贼拔出刀追赶得很急。妇人忽然回转挺身站立,等待盗贼到来,突然抱住他的腰。盗贼用刀击打她,血流如注,她坚决不肯放手。等到气绝而仆倒,她的丈夫已经脱身逃去很久了。可惜不知道她的姓名。"

又从镇番公那里听说一件事:"明末,河北五省都闹大饥荒,以至于杀人卖肉,官府不能禁止。有个客人在德州、景州之间,进入旅店午餐,看见少妇裸体伏在砧板上,手脚被捆住,正在汲水洗涤,恐怖战栗的情状,使人不忍心观看。客人心里怜悯同情,用加倍的价钱把她赎出来;解去她的捆缚,帮助她穿衣服,手碰到了她的乳房。少妇恼怒地说:'承蒙您使我得到再生,终身从事低贱的差使没有什么懊悔的。但是做婢女仆妇就可以,做侍妾就必定不可以。我因为不肯嫁第二个丈夫,所以卖到这里的。您为什么突然对我轻薄呢?'说完就脱去衣服扔到地上,仍然裸体伏在砧板上,闭上眼睛受屠宰。屠夫恨她,生生地割下她大腿上的肉一块。她只是哀号呼叫而已,始终没有后悔的意思。可惜我也不知道她的姓名。"

某 医 生

肃宁王太夫人,是姚安公的姨母,说她的家乡有个寡妇,同年老的婆婆抚养着孤子,有七八岁了。妇人原有美色,媒人多次前来说媒,她坚不肯嫁。恰巧碰到她的儿子出痘很是危险,延请某医生来看病。某医生派遣邻居老妇秘密地来说:"这个病症我能够医治,但不是妇人侍寝,我决不去诊治。"妇人同婆婆都愤怒责骂。过后儿子病得将要死了,妇人和婆婆都因为溺爱所牵缠,私下商议了个通宵,竟然吞声曲意顺从了。不料实施治疗为时已晚,到底还是不能救,妇人悔恨上吊而死。人们只以为她是哀痛儿子的缘故,不疑心有别的。婆婆也深深地隐讳这件事,不敢明白地说出。不久某医生死去,又不久他的儿子也死去。家里不小心失了火,没有留下一丝一缕。他的妻子流落到了妓院,才偶尔告诉她的相好而传出来的。

萧客好古

平民余萧客说:有个士人住宿在会稽山中,夜里听到隔着溪涧有讲论诵读的声音,侧着耳朵仔细倾听,似乎都是古人所解释古书的字义。第二天,他越过溪涧寻找访求,杳然没有踪迹。他来来回回又找了好几天,希望能有所遇,忽然听到树梢有人说话道:"您好古到如此,请在这里相见。"一回头之间,石室洞然开启。室中排列而坐的几十人,都掩上书卷抖抖衣服而出,互相作揖谦让。士人看那桌子上,都是各种经书的注疏。居首位的拱拱手说:"过去孔子深奥的意旨,都有经师加以传述。虽然旧本还在,礼乐教化、典章制度没有丧失;而新说不断地出来,好古的稀少。先圣恐怕长久下去渐渐断绝,于是搜罗鬼录,征召幽灵。凡是历代通晓古今、学识渊博的儒者,精魂还在的,聚集到这里,考证遗文;依次序转入轮回,降生于人世。希望相沿进修古学,延续杏坛一线的传统。您可记住所见所闻,告之于同志,知道孔孟所依靠的,在这里不在那里。"士人要想有所询问,忽然像是梦中醒来,却是靠坐在老松树之下。萧客听说以后,带着粮食前往,攀松萝挽葛藤,寻找一个多月,没有看到什么而返回了。这同朱子颖讲述的经香阁的事情大旨相类似。有的说:"萧客喜欢谈论古义,曾经撰写《古经解钩沉》,所以士人投合他所喜好的来戏弄他。"这就不可知了。有的说:"萧客编造出这个话,用来假托他是降生中的一个。"这也不可知了。

治狱宜戒

姚安公在刑部做官时,同僚王公守坤说:"我夜里梦见一人混身是血站立着,而我并不认识他,他为什么前来呢?"陈公作梅说:"这是您经常恐怕错杀了人,心里惴惴不安地像是有所愧疚,所以由心里造出幻象罢了。本来没有这个鬼,从何处识得他是谁呢? 而且七八个人同时审定一件狱讼的案卷,为什么独独显示在您的梦中? 您不要自己多疑。"佛公伦说:"不对。大家同事就是同一个整体,显示梦境于一个人,就是显示梦境于每一个人。我辈治理天下的狱讼,而不能审察讯问天下所有的囚犯。根据纸上的供词,用来决断生和死,何从认识那个人呢? 您理应自己警戒,我辈都理应自己警戒。"姚安公说:"我以为佛公的议论是对的。"

新婚对缢

太常寺卿吕含辉说:京城里有富家娶妻的,新郎新娘都美好秀丽,亲戚们都看他们像神仙中人物。看他们的意思神态,夫妻也很互相爱悦。第二天天亮,门不开,呼叫他们也不应。众人在窗纸上捅一个洞向里探看,则是两人左右相对上了吊。看他们的被子,已经同床合欢了。婢女仆妇都说:"昨天晚上已经卸了妆,为什么又穿着齐整的服饰而死呢?"奇怪呵,这个案件即使虞舜时的司法官皋陶也是不能审察的了。

里胥宋某

乡里小吏宋某,就是所谓东乡太岁的,爱邻居小童的秀丽,千方百计引诱同他狎玩,被小童的父亲所觉察,逼迫小童自己上吊。这件事情隐秘,竟然没有人知道。一天晚上宋睡梦里被拘捕到了阴司,说是被小童所告发。宋申辩说:"本来出于相怜爱,没有相害的意思。死是由于你的父亲,实在出于意料之外。"小童说:"你不相引诱,我怎么会受淫污? 我不受淫污,怎么会死? 追究灾祸的根本,不是你又是谁呢?"宋又申辩说:"引诱虽然由我,顺从则是由你。回过眼波一笑,投身相亲近的是谁呢? 本来没有强迫奸犯,情理上难以归过于我。"冥官愤怒地喝叱说:"幼稚的童子无知,陷在你的机关里。钓上鱼来充作菜肴,竟归罪于鱼吗?"拍着桌子一声呼叫,宋战栗地惊醒过来。后来官府因为贿赂的事败露,宋的名字也附在案子里,祸患难免危及了。他自知是冤业的报应,于是就把梦中情景详细告诉他所亲近的人。等到案子了结,竟只判了流放的刑罚,私下以为梦境不足为凭。等到三年释放归来,则邻居老叟恨儿子的被淫污,趁他的妻子独居,用重金作诱饵,已经"见金夫不有躬"了。宋畏惧人们会议论,竟羞惭而自己上了吊。如此说来以前的幸免,岂不是留着有所等待,显示他的自作自受,如同影子的跟随形体吗?

牙像作祟

旧仆邹明说:过去在丹阳县的衙署里,半夜里上厕所,经过一间空屋,听到其中有男女淫戏的声音,以为是内衙的僮仆婢女在这里幽会。他害怕受到牵累,就隐蔽踪迹而返。后来在一个月夜里,又听到了那种声音。他从窗子的缝隙里偷看,发现内衙没有这样的人;当时又正值天寒地冻,里面的人竟赤裸身体不着一丝一缕。他疑心是妖精,在窗外轻声咳嗽,忽然消灭了形迹。他偶尔和同伴们谈到这事,一个火夫说:"这是前官的师爷某人所居住。师爷有象牙雕刻的男女秘戏像一盒,腹中有机器轮盘,自己能够运动。他经常放在枕头匣子里,时常拿出来戏玩。一天失去,怀疑被同事的人所隐藏,后来始终没有找到。难道是这个东西在作怪吗?"众人在房中到处搜索,始终没有找到。因为对人没有什么害处,众人也就不再追寻求索。这大概是经常在褥垫之间,得到人的精气,时间长久而幻化的吧!

此狐不俗

外祖父张公雪峰家里,牡丹盛开。家奴李桂夜里看见两个女子靠着栏杆站立。其中一个说:"月色很是美好。"另一个说:"这里绝少这种花,只有佟氏园的和这里的几株罢了。"李桂知道是狐狸精,抛掷一片瓦打去,忽然不见。过了一会儿砖头石块乱飞,窗格都被砸坏了。雪峰公亲自前往观看,拱拱手说:"赏花是风雅的事情,在月下散步是风雅的人,为什么同小人较量,以致大煞风景?"说完,就寂静无声了。张公叹息说:"这狐精不俗。"

被创之狐

佃户张九宝说:他有一次在夏天给禾苗松土锄草完毕,天色已经将要昏黑,同众人一起坐在田塍上,看见火光一道,像条赤练蛇一样从西南方飞来,突然坠落地上,竟是一只狐狸,青白色,身体受了创伤,流着血,躺卧在地上喘息。众人急忙举起锄头打去,只见狐狸再次努力跳跃而起,化成火光投东北方而去。后来张拉车贩卖到了枣强,听人说某家的妇人被狐精所诱惑,延请道士推究治罪,已经捕获,封在坛子里。儿童们私下揭去那道符篆,要想看看狐精是什么模样,竟然被它破坛飞去。问事情发生的月日,正是众人见到狐狸坠落的时候。这个道士符咒的法术可以说有效验了,但是对幼稚无知儿童的偷看却是无可奈何。自古以来,竭尽全力眼看将要成功而败于无知者的手,就同这个相类似吧。

多事之鬼

老仆刘琪说:他妻子的弟弟曾经独自睡在一个房间里,床榻在北窗下。半夜里,觉得有手在摸索,他疑心是盗贼。吃惊地起身仔细观看,那条手臂竟是从南窗探入,长度差不多有一丈光景。他原就有胆量,立即抓住它。忽然一条手臂又破窗格而入,径直打他的耳光,他痛得不可忍受。正在回手撑拒,所抓住的手臂已经掣回去了。只听见窗外大声说:"你现在害怕了吗?"他方才回想起昨天晚上在树林下乘凉,向同伴们自称不怕鬼。鬼何必要想人害怕?能使人害怕,鬼又有什么光荣?因为一句话的缘故,寻隙挑衅以求胜,这个鬼可以说是多事了。裴文达公曾经说:"使人家畏惧我,不如使人家尊敬我。尊敬发自人的本心,不可以强求。"可惜这个鬼没有听到这话。

两　狐

皇族瑶华道人说:蒙古某驸马曾经射得一只狐狸,它后面的两只脚穿着红鞋,纤瘦弯曲,和女子所穿的没有什么差别。又听吏部侍郎沈云椒说:太仆寺卿李敬堂年少时同一个狐女来往,他的父亲怀疑是邻家的女子,在所经过的路中撒上灰。院子里的脚印作野兽的形迹,到了书斋门外则脚印作纤细的女子莲足样了。某驸马所射得的狐狸,全然没有别的异样。敬堂所眷恋的狐女,居住了几年分别而去。敬堂问:"什么时候当再相见?"回答说:"您官到了三品,当来相迎。"这话许多人都知道,后来果然应验。

剧盗之技

外叔祖父张公雪堂说：十七八岁时，同几个朋友在月夜里小会聚，当时经霜的螃蟹刚刚肥壮，新酿的酒也熟了。正在酒兴酣畅乐融融的时候，忽然一个人立在酒席前面，戴着草笠，穿着石蓝衫，足登头上镶有云形图案的鞋子，拱拱手说："在下虽然粗鄙浅陋，但是颇爱把着酒杯、执着蟹脚，请求附在末座可以吗？"众人惊奇，不知道他的来意，就姑且拱手为礼请他落座。问起姓名，笑而不答，只是痛饮大嚼，全然没有一句话。醉饱之后，很快立起来说："今朝相遇，也是前缘。今后茫茫无期，不知道哪一天得以报答深厚的情谊。"说完，纵身一跳，屋上瓦片没有发出什么声音，已经不知道他到哪里去了。看见椅子上有东西，光粲粲地竟是一块扁平的白银，约略相当这一天的费用。有的说："这是仙人。"有的说："这是术士。"有的说："这是大盗。"我说大盗的说法较为接近。小时候见到李金梁这辈人，他们的武功可以达到这一步。又听说窦二东的党羽（二东，是献县的大盗。他的哥哥叫大东。兄弟的名字都已佚失，而以乳名相传。别的书上记载，或者作窦尔墩，一音之转罢了），往往能夜里进入人家，等候妇女就寝，用刀相胁迫，禁止她们说话，连同被褥卷起来，挟着翻越房屋几十进。清晨的钟声将要敲响，仍旧卷着送回，被盗的人惘惘然如同做梦。一天晚上，失去女人的这家，在房子里埋伏了人，等他送回，突然出来一齐攻击。那强盗于是一手挥舞着刀格斗，一手把女人掷在床上，如同风的旋转、电光的闪动，忽然已经没有了踪迹。他们大概是唐代剑客的支流吧！

奇 门 法

奇门遁甲这类书，到处都有，但都不是真传。真传不过是口诀几句话，不在纸上落墨。德州宋清远先生说，他曾经寻访一个朋友（清远曾举出他的姓名，年岁长久我忘记了。清远称说雨后泥泞，借某人的一头驴子骑着前往，那么所住不远了），友人留他住宿，说："美好的夜晚月光明亮，看一出戏剧好吗？"于是取橙子十多只，纵横分布在院子里，同清远点着蜡烛在堂上饮酒。二更以后，看见一个人越过围墙进来，在阶前四面打转。每碰到一个橙子，就摇晃跌撞，努力了好久，才跨过去。开始顺着行走，跳跃一二百次，转而倒着行走，又跳跃一二百次，疲极倒卧，天已经将晓了。友人领他到堂上，询问从哪里来,那人叩着头说:"我实在是个偷儿,进入屋内以后,只见层层都是矮墙,愈是跨越愈是不能尽;窘迫而退了出来,又愈是跨越愈是不能尽,所以困顿而被捉拿。是死是活听凭尊命。"友人笑着放走了他,对清远说:"昨天占卜有这个偷儿来,所以用小法术来同他开个玩笑。"问:"这是什么法术?"答:"是奇门法。别人得到了恐怕招来祸患,您正直而谨慎,如果愿意学,当传授给您。"清远辞谢不愿。友人叹息说:"愿意学的不可以传授,可以传授的不愿意学,这套法术最终将断绝了吧!"意下若有所失,惆怅地送他返回。

削减官禄

有一个旧家子弟,占卜的推算他的命应当大贵,相面的也说应当大贵,但是已近老年,官只做到了六品。有一天扶乩,他问仕途崎岖不平的缘故,仙人下判语说:"占卜的不错,相面的也不错,因为太夫人偏爱的缘故,削减了官职禄位到这一步罢了。"他又拜问:"偏爱的确难免,但何至于削减官职禄位?"仙人又判道:"礼书上说,继母就像母亲,那么看待前妻的儿子,应当像自己的儿子;妾生的儿子为嫡母穿丧服三年,那么看待妾生的儿子也应当像自己的儿子。而人情险恶,自己设立界限,自己所生的和别人所生的划分得就像水火的不相容。私心一起,机巧诈伪万种,小而饮食起居,大而财货田宅,没有一样不是自己所生的得到优厚的,别人所生的得到菲薄的,这已经干犯造物主的忌讳了。甚至还有离间进谗陷害,秘密运用阴谋,责骂喧嚣凌辱,不遵循礼法,使遭受毒害的忍气吞声,旁观的切齿痛恨,还唠唠叨叨地称自己所生的受到了压抑。鬼神愤怒地看着,祖先怨恨悲痛,不降祸责罚她的儿子,何以见天道的公正呢?而且人的享受,只有这个数,这里富足,那里就短缺,这是自然的道理。既然在家庭之内,恃强有所增加;自然在做官的路途上,暗中有所减损。你从兄弟那里获利多了,事物不能够两面都大,那么经历些坎坷不平又有什么可以不满的呢?"那人惶恐而退。

后来亲戚当中一个女人听到了说:"这个仙人真是荒谬!前妻的儿子,依仗他年长,没有不想一口吞掉他的弟弟的;妾生的儿子,依仗他母亲的受宠爱,没有不想欺凌压倒他的兄长的。不是有母亲替他支撑抵拒,不都成为人家砧板上的鱼和肉了吗?"姚安公说:"这虽然是妒忌的声口,但不可以说就没有这种事情。世情万般变化,治家的人平心地对待它就可以了。"

甲 与 乙

同族祖父黄图公说:顺治、康熙年间,天下初定,人心还没有统一。某甲私底下做吴三桂的间谍,因为某乙骁勇壮健有心计,牵引他来同谋。后来元凶伏法,恶徒受到打击,某甲也就洗心改过,后悔卷入祸乱,不再萌生叛逆的念头。但是过去二人来往的秘密信件,多在乙手里。书信中原没有乙的名字,乙威胁要拿去告发,如果判处,罪将至于灭族。甲不得已,把女儿嫁给乙,入赘在家里。乙得志更加骄横,连人伦道德都抛到九霄云外。他用强迫的手段几乎奸淫遍了甲家里的妇女,以至于甲女的母亲都不能幸免,甲女的幼弟才十三四岁也不能幸免。他们都为遭受淫污偷偷哭泣,心里惴惴不安地唯恐不合他的心意。甲心中抑郁,苦闷无聊,经常躲避于外。一天散步田间,碰到一个老丈和他搭腔,甲奇怪附近的村落没有这个人。老丈说:"我不骗你,其实我是天狐。您固然有罪,但是乙逼迫您也太过分了,我暗暗地感到不平。现在从他那儿盗取了您秘密的书信,奉还给您,他没有什么可以再要挟您的了,您不驱赶,他自己也会离去的。"于是拿出十几张纸交付给甲,甲验看了确实不错,立即撕毁吞了下去,回来把实情告诉了乙。乙原先防备甲的女儿窃取,秘密地用铁瓶装了埋在别的地方,听了甲说的话,偷偷地前往检点察看,果然已经不存在了。乙回来跌跌撞撞拉着甲女离去。甲女每天同他吵闹辱骂,随即也就分离。后来他们之间的恩怨内情渐渐泄露,两家都受到乡邻的鄙视,只好各自携带家眷搬迁到远方去了。

明末的动乱到了极点,本朝荡洗天地,拯救民众于水火之中。甲所食之物和所居之地都出自本朝已经三十多年。当吴三桂抗拒王命的时候,他已亲手杀戮了桂王,断断不能称为楚国仅存的三户人家了。那么甲的暗地里勾结吴三桂,也不能称是殷代不顺服的遗民了,即使满门一起杀掉,也不算冤枉。乙趁势挟持而奸淫他的闺门内眷,同毒害善良的人比较起来,他的罪似乎应该从轻减等。但是乙起初本是同谋,罪行原来和甲相当,又用罪证挟制,肆行凶暴淫乱,罪过实在应当比甲还加一等。虽然最后的结果报应,无可证明,天道彰明昭著,想来必然没有幸免的道理。

罔　两

姚安公在舅舅陈公德音家里读书。一天早起,听到人的说话声喧闹,说:"雇工张珉,昨天夜里在村外看守瓜田,今早已经失魂不能说话了。"千方百计灌救,到了晚上才苏醒过来,开口说:"二更以后,远远看见树林外有火光,渐渐移动靠近。等到了瓜田,竟是一个巨人,高十多丈,手拿灯笼,大得像一间屋子。他站立在圆形瓜棚前面,低头看了很久。我害怕极了,晕死了过去,不知道它什么时候离去的。"有的说:"那是罔两。"有的说:"应当是主夜神。"按,《博物志》记载主夜神的咒语叫"婆珊婆演底",念诵它可以辟除恶梦,止住恐怖。不应该反而现出奇异的形状,使人恐怖。所以,怀疑是罔两——传说中的精怪的说法较为接近事实。

鼓　妖

姚安公又说:一天夜里,和几个亲友一起住宿在舅舅的书斋里。都已经吹灭蜡烛就寝了,忽然听到大声如同巨炮在床前发射,屋上的瓦片都震动了。满堂的人战抖着,闭口不能说话,有耳聋好几天的。当时是冬天十月,不应该有暴雷;又没有火光冲击,也不像暴雷。姚安公同榜取中的高老丈尔珰说:"这是鼓妖,不是吉祥的兆头。主人应当修养德行用来禳解。"德音公也整天戒惧,没有一件事情不谨慎的。这一年家里有吊死的,别无另外的事故,大概是戒惧的效力吧!

鬼避姜三莽

姚安公听已故曾祖父润生公说:景城有叫姜三莽的,勇敢而戆直。一天听得人说宋定伯卖鬼得钱的故事,姜大喜说:"我现在才知道鬼可以捆缚。如果每天夜里捆一个鬼,吐唾沫使它变羊,清早牵着卖给屠宰市场,足够供给一天酒肉的费用了。"于是夜夜背着木棒拿着绳子,暗地里行走在墓地间,如同打猎的等候狐狸、兔子,却始终不能碰到。就是向来称有鬼的地方,他假装酒醉睡着用来引诱招致,也一片寂静,没有看到什么。一天夜里,隔着树林看见几点燐火,跳跃着奔跑前去,他还没有走到那里,已经四散而去,只好懊恼愤恨地回来。像这样的一个多月,没有得到什么才停了下来。大概鬼的欺侮人,经常趁人的畏惧。三莽确信鬼可以捆缚,心意中已经轻蔑地看待鬼了,他的气焰足以使鬼慑服,所以鬼反而躲避他了。

杏 精

益都的朱天门说:有个书生租住京都的云居寺,看见一个小童年纪十四五岁,时常来往寺中。书生原是一个浪荡子,就引诱童子同他狎戏,于是留着睡在一起。天亮,有客人推门进来,书生窘困惭愧,而客人像是没有见到什么。一会儿和尚送茶进来,也好像没有见到什么。书生怀疑有什么怪异,等客人离去,拥抱着小童定要问个明白。小童说:"您不要害怕,我实在是杏花的精怪。"书生吃惊说:"你要魅惑我吗?"小童:"精怪同妖魅不同:山魈、恶鬼,依附草木而作祸祟,这叫做魅。老树千年,精华内聚,积蓄长久而成形,就像道家的结圣胎,这叫做精。魅为害于人,精则不为害于人。"问:"花妖多是女子,你为什么独独是男的?"答:"杏有雌雄,我原是雄杏。"又问:"为什么像女子一样受人狎弄呢?"答:"这是前缘。"又问:"人同草木怎能有缘?"童子羞惭沮丧了很久说:"因为不是借人的精气,就不能够修炼形体。"书生说:"这样说你仍然是魅惑我了。"推开枕头立刻起身,小童也恼怒地离去。书生悬崖勒马,可以说大智慧了。那人原是天门的弟子,天门不肯说出他的名字。

申 铁 蟾

申铁蟾名叫兆定,阳曲人,以庚辰年的举人身份做了知县官。在我家门下最久。庚戌年秋天,他在陕西试用期间,忽然寄一封信和我诀别。信中的言词恍惚模糊,抑郁低沉,全都弄不懂是什么意思。而铁蟾原本不是不得志的,我便起了疑心不能理解了。没有多久,讣音果然到了。过后见到太子赞善邵二云,才知道铁蟾在西安病了几个月,病愈以后,入山打猎,回来而在眼前见到两个圆的东西像球,旋转如同风轮,即使闭上眼睛也见到它。像这样过了几天,圆球忽然爆的一声裂开,两个小婢从中走出,称是仙女奉邀。申的魂灵不知不觉地随着她们前往,一到就看见是用美玉紫贝装饰的楼阁,一个女子姿色绝世,传话为自己做媒。铁蟾坚决辞谢,推托不习惯居住这所宅邸。女子微微恼怒,挥手叫他出去,就突然醒了过来。过了一个多月,眼睛里见到两个圆东西像以前一样,爆出两个小婢也像以前一样,仍然邀请他前往,已经另外造了一所宅邸,优雅曲折幽深,很是可爱。问:"这里是什么地方?"答:"佛桑。"请求题写堂前的匾额,申就用八分书体书写了"佛桑香界"四个字。女子又重提以前的建议,申意下不能自己把持,于是定情合好。从此经常梦游,长久而后女子也白天而来,禁止铁蟾不要同所亲近的人通音讯。于是渐渐生了病。病得厉害时,方士李某用红丸给他服食,气逆呕吐而死。这件事情很奇怪,才知道以前的信是得心病时所写的。铁蟾聪明超出寻常,善作诗歌,又精通八分书,驰骋在追逐声名的场所,超脱地以风流自负。同人交往,意气如云,书信遍天下。中年忽然倾慕神仙,于是生出这个魔障,神经失常而死。妖魅因人而发生,幻象由心而造成,才情高意志广,反而因为好奇而送了命,真是可惜啊!

崔庄旧宅精怪

崔庄旧宅厅堂的西面有南北屋各三间,花竹茂密,颇为幽雅僻静。已故祖父在世时,奴仆张云会夜里前往取茶具,看见垂着发髻的女子隐藏在树下,背向外站在墙角。张心中以为是宅中的小婢在这里幽会,立即捉住她的手臂,要想有所挟制。女子突然回转她的面孔,白得像涂了粉,而没有口鼻耳目,张大声呼叫仆倒在地上。众人拿着灯烛到来,则看不见什么了。有的说:"原就有这个妖怪。"有的说:"张云会一时眼花。"有的说:"实际上是一个狡黠的婢女,突然被人所拦阻,不能逃脱,用白色的头巾盖住面孔,假装是鬼的样子用来使自己脱身。"都不能知道它真实的情况。但是从此众人的疑惑没有解开,住宿在这个院子里的,经常感到惊恐畏惧,夜里也往往听见有声音。大概是人回避不去居住,于是狐鬼就进入到里面罢了。

又,宅子东面一栋楼房,是明朝隆庆初年建造的。右侧一间小屋,据说也有精怪。虽然没有什么祸害,但是婢女仆妇有时见到。姚安公有一天翻看废旧的书,在竹筐下面捉到两只獾,都说:"这是精怪了。"姚安公说:"獾低头被童子所捆缚,必然不能作怪了。但是房间没有人迹,以致使得野兽据为巢穴,那么有精怪也是理所当然的,这都是乘虚而入的意思。"后来西厅分给了堂兄坦居,现在归堂侄汝侗。楼房分给了已故兄长晴湖,现在归侄子汝份。子孙日日繁多,家里没有空地,精怪都不用赶而自己离去了。

自招灾殃

甲同乙相友善,甲延请乙主管家里的事务。等到做了巡抚,也让他辅助官府的事务,乙的话他没有不听从的。长久而后钱财都被乙所吞没,才觉悟到乙的奸刁,有时就稍稍谴责他。乙挟持甲的阴私立即反咬一口,甲气愤不过,于是拿公文到城隍那里投诉。夜里,甲梦见城隍对他说:"乙险恶到这样,您为什么信任不疑?"甲说:"因为他事事都称我的心意。"神叹息着说:"人能够事事如我的心意,可怕得很了。你不怕他而反喜爱他,他不欺骗您而又去欺骗谁呢?他恶贯满盈,终究必然要受到报应。像您则是自招灾祸,可以不必来投诉。"这是甲亲自告诉姚安公的,事情在雍正末年。甲是云南人,乙是浙东人。

香 玉

《杜阳杂编》记载李辅国香玉辟邪的事情,很是怪异,多怀疑是小说荒唐。但是世间确实有香玉。已故外祖母有一块青玉的扇坠,说是曹化淳的旧物,从明朝皇室的仓库里偷出的。做工朴素简略,就着它原来的天然形状做成两条螭龙互相缠结的样子。上面有几点血斑,颜色像熔化的蜡。用手将它抚摩到发热,闻闻它有一股沉香的气味;如果不抚摩到发热,就不香。疑心李辅国的玉也不过如此,记事的人只不过渲染他的说法罢了。已故太夫人曾经秘密乞求,外祖母说:"我死了就传给你。"后来外祖母去世,舅父怀疑在太夫人这里,太夫人又怀疑在舅父那里。卫家姨母说:"母亲在时佩戴这个不离身,大概带归黄泉了。"侍候疾病的婢女们都说入殓时没有见到,因此又怀疑在卫家姨母那里。现今姨母亡故已久,卫家衰败得很厉害,家里的古玩珍宝,典当出卖将尽,始终没有看见这个物件出卖,竟不知道它流落到哪里去了。

柴窑片磁

有个客人携带柴窑的磁片,索要几百两银子,说是嵌在头盔里,可以辟火器。但是无从知道是否确实。我说:"为什么不用绳子悬挂这个物件,用火铳发铅丸打它。如果辟火,必定不碎,价值几百两银子不算多;如果碎了,那么辟火的说法不确实,照理不能要价几百两银子了。"卖的人不肯,说:"您对于鉴赏不在行,实在煞风景。"急忙收藏起来走了。后来听说卖给了贵显的人家,竟然得了一百两银子。君子可以为正当的道理说服,难以为不合情理的事情欺骗。炮火横冲,如同霹雳打将下来,岂是区区片瓦能够抵御的? 而且雨过天青,不过釉的颜色精妙罢了,究竟是由人所造,并非出于神功,为什么断裂的残余,还像这样有灵呢? 我作旧瓦砚歌说过:"铜雀台址颓无遗,何乃剩瓦多如斯? 文士例有好奇癖,心知其妄姑自欺。"柴磁碎片也不过是这一类而已。

巴尔库尔石碑

嘉峪关外有阔石图岭,属哈密巴尔库尔界内。阔石图翻译出来就是碑,有唐太宗时候君集《平高昌碑》,在山脊上。守将用砖石砌起来,不让人来读。说是读了它风雪就立刻到来,多次试验都很灵验。这是因为山有山神,木石有精怪,显示怪异以求取祭品,从情理上说固然是有的。巴尔库尔又有汉顺帝时裴岑《破呼衍王碑》,在城西边十里的湖泊上,则是随便人们拓取摹印,全无其他的异样。只是说湖泊为冷龙所居住,城中不得放夜炮,放夜炮则冷龙震动,天必定会奇寒,这就不可以拿常理来推求了。

李 老 人

李老人,不知道是什么样的人,自己称年纪已经几百岁,无法可以考证了。他的话吞吞吐吐虚妄不着边际,大概是以前明朝醒神一类人。过去寄居在已故老师钱文敏公的家里,我曾经见到过他。他用符咒药物给人治病,也常有小小的效验。文敏的第二个儿子寓居在京城水月庵,夜里喝醉了酒回来,看见几十个恶鬼拦路,因而发狂切割自己的腹部。我同陈裕斋、倪余疆前往探看,血肉淋漓,只存一口气,好像万万没有活的道理。李忽然自己来把他抬了去,治疗半个月创口就愈合了,人们颇以为奇异。但是文敏公误信了用符咒治病的祝由科,割去手指上的痈疽疮毒,创伤发作病死了,李为他治疗过竟然没有效验。大概符咒烧炼之类的方术,有时有效有时无效。已故老师刘文正公说:"神仙必定是有的,但必然不是今天的卖药道士;佛菩萨必定是有的,但必然不是今天的说法和尚。"这真是千古不偏不倚的评论了。

相 术

主事杨護,是我甲辰年主持考试时所取中的士子,他的相法以及推算八字五星都有灵验。他在刑部做官时,同阮吾山共事,一天忽然对人说:“以我的方术而论,吾山半个月之内应当做刑部侍郎。但是现今刑部侍郎的名额不缺,这是什么缘故呢?”第二天在公堂上参谒上司以后,私下对同僚说:“杜公的官位空出来了。”过后杜凝台果然有谴谪戍守伊犁的事。有一天,他仓促地请假而归,来向我告辞。问:“为什么如此匆忙?”答:“家里只有一个儿子,侍奉老父。如今推算儿子某月当会死去,恐怕老父过于哀痛,所以赶紧回去罢了。”这时候还没有到死的日期。后来询问他家乡的人,果然如他所说的,这特别令人惊奇。我曾经问起他:“星命家说命有定数,看风水的说命可以改变,究竟是谁说得对?”回答说:“能够得到吉祥的地方就是命,误葬在凶险的地方也是命,它的道理是一样的。”这个话可说是通达顺畅了。

彭杞之女

发遣到昌吉的一个犯人彭杞,有一个女儿年十七岁,和他的妻子都生痨病。妻子先死,女儿也将死去。彭有官府分派的田地需要耕作,不能够照顾女儿,就把她抛弃在树林里,听天由命了。女儿呻吟声十分凄惨,看见的人都心怀怜悯。同被发遣的杨熺对彭说:“您太残忍,世上哪有这种事!我愿意把她抬回去治疗,死了就由我来埋葬,活了就做我的妻子。”彭说:“很好。”就写了字据交给他。过了半年,女儿病重终于不起。临死,她对杨说:“承蒙您的大恩大德,感激之情深入心脾。因为有夫妻的盟誓,老父已慷慨地答应,所以饮食睡觉,不怕嫌疑;爬搔抚摩,都不回避忌讳。但是病体憔悴,一直没有能在床榻上侍寝,实在感到十分惭愧内疚。如果死而无鬼,又有什么话可说;如果魂魄有知,当必定有所报答。”说完低声悲泣而死。杨哭泣着埋了她。

埋葬以后,夜夜梦见女子来,亲昵欢好,全像是活人;醒来就看不到什么。夜里呼叫她,始终不出来;才一合眼,就见她脱去衣服躺着了。来往既已很久,梦中也知道是梦,就追问不肯现形的缘由,她回答说:“我从鬼那里听说了:人是阳而鬼是阴。用阴来侵阳,必然成为人的祸害。人只有睡觉时才收敛阳而进入阴,可以同鬼相见。神虽然相遇而形不相接,就没有害处了。”这是丁亥年春天的事情,到辛卯年春天已经四年了。我回来之后,不知道后来究竟怎么样。卢充金碗,在古代曾经听说过;宋玉瑶姬,偶然见到一次。至于天天会面,都在梦里,则是书籍记载中所少见到的了。

鬼魅托形

有一个老妇孟氏,清明上坟回来,口渴了到人家讨口茶,看见一个女子站立在树下,体态很是柔媚。女子取水让老妇喝完,还邀请一起坐坐,态度十分亲切。老妇问她的父母兄弟,对答得都有条有理。老妇因而开玩笑地询问:"已经许嫁没有?我为你做媒。"女子红了面孔回避进去,叫她她也不肯出来。这时已经天晚;老妇就不别而走了。

过了半年,有为老妇的儿子商议婚事的,问知就是前次所遇的女子,大喜过于所望,立即促成这件事。嫁过来之后,老妇抚摩着她的肩膀说:"几个月不见,你长得更出挑了。"女子仓促间感到惊愕,不知道怎么回答。仔细询问事情的始末,才知道女子十岁失去母亲,在外祖父母家抚养了五六年,下聘礼后才迎接回来。老妇上坟时,她原本还未曾回过家。女家本是门第低微的人家,又颇为窘困贫乏,不是老妇亲自见到她的聪慧,婚姻未必成功。不知道是什么鬼怪精魅,托形使他们联姻;又不知鬼怪精魅取的是什么意思,一定要托形以促成他们的好事。有些事不可以用情理来推求的,这一类就是了。

七品降八品

交河的苏斗南,雍正十一年会试回来,到了白沟河,同一个友人在酒店里相遇。友人刚刚罢官,畅饮以后,牢骚抑郁,恨为善为恶得不到相应的报应。刚巧一个骑服便装的人,把马系在树上,也在对面就坐,旁听了很久,向苏的友人拱手行礼而说道:"您怀疑因果有差失吗?好色的人必然生病,嗜好赌博的人必然贫穷,这是势;抢劫钱财的人必然受惩罚,杀人的人必然抵命,这是理。同样好色而禀赋有强弱,同样嗜好赌博而技术有工巧拙劣,那么势不能一般齐;同样抢劫财物而有为首的与胁从的,同样杀人而有误杀有故杀的,那么理应另有说法,其中的变化就十分微妙了。这中间功和过互相抵偿,或者以没有报应为报应;罪或福没有受尽,或者有报应而不立即报应。一毫一厘的比较,更加微乎其微了。您拿眼前所见到的,而怀疑天道的难明,不也荒谬吗?而且您又怎么可以埋怨天道，您的命本来应当从九品以下出身，官做到七品。因为您有多种多样的机诈之心，侦察的方法又多，善于趋吉避凶，而深于排挤，于是削减为八品。您升八品的时候，自以为心计灵巧细密，由九品而升，不知道正是因为心计灵巧细密，由七品而降的。"于是附着他的耳朵秘密地说了一阵，说完大声道："您忘掉了吗？"友人惊骇地汗流浃背，问："你怎么会知道？"那人微笑地回答说："岂单单是我知道，三界之中谁不知道？"说完掉转头上马，只见黄尘滚滚地一会儿消失了形迹。

熟虑其后

乾隆七、八年间，村庄里的男人妇女往往得一种奇怪的疾病。男子就是尾骨部分长出尾巴，如同鹿角，如同珊瑚枝。女子就是阴部有物挺出，如同葡萄，如同灵芝。有能医治的，一割立刻痊愈。不医就死。一时盛传有妖人在井里投放了药，使人饮用了水而生这种病，以此来取利。内阁学士永公当时做河间的知府，有人请求捕捉行医的加以惩治。永公说："这件事情诚然可疑，然而没有确实的证据。一村不过两三口井，严密地看守它，自然无从施行他的计谋。倘使一旦逮捕审问，就没有人再敢医治这个病症，恐怕死的人就多了。凡事理应熟虑其后，不要操之过急。"坚决不允许，病患也随即停息。郡中的人有的以为处事镇定，有的以为放纵了奸恶的人。

后来我在乌鲁木齐，因为牛少，价格昂贵，农民颇以为患。于是严禁屠夫宰杀，牛价果然降下来。但是贩牛的听说牛贱，都不肯出来出卖。第二年牛价就加倍的昂贵。放松屠宰的禁约，才渐渐平复。又，深山之中偷偷采金的，差不多有几百人。捕捉他们，恐怕激起变乱；听任他们，又恐怕养成后患。于是设计断他们的粮道，果然采金者因为饥饿而散出。但是散出之后，都因贫穷而成为盗贼。巡逻防备访察缉捕，整天乱纷纷，治理了半年，才得以平定。才知道天下的事，只知道其一，不知道其二，多有收眼前的效验，而遗留下日后的忧患的。这才佩服永公"熟虑其后"这句话，真是"瞻言百里"，见事深远啊！

卷 九

如是我闻(三)

忠 犬

不受朝廷征聘的王载扬说:他曾在友人的菜园里过夜,听到窗外有人说道:"风雪这么大,太冷了,暂时到空屋里躲一会儿吧。"又听到另一人说:"后墙一半已坍塌了,要是小偷蹓进来怎么办?我们吃人家的饭,不能不为人家做事。"心想说话的人大概是守夜的仆人。天亮后,他开门一看,地上并没有人的足迹,只有两只狗倒卧在围墙的缺口下,积雪已埋到它们的腹部了。嘉祥的曾映华说:"这是载扬的寓言,用来羞愧那些负心的仆人的。"我则认为狗这种动物,不需要鞭打,而守夜报警从不失职,宁愿忍饥挨冻而依恋主人不肯他往,天下那些做僮仆的,实在连这些狗都及不上。这个故事足以使人感到羞愧,而并不在于能说话还是不能说话。

画像显灵

佺孙翰清说:南皮赵氏的儿子被狐精所媚惑,狐精附在他身上,常在衣服的襟袖里和人说话。有一次,赵氏偶然在墙壁上挂了钟馗的像,夜里听到房内蹦跳投掷的声音,以为狐精被驱走了。第二天,还是听到狐精在和人说话。赵氏就问狐精:"你有没有看到钟馗的像?"狐精答道:"钟馗很可怕,幸亏他身材才一尺多高,他的剑只有几寸。他上床我就下床,他下床我就上床,最终还是打不到我。"这样看来,画像真能显灵?画像显的灵,其身材真的都和画的一样吗?假如画的是一寸长的像,也能拿着针尖一样的剑,像蠕动着的小虫一样去斩妖吗?这真是难以理解啊!

辛 五

乾隆三年夏天,献县修筑城墙。几百个劳工把旧城墙的破砖扔到城下,城下则有几百个劳工用藤筐搬运。饭烧好了,就敲梆子为号,大家聚在一起吃饭。在吃饭时,劳工辛五告诉别人:"刚才运砖时,我忽然听到耳边有人大声说:'杀人偿命,欠债还钱,你知道吗?'回头却什么也没看到,真是奇怪!"饭后大家又一起干活,乱砖像冰雹一样纷纷落下,一砖正好打中辛五,脑壳迸裂而死。大家惊叫寻找,却找不到扔砖的人。官府也无法审理,只得责令工头拿出一万钱,将辛五殓葬了事。这才知道辛五前生欠扔砖人的命,而工头前生则欠辛五的钱,因果相连,现在总算相互报应了。假如没有鬼神事先告知,谁不以为这是一个偶然发生的事件呢!

雅 鬼

诸桐屿说:他的家乡某大户人家有一书楼,经常锁着门。每次打开,都会看到积尘上有女子足迹,纤细瘦削,才二寸多长,知道屋里有鬼怪。但几十年来从未现形出声,也不清楚到底是什么鬼怪。村里人有个刘生,为人轻佻放达,妄想有王轩那样的际遇。他向主人请求,独自住在书楼上,备好茶果酒菜,焚香祷告,然后不熄灯烛就躺下,屏着呼吸等鬼来。但他既没看到、也没听到什么,只是渐渐觉得有阴森之气直刺肌骨,目能视,耳能听,但口不能说话,四肢不能动。时间长了,觉得寒气渗透肺腑,好像躺在层冰积雪之中,痛苦得难以忍受。直到天亮,才能说话,但已像冻僵了一般。从此就再没有人敢在书楼睡觉了。这个鬼的行踪称得上是幽雅含蓄,从她不动声色地"照料"刘生看,还真有雅人的风致啊!

再 生

顾非熊再生的事,已载于段成式的《酉阳杂俎》,又载于孙光宪的《北梦琐言》;他父亲顾况的集子里,也收有关于这事的诗,应该不是虚构捏造的。近时吏部侍郎沈云椒撰写其母陆太夫人的墓志,说太夫人出嫁才一年,丈夫就去世了。生下遗腹子恒,刚满三周岁就夭折了。太夫人非常感伤,大哭道:"我所以肯做未亡人,是因为有你在,现在完了!我真不甘心我们家的祖脉就这样断送了啊!"在殓葬时,她在亡儿的臂上用红笔作记号,祈祷道:"如果老天不绝我家的香火,你再生就以此为证。"当时是雍正七年十二月。这个月,族人中和他家贴邻的一家,生下一子,手臂上赫然有一块红痣。太夫人就抚养他,当作自己的儿子,这就是沈云椒侍郎。我做礼部尚书时,和侍郎是同事,他很详细地

211

向我讲述过这件事。在佛经中,原本有一些怪诞虚妄的事,而佛徒们夸大祸福报应之说,诱人施舍,欺诈伪造的内容就更多了。只有生死轮回之说,却是确凿有据。命运之神常常通过一人一事,偶尔显露一些迹象,以达到彰明神道教化的目的。侍郎这件事,就是借转生的灵验,来表明坚守节操能感动神灵的。儒家大谈无鬼论,又怎么能解释这样的事。

梦 与 真

优伶方俊官,年轻时因色艺俱佳而名重一时,为士大夫所欣赏。老了以贩卖古董为业,常在京城走动。他曾照镜自叹道:"我方俊官现在竟变成了这个样子! 谁会相信我曾经着舞衫、执歌扇,倾倒一时啊!"倪余疆有一首感旧诗云:"落拓江湖鬓欲丝,红牙按曲记当时。庄生蝴蝶归何处? 惆怅残花剩一枝。"就是写俊官身世的。俊官自称本是读书人家孩子,十三、四岁时,在乡塾读书。一次忽然梦见被敲锣打鼓地拥入花烛洞房之中,一看自己身穿绣花裙,锦披肩,满头珠宝首饰;低头看双脚,也是细巧弯曲的样子,俨然成了一个新娘子。他惊疑错愕,不知是怎么回事。但被众人挟持,身不由主,被扶入帐帏之中,和一男子并肩而坐,又怕又羞,吓出一身汗,醒了过来。他后来被轻狂之徒所诱,最终走上了歌舞场,才悟到这都是命中注定的。余疆说:"卫洗马问乐令什么是梦,乐令说梦就是想。你大概向来有这样的想法,于是才有这样的梦。既有这样的想法和这样的梦,才会有这样的堕落。果由因而生,因则由心而生,怎么可以都推到前生命定上去呢?"我认为这些人落到做下贱职业的地步,应该也是前世作孽,而在今生报应,不能一概认为没有命定。余疆所说的,只是正本清源的议论罢了。后来苏杏村听说后道:"晓岚以前生、今生、来生这'三生'论因果报应,主要是为警戒将来;余疆以'一念'论因果报应,主要是为警戒现在。虽然各有各的道理,我还是认为余疆的观点,可以使人不放任自己的思想。"

淫 狐

族祖父黄图公说:他曾因访友到北峰,盛夏之夜,漫步走到村外,不知不觉走得较远了。听到高粱地里传出呻吟声,就循着声音走过去一看,见一少年裸体躺在地上。问他为何如此,说是傍晚时路过此地,遇到一个美艳的少女,主动向他招手搭腔。少年见她年轻貌美,就靠上前与她调笑。少女说父母都出去了,请他到家中坐一会儿。来到高粱茂密的地方,见有三间房子,静悄悄的没有一个人。少女关好门,拿出瓜果和他一起吃。两人说笑一阵之后,就脱衣上床。当他拥抱她躺下时,那少女忽然变形成了男子,相貌狰狞,对他横施强暴。少年吓得不敢抵抗,就这样被污辱了。少年惨遭蹂躏淫毒,以至昏死过去。过了很久才渐渐苏醒过来,发现自己躺在荒僻的杂草丛中,刚才的房屋都不见了。大概那个妖怪贪图这少年的姿色,就变成女子来诱惑他。见有好处就上,反而被利所诱而中圈套,这少年自投罗网也是理所当然的。

狐 之 鬼

我已故的老师赵横山先生,少年时在西湖畔读书。因寺院楼上幽静,就在楼上设榻而眠。夜里听到室内有窸窸窣窣的声音,像是有人走动,就厉声问道:"是鬼还是狐? 为什么来骚扰我?"慢慢听到轻声而迟疑的回答:"我既是鬼,又是狐。"又问道:"鬼就是鬼,狐就是狐,怎么会又是鬼又是狐呢?"过了好久,才又回答说:"我原是几百年的老狐,内丹已炼成,不幸被我的同类扼死,盗走了我的丹。我的灵魂滞留在这里,就成狐之鬼了。"又问道:"为何不到阴司告状呢?"答道:"凡是通过吐纳导引而炼成的丹,就如血、气附着于人身一样,融合为一,不是外来之物,别人是盗不走的;而通过采补之术炼成的丹,就像抢劫来的财宝,本来就不是自己的东西,所以别人可以杀死你而把丹吸走。我媚惑人而取其精,被我伤害的人很多。杀人者该杀,我的死是罪有应得,即使向神明告状,神明也不会审理的。因此宁可伤心地住在这里。"又问道:"你住这楼上,有什么打算?"答道:"本打算销声匿迹,修炼'太阴炼形'之法。因为您阳气很盛,熏烤得我阴魂不宁,所以出来向您哀求,请让我们各自到适合自己的地方吧。"说完,只听到磕头的声音,问它就不再回答了。先生第二天就搬了出来。他曾举这件事为例,告戒学生道:"谋取不该属于你的东西,最终是得不到的,而且正好是自己害了自己。多么可怕啊!"

驴 之 报

堂兄万周说:交河有一农家妇女,每次回娘家,都是骑一头驴去。这头驴健壮而又驯服,不要人牵引就认得路。有时她丈夫没空,她就自己骑驴行路,从未出过什么漏子。一天回来时天色已晚，云浓月暗，看不清方向。那驴忽然离开道路，载着妇人冲进高粱田里。高粱密密麻麻，迷路回不了家。到半夜，才来到一座破寺前，看到只有两个要饭的在廊屋栖身。农妇进退无路，不得已，留下来与他们共宿。第二天，要饭的把她送了回来。她丈夫将这事引以为耻，要把驴卖到屠宰场。夜里梦见有人对他说："这头驴前世偷了你的钱，你急着抓他，还是让他逃掉了。你就让差人抓了他妻子，关了一夜。他现在变成驴，是偷钱的报应；载你妻子跑到破寺去，是关押他妻子的报应。你何必又结来世冤仇呢？"农夫惊醒，深深忏悔。驴也在这天晚上，忽然自己死去。

任 玉

家奴任玉病重时，守护的人夜里听到窗外有牛的吼叫声，任玉大惊而死。第二天，大家都谈起这件怪事。他妻子哭着说："他在少年时曾经偷杀过几头牛，这事从没有人知道。"

余 某

有个姓余的人，长年做幕僚，主办刑事判牍达四十余年。后生病卧床，生命垂危。在灯前月下，恍惚觉得像是有厉鬼。余感慨地说："我为人存心忠厚，绝不敢乱杀一人，这厉鬼为什么来找我呀？"夜里梦见有几个人浑身是血站在面前，说道："你只知刻毒会积下怨仇，不知忠厚也能积下怨仇的。那些孤独无助的弱者，惨遭杀害，临死之时，痛苦万状；死了之后，孤魂悲泣，含恨九泉，只希望强暴之人被正法，以泄自己的积愤。而你只看到活着的人可怜，却看不到死者的可悲，就舞文弄墨，百般为其开脱。于是使凶手漏网，而被害者冤仇难申。请你设身处地想一想：如果你无罪无辜，而被人宰割而死，你的灵魂看到审理此案的人改重伤为轻伤，改多伤为少伤，改无理为有理，改故意为无意，使你那刻骨仇恨的仇人，摆脱法律的制裁，仍然横行于人世，你是感激呢？还是怨恨呢？不如此想想，还心安理得地把放纵恶人当作是积阴功。那些枉死的人，不恨你还恨谁呢？"余氏又惊又怕，醒了过来，把梦中之事都告诉他的儿子，回过手打着自己说："我的想法错了！我的想法错了！"倒下来就死了。

刘 果 实

沧州刘果实翰林,胸怀旷达,有晋人风度。和饴山老人、莲洋山人都是好朋友,但性格兴趣却各不相同。晚年住在家里,靠教授学生养活自己。但一定要孤苦贫穷的人,才肯收作学生。学生送来的学费、礼物都不多,连最清贫的生活也难以维持,但他却安然处之。曾经买了一斗多米,藏在坛子里,吃了一个多月也没有吃光,觉得非常奇怪。忽然听到屋檐上有声音说道:"我是天狐,尊敬您高尚的品德,就每天偷偷地加了一些米,您不必惊讶。"刘反问道:"你的用意是好的。但你肯定不会耕作,这米是从哪里来的呢?我不能饮盗泉之水,以后不要再这样做了。"那狐感叹而去。

诗 谶

亡侄汝备,字理含。曾梦见有人向他读诗,醒来记得其中一联说:"草草莺花春似梦,沉沉风雨夜如年。"他告诉了我,我很惊异,觉得这不是什么好的兆头。他果然在乾隆十三年闰七月过早地去世了。后来他的妻子武强人张氏,抚养他弟弟的儿子作为嗣子,终身守节,三十多年里,没有一个夜里是解开衣服睡觉的。至今婢女老妇们都还说着这事。我才悟到那两句诗正是遗孀闺房独宿的预兆。

破镜重圆

雍正四、五年间,有一对逃荒的夫妻讨饭来到崔庄,夫妻二人都得了流行病。临死之前,他们拿着卖身契在集市上哭叫,愿意把幼女卖给人做婢女,用卖女的钱买两口棺材。已故祖母张太夫人安葬了这对夫妇,收养了他们的女儿,取名叫连贵。卖身契上写着父亲叫张立,母亲黄氏,而没有写明籍贯,问他们,已病得说不出话来了。连贵自己说她家在山东,门前是驿路,经常有大官的车马往来,到崔庄大约要走一个多月,但不能说出是什么县。又说,去年曾和对门姓胡的人家订亲,胡家也外出要饭了,不知去了哪里。过了十来年,也没有亲戚来寻找她,就把她嫁给了家里养马的刘登。刘登自称是山东新泰人,原姓胡。父母都已死了，由刘氏收养，就改姓刘。小时候听父母说为他订了亲，但不知道女的姓什么。刘登既然姓胡，新泰又是驿路所经过的县，讨饭步行，算算路程也就需要个把多月的时间，和连贵所说的都相符。怀疑很可能像乐昌公主破镜重圆的故事，只是没有明确的证据罢了。先叔栗甫公说："这事稍作增饰加工，就可以写成剧本。可惜这女的蠢得像头猪，只知道吃饱睡足，无法加工，太遗憾了。"边随园说："'秦人不死，信苻生之受诬；蜀老犹存，知葛亮之多枉。'（这四句话出于刘知几《史通》。苻生的事见《洛阳伽蓝记》，诸葛亮的事见《魏书·毛修之传》。浦起龙注《史通》而没有注出，只说"未详"，大概是偶然失考。）史传也难免做点虚构增饰，何况戏曲呢？《西楼记》说穆素晖美丽得像仙人一般，吴林塘说他祖父年幼时见过她，身材短小而丰满，不过是一个普普通通的女子罢了。这样看来，戏曲中所谓的佳人，多半出于虚构。这丫头虽然粗俗，但假设有好事之徒按谱填词，编成剧本，往后到了舞台上，何尝不是一个莺娇花媚的佳人呢？先生所说的，还是未免太相信书本了。"

孤 独 鬼

聂松岩说：胶州有一所寺院，经楼后面有个菜园子。一天晚上，和尚打开窗户纳凉，明月照得像白昼一样，看到一个人在老树下走来走去，怀疑是偷菜的，就大声问是谁。那人弯腰行礼，回答道："师父不必惊慌，我是个鬼。"和尚问道："是鬼为什么不回到自己墓里去？"鬼答道："鬼有朋友，各以类聚。我原来是书生，不幸被葬在乱坟堆中间，我不能和兽医农夫在一起，他们也因为我不是他们的同类而嫌弃我。我很孤独，因此宁愿到这里求个清静。"说完，就慢慢地消失了。后来常能远远看到他，但叫他却不回答。

姚安公言

福州学使的官署，原是明朝掌管税收的太监的官署。太监残酷专横，暗中杀害了许多无辜者，所以这个官署到现在还常常出现鬼怪变异。我任福建学使时，仆人们常在夜里被鬼惊吓。乾隆二十九年夏天，先父姚安公到官署来，听到某个房间有鬼，就把床搬进去睡，整夜安然无事。我曾找机会劝告他，请他不要拿宝贵的生命去和鬼作较量。先父教诲我说："儒家说无鬼，那是迂阔的论调，也是强词夺理。但是鬼肯定怕人，因为阴不能胜阳；有的鬼能害人，是因为那人的阳气不足以抵御阴气。阳气之盛,难道是靠身体的壮实和性格的强悍吗?人存一心,慈祥的为阳,惨毒的为阴;坦诚的为阳,阴险的为阴;公正刚直的为阳,自私卑鄙的为阴。所以《易经》以阳为君子,阴为小人。只要为人心地光明正大,就有纯粹的阳刚之气,虽然有鬼魅,也好像在暗冷的房子里生起大炉子,燃起烈火,阴冷之气自然消失。你读的书也很多了,可曾看到史传中有端方伟大的人而被鬼所害的吗?"我深深下拜,领受教诲。时至今日,每每回忆起先父的教训就受到震动,就好像我站在他老人家身旁一样。

邵 氏 子

束州邵家的儿子,为人轻佻放荡。听说淮镇古墓里有个狐女很美丽,就常常去等她。一天,看到她坐在田埂上,他正要上前搭腔,狐女表情严肃地说:"我服气炼形,已有二百多年,发誓不媚惑一人,你不要痴心妄想。况且那些媚人的狐精,哪里是真的喜欢人,只是为摄取其精气罢了。精气枯竭人就死,碰上这样的狐精无人能够幸免。你又何必自投罗网呢!"将袖子一挥,顿时冷风瑟瑟,尘土飞扬,迷住了他双眼,狐女已不知去向。先父姚安公听了此事后说:"这狐女竟能说出这样的话,我断定她以后一定能升天。"

盗亦有道

献县李金梁、李金柱兄弟俩,都是大盗。一天夜里,金梁梦见他父亲说道:"盗贼有的要败露,有的不会败露,你知道吗?贪官污吏,用刑罚威逼得来的财物,大奸大恶的人,豪夺巧取得来的财物,父子兄弟之间隐瞒多得的财物,亲戚朋友之间强求骗取的财物,狡猾的仆人和精明的差役侵吞私藏的财物,巨商富户用高利贷剥削的财物,以及一切刻意算计、损人利己得来的财物,把它取来是没有关系的。那些罪恶深重的人,就是把他杀了也没关系。这种人本来就是天理不容的。如果本是善良的人,财物是正当取得的,这是老天所保佑的,如果侵犯他们,就是违背天理。违背天理的人最终必然要败露。你们兄弟上次抢了一个节妇,使她母子痛哭叫冤,连鬼神也痛恨。如不悔改,就要大祸临头了。"过了一年多,两兄弟果然都被处死。金梁入狱时,自知不免于死,就向监狱的差人史真儒讲了这件事。真儒是我的同乡,曾将此事告诉姚安公,认为强盗也有一定的规矩。又转述大盗李志鸿的话说:我骑马射箭三十年,被我抢劫的人很多,看到别人抢劫也很多,大约最终败露的有十分之二三,不败露的有十分之七八。只要是奸污妇女的强盗,仔细数来,从来没有一个不败露的。因此经常以此告戒他的伙伴。大概老天惩罚淫乱的人,是毫不含糊的。

凶　宅

辛卯年的夏天,我从乌鲁木齐军中回来,在珠巢街路东租了一座房子,和按察使龙承祖是邻居。住宅的第二进有五间房,最南的一间,门帘常飘起一尺多高,像是有风吹似的,而其他四间房的帘子则没有飘起,说不清是什么缘故。小孩子到了这房里,马上惊哭,说是床上坐着个胖和尚,朝他嬉笑。和尚变的厉鬼,为什么要占据人家的房屋? 更是难以理解。又在三更之后,常常听到龙家宅院里有女子哭声,龙家也听到哭声,却说哭声是在我的宅院里。这些疑团难以解开,但知道这确实不是个好地方,就把家搬到了柘南先生的双树斋。后来住这两座房子的人,都很不吉利。刑部尚书白环九,无病而突然死去,就是在龙家宅院里。所谓的"凶宅",确实不是无根之谈。先师陈白崖先生说:"居吉宅的人未必就吉利,但居凶宅的人则肯定有祸。就好像和风温暖,未必能使人除去疾病;而严寒侵袭,使人一碰上就生病。滋补的好药,未必能使人马上健壮;而药效强烈的毒药,一喝下就崩溃了。"这话也确实有道理,所以不能以为生死有命,而与之抗争。孟子说过:"因此那些知天达命的人,不站在岩墙之下。"

民女呼天

洛阳郭石洲说:他们邻县有公公、婆婆收了财主二百两银子,把守寡的儿媳卖给财主做小老婆的。到了出嫁那天,硬是给儿媳披上嫁衣,把她塞进车里。儿媳不肯,就用红布把她的手反绑起来,让媒婆抱着坐在车上,旁观的人大多感叹不平。但那儿媳娘家已没有人了,不能事先去告发。当马夫拉着缰绳要出发时,儿媳大嚎一声,突然刮起旋风,三匹马都受惊狂奔,拉也拉不住。那马不跑向财主家,而是直向县城跑去。飞奔过泥泞的沼地,好像跑在康庄大道上一般,即使通过很窄的路和桥,也都没有翻车。一直跑到县衙门,才昂然停立。此事就这样败露了。由此可知,民女呼天,雷电下击,并不是书本上的空话。

厉鬼索命

堂舅安介然公说:厉鬼报仇,见于记载的不一而足,传闻中听到的也很多。癸未年五月,我从盐山耿家庵回崔庄,还亲眼目睹过这种事。有一个人大约五十多岁,头戴草帽,身穿麻衫,用一头驴驮行装,拴在河岸的柳树下,靠着树坐着,我也拴好马在那里休息。忽然那人一下子跳起来,用手做出抵挡的样子,说道:"害了你的命,就还你的命吧! 何必这样打我呀!"抵挡了很长时间,话渐渐模糊得听不清楚。忽纵身一跳,就沉到波浪中去了。一起看到的有十多人,都合掌念佛。虽然不知道报的是什么冤仇,但害命偿命,却是那人自己说的。

纸 钱

戊子年夏,婢女玉儿得肺结核而死。过了一会儿,又醒过来说:"阴司的差人派我回来要钱。"买了纸钱烧掉,才又死去。过了一会儿,又醒过来说:"银子成色不足,差人不要。"再去买了金银箔纸折成锭子烧掉,就死去再也不苏醒了。我由此想起雍正十年,亡弟映谷临危时,也是这种情形。这样说来,纸钱真的是有用的吗? 阴司的差人索要这么多的钱,那阴司的官吏又是管什么事的?

六道轮回

胡牧亭侍御说:他家乡有个活着而做阴司官的人,讲述阴司的事情很详细,虽无法全部回忆起来,但大致和书本的记载相同。只是讲到地狱道、饿鬼道、畜生道、修罗道、人道、天道"六道轮回",并不需要遣送,都是根据各人平生的善恶,就像水先流向潮湿处,火先烧向干燥处一样,气息相感,以类而分,自然会到他该去的地方。这话很有道理,是讲鬼神的人从来没有谈到过的。

渔色之狐

狐精媚人,主要是为采补,而不是为贪色;但贪色的狐精偶尔也有。表兄安溥北说:有人夜里睡在深林中,听到草丛中有人说道:"你爱某家的男孩,事情成功了吗? 这种事阳气太盛,会消耗阴气,对你的修炼极为有害。你怎么突然动起这种念头来了?"又听到一人答道:"感谢你的劝告。实在是因为爱他容貌秀美,于是无法忘情。但这男孩虽然长得漂亮,心中却没有邪念,我在他梦中变出各种妖冶淫荡的姿态诱惑他,他却毫无反应。最后拿他没办法,就断了这个念头了。"那人觉得奇怪,就悄悄走过去偷看,只见两只狐狸跳着跑走了。

任 子 田

泰州任子田,名大椿,学问渊博,尤其擅长于三《礼》注疏、六书训诂。乾隆三十四年考中二甲第一名进士,宦海沉浮,一直做小京官,直到晚年才被授为御史,但没有上任就死了。从开国以来,二甲第一名进士而不入翰林院的只有三人,子田就是其中一个。他自称十五六岁时,偶然为堂叔的侍妾将一首宫词写在扇上,受到堂叔的猜疑,致使那侍妾上吊自杀。侍妾的鬼魂到阴司告状,子田就生了重病躺在床上,灵魂被勾到阴司审问。一直过了四五年,阴司官开庭审理了七八次,才辨明是出于无心,但最终以过失杀人定罪,被削减官禄。因此,他的仕途才这般坎坷。贾钝夫舍人说:"审理此案的就是顾德懋郎中。两人原来不认识,有一天相遇,彼此却好像老相识一样。当时在场的人亲眼看到他们追忆阴司的事,子田答话时,也还是心惊胆战的样子。"

隔世之报

即墨县的杨槐亭老前辈说:济宁有一少年被狐所媚,狐精每夜都和他同睡。到了二十多岁,还没有一夜肯放过他。有人教他留起胡子。胡子稍稍长一点,就在睡着时被狐精剃去,还给他涂上脂粉。曾多次用符箓来驱赶,但都不能制服它。后来正乙真人乘船路过济宁,他就写诉词请真人来整治这个狐精。真人给城隍下了公文,狐精于是来见真人,自己陈诉。这狐精不显形状,但旁边的人都可听到它的话。它自称前生是个女子,这少年是个和尚。晚上路过寺门时,被他劫去关在地窖里,受其污辱达十七年,抑郁而死。到阴司告状,阴司官判和尚在地狱受罪以后,还要在来生还债。碰巧我因其他罪过而堕落为狐,隐伏在山林间一百多年,没能和他相遇。现在我已修炼成形得道,正遇上和尚再次投生为这个少年，因此得以报冤。十七年满后我自会离去，不劳你们来驱赶。真人居然也无可奈何。后来不知道期满后是否真的离去了。但是根据它所说的话，可见人做了亏心事，即使隔了几世还是要偿还的。

某 翰 林

与我同科取中的项廷模说：从前曾在某位翰林家教读。翰林和他一见面就大谈理学。一天，翰林一位在外地做官的同乡，送来一些礼物。翰林说自己平生节俭朴素，根本不需要这些东西。那人见翰林清高严峻，便很尴尬地把礼物拿回去了。翰林送走客人之后，在厅堂里走来走去，满脸失意的表情，好像丢了什么东西似的。就这样过了好一会儿。家里人请他入内用午餐，被他怒声叱骂。这时忽然听到有几个人在吃吃地偷笑，环视无人，听那声音是在天花板上，大概是狐精吧。

假 鬼

大理寺少卿陈耕岩做翰林时，被鬼怪所骚扰。为避鬼怪，他搬了家，但鬼怪还是跟着他。这鬼怪还经常掷出小纸帖，上面写着他的隐私事，都是外人不知道的。陈耕岩心里更加惊恐，经常虔诚地祭祀祈祷。有一天，鬼怪掷出帖子，责备他对待侄儿不好，并说："不多拿些钱帮助他，你就要遭殃了。"众人因此怀疑是他侄儿暗中威吓，就偷偷相约守候观察。到了夜里，听到打破器物的声音，众人冲出来将那人捉住，一看果然是他侄儿。耕岩生性宽厚，尤其注重骨肉之情，只是说道："你需要钱可以告诉我，何必这样呢？"就笑着让他回去睡觉了。从此以后，家里就安宁了。后来编修吴朴园家里突然发生火灾，但不知道这火是怎么烧起来的。后来搬了两次家，也两次被烧。我想这事也应该和耕岩家的事一样，朴园说："我也很怀疑。"但是他第三次迁到泉州会馆时，刚好和客人坐在厅堂中，忽然火焰通红，从天花板直冲下来。这不是人能上得去，也不是人能进得去的，大概真是鬼怪所干的了。

《兰亭》逸事

中书舍人程也园住在曹竹虚的旧宅里。一天晚上,因不小心而失火,家中的书画古董大多被烧毁,其中有褚遂良临的《兰亭集序》一卷。这是人家借去五百两银子用作抵押的,正担心来赎还时要发生纠葛,忽然在灰烬中拣到了,匣子和包袱都被烧毁,而书卷却一个字也没有损坏。表弟张桂岩在也园家教读,亲眼目睹了这件事。这难道是应了白居易所说的"到处都有神明的保护"的话吗?还是因为成和毁都是命定的,这个书卷就不该毁在这场火灾中呢?不过这事确实很离奇,将来也可作为鉴赏家们很好的谈资。

鸭鸣之鬼

与我同科取中的柯禺峰,在做御史时,曾寄住在内城友人家里。那家有三间书房,东面一间用纱橱隔开,锁着门。他就在外间的南窗下设榻而眠。睡到半夜时,听到东间有鸭叫一样的声音,觉得奇怪,就仔细地观察。当时明亮的月光照着窗户,只见有一道黑烟从东间门缝中钻出,着地而行,大约有一丈多长,蜿蜒着像条巨蟒。黑烟的头部却是一个女子,头髻鬓发清晰可见,抬头仰视,身子盘旋在地上,不停地发出鸭叫的声音。禺峰向来胆大,就拍着床大声呵斥。那黑烟慢慢地退后,仍从门缝中缩了进去。天亮后,禺峰将这事告诉友人。友人说:"以前是有这个妖怪,几年出现一次,不危害人,也没有其他吉凶之事。"有人说:"没买这座住宅之前,老房主有个侍妾在这个房间里被幽禁而死。"不知是否真实。

前愚后智

官府差役中有个头目善于赌博,赢别人的钱好像探囊取物,和不拿凶器的抢劫差不多。他的党羽暗里做他的帮手,做表情使眼色,使出千奇百怪的手段,配合默契,就好像手指相连,呼吸相通。而那些蠢笨而有钱的人,则好像鱼儿吞食诱饵,野鸡遇上猎人用来诱引的鸡儿。这样过了近十年,积了百万资财,就让他儿子到长芦经商,将本求利。他儿子也很狡黠,但很放荡,喜欢寻花问柳。有个中他圈套而倾家荡产的人,请求和他儿子一起去,然后就偷偷地带他儿子逛妓院。他儿子沉溺于舞衫歌扇的声色享乐之中,把十分之九的资财挥霍掉了。这头目听到一些风声,就亲自去查核,但为时已晚,不可收拾了。人们议论说,这事虽是人为的,但也体现了天意:那仇人能想出这机谋,大概是受神灵的启示吧? 不然的话,为什么先前愚笨而后来聪明了呢?

狐 生 子

故城的刁飞万说:他的家乡有个人和狐女生了一个儿子,遭到父母的怒骂。狐女哭着说:"公公婆婆要赶我走,实在难以抗拒。但孩子还没有断奶,我得先把他带去。"过了两年多,狐女忽然抱着儿子来见她丈夫,说:"儿子长大了,现在还给你吧。"丈夫遵从父母的训戒,转过脸不和她说话。狐女叹着气,抱着孩子走了。这狐女很有人情,只是抱走的那孩子,不知最终会怎么样。或许人所生的仍然是人,住房子,吃熟食,出入于市井人群之间呢? 也许妖所生的就成了妖,神通变幻,躲藏在废墟荒墓之中呢? 或者虽然是妖但还是姓父姓,长大后生儿育女,介于非妖非人之间呢? 或者虽然是人但仍和母族在一起,往来于洞穴,在又是人又是妖之间呢? 可惜这故事有头没有尾,没有向他问个清楚。

腹负将军

与我同科取中的蒋心余编修说:他家乡有座大户人家废弃的宅院,常常见到有美貌女子打扮得很漂亮,在墙头向外张望。有个姓王的武夫,为人粗野豪放,且有胆量,竟自带了被子一个人到宅院过夜,希望能有艳遇。他等到半夜,还不见动静,就拍着枕头自言自语道:"别人说这房子里有狐女,现在到哪儿去了呢?"只听窗外有人小声答道:"六娘子知道你今天来,避到溪头赏月去了。"王问道:"你是谁?"又听答道:"我是六娘子的丫环。"又问:"为什么单要避我?"答道:"我也不知为什么,只听说是怕见这腹负(少谋略)将军。"王也不懂这话是什么意思,后来经常拿这话问别人:"腹负将军是几品武官?"被问的人听后都哈哈大笑。我后来问他的同乡人,答说:"这是真人真事。但王某只是徘徊了一夜,什么也没看到。那些话却是心余虚构的。"心余生性诙谐,可能真是那么回事哩!

虎　神

先母张太夫人,曾雇用一位姓张的厨娘。这位厨娘是房山人,家住西郊的深山里。她说她家乡有个人,因太穷而离家讨饭。这人从来没有出过远门,走了半天就迷路了。山路崎岖,天色阴暗,他不知往哪里去好,就暂时坐在树下,想等天晴了再找路。这时,忽然从林中走出一个人,后面还跟着三四个人,都是相貌狰狞,身材高大,和普通人不一样。他心想这不是山神就是妖怪,自知不能躲避,就扑倒在地叩拜,哭着讲述自己的苦楚。那人同情地说:"你别怕,我不会害你的。我是虎神,现在要给众虎分配食物。等虎吃了人,你收了衣物,就够你生活了。"于是把他带到一个地方,高声长啸,很多虎就聚集到了一起。那人举手指挥,语言嘈杂难辨。过了一会儿,众虎散去,只有一虎留下,伏在杂树丛中。不久,出现一个挑着担翻山越岭的人,老虎跳起要扑他,忽然又缩了回来。过了片刻,又有一个妇人走来,老虎才把她扑倒吃掉。虎神拎起衣服,搜出几两银子交给他,并说道:"虎不吃人,只吃禽兽。虎吃人,那是人里面的禽兽。凡是良心没有泯灭的人,他头顶必定有灵光,虎见了就要退避。而丧尽天良的人,毫无灵光,和禽兽没有什么差别,老虎就会把他吃掉。刚才前面那男子,凶暴无理;但他掠夺来的财物,还能拿去照料寡嫂孤侄,使他们不受饥寒。因为有这一念之善,头上有弹丸般大的灵光,因此老虎不敢吃他。后面那个妇人,遗弃丈夫而私自改嫁,又虐待丈夫前妻的儿子,打得他身无完肤。还偷了后夫的银子给前夫的女儿,她怀中所带的银子就是从后夫那里偷来的。因为有这些罪恶,灵光全消失了,在老虎看来,已不是人形,所以把她吃了。你现在遇上我,也是因为你能很好地侍奉继母,省下妻子的口粮来供养她,头上灵光有一尺多高,所以我能够保护你,而并不是因为你叩拜哀求。希望你多做好事,将来还会有后福的。"说罢,便给他指了回家的路。他走了一天一夜,才回到家中。张厨娘的父亲和这人是亲戚,所以知道得很详细。当时有个家奴的老婆,虐待七岁的孤侄,听了张厨娘的话,就有所收敛。圣人通过神道来教化世人,确实是有道理的。

鬼　火

磷就是鬼火,《博物志》说是由战血变成的。这种说法没有道理,因为哪里可能到处都有战血呢！鬼，是人的余气，鬼属阴，而余气则属阳。阳被阴所压抑，就凝聚而发出光来，就像雨气极阴会化生萤火，海气极阴时会燃起阴火一样。鬼火经常出现在秋冬，而春夏则不常见，因为秋冬时阴气凝，春夏时阴气散。我们偶尔在春夏时看到的鬼火，不是在冷僻荒废的庭院，就是在深山幽谷之中，因为这些都是阴气聚集的地方，鬼火经常出现在平原旷野、沼泽低湿之地，因为阳存于阴之中，而地属阴，水也属阴，鬼火就在其中。先兄晴湖，曾和沈丰功老伯一起走夜路，看见磷火在很高的树顶，发出青色的光，如同火炬，这是从来没有听说过的。李长吉诗云："多年老鸮成木魅，笑声碧火巢中起。"我猜想他也曾见过这种奇异的景象，所以才写下这样的诗句。先兄所看到的，也许就是出自木魅吧！

奇　砚

有位商人拿着一方巨砚出售。这砚色泽纯青，上面有点点红斑，像血渗进去一般。有人试用一下，则平滑不着墨。背部刻有长诗一首，诗云："祖龙奋怒鞭顽石，石上血痕胭脂赤。沧桑变幻几度经，水春沙蚀存盈尺。飞花点点粘落红，芳草茸茸接嫩碧。海人漉得出银涛，鲛客咨嗟龙女惜。云何强遣充砚材，如以嫱施司洴澼。凝脂原不任研磨，镇肉翻成遭弃掷。（原注：有人问镇肉事，写道："事出于《梦溪笔谈》。"）音难见赏古所悲，用弗量才谁之责。案头米老玉蟾蜍，为汝伤心应泪滴。"后有题词："康熙己未年重阳节，餐花道人降乩，偶尔拿石砚请他题写，马上就写下这首长诗，因此将诗刻在砚背，作为这桩异事的纪念。"落款是"奕焞"二字，没有写姓，不知是什么人，餐花道人也无从考证。这首诗感慨抑郁，不像是仙人之语，大概是不得志的有才之士成鬼后作的吧。商人开价十两，还价到四两，他不肯卖。后来再去问这砚的下落，说是被四川的一位县令买走了。

纪　昌

家奴纪昌，本姓魏，用黄犊子的典故，跟了主人的姓。他小时候喜欢读书，有很娴熟的写作技巧，字也写得很工整。为人非常有心计，平生没有过一件吃亏的事。晚年，他得了一种很奇怪的病：目不能视，耳不能听，口不能言，四肢不能动，全身麻木，不知痛痒；仰面躺在床上，一动不动，像个木头人，只有呼吸没有停止。家人知道他没有死,就按时拿食物喂到他口里,他还能咀嚼下咽。经过诊断,发现脉搏平缓,毫无病症,连名医也束手无策。这样过了几年,他才死去。老和尚果成说:"这病是身死而心还活着,是从古到今的医书里不曾记载过的,这是作孽的报应吧?"但这家奴也没什么大恶行,只不过是总为自己捞好处,机关算尽罢了。精明的人老天是不喜欢的,确实如此啊!

李福之妇

家奴李福的老婆,非常蛮横暴戾,每天顶撞公婆,不是当面吼骂,就是背后诅咒,什么事都做得出来。有人委婉地劝告她,不孝是要受阴间的惩罚的,她却转过头去冷笑道:"我定期吃观音斋,念观音的经,菩萨法力很大,能消灾去祸,阎罗王能拿我怎样?"后来得了治不好的病,痛苦不堪,还说:"这是我念经时没漱口,烧香用灶火,所以得到这样的报应,不是因为其他的事。"真是愚蠢啊!

佛法忏悔

太守蔡必昌,曾经做过阴司的官。中丞朱石君问他佛教中的忏悔有没有用处。蔡说:"平常的案情,佛能让告状的人处于有利的地位,他的要求得到了满足,案子就了结了,就像人世间有和解一样。至于恶大仇深,不是人世间能和解的事,也就不是佛所能忏悔的,就是释迦牟尼也无可奈何。"这话平易而有道理。儒家认为佛法肯定是没有的,佛教徒认为任何罪恶都可以消灭,两种观点都是偏颇的。

烧 海

我家离海只有百里地,所以河间这地方在古代称作瀛州。这里的地势东高西低,因此海岸陡峭,潮水涌不上来,河水也流不进海里。古代黄河就在河间,大禹治水时,不直接让它入海,而向北引了几百里,才从碣石入海,就是因为这个原因。海中每几年或几十年,可以看到远处有一个水浪滔天的地方,红光照映天空,被叫做烧海。那里会有折断的椽子和栋梁,随潮水冲上来,人们拿来当柴烧。只要有这种现象发生，不到几天，就会有人相互传告，说是某某工匠被神召去修建龙宫了。然而谁也没见过被召去的工匠，也没有人讲得出龙宫的形状，所以只是一种传闻罢了。我认为这大概是远洋的大船，不小心失火，水面映射着火光，又毫无遮挡，所以千百里外都看得到。梁柱之类的东西，船上都有，也不一定是龙宫里的。

一善之报

献县有个捕快，曾奉命捉捕到一名大盗，把他绑了起来。大盗的妻子颇有姿色，大盗请求让妻子陪捕快睡觉而放他逃走，捕快不同意。后来捕快因长期舞弊，贪污数额大而被处斩。行刑前两天，监狱的墙倒塌，捕快被压死。狱吏叶某，因不及时修葺狱墙，被从重杖责一顿。此前叶某梦见站在大堂下，听到堂上官吏讨论捕快的事。那官吏挥着手说："一善不能掩千恶，千恶也不能掩一善。免刑是不行的，减刑则可以。"然后小吏抱着卷宗出来，一看根本不认识，再仔细看那做官的，也不认识，才知道到的地方不是县衙。醒来后暗地祝贺捕快，说是能免于一死。他不知道神是以保全首级作为减刑。人们算了捕快平生就只有这一件善事，而居然能够免于杀头。天理昭昭，何曾不许人事后将功补过、行善赎罪啊！

神仙感遇

吴江吴林塘说：他有个表亲和狐女住在一起，虽然没有疾病，但神思恍惚，总好像精神不振。父母很担忧，听说有个行脚僧能驱狐，就试着请他相助。和尚说："此怪和你儿子有前缘，没有要害他为意思，你儿子自己沉湎过度了。但怕狐女不害你儿子，你儿子不免害了自己，应该好好地让她走。"到了晚上，和尚就到他家，打坐念经。家里人远远看见烛光下好像有个穿着绣衫的女子，慢慢地下拜。和尚举起拂尘说："留着未尽的缘分到来世再欢聚，不也是可以的吗？"那女子一闪就隐去了，从此再也没有出现过。林塘知道这和尚是个异人，就向他请教神仙感遇之事，和尚说："从古以来，书本里所记载的，有的是寓言，有的是借以扬名，有的是借以抒发个人恩怨，有的是喜欢谈论怪异的事，以耸人听闻，有的是将这作为风流佳话，有的本无深意，而是为写漂亮文章，就像诗人写艳词一样。总的来看，虚假的是十分之八九，真实的十分之一二。这一二真实的,又大都是才鬼灵狐,花妖木魅,而没有一个神仙。自称神仙的都是假话。因为神正直而聪明,仙冲淡而清静,难道在天宫仙境里还会有放荡的女人混杂其间,动不动就和人幽会吗?"林塘叹服他精辟的见解,觉得闻所未闻。说这件事时,林塘没有讲出那和尚的名字。后来问林塘的儿子钟侨,钟侨说:"见到这和尚时,我才五六岁,当时没听见叫名字,现在已无从打听了。只是记得他的口音,好像是杭州人。"

炼 丹 术

李芍亭家扶乩降仙,那乩仙自称是邱长春。乩仙悬笔写字,比风雨还快,字体像张旭、怀素的狂草。有人拜求丹方,乩词称:"神仙有丹诀,没有丹方。丹方是烧炼金石的手段。《参同契》里提到炉鼎铅汞,都是托名,并非讲烧炼。方士们加以附会歪曲,结果贻害无穷。因为金石本身燥烈,加上火力,阳气激荡,使血脉膨胀,所以筋骨气力好像倍加强壮。但这是消耗元气,留下的祸根也深。看那些养花的人,用硫黄培在树的根部,在严寒时能吐蕊开花。但盛开之后,那树肯定枯死。因为热量在下蒸腾,其精华就从上面涌出,精华涌尽就马上枯槁了。你何必为放纵数年之欲,而抛弃千金之躯呢?"那人吓得赶紧起身。后来芍亭将此事告诉田白岩,白岩说:"乩仙大都是托名。这位仙人能说出这样的话,也许真是邱长春吧!"

《西游记》作者

吴云岩家扶乩,那乩仙也说是邱长春。有位客人问道:"《西游记》真是仙师所作,用来阐明道教妙旨的吗?"乩仙批道:"是的。"又问:"仙师的书写于元朝初年,书中祭赛国的锦衣卫,朱紫国的司礼监,灭法国的东城兵马司,唐太宗时的大学士、翰林院中书科,都和明朝官制相同,这是怎么回事?"那乩忽然不动了。再问,就不再回答了,那位客人知道是乩仙已经回答不上来而逃走了。由此可见,《西游记》为明朝人所伪托,是毫无疑问的。

嗜 食 鸡

文安的王姨妈,是我母亲的第五个妹妹。她说她还没出嫁时,有一次坐在度帆楼中,远远看到河边有只船,船上有一个做官人家的中年妇人,正在伏窗哭泣,围观的人很多。王姨妈家的奶妈开了后门出去探视,回来说是某知府夫人,在船中午睡,梦见她死去的女儿被人捆绑宰割,哭喊凄惨。她被吓得醒了过来,但女儿的哭喊声还在耳边,而且好像是从邻船传出的。知府夫人派婢女去邻船寻找,看到船上正在杀一头小猪,血正在向坛中流,还没有完。知府夫人曾在梦中看到女儿的脚被绳子绑住,手被红带绑住,而那猪的前脚,果然绑着红带,因此更加悲痛欲绝,于是就用加倍的价钱买下那头猪,用土掩埋掉。知府家的仆人私下对人说:这女孩子十六岁时死去。生前十分柔顺,只是酷爱吃鸡,每顿饭都要有鸡吃;如果没有,就不动筷子,因此每年总要杀鸡七八百只。大概这是杀生的业报吧。

饿 鬼

交河有个书生,一天傍晚在田野中独自散步,远远看到好像有个女人,躲进了高粱田里。书生猜想是出来幽会的荡妇,就上前寻找,但静悄悄的什么也看不到。书生想她藏在茂密的高粱中,很难发现她,就不再追寻了。回到家中,书生忽然得了寒热病,并且口发胡言道:"我是饿鬼,因为你有官相,不敢冒犯,所以躲藏在草丛中。没想到你忽然看到了我,还劳你寻找。既然你有情意,我就应该向你求食。请惠赐一些菲薄的祭品,我马上就告别。"书生的家人给饿鬼烧纸钱摆酒菜,他的病一下子就好了。苏语年进士说:"此人本来没有邪念,只是因为偶尔多事,于是被这鬼趁机利用。小人对于君子,常常是伺机伤害的。所以人们的言行,能不谨慎吗!"

山鬼能知一岁事

世态炎凉,转瞬即变,就是鬼怪也是如此。程鱼门编修说:"王文庄公每次遇到陪皇帝到北郊祭祀,一定要借宿在安定门外的一座坟园中。园中本来有鬼,但文庄公没有看到过。有一年,在灯下看到了鬼,过了半年,文庄公就死了。真所谓'山鬼能知一岁事'啊!"

鬼　诗

太原申铁蟾说:他曾经从苏州北上,因为船舵碰坏,就停船在兴济的南边。荒郊野外,空无一人,但夜晚能听到草丛中有吟诗声。申铁蟾心知是鬼,就和友人仔细地听。所吟诵的诗共数十篇,声音轻幽呜咽,断断续续,不太听得清楚。铁蟾只听出一句,是"寒星炯炯生芒角",他的朋友听出两句,是"夜深翁仲语,月黑鬼车来"。

狐　写　字

中书舍人张完质租了一座房子,有人说这房子中有狐精。住进后的第二天,书房中的笔砚都被动过,还少了一方红枣。张完质正在乱哄哄地询问时,忽有一铜钱砰地落在桌上,似乎是付红枣的钱。过了一会,只听有人大声喧嚷,说是丢失的红枣粘贴在宅院后面的空屋外。完质过去一看,见用楷书写着"内室止步"四字,字写得还很端正。完质说:"这狐精狡狯。"怕它将来恶作剧,就搬了家。听说这房子在保安寺街,我想就是翁覃溪的房子。

东光某狐

李又聃先生说:东光某人家有狐精。一天,忽然扔出砖瓦,打破了盆坛,某人就怒骂狐精。到了夜里,听到有人敲着窗户说道:"你睡了吗?我有一言相告:邻里乡亲,比邻而居,小孩子如果有所冒犯,也是平常的事,能够原谅就原谅,实在不能原谅,就告诉他的父兄,自然会处置的。你却马上加以恶声叱骂,于情于理都是不对的。何况我辈来无形去无踪,你看不到听不到,防不胜防。现在你却和我们作对,有什么好处呢?势必是敌不过我们的,请认真考虑一下。"某人披衣起床道歉,从此就相安无事。碰巧亲戚中有人家因为仆人的不和,而酿成争斗,差点闹出大案的,又聃先生感叹道:"真令人怀念某人家的狐精。"

李 清 时

北河总督官署中,有五间楼房,被蝙蝠盘踞已有多年了。大大小小的蝙蝠不知有几万,一只白的有车轮那么大,是蝙蝠群的头领,能成精作怪。因此历任总督,都锁住楼房不住。后来福建的李清时,请了正一真人来整治,蝙蝠果然都飞走了。不久,李公去世,蝙蝠又回来了。从此就没人敢再管了。我认为汤文正公驱除五通神,是为民除害。而蝙蝠自居一楼,对人没有危害,李公这个举动,实在是可以不做的,但他却做了。至于他猝死在官署中,则纯属巧合,不能认为是蝙蝠作祟。寿命长短都是有定数的,妖魅岂能掌握生死之权呢!

家奴赵平

我七八岁时,看到家奴赵平以有胆量自负,老仆人施祥对他摇着手说:"你不要自恃有胆,我已因为自恃有胆而遭殃了。我少年时血气方盛,听说某家凶宅无人敢住,就径自抱了被褥睡在里面。快到半夜时,哗的一声,天花板裂了开来,忽然堕落一条人的手臂,在地上跳来跳去,过了一会儿又掉下一臂,又掉下双腿,又掉下身躯,最后掉下了头,都满屋子像猴子一样跳跃。我吓得不知该怎么办。过了一会儿合成一人,身上都是刀痕杖迹,腥血淋漓,伸手直冲我扑来,要掐我脖子。幸亏夏夜纳凉,挂窗没有关上,我急忙从窗口跳出,拼命奔逃,才得脱免。从此以后我的胆被吓破了,至今还不敢独宿。你还要自恃有胆,可能难免和我一样啊!"赵平很不以为然地说:"老伯当时失误了,为什么不先抓它一段,使它不能凑合成形呢?"后来赵平夜里喝醉酒回家,果然被群鬼拦住,被按到粪坑中,差点丧了命。

神不愦愦

和我同科取中的钟上庭说:他在宁德做官时,有个幕僚病得很重。那幕僚正在服药时,恍恍惚惚看见两个鬼对他说:"阴司有某案,等你去对证,药就不要吃了。"幕僚说:"此案已经五十多年了,为何到现在还没了结?"鬼说:"阴司的法律很严,但使用法律则很审慎。只要稍有疑问,虽然事情很清楚,而没有证人，就不能结案。所以常要等几十年。"幕僚问道："这样的话，不是要迁延拖累了吗？"鬼答道："这也是千万分之一的比例，不是常有的。"这天夜里，幕僚果然死去。这样看来，因果报应有时不灵验，或许是这个原因吧？又有小说中记载了许多活人灵魂赴阴司受审的事，或许是该慢该快，都要根据各个案子的轻重缓急而定的吧？总之迟早虽然不同，神明总不会糊涂，这是确凿无疑的。

借名敛财

有个姓田的老妇，谎称她家中供奉着一位狐神。许多妇女听说后，都去烧香问凶吉，田氏因此获利颇多。不久，很多狐精聚在她家中，索要酒食，老妇全部拿出所获之利，也不够供应。于是家中坛罐被打破，衣物被烧坏。老妇苦苦哀求，也不能使群狐离去，吓得只好准备搬家。临行时，听到屋上大笑道："你还敢借名敛财吗？"从此家中就安静了，老妇也就不搬家了。但连同她原来所有的资产，已花去大半了。这是我小时候听先母说的。又有个道士自称供奉王灵官，扔钱算命，常常灵验，来祈祷的人很多。一次几个小流氓带着妓女到庙中来，被道士拦住。这些人于是私下向伶人借了灵官鬼卒的服饰，乘道士晚上设道场时，突然从屋顶上跳下，占据座位，责骂道士欺骗众人，命令鬼卒将他绑起，拿起铁蒺藜要拷问。道士惶恐认罪，一一坦白装神弄鬼以骗取钱财的经过。于是哄堂而笑，脱去衣帽高声欢呼着出去了。第二天再去找道士，则已逃走了。这是雍正十二年七月的事。我随先父寄宿沙河桥，听旅店主人说的。

误人子弟

安邑的宋半塘，曾在郪县做官。说郪县有一书生，文章写得很不错，却困顿不能及第。一次，书生生病，做梦来到一个很大的官署，看那形状，知道是阴司。阴司有一小吏，是他的旧友，他就问这病会不会死。小吏回答道："你寿命未尽而食禄已尽，恐怕过不了多久就要到这儿来了。"书生说："我平生靠教书糊口，从未过分地挥霍浪费，为何食禄已尽了呢？"小吏叹息道："正是因为收了别人的学费又不好好教书，阴司认为无功取食，就是属于浪费。现在扣除你应得的食禄，以弥补被你所支取的，所以寿命未尽而食禄先尽了。为人之师，名分在'父、师、君'三尊之列。收了人家的学费，而误人子弟，受到谴责也最重。有官禄的减去官禄,没有官禄的减去食禄,一丝一毫也不含糊。世人只看到一些才高学富的人,或贫穷或短命,动不动就说是天理不明。岂知他们自己误了自己一生,大多是这个原因呢!"书生怅然醒来,果然一病不起。临终时,讲了这事以告戒亲人,因此人们得以知道。

庞斗枢言

道士庞斗枢,雄县人。曾到献县高鸿胪家作客。先父姚安公年幼时,看到他手撮棋子布在桌上,中间横斜连带,看不太清楚;外围有八个门,则井然可数。抓一小鼠,从生门放进去,能曲曲折折地找到缝隙钻出来;从死门放进去,则在里面转一整天也出不来。由此相信鱼腹浦的八阵图,决不是虚构出来的。但斗枢说这只不过是游戏罢了。至于国家的兴亡,因天命而定;战斗的胜败,因人的谋略而定。一切方术,都起不了作用。从古到今,有靠星相之术而成就事业的吗? 就是像符咒厌胜之术,世间很流行,也颇有些灵验的时候。但数千年来,战争割据的时代,那时方术难道就失传了吗? 也没听说过哪个皇帝、哪个大王、哪个将军、哪个丞相死于敌国的诅咒厌胜,其他就可以推想而知了。姚安公说:"这番话不是方士能说得出的,这个道理也不是方士所能理解的。"

狐 讽 人

堂舅安介然公说:佃户刘子明,家境还不错。有个狐精住在他家仓屋中,几十年来从未骚扰,刘子明也只是逢年过节用五盏酒、几个鸡蛋祭一祭而已。如果遇到有火警或盗贼,就敲门窗发出声音,使主人知道。相安无事已很久了,一天,忽然听到吃吃地笑个不停,问它也不回答,而且笑得更加厉害。刘子明就怒冲冲地斥骂它。狐精忽然应声答道:"我是在笑那些对结拜兄弟好,而对亲兄弟不好的人。我是在笑那些对妻子前夫所生的孩子好,而对前妻所生的孩子不好的人。和你有什么关系,而要如此发怒?"刘子明听后,十分羞愧,无言以答。过了一会儿,听到屋上高声读《论语》道:"严肃而合乎原则的话,能够不接受吗? 改正错误才可贵。顺从己意的话,能够不高兴吗? 分析一下才可贵。"随后叹息了几声,就没声音了。从此以后,刘子明对自己的行为稍为有些改正。后来我将这事告诉邵阁谷,阁谷说:"这是至亲好友也难以启齿的话,而狐仙却能说出;严肃庄重的教导难以入耳,而狐仙却以诙谐之语使人醒悟。东方朔也不过如此啊！假如我到刘家仓屋,要朝门作三个揖。"

脔割之苦

　　玛纳斯有个发配犯人的妻子,一次她进山砍柴,突然被玛哈沁人捉住。玛哈沁人是额鲁特的游民,没有首领,没有部落,有时几十人为一群,有时几人为一群,出没深山中,遇到禽鸟就吃禽鸟,遇到野兽就吃野兽,遇到人就吃人。妇人被捉住后,被剥去衣服绑在树上,旁边燃起火堆。玛哈沁人刚从她左腿上割下一块肉,忽然听到火枪一声震响,人声喧哗,马蹄声响满山谷。以为是官军追来,就丢下妇人逃走了。其实原来是兵士牧马,偶尔用鸟枪打野鸡,而误中马尾。一马跳跃,群马受惊,相随逃进山中,众人呼叫着追赶。妇人从此就开始吃素。曾对人说:"我并不是信佛求福。天下痛苦的事,没有超过割肉的;天下可怕的事,也没有超过被绑住等着被宰割的。我每当看到屠宰,就想起自己受苦的时候,想来那些生灵,它们的痛苦恐怖,也肯定和我一样,所以就难以下咽了。"这番话也可用来告戒世间那些贪吃的人。

夙　冤

　　家奴刘琪,养了一头牛和一条狗,牛一见到狗就用角顶,狗一见到牛就用嘴咬,每次都斗到血流不止。但是牛只是顶这只狗,见到其他狗则不是这样;狗也只咬这头牛,见到其他牛则不是这样。刘琪就把它们分别系在两处,牛如果听到狗的声音,狗如果听到牛的声音,都抬头怒视。后来先父姚安公到户部做官,我跟随来到京城,不知那牛和狗最后怎么样了。有人说:"禽兽不能说话,却都能记得其前生。这牛和狗大概就是佛经上所说的夙冤,而到现在还相互记得吧?"我认为夙冤之说,是确凿无疑的。但说是能记得前生,则似乎未必。亲戚中有姑嫂二人不和,嫂子与其他小姑都很和睦,只是对这个小姑像仇人一样;小姑和其他嫂子都和睦,只对这个嫂子像仇人一样。这难道是记得前生吗?大概怨恨之心,植根于潜意识之中,一旦相遇,就像功效相反的两种草药,虽然是枯根朽草,本来是没有意识的,而其气味自然能相冲相斗。因果牵连,有施就有报。三生也不过是短暂的一瞬,怎么可以图一时之快而与人争斗呢!

戒　讼

　　堂伯君章公说:明朝青县的张公,是十世祖赞祁公的岳父。他曾和乡人相约,连名控告县里的吏员。张公骑马前往,经过祖坟前,一阵旋风直扑马首,马受惊跳起,他被摔下地,同去的人将他抬了回来。回到家中后,寒热病发作,一会儿昏迷,一会儿清醒,迷迷糊糊中好像见到了鬼。家人正要去请巫师来禳解,张公忽然坐了起来,发出他已死去的父亲的声音说:"你不要祈祷,扑你马的就是我。就是打官司都没益处。假如没有道理,有什么可诉讼的呢? 假如有道理,是非自有公论,人人都同情你,这就是胜利,何必要打官司呢? 况且告差役告吏员,祸患尤其厉害:官司打败了,祸在眼前;侥幸打胜了,做官的有来有去,而这种人根生土长,他们的子孙肯定要报复,祸在日后。因此我来拦住你。"说完,张公又躺下来,汗流如雨。等到再醒来,病一下子就痊愈了。后来连名上诉的人都遭了殃,才知道这不是说胡话。此事是堂伯从伯祖湛元公那里听来的。湛元公一生没和人打过官司,大概是恪守这个训诫吧。

圆 光 术

　　民间有种圆光术:把白纸贴在墙壁上,烧符召神,让五六岁的小男孩注视着白纸。小孩定会看见纸上突然出现大圆镜,镜里的人物,一一展示将来的事,就像卦影一样。但卦影是暗示征象,这却是清楚地显示出形状。道士庞斗枢就会这种圆光术。有个书生,一向和斗枢亲近,曾凯觑一妇人,私下求斗枢圆光,看看能否成功。斗枢吃惊地说:"做这种事,岂不亵渎了鬼神!"书生硬是要他做,斗枢不得已,只好勉强地为他烧符,小孩注视很长时间后说:"看见一个亭子,中间放了一张床,三娘子和一少年坐在上面。"三娘子正是书生死去的小妾。书生正在骂孩子乱说,斗枢大笑道:"我也看到了。亭中还有一个匾额,只是小孩不识字。"书生怒声问道:"什么字?"斗枢答道:"'己所不欲'四字。"书生听后,默不作声,拂袖而去。有人说:"斗枢烧的其实不是符咒,是事先拿饼给小孩吃,教他说这些话的。"这大概是真的。虽然是个刻薄的玩笑,但却不失规劝朋友的用意。

银船为怪

先母说：外祖父家常在夜里看到一个怪物，在楼前跳来跳去，看见人就逃避。在月光下从窗缝中偷看，只见这怪物穿着深绿色的衣服，形状蠢笨得像个大鳖，看得见手脚而看不见头，不知是什么怪。外叔祖紫衡公派了几个健壮的仆人，拿着刀棒绳索埋伏在门外，等它出来，就突然围上去。那怪物踉踉跄跄逃到了楼梯下。举灯一照，见墙角有用绿锦包裹的一只银船，左右有四个轮子，是外祖父家鼎盛时小孩的玩具。这才知道绿衣服是包袱，手脚是四个轮子。将银船熔掉，有三十多两。一老妇说："我做丫环时，家里丢了这东西，同伴们都被痛打了一顿。不知是谁偷了放在这里，变成了妖精。"《搜神记》载孔子的话说："马、牛、羊、猪、狗、鸡这六畜，和龟、蛇、鱼、鳖、草、木之类，其神者都能变成妖怪，所以称之为五酉。五行之内，都有这类东西。酉是老的意思，所以东西老了就成怪。把它杀掉就完了，有什么可怕的呢？"如果是这样的话，那么东西长久了就幻化变形，也是寻常之理了。

两世夫妇

两世为夫妇，像唐朝的韦皋和玉箫，大概是有的。景州的李西崖说：乙丑年他去参加会试，碰到贵州的一个举人，讲述他家乡有户人家生了一个儿子，刚能说话，就说我前生是某人的女儿，某人的妻子，丈夫名叫某某，字叫某某；我死时丈夫是多少岁，今年应该多少岁。夫家所在的地方，距这户人家不过四五日的路程。这事渐渐地就传开去了。到了十四五岁时，原来的丈夫知道了这件事，就直接来寻找。两人相见流泪，讲起前生的事都相符合。这天晚上，两人竟然同床而睡，他母亲不能阻拦，就偷偷地去听动静。熄灯后，只听得两人已经说起男女间的亲热话了。母亲发怒，就把那原来的丈夫赶走了。儿子愤而绝食，那丈夫也留在旅店中不肯离去。一天偶尔疏于防范，二人竟结伴逃走，不知去了哪里。此事真是奇怪！是自古未闻的。这可谓发于情而不能止于礼了。

虐婢之报

东光的霍从占说:有个有钱人家的女孩,五六岁时,因晚上外出看戏,被人拐卖。过了五六年,拐卖她的人被捉住,招供出曾用药麻醉这女孩。官府发下布告追查,女孩才得以解救回家。归来时只见她遍体鳞伤,鞭痕、杖痕、剪痕、锥痕、烙痕、烫痕、爪痕、齿痕布满全身,就像刻上去的一样,她母亲抱着她哭了几天,一提起就泪流满襟。女孩说那女主人残酷凶暴,毫无人性,自己年纪小,不知所措,只有胆战心惊地等死。年纪渐大以后,实在受不了毒打,就想到自杀。一次,她夜里梦见一老人对她说:"你不要自寻短见,再被烙两次,打一百鞭,业报就满了。"果然有一天,她被绑在树上鞭打,刚打到一百鞭,县吏就拿着文书到了。原来这女孩的母亲对婢女极其残忍,那些战战兢兢侍立身边的丫头,很少有身上不带血痕的;只要她回眸一看,左右的人就吓得面无人色,所以神明就在她女儿身上显示报应。但她竟然不思悔改,后来脖子上生毒疮而死。她的子孙现在也衰落了。从占又说:有一位官太太,遇到婢女有过失,不加鞭打,只是脱去裤子,让她裸体躺在地上,自称这和"蒲鞭示辱"一样。后来得了癫痫病,家人如看管不严,她就要裸体跳舞。

鬼 报 恩

及孺爱先生说:他的仆人从邻村喝酒回来,醉倒在路上。醒来时,露水已打湿了他的衣服,发觉已是半夜了。他在伸腰时,看到一个人缩着身子站在树后,就大声问道:"是谁?"只听答道:"你别怕,我是个鬼。这里的群鬼喜捉弄喝醉的人,我是来守护你的。"仆人问道:"素昧平生,为什么要保护我呢?"鬼答道:"你忘了吗? 我死了之后,有人造我妻子的流言蜚语,你打抱不平,戳破了谣言,所以我在九泉之下十分感激。"说完就消失了,仆人来不及问这鬼生前是谁,也想不起曾有过辟谣的事。大概是出于无心的一句话,而九泉之下已听到了;那么故意造谣的人,阴间难道会不愤恨他吗?

献 王 墓

　　河间献王的墓在献县城东八里。墓前有座祠堂,祠堂前有两株柏树,相传是汉代所植,不知是否真实,也可能是后人所补种。祠堂左右有两座陪葬墓,县志上说左面葬的是毛苌,右面葬的是贯长卿;但任丘县又有毛苌墓,也搞不清哪座是真的。有人说:"毛苌在宋代被追封为乐寿伯,献县正是古代乐寿的所在地。任丘的毛公墓,是毛亨。"或许正是这样。堂舅安五占公说:康熙年间,有一伙盗贼觊觎墓中的殉葬品,就在墓边种瓜,暗地在草屋里挖地道。快挖到墓边时,用长长的铁锥刺进去,只见一股白气随锥喷射出来,声如雷霆,把盗贼们都冲倒在地,于是就不敢再挖掘了。有人认为献王墓封闭两千年,地气长久积郁,所以一有缝隙就涌了出来,并非有神灵。我认为献王有功于《六经》,当然应该有鬼神呵护。盗古墓的多得很,为什么其他地方没有地气郁积而涌出呢?

腹中鬼语

　　鬼怪在人腹中说话,据我所听到或看到的,就有三件事。一是云南的李衣山编修,因为扶乩而与狐女和诗,狐女姊妹几个,都钻进他腹中,时常和他说话。正一真人曾作法祛除,也不能将她们赶走。后来他得了癫痫病,一直到死。这是我做翰林时亲眼目睹的。一是宛平的张鹤友老前辈,在做南汝光道员时,和一姓史的幕僚偶宿驿站。正巧有位客人投上名帖,拜访姓史的,两人彻夜谈天。到了天亮,那客人和他的随从都不见了,又忽然从史的腹中传出说话声。后来用拜斗星的办法将其祛除,但不久又回到腹中,直到姓史的去世。人们怀疑这是他的夙冤。这是听吏部侍郎金听涛说的。再是平湖的一个尼姑,有鬼在她腹中,预料凶吉多很灵验,因此尼姑得了很多为人占卜的钱财。这鬼自称前生欠了尼姑的钱,所以要以此作为报偿,就像《北梦琐言》中记载的田布的故事。有人将耳附在尼姑腋下,也能听到鬼说话,这鬼可能是个樟柳神。这是听吏部侍郎沈云椒说的。

死而复生

　　晋国杀死了秦国的一名间谍，但六天之后，这间谍又苏醒了过来。或许是被缢死或用棍打死的，所以能复活。但不知道没醒来之前，这间谍是什么情形，解经有一定的体例，不能和小说杂记一样。佃农张天锡，死了七天，他母亲听到棺材里有敲打声，就打开一看，只见他已复活了。问他死后看到了什么，他说："没看到什么，也不知已过了七天，只是一下子好像睡着了，一下子又好像醒来了。"当时有个老儒在我家教读，听说这事，拍着大腿跳起来道："程、朱真是圣人啊！鬼神之事，连孔、孟也不敢断定没有，只有二位先生却敢断定。现在死者复生，果然和他们所论述的一样，不是圣人怎么能做得到呢！"我认为天锡是因为气郁结而昏厥，不省人事，他的家人误认为是死了，其实不是真死。虢太子的故事，载在《史记》里，这位老先生没看到吗？

血　盆　经

　　帝王用赏罚来劝人为善，圣人用褒贬来劝人为善。赏罚有所不及，褒贬有所不周的，佛就用因果来劝人为善，方式不同，目的则是相同的。和尚们拿着因果祸福的说法，诱骗胁迫那些愚民，不是以人品的正邪来区分善恶，而是以布施的有无来区分善恶。自从"福田"之说兴起，佛祖的本旨就不明了。听说有个走无常的人，问冥吏诵《血盆经》有无好处。冥吏说："没有这样的事。世间男女相交，万物滋生，都是天地间的自然现象，是阴阳相合生生不息。要繁衍就要有生育，要生育就必然有污秽，就是淑女贤母，也不得不如此，这并不是自己所干下的罪孽。如把这当作罪孽，那么要饮食就不能不大小便，口鼻难免要流口水鼻涕，这也是污秽之物，难道也应该认为是有罪的吗？编造这一说法的人，是因为只有妇女最容易被蛊惑，而妇女免不了都要生育，就以此为有罪，说这罪非要拜佛忏悔不可；于是闺阁里的钱，都充当功德费了。你出入阴司，应该有所见闻，血池真的在哪里？堕入血池的真的有谁？还要犹疑、追问吗？"走无常的人后来以此告诉别人，但没有人相信他的话。这就是所谓的积重难返啊。

心动生魔

僧人明玉说：西山有个和尚，看到游春踏青的妇女，偶动邪念。正在那里徘徊痴想，有个少妇忽然向他眉目传情，慢慢地两人攀上了话。那少妇说："我家离此不远，丈夫外出很长时间。今晚我用灯在林子外指引。"叮咛之后，就分别了。和尚如约前往，果然离他不到半里地，有一盏青荧荧的灯。和尚穿树林渡溪涧，跟着灯走，但就是追不上它。随后那灯忽隐忽现，忽左忽右，和尚奔跑辗转，迷了路，累得再也走不动了，跌倒在一棵老树之下。天亮后，和尚仔细一看，却仍在原来的地方；再看树林中的青苔绿草上，布满了重重叠叠的脚印。和尚这才明白，他是整夜在绕着树跑，就像牛拉磨一样。自知是心动生魔，急忙到师父处忏悔，后来也没有什么事。又说：山东有一和尚，常常看到藏经楼上有个美艳的女子向下窥看，心知是鬼怪，但暗想鬼怪也不妨亲近，就径自去找她，却什么也看不到，叫她也不出来。像这样总有百多次，于是神思恍惚得了心病，一直到死。临死时才把这事说了出来。这或许是前世的仇人，借此来索命的吧？但两个和尚毕竟都是自取其祸，而不是魔或鬼让他们遭殃的。

理学害人

吴惠叔说：有一位医生，向来谨慎忠厚。一天夜里，有个老妇拿着一对金钏，到他这里买堕胎药。医生大惊，坚决拒绝了。第二天夜里，老妇又多拿了两枝珠花来，医生更加害怕，拼命将她赶走了。过了半年多，医生忽然做梦，被阴司的差役捉去，说是有人告他杀人。到了阴司以后，只见一个披头散发的女子，脖子上勒着红巾，哭着诉说向医生求药而不给的经过。医生说："药是救人性命的，怎么敢用来杀人以渔利！你自己因奸情而遭祸，与我有什么相干？"女子说："我求药时，身孕还未成形。如果能够堕掉，我可以不死。这是破一无知的血块，而保全一条将死的性命。既然拿不到药，不得不生下来，以致孩子被扼死，承受种种痛苦，我也被逼得上吊。这是你要保全一条命，反而杀了两条命。这不是你的罪过，还能是谁的罪过呢？"阴司的官吏叹道："你所说的，是根据实际的情况；他所遵循的，则是理。从宋代以来，固执一理而不顾实际利害的，难道就只有他吗？你就算了吧！"一拍桌子，医生惊吓而醒。

阴间富贵

　　惠叔又说:有个病死又活过来的人,在阴司遇到老朋友,穿着破烂衣服,披枷带锁。两人相见,互相握手,悲喜交集。这人叹息道:"你一生富贵,竟不能把富贵带到这里来吗?"那朋友悲哀地说:"富贵都可以带到这里来,只是人们不肯带来罢了。生前有功德的人,到了这里,何尝会不富贵呢? 寄语世上的人,早作带来的打算就行了。"李南涧说:"这话说得好! 胜过说富贵皆空。"

卷 十

如是我闻（四）

聪明之狐

长山的聂松岩说：安丘的张卯君先生家，有个书楼被狐仙所占。这狐仙经常和人对话。丫头佣人，凡是有所欺瞒，一定会被狐仙当众揭发。张家的人对它畏若神明，都小心翼翼地不敢有过失。这也称得上是能说话的戒律、无形的监察官了。但狡黠的人如果奉承它，它就会为他隐瞒过失而不直说。这狐仙聪明有余而正直不足，这也大概是狐之所以为狐的道理吧！

鬼为人谋

沧州插花庙的老尼董氏说：有一次她半夜睡醒，听到佛殿里有"咚！咚！"敲磬的声音，好像是有人在拜佛。第二天，她把这事告诉徒弟，徒弟却说："这大概是师父耳鸣，听错了。"但到了夜里，又是如此，她就悄悄起床，蹑手蹑脚走过去偷看。这时灯烛昏暗，隐约能看清东西。只见敲磬的是她已故的师傅，一少妇朝佛像跪着，嘴里轻轻地在祝祷。因为她面朝里，看不出是谁。细听她祝告的话，原来是为丈夫的病而祈祷。董氏惊慌失措，碰响了红窗格，顿时阴气弥漫，灯光马上暗了。等到灯再亮起来时，就什么也看不到了。我已故的外祖父张雪峰先生说："这少妇已入黄泉，还为丈夫的病担忧，听了之后，使人加深夫妻感情。"董氏又说：近来有一卖花老妇，夜里路过某家墓地，突然看见某夫人的鬼魂站在树边，向她招手。因无路可逃，卖花老妇只得战战兢兢地过去拜见。某夫人说："我天天夜间在这里，想等到一个熟识的人寄个口信，望眼欲穿，现在总算见到你了。回去告诉我女儿、女婿：一切阴谋，鬼神已全都知道了，不要再枉费心力。我在阴司，饱受鞭打；地下那些先死的人，个个把我唾骂。我无地自容，只好每天躲在这树边，凄风苦雨，历尽辛酸。还不知道要沉沦多少年，才有希望转世为人。好像听说要等到从小叔子那里侵夺的钱财全部散掉，才有希望转生。还有，女婿有几页密信，我生病时放在螺钿的小匣子中。吩咐他找出来销毁，免得将来被作为证据。"再三叮咛之后，呜咽着消失了。老妇悄悄地去告诉某夫人的女儿，那女儿发怒道："你是替小叔子游说吧！"

等到从匣子里找到以前的密信,这才惊恐起来,后来某夫人女儿的家一天天地衰败下去。亲朋中知道这事的人,都合掌说:"某夫人转生的时候不远了。"

巴 彦 弼

乌鲁木齐提督巴彦弼先生说:他当年随军征讨乌什时,有一次做梦,来到一处山麓,那里有六七座帐篷,而看不见卫兵;却有几十人进出往来,大多也像是文职人员。他试着过去偷看,竟遇到已故的护军统领某公(其名共五个字,巴公用滚舌音很快说过,现在已记不起来了)。两人握手寒暄,巴公问道:"您去世已久,如今到这里做什么?"某公答道:"我因为平生耿直,被授为阴司官。现在随军记录阵亡者。"只见他桌上有几个册子,分黄、红、紫、黑几种颜色,就问:"这是以旗来分的吗?"某公微笑道:"哪来的紫旗、黑旗?(按:旧制本来是有黑旗的,因黑色在夜里看不清,于是改成蓝旗。此公大概碰巧不知道。)这是用来区别等级次序的。"巴公问:"次序是怎样定的?"某公答道:"赤心为国,奋不顾身的人,登在黄册;恪守军令,宁死不挠的人,登在红册;随军征逐,转战而死的人,登在紫册;仓皇奔逃,无路求生,被践踏而死、追奔杀头的人,登在黑册。"巴公又问:"同时丧命,血溅尸横,怎么能一一区分开来,而毫无误差呢?"某公答道:"这就只有阴司官才能分辨了。一般说来,人死而鬼魂在,其精气和生前一样,应该登在黄册的人,其精气像烈火翻腾,蓬蓬勃勃;应该登在红册的人,其精气像烽烟直上,风不能摇;应该登在紫册的人,其精气像穿过云层的电光,闪烁晃动。这三等人中,最上等的成为神,最下等的也进入好的轮回。至于应该登在黑册的人,其精气萎缩颓靡,就像没有火光的死灰。对朝廷来说,褒扬忠义,自然是一样的哀荣;而阴司则将他们看作寻常之鬼,不再重视他们。"巴公侧耳恭听,大受震动,衷心佩服。正要问自己的将来,忽然炮声将他惊醒。后来经常以此告戒部下说:"我临阵时就想起这些话,便觉得捐躯战场,轻如鸿毛。"

王二显灵

《夜灯丛录》载谢梅庄娈子的故事,而不知道娈子姓卢名志仁,大概是没看过梅庄自己写的《娈子传》,而仅仅是根据传闻。霍易书京兆尹,在驻守葵苏图时,有个轿夫王二,和娈子的故事相类似。后来死在塞外,京兆尹哭得很伤心。一夜,忽听得帐外有人说道:"羊被偷走了,可赶快向西北方向追。"出来一看,果然如此,听那话音,很显然是王二的鬼魂。京兆尹有一仆人,正要辞别回家,这天目睹了这怪异之事,于是就解开行装不走了,对他的同伴说:"怕王二在阴间取笑我。"

蔡 某

沧州有个盲人蔡某,每次经过南山楼下,就有一老者请他弹唱,并且一起喝酒。两人渐渐熟识起来,那老者也经常到蔡家对酌。老者自称姓蒲,江西人,因贩卖磁器来到这里。时间长了,发现他是个狐仙,但交情已很深,狐仙不隐讳,蔡某也不惧怕。当时有人因家庭流言而打官司,舆论很不一致。偶尔与狐仙谈及此事,说:"你既然能通灵,肯定知道其实情。"狐仙不高兴地说:"我辈是修道的人,岂能干预别人的家庭琐事?内室秘地,男女幽会,本来是暧昧不明的,容易产生嫌疑。一只狗看到影子而吠,常常导致百只狗听了狗叫声而吠。即使真有其事,和外人又有什么相干?图一时之快意而说出来,使别人子孙几代蒙羞,这已经有伤天地之间的和气,并招来鬼神的忌恨。何况杯弓蛇影,毫无凭据,却添油加醋,好像是亲眼目睹一样。使别人既无可忍受,又不能辩解,往往导致抑郁难言,含冤丧命。这怨恨之气,更是过了几辈子也难消除。如果有幽灵,难道能没有业报?恐怕刀山剑树上,不能不为这种人设一位置啊。你向来质朴诚实,听到这种事本该掩耳,却还要查问真伪,你想要干什么?难道是因为失明还觉不够,还想被割舌头吗?"狐仙说罢,扔下杯子就离去了,从此便绝迹不来。蔡某又惭愧又悔恨,自己打自己的嘴巴。常讲这事以告诫别人,而没有将此事隐瞒。

义 犬

舅舅张梦征先生说:他所住的吴家庄西面,有一个乞丐死在路上,乞丐所养的狗守着他不离去。夜里有狼来咬他尸体,那狗猛扑上去咬狼,不让狼上前;过了一会儿,大批的狼围了上来,狗力尽倒下,和主人一起被狼吃掉,只留下一个头,还两目怒张,眼眶好像要裂开似的。有个看守瓜田的佃户,曾亲眼看到这个场面。又程易门在乌鲁木齐时,一天夜里,有贼进屋偷窃,已爬上墙要逃走,家中所养的狗追上去咬住贼的脚。那贼抽刀乱砍,狗至死也咬住不放,因此贼被捉住。易门有个仆人叫龚起龙,当时正在负心诬害主人。人们都说程太守家有二异:一是人面兽心,一是兽面人心。

乌鸦报警

我在乌鲁木齐时,听骁骑校尉萨音绰克图说,他以前驻守红山口卡伦,一天清晨,有只乌鸦"哑哑"地对着门叫。他嫌乌鸦叫得不吉利,就发响箭射它。箭发出呼啸声,擦着奶牛背飞过。牛受惊而奔,他就叫几个士兵急追,牛逃入一个山坳,遇到两人在耕作,把其中一人撞倒了。扶起来一看,没有受重伤,只是脚跛了,不能走路。士兵问清他家住得不远,就一起将他抬回家去。进屋还没坐定,就听到小孩连声叫有贼。士兵也一齐拥出,帮助捉贼。原来是逃跑的犯人韩云,正翻墙来偷那家的瓜吃,于是把他捉住了。假如乌鸦不叫,那么萨音绰克图就不会射箭;萨音绰克图不射箭,那么牛就不会惊跑;牛不惊跑,就不会将那人撞倒;不把那人撞倒,那么几个士兵就不会去他家;如果只有一个小孩看到有人偷瓜,那肯定不能将其捕获:而却辗转牵引,终于使韩云被捕处斩。这乌鸦的到来,难道不是受到什么东西凭借的吗?因为韩云原是一个大盗,被他劫杀的人太多了。当时虽然什么也没看到,其实和刘刚遇鬼的故事是因果相同的。

求葬之鬼

又佐领额尔赫图说:他从前驻守吉木萨卡伦时,夜里听到草屋外有"呜呜"的声音。人出去追,声音就渐渐退去;人停声也停;人返回声音又回来。这样过了几个晚上。有一个兵士很有胆量,竟持刀追随声音而去,曲曲折折来到山中,到一僵尸前声音就消失了。士兵细看那尸体,见有野兽咬过的齿痕,早已经干枯了。兵士回来告诉,他心知是求葬的鬼魂。就用棺材将尸体埋葬了,于是就不再有声音了。灵魂已经离开,形体又有什么用呢?这鬼如此留恋遗体,未免也太作茧自缚了。但给蝼蚁鱼鳖为食的理论,只是庄子旷达的见解,哪里能使有生命的东西都像哲人那样洒脱忘情。从这件事看来,可知棺殓必须郑重,以体现孝子之心;尸骸必须埋藏,以体现仁者的政策。圣人是知道鬼神的情况的,他们何曾认为人死魄散,就什么也不知道了呢?

董文恪言

有个献县县令,临死前,他的守门人夜里听到书房中有人说道:"他几年来生活奢华,食禄已挥霍完了。他父亲在阴间向阴司申请,要预支一年的来生禄,以便处理还没了结的事情。不知允许了没有?"过了一会儿,县令突然死去。董文恪公曾说:"天下什么事都忌太过分。所以太奢侈或太节俭,都足以招来不祥。但从一件件事看来,过分奢侈导致的惩罚,富有者轻而做官者重;过分节俭导致的惩罚,做官者轻而富有者重。因为富有而过分奢侈,挥霍的不过是自己的钱财罢了;做官而过分奢侈,则势必导致贪婪。权力大,获取就容易。做官而过分节俭,不过是守住自己的钱财罢了;富有而过分节俭,则势必导致刻薄,精于盘算就会机谋迭出。士大夫应时时深思,明白利己必然损人的道理。凡事留有余地,就是得福的办法。"

牛 祸

家僮玉保说:特纳格尔有一农家,某日忽然有一头很肥壮的牛跑入他家的牛群中。过了很久没人来追寻,问来问去也找不到丢了牛的人,就把它留下养了起来。他家有个女儿,十三四岁,一天骑这头牛到亲戚家去。牛走到半路,就不再循着道路走,而是驮着女孩越岭渡溪,径直冲入乱山丛中。女孩一见悬崖深谷,心想掉下去一定粉身碎骨,只能抱着牛颈哭叫。砍柴放牧的人听到哭声,追过去看,只见已在高山之顶,随后又渐渐地消失在云烟之中。后来可能是喂了虎狼,或葬身溪谷,都无从知晓了。大家都怪她父亲贪心留下这头牛,结果招来大祸。我认为这牛和这女孩,应该是前世冤家,即使将牛赶走,它也肯定会用别的方式来报仇的。

二 塾 师

故城的刁飞万说:某村有两个塾师,一天雨后,两人一起散步到土地祠,蹲在台阶上谈天,过了一个时辰还没离去。祠前的土地原来很平整,这时忽然看到有隆起的地方,像是字迹。两人一齐起来细看,只见泥地上用棒画出十六个字:"不趁凉爽,自课生徒;闹人书馆,不亦愧乎?"大概是祠里没人居　　狐仙住在里面,讨厌两个人在这里喧闹得太久了。当时正巧科举考试增　　律诗,飞万开玩笑说:"出手成文,就是四言押韵。我连这狐都不如啊!"

忏悔须及未死时

飞万又说:有一个书生,很有胆量,常想见见鬼,却不能如愿。一天夜里,雨过月明,就让家僮带上一坛酒,随他到一片坟堆中。书生环顾四周叫道:"如此美好的夜色,独自游赏,实在寂寞。地下的各位朋友,有肯来和我共饮的吗?"过了一会儿,只见鬼火闪闪,出没于草丛。再招呼他们,就"呜呜"地围上来,离他有一丈左右,都停住不上前了。数数鬼影,大约有十来个,书生就用大杯舀酒洒在地上,鬼都俯下嗅酒气。有一个鬼说酒极好,请再给一点。书生就一边洒酒一边问道:"各位为什么不轮回?"鬼答道:"善良的人就转生了,恶贯满盈的人就堕落地狱了。我们十三个人,罪期未满,等待轮回的有四个,罪孽深重,不得轮回的有九个。"书生又问:"为什么不忏悔以求解脱呢?"鬼说道:"忏悔要在没死的时候,死后就无处着力了。"书生把酒洒完了,举起坛子给鬼看,鬼就踉踉跄跄地走了。其中有一个鬼回头叮咛道:"饿鬼得以喝酒,没什么可以报答,谨以一句话奉送:忏悔要在没死的时候。"

伊 实

翰林院的笔帖式伊实随军征讨伊犁时,血战突围,身中七枪而死。过了两昼夜,又活了过来。飞马奔驰一昼夜,竟还追上了大军。我和博晰斋同在翰林院时,见他身上有伤痕,就细问事情的经过。他说受伤时,毫无痛感,只是忽然好像沉睡过去。随后渐渐有了知觉,则是灵魂已离开了躯体,环顾四周,风沙弥漫,辨不清方向,便清醒地意识到自己已死了。一会儿想起子幼家贫,刻骨心酸,便觉得身子像一片树叶,随风飘荡欲飞。一会儿又想到不甘心白白地死去,发誓要化作厉鬼杀敌,便觉得身体像铁柱,风吹不动摇。徘徊站立之际,正要冲上山顶,看敌兵在哪里,过了一会儿好像从睡梦中醒来,发现自己已僵卧在战血之中了。晰斋感叹地说:"听了这情形,使人觉得战死并不可怕。这样的话,那么忠臣烈士是容易做的,人们为什么惧怕而不做呢?"

戒 杀 牛

家乡有个姓古的人家,以杀牛为业,所杀的牛不可胜数,后来古老头双目失明。他妻子临死时,全身溃烂,痛苦万状,哭着叫喊:"阴司按照杀牛的办法,正一刀刀宰割我呀!"呼叫了一个多月,方才死去。侍妾的母亲沈氏,亲眼目睹了这事。杀生的业报最重。牛有功于农事,杀牛的业报就更重。《冥祥记》载晋朝庾绍的故事,已有"应该勤勉精诚,努力上进,不可杀生;如不能都戒掉,可以不杀牛"的话,这是最早戒杀牛的记载。《宣室志》载夜叉和人杂居就会发生瘟疫,只有不吃牛肉的人可幸免。《酉阳杂俎》也有记载。如今不吃牛肉的人,遇到瘟疫确实不被传染,小说的内容其实并不都是无根之谈。

旷达是牢骚

海宁的陈文勤公说:他以前在别人家遇到扶乩,乩仙是安溪的李文贞公。陈拜问处世之道,文贞公的判词说:"得意的时候不要太高兴,失意的时候不要太图嘴上痛快,就可永保吉祥。"陈终身记住这席话。他曾教导门生说:"得意时不要太高兴,这是稍知利害的人能做到的;失意时不要太图嘴上痛快,则是贤者也不一定能做到。嘴上痛快哪里只是指口出怨言呢!装作坦然不介意,故意说些旷达的话,其招来的祸害比口出怨言还厉害。"我由此想起高祖父《花王阁剩稿》中载有宋盛阳先生(名大壮,河间的秀才,是高祖父的岳父)赠诗说:"狂奴犹故态,旷达是牢骚。"与陈公的言论,真好像是一个规矩画出来的。

额鲁特女

有个额鲁特女人,是乌鲁木齐的民妇,婚后几年就守寡了。妇人本来就颇有姿色,因此每天有媒人来上门。妇人谢绝道:"改嫁是肯定要改嫁的。但丈夫死了,没有儿子,公公已老了,我离开了,他依靠谁呢?请等到我完成侍奉公公的事,然后再商量。"有人愿意入赘到她家,为她赡养公公,妇人又谢绝道:"男人的性情是不一定的,万一和公公不和睦,后悔也来不及。这也不行。"她勤苦操劳,公公温饱安乐,竟比儿子活着时过得还要好。过了六七年,公公寿终天年。安葬完毕,妇人才痛哭着拜别坟墓,换上彩衣,登车改嫁去了。有人惋惜她不贞节,但不得不称她是个孝妇。内阁学士永公当时在那地方镇守,听说后感叹道:"这就是所谓品质美好而未受过教育的人。"

侠　盗

新城的王符九说,他有一个朋友,被任命为贵州一个县的县令。这朋友向一西北商人借钱,西商克扣盘剥,手段百出。朋友迫于期限,只得委曲迁就,而西商花招更多了。争论到半夜,才忍痛写下债券。债券上一百两银子,实际拿到手还不到三十两。西商走后,他把银子藏到箱子里。正独自坐着叹息,忽听得屋檐上有人说道:"世上没有这样不公平的事!您太柔弱怯懦了,使人义愤填膺。我本打算来偷您的,现在要惩罚一下西商,为天下的穷官吐口气。"朋友吓得不敢出声。随后听到屋角有窸窸窣窣的声音,已翻墙而去了。第二天,听说西商被盗,连同箱子里新旧债券,都被席卷而去。这盗贼真是有侠气,但也是因为西商做得太过分了,被老天所忌,所以鬼神巧妙地让他们两人碰到一起了。

鬼知阴事

许文木说:他的亲戚中有人新做了官,就摆了丰盛的供品祭祀祖先。有个巫师能看到鬼,偷偷地和别人说:"他家祖先受祭时,都表情愁惨沮丧,好像要流下泪来。而后巷某人的鬼魂,却坐在对门的屋顶上,翘着脚在笑。这是怎么回事呢?"后来那人上任不久,就因犯法而被处死。这才知道他的祖先悲泣的原因。但后巷某人的笑,却还是不可理解。很久以后,有知道他阴私的人说:"某人的女儿有姿色,他曾让一个老妇以金珠相诱,两人同宿了几个晚上,人不知道而鬼却知道。谁说暗地里就可做缺德的事啊!"

老　儒

王梅序举人说:交河县城西面有座古墓,树木丛生,传说内藏妖怪,碰上的人大都得寒热病，樵夫牧童都不敢靠近。有一老儒耿直而自恃胆大，由他家到县城，古墓刚好在中途，每次经过都要在此休息，傲然睥睨，竟什么也看不到。这样过了几年。一天，他又坐在墓边，解开衣服乘凉，回到家就发了狂症，口出疯话道："以前把你当作古君子，所以任凭你放诞，不敢冒犯你。你最近做了亏心事，才知道以前你堂堂正正的行为，都是装出来的，现在不再怕你了。"他家里人再三地拜求祈祷，昏迷了好几天，他病才痊愈。从此以后，他气馁胆虚，每次经过那地方，就低着头急步走过。由此看来，妖怪并不可怕，只要心中无邪，就是冒犯它，也不敢和你计较；但同时妖怪也很可怕，只要行为稍有玷污，即使很秘密，它也都能看到。

《佐治药言》六则

我的学生汪辉祖，萧山人，字焕曾，乾隆四十年进士，现任湖南宁远县知县。没有及第以前，他长期做幕僚，撰写《佐治药言》二卷，里面记载了几件新近发生的事，很足以供人效法或引以为戒。

其中一条说：孙景溪先生，名尔周。在任吴桥县令时，他有一个幕僚叶某，一天夜里正喝着酒，突然昏倒在地上，过了两个时辰才苏醒过来。第二天关起门来在黄纸上写疏文，跑到城隍庙跪拜焚烧，没人知道是怎么回事。过了六天，又像上次一样昏倒在地，过了很久才起来，于是请求搬到官署外去居住。他说八年前在山东的馆陶县做幕僚时，有个读书人告恶少调戏他妻子。本打算请县官只惩罚恶少，而不必让妇人来当堂对证。但同事谢某想看看妇人的姿色，便怂恿他传讯。致使妇人悬梁自尽，恶少也被依法处死。如今恶少向阴司告状，说如果妇人不死，那么他也没有死罪；而妇人自杀是由于幕僚的传讯。馆陶的城隍神发了文书来拘拿他，他上次已写疏文申辩，认为妇人本应该出堂对证，况且出主意的是谢某。不久又传来文书，那上面说："传讯的目的，在于偷看其姿色，而不是审理案情；主意虽是谢某出的，传票却是叶某写的。谢已被捉来，叶也不容宽免。"我肯定难免一死了。过了一夜，叶某果然就死了。

其中一条说：浙江按察使同公说：乾隆二十年秋季会审时，有一夜他悄悄出门，去察看属吏们办案的情况。这时大家都已入睡，只有一个房间里的灯亮着。他从窗洞偷看，见一属吏正在处理案卷，桌前站着一个老翁、一个少妇，心里十分惊异，就继续看着。见属吏先写了一张纸，马上撕掉再写，少妇行礼后退下。又抽出一卷，沉思了很长时间，写了一张纸，老翁也作揖退下。他把这属吏叫来询问，原来先审理的是台州的一桩因奸致死案；原打算判为死缓，后认为作为秀才,品德败坏,酿成人命,改判为死刑。后面抽出的卷宗是宁波殴打致死案:原打算判为死刑,后认为索要拖欠是名正言顺的,闹出人命是因为双方对打,改判为死缓。这才知道刚才的少妇是节烈的冤魂,老翁是囚犯的祖先之灵。

其中一条说:秀水县衙门里有座爱日楼,楼梯早就坏了,一到阴雨天就会听到鬼的哭泣声。一老吏说:康熙年间,县令的母亲信佛,就造了这座楼。雍正初年,有个县令带着个姓胡的幕僚来上任。胡盛夏时不想见人,独自住在楼上,案卷食物,都用绳子吊上去。一天,听到楼上有惨叫声。人们急忙搬来梯子上楼,只见胡某裸体流血,用刀刺自己的腹部,而且全身布满刀伤如同刻画。他说自己从前在湖南某县做幕僚,有个奸夫杀死亲夫,奸妇向官府报案。我怕县令有失于查察的罪过,就以侦破捕拿的名义上报,奸妇于是被凌迟处死。刚才看到一个神带着妇人来,用刀刺入我腹中,其他就不知道了。哭叫了一夜就死了。

其中一条说:吴兴某人,以善于管理税收而闻名。一次因被县令怠慢,就密地里向上级官府告发县令侵吞公款的事,竟酿成大狱。后来自己咬自己的舌头而死。又有无锡的张某,在归安县令裴鲁青处做幕僚,有个奸夫杀死亲夫,裴认为奸妇不是同谋,要将她释放。张大声说:"赵盾不讨贼被称为弑君,许止不尝药被称为弑父,《春秋》有不问实际行动而推究其用心以论定罪状的笔法。这妇人不可赦免。"最后奸妇被判死罪。后来张某梦见一女子披头散发,拿着剑捶胸而来,说:"我不该死罪,你为什么一定要我死?"用剑刺他。醒来觉得被刺的地方很痛,从此天天夜里来作祟,一直到死。

其中一条说:萧山的韩其相先生,年轻时善于写讼状,一直科举不中,而且没有儿子,已经断了中举做官的念头。雍正元年,他在公安县做幕僚,梦见神人对他说:"你因笔孽多,所以官禄和子嗣都被削掉了。如今因办案仁慈宽容,奖赏你功名和子嗣,赶紧回家。"他没有把这当真。第二天晚上又做了同样的梦。当时已是七月上旬,他就回答说已赶不上考试的日期。神说:"我能送你。"醒来后急忙整理行装,从长江乘船顺风而下,八月初二竟抵达杭州,作为遗漏的秀才参加乡试,考中举人。第二年,果然得了一个儿子。焕曾诚实,有古人之风,他所说的应该是不假的。

还有他写的《囚关绝祀》一条说:平湖的扬研耕在虞乡县做幕僚时,该县的县令还兼管临晋县,有一疑难案件,拖了很久也没判决。后来审明是弟弟将哥哥打死。夜里草拟完判词,没有熄灯就睡了。忽听得床上帐钩发出声音,帐子微微拉开,以为是风吹的。过了一会又发出声音,帐子已挂在钩上,有个白胡子老人跪在床前叩头,他猛吼一声,就不见了,而桌上发出纸翻动的声音。

急忙起来看,原来是拟好的判词。反复仔细地审查,并没有什么冤枉。只是他们家四代单传,到他父亲才生了两个儿子,一个死于非命,一个又要伏法,那五代的血统就断了。于是把拟好的草稿撕掉,仍然作为存疑的案子,因为存疑是最好的办法。我认为从王法而言,灭绝人伦的人一定要杀;从人情而言,断绝孙也是可怜。生和杀都有违碍,仁和义竟相矛盾了。如果一定要委曲以求通融,就说杀人偿命,是为死者伸冤,为自己伸冤而断绝家族的血统,他哥哥如果地下有知,肯定不愿意;假如他竟然愿意,那就是没有人性了。因此虽然不抵命也不算冤枉,这是一种理论。也有人说人情是一人之事,而王法是天下之事。假如凡是只有兄弟二人,弟杀其兄,却因同情杀人者家里要断子绝孙,因而不必偿命,那么谋夺家产、杀害哥哥的事就很多了,法律怎么来规范人伦纲纪呢?这又未尝不是一种理论。没有皋陶这样的法官,这案子实在难以判决,留着等通情达理的人来论定是对的。

子不语怪

姚安公说:从前在舅舅陈德音先生家,遇到暴雨,从巳时一直下到午时才停住。下的都是浸麻的黄水。当时家塾里一老先生正在讲学,大家就去问他:"这雨到底是怎么回事?"老先生转过头面朝墙壁说:"孔子不谈论怪异的事。"

老儒骂狐

刘香畹说:从前客居山西时,听说有个老儒经过古墓,同行的人说里面有狐精,老儒骂了狐精,也没有什么怪异出现。老儒向来善于过日子,冬天不穿裘衣,夏天不穿精细的葛布,不吃荤菜,不喝苦茶,妻儿饿着肚子过夜。一厘一毫地积累,储得四十两银子,熔成四锭,偷偷地藏着,而对人则诉说自己穷得快要没饭吃了。自从骂了狐精后,藏着的银子一忽儿到了屋顶树梢,要他架起梯子去取;一忽儿又到了淤泥浅水里,要他沾湿衣服才能拿到。甚至有时忽然掉进厕所里,要他取出来洗干净。有时放到了其他地方,费好大的劲才找到。有时消失了几天,又从空中掉了下来。有时和客人坐着谈天时,银子忽然出现在他帽檐上。有时对别人作揖时,银子忽然"咣啷"一声从袖子里掉出,千变万化,不可思议。一天,四锭银子忽然跳到空中,像蝴蝶一样飞了起来,用弹弓射它,却越高越远,眼看就要飞走。不得已,只好焚香拜祷,这才掉到他怀中。从此以后就不再戏弄他,但他讲学的气焰已消失殆尽了。讲此事时,一位友人说:"我听说能以德行战胜妖魔,没听说过能以叱骂战胜妖魔。他的遭遇是理所当然的。"另一位友人说:"假如是周敦颐、张载、程氏兄弟、朱熹叱骂,妖魔肯定不敢作祟。可惜此人貌古而心不古。"又一友人说:"周、张、程、朱肯定不会随便骂妖。正是因为此人内心修养不够,所以外表才会乖戾。"香畹点头称是,说:"这话是切中要害的。"

某 孝 廉

香畹又说:有个举人很善于聚财,但为人很吝啬。他妹妹家很穷,当时将近年关,家里已揭不开锅。妹妹冒着风雪走了几十里,来借三五两银子,说好到明年春天用她丈夫做塾师的收入来偿还。但举人以手头紧张为借口,就是不肯借。他母亲哭着为妹妹求情,举人照样推辞。母亲取下发簪首饰交给女儿让她走,举人好像没看到一样。这天夜里,有贼挖墙而入,将他所有钱财席卷而去。他因害怕舆论,不敢向官府报案追捕。过了半年,那盗贼在别的县被捉,供出曾偷过举人家的财物,偷去的钱财还剩十分之七。官府发公文来查询,他又因害怕舆论,不敢认领。他妻子爱财,实在忍不住,就暗地派儿子去认领了。举人内心羞愧,闭门谢客半年。母子、兄妹是骨肉亲情,因为吝啬的原因,竟冷漠得像对陌生人,听了这事令人扼腕愤恨。那盗贼一下子得手,使人感到痛快;失了钱不敢声张,钱追回来又不敢领取,更令人痛快;至于忍着椎心之痛,自己掩盖缺德事,又被妻子败露,缺德事最终还是隐瞒不住,更令人痛快得不得了。颠倒捉弄,如此之巧,难道不是好像有人在摆布的吗!但是能够羞愧而不见客,我还是认为这是对的。就从这一羞愧之心扩大开去,也是可以做到以孝友闻名的。

死不忘亲

卢霁渔编修患寒症,误请读《景岳全书》的人看病,让他吃了人参,结果马上就死了。他母亲十分后悔,哭得极伤心。但每哭一声,就听到墙板"格格"作响。晚上在床边有人叫阿妈,很清楚地听出是霁渔的声音。大概是不愿让老人过分哀伤。可怜啊!死了还不忘亲人啊!

亡母恋子

海阳的鞠庭和前辈说:有一官家妇人临终时,左手挽着幼子,右手挽着幼女,呜咽着死去。家人用力才将她的手掰开,她还目光炯炯地不闭眼睛。后来在灯前月下,常能远远地看到她的形象,但叫她不应,问她不答,招她不来,靠上前就不见了。有时几个晚上不出现,有时一个晚上出现几次;有时看到她在某人面前,某人却反而看不见;有时在此处刚看到,而其他地方又看到了。大都像泡影空花,电光石火,转瞬即逝,弹指忽生。虽不害人,但人人心目中都觉得有一个已故的夫人存在。所以后妻对她的子女,不敢有所怠慢;仆妇佣人对她的子女,也不敢有所欺凌。一直到儿子结婚、女儿出嫁,才渐渐看不到。但过几年还出现一次,所以一家人常战战兢兢,总觉得好像她还在身边。有人怀疑这是狐妖幻形,也算是一种说法。只是狐妖是要骚扰人的,而她却不靠近人。况且狐妖又没有任何目的,为什么要辛苦十多年,常常要如此显灵呢? 大概是留恋至深,所以灵魂不散吧。做子女的,该知道父母的爱心。这种爱心,死了以后甚至更为深切,就像这官家妇人一样。因此,做子女也应该有所感触吧?

善 鬼

庭和又说:有一个弟弟,在哥哥死后竟侵吞侄儿的财产,逼迫、威胁、蚕食,使侄儿几乎无法活下去了。一天夜里,这个弟弟夫妻俩正在酣睡,忽然梦见哥哥急急地呼喊:"快起来! 快起来! 火烧来了!"他们从梦中惊醒,只见屋里烟火弥漫,已无路可逃,只得破窗而出。喘息未定,房子已经崩塌,如果逃得稍慢一点,人就成为灰烬了。第二天,他急忙叫来侄儿,把侵吞的财产全部退还。人们对他几天之内忽坏忽好觉得很奇怪。那人流泪自责,人们才知道其中原因。这位哥哥的鬼魂善于保全骨肉,比变作厉鬼要好得多了。

梁 钦

高淳县令梁钦在做户部额外主事时,和姚安公同在四川司。当时六部规章制度很严,凡是因故不能进官署办公的,一定要派人告诉掌印官,掌印官写文书给司务官,司务官每天汇总呈报,称之为"出付"。所以,不能无故不到。一天,梁公没来办公,而又不出付,大家感到很奇怪。姚安公和福建的李公根侯,寓所都和梁公相近,退衙后就一同去探视他。原来,梁公昨夜睡后,忽听到"砰砰"的撞击声,像怒马奔踏,呼问而无人应声。他惊恐地起来一看,原来是两个仆人和一个马夫赤身裸体在打架,打得不可开交,但都彼此不说话。当时四邻都已睡觉,寓所里没有其他人。梁公没有办法,只得坐着看他们打。他们一直打到晨钟敲响时才一齐倒在地上,到天亮醒来,遍体鳞伤,面目全非。问他们都说自己也不知道。只记得那天晚上一起坐在后门纳凉,远远看到破屋基上有几只狗跳来跳去,就开玩笑地拿砖头扔去,狗叫着逃走了。睡觉以后就发生了这事。想来那狗应是狐,月光下看不清楚吧!梁公是泰和人,和正一真人是同乡,就准备到真人那里去投诉。姚安公说:"狐自己在游戏,与人有什么相干?无缘无故打它们,错不在它们。袒护错的而攻击对的,道理上讲不通。"李公也说:"凡是自己的仆人、随从和别人争执,应该先管教自己的人;即使有理,也不能放任他们有恃无恐、胡作非为,何况又没有道理呢?"于是,梁公也就作罢,不到真人那里去告了。

人伪装狐

乾隆四年,己未科会试前,有一举人,路过永光寺西街,看到有个美貌女子站在门外,心里很喜欢,就托媒人牵线,用三百两银子纳为小妾,于是就住进了她家,两人过得也很融洽。等到考试结束回家,只见家里破窗灰墙,静无一人,污物堆积,好像废弃多年的样子。询问邻居,邻居说:"这房子空了很久,这家住进来才个把月,有天晚上突然离开,不知到哪里去了。"有人说:"这是狐精,小说中曾有这样的事。"也有人说:"这是以女色为诱饵,骗了钱财远逃,而伪装成狐精的样子。"狐精伪装成人,这是够狡猾的了;而人伪装成狐精,岂不是更狡猾吗!我在京城住了五六十年,这样的事见得数不胜数,这不过是其中一件罢了。

韩 某

汪香泉御史说:有个姓韩的布商,和一狐女相好,身子一天比一天羸弱。他的伙伴求符咒劾除,狐女暂时离去,过后仍回来,一天夜里,她和韩某同睡,忽然披衣坐起来说："你有不平常的念头吗？怎么忽然觉得刚气刺人，使我不得安宁？"韩某说："我没其他想法，只是邻居吴某，被债务所逼，将儿子卖作歌童。我不忍心看着一个官宦之家的后人沦落下贱，就准备了四十两银子，要去赎他，所以辗转难眠。"狐女急速推开枕头说："你有这样的念头，就是善人。害善人的要被重罚，我从此就不来了。"说罢，狐女和他嘴对嘴，为他布气，好一会，向韩某挥挥手，就离去了。从此，韩某恢复了健康。

持 斋

戴遂堂先生说：曾见到一个大官，四月八日在佛寺拜祝、诵经、放生。这个大官在花丛散步时，遇到一个行脚僧，合掌问道："您到这里来干什么？"大官答道："做好事。"又问："为何今天做好事？"答道："这是佛诞的日子。"又问："佛诞生的日子才做好事，其余三百五十九天都不该做好事吗？您今天放生，是看得见的功德；不知年年厨房里杀掉的生命，能抵得上你今天放生的数目吗？"大官一下子回答不上来。接待宾客的和尚上前喝道："贵人护法，三宝增光。你一个穷和尚，怎敢胡说八道！"行脚僧边走边笑道："紫衣和尚不说，所以穷和尚不得不说了。"摆着手臂径自出门，不知去了哪里。一老和尚偷偷地感叹道："这师父太不懂世事。但对我们佛教中人来说，则好像是突然听到狮子吼一样。"从前五台山高僧明玉曾说过："心心念佛，则恶意不生，不是每天念几声就算是功德了。日日持斋吃素，就可永远消除杀生的罪孽，不是每月吃几天斋就算是功德了。平时大鱼大肉，饱吃饱饮，而每月规定哪天哪天不吃肉，竟被称为善人。如果这样的话，那么公开接受贿赂，贪婪成性，而每月规定哪天哪天不受钱，就能称之为廉洁的官吏吗？"和这行脚僧所说的，好像很相似。都察院左都御史李杏浦则说："这是为他们的教派说法的。士大夫终身吃素，势必做不到。能够几天持月斋，那么这几天可以减少杀生；能够有几人持月斋，那么这几人可以减少杀生。不是比完全不持斋要好吗？"这也是见仁见智，各自说明一个道理。只是不知道假如明玉在，还会有辩驳的话吗？

三 百 钱

恒王府的长史东鄂洛（据《八旗氏族谱》，应作董鄂，但他自己写作东鄂，案牍册籍也写作东鄂。这是《公羊传》所说的"名从主人"）被贬谪到玛纳斯，是乌鲁木齐的属地。一天，他前往乌鲁木齐。为了避暑，就夜里赶路，在树下停马休息，遇到一个人半跪着向他问安，自称是守兵刘青。他和这个守兵谈了很长时间，上马要走时，刘青说："有点琐事，请你传个话：印房的官奴喜儿，欠我三百钱。我现在很穷，应该还给我了。"第二天，他见到喜儿，就把刘青的话转告了。喜儿吓得汗如雨下，面如死灰。他奇怪地问是怎么回事，才知道刘青病死好长时间了。他刚死时，陈竹山顾念他生前勤快谨慎，拿三百钱交给喜儿，让他买酒肉纸钱祭奠刘青。喜儿因见刘青没有亲属，就把钱全部私吞了。原想没人知道此事，想不到鬼来讨钱了。竹山向来不信因果之谈，至此也惊恐地说："这事不会是假的，这话也应该不是伪托的。我以为人做坏事，最怕人知；而别人不知道，他就可以为所欲为。现在才知道无鬼之论，竟不足凭信。那么私下干了亏心事的人，可要小心啊！"

某　参　将

昌吉被平定后，将战俘叛党的子女分赏给各位将领。乌鲁木齐的某参将，实际主管此事。他自己选了最美丽的四个人，教他们歌舞，涂脂抹粉，穿彩衣，戴珠饰，打扮得仪态万方，宛然娇女，见到的人无不倾倒。后来某参将升迁为金塔寺副将，按规定日期启程。这几个美僮检点衣装，忽然箱子里有四双绣鞋翩然飞出，满屋飘舞，就像一群蝴蝶。用棒扑打，它们才掉到地上，但还在那里蠕动，发出"呦呦"的声音。有见识的人认为，这是不祥之兆。某参将出发后走到辟展这个地方，因鞭打地方官员，受到镇守大臣弹劾，被贬戍伊犁，最后死在贬所。

某　媪

最危急的境地，有时突然会出现奇迹；没有情理的事，或许是别有原因。打破常规的举动，不能作胶柱鼓瑟的处理。我家乡有一老妇，无故率领几十个妇人，突然到邻村一户人家，撞开门硬是将他家女儿劫了去。要说是寻衅闹事，但两家素不往来；要说是夺婚，老妇又并无儿子。乡邻们很惊异，不知到底是什么原因。女家向官府投诉，官府发了文书拘拿，但老妇事先已带着那女儿逃走了，无处可追。和她一起的妇人，也已四处逃散。后来捉到好几个人，经反复审问，才有一人说出实情，说："老妇有一儿子，得肺痨快要死了。老妇抚摸着儿子伤心地说:'你死是命中注定的,可惜没留下一个孙儿,使祖宗们都要成为饿鬼了。'儿子呻吟着说:'孙子不一定会有,但也有希望。我和某家的女儿私通,怀孕已有八个月,但怕生下后被杀掉。'儿子死后,老妇自言自语了十来天,就突然有了这个举动,大概是劫女儿以保全其胎儿吧?"县官同情地说:"既然如此,就不必缉拿了。过两三个月,她自己会回来的。"到了那时,老妇果然抱着孙子来自首了。县官也拿她没办法,仅仅是判以不受重罚,罚杖打和交纳赎金而已。此事好像兔起鹘落,稍纵即逝,这老妇也真是敏捷若神。安静涵说:她带着女子夜里逃跑时,用三辆车载那些妇人,和自己分四路走,所以不知她到底在哪辆车里。她又不循大路走,拐弯抹角,岔路一个接一个,所以不知她到底朝哪个方向走了。而且晓行夜宿,一天也不停留,等到分娩时才租屋住下,所以找不到她停留居住的地方。她的心计真是周密啊。女儿回来,遭父母唾弃,于是就和老妇一起抚养孩子,竟不再嫁。因为她当初是和人私通,所以不能以节妇的名义受表彰,现在我也不写出她的姓氏来。

媚 药

李庆子说:曾夜宿友人家中,天快亮时,忽有两只老鼠奔跳追逐,在房间里像风轮一样旋转,像弹子一样跳跃,瓶罐炉盆,全被撞翻,砰铿碎裂的声音,使人心惊。过了很长时间,一只老鼠跳起有几尺高,又落到地上,再跳起再倒下,才死去。看它七窍流血,不知是怎么回事。他急忙叫友人家的僮仆收拾器物,见盘中晾着的几十粒媚药,大半被咬过了。这才明白老鼠误吞了这药,狂淫无度,雌的吃不消而逃避,雄的无处发泄,热火内烧而死。友人出来一看,又惊又笑,随后惊恐地说:"居然会这样啊!我知道厉害了。"把藏着的药全都倒进了水中。燥烈的药物,加以提炼,其药力很猛,而毒性也很大。我见过因服用这药而坏事的人太多了。大概像韩愈用硫黄,贤者也不免于此。庆子的这位朋友,也许是命不该尽,所以能从老鼠处得到启示而忽然悔悟吧!

替 死

张鷟《朝野金载》说:唐朝青州刺史刘仁轨,因为主持海运失船过多,被削职为民,就来到辽东。后来他得了病,躺在平壤城墙下,拉开帐篷看兵士攻城。有一士兵径直过来背朝他坐下,他叱骂也不走开。一会儿,城头上放来一箭,正中士兵的胸口,这士兵马上就死了。假如没有这个士兵,仁轨几乎被流矢射中。大学士温公征讨乌什时,作为领队大臣,正督兵攻城,因口很渴,就回到帐篷里喝水。这时刚好有一个侍卫也来喝水,温公就让出坐垫让他坐。那侍卫刚捧起碗,敌人打来一炮,一颗铅弹穿过他的胸口,也立时死了。假如此人迟来片刻,那么温公必定不免于死了。这是温公亲口对我说的,与刘仁轨的事非常相似。后来温公征讨大金川,最后战死在木果木。由此可知,人的生死,各有各的地方,即使命中注定要阵亡的人,如果不是他该死的地方,也可以遇险而得保全。这样的话,那么畏缩逃避以求活的人,岂不是多此一举吗!

狐 言

　　人和动物是不同的,而狐则在人和动物之间;无形和有形是不同的,而狐则在无形和有形之间;仙和妖是不同的,而狐则在仙和妖之间。夏、商、周三代以前的事无从考察,《史记·陈涉世家》载吴广燃起火装作狐精叫道:"大楚兴,陈胜王!"肯定当时已有狐精,因此这样假托。吴均《西京杂记》载广川王发掘栾书墓,击伤墓中之狐,后来梦见一老翁来报冤仇。这是狐狸幻化人形,在汉代已出现。张鷟《朝野金载》称唐初以来,百姓大多敬拜狐神,当时民谚说:"无狐魅,不成村。"可见到了唐代狐精最多。《太平广记》记载狐精的故事有十二卷,唐代占了十分之九,这可以作为明证。各书记载不一样,其源流始末,则以刘师退先生所讲述的最为详尽。以前沧州南面有一学究和狐精为友,师退因学究的介绍而与狐精相见,见它身材短小,相貌像五六十岁的人,衣服不古不今,和道士相似,作揖施礼也显得闲静谦恭。寒暄之后,狐精就问为何要见它。师退说:"世上和你们族类接触的人,有不同的传闻,其中很有些我不太清楚的内容。听说你生性豁达,不隐瞒自己的身世,所以来请你消除我的困惑。"狐精笑着说:"天生万物,各有各的名字。狐称为狐,正好像人称为人罢了。把狐叫做狐,正好像把人叫做人罢了,有什么可忌讳的呢? 至于我们中间,好坏不一样,也好像人类中间,良莠不齐。人不忌讳说人的缺点,狐又何必忌讳说狐的缺点呢? 但说无妨,不作保留。"师退问:"狐有类别吗?"答道:"凡是狐都可以修道,而最灵的叫做狴狐。这就好像农家读书的人少,书香人家读书的人多。"问:"狴狐都是生下来就有灵性吗?"答道:"这和其种类有关。未成道的狐所生,就是寻常之狐;已成道的狐所生,就能通灵变化。"问:"既然已成道,就应该长生不老。而小说中记载的狐也有老翁老妇,这是为什么?"答道:"所谓成道,是成人之道。其饮食男女、生老病死,也和人相同。至于飞升成仙,那是另一回事。这就好像千百个人当中,有一二人求仕做官。那些修炼自身的,就好像饱学而成名;那些采补媚惑他人的,就好像走捷径以达到目的。但能游仙岛、得道成仙的,只有修炼自身的才有可能;那些采补媚惑他人的,伤害的人多了,往往触犯天律。"又问:"禁令赏罚,是由谁掌管的?"答道:"小的赏罚由其头目掌管,大的赏罚则由阴间的鬼神监察掌管。如果没有禁令,那么来往无形、出入无迹,还有什么事不能做?"问:"媚惑采补,既然不是正道,为何不列入禁令,而一定要等到害了人才加以处治呢?"答道:"这就好像巧妙地诱骗别人的钱财,使别人高高兴兴地掏腰包,王法也无法禁止。至于夺财杀人,那就要偿命了。《列仙传》记载的酒店老妇,何曾受到阴间的惩罚了?"问:"听说过狐为人生子,没听说过人为狐生子,这是为什么?"狐精微笑着答道:"这不用多说。大概是狐有所吸取而无所给予罢。"问:"女的和人亲近,不怕丈夫妒嫉吗?"又笑道:"你这话太放肆了,完全不知其详情。凡是少女,就和季姬鄫子的故事一样,可自行择偶。妇人则是已有固定的配偶,不敢逾越男女之大防。至于萌发私情,偶然越礼,这是因为狐的感情和人的感情大致没什么区别,你以人为例,就可理解了。"问:"有的狐居住在人家里,有的狐居住在旷野,这是为什么?"答道:"未成道的狐还未摆脱兽性,以远离人为宜,不在山林中就不方便。已成道的狐事事和人相同,宜与人接近,不在城市就不方便了。那些道行高的狐,则城市山林都可居住。就像大富大贵的人家,任何东西都有能力取得,住在荒村僻壤和通都大邑都是一样的。"师退与其畅谈,其大意只是劝人学道,说:"我辈辛苦一二百年,才化成人身。你等现成的人身,功夫已抵过我辈大半,却荒废岁月,和草木同枯,真太可惜了!"师退颇通佛学,就与它谈禅,它婉拒道:"佛家地位很高,但如果修持不到家,一入轮回,就会迷失自我。还不如先求不死,比较有把握。我也多次遇到过高明出众的高僧,但不敢见异思迁。"师退临别时说:"今天相逢,真是天幸。你能赠我一言吗?"狐踌躇良久,说:"夏、商、周三代以下人恐怕没有不追求名声的,这是对下等人说的。自古以来的圣贤之人,却是心平气和,毫不做作。宋代洛、闽的一些理学家,横眉怒目,便生出这么多的枝节。先生请好好思考一下。"师退心有所感,若有所失。大概是师退太高傲严峻,时常过分吧。

诸儒之误

裴文达公说:曾听石东村说,有个骁骑校尉,读过不少书,喜欢谈论文章。一天晚上,他在宣武门城墙上值勤,乘凉散步。走到城楼的东面,见有二人倚着墙头谈话,知道是狐鬼,就屏着呼吸观察。其中一人举手指着北面说:"这里原是明朝的首善书院,现在成了西洋天主教堂。他们观测星象,制造器物,确实无比精巧。他们的教义则是变换佛经,而以儒学作附会。我以前曾去偷听,每当谈到无法归结的地方,就用天主来解决,所以至今不能流行。但看他们做事,心计是很狡黠的。"另一人说:"你说他们狡黠,我则觉得他们太痴愚。他们奉其国王之命,航海而来,不过是要用他们的宗教来同化中国。分析事势,哪有这样的道理!但从利玛窦以后,源源不断地来,不达目的总也不罢休,这不是太傻了吗?"其中一人又说:"岂止这些人傻,就是建造首善书院的人也很傻。阉党掌权,正偷偷地等着钻君子的空子,大肆诋毁攻击。而群聚清谈,反而给了阉党以结党的口实,被一网打尽,这又是谁的过失呢!况且三千弟子,只有孔子才可以,孟子自认为不及孔子,听他讲学的不过公孙丑、万章等几人而已。洛、闽的一些理学家,没有孔子的道学德行,却也招聚学生门徒,几百成千,好坏并集,各立门户,交相争斗,于是酿成帮派,而国家也随之灾亡。东林党的先生们,不顾前车之鉴,又图虚名而受灾祸。现在凭吊遗迹,能不责备这些贤者吗?"正在相对叹息,忽回头看见有人,就一下子消失了。东村说:"天下人趋之若鹜,而世外的狐鬼,却偷偷地不满。是人错了呢,还是狐鬼错了呢?"

冯大邦

　　王西园先生作河间太守时,有人说在献县八里庄河,赶夜路的人大多会遇鬼,只有县里差役冯大邦经过,鬼才不敢出现。有人遇了鬼,诈称自己是冯大邦,鬼也会退避。先生听了说:"一个县役能让鬼畏惧,其中必有原因。"于是准备暗地侦察以作惩处。有人为之开脱说:"原本没有此事,是老百姓造谣的。"先生说:"县役不止一人,却独独为冯大邦造谣,这也肯定有原因。"于是发文书拘捕。大邦惧怕而逃。这是庚午、辛未年间的事,先生离任后几年,大邦还没有回来。现在不知怎么样了。

崔　某

　　家乡有个姓崔的人,和豪强打官司,虽有理却不能胜诉,不胜悲愤,几乎想要自杀。夜里梦见他父亲说:"人可欺,神则难欺。人有朋党,神则没有朋党。

人间受屈越深，那么地下伸冤就越酣畅。今天纵横称意的人，都是十年后业镜台前发抖着受审的人。我在冥府做司茶吏，已看到判官登记在册了，你有什么可愤怒的呢！"崔某从此怨恨全消，再也不说一句话。

造物更巧

有个善于打官司的人，有一天为人写讼状，要罗织罪名，陷害多人。因为头绪纷繁，一时难以理清，所以想静坐构思。他闭门谢客，连妻子也避居其他房间。妻子原先和邻居之子眉目传情，只是家里没有隐蔽的地方，等候了一年多，没能亲近一次，到现在才得以乘机行事。以后每当要构思，妻子就嘈杂扰乱他，他一定会呵叱要她避出去，因袭而成定例；邻居之子乘机而来，也因袭而成定例，直至这人死也没有败露。死后一年多，妻子因私通怀孕而被仇家告发。县官审问外遇的缘由，她才把实情都说了出来。县官拍着桌子喟然长叹道："此人的讼状是写得很巧妙的，哪知道造物主更巧妙啊！"

难断之狱

实在难以判决的案件，不一定是在情理之外的；越是在情理之中，却越是不能明断。门人吴冠贤，做安定县令时，我从西域从军回来，住在他的官署中。听说有两个少男、少女，都是十六七岁，一起到他轿子前喊冤。少年说："这是我的童养媳，父母死了，想抛弃我而改嫁。"少女说："我本是他的亲妹妹。父母死了，想占我为妻。"问他们姓什么，还能记得。问他们的家乡，则因为父母都是流浪的乞丐，天天变换地方，已记不起是什么地方的人了。问一起要饭的人，则说："他们到这里才几天，就父母双亡，不知他们的底细。只听到他们以兄妹相称。"但小户人家的童养媳，和丈夫照例也是以兄妹相称，无法区别。有个老吏建议道："这事好像捕风捉影，全无实证；又不能逼供，判合判离，都难保不误。但判离而误，不过是误破婚姻，其过失较小；判合而误，则是误在乱人伦，其过失就大了。何不判离呢！"斟酌再四，无从处理，最终还是依了老吏的话。我由此想起姚安公在刑部做官时，织造海保刚被抄家，官员派了三个步兵看守他家的住宅，宅院有几百间房子，深夜风雪很大，三个人锁好外面的门，一起在里面的卧房取暖，点灯喝酒。喝醉以后，不小心弄灭了灯，三人在黑暗中互相碰撞，因而打了起来。打到半夜，各自累得倒在地上。到了天亮，则有一人死了。另外二人一个叫戴符，一个叫七十五，伤得也很重，幸而未死。审讯时，都说一起打死了人，判抵命也无怨言。至于那天夜色黑暗之中，觉得有人扭就相扭，觉得有人打就对打，不知道是谁扭我谁打我，也不知道所扭所打的是谁、受伤的轻重，以及某处伤是某人打的。不但这二人无法知道，就让死者活过来问他，也肯定无法知道。既然一命不必以二命相抵，那么任凭当官的随意指一人，都是可以的。如果一定要追查清楚是某人，即使动用刑具拷问，得到的也不过是不实之供。竟无可奈何。拖了一个多月，正好戴符病死，这才借以结案。姚安公曾说："此事追究挑起者的责任，也可以结案。但从他们的供词看，实在不知道挑起者是谁。用严刑来逼供，还不如随意指一个。至今反复追想，还是想不出一个审讯的办法。刑官岂是容易做的啊！"

鬼　病

文安的王岳芳说：他家乡有个女巫，能看到鬼。女巫曾到一做官人家，偷偷地对他家的女仆说："某娘子床前有一女鬼，穿着惨绿色衣衫，胸口沾满了血，脖子将断未断，头折过去，倒挂在背后，样子很可怕。她大概要得病了吧？"不久，这娘子突然寒热病发作。女仆将女巫的话告诉主人。主人命人备下了纸钱酒食送鬼，病一下子就好了。我曾说过风寒暑热，都可以致病，何必一定有鬼作祟呢。一女巫说："风寒暑热的毛病，其得病是慢慢地发作，其痊愈也是慢慢地减退。鬼病则是突然发作，很快痊愈。以此来区别，往往是不会错的。"这话好像也有道理。

慎　交　友

陈石闾说：有一大户人家的儿子和几个宾客在九如楼看戏。酒正喝得高兴，忽然有一客人发病倒在地上。在搀扶灌水抢救时，这位客人突然坐起，张开眼睛直视。先是捶胸痛哭，责骂那儿子放荡游乐；然后咬牙切齿，握紧拳头，责备宾客们引诱儿子。那声色俱厉的样子，好像要和人打架。那儿子听出是父亲的声音，吓得爬在地上发抖，面无人色。客人们都躲避潜逃，有的还跟跄跌倒，摔破了额头。四座的人看了，无不叹息。这是雍正十二年的事，石闾曾亲眼目睹，只是他不肯说出其姓名罢了。我已故的老师阿文勤公说："如果一个人家不交往宾客，那么孩子就无从接近士大夫，所见到的只有婢女家奴，就没有榜样好学习了。但一个人家宾客太多,也肯定会有好色之徒或恶人混杂其间,和他们亲近,受他们影响,会给孩子带来无穷之害。"几十年来,用我所见闻的事来一一验证,知道阿公的话真是药石之言。

怨　毒

五军塞王生说:有个农夫晚上看守枣林,看到林子外好像有人影,怀疑是盗贼,就偷偷地观察。过了一会儿,有一人从东面来,问道:"你站在这里有什么事?"那人说:"我死的时候,某人在旁边偷偷说了些幸灾乐祸的话,我怀恨在心已二十多年了。现在他也被勾来,我在这里等着他被捆绑着从我面前走过。"人们的怨恨之情真是太厉害了!

某　乙

甲和乙两人有仇,甲的妻子并不知道。甲死后,妻子要改嫁,乙用重金将她娶来。三天之后,一起去拜见兄嫂。回来时绕道到甲的墓前,对着那些耕田的、送饭的人,拍着妻子的肩膀叫道:"某甲,认得你妻子吗?"妻子气极,要撞树。大家正在拉扯劝阻,忽然旋风大作,尘沙迷眼,夫妻两个都好像已丢了魂似的。扶回家后,一忽儿迷乱一忽儿清醒,竟终身不愈。外祖父家的老仆张才,是他们的近亲,亲眼目睹了此事。以公道对待自己怨恨的人,圣人不禁止;但圣人也不做得过分。《素问》说:"极端则有害。"《家语》说:"过分则要倾覆。"某乙就是太极端太过分了,所以他的遭遇也是理所当然的。

焰 口 经

和尚所诵救拔饿鬼的焰口经,语言很俚俗,但听说那些招魂施食的咒语,确实是佛祖所传。我在乌鲁木齐时,偶与同人谈论此事,有的以为可信,有的以为不可信。印房的官奴白六,原是大盗,被流放此地的,突然说:"这是不假的。以前遇到一大户人家放焰口,我准备乘他们匆忙纷乱时行窃,但无机可乘。我趴在高楼檐角上,俯看和尚摇铃诵咒时,有无数黑影,高约二三尺,有的翻墙而入,有的钻洞而入,来往飘忽,凡是无人的地方都站满了。到撒米时,这些黑影忽聚忽散,忽前忽后,好像是追逐抢夺,连仰接俯拾的样子,也依稀能看清。其颜色像轻烟,其形状大致像人形,但看不清五官四肢。由此可见鬼也求食,不是实有其事的吗?"

真伪颠倒

东汉敦煌太守裴岑的《破呼衍王碑》,在巴里坤湖上游的关帝祠中,是屯军垦荒时,从土中挖得的。其内容不见于《后汉书》,但文辞古奥,书法浑朴,肯定不是后人依托的。因为是在偏僻的西域,没有人摹拓,石刻上的刀痕笔划还完整无缺。乾隆三十五年,游击官刘存存(这是他的字,其名偶尔忘记了。武进人)摹刻了一个木本,将火药洒在上面,烧成斑斑驳驳,极像古碑。两个本子并传于世,鉴赏家大都以旧石本为新,以新木本为旧。与之争辩,傲然不信。同是一个时代的东西,又有亲眼目睹的人,却还会如此的真伪颠倒,更何况千百年之外的事呢?《周易》的象数,《诗经》的小序,《春秋》的三传,或者是和圣人同时,或者是离古代不远,师徒授受,头绪很清楚。宋代的理学家却说:"汉代以前的人都不懂,我凭借理弄懂了。"和此事很相像吧!

百兽之王

康熙十四年,西洋进贡来一头狮子,前辈朝廷大臣多有赋咏。据说过了不久,这头狮子就逃走了。它跑起来像风一样快,巳时撞断锁,午时已出嘉峪关了。这是无稽之谈。康熙南巡时,从卫河回京,还用船载了这头狮子。我外祖母曹太夫人,曾在度帆楼的窗缝中看见过它。它的身体像黄狗,尾巴像老虎而稍长,脸圆圆的像人,不像其他野兽那样瘦小。人们把它系在船头的将军柱上,缚了一头猪饲它。猪在岸上还号叫,靠近船时就吓得不敢出声了,等到放到狮子面前,狮子低下头一嗅,猪已惊恐而死了。船要离岸启航时,那狮子忽然大吼一声,就像无数铜钲突然一齐敲响。外祖父家马房里的十几匹马,隔着墙听到,都发抖着伏倒在马槽下;船开走很长时间了,还不敢动。真不愧为百兽之王啊。这狮子刚来时,当时的吏部侍郎阿礼稗先生,是当代最好的画家,曾对着狮子作了一幅写生,笔意精妙。以前藏在博晰斋前辈家,是阿礼稗送给他祖父的。后来卖给了我,曾请一位鉴赏家题签。阿礼稗原来没有署名,因为元代曾有献狮的事,鉴赏家就题为"元人狮子真形图"。晰斋说:"吏部侍郎的画,原不在元人之下。这鉴赏也不能算错。"

乩 仙 诗

乾隆二十五年,戈芥舟前辈扶乩,乩仙自称是唐朝人张紫鸾,准备去瀛洲岛拜访刘长卿,一起游天姥山。有人向他叩问世事,乩仙写一诗答道:"身从异域来,时见瀛洲岛。日落晚风凉,一雁入云杳。"暗示其超然物外,不管人世间的是非。芥舟与他论诗,就欣然酬答,写下所游名胜《破石崖》、《天姥峰》、《庐山联句》三篇而去。芥舟当时在修《献县志》,就把它们附录在县志后面。其中《破石崖》一篇,前面是五言律诗八韵,对偶声韵都和谐;而第九韵以下,忽然用鲍照《行路难》、李白《蜀道难》的体裁。唐朝三百年间,没有一位诗人用这种体裁的,很不符合格律。诗以东、冬、庚、青四韵通押,仿韩愈"此日足可惜"一诗,以穿鼻声七韵为一部的例。由此看来,又好像是稍稍读过古书的。大概是略通文墨的鬼,伪托唐人。

古 镜

河城(在县城东面十五里,是隋朝乐寿县的旧城)西面的村民,掘地挖到一面镜,大约一丈多,一半已碰碎了。看到的人都拿了一块回去,放在房间里,每天夜里能放出光芒,所有几家都是如此。这像王度的神镜,是能随着月亮的圆缺而变化的东西。但残破的东西,还能如此,就更加奇异了。有人奇怪镜子为什么这么大,我说这肯定是河间王宫殿里的东西。陆机给弟弟陆云的信里说:"仁寿殿中有大方镜,有一丈多大,经过它前面,就照出人影。"可见晋代还在沿用其格式。

厚 古

乾隆二十四、五年间,献县挖出唐代张君平的墓志,为大中七年明经刘伸所撰,书法还可以,文章则很鄙俗。我拓了一本给李廉衣前辈看,说:"先生说古人事事胜今人,这不是唐人的文章吗? 天下人大都是以名气相互炫耀罢了,如果从实际看,善书法的人言必称晋,其实当时也肯定有极拙劣的字;善吟诗的人言必称唐,其实当时也肯定有极差的诗。并非晋代的差役走卒都是王羲之、王献之,唐代的屠夫和酒贩都是李白、杜甫。西施、东施是同姓,柳下跖、柳下惠是同胞,岂能够美就俱美,贤就俱贤呢?鉴赏家得到一方宋砚,虽然光滑不受墨,也看得像美玉样宝贵;得到一枚汉印,虽然错得不成字形,也把它看得比珠宝还珍贵。问他看中了什么,说是看中它的古。东坡(案:应作韩愈。)诗曰:'嗜好与俗殊酸咸。'说的就是这种现象吧!"

讲理之狐

交河的老儒生刘君琢,名璞,一向谨慎宽厚,以稳重自尊而著称。他在我家做塾师二十余年,我的堂兄懋园(坦居)、堂弟东白(羲轩)都是他的学生。他曾从河间参加科举考试回来,中途遇雨,到一个居民家借宿。主人说:"家里只有两间房还可以住人。但一直有妖怪,不知是狐还是鬼。你要是不怕,就请住下吧。"刘君琢不得已,只好住下。熄灯以后,听到天花板上轰轰震响,好像怒马奔腾。君琢起床穿好衣服,深深作揖,向上祝告道:"我是一个困顿的穷书生,偶然住在这里,想要害我吗?我不是你的仇人;想要戏弄我吗?我和你又不熟识;想要赶我走吗?我今夜肯定是走不了的,明天也肯定不会再住,又何必多此一举,前来扰乱呢?"过了一会儿,又听到天花板上好像有个老妇说道:"客人的话很有道理,你们不要太鲁莽。"这时,只听到"笃笃"的脚步声向西北角过去,顷刻间就安静了。君琢曾以此告诫学生说:"遇到意外的强暴,只要平心静气,有时或许能解脱。当时如果我怒骂,鬼怪就未必不抛砖掷瓦。"又刘景南曾租一屋,搬进去的当天晚上,饱受狐精骚扰。景南骂道:"这房子是我出钱租的,你怎么可以占据我的房子呢?"狐厉声答道:"假如你先住在这里,我跟着来争,那是我不对。我住这房子五六十年了,有谁不知道?你哪里不好租屋,却偏要来和我共住?这是故意欺负我,我岂肯让你?"景南第二天就搬走了。何励庵先生说:"君琢遇到的狐,能被理所服;景南遇到的狐,能以理服人。"先兄晴湖说:"服狐容易,能被狐所服则难。"

尸 变

道家有太阴炼形法,人埋葬数百年,时间到了,就能复生。但这只是传说,没有见过这样的事。古代用水银殓葬的人,尸体不烂,则确实是有的。董曲江说:"凡是罪当戮尸的人,虽然埋葬多年,尸体也不烂。吕留良被焚骨时,打开棺材,容貌还栩栩如生,用刀割之还有微血。大概是鬼神留着让他伏罪的吧。某人(是曲江的亲戚,当时说了他的名字,现在忘记了。)当时在浙江做官,奉命参与其事,亲眼目睹此事。但这类尸体不会作怪。作怪的尸体叫僵尸。僵尸有两种:一种是刚死还没入棺的,忽然跳起打人;一种是久葬而不腐烂的,变成鬼怪的模样,夜里出游,逢人就抓。有人说'旱魃'就是这一种,不知是否如此。人死后形和神就分离了,如果说神不附形,怎么能够有知觉和动作? 如果说神附于形,那是复生了,为何又不成为人而成为妖? 而且刚死的尸体跳起,连对其父母子女有时也紧抱不放,手指都抠进皮肉。假如没有知觉,怎么能跳起来? 假如有知觉,为什么一息刚断,就不认得他的亲人了呢? 这大概是另有邪物驱使、恶气感染,而不是游魂成精变怪吧! 袁子才前辈的《新齐谐》中,载有南昌一书生行尸夜见其友的故事:开始时,僵尸还恭敬有礼,接着就情绪激动,然后凄惨依恋,再接着突然变形,扑上去咬人。有人认为人的魂善而魄恶,魂灵而魄愚。他刚来时,活魂还未泯灭,魄附魂而行;他将离去时,心事已经冷却,魂一散而魄却留下来了。魂在则为人,魂去则不是那个人了。世上的移尸走影,都是魄。只有得道之人,才能制服魄。"这些话也确实有精辟的道理。但依我管窥之见,总是怀疑其别有原因。

生死夫妻

任子田说:他家乡有人走夜路,月色中看到墓道的松柏之间,有两人并肩而坐:一男的年约十六七岁,清秀可爱;一妇人白发垂肩,伛偻拄杖,像是七八十岁以上了。两人倚偎谈笑,看上去很亲密。他暗暗地感到吃惊,不知是哪个老淫妇,竟和少年郎亲热。走得稍近,两人就慢慢地消失了。第二天,询问是谁家的墓,才知道某人早年夭折,他妻子守寡五十多年,死后合葬在这里。《诗经》曰:"活着各住各的房,死后同埋一个圹。"这是很深的感情。《礼记》说:"殷人夫妇合葬,两棺之间有东西隔开,周人夫妇合葬,两棺之间不隔开,善哉!"圣人通晓生死之礼,所以能以人情知鬼神之情。不近人情,又怎能理解《礼记》的意思呢!

伪圣伪贤

　　族侄肇先说:有个书生在寺院读书,遇到放焰口。看见和尚威严整肃,指挥号令,好像可以驱使鬼神。书生感叹地说:"阴司敬重佛教,竟胜过儒教。"灯影朦胧中,有一老翁在旁边说道:"处理天下大事,只能靠圣贤,那些仙佛只是以神道来补圣贤所不及罢了。所以阴司敬重圣贤,在仙佛之上;但所敬重的是真圣贤。如果是伪圣伪贤,则触犯天怒,其罪也在伪仙伪佛之上。古代风俗淳朴,这类人很少。近四五百年以来,拘押的犯人一天比一天多,已另增一所地狱了。因为和尚道士之流,不过是巧说祸福,诱人施舍。除妖党聚众、谋为不轨外,伪称我是仙我是佛的人,千万人中没有一个。儒士中自命圣贤的人,则比比皆是。老百姓可以被迷惑,神却难以被骗。因此活着时高坐讲学,死后沉入阿鼻地狱,都是因为他贻害人心,被圣贤所嫌恶的缘故。"书生大惊,问:"这地府的事,你怎么会知道?"弹指之间,已什么也看不见了。

反　间　计

　　甲和乙有旧仇,乙日夜图谋整垮甲。甲知道后,就暗地让他的党羽某人通过其他途径进入乙家,凡是为乙谋划的事,都十分周到;凡是乙所做的事,都用甲的钱私下相助,费用省而成效大。过了一两年,某人就深受乙的信任,而原来所倚重使用的人,都被冷落。于是,某人乘机对乙说:"甲以前暗地调戏我妻子,我不敢声张,但心里恨之入骨。因为自知斗不过他,所以不敢去触犯。听说你也和甲有仇,所以到你门下效犬马之劳。我之所以为你尽心,固然是要报知遇之恩,但也是要向甲报仇。现在有机会可以搞垮他,为什么不干呢?"乙大喜过望,拿出许多钱让某人搞垮甲。某人于是用乙的钱为甲行贿,各个关节都打通。陷阱设成后,伪造甲的罪状及证人姓名报告乙,让乙写状告甲。到了庭审时,则事情都属子虚乌有,证人也无不倒过来攻击乙,乙于是一败涂地,以诬告罪被判流放边地。乙愤恨至极,因和某人亲密日久,平生缺德事都掌握在他手中,不敢再告发,竟气愤而死。死时发誓要到阴司告状,但过了几十年终无报应。论者以为首先发难的是乙,甲因势不两立,于是铤而走险,不过是自救的行为,罪责不在甲。某人本是甲的间谍,他忠于自己的主人,对乙不能算是负心,也不能加罪于他,所以鬼神不理。此事发生在康熙末年。《越绝书》载子贡对越王说:"有谋害别人之心,而让别人知道的人,就危险了!"岂不正是如此吗!

范 鸿 禧

乡人范鸿禧,和一狐友很要好。狐善饮酒,范也善饮酒,两个结为兄弟,经常相对醉眠。狐友忽然长久不来,一天在高粱地里遇到,问它:"为何忽然弃我而去?"狐转过头去说:"亲兄弟还相斗,何况是结拜兄弟呢?"不理他而去。因为当时范正和弟弟打官司。杨铁崖《白头吟》说:"买妾千黄金,许身不许心;使君自有妇,夜夜白头吟。"与这狐的见解正相同。

樊 长

献县的捕快樊长,和伙伴去抓一大盗。大盗逃脱了,就绑了他妻子到官店(是捕快拷打盗贼的地方,名为官店,其实是他们的私宅)。他的伙伴抱着妇人调戏,妇人怕被拷打,吓得不敢动,只有低头抽泣。衣带也已解开了,突然被樊长看到,怒道:"谁没有妻女?谁能保妻女不遭患难、落入他人之手?你敢这样做,我现在就去报官。"他的伙伴因害怕而作罢。当时是雍正四年七月十七日的戌时。樊长的女儿嫁作农家妇,这一夜遭盗贼抢劫,已被脱去衣服反绑起来,眼看要受污辱,也被一盗贼呵骂而中止。时在子时,中间仅仅隔了一个亥时。第二天,樊长听到消息,仰面看天,惊讶得舌头伸出来缩不进去。

狐 帽

皇上赐给裘文达公的宅第,在宣武门内的石虎胡同。文达宅第的前身,是右翼宗学。宗学之前,是吴驸马的府第。吴驸马的府第之前,是明朝大学士周延儒的府第。因为年代久远,又宏丽幽深,所以难免常常有鬼怪,但不害人。厅堂西侧有两间小屋,名为"好春轩",是文达会见宾客的地方。北墙有一门,又横着通往另两间小屋。僮仆夜里睡在这屋内,睡着后都被鬼怪抬出。但不知是鬼还是狐。因此,没有人再敢到里面去睡觉。只有琴师钱生不怕,而且从来没遇到什么怪异。钱生脸上有白癜风,样子又老又丑。蒋春农向他开玩笑说:"这是因为尊容更胜于鬼,所以鬼被吓跑了。"一天,钱生锁了房门外出,回来时桌上多了一顶雨缨帽,制作精美,而且崭新。大家互相传看,无不惊笑。由此知道是狐而不是鬼,但没人敢拿这帽子。钱生说:"我老病龙钟,总遭到嫌弃鄙视。除司空(文达公当时为工部尚书)外,同情我的没有几个人。我的帽子确实破旧,这狐是同情我贫穷。"于是欣然取来戴上,狐也不再拿回去。帽真的是送给钱生的吗? 又为什么要送给钱生呢? 这真是难以理解。

朱 五 嫂

我曾和刑部侍郎杜凝台同宿在南石槽。听到两家的轿夫谈道:"昨天有件怪事:我表兄朱某在海淀为人守墓,因进城没有回去,他妻子一人独宿。听到园子里树下有打斗声,捅破窗纸偷看,见二人挥臂猛打,一老翁举着拐杖隔开他们,但无法使他们住手。过了一会儿,二人扯打着倒在地上,一起现形为狐,跳踉摆扑,把老翁也撞倒了。老翁爬起来,一手按住一狐叫道:'逆子不孝! 朱五嫂可来帮我!'朱妻伏着不敢出去。老翁顿着脚说:'要到土地神那里告状。'恨恨地散了去。第二天夜里,朱妻听到满园铁索牵动的声音,好像有人在搜捕。还觉得桌上的瓦罐好像在微微摆动。朱妻惊奇地去看,只听罐中小声说道:'请别声张,我会报恩的。'朱妻怒道:'父母之恩都不报,哪里还会有我的份!'连罐子一起扔到门外墓碑的石座上,砰然而碎。然后听到有嗷嗷的叫声,想来是被捉住了。"一轿夫说:"触犯父母到底算什么大事,以至于被土地神捕捉? 真可怕啊!"凝台朝我笑着说:"除了轿夫,没人能说这样的话。"

冥吏论佛

我家乡有个姓张的老妇,自称曾经做过走无常,如今不做了。以前她到阴府,曾问冥吏:"敬佛有好处吗?"冥吏说:"佛只是劝人为善,为善的人自然有福,并不是佛降福给他的。如果用祭品求佛降福,那么廉洁的官吏尚且不受贿赂,难道佛会接受贿赂吗?"老妇又问:"忏悔有好处吗?"冥吏说:"忏悔就应该勇敢真诚,努力上进,力求挽回以前的过失。现在的人忏悔,只是自首以求免罪,又岂能有好处呢?"这席话不是巫婆所肯说的,好像是有谁教她的。

槐西杂志(一)

直　道

　　《隋书》记载兰陵公主为后夫殉节而死,并放在《列女传》的开头。这和一般史书写法不一样。(祖君彦的《檄隋文》说,兰陵公主被隋炀帝强暴致死,这是想更加深炀帝的罪恶,应当以史书为准。)沧州医生张作霖说:他家乡有个少妇,丈夫死后不到一年就改嫁了。过了两年,后夫又死了,这少妇发誓不再嫁人,终于独身到死。有一次,少妇去探望生病的邻居妇人,邻居妇人忽然瞪大眼睛用少妇前夫的声音说:"你甘心为后夫守节,为什么不为我守节呢?"少妇语气坚定地回答说:"你不把我当做结发妻子,结婚三年,没有讲过一句贴心话,我怎能为你守节呢! 后夫不因为我再嫁而轻视我,两年夫妻生活,恩深义重,我怎能不为他守节呢! 你自己不反省,还敢指责别人吗?"前夫的鬼魂讲不出话,只好溜走了。这件事和兰陵公主相类似。这也是豫让所说的"待我如大家一样,我也如大家一样待他;待我如才能出众的人物一样,我也如待才能出众的人一样待他"的意思。不过,五伦之中,只有朋友是以道义结合的。不计较回报施与,是厚道;即使计较回报施与,也还是直道。兄弟的关系是自然形成的,已经不能说到回报施与;何况君臣、父子、夫妇,属于三纲的内容呢! 渔洋山人写过《豫让桥》诗说:"国士桥边水,千年恨不穷;如闻柱厉叔,死报莒敖公。"他自己说可以警戒刻薄,这话也对的。不过,柱厉叔因为不被赏识而流亡,后来却挺身报仇而牺牲,用来使不了解臣子的君主内咎,就含有怨愤发泄的意思了;专门和君主分辨是非,并不一定能为君主捍卫国家。柱厉叔的事可以流传,他的言论就不完全符合道义了。或者是记载的人的失误吧?

废　宅　诗

　　江宁王金英,别字菊庄,是壬午年间我当考官时所录取的士子。他喜欢作诗,但才气稍弱。不过诗作清秀,不落俗套,与宋末的四灵派很相近。他曾画过一幅种菊花的画像,我有意按他的风格题辞在画上,其中有"以菊为名字,随花入画图"的句子。菊庄很高兴。由此,他的爱好就可想而知了。他写有诗话几卷,还没有成书。岁月流逝,现在书稿不知流落到何方了。我还记得其中有一条说:江宁有一间废弃的住宅,墙壁上隐约有字迹。扫去灰尘,仔细辨认,原来是五首绝句。第一首说:"新绿渐长残红稀,美人清泪沾罗衣。蝴蝶不管春归否,只趁菜花黄处飞。"第二首说:"六朝燕子年年来,朱雀桥圮花不开。未须惆怅问王谢,刘郎一去何曾回。"第三首说:"荒池废馆芳草多,踏青年少时行歌。谯楼鼓动人去后,回风袅袅吹女萝。"第四首说:"土花漠漠围颓垣,中有桃叶桃根魂。夜深踏遍阶下月,可怜罗袜终无痕。"第五首说:"清明处处啼黄鹂,春风不上枯柳枝。惟应夹阶双石兽,记汝曾挂黄金丝。"字迹雄健怪异,没有写上作者姓名,不知道是人的诗还是鬼的诗。我想,这是福王被歼灭之后,明朝的遗老所写的诗。

贫妇请旌

董秋原告诉我:他当年在钜野担任学官时,有一个守门的差役奉命管理节孝祠,于是便带了家人住在节孝祠隔壁。有一天,正是秋天祭祀的日子,差役在半夜就起来洒水扫地了,他的妻子还在睡觉。妻子做梦,看见几十个妇女,前前后后一起走入节孝祠内。心想这是神灵降临,但也不觉得可怕。忽然,她看到自己认识的两个穷苦老太太也在其中,经过仔细辨认,果真没有认错。她感到很奇怪,问她们生前没有受到表彰,怎么也一起来节孝祠,一个老太太回答说:"人间官府的表彰,怎会遍及穷乡僻壤呢?埋没没有受到表彰的人,到处都有。鬼神同情这些人的辛劳艰苦,虽然节孝祠中没有她们的牌位,也邀请她们一起来享受祭祀。有些人偷偷做了坏事,善于遮盖,骗得美好的名声,虽然有牌位在祠中,反而不准许进去享受祭祀。因此,我们两个才能到这里来。"这件事真是闻所未闻,但按照神灵的理论,好像理应如此。献县礼房有个办事员魏某,临死时喃喃自语说:"我当个空闲的办事员,自问没有作过恶。想不到穷苦老太太请求表彰,我按照常规索取经手费用,阴间的罪罚竟然会这样严重呀!"这两件事可以相互比较,道理更明显。相信忠孝节义,实在可以感天地动鬼神的啊!

伪鬼受惩

堂叔行止先生告诉我:有个农家妇女,和小姑二人都很漂亮。一天晚上,姑嫂二人在月下乘凉，一起睡在屋檐下。忽然，一个红发青面的鬼，从牛栏后面出来，又旋转又蹦跳，好像要吃人的样子。这时，村里的男人都到晒谷场上守夜去了，姑嫂二人吓得说不出话来。鬼冲上来，把姑嫂两人强奸了。它正要跳上院子的矮墙，忽然大叫一声，跌倒在地上。姑嫂见鬼很久没有动静，才敢大声呼叫。邻居们闻声赶来一看，原来矮墙内的鬼，是村中的恶少某某，已经昏迷不省人事了。矮墙外还有一个鬼直直地站着，原来是土地神祠中的泥人。村里的父老们都说，土地神显灵了，商议明天要去祭祀。一个青年哑然失笑，说："某甲经常五更天就出去挑粪，我想作弄他，把神祠的鬼卒泥像抱来放在路旁，让某甲吓一跳，大家高兴一番。想不到碰着这个假鬼，竟然误以为是真鬼而被吓倒了。土地神有什么灵验呢！"有一个老头子说："某甲日日都挑粪，你哪天都可以作弄他，为什么偏偏今天作弄他呢？作弄人的办法也很多，你为什么只是扛了这个泥像来呢？泥像哪儿不可以放，你为什么偏偏放在这家人的矮墙外面呢？这件事当中，一定有神灵作主，你自己不清楚罢了！"于是，大家集资去祭祀土地神。那个恶少由他的父母抬回，昏迷了几天，竟然再也醒不过来了。

糊涂神祠

山西太谷县西南十五里的白城村，有座糊涂神祠，当地人都极为信奉。说是如果稍有不敬的地方，就会招来大风冰雹。但是，都不知道这位神仙是哪个朝代的人，亦不知道为什么得到这么个名号。后来翻阅通志，才知道应为狐突祠，元朝中统三年奉旨建造，本来叫利应狐突神庙。"狐"与"糊"同音，北方人读起入声来都像平声，所以"突"变为"涂"。这也是一个杜十姨式的笑话了。

石中物象

石头中有事物的形象，常常出现。姜绍书《韵石轩笔记》中说，见过一块石头，上面有太极图的纹样。这还是石头纹理呈螺旋形，偶然分为黑白两色而已。颜介子曾经见过一块英德产的石砚，上面有白色线纹，成为"山高月小"四个字，笔画分明。这白色线纹一直透入石砚背后，隐隐约约还像字的反面，只是模糊不清，点折撇捺不很分明而已。仔细地察看，这几个字并非嵌镶也非雕刻，更不是染上去的，真是天然生成，这不是更奇异吗！山岭和大地是共存的,石头与山岭也是共存的,哪里有开天辟地的时候,就预先知道有程邈的隶书呢?就预先知道有苏东坡的《赤壁赋》呢?即使是山岭孕育了这块石砚,时代在宋以后,那么又是谁模仿了程邈的隶书?又是谁题了苏东坡《赤壁赋》中的字句?可见天然物象的巧妙,真是无所不有!精华汇集,自成文章,并不是常理所能理解的。世间流传的河图洛书,出现在北宋,唐以前没有出现过。河图上有黑白圆圈五十五个,洛书上有黑白圆圈四十五个。据孔安国《论语注》说,河图就是八卦。(孔安国《论语注》已经失传,这里引用的是何晏《论语集解》一书中曾引用过的材料。)这是说,孔夫子的学说,本来没有这种五十五点的河图,陈抟又从何处得到呢?至于洛书,既然叫做书,应当有文字,却也是四十五个圈,和河图相同,这应该称为洛图,不能称为洛书。系辞又怎能别称为书呢?刘向、刘歆、班固等人都说洛书有文字,孔颖达《尚书正义》还详细地记载了洛书的字数。(《洪范》"初一曰五行"一章的注疏说,《五行志》全文记载了这一章,说这六十五字都是洛书本来的文字。估计上天的言语简单扼要,一定没有次序的数目。"初一曰"等二十七字,是大禹加上去的;"其敬用农用"等十八字,大刘和顾氏认为龟背先有,共三十八字,小刘认为"敬用"等话都是大禹所解释的,那龟文只有二十字。虽然说的字数不同,但完全可以看出,从汉代至唐代,洛书没有黑白点的伪图形。)看到这个石砚,知道石头的纹理形成文字,是确凿可信的,不能偏信卢辨晚出的说法(明堂九室法龟文,首先出于北齐卢辨的《大戴礼注》。朱子以为是郑康成的说法,是偶然记错了)。就以为太乙九宫真是大禹神所传授的。(现在的术士所用的洛书,是太乙行九宫法,出于《易纬·乾凿度》,也就是《汉书·艺文志》所说的太乙家,当时本来就不叫洛书。)

示 谴

　　表兄刘香畹说:他从前在福建做官的时候,听说有个少妇,平常沉默安静,死后葬在山麓。每当月明的晚上,就远远看到少妇的鬼魂,被反绑在树上,靠近去看,就看不见了。不知是什么缘故。我说:"这是有所显示:人们不知道她受责罚的缘故,却要使人们看到她受责罚。这表示人们不知道的事情,鬼神是知道的。"

城隍马伕

太常寺官员陈枫厓说:有一个十四五岁的少年,睡觉时常发出呻吟的声音,大家怀疑他有毛病。问他,却又说没病。不久,睡觉时大讲梦话,喊他也不醒。那些梦话相当清楚,仔细一听,都是调情的语言,那种呻吟的声音也是淫乐的声音。但是查问他时,始终不说。家人知道,这一定是鬼怪作祟,就向土地神告状。晚上,家人梦见土地神告诉说:"鬼怪肯定是有的,但不是我的能力可以制服的。"家人就到城隍那里告状。过了一个晚上,城隍祠中那尊泥塑马伕的脑袋无故破碎掉下,这时大家才醒悟土地神所说能力不够制服这鬼怪的话。不过,一个马伕,未必是城隍爷喜爱之人;即使是城隍爷喜爱之人,神都是正直而聪明的,也不会因为自己喜爱的缘故,违法地包庇一个马伕。状纸一送上,马伕就受惩处,城隍爷的心地够光明磊落的了。那个土地神专门窥察上司颜色,畏首畏尾,吞吞吐吐不敢讲明,他把城隍爷看成什么样了!城隍爷看这个土地神,又是什么样呢!

狐 女

太守赵书三说:有一个人,晚上碰到一个狐女,上前去调戏她,狐女一下子就不见了。一会儿,飞来一块瓦片,把这个人的帽子打掉了。第二天起床,看见窗纸上有小字写的一首诗,写道:"深院满枝花,只应蝴蝶采。嘤嘤草下虫,尔有蓬蒿在。"语气中带有蔑视的意味,不过风情楚楚动人,她不爱那个二流子是对的。

真 山 民

田白岩说:曾经和朋友们一起扶乩,请来的神仙自称叫真山民,是宋代末年的隐士。(按:山民有诗集,现今著录在《四库全书》中。)大家唱和诗歌,正在高兴的时候,仆人从外面进来报告,说有某某、某某两位客人来到,乩马上就停下不动了。后来扶乩时,真山民又降临了,大家问他那天突然离开,是什么原因?真山民在沙盘上写乩语说:"那两个人,一个十分世故,应酬方法很熟练，一见面必定有几百句阿谀的话。我是浮云流水般懒散的人，不善于应酬，不如躲开他为好。另一个人心思太细致，礼数太苛刻，他和别人说话，常常一字一句地推敲，要求很多。我像闲云野鹤，怎能忍受这种苛求呢？所以只得避开，还怕跑得不够快呢！"后来，姚安公听说这件事，便说："这位仙人毕竟是拘束谨慎的读书人，器度胸襟不够开阔。"

杏　花

堂兄懋园说：乾隆元年他参加乡试，坐在秋字号试场中。有一个人跟着入场，守场的军士问这人的姓名籍贯之后，马上拱手祝贺，说："昨天晚上，梦见一个姑娘，手拿一枝杏花，插在您的座位上，还告诉我：'明天某县某人来的时候，告诉他杏花在这里了。'您的姓名籍贯刚好相同，这不是好兆头吗！"这个人大惊，脸色都变了，竟然连考试的用品也不放下，说是生病了，急急地走了出去。有个了解情况的同乡说："这个秀才有一个小丫头叫杏花，被他强行奸污之后，又遗弃了，最后不知流落到了什么地方。大概这小丫头已经含恨而死了。"

滴血验亲

侄孙树森说：有个山西人，把家产托付给弟弟，自己出外经商。他在外面娶了妻，生了一个儿子。过了十多年，妻子病死了，他便带了儿子回乡。他的弟弟怕哥哥讨回产业，便造谣说这个儿子是养子，不能继承哥哥的产业。兄弟争吵不休，就告到官府去。县官是个糊涂官，也不去调查哥哥外出行商的事实，反而依照古时滴血验亲的方法试验。幸好血滴相合，就把弟弟杖责了一顿，赶出公堂。弟弟根本不相信滴血验亲的事，他自己也有一个儿子，便刺血试验，血滴果然不相合。于是，弟弟作为理由上诉，指控县令的判断证据不足。乡里人厌恶弟弟贪婪，没有人性，都说："这个人的老婆和某某人有私情，儿子不是这个人生的，血滴当然不会相合了。"众口一词，又有证据，奸情确凿。官府把他老婆的情人抓来审问，那情人也低头认罪。弟弟羞愧得无地自容，把老婆、儿子赶了出去，自己也逃跑了，所有产业反而归到他哥哥名下。听到这件事的人，都感到快慰。陈业滴血的事，出于《汝南先贤传》，从汉代就有这个说法了。不过，我听衙门一个老差役说："骨肉之亲的血滴一定相互融合，是正常的讲法。如果在冬天，把盛血的器皿放在冰雪上，使血滴冰冷，或者在夏天，用盐、醋擦盛血的器皿,使血滴有酸咸的味道时,那么,滴出的血,碰到器皿就凝固了,即使是至亲,血滴也不会融合的。所以,滴血验亲不能够成为可靠的证据。"不过,如果这个县令不刺血试验的话,商人的弟弟不会上诉;商人的弟弟不上诉的话,他老婆与外人生孩子的事也不会败露。仿佛冥冥中有所操纵,也不能全责备这个县令食古不化了。

神 蟒

都察院出现蟒蛇的事,我在《滦阳消夏录》中记载过,并曾经两次见到它蟠踞的痕迹,并非凭空虚构的。衙署中的差役害怕蟒蛇,没有一个人敢走到库房深处的。壬子年二月,我奉旨维修都察院房屋,亲自打开仓库检查,却什么都没有看到。大概是皇帝命令所到的地方,各种生灵都害怕地躲开了。院长舒穆噜公说,内阁学士札大人的祖坟墓地也有巨蟒,经常远远看到它出来晒太阳。墓前有两株槐树,相距几丈远,大蟒蛇的头和尾各挂在一株树上,蛇身像彩虹一般横挂空中。后来埋葬母亲时,墓地刚好在那个地方,便祭祀祈祷,果然见大蟒蛇带着成千上百的蛇蜿蜒离去。等他母亲葬礼结束,蟒蛇才回来。大蟒蛇行走时,快得像风一样。不过一面行走,一面缩小,最后缩到只有几尺长。这蟒蛇能大能小,已经有神龙的技能了。于是醒悟到都察院的蟒蛇,粗得像柱子一样,却能在窗棂中出出进进,那缝隙只有一寸来阔,也是神龙的技能啊。这个月,我与副宪汪蕉雪在山西马观察家,遇到内务府的一位官员。据这位官员说,内务府西十库中藏有硫黄的地方,也有两条蟒蛇,头上都长出一只角,全身布满金色的鳞片。为了安全,开库取硫黄时,必先打铃,使蟒蛇听到铃声后躲避。最奇怪的是,每次开库,必见门内硫黄堆积如山,足够取用;用完了又堆得满满的。料想它是不要人进入库房,所以人也不敢随便进去。有人说这就是守库之神,从道理上说,或者是的。《山海经》中记载的许多山神,或蛇身,或鸟首,形状怪异,不必一定像人的样子。

孝子至情

我去世的哥哥晴湖说:有个叫王震升的人,老年时儿子死了,悲痛得自己也不想活。一天晚上,他偶然经过儿子的坟墓,就伤心地徘徊留连,舍不得离开。忽然,他看见儿子独自坐在地头,于是马上走了过去。这鬼魂也不躲避。

王震升想拉儿子鬼魂的手,鬼魂就后退。和鬼魂说话,鬼魂态度很冷淡,好像不愿听下去的样子。王震升很奇怪,问儿子鬼魂什么缘故。鬼魂笑笑说:"父子的关系是过去的缘分,缘分尽了,那么你就是你,我就是我,又何必反复追问呢!"说罢,掉转头就走了。从此,王震升悲痛的思念就一下子消散了。有个宾客说:"假使西河的子夏能明白这个道理,就不会失明了。"晴湖说:"这是孝子的深情,故意变成这种态度,使父亲免去哀思,和郗超让人呈密信意思一样,但这不是按常理采用的方法。假如人人都有这种见解,父子、兄弟、夫妇之间,都看作萍水相逢一样,人情不是越来越淡薄了吗!"

私　祭

某公娶了一个姬妾,姿色艳丽,谈笑也妩媚动人,又善解人意。不过,她一个人独坐时,常常凝神静思,见惯了,也不觉得惊讶。有一天,她说有病,关了房门,白天躺下休息。某公点破窗纸偷偷地张望,只见她涂脂抹粉,穿好衣服,戴上首饰,打扮得整整齐齐的,然后摆设饮食水果,好像要祭祀什么人。某公推开门闯了进去,这个姬妾很沉痛地跪下行礼,说:"我原来是去世的某翰林最宠爱的丫头,翰林快死的时候,估计夫人一定容不下我,怕我被卖到妓院去,就先把我送出嫁了。临走的时候,翰林低声地叮嘱我说:'你出嫁我并不怨恨,嫁到一个好人家我更加感到安慰。不过,到了我的忌日,你一定要在自己的房间里,打扮得漂漂亮亮的来祭祀我。我的鬼魂如果会来,点香的烟绕着你飘动就是证明了。'"某公说:"徐铉最后都不背叛李后主,宋朝的君王也不加罪。我不如就听任你吧!"姬妾上香行礼,泪水都滴落在那些祭品上。那股烟果然绕着姬妾的头转了三圈,飘飘然一直缠绕到她的脚下。温庭筠的《达摩支曲》中说:"捣麝成尘香不灭,拗莲作寸丝难绝。"就是说这种情况吧?虽然这女子已经再嫁了人,已辜负了旧主的恩情,但是,身体虽然离去,感情长久保留。这不比同床异梦的夫妻强得多吗?

自　制

交河县为一个节妇建造碑坊,亲友们都来聚会。有个从小开惯玩笑的表姐妹,开玩笑地问这个节妇:"你现在年纪老了,也保持了贞洁。不过,不知道这四十几年中,花前月下的时候,有没有动心过呢?"这个节妇说:"人不是草木,怎会没有感情呢？但是,自觉礼制是不能逾越的,道义是不能背叛的,就能够自制,不让感情泛滥而已。"有一天,正是清明节扫墓回来,节妇觉得头脑昏昏沉沉的,口里自言自语地讲胡话。大家扶着她回家,到晚上才清醒过来,对她的儿子说："刚才恍恍惚惚的好像看到你父亲,他说不久就要接我去了,还慰劳我一番;又说,人在世上所作所为,没有鬼神不知道的! 幸亏我一生没有污点,否则到了地下,有什么面目见你父亲呢!"过了半年,节妇果然去世了。这是王梅序举人所讲的故事。梅序还发了一通议论说："佛教要人戒除意念中的恶,这是铲除恶的根本工夫,不是品行高尚的人做不到这地步。普通人各种关系交叉缠绕,什么想法不会出现呢? 但是,只要有所畏惧,不敢乱来,也算是有品德的人了。这个节妇的子孙,有点忌讳别人讲节妇所说的话,我也不敢指出她的姓名氏族。不过,她的话光明磊落,有如青天白日,正所谓纯洁高尚,毫不隐藏,又何必忌讳呢!"

鼠 穴

姚安公主管南新仓的时候,一座粮仓的后壁无故倒塌。掘开破壁时,有一堆死老鼠,够装一石的,大的体形几乎像猫那样大。原来老鼠窝在墙壁下面,繁殖越来越多,老鼠窝也越扩越大,把墙壁下面全掏空了,墙壁无处受力,就倒塌下来。有个叫福海的同事说："它们破坏别人的房屋,用来扩充自己的洞穴的时候,大概忘记它们的洞穴正依赖别人的房屋才会存在吧?"我说,李林甫、杨国忠之流都不明白这个道理,对老鼠又有什么奇怪呢!

劫 数

我曾祖父润生公,曾在襄阳遇见一个僧人,本来是明末流寇首领惠登相幕下的僚属,讲述流寇的事相当详细,大家都感叹劫数难逃。僧人说："按我的看法,劫数是人自己造成的,并非上天所为。明朝末年,杀人奸淫抢掠的残酷,连黄巢那时所谓杀人流血三千里,都不能相比拟。原因是明朝中叶以后,官吏都贪污枉法,地主富豪都残暴横行,社会风气也都是奸诈偷窃欺骗成风,无所不至。所以下面百姓蕴积着怨恨,上面引起天神的愤怒,百多年来积下的冤枉怨愤的怒气,一下子发作起来。从我所见所闻来说,受到最残酷的灾祸的人,都是作恶最多的人。这能说是天命吗? 那时我在流寇队伍里,看到他们绑住一个贵族官僚的公子，要他跪在军营帐篷前面，他们却抱着他的妻子姬妾饮酒，还问这个公子：'你敢生气吗？'公子说：'不敢。'又问：'你愿意做奴才吗？'答说：'愿意。'于是给公子松绑，叫他在旁边斟酒侍候。看到的人中，有人感叹，觉得于心不忍。有一个被困在流寇中的老人说：'我今天才明白因果报应了。'原来这个公子的祖父曾经调戏仆人的老婆，仆人发牢骚，被主人打了一顿，绑在槐树上，让他在旁边看着主人和自己老婆睡觉。就从这一件事，可以类推其他了。"一位在座的富豪说："大鱼食小鱼，老鹰抓小鸟，上天都不谴责，为什么光是谴责人呢！"僧人转过头去说："那些是鱼类、鸟类，难道人是鱼是鸟吗？"富豪生气地站起来走了。第二天，这富豪找了一批打手，冲到僧人寄住的寺院，想羞辱僧人一番。谁知僧人已经带着包裹离开了，只见墙上写有二十个大字："尔亦不必言，我亦不必说。楼下寂无人，楼上有明月。"大家疑心这是讽刺富豪暗中干的坏事。后来，这个富豪终于出事，被灭了族。

溺尸握粟

有一艘载郎中家眷的船在卫河上倾覆，一名姬妾淹死。捞出死尸，见双手都抓住一把谷子，大家都觉得奇怪。河边一个老人说："这不必奇怪。凡是沉没在水里的人，向上看是黑暗的，向下看是明亮的，惊慌昏乱之中，一定从明亮的地方求出路，手都抓泥土了。所以，检查淹死的人，按照指甲有没有泥土，就能区别是活活淹死的，还是死后再抛到水里的。现在是先前有艘运粮船沉在水底，谷子还没有完全腐烂，所以这个姬妾抓得满手都是谷子。"这个议论真是深入细致，只是所说的上面黑暗下面明亮的情况，并没有解释为什么会这样子。张衡的《灵宪》里说："太阳好像火，月亮好像水。火就向外发光，水就收纳外面景物。"又刘邵的《人物志》说："火焰、太阳，向外发光，不能见到内部；金属和水，向内反映事物，不能向外发光。"那么，上面黑暗，下面明亮，原是水的本性了。

钝 鬼

程念伦，名思孝，在乾隆十八、十九年间，到京城游历。他喜欢下棋，堪称国手。如皋的冒祥珠说："他和我都是二流棋手，因当时没有一流的，所以就称雄一时罢了。"有一天，弟子吴惠叔等人扶乩，问乩仙道："仙人会下棋吗？"乩仙回答说:"会的。"又问:"肯不肯和凡人下棋呢?"乩仙说:"可以。"当时程念伦正好住在我家中,就请他与仙人下棋。(凡是棋谱,都以子数来计算。模仿下棋的记谱,则以路记数。和乩仙下棋,就以路记数进行。例如在纵第九路横第三路下子,乩仙就说"九三。"其余都是这样下法。)刚下了几子时,程念伦一点头绪也没有,毫不认识,认为仙机莫测,只怕丢了声誉,凝神思索,直到背上冒汗、两手发抖,才敢对下一子,还担心得不得了。时间一长,觉得仙人棋艺也没有什么特殊的,就放手进攻。乩仙竟然全军覆没,大家都哄笑起来。乩仙忽然大笔写道:"我本来是一名幽魂,偶然间来玩玩,假冒张三丰的名字而已。因为懂点棋艺的皮毛,随便答应和你们下棋。想不到这位先生杀败了我,我现在告辞了!"吴惠叔感慨地说:"京城里面,连鬼也会骗人!"我开玩笑地说:"棋输了马上讲老实话,还是京城里的钝鬼呀!"

申　诩

景州申谦居先生,名诩,是姚安公癸巳年同榜取中的举人。性格和蔼平易,平生从来没有粗暴的神态,而且品格清高,一丝一毫也不占便宜,有古时候洁身自好的学者的风度。穿的是麻织的袍子,吃的是粗糙的食物。有时学生送来祭祀后分得的肉,就拿到市场上换成豆腐,说:"并非喜好特别,实在是吃不惯而已。"有一次,他到河间府考试回家,叫书童拉一匹毛驴。书童走累了,就叫他骑上毛驴,自己拉着走。黄昏时分,碰上下雨,便在一间破落的神庙中住宿。神庙只有一间屋子,当中空荡荡,地下肮脏,根本不能坐人。于是摘下一块门板,横放在门前睡下。半夜睡醒时,听到庙里有细细的声音说:"我想出去躲避先生,先生挡住门口,出不去。"先生说:"你只管在门内,我只管在门外,大家并不相互妨害,何必躲避我呢?"过了很久,又有细细的声音说:"男女是有区别的,先生应该放我出去。"先生说:"门内门外就是区别,你出了门,反而没有区别了。"翻身就沉沉睡去。天亮后,有本村人看到了,吃惊道:"这里面有狐精,经常出来勾引年轻人,进庙就会被砖头瓦块打击,您怎能安然入睡呢?"后来,申诩偶然间和姚安公讲到这件事,摸着胡子大笑,说:"竟然有狐精想勾引申谦居,也是大奇事呀!"姚安公开玩笑地说:"狐精就是勾引遍天下的人,也决不会轮到您的。肯定是您奇形怪状,狐精从来没有见过,不知道是什么怪物,所以害怕得想逃走而已。"由此可以想象先生的为人了。

入土为安

老前辈董曲江说:乾隆十二年乡试,住在济南一所寺院里。做梦走到一个地方,看到一棵大树下有间破败的屋子,歪歪斜斜,快要倒塌的样子。屋子里坐着一个打扮得漂漂亮亮的女人,愁眉苦脸,样子十分可怜。他怀疑错进入别人家里,就站住不敢进去。这个女人忽然向董曲江远远地行礼,眼泪滴湿了衣襟,但始终不讲一句话。董曲江一害怕,梦就醒了。过了几夜,又做同样的梦,那女人的神色更加悲伤,行礼叩头一百多次。想靠近去问她,突然梦又醒了。这个疑团一直不理解,告诉同住的朋友,也都解释不出。有一天,他在寺院的园林中散步,看见廊屋下面停放一具旧棺材,都快要烂掉了。忽然间,抬头看那棵大树,好像是梦中所见的一般。向寺院僧人询问,说是这棺材里是某某官员的小老婆,停放在这里,约好以后来运走。从停放到现在,已经几十年了,一点音讯都没有。又不敢送去安葬,想来想去没有办法,已经很长久了。董曲江一下子明白过来。他本来和历城县令是朋友,于是就拿出银子,买了半亩坟地,禀告过县官,把棺材迁葬了。从这件事知道,死人以入土为安,棺材长期停放,并非幽灵的愿望呀!

高凤翰爱印

朱青雷说:高西园曾梦见一位客人来拜访,名片上写的是司马相如。正在惊讶奇怪之中,梦就醒了,不知道预兆什么事。过了几天,他无意中得到一颗刻有司马相如的玉印,色泽古旧,斑驳陆离,篆书刀法精致巧妙,真是昆吾的刀工所刻出来的。高西园经常把它带在身上,不是十分亲密的朋友,他是不肯随便给人看的。他在盐场当官时,德州人卢雅雨担任两淮转运使,听说高西园有这么一颗印,趁着一次宴会相遇,就顺便请他拿出来观赏。高西园马上离开酒席,半跪行礼,庄重地说:"我高凤翰一生交了许多朋友,所有东西都可以和朋友共同享用。不能和朋友共同享用的,只有两件:这颗印和我的老婆!"卢雅雨笑着命他回去,说:"哪个是想抢你东西的人,你怎么呆到这个样子呢!"高西园的画品格很高,晚年得了毛病,右臂偏瘫了,就用左手作画,虽然比较生硬勉强,却别有趣味。诗的风格也潇洒大方。虽然他只做过小官,生活坎坷,直到去世,但在现在的读书人之中,他还能近似前辈文人的风流倜傥。

酒杯爆裂

　　杨铁厓的诗词文章奇妙绚丽,虽然被人看作文妖,并不能损害他的名声。只有用妓女的鞋作酒杯这件事,猥亵淫秽,可说是一点趣味都没有,但却被人家吟诗赞叹,传作美谈。后来那些放荡的青年,争着去模仿,认为这是名人的风流逸事。这真是不可理解。听说,有一家贵族,中元节祭祖先,刚刚把斟满酒的杯子放在神案上,忽然其中一只杯子像爆竹似的响了一声,从中间裂开两半。大家不知道什么原因。过了很久,才知道前几天这家的公子招妓女饮酒,曾经模仿杨铁厓的行为,用过这只酒杯。

礼部寿草

　　太常寺仙蝶、国子监的瑞柏,有幸得到皇上的题咏,是人人皆知的。翰林院的一棵金槐树,粗大得几个人才能合抱,树枝上有累累结块,像假山一般,也是人所知道的。但礼部的寿草,就不是人人都知道的了。这种草春天开红花,像聚集连结的红宝石一般;秋天结果,像珠子一样。《群芳谱》、《野菜谱》里都没有记载,不知叫做什么。有人说:"这就是叫田塍公道老的草。"(这种草种在两家的田界处,用来识别界限。犁田时如果不碰到它,那就一点旁枝也不生出来。如果犁田稍为碰到一点,旁枝就会蔓延生长,覆盖过田界,所以得到公道老的名称。)我仔细观察这种草,它的叶子像锯齿,有点似公道老,但花却不像,所以说这种草就是公道老是不正确的。草在礼部穿堂北面,办事处台阶前面的甬道西边。相传开国时就生长了,岁月一久,长成了藤本植物。现在分成两叉,枝梗分开,像老树般直立。曹地山先生称它为长春草。我担任礼部尚书时,做了木栏杆保护它。我的学生陈溪太守,当时任员外郎,按我的吩咐绘成图画。原来教化深厚,祥和的氛围滋育,即使是一草一虫,也会各自顺利生长发育成这个样子的。礼部又有连理槐,在斋戒处南边屋檐下。邹小山先生任侍郎时,曾经画成图,题过诗。现在这图画和诗,还保存在书库中。不过,这只是大小两株槐树相邻生长,树枝相互交叉缠绕,并不是真的连理。

修德治本

道家讲祈福消灾,佛家讲忏悔罪过,儒家讲修养品德来战胜妖邪。道、佛两家是治标,儒家才是治本。族祖雷阳公养了几只羊,有一只羊忽然像人一样两腿站着蹦蹦跳跳。大家认为是不祥之兆,要把这只羊杀了。雷阳公说:"羊怎会蹦跳呢,一定有依托它的人。晋国的石头会讲话,《左传》里讲得很明白。祸患已经出现时,杀羊有什么好处呢? 祸患并未出现,就是鬼神用这方法来警告我,我只有加深道德修养,怎能只去杀羊呢!"从此,一言一行,都对照圣贤的教导。后来,在顺治二年成为拔贡生,顺治五年会试中了副榜,最后做到通判,一直太平无事。

偶感异气

堂兄晓东三哥说:雍正五年会试回来,看见一个讨饭妇人,嘴巴生在脖子上,饮食却和常人一样。这是个人妖吗? 我说:"这是偶然间感受到奇怪的精气而已,并非妖怪。有人两个脚趾头连生,一手长出第六个手指,也不同于正常人,难道可以叫他为妖怪吗? 我见过有两个头的猪,有背上长一只蹄的牛。在闻家庙的祭社赛会上,我见到一个人,右手的手掌大得像畚箕,手指像锤子,但左手却很正常。平日他用右手拿笔写字画画出售。假如谈论谶纬征兆的人见了,一定说那是猪的灾祸,那是牛的灾祸,那是人的怪病了,将会预兆什么什么;还有人会说,这是某件事的报应。但是,我见到的各种异常的事物,一直毫无因果报应。所以,我对于汉代儒者的学说,最不相信的是《春秋》讲阴阳,以及《洪范五行传》;对于宋代儒者的学说,最不相信河图、洛书、《皇极经世》。"

鬼吸酒气

我考科举时的房师孙端人先生,文章渊博高雅,同时喜欢饮酒。酒醉后写文章,和清醒时写的没有什么不同。当朝的大臣都认为他是斗酒百篇的人物。他到云南任督学时,一个人在月下竹林中饮酒,隐隐约约看见有个人眼瞪瞪看着酒壶酒杯,好像也想喝的样子。孙端人知道那是鬼,但心中也不害怕,只是用手按住酒杯,说:"今天的酒不多,不能请你喝了。"这个鬼畏畏缩缩地隐没不见了。孙端人酒醒之后,感到后悔,说:"能够来讨酒喝的,一定不是平庸的鬼。肯向我讨酒喝,对待我还是不错的,怎能辜负了他来拜访的情意呢!"就买来三大碗好酒,晚上用小茶几放着,摆在竹林之中。第二天看时,酒并没有动过。孙端人感叹说:"这位仁兄不但风雅,同时也很拘谨。开个小玩笑,就一滴酒也不肯尝了。"幕僚中有人说:"鬼神只会取吸气味,哪会真喝酒呢!"孙端人先生感慨地说:"那么,饮酒就应该趁自己还没有变为鬼的时候,不要将来只能吸取酒气了!"这是先生的侄子孙渔珊,在福建学道处当幕僚的时候,对我讲的。我觉得魏晋年间贤人们的风度,好像和孙先生差不多。

见鬼诗

钱塘的俞祺(一下子想不起他的别字,仿佛叫佑申),乾隆二十八年在我的学道官署。我偶然地看到他一首题为《野泊不寐》的诗说:"芦荻荒寒野水平,四围唧唧夜虫声。长眠人亦眠难稳,独倚孤松看月明。"我说:"杜甫的诗说'巴童浑不寝,夜半有行舟',张继的诗说'姑苏城外寒山寺,夜半钟声到客船',都是从对面下笔,以半夜能够听到,写出这个人没有睡着,并非吟咏巴童的舟、寒山寺的钟。您的诗用这个方法,可说是善于师法前人,不露痕迹了。不过,杜甫、张继所写的是眼前景物,您忽然间写到鬼魂,不显得太突兀了吗?"俞祺说:"当天晚上,我确是远远地看到一个人,在月下靠着大树站着,好像读书人的样子。我想过去找他聊天,免得一个人孤独。走到还有十几步的距离,这个人竟渐渐地消失了,所以诗中这样描写。"钟忻湖开玩笑地说:"'云中鸡犬刘安过,月里笙歌炀帝归',唐代人叫它见鬼诗,还好像不很直接。像您这首诗,真不愧为见鬼诗了。"

狐鬼

霍易书老先生转述海大司农说的故事:有个书香门第的青年,在坟园里读书。坟园外面有几十户人家,都是富豪家族的守墓人。有一天,在围墙缺口处露出一个美女的半边脸孔,正想仔细看时,这美女已经躲开了。过了几天,见美女在围墙外面采野花,经常凝视围墙内,甚至爬上围墙的缺口,露出上半身。青年认为是邻居的少女在偷看,引得他心思浮动。接着又想,住在这一带的都是粗鄙的人家,不应该有这样美丽的女子,平日所见到的都是穿粗布衣裳的妇女,也不应该有打扮得这样漂亮的姑娘,心中怀疑是狐狸精或鬼。所以,虽然两人眉目传情,却没有讲过一句话。有一天晚上,青年独自站在树下,听到围墙外有两个女子窃窃私语。一个说:"你那个意中人正在月下散步,怎么不去找他?"另一个说:"他正在怀疑我是狐狸精是鬼,我何必过去让他害怕呢!"前一个又说:"青天白日之下,哪有狐鬼?这个书呆子怎么这样不懂事!"青年人听了,心中暗暗高兴,正想撩起衣服爬出去,忽然间醒悟:"她们自称不是狐鬼,其实的确是狐鬼了。世间的小人从来没有自己说自己是小人的,不但不自称小人,而且没有不痛骂小人来表明自己不是小人的。这是妖怪的骗术呀!"青年掉转头就回去了。第二天,悄悄地查访,果然这一带并没有那两个美丽女子。以后,这两个女子也再没有出现。

少华山狐精

吴林塘说,以前游历秦陇一带,听说有一个猎人,在少华山的山脚下,看见有两个人奄奄一息地躺在树下。猎人叫醒他们,还能勉强坐起来。猎人问:"你们为什么累得躺在这里?"其中一个人说:"我们都是被狐狸精迷惑的人。当初,我晚上赶路,走错了路口,到一户山民家里借宿。这户有一个很漂亮的姑娘,悄悄地和我调情。我把持不住,就和她相爱了。这件事被她父母发现,大骂一顿。我跪下求饶,才免得挨打。不久,听到她的父母反复商量,好像议论什么。第二天,居然招我为女婿。只是山上还有主人,姑娘要轮流去做工,五天上班,五天在家里。我也安下心来。过了半年,我的病越来越沉重,晚上咳嗽得不能睡觉,就起来到树林去散步。我听到那边有谈笑说话的声音,偶然走过去看看。只见有几间屋子,有一个人抱着我妻子,坐在石头上看月亮。我很愤怒,撑着病体要痛打那人一顿。那个人也很生气,说:'你这小子竟敢偷看我老婆!'也愤然而起和我打起来。幸而那个人也是有病的,我们相互拉扯,都倒在地下。那个女人却安安稳稳地坐在石头上,笑嘻嘻地说:'你们两个不要打了,我给你们讲明白吧:我实在来往于你们两个人之间,都是借口值班,让你们一次各自有五天休息,养精蓄锐,便于我采补罢了。现在我的行为已经败露了,你们的精力也已枯竭,用不着你们了。我走了!'一下子就不见了。我们两人昏昏沉沉,走不出山,又饿又累,所以躺在这里。幸好碰到你们,我们的命有救了。"另外一个人讲的,内容也相同。猎人给他们吃干粮,然后勉强能行走。叫他们带去看看原来住的地方,两人都很奇怪,说:"以前这里的墙壁是泥的,屋梁屋柱是木头的,大门和窗户都可开可关,都是实实在在的,并非虚幻的影子,现在怎么都成了土洞呢?原来院子地面平坦,干净得像洗擦过一样,现在怎么在土洞之外,坑坑洼洼的地面,连人站都站不住呢?土洞不过几尺大小,狐狸自己躲藏没问题,又怎么能容纳我们两个人呢?难道我们两个的形体也被狐狸精变化了吗?"其中一个人看见对面山崖上有几片破磁片,便说:"这是我上楼时失手跌碎的碗,现在悬崖峭壁,路都没有,当时怎能上上下下呢?"四处东张西望,走来走去,觉得迷迷糊糊,像做了一场梦。这两个人十分憎恨那个狐狸精,要求猎人上山追捕。猎人说:"意外的相逢,就成为好夫妻,世界上没有这样便宜的事。事情太便宜了,一定有不便宜的东西在里面。鱼吞食钓钩,是贪吃鱼饵的缘故;猩猩被刺流血,是贪喝酒的缘故。你们两个应该悔恨自己,又怎能憎恨狐狸精呢!"两个人才愁容满面,不说什么了。

狐媚非情

林塘又说:有个青年被狐狸精迷惑,身体一天天瘦弱下去,但狐狸精还经常来找他。后来,青年与狐狸精同房,因为已经疲惫病弱,不能做爱。狐狸精穿上衣服,就想走开。青年流着眼泪挽留,狐狸精理也不理。青年人很生气,责备狐狸精缺乏感情。狐狸精也生气地说:"我和你本来就没有夫妻的名义,只是为了采补而来。你的精血已经干竭,我还能采取到什么?为什么不走呢?这和因为别人有权势就去结交,权势衰败就离开;别人有财富就去结交,财富散尽就离开一样。当时低声下气地阿谀讨好,本来只是为权势财富,并非对那些人有感情。你对某人某人,都是当时依附他们家的,现在又为什么长久不去和他们联系了呢?却只会责备我!"狐狸精的声音十分严厉,在外面照顾青年病情的人听到了,都很为感叹。青年就转身面向里面,一句话也说不出来。

扶乩不可信

汪旭初说:有一次扶乩,乩仙自称是张紫阳。问他《悟真篇》,却不能回答,只批了"金丹大道,不敢轻传",就算了。那时,刚好有个仆人的老婆席卷了家中的财产潜逃,仆人就问乩仙:"还可以抓回来吗?"乩仙批道:"你的前生,用财物引诱别人,买了他的老婆;接着又引诱他饮酒赌博,又把财物赢回来。今世你又和这个人相遇了,诱拐你老婆,是你买人家老婆的报应;席卷你的财产,是你骗人家财产的报应。阴间已经确定的劫数,你现在去追捕也抓不到的,不如算了。"汪旭初说:"真仙人自然不讲假话。不过,这种议论一旦形成,凡是奸淫盗窃都推给过去的缘分,就不去捉拿,不就是为坏事推波助澜吗?"乩仙无法回答。有人怀疑说:"这个扶乩的人,经常和那些奸滑的流氓交游,怎么知道不会有坏人把仆人的老婆藏起来,指使扶乩的人故意作这种批语呢?"于是暗中派人侦察那个扶乩的人。傍晚,果然发现他去一条小巷中。侦察的人爬上房顶,悄悄地观看,原来下面正在聚众赌博,那个仆人的老婆打扮得漂漂亮亮的,正在旁边替他们斟酒。于是,众人报告巡逻的官兵,悄悄地包围了这所房子,这群坏人只好俯首就擒了。法律禁止师公、巫婆,因为社会渣滓常潜伏在他们中间。蓝道行曾经借迷信的法术,使严嵩垮台,评论的人不太认为有什么不对,这是憎恶严嵩的缘故。不过,杨继盛、沈束等大臣斩头流血都不能做成的事,一个方士在从容谈笑之间,就可以把严嵩置之死地,那么方士的力量也够大了。幸好他所排挤攻击的是严嵩,假使排挤清官名士,即使如韩琦、范仲淹、富弼、欧阳修,能够抵挡得了吗? 所以,扶乩的法术,士大夫偶然玩玩,唱和诗词,就像看戏一样,就可以了;假如以此来追问吉凶,正人君子要警惕其后果啊!

妖由人兴

堂叔梅庵公说:淮镇有户人家有空屋子五间,单独成为一个院子,用来贮藏杂物。儿童都到那儿玩耍,蹦跳抛掷,相当吵闹。主人把门锁上,儿童们就偷偷地跳过矮墙进去玩。于是主人用大字写一张纸贴在房屋的门上,说:"这所房子是狐仙住的,不要弄脏了!"想用这个方法吓唬孩子们。几天后,晚上听到窗外有声音说:"多谢你的邀请,今天我已经搬进了,会代你好好地看守这个院子的。"从此以后,有人进入院子,就会被砖头瓦块掷中,甚至去搬运杂物的仆人也不敢前往。后来,房子很久不修缮,竟然倒塌了,狐仙才离开。这就叫做"妖怪是由人引起的"。

老叟落水

我在沧州南边有个庄子,叫做上河涯,现在已经卖了。过去有五间叫做水明楼的房子,往下可以鸟瞰卫河,船只风帆在楼下来来往往。这和外公张雪峰老人家里的度帆楼一样，都是游赏的好地方。我祖母每年夏天都住在这里避暑，儿孙们轮流在身边侍候。有一天，我开窗向南远望，看到男男女女几十个人，陆续上了一艘渡船，船缆已解开了。忽然有一个人一拳把一个老头打落在岸边的浅水里，衣服都湿透了。老头刚坐起来，愤怒地责骂，渡船已经摇桨开航。当时卫河水涨，波浪汹涌，水流湍急。有一艘运粮船挂着两面帆，顺流而下，快得像箭似的。粮船撞上渡船，渡船碎成片片，几十个乘船的人都淹死了。只有那个老头儿侥幸活下来，于是由愤怒变成高兴，双手合十，高声念佛。我问老头要到哪儿去，他说："昨天，听说我堂弟为得二十两银子，把童养媳卖给人家做小老婆，今天就去签契约。我急忙用田地抵押借来同样的钱数，想拿去赎童养媳回来。"大家异口同声说："这一拳头是神仙所指使的。"于是赶快换了一艘渡船，送老头过河。当时我只有十岁，只听说他是赵家庄人，可惜未问姓名。这是雍正十一年的事。又听祖母说：有个沧州人，逼他的弟媳改嫁，把两个侄女卖给妓院，同乡们都很愤愤不平。有一天，他带着钱坐大船到天津贩绿豆。傍晚，船停泊在河边，他坐在船舷，在河里洗脚。忽然，西岸一艘运盐船的纤索断裂，盐船横扫过来，两艘船的船边相擦，这个人从膝盖以下，筋骨都压得粉碎如同切割，痛苦地嚎叫了几天才死去。我外公的一个仆人听到这件事，急忙回来报告，说："某某遭到这样的惨祸，真是大怪事！"外公从容地说："这件事不奇怪。如果不这样，反倒是怪事。"这是雍正二、三年间的事。

父母之心

交河县王洪绪说：高川县刘某，有住房七间，自己住中间三间；东厢房两间，因为还没有坟地，停放着亡妻的棺木；西厢房两间，是妹妹带着刘的小儿子住着。一天晚上，他听到小孩高声啼哭，却听不到妹妹的声音，怀疑妹妹在厨房没有回来，就从窗缝中看看西厢房熄灯了没有。在月光下，他看见有一道黑烟，从东厢房门下面蜿蜒飘出，到西厢房的窗户下面，盘来盘去，很久都不飘走。等到妹妹醒来，抚慰小儿子，那道黑烟才慢慢地退入东厢房里去。刘某知道，这是妻子的魂魄。从此以后，每次听到孩子啼哭的月夜，刘某都偷偷爬起来观察，见到的情形都是这样。刘某告诉了妹妹，妹妹感动得哭起来。多悲伤呀，父母的良知，死后还不忘记孩子吧？做子女的想念父母，能够这个样子吗？

请蠲免罪

我去世的老师桂林人吕闇斋先生说:他家乡有一个人当县令,到任的那一天,做梦见到自己科举考试的房师某先生,脸色憔悴,好像有深沉的忧伤。县令心情沉重地向他行礼,说:"先生死在异乡,棺木未能送回故里,是我们这些学生的过错。不过,我们一刻也没有把这事忘记。现在托您的福,我做了县令,再困难也会让先生的遗骸回乡下葬的。"原来某先生因犯罪流放而死,棺木还停放在当地的寺院中。某先生说:"很好。不过,让我的骸骨回归,不如让我的灵魂回归。你只知道我的骸骨在云南,不知道我的灵魂却被留在本地。当年我在这里当县官,有百姓试着开垦洼地荒山,我错误地按熟地上报,照章收纳赋税。当时许多人纷纷申诉,我心中也知道这些申辩是正确的,但是又怕有关官员指控我,就千方百计为自己错误辩护,使百姓的申诉无效。直到现在,新开荒田地上的赋税,仍在加重百姓负担。土地神上诉到东岳大帝,东岳大帝认为这事是我的疏忽失误,虽然没有自私的心意,但怕因此被人家检举,妨碍自己升官,那么罪行和自私自利一样。东岳大帝发出命令,把我的灵魂抓来,关在本地,等到这些不该收取的赋税免除之后,才放我的灵魂回去。现在我忍受的艰难困苦、挨饿挨冻,简直讲都不忍心讲。回想生前得到的官位俸禄,又有多少呢? 可是造下的冤孽,竟像茫茫大海,见不到岸边,真叫人心痛流泪。现在幸而你来到本地做官,假使想念我们过去的友谊,请你呼吁申请,免除新开荒田地的赋税,那我就可以重新投生,脱离做鬼的身分了。即使生前的骸骨送给虫蚁去吞噬,我也没有遗憾了。"县令检查旧档案,果然有这么回事。后来,经过婉言申请,免去新开荒田地的赋税之后,恍惚又梦见那位先生来告别,回故乡去了。

鬼亦有理

交河县的及方言说:鬼的故事大多荒诞不经,不过也有道理可以相信的。雍正十三年七月,我乘船在静海南岸停泊。当时月色朦胧,我上岸散步,看到有两个人坐在柳树下闲谈。我走了过去,他们也高兴地请我坐下。我仔细地听着,他们讲的都是阴间的事情,就怀疑这两个人是鬼,心里发慌,想要逃走。这两个人劝我说:"先生不必害怕,我们不是鬼:一个是走无常,一个是能见鬼者。"我问："你怎能看得见鬼呢?"他说："生下来就这样,我也不知道什么原因。"我又问："为什么走无常?"回答说："梦中突然被叫去做阴间的差役,也不知道什么原因。"大家一直谈到二更天,大多数都是讲因果报应的事。我就问:"阴间官吏是按照儒家的道理来判案呢? 还是按照佛家的道理来判案?"能见鬼者说:"我能够看到鬼魂,但不能同鬼魂讲话,不知道判案的事。"走无常的人说:"先生不必问这种事,只要问一问自己的良心。问心无愧,就是阴间法律中称为善事;问心有愧,就是阴间法律认为坏事。大是大非,人世和阴间的道理都是一样的,何必区分儒家和佛家呢?"这种讲法实际易懂,与巫师占卜那种讲法完全不同。

视鬼者言

同乡有个能看到鬼魂的人说:鬼魂也经常忙忙碌碌、心乱神疲,仿佛要干点什么,但是我不知道它们干些什么事;也有喜怒哀乐,但是我也不知道因为什么。大概鬼与鬼竞争,也和人与人竞争一样。不过,微弱的阴气不能抵挡旺盛的阳气,所以没有不怕人的鬼。那些不怕人的鬼,一是人占领了鬼居住的地方,刺激得鬼日夜不安,因而变出怪样子,把人驱逐出去;一是兴妖作怪,要求人们祭祀;一是强横刚烈的鬼魂,贪暴的脾气还没有消散。就像世间的流氓无赖,横行霸道,他们的鬼魂碰上阳气旺盛的人就躲避,遇到时运困顿的人才敢欺侮。另外有些冤魂恶鬼,得到神的批准,向某人报复,发泄心中的愤怒,就不在这个范围内了。人们有淫欲愿望,就有淫鬼去回应;有凶杀的愿望,就有恶鬼去回应;有怨恨的心思,就有怨鬼去回应。都是因为那些人自己找来的,更不在这个范围内了。我曾经在清明时上坟,看到出来春游的女人,那些装哕作娇的,鬼魂就跟着她们玩耍嬉笑;那些端庄稳重的,旁边一个鬼也没有。又曾经看到学宫里有几个鬼,教谕鲍先生出来的时候(先生名梓,南宫县人,担任献县的教谕,事迹记载在县志的《循史传》中)。就躲在草丛中发抖;训导某先生出来的时候,就自由自在地蹦蹦跳跳。所以,鬼敢不敢欺侮人,只是看这个人是怎么样的了。

治癃闭

侍妾的母亲沈老太太说:盐山县有个刘某,大小便不通,吃了许多药都治不好。一天晚上,他梦中听到神仙说:"把铜头煅成灰,调酒服下,大小便就通了。"刘某就问:"铜头是什么东西?"神仙说:"就是你们所说的蝼蛄呀!"刘某试着服用,病果然痊愈了。我认为这是湿热郁结在人体内,现在以湿热去攻湿热,借用药性利于攻下罢了。至于重要的器官,郁结的气不能通畅,就要寻求最根本的原因,并不是这种东西能导引的。

盲 鬼

梁铁幢副宪说:某人晚上赶路,在竹林边看到一团东西,似人非人,很笨拙地摸摸索索向前挪动。某人大声叫骂,那团东西却没有反应,知道一定是精怪,就捡起砖头瓦块扔过去。那团东西变为一阵黑烟,缩进竹林去了,还吱吱地说:"我因为过去的罪过,堕落到饿鬼道里面,又盲又聋,万分痛苦,您怎么还要追打我呢?"某人就不去过问它了。我在《滦阳消夏录》中,记载王菊庄讲的一个善于挑拨离间的女鬼变成哑巴的报应故事,现在这个鬼受到又聋又盲的报应,大概他生前聪明得过分了吧?

阴谋害己

我已去世的老师汪文端公说:有个人想谋害对立一伙中的人,想来想去,没有好计策。有个狡猾的人偷偷打听到这件事,就暗中带了毒药送给他,还说:"这种药一进肚子人就死,不过死后的样子,和病死一模一样,即使解剖验骨,也和病死没有两样。"这个人很高兴,就把献药者留下吃一顿。献药者回家,当夜就死了。原来这个人先用毒药给献药者吃,这是杀人灭口的计谋。汪文端公感叹地说:"献药者想献害人计策去讨好人,自己却先被杀害了。使用毒药的人,先杀人灭口,但要永远封住别人的口,却是做不到的。挖空心思想害人,究竟是为了什么呢?"当时,张樊川老先生也在坐,就谈到有一个专门喜爱玩弄男童的人,看上了一个官员的子弟。又没有办法弄到手,就暗中吩咐自己最喜欢的姬妾,让她派媒婆去找官员子弟,说好在别墅幽会,到时用威胁手段鸡奸他。约会的日期到了,这个人听到官员子弟已经去了别墅,就急忙赶去。路上突然跌跤,落到荷塘的木板桥下面,几乎被淹死。等到仆人大呼小叫,把这个人救出来时,官员子弟早就跑了,别墅里那个姬妾却是衣衫不整成了好事了。原来那位官员子弟清秀俊美,姬妾也很喜欢他的。后来,这个人不讲理由就把那姬妾赶了出去,手下的丫头、仆人才把这件事透露出来。玩弄阴谋的人,连鬼神也讨厌,实在是不假的呀!

朱 盏

有一位卖花的顾老太太,拿了一只旧磁器来出售。这磁器像笔洗又稍浅,四周内外以及底部都光滑;像哥窑又没有冰裂纹,中间平平的似砚台,只露出边缘的内坯,界线十分分明,没有参差不齐的地方,也不是破裂剥落的。我不知这是什么器皿,觉得没有用处,就还给她了。后来,看到《广异志》上记载嵇胡看见石室道士书桌上有朱笔和杯子的事,《乾腝子》上记何元让看到天狐有朱盏笔砚的事,还有《逸史》记载叶法善拿着朱钵画符的事,才醒悟到唐代以前没有朱砚台,校勘典籍文书,就在杯盏中研磨朱汁,要用大笔沾点朱汁时,朱汁贮放在钵子内。这种杯盏比较小,口子敞开,以便于搋笔;钵子比较大,口子也稍稍收敛,以便贮存更多的朱汁。顾老太太要出售的,原来就是朱盏,以前的鉴赏家还没有见过。我马上把顾老太太叫来,问她:“那只杯盏卖到什么地方去了?”她说:“原是我用三十个小钱买来的,那卖的人说是在水井中挖出来的。因为您认为这东西无用,我就以二十个小钱的价格卖给杂货摊了。到现在已将近一年,不知道已流落到什么地方去了。”我十分可惜。世间常常用高价买假货,现在真正的古董,却往往被抛弃。我还不算不懂事物的人,还会失之交臂,那么,藏有宝物而不识货的人,还数得过来吗!(后来我又获得一只朱盏,样子和这个一样,被陈望之巡抚拿了。才知道这类物品在世间还有不少,只是人们不认识罢了。)

鬼言正理

我去世的老师介野园先生说:他亲戚中有个不怕鬼的人,听到有闹鬼怪的房子,就去住宿。有人说,西山某个寺院的后阁楼,经常出现妖怪。这一年他正好参加乡试,就租了那个地方居住。每天夜里,他都看到有奇形怪状的东西,围着书桌睡床团团转。这个人若无其事地住着,怪物也不能害他。一个月明之夜,他推开窗子观看,看到有个美女站在树下,就笑着说:“吓不了我,就来迷惑我么? 你是什么妖怪,走到前面来!”美女也笑着说:“你当然不认识我。我是你的姑奶奶,死后葬在这座山上。听说你天天与鬼争斗,你读了十几年书,只想换来一个不怕鬼的名声吗?还是也想中举人进士,为祖宗争光,光大门庭呢?现在,你每天夜里和鬼斗,白天疲劳得睡大觉,考试日子临近了,学业荒废,难道你父母让你带着食物到山上读书的本意仅仅是这样吗?我虽然在黄泉之下,对娘家却不能无情无义,所以严正地警告你。你再想想吧!"说罢,就不见了。这个人心里想,她所讲的有道理,于是就收拾行李回家去。回到家中,详细地向父母询问,并没有这个姑奶奶。这个人很后悔,跺着脚说:"我竟然被狡猾的鬼暗算了!"于是想再上山去。他的朋友劝他说:"鬼不敢和你斗力,就改变形状,用好话来解决争斗,鬼已经怕了你,你何必穷追不舍呢!"这个人听了朋友的劝告,就不上山了。这位朋友可说是善于调解纠纷的。不过,鬼所讲的是严正的道理,严正的道理不能制止这个人,巧妙的说法却能制止他,从这里可以领悟缓和消解血气之争的道理。

卖蟒致祸

前面所记的内阁学士札大人祖坟有大蟒蛇的故事,是根据左都御史舒穆噜公的叙述。壬子年三月初十日,户部侍郎蒋戟门邀请我去看桃花,刚好和札大人坐在一起,就请教这件事,知道舒穆噜公的叙述不假。札大人又说:"还有一个故事,舒穆噜公却不知道。守墓人的妻子刘老太,经常同这条大蟒一起睡觉,大蟒盘在她的床上,挤得满满的。大蟒一来,一定要喂它饮白酒。把白酒倒进大碗里,大蟒抬头一吸,酒就低下去几分,剩下的酒就淡得像水一样了。它附在刘老太身上给人治病,也常常灵验。有一天,有人想买这条大蟒,给了刘老太八千铜钱,趁大蟒饮醉时,把它运走了。大蟒被运走后,刘老太忽然发了狂,口里说:'我对你不错,你竟然卖我,我一定要夺了你的魂魄!'还不停地敲打自己。刘老太的弟弟跑来告诉我。我亲自前去察看,也没有什么办法。过了几个时辰,老太婆就死了。妖怪附到女巫身上的事是常有的;冒犯了妖怪而招来祸患的事,也是常有的。只有为了钱财出卖妖怪的事,就比较奇特了。还有人愿意出钱去买妖怪,更是奇中之奇。这条大蟒现在还活着,就在西直门外,当地人叫做红果园的地方。"

养瞽院

育婴堂、养济院,到处都有。只有沧州有一所抚养盲人的机构,而且不是官办的。盲人刘君瑞说:"从前有个姓陈的候补官员,经过沧州,旅费用光了,又没有地方借钱,走投无路,要想投水自尽。有个盲人可怜他,全力帮助,使他能继续行程。这个候补官员到京后,居然获得官职,一直做到州的行政长官。他念念不忘那个盲人,就自己拿出几百两银子,要去报答当年救助他的那个盲人。可是,找来找去,偏偏找不到那个盲人,而且连他的姓名也没有人知道。于是,这个陈姓官员就捐出钱财,建立了这个收养院,用来收养盲人。那个盲人和这位官员,都可称为古道热肠的人了。"刘君瑞又说:"盲人们留出一间房子,早晚上香,拜祀陈姓官员。"我说,陈先生的旁边,也应该给那个盲人立个牌位。刘君瑞吞吞吐吐地说:"盲人怎能和官员平起平坐呢?"我说:"如果因为姓陈的是官员而祭祀他,那么盲人当然不能与他平起平坐。如果因为义举去祭祀他,那么盲人和官员的义举是一样的,为什么不能同坐呢!"这件事发生在康熙年间,刘君瑞是在乾隆二十、二十一年之间告诉我的,还能讲出有谁住在养盲院里。现在过去三十多年了,不知这所养盲院是否还在。

不负心

明末战乱,我的曾伯祖父镇番公刚十一岁,被乱兵抓到临清。到了临清,遇到家中过去的佣工李守敬,用独轮车把他送回家。一路上山野崎岖,兵荒马乱,多次发生危险,李守敬始终不抛弃镇番公,自己逃走。当时,宋老太夫人还在世,送了些银钱给李守敬,作为报酬。李守敬先行礼表示感谢,然后把银钱放在桌上,说:"旧主人流离失所,我于心不忍,难道我是为了赏赐才来的吗!"说罢,他流下眼泪,行礼告别,从此不再来了。李守敬性格耿直,仆人中有人做奸诈的事情,他就大声责骂,所以他是被仆人们排挤离开的。可是在患难的时刻,他却能如此不负心。

先 兆

有些事会有先兆,也不知道什么原因。仿佛太阳快要出来时朝霞明亮,雨快要下来时柱基石潮湿一样。我从四岁到现在,没有一天离开过笔砚。壬子年三月初二日,我在衙门值班,偶然间同众人开玩笑说:"当年陶渊明给自己写过挽歌,我现在也给自己作了一副挽联:'浮沉宦海如鸥鸟,生死书丛似蠹鱼。'等我死了之后,各位写这副对联来吊我就够了。"参知政事刘石庵说:"上联和您不相符,假如用来吊陆耳山,才比较恰当。"过了三天,陆耳山的讣告就到了,这不是预先的征兆吗!

鬼揶揄

申苍岭先生说:有个秀才在别墅读书,墙外有座荒废的坟,也不知埋的是什么人。管别墅的人说,晚上有时听到吟诗的声音。这秀才悄悄地听了几个晚上,什么也没听到。一天晚上,忽然听到吟诗声,急忙拿酒前去浇在坟上,说:"在阴间还不停地吟诗,一定是诗人。阴阳虽然间隔,但读书人的气质是没有两样的,愿不愿意出来谈谈呢?"一会儿,有个人影从树荫下慢慢出现,忽然掉转头就走。秀才很有礼貌地再三邀请,远远地听到树荫下的人影说:"很感谢你的赏识,我也不能因为自己是鬼魂就多疑了。我正想和你谈谈,解除我一百年来的孤独寂寞。等到远远看见你的风度神采,衣服华贵精美,潇洒之中有富贵人家的样子,和我这些布衣普通人,并非同一类人。每个人有自己的志趣,我不敢和你亲近,只有请你体谅了。"秀才只好惆怅地回去了,从此吟诗的声音再也听不到了。我说:"这是先生您玩世不恭的寓言故事罢了。鬼的话,先生既没有亲自听到,旁边又没有别人听到,难道这个秀才被鬼嘲笑,还肯自己说出来吗?"申苍岭先生摸着胡子笑道:"春秋时钼麑撞槐树自杀时说的话,卫侯梦中浑良夫的喊叫,谁在旁边听说到了呢?你怎么只是诘难我这个老头子啊!"

僧歼山魈

举人邱二田说:永春县山里有座荒废的寺院,现在那里已是一片焦土。相传当初有僧人居住,僧人会念咒法术。僧人的徒弟有时晚上发现山魈,就请求僧人制服。僧人说:"人是人,妖怪是妖怪,各不相犯。人在白天活动,妖怪在晚上活动,不会互相伤害的。世界上万物并生,各自有安身的地方。妖怪不禁止人白天活动,难道人要禁止妖怪晚上活动吗?"时间长了,妖怪就白天来侵扰人,寺院不得安宁,僧人才开始施展符咒法术。而妖怪势力已经壮大,党羽也多了,竟然制伏不了。僧人很气愤,出门云游,请了善于降妖的人一起回寺院。在寺院中设神坛,烧纸钱,请神灵,雷电大火从天而降,妖怪消灭了,寺院也烧光了。僧人自己敲打胸膛说:"这是我的罪过呀!开始时我的符咒法完全可以制伏妖怪,偏偏不去制服。等到我的道行制伏不了妖怪时,却要去制服它。为博取长于教化的虚名,最后却溃败到这个地步。养毒疮而留祸患,说的就是我呀!"

飞车刘八

飞车刘八,是侄孙树珊的车夫。他驾车尽量发挥马鞭的威力,尽量加大车的速度,遇到同路的马车,非要超越到前面才作罢,所以得到飞车的名声。他不管驾车的马强壮还是瘦弱,不管马是饱还是饿,也不管马是死还是生。他曾到几个主人家驾车,被他累死的马很多。有一天,他驾车载树珊去其他子侄家,空车返回。半路上,马匹突然惊奔,刘八被车轮撞着,仆倒在路当中。他的伤势虽不重,但却昏迷不醒。被人抬回家,早就断气了。好胜的人一定自食其果,不仁义的人也一定自食其果。东野稷以善于驾驭马名扬全国,可是用尽了马的力气,马也终于垮了下来。何况这个车夫呢!这是自己伤害自己的性命,并不是不幸的意外事件啊!

人 字 汪

我家已故的祖父,做过光禄寺卿,有所庄园在沧州卫河东岸。因为地面常有积水,水分左右两边斜伸出去,像人字的样子,所以叫做人字汪。后来,土语变音,把"人字"读为"银子",又把"汪"字改为"洼",用唇音轻读,声音近似"娃",这就更加失真了。该地土质贫瘠,百姓穷苦,一天天荒凉破落。庄子南面八里是狼儿口。(土语把"狼儿"两个字合起来用唇音读,音近"辣",平声。)光禄公说:"人对狼口,这地方合该不繁荣了。"于是,就把庄园的大门改为朝北开。正北五里外有个地方叫木沽口。(沽字,土音在果、戈之间。)自从改动大门之后,人字汪逐渐富裕肥沃起来,而木沽口渐渐破落了。这是地气转移呢,还是占卜推算的说法当真存在呢?

积 柴

人字汪的晒场上有一堆多年积聚的柴草(土语叫做垛),当地人说柴堆里面有灵验的妖怪,冒犯了它会有灾祸。有人生病,到柴堆祈祷,有时也灵验。人们都不敢取柴堆上的一枝一叶。雍正三年大饥荒,光禄公捐助六千石粮食,煮粥来赈荒。有一天,柴草不够用,想用这柴堆的柴草,却没有人敢动手。光禄公亲自前往禀告神灵说:"你既然有灵验,一定能通情达理。现在,几千人空着肚子等死,你难道没有恻隐之心吗? 我准备把你迁移去看守粮仓,把这柴堆用来煮粥,救活那些饥饿的人,大概你不会拒绝吧?"禀告之后,指挥众人拉取柴草,一点奇异变化也没有。柴草搬光,现出一条秃尾巴的巨蛇,蟠着一动也不动。大家就用大畚箕,把巨蛇抬到粮仓里,一下子就不见了。从此以后,也没有什么灵验。不过,至今六七十年,没有人敢进粮仓偷粮,因为有过叫巨蛇守粮仓的约定。最毒的东西,也不能不被道理所制服,妖怪不能战胜德行,就是指这种事情了。

天偿孝心

族侄孙树宝说:韩店有个史某,极其贫困。父亲死时,家里只剩下一件青布袍子,史某准备给父亲穿上。他的母亲说:"家里好久揭不开锅了,拿这件衣服换钱买米,还能维持一个多月的活命,为什么丢在坟墓里呢?"史某不忍心,终于还是给父亲穿了入葬。这件事人们大多知道。碰巧有人丢失了银手镯,遍寻不见,史某忽然在粪土中拾到。众人都说:"这是上天赔偿你的衣服,表扬你的孝心哩。"丢失手镯的人用六千钱向他买回,刚好等于那件衣服的价格。这是近来的事。有人说:"这是偶然的。"我说:"如果以为这是偶然,那么王祥卧冰得鱼、孟宗哭竹生笋也是偶然的了! 天地间的灵验变化,常通过一件事显示迹象,你哪里知道呢?"

沉沦之鬼

景州李晴嶙说:有个刘秀才,在一座古寺中教儿童读书。一天晚上,他在朦胧的月色之下,听到窗外有窸窣的声响。刘秀才从窗缝中偷看,墙头缺口处仿佛有两个人影,急忙大叫有强盗。忽然,听到墙外有声音说:"我们不是强盗,是有事请求您呀!"刘秀才惊讶地问:"求什么?"只听得说:"我们因为过去的冤业,堕落饿鬼道里面,已经快要一百年了。每次听到僧人厨房煮饭,我们肚子就饿得像火烧似的。悄悄地观察,发现您仿佛心肠很仁慈,您有剩菜剩饭,能否倒一些给我们呢?"刘秀才说:"佛教念经忏悔,完全可以挽救阴间的人,你们为什么不去请求寺院的僧人超度呢?"那声音说:"鬼魂碰上超度,也是有自己的前因的。我们过去活在人世时,热衷追求官职,哪个势力大就依附哪个,等他的势力破败了,我们掉头就离开,像从不认识一样。我们得志的时候,根本没有去周济穷困、解救危难,结下善因;今天失势败落,又怎能遇到超度的善缘呢!幸而我们所索的财物很多,也不很吝啬,对孤寒的亲戚朋友,还能略有照顾。所以,有时还能得到他们的怜悯,获得一些祭奠。不然的话,就像目连的母亲关在大地狱中,食物到嘴边,都变成烈火,即使是佛的法力,也无可奈何了。"刘秀才听了,感到值得同情可怜,就答应鬼的要求。鬼很感动,痛哭流涕地离开了。从此,刘秀才每次把残羹剩酒泼到墙外面,他仿佛有轻微散乱的声响,但是看不见形象,也听不见说话。过了一年多,晚上听到墙外大声说:"长期来多谢您恩赐,现在来向您告别了。"刘秀才问:"到哪里去?"鬼回答说:"我们两个没有办法脱离饿鬼道,只有想做点善事,以求自己能超度。这个树林里野鸟很多,有人来射击它们时,我们先去惊动,使鸟儿高高飞去;有人要用网捕鸟时,我们先去赶走鸟儿,不让它们投入网中。因为这一点善良的愿望,感动了神明,现在已获准轮回投生了。"刘秀才曾以这件事告诫人们,说:"沉沦的鬼,他还有力量可以周济生物,人为什么会推辞不肯去做呢?"

杀　虎

族兄中涵任旌德知县时,靠近县城的地方有老虎,咬伤了几名猎手,无法捕捉。这县的人们请求说:除非聘请专门打猎的徽州唐家,否则不能消除虎患。(休宁县戴东原说:"明代有个姓唐的人,刚结婚就被老虎吃了。后来他的妻子生下一个儿子,祈祷说:'你如果不能杀死老虎,就不是我的儿子。后代子孙如果不能杀死老虎,也都不是我的子孙!'所以唐家世世代代都会捕杀老虎。")于是派属吏带着银钱前去聘请。属吏回来报告,唐家选派两位武艺最高强的,马上就要来了。等到唐家两个人来到,原来一个是老头子,胡子头发雪白,还经常咯咯地咳嗽;一个是十六七岁的少年。中涵感到很失望,勉强命令手下给这两个猎手准备酒饭。老头子觉察中涵不满意,就行礼报告说:"听说这只老虎在离城不到五里的地方,不如先去捕杀,回来再赏饭也不迟。"中涵就派差役带这两个人去。差役走到山谷入口,不敢再走。老头子轻蔑地笑着说:"有我在这里,你还害怕吗?"进入山谷一半时,老头子回头对少年说:"这只畜生好像还在睡觉,你来喊醒它。"少年就模仿老虎的啸声。老虎果然从树林里冲出,直向老头子扑去。老头子手拿一把短柄的斧头,长八九寸,阔只有四五寸,高举手臂,直挺挺地站着。老虎扑过来,老头子把头一歪,让老虎越过。老虎从老头子的头顶飞跃而过,就流血滚地死去了。仔细一看,老虎从下巴至尾骨,都擦着斧头而过,全身开裂两半了。于是,中涵就重赏两个猎人,送他们回去。老头子说,臂力练了十年,眼力练了十年。他的眼睛,练到用毛扫帚扫也不会眨眼;他的手臂,即使强壮汉子抓住,把身子吊在手臂上,也不会动一动。《庄子》说:"训练能折伏神奇,取巧的人不敢经过素有训练者的门口。"这是可信的。我曾经见过史嗣彪舍人,他可以在黑暗中提笔写条幅,写出的条幅,和在灯光下写的完全一样。又听说静海的励文恪公,剪一百张一寸正方的纸片,每片都写上一个相同的字,把这些纸片叠在一起,向太阳透视观察,每张纸片的字没有一笔一画有丝毫相差。这些都是练习勤奋而已,并不是另有什么巧妙的作伪。

谨饬之狐

李庆子说:山东有个百姓的家里,有狐狸精住着,已经几代了。但从来没有看到狐狸精的形状,也听不到它的声音。有时夜里有火灾或者盗贼,狐狸精就敲打窗户,让主人知道情况。房屋有漏雨、有损坏,会有银子凭空落在桌子上,主人就去修缮房屋。事后计算费用,所给的银子总是多出费用的二成,好像是付给主人的酬劳。逢年过节,狐狸精一定会送些小礼品放在窗外。主人有时送食物答谢,放在它的窗户下面,一下子就不见了。狐狸精从来不出来作弄人,儿童有时反而去作弄它,把砖头瓦片掷到窗子里,那砖头瓦片仍然会从窗子里抛出来。有些孩子想看看狐狸精把砖头瓦片抛出来的样子,就不断把砖头瓦片扔进去,里面也不断地抛出来,却始终不生气。有一天,忽然听到屋檐之间有声音说:"你们虽然是务农的家庭,但子孙孝顺、兄弟友爱,婆媳妯娌都温柔和顺,常常受到善神的庇护,所以我长久地住在你们家,躲避雷劫。现在大劫已经过去了,非常感谢主人。我去了!"从此狐狸精就不见了。从来狐狸精住在人家里,没有这样谨慎的,大概它也体会到老子和光同尘的意思吧!因为谨慎,终于保存了自己,避免了被符咒法术制服的祸患,这种见识也是高人一等了。

枕 中 蜂

堂侄虞惇,是堂兄懋园的儿子。壬子年三月,他跟着我校勘文渊阁的书籍,一起住在海淀的槐西老屋(这是我女婿袁煦的别墅,我修缮之后,作为轮流值班时休息的地方)。虞惇说,懋园有一只朱漆藤枕,是在崔庄祭祀土地神的庙会上买来的,已经有些年头了。有一年夏天,懋园每次用这枕头,都有嗡嗡声响,以为是自己劳累引发耳鸣。十多天后,声音渐渐响亮,好像有昆虫飞动拍翼的样子。又过了一个多月,声音响到外面来,不需要靠着枕头就能听到。懋园觉得很奇怪,就把藤枕割开看看,原来是一只细腰蜂,拍着翅翼飞出去了。藤枕四周连针眼大的缝隙也没有,蜂怎能在枕内产卵呢?如果枕头在没有油漆时就被蜂产过卵,怎么经过几年才孵成小蜂?有人说:"这是自然界化生的。"但是,蜂从蛹里生成,并不是自然界随便生成的。即使真是自然界生成的,为什么不在其他地方生成,偏偏在枕头里生成呢?何以其他枕头中不生成,偏偏在这只枕头中生成呢?枕头里没有食物,没有饮水,为什么过了两个多月,这只蜂还活着呢?假如不破开枕头,让蜂飞出,这蜂就不会死吗?这些道理,真的是弄不清楚了。

老翁远行

虞惇又说:掖县的知州林禹门,是他的老师。据林禹门说,他祖父八十多岁了,已经糊涂到认不得人,也不能走路,不过还挺能吃。只是一个人呆呆地坐在房间里时,感到闷闷不乐,很不舒服。子孙们经常用椅子把老祖父抬到门外看野景,作为消遣。有一天,老头子叫侍候他的人进门去拿东西,他一个人坐在门外等着。侍候的人再出大门时,老头子连椅子都不见踪影了。全家伤心惊慌,不知道怎么办才好。家里人带着干粮到处寻访,也没有踪迹。恰好有个朋友从劳山来,路上碰到林禹门,远远地喊道:"你不是寻找你祖父吗?现在他在劳山某寺院里,平安无事。"林禹门立刻骑马去劳山寻找,见老祖父果然在那里。劳山距离掖县几百里,寺院的僧人也不知道这老人是怎么来的。老祖父只觉得有两个人抬着他飞行,也不知他们是什么人。这件事虽然很奇怪,却又不奇怪,不过是山魈、狐精、鬼魅捉弄老人,作为一种游戏而已。

气 先 衰

举人戈廷模,字式之,是前辈芥舟先生的长子。他生来聪明灵巧,作诗写字都有他父亲的风格。对于长辈,戈式之独把我当作老师来敬重,我也期待他有远大前程。不料他到四十多岁,才当上一个学官。后来得了神经病,时发时止,竟然过早地去世了。我很为他难过。一次偶然的机会,我对侄孙树珏讲起。树珏说,戈式之死前,读书到半夜,偶然就眼前的景物,得出一句诗:"秋入幽窗灯黯淡。"又想凑一个对句,还没有想好,突然有个朋友揭起帘子走进门来,他就请朋友坐下聊天。戈式之告诉朋友有这样一句诗句,朋友说:"怎么不对'魂归故里月凄清'呢?"戈式之惊讶地说:"您怎么讲出像鬼的诗句呢?"一下子这个朋友就不见了,这才醒悟到朋友已不是生人。原来人的衰气出现时,鬼感应到衰气才来相会。因此,戈式之不久就去世了。这件事和《灵怪集》记载曹唐的《江陵佛寺》诗里"水底有天春漠漠"一联相类似。

斗 鬼

曹慕堂宗丞说:有一个人赶夜路,遇到鬼,就尽力同鬼争斗。不一会,一大群鬼拥过来,有的抛掷沙石,有的拉手拖脚。这个人左挡右防,处处挨打,跌倒爬起几次。这人愈加愤怒,拼死斗争不停。忽然山坡上有个老和尚举着灯笼喊道:"施主不要再打了。这里是鬼的老窝,施主虽然很勇猛,已经陷入重围了。客人和主人形势不同,人数多寡又不对等,用你一个人的勇猛,去对付这些鬼无穷的变化,即使有古代勇士孟贲、夏育的能力,也没有取胜的希望,何况你还不及孟贲、夏育呢!知难而退,才是豪杰。你为什么不暂时忍耐一下,跟老衲去荒凉寺院中住一个晚上呢?"这个人顿时醒悟,奋力脱身,跟着老和尚的灯光而走。鬼群渐渐地落后了,老和尚也不知去向。这人坐下休息,到早晨才找到路回家。这个老和尚不知是人是鬼,但可称为识时务的了。

怪 鸟

海淀有人捕获一只巨鸟,形状像苍鹅,但嘴又长又尖,眼睛突出,眼神很凶恶可怕。这巨鸟既非秃鹙又非老鹳,既非鹁鸟又非鸬鹚,不知道叫什么,也没有人敢购买。当时,金海住先生刚好在澄怀园值班住宿,就买来煮吃,味道不很好。刚吃了一两块肉,就觉得胸部横隔膜之间冷如冰雪,坚硬如铁石。喝酒下去,胸腹之间也没有暖气。生了几天病,才痊愈。有人说:"张读的《宣室志》记载,世俗传说人死后几天,一定有鸟从棺材里飞出,名字叫做'杀'。有个郑秀才,在隰川郊外陪县官打猎,用网捕得一只巨鸟。这巨鸟长着青苍的羽毛,有五尺多高。解开绳网再看,一下子就不见了。当地乡下人说有个人死了几天了,占卜的人讲过,这天'杀'应当走的。死者的家人等着观看,果然有一只青苍色的巨鸟从棺材里飞出来。还有《原化记》记载,韦滂在别人家里住宿时,射下一只'杀'鬼,煮熟来食,味道十分甘美。先生所食的巨鸟,可能就是'杀'鬼变成,所以阴冷的气凝结得这样厉害吧?"倪余疆当时曾一起值班,听到这种议论,就笑着说:"这又是一个钟馗了!"

李 秀

从黄村到丰宜门(百姓叫做南西门),共四十里。此地是泉水流沟的源头,河汉水沟交错如网,雨后积水,泥涂污秽,常常妨碍车马通行。有个叫李秀的人,驾着空车从固安回来。途中看见一个十五六岁的少年人,清秀苗条,像个漂亮女子,正艰难地在泥路上跋涉,显出很疲倦的样子。这时,太阳将要下山,少年看到李秀经过,就露出想搭车的神态,又羞于启齿。李秀为人轻薄,有意挑逗少年说话,请他搭车。少年忸忸怩怩地上了车。路上,李秀买水果糕饼给少年吃,少年也不很拒绝。两人渐渐亲切起来,有时还开开玩笑。少年只是红着脸微笑。车行几里以后,李秀看到少年的外貌好像老成了,还不在意。又行走了十几里,暮色昏暗,少年的面目好像也渐渐改变。马车快到南苑的西门时,少年已变成阔额高颧、满脸胡子的人了。李秀很惊讶,以为自己眼花,不敢去问那少年。等到了旅店门口下车时,少年已经变成一个头发胡须雪白的老头子了。他和李秀握手告别,说:"多承您的爱护,十分感动。只是我已年老貌衰,今夜不能和您同床睡觉了,辜负了你的盛情,真是惭愧!"笑了笑就走了,始终不知道是什么妖怪。李秀的表弟是我的厨工,曾亲耳听李秀说的。李秀后悔年轻时没有规矩,招致了狐鬼的侮辱。

杨 生

文安县王岳芳说:有位杨秀才,面貌清秀漂亮。他担心被坏人调戏,就练成了一身武功,到十六七岁时,已经可以力敌数十人。恰逢他到通州参加科举考试,就临时住在京城。一次,他独自去陶然亭游玩,碰到两个人,硬要请他进酒楼喝酒。杨秀才心里明白,这两个人不怀好意,姑且和他们又饮又吃,而且专门点好菜来吃。这两个人很高兴,趁机把杨秀才引诱到一间荒废的寺院里,一左一右挟住,让他坐下,又猛然把杨秀才抱在怀里。杨秀才一手按住一个,把他们一起摔在地下,用脚踏住他们的背部,把他们的裤带解下来,反绑双手,再拔出刀来顶住他们的颈部,说:"敢动一下,就杀了你们!"又把这两个人的裤子脱光,鸡奸了一番。杨秀才还数落他们说:"你们年纪近三十岁了,还有什么值得亲热呢!只是你们玷污别人太多了,我要为被你们侮辱的弱小者报仇!"最后才慢慢解开绑缚他们的带子,撒手就走了。后来,杨秀才和王岳芳同路,在途中见到一个人,就对这个人笑笑。这个人连忙双手掩面,狼狈逃窜。于是,杨秀才对王岳芳讲了这件事。王岳芳说:"杀人偿命,劫财还财,是法律规定,这是应当赔偿的。只有奸淫别人,另外有判罪的法律,没有让奸污人的反过来受奸淫的法律,这是不应当赔偿的。你的行为,可以算是痛快,却不能算是合理。"

鸡卵夜光

侄孙树楏说:南村有个举人戈仲坊,到遵祖庄(土语叫榛子庄,"遵"成"榛"是叠韵的变化,"祖"成"子"是双声的转换。相近地方又有念祖桥,现在也变音为验左。)参加曹家的葬礼。他听说曹家邻居的鸡生一只蛋,到夜晚会发光,就和几位宾客一起去参观。当时已是黄昏,在灯下观察这只蛋,和一般鸡蛋没有不同。拿走灯火后,果然发出荧荧的光芒,在鸡蛋周围围成一圈,仿佛盘子盂钵一般。把它放在房间的一角,站在门外观看,就见光芒把整个房间都照得像白天一样明亮。有个客人说:"这只鸡恐怕是受了蛟龙的孕,所以生下这样奇怪的蛋。只怕以后小鸡破壳而出,对主人有不吉利的事。"仲坊第二天就回家了,不知道最后有什么事情发生。根据木华的《海赋》说:"向阳的冰块不融化,阴火会深深地保存着。"原来阳气潜伏在积累阴气之中,蕴藏容纳到饱和的程度,就要爆发出来。《岭南异物志》说海里产生的鱼虾,放在暗处会发光。《岭表录异》也说有一种黄蜡鱼头,夜晚能发光,像一只灯笼,它的肉也是一片片会发光。水里的产物,和水的性质相同。一定要是海水才会有火,一定是海中各种海产品才会发光。水积聚的地方,也是阴气积聚之处,所以河流不能够包容阳气,只有海才能包容。至于暑天野草腐烂产生了萤火虫,因为阴云堆积就下雨,阳气蒸腾就化育昆虫。塞外的夜光木,因为有冰山雪峰的阳气聚集依附在树木上。萤火虫很快死亡,夜光木移栽到盆缸中,过一两年也不会发光了。离开潜伏隐蔽的地方,阳气得到伸展,也就渐渐消散了。只是鸡蛋夜里发光的道理,还是不清楚。蛟龙使鸡受孕的说法,也不一定对。段成式的《酉阳杂俎》说到岭南有一种毒菌,晚上能发光,毒死人的速度最快。这是瘴疠之气所聚集,因为温热气候引发为明亮的火焰。这只鸡蛋或者是灾害不祥之气偶然地聚集在鸡身上所致,或者是鸡吃的有毒昆虫太多,长期来毒素郁结在蛋上,就像毒菌有光的一样,也不是不可能的。

杀蛇当茶

堂侄虞惇说,他从任丘刘宗万那里听说,有个旗人到任丘催租,碰上村子里老百姓演戏,就看到二更散场才回家。回来的路上,他酒后口渴,看见大树边有一家茶店,就把马系在树上,进入店里。店主出来说,炉火已经灭了,只有冷茶而已。店主进室内很久,才捧出半杯茶,颜色鲜红,又粘又厚,微微有点腥气。旗人喝光之后,请店主再来一些。店主说:"茶壶里的茶已经没有了,我再去找找有没有饮剩的茶。您必须坐在这里等候,切勿偷看呀!"过了很久,还不见店主出来,他就悄悄地从门缝中偷看,却看见屋里吊着一个裸体女人,店主破开女人的肚子,用木棍撑开,手拿茶杯去刮肚子里的血。旗人又惊又怕,连忙退出茶店,跨上马急急逃跑,耳边不断听到后面店主追赶讨茶钱的声音。等到旗人跑到住处,已经昏迷倒在地下了。住处的主人听到马跑的声音,出来看望,才把旗人扶了进去。第二天,旗人才苏醒过来,把事情经过讲了。大家一齐去那地方探视,到系马的地方,只是一片荒地,几棵老树,荒坟一座接一座。在荆棘丛上面还挂着一条蛇,蛇的中段肚子裂开,横支着一根草茎。这件事和裴铏《传奇》记载卢涵遇到盟器丫头杀蛇当酒的故事相似。不过,丫头挽留宾客,用意在于希望结成夫妇。这里的鬼卖茶,为了什么呢?鬼所需要的是纸钱,又向人讨银钱干什么呢?

牛　惊

田香谷说:景河镇西南有个小村子,有居民三四十家。有个邹某,半夜听到狗吠,披着衣服出门去看看。淡淡的月色下,他看见有个巨人坐在屋顶上,吓得大声呼叫。邻居们都出来探问。再仔细观察,原来是他养的一头牛。仰着头在屋顶蹲着,但不知道这头牛怎能爬到屋顶上去的。大家七嘴八舌,男男女女都出来看这件怪事。忽然,有一户人家起了火,风大火猛,把全村几乎都烧光了。这才明白,这头牛在作怪,它蹲上屋顶,是预兆火灾。姚安公说:"当时正是收割季节,豆秸稻草,一堆堆放在高粱秆篱笆和茅草屋中间,成片相连。务农人家劳动艰苦,半夜里家家都睡得很熟。突然遭到火灾,全村就没有活过来的人了。上天有仁爱的心怀,用这头牛来使全村人梦中惊醒,怎能反而认为是妖怪呢!"

椒　树

同乡某举人在没中科举以前,生活困难,行为随便,经常留连妓院。不过,妓女们对他很冷淡。只有一位叫做椒树的妓女(这个妓女已不知姓名,这个名字是妓院里的人给她起的绰号),对他很欣赏,说:"这位先生怎会永远贫贱下去呢!"经常请他饮酒,和他亲热,还用自己得到的钱供他读书。等到他去应考,椒树又花钱替他准备行装,而且给他家庭提供生活费。这位举人很感动,握住椒树的手臂发誓说:"倘若我考中做官,一定娶你为妻。"椒树谢绝了,说:"我看重你,是因为我们的姐妹只认识有钱的人,我想让大家知道,在妓女当中,还有明眼人呀。至于成夫妻的誓约,就不是我想听到的了。我的性格风流,一定不能做个良家妇女。如果成了您的妻子,仍然风流放荡,您怎能忍受得了呢?如果让我关在房子里,仿佛坐牢一般,我又怎能忍受得了呢?与其开始时男欢女爱,到后来夫妻分离,还不如各自留下无穷无尽的情意,作为永久的相思吧!"后来,举人当了县令,多次来请椒树,她都不肯去。后来,椒树年纪大了,妓院中的生意也一天比一天冷清,她也从来不去举人的县衙门。她也可称为奇女子了。假使韩信能够体会这层意思,怎会有"鸟尽弓藏"的遗憾呢!

旅 舍 诗

胶州有个法南野,流落在京城,穷困潦倒。有一天,他在李符千御史的宴席上,说起曾经在泺口旅店看到两首诗。第一首说:"流落江湖十四春,徐娘半老尚风尘。西楼一枕鸳鸯梦,明月窥窗也笑人。"第二首说:"含情不忍诉琵琶,几度低头掠鬓鸦。多谢西川贵公子,肯持红烛赏残花。"没有写上年月姓名,不知道是谁作的。我说:"这是您自己寄托坎坷的遭遇而已。不过,五十六个字,完全可以顶一篇《琵琶行》了!"

魂依于墓

益都的李文渊秀才,是南涧的弟弟,和南涧一样喜好古物,但见识的广博和议论的精到,超过南涧。不幸年纪轻轻就死了,南涧请我写一篇墓志。我在匆忙之间,没有写成,而且连文渊的事迹行状都丢失了,到现在还感到遗憾。以前有一天,在我的生云精舍中讨论古代礼仪,李秀才就谈到听来的一件事:博山有位书生,晚上在树林中经过,看到松树下坐着一位官员,叫他过去说话。仔细一看,这官员是去世的表丈某人。没有办法,书生只好上前行礼。官员详细地询问书生家里的情况,书生就问:"自古以来,人家都说人死后遗骸埋在郊野,灵魂依附在家庙的神主牌位上。表丈本来有家祠,怎么会在这里呢?"官员说:"这是人们拘泥于自古不去坟墓祭祀的说法而已。家庙家祠是祭祀的地方,主要祭祀神主牌位。灵魂的降临,是以祠庙神主作为依附的。如果灵魂经常留在家庙里,附在神主牌位上,那就会使世世代代的祖先们和活着的子孙人鬼杂处。而且,家庙里有神主牌位,是对有封号有官位的人而说的。现在一个地区一个乡村之中,能建造家庙的,一万家也不到一二家;能建立祠堂的,一千家也不到一二家;能设立神主牌位的,一百家也不到一二家。如果灵魂只是依附牌位而不依附坟墓,那么千千万万贫穷卑贱的人家,他们的祖先都成了无处依附的鬼魂了,有这种道理吗? 明了鬼神的情形的,再没有比得上圣人的了。墓中放着明器的礼制,从夏后氏以来就有了。假使灵魂在神主牌位,而不在坟墓中,那么明器应当放在家庙里。可是明器都埋在坟墓里,难道是用明器供奉灵魂,却偏偏放到灵魂不到的地方,圣人怎么会糊涂到这个地步呢! 卫国人夫妻合葬,两棺之间有东西隔开,是殷代的礼制;鲁国人夫妻合葬,两棺之间不隔开,是周代的礼制。孔子推重周代的礼制。假使灵魂不在坟墓,那么合葬后隔不隔开,都没有什么不同,又有什么推重不推重呢!《礼记》上说:'父亲死后,不忍心阅读父亲的书籍,因为其中有父亲亲手书写的字迹。母亲死后,不忍心用她的杯碗,因为其中有母亲饮食过的痕迹。'一件那样小的物品,还这样重视,居然对先辈的遗体看得没有什么重要,而另外竖起几寸长的木块,说是父母的神魂所在,不是太不会区别事情的性质吗?寺院的钟声快要响了,我就和你告别了。你今天见到我,今后就不会被那些卑贱的儒生所迷惑了。"书生连忙站起来,天已经亮了。书生一看,原来自己正在那官员坟墓前面的墓道上。

狐评道士

陈裕斋说:有个人借住在道观中,和一个狐女相好。这狐女也没有一天晚上不来。突然,几天不照面,不知道什么原因。有一天晚上,狐女微笑着掀起门帘进来。这个人问狐女为什么这几天不来,狐女说:"观里新来一个道士,大家都说他是神仙。我也担心他可能有仙术,所以暂时躲避开。今天夜里,我变成一只小老鼠,从墙壁缝隙中偷偷地观察,发觉这个道士不过是个吹牛骗人的人罢了,所以仍旧来和你相会。"这个人问:"你怎么知道这道士没有法力呢?"狐女说:"假仙假佛,技巧只有两种:一种是故意镇静沉默,使人不测深浅;一种是故作癫狂状态,使人怀疑他有所依托。不过,真正镇静沉默的人,一定纯厚庄重,安静自然,凡是装腔作势的就是假的;真正依托癫狂状态的人,一定走来走去,真实自然,凡是东张西望、神情不安的就是假的。这好比你们文人,故意求清高的名声,或孤僻刻薄,使人怀疑此人拘谨;或者借酒骂人,使人怀疑此人狂放,都是同样的方法啊。这个道士东张西望,神情不安十分明显,完全可知他是没有什么能耐的了。"当时,大家都在钱稼轩先生家中喝酒,先生说:"这只狐狸眼光明亮得像一面镜子。不过,说话太尖刻,未免不留余地了。"

夫妇不相负

烧饭的曹老太,有个儿子是僧人。他说,曾经见过粤东一位官员,到寺院办斋做佛事。官员说,他的妻子去世十九年了。有一天晚上,妻子在灯下现形,还说:"自从到阴间后,无时无刻不在想念你,还希望你逝世之后,能够见面。想不到现在我已被分配轮回,从此千年万载,永远没有相逢的日子了。因此,我宁可冒犯阴司的禁令,行贿了管监的人,来和你告别。"做丈夫的十分惊讶悲伤,正想说话,忽然一阵旋风刮进房里,把妻子鬼魂卷走了,隐隐约约之中,还听到她哭泣的声音。因此,他到寺院斋僧作佛事,祈求她来世幸福。这对夫妇,真可说是相互不负心了。《长恨歌》说:"但令心如金钿坚,天上人间会相见。"怎么知道不因为有这个心意,又种下来世的姻缘呢!

方 竹

《桂苑丛谈》记载,李卫公把一根方竹杖送给甘露寺的僧人,还说这种竹子出产在大宛国,坚硬结实,正方形,竹节间有竹须竹芽,在竹子的四面相对地长出来。其实,现今方竹在福建、广东很多,不是什么奇异的东西。大宛是现在哈萨克一带,已经归入国家版图,那地方从来不生长竹子,怎么会有方形的竹子呢!又有《古今注》记载,乌孙有青田核,像可以盛六升水的瓢那么大,挖空来盛水,很快就变成了酒。其实,乌孙即是现在伊犁地区,向额鲁特查问,都说没有这种东西。又有《杜阳杂编》记载,元载在私人住宅中建造一间芸晖堂。芸香是草名,于阗国出产,这种草颜色洁白,像玉石一样,埋在土里都不会腐烂。把芸草春碎成细末,用来涂墙壁,所以把这房子叫做芸晖。于阗即是现在的和阗地区,也没有听说过有这种东西。西域只有一种草叫做玛努,草根像苍术,当地民族僧人供佛时焚烧,相当珍贵。不过,颜色不白,也不能涂墙壁。以上这些东西,都是小说家的附会传说。

鬼偿赌债

黎荇塘说:有个青年,父亲出外经商,很久不回家了。青年没有人管束,就被赌窝主人引诱,参与赌博,输去了几百两银子。赌头和青年商量,由他代为出钱还大家的赌债,而逼勒青年写下把住宅卖给他的契约。青年没有办法,只好按赌头所说的去做。青年害怕无法跟母亲、妻子说,就不回家,晚上到树林里去上吊。刚把带子结上,就听到很响的马蹄声音,回头一看,竟然是自己的父亲回来了。父亲惊讶地问:"你怎么这样做?"青年无法隐瞒,就据实把事情说了出来。父亲也不生气,说:"这也是常有的事,何必寻死呢!我这次回家,赚到的钱还可以抵赌债。你自己先回家,我亲自去还赌债,并讨还卖房契约就是了。"当时,赌头家的赌场还未散,父亲突然闯进门去。这些人父亲本来都是认识的,于是一一指名道姓,先是骂他们引诱儿子,接着又骂他们追逼赌债不对。赌徒们惊讶万状,都说不出话来。后来,父亲说:"既然我那不争气的儿子写了卖房契约,我也知道不能以赌债告官处理。现在我还给你银子,你明天去分给其他人,就把卖房契约还给我,行吗?"赌头知道自己没道理,就接受他的意见。青年的父亲把身上带的银子交给赌头,赌头一一检验之后收好。青年的父亲收回卖房契约,就在灯火上烧了,气愤地走了出去。青年回到家,为父亲准备了饭食,可是等到天亮,他的父亲还没有回家。青年到赌头家去探看,说是他父亲已经烧掉卖房契约,走了。青年正担心有其他的原因。第二天,赌头打开银箱,发觉那些银子都是纸钱。但银子是自己亲自点收的,大家也都看到,现在没有办法说清楚,只好拿出自己的银子来还债。赌头心中有点怀疑,大概是碰上鬼了。过了十几天,青年听到了父亲的死讯,原来已经死去几个月了。

鬼厌讲学

李樵风说:杭州的涌金门外,有艘渔船停泊在神祠岸边,渔人听到祠里人声嘈杂。一会儿,神灵责骂道:"你们这些野鬼,怎能侮辱读书人呢? 应该处以鞭刑。"又听到申辩的声音道:"夜深人静、明月当空时候,我们这些鬼魂来到水边游玩,稍稍减轻滞留此地的愁怨。这两个穷酸却在大讲学问诗歌,哗啦哗啦吵个不停。大家又听不懂,实在讨厌。我们私下商量,稍微向他们表示不满,让他们离开一点,这是有的,并非胆敢冒犯读书人呀!"神灵沉默了一会,就说:"议论文章是高雅的事情,也要选择地方选择对象。你们这两位先生就算了吧!"不久,磷火像萤火虫般从神祠中飘出,远远听到不停的嘻笑声,向四面散去了。

刘 烜 母

有位刘烜,沧州人。他的母亲生于康熙三十一年,到乾隆五十七年,已经一百零一岁了,身体还强实健康,胃口也很好。曾多次遇到皇帝施恩的诏书,当地的差吏也想代她向官府申报,领取尊老的粮食布匹,但她都坚决拒绝,不肯领取。去年,当地差吏又想为她申报建牌坊表彰,她也坚决拒绝,不肯接受。有人问她拒绝粮食、布匹、牌坊的原因,她很感慨地说:"我是穷人家的寡妇,命运不好;正因为我艰难困苦,受到神灵的怜悯,才获得高寿。一旦得到过分的福气,死亡的日子就会来到了。"这个老太太见识特别高。可以想象,她一生之中,决没有乱七八糟的过分要求。难怪她能淡泊宁静,涵养自然的和谐,获得这样的高寿了。

阅微草堂笔记

【清】纪　昀　著　邵海清等　译

全译

下

上海古籍出版社

槐西杂志(二)

文士书册

安中宽说:有个人在树林里走路,遇到两个人,样子像是读书人,口中念念有词地行走。其中一个人从身上掉下一本册子,被这个人捡到。这本册子的字很拙劣,笔画都不很分明,勉强可以阅读而已。册子里有抄录道士的符箓,有药方,有人家贴的春联,混乱交错,毫无头绪,其中也有经书、古文、诗词中的句子。翻阅未完,那两个人急急忙忙赶回来,把册子抢去,一下子就不见了。这个人怀疑是遇到狐狸精了。又发现草地上跌落有一张字条,等那两个人去远之后,才捡起来看,上面写道:"《诗经》的於字都念乌,《易经》的无字左边没有点。"我说,这是借这个故事来讲那些才学粗浅却偏要议论文艺的人,不过,能够专心这样做,不是比饮酒、赌钱、嫖妓好得多吗!假如有读书人能够赞扬鼓励他们,他们当中一定有人会有成就的。现在却鄙薄他们,排斥他们,嘲笑他们,这就忘记了圣人是怎样对待互乡、阙党两个小孩的态度了。讲道学的专家把学问看得太过高深,使大多数人自暴自弃不敢做学问,这些都不过是为了吹嘘自己的声名,把世道人心置之度外而已。

宁 逊 公

景州的宁逊公,能够把琉璃春成碎末,用油漆调匀,堆砌成大字。这些字有立体的凹凸,还有皱纹,很像石头的花纹。宁逊公自恃有这种技能,常在富贵人家走动,还喜欢要人家招待他酒食。他只要听到什么地方有宴会,一定去混吃混喝。有一天,他刚好是吴桥镇赛神集会,宁逊公就把自己做的对联匾额拿去出售。到了傍晚,对联匾额卖出去了,得了几两银子。忽然,碰到十几个人来邀请他,说:"我们想请您花一个月的工夫,堆砌一批字,分送给亲友,也希望得点利润。今天晚上,我们先请您吃一顿,明天我们再请你到一个地方去堆字。"宁逊公很高兴,跟着他们进了酒店,一起大吃大喝。到头更天时,酒店主人催他们离开,说要关店了。这时,那十几个人一下子不见了,酒席上只剩下宁逊公一个人。宁逊公没有话说,只好把口袋中的银钱都拿出来付酒席费,又懊丧又气愤地回家去。不知道这件事究竟是法术还是狐狸作怪。李露园说："这位先生应该受到这种报应。"

娈童醒悟

某先生恋着一个男童。这男童性格温柔顺从，没有市井小民的举止神态，也不因受宠爱就骄傲放肆。一次，男童突然连续啼哭了几天，眼睛都哭肿了。某先生很奇怪，问他什么原因。男童很感慨地说："我天天和你做爱，自己没有什么特别感受。昨天，有人和一个男童做爱，我在小洞里偷看，那种丑恶的形状，很难讲得出口，这和女人与人做爱完全不一样。我自己想，我一个男人受到这样的污辱，后悔不已，因此又惭愧又愤怒，真想死了算数！"某先生多方劝解，这男童始终闷闷不乐，后来就逃走了。有人说："这男童已经改名换姓，读书考取秀才了。"梅禹金写有《青泥莲花记》，像这个男童，也和青泥出莲花相近了。又有个仆人张凯，当年做过沧州衙门的衙役，后来晚上听到犯人暗中哭泣的声音，心里感触，就辞去职务，卖身到姚安公家做仆人。张凯年纪四十多岁了，还没有子女。有一天，他妻子临产，张凯伤心地说，"大概是女儿吧！"后来果然生了个女儿。有人问他："你怎么会知道生女儿呢？"张凯说："我做衙役时，有某人控告他老婆和邻人张九私通。大家都知道那个女人冤枉，但这件事朦朦胧胧，没有办法为女人讲清楚。刚好县官派我去抓张九，我报告说："张九初五日曾因逃税被捕，初八日受鞭刑十五下，已经放走了。现在不知张九跑到什么地方去了，请大人宽限日期。县官检查征税的册子，果然不错，就生气地质问某人：'初七那天，张九正被关在监牢里，怎能到你老婆的卧室里去呢！'打了某人一顿板子，赶了出去。其实，这是另一个叫张九的人，我借此机会使那妇女免受冤枉。去年听说这个妇女死了，昨夜又梦见她向我行礼，我就知道她转世来做我的女儿了。"后来他的这个女儿嫁给了一位商人，张凯夫妻年老多病，依靠女儿孝顺赡养，直到送终。杨椒山写有《罗刹成佛记》。像张凯这个仆人，也近似罗刹成佛了！

狐女人心

冯平宇说：有个叫张四喜的人，家中贫穷，去做长工。当他走到万全山中，遇到一对老夫妻，把他留下来种菜。老夫妻喜欢张四喜勤劳刻苦，就把他招赘做女婿。过了几年,老夫妻说要到塞外看望大女儿,张四喜也带着妻子到另外地方谋生。时间长了,张四喜慢慢发觉妻子是狐女,感到同兽类做夫妻很羞耻。等候妻子一个人站着的时候,张四喜偷偷地用弓箭射过去,正中狐女的左腿。狐女一手把箭拔出来,跳到张四喜面前,拿着箭数落他说:"你太没良心了,真叫人可恨!虽然,有些狐狸精迷惑人,不过在野外随便结合罢了。我却是有父母之命,按照礼节和你结婚,我们有夫妻的名分。因为有三纲的规定,我不敢恨你;你现在既然讨厌我,我也不敢硬住在这里影响你了。"狐女握住张四喜的手,痛哭了很久,就突然不见了。张四喜回到家中,过了几年,就病死了。因为家中贫穷,没有钱买棺木收殓。这时,狐女忽然哭着从外面跑进来,拜见了公公婆婆,把事情经过详细地讲了一遍,还说:"我没有改嫁,所以现在敢来这里。"婆婆很受感动,痛骂张四喜没有良心。狐女低着头,一声不响。邻居的妇人听到这件事,也来插嘴骂张四喜。狐女瞪着眼睛对邻居妇人说:"父母骂儿子,没有什么不可以的。你怎能对着人家老婆骂她的丈夫!"狐女一抖衣服,走了出去,不知到哪里去了。狐女走后,在张四喜的遗体旁边发现有白银五两,就借此办理了丧葬。后来张四喜的父母生活贫困,往往在碗盆里箱子里发现意外的银钱粮食,这也是狐女所送的。大家都说,这个狐女不但形状变成人,连心灵也变得像人一样了。也有人说,狐女虽然知道礼节,但不会这样做,大概是冯平宇编造的故事,用来羞辱那些连狐女都不如的人。姚安公说:"平宇虽然是个乡下老汉,但心性朴实,平生没有讲过一句假话,语言迟钝,并非是虚伪讲假话的人呀。"

狐女养孤

卢扬吉观察说:茌平县有一对夫妻相继去世,留下一个儿子,刚刚周岁。哥哥嫂嫂不肯照顾这孤儿,饿得快要死了。突然,有一个少妇推门走进来,把孤儿抱在怀里,骂哥哥嫂嫂道:"你们的弟弟、弟媳尸骨未寒,你们怎能这样忍心呢!不如把这孩子交给我,还可以给他找一条活路。"抱着孤儿就出去了,不知道到了哪里。邻里们都亲眼看到这件事。有个了解情况的人说:"这个当弟弟的生前曾长期喜爱一个狐女。想是狐女不忘旧情,来这里照料他留下的孤儿了?"这个狐女同张四喜的妻子很相似。

性 癖

乌鲁木齐的妓院很多,在小楼深巷之中,经常听到寻欢作乐的声音。从谯楼计时的鼓声响起,直到寺院晨钟敲响,这些地方一直灯火通明。风流放荡的人任意寻欢作乐,官府都不禁止,也没有办法禁止。有个宁夏贩布的商人何某,年纪轻轻,风度翩翩,资产有上千两银子,人也大方,可就是不愿意到妓院去游乐。他养了十几头雌猪,喂养得十分肥壮,洗得十分干净,每天关上门,轮流与雌猪性交。那些猪靠着擦着何某,像是和公猪亲热一般。仆人们经常偷看,何某并没有察觉。一次,有个朋友喝醉了,突然开玩笑地问他这件事,何某羞愧得投井死了。迪化厅的同知木金泰说:"要不是我亲自审问这个案子,即使是司马光告诉我的,我也不会相信。"我写有有关该地的诗篇,有一首说:"石破天惊事有无,后来好色胜登徒。何郎甘为风情死,才信刘郎爱媚猪。"就是写这件事的。人的性爱怪癖,有到这种地步的!这才认识到,按道理去判断天下的事情,不能完全了解所有的变化;即使按感情去判断天下事情,也有不能完全了解所有变化的。

张 一 科

张一科这个人,已经忘记他的籍贯了。他带着妻子到塞外谋生,在一个西北商人家里做雇工。西域商人爱恋他的妻子,为她挥金如土,没有几年,财产都转手成了一科的,反而在一科家中寄食。妻子讨厌轻蔑这个西北商人,谩骂着叫他出去。张一科说:"没有这个人,我们也没有今天的日子,抛弃他是不吉利的。"坚决不肯把西北商人赶出去。有一天,妻子拿着木棒去赶西北商人,张一科愤怒地骂妻子,妻子也反口骂道:"他并不是喜爱我,而是迷恋我的姿色。我也不是喜欢他,而是贪得他的财产。他用财产来交换女色,女色已经得到了,我本来就没有什么对不起他;我用女色来博取财产,他的财产已经光了,他也不能责备我。这时候不赶他走,留着干什么呢!"张一科更加愤怒,竟然拔刀把妻子杀死了。他先拿出一百两银子送给西北商人,然后自首进了监狱。还有一个人,忘了他的姓名了。他也带着妻子到塞外去。妻子病死后,他又穷得回不了家乡,就要讨饭了。忽然,有个西北商人把他叫到店里,送他五十两银子。这个人觉得赠送的银子丰厚得出奇,一定要商人讲出理由。西北商人悄悄地说："我和你妻子最亲热,你并不知道。你妻子临死前,偷偷地把你托付给我。我不忍心辜负死者,所以资助你回家乡。"这个人愤怒地把银子抛在地下,和西北商人打起来,直到打官司。这两件事相隔不到一个月。温相国当时镇守乌鲁木齐。有一天,在秀野亭宴请下属,酒席之间谈论到这两件事。当过竹山县令的陈题桥说："一个不因为贫富变化就改变交情,一个不因为生死变化就背叛诺言,他们虽然都是市井小民,但都有古时纯朴的道义,值得流传的。"温公皱着眉头说:"当然是古时纯朴的道义。不过,张一科的行为值得宣扬吗?"后来,杀妻的张一科被判抵罪,但判决很轻;赠送银子的商人被判杖刑,但不用带枷示众。温公想了很久,感慨地说:"都不符合法律呀!不过,人情淡薄已经很长久了,有关衙门这样报上来,就这样发落算了。"

朱陆异同

嘉祥县的曾映华说:一个秋夜,月色明朗,和几个朋友在晒谷场散步。忽然,一阵旋风从东南方滚滚而来。旋风里有十多个鬼魂,正在相互拉拉扯扯,又打又骂。还能听出其中一两句话,仿佛是在争论朱熹、陆九渊观点的异同。学界门户争论的灾祸,竟然带到阴间了吗!

李芳树刺血诗

有一首诗说:"去去复去去,凄恻门前路。行行重行行,辗转犹含情。含情一回首,见我窗前柳。柳北是高楼,珠帘半上钩。昨为楼上女,帘下调鹦鹉;今为墙外人,红泪沾罗巾。墙外与楼上,相去无十丈;云何咫尺间,如隔千里山?悲哉两决绝,从此终天别。别鹤空徘徊,谁念呜声哀!徘徊日欲晚,决意投身返。手裂湘裙裾,泣寄藁砧书。可怜帛一尺,字字血痕赤。一字一酸吟,旧爱牵人心。君如收覆水,妾罪甘鞭捶。不然死君前,终胜生弃捐。死亦无别语,愿葬君家土。倘化断肠花,犹得生君家。"这首诗收在《永乐大典》中,题目是《李芳树刺血诗》,没有作诗的朝代,也不了解李芳树的生平。也不知道这首诗是李芳树自己写的,像窦玄妻的诗一样;还是同时代人代她而写,像焦仲卿妻那首诗一样。这首诗并没有传抄本,我在校勘《四库全书》时偶然看到,很喜欢它的缠绵悱恻,没有一丝一毫怨恨愤怒的意思,真是可以使鬼神流泪了。我叫文书抄了一份,时间一长,也就丢失了。现在出差到滦阳,检查旧书籍,突然在一个小箱子里发现了它。这首诗埋没几百年后,终于出现在人间,难道不是贞节哀怨的灵魂,精神直透到天上,不能够磨灭的吗?陆耳山副宪说:"这首诗抄写在蕲王韩世忠孙女所作诗的前面。蕲王的孙女是宋代末年人,那么李芳树一定是宋朝人。"按照常规来推算,想来一定是这样了。

鬼报盗警

舅父安实斋先生,有一夜刚睡下,就听到室外有人敲门的声音。问是谁,没有人回答;出门看时,又什么都没有。过了几个晚上,又出现这种情况。又过了几个晚上,其他房间也出现这种情况。这样十几次,也没有什么事。后来,村里抓到了一个盗窃犯,据他自己说,曾经到某个人家十几次,都因为那家人没有睡,所以只好跑了出来。再追问日期,都和有人敲门的晚上相同。这才知道是鬼警告有人盗窃。因此,好的预兆不一定是吉祥的,妖怪不一定是灾祸,要看这个人是怎样而已。

自谶联语

明朝永乐二年,朝廷降旨把江南大族迁往京师一带。我家始祖椒坡公从上元县迁到献县的景城。后来子孙繁衍,一部分人就到崔庄居住,地址在景城东面三里外。现在,当地人中科举做官的,大多出在崔庄,所以都称为崔庄纪,称赞崔庄的纪氏兴旺。我家的一族自称为景城纪,表示不忘根本出处。椒坡公的旧居在景城、崔庄之间,经过战乱,早已倒塌了,宅基属于堂叔棽庵先生一家所有。棽庵曾经跟我读过经书,乾隆二十一年乡试中举,想在原来宅基上建房居住。姚安公预先为他题了一副对联:"当年始祖初迁地,此日云孙再造家。"后来,房子没有建成,姚安公在甲申年八月去世了。风水先生占卜,只有这里是吉地,因此拿出其他田地与棽庵交换,把姚安公葬在这里。那副对联好像是姚安公自己的谶语一样。凡事都是早已预定的,难道还不可信吗?

侍姬沈氏

沈氏是我的侍妾,我给她起个字叫明玕。她的祖上是长洲人,流落到河间,她的父亲就在河间安家了。她父亲有两个女儿,她是老二。她的思维清晰明快,不像那种小家碧玉。以前经常对她姐姐说:"我不能做种田人的妻子。名门望族人家,又一定不娶我当妻子。我大概会成为富贵人家的侍妾吧?"她的母亲听到风声,最后就按她的心愿办理。她的性格聪明敏捷,平生从来不顶撞别人。最初成为我的侍妾时,去拜见马夫人。马夫人说:"听说你自愿做侍妾,做侍妾也不容易的。"沈氏很有礼貌地说:"因为不愿做侍妾,所以侍妾就难当了。我既然自愿当侍妾,那么又有什么为难呢!"因此,马夫人始终把她当做女儿那样宠爱。她曾经对我说:"女人应当在四十岁以前就死,人们还会哀悼、可惜。如果要做穿着青色衣裙的白发老太婆,像孤独的小鸡和腐烂的老鼠那样,是我所不愿意的。"最后也像她的愿望一样,在辛亥年四月二十五日去世了,只有三十岁。她当初只识几个字,跟着我翻阅图书,时间长了,也能粗浅地理解文章的意思,也能用通俗的语言作诗。临死的时候,她把自己的小幅遗像交给女儿,口里念了一首诗,请我记下来。诗说:"三十年来梦一场,遗容手付女收藏。他时话我平生事,认取姑苏沈五娘。"说完,就静静地去世了。她病重时,我正在圆明园值班,住在海淀的槐西老屋内。有一天晚上,我两次做梦,迷迷糊糊中见到她。起初还以为怀念她而做梦,后来知道她当夜昏迷过去,过两个时辰才醒过来,对她的母亲说:"刚刚做梦到海淀那间住宅去了,后来听到一声像打雷似的巨响,我就惊醒了。"我回忆当天晚上,果然有一个挂在墙壁上的铜瓶,因为绳索断而掉在地上,这时我才醒悟,果然是她的生魂来过了。因此,我在她的遗像上题了两首诗:"几分相似几分非,可是香魂月下归?春梦无痕时一瞥,最关情处在依稀。""到死春蚕尚有丝,离魂倩女不须疑。一声惊破梨花梦,恰记铜瓶坠地时。"就是记载这件事的。

宋学妄传

相距几千里的燕赵之人,谈论滇黔一带风俗,却对住在滇黔当地的人说,你们的了解不及我的确切。这是对呢还是错呢?晚出生几十年的青年后生,谈论老前辈的事情,却对见过老前辈的人说,你知道的不如我的确切。这是对呢还是错呢?左丘明身为鲁国史官,亲眼见过孔圣人;他解释《春秋》,的确有根据。到了唐代中叶,陆淳一班人才提出不同意见。宋代孙复以来,大家群起争论,各种说法相互辩难,都说左丘明的说法不可信,只有我的说法可信。这和前面举的两个例子有什么差异呢!原来,汉代儒家的学说要求确实,宋代儒家就近于求名。不提出新的论点,就不能耸人听闻;不批评旧的学说,就不能推出新的论点。各种经典的注释引申,都可以辩论争议,只有《春秋》里的史实清清楚楚,很难变化混乱的。于是有人就说,左丘明是楚国人,是七国初期的人,是秦国人,那么他亲自担任过鲁国史官,亲眼见过孔圣人的说法就会动摇了。既然他并非当过鲁国史官,并非亲眼见过圣人,那么他解释《春秋》中的史实,就没有足够的根据,后人就可以按自己的理解来议论了。到了宋代末年,赵鹏飞写《春秋经筌》时,已到了不知成风是僖公亲生母亲的地步。像这样,还可以议论名分,确定人物的褒贬吗? 元代程端学推波助澜,议论特别粗暴荒谬。一次,在五云多处(即原心亭)翻阅校勘程端学著的《春秋解》,周书昌编修就说:有个读书人得到这本书,珍爱得像什么宝贝似的。有一天,和朋友去泰山游玩,一时谈到经典含义,极力称赞《春秋解》中议论叔姬嫁鄙这件事,推论阐述十分精彩。晚上,梦见一位穿古装的女子,身边有仪仗警卫,高贵严肃,严厉地责问这个读书人:"武王的长女太姬,是东岳泰山的主持。上帝因为我能经受艰难,保持贞节,和共姜相似,就派我在太姬手下为神,到现在已二千多年了。昨天你讲那个臭儒生的学说,说我回到鄙地是因为和纪季淫乱,用不实之辞来诬陷攻击我,实在令我痛心。我在隐公七年嫁到纪国,庄公二十年才回到鄙地,相距三十四年,我年纪已经五十多岁了。我这样头发斑白的寡妇,你们怎么知道纪季一定喜欢我呢? 嫁到其他诸侯国去,按照《春秋》的体例,不是诸侯夫人是一律不记载的,就像不担任卿相一律不记载一样。我本来是留国待长到年龄再送嫁的媵妾,按例不能记录在史册中,只是我忠心贞节,所以孔子特别记载下来。程端学有什么依据,凭空捏造这种诽谤呢? 你再胡乱传播,就会割下你的舌头!"说罢,就命令随从的神灵用骨朵打他。这读书人发狂似的大叫着醒了过来,就把那本书烧了。我对周书昌开玩笑说:"您沉迷在宋学里,所以讲这种故事。"周书昌说:"我取宋学的长处,而不隐瞒它的短处。"这真是持平之论了。

杨令公祠

杨令公祠在古北口内,是奉祀宋代将军杨业的。顾亭林《昌平山水记》一文,根据《宋史》,说杨业在长城北口战死,应当在云中郡,并非在古北口。据王曾《行程录》考查,已经说到古北口内有杨业的祠堂。因为辽国人敬重杨业的忠心英勇,所以为他建造这个祠堂。辽国人亲自与杨业作战,王曾奉命出使辽国时,距离杨业牺牲只有几十年,难道都不知杨业在什么地方战死的吗?《宋史》是元代末年托克托编写的(托克托,过去译作脱脱,这是译音不准确。

这里根据《三史国语解》),距离杨业的时代已经很遥远了,好像不应该用后人的说法来否定前人的说法吧!

避暑山庄细草

我因为校勘皇室的典籍,四次到避暑山庄:丁未年的冬天,戊申年的秋天,己酉年的夏天,壬子年的春天。四季的风景都游赏过了。每次泛舟到文津阁,只见山的容颜、水的意韵,都是天然模样;树木姿态、流泉声响,都不是尘世的境界。阴晴朝暮,千态万状,即使一只鸟一朵花,也可以写入画图之中。其中特别奇怪的是,沿坡连谷的细草,都是绿茸茸的像地毯一样,只有几寸高,整齐得像裁剪出来似的,没有一棵长一棵短。园丁称这些细草为规矩草。出了山庄围墙才几步远,这种草就参差不齐随意滋长了。这难道不是天生美好的草木,等待皇上来游玩吗!

张 子 克

李又聃先生说:有位叫张子克的人,在村子里教书,生活寂寞,没有朋友。有一次,他到晒谷场散步,碰到一位读书人,态度温和文雅。各自通名道姓,交谈得很融洽。读书人说,他家住在附近,乡下没有人可以交谈,碰上您真像荒凉的山谷传来人的脚步声一样。两人走到学堂,学生们正在读《孝经》。读书人问张子克说:"这本书有今文、古文之分,哪一种对呢?"张子克说:"司马贞已经讲得够清楚的了。最近读到《吕氏春秋》,看见《审微》这一章里引用诸侯的一段,竟是今文。战国时代的人所见的文字便是这个样子,哪里还有另外的古文呢?"读书人高兴地说:"您是真正的读书人。"从此,经常到学堂来聊天。张子克想回访,读书人都谢绝了,说是家庭贫困,没有住的地方,夫妻只租了一间破房子住,实在没有地方可以接待客人。张子克也就不再要求回访了。有一天晚上,读书人忽然问道:"您怕鬼吗?"张子克说:"人是没有脱离形体的鬼,鬼是已经脱离形体的人,虽然我没有见过鬼,不过我觉得没有什么可怕的。"读书人惭愧地说:"您既然不怕,我也不再隐瞒了,我就是鬼。因为生时是读书人,现在不愿意和其他的鬼魂一样,到人家放焰口时去争抢钱米。我和你都是读书人,请您让我吃一顿好吗?"张子克和读书人交情已深,也没有什么好怕的,就马上给他准备饮食,而且请他经常来。读书人考察议论古代经典图书,讲来头头是道。一次偶尔谈论太极无极的内容,读书人很不高兴地说:"古人解释道:'自然界的道理很遥远,人世间的道理很切近。'《六经》谈的都是人世间事,即使是《易经》阐释阴阳,也是要借自然界的道理阐明人世间的事。舍弃人间的事情去谈论自然界的道理,已经是虚无空洞的了。还要推论到自然界以前的情况,用毫无根据的议论相互争论,有什么用呢? 我认为您注意古代经籍的义理,所以才向您要求饮食。您的见解竟然也这样吗?"说着,他提了提衣裳站起身来,一下子就不见了。张子克再到和读书人认识的地方等候,可是再也见不到了。

堕 楼 姬

我担任福建督学时,学院的官吏说,雍正年间,有个学使的姬妾跳楼而死,没有听说有什么原因,都认为是偶然失足跌死的。时间长了,有人把这件事的原因泄露出来,说姬妾本来是山东人,十四五岁时嫁给一个穷青年。结婚几个月,夫妻非常恩爱,形影不离。当年灾荒,这家人无法生活,她婆婆就把她卖给贩卖妇女的人贩子。她和丈夫相互拥抱,哭了一夜,相互在手臂上咬出痕迹作为标志,才分别了。丈夫非常想念她,就一路讨饭,日夜赶路追赶那人贩子,偷偷地跟到了京城。有时在马车里见上一面,但丈夫年轻胆怯,怕挨人贩子责骂,不敢靠近,于是两人只得相对流泪。姬妾到了官媒的家里,经常在大门边等待丈夫。有一次见了面,两人相约不可寻死,希望将来有一天,能够重逢。后来,丈夫听说妻子被学使收为姬妾,他就卖身做了学使幕僚的仆人,一起到了福建。但是,内外隔绝,丈夫和妻子不通音讯,妻子并不知道丈夫已到福建。有一天丈夫病死了。他妻子听到家中女仆、丫头讲到这个人的姓名、籍贯、相貌、年龄,才知道是自己的丈夫。当时,妻子正在捧笔楼上坐着,听到丈夫的死讯,就站起身来,凝神想了很久,忽然,她对着众人,把他们夫妻的事情详详细细地讲了一通,又高声哭叫了几声,就跳楼死了。学使忌讳人家讲这件事,所以一直没有传出来。不过,实在没有什么好忌讳的。大致上女子为丈夫舍生,原因有两个:一种是为了坚守三纲五常,宁死也不受侮辱。这是以礼教为根本的。一种是忍辱偷生,苟延生命,希望像乐昌公主一样破镜重圆,到了绝望无路的时候,然后自尽,以表明自己的心志。这是由于感情而产生的。这个女人在人贩子手中不死,在官媒家中不死,直到成了残花败柳,听到原来丈夫的死讯后才自尽,实在太晚了。不过,她寻死的想法早就定了,只因爱恋原来丈夫的感情缠绕在心头,不能忘却,所以没有去死。在她的心目中,本来不把当死而不死当作辜负丈夫的恩情,而是把可待而不待看作辜负丈夫的希望。为她的遭遇感到伤心,可怜她的愿望,可惜她用情的失误,这就可以了;何必拿着《春秋》里的大道理,去责备那些没有读过书的青年男女呢?这难道是与人为善的态度么?

纪　生

壬申年七月,众人在宋蒙泉家聚会,谈到狐精的故事。聂松岩说:您家族里有一件事,您知道吗?从前我在济南乡试的时候,听说有一位纪秀才,已经忘记他是寿光人还是胶州人了,晚上碰到一位独自走路的女子,在泥泞道路上艰难地走着,请求纪秀才拉一把。纪秀才心想,她一定是狐女,我试同她亲热,也可以了解妖怪迷人的情形,就对她说:"我认识你,你不要骗我。不过,有妻子像你一样也是好事。等夜深人静后你直接来书房,不要在这里调情,白费曲折。"女子笑着就走了。半夜,女子果然前来,相互调情。过了几天,纪秀才觉得有点被迷惑了,就拒绝女子,叫她不要再来。狐女怨愤谩骂,不肯离开。纪秀才严肃地说:"不要这样呀!男女结合,主动权在男方。男方追求女方,女方不愿意,男方还可以强暴她。女方追求男方,男方不愿意,那就心像寒冷的铁铸成似的,即使女方硬要强暴也没有用的。何况你是为盗取我的精气而来,并非因为有感情和我结合,我也不是辜负你的感情。你结交的人很多,很难讲什么贞节,我也不是破坏你的贞节。开始结合,最后抛弃,是君子所厌恶的,但这是对人来说的,不是对你们来说的。你何必恋恋不舍地赖在这里,白做这种没有好处的事呢?"狐女无话可说,只好走了。从这件事可以知道,一旦受到迷惑,纠缠不清直到死亡,连道佛的符箓都不能把妖怪赶走的人们,原来是因为被情欲所控制,不能够自己割舍罢了。如果自己淡然处之,感情不波动,她还能盗取什么而不肯走呢!

狐女报复

法南野又讲了一件事:乡下有几个品行恶劣的青年,听说某家荒坟中有狐精,能够变化形状,迷惑人们。于是,乘夜色带着捕野兽的网,布置在狐狸洞口,果然抓到两只雌狐。为了防止狐狸变形,连忙用锥子刺穿狐狸的大腿,用绳索穿过吊住,拿着刀威胁说:"你们如果能变成人形,侍候我们喝酒,就饶你们的性命,否则立即把你们杀了!"两只狐狸又叫又跳,就像听不懂似的。这些青年大怒,杀了一只狐狸。另一只狐狸才口吐人言说:"我没有衣服,变化成人形,成什么样子呢?"青年又把刀架在狐狸的颈上,这狐狸才变成一个漂亮女人,一丝不挂。众人大喜,轮流进行非礼,又抱住狐女,让她侍候饮酒,但那条绳索却一直抓住不肯松手。狐女温柔地讲好话,请求解开绳索。青年刚一松手,狐女马上就逃走了。这些品行恶劣的青年还没有回到家,就远远看见了火光,原来他们几家都被烧光了。杀死狐狸的人,有个女儿也被烧死了。这才知道是狐精的报复。狐狸精没有骚扰人,人却去攻击狐精,做了很多缺德的事,这种结局也是应该的了。

妖魅知邪正

田白岩讲过一个故事:某人的填房很年轻,被狐精迷惑,某人虽多方求符咒法术制服,却没有效果。后来,有个道行很高的道士,派神将把狐精缚到祭坛前面,责令狐精招供罪行。大家都听到狐精说:"我是河南出生的,有一次打老婆,老婆偷偷地跑到这里,和某人亲热起来。我恨之入骨,这次是报复他。"某人回忆年轻时果然有这件事,但已经过去十几年了。道士说:"结下这么深的仇恨,本来应该马上报复,怎么会拖延到今日?莫不是你探听到某人过去这件事,用来作借口吧?"狐精说:"他的亡妻是贞节的女人,我怕上天惩罚,不敢去接近她。这个填房行为轻佻,我才能引诱调戏。因果报应,鬼神都不加罪,法师为什么责备我呢?"道士想了很久,说:"某人和你老婆亲热了几天?"狐精说:"一年多。"道士说:"你玩弄这个妇女有几天?"狐精说:"三年多。"道士生气地说:"报复超过恰当的程度,错误就又在你身上了,你不离开这妇女,我就把你送到雷部受罚了。"狐精才表示服罪,就走了。清远先生(蒙泉的父亲)说:"由此可见,邪恶与正直的思想,妖怪也都能知道。施与和报答的道理,鬼神也不能改变呀!"

狐　妾

清远先生也说了一个故事:朱某有个婢女,长得很粗笨。年纪大了些,慢慢聪明起来,模样也变得清秀妩媚。朱某就把她收为姬妾。她相当有主意,料理家务井井有条,柴米油盐之类琐碎的账目,家中的人一点儿也不敢欺骗她,如果欺骗了她,也一定会被她查出。她又善于囤积收藏,凡是她买来准备交易的东西,明年一定涨价。因此,朱家渐渐富裕起来,朱某也更加宠爱她。有一天,她忽然对朱某说:"您知道我是谁?"朱某笑道:"你是在说疯话吗?"随即提起她的小名,说:"你不就是某某吗?"她说:"不是。你说的某某,早就逃走了,现在在某个地方做人家的妻子,孩子也已经七八岁了。我本来是个狐女。您九世以前是个富商,我替您管财务。您对我很宽厚,我却私吞了三千多两银子。阴司罚我投胎成狐狸,修炼了几百年,才有幸得了道。不过,因为这件事的负担拖累,我始终不能升为神仙。因此,在这个婢女逃走之后,我变作她的模样来侍奉您。估计十几年来,我为你收入的钱财可以抵偿当年私吞的数目了。现在,我要尸解去了。我死之后,遗骸一定现出狐狸的模样。你可以吩咐仆人某某去掩埋。他一定剥去我的狐皮拿走,你不要去怪罪他。四世以前,他曾经饿死,我还没有得道,曾经吃过他的尸骸。现在,听任他分割我的尸骸,大概冤仇就可以消散了。"一会儿,就变成了狐狸,倒在地上。有一个美丽的女子,只有几寸长,从狐狸尸首的头上慢慢地升起飘走了。这个女子的模样,又是另外一个人。朱某于心不忍,自己把狐尸掩埋了,但最后仍然被那个仆人偷偷地挖出来,剥下狐皮卖掉。朱某知道这是注定的冤孽,只好感叹一番罢了。

贺某背木

佴孙树棵说:高川县的贺某,家中十分贫穷。靠近除夕,没法过年,就到亲戚朋友处借钱。亲戚朋友又不借,只是请他喝酒。贺某心情苦闷,就借酒浇愁,喝得大醉回家。当时天色昏黑,他碰到一个老头,背着一只口袋,步履艰难。老头请贺某替他把口袋背到高川,说给贺某工钱。贺某同意了。贺某背上口袋,觉得很重,心中想,正没有钱过年,如果背着口袋夺路而逃,老头子老态龙钟,一定追不上。想罢,贺某用全力快跑,老头子在后面又喊又追,贺某却不理睬。他发狂似的跑了七八里路,才到自己家门口,连忙进去,把大门关上。取过灯来一看,所背的竟然是一段刚砍下来的杨木,重三十多斤。贺某这才知道,是被鬼作弄了。大概贺某性格狡猾贪婪,早就被鬼厌恶了,所以趁贺某穷困无奈的时候作弄他。不然的话,路上来往的人很多,为什么只戏弄贺某呢?当初,贺某还没有出现贪心,还没有出现抢掠的想法,为什么老头子已经在路上等候他呢?

张 子 仪

树棨又说:垛庄的张子仪,喜欢饮酒,五十多岁时,生寒病死去。家人收殓他的遗骸时,他忽然苏醒了过来,说:"我病好了。刚刚到阴间,看见有大酒缸三只,都贴上'张子仪封'字样。其中一只缸已经打开,还有半缸酒。这些一定都是我的饮料,必须喝光才会死呀。"接着,病果然痊愈了,又痛痛快快地喝了二十多年酒。有一天,他对亲属说:"我大概快死了。昨天做梦又到阴间,看见那三缸酒都空了。"过了几天,果然无病就去世了。那么,《补录纪传》记载的李卫公吃羊的故事,也可以相信是有的吧!

神 豆

宝坻县王锦堂举人说:宝坻的旧城墙破落损坏,水冲雨打,形成许多洞穴,妖怪就在洞穴中安身。后来修建城墙,把旧城墙拆毁了,那些妖怪没有地方藏身,就分散到空屋和古老寺院里,并四出作怪害人,许多男女都被妖怪迷惑。一天,城里突然来了一位道士,让人拿黑豆四十九粒,用符咒炼七日,再用黑豆去掷击妖怪,妖怪碰上就死。王锦堂家里空屋很多,被妖怪占据,一个女仆也被妖怪迷住。人们用道士炼的黑豆掷过去,忽然风声大作,好像有许多人在乱喊:"太夫人被打死了!"走近一看,有一条大蛇。黑豆击伤的地方,像铳炮的铅弹打中一般。王锦堂就问道士:"凡是迷惑女人的一定是男妖,这条蛇怎么叫做太夫人呢?"道士说:"这是雌蛇。蛇迷惑人,它的蛇头、蛇尾都可以吸取人的精液元气,不一定要性交的。"不久,有人听到了一阵风声,就马上像做梦一样,觉得有东西在吸取他的精液,精液马上就流了出来。道士的话,果然是可信的了。又有一个人突然看见妖怪,就取了纸包的黑豆,也来不及打开,连纸包一起扔过去,妖怪也负伤逃走了。还有一个人被女妖所迷惑,人家给他那种黑豆,他却贪恋美色,不肯投掷妖怪,最后送了性命。妖怪害人的事是常有的,至于一下子有大群的妖怪出来作祟,那罪恶就特别大了,上天是不允许的。这位道士不先不后,刚好这个时候到来,或者也是神灵借他的手来惩罚妖怪吧?

侍郎夫人

有个侍郎的夫人死了，装进棺材以后，正安放祭祀，忽然有一只白鸽从外面飞入帐幔里，人们到处寻找，却又找不到。正在忙乱的时候，从棺材里冲出浓烟大火，把棺木连房屋都一下子烧光了。听说这夫人生前对奴仆十分严酷：凡买进女奴，签了契约进家门后，一定要让女奴跪下，先警告一通，叫做教导；教导之后，就把女奴衣服剥掉，反绑双手，打一百鞭子，叫做试刑。如果挣扎、叫喊，就打得更凶。一直打到不敢叫喊不敢挣扎，就像鞭打木头石块那样格格作声，才叫做知畏，然后再供她驱使。安州陈宗伯的夫人，是我先母太夫人的姨辈，曾经到过侍郎夫人家里，经常说起她家的男女仆人都要列队行动，即使是大将军训练士兵，也没有这样整齐有序。还有一位老前辈，是我的亲戚。我常常到他家去，进他的内室，只见门的左右挂着两条鞭子，鞭上都有血迹，鞭柄都磨得很光滑，能照见人影。听说，他要睡觉时，把婢女一个个缚在长凳子上，然后再盖上被子，防止婢女逃走或者自杀。后来他死的时候，两条大腿生疮腐烂，骨头都露出来，仿佛是鞭打的痕迹。

治殴伤方

刑事案件中，有许多人被殴打以后，因感受风寒而死，被打者如在治伤期中死亡，按照法律，打人者必须抵罪。太常寺卿吕含晖，曾经公布一个治伤的秘方：用荆芥、黄蜡、鱼鳔（鱼鳔炒成黄色）三味各五钱，艾叶三片，加入无灰酒一碗，浓汤，煮一炷香的功夫，趁热服下，发汗后伤就好了。但一百天内，不能吃鸡肉。后来，他的儿子慕堂，在庚午年考中举人，人们认为这是公布秘方的善报。

骰子咒

《酉阳杂俎》记载骰子咒说："伊帝弥帝，弥揭罗帝。"念到十万次，那六颗骰子就由你指挥转动了。有人试验过，有时灵验，有时则不灵验。我说，这好比念"驴"字可以治病一样。大概精神集中，气势契机就有反应。气势契机推动,连鬼神也沟通了。这就是人们常说的"达到了至诚的程度,连金属石头也会感动得裂开"。坚信就有诚心,有诚心就一定能感动鬼神。如果只是抱着试试看的态度,就说明没有诚心,没有诚心,就感动不了鬼神。凡是修炼的法术,都是这样,并非只是骰子咒如此。

误迁妇柩

以前的仆人兰桂说:刚到京城时,跟人家住在福清会馆,门外都是坟堆。一个没有月亮的黑夜,他听到吵吵闹闹的声音、哭泣的声音,又有几个人劝告解释的声音。他想,这个地方没有人居住,一定是鬼打架。他从门缝偷看,又看不到什么。屏息静听,过了一些时间才听清楚:原来是一个人来搬迁妻子的棺材,错把别人老婆的棺材搬走了。这个被迁走的妇女也有丈夫葬在附近,说自己的老婆被人抢走了,要用迁棺者的老婆抵偿。那个女人不肯,大家叫骂争斗。刚好这时巡逻的人敲着锣走过,这些鬼就不再作声了。不知道最后怎样,也不知道被错迁的妇女将来和那边男人合葬时又会怎么样。如此说来,说鬼魂依附神主牌而不依附坟墓,大概是错误的吧!

放 生 咒

虞惇有个雇工孙某,很会打鸟枪,百发百中。我曾看见一只黄鹂鸟,叫他射击。孙某问道:"要活鸟还是要死鸟?"我问:"铁弹子猛打过去,怎能预知是死是活呢?"孙某说:"要死鸟就直接命中,要活鸟就先惊吓它起飞,然后打它的翅膀。"我告诉他要活鸟。孙某抬枪射去,黄鹂鸟果然掉下来。拿过来一看,一边的翅膀被打断了。孙某的枪法就是这样高明。恰好有一个人会念放生咒,就和孙某约定说:"我念三遍咒语,你就会百发不中。"试验一下,果然如此。不过放生咒的词语十分粗俗可笑,不知怎会有阻止的力量。凡是我听到的有阻止力量的咒语,大抵都是这样粗俗的,可是试验都有效,真不知是什么原因。

小儿吞铁物方

蔡葛山先生说:我校勘四库全书时,因为校错文字而被罚了好几次俸禄。只有一件事,真可以说是因校勘图书而得了意外的收获。我有个小孙子,意外吞下一枚铁钉,医生用朴硝等药物催泻,但铁钉并没有泻下来,人却一天天瘦弱了。后来,我校勘《苏沈良方》,见有小儿吞铁物方,说剥取新炭的皮,磨成粉末,用它调三碗粥,给小孩子吃了,铁物自然会泻出来。我按照药方试了试,果然见炭末裹着铁钉泻了出来。这才知道杂书也有用处。这本书世间没有流传本子,只有在《永乐大典》中收录全文。我在主持书局工作时,让王史亭编定成册。苏沈就是苏东坡、沈存中。这两位先生都喜欢谈论医药。宋代的人收集他们的议论,编成这本书。

叶 守 甫

叶守甫是德州的老医生,常和我家来往,我小时候还见过他。我现在回忆起他对姚安公曾讲过一件事:他从平原县到海丰县去,晚上赶路,迷失了道路,随从的仆人也走失了。这时,眼看就要刮风下雨,周围又没有村落。只见远处有一座荒废的寺院,就想进去避风雨。寺院的大门虚掩着,门上隐隐约约有白粉写的大字。用石击火一看,却是"此寺多鬼,行人勿住"两句话。叶守甫进去又不是,不进去也不是,只好推开门行礼说:"过路客人碰上下雨,请求神灵保佑。雨停就赶路,不会停留很久的。"这时,听到天花板有声音说:"感谢您有礼貌,不过今天我喝醉了,不能和客人见面,怎么办呢!您可以靠着东墙坐,西墙有蝎子洞,怕你被蝎子螫着。口渴切勿喝屋檐水,怕有蛇的唾沫。大殿后面的酸梨已经成熟了,可以摘下来吃。"叶守甫一听,吓得毛发直竖,连话都说不出来。等雨稍停时,就提心吊胆地行了个礼,赶紧退出,好像虎口脱险似的。姚安公对他说:"大门口写着告示,一定害过许多人了。可是你没受害,反而得到了忠告。原来,自己注重礼节,就没有人不被你的礼节所折服;用诚意来感召,就没有人不被你的诚意所感动。即使是异类,这一点也没有区别。你不但医道老到,处世也是十分老到呀!"

轻薄致祸

朱导江说:新泰县有个书生,到省城参加乡试。距济南还有半日路程,书生和朋友们趁清晨凉快赶路。在昏暗之中,有两头毛驴跟着他们赶路,有时在前,有时在后,大家都没有注意。天色稍为明亮之后,才看清是两个骑驴的女人。再仔细看时,一位是个老太太,约五六十岁,又胖又黑。另一位是个少妇,大约二十岁左右,相当漂亮。书生老是去看少妇。少妇忽然回头,脱口说:"是表哥吗?"书生惊讶中不知道怎样回答才好。少妇说:"我就是某某家的表妹呀。我们家的规矩,表兄妹不准见面,所以表哥不认识我。我过去在门帘缝里偷看过表哥,所以认得你。"书生想起原来有个表妹嫁到济南,就过去和她细谈,问她:"清早赶路,去哪儿呢?"表妹说:"昨天和你妹夫去看望生病的舅母,本来想当天回家。舅母家要打官司,请你妹夫到北京去,不能马上回济南。我趁早先回去给他准备行装。"说着,眼波流动,言谈之中,情意绵绵,还说到自己十几岁的时候,见过书生一面,就有好感。书生心里有点触动。走到分叉路口,表妹请书生到家中吃顿便饭。书生高兴地答应了,就和同路的人约好,晚上在某个地方等候。到约定的时间,书生没有到来。第二天,也没有消息。同路的人到昨天分手的地方,沿着岔路进去寻找,在田野里发现书生骑的毛驴,鞍子还没有解下来。找遍周围的村子,都不知道有这么两个女人。再仔细追问,才找到书生表妹的家,才知道表妹已经死去半年多了。书生究竟被鬼魂迷惑,被妖怪吃掉,还是被强盗诱拐,都不清楚。不过,从此这个书生就失踪不见了。这件事,也足以作为轻薄青年的鉴戒呀。当时,方可村也在座,他说:"在游览秦、陇一带时,听到一件事和这件事相类似。有个人死了,遗骸要和早死的妻子合葬。打开妻子的坟,里面另有一具男尸在内。不知道在阴间里,这两个人的灵魂相见时会怎么样。焦氏《易林》说:'两个丈夫共有一个妻子,做妻子的无可适从。'这好像预先告诉有这种事似的。"戴东原也在座,说:"《后汉书》里还有三个丈夫共有一个妻子的事情,您的见识也不算广博了。"我开玩笑地说:"你们两位不要争论了。山阴公主有面首三十人,怎么忘记了呢? 不过,她并不怕那些丈夫。这个鬼私下收留另一个青年,不考虑到后来丈夫要和她合葬,这未免放纵情欲忘记灾患了!"戴东原感叹地说:"放纵情欲,忘记灾患,何止只是这个鬼呢!"

娈　童

传说供玩弄的男童从黄帝时就有了（钱辛楣詹事就主张这种说法，还能举出书名，现在我已经忘记了），大概是出于附会寄托。好比说顽童最早在《商书》中就有记载，但却出自梅赜的伪古文尚书，不足为据。《逸周书》里有"美丽的男子迷惑君主，离间老臣"的话，大概指的是这类人吧？《周礼》里面有因男子生理有缺陷而引起官司的记载，注释上说，这是指天生的性无能，不能和女子性交。不过，从古到今，从来没有因男子不能性交而打官司的。典籍里文字简单质朴，我疑心也是指这类事情。凡是女子性欲旺盛，是因为感情发展而自然出现的。供玩弄的男孩，本来没有性欲，都是自幼受欺骗，或者是威逼利诱而成。传说有个贵族喜欢淫乱漂亮伶俐的男孩，又怕这些男孩害羞拒绝。他就买来一些样子漂亮、年纪不超过十岁的男孩，自己和另外的男孩淫乱取乐时，让他们掌着灯烛在旁边侍候。各种性活动的姿势，都让他们多见习惯，看作是当然的事情。过三两年后，这些男孩长大了些，可供淫乐时，都像顺水行舟那样自然就范了。有个被他供养的僧人规劝他说："这种事世间常有，不能禁止施主不做。不过，要那些男孩自愿才成。这好比去嫖妓，过错还比较轻微。假如处心积虑，破坏孩子天生的童真，恐怕就要受天神的怒责了。"这个贵族不听劝告，最后终于受到灾祸。用阴谋去进行活动的人是上天所厌恶的，何况用阴谋去进行这种事情呢！

弃儿救姑

东光县有一条王莽河，即是胡苏河。天旱时水干见底，发大水时河流涨满，经常使人过河感到困难。岳父马周箓先生说：在雍正末年，有个讨饭妇人，一手抱着儿子，一手扶着生病的婆婆，涉水过河。走到河中间，婆婆摔倒，讨饭妇人把儿子抛到水里，用力背起婆婆出水。婆婆大骂道："我是七十岁的老太婆，死了有什么关系！张家几代人，就指望这个孩子承继香火，你为什么把儿子抛开来救我？断绝祖宗的祭祀的人，就是你呀！"讨饭妇人只是哭，不敢回答，直挺挺地跪着。过了两天，婆婆痛哭孙子，绝食而死。讨饭妇人哭到发不出声音，痴痴呆呆地坐了几天，也很快死了。不知她是哪里人，只听婆婆骂她时，知道她姓张。有人写文章议论，说儿子与婆婆比较，婆婆重要；婆婆与祖宗比较,祖宗重要。假使讨饭妇人还有丈夫,或者丈夫有兄弟,那么抛开儿子是对的。既然两代穷寡妇,只有一线单传的独子,那么婆婆的责备是对的了。这个讨饭妇人即使死后,还是应该后悔的。姚安公说:"讲理学的道学家责备人真是没个完。在汹涌湍急的河流中,机会一下子就过去了,怎能有时间深思熟虑从长计议呢!在势不两全的形势下,抛开儿子去挽救婆婆,是天理的正道,也是人心可以感到安帖的。假使婆婆死了,儿子活着,讨饭妇人一生就不会于心有愧吗?不是又有人会责备她因为爱护儿子而抛弃婆婆吗?而且,儿子还只是手抱的婴儿,能否养活下去还不知道。假使婆婆淹死后儿子也养不活,讨饭妇人更不知道怎样后悔了。这个讨饭妇人的行为,超出一般情况已经许多了。她婆婆不幸自尽,她又跟着去死,这也真够悲哀的了!还有人还唾沫横飞地张口乱讲,认为是精深的理学,这不是使死者受到冤屈,阴间的灵魂也要怨恨吗?孙复写《春秋尊王发微》,对二百四十年中的人物,只有批评没有表扬。胡致堂写《读史管见》时,写到夏、商、周三代以后,就没有一个品德完美的人了。这些议论雄辩倒是够雄辩的了,只是并非我所愿意听到的。"

炼气先炼心

郭石洲说:朱静园贡生和一个狐精交朋友。有一天,在静园家中饮酒,喝得大醉,在花下睡着了。狐精酒醒后,静园问道:"听说你们喝醉以后都会现原形,所以我用被子盖住你,亲自在旁边守护着。你竟然没有现原形,为什么呢?"狐精说:"这就要看道行的深浅了。道行浅的能够变人形,但只是虚幻的形状罢了,所以喝醉了就现原形,睡着了也现原形,受惊害怕时也现原形。道行深的能够脱离原来的形体,就像仙人的尸解,已经变成人了,人的样子就是他本来的形状,有什么好现原形的呢!"静园想跟他学修道,狐精说:"您不能够的。修道这件事,对人比较容易,对其他品类来说比较困难。因为人的气息纯粹,其他品类的气息驳杂。修成道行来说,其他品类容易,人类较困难。因为其他品类心思集中,人类的心思较复杂。要修炼形状的人先要炼气,炼气首先要炼心,就是所谓心志是气概的统帅呀。心思镇定,那么气息聚集,形体就凝成了,心思动摇,那么气息涣散,形体就消散了。广成子报告黄帝的话,是道家修炼的真理,并非庄子那个老头讲的寓言故事呀。在深山幽谷之中,不看不听,只是集中精神修炼,与天地阴阳交换信息,经历百年就像一天似的,人能做到吗?"朱静园才打消了想法。我又联想到,有位丁卯年的科举同榜某御史,曾经询问他宠爱的戏子说:"你们同行很多,只有你的演技特别高,为什么呢?"

那个戏子说:"我们男人要扮演女人,一定要把心思变成女人的心思,然后才会有温柔的感情,娇媚的姿态,让看戏的人见了销魂。如果还保留一丝男人的心思,一定会有一丝不像女子的地方,怎能在女角色中得到观众特别宠爱呢?要是登台演戏,扮贞节女子就要端正心思,即使玩笑也不要忘记贞节;扮演淫荡女子就要心思放荡,即使端正地坐着也不要掩饰那种淫荡的情态;扮高贵的女子就要心思尊贵沉稳,即使穿普通百姓的服装也要有贵族的气度;扮贫贱的女子就要心思谨慎畏缩,即使穿上漂亮衣服也要流露出卑贱的神态;扮贤惠的女子就要心思温柔婉顺,即使生气也不要变脸大骂;扮凶悍的女子要心思凶恶,即使无理也要取闹。其他喜怒哀乐、恩怨爱憎,都要一一设身处地来设想,不要当做演戏,而要当做真实的事情,那么观众看了都会认为真实了。其他同行虽然扮演女性,却没有把握女性的心思,演各种女性角色,又没有各种女性的心思,这就是我演得特别好的原因了。"李玉典说:"这番话虽然粗俗不堪,但其中道理精辟。演戏的事小,但可以比喻大事。天下间没有心思不在某件事而这件事能办得很好的,也没有全心全意办某件事而这件事办不好的。全心全意在一种技艺上,他的技艺一定高明;全心全意在一个职业上,他的职业一定干得出色。小到僚的弹丸、扁的斧头,大到皋、夔、稷、契等人管理国家,道理都是相同的。这和炼气先炼心的讲法,可以相互启发。"

书生拒狐

郭石洲又说:有个书生家中的花园有个亭子,书生在夜雨中独坐,忽然有一个女子掀开门帘走进来,自己说家在院墙外面,偷看你这位漂亮书生很久了,今夜冒雨前来相聚。书生说:"这样大的雨,你的衣服鞋子都不湿,为什么呢?"女子无话可说,只好承认是狐精。书生问道:"这里的青年人很多,为什么只是找我呢?"狐女说:"前生注定的缘分。"书生问道:"这种缘分是谁人记载的?谁人管辖?又是谁告诉你的?你前生是什么人?我前生是什么人?为什么我们会结成缘分?在哪个朝代哪一年?请详细地说出。"狐女吞吞吐吐,一下子回答不出,只说:"过去千日百日,你不坐在亭子里,今夜刚好坐在这里;我看见千人百人都不喜欢,只有看见你就喜欢,这就是前生缘分确实无疑了,请不要拒绝我。"书生说:"有前生缘分的人一定相互喜欢。我正坐在这里,你刚刚从外面进来,可是我态度冷淡毫不动心,可见我们没有缘分倒是确实的了,请不要留在这里!"狐女正在进退两难的时候,听到窗外有声音喊道:"这丫头真不懂事,何必一定要找这个迟钝倔强的人呢!"狐女把袖子一甩,打灭了灯盏就走了。有人说,这是汤文正公年轻时的事。我说,狐精哪敢去迷惑汤公呢,可能是另外一人的事,却附会到汤公身上罢了。

乌鲁木齐野畜

乌鲁木齐有很多野牛,样子像平常的牛,却高大许多,千百头为一群,牛角锋利得像矛的尖端一样。它们行走时,强壮的牛在前面,瘦弱幼小的牛在后面。如果面对它们射击,牛群就狂跑冲撞,枪炮也顶不住,即使上百名训练有素的士兵,也不能把它们包围。如果从牛群后面去抓捕,牛群则一点也不回头。它们会拥戴一只最强壮的,像蜂有王一样,其他的牛跟着它或走或停。所以经常会发生一只带头的牛失足跌落深谷,其他的牛跟着跳下,重重叠叠地摔死的事。又有野骡野马,也是成群生活,但不像野牛那样凶暴,看见人就跑掉。它们的形状像真骡真马,只是给它们装上鞍子嚼子,它们就趴在地下,站不起来。不过,有时野骡野马的背上带有鞍花,(马鞍磨伤的地方,伤好之后皮毛变成白色,叫做鞍花。)又有蹄子上装有马蹄铁的,有人说是山神的坐骑,不知道出现这种情况的原因。时间长了,才知道是家畜的骡马逃到山里,时间一长就变为野生畜类,和野骡野马结成一群。骡肉又肥又脆,可以食用,但没有看到人吃马肉的。又有野羊,就是《汉书·西域传》里说的羱羊,吃起来和平常的羊没有什么不同。又有野猪,凶猛程度比野牛差一点,猪皮很坚韧,枪击箭射都打不进。野猪的牙齿比快刀还要锋利,马脚被它咬住,也会折断。吉木萨山里有只老野猪,像牛那样大,人靠近就会被咬伤。老野猪常常夜间带着几百头野猪出来,践踏庄稼。参领额尔赫图带上七只猎犬进山打猎,突然碰上老野猪,七只猎犬都被它咬死,又冲过来咬人。参领快马加鞭逃走,才避免了伤亡。我想把大木头打在地下作栅栏,埋伏下大炮,等老野猪出来时,用炮轰击它。有人说:"假使炮击不中,老野猪用牙齿拔栅栏就像拔烂木头似的,栅栏里面的人就危险了。"我才停止这种想法。又有野骆驼,只有单峰,切碎煮来吃,十分甘美。杜甫的《丽人行》里所说"紫驼之峰出翠釜",应该是指这种食物。现在有人认为双峰驼的驼峰是八珍之一,是不符合实情的。

相 地

景城北面,有一条隆起的山丘,风水先生说这是我家祖坟的龙脉。这个地方是姜家所有。明代末年，姜家嫉妒我家族兴旺，就在山坡上建了一座真武大帝祠，用来诅咒制胜。明崇祯十五年，经过战乱之后，我家族人丁单薄。后来真武大帝祠渐渐破落，我家族也渐渐复兴，真武祠全部坍塌之后，我家族更兴旺起来。现在，这处山丘已卖给了堂侄信夫。这时，当地的老人已经很少了，不了解过去的情况，又错误地在山坡上建造土地祠，我们家族又有点不安了。我知道这件事之后，马上写信叫信夫把土地祠迁走，我们家族才得以安宁。风水先生看地形的讲法，有人认为有道理，有人认为没有道理。我说，刘向校勘古籍时，已经把风水术作为一家，怎能说全无道理呢？不过，有些风水先生学问不一定精深，也有人以此谋财，所讲的就没有根据，不应该迷信罢了。假使确实经得起检验的，就不能认为是胡说了。

弈 棋

《象经》一书，最初见于《庾开府集》，但所讲和现在下棋的方法不同。《太平广记》记载棋子作怪的事，所讲比较接近现在的方法，但也有所不同。北方人喜欢这种游戏，有人甚至着迷到了废寝忘餐的地步。景城真武祠没有倒塌前，祠里有个道士热衷下棋，大家叫他为"棋道士"，他本来的姓名倒不为人所知了。有一天，堂兄方洲到道士住的地方，见桌子上放着棋局，只有三十一个棋子。方洲以为道士外出了，就坐下来等他。忽然听到窗外有喘息的声音，过去一看，原来是两个人相互拉扯，在争夺一枚棋子，争得精疲力倦，都倒在地下。癖好竟然到了这种地步！南方人则多半嗜好围棋，也常有浪费时间、耽误事情的。堂兄坦居说，他参加丁卯年乡试，看到考场里有两位秀才，在号板上画上棋盘，捡碎炭做黑子、碎石灰块做白子，不停地对局，最后居然交白卷出场。为了消闲，偶然下下棋原也无妨；但把下棋当作人生的得失喜怒，就大可不必了。东坡有诗说："胜固欣然，败亦可喜。"王荆公有诗说："战罢两奁收白黑，一枰何处有亏成？"这两位都有好胜之心，看看他们的一生所为，并未能实践自己的诗意，但他们的话还是值得深思的。辛卯年冬天，有个人拿《八仙对弈图》来请我题辞。图中画着韩湘子、何仙姑对局下棋，其他五个仙人在旁边观看，只有铁拐李枕着一个壶芦睡大觉。我给这幅画题了两首诗："十八年来阅宦途，此心久似水中凫。如何才踏春明路，又看仙人对弈图。""局中局外两沉吟，犹是人间胜负心。那似顽仙痴不省，春风蝴蝶睡乡深。"我现在老了，回顾平生经历，也未能实践诗中的意思，真是讲比做容易呀。

西洋学问

明代天启年间,西洋人艾儒略写有《西学》一卷,谈到他的祖国设立学科培育人才的方法,共分六科:勒铎理加是文科,斐录所费哑是理科,默弟济纳是医科,勒斯义是法科,加诺搦斯是教科,陡禄日亚是道科。每科的教育都有次序,一般从文科到理科,而以理科为主体。文科类似中国的小学,理科类似中国的大学,医科、法科、教科都是专业,道科就是他们学问当中最高深的性命之学。他们的努力方向也是以分析事物、体会道理为主,以掌握本体、便于施行为功效,和儒家学问的次序大致相似。只是他们所分析的事物都是具体器物,所体会的道理又支离怪诞不能深入追问,所以被称作奇特的学问。书后附有唐代碑文一篇,说明他们的宗教传入中国很久了。碑中说贞观十二年,大秦国阿罗木从远方带着书籍图像来华进贡,就奉旨在义宁坊建造大秦寺一所,设僧人二十一人。从《西溪丛语》中考查,贞观五年,有个传法的人叫穆护阿禄,向朝廷奏闻祆教的事情。朝廷诏示在长安崇化坊建立祆教寺院,称为大秦寺,又叫波斯寺。到天宝四年七月,朝廷降旨:波斯经文宗教都来自大秦国,传播已经很长时间,在中国已有历史。最初建立寺院时,以国名来命名,今后宣告世人时,应该按照原来的含义,东西两京的波斯寺,都应改名为大秦寺。全国的州县有相同的寺院也以此为准。《册府元龟》记载:开元七年,吐火罗鬼王上表,向朝廷献上懂得天文的人大慕阇,智慧渊博深刻,有问必答。乞求皇上大恩,询问他各种教派的情况,了解到这个人有如此的学问技能,请为他设立一所传法的地方,按照本宗教方式供奉。段成式的《酉阳杂俎》中记载,孝亿国面积三千余里,百姓都信奉祆教,不信佛法,有祆教祠三千多处。又有德建国乌浒河滩中有火祆祠,相传这个神灵来自波斯国。祠堂里没有神像,在大屋子下面建一间简陋的朝西小屋,人们朝东面敬神。有一匹铜马,该国的人说是从天上降下来的。根据以上几种说法,西洋人就是波斯,天主就是祆教的神。中国的书籍中都有所记载,不仅仅是这块碑文有这样的记载。还有,杜预注释《左传》"次睢之社"这句时说:"睢水承受汴水,向东经过陈留、谯及彭城,流入泗水。这条水边有祆神,都当作土地神来祭祀。"顾野王的《玉篇》也有祆字,音阿怜切,注解为祆神。徐铉作为依据,增补进《说文》一书中。宋敏求《东京记》记载宁远坊有祆神庙,注释说:《四夷朝贡图》说,康国有个叫做祆毕的神灵,国内有火祆祠,有人传说是石勒时建立的。"这说明祆教来源很久了,也不是从唐代开始的。岳珂《桯史》记载番禺的洋鬼子,其中最有势力的称为白番人,本来是占城国的贵族,留在中国经营进出口业,住宅豪华,超过官府规定的制度。他们喜好鬼神,又喜爱清洁,平常每天都时时礼拜祈祷,祈求幸福。有专门的殿堂祭祀,仿佛中国人拜佛,但没有具体的神像陈设,叫做聱牙,也不清楚究竟拜的是什么神。有个碑,长阔几丈,上面刻着奇怪的文字,像篆书、籀书的形状,当做天主象征,众人都向巨碑礼拜。说明祆教到宋朝末年还由海上商船传到广州。可是利玛窦刚来中国时,却惊讶地认为这是自古没有的。艾儒勒根据唐碑作证据,那么一定是祆教了。可是,当年居然没有一个人根据古代事实来辩明源流衍变。原因是明代从万历以后,儒生们年轻时攻读八股文,年老时讲良知之学,就算是尽了一生的能耐了,因而考证事实的学问全都抛荒了。

不敢轻生

田家大姊说:赵庄有个佃户,夫妇感情很好。有一次,妻子听到丈夫有外遇的风声,又不很准确。妻子本来很温柔体贴,也不很生气,只是和丈夫开玩笑说:"你不爱我而爱她,我就要上吊了。"第二天,妻子送饭到田头,碰到一位看得见鬼的巫师。他看到这妇人,就吃惊地说:"你身后面有个吊死鬼,这是怎么回事呢?"这才知道一时的开玩笑,鬼已经听到了。非正常死亡的人一定寻找替身,不知道阴间法律是怎么定的。大概是厌恶这个人轻生,让他不能够很快进入轮回,并且让世上的人知道,不敢轻生吧? 不过,这又推动了鬼监看人的事,还听到有吊死鬼引诱人自杀的。所以,天下没有一点缺陷的法律是不存在的,即使是鬼神制定的,也难以避免呀!

缢鬼拒代

戈荔田说:有个媳妇被婆婆虐待,上吊死了。她上吊的那间屋子就没人敢住,就用来贮存杂物。后来,公公娶了个侍妾,比婆婆更加凶狠,因为她得到公公宠爱,公公又暗地里帮助她。家中的人为此暗暗高兴,认为婆婆有了敌手,并都暗中帮助侍妾。婆婆走投无路,也愤然上吊自杀。可是家里没有僻静的地方,她就偷偷地跑到媳妇上吊的屋子里去。刚打开门,就看见媳妇披头散发,舌头吐出,站在门当中。婆婆本来凶狠,居然一点不害怕,只是说:"你不要做恶鬼作怪,我现在来偿你的性命。"媳妇一句话也不说,直挺挺地向她扑来。

一阵阴风刮过,婆婆就昏死过去。一会儿,家人寻找看见,扶起施救,得以苏醒。婆婆把见到媳妇鬼魂的事说出来,众人劝解安慰,她也就打消了寻死的念头。夜里,婆婆做梦见媳妇说:"婆婆吊死后,我当然可以得到替代,不过,做媳妇的没有仇恨婆婆的道理,更没有把婆婆当做替代的道理,所以我拒绝了,让婆婆生还。在阴间沉沦,有万种凄凉痛苦,婆婆可千万不能走这条路啊!"婆婆哭着醒来,感到惭愧后悔,无地自容。于是,她就请来许多僧人,为媳妇做七天的水陆道场。戈傅斋说:"这个媳妇有这种思想,完全可以依靠自己得到托生,不必依赖僧人超度啊。"这话很恰当。不过,傅斋、荔田都不肯讲出这家人的姓氏,使我感到遗憾。

君子无妖

姚安公说:霸州有个老儒生,是古道热肠的君子,乡里的人都推他为最德高望重的长者。一天,他家里忽然有狐精作怪。老儒生在家时,十分安静。老儒生一出门,狐精就摇动门窗、毁坏器具、抛掷污秽东西,无所不至。因此,老儒生不敢出门,只是在家中读书修养。当时,霸州的秀才们因为治河的事情要弹劾霸州的长官,约定在学校中集会,准备把老儒生的姓名列在署名的第一位。老儒生因为狐精作怪,没有出席,所以只好另外推举一位王秀才做带头人。后来,王秀才因此被判聚众抗官的罪而处死,而老儒生却免了灾祸。这件案子开审时,狐精就离开了老儒生的家。人们这才知道,是狐狸精在阻挠老儒生出门参与其事。所以,小人不会有吉祥预兆;小人一旦有吉祥预兆,实在是上天用这个方法加深他的罪恶。君子没有妖怪作祟;如果君子碰上妖怪作祟,实在是上天用这个方法向他进行警告。

画 猿

父亲的前妻安太夫人家中有间小书房,睡在这书房中的人,半夜睁开眼看时,看到墙上仿佛有火光,像点着的香头,仔细再看,就什么也没有了。时间一久,火光逐渐大起来,听到有人的声音,才慢慢熄灭。过了几年,仔细观看时,火光竟然不熄灭。原来,墙上挂着一幅猿猴的画像,火光是从猿猴的眼睛里发出来的。大家都说:"这幅画真宝贵啊!"外祖父安老先生(名国维,不知道他的字号。现在安家人丁稀少,已经没有人可问了。)说:"这是妖怪,有什么可宝贵的呢！蛇小时不杀掉，变成大蛇就没办法了，更不知今后会变成什么妖怪！"就把画像烧了，也没有其他的怪异。

虎　语

崔老太的家在西山里面。她说，有个邻居的儿子在深山砍柴，忽然看见有只老虎向他走来，他就爬上大树躲避。老虎走到树下，抬起头，口吐人言说："你在这里吗？怎么不认识我了？我现在堕落变成这个模样，也不愿意你认识了！"说罢，低着头哭泣了很久，最后用虎爪抓着地说："后悔也来不及了！"高叫了几声，猛然转身走了。

蛇妖幻形

杨槐亭说：即墨县有个人去劳山，在山民家里借住。他所住的房子有后门，门外围着一圈矮墙，作为菜地。当时，日落西山，他正打开后门乘凉，看见矮墙上露出一位打扮得漂漂亮亮的姑娘，眉清目秀，只露出脸，好像向着他微笑。他正在注视的时候，忽然听到矮墙外面孩子们喊叫："有一条大蛇盘在树上，蛇头搁在矮墙上！"这才知道，是蛇精变形，想引诱他，吸取他的精血。他慌乱地把后门关上，也不知道蛇精什么时候离去。假如靠近蛇精，这个人就危险了。

玉孩儿

琴师钱生（钱生曾在裘文达公家作清客，我和他很熟悉，但忘记问他的姓名籍贯）说：他家乡有个人，家庭十分贫苦，他做雇工所得的钱粮，都交给他那守寡的嫂嫂，嫂嫂竟得以守节到去世。有一天，他在灯下搓麻线，看见窗缝里有个人面，像铜钱那样小，双眼炯炯有神地向屋里看着。他连忙伸手抓进来，原来是一个玉雕孩儿，长约四寸多，制作精巧，长久埋在泥土中的斑纹十分明显。乡下偏僻，没有地方可以出售，只在当铺当得四千铜钱。当铺把玉雕孩儿放在木箱子内，过一天后就不见了，当铺很怕这个人来赎取。这个人听说这件事，就说："这玉雕孩儿本来是奇怪的东西，我偶然间抓到，怎能以此再来威胁人家博取赔偿金呢!"他就把事情经过讲了出来,还把当票还给当铺。当铺很感激他,经常请他来做工,加倍给他工钱,而且逢年过节经常周济他,他竟然家道变得不愁温饱了。裴文达公说:"这是上天对他友爱的报答。不然的话,玉雕孩儿在他家时为什么不变走,要到当铺才失去呢! 至于归还当票,更是人情难得,但不过是他的品质所必然产生的行为罢了。世界上还没有刻薄奸狡却友爱兄弟的人,也没有友爱兄弟却又刻薄奸狡的人。"

修善非佞佛

王庆垞有个老太,经常做走无常。(即《滦阳消夏录》里记载的那个能看见送妻再嫁之鬼的老妇。)有富贵人家的姬妾问她:"我们当姬妾,是由于什么因果报应呢?"她说:"阴间法律规定,小善与小恶相抵消、大善与大恶就不相互抵消了。姨娘们都积有小的善因,所以今世能嫁到富贵人家;但又有小的恶因,所以使你们还有一丝不满足之处。今生如果加强修行善因,那么恶因已经报应了,善因继续增加,就可以求得来生尽善尽美。今世如果增加恶因,那么善因已经得偿了,恶因继续增加,来生恐怕不可想象了。不过,增加修行善因,并非烧香拜佛这些做法,孝顺长辈,尊敬正室夫人,使家庭和睦,才是真正的善因呀!"一个姬妾又问:"有没有儿子,一定是早就注定的,请求为我查问一下。如果阴间注定我没有儿子,我就不再梦想了。"老太说:"这件事不必去查问,只要经常做能够有儿子的善事,即使注定没有儿子,也会改注为有儿子的。如果经常做不能有儿子的恶事,虽然注定有儿子,也会改注为没有儿子的。"我的外公张雪峰先生,是王庆垞那里曹家的女婿,平生严肃正直,最厌恶三姑六婆,却经常叫这老太婆来谈谈,还说:"这个老太所讲的,虽然不一定都是事实,但是她从来不劝妇女依赖布施去讨好佛法,这是可取的。"

祸不虚生

翰林院供事茹某(忘记他的名字,好像叫茹铤)说:曾经到邯郸去拜访朋友,刚好主人外出不在家,就暂时住在城隍祠中。当时有个卖瓜人,在神座前放下担子,躺着休息。有个卖线老翁住在城隍祠里,对卖瓜人说:"你不要这样,城隍神是有灵验的。"卖瓜人说:"神怎能住在这间破屋子里呢?"卖线老翁说:"神是住在这里。有一次我夜里起来乘凉,听到神殿里有人声,我轻手轻脚地过去偷听,原来是只狐狸到城隍这里来投诉,大概是说邻居的狐精迷惑了一个青年人,青年快要死时,那狐精还要吸取他的精血。青年人家里十分愤怒,埋伏了猎人,用猎枪、弓箭来射击狐精。狐精惊怕,现出原形逃跑。人们在后面喊叫追赶。那狐精不逃回自己的洞穴,反而逃到一里路外一个邻居的洞穴去。人们在洞穴外布置罗网,用火熏,洞穴中的狐精都死了,这只狐精反倒乘机逃了出去。因此,所以来控告那迷惑青年的狐精嫁祸于人。城隍说:'它杀人而你受灾祸,控告它是应当的。不过,你的子孙有没有迷惑人的呢?'这狐精沉默了很久,才回答道:'也有的。'城隍问:'它们也杀过人吗?'这狐精又沉默了很久,才回答道:'或者也有的。'城隍问:'杀了几个人呢?'狐精不肯回答。城隍生气了,命令掌嘴,狐精只得回答说:'有几十个人。'城隍说:'你家子孙杀过几十条性命,现在赔偿几十条性命,刚好相当嘛!这是冤魂所依附,借另一只狐精的手实现报复罢了。你还控告些什么呢!'城隍随即命令手下把登记的册子给狐精看,狐精只好哭着走了。你怎能说神灵不在这里呢?"由此可以知道,灾祸不是凭空发生的,虽然看来是无缘无故的灾祸,也一定有产生的原因。不过人们就事论事,不能够一一知道这些原因罢了。

仙人护短

汪康谷主事说:有人在西湖扶乩,乩仙写了一首诗说:"我游天目还,跨鹤看龙井。夕阳没半轮,斜照孤飞影。飘然一片云,掠过千峰顶。"还没有来得及题上姓名,有个客人私下议论说:"夕阳一半隐没,就是阳光反照,即是司马相如所说的凌倒景呀!怎能说是斜照呢?"这时,乩笔震动了许久,好像仙人愤怒似的,然后大字写道:"小儿无礼!"就不再动了。我认为这位客人说得很有道理,这个仙人怎能这样护短,难道没有听到古时一字师的故事吗?

婢 鬼

俞君祺说:以前在姚抚军的衙门里时,独住一个小房间。每当灯前月下,自己睡到将醒未醒的时候,隐隐约约看到桌子边有个人影,睁开眼睛看时,又不见了。怀疑自己眼花,但是也不会夜夜都眼花的呀。后来,我装睡等着,原来人影是个粗使婢女,慢慢从墙角走出来,仔细听了很久,才敢移动脚步。我稍稍翻身,她就缩进墙角去了。我这才醒悟,这个幽魂滞留此地不能离开,又怕人,不敢走近,用心也很仔细。因此,心里想她也不是作怪,何必靠近她,使她不安宁呢?不如搬出去算了。刚一有搬出去的想法,就仿佛看见婢女远远地向自己行礼。可见人的心思一动,鬼神都会知道。人的一举一动,都逃不出人们的耳目,难道不是这样吗?第二天,我就找个借口搬了出去。后来,俞君祺做了我的幕僚,才把这件事说出来,还说:"我不想让主人受到惊吓。"我说:"先生一生谨慎,但是还没有了结这个鬼的事情。以后一定还有人到那小房间住的,你辜负那婢女对你行礼了。"

冤死女墓

族侄肇先说:以前中涵叔在旌德县当官时,有人挖地,碰到古墓,墓中棺材尸骸都化作灰尘泥土了,只有一颗心还在,血还呈红色。挖墓人害怕得把这颗心抛到河里去了。另有一块一尺多见方的石头,还可以辨认出上面刻的文字。中涵叔听到了,就要把石板拿去看。当地乡下百姓怕因此受牵连,也把石板敲碎丢到水里去,扯谎说没有这件事,那是街市的人乱传的。中涵叔免官以后,才买到石板文字的抄录本子,那文字是:"白璧有瑕,黄泉蒙耻。魂断水湄,骨埋山趾。我作誓词,祝霾圹底。千百年后,有人发此。尔不贞耶,消为泥滓。尔倘衔冤,心终不死。"文末题:"壬申三月,耕石翁为第五女作。"原来他的女儿含冤而死,他用这块石板代替墓志铭。现在看到那颗心仍然没有腐朽,可知这个女儿受冤枉是真的了。不过,那个耕石翁无名无姓,女儿又没有丈夫的家族姓氏,有年月又没有朝代年号,不知道到底是什么人,无法考查这件事的事实,这就使这件奇迹不能明明白白了。这真是可惜呀!

李 鹭 汀

许文木说:康熙末年,有个买卖古董的李鹭汀,是他父亲的朋友,善于下六壬卦,不过只在早晨起床后为自己占一卦,而从不肯给外人算卦。他说:"泄露未来的事情太多,是神灵所厌恶的。"有人拿他来和邵康节相比,他说:"我才得到邵康节的六七分而已。有次我算卦,说某天有仙人拄着竹拐杖来访,在我家饮酒题诗后才离开。我点上香等着。原来是有人带着一枝雕刻吕纯阳像的竹拐杖来出售。吕纯阳雕像刻作斜倚一只倾斜的酒壶芦的样子,又刻着'朝游北海'这首诗。邵康节哪会有这种失误呢?"李鹭汀年纪五十多岁,没有儿子,只有一个侍妾。有一天,许文木的父亲去拜访时,听到李鹭汀的侍妾在哭泣,还唠唠叨叨地说:"这是什么事能拿来跟人家开玩笑,大概是考验我吧?"又听到李鹭汀极力分辩说:"这是真的,并非开玩笑!"许文木父亲就问他们争吵的缘故,李鹭汀说:"这事实在太奇怪了。今天我算卦,有两个客人来买古董:一个是她的前世丈夫,还有一夜夫妻的缘分;一个是她今后的丈夫,应当在半年内和她结婚。连我在内三个丈夫,会一起相聚。我把卦语告诉了她,她就十分生气。不过命运注定不可改变,我不哭她却哭,我不忌讳她却忌讳,这不是个傻女人吗?"过了半年,李鹭汀果然死了。侍妾被卖到一位翰林家中,翰林夫人不准收容,过了一晚就被打发出来。后来又被卖到一位中书舍人家里,才安定下来。

婚　约

庞雪崖刚结婚的时候,做梦到了一个地方,看到一个穿青色衣服、发髻高高的姑娘,旁边有个人指着对他说:"这是你的妻子。"睡醒后心中很反感。后来再婚,娶的殷氏,模样好像就是梦中见到的姑娘。所以,《丛碧山房集》里有首悼亡诗说:"漫说前因与后因,眼前业果定谁真?与君琴瑟初调日,怪煞筌蹄入梦人。"就是记载这件事情的。考查一下,"筌蹄入梦"有两个故事:一个是《仙传拾遗》记载薛肇勾了陆长源女儿的生魂去和崔宁相会的事,另一个是《逸史》记载卢二舅勾了柳家女儿的生魂去和李生相会的事,都是把人家的未婚妻当作艺伎来侍奉酒宴,也太过恶作剧了。最近听说吕道士等人也有这种法术。(详见《滦阳消夏录》。)

刘石渠

叶旅亭说:他祖父还赶上见过刘石渠。有一天,晚上喝酒时,有个要好的朋友硬逼刘石渠召唤仙女。刘石渠叫他打扫一个房间,门口挂上竹帘,桌上点上一对蜡烛。大家把酒席搬到院子中间,刘石渠自己一面念咒,一面迈着歪歪斜斜的步子,拿着界尺一拍桌子,竹帘里果然出现一位亭亭玉立的女子。朋友一看,原来是自己的侍妾,跳起来就要打架。刘石渠急忙用界尺再一拍桌子,只见一道火光曲曲折折像闪电似的,侍妾已经穿过竹帘消失了。刘石渠笑着对朋友说:"我们有二十年的交情,怎会作弄您的侍妾呢!刚才是勾来狐女,变成您侍妾的形象,引您生气,开个玩笑罢了。"朋友急忙回去看看,侍妾还在不停地刺绣。这样开玩笑,大概也算是不即不离的玩笑了。我由此想到李少君召唤李夫人的灵魂,只许远看,不能近观,恐怕也是勾唤妖精鬼怪,变化形象之类。

术不足胜

费长房能用符咒惩治各种鬼怪,后来失去了符咒,终于被鬼怪杀死。明崇俨死时,有刀插入胸膛,也不知凶器从何而来。有人说,他驱使鬼怪很刻薄,最后被鬼怪刺杀。依赖法术的人,最后会失败在法术上面,这是很多的。刘香畹说:有个很会念惩治符咒的僧人,被狐精引诱到荒野的地方,成千上百的狐群围着他又叫又咬。僧人挥动金杵,击倒了一个化作人形的老狐狸,突围逃出来。后来在路上遇到那只老狐狸,老狐狸跪在地上行礼,说:"感谢您以前没有杀我,我也觉得十分后悔。现在,我愿意皈依佛法,接受五戒为僧。"僧人正想摸摩老狐的头顶,老狐忽然把一片面膜掷在僧人脸上,马上变形逃走了。这块面膜不是丝绸,也不是皮革,颜色像琥珀,粘胶像油漆,贴在脸上剥不下来。僧人又盲又闷,不能忍受,就请人用力把这层膜揭掉,连脸上皮肤都剥了下来,僧人痛得几乎晕死过去。后来脸上结痂脱落之后,僧人已经不像人样了。还有一个云游僧人,在门上张贴告示,自称能够驱赶狐精。也有狐精来引诱,被僧人识破,摇起铃儿,念动咒语,狐精吓得逃走了。一个月后,有个老太上门,说家里靠近坟场,天天被狐精骚扰,请僧人前去禁制惩治狐精。僧人拿出一枚小镜子照照老太,确实是人类,就跟着她前往。老太带僧人走到堤岸边,突然抢过僧人的书袋丢到河里去,里面的符箓、施法的器具,都沉没到水里了。老太跑到庄稼地里躲起来,找也找不到。僧人正在懊恼时,忽然有碎砖烂瓦砸过来,打得他头破血流。好在僧人还会念咒自卫,狐精不能靠近,狼狈地逃回来。第二天,就惭愧地走了。时间一久,人们才知道老太是当地人,她的女儿和狐精很亲密。狐精就利用女儿的关系,用钱收买老太,让她去抢僧人的符箓。这些都是有法术可以战胜狐精,最终却被狐精用计打败了。因为狐精有计谋,僧人没有准备;狐精有同党,僧人没有帮手。何况,法术并不十分高明,而轻易和狐精对抗呢!

木匠婚姻

舅父安五占先生说:留福庄有个木匠,向算命先生问婚姻前景,算命先生开玩笑地说:"由此向西南方一百里有个地方,某甲快就要死了,他的妻子注定该嫁给你。你赶快去寻找,就可以娶到这个女人了。"木匠相信了,走到那个地方,住在村子里的旅店里。木匠碰到一个人,就问:"某甲住在哪儿?"那个人就问:"你找他有什么事?"木匠就把情况告诉他。没想到这个人就是某甲,听到木匠的话,大为愤怒,拔出佩刀就要杀木匠。木匠逃进旅店后面,翻墙逃跑了。这个人怀疑店主人把木匠藏在室内,就想进去搜查。店主不肯,两人就打起来,这个人竟然把店主杀死了。按法律,这个人就依法偿命。当时,木匠的姓名籍贯,大家都还没有问过。一年多以后,有个老太带着一个男子、一个妇人经过献县,说是小叔和守寡的嫂子。老太突然死了,没有钱收敛埋葬,小叔就和人们商量把嫂子嫁出去。嫂子也没办法,只好委屈地顺从。木匠那时还没有娶妻,大家就做媒,让木匠和嫂子结了婚。后来问那嫂子的前夫,正是某甲。这真是奇怪的事!算命先生不开玩笑,木匠不会去那个地方;木匠不去那个地方,就不会与某甲争斗;不与某甲争斗,店主人就不会死;店主人不死,某甲就不会判罪偿命;某甲不判罪偿命,这个妇女就不会嫁给木匠。这真是无缘无故却出现波澜转折,最后辗转相连,木匠与妇人竟然成了夫妻,这难道不是气数注定而成的吗!又听说京师西四牌楼,有个算命先生日日在街上摆摊。雍正八年闰六月,算命先生忽然算到自己要在十八日意外死去。这时还有一两天时间,自己心想没有死的道理,但是卦里说得十分清楚。于是,算命先生在那天关上门,不上街,要看看怎会意外死亡。没想到忽然发生地震,房屋倒塌,把他压死了。假使他不给自己算卦,当天一定仍然在大街上摆摊,怎会被屋子压死呢?这也是气数注定,逃不掉的,反而由于预先知道而误了性命啊。

张 无 念

画师张无念住在京师樱桃斜街,书斋都用大幅阔纸裱为窗纸,不留一格窗棂,以便采光。每当月明的夜晚,一定有个女子的影子印在窗纸的正中。开门看时,又看不见什么,但影子还是存在。张无念因为这影子并不作怪,也就随她存在。有一天晚上,仔细一看,觉得那影子体态生动,好像图画似的。张无念开玩笑地用笔把影子轮廓勾勒下来，从此影子再看不到了。但是，墙头上有时个女子伸出头向下看。张无念忽然醒悟，这个鬼想画像，先前先让我看到轮廓，现在让我看到模样。同那女子讲话，她又不回答；仔细注视她，她也不害羞，不躲避，要很久才隐没不见。张无念就给影画补上眉眼衣服纹饰，画成一幅仕女图。晚上，听到窗外有声音说："我名叫亭亭。"再问她时，已经没有声响了。于是，张无念就把她的姓名题在画像的窗纸上。后来这幅画像被一个知府买去了。（有人说，知府就是李中山。）有人说："那女子是狐精，不是鬼，这样比较合理。"有人说："本来没有这件事，张无念故意把画像说得神乎其神而已。"究竟是不是，就不清楚了。不过，有才貌的女鬼都想留名后世，从现在倒推到古代，这种爱好和习惯都是相同的，而且本来也是理所当然的事情。

少男少女案

姚安公担任刑部江苏司郎中时，西城送交来一个案件，是少年强奸幼女。男的年十六岁，女的年十四岁。少年到西顶游玩回家，看见幼女在菜园里摘菜，就威胁她成事。巡逻的兵丁听到幼女呼喊，就把少年抓住了。审讯还未结束，两家的父母都送来辩护词，说幼女是少年的未婚妻，少年不知道而误犯了她。按法律，和未婚妻通奸有条款，强奸未婚妻却没有条款。正在商议定罪时，幼女又改变了供词，只说是调戏玩笑罢了。于是就稍稍责备一番，就把他们放了。有人说："这是女方父母接受了厚礼，幼女也喜爱少年漂亮，而且家庭富裕，所以捏造这种假供词，解决了纠纷。"姚安公说："是不是这样，都不一定。不过，这件事只是婚姻关系，和用行贿销除人命案子，使受害者在阴间含冤不同。强奸未成就无法检查，说行贿又没有证据难以对质。幼女同意了，父母听从了，媒人保人又有切实的证明，邻居们又没有不同意见，双方的供词也没有相互矛盾之处。做君子的可以因为正直受到欺骗，却不能横生枝节去罗织罪名，使一个少年流放到远方呀！"

僮 戏

某公子在夏天退朝之后，拉着婢女在幽静的房间里午睡。刚好守门人来报告事情，就问："主人在哪里？"一个僮仆故意同守门人开玩笑，就随口说："主人正抱着你老婆在某处睡觉。"守门人老婆恰好来这里，听了就愤怒地臭骂僮仆。主人出来问明原因，就把僮仆打了一顿，赶了出去。过了三四年后，守门人老婆死了。又碰上那个婢女顶撞主人，失去宠爱，主人也忘记以前的事，就把婢女配给了守门人。事后，主人记起以前的事，才长长地叹了口气说："这岂是偶然的事呢！"

破　钟

　　文水县季华廷说：离他家百里外有一所荒废的寺院，人们都说里面有妖怪，所以没有人敢居住。有十几个羊贩子，因为避雨住在寺院里。晚上，听到呜呜的声音，黑暗中看见一样东西，圆圆的又粗又大，看不清模样，步履艰难地走着，行动十分迟钝。羊贩子都是些天不怕地不怕的年轻人，一点都不害怕，都拿起破砖瓦掷过去。砖瓦击中，发出清亮的声音，那怪物就慢慢退缩逃走。大家更觉得这怪物没有能耐，叫喊着追赶它。怪物跑到寺门破墙旁边，就站着不动。大家走近一看，原来是一口破钟，钟里有很多碎骨头，估计是怪物吃剩的。第二天，羊贩子告诉当地人，把破钟熔化了铸造其他器具。从此，怪物就绝迹了。这个怪物真是迟钝极了，还要出来作弄人，最后弄得粉身碎骨。大概它看到会变形的妖怪出来作怪，它跟着仿效吧！我家里有个婢女，是沧州山果庄人。她说，山果庄原是强盗窝，有人看到做强盗发财，也跟着去做。官府追捕紧急时，其他强盗都抵抗逃走，避免了治罪，只有这个人被抓获处死了。这个人也是那个破钟之类呀。

柳某负心

　　舅父安介然先生说：有个柳某，和一个狐精做朋友，十分亲密。柳某本来很穷，狐精经常周济他家衣服粮食。柳某欠了贵族的钱，想把女儿送给贵族抵债。狐精把借钱契约偷走，卖女的事才未办成。狐精经常到柳家，柳某的老婆、孩子都能和狐精讲话，但只有柳某能见到狐精的模样。狐精迷惑一个富家女儿，富家用符咒之类也赶不走它，就悬赏百两银子，招募有能够惩治狐精的人。柳家夫妻原就知道这件事。老婆贪图钱财，就怂恿柳某找机会杀死狐精。柳某认为这是负心行为，心中感到抱歉。老婆骂他说："它能够迷惑人家女儿，就不会迷惑我家女儿吗？昨天，它拿五两银子给你女儿做冬衣，恐怕有意思了。这个祸患不能不除啊！"柳某就暗地里买来砒霜和好酒，等待狐精。狐精已经知道了。等到柳某和乡亲邻居坐在一起的时候,狐精在屋檐上喊柳某的名字,首先回顾相交的深情,再说到自己周济柳某很久了,最后一一揭发柳某夫妻的阴谋,说:"我并非不能害你,但是我与你相交很久了,怎能忍心把你当作仇敌呢?"又从屋檐上丢下一匹布,一包棉花,说:"昨天你的小儿子叫喊寒冷,我答应给他做棉被,我不能在孩子面前失信。"大家听了,心中都愤愤不平,都来讥笑责骂柳某。狐精说:"交朋友没有选择,也是我的过失。世间人情就是这样,又何必要深加追究呢?我只是让大家知道罢了。"狐精叹息着离开了。从此,乡亲们和柳某断绝了关系,也没有人肯周济柳某一升一斗粮食。柳某只好带着家人连夜逃走,以后就不知道他怎样了。

佟园缢鬼

舅舅张梦征先生说:沧州佟氏的园林没有荒废时,三面环水,绿荫森森,游玩的人常常借这个园林开筵席。守园的人常常夜里听到鬼唱歌,歌词是:"树叶儿青青,花朵儿层层。看不分明,中间有个佳人影。只望见盘金衫子,裙是水红绫。"这样的情况继续了几年。后来,有个妓女被客人侮辱殴打,含着悲愤,在树上吊死了。她穿的正是盘金的衣衫,水红绫的裙子,和鬼唱的一样。人们都搞不清是什么缘故。有人说:"这是吊死鬼等候替代,预先知道要来替代的人,因此高兴地歌唱呀。"

农 妇

青县有个农民,生病不能劳动,眼看就要饿死,想把老婆卖掉,只望两个人都能活下去。他老婆说:"我走了,你怎能自理呢?而且卖我得到的钱用完之后,你仍会饿死的。不如把我留下侍奉你,使饮食医药,都有人照料收拾,或者你能恢复健康。我宁可去做娼妓。"十几年后,这农妇病重,昏迷过去又醒过来说:"刚才恍惚之间到了阴间,阴间的官员说当娼妓的应当投胎为麻雀鸽子,因为我念念不忘丈夫,所以还可以再托生为人。"

郭　姬

　　侍妾郭氏，她父亲是大同人，寄居在天津。郭氏出生的时候，她母亲梦见卖端午彩符的人，就买了一枝，因此为她取名彩符。她十三岁时就到我家了。生过几个儿子，都养不大。只有一个女儿，嫁给德州卢荫文。荫文是卢辉吉观察的儿子。卢辉吉会算命，曾经推算郭氏寿命不会超过四十岁，果然，她三十七岁时就去世了。我在西域时，郭氏已经生了肺病，向关帝求签，询问还能不能相见。得到一枝签，上面写道："喜鹊檐前报好音，知君千里有归心。绣帏重结鸳鸯带，叶落霜雕寒色侵。"她认为说的是我会在秋冬间回来，心中很高兴。当时，我的学生邱二田在我京中住处，听到这签语，就说："见是一定会相见的，不过最后一句却不是吉利的话。"后来，我在辛未年六月回到家里，郭氏的病已经大好了。到了九月，病情又起了变化，一天天加重，最后去世了。她死后，晒她的遗物，我有所感地写了两首诗："风花还点旧罗衣，惆怅酴醾片片飞。恰记香山居士语，'春随樊素一时归'。"（郭氏在三月三十日去世，刚好是送春的日子。）"百折湘裙贴画栏，临风还忆步珊珊。明知神谶曾先定，终惜'芙蓉不耐寒'。"（"未必长如此，芙蓉不耐寒"，是寒山子的诗句。）就是用签语的意思。

推命用时

　　世间流传的算命，开始于李虚中，他用的方法是年、月、日，却不用时辰。这原是从韩愈所作李虚中的墓志上来的。李虚中的书，在《宋史·艺文志》中还保存目录，现在失传已经很久了，只有《永乐大典》记载李虚中的《命书》三卷，还是完整的。书中也说到八字，并非不用时辰。有人怀疑这是宋代人托名伪作，究竟如何，已无法弄清了。不过，考查李虚中的墓志，称赞他对五行最精通，所著书中，以人生下来时的年、月、日，所遇上的日辰，地支天干相生，胜衰死生，互相比较研究，推算出这人的寿命贵贱、有利无利等等。据考查，天有十二辰，所以一日分为十二时，太阳行到某辰，就是某时了。所以时也称为日辰。《国语》上说"星与日辰之位，皆在北维"就是讲这一点了。《诗经》中有"跂彼织女，终日七襄"的句子。孔颖达的注释（应当作郑玄的笺释）说："从早到晚七个时辰移动一遍，因此称为七襄。"这是日辰也就是时的证明。《楚辞》说："吉日兮辰良"，王逸注释说："日指甲乙，辰指寅卯。"把辰和日分别地讲，更为清楚明白。根据这些推论,似乎"所直日辰"四个字,应当连接上面年月日为一句。后人误把这四个字与下面的文字连接成句,所以有不用时的说法。我撰写《四库全书总目》时,也说李虚中算命不用时,还是沿袭过去的说法。现在附带记在这里,用来表明我的过失。至于五星的说法,世间相传是出于张果,他的说法在书籍中也没有记载。考查一下,《列子》说按上天命运,所属星辰,碰上吉就是吉,碰上凶就是凶。命运已经注定,即使鬼神也不能改变更换,圣人智士也不能回避。王充的《论衡》说,上天布施气数,各种星星分配精神。上天布施气数,各种星星的气数也在当中了。包涵着气数生长,得到富贵就会富贵,得到贫贱就会贫贱。贵人有官位的高低,富人有财资的多少,都是因为星位的大小尊卑所给予的。所以,用星来论命,自古就有了,不一定从张果才开始。还有,韩愈的《三星行》说:"我生之辰,月宿南斗,牛奋其角,箕张其口。"杜牧为自己写的墓志上说:"我生在角星昂毕,在角中是第八宫,叫做疾厄宫,又叫八杀宫,土星在其中,火星跟着木星土星。杨晞说:'木在张,在角中是第十一福德宫。木的福德大,君子没有什么好担心的了。'我说:'当湖州太守不到一年就升任舍人,木对角的福气足够了,火土对角是死亡也应该的吧!'"这种五星之说最早出在唐代,方法和现在没有什么不同。用五星之术算命的人假托张果的名字,也不是没有原因的。只是假托的书,语言很粗俗,比李虚中的《命书》更加低下,肯定不是唐代的文字。

画　妖

霍养仲说:有个历史悠久的家族,在墙壁上挂着一幅《仙女骑鹿图》。落款题名赵仲穆,不知是否他的真迹(仲穆名赵雍,是赵松雪的儿子)。每当房间里没有人时,图画中的人就会沿着墙壁行走,好像皮影戏的样子。有一天,有人预先把长绳系在画轴的上面,埋伏等待。等画中人行走到比较远的地方,猛然间把画轴拉下拿出门去。画中人只得把形象依附在墙壁上,色彩和图画一样。不久就渐渐变淡,逐渐变得全无轮廓,过了半天,全都隐没了。人们怀疑画中人已经消散了。我曾经说过,图画中的事物没有形象的实质,又没有精血气息,居然能够贯通灵气变化形体,似乎不一定。古书记载的那些画妖,我怀疑都是有妖怪借图画形象来现形而已。后来,看到林登的《博物志》记载,北魏的元兆,抓获云门黄花寺的画妖,元兆就追问画妖:"你本来是空虚的,是画出来的,怎能有这样妖怪的模样呢?"画妖回答说:"形象本来是画出来的,画像又以相似现实才达到真实动人。真实的形象有所感示,便会有神灵。何况在所画的图画上面，精灵有具体事物依靠就可以通灵。这就是我得到生活真实形象的感召，终于幻化成妖怪的原因。我实在是有罪的。"画妖的话好像也有点道理。

天　狐

　　骁骑校萨音绰克图和一个狐精交朋友。有一天，狐精神色慌张地跑来说："我家有妖精作怪，想借您家的坟园给家属居住。"萨音绰克图很奇怪，就问："只听说狐精作怪害人，没听说还有东西能作怪害狐精，那是什么妖怪呢？"狐精说："那是天上的狐精。它的变化神通，令人不可思议。它像鬼怪雷电般来来去去，看不到一点预兆。它作怪害人，人来不及防备；它作怪害狐精，狐精也看不见的。"萨音绰克图又问："它与你们都是同类，怎么不留一点情面呢？"狐精说："人与人也是同类，却有强壮的欺凌弱小的，聪明的作弄愚笨的，又怎会手下留情呢？"妖怪碰上妖怪，这件事真奇怪。天下的世态，反复争斗取胜；天下的机巧，又层出不穷，千变万化，难道这是一句话就可以讲清楚的吗？

卷十三

槐西杂志(三)

郭彤纶

丁卯科同年郭彤纶,在参加戊辰科考试的途中,留宿在新中驿的旅舍里。晚上,他一个人在灯下读诗,听到窗外有人说:"先生是读书人,西墙上有一首诗,请您指教。"郭彤纶走出房看时,又看不见人,便走到西墙边,拭去墙上的灰尘,仔细寻找,果然有八句诗,是一个旅客生病时所作,词语十分凄凉痛苦,但粗俗不堪,甚至语句不通。这难道是喜欢乱题壁的人到死还忘不了老习惯吗?还是想请郭彤纶替他扬名,使人们知道某某人死在某某旅舍,希望家属能来收拾他的骸骨,运回家乡呢?

宋　遇

仆人宋遇娶过三个妻子。第一个妻子婚后就没有同床,后来离婚了。第二个妻子怀孕后,生了一对双胞胎。宋遇讨厌照料麻烦,妻子奶水又不够,就去找药物来使妻子绝育。他误信一个王老太的话,把磨刀石捶成粉末,叫妻子服下,结果石末聚结在肠胃中,便死了。后来,宋遇病危时,口中含糊不清地说着话,好像和什么人辩论似的。病情刚好转,他就悄悄对第三个妻子说:"我要休掉第一个妻子时,我的父母已经接受了人家的聘礼,定好了日子来接人。我那第一个妻子还不知道。我在头一晚引诱她,和她同房。她以为我回心转意,很高兴地和我亲热。到五更天时,我和她还抱在一起睡觉。等到迎亲队伍来到,第一个妻子才悔恨不已地被接走了。但是,媒人早就对后夫说过,这个妇人没有和我同房过,我的母亲、哥哥也是这样说的。等到第一个妻子嫁到后夫家,发现并非处女,就被后夫怀疑、责骂,最后心情郁闷而死。第二个妻子本来不肯吃磨刀石粉,我痛打了她一顿,逼她吃完。她死后,我怕她变为恶鬼,又行贿巫神作法,断绝灾祸。现在,在神志恍惚中都见到了她们,我一定会死了。"不久,果然死去了。还有个奴仆王成,性格乖僻,正在和妻子说说笑笑时,突然凶狠地喝令妻子伏在地上接受鞭打。鞭打完了,仍然和妻子有说有笑。大概一日一夜里,这样喜怒反复有好几次。妻子怕他像怕老虎似的,他高兴时不敢不强颜欢笑,他生气时不敢不顺从挨打。有一天,妻子向太夫人哭诉。太夫人把王成叫来问原因,王成跪着禀告说:"我自己也不明白,也不由自主。只是一下子觉得妻子可爱,一下子觉得妻子可憎而已。"太夫人说:"这真是没有人性。这大概是佛法所说的前生的冤业吧!"又担心他妻子自杀,就把他们一起解雇了。后来听说王成病死时,他的妻子竟然穿上红衣衫。夫为妻纲,这是天经地义的。但是,论尊严,究竟不如君主,论关系,究竟不如父亲,所以妻又解释为齐,就有对等的含义了。那么,夫妻相处,大家都应当在情理上平等。宋遇的第二个妻子是被误杀的,他的罪过只是太过凶狠了。他的第一个妻子,既然已经离婚,并且接受了人家的聘礼,那么夫妻的恩爱已经断绝,不应当再按夫妻关系来对待,所以宋遇的做法,简直是诱奸别人的未婚妻。因而导致她死亡,宋遇以性命抵偿也是适当的。王成过分凶暴,但还没有把妻子打死。妻子一天在他家里,他一天也是妻子的主宰。王成死后妻子不穿丧服,反而穿红衣吉服,这是违反道理,破坏伦常。这个妻子受到虐待,也不值得怜悯了。

太湖渔女

吴惠叔说:太湖有一户渔民嫁女儿,船行到湖心,突然出现大风大浪。掌舵人惊慌失措,船只歪歪斜斜,快要沉没。大家都抱头痛哭时,突然见新娘子冲出船舱,一手掌舵,一手拉住篷索,船只就曲曲折折地飞快行驶,直达新郎家中。那时,良辰吉时还没有过去。太湖上洞庭山的人们都相互传说,认为是奇事。有人认为新娘子不守礼节,给予嘲笑,吴惠叔说:"新娘本来就是渔家女,天天在船上拿篙摇橹的。不能够硬要人家做坐着等死的宋国伯姬呀!"又听说我家乡有个姓焦的姑娘,记不清是哪个县的人了,已经受了聘礼待嫁。有人想娶姑娘当小老婆,就散布流言蜚语中伤她。男家就想要离婚。姑娘的父亲到官府告状,但耍阴谋的人布置很周密,不但证据确凿,而且还有人出面自认是姑娘的情人。姑娘看到事情紧急,就请邻居老太太带路,直接去未婚夫家。走到厅堂上,向婆婆行礼,说:"未婚女子不同于已婚妇人,贞节不贞节可以验明的。与其在官府媒婆那里出丑,仍旧被他们诬陷,不如在您面前出丑算了。"就关上门,脱光衣服,请婆婆检查。这场官司一下子就解决了。这件事比亲自掌舵的新娘更加不守礼节了,但是在危急存亡的紧要关头,也有不得不这样做的。理学家动不动就让人家去死,不是合理的议论呀!

木石人

杨雨亭说:在劳山的深处,有一个人直挺挺地坐在树木石头之间,身体已经和树木石头一样的颜色了,但还有呼吸,两眼还挺有神采地看来看去。这是道家修炼铅汞,元神中已经炼成了一个婴儿,可是被封闭着不能升出体外。这样不死不生,修道又有什么可贵呢,反而不如做鬼那样逍遥自在了。大概仙人有仙骨,体质本来清净空虚;仙人有仙缘,口诀有人传授。有些人得不到真传就随意炼仙,由此受害的人不只一两个,这个人就是一个明证!有人说:"用刀砍他的头,就可以解脱躯壳成仙了。"这也是猜想的话,做起来哪像讲的那样容易呢!

灶 神

古时候大夫要祭五种家神,现在的人家只祭灶神。像门神、井神、厕神、中雷神,就有人祭,有人不祭。但不知是天下共有一个灶神呢,还是一座城市、一个乡村共有一个灶神,或者是一家一个灶神?如果天下共有一个灶神,像火神之类,那么一定有祭祀的典礼,而现在却没有这个典礼。如果一座城市、一个乡村共有一个灶神,那一定有专门的神祠,像现在城隍祠、土地神祠之类,但现在却没有看到各地有专门的神祠。那么是一家一个灶神了,但又不知道天下的人家像恒河的泥沙数目那样众多,天下的灶神,也应当像恒河泥沙数目那样众多了。这批像恒河泥沙数目那样众多的灶神,是什么人当的?什么人任命的?灶神不是显得太多了吗?人们搬家迁居不固定,人家兴旺衰败也不固定,灶神当中空闲无事的又到哪里去呢?灶神中新增加的又从哪里来呢?每天任命、免去、改动灶神,上天不觉得太麻烦了吗?这些都真是不能按道理来解释的。不过,碰上灶神的事,仍然有时发生。我小时候,看到外公张雪峰先生家里一个烧饭的老太婆,喜欢把脏东西扫进灶膛里。晚上做梦,有个穿黑衣服的人骂她,还打她耳光。醒来时觉得双颊肿痛,变成了脓疮,几天后像茶杯那样大,脓汁溃烂向内流,从口里吐出来。吸气的时候,脓汁就流入喉咙里,呕吐呛咳得要死。老太婆发誓今后要虔诚地拜灶神,伤口就痊愈了。这又怎么说呢?有人说:"人们家中设立一处祭祀的地方,一定有一个鬼依附着。祭祀的地方存在,神也就存在;祭祀的地方废弃了,神也就消失了,不必要上帝——任命的。"或者是这样罢!

门 外 语

孙协飞先生晚上在山民家中住宿,听到了鸟(了鸟,是门上的铁搭扣,李义山的诗里就用这两个字)丁东的声响。孙先生问是谁,门外有小声说:"我不是鬼,也不是怪,是邻居女儿,有话对你说。"孙先生说:"谁把你叫做鬼怪,你非要先解释自己不是鬼怪呢? 这不是欲盖弥彰吗?"再倾听一下,就没有一点声响了。

崔 崇 岏

崔崇岏是汾阳人,以卖丝为业,往来于上谷、云中经商已有多年了。有一年,他亏本了十几两银子,与他合伙的人发了些怨言。崔崇岏很懊怒,用刀插入自己的腹部,肠子流出几寸长,生命垂危。商号主人看到他还没死,急忙把乡里管事和他老婆叫来,问他:"你有冤枉事吗?"崔崇岏说:"我经营不得法,致使主人的资金亏损,我实在觉得惭愧,所以不想活了,和别人没有关系。赶快把我抬回家去,以免出人命案子连累别人。"商号主人很感激他,送他几十两银子做丧葬费,他只能奄奄一息等死了。有个医生把他的肠子缝合,塞回腹内,敷上药,伤口结痂,竟然慢慢好起来。只是大便会从刀口流出,肛门已经封闭住了。后来,崔崇岏十分贫困,甚至把妻子都卖掉了。过去和他一起贩丝的人都同情他,每人赠送他一些丝,让他纺成线维持生活。他慢慢地得以温饱,又重新娶了老婆,生了儿子。到乾隆三十八、三十九年间,他七十岁时,才去世。他的同乡刘炳给他写了传记,曹受之侍御抄录了一份,拿给我看,我就记下了大概情况。做买卖亏本,是常有的事。因为十几两银子就自杀,崔崇岏真是太轻视性命了。不过,他的本意是,本来没有丝毫的私心,但行为却有点像贪污,自己的心意不能让大家明白,只好用死来表白,这个人平生自己要求严格就可以想象了。他将死的时候,当众清楚地报告乡里管事,使官府不会产生疑问;仔细地吩咐妻子,使家属不去告状,这种用心不是特别忠厚吗! 应当死去却没有死去,上天安排是有道理的。这件事像是奇事,实际上却并不奇呀。

心 疾

文安王紫府先生说:灞州有户当官的人家娶新娘,新娘的盖头巾刚拿下,新郎就突然大喊大叫,跑了出去。大家追赶上来问原因,新郎说:"新娘子青面红发,模样像鬼似的,我吓得只好逃走了。"新娘子本来是中等相貌,大家都说不清什么原因,就硬要新郎再进洞房,但新郎眼中的新娘,还是像鬼一样。父母强迫新郎进新房去,新郎竟然乘人不注意上吊自杀了。既然没有行过夫妻之礼,新娘按情况应当回娘家去。当时来参加婚礼的客人还是济济一堂,新娘的父亲就带着新娘,向客人们一一行礼见面,说:"我女儿的相貌实在不够漂亮,但是怎会把人吓到要寻死呢!"在《幽怪录》里记载卢生娶弘农令女儿的故事,也和这件事相同,只是新郎并没有死。这大概是前生的冤业,不能用一般道理去解释的。对于道学家来讲,一定会说:"这是有精神病,精神虚幻、眼睛昏花造成的。"

李 再 瀛

李再瀛主事是汉三总督的孙子,在礼部的时候是我的部下,气概高远,思路清晰,我对他期望很大。但是,他新婚不久,就突然去世了。听说他去迎娶新娘时,新娘拜神,放在身上的镜子忽然掉在地下,裂为两半,这已经让人惊讶,认为不吉利的了;后来又有啾啾的鬼声,一夜响个不停。原来衰败的气数有所感召,先作预兆呀。

应酬不可废

有个候选官员在虎坊桥租下一所宅院。有人说:"这房子有狐精,不过并不作怪,搬进居住的人祭祀一下,就安定了。"这候补官员性格吝啬,不肯听人家劝告,搬进去后并不祭祀,但也没有什么怪事。不久,他娶了个侍妾。侍妾刚到那一天,一个人坐在房间里,听到窗外、门帘缝隙里传来几十个人轻轻的说话声,在评论她的相貌美丑。侍妾害臊,头也不敢抬起来。不久,候补官员和侍妾熄灯睡觉,只听得满房间都是吃吃的笑声,("吃吃笑不止"这句子,出于《飞燕外传》。有的本子作"嗤嗤",是不正确的。又有的本子作"咥咥",是根据毛亨为《诗经》写的解释。不过,《诗经》里"咥咥"是欢笑的模样,并不是笑声。)他们有什么动作,房间里的声音就大声叫喊他们的所作所为。一连几个晚上,都是这样子。候补官员就向正乙真人投诉,真人的法官汪某说:"大凡妖怪害人,是可以禁咒惩处的。如果只是嘲弄讥笑,对人没有损害,譬如相互开玩笑,没有闹出什么乱子,就不是王法能够禁止的了。怎能把男女亲热这些琐碎的事,去冒犯神明呢?"候补官员没有办法,只好摆酒祭祀狐精。当天晚上就十分安静。他感叹地说:"现在我才知道,应酬的礼数是不能够免去的。"

凤凰店狐

王符九说:凤凰店有个老百姓家,儿子拿着他母亲的鞋子去玩,丢在后园的花架下面,被他父亲捡到。这个当母亲的被大骂一场,又没办法说清楚,就想上吊自杀。突然,这家的狐精大肆作怪,凡是妇女贴身的衣物,都被偷去丢到另外的地方;这样闹了半个多月才停止。于是,这个妇人丢失鞋子的疑问,不用再解释就清楚了。这件事仿佛暗中替这妇女解除困境,大家都不明白其中奥妙。有人说:"这个妇人的婆婆性情严厉,有个婢女和人私通怀孕,怕得想上吊自杀。这妇人偷来后园的钥匙,把婢女放走了。这是积了阴德,所以神灵命令狐精来救她吧!"有人又说:"既然是神灵保佑,何不先派狐精把鞋子收走,不就更没有痕迹了吗?"王符九说:"神灵正是用这些痕迹显示因果报应分明呀!"我也认为王符九的话是正确的。

胡 太 虚

胡太虚抚军能够看到鬼魂。他说,曾经因为修缮房屋,巡视过奴仆们的家,各个房子都有鬼魂出出进进,只有一间房子没有鬼魂。查问一下,回答说:"是某奴仆住的地方。"不过这个仆人粗笨得很,没有什么能力,他的老婆也是一般的女仆罢了。后来这个奴仆死后,他的老婆竟然终身守节不嫁。原来烈妇有的还是激于一时义愤,节妇如果不是平日有坚定的信念,一定不能做到的。含辛茹苦几十年,她心中的正气积蓄已经很久,鬼魂当然不敢靠近了。又听到一个能够看到鬼魂的人说:"某家人家里经常有鬼魂来往,凡在房间里男女调笑亲热,鬼魂们一定都来观看,还指指点点,讲讲笑笑,只是人们听不见看不见而已。鬼魂看见就远远避开的人,不是将来成为烈妇、节妇的,就是成为孝妇、贤妇的了。"这话和胡太虚先生所讲的,如出一辙。

含糊书生

朱定远说:有个读书人晚上坐着乘凉,忽然听到房上有吵闹声。他惊讶地站起来察看,原来是两个女子在屋檐上打架,掉了下来。这两个女子大声问道:"先生是读书人,请问现在姊妹两人共嫁一个丈夫,有没有这样的礼制?"读书人吓得不敢讲话,两个女子又追问,他就战战兢兢、吞吞吐吐地说:"我是人类,只知道人类的礼制。鬼有鬼的礼制,狐精有狐精的礼制,这就不是我能知道的了。"这两个女子轻蔑地说:"这个人糊涂含糊,说不清楚,我们去问另外头脑清楚的人去!"说着双方拉拉扯扯地走了。苏味道行为态度都模棱两可,实在是保存自身安全的计策。但是,因为推诿败事而获罪的人,也往往存在。原来世故太过分,为自己打算太过狡猾,连平时不应当回避的事也回避了,应当做的事也不愿去做,往往就会坐失良机,留下灾祸的根子,一旦发作就不可收拾了。这个读书人被狐精嘲笑,只是小事而已。

双 幻

济南朱青雷说:他家乡有个老百姓的家中,一青年与邻居少女相好,经常偷偷眉目传情。时间一长,男女幽会的形迹略有显露。少女的父亲心中怀疑,晚上爬在墙头上,向两边房子观察,暗中察看青年和少女的来往。他发现在少女的房间里有一个青年,在青年的房间里有一个少女,两男和两女的衣服相貌都没有什么不同。这时,少女的父亲才知道,青年和少女都被狐精迷惑了。这真像黎丘的鬼变幻成人家子弟形状的故事。朱青雷说:"按我的看法,有人做媒让青年与少女结合,也是一件好事。不过,听说两家父母都很生气,都请巫师来驱逐狐精。当时我正收拾行李北上,不知道最后怎么样了。"

受祭祀分亲疏

有个能够看到鬼魂的人说:"家中的过继儿子,凡是异姓过继的,即使是姐妹的儿子、妻子的侄儿,在祭祀时,都是生育他的父母长辈的鬼魂来享受,后来过继父母长辈的鬼魂不来享受的。凡是同族的过继儿子,祭祀祖先时,都是过继父母长辈的鬼魂来享受,亲生的父母鬼魂虽然也来,只是在旁边陪着,不敢争先享受。只有于某抱养了张某的儿子,祭祀时却是于某鬼魂来享受。过了很久才知道,在几代以前,于家媳妇怀孕之后才嫁到张家,这鬼魂本来是于家的祖先呀。这是什么道理呢?"我说:"这个道理很容易明白。铜山在西方崩倒,东方洛阳的铜钟就会有响应,并不因为距离远而有所妨碍。琥珀能吸引芥子却不会吸引铁针,磁石能吸引铁针却不能吸引芥子,并不因为接近就能相合。出于一个根的气息能相互依附,两个根的气息不能相互依附。看到这种情况,让人产生和睦宗族的感情,追念祖宗的盛情也会自然产生出来。一个人身体分为四肢,四肢各分开五个指头,这就分为二十个指头了。但是,二十个指头的痛痒,我们都能察觉,因为是同一个身体的缘故。最亲近的人莫过于妻子侍妾了,但妻子侍妾的痛痒,如果她们自己不说,我们始终不知道,因为身体是两个的缘故呀!"

狐惩学生

宋子刚说:有个老儒生在乡下学塾教书。学塾旁边有一个柴堆,是狐精居住的。乡下人都不敢去骚扰柴堆,但学生顽皮捣乱,经常把柴堆弄得又脏又臭。有一天,老儒生去参加葬礼,约定明天回来。学生们就把书桌叠起来做戏台,脸上涂得红红绿绿地装扮演戏。突然,老儒生回来了,把学生们打得出血,又很生气地走了。乡下人认为,这些孩子大的十一、二岁,小的只有七、八岁,老师这样责备敲打太过严酷了。第二天,老儒生回来了,说昨天确实没有回来过。人们才知道,这是狐精报复呀。有人想到土地神那里控告,有人主张把柴堆清除掉,还有人想去柴堆那里大骂一顿。有一个人说:"这些孩子实在太不讲礼貌了,打一顿也是对的,只是打得太重了。我听说,应当用品德去战胜妖怪,如果只是用气力去争斗,最后也不会有理由打胜的。人和狐冤冤相报,我担心灾祸不会到此为止啊!"大家听了,这才作罢了。这个人真可说是平心,也可说是有远虑了。

双 头 鹅

雍正十三年,佃户张天锡家里生了一只鹅,一个身体有两个头。有人认为是妖怪。沈丰功老先生说:"不是妖怪。人有双胞胎,蛋也有双黄蛋。双黄蛋孵出的小鸡,一定两个头。我见过几次了。"我和堂侄虞惇谈到这件事时,虞惇说:"凡是一雄一雌配对的鹅,生下十只蛋会孵出十只小鹅。两只雄鹅一只雌鹅配对的,生下十只蛋一定会败坏一两只,是因为雄性精气混乱。一只雄鹅两只雌鹅配对的,生下十只蛋也一定会败坏一两只,因为雄性精气薄弱。鸡鸭就不要紧,各种动物的性质不一样罢了。"我由此想到,鹅鸭都不能亲自孵卵,人们让鸡代替去孵卵。天地产生万物的时候,羽毛类都先以气化,然后卵生,就不必再细说了。(凡是物种都是先有精气变化然后有形体交配,过去的人关于先有鸡还是先有蛋的争论,是没有深入思考呀!)只是,不知道最初卵生的时代,原始人类还混混沌沌,谁会知道用鸡来代替孵卵呢? 鸡不去代替鹅孵卵,鹅又怎能传种到现在呢? 这些事真令人百思不得其解了。

狐惧正直

刘友韩侍御说:从前住在山东一个朋友家里,听说他的邻居有个女儿被狐精迷惑。这姑娘的父亲跟踪狐精,找到它的洞穴,千方百计捕获了一只小狐狸。姑娘的父亲就和狐精谈判,约定:"你放过我女儿,我就放了你儿子。"狐精答应了。姑娘的父亲放了小狐狸后,狐精仍旧来迷惑姑娘。姑娘的父亲就指责狐精违背约定,狐精拒绝指责,还说:"人类相互欺骗够多的了,怎能责备我们狐类呢!"姑娘的父亲痛恨极了,就让女儿装假劝狐精饮酒,偷偷地把砒霜放在酒里。狐精饮酒中毒,现出原形,踉踉跄跄地跑了。过了一夜,许多砖瓦碎块飞掷进房子里,窗门都震动了,一大群狐精大叫大喊,前来要求偿命。姑娘的父亲把事情经过统统大声地讲出来,就听到仿佛是个老狐精的声音说:"真可悲啊! 它只看到人类都相互欺骗,就跟着去做。它不认识到上天的道理总是正直的,会骗人的人最终还会碰上骗他的人呀。这里的主人义正词严,攻击他是不吉利的。你们还是跟我回去吧!"说完,一切攻击谩骂都停止了。这个老狐狸精的见识,大大超过那只害人的狐精了。

季 廉 夫

季廉夫说:在泰兴老屋后面,有楼房五间,很少人到那里。季廉夫认为那里幽静,就经常一个人去住。有一天晚上,他刚打开门,就看到木阁楼上有一团黑东西,似人非人,毛绒绒地挂着,像蓑衣一样。这东西大叫一声,撞灭了灯火,经过他身边跑了出去。又有一次,在扬州舅父家里住宿,睡眼朦胧中看到一个穿红衣服的女子推开门走进来。季廉夫知道是鬼魂,猛然坐起来骂她。这女子跪在地下,好像要讲些什么,不久就慢慢地出门去了。第二天询问主人,果然以前有个女人在这房间上吊自杀,有时鬼魂会出来作怪。幽静偏僻的房屋内,经常有鬼怪躲藏。那团黑东西大概是变化未成的精怪,潜伏在房子里很久了,那天晚上急忙中来不及躲避季廉夫。那个吊死鬼跪下讲话,或者是请求解脱沉沦地狱的遭遇吧? 季廉夫壮年,精气旺盛,所以鬼怪都不能够接近,只好逃走了。民间巫师说,凡是上吊死的都穿红衣服,那么她的鬼魂出入房舍,中雷神是不阻止的。因为女子死后不会穿着红衣服装殓,红是阳性颜色,鬼魂穿红衣服就像活人的生魂一般。这种说法不知有什么根据。不过,妇女们都十分相信,所以含怨愤而吊死的多数穿红衣服,希望能作怪报复。这个鬼魂穿红衣服,大概也是如此。

树 精

亡兄晴湖说过:沧州吕氏姑母家,(我两个姑母都嫁给吕氏,这不知是二姑家还是五姑家。)门外有棵大树,风水先生说对她家不利,大家商量要把大树砍了,但还没有决定。晚上,梦见一个老人对她说:"我们做邻居二三百年了,你能忍心杀我吗?"醒来时,才明白那是树精,就说:"不赶快砍树,大树就要成精作怪了。"于是,砍树的意见就确定下来。如果这棵树的树精自己不去托梦讲情,事情的发展还不一定怎样。天下有预先防止祸患,费心尽力地弥补不足,反而触发了潜伏着的祸患,往往就像树精这种做法。(听说某次科举考试,李敬堂太仆正在研究试卷时,忽然有个举人送来名片,李敬堂拒绝了,不予接见,但心中感到奇怪,说:"大概他的试卷有漏洞吧?"第二天检查,发现已经看过一遍,没有用签条标出问题,就仔细地再反复检查,竟然找出了漏洞。这个举人就落榜了。如果这个举人不去拜访李敬堂,早就考中了。)

王　敬

奴仆王敬,是王连升的儿子。我本来有家当铺设在崔庄,我当文学近臣时间很长,这家当铺亏损光了。本家子侄又集资重新设立,叫王敬去值夜。有一天晚上,王敬在楼上上吊自杀,就是他母亲、弟弟都不知道他自杀的原因。有个叫胡兴文的佣工,住在当铺楼上的侧面,他妻子病重。王敬的鬼魂突然附在胡妻身上讲话,数落他母亲、弟弟的过失,还说:"我自己因为欠赌债自杀,你们怎能要主人多给丧葬费,使我亏良心呢! 我这次回来是为了表明那不是我的心意。"有人问:"你埋怨追债的人吗?"鬼魂说:"不埋怨。如果他欠我债,我能够不去追债吗?"有人又问:"那么你埋怨引诱你去赌博的人吗?"鬼魂说:"也不埋怨。手是我的手,我不赌,他能抓住我的手去赌博吗? 我现在只有安心等候替代的鬼魂就是了。"开始附在王妻身上讲话时,人们还以为是病人说胡话,后来听到讲自己生平经历,向亲友问寒问暖,才辨出声音和王敬一样。大家都感叹地说:"这个鬼魂没有丧失良心,一定不会永远留在阴间沉沦的。"

虚词荣亲

李玉典说:有个世代做官的人家的子弟,赶夜路过深山,迷了路,看见一个岩洞,只好进去休息,却看到自己去世的长辈某先生在岩洞里。这子弟心里害怕,不敢进岩洞,但是某先生很亲切地招呼他。他估计不会有什么灾祸,就进岩洞见面行礼。某先生好像生前一样,问寒问暖地慰劳,又问家中事情,都很悲伤感慨。这子弟就问道:"您的坟墓在另外地方,您怎么一个人到这里游玩呢?"某先生感叹地说:"我在世时没有过失,但是,读书只是随着家人的安排,做官只是按本分供职,也没有什么建树。没想到死后埋葬了几年,坟墓前面突然看到一块巨大的碑石,碑首刻着螭头和弯弯曲曲的篆字,是我的官职姓名;碑文中所讲的,许多都是我不知道的事迹;其中比较有点根据的,又都言过其实。我一生朴实愚拙,看到这碑文心中已经不安,加上游人到此,读碑时讥笑评论;鬼怪到此观看,取笑嘲讽就更多了。我忍受不了这些风言冷语,只好躲到这里居住。只在逢年过节晚辈祭祀时,到坟墓的地方看望一下子孙罢了。"这子弟委婉地劝慰他说:"仁人孝子,也常用这来荣耀祖先。蔡中郎还不免讲违心的话,韩吏部也给人写过吹捧的墓志。古代这样的例子很多,您又何必放在心里呢!"某先生严肃地说:"公道是非,每个人心中都能分辨的。即使可以欺骗别人,扪心自问也会惭愧的。何况公众的评论客观存在,欺骗别人有什么好处?让祖先荣耀应当实事求是,何必讲假话引起别人的诽谤攻击呢?想不到你一个名门望族的后代,见识也不过这个样子!"抖抖衣服,站起来走了。这个子弟垂头丧气地回到家去。我说,这个故事是李玉典讲的寓言。他的岳父田白岩说:"这件事不一定真有,但这道理却可以成立。"

刘君琢

交河县老儒生刘君琢,住在闻家庙,在崔庄设馆授徒。有一天,他晚上喝醉了酒,自己走回家去。当时久雨之后,路上两条河的水都突然上涨,刘君琢也忘记了。他走到河边,忽然又想洗澡,又怕河水太深。这时,旁边走出一个人来,说:"这里是有个地方可以洗澡的,让我带你去吧。"到该地后,见河里有一块大石头,像打渔人常用的码头,就和那人一起洗澡。这时,刘君琢的醉意慢慢消了些,就叹气说:"这里离家不过十几里路,但被河水阻隔,要绕远路,多走四五里了。"那人说:"这里也有可以涉水而过的地方,让我再带你过去。"于是又卷起衣袂,涉水渡河。快到家门口,那个人才匆匆忙忙地告别走了。敲门回到家里,家里人都吃惊,河水阻隔了道路,怎能回家呢?刘君琢自己回忆,也不明白是怎么回事。揣度那个人好像是高川县的贺某,又像留不住(村名,取名的含义不了解)的赵某。后来,刘君琢派儿子前往道谢,贺、赵两家都说没有做过这件事。去找河里那块大石头,也不见踪影。这才知道是碰到鬼了。大多数鬼都捉弄喝醉酒的人,这个鬼却去给醉汉带路。或者是刘君琢一生老实谨慎,有古代君子的风度,喝醉了去渡河,一定会危险,所以有神灵暗中派那鬼来帮助他吧?

奸嫂招祸

奴仆董柱说:景河镇某甲,他哥哥已去世,守寡的嫂子住在娘家。因为农忙,某甲和老婆一起去找嫂子,请她回家帮助烧饭送饭。走回来的半路上,在破寺院里休息。某甲叫老婆把守住寺院大门,自己进去调戏嫂子。嫂子骂他,他竟然要强奸嫂子。嫂子一面抗拒一面呼救,但寺院离开人家很远,没有人听到。某甲老婆进去劝告解救,某甲也不听。这时,有个送饭的农妇在路上摔了一跤,把盛饭菜的碗盆都摔破了。她家的五六个短工,只好跟她回家吃饭。短工们刚好经过寺院,听到嫂子的呼救声,就走进去察看。嫂子就把详细情况说出来,大家听了都很愤怒,把嫂子放出,让她先走。短工们轮流派两个人按住某甲,其他人把某甲老婆剥光衣服轮奸了。短工们临走的时候,还骂道:"你奸淫嫂子,有我们做证人,你有死罪。我们奸淫你老婆,你的嫂子决不会做证人的。任由你去告状,我们吃午饭去了。"某甲反而爬在地下叩头,请求他们保密。这些人做的就是假公济私的行为,和前面记载杨生的事,同样并非合理,却同样大快人心。后来,村里的人都知道这件事,但是没有人肯去揭发。一来短工是流动的,一旦耕耘结束,拿了工钱就离开了,无法知道他们在哪里;二来都厌恶某甲。大家都说:"送饭农妇这一跤,摔得不先不后,这不是仿佛有人在指使似的吗!"

罗 汉 峰

吊死鬼、淹死鬼都要求有替代,这在小说中出现不止一次。可是,自刎死、服毒死、烧死和压死的鬼,从古以来都没有听说过找替代的,是什么道理呢?热河的罗汉峰,形状很像一个打坐的老僧,人们常登临远望。近来,有一个人从崖上摔死了,不久,当地常有人无故发狂,跑到山顶上,自己跳下来摔死的。大家都说:"是摔死鬼寻找替代。"请僧人作法事超度祈祷,又不灵验。官方派兵卒把守,才禁止了堕崖事件。自杀的鬼等待替代,是因为他自己不珍惜生命。失足堕崖而死,并非自己不珍惜生命。被鬼魂迷惑自杀,更不是自己不珍惜生命。但一定要人们不断地替代,又是什么道理呢?我认为,或者是有冤业的报应,或者是山鬼作怪,要求祭祀,不能都看作是寻找替代。

妖物畏火器

我家乡出产枣子,用车辆运到北方供应京城,用船只运往南方供应各省,当地人都以种植运输枣子为职业的。枣子还没有成熟时,最怕雾气。雾气渗透进枣子,枣子就又干又皱,只剩枣皮和枣核了。每当雾气升起的时候,有人就在上风堆积柴草燃烧,烟气一浓,雾气就消散了;有人用鸟枪不断地轰击,雾气散得更快。这原是阳气旺盛,弥漫的阴气就会消散了。凡是妖怪都害怕火器。史松涛老先生说:山西、陕西一带,每当山中的黄色云气散发时,就出现大风冰雹,伤害庄稼。用大炮去轰击,有时掉下像车轮般大的蛤蟆。我在福建任督学时,有时山魈夜间在房顶瓦片上行走,发出格格的声音。碰到军营大门放炮,就急忙慌乱地逃跑,一下子就无声无息了。鬼怪也是怕火器的。我在乌鲁木齐时,曾经用枪击恶鬼,恶鬼就不能再恢复原来的形状了。(详细的情况,请看《滦阳消夏录》。)因为妖怪鬼魂都属于阴类的缘故。

狐 招 赘

　　董秋原说:东昌有位书生,晚上在郊外行走,忽然看见一所大宅子十分高大华丽,心中想:这是某某家的墓地,怎会有这所大宅子? 大概是狐精变化出来的吧? 他熟悉《聊斋志异》中青凤、水仙等故事,希望自己也有这种机遇,就故意磨磨蹭蹭地不肯离开。不久,有马匹车辆从西边过来,军马上的人们衣服装饰都很华丽,其中一个中年妇女揭开车帘,指着书生说:"这位郎君就很好,可以请他进去。"书生看到车子后面坐着一位少女,美丽得像天仙似的,就高兴得不得了。车子进了大宅子大门之后,就有两个婢女走出来邀请书生。书生既然已经知道这些是狐精,也不再问她们姓名门第,就跟着进了门。看不到主人出来见面,只是招呼供应十分周到,酒菜十分丰盛。书生等着做新郎,心里东想西想。忐忑不安。到了晚上,音乐声响十分热闹,有一个老头掀开门帘走进来,行了礼,说:"新姑爷入赘,现在已经来到门口了。先生是读书人,一定熟悉结婚仪式,委屈你当个傧相,我们全家族都有光彩了。"书生大失所望,但本来没有人和他说过结婚,现在就没话好说了;又吃过人家的酒菜,很难再推辞,于是只好马马虎虎地做一回婚礼傧相,以后不辞而别,回到家里。家里的人因为书生失踪了一天一夜,正四处出外寻找。书生愤愤不平地把自己的遭遇讲了出来,听到的人都拍手大笑,说:"这不是狐精戏弄你,是你自己戏弄自己。"接着,我也说了个故事:有个叫李二混的人,穷得活不下去了,就到京城谋生。路上碰到一位骑驴的少妇,李二混趁着同她说话时,乘机悄悄地同她调笑。少妇不回答,也不生气。第二次,两人又碰到了,少妇抛了一个手帕包给李二混,给驴子加了一鞭就走,还回头说道:"我今天在固安住宿。"李二混打开手帕包,里面有几件银首饰。李二混正缺乏旅费,就拿银首饰到当铺去当。这银首饰恰好是当铺昨夜失窃的东西,于是李二混被毒打一顿,并屈打成招,自认是偷盗。这才真的是狐精戏弄了。董秋原说:"他不去调戏少妇,怎么会到这个地步呢? 这仍然可以叫做自己戏弄自己啊!"

陈 至 刚

莆田书生李裕翀说:有个陈至刚,老婆死了,留下两子一女。过了一年多,陈至刚又死了,家中留下几亩田,几间屋,但都被兄嫂占了去。兄长、嫂子声称是用这些田产来赡养陈至刚的子女,其实是在虐待这些孩子。不久,人们听到房屋后面每晚都有鬼魂哭泣。邻居早就看不惯他兄长嫂子的所作所为,心知那鬼魂是至刚的鬼魂,就爬上房顶喊道:"你为什么不作怪去害你兄长?光是哭泣有什么用处!"鬼魂后退到几丈以外,一面哭一面回答说:"最亲近的是兄弟,从人情说我不忍心作怪害他。在父亲以下,兄长是最高辈分,按礼节我也不敢作怪。我只能哭着哀求而已。"兄长听到了很感动,骂嫂子说:"你让我不能做人了!"兄长也上房顶喊道:"不是我干的,是你嫂子干的!"鬼魂又哭着说:"嫂子是兄长的妻子,对兄长不能作怪,对嫂子怎能作怪呢!"嫂子惭愧得不敢走出来。从此,兄长嫂子就善待陈至刚的子女,鬼魂也不再来哭了。假使兄弟之间碰上有矛盾,都像这鬼魂一样处理,还有家庭内部的争斗吗?

醉汉跳井

卫老太是堂侄虞惇的奶妈,她的丈夫好饮酒,整天喝得醉醺醺的。有一天晚上,这醉汉关上门走出去,大家都不知道他到哪里去了。有人说,在隔壁菜园水井边有双鞋子,仔细一看,果然是醉汉穿的;再看看井里,醉汉的尸首也在里面。大家说,菜园的围墙并不矮,醉双怎能跳过去呢?而且要跳井,又何必把鞋子脱了呢?都感到大惑不解。去问看守菜园的人,那人当天出外卖菜,没有回家,家里只有妻子带着小儿子睡觉。他妻子说,那天晚上,听到围墙外面有两个人邀请客人的声音,接着又听到拉拉扯扯挽留客人的声音,又听到轰隆一声,好像有人从墙头上跳下来,说话声就已经在墙内了。接着又听到请客人到屋里坐坐的声音,那时声音已经发自井边了。不久,又听到催客人脱了鞋子上床的声音,最后扑通一声,就再没有声响了。这个地方本来有许多鬼魂,那守菜园人的妻子也不当一回事,没想到是醉汉掉到水井去。大概是淹死鬼寻找替代的吧?于是,大家就把水井填了,以后也没有什么事。

飞天夜叉

族叔檠庵说:曾经见过一个女子张开袖子在旋风里飞行,快得像飞鸟一般,一眨眼已经飞到几里以外了。又曾经看见一只野兽在大槐树下蹦跳,不是狗,也不是羊,皮毛是褐色的,人一靠近就不见了。这都不知道是什么东西。我说:"叔父平生专心研读经典,对子部史部不很注意。这两种东西,古书上都有记载。女子是飞天夜叉,《博异传》记载,唐代薛淙在卫州的佛寺里见到一个老僧人,老僧人说过在居延海曾看见过天神追捕一样东西,就是这种飞天夜叉了。皮毛褐色的野兽是树精。《史记·秦本纪》二十七年,砍伐南山的大梓树,丰水出现一头巨大的公牛。注释说:'现在武都的古道上,有怒特祠,画着一头大牛,上面长着树木。又有牛从树木里面走出来,再出现在丰水当中。'《列异传》记载,秦文公时,梓树变成了牛。派骑兵追击那头牛,但不能取胜;有个骑兵跌倒地上,发髻松开,头发披散了,那头牛害怕起来,逃进河水里去。因此,秦国就设置了掌旄头的骑兵。庾信的《枯树赋》上说:'白鹿贞松,青牛文梓。'柳宗元的《祭纛文》说:'丰有大特,化为巨梓;秦人凭神,乃建旄头。'用的就是这个典故。"

松林男女

王德圃说:有个县府的小吏,晚上在松林里休息,听到有人哭泣的声音。这个小吏本来胆子大,就循着发出声音的方向寻找察看,发现有男女两人并肩坐在石块上,轻声细语地交谈,仿佛是夫妻在告别的样子。小吏怀疑他们是通奸后外逃,就过去追问情况。那男子站起来回答道:"你不要走过来,我是鬼。这个女子是我钟爱的婢女,不幸过早去世,虽然葬在另外地方,但她的鬼魂常常留在这里。现在她要被分配入轮回投生,从此分别之后,永远永远不能相逢,所以我们都很伤悲。"小吏问:"生前是夫妻,每人都有配偶了,难道死后又重新变换吗?"男子说:"只有坚守忠贞的节妇,她丈夫能在阴间暂时停留,等节妇死后再一起投生人世,再继续前生的姻缘,用来弥补她一生孤独的痛苦。其他人按照生前的各种因缘,使各人按其罪过、福分去投生。有些夫妻能在阴间等候得到,有些夫妻就等候不到,不能一起投生了。你应该走了,我们俩一刻千金,没功夫再同你讲阴间的事情!"男子张口吐了一口气,只见树叶乱飞,

吓得小吏赶快回身便走。后来再经过那个地方,才知道是某人的墓地。王德
圃是凝斋先生的侄子。凝斋先生写《秋灯丛话》时,漏记了这件事。难道是王
德圃没有讲过,还是凝斋先生偶然失于记载呢?

闺阁解冤咒

　　外祖母曹太恭人对太夫人讲过一件事:沧州有一位官员家的妇人,被丈夫
冷落,郁郁不乐,快要成精神病了。性情一古怪,夫妻愈发不和。刚好碰到一
位有道尼姑,这妇人就请教婚姻不和的因果。尼姑说:“我不是阴间的官吏,不
能去查看配偶的登记簿册;我也不是佛家的菩萨,不能看到你们前后三世的变
化。不过,姻缘的道理,我是明白的。姻缘不会无故结合,大抵是因为恩爱而
结合的一定相处欢爱,因为怨恨而结合的一定相处不和。又有的夫妻非恩非
怨,亦恩亦怨,他们结合后一定会得失、喜悲、恩怨相抵偿。如此而已。你们夫
妻关系,大概是因为怨恨而结合的吧? 这是上天注定的,并非人为的。不过,
虽然讲天定胜人,人定也会胜天。所以释迦牟尼建立的佛法,允许人们忏悔。
只要消除你的好胜心,消减你的傲气,逆来顺受,用情去感动丈夫,而不要用道
理去争辩。尽你分内的责任,孝顺地侍奉公婆,和睦地对待姑嫂妯娌,贤惠地
对待姬妾,尽自己的心意能力,而不要以此要求其他人,大概就可以挽回这婚
姻的不和了。只是问过去的原因,是没有好处的。”这个妇人按尼姑的话去做,
果然夫妻关系和睦了。太夫人曾拿这件事去教育媳妇们,说:“这个尼姑所讲
的,真是妇女的解冤神咒呀! 相信它,执行它,没有不应验的。如果有不应验
的,还是执行未到家而已。”

判　冥

　　蔡必昌太守说:裁决阴间的事情,常被评论者怀疑。不过,朱竹君的先德
(唐代人把别人去世的父亲叫做先德,见《北梦琐言》),蔡先生曾预先告诉他
去世的日期。蔡先生的母亲,也是预先知道自己死亡的日期。都是日期时辰
没有差错。这又怎么讲的呢? 朱石君抚军讲其他类似的事,十分详尽。朱先
生不是随便乱说的人。顾德懋郎中也讲过裁决阴间事情的话,后来自己说因
为泄漏阴间的事情,被贬谪为土地神,这就无法检验了。我曾经听过他评论阴
间的法律,已经记载在《滦阳消夏录》里。他谈到鬼魂的存亡,也相当有道理。

大意是说,人剩余的气就是鬼,剩余的气时间长了就会消散。剩余的气不会消散的有三种:忠孝节义的人,正气不会消散;勇猛的将军和强劲的士兵,刚气不会消散;大才子大学者,灵气不会消散。剩余的气不会马上消散的也有三种:含冤负屈的灵魂,在阴间也承受苦痛,他那怨恨积结,气也会凝聚;大富大贵的人,享受都很贵重,他那精魄强壮,气也会旺盛;缠绵恩爱的男女,带着幽怨遗憾,他们的感情专一,气也会凝聚。至于凶残狠毒的人,他的恶气也不会马上消散,不过十有九个落到地狱去,就不在这个数目当中了。讲得十分确切,难道他的确有证据吗?

大 旋 风

雍正六年夏天,崔庄出现大旋风,自北而南过来,气势像大潮汹涌,我家的楼堞被掀去一半。(北方乡下房屋,都有明楼,用来防备强盗,楼的顶层是城堞。)堂伯父灿宸先生家里,有两盆花,一瓮水,都被风卷到房顶上,位置和在地下一样,一点也不倾斜。而台阶前的一个风炉,上面放着有柄的铜锅,里面炭火烧得正旺,却平平安安,动也不动。不知道是什么缘故。第二天,查问北面几个村子,都说没有见到旋风。旋风经过我们村子几里路之后,渐渐升高到天上。那风是黄色的,闻着有腥气。大概是此地靠近东海,不超过百里,海神来来往往,水怪飞行跳跃其间,偶然做些小动作吧?

抱阳山奇石

堂侄虞惇,在甲辰年闰三月担任满城县教谕时,同僚戴先生邀他去游览抱阳山。戴先生带着彭、刘两个学生,从山前出发。虞惇和弟弟汝侨、儿子树璟,以及姓金、姓刘两个学生,从山后上山,参观牛角洞、仙人室等名胜。正爬上山麓,远远看见一个人站在岩石上。虞惇以为是戴先生派来迎接他们的人。这时相距还有一里多路,虞惇他们就急忙向前赶路。看看愈走愈近,但那个人渐渐变小了。走到跟前,却只有一块白色石头,靠着岩石立着,高只有一尺五六寸,阔只有四五寸而已。样子完全不像人,但远望却像人,这真奇怪了。凡是物品,远看一定变小,这就是欧罗巴洲人所讲的视差。这块石头远看大而近看小,这就更奇怪了。等到下山,离开一里多路,再回头望时,仍然像最初看到的那样。大家说,这块石头有神灵,想上山把它带走。姓彭的学生和树璟先上去寻找,找不到;汝侨又和两个姓刘的学生一起去,还是这一条山路,周围事物都一样,这块石头竟然再看不见。大概是高山深谷之间,有神灵居住,偶然间显示一下,也是经常有的事。这座山被称为仙人室的地方,在悬崖峭壁之上,人们爬不上去。当地人经常远远地看见洞口有人来来往往,那些一定是修炼升天的人们了。

树后语声

　　申苍巅老先生说:刘智庙有两个书生前去应试,晚上赶路迷了方向,看到有间破房子,只好进去休息。这所房子的院落倒塌了一半,又没有了门窗,就想到西厢房坐坐。突然听到树后面有声音说:"大家都是读书人,我不敢拒绝你们进来休息。西厢房是我小女儿住的,请不要进去。东厢房是我老汉教学生的地方,可以去坐坐。"两个书生知道,这声音不是鬼魂就是狐精,但是身体疲倦极了,不能再赶路,只好向树行个礼,就面对面坐了下来。忽然,书生想起应当问问路,就再站起来讲话,却听不见回答了。书生在黑暗中摸索,感到有东西碰在手上;再抓过来,原来各人身边都有半只瓜。书生表示感谢,又没有声音答应。到天色微明,书生就要起程时,又听到树后的声音说:"向东走二里,就是大路了。有一句话送给你们:'《周易》卦爻里互体的说法,到底不可以废除。'"书生不明白所说的意思,再问又不回答。等到考试时,策论部分果然问到互体。考生们都用程朱的说法,只有这两个书生按树后声音所讲,用旧有的说法来回答,结果都名列前茅。

河间书生

　　乾隆九年,我在河间参加科举考试。有个同学用手帕包着脑袋,说是从驴子上摔下来额头受了伤。不久,有个和他一起走路的人了解情况,说:"他在路上碰到一位少妇,打扮得漂漂亮亮,一个人站在大路边柳树下。他突然停下驴子去问路。少妇说:'一条南北方向的大路,车辆马匹来来往往,怎会担心迷路呢? 你只是想欺侮我一个人罢了。'忽然一片瓦块飞来,打中了他的头,血流满脸。少妇径自进入庄稼地里去了,不知是人,还是狐精,还是鬼魂。只是没有看到少妇动手,那块瓦片就从旁边飞过来,怀疑她不是人;鬼魂又不应当白天出现,所以怀疑是狐精了。"高梅村说:"这就不必深入追问了。无论是人,还是鬼狐,总之,这个人都应当被打。"还有,丁卯年秋天,听说有个京官的儿子,黄昏时经过横街东头,被娼妓引诱到家里。突然,娼妓的丈夫半夜回家,威胁京官儿子,逼他把衣服都脱光,一丝不挂;又把他扔到门外的坟堆里。京官儿子没办法,只好大叫撞着鬼了。有人告诉他家里,把他接了回去。姚安公当时在户部任职,听到这件事,就笑着说:"现在才知道鬼也会做贼。"这些都可以作为轻薄者的鉴戒呀。

回　妇

乌鲁木齐千总柴有伦说:从前征伐霍集占的时候,带领士兵搜山。在珠尔土斯山深谷中碰上玛哈沁的队伍,射中其中一人,他带着箭逃跑了。其他七八个人也四处逃窜,只夺取了他们的马匹帐篷。看见树上绑着一个回族妇女,她的左臂左腿,肉已被那些人割下来吃掉,骨头也露了出来,气息奄奄地像昆虫野鸟在呻吟。她看到柴有伦,多次伸动头颈,又作出叩头的姿态。柴有伦知道她请求尽快死去,就拔刀刺进她的心脏,她睁大眼睛,大喊一声,就死了。后来,柴有伦又经过这个地方,山水突然暴涨,不敢随便涉水而过,只好暂时休息,等待水退。这时,有一阵旋风转到战马前面,忽而移动,忽而停止,仿佛引导他似的。柴有伦醒悟这是那个回族妇女的鬼魂,就骑上马跟着旋风走,居然能从水浅处渡过。

五 雷 法

季廉夫说:泰兴有个姓贾的书生,在县学读书,却十分着迷符箓禁咒的事情。他到处寻师访友,修炼五雷法,最后竟然练成了。后来他病重时,恍恍惚惚看到鬼来捉拿自己,就举起手来念出五雷法的口诀,鬼就不敢靠近他了。不久,家里的人听到房顶上有金属作响的声音,有一批面目狰狞的奇形怪状的鬼,浩浩荡荡冲进屋去。等到早晨去看时,贾生已经趴在床下死去了,手指把地下挖出一个深坑,不知是什么缘故。死亡出生都有定数,定数已经到了,还想用小小的法术与天抗争,他怎么这样不了解命运呢?

红衣女鬼

季廉夫又说:钟光豫太守在江宁做官时,有两位幕僚,是表兄弟。一个掌管编号登记,一个掌管公文收发,经常在一个房间里同床而睡。一天晚上,一个人已经睡下了,另一个还在灯下看书,突然发现书桌边坐着一个穿红衣的女人。他害怕极了,连忙把睡着的人喊醒。睡着的人惊醒后,揉着眼睛察看,发现并非女人,而是一个奇形怪状的鬼。那鬼冲上前来就打,两个人都昏倒地上。第二天,众人见他们不开房门,都感到奇怪,就打破门板进去查看。发现第一个看见鬼的人已经死了;后来看见的人只剩下一口气,经过服药治疗才活了过来。醒过来的人就把昨夜的情况讲了一番。鬼魂无缘无故去骚扰人,这是可能会有的事;说到现出原形来追讨性命,那就不会无缘无故而来的。官府的幕僚宾客,虽然自身不是官,却掌握官的权力。在行文之间,动不动就关系到人的生死,所以在这里行善较容易,作恶也较容易。这件事一定是有冤魂前来报复,才有这样大的变故。只是不知道因为什么事罢了。

护 法 神

乌鲁木齐军吏茹大业说:古浪那个地方的回民,有的蹲在佛寺大殿上饮酒赌博,佛寺的僧人人少势弱,不能阻挡这些人。有一天晚上,这些人喝酒正在兴头上,有一个人伸出大拇指叫道:"一。"突然,有一只像大箩筐般的拳头从大门外伸进来,五个手指张开,大声叫道:"六!"大手掌一拍,灯火熄灭,桌子粉碎,这十几个人一齐被惊吓昏倒。到天亮后,各人才慢慢苏醒过来,从此不敢再到佛寺来了。佛法对于众生不存在计较的心思,大概是佛的护法善神来现身显示佛力吧?

额上秘戏图

苏州书生朱焕,壬午年顺天乡试考中举人第二名,是我担任分房考官内所录取的。有一天,大家在我的阅微草堂聚会,在酒席上各人讲听到的奇闻怪事。朱生说:从前有一次坐船,看见一个舵工的额头上常常贴着一片膏药,一寸长,二寸阔的样子。舵工说,额头生疮,要避风吹。船航行几天后,有个篙工悄悄对客人说:"真是大奇事,舵工讲生疮,其实是假话。他曾经当过赛神会的头头,在赛水神仪式上,照例要捧着香火在前面走。那天晚上,他和妻子同房。在举行仪式时,他正跪着致词祷告,忽然有一阵风吹起香炉的灰,扑到他的脸上,他吓得全身发抖,几乎完成不了仪式。回家后擦去脸上的炉灰,额头上却现出了一幅男女做爱的图画,神态生动,很像他夫妻的形象。用水擦洗,不但擦不掉,反而更清楚了,所以用膏药来遮掩这个地方。"大家都不很相信。不过既然有这个说法,大家出出进进,都不能不注意舵工的额头。舵工发觉后,说:"小孩子又多嘴了!"长叹几声,也就算了。那么,这件事不是假的了,可惜不便掀开膏药来看看。还有我的奶妈李老太说:从前登泰山时,看到娼妓和相好都上山进香,在旅馆中遇见,趁有机会就接吻。谁知两人的嘴唇就粘在一起,分不开了。硬拉开时,痛到心里去。大家代他们忏悔,嘴唇才能分开来。有人说:"庙祝收买娼妓,故意弄成这个样子,用来耸人听闻,使人更加迷信神灵罢了。"这也不是不可能的。

王　谨

献县的刑房官吏王谨,刚任小吏时,受了贿赂,想为一起杀人罪开脱。他正用笔蘸墨起草公文时,那张纸忽然飞到天花板上,飘飘荡荡,不肯掉下来。从此,王谨不敢受贿枉法,还常常用这件事去警告同事们,自己毫不隐瞒。后来,他一生温饱,以老年高寿去世。又有一个县吏,经常接受贿赂,舞文弄墨为罪人开脱,一生也没有什么祸患,但他死后,三个女儿都作了娼妓。他第二个女儿犯罪应当受杖刑,伍伯夙劝那些掌刑的人说:"这是某师傅的女儿(老百姓俗语,把县吏称为师傅),要轻一些。"二女儿受完杖刑,对鸨母说:"要不是我父亲曾经当过县吏,今天我就被打死了。"唉呀,她怎么知道要是她父亲不当县吏,她今天本来就不会受杖刑啊!

狐　媚　妓

交河县有姊妹两个妓女,都被狐精所迷惑,又瘦又病,快要死了。妓女的家里就请道士来惩治狐精,狐精却拒不受捕。道士生气了,马上设立神坛,上书报告雷神。狐精变成一个书生,前来拜见道士,说:"法师不要苦苦相逼吧!

为了采补去杀人,当然是犯法的事,但你也想想,这两个女人是什么人呢? 她们装扮得漂漂亮亮,去迷惑欺骗年轻人。她们毁掉别人的家,不知几次了;使别人事业荒废,不知几次了;离间别人夫妇感情,也不知几次了。这些罪行都应当处死。她们摄取别人的精血,我就摄取她们的精血;她们使别人生病,我就使她们生病;她们害别人的性命,我就害她们的性命。这都是请君入瓮的做法,按上天的道理也是合适的。法师何必曲意包庇她们呢? 而且法师要抓捕我来惩处,只是说人命最为重要罢了。人类被称为人,是因为有人的良心。这些妓女机诈万端,冷热百变,都是人面兽心的人。她们既然有兽心,就应当按兽类论处。兽类杀害兽类,是平常的事情、道理。在深山旷野之中,野兽相互撕咬,那数目就像恒河泥沙那样多,难道可以一一上报雷神处理吗?"道士就放掉狐精,自己走了。有人议论说,道士制服不了狐精,故意造出这一番话来。不过,这番话也够深刻明快的了。

狐友惩妓

程鱼门说:朱某钟爱淮河边上的一个妓女,钱花光时,就被妓女赶了出来。有一天,有位西北商人去拜访这妓女,商人的仆从车马十分奢华美丽,商人又挥金如土。妓女心里很紧张,只怕商人离开,就谢绝了其他客人,殷勤地讨好商人。商人每天赠送她金银绸缎、珍珠翡翠,多得数也数不清。商人住了两个多月,说是暂时去一趟扬州,就一去不返了。妓女托人去访查,都说不知道商人的去向。妓女积蓄的财物很丰富,就想离开妓院,做个良家妇女。她检点自己的箱笼,商人所送的财物不翼而飞,连朱某所送的东西也不见了,只剩下二百多两银子,刚好够两个多月的酒食费用。妓女全家人都觉得迷迷糊糊的,好像做梦刚醒过来似的。有人说,听说朱某有一位狐精朋友,大概是代朱某去报复妓女的。

伪 狐 女

程鱼门又说:有个游学的书生,在扬州娶了一个侍妾,有相当的文化知识。书生很是得意,时常和侍妾一起吟诗写作。有一天晚上,书生在外面饮酒回来,看到家中小僮婢女都睡着了,房间里黑灯瞎火。进房间去一看,声音也没有,只有桌子上有一封信,信中说:"我本来是狐女,住在荒僻的山林里。因为要报答从前的恩情,跟随您已半年了。现在人间的缘分已经尽了,不能滞留在这里。本来想暂时停留,等您回来表示永别的意思,又怕我们情深悲痛,更难舍难分了。所以我只好忍痛离去,不敢再和您见上一面。临走的时候,我不断地回头,柔情盘旋在我心里。可能因为有这个念头,在三生石上,我们会再一次结成姻缘,也是有可能的。请您要自重自爱,不要因为一个女子离去的缘故,损害精神。那样,我即使离开,心里也觉安慰了。"书生看了信,伤心感叹,拿给朋友们阅读,都感慨赞叹,认为书籍上有过这类记载,也都不怀疑其中有什么问题。一个多月后,这侍妾和情人坐船北上,行李被偷盗,向官府报告,请求追捕强盗。因此,侍妾与情人滞留在淮河一带几个月之久,才被人发现踪迹。原来是她母亲把她再卖给另一个人,她就假装成狐女从书生这里脱身。周书昌说:"这是真的狐女,有什么假的呢? 恐怕记载奇异事情的书籍里所写的故事,开始时书生遇上仙女,后来仙女又离开书生,其中也许不会没有像这样一类的情况吧。"

死人头蠕动

我当翰林的时候,和索尔逊侍读一起在待诏厅斋戒。(这所厅堂上原有何义门写的"衡山旧署"匾额,还有一副对联。现在对联还保存着,匾额早就不见了。)索先生说:从前征讨霍集占的时候,接到参赞大臣命令调动。途中碰上下大雪,车辆仪仗都跟不上,只有几个人带着帐篷跟在身边,只好架起帐篷休息。睡觉时又没有枕头,就找到两三个死人的脑袋,主仆都枕着死人脑袋睡觉。到半夜,那些人头慢慢地活动起来,我们大声地责骂一番,那些人头才不动了。我说,这并非有鬼,也不是因为责骂,那些人头才不动。这些人头被砍下来的时候,生气还没有断绝消散,只是被严寒所冻结,潜伏在脑袋里。人头感受到人的体温蒸发,解冻之后,人头里的生气向外发散出来,所以自己会活动。一经活动,人头里的生气就发散掉了,所以就不会再活动了。凡是生物的生性还没有散尽的,用火烘一定会活动,就是这个道理。索先生说:"从古以来没有听说过在战场上遇见鬼的事,所以这次心里很不安稳,认为我的生命将尽了。今天听了你的话,我才解决了这个疑问。"

周 二 姐

崔庄枣树很多,很容易形成枣林,当地叫做枣行(音户郎切)。我小时候,听说有几个妇女出门挑菜,经过枣树下,看见有个小孩子坐在树杈上,把红熟的枣子采下来抛到地下。大家都争相拾取。小孩子急得大叫:"我欢喜周二姐的娇美妩媚,采了这些红枣送给她吃。你们这些黑鬼,怎能来抢呢?"大家生气地回骂,周二姐也厌恶这个小孩子轻薄,也生气地大骂,还捡起土块掷过去。小孩子从这棵树跳到那棵树,像飞鸟一般穿过树林逃走了。大家这时才突然想到,村子里没有这个孩子,一定是妖怪了!姚安公说:"好在有周二姐骂一顿,土块掷一顿,否则一定被妖怪迷惑了。凡是妖精迷惑人,都是人们自找的。苏东坡的《范增论》里说:'生物一定首先自身腐烂,然后才会生出虫子来。'"

鬼为夫求职

有个候选官员晚上到横街饮酒,酒后趁月色步行回去。他住在珠市口,就从香厂那一头取捷径行走。有个小僮仆拿着灯笼带路,走到半路,小僮仆跌了一跤,灯笼弄灭了。远看有一户人家还没有熄灯,就过去借火。有个妇人开门出来,还请官员进去喝茶。官员心想,这是妓女,就随便玩玩好了。不过,那妇人神情羞涩,低着头,神色像是沮丧无奈的样子。官员想离开时,妇人又拉着他的衣袖,一定要他留下。官员就和她调情,那妇人也很温柔地顺从了。官员身边刚好带了几两银子,就拿出来送给她。妇人推辞,不肯接受,只是请求地说:"如果您还想到今夜的恩爱,有一件事请您帮助。有个会做官员仆役的人,住在某个地方,失业很久了。老婆死了,孩子年幼,生活很困难。假使您能雇用这个仆人,带他去上任,那么他的亡妻也会感谢您的恩德的。"候选官员开玩笑地说:"你能不能跟我去呢?"妇人流出眼泪来,说:"我不是别人,就是那个仆人的妻子。因为他不能赡养子女,所以我不顾羞耻来求您了。"候选官员吓了一惊,赶快离开这房子,回头看时,却是一座新坟。后来,候选官员为妇人的诚意所感动,就把那个仆人及子女带着赴任去了。为了请求做一个官员的仆人,甚至鬼也会用自动献身的方法,官员仆人可以发大财就可以想见了。财从哪里来? 他贪污公家的和搜刮百姓的情况,也是可以想见的了。

蛟龙野合

牛犊和马驹,有的生出鳞片长出角来,是蛟龙和牛马结合后生出来的,并非真的麒麟。也有妇女露天睡觉,被蛟龙所奸污的。舅父马家,有个年过六旬的佃户,单身走路,碰上下雨,乌云密布,雷电交加,有一只龙爪按住老佃户的斗笠。老佃户以为一定会被上天杀死了,吓得摔倒在地上。他发觉那条龙撕开他的裤子,又以为先把衣服剥光再施行刑法。没想到那条龙把他的身体反转过来,按在地上鸡奸。老佃户稍有反抗退避,龙就大怒吼叫,用牙齿在他头颈上磨来磨去。老佃户害怕被龙吃掉,趴在地下不敢再动。过了好一会,那条龙才发出一声打雷似的巨响,就离开了。老佃户在田埂上痛苦呻吟,满身都沾着龙腥气的唾沫。好在他儿子带着蓑衣来接他,才背着他回家去。最初还隐瞒这件事,后因受伤太重,求医问药,才讲出实情。当时正是耘田的时候,送饭的妇女很多,龙却去奸淫一个男人;放牛的孩子也很多,龙却去奸淫一个老头子。这也是不好理解的事。

瓷 怪

王方湖说:蒙阴有位姓刘的书生,曾住在他表兄家,听表兄说家里有个怪物,出没没有定时,也不知道潜伏在什么地方。只是黑暗中碰上,就把人撞倒,觉得怪物身体坚硬得像金属石头一般。刘某本来喜欢打猎,常常随身带着鸟枪,就说:"如果这个样子,我就带上鸟枪自卫好了。"刘某表兄家的书斋共三间屋,刘某睡在东屋。晚上,刘某正在灯下独坐时,看见西屋有一个东西对着门口站着,五官四肢都像人一样,但是眼睛距离眉毛大约二寸,口距离鼻子只有一分多,部位和人无一相同。刘某举起鸟枪来对着怪物,怪物就躲开。不久,伸手关上一扇门,露出半个面孔向外偷看,作出想跑又不跑的样子。刘某一举枪,怪物又躲起来,又像害怕跑出去时刘某攻击他的背后。刘某也害怕怪物从后面攻击自己,也不敢先走出来。就这样反复了好几次,忽然,怪物把整个面孔露出来,对着刘某摇头伸舌头。刘某赶快打了一枪,铅弹打在门扇上,怪物就在烟火中冲了出去。原来怪物在引诱刘某攻击,一枪不中,来不及打第二枪,怪物就乘机逃走了。敌对双方对峙的时候,先发动的就失败,就是指这种情况说的。假如刘某忍耐着不射击,等到天亮,这个怪物不能穿透墙壁窗门,一定由门口出去,那一定会被击中。如果怪物不出去,就会现出原形了。不过,他从此知道怪物害怕鸟枪。后来,刘生埋伏在窗棂边,等怪物出现时放枪射击,怪物发出清脆的响声,倒在地下,好像屋檐瓦片跌下来碎裂似的。刘某上前一看,原来是一片破瓮,有孩子在靠近边缘处没有上釉的地方画上一个人面来玩,笔划很幼稚,是孩子随便乱画的。人面的样子就像刘某见的怪物一样。

恩怨不可抵

有个富家的公子病危,昏迷过去又醒过来,对家里的人说:"我的灵魂已经到阴间了。我曾经捐助金钱,救活两条命;又曾经强抢过一个女子。现在,被我救活的人在阴间官府里提出保释我的报告,同时被我抢来女子的父亲又控告我。案子还没有判决,我暂时回来了。"又过了两天,公子再次昏迷过去又醒过来,说:"我不行了。阴间官员说,抢女子是大恶事,救人命是大善事,可以相互抵消。阎王说,救活人家的命,又抢这个人家的女儿,允许相抵是可以的。现在,抢的是这个人的女儿,救的是那个人的性命。用救那个人性命的恩德,来抵偿抢这个人女儿的仇恨,怎么好解释呢?既然行善的报应本来就很重要,也不可以全部注销,不如阴间官府就不给予刑罚或奖赏了,只注定来生有恩报恩,有怨报怨就算了。"说完,富家公子就死了。按,欧罗巴人著书不取佛教轮回的说法,而取其天堂地狱之说,也讲善行与恶行不能互相抵消。不过,善恶不能抵消,就断绝了恶人改过行善的道路了。大概善行与恶可以互相抵消的,恩德与怨恨就不能相互抵消了。所说是冤家债主,必须针对本人而说。一般的善行与恶可以相抵消,大善与大恶就不可以相抵消了。曹操赎回蔡文姬,不能不说是仁义的行为,又怎能抵消他篡夺王位杀害君王的罪行呢!(曹操虽然没有篡位,但他把自己比做周文王,他是有篡位的用心的,只是怕众人议论罢了。)至于在来生中,有关的人不一定相遇,有些事不一定碰上,所以因果报应能够实现,或者会在几世以后而已。

王 德 庵

宋村厂(堂弟东白的庄子名称,当地人简称为厂里)仓库里原有狐精。我们家族还没有分家的时候,姚安公在这庄子跟随王德庵先生读书。奴仆夜晚走进仓库院子,很多人被瓦片打中,却看不见狐精的形状。只有王先生在院子里乘凉,没有碰到狐精骚扰戏弄。不过,经常看见有男男女女走来走去,而且所用的木床藤枕,没有一点灰尘,好像时常擦拭似的。有一天,王先生在昏暗中看见一个人沿着墙脚走过,好像是个老头子,就喊住问他:"我听说狐精不敢靠近正人君子,我大概不是正人君子吧?"老头子拱手行礼,回答说:"凡是兴妖作怪的狐精,就不敢靠近正人君子;如果是知书识礼的狐精,就喜欢靠近正人君子。先生您是正人君子,所以即使是狐精中的少妇少女,也不回避先生,相信先生没有邪念呀!先生怎么反过来怀疑自己呢?"王先生说:"虽然这样说,但是阴间和人世到底不同,相互接近总是不合适的。"老头子鞠躬说:"好吧。"从此再也看不见狐精了。

文昌阁狐语

沈瑞彰住在高庙读书,夏夜在文昌阁的走廊睡觉。天黑人静之后,听到文昌阁上面有谈话声说:"我们也没有用钱的地方,你积蓄这么多钱干什么呢?"有一个人回答说:"我想用这些钱去铸一尊铜佛,送到西山潭柘寺去供奉,希望得到保佑赐福,早日解脱自己的形状。"又有一个人轻蔑地说:"呸呸!你真是大错特错了!向佛法布施,必须是自己的财物。难道佛爷不问你的钱财来路,就接受你偷来的钱物吗?"再听下去,就没有声响了。这个野狐精真是正确呀!如果佛寺的施主们集会的时候,听到这一番话,真应该像打雷似的受到震动呀!

树顶书声

沈瑞彰又说:曾经和几个朋友去游西山,走到山林幽深的地方,风和日丽,水清石白,树木泛出新绿,野花半开。大家正在眺望欣赏的时候,听到树顶上传来读书声。抬头看,却看不到一个人。大家就行礼,喊道:"在这里大声读书,一定是仙人了。我们也算是读书人,能否请你下来聚谈聚谈呢?"读书声突然停止了。不久,又在溪水对面响起琅琅的读书声。有人想找条道路过去追寻,沈瑞彰说:"仙人趁着好时光,在诚心地钻研经典。我们虽然是太学生,却在这里喝酒、看游玩的女人,被他鄙视,不肯理睬我们,也是应当的了,你又何必渡河去追寻呢!"大家才不再寻找了。

沧州游方尼

沧州有个云游的尼姑,就是前面为某夫人解说因缘的人,从来不允许妇人到她住的庵里去,只肯自己到人家里去。即使贫苦人家,只能供奉她粗糙的食物,她也高高兴兴地去的。她不劝妇女布施,只劝妇女保留行善的心意,做善事。外祖父张雪峰老先生家中,有一个姓范的女仆,布施给尼姑一匹布。尼姑合十感谢,把布放在桌子上一会儿,仍然把这匹布交还给这个女仆,说:"施主的功德,佛已经记住了。既然这匹布你已经布施给我,就是我的布匹了。今天已经是九月了,刚刚看到您的婆婆还穿着单衣。我把这匹布送给您,请给您婆婆做一件棉衣好吗?"女仆狼狈得讲不出一句话,只是面红耳赤,满头大汗。姚安公说:"这个尼姑体会佛法十分深刻。"可惜妇女们讲过许多关于这尼姑的故事,竟然没有人说得出她的姓名。

痴儿厚道

太夫人的奶妈廖老太说:四月二十八日,是沧州社日赛会,妇女们都去进香,人很拥挤。有个青年人,在太阳下山时分,看见城外有一辆牛车向东驶去,车上坐着两个姑娘,都很年轻漂亮,不像村里妇女的打扮,疑心她们是富贵人家的家眷,但又不应该一个婢女女仆都不带,而且也不应当坐没有车厢的牛车。正在怀疑时,一个姑娘把一个红手帕包抛在地下,当中好像包着几百枚铜钱。姑娘和赶车的人都没有回头看。青年平日老实厚道,恐怕人家日后追寻,引出是非,就不敢捡那个红手帕包。青年回家后告诉了母亲,他母亲骂他太过痴呆。过了半年,邻村有个青年被两只狐精迷惑,生重病死了。有人了解到事情的始末,就说:"狐精正是利用别人捡手帕包,她再利用讨回手帕包的机会,相互调情结合呀!"青年的母亲听了,恍然大悟地说:"我这才知道,说痴呆的人并不真的痴呆,说不痴呆的人才真是痴呆!"

报 应 快

有人把奴仆的女儿收为侍妾,奴仆不愿意,但也没有办法。这个人属旗籍,也有主人。侍妾后来生了个女儿,长到十四五岁。主人听说这姑娘美丽,就收为侍妾。这个人心里不愿意,也没有什么办法,只有长叹说:"不生这个女儿,就没有这件事。"他的妻子说:"不收奴仆女儿做侍妾,自然不会生下这个女儿了。"这个人沉默下来,茫茫然不知所措。又有一个亲戚的女儿,经常诋毁她嫂子,使嫂子老挨骂,无法好好生活。等到这女儿出嫁后,也常常被小姑诋毁,像她嫂子一样常挨骂。这女儿回娘家对嫂子流着泪说:"今天才知道做媳妇的艰难呀!"按上天的道理什么行为得什么报应,难道还不可信吗?又有一个青年,喜欢偷看妇女,从窗门缝隙中,千方百计地去偷看。有一天喝醉了睡觉,有人开玩笑地用膏药糊住他的眼睛。醒来后眼睛又肿又痛,不能忍受,连忙把膏药掀掉,把眉毛和睫毛都拔光了。而且,涂在眼上的原来是青年收藏的促进性欲的药物,药性十分猛烈。眼睛受到药物的熏烘灼烧,竟然因此渐渐失明了。又有一个人喜欢人整人,来来去去搬弄是非,能够使很亲密的朋友都变成冰炭不相容的关系。有一天夜晚喝酒过后口渴,他就饮了杯冷茶。茶杯里先前刚掉进一只蝎子,在他饮茶时猛然间蜇了他的舌头,溃烂成疮。虽然不到伤害性命,但舌头变得粗短僵硬,说话不再像以前那样灵敏了。这也仿佛是冥冥之中有人指使,而不是偶然的。

造物忌机巧

我去世的老师陈文勤公说:他有一位同乡,不必说他的姓名了,平生也没有什么大的错误、罪过,只是凡事都想把有利的归自己,有害的给别人,这就是他的本性。有一年,他北上参加会试,和几个朋友到旅舍住宿。大雨倾盆而下,房屋都漏水了。刚开始漏水时,只有北墙有几尺阔的地方没有漏水痕迹。这个人突然自称感冒风寒,挑了北墙下的床,蒙着被子发汗。大家知道他在装病,但又没有理由让他移到别处。雨越来越大,大家坐在屋里,就像露天一样被雨漏淋滴,只有这个人呼呼大睡。不一会,北墙倒塌,大家没有睡觉,都赶快跑出去。这个人刚好压在墙下面,头破血流,一条腿、一只手臂都压断了,被人抬回家去。这真可以给心思机巧的人以警告。我因而想到仆人于禄,性格很狡猾。跟从我到乌鲁木齐的时候,有一天起早赶路,满天都是阴云。于禄估计天要下雨,就把自己的衣服放在车厢底下,把我的衣服盖在上面。走了十几里,居然天放晴了,但车子却陷在泥潭里,水从车底下渗入,于禄的衣服反倒都湿了。这两件事都是类似的,机巧狡猾的人,是上天所讨厌的呀。

沈淑孙

沈淑孙,吴县人,是御史芝光先生的孙女。她的父亲、兄长早就去世了,由祖母抚养。她祖母是杨文叔先生的妹妹,名芬,字瑶季,擅长吟诗作文,特别会画花鸟。所以淑孙也学诗词,会画画。她自幼许配给我的侄子汝备,还没过门就去世了。病危时,我家太夫人去看望她。沈夫人哭着喊道:"招孙,(她的小名)你祖婆婆来了,你可以认识她了。"这时淑孙已经昏迷,还睁开眼睛,眼泪挂在睫毛上,伸手拉住太夫人手上的金钏。太夫人把金钏除下来,亲手套在她手臂上,她就微笑着去世了。这时才醒悟,她想要纪家的东西陪葬。刚生病时,她自己知道不会好了,就画了一幅画,包裹得很牢固,放在枕头旁边。问她是什么,她不肯回答。到这个时候,也醒悟到是留给太夫人的。打开一看,是一幅雨中兰花图,上面题着一首诗,说:"独坐写幽兰,图成只自看;怜渠空谷里,风雨不胜寒。"原来她家庭成员之间,有难言之隐,妨碍了按期出嫁,也是家庭内矛盾的缘故。太夫人很可怜她,想找块地埋葬她。姚安公说,从礼制上是不能这样做的,才停止葬她的想法。后来,她的棺木搭乘运粮船回家乡,太夫人在梦中,还恍惚见她哭着告别。

鬼吃神筵

王西侯说:曾经和佣工都四晚上赶路到淮镇西边,疲倦时休息一下,听到一个鬼远远地叫喊:"村里赛神会,有许多酒菜食物,大家一起去吃一顿。"其他许多鬼说:"神仙的酒席,怎能靠近呢? 你不要乱来。"叫喊的鬼说:"那一家兄弟争吵,叔侄互相倾轧,不祥的气数已经布满大门院子了,这一家破落的征兆都显示出来,神仙也不来享用他家的酒席了。你们赶快去,不要让人家抢先呀!"王西侯向来大胆,就站起来看那些鬼往哪里去。鬼魂逐渐靠近时,系在树上的马匹都惊吓嘶叫,只见一团黑蒙蒙的黑气,转弯绕道过去了,也不知去的是哪一家。福气以德行为基础,并非可以祈神得到的;灾祸因为罪恶积蓄形成,也并非可以祈神消除的。如果能做善事,即使不祭祀,神也会帮助;败坏道理,混乱纲常,却硬要祭祀以希图神灵保佑,难道神灵会受贿吗?

黠鬼幻形

　　梁豁堂说:有位姓廖的太学生,哀悼他宠爱的姬妾,忧郁不已,身心不舒服,就到别墅去消夏。别墅有个窗口对着清清的溪水,廖生就常开窗望月。一天晚上,听到溪对岸有人挨打叫冤的声音。他远远望去,仿佛绑着一个女子,伏在地下挨棒打。正在疑惑观看时,女子高喊:"你原来在这里,能忍心不来救我吗?"仔细看时,女子正是他宠爱的姬妾,廖生又惊慌又心痛,差点晕过去。但溪岸陡峭,溪水很深,没有路可以过去,就问道:"你埋葬在某个山上,怎会到这里呢?"姬妾哭着说:"我生前仗着你的宠爱,犯了不少罪过。死后被贬谪,发配到这里,好比人间的流放。土地公十分狠毒,动不动就对我鞭打棒敲。如果不大放焰口,我是不能解脱的了。"姬妾说完,就被鬼魂们拉着走了。廖生十分宠爱怀念姬妾,不能违反她的请求,于是就请来僧人布施食物,希望把姬妾超度出痛苦的境地。一个多月后,姬妾哭喊声又像以前一样,廖生靠近些注视,只见那些鬼魂更多了,姬妾裸着身体,双手反绑着,被摧残侮辱得更加可怜。姬妾看到廖生,就哭叫着说:"上次的法事还不够分量,我去请求神灵释放,被神灵批驳了,不准放行。土地公因为你的祈祷没有灵验,更加虐待我,一定要办一次七日七夜的水陆道场,才能解救我的危难呀!"廖生猛然省悟,土地公不在场,由谁来监督行刑呢?土地公如果在场,她的鬼魂敢当面讲他的坏话吗?而且土地公有自己的庙,来这里干什么?不要是狡猾的鬼变化形象,欺骗我请僧人念经超度吧?姬妾看见廖生仔细考虑,又喊道:"我实在是某某,你不要过分疑心。"廖生心里说:"这就表明是假鬼了。"随即反问姬妾说:"你身上有颗红痣,你能说出长在什么地方,我就相信你了。"鬼回答不出来,一会儿鬼群就慢慢散去。从此,鬼魂就不再来了。这件事可以体会到世间人情狡猾虚伪,连鬼也是如此。又可以醒悟到感情有所牵挂时,怪物一定乘虚而入。廖生自己说:"有个烧火丫头死后埋葬在这座山脚下,一定知道我想念什么人,就让那些鬼变作姬妾的样子。"这又可以明白,外面的灾祸突然发作,一定内部有人作奸细了。

填词姻缘

　　梁豁堂又说:有一位广东举人到北京去,路过白沟河,在旅舍中吃午饭。

看见有骤车载来一位妇女,住在对面房间,饭后就先起程了。举人随意散步,走进那妇女住过的房间,发现墙上新题上一首词:"垂杨袅袅映回汀,作态为谁青?可怜弱絮,随风来去,似我飘零。 蒙蒙乱点罗衣袂,相送过长亭。丁宁嘱汝:沾泥也好,莫化浮萍。"(按:这词调名《秋波媚》,即是《眼儿媚》。)举人说:"这是妓女的口吻啊!有厌倦风尘生涯的意思在内了。"于是,每天都跟踪那妓女,一起到了北京,还派小书僮去查实妓女下车停留的地方。后来,经过曲折的寻找,竟然把这个妓女收为侍妾。这两人不期而遇,偶然邂逅,因为一首小令作为传情的红叶,这真是所谓前世姻缘了。

猫

舅公陈德音老先生家里,有个婢女厌恶猫偷吃东西,见猫就打。猫只要听到婢女咳嗽说笑的声音,马上逃走躲开。有一天,舅婆郭太安人叫婢女看守房间。婢女关上门小睡一下,醒来后发现果盘里丢失了几只梨。房间里没有别人,猫狗又没有吃梨的道理,婢女说不清楚,竟然被主人打了一顿。到了晚上,突然在灶膛里捡到那几只梨,十分奇怪,仔细检查一下,每只梨上都有猫的爪痕牙印。这时,婢女才醒悟,是猫故意把梨叼走,使婢女因为偷食梨的错误受到鞭打。"野蜂毒虫有毒害人"这句话,是可以相信的了。婢女很生气,想再打猫一顿。郭太安人说:"绝对没有让你杀猫的道理。如果猫被你杀了,恐怕今后冤冤相报,不知道又出现什么妖怪变化了!"这个婢女从此不再打猫,猫见了这个婢女也不再逃避了。

朋友转轮为夫妇

桐城耿守愚说:有个书生游览嵩山,寻访古代碑刻,不知不觉天已黑了。当时正是盛夏季节,就躺在松树下面草地上睡觉。半夜露水下来,寒气直透衣衫,书生受冻醒过来,就躺在地下看月亮。突然远远地看见有几个人从小路上山,把酒席摆在山头上,团团围坐饮酒。书生知道这些不是人类,怕得不敢站起来,只好侧耳倾听,看看他们说些什么。其中有一个鬼说:"两位贬谪期限快要满了,应当进入轮回投生,不久就可以重新看到青天白日了。投生到哪里,有没有消息呢?"在上座的两个鬼说:"还不知道呢!"接着,众鬼都站起来,说:"土地公来了。"不久,一位老汉拄着拐杖过来,对那两个鬼拱手行礼,说:"刚刚接到阴间的公文,特来向两位报喜:两位前生是好朋友,来生会成为好夫妻。"土地公指着右边一个鬼说:"你是当官的男人。"又指着左边一个鬼说:"你是夫人。"右边的鬼看着左边的笑起来,左边的鬼却不声不响。土地公说:"你又何必闷闷不乐呢?阎罗王难道安排会有错吗?这位性格刚直,刚毅就会盛气凌人,直率就不会深切体会别人的心情。他平生建树很多,伤害的人也很多,所以死后在阴间沉沦二百年,才能解脱投生。不过,他犯的仍然是正人君子的过失,所以仍然可以做大官。你本是一位忠厚长者,不肯有意地制造别人的大福大祸。但是你对每件事的失误都不去纠正,也留下无穷的祸患。所以你变成鬼魂有二百年,才惩罚性地准你投生为女性。因为你前生深刻却不阴险,柔弱却不奸诈,所以仍然享受富贵。还有,因为这位先生很容易得罪人,而你和他始终交情很好,所以就出现这个姻缘了。神仙的道理十分清楚明白,你又何必闷闷不乐呢!"众鬼喧哗取笑说:"他并非闷闷不乐,只是刚当新娘子,不免觉得难为情罢了。这里有酒有菜,请土地神主持仪式,先办一办结婚礼好吗?"于是敬酒劝菜,应酬道谢,声音又乱又杂,再听不清他们讲些什么了。当清晨鸡啼的时候,那些鬼匆匆忙忙地分开走了,也不知是前代的什么人。

世故杀人

李应弦说:甲和乙二人世代相邻,关系很好,从小一起游戏,长大后又一起读书,交情就像亲兄弟似的。两家的老婆孩子经常往来,虽然隔着一堵墙,却好像一家人一样。有人造甲妻的谣言,说她爱上了她的表弟。甲经过调查,发现并无根据,但心中的疑虑并没有消失,就悄悄地告诉了乙,希望乙也替他调查一下。乙性格谨慎怕事,就拒绝调查。甲想,乙还没有调查就拒绝合作,便是知道有这件事,不肯去调查了。于是,甲也不再追问,也不讲出来,但从此不理睬妻子。妻子没有办法表白,竟然忧郁而死。甲妻死后,鬼魂附在乙身上,说:"最亲密莫过于夫妇了,夫妇间的事,还秘密地请你调查,可见甲对你是如何信任了。假使你能尽力表明我的冤枉,甲的疑虑一定消除;或者假装调查后慢慢告诉甲那件事毫无根据,甲的疑虑也一定会消除。你却担心如果调查确实,不告诉甲就辜负甲的信任,告诉甲你就受到别人的怨恨,于是你就置身事外,毫不介意地保全自己,致使我含恨于九泉,你是杀人不用刀呀!今天我向冥王控告你,你到阴间去对质!"乙就发了疯,几天后死去了。甲也说:"人之所以要朋友,是因为有事情时可以相互帮助。这种事情能欺骗我,怎能欺骗别人呢?可以欺骗陌生的人,怎能欺骗你呢?我把心中隐秘告诉你,要没有这种事,你就应该说没有,直率地责备我不要因为流言蜚语离间了夫妻关系;要是有这种事,你也应当秘密地告诉我,让我好好地处理,不要让坏名声害了子孙后代。你却像过路人一样,用推诿的方式引起我的怀疑,这样的朋友有什么可贵呢!"因此就和乙绝交,乙死时竟然也不去吊唁。乙难道真的想杀人吗?只是世故太深,躲避灾祸太机巧而已。不过,害怕小的怨恨,招致大的怨恨;害怕一个人怨恨,招致两个人怨恨,最后杀人还要偿命,他的机巧又在哪里呢?所以说,不是十分聪明的人,不能做十分懵懂的事。

僮　魂

窦东皋老先生说:从前担任浙江学政时,官署里有个孩子,常常来来往往,供他使唤。他以为是差役的子弟,也不奇怪。后来,让孩子移动一件东西,孩子说:"我移不动。"他觉得奇怪,就追问他。孩子才说自己原来是前任学政的书僮,死后的鬼魂还留在此地。原来鬼魂有形状无实质,所以只能传话不能搬动东西,这倒接近事物的道理。但是,古书所记载鬼魂能够做的,和生人没有两样,又怎么说呢?

唐都护府故城

特纳格尔是唐代金满县属地,还有残碑在。吉木萨有座唐代北庭都护府故城,是李卫公修筑的。故城周长四十里,都用土砖坯筑成,每块砖坯厚一尺,阔一尺五六寸,长二尺七八寸。瓦片也阔一尺多,长一尺五六寸。城里有一所寺院,已经倒塌了。石佛从腰部以下,都埋在泥土中,上身还有七八尺高。有一口铁钟,比人还要高,钟身周围刻有铭文,锈蚀得模模糊糊,连一个字都分辨不出了。只是刮去铁锈观察字的轮廓,分别字的波磔点画,仿佛是八分书。城里布满黑煤,掘开一两尺才现出泥土。额鲁特说:"这座城以前被火攻失陷,四面的炮台,就是攻城时修筑的。"攻城是什么朝代、什么人干的,就说不清楚了。大概在准噶尔以前的事了。城东南的山冈上有一座小城,和大城相互呼应。额鲁特说:"因为这座小城阻碍,攻城不能取胜,才用炮火攻城的。"庚寅年冬天,乌鲁木齐提督标增设后营,我和永馀斋(名庆,当时任迪化城督粮道,后来做到湖北布政使。)奉军令筹划驻兵的地点。当地成千上万的山冈,地形复杂,大家商议了好几天,都定不下来。我对馀斋说:"李卫公观察、判断地形,一定超过我们。他所建的城，一定座落在险要之处，我们何不用他的地点呢?"馀斋觉得很对，才决定了地点，就是现在的古城营。(本来叫破城，大学士温公改成现在的名称。)这座城看上去好像孤零零地摆在外面，但是在千峰万壑之间，所有出路一定要经过这座城池。这才认识到古代人的智慧真是我们不能相比的呀。褚筠心学士编写《西域图志》时，向我访查古迹，当时我偶尔忘记告诉他，现在附带在这里说明。

山 洞 画

喀什噶尔的山洞里，在石壁铲平的地方，画有人员马匹的画像。回族居民相传说，这是汉代的画像，所以都相当爱护，虽然年月很久，还可以看出来。汉代画像如武梁祠堂画像之类，只看过刻本。那么，真迹再没有比这里更古老的了。后来，戍边的兵卒点柴火抗寒，画像被烟气熏染，就模糊不清了。可惜刚出师的时候，没有会画画的人，临摹一幅留下来。

媳妇赵氏

次子汝传的媳妇赵氏，性格温柔和顺，侍奉公婆特别尽孝。马夫人称赞她，说她具备了妇女的女工、容貌、语言、品德。这并非是偏爱的话。赵氏不幸年纪轻轻就去世了，只有三十三岁。到现在我还想念她。后来，汝传在湖北做官时，买到一个姬妾，体态容貌，和赵氏没有一丝一毫的差别，刚见时吓一跳，官署里见过赵氏的人见了，也都没有不吃惊的。计算一下这个姬妾出生时，赵氏还没有去世，怎么会这样相像呢? 而且又嫁同一个丈夫，这就更加奇怪了。不过，这个姬妾进门几个月后，又病死了。上天又何必造出赵氏的幻影，让人们一见再见呢?

姚 别 峰

桐城姚别峰，很会写诗，书法模仿赵孟頫，笔墨神气骨架十分相似。他曾经模仿赵孟頫的书体写了一幅赝作，又把纸色熏成暗黄色，连鉴赏家都分不出真伪。姚别峰与我外公张雪峰老先生很友好，往来时常住在他家里，而且总要住上十天半月的。后来,听说姚别峰观潮时被淹死了,外公十分伤心可惜。我小时候见过他很多墨迹,可惜当时年纪小,没有注意,都忘记墨迹的名目了。舅公张紫衡老先生(我祖母和我母亲是姑母侄女关系,凡是祖母的兄弟,只有雪峰老先生称为外公,是按照五服之内比较亲近的缘故;其他人称为舅公,便于尊重。)曾请他来写字,住在家宅西面的小花园里。一天夜晚,月光明亮,姚别峰看到窗子上有个女子的影子,出门看时,却没有人。向花园四面张望,好像有个穿绿裙红衣的女人,隐隐约约躲在树木、假山、花草、竹丛之间。姚别峰向东面寻找,她就在西面;向南面寻找,她就在北面,团团地追寻了半夜,都见不上一面,疲倦得只好回房休息。听到窗外有人说话道:"您肯替我抄一部《金刚经》,我就出来见您,表示感谢。这部经不过七千多字,您肯答应抄吗?"姚别峰也是好事的人,连忙问道:"你是谁?"就没有人回答了。刚好房内有宣纸装成的空白册页,第二天,别峰就谢绝了其他要抄写的东西,一心一意抄写《金刚经》。抄好之后,点上香把经册放在桌子上,等着看她来取。到半夜,经册不见了。又到了晚上,别峰走来走去,很失意地东张西望,果然看见一个女子慢慢地从花木外面走过来,向他叩头。别峰刚伸手要把她拉起,她一下子就站起来,两眼翻向上面,胸膛上鲜血淋漓,原来是一个割颈自杀而死的鬼魂。别峰吓得大喊一声,倒在地上。这屋里的僮仆听到喊声,拿着蜡烛跑过来,已经看不见什么了。别峰恨得跌脚,觉得被鬼骗了。雪峰老先生说:"鬼说要拜谢你,已经真的拜谢了。鬼并没有骗你,你自己生了邪念,和鬼有什么关系呢?"

苦乐无定程

于南溟贡生说:人生的痛苦与快乐,都是没有止境的。人心的忧伤和高兴,也没有固定的模式。经历过十分快乐的境地以后,稍为不舒适,就会觉得痛苦;经历过十分痛苦的境地之后,稍为宽松,就会觉得快乐了。我曾在康宁屯办学堂。学堂又窄小又潮湿,几乎抬头就碰到屋顶。门口没有门帘,床上没有帐子,院子没有树木。大旱时节,热浪盘旋,在室内就像坐在蒸笼里。脱衣服午睡时,苍蝇飞舞骚扰,不能合眼。心中烦躁,快要忍不住了,自己认为这真是猛火地狱呀。过了很久,疲倦极了,才沉沉睡着了。梦中坐上船飘浮在大海上,突然暴风发作,满天阴云密布,船的桅杆帆片都被吹断了,吓得心都要跳出来,一下子船就沉没了。突然,仿佛有人抓住自己,扔到岸上,马上有人用绳子把自己绑住,关闭在地窖里。地窖内黑暗得看不见任何东西,呼吸也因为咽喉堵塞，不得畅通。这时又恐怖又紧张，真有说不出的狼狈。不久，听到耳边有人叫喊，猛地睁开眼睛一看，原来自己仍然躺在只有三条腿的破木床上。这时，只觉得四肢舒服放松，心情开朗，好像住在蓬莱仙岛的房子里一般。当天晚上，月光明亮，和学生们散步到河边，坐在柳树下讲述这件事所含的意义，听到野草中有人轻轻地叹息，说："这番话很有道理。我们死后待在水边，总比在地狱里的人强多了。"

门 世 荣

岳父马周箓老先生家中，有个老仆人叫门世荣。他说，曾经在吴桥渡钩盘河。当时已近黄昏，因多日大雨，河水暴涨，许多小支流交叉纵横，不知道从哪里能够过河。他看见有两个人骑着马走在前面，绕来绕去地赶路，走的都是水浅的地方，好像是熟悉地形的人。老仆就跟着他们走。快要到河边了，其中一个人突然勒马站住，等老仆来到身边时，小声对他说："你想过河，应当向左绕半里路，看到对岸有棵枯树的地方，就可以涉水过去了。我引这个人来这里，是有事情要做的，你不要跟着他去送死。"老仆怀疑是强盗抢劫，吃了一惊，回马便走，按照那个人指示的另一条路走过去，边走边不断地回头看。老仆看见那个人骑马先走，后面一个人跟着到了河中心，突然水没过头顶，人马都被淹没了。前面那个人也化为一阵旋风而去。这时，老仆才知道，前面的人是报冤鬼。

万 年 松

田耕野老先生在凉州镇当官时，带回来一片万年松，药性温和，能活血，煎出汤水的颜色像琥珀一样。治疗妇女的血枯、血闭等病症，大多数灵验。亲朋家都相互介绍，到家来讨取，时间一久，就分光了。后来，我到了西域，才见到这种树，是古松树的树皮，并非另外一种松树。当地人煮松树皮汤代替茶，也有淡淡的香气。最大的古松树，根在千丈深的山涧底下，枝干高高地耸立，超出山脊还有二三十丈，树皮最厚的有二尺多。仆人吴玉保曾经挖出一片来做床。我说，福建、广东的芭蕉叶大得可以躺一两个人，要拿到一片芭蕉叶来做席子配这张床，也算是一种奇观了。我还见到一家人，在大树洞上装上门窗，用梯子上下。进到大树洞里，真像一间房子。我和呼延化州（名华国，长安人，己未年进士,以前担任过化州的知州。)一起爬上去参观。化州说:"这户人家既是住在巢中,又是住在洞穴里了。"原来大山以北,如乌孙、突厥等地,古时大多是游牧国度,不需要用建房屋梁柱的材料,所以不来砍伐这些树木。想来这些都是盘古氏年代的植物,称为万年松,真是名不虚传。

渔洋山人画扇

田白岩说:"名妓月宾,曾经和渔洋山人有来往,好像苏东坡和琴操的关系一样。"苏斗南就说,小时候见过一位山东妓女,自称是月宾的孙女,还保存着渔洋山人写的扇子。于是,苏斗南就向她取来观看,见扇子上画着一座临水的茅亭,旁边有两棵柳树,题字是:"庚寅三月,道冲写。"不知道道冲是什么人。扇的左侧有行书写的诗一首:"烟缕蒙蒙蘸水青,纤腰相对斗娉婷。樽前试问香山老,柳宿新添第几星?"没有写上姓名,一枚小印章已经模糊不清了。苏斗南认为,渔洋山人是年长的学者,偶然吟咏生活情趣,所以隐去姓名,不肯写出来。我认为这首诗格调风流,是渔洋山人的流派。不过,渔洋山人在辛卯年夏天去世,庚寅年是去世前一年,这个时候不应当还有老友。"香山老"究竟指什么人呢?如果指自己,又不应当说"试问",而且诗句意趣轻松巧妙,也不像老年的笔调。大概是像佛经里维摩老病时,在房间里还有接纳天女散花一样的行为,另外的年轻人代他在扇子上题诗,用来取笑他的吧?妓女要借渔洋山人的大名,却又不理解诗的含义,就误认为是他的真迹了。

地下人头

王觐光说:壬午年乡试,和几个朋友共租一所小宅院读书。觐光所住的房间,到半夜,灯光忽然变得发暗发绿。剪过灯芯后,灯光才再亮起来。这时看见一个人头从地下伸出,对着火炉吹气。觐光拍着桌子骂,人头连忙缩进地里。过了一会,人头又伸出来;骂它时又缩进去。就这样反反复复七八次,快到四更天了,觐光很不耐烦这种骚扰,平时又自负大胆,不想叫同住的其他人,就静坐着,看看人头有什么变化。那人头却只有睁大眼睛怒目而视,竟然不敢伸出地面了。觐光觉得这人头没什么能耐,干脆灭了灯睡觉,也不知道人头什么时候跑了。不过,从此再看不到这人头了。吴惠叔说:"大概是冤鬼想投诉吧?可惜没有问一下。"我认为,如果是冤鬼,应该悲哀啼哭,不应该怒目而视。

在粉房、琉璃街一带向东,都是多年的乱坟堆。居民的住房逐步扩展,往往把坟地推平,在上面建房。这一定是有人骨在房屋底下,活人的阳气烘熏,鬼魂不能安身,所以现形作怪,要把人赶出去。最初拍桌子骂时,是人不怕鬼,所以那人头不敢伸出来。但是一看见就骂,可见这个人脑里还有鬼的印象,所以鬼也不肯马上离开。等到人熄灯睡觉,就把鬼作怪的事置之度外,鬼就明白动他不得,所以也就不白白装腔作势来吓唬人了。苏东坡写曹操事的那篇文章,就是这个意思。我小时候听过大盗李金梁说:"凡是夜晚进入人家里,听到有声响就发出咳嗽声的人,心里一定胆怯,就可以去攻击他。听到有声响就打开门等候的人,是胆怯却偏要表示勇敢,也可以去攻击他。一点也没有反应,没有任何动静,这一定是劲敌,要去攻击他时,十次总有七八次要失败的,这时就要估量实力,决定进退了。"也是这个意思。

梦

《列子》说有人把蕉叶盖死鹿当作做梦的故事,不是黄帝、孔子,恐怕都说不清楚。这番话十分确实。我在西域时,跟随办事大臣巴公去视察军台。巴公先行回去,我因事暂时留在军台,和前副将梁某住在一处。到二更时,有紧急军情公文要传送,军台的兵士都出差去了。我就把梁某从睡梦中叫醒,派他骑马去送公文,还约定要是在中途遇到军台的士兵时,就可以叫士兵接过去传送。梁某骑马跑了十几里,遇到了士兵,交代好就回到军台,仍然躺倒就睡。第二天,他告诉我说:"昨夜做梦,梦见您派我去送紧急公文,我怕耽误时辰,快马加鞭奔跑。今天大腿还酸痛得很。真是奇怪的事!"他把真事当做梦,仆人兵丁们听后,都大笑起来。我写的乌鲁木齐杂诗说:"一笑挥鞭马似飞,梦中驰去梦中归。人生事事无痕过,(苏东坡的诗句:"事如春梦了无痕。")蕉鹿何须问是非?"就是记这件事的。还有把做梦当做真事的人。堂兄次辰说:静海有一个人,晚上睡觉时,他妻子在另外一间房里织布。这个人做梦,梦见妻子被几个人抢去了。醒过来时,神智还糊里糊涂,不明白刚才是做梦,就拿起木棒出门追赶。一直跑了十多里,果然看到有几个人拉住一个妇女,在野地里想强奸。妇女喊声震耳。这个人怒火中烧,尽力和那几个人打斗,几个人都受伤逃走了。他跑过去安慰妇人,发现她是附近村子里的一个妇女,刚才是被强盗劫持到这里的。他平时认识这个妇女,就护送她回家。等他心神不定地回到家里时,他妻子还在织布,房间里灯火依然明亮。这件事或者有鬼神指使,又不可以按做梦来谈论了。

铜末治骨折

交河黄俊生说：受伤骨折的人，用开通元宝钱，（这种钱是唐代初年铸造，欧阳询写的字。钱的边缘淡淡地有一条弯月的痕迹，是把铜钱蜡样送上检查时，被文德皇后手指掐上的一条痕迹，所以没有更改。铜钱上的字要回环地读。老百姓读为开元通宝，以为是玄宗时铸的钱，是弄错了。）烧红了在醋中淬火，再磨为粉末，用酒服下，铜粉就自动结成一个圈，团团圈住骨折的地方。他曾经用一只折断脚骨的鸡做试验，果然骨头接上了，鸡脚和原来的一样。等到煮这只鸡时，检查脚骨，铜圈还十分清楚。这个道理真不好理解。铜粉不过是进入肠胃，怎能透过腹膜，自动渗透到筋骨那里去呢？不过，紧急的时候，不容易找到这种铜钱。后来，我发现张鷟的《朝野佥载》里说："定州人崔务，从马上跌下来，摔断了脚。医生叫他拿铜粉用酒服下，就痊愈了。等到他死后十几年，家人要改葬，打开坟墓，发现他脚胫骨折断过的地方，有一圈铜粉包围着。"原来这本来是古代的方子，只说用铜粉，并不一定要用开通元宝铜钱了。

囊　家

招众聚赌的头子，古时候叫做囊家，在李肇的《国史补》里有记载，可见唐代已经有这类人了。至于收养妓女，晚上供人取乐，分取她们所得的钱，在明代以前还没有这种事。因为那时家里有家妓、官府设官妓的缘故。教坊废除之后，这种风气就开始盛行，成了恶霸流氓谋利的来源，成了笨汉痴人的陷阱。法律上虽然明令禁止，但始终不能挖断这种事情的根子。不过，利字旁边是一把刀，贪财的人最后还是害了自己。我曾见到做这个行业的人，烟花女子就在自己家庭，于是他的子孙受到诱惑，不能像阮籍醉眠一样无所沾染。他的两个儿子都生了性病，传染全家，病势严重拖延，终于断绝了后嗣。这家人死后就像古时楚国若敖氏的鬼一样，没有后代祭祀，只好挨饿了。

牛　报　复

临清李名儒说：他家乡有个屠夫，买来一头牛。牛知道他是屠夫，拉它也不肯走,鞭打它就向旁边逃去。等到牛的力气用尽,才被屠夫硬拉着走了。牛经过一所钱庄时,突然向钱庄大门屈膝跪下,眼泪哗哗地流下来。钱庄的人很可怜这头牛,问屠夫时,知道牛价八千铜钱,就要用同样的价格赎取这头牛。屠夫怨恨这头牛倔强,坚决不肯出卖。给他增加些利钱,屠夫还是不肯,说:"这头牛太可恶,我一定杀它才甘心,即使一万贯钱我也不肯交换!"牛听到屠夫的话,猛地站了起来,跟随屠夫去了。屠夫在大锅子里煮那头牛的肉,然后自己去睡觉。五更时分,屠夫起床开锅。他妻子奇怪屠夫很久没有回房间,就带着疑问走去看时,原来屠夫自己投身到大锅子里去,腰以上的肢体和锅里的牛肉一起煮烂了。凡是有生命的东西,没有不怕死的。不因为它的害怕而怜悯反而因为它的害怕而愤怒,所以牛的怨恨,比平常情况要加几倍了。邪恶之气依附在这牛身上,报复很快,也是应当的了。叔父仪南老先生曾见到屠夫许学拉着一头牛。牛看到叔父时,就跪在地上不肯起来。叔父就把牛赎买了,交给佃户张存使用。张存养这头牛好几年,只觉得它拉车耕田,比别的牛加倍卖力,恩怨报应,动物也会如此,能不令人深思吗!

阴阳换妻

甲和乙住地相邻,他们都是官宦人家的后代。他们的妻子都是出名的漂亮。甲和乙二人关系好得像兄弟一般,他们的妻子也友好得像姐妹一样。不久,乙去世了,甲妻也去世了,甲就千方百计把乙妻娶过来当老婆。当地读书人都讥笑这件事。到了送聘礼的日子,大厅上发出声响,好像擂鼓般登登作响。到了举行婚礼的日子,那龙凤花烛被风吹熄了好几次,人们知道那是乙在显灵。有一天,是甲妻的忌辰,甲家悬挂她的画像,举行祭祀。画像旁边突然现出一个人影,站在甲妻的椅子旁边,左手从后面扶着她的肩膀,右手调戏般摩她的脸。画像中的甲妻也眼神流转,脸上泛出红晕。仔细看那人影的模样,十分像乙。好像是用淡墨渲染画成,却没有一点笔划的痕迹;又像隔着一层薄纸,隐隐约约看到乙站在纸后,眉目面貌,衣服纹路,全都可以看楚。甲知道是鬼作祟,赶紧把画像撕碎烧了。不过,这事已有目共睹,就到处传开了。真奇怪啊!难道阴间厌恶甲品行轻薄,判决乙在地下得到补偿,又把形象显示出来,用来警告那些对亡友负心的人吗?

卷十四

槐西杂志（四）

天 女

　　林清标教谕说：从前在崇安教书时，听说有个书生住在武夷山麓，他听采茶的人说，某处大岩石山头上，月夜就有人唱歌奏乐，远看过去都是天上仙女。书生为人轻薄，就借住在山民家中，到了有月亮的日子，就去那山头，但好几夜都一无所见。山民家里的人也说有这种事情，不过经常在每月十六日夜里，一年只有一二次，不是经常出现的。书生借口学静坐，留在山民家十几天，等待机会。一天晚上，隐约听到有声音，就赶快跟踪前往，爬在草丛树林中等候。果然，他看见几个绝色女子，有个女子刚拿起笛子要吹奏，转眼看到书生的影子，就用笛子一指，书生一下子身体僵硬，像是被绳子绑住一样，不过耳朵还能听，眼睛还能看。不久，清脆的乐声响彻云霄，柔曼的歌声使人心往神驰，书生不觉自言自语地赞叹说："我虽然被法术制住，但仙女美妙的歌声和娇媚的姿态，我都欣赏到了。"话还没有讲完，突然飞过来一块手帕，蒙住书生的头，书生就像睡觉做恶梦一样，听不到，看不见，似睡似醒。这样迷迷糊糊过了一段时间，渐渐地清醒过来。几个仙女命令婢女们把书生拖出来，骂他说："这个傻瓜没有礼貌，竟敢偷看天上的花朵！"走过去折来竹子，要鞭打书生。书生苦苦哀求，申述理由，说自己喜爱音乐，只希望偷听到天上的美妙乐曲，就像唐代书生李蓍在宫墙外偷听乐声一样，实在没有什么别的企图，并非妄求到神仙住的地方成什么好事。其中一个仙女淡淡一笑说："我可怜你老实，有个小丫头也会吹笛子，就赐给你吧！"书生连忙跪地叩谢。等他抬起头时，仙女都不见了。回头看看那个小丫头，却长有宽大的额头，巨大的眼睛，一头短发，蓬蓬松松，腰腹部又粗又壮，呼吸声像喘气一般。书生大惊，十分懊恼，就想躲开逃走。这丫头硬要拉着书生调情，又拉又扯，不肯放手。书生生气了，一拳打过去，丫头倒在地上，变成一头猪，边叫边跑掉了。山头上奏乐的事，从此不再出现。从这个丫头看来，大概是妖怪，并非仙人。又有人说："这是仙人用猪变成丫头来作弄那书生。"这也是可能的。

学子发狂

刘燮甫说：有一个书生，十六七岁，长得清秀聪明，属于要上进的一类，很有希望取得功名。有一天，他突然发狂讲胡话，好像遇见鬼神一般。等他醒过来时问他，他说："我到景城的土地神赛会上看戏，不知不觉夜已深了，才开始回家，归途上经过一户人家，我进去讨水喝。这户人家只有一个少妇，拿水给我喝，还留我坐下休息，说她丈夫因官差外出，要明天才回来。少妇用眼睛传情达意，仿佛想和我亲热。我也喜欢她柔顺妖媚，就和她成了好事。分别的时候，她流着眼泪，吩咐我不要再去了，还送给我两只手钏。第二天，我看那手钏，上面有斑斑点点的铜绿，透出淡淡的银色，仿佛是埋在泥土里多年似的。我心里明白，少妇是鬼，但还是怀念不已。昨天，我再到那个地方，来来去去地寻找，突然有一个黑面长髯的人出现，抽我巴掌，我跌跌撞撞地跑回家，他也跟着来了。从此，我经常看到他对着我痛骂。我就变成忽睡忽醒，其他都不知道了。"书生的父母就到那坟墓上祭奠，并且把手钏埋回坟墓里。不久，他们的儿子睁大眼睛大叫道："我老婆丢失手钏，我疑心另外有缘故，只是没有查实得到手钏的人，只好把老婆倒吊鞭打五百下，卖到遥远的地方去了。现在看到你们偷偷把手钏送回来，才知道我老婆是被你儿子所引诱。这不是别的什么事，怎能用酒食金钱致谢赔礼就可以解决呢？"书生发狂了一个多月，就死去了。可见，偷鸡摸狗的行为，即使在阴间也是会带来灾祸的！

熏 狐 人

李云举说：东光有个专门熏烟捕狐的人，经常带着火石猎网，在坟堆中来往。一天夜晚，他正埋伏着等待机会的时候，看到一个头戴方巾、身穿秀才长衫的人，从坟顶上出来，发出觋觋（苦侯反。《说文》说："鬼声。"）的喊声。狐群从四面八方围过来，围绕在草木丛中，凶猛地嗥叫，同时高喊："抓住这个恶人，烧熟了做成肉干！"捕狐人无路可逃，只好爬上一棵大树。戴方巾的人指挥狐群，命令把树锯倒。马上听到锯树的声音，轰轰作响。捕狐人愈加紧张害怕，只得低头叫道："如果你们放了我，我不敢再踏上这一片土地了。"狐群不答应，锯声更加猛烈。捕狐人反复叫喊，戴方巾的人才说："如果真的这样，你要发个誓。"捕狐人发誓后，鬼魂和狐群都不见了。这个鬼魂和狐群都可以说是善于了结事情。原来捕狐人不停地到这里骚扰,鬼魂狐群也就不得不铤而走险,与敌人作最后的决战。用狐群的力量,本来杀死一个猎人并不难;不过杀一个猎人容易,杀了一个猎人激怒了众多的猎人,恐怕不把狐群的窠穴烧光毁光是不会停止的。现在,只是让捕狐人害怕之后就放了他,是选择和解的办法,那么后患就不存在了。有力量的人不用尽力量,才可以保持威胁;制服别人时要让别人容易做到,才可以使别人服从。召陵之战,齐桓公不指责楚国擅自称王,只是指责楚国不向周天子进贡祭祀时滤酒的菁茅,是使人容易服从,在屈完盟誓之后,齐国就退兵了,并不尽力进攻,是保持威胁的实力。讲学家谈到《春秋》时,动辄批评齐桓公成就太小。像楚国方城、汉水的巩固,怎能一次战斗就取胜呢? 如果一次战斗不能取胜,天下大事还弄得好吗? 像平淮西、符离之战的事,我已从史书得到佐证了。

雷 火

族弟继先,曾在广宁门内一个朋友家过夜。当夜狂风大雨,有一团雷火从屋山(靠近屋脊的墙叫做屋山,因为形状像山。范石湖的诗里就多次用这个词语。)穿过,像闪电似的一下子,墙壁屋梁都被震得摇动。第二天去察看那个地方,发现东西两墙上各有一个小孔,如铜钱般大小。原来是雷神追逐妖精鬼怪,从这里穿透而过。凡是打击人的雷,是从天而下的;打击妖怪的雷,就多数横着飞动,因为要追捕逃走的妖怪的缘故。至于平常的雷,却是地气郁结,猛然向上冲出来。我在福建翻越山岭时,曾经在山顶看到云中之雷;在淮镇碰上大雨,我曾经看到在旷野上冲出地面的雷,都像烟气向上冲,一直冲到半天高,那前端爆出一阵火光,接着轰的一声,和击发铳炮没有什么不同。不过,都在没有人的空地。至于有人的地方,从来没有这种事。有人说:"上天存心仁爱,怕人碰上雷死去。"这话很不正确。人是三才之一,人聚居的地方,就和天地的气息相通。相通就不会郁结,怎会产生雷呢? 在塞外艰苦寒冷的地方,经过人们耕种放牧,渐渐形成村落,那么地气也渐渐温暖,就是这个道理。

刀 鸣

王岳芳说:他家有一把刀,是祖上当过廷尉的长辈的遗物。如果晚上有盗贼,刀就会爆出格格的声响,并会移出刀鞘一两寸。后来,有雷火追逐妖怪穿过房屋,刀掉在地下,从此不再发出声响了。世间相传,凡是刀剑曾经沾过人血的,有警报时都会自动发出响声。这也不完全如此,只有杀人较多的刀才会发出响声而已。每杀一个人,刀上必然留下两条痕迹,打磨也去不掉。我年幼时在河间扬威将军哈元生家,哈家曾要出售将军的佩刀,说是夜里也会发声。经过检查,确实是这样的。有人说,发出响声的原因,是因为鬼魂依附在上面,这样说也不正确。战场上用的刀,往往杀过成千上百人,难道有成千上百的鬼魂永远守在一把刀上吗?刀沾血太多,获取精气不少,邪恶之气就聚集在刀上。盗贼凶狠阴险,也是邪恶之气聚集的人。邪恶之气相互感应,刀就会跳出来自动发出声响,就像弹琴的人弹到宫音,宫音响应;弹到商音,商音响应一样罢了。含着蕤宾音律的铁片,会自动从水池中跳出来;含着黄钟音律的铃铛,会自动在地下跳动,哪里有东西凭借在上面呢?到了雷火猛烈,一切邪恶之气碰上都会消散,所以那些沾血的刀剑一碰上雷火的烈焰,就会变为平常的铁器,并不是号称丰隆、列缺的劈雷闪电,专门为了这些刀剑而向下打击。

神星峰古迹

我曾经为西域的汉画被烟火毁坏而可惜,但也有点怀疑:一两千年前的笔迹,怎能留到现在呢?我的堂侄虞惇说:"红墨和黑墨写在石头上,如果那个地方风雨吹打不到;苔藓不能生长,就能经历很长时间,可以保存下来。在易州、满城交界地方,有个村子叫神星村。黄河自北而来,又转折向东南流去的地方,有两座山峰,隔河南北对峙。相传山峰是落星形成的,所以就以此命名村子。那山峰上粗下细,像一团云朵飘起,山峰险峻,无路可上。有好奇的人四肢并用地扶着石头洞孔,可以爬到山腰。上面有许多前人的题名,最古老的有北魏时的人、五代时的人,手迹都清晰地看得出来。那么,西域山洞里的汉画保存到现在,也不奇怪了。"可惜虞惇没有功夫把那些姓名一一记下来。易州、满城都在附近,我应当去访问当地人,问一问情况。

毒 鱼 法

虞惇又说:在落星石北面有一条渔梁,当地人世代独享捕鱼的好处,每年过节就杀猪宰牛祭祀渔梁神。有一次,有人教当地人毒鱼的办法,在上游投放挤出的芫花汁,下游的鱼虾吃了,就都被毒死,浮出水面,收获的鱼虾要比用网捕多上十倍。经过试验,十分管用。于是就在上游搭起窝棚,日日用这方法毒鱼。有一天,正是正午时刻,有一片黑云从龙潭里飞涌出来,一时狂风骤雨大作,雷电轰闪,把窝棚烧成了灰烬了。大家害怕起来,就不再毒鱼了。打渔为生的方法,从伏羲时代就开始了。不过,细密的网不入鱼池,这里也有仁政存在。截断河流来抓鱼的行为,圣人都很反感,何况用残忍手段去摧残生命,把鱼类家族一下子消灭掉呢!惹得神仙生气,也是当然的事了。

鬼论诗文

周书昌说:"从前游览鹊华山时,在当地百姓家借宿。屋外大树森森,一直生长到山顶。主人说经常听到鬼魂说话,不清楚讲什么事。当夜没有月亮,果然隐隐约约听到说话声,又不很清楚。我怕把鬼魂吓跑了,就打开窗户,悄悄地出去,匍匐在草地上,慢慢靠过去偷听。原来他们在议论韩、柳、欧、苏的文章,举出各人文章的优点。其中一个人说:'这样才是正声,怎么那前后七子,一定要排斥他们,还一定要标榜秦汉,引起门户之争呢?'另一个人说:'质朴和藻饰之间的变化,本来不止一条路子。宋代末年文章格调低下卑琐,元代末年文章格调纤巧秾丽,所以宋濂等人主张学习韩、欧,用雍容高雅来挽救文风。到三杨之后,变成了台阁体,一天天走向肤浅空洞,所以李崆峒等人又大力主张秦汉风格,用奇雄伟壮、丰富华丽来挽救文风。明代隆庆、万历以后,末流成为假的秦汉文风,所以长沙一派人物,又反过来责骂讥笑。大抵能够站出来自己成为一个宗派的,最初各自一定有深厚的基础,所以能够传播开去;后来也一定各有流弊,所以相互攻击。不过,董仲舒和司马相如文章风格不同,他们处在同一个时代,却不相互攻击。李、杜、王、孟诗歌风格不同,也都是同时代人,又不相互攻击。他们的修养是十分高深的。后代的学者,谈到甘甜就忌讳辛辣,肯定红色就非议白色,修养就太浅薄了。'话还未讲完,我突然咳了一声,就没有声音了。可惜没有听全他们的议论。"我说:"这和李词畹记述饴山的事相同,都是把平心静气的议论借鬼怪口中说出,这些话已经讲透,不必再解释了。"书昌有点不高兴地说:"我平生一无所长,不过一生不会讲假话。先生要是不相信,我也不必硬和你争辩了。"

理学过分

　　董曲江说:有个儒生喜欢讲理学,平日行为也谨慎有礼,没有什么过失。但是议论太过高深,动不动就用不近人情的议论去责备别人。有个朋友五月份结束父母守丧之期,七月份想娶个姬妾。这个儒生送去一封信,说:"结束守丧之礼不到三个月就想娶侍妾,这就知道你怀着这个打算已经很久了。《春秋》上有不问实行动而只推究其居心的论断,所以鲁文公虽然不在丧礼期中娶妻,也像在丧礼期中娶妻一样要受指责。朋友之间有规劝过失的义务,我不能不告诉你,你怎样回答我呢?"他的议论,大多数都是这样子。有一天,他妻子回娘家,约定某天回来,却提前一天回来了,儒生觉得奇怪,就问妻子,她说:"我记错了,以为这个月是月小。"儒生也不再奇怪。第二天,又有一个妻子回来,儒生大为震惊,再去找昨天回来的妻子,已经没有踪影了。不过,从这天以后,儒生渐渐瘦弱下去,变成了痨病。原来狐女变形吸取他的精血,一个晚上,他的消耗已经很多了。以前娶侍妾的人听到这件事,也送来一封信,说:"夫妻同房,不能讲不是正常的事。狐精变形,也不是人能意料到的事。但是,一个晚上,就大量丧失元气,这要不是纵情肉欲,就不会是这个样子。这是不是在夫妻恩爱的时候,忘记了按礼节加以节制呢?而且妖怪不能战胜德行,这是古代的教训。周、张、程、朱几位理学家,没有听说过他们遇到妖怪的事。然而居然有妖怪来冒犯您,是不是您的德行还有所不足呢?先生是品德高尚的人,责备品德高尚的人,是《春秋》里示范的呀。朋友之间有规劝过失的义务,我不能不告诉你,你怎样回答我呢?"儒生接到这封信,只是极力申辩实在没有狐精这件事,那只是邻居造谣而已。宋清远先生听到此事后说:"这真是以子之矛,陷子之盾了。"

袁守侗

　　袁愚谷总督(名守侗,长山人,官做到直隶总督,死后赐号清悫。)小时候和我同学,又是亲家。他自己说,三四岁时还清清楚楚记得前生的事。五六岁时,就恍恍惚惚记忆不清了。到现在只记得前生是一个岁贡生,家乡离长山不远;至于姓名、籍贯、家世事迹等等,全都忘记了。我四五岁时,夜晚黑暗中能看见东西,和白天一样。七八岁以后,逐渐昏暗不清了。十岁以后,就全看不见了。有时半夜醒来,偶然还能看见黑暗中的东西,过一会儿就和平常一样。十六七岁以后直到现在,有时一两年见上一次,好像闪电光、打石火一般,一弹指间就过去。原来人的爱好欲望一天天增加,那么神智清明就一天天减少。

妓女丈夫

景州的李西崖说:他家有个佃户,胆子最大,在乱坟堆边上种了一亩多瓜地。瓜熟时,佃户常常亲自看守,一个人住在瓜地的草屋中。有时出现鬼影鬼声,他也安然不怕。一天晚上,他听到鬼的说话声又杂乱又响亮,好像在吵架。他走出来一看,只见两个男鬼在坟堆上格斗,一个女鬼呆呆地站在旁边。他就喊问什么原因打架,其中一个人说:"你来得太好了,有一件事请你判断是非:天下有当着未婚夫的面去调戏他的未婚妻的人吗?"另外一个人讲的话也相同。佃户把女鬼叫过来问:"究竟你和哪个人定了婚?"女鬼觉得很难为情,过了很久才说:"我本来是妓女。按妓院的惯例,谁给钱多,就和谁秘密地定下婚约。现在到了阴间,我仍然做老行当,实在不能一一记住嫖客的姓名,不敢讲和谁有婚约,也不敢讲和谁没有婚约呀!"佃户边笑边吐唾沫说:"哪来这两个大傻瓜!"一抬头,三个鬼都消失了。我小时候又从舅公陈老先生(名颖孙,年月一长,忘记了他的字和别号。他是德音老先生的弟弟,庚子年的进士,当过仙居知县的秋亭的祖父。)讲,他曾亲眼看见一件事:亲戚当中有人死后,他的侍妾改嫁,这个人的鬼魂就附在生病的婢女身上显灵,说:"我过去问你,你自己说不会再嫁。现在怎么负心了呢?"侍妾一点也不怕,从容地回答说:"天底下有丈夫未死就自己说一定要改嫁的人吗? 你这问题本身就思路不清,怎能怪我那样回答呢?"这两件事,可以相互启发的。

朱子论无鬼

有个讲理学的人主张无鬼论,众人反问他说:"现在正是盛暑天气,你能到坟墓堆中住一晚乘凉吗?"这个老头子竟然毅然前往,果然没有见到什么鬼。回来后更加得意,说:"朱文公朱熹怎会骗我呢!"我说:"携带贵重财物行千里路,路途上碰不到强盗,却不能说所有道路都没有强盗。打了一天猎,在野外碰不到一只野兽,却不能说山野都没有野兽。因为一个地方没有鬼,就断定全天下都没有鬼;因为一夜没有鬼,就断定自古以来都没有鬼,这是举一个事例否定全部了。而且无鬼论是阮瞻创导的,并非朱子呀。朱子只说魂升魄降是平常的道理,而一切灵怪却并非是常理,没有说无鬼呀。所以,金去伪的记录说:'程颐、程颢最初不说没有鬼神,但不是现今世俗所说的鬼神。'杨道夫记录说:'雨风露雷,日月昼夜,这些都是鬼神的踪迹,这都是白天公平正直的鬼神。如果所说的那种在屋梁上呼叫,碰到人的胸膛,就是所说的不正直、邪恶黑暗、或有或无、或来或去、或聚或散的鬼神。又有所说的祈祷就有报应,请求就有收获的情况,这也与说鬼神存在是同一个道理呀。'包扬的记录说:'鬼神生死的道理,一定不像佛家所说、世俗所见的一样。不过,又有十分明白的事实,不能用道理来推论的,暂且不要去管他。'又说:'张南轩也不过只是硬不相信罢了。例如禹鼎上刻的魑魅魍魉之类,便是有这类事物,深山大泽,是它们居留的地方。人们前去占据那个地方,它们怎会不作怪呢!豫章有个刘道人,在一座山顶搭了间庵堂居住。有一天,一群蜥蜴进来,把庵堂里的水喝光了。不一会儿,庵外都堆满冰雹。第二天,山下果然下冰雹。妻子的一位伯父叫刘文,为人十分朴实,不会讲假话。他说,曾走过一座山岭,听到溪边树木中有声响,原来是无数条蜥蜴,各自抱着一件东西,像水晶的样子。他走上不到几里路,就下冰雹了。这种道理又不知是怎么说的。从前有一个地方,有一尊泥塑的大佛,众人都很尊崇信奉。后来,佛头被本族一个无礼的小子弄掉了。老百姓都跑到大佛身边痛哭,大佛颈部的泥土木条之中出现了舍利子。泥土木条哪能有舍利子呢?这只是人心所感召形成的。'吴必大的记录说:'议论到薛士龙家中出现鬼,便说:世间相信鬼神的人,都说天地间实在存在的;那些不相信,坚决认为无鬼。但是谁又有真正见的,郑景望就以为薛家所见的是事实。他不知道,这只是彩虹霞光之类的东西罢了。有人问:彩虹只是气,还有实在的形象吗?回答道:彩虹既然能吸水,一定有肠肚。只是一消散就没有了,例如雷部的神灵也是这一类。'林赐的记录说:'有人问,世间看到鬼神的人很多,不知道到底有没有鬼神。朱子说:世间看见的人很多,怎能说没有呢?不过这不是正常的道理。例如伯有变成恶鬼,伊川先生说这是别有道理。原来那个人气数不应该尽而死于非命,魂魄没有地方可去,自然会这样子了。从前有人在淮河上夜行船,看到无数个有形状的东西,似人非人,在两条河之间出没。这人明知这些东西都是鬼,不得已只好驾船冲越过去。问了当地人,才知道这地方从前是战场。他们都是死于非命、衔冤抱恨的人,形象本来不应该消散的。在座的有一个人说:乡下有个叫李三的人,死后变成恶鬼。乡下凡有祭祀和佛事,一定给这个人摆上一份。后来,因为有人放爆竹,烧掉了恶鬼依附的树,恶鬼从此就绝迹了。朱子说:这是他被冤枉而死,人气没有消散,被爆竹惊散了。'沈僩的记录说:'也有不甘心死亡的人,所以他死后这股气不散,就会成妖作怪,例如,不是善终的人和僧人道士死后,气大多不消散。(原注:僧人道士专门修炼精神,所以气会凝聚不散。)'万人杰的记录说:'人死气息就消散,消失了没有一点痕迹的,是正常的道理。如此也有托生的,是偶然把气凝聚得不消散,又如此碰着那生气便会再生了。'叶贺孙的记录说:'潭州有一件案子:妻子杀了丈夫,秘密地掩埋了。后来丈夫的鬼魂作祟。等到事情败露,鬼魂马上就不作怪了。从这件事可知在判案当中,这类事情如果不判罪,那么死者的冤恨一定不能解开。'李壮祖的记录说:'有人问:世间有享受设庙祭祀的神灵,经历了几百年,是什么道理呢?朱子说:时间长了,神灵也会消散。以前当南康太守时,天气久旱,免不了到处祷告神灵。偶然走到一座庙前,那庙只有三间宽敞的屋,里面杂乱得很。当地人说,在三五十年之前,这里的神灵验得好像回声应响,甚至有人来时,帐幕里的神会和他讲话。过去的神灵像那个样子,今天的神灵这个样子,也可以看得出了。'叶贺孙的记录说:'谈论到鬼神之事,朱子说四川灌口的二郎庙供的是李冰,因为他开凿了分水堰,所以建庙纪念。现在出现的许多神灵怪异的事,是他第二个儿子弄出来的。最初被封为王,后来因为宋徽宗喜好道教,就改封为真君。张魏公领兵时,曾在那庙里祈祷,晚上做梦,见神对他说:我从前被封为王,享受血食的供奉,所以能够显威降福,显得很灵验。现在号为真君,虽然位尊,人们都用素食祭我,而没有血食的供奉,所以就没有显威降福的灵验了。现在必须重新封我为王,我就会有灵验。张魏公就奏请恢复他的封号。不知道张魏公真的有这个梦,还是在指挥军队时,伪托这个说法。还有梓潼神,极为灵验。这两个神似乎割据东西两川。大抵鬼神要用生物来祭祀的,都是凭借生物的生气显灵。古代人用鲜血涂钟涂龟壳,都是这个意思。汉卿说,李通讲过有人射虎,看见虎后有几个人跟着,原是被虎咬伤而死的人,生气还没有消散,因此凝结为这些形象。'黄义刚的记录说:'议论到请紫姑神吟诗的事,朱子说:也有请得紫姑神的正身出现的,那家人的小姑娘见了,不认识是什么东西。即如衢州有一个人侍奉一位神,只要开列要问的事写在纸上,封好放在神祠前面,一会儿打开封包,纸上面自然有回答的话。这不知道是怎样的?'这些不同说法,在黎靖德所编的朱子语类中清清楚楚地记录在案,先生为什么竟然诬陷朱子呢?"这个老头把书借去,看了很久,颓丧地说:"朱子还有这种书吗!"显出很可怜的样子,不声不响地走了。但是,我还有些疑问:朱子的中心意思是说,人类秉承天地之气生长,死后那气消散回到天地之间。叶贺孙的记录中所说的"像鱼在水里,外面的水便是肚里的水,鳜鱼肚里的水与鲤鱼肚里的水都是一样的。"这个道理精彩极了。但是,对于祭祀的道理,是圣人所制定,记载在经典中,就不得不说因子孙的生气相感召,使祖先的气再凝聚来受祭祀,受祭祀完毕,祖先的气仍然消散到虚无之中。不知道这股气消散之后,和元气浑合为一呢,还是掺杂在元气之内呢? 如果混合为一,就像各条河流都流归大海,都成了一片水域,不能够使长江、淮河、黄河、汉水的水,再各自聚集在一个地方了。又如五种滋味合成汤羹,共成一种滋味,不能使姜、盐、醋、酱,再各自聚集在一处。又怎能在一片元气中分出某人某人的气,使他与子孙相通呢? 如果掺杂在元气之内,就会像飞扬的尘土,四处散开,不知分到几万几亿个地方,又像乱飞的游丝,相互分开不知几万几亿里远。遇到子孙祭祀时去享用,就星星点点、条条缕缕地再合在一起,从事理上说就太不相近了。即使按照能凝聚来说,这种气如果没有知觉,又怎能受子孙感召? 怎能享受祭祀? 这种气如果有知觉,知觉又从哪儿产生? 应当一定从心里产生。心依附在哪儿? 应当一定有身体。既然有身体,那么就仍是一个鬼了。而且还没有凝聚以前,这些亿万微尘、亿万丝缕的东西,每一点点尘尘缕缕,都各自有知觉,就不止有一个鬼了。不过,佛家的鬼,在地下潜伏躲藏;儒家的鬼,在空中旋转。佛家的鬼,平日经常存在;儒家的鬼,却是临时凑合罢了。这又有什么好比较的呢? 这就不是没有学问的我所能知道的了。

道士药方

乌鲁木齐千总某人,生了寒病。有个道士登门请求允许为他诊治,说是前生有缘分,专门前来治病的。刚好一个被流放的人高某的妻子相当懂医道,看到道士开的处方,大惊道:"桂枝汤喝下去,阳性太盛就会死人。药性和病情相反,怎能随便乱用呢!"极力阻止千总用道士的处方。道士叹了一口气说:"这是命啊!"抖抖衣服就走了。高某的妻子给千总开了承气汤,千总服后病便痊愈。大家都认为道士不懂装懂讲假话。我回到京城以后,有一次阅读邸报,突然看见那个千总因为贪污贮存的军粮,被处斩了。这时我才醒悟,道士实在不是一般的人,想用药把千总害死,保存他的全尸。这件事和以前记载兵部书吏的事情相类似;难道不是孽由自作,不是人的聪明才智可以挽回的吗?

紫桃轩砚

姚安公说:人们家里有奇妙的器具用品,到底不是好事。他说起癸巳年科举同榜的牟瀜老先生家里,(记不清是牟老先生,还是牟老先生的伯叔父了,幼年时听得不详细。)有一方砚台,天然形成鹅卵形,紫色十分纯正,有一个鹦鹆眼,像豆子大小,突出在墨池中心,上面螺旋形的纹理很分明。鹦鹆眼的眼珠子闪闪发光,很有神气的样子。抚摸的时候,滑腻得一点不粘手。用手敲一下,坚硬得像金属似的。用口呵气时,砚台上形成露珠。研墨时一点声音也没有,只要磨几次墨汁就很浓很黑了。砚台没有刻着款识铭语,仿佛因为喜欢这砚台保留天然模样,不想刻上文字。砚匣也是紫檀树的树根雕成,砚台放进去很方便,但装进砚台后就把匣子填得满满的,没有一点空隙,摇动也没有撞击声。匣背有"紫桃轩"三个字,字小得像豆子那样,从这一点可知是太仆寺少卿李日华的遗物。(李日华著有杂记《紫桃轩杂缀》。)平生见过的宋砚之中,这方砚台当数第一。但是,后来因为珍惜这方砚台却得罪了上司,几乎遭到意想不到的灾祸,就很生气地把这方砚台掼碎了。在灾祸将要发作时,晚上听到砚台发出好像是呻吟的声响。

毒 菌

　　我在乌鲁木齐的时候,该城守营都司朱先生赠送新菌,守备徐先生(他和姓朱的名字,都忘记了。原来当时相见,只是称呼官衔,反而没有问他们的名字。)就讲了一件事:从前他还没有做官时,有一次看到有人卖新菌,就想买来吃。有个老头子在旁边骂那卖菌的人说:"他还有几任官职,你怎敢这样做!"卖菌人害怕地走了。这个老头子并不认识,又很快分别,也不知道他到哪里去了。第二天,听说这一带有人吃了新菌中毒而死,就疑心那个老头子是土地神。卖菌的人从此再也看不到了,估计是鬼来寻找替代的人。《吕氏春秋》里说,最鲜美的味道是越骆的菌,本来没有毒,有毒都是因为有毒蛇毒虫爬过沾上的,中毒的人会狂笑个不停。陈仁玉的《菌谱》记载,有用水调苦茶白矾可以解菌毒的方法;张华的《博物志》、陶宏景的《名医别录》都记载有用地浆解毒的方法,也是因为有毒菌的缘故。(用黄泥调水,澄清后的水,叫做地浆。)

秘戏作祟

　　亲戚家大厅旁边另有一所院子,有三间房屋。有个门下清客经常住在里面,常常梦见一群男女裸体游戏,许多妇女来来去去,围成一圈,做出各种淫乐的样子。最初看时,觉得有趣。长时间地每夜都做这种梦,门客也疑心自己有病。但他搬到另外房间去住，就不做这种梦了，所以又疑心是妖精作怪。不过睡觉以前周围仍然很安静，他就点着蜡烛等到天亮，也没有看见什么。这些人也只是他们自己互相淫乐，就像看不到旁边有人一般，这样又不像妖精作怪了。这件事始终弄不清楚。有一天，门客突然醒悟，原来在书厨中收藏有用象牙、石头雕成的裸体人像十几件，画有男女做爱图画的书册十几本，一定是这些东西在作怪。他就悄悄地报告主人，把这些东西都焚毁了。有个了解这件事的人说："这些东西怎能作怪呢？这里是主人招集挑选歌女妓女的地方，这种气息感召，淫乱的鬼魂就来响应。这个门客也是妓院的常客，精神关注在淫乱上，那么妖怪就在梦中感应了。水要腐败之后才有小虫滋生，酒变酸以后小虫才会飞来，是自然的道理。集市上货物众多，这些东西也有不少，怎么不是每一个都作怪呢？住过这个房间的有许多人，怎么不是每个人都做这种梦呢？这就可以想到原因了。只焚烧了那些东西，是没有用的。这户人家大概要衰败了！"不到十年，这所房子就换了个主人。

老僧谈私访

明恕斋先生曾任献县县令，是个贤能的官员。在太平府任太守时，碰上一件疑难案子，他就换了便服，亲自去查访。偶然到一座小庙休息。小庙的僧人已经八十多岁了，看到明恕斋就合十肃立，吩咐徒弟准备茶水。那徒弟远远地喊道："太守马上就到，您暂时带客人到另外房间坐一坐。"老僧回答说："太守已经到了，赶快送上茶来！"明恕斋大惊，说："你怎么会知道我会来呢？"老僧说："您是一府的长官，一举一动，所有人都知道，何止老僧我呢！"明恕斋又问："你怎么会认识我？"老僧说："太守不能认识一府所有的人，但一府所有的人谁不认识太守！"明恕斋说："你知道我为什么事情出来的吗？"老僧说："那件案子的事，双方都派出自己的党羽，布散在街市之中很长时间了，他们都装作不认识您罢了。"明恕斋很失望，就问他："为什么你却不假装不认识我呢？"老僧伏在地上行礼，说："死罪死罪！我正想您问这个。您做太守，论精明，不比汉代名臣龚遂、黄霸差。但是，大家心中稍有不满意的，就是您喜好微服私访。这样，不仅大奸大恶的人能够预先制定迷惑您的诡计，即使是乡下小老百姓，谁没有亲朋好友，谁没有恩恩怨怨呢？访问到甲的亲朋好友，就说甲是对的，乙是错的；访问到乙的亲朋好友，就说乙是对的，甲是错的。访问到和当事人有仇的，就说当事人一定错；访问到受到当事人恩惠的，就说当事人一定是对的。至于妇女儿童，所闻所见不够真实；体弱多病的老头、老太，说话又糊涂混乱,又怎能可以作为根据定案呢?您亲自私访还会这样,再托其他人去打听,怎会有准确的情况呢?而且,私访的害处,不仅是听取诉讼会出现,在民间事务的利弊上,私访也是有害的,对于开河渠、筑堤坝更是如此。小老百姓各自维护自身,河水对他有利,他就阻水灌自家的田;河水对他不利,他就放水淹人家的地,这就是他的好算盘。有谁肯按照总的地势,作永远免却水灾的长期计划呢?老僧我是方外之人,本来不应当过问世间的事务,何况官府的公事呢!但因佛法讲慈悲,舍身拯救众人,假如有利于人世,我就应该冒着死罪讲出来。望您思量体察。"明恕斋认真考虑老僧的讲话之后,就不去私访,回衙门去了。第二天,派差役给老僧送钱和米。差役回来报告道:"您回来之后,老僧对徒弟说:'我的心事已经完了。'竟然淡然去世了。"这件事,杨汶川老先生曾讲过。姚安公说:"凡判案的事,对案情要仔细研究调查,案情的真伪就可以分明了;只是相信别人或只是相信自己,都是不对的。只相信别人的弊病,老僧讲得很对;只相信自己的弊病,也有讲不完的内容。怎能再出现一个老僧,也出来讲清楚呢!"

诗魂狡狯

舅舅张健亭先生说:在野云亭读书时,同学们到佟氏花园举行修禊活动。有人扶乩请仙,请问仙人姓名。乩仙题词说:"偶携女伴偶闲行,词客何劳问姓名?记否瑶台明月夜,有人嗔唤许飞琼。"同学再请仙人题下坛诗,乩仙又写道:"三面纱窗对水开,佟园还是旧楼台。东风吹绿池塘草,我到人间又一回。"大家窃窃私语,认为诗歌的感情凄凉动人,恐怕是才女的幽魂来了。不过,附近没有这样一个大家闺秀,难道是在这里炼形拜月的仙女吗?大家都动情了,有人站立沉思,有人讲一些有调情色彩的话。乩坛上忽然挥动木笔,大书道:"衰翁憔悴雪盈颠,傅粉熏香看少年。偶遣诸郎作痴梦,可怜真拜小婵娟。"后面又写了一个大大的"笑"字,仙人就回去了。这不知是那个朝代的诗人鬼魂,做出这种狡猾的行为。大概也是因为同学叫他来时,也有些轻薄的态度,所以会这样。

壶芦狐女

胡厚庵先生说:有个书生和一个狐女相爱,最初相逢时,狐女把一只二寸长的葫芦交给书生,让他佩戴在衣带上,自己跑到葫芦中去。书生想见面时,就拔出葫芦塞子,狐女便出来和他亲热一番,离开时仍然进入葫芦中,用塞子堵上。有一天,书生走到集市上,葫芦被小偷剪断衣带偷走。从此,狐女就绝迹了,书生心里十分惆怅。一次,书生在郊外散步,消磨心中的思念,听到草木丛中有人叫他,听声音是那狐女。书生就过去和她说话,她却躲着不肯出来,说:"我已经改变模样,不能再和你见面了。"书生奇怪地问她原因,她哭诉道:"通过采补来修炼形状,是狐精常用的方法。近来不知道从哪里来了一个道士,又搜索寻找我们狐精,供他采补之用。被他捕获之后,就用神咒禁制,我们就僵硬得像木偶一样,任他为所欲为。有些道行比较高的狐精,在道士吸取时不吐出精血,道士就把这些狐精蒸熟做肉干。肉干被他吃了,精气也被他吸收了。我躲进葫芦里本想逃过这场灾难,想不到仍然被他找到,把我抓了回去。我怕被蒸死,就献出了炼成的丹,总算留了一条命。不过,失去丹之后,我又回复成野兽的模样,今后又要修炼二三百年,才能变化形体了。天长地久,今后没有见面的日子了。我怀念我们过去的恩爱,所以叫你,和你诀别。望你努力自爱,不要再想念我了。"书生气愤地说:"怎么你不到神仙那里控告呢?"狐女说:"控告的人已经很多了。神仙认为,财产来路不正,又被人骗去,是自作自受。杀人的人被人杀,是相互报应的关系,所以置之不理。这就可以知道,千方百计巧取豪夺,只能害了自己。从今以后,我只专门修炼吐纳之术,不再干采补的勾当了。"这件事发生在乾隆二、三年间,胡厚庵先生曾经亲眼见过这个书生。几年之后,听说山东有一个道士被雷击死,大概就是这个道士,因为淫杀过度,又被上天所诛杀吧?螳螂捕蝉,黄雀在后,拿弹弓的人又在黄雀后面,就是讲这种情况了。

木人镇魇

堂弟东白的住宅在村子西面的水井边上。从前还没建住宅时,用一圈院墙围着,靠墙造了些土屋。其中有几间屋子,半夜常听到有敲门的声音。虽然也没有其他变故,但住在里面的人经常生病,不得安生。有一天,土屋门旁的墙壁倒塌,跌出一个木头人,样子像举手敲门,身上还画有符箓。这才知道是工匠对主人有怨恨,做这个木人来镇魇。所以,对小人不可以随便结交,也不可以随便为难。

道士恃术失势

何子山先生说:雍正初年,有个善于用符箓的道士,曾到过西山最幽僻的地方。他喜欢那里的林木泉水,准备搭庵堂去修习静坐。当地人说,那里是鬼怪的老窝,本地人砍树打柴,不是成群结队,都不敢进去,甚至豺狼老虎都不能居留,请道士要审慎些。道士不听从。不久,鬼怪妖精都出现,有的偷窃建房的材料,有的作弄建房的工人,有的毁坏道士的器具,有的弄脏道士的食物。这形势就像在荆棘丛中走路,每一步都受到妨碍。又像野火四面烧起,风吹树叶乱飞,即使有千手千目,也应接不暇。道士愤怒了,设坛召请雷神。等雷神降临,妖怪早已逃走了,在空洞的山谷中大肆搜索,一无所得。雷神离开几天以后,妖怪又都回来了。这样反复了几次,雷神讨厌道士冒犯神灵,不再答应他的请求。道士只好一手拿着印鉴,一手拿着剑,单独与妖怪作战,却被妖怪打倒在地,拔去胡须,弄伤头脸,剥光衣服,倒挂在树上。幸好道士碰到来打柴的人,被解救下来,狼狈逃走了。道士原来只仗着自己有法术而已。形势的发展,即使圣人也不能改变;党羽已经形成,即使帝王也不能击破。积习过久就难改变,人数众多就难杀尽。从前唐代消灭牛李的党争,比消灭河北的藩镇更困难。道士不明众寡悬殊的形势,客劳主逸的局面,自不量力去碰钉子,失败也是应当的。

乘机作巧计

小人的计谋千变万化,常常趁有机会就施行巧计。小时候,听说村里有户人家半夜听到脚步声,以为是强盗,就举着火把到处搜捕,却又不见踪迹。大家知道是妖怪,也就不再找了。不久,小偷知道这件事,晚上就去这户人家偷窃。这户人家仍然以为是妖怪,就只顾睡觉,不去理睬,小偷就痛快地干了一番。这件事还是乘机而做的。这县有个县令,相信理学,憎恨僧人像仇人一样。有一天,僧人报告被盗,县令当堂训斥道:"你的佛法没有灵验的话,怎能得到供养? 你的佛法有灵验的话,难道不会让盗贼得到报应,却反过来要麻烦长官吗?"说罢,摆了摆手,就让僧人离开,还对人说:"假使天下的太守县令都用我这办法,僧人不用淘汰,就会自动解散了!"僧人本来十分狡猾,就明里和徒弟们做佛事祈祷,暗中收买一个讨饭人,让他捧着一些衣物跪在寺门外,样子像呆子一样。大家都说这寺里佛法灵验，百姓们的布施越发丰盛。这是反用计谋，使害我的人变成助我的人。人情都是这样，依仗一种道理和小人争斗，哪有什么好处呢！

愤激为厉

张某和瞿某，小时候是同学，长大了成为好朋友。瞿某与别人打官司，张某接受别人的钱，刺探到瞿某暗中的计策，偷偷告诉对方。瞿某最后失败受辱，对张某恨之入骨。但是张某做这件事十分隐秘，没有明显证据，所以表面上瞿某并没有与张某绝交。不久，张某死了，瞿某千方百计把张某妻子娶过来当自己的妻子。虽然婚事的每一环节都按礼仪办，但在家里和妻子说话时，仍然叫她为张几嫂。这个女人本来比较朴实忠厚，认为瞿某或是怜悯，或是玩笑，也不计较。有一天，瞿某和妻子面对面吃饭，突然跳起来，自己喊自己的名字，说："瞿某，你太过分了！我确实是负心，但现在我妻子归了你，也足够补偿了。你何必一定叫她做张嫂呢？女人再嫁是常事，娶再嫁的女人也是常事。既然我死了，就不能禁止妻子改嫁，也不能禁止你娶她。我已经违背了朋友间的道义，也不能责备你娶朋友的妻子。现在你不把她当妻子，仍然用我的姓来称呼她，这就是说，你并非娶我的妻子，而是奸淫我的妻子了。奸淫我妻子的人，我就可以杀死他！"于是，瞿某发了几天狂，就死了。按公道的方法去报仇，圣人也不禁止。张某的行为本是小人常有的行为，并非不共戴天之仇。瞿某用计娶了他的妻子，报仇已经过头了，可是又把这女人当做卖淫的妓女，玷污张家的名声，这是过头之中又过头的了。这就怪不得张某愤激而变成恶鬼来索命。

恶少改过

有个品行恶劣的青年生了寒病，昏迷中灵魂离开了身体，内心失落，无处可去，看见有人走动，就跟着一起走。他不知不觉，来到阴间衙门，碰上一个差吏，是他的老朋友。这个差吏为青年查阅记录，过了很久，皱着眉头说："你经常违抗父母，按法律应当下油锅。现在阳寿还未完，可以暂时回去，寿命完时再来受报应好了。"这个青年惊慌害怕，叩头请求差吏帮忙解脱罪名。差吏摇着头说："这种罪行最严重，不仅我很难解脱，即使是释迦牟尼也无能为力的。"青年哭着哀求个不停,差吏沉思着说:"有一个故事,你听说过吗? 有个禅师登座说法,问道:'老虎脖子下的铃铛,谁人能解除下来?'大家还不知如何回答,一个小沙弥说:'为何不叫给老虎系上铃铛的人去解除呢!'你得罪了父母,还是向父母忏悔,或者有希望可以免罪吧!"青年顾虑过去罪恶太深重,并非一时可以忏悔得了。差吏又笑着说:"又有一个故事,你有没有听说过,杀猪的王屠夫,放下屠刀,就立地成佛了吗?"差吏派一个鬼把青年送回家,他的病马上好了。从此,他洗心革面,反而受到父母喜爱。后来,一直活到七十多岁才去世。虽然不知道他是否真的免除了地狱的苦刑,但看到他寿命这样长,好像是已经允许他忏悔了。

佛儒本可无争

许文木说:老僧人澄止,很有道行。临死的时候,对他的徒弟说:"我坚守戒律,道行精进,自己认为一定是四禅天人。世尊释迦牟尼讨厌我平生的议论,喜欢推崇佛法,排斥儒家,以我为本的观念并未变化,免不了还要到阴间轮回投生。"他的徒弟说:"崇敬世尊,世尊反而讨厌吗?"澄止说:"这就是世尊之所以为世尊的道理。假使党同伐异,宣扬自己,贬低他人,怎能称做世尊呢?我现在才觉悟,而你的见识还差劲着呢。"由此想到杨槐亭讲的一件事:乙丑年上京参加会试时,和同考的几个人一起赶路。刚好和一个僧人住在同一间旅舍,在闲谈当中,有一个举人劝阻我说:"您怎么和信仰不同的人聊天呢?"僧人愤愤不平地说:"佛家确实与儒家不同,不过各自都有品级。如果是孔子,可以批评佛祖,颜回、曾子以下就不能了;如果是颜回、曾子,可以批评菩萨,郑玄、贾逵以下就不能了。如果是郑玄、贾逵,可以批评阿罗汉,程颐、朱熹以下就不能了。如果是程颐、朱熹,可以批评各地方的祖师,那些趋炎附势、自认为讲理学的人就不能了。为什么呢? 他们的分量不能对等呀。先生你批评佛祖,不是把自己的品级抬得太高了吗?"这个举人又气又笑地说:"正因为品级不同,所以我们儒生就可以批评你们僧人了!"几乎争闹起来,于是一哄而散。我认为,各自从本教来说,好比平常人家一样。三王以来,儒家道统指导社会已经很久了,即使有圣人出现也不可改变,儒家好像是主人。佛教从西域传来,他的空虚清净的教义,可以使追逐名利的人放弃追逐,使忧愁的人得到解脱。它的因果报应的学说,也足以警戒愚笨的小民,使他们回头,变得善良。这对世道并不是没有好处。所以佛家学说能够在中国流传。佛家好像有技术的食客。食客不去学习自己本身的技术,却想更改主人的家政,使主人反过来受他的教导,这是佛教徒的过错了。又用各自具体职业来比拟,譬如种田,儒家好像耕种的人。佛家抛开了自己最初的目的,不把行善作恶当作有福还是有罪,却把施舍不施舍当作有福或有罪。于是迷惑群众,收敛钱财,经常这样做,这好像侵占田界,抢掠别人的庄稼一样。儒家放下农具,抛荒田地,慌慌张张地拿着武器,日日去追寻越界抢掠庄稼的人,要和他们格斗。即使格斗取胜,自己的庄稼不知道变成什么样了。这不又是儒家发疯了吗?自汉明帝以后,佛教绵延已经两千年,即使尧、舜、周公、孔子再活过来,也不能把佛教驱逐出境。儒家的父子君臣、兵刑礼乐的学说,抛弃了就无法治理天下了。即使释迦牟尼出世,也不能把他的办法在中国施行。本来这些事可以不争论,只是僧人们管不住自己的名利欲,妄想儒家被压,佛家伸张,信仰佛教的人布施给佛寺更多财富。讲理学的人管不住自己好名欲望,著作里如果没有几条批评佛教的内容,就不能显示他卫道的功力。所以,两家的语录,正如水中泡影,一冒出来就消失了,刚消失了又冒出来,互相不停地对骂。不过,儒佛两家相争,经过千百年后,仍然并存如故;两家要是不相争,经过千百年后,也会并存如故的。各自修习自己的教义就可以了。

汉朝鬼魂

陈瑞庵说:献县城外的许多丘陵土冈,相传都是汉代坟墓。有个耕田的人误犁开一座坟,回家后就发寒发热讲胡话,责备自己冒犯了鬼。当时瑞庵刚好到这里,就问道:"你是什么人?"附身的鬼说:"汉朝人。"瑞庵又问:"汉朝什么地方的人?"鬼说:"我就是汉朝的献县人,所以坟墓在这里,你何必再问呢?"瑞庵又问:"这个地方汉朝时就叫做献县了吗?"鬼说:"是的。"瑞庵就问:"这个地方汉朝时是河间国,县城叫乐成。金朝才改名献州,明朝才改名献县。汉朝怎会有献县的名称呢?"鬼不再说话。瑞庵再问时,生病的农民就清醒过来了。原来传说那些坟墓是汉墓,鬼也经常听惯了,所以依靠这种传说,来找寻人们供奉,却没想到刚好碰上有学问的人,所以失败了。

鬼斗智

毛其人说:有个耿某,勇敢凶狠,走山路时碰上老虎,抓起一根木棒就和老虎相斗,老虎竟然躲开逃走了。他自己认为属于中黄、伙飞一类勇士。有一次,听说某寺院后面有许多鬼,时常作弄喝醉的人,耿某很生气,就要去驱逐那些鬼。有几个喜欢看热闹的人跟着耿某前去。到那寺院时,天已黄昏,大家痛饮到夜晚,然后坐在后墙上等鬼群出现。二更后,隐隐约约听到呼啸声,耿某就大声喊道:"耿某人在这里!"一下子无数人影,汹涌而至,都吃吃地笑着,说:"是你呀,容易对付的!"耿某愤怒地跳下墙头,人影就作鸟兽散开,还远远地喊耿某的名字,臭骂他。耿某追到东面,它们跑到西面;追到西面,又跑到东面,彼出此没,变化迅速。耿某团团转得像风车一般,始终见不到一个鬼,疲倦极了,就想回去,那些鬼又发出嘲笑来刺激他。慢慢地,鬼把耿某引到比较远的地方。突然,耿某看见一个奇怪的鬼站在路中间,牙齿像锯子,眼光像闪电,张牙舞爪,想和耿某搏斗。耿某急忙用力一拳打过去,又突然自己大喊一声倒在地上,手指骨头都断了,手掌也裂开了,原来是错打在墓碑上。鬼群一起喊道:"真勇敢啊!"一转眼都不见了。在墙头上观看的人听到耿某痛苦的叫喊,一起举着火把,把耿某抬回家去。躺了几天,他才能起床,但右手就此残废了。从此,耿某的刚猛之气消除,竟能做到逆来顺受。可以与咆哮的猛虎对敌,却不能不被鬼所围困,虎是以力气相斗,鬼是以智谋相斗的呀。用有限的力气,想去战胜无穷的变幻,这不是天下的痴呆人吗?不过,耿某受一次惩戒后就觉悟,毅然地回头,即使称他为有大智慧的人,也是可以的。

三 砚

　　张桂岩从扬州回来,带来一方琴形砚台送给我。砚台已经斑驳剥落了,古旧的颜色,黑黝黝的样子。右侧靠近下面的地方刻着"西涯"两个篆字,原来是李东阳怀麓堂的遗物。中间刻着行书写的一首诗:"如以文章论,公原胜谢刘。玉堂挥翰手,对此忆风流。"题款是"稚绳",这是高阳孙承宗相国的字。左侧刻着小楷写的一首诗:"草绿湘江叫子规,茶陵青史有微词。流传此砚人犹惜,应为高阳五字诗。"题款是"不凋",是太仓崔华的字。崔华是渔洋山人的学生。渔洋山人论诗绝句说:"溪水碧于前渡日,桃花红似去年时。江南肠断何人会?只有崔郎七字诗。"就是指这个人。这两首诗,他们本人的集子里都没有收入,难道因为是指责前辈,有点过分直率,编定集子时自己删去的吗?后来,我把这砚台送给兵部尚书庆丹年。参知政事刘石庵很疑心这砚台是假的。不过,古人常有集外诗,始终也搞不清楚。还有,杨汶川老先生(名可镜,杨忠烈公的曾孙。以拔贡出身,任户部郎中,和姚安公同事。)赠给姚安公一方小砚台,背后刻有铭文:"自渡辽,携汝伴。草军书,恒夜半。余之心,惟汝见。"

题款为"芝冈铭"。原来是熊廷弼先生在军中所用的砚台,据说从他亲戚家中得来的。还有我家藏有一方小砚台,右侧刻有"白谷手琢"四个字,应该是孙传庭先生亲手制作的。这两方砚台大小相近,姚安公认为,都是前代著名的大臣之物,就放在一个匣子中。后来这两方砚台放在大儿子汝佶处。汝佶短命去世,两方砚台被手下婢女、仆妇偷出去卖掉。现在再也找不到了。

见回煞

我十七岁时,从京城回乡,参加童生考试,住在文安孙氏家。(土语读音像巡诗,是语音的变化。)房屋都是新建的,但土炕下面钉有一根小的桃木桩,上下炕时很有些妨碍,叫主人把它拔去。主人比较忠厚老实,摇着手说:"这是不能拔去的,拔去后妖怪就来了。"我就问他为什么,他说:"我买空地建筑这所旅店后,住宿的人在夜里经常看见一个女子,站在炕前,不言不动,也没有别的祸害。大胆的人用手去拉女子,却是空空的,什么都摸不到。经道士念咒,用桃木桩钉上,女子才不再出现。"我说:"这房子下面一定是古墓,人们住在上面,鬼魂不得安宁罢了。为什么不把她的骨头挖出来,装在棺材里改葬到另外的地方呢?"主人说:"对。"但是,却不知道主人有没有真的去迁葬。又辛巳年春天,我请假到北仓养病。亲家赵氏请我去写神位,姚安公就叫我前往。回程住在杨村,已经深夜,我就先躺下,仆人们正在喂马,还没有睡。忽然,我看见一位穿花衣的女子,掀开门帘要走进来,刚一露面,马上又退出去。我疑心是应召陪酒的妓女,就叫仆人把她送走。仆人都说,外面大门都关上了,没有一个人进来。主人就说:"四天前,有个官员家的媳妇住在这里去世了,昨天才把棺材搬走。难道是她的魂返舍回煞吗?"回家报告姚安公,姚安公说:"我小时候在舅舅陈家读书,刚好有个女仆当夜回煞,月亮照得和白天一样,我一个人坐在房外,想看看回煞是什么样子,结果什么也没看到。你怎么却见到了呢?那么,你不及我就太多了。"到现在,我对这个教训还觉得十分惭愧。

河 豚

河豚只有天津最多,当地人像蔬菜一样吃河豚,不过也经常有中毒死亡的,因为不是每一家都会烧河豚。姨丈牛惕园先生说:有一个好吃河豚的人,终于中毒而死。死后托梦给妻子,说:"祭祀我时为什么不用河豚呢?"这真是死而无悔了。又听姚安公说,邻居有户人家能维持温饱,后来主人因为赌博败家。临死时,他对儿子说:"一定要把赌具放在棺材里。如果没有鬼,赌具和尸骸一起变为泥土罢了,有什么危害呢? 如果有鬼,我们处身荒野草木之间,没有赌具怎能消磨时间呢?"等到收殓埋葬时,人们都说:"人死后按礼仪埋葬,临死时的糊涂遗言是不能听的。"他儿子说:"难道没听说侍奉死者要像侍奉生者一样吗? 生前我不能劝止赌博,父亲死后我却要违背他的遗言吗? 我不是讲理学的人,请各位不要干涉别人的家事。"终于按他父亲的遗言办理。姚安公说:"这种行为并不符合礼仪,但也说明这孝子思亲不止之心。我讨厌每件事都要遵守古时礼仪,而思亲之心却非常淡漠的人。"

狐 状

有个仆人的儿子做裁缝,他父母卖身为奴时,并没有连儿子也卖了,所以单独住在外面。他的妻子二十多岁,被狐精迷惑,一年多后病死了。当初妻子还不肯说出来,到病重时才说:狐精刚来的时候,是女子的模样,自己说是新搬来的邻居。留下来交谈,慢慢说到调笑的话,又进一步靠近,一下子冲上来抱住,妇人就昏昏迷迷,像做梦一样。从此每天晚上狐精都来,每次来就变一个模样,有时是男有时是女,有时年老有时年轻,有时漂亮有时丑陋,有时是僧人有时是道士,有时是鬼有时是神,有时穿现在衣服有时穿古代衣服,一年多来没有一次重复。狐精一来,那妇人就四肢软绵绵的,嘴里说不出话来,只是心里很明白而已。狐精也不和她讲话,不知是一个狐精变化模样,还是一群狐精轮番前来。更奇怪的是,妇人的小姑有一次进房,突然碰上狐精出来,一跳就不见了。小姑看见的,是个戴方巾、穿道袍的人,白胡须毛茸茸的;而妇人自己所见却是皮肤黝黑,满身污垢,像个卖煤的人。同时会有不同模样,更是不可思议了。

鬼畏正气

及孺爱先生说:(先生是我的远房表侄,但我小时候他对我做启蒙教育,所以我对他一直以师礼相待。)交河有人的田地靠近坟堆,离家比较远,就在田边建间屋居住,晚上常听到鬼讲话,见惯了也不奇怪。一天晚上,听到坟墓里有喊声说:"你怎么这样狼狈呢?"另一个声音回答道:"刚才在路上碰到一个女子,带着一个孩子赶路。我见她面有衰气,死期快到了,就没有躲避。没想到那女子忽然打了个喷嚏,那股气打中了我,就像大棒槌舂米撞(平声)击一样,我受伤倒在地上,休息了很久,才能回来。现在胸膛还隐隐作痛。"这个种田人默默地记下这番话。第二天,耘田的人聚在一起,这个人就把事情讲出来,还问:"昨天傍晚,谁家的女子在路上碰到鬼了?"其中有个姓宋的说:"昨晚我女儿和我儿子从外婆家回来,并没有碰到鬼的事。"大家都认为那个人乱讲。几天以后,宋家女儿被人抓住要强奸,她坚决反抗,被杀死了。人们才知道,女人贞烈的正气,虽然临近死亡,仍然刚强有力。鬼怪所以害怕正直的人,大概是因为这个原因。

前 生 债

张完质舍人说:有个和狐精做朋友的人,要外出经商,就把家事托付狐精。大凡有火灾盗贼,狐精都代他报警守卫;有仆人婢女做坏事,狐精也一一指出加以责备。家务事处理得井井有条,比这个人外出经商以前还要好。只有这个人的妻子与邻居偷情,狐精就像不知道似的。过了两年,商人回家,十分感激狐精。时间长了,稍稍听到邻居和妻子偷情的事,又很怪罪狐精。狐精表示抱歉,说:"这是神的判决,我不敢违反。"商人不服气,说:"鬼神惩罚淫乱的人,怎么反而引导他们淫乱呢?"狐精说:"这是有原因的。邻居前世是大户人家,你在他家当出纳,他对你十分信任,你却贪污了他许多钱财。阴间判决你要用妻子赔偿欠债,一个晚上按嫖妓的价格,销掉五钱银子。到现在你的欠债只剩七十多两了。债还光了,就会没事,你何必发火呢!你如果不相信,试试把剩下的欠债款项还给他,看看会怎么样。"商人就到邻居家里,对他说:"听说你很穷,我这次侥幸赚了许多钱,现在送上八十两银子资助你。"邻居又感动又惭愧,从此就断绝了和他妻子的往来。到年底时,邻居送来食物礼物表示感谢,礼物十分精美。估计礼物的价值,正好是扣除七十多两银子之后多余的钱数。这才知道,前生欠的债,收债的人一毫一厘也不能增加,还债的人一毫一厘也不能减少。这也是可怕的事呀!

孝弟通神

族侄竹汀说:有个农家青年寡妇,誓死不再嫁,供养婆婆、抚育儿子,已经几年了。有一天,见有个穿华美衣服的青年,从墙头缺口处偷看她。她以为是过路客人误入此地,就把青年骂跑了。第二天,青年又来了。她想,附近村子并无这个青年,当地人也没有穿这样华美衣服的,知道一定是妖精,就拿起木棒去驱逐他。那妖精又抛掷砖头瓦块,损坏家中器物。还从此天天过来,爬到墙头上,向寡妇表达爱意。寡妇没办法,就到土地神庙去哭诉,也没有灵验。过了七八天,白天阴暗得像晚上一样,有雷火把村南一座古墓炸开来,妖精也绝迹了。不知道是狐精还是鬼怪。用妖术迷惑人,已经违反上天的法律,何况去迷惑守节的妇女呢! 它受雷击而死,也是活该。至于一定要延迟时间才有报应,难道是天上人间同一道理,事关死刑,也要等待上奏报告然后才能行刑,由土地神层层上报,就会稍为拖延时间的吗? 不过,一个普通寡妇的哭诉,就会到达天庭,也足以证明孝顺友爱能与神灵相通了。

狼子野心

沧州一带海边煮盐的地方,称为灶泡。这片土地广袤数百里,充斥盐碱,不能耕种,荒草连天,有点像塞外,所以狼多数把巢穴设在那里。捕狼人挖开地面成陷阱,深约几尺,阔三四尺,用木板盖在上面,木板中间凿一个圆孔,有杯子大小,有点像枷锁的样子。人蹲在陷阱里,带着小狗或小猪,敲打它们,让它们叫喊。狼听到喊声就跑过来,一定用脚伸到木板洞内探查。人马上抓紧狼脚站起来,背在肩上回家去。狼隔着一层板,爪子牙齿都无法抓咬到人。但是遇到狼群,也会被咬死的。所以,狼一见有人,就把嘴靠近地面嗥叫,狼群就集中过来,好像听到号令一般,这也是旅客在旅途上的祸患。有个富户意外得到两只小狼,就把它们放到家里的狗群里一起养,小狼和狗也能平安相处。小狼长大一些时,也比较驯良,富人也忘记它们是狼了。有一天,主人在客厅午睡,听到狗群发出愤怒的呜呜声。他吃了一惊,起来四处查看,没有看见什么人。当他靠着枕头又要睡觉时,狗群又像前面一样发出叫声。于是,他装假睡着,静静等待,原来那两条狼想趁主人没有发觉,要咬主人的喉咙,狗群却在阻止,不让狼靠近主人。主人就把两条狼杀了,留下狼皮。这件事是堂侄虞惇说的。狼子野心这句话,真是一点也不假。不过,说野心不过指逃跑而已;表面上亲热,暗地里心怀不轨,就不仅仅是野心了。野兽的本性不值得一说,这个人怎么为自己制造祸患呢!

猴　妖

田村有个农妇,为人贞节淑静。有一天,她送饭到地里,在野外碰到一个书生。书生向她讨水壶的水喝,农妇不肯。书生拿出一块银子,抛在农妇衣袖上。农妇把银子掷回去,还大声骂起来,书生害怕地逃走了。晚上,农妇告诉了丈夫,她丈夫查找了一下,并没有这个人,怀疑书生是妖精。几天以后,丈夫到外面去,被大雨妨碍,晚上不能回家。妖精就变成她丈夫的模样,装作冒雨回家,进入寝室后,就匆匆忙忙地熄了灯,马上和农妇上床做爱。突然一股闪电,亮光透过窗户,照见床上原来是那个书生。农妇十分愤恨,用手指抓破书生的脸。妖精刚跳出窗口逃走,只听得哎呀地叫了一声,就不知道哪里去了。第二天早上,丈夫回家,在门外看到一只猴子,脑袋裂开,死在地上,就像被刀砍中一般。原来妖精迷惑人时,都是因为人有肉欲邪念就去和她做爱。假如本来没有这种心思,却乘其不意,变化模样去败坏人家名节,那么罪行和强奸相同。从神的道理而说,自然是不允许的。但这件事比以前记载过竹汀所讲的事,报应更快了。或者是土地神权力低微,不能立即断案;这件事是碰上了天神,马上就把妖精处死吧? 还是那件事还没有成立强奸罪,这件事却已奸污了农妇,就可以不必奏请就对妖精处以死刑呢?

小鬼传言失实

同年邹道峰说:有个姓韩的书生,丁卯年夏天在山里读书。窗外是悬崖,悬崖下面是山涧。涧壁十分陡峭,两岸虽然接近,但可以望见却不能往来。在月色明亮的夜晚,书生经常看见对岸有人影,虽然知道是鬼魂,估计它们不能越过山涧,心里也不很害怕。看得多了,也就习惯了,就试着喊话,人影也回答,自己说是堕涧鬼,在这里等候替代的人。书生开玩笑地靠着窗户,把剩酒倒到山涧里,那个鬼就下去喝酒,也很感谢书生。从此,彼此就成为朋友。书生在休息时,和鬼交谈,也能消除寂寞。有一天,书生试探地问:"人家都说鬼能先知。我今年参加科举考试,你知道我能考上呢?"鬼说:"神仙不去查记事的册子,也不能先知,何况鬼呢! 鬼只有从人的阳气的盛衰,判断人当年的命运;从人的精神脸色的明暗,判断人的邪正而已。至于某人做官的命运,对阴间官府里当差役的鬼来说,或者能从旁偷看偷听而知道;对于城市的鬼来说,或者能从辗转相传听到而知道。在山野的鬼就没有这个机会了。在城市之中,也要灵敏机巧的鬼才能打听到,愚笨的鬼也是不能够的。比方您安静地在这山上读书,对官府的事也不会知道,何况朝廷的机密大事呢!"有一天晚上,书生听到鬼隔着山涧大叫:"给你报喜了。刚才城隍来巡山,和土地神谈话,好像说今科的解元是你。"书生也暗暗地自我祝贺一番。等到放榜时,解元是韩作霖,那个鬼只听到姓氏相同而已。书生也感叹地说:"乡下人传说官府的事,果然这个样子吧!"

地　仙

　　王史亭编修说:有个姓崔的书生因为犯罪,流放到广东。他怕带着家眷会发生意外,就把妻妾留在老家,自己独身前往。到流放地后,崔某忧郁思念,无法排解,而且回想"少妇登楼"的诗意,更增加内心悲痛。一次,他偶然认识了一位老人。这老人自我介绍说姓董,字无念。两人谈得相当融洽。董老人可怜崔某流落异乡,就请他当儿子的老师,彼此相处很友好。一天晚上,董老人和崔某喝酒。崔某在高楼上看着圆月,不禁触动了离乡的情怀,拿着酒杯靠在栏杆上,竟然忘了应酬喝酒了。董老人笑道:"你大概有思念妻子的感触吧?我有幸和你攀上交情,早已替你筹划,但能否达到,还无法知道,所以现在还不能告诉你。过几个月,一定会有消息。"又过了半年,董老人忽然命奴仆打扫另外一间屋子,看样子十分紧急。不一会儿,有三乘小轿子来到,妻、妾和一个婢女揭开轿帘走了出来。崔某又惊又喜,连忙询问。妻、妾都说:"接到你的信要我们来,还吩咐跟某某官员的家眷一起走。我们心急,等不及了,就匆匆前来。家里的事,托第几房第几兄代为管理,按照每年田租、粮食,换成现金,再派人送来。"崔某又问:"这个婢女从哪儿来的?"妻、妾说:"这就是某某官员的侍妾,因为大夫人不能容纳,就在船上用低价买来了。"崔某感激地向董老人行礼,眼泪也流了出来。从此崔某家庭团圆,再不必做回家乡的梦了。过了几个月,董老人对崔某说:"这个婢女在途中意外相遇,患难之中肯跟从,应当也是有缘分的。也应该让她侍奉你,不应使她孤单单啊!"又过了几年,碰上大赦,崔某可以回家乡了。崔某高兴得睡不着觉,但妻、妾和婢女都流露出离别的悲惨神色。崔某安慰她们说:"你们怀念这里主人的恩德吗?我只要不死,总有一天要报答他的。"她们也都不答话,只是紧张地为崔某准备行装。临走的时候,董老人摆酒筵饯行,而且把三个女人叫出来说:"今天,我要把事情讲清楚了。"于是对崔某拱拱手,说:"老夫我是地仙。前生和你是同事。我死后你千方百计地筹办,把我的妻儿送回故乡,我一直不能忘怀。今生你离别妻、妾时,我应该为你照料。但是山川相隔遥远,你家两位柔弱的女子,怎能来到这里呢?因此,我用法术找来花妖,命她们先到你老家住半年,偷偷地熟悉你妻、妾的容貌语言,模仿得十分相似。而且又探听到你家中过去的事情,让你听了觉得可信,不会怀疑。她们本来是三姊妹,所以多增加一个婢女。她们都是幻形,你不必再多想念,等你回到老家,面对原来的妻、妾时,就会觉得和这里一样了。"崔某请求和三个女人一起回家乡,董老人说:"鬼神都各有地界,可以暂时出入,不能过界太久。"三个女人拉着崔某的手告别,眼泪滴湿了衣服,一下子就都不见了。崔某上了船,远远地看见她们站在河岸上,招呼她们也不过来。崔某回到老家,妻子说家道一天天破落,依赖你每年都寄钱回家,大家才能活到现在。原来这件事也是董老人做的。假如世间离别的人都能遇到这样的老人,就再没有牛郎织女隔河相望的怨恨了。史亭说:"这件事是可信的。不过,既然广东有地仙,其他地方一定也有地仙;董老人有这种法术,其他地仙也一定有这种法术。人们所以没有遇到神仙,是因为神仙前生没有受过恩惠,所以不肯尽心尽力为人缩地补天了!"

纸　钱

有个客人在泊镇嫖妓,送给妓女银子。妓女拿了银子反复地细看,放在灯上烧一烧,笑笑说:"莫非是纸钱吧?"客人很奇怪,问她什么原因。妓女说,前几天运粮船演戏赛神,她前去看到深夜。回来的路上,碰到一个青年给她银子,就和他在河边的一间草屋里做爱。等回到家里,摸摸衣袋,觉得很轻,拿出来是一个纸锭。原来碰上鬼了。又说到附近有个妓女,客人送她很多衣服首饰。客人走后一看,都是自己箱子里的东西,锁头并没有打开,怀疑是被狐精作弄了。客人开玩笑地说:"恶有恶报。"又有个盲人刘君瑞说:青县有个人和狐精交朋友,时常一起饮酒,关系亲密。忽然很久看不到狐精,偶然经过草木丛林,听到有呻吟声,过去一看,原来就是这个狐精。这个人问:"怎么狼狈得这个样子?"狐精又羞愧又懊丧,过了很久才说:"我看见有个小妓女相当丰满,就变成人样去住宿,希望采集她的精气。谁知这妓女早已生了恶疮,我采集了她的精气,毒气渗入命门里,和我过去采集的精气混杂一起,像油渗入面粉里,分也分不开。毒气蔓延,肌肉溃烂,一直染到面部。我没有脸见老朋友,所以很久不去找你。"这又是狐精失败于妓女的事例。双方机遇相对,得失相伏,互相纠缠在一起,真是不堪设想啊!

伟 丈 夫

李千之侍御说:某公子英俊漂亮,被人称作美男子。雍正末年,他参加乡试,就在丰宜门内的寺院中租房过夏,一个房间放床,一个房间读书。每天早起,他发现书房的桌子、椅子、笔墨之类,都被人打扫得一尘不染,甚至瓶子插花、砚池注水,都办得很有条理。这绝不是没有文化的人做得到的。忽然,公子醒悟到,北方狐女很多,或者借这机会表示相爱,也不是不可能的。这样一想,心中便很得意。后来,在盘上还会出现一些水果点心,都是精美的物品。公子虽然还不敢吃,但更加认为是美人赠送的,要留心等候好事。一个月明之夜,公子偷偷地跑到北窗外,把窗纸弄破一个洞偷看,希望看到美女。到了半夜,听到室内器具有响声,果然有一个人在室内打扫。靠近观看时,原来是一个长着胡须的壮实汉子。公子吓得退回寝室去。第二天,马上搬家。搬家的时候,天花板上似乎有叹气的声音。

康 师

康师是杜林镇上的僧人。北方习惯,称呼僧人大多用姓,所以名号反而不流传。康师专长外科,我小时候还见过他。他说,他家乡有户人家的婢女,因单相思而死。她的鬼魂并不消散,经常出来作弄人。但是,她不现形体,不发声音,也不附到别人身上讲话,不使被作弄的人生病。只有时常和青年在梦中做爱,等到青年有点黄瘦,她就去迷惑别个青年,也不至于杀人。所以,作怪也不认为是怪,被她作弄的人,也是梦中境界,恍恍惚惚,不能确切指出是谁。这样过了几十年,不被人所害怕,也不被人禁治。真是狡猾的鬼啊!可以说,她善于隐藏用意,善于躲入空虚,善于留下不尽之意,善于运用老子的学说主旨了。但是,毕竟有人知道,有人传说,那么狡猾机巧总不会不暴露的呀!

瓜子店火灾

相传康熙年间,瓜子店(在正阳门南面偏东)发生火灾,店内有个重病的青年,不能逃出来,连同房屋一齐烧死了。火灭后挖掘火场,尸体已经烧焦了,还有一只狐狸和青年一道被烧死。因而知道,青年的病是受到狐精所迷惑造成的,但是却不知道狐精为什么会被烧死。有人说:"狐精情深意重,去救青年,救不出来,就死守在旁边不肯离开。"有人说:"狐精把人迷死了,被神灵诛杀。"这些说法都不对。狐精鬼怪都会变化,而且鬼怪还会穿屋透壁逃出。(罗两峰的说法。)鬼有形状无质量,纯粹是气体。气体没有什么不能去,所以没有任何东西能阻挡。狐精能大能小,和龙相同,但有形状有质量,质量可以缩小,但不能变成虚无。所以,有缝隙就能逃走,没有缝隙就不能出来。即使是最灵巧的狐精,来往一定经过门口窗户。这个青年未死时,狐精还来迷惑,猛然间碰上火灾,门口窗子都是火焰,所以一齐被烧成灰烬了。

婢女离魂

门生徐敬儒通判说:他家乡有个富户,钟爱眷恋一个婢女到了极点。婢女也全心全意爱主人,发誓不改嫁。富户的夫人内心妒嫉,但又没有办法。碰到富户有事外出,夫人就秘密地找来人贩子,把婢女卖给别人。等富户回家,就告诉他婢女偷了东西逃走了。家里别的人知道,主人回家后,事情一定有变化,就假装别的人向人贩子把婢女买出,藏在尼姑庵中。婢女自从到人贩子家开始,就眼睛直视,不讲话,扶她站立,她就站立;扶她行走,她就行走;按她躺下,她就躺下;否则就像木偶一般,整天不动。给她食物她就吃,给她饮料她就喝,不给也不向人要。到了尼姑庵,也是这样。医生认为是因为愤恨导致痰迷,但吃药又无效,到尼姑庵后也没有苏醒过来。就这样,不死不生地过了一个多月。富户回家,果然拿着刀与夫人争吵,还杀了一头羊,洒血禀告神灵,发誓要与夫人斗个你死我活。家里的人估计实在不能隐瞒了,就对富户讲了实话。富户急忙到尼姑庵把婢女接回家,婢女呆痴的样子仍然一样。富户贴着她耳边呼喊她的名字,婢女一下子清醒过来,好像做了一场梦。她自己说,刚到人贩子家时,想到这一定是夫人的意思,主人必定不会抛弃她,因此自己跑回家;又怕被夫人看见,就经常躲藏在隐秘的地方,等候主人回家。现在听到主人叫喊,一高兴就跑出来了。还说到家中某日见到某人,某人某日做某事。所说一点都没有错。这才知道,她的肉体出去了,灵魂却回到家里。由这件事推论,所谓倩女离魂的故事,事情也不过如此。只是小说家编撰成了文章,当成了佳话。至于说到灵魂回归肉体后衣服都成了双重,就更荒诞乱讲了。穿衣服的是她本来的形体,很短时间之内,衣带都没有解开,怎能层层地套进去呢?为什么不说衣服像蛇蜕皮一样掉下来,还比较符合事物的实际。

田 不 满

雇工田不满,(最初以为他取名包含不能自满的意思,称赞他起名字有古代的味道。后来知道他以会吃出名,取"填"、"田"同音。)晚上赶路,迷了方向,误经过坟墓之间,脚踩着一个骷髅。骷髅出声说:"不要踩坏我的脸,我要害你!"田不满又戆又凶,就骂道:"谁叫你挡路!"骷髅说:"有人把我移到这里,并不是我想挡路。"田不满又骂道:"怎么不去害他呢?"骷髅说:"他的运气正在旺盛时期,我对他没有办法。"田不满又气又笑地说:"难道我就衰败吗?怕运气旺盛的人,欺侮运气衰败的人,是什么道理呢!"骷髅发出哭声,说:"你的运气也是旺盛的,所以我不敢作怪,只是讲大话来吓唬你。害怕旺盛,欺凌衰败,人间的世情都是这样,你怎能只是指责鬼呢? 我恳求你把我拨进土洞里去,这是您的恩惠了。"田不满大步冲过去,只听到背后有呜呜的声音,最后也没有别的怪事。我认为,田不满缺乏仁爱之心。不过,碰到粗鲁莽撞的人,却要用大话去激怒他,这个鬼也有不对的地方。

倚树小童

蒋苕生编修说:有个书生坐船北上,停泊在北仓、杨柳青之间。(北仓离天津二十里,杨柳青离天津四十里。)当时已是黄昏时分,四面迷迷蒙蒙。在离开村落比较远的地方,有一个少年靠着树站着。这少年十分漂亮,衣服华丽整洁,但神情意态不像大户人家的儿郎。书生本来是轻薄人,就上岸和少年谈话。少年带南方口音,自己说流落在这里,已经有人约定带他回去,现在还没有等到。两人谈话渐渐融洽,书生就用语言去挑动少年,还把扇带上的汉代玉佩送给他。少年红着脸拒绝了,说:"你是个明白人,我也不必隐瞒。不过老朋友情深意重,我实在不忍心投到别人怀抱去。"把玉佩放在地上就走了。书生还不满足,想偷看少年居住的地方,就轻手轻脚在后面追踪。走过几十步之外,少年一下子就不见了,只在草木丛中有一座小坟墓,这才醒悟少年是鬼。女子侍奉丈夫,是大道理。只嫁一个丈夫就叫做贞节,在野外与情人幽会就叫做放荡。做男子的却去和男人同性爱恋,已经失了身,还说要只爱一个人,这不是弃本逐末吗? 但是,比那种翻脸负心的行为,还稍为好一些。

真道学先生

我的老师陈白崖先生说：有位教过他的老师某先生，（忘记他姓什么了，好像是姓周。）笃信洛学、闽学，却又不追求讲学的理学家名气，所以贫穷到老，毫无名声。但是思想行为十分规矩，完全是一个古时候的君子。他曾租住几间空屋。一天晚上，听到窗外有讲话声，说："有事告诉您，又担心您害怕，怎么办呢？"先生说："只管进来，没有关系。"这个人进门后，把脑袋顶在颈上，两边用手扶住。脑袋上没有方巾，却身穿秀才的衣服，血染半身。先生拱手请他坐下，他也谦恭有礼。先生问道："有什么话？"这个人说："我很不幸，明朝末年被强盗杀死，鬼魂滞留在这间屋子内。过去有人居住，我虽然不想作怪，但阴气和阳光，互相争斗，很多人被惊吓，我也于心不安。现在有个计策：邻居那所住宅，可以容纳您的家眷。我到那边多次作怪，他们一定会搬走。如果有另外来住的人，我照旧去捣乱，那所住宅一定成为废弃的房屋。您就可以用低价买进，迁居到那边。我仍旧安居在这里。这样不是双方都有利吗？"先生说："我平生不做阴谋诡计的事情，何况支使鬼去害人呢！按道理我不能做。我在这间屋读书，图个安静而已。既然你在这里，我马上改为贮放杂物的房间，日日关闭上锁，可以吗？"鬼惭愧认错，说："我只见到你桌子上有谈性理的书册，所以敢提出这个计策。我不知你竟然是个真道学的学者，我失言了。既然得到你的收容，我就寄托在你这房间里好了。"后来，先生在这里住了四年，也没有别的怪事。原来正气就足以震慑鬼怪了。

肖形能化

凡物品太像人形，时间长了就会变化。族兄中涵说：在旌德做官时，有个同事喜欢戏剧，叫匠人制造一个女子模型，长短像人一样，身材体形甚至最隐秘的地方，也都同人一样。手足和眼睛、舌头，都装上机关，能够屈伸运动。模型的衣裙首饰，可以按季节更换。费去上百两银子，真是超过古代巧匠的制作。有时把它放在书房桌子旁边，有时把它放在床上凳上坐着，用来开开玩笑。有一天晚上，仆人听到书房发出格格的声音。当时书房已经关闭上锁，仆人就从窗纸洞中偷看，只见月光照在窗子上，这个木偶模型人在室内来来往往，自动行走。仆人急忙报告主人，主人亲自去看，果然如此。主人就把这木偶烧了，木偶还发出嘤嘤响的痛苦声音。又听祖母说：舅公张蝶庄老先生家里，有几间空屋子，存放杂物。仆妇婢女有时夜里看见院子中有个女人，相貌漂亮，但下巴长着又长又硬的胡须，两颊也长胡须，像刺猬一样。她带着四五个小孩子做游戏。那些小孩子，有的跛脚，有的盲眼，有的头破脸伤，有的没有耳朵、鼻子。有人来时，就都隐身不见，大家不知道是什么妖怪。不过也不害人，也不到外面去。有人说这可能是眼花看错了，也有人说这是胡说八道，大家都没有去留心。后来检查这间空屋，看到有一套碎裂的虎丘泥人，样子和夜晚见到的一样。那女人的胡须，就是本家小孩子玩耍时用墨笔画上去的。

扶乩判词

景州方夔典说：小时候曾患心气不宁的症状，工作稍为疲劳，全身就会轻轻发抖。服用枣仁、远志等药物，症状还有时发作，有时停止，不很有效果。一次，朋友家扶乩请仙，说是请到了纯阳真人，他就请真人赐予仙方。乩仙判道："这个症状表现在心，原因出在脾，脾虚使气息反转的缘故。可以炒白术，经常服用。"经过试验，果然有效。夔典又说：曾经向乩仙询问科举前程。乩仙判道："科举考场的文字，只要'笔酣墨饱，书味盎然'，就考中了，何必预先查问呢！"后来，到乾隆元年中进士，本考场分房的考官拿出试卷上的批语看时，就是那判词上的八个字。但是，科举考中是早就注定，难道连试卷批语也是早就注定的么？

偷喝银汁

高梅村说：有两个村民一起走路，一个人去小便，路上遇到一块瓦片，用脚踢开，看到下面有一只坛子。瓦片上刻有一个字，是同行的人的姓。他担心被同行者看见，就找个借口回身走开，却悄悄地伏在草丛里。望见同行者走远了，才走出来，去拿坛子，只见满坛都是清水。这个人很生气，把坛子的水一饮而尽。当时已傍晚，没有地方住宿，想到同行者家在附近，就到那家去借住。半夜，这个人忽然患霍乱症，大吐大泻，把床铺弄得污秽不堪。这个人惭愧得很，就连夜偷偷走了。到天亮时，同行者的家人来看望，看到地下床上都是精制的银子，好像银汁熔化后泻在地下床上，成了一片片的形状。我认为这只是讲笑话罢了，不一定真有其事。但高梅村坚持说不是编出来的故事。那么，每件物品都各有主人,并非人力可以勉强追求得到的,这个道理是十分明白可信的了。

姜　挺

高梅村又说:有个叫姜挺的人,以贩卖布匹为职业,常常随身带一条花狗。有一天,姜挺单身赶路,路上遇到一个老头,向他打招呼。姜挺说:"我不认识你,你叫我干什么?"老头马上叩头行礼,说:"我是狐精。前生欠了你一条命,注定三天以后,你会叫花狗咬断我的喉咙。阴间已经注定,我不敢逃避。不过,我想事情已经隔了一百多年,你投胎为人,我却堕落为狐。一定要杀死一只狐,对你有什么好处?而且你已经记不得前生被杀的事,现在杀死一条狐狸,心里也没有什么可高兴的。我自愿把女儿送给你,当做抵偿,可不可以呢?"姜挺说:"我不敢引狐入室,也不想乘人之危,抢人家女儿。要饶就饶了你,但怎样才能防止花狗咬你呢?"老头说:"你只要手写一张条子,说'某人前生欠债,我自愿免除。'我拿去报告神灵,那么花狗就不会咬我了。凡是冤家债主,解脱的权利在本人,神灵不会不同意的。"刚好姜挺身边带有记账的纸笔,就写了一张条子,交给老头。老头高兴得跳起来,就走了。七八年以后,姜挺贩布,横渡大江,突然遇到暴风,船帆落不下,船快要倾覆时,只见有个人冲上桅杆顶,拉断绳索,骑在帆上降落下来。远看有点像那个老头,一转眼已看不见了。大家都说:"这只狐狸能够报恩。"我说:"这只狐狸没法子救自己,怎能到几千里之外去救别人呢?这是神灵因为姜挺有好生之德,要延续他的寿命,所以派那只狐狸来相救而已。"

刘　哲

周泰宇说:有个叫刘哲的人,先前和一个狐女相爱,后来就把狐女当作填房妻子。狐女操持家务,像平常人一样。孝顺公婆,和睦妯娌,抚育前妻的子女就像亲生子女一样,更是难得。狐女年老去世,尸首也不变回狐狸的模样。有人说:"她本来是个逃亡的女子,故意隐瞒事实,假装成狐女而已。"有人说:"实际上她还是狐女,修炼得成了人,还未成仙,所以才有年老死亡的事。她已解脱了原来的模样,所以死后尸体和人一样。"我说:"并非这样。只是她的心思完全可以使她保持人的模样而已。大凡人的模样,可以跟随心思变化。郗

425

皇后变成蟒蛇,封使君变成老虎,是他们的心思早已先变成蟒心、虎心,所以模样也变成蟒、虎了。旧时的说法,说狐狸本来是淫妇阿紫变成的。人有狐心,人可以变成狐狸;狐有人心,所以狐也可以变成人。僧人、道士,有的坐化时不会倒下;忠臣烈女,有的死后尸骸不会腐烂,都是精神保持了他们的形象。这个狐女死后不变形,就属于这一类吧!”泰宇说:“这是可信的。相传刘哲刚娶狐女时,心里不能没有疑虑。狐女说:‘要老婆只是要适合管理家务罢了,假使能管理家务,狐和人有什么不同呢?而且人们只知道怕狐精,却不知道经常和狐精做伴。那种行为不规矩,使男人生病短命的妇人,和狐精彩补有什么不同?那种偷鸡摸狗,秘密偷情的妇人,和狐精的淫荡有什么不同?那种挑拨离间,分裂家庭的妇人,和狐精的迷惑有什么不同?那种偷盗家产,私自贴给亲爱者的妇人,和狐精的偷盗有什么不同?那种吵架打骂,使六亲不安的妇人,和狐精的骚扰有什么不同?你怎么不怕那些妇人,反而害怕我呢?’这狐女的心志,久已想在人之上,难怪她按人的生活开始,按人的死亡送终了。她讲的那些各种类似狐精的妇人,经过阴间六道轮回,按照她们的思想品德,只怕投生之后,免不了真堕落成狐狸了。”

继承为争家产

古代世袭禄位、世袭官职,所以家族的嫡长子必须立后,其他儿子并不享受祭祀,所以按礼制没有必须立后的规定。没听说孟皮有后代,也没听说孔子为他立后,因为他不是嫡子的缘故。其他儿子立后,大概是因为寡妇守节,后人不忍心那些节妇无人祭祀吧?譬如士死后本来没有祭文,从县贾父开始才有祭文,是因为以身殉职的缘故。未成年人死亡叫做殇,但汪锜死时不称做殇,因为他是卫国战死的缘故。礼制是根据义理制定的,以后就不能随便废除。凡是其他儿子没有立后的,也就沿袭旧例要立后,不能废除了,但家庭中矛盾,就往往由此而发作。董曲江说:东昌有兄弟三人。老二先死,没有后代。老大想让自己的儿子去继承,老三也想让自己的儿子去继承。老大说,弟弟应当让兄长。老三说,兄长的儿子还年幼,而我的儿子已长大了,子侄一代弟弟又应当让兄长。打了一年多官司,终于被老大夺得继承权。老三愤恨极了,忧郁成病。病重时,对他儿子说:“我一定要在阴间找到公平。”接着昏迷过去,过了半天再苏醒过来,说:“不仅仅是阳世的官员糊涂,阴间的官员更糊涂。刚才我的灵魂到阴间官府,报告这件事,一个阴间官员反问我说:‘你是为你二哥没有后代而争吗?那么你二哥现在已经有后代了,你只是想争夺遗产罢了。

这仿佛在荒野看见一只野兽,两个人一起追逐,哪个跑得快哪个抓到。你还告什么状呢!'竟然不再理会我。本来争夺继承权就是为了争夺遗产,却睁大眼睛对我讲继承祖先祭祀的事,这官员怎么这样不通事理呢?你在我棺材里多放些纸笔,我要向上帝控告去。"这真是个至死不悟的人。曲江说:"我认为他不隐瞒意图还是可取的。"

情欲因缘

己卯年我到山西主持科举考试,乐平县令陶序东担任同考官。试卷还没交上来时,大家闲谈神仙鬼怪故事。序东说,有个朋友游览南岳,走到山林幽深处,看见一个女子,靠着石头坐在花下面。这个人熟悉仙女成公智琼、杜兰香的故事,就向女子走过去。女子用绢扇遮住面孔,说:"我和你没有缘分,不应当接近。"这个人说:"缘分是从原因生发出来的,我们不可以现在开始种下原因吗?"女子说:"原因必须前生形成,缘分必须双方合成,并非一个人想种就种的。"说罢,一下子就不见了。这个人疑心是遇见仙女。我认为,对于情欲的因缘,这个女子讲得是很对的。至于恩怨的因缘,那是人们想种就种,这又当别论了。

真 仙

大同的宋瑞中书说:从前在家中扶乩游戏,乩笔活动起来,就请教来到的仙人的道号。乩仙写道:"我本住深山,来往白云里。天风忽飒然,云动如流水。我偶随之游,飘飘因至此。荒村茅舍静,小坐亦可喜。莫问我姓名,我忘已久矣。且问此门前,去山凡几里?"写毕,乩笔就不再活动了。或者这位是真仙吧!

小 李 陵

在和和呼通诺尔战役中,有个兵士被番邦俘获。乙亥年,平定伊犁,这士兵看到大军旗帜,就逃跑回来,被免去死罪,安置在乌鲁木齐,大家喊他为"小李陵"。这个人不知道李陵是谁,人家叫他,他也随口答应。时间长了,大家也忘记了他的本名。己丑、庚寅年间,我在乌鲁木齐时,还见到这个人,年纪已经老了。他说,在准噶尔时,被转卖过几个主人,都当牧羊人。大军到来前一年的八月中旬,晚上睡在山谷里,远远望见沙漠中有火光。西域各个部落,经常相互抢掠,他疑心碰上强盗,就爬上山头瞭望,看见一个巨人,有一丈多高,衣冠华美整齐,有侍从举着火炬在前面开路,大约七八十人之多。不久,就排好队伍,分两边站立。巨人严肃地向东方拱手行礼,神情十分虔诚肃穆,心知是山神了。当时正是准噶尔叛乱,又听到传说阿睦尔撒纳决定内附,请求政府出兵的事,心中猜想,也许这个地方要归属内地了,所以鬼神预先向东行礼吧?后来果然如此。当时还不知道八月中旬是天子的生日。等到回到政府这边,才醒悟到,天子的声威震动一切,所以山灵也遥祝天子的寿辰。

李名璇占术

甘肃参将李名璇,精通邵雍的占卜法术,占卜事情大多很应验。平定西域时,在军营中跟随大学士温公。有个兵士失火,烧掉军营大门前一堆丈把宽的枯草。温公叫李名璇占卜,看看有什么征兆。李名璇说:“这没什么,几天之内,您会有密奏报告朝廷而已。火焰碰上枯草,燃烧最快,是紧急传送的象征;烟气上升,是报告朝廷的象征。知道这是密奏,因为凡是密奏,一定把草稿烧掉。”温公说:“我没有要密奏的事啊!”李名璇说:“兵士失火也是无意中的行为,并非预先准备的。”后来果然如此。他占卜预测别人的终身命运时,就认人随手拿一件东西。有时几个人拿同一件东西,他的判断又各有不同。到京城时,有个翰林拿了烟筒,李名璇说:“烟筒贮藏火焰,而且烟气吞吐又和内部相通,你不是清水衙门的官员,但地位不十分显赫,因为烟筒要等待别人呼吸呀!”翰林又问:“我可以担任几年官职?”李名璇说:“恕我直言,烟筒的火种不多,熄灭后都变灰烬,热的时间不会很长。”翰林又问:“我的寿命有多少?”李名璇摇头说:“铜器是可以经久耐用的,但是,从来没有见过有百年以上的烟筒呀!”翰林听后,生气地走了。一年多以后,翰林的命运正如李名璇所说的一样。还有一个郎官同时在座,也拿起那个烟筒,看看李名璇又怎么说。李名璇说:“烟筒火已经熄灭了,你一定是清水衙门的官员。烟筒已经放在床上,是说曾经停顿过。再拿到手上,就是遇到有人提携,又出来做官。将来还有热起来的时候,不过热度又以前相同。”后来,郎官的命运也和李名璇讲的一样。

女子乘舟图

吴惠叔带来一小幅挂轴，从纸的颜色看，似是百年前的东西，说是在长椿寺的集市上买来的。图画上的笔墨随意而且简略，半幅用淡墨描成烟雾，半幅画上水纹，中间画一只小船，一个女子坐在船篷下面，一个女子在摇橹。画的右角用浓墨写着一首诗："沙鸥同住水云乡，不记荷花几度香。颇怪麻姑太多事，犹知人世有沧桑。"题款是："画中人自画并题。"没有作画的年月，也没有印记。有人认为这是神仙写的。但如果是仙女的手迹，凡人又从哪里得到呢？有人认为是游玩女子所作，但又不应该写出这样出世的语言。疑心是明朝末年的女道士，在渔村里躲避战乱，自己画了这幅图画。但因为没有前人的跋语，所以也很难确定。惠叔请我题词，我觉得无处下笔，放了几天就还给他了。惠叔已死于四川，这幅画不知道还在吗？

程家少女

舅舅安实斋先生说：有位程老人，是乡村塾师。他有个女儿，长得聪明清秀。女儿有次在门口买脂粉，被邻里的青年调戏，哭着回家告诉父母。因为青年那户人家凶狠横行，父母不敢计较，但心中愤恨不平。程老人本来有个狐精朋友，每次来，都要一起喝酒。有一天，狐精见老人神色沮丧，感到很奇怪，老人就把事情据实讲了出来。狐精听后，一声不响，就离开了。后来，那青年又经过老人的门口，看到老人的女儿靠在门上对他微笑，慢慢地两人讲起亲热的话，就到小菜园的空屋子里做爱。青年临走时，女儿流下眼泪，依依不舍，约定要私奔。因此，青年就夜里跑到老人门口，把他女儿带回自己家去。青年为了不使程老人知道要来追查，就用刀架在自己老婆脖子上，说："你敢泄露这件事，就杀死你！"过了几天，什么风声也没有。青年认为老人怕这件事暴露，心里就更加得意，和老人女儿更加放纵淫乐。后来，这个女子渐渐露出妖怪的迹象，才知道她是妖怪。但是青年十分爱恋她，舍不得赶她走。一年多后，青年病重，奄奄一息，这个女子才离开了。青年家里千方百计地求医问药。幸好没有病死，但家中财产都花光了。青年夫妻两人睡在露天里，身体衰弱，又不能劳动，只好让妻子去卖淫为生，再没有先前那种凶狠横行的神气了。程老人并不知道其中的原因，就向狐精讲起这件事。狐精说："这是我派一个聪明的婢女去戏弄那个青年而已。一定要假装成你女儿的模样,否则不能引他上钩;后来又一定要让他知道是狐精,防止他败坏你女儿的名声;等他快要死时就离开,因为他的罪过还不至于处死。报复得已经足够了,你不必再愁眉苦脸了。"这是狐精中的侠客朱家、郭解吧?他不做过分的事,这又不是朱家、郭解能够及得了的。

南皮狐女

侄孙树宝说:辛亥年冬天,他和堂兄道原去拜访戈仲坊举人,看见戈仲坊的书桌上有写上新诗的几十张信笺,其中有两首绝句说:"到手良缘事又违,春风空自锁双扉。人间果有乘龙婿,夜半居然破壁飞。""岂但娥眉斗尹、邢,仙家亦自妒娉婷。请看搔背麻姑爪,变相分明是巨灵。"都不知所说的是什么事,就向戈仲坊请教诗所吟咏的事实。戈仲坊说:"昨天遇见沧州的张辅,他说:在南皮县有个某甲,二十多岁,还未娶妻。突然有两个漂亮姑娘晚上来和他亲热。某甲问两个姑娘从哪里来,她们说:'我们是狐精,因为前生注定要与你成为夫妻。虽然我们不能给你带来福分,但也不至于害你。'某甲贪恋她们的美色,就不肯另外择女结婚。有人规劝某甲,某甲拒绝了,说:'狐女对我很好,我们相处的日子已很长,我也没有生病,说明她们不是作怪害我的。她们还说要给我生儿子,也不会影响我传宗接代,实在我不忍心辜负她们。'后来,家族强行给某甲定亲,某甲听说未婚妻十分美丽,就忘记了对狐精所起的誓言了。等到洞房花烛夜,突然出现像风暴的声响,房屋都震动了,有一只巨大得像畚箕般的大手,从外面破窗而入,抓起某甲就离开了。第二天,人们四处寻找,一点消息都没有。七八天后,有几个小孩子说,在一座神庙里有像牛喘气的声音。北方的风俗,凡是神庙都不设庙祝,又担心流浪乞丐住在神庙里,大多用泥砖堵住大门,只留下一个洞放香炉。人们从那个洞中察看,仿佛有一个人赤条条地躺在里面,但看不清是什么人。大家打开门口再看时,原来就是某甲,早已是昏迷不省人事了。经过多方治疗,总算留住了一条性命。从此,狐女再不来了。要和他结婚的女子家里,害怕狐女报复,也和某甲解除了婚约。这两首绝句,就是记述这件事情的。"狐精已经通灵性,办事和人不同。某甲即使娶妻,又怎能阻碍她们飞快地来往呢?狐精竟然逞凶,几乎杀了某甲性命,可说是又妒嫉又凶悍。不过,如果本来没有约定婚姻,那么错误在狐女一方。现在,某甲既然开始时不慎重,和狐精约定婚姻,后来又不好好处理,背叛了狐女。那么,狐女愤激而兴妖作怪,也是有道理的。这就不能怪罪狐女了。

鬼囚夜哭

北方的桥,架设栏杆,防止人们失足跌落而已。福建多雨,都在桥上面盖有屋子,使行人可以避雨。邱二田说:有个人夜行遇雨,就向桥屋跑去。这时,桥屋中已有个官吏带着公文,和差役押着几个囚犯,在里面避雨。听到枷锁撞击声音响亮,这个人知道是官府在登记囚犯,心里害怕,不敢靠近,只是躲在一个角落里。有一个囚犯痛哭不止,官吏骂他道:"这个时候才知道害怕,不如当初不要那样做呢!"囚犯哭着说:"我被我老师误导了。我老师天天讲理学,凡是有关鬼神报应的讲法,都被他斥责为佛家的胡说。我相信他的话,自己认为巧诈能深密,掩饰能巧妙,那么,什么事都可以为所欲为,可以永远不会败露。我死了以后,元气回到太虚之中,渺渺茫茫,别人责骂、称赞都听不到,有什么可怕呢?有什么不能让我任性而为呢?没想到地狱不是假的,阴间冥王果然存在。现在才知道我被老师出卖了,所以又后悔又悲伤啊!"又有一个囚犯说:"你的堕落因为迷信儒家,我的堕落却是迷信佛家。佛家的学说认为,即使做了大坏事,做功德就可以消除罪过了。即使堕落到地狱,念经忏悔也就可以得到超度。我以为生前烧香布施财物,死后请僧人念经做佛事,都并非我的力量做不到的。既然有佛法保护,我就无所不为,阴间官府也不能治我的罪。没想到所谓有罪有福,却是按做事的善恶,并非按供佛的钱财多少。金钱白白花掉,罪罚仍然难逃。过去要不是信佛,我又怎会放肆到这个样子呢!"说完,高声哭喊,囚犯们也都痛哭起来。这个人才知道,这些都不是人类。《六经》里面,没有说无鬼神;佛经所讲的,也并非敛财。自从儒者追求名声,僧人求索钱财,流弊所至,就会发生这种现象。佛家本来是异族的宗教,僧人们以此为生,这也不值得过分责难。儒生也何必这个样子呢?

倪 媪

倪老太是武清人,不到三十岁就守了寡。公公婆婆想把她嫁出去,她誓死不从。公婆生气了,把她赶出了家门,让她自己去谋生。她流落他乡,历尽艰难困苦,抚育二子一女,都已婚嫁,但都没有出息。她孤苦伶仃,无依无靠,只有一个孙女当尼姑,自己就在佛寺中寄食,勉强生活,今年七十八岁了。这可说是年轻时立志守节,到年老还保持贞洁的人了。我同情她的贞节,经常周济她。有一次,马夫人不紧不慢地对我说:"你是礼部长官,主持天下表彰节妇烈女的工作。这个老太近在眼前,却不表彰,那是为什么呢?"我说:"国家的各项制度,有具体的格式条文。节妇烈女,要县学向州郡举荐,州郡向省里送报告,才上奏朝廷,由天子批给礼部官员评议,接受公正的评价。礼部官员可以考察审核,决定取舍,但不能自己到各处去物色,以防止私人推举,防止滥竽充数。比如主持科举考试的人,在考场阅卷中,要比较优劣,但不能把没有参加考试的人材,登在考中的榜文之上。这个老太离开家乡很久了,没有举荐的人;在京师的茫茫人海中,又有谁知道流落一隅的一个老寡妇呢?沧海无边,常有遗落的珍珠,就是由于这种情况。这哪里是我能做而不去做呢?"我想到自古以来隐秘的品德,往往借通俗小说笔记得以发扬,因此就把倪老太的大概情况,记载在杂记之中。虽然这本书本来记述奇怪的事,记倪老太就会使体例不统一。但从表彰善良,教育后人的主旨来说,也不一定不算统一吧!

姑妄听之(一)

读书人自重

冯静山御史家有个仆人忽然发狂,一边打自己的嘴巴,一边说胡话道:"我虽潦倒不得志而死,毕竟还是个读书人。你是什么东西,敢不给我让路?今天要好好惩罚你一下,让你明白点。"静山亲自跑来探望,问那鬼魂说:"您是在白天显形吗?阴间与阳间有别,您这样做恐怕不合适;您是隐着形吗?那么您能看见这些仆人,而这些仆人却看不见您,他们又怎么知道回避您呢?"他的仆人随即变成昏睡的样子,不久便醒过来,恢复正常了。我有个学生叫耿守愚,是桐城人,很注意自己的操守,而喜欢与人争礼节。我曾经与他谈论此事,说:"读书人往往盛气凌人,想让别人尊敬自己,以为这就是自重。而不知道自己究竟是重还是不重,需取决于本人的作为。如果自己的品德与圣贤相比也没有什么好惭愧的,那么虽然王侯拿着扫把扫地来迎接自己,也不能增添荣耀;虽然自己作以土垒墙的苦力,也不算什么耻辱。可贵的东西在我自身,外在的东西根本不值得计较。如果一定要根据别人的态度来衡量自己的轻重,那就要靠别人尊敬,自己才感到荣耀;别人不尊敬,自己就感到屈辱。这样,男女奴仆们就都可操纵我的荣辱,这不是把自己看得太轻了吗?"守愚说:"您生来富贵,所以才持这种看法。贫寒的读书人如果因贫贱而失去傲气,就见不出读书人的尊严,也就更会被人看不起了。"我说:"这是田子方的观点,朱熹已经批驳过了。这是一种重外而不重内的态度,不必再辩了。即就这种说法本身而论,它的意思也不过是说要以道德为重,不应该因为贫贱而自己轻视自己,而并不是说可以毫无道德,只是因为贫贱就可以在别人面前傲气十足。如果真像你所说的,那么乞丐比你更贫穷,奴仆比你更低贱,他们都在你面前傲气十足,你能说这是他们在树立自己的品格吗?我已去世的老师陈白崖先生曾在书房中题写一副对联:'事能知足心常惬,人到无求品自高。'这才是真正说到了根本上,这七个字真可以千古流传了。"

道士魔术

龚集生说:乾隆四年在北京时,住在灵佑宫,认识了一位道士,常在一起饮酒。有一天去看戏,邀道士同往,道士也很高兴地跟着去了。傍晚时回宫,道士拱手作揖说:"承蒙诸位的美意,我无以报答。今晚我请你们看一场傀儡表演,好吗?"到了晚上,大家都来到道士的住处,只见屋中仅有一个大方桌,沿边放了一点酒和果子,中间则摆了一方棋盘。道士叫童子把大门关上,请宾客们围着桌子四面坐,敬过一两遍酒后,道士把界尺拍了一声,即有几个八九寸长的小人落在棋盘上,齐声演起戏来,呦呦嘤嘤,发出像四五岁小孩的声音。但男女有别,装饰各异,声调和剧情与戏场上演的完全相同。演完一齣戏,(传奇把一折称为一齣。古代没有这个字,最初见于吴任臣的《字汇补注》,说读音"尺"。相沿已经很久,就留传下来了。现在也用俗体,写为"出"。)一眨眼就不见。又有几个人落下,另演一齣。大家既惊奇又兴奋,痛饮到半夜。道士命童子在门外桌子上放鸡蛋数百个,白酒数坛,音乐声忽然停止,于是只听到一阵吃喝的声音。大家问这是什么法术,道士说:"凡是学会五雷法的人,都可役使狐狸。狐狸能大能小,所以驱使它们作这场戏法,供各位今晚取乐。不过仅只使唤它们是可以的,若派它们去偷窃东西,或者让它们去迷害人,或者召狐女来陪自己睡觉,那就立即会遭到上天的惩罚。"大家见到了从来不曾见过的戏法,请道士明晚再演,道士答应了。第二天晚上,大家又来到道士的住处,但道士一清早就带着童子离去了。

卜者先知

占卜人童西硐说:曾经看到两个人下棋,一人预先摆了一盘棋谱,如黑九三、白六五之类,封在方形的竹匣中。等棋下完,把棋谱取出来一对照,一步棋也不差,也不知道那人用的什么法术。按《前定录》这本书上记载,唐代开元年间,宣平坊有个姓王的书生为李揆占卜赴考任官的前程。姓王的书生给李揆一叠纸,大约有几十张,说:"您被任命为拾遗后,再打开看。"后来李揆得到李琎的推荐,皇帝命宰相考核他的文学才能,一道题是作一篇《紫丝盛露囊赋》,一道题是写一篇《答吐蕃书》,另一道题是写一篇《代南越献白孔雀表》。李揆从中午写到傍晚,全部完成,总共只改了八个字,加了两句旁注。第二天,朝廷即任命李揆为左拾遗。十多天后,他才打开姓王的书生给的纸包,发现三篇文章都在里面,涂改和加注的地方也一模一样。这样看来,自古就有这种法术,那个画棋谱的人不过是得到其中一个支流的传授罢了。像拿笔构思文章,面对棋盘布棋子,即使亲身做着的人也往往难以预先决定,而占卜的人却能预先知道,可见即使是任自己随意做的事情也逃脱不了天命,那些挖空心思钻营、一天到晚用心计的人,难道不应该罢休了么?

西藏野人

流放到乌鲁木齐的犯人刚朝荣说:曾有两人去西藏做生意,各乘一头骡子,在大山里迷了路,分辨不出东西。忽然有十几个人从悬崖上跳下来,他俩以为是"夹壩"。(西番人称强盗为"夹壩",就像额鲁特人所说的"玛哈沁"。)待他们走近,发现他们都有七八尺高,浑身长毛,有的是黄色,有的是绿色,面目像人又不像人,发出的声音奇特难懂。他俩知道碰上妖怪,估计活不成了,都浑身颤抖伏在地上。那十几个人互相看着笑了起来,并没有做出要来吃他俩的样子,只是把他俩夹在腋窝下,赶着他们的骡子,来到一个山坳里,将两人放在地上,把一头骡子推进土坑,另一头杀死,吹起火来烤熟,围坐成一圈大吃起来。他们把两个商人也提过来坐下,分了一些肉放在两人面前。两个商人发现他们似乎没有恶意,加上实在太饿了,于是也吃起来。吃饱后,那十几个人都摸着肚子,朝天上发出尖厉的叫声,像马鸣一样。其中两人又各挟一个商人,飞快翻过三四道峻岭,动作像猴子和飞鸟一样敏捷。他们将两人送到大路边,各给了一块石头,一眨眼就离去了。那石头有瓜那么大,都是一种叫绿松的宝石。他们把它带回老家,卖得的钱超过所损失的货物价值的一倍。这事情发生在乾隆三十、三十一年间。朝荣曾亲自见到两个商人中的一个,说得十分详细。这不知是山里的精怪还是古木生出的妖孽,看他们的行为,好像不是妖怪。大概是深山峡谷中,本来就有这样一种野人,从古到今一直未与外部世界通来往吧。

珍奇水晶

福建漳州出产水晶,据说各种颜色都有,然而赤色的从不曾见到,所以以紫色的最为贵重。另有一种叫做金晶的,与黄晶完全不同,最不易得到。即使偶尔得到，也只不过豇豆、瓜籽那么大。只有海澄公家有一颗，像一只三条腿的蛤蟆，可以作扇坠，看去像纯金的镕液凝成，晶莹透明，是件希有的宝物。杨景素巡抚做福建汀漳龙道道员时，曾对我说起，但也不过是传闻如此，并不曾亲眼见到。姑且记载在这里，让人们知道有这么回事吧。

陈氏古砚

陈来章先生是我的儿女亲家，他曾得到一方古砚，上面刻有一种凤在云中飞翔的图案。梁瑶峰宰相为这方古砚作了几句铭文刻在上面："其鸣将将，乘云翱翔。有妫之祥，其鸣归昌。云行四方，以发德光。"这是乾隆三十八年闰三月的事。（按：铭文只署"闰月"，这是按古人的惯例）。到了乾隆四十五年，古砚被人盗走。乾隆五十二年时，陈先生的二儿子陈闻之想方设法把它购回。五十八年六月，又请我为它再作几句铭文，我写道："失而复得，如宝玉大弓。孰使之然？故物适逢。譬威凤之翀云，翩没影于遥空；及其归也，必仍止于梧桐。"一些旧官宦人家的子孙，将祖宗留传下来的东西抛弃变卖，弄得七零八落，这种情况见得多了。我曾见一个媒婆拿着几件玉佩，说是某官宦人家要卖的，外面包着几张破旧的纸，原来是北宋年间刊刻的《公羊传》的四页，我为之感慨不已。陈闻之对自己的先人已丢失的东西，隔八年后又把它买回来，又请人再写铭文，以求它能长久留传下去。人与人的想法，差距真是大啊。

三宝和四宝

董家庄的佃户丁锦生了一个儿子，取名叫二牛。又有一个女儿，招曹宁为上门女婿，互相帮助一起劳动，很合得来。二牛生了个儿子，取名叫三宝；曹宁夫妇也生了一个女儿，因住在女方娘家，于是顺着取了个名字叫四宝。两个孩子出生在同一年同一月，只不过前后差了几天。小姑和嫂嫂互相抱带，互相喂奶，还抱在怀里时就给他们订了婚。三宝和四宝两人相互间又很友爱，稍微长大一点就寸步不离，整天在一起玩耍。小户人家也不知道避嫌，经常在两个孩子玩耍时，指着一个对另一个说："这是你丈夫。""这是你老婆。"两个孩子虽不懂是什么意思，但已听得很熟悉了。七八岁以后，稍稍开始懂事，但都跟着二牛的母亲睡，彼此不避忌讳。康熙六十年到雍正元年，正逢连续三年天灾，庄稼歉收，丁锦夫妇都死了。曹宁先流落到北京，贫穷得活不下去，只好把四宝抵押在陈郎中家。(不知叫什么名字,只知道是江南人。)二牛接着也来到北京,正好陈郎中要物色一个书僮,于是将三宝也抵押在陈郎中家,并且告戒他不要说出自己与四宝是未婚夫妻。陈郎中家家规很严,每抽打四宝的时候,三宝必偷偷哭泣;抽打三宝时,四宝也是一样。陈郎中产生了怀疑,于是把四宝转押给郑家,(有人说,就是"貂皮郑"家。)而把三宝赶了出来。三宝去找原先的介绍人,被带到另一家做书僮。一段时间以后,三宝打听到了四宝所在的地方,于是又请人帮助介绍,也进了郑家。几天后,见到了四宝,两人抱在一起痛哭,这时他们已经十三四岁了。郑家感到奇怪,他们便谎称是兄妹。郑家人看他们的名字像是兄妹关系,也就不怀疑了。然而郑家内室和外堂隔绝,他们只有在出入时才能相互望上一眼。接着遇到丰年,二牛和曹宁都到北京来赎回子女,辗转打听找到郑家,郑家才知道事情的真相。郑家夫妇很同情可怜他们,打算资助他们成婚,并让他们继续留下来做工。郑家的家庭教师姓严,是个道学家,不明白古代与现在事情的区别,对这件事大加攻击。他说:"亲表兄妹结婚,这是古代《礼》书上禁止的事情,也是现在法律所禁止的,违背礼法,必定遭到上天严厉惩处。主人家虽是一片好意,但我们读书人应把维持社会风气当作自己的天职。见到违背礼法、伤风败俗的事而不加制止,那就是帮助人做坏事,这不是君子的行为。"他威胁郑家,如果让三宝、四宝成婚,他就辞职。郑家夫妇本是胆小怕事的人,二牛、曹宁也是没有见识的乡下人,听说这事违法,罪过不小,都害怕起来,不敢办了。后来四宝被卖给一个进京考选的人作妾,没几个月就病死了。三宝发狂出走,不知下落。有人说:"四宝虽然被逼迫,然而毁坏自己的容貌痛哭,实际上没有与那个进京考选的人同寝,只可惜不知道详细情况。"倘若真是如此,那么这两个人或在天上,或在下一世人间,应该能重新见面,不会一闭眼就不再相见了。只是那个姓严的人做了这样的坏事,不知是何居心,也不知他后来情形如何。然而神明天理在上,他一定不会得到好报。又有人说:"他既不是固执于古代礼法,也不是想博取好的名声,而是企图自己占有四宝。"倘若真是如此,那么阴间之所以设立地狱,正是为这种人准备的。

水中冤鬼

乾隆三年,大运河水浅,运粮船一艘接一艘都搁浅不能行驶,于是大家一起请戏班子演戏祭告水神,押运的官员都在场。正演《荆钗记·投江》一出时,扮钱玉莲的演员忽然跪下痛哭,声泪俱下,嘴里絮絮叨叨说个不停,好似福建口音,但一个字也听不懂。大家知道这是有鬼附体,忙问是怎么回事,鬼却又听不懂人话。有人把纸和笔扔给她,又摇头,好像是说不识字,只是指天画地,叩头痛哭而已。人们没有办法,把那位演员扶到岸上,还在呜呜咽咽地哭,蹦跳挣扎,等人们纷纷散去后才停止。又过了一会,才慢慢苏醒过来。她说自己突然见到一个女子,手提着头,从水中出来。她极端害怕,一下子失了魂魄,昏昏然像醉了似的,以后的事就都不知道了。这必定是水底没有得到昭雪的冤鬼,见众多官员在场,所以出来喊冤。但形影没有显现,话又听不懂。派水性好的人到水底寻找尸首,也没有发现。旗丁们也没有谁新近丢失了女子的,无法追查。众官员只好联名写了一篇告文,在城隍庙里焚烧了。四五天以后,有个水手无缘无故自杀而死,或者他就是杀那个女子的凶手,是神灵来惩罚他了么?

文人好名

郑慎人太守说:曾有几位朋友在一起评论福建人写的诗,对明代的福建诗人林鸿的诗颇为不满。半夜就寝后,听到笔和砚发出"格格"的声音,大家都以为是老鼠。第二天,见桌上有两行字,写的是:"像'橄雨古潭暝,礼星寒殿开'这样的诗句,好像唐代诗人钱起、郎士元等人也不曾写到,你们能说我的诗全是模拟唐诗吗?"当时一起睡觉的几个人,笔迹都与桌上的字不同。除开这几个人,另外又没有人能写出这样的语句。可见文人喜欢争名,死了还不罢休。传说东汉时的郑玄死后还化为恶鬼为自己争名,这事也许是真的呢。

乩 仙 诗

黄小华说:西城有个人扶乩,乩仙降临,赋诗一首:"策策西风木叶飞,断肠花谢雁来稀。吴娘日暮幽房冷,犹著玲珑白苎衣。"在场的人都不懂是什么意思。乩仙又写道:"刚才路过某户人家,见新娶来的小妾被正妻锁在空房里。这女孩身世飘零,与她的丈夫隔离,这固然是她命中注定;只是她现在又冷又饿,实在可怜,使人难过,我所以很伤感地咏了这首诗。我顺便敬告各位先生,如果您没有控制自己悍妒的妻子、使妻妾和睦相处的本领,请不要轻易生出娶妾的念头,这也算是积阴德啊。"大家请问乩仙的名号,只见写道:"无尘。"再问它,就不回答了。按李无尘是明代末年有名的妓女,祥符人,开封城陷落时淹死。有诗集留传,诗句相当秀雅挺拔。她的《哭王烈女》诗写道:"自嫌予有泪,敢谓世无人。"措辞得体,尤其为擅长作诗的人们所称道。

女子贪利失身

遗落的稻穗麦秆,是寡妇们应该享有的,这种事情在《诗经》中周代的诗里就有记载。乡村麦子成熟时,妇女小孩几十人为一伙,随在割麦子的人的后面,捡遗落下来的麦穗,这叫"拾麦"。农村人家习以为常,割麦的人也不回过头来管,这算是保留下来的一种古老风俗。然而人心越变越浇薄,都拼命争利,遗落的麦子不能使他们满足,有的人就偷窃,甚至抢夺,于是慢慢地就失去这种事情当初本来的意义了。所以每到四五月间,妇女露宿的遍野都是。有几个人,在静海县东面,天黑下来后趁着凉快夜行,远远望见一处有灯火,就走近去讨水喝。到了那里,才发现门庭富丽堂皇,连奴仆们也都穿着华贵的新衣服;大堂上明灯高悬,有人在奏乐,似乎在宴请宾客。远远望见三位贵人坐在炕上,正在斟酒上菜。这几个人陈述了想投宿的意思,看门人转告主人,主人点头答应。过了一会儿,又叫回看门人,好像在他耳边嘱咐些什么。守门人出来后,从几个人中拉过一个老太婆,悄悄对她说:"这里离城市太远,短时间内弄不来妓女,我们的主人想在你们同来的伙伴中挑三个长得端正的来劝酒,并且陪着睡觉。这三个人各赠一百两银子,其他的人也都有犒赏。您老人家把我的话说给他们听,您的犒赏加倍。"老太婆悄悄告诉同来的人,大家很想得到犒赏,于是怂恿年轻的妇女答应他们的要求。他们把三个女子带进去洗涤化妆,换上衣裙,侍候几位客人饮酒。其余的妇女都安置在另外的房子里,也有大量的酒饭招待。到了半夜,三位贵人各拥抱着一个女子走进别的院子里,全家都灭了灯烛就寝。众妇女走路走得十分劳累,都大睡不醒,天亮了都不知道。等太阳升起老高才醒过来,那些房子、人物都不见了,只有一望无际的茂盛的野草。寻找那三个女子,则都裸身躺在草丛里,所换的衣裙不见了,只有原来的衣裳抛弃在十多步远的地方,幸好还在。再看犒赏的银子,也都是些纸锭。她们怀疑是遇到了鬼,但吃喝的又是真东西。又怀疑是狐狸精作怪,或者是因为这里离海边很近,可能是蛟龙或水怪在捣乱。因为贪利而失身,结果只不过饱吃了一顿。想象这些女人你望着我,我望着你,回忆这一个晚上的情景,大概与卢生在邯郸道上作黄粱美梦的情形非常相似。我已去世的兄长晴湖则认为,女子扬衫起舞,挥扇高歌,装出万种娇态,弹指之间,这一切的繁华都像东流的江水一样一去不复返。鸳鸯群散的时候,回忆过去,事事皆空。这与三个女子裸身躺在草丛中然后惊醒,都是同样的道理,岂只有海市蜃楼才是顷刻间就要幻灭的景象呢?

失身得银

乌鲁木齐参将德楞额说:从前在甘州时,见两个人在张掖县令面前互相告状,甲说乙是造谣诬蔑,乙则说事情有证有据。讯问究竟是什么事,原来两人本是中表亲戚,甲带妻出边塞,乙也同行。走到甘州以东数十里的地方,晚上迷了路,遇到一个人,好像是富贵人家的仆人。那人说:"这条路很偏僻,少有人走。我主人家离这里不远,不如去投宿一晚,明天我给你们指路,你们好走大道。"三人跟着他走了三四里,果然有一座小堡。那人进去,许久才出来,招手说:"我家官人叫你们进来。"进了几道门,见一个人坐在堂上,问了三个人的姓名籍贯,然后安排道:"夜深了,没有现成饭供你们吃,只能留你们住一宿。门旁边的小屋可以住两个人,女人就与家中的女仆睡吧。"甲和乙睡下后,隐隐约约听到女人的叫声,黑暗中起来看,又摸不到门,叫声随即也消失了,误以为是自己偶尔耳鸣。等睡醒过来,却在旷野之中。急忙寻找女人,发现她在半里以外的树下,浑身赤裸,双手被反绑,头发零乱,首饰歪落,衣裳挂在高枝上。女人说:"一个婢女拿着灯带我到这里,有几间漂亮的房子,几个年老和年幼的女仆。不久主人来了,逼我和他坐在一起,我拒绝不肯,女仆们就一起来把我抱住,脱掉衣服,捆住手臂,放在床上。我大声叫喊,无人答应,于是遭到污辱。天快亮时,主人将两件东西放在我脖子旁,房屋忽然就消失了,身体已经躺在沙石上。"看那脖子旁的东西,原来是两大锭银子,各刻着"重五十两"的字样,还刻有明代"崇祯"的年号,以及榆次县名,土花锈斑,颜色暗淡,真像是百年以前铸的。甲告戒乙不要声张,约定平分。后来又违约不分,乙发怒争骂,这事才暴露出来。甲夫妇虽坚决不承认,但问他们银子是从哪里来的,则说是拾到的;又问女人被捆绑的伤痕是怎么回事,则说是自己抓破的。听他们的言词躲躲闪闪,怀疑乙所说的话未必是谎言。张掖县令笑着把甲放掉,说:"根据法律,拾到遗失的东西要交到官府。姑且念你贫穷,你可以把银子拿走。"又瞪着乙说:"你所告的事如果是假,则你们是一起拾到遗失物,应该一起来送交官府,你也没有份;如果你告的事是真,则这银子是鬼酬劳甲的妻子的,你更没有份。如果你再啰嗦,就要鞭打你。"于是将他们一起赶了出来。张掖县令对这件事以不作处理来处理它,可以说是妥当不过了。这事与拾麦妇女一事很相似,一个是设巧计引诱,而以钱财使之动心;一个是以强力逼迫,然后以钱财来消除其怒气。这种揣度人们心理、投其所好的伎俩，也大致相同。

物价与好尚

金代重牛鱼，就是沈阳的鲟蝗鱼，现在也还看重它。金国人又重天鹅，现在则不看重了。辽国人重毗离，也称毗令邦，就是宣化黄鼠，明代人还看重它，现在也不看重了。明代重消熊、栈鹿，栈鹿应该是用木栈围栏饲养的，现在还看重。消熊则不知道是什么东西，即使是极富贵的人家，问起这个名称，也说没见过。大约物品被看轻或看重，各根据每个时代人们的好尚而定，没有一定的标准。记得我小的时候，人参、珊瑚、青金石等，价格都不贵，现在则一天比一天高；绿松石、碧鸦犀价格本来最贵，现在则一天天往下降。云南的翡翠玉，当时并不把它看作玉，不过像蓝田产的乾黄一样，勉强叫作玉罢了。现在则当成了珍稀宝贝，价格远远超过真玉之上。又像灰鼠，从前以白为贵，如今则以黑为贵。貂皮，从前以毛长为贵，所以有"丰貂"的说法，现在则以短毛为贵了。银鼠的价格从前比灰鼠略贵一点，远不及天马，现在则贵得与貂差不多了。珊瑚，从前以颜色鲜红像榴花的为贵，现在则以颜色淡红像樱桃的为贵了，而且还有以白色像车渠者为最贵的。只不过相距五六十年，物价不同已经如此，何况隔上几百年呢。读书人读到《周礼》有所谓"蚳酱"，私下里都产生怀疑，这只不过是因为不了解古今好尚的差异而已。

八 珍

所谓"八珍"，只有熊掌和鹿尾比较常见，驼峰出产在塞外，已经少见了。（这是指野生骆驼的单峰，不是一般骆驼的双峰，《槐西杂志》中有详细说明。）猩唇则仅听说过这个名称。乾隆四十年，闵少仪巡抚赠给我两枚，用锦袋包着，似乎是很贵重的样子。但那是把猩猩的额头到下巴全割下来。腌晒成腊味，口鼻眉眼都清清楚楚，就像戏场上用的面具脸谱，并不仅是两片嘴唇而已。我家的厨师不会烧，转赠给另外的朋友，他家的厨师也不曾见过这东西，只好再转赠别的友人。不知最后转到谁家，也终究不知道烹饪它的方法。

兰 虫

李又聃先生说:东光人毕公(偶尔忘记了他的名字,他曾任贵州的通判,征讨苗民时负责运送粮饷,遇到匪徒袭击,血战阵亡。)曾奉朝命勘定苗族人居住地的地界,苗族酋长盛宴接待。宾主前面各放一个杯子,用磁盖盖着。酋长站起来用手捧起杯子,打开来看,则里面装着一条虫,样子像蜈蚣,在杯里慢慢地翻滚爬动。翻译说:这虫兰花开时就生,兰花谢时就死,只吃兰花的花蕊,非常不容易抓到。现在幸好是兰花盛开的时候,派人到山岭峡谷中到处搜寻,好不容易抓到两条,所以一定要把活的献给您,表示我们深深的敬意。接着他们洒了一点盐末在杯子里,再盖上,稍过一会儿,再打开一看,则已经化成水,绿色清澈透明,像玻璃一样,兰花香气扑鼻。用它代替醋,香味满口,半天过后口里还有余香,只可惜没有问它叫什么名字。

哈 密 瓜

西域的水果,葡萄最盛产的地方是吐鲁番,瓜最盛产的地方是哈密。京城里的人认为绿色的葡萄最好,这是只看重颜色,其实绿色葡萄是刚开始成熟,不可能很甜。稍熟一点便成了黄色,再熟一些则成红色,十分熟则成紫色,甜度也就到了十分。这是福松岩额附(名叫福增格,怡王府女婿。)镇守辟展时告诉我的。进贡到宫廷里的瓜,是从哈密出产的,一般人相互赠送的瓜,则都是金塔寺出产的。但进贡的瓜也只熟到六分多一点,途中要包裹封闭,瓜气自相蒸闷,到京城时大约就熟到八分了。如果以熟到八九分的瓜贮运进贡,则一定会蒸闷霉烂了。我曾经问哈密国王苏来满(额敏和卓的儿子):"京城种瓜人用哈密瓜子作种,第一年形状味道都还保存;二年味道已变,只有形状还大体接近;三年则形状味道都彻底改变。难道是土壤气候不同的缘故吗?"苏来满说:"哈密这地方气候温暖,泉水甘甜,又很少下雨,所以瓜的味道很浓厚。在内地种植,味道固然会稍微淡一些,但也与没有掌握保养种子的方法有关。如果用今年的瓜子明年种,则虽在本地,味道也不好,因为这瓜子得的地气还薄。正确的方法,应该是用灰拌种子,然后将它们贮藏在不干燥也不潮湿的空仓库里,过三五年后才可以用,时间越久则质量越好,这是因为得的地气足了。若保存到十四五年的种子,则只有国王的瓜园里才会有,普通人家等不了那么久,也无法保存这么长时间而不坏。"苏来满的话似乎有道理。不过他们用灰拌种子的方法,肯定有一些特殊的规定,适宜怎么做,不适宜怎么做等等。中原人如果全凭想象去做,恐怕达不到苏来满所说的那种效果。

杨勤悫公幼时

裘超然编修说:杨勤悫公年幼的时候,每天到乡塾去上学,有个穿绿衣的女子经常从墙缺口上探出头来窥视他。偶尔回避走入屋中,也必定要回眸一笑,好像是以目传情的样子。杨公则始终不侧目看一眼。一天,那女子捡起土块扔向杨公,说:"这样漂亮的外貌,却包着一副痴呆骨头。"杨公拱手回答说:"钻洞翻墙偷情,我确实不懂,你另外去找不痴呆的如何?"那女子忽然睁大眼睛直盯着杨公说:"你如此狡猾聪明,我又怎能指望在你身上索回性命呢,且等下一辈子罢。"说完,那女子披散头发吐出舌头离去了,从此不再出现。由此可见,一个人立心端正,即使冤鬼也不能把他怎么样。也可以看出,像杨公这样一代有名的大臣,在幼年时就能这样树立自己的品格了。

人鬼互不相犯

河间人王仲颖先生,(安溪李文贞公为他改字为仲退。但他原来的字通行已久,没有人称呼他改过的字)名之锐,是李文贞公最得意的学生,对经典学术造诣很深,而且为人处事非常正派,真算得上是古代君子一样的人物。乙卯、丙辰年间,我随父亲姚安公住在京城,当时王先生还在担任国子监的助教,我未能见上一面,至今遗憾不已。相传王先生有一次偶然到屋后的空院子里拔自己所种的萝卜来下酒,恍惚间好像看到有人影,怀疑是盗贼,但随即影子又不见了。王先生知道是鬼魅,于是用阴间的鬼和阳间的人应有区别的道理,严厉地斥责它。只听见竹丛中有人发话道:"先生对《易》有深入研究,一阴一阳,这是天下的大道。人在白天出来,鬼在夜晚出来,这就是阴间与阳间有别;人住在没有鬼的地方,鬼住在没有人的地方,这就是人鬼不同路了。所以天地之间,无处无人,也无处无鬼,只要互不干扰,也就不妨共存。假使鬼白天跑进您的房中,您责备它,这是应该的。现在时间已是深更半夜,地方是在空院里,您在应是鬼出来的时候,跑到应是鬼所居住的地方,既不点灯烛,又不预先发出声音,使我仓促不及提防,突然与先生相遇,是您冲犯了鬼,而不是鬼冲犯了您。我马上回避您,似乎也已足够了,先生何必还责备得如此严厉呢?"王先生笑了笑,说:"你的话有道理,这事姑且就不提了。"他于是拔了萝卜回屋。后来他把此事告诉学生,学生们说:"鬼既然能说话,您又不害怕,何不问问他姓什么叫什么? 稍微对他语气温和些,问问所谓阴间也有官府的说法到底是假是真,这也是了解事物、丰富学问的一种途径嘛。"王先生说:"如果这样做,则又是人与鬼相亲热了,还说什么阴间与阳间有别呢?"

仙灵经过

郑慎人说:往日曾与几位朋友去福建仙游的九鲤湖,晚上住在山中人家。因天气凉快,都没有就寝,出门散步赏月。忽然一阵微风吹过,使人觉得十分清凉。那股风穿过树林,树叶发出"籁籁"的响声,树上的鸟儿也惊飞起来。接着,便觉有各种各样的花香弥漫,沁人心髓。阵风从树林背后吹出后,又沿着溪水吹过去,水鸟也发出"格格磔磔"的乱叫声,好像是见到了什么。但凝神注意看,又没见到什么东西。大家知道这肯定是仙灵来往。第二天,大家到树林中察寻,只见下过一场小雨,天刚放晴,地面的绿苔好似一层地毯,一步步的鞋印清清楚楚,都是女人的小脚绣鞋印,还有赤脚的脚印,都不到三寸长。溪边的泥上也留有同样的印迹,数一数大约是二十几人的样子。几位朋友对地上的脚印指指点点,徘徊很久,都很感新奇,不知是那位神女路过。慎人作了四首诗纪念这件事,我忘了留下他的诗稿,现在也回忆不起来了。

骑蝶仙女

郑慎人又说:有一天,庭院里百花盛开,忽然听到家里的丫环仆妇们惊叫起来。推开窗户一看,只见她们都用手指着桂树顶端。原来是一只蝴蝶,有巴掌那么大,背上坐着一个穿红衫的女子,大如拇指,在那里翩翩起舞。不一会儿,就飞过墙去,邻居家的儿女又惊叫起来。这不知是何种妖怪,大概就是所谓的花月之妖吧。我们谈论这件事时,正在刘景南家。景南说:"怎可知道这不就是闺房中女孩子们玩的游戏呢? 用蓬草扎成一个小人,把它绑在蝴蝶背上,然后把蝴蝶放掉而已。"这也算是一种说法。但郑慎人说:"确实见到那小人在蝴蝶背上,做出驾驭的样子,而且前俯后仰,左顾右盼,活灵活现,根本不像是蓬草扎的小人。"这又不知道究竟是怎么回事了。

泥神惩奸

我的舅父安介然先生说:往日随高阳人刘伯丝先生在瑞州做官时,听说城西土神祠里有一泥塑的鬼突然倒地,又有一个青面红头发的鬼,衣饰装束面目等都与泥塑鬼相同,而被压在下面。搬开来一看,原来是村里的一个年轻人伪装成鬼的样子,已经被压断脊骨死了。大家都感到很奇怪,不明白是什么缘故。一段时间以后,有知道事情真相的人说:"这年轻人邻居家的少妇年轻貌美,他挑逗她,挨了一顿骂。那少妇当天回娘家,这年轻人估计她晚上必定归来,肯定要路过土神祠前。这土神祠隔人家较远,于是他便伪装成泥塑鬼的样子,藏在泥像后面,准备等少妇路过时,突然冲出,乘那少妇吓昏倒地之机,实现自己的企图。没想到泥神会惩罚他。"原来这年轻人妻子的弟弟也参与了设计这个阴谋,开始不敢告诉别人,后来事情平息过去了,才把事情的真相慢慢泄露出来。介然先生又说:有一对放荡的男女,在河间的孔庙前相遇,两人尽情开起下流玩笑,一点也不避忌。忽然有瓦片飞来,砸破了脑袋,不知这石头是从哪里飞出来的。像孔子这样的圣人,道德与天地一样高大,难道还和佛教、道教一样,一定要凭借灵异才能使人相信,一定要靠护法神保护才显得尊严吗?然而鬼神们来守护保卫他,那也是情理之中应有的事。一定要说朱锦考中会元,是因为他前生修了孔庙的缘故,那是太小看圣人了;但一定要说几丈院墙围着的孔庙没有一点灵验,也没有鬼神护卫着,则又是某些过分迂腐的儒生的看法了。

虎陷山洞

三座塔(蒙古语叫古尔板苏巴尔,即汉朝和唐朝时的营州柳城县,辽国的兴中府。现在为喀剌沁左翼。)的金巡检(裴文达公的侄女婿,偶尔忘掉了他的名字。)说:有个砍柴人,走山路时遇到老虎,钻进一个石洞中躲避,那老虎跟着也进了石洞。这石洞本来空间不大,又弯弯曲曲,砍柴人辗转往里躲,洞渐渐小得容不下老虎了,而老虎一定要来吃砍柴人,拼命往里钻。砍柴人十分危急,见旁边有一个小孔,勉强装得下身躯,于是扭动身子爬进去。没想到像蛇一样爬了几步后,忽然见到外面的光亮,于是竟从洞后爬了出来。他马上用力搬了几块大石头,堵住老虎的退路,在前后两个洞口都堆上柴,点火烧起来。

老虎被熏烤,发出的吼声震动了山岭和峡谷。不到一顿饭的时间就死了。这件事也可以作为应该停止而不肯停止的一条教训。

太 湖 石

金巡检又说:他的巡检衙门中有一块太湖石,高出屋檐,纹路色彩斑驳陆离,中间的洞窍玲珑精致,望去像要飞动一样,是辽、金时留下来的旧物。史书上记载金国人曾拆毁北宋徽宗在汴京造的艮岳上的奇异石头,运到北方去,这块石头难道就是当时所说的"卿云万态奇峰"么?然而金国以大定府为北京,就是现在的大宁城。三座塔在辽时为兴中府,金国时降为州,不应该把这石头放在一个州的衙门,这又弄不明白了。又相传京城兔儿山上的石头,原来都是艮岳上的东西,我小的时候还见过。我在虎坊桥的住宅,原为威信公的旧府第,大厅东边有一块石头,有七八尺高,据说是雍正年间刚造府第时皇帝所赏赐,也是从兔儿山移运来的。在南城所有的太湖石中,这块石头为第一。我又有一个号叫"孤石老人",就是因它而取的。

藤花与青桐

京城里的花木,最古老的首推给孤寺吕家的藤花,其次便是我家的青桐,都是已经几百年的东西了。青桐树干直径一尺五寸,高大茂盛,到了夏天,整个庭院都是碧色。可惜被虫蛀了一个洞,雨水浸进去,久而久之,中间空朽,直到根部,结果因此枯死。吕家的住宅后来卖给高兆煌太守,高兆煌又转卖给程振甲主事,藤花现在还保存着。它的架子一定要用可以作栋梁的大木料来搭建,才支撑得起。它的浓荫遮盖了厅房的整个院子,藤蔓往旁边牵过去,又遮盖了西偏屋书房的院子。花开时,好像紫色的云团下垂在地上,香气袭人。慕堂举人在世的时候,(慕堂名元龙,庚午年举人,朱玉君的妹婿,与我一起就学于董文恪公。)或者自己宴请客人,或者朋友借这个地方宴请客人,饮酒作诗,简直没有空过一个晚上。至今已有四十多年了,我重到那里时曾游览过,已经不是原来的主人了,我不禁像魏晋时的向秀怀念老朋友嵇康一样,伤感不已。倪稆畴老先生曾为之题过一副对联,写道:"一庭芳草围新绿,十亩藤花落古香。"书法精妙,笔势就像渴极的马奔向泉水和发怒的狮子越过山石的样子,现在也不知落到什么地方去了。

狐 爱 书

陈句山前辈移居一处住宅,搬运家具时,先将十几箱书放在院子里,好像听到树后面有很小的声音说:"这地方不见这种东西,已经三十多年了。"仔细去看,又没一点声息了。有人说这肯定是狐精,句山先生掉头说:"能说出这样的话,是狐精也不错。"

木偶成精

我已去世的祖父(曾任光禄寺官)康熙年间在崔庄开了一家典当铺,管事的是沈玉伯。曾经有个演木偶戏的,拿了两箱木偶来当。那些木偶都有一尺多高,制作得很精巧。当期过了,那人也不来赎回,又没有人可以转卖,于是便成了无用之物,长时期放在一间废弃的房屋中。一天晚上,月光明亮,玉伯见木偶在院子里跳舞,好像是在演戏。仔细一听,它们还发出"咿咿嘤嘤"的声音,好像在唱曲。玉伯历来胆子大,大声一喝,那些木偶一下子就散开消失了。第二天,点火将那些木偶全部烧掉,也没发生什么怪事。大约物体年深月久就会成精怪,如果烧掉它,则它的精气消散,不再能聚合成形。有的妖精还附在某些物体上,也能作怪。只要烧掉那东西,则妖怪便失去了依凭,也就不能再显灵了。世界上事物的道理固然就是这样的。

吏役忘恩负义

献县有个县令,对手下的吏役很有恩惠。死后,他的家属还在县衙里,吏役们没有一个人来慰问帮忙。勉强叫来几个,则都是凶神恶煞的样子,全不像县令在世时的模样。县令夫人极为愤怒,在灵柩前痛哭,哭累后打个盹,恍恍惚惚见县令现形说:"这种人没有良心,是他们的本分。我当初希望他们能感激我的恩德,已犯了一个大错误;你现在再谴责他们忘恩负义,不是又犯了错误么?"夫人突然醒来,再也不怨恨了。

善恶相抵

康熙末年,张歌桥(在河间县)有一个叫刘横的人,(横读去声,因为他强暴凶悍,所以得到这个称号,并不是他本来的名字。)居住在河边。正好碰上河水暴涨,小船载重过多的往往被打翻沉没。忽然,刘横见河中心一个女人抱着一枝断桨,在波浪中忽现忽没,叫喊救命,人们都不敢去救。刘横挺身而出道:"你们不是男子汉大丈夫吗?哪有见死不救的?"于是他自己驾着一只小船,追了三四里,好几次都差一点翻船,最后终于将那女人救了上来。过了几天,那女人生下一个男孩,一个多月后,刘横忽然生病,就嘱咐老婆孩子准备后事。这时刘横还能站立行走,大家都感到奇怪。刘横长叹一声说:"我的病好不了啦!我救起那个落水女人的那天晚上,恍恍惚惚在梦中来到一座官府。吏役们把我带到府中,那长官拿着一本册子给我看,说:'你这一生作了各种各样的坏事,应该在今年某一天死,以后五世都变为猪,受屠宰切割的痛苦。幸亏你在一天内救了两条人命,积了大的阴功,根据阴间的法律,你应该延长寿命二十四年。现在销除你应延长的寿命,抵掉你下几世变猪的报应,所以仍以原来注定的日期死去。因为期限已经迫近,恐怕世人糊涂,怀疑你做了这样的善事,却短命而死,所以召你来说个明白,使你们知道其中的缘故。这样你这一辈子的因果报应就都了结了,下一辈子你再好好努力吧。'我醒过来后,心里很不舒服,没有将这事告诉别人。现在到期果然生起病来,我还能指望活下去么?"结果竟与他所说的完全一样。由此可见,神灵主持公道,清清楚楚一毫一厘也无差错,人的因果报应,寿命的加减,贫富的变化,都是把几辈子的善恶加在一起而计算的。不要因为偶尔不灵验,就说天道不知世间的事。

报应不爽

郑苏仙说:有个人约邻居的妻子私下通奸,嫌自己老婆在家碍事。他一直欠着老婆娘家几贯钱,于是他让老婆带钱去还,老婆很高兴地去了。没想到邻居的妻子没来赴约,而自己的老婆在路上却遇上了强盗。他们把她的衣服裙子首饰全部抢走,把她捆绑着扔在麦秸堆里。这些人都是外地来打短工的和一些到处流窜的人,连查也没法查。她丈夫知道后,只是低头叹气,一句话也说不出来。人们也不知道他与邻居妻子的事。几年以后,村里有个老太婆的儿子挑逗别人家的妇女,被老太婆发觉了。她反复劝戒儿子不要做这种事,并举上面这件事为例,说明因果报应的道理,人们才慢慢知道当初是怎么回事了。原来那人与邻居妻子有私情,就是这老太婆在中间牵线通信,所以知道得很详细。不过老太婆始终不肯泄露那邻居妻子的名字,那女人也幸亏这老太婆保密,因此没有丢丑。

鬼之幻术

狐精变化成人,不知它自己看起来如何,又不知它们互相看起来怎么样,这个问题我曾在《滦阳消夏录》中谈论过。然而狐精本来就是善于成妖作怪来迷惑人的。至于鬼,则不过是人死后残剩的精气形成的,它的灵通不过与人差不多。人不能把没有的东西变成有,不能把小的东西变成大,不能把丑的东西变成美,而各种书上记载遇到鬼的事,都说鬼的棺材可以化为宫殿房屋,可以把人请进去;鬼的坟墓可以化为院子,可以留人居住。那些死于非命的鬼,本来呈现各种各样丑恶的样子,却可以变得美丽。难道是人一作了鬼就能做到这些了么?或者是有谁教会它们了么?与狐精能够变化的情况相比,这事更难理解。记得我过去在凉州路上,驾车的人指着一个山坳说:“从前我们曾与几十辆车子一起露宿在这个山坳里,月光之下,远远望见半山腰有人家,土垒的院墙四面围绕,屋檐角也一一可数。第二天经过时,则只是几座坟墓而已。”这样看来,鬼在没有人的地方,也会自然变化出这种现象。古代圣人提倡用竹、木、纸等扎制一些车马、宫殿之类的东西作随葬品,他们是不是已经知道这种情形呢?

魔女诱僧

吴地的和尚慧贞说:浙江有一个和尚,立志修行成佛,志向坚定,刻苦修炼,从来没有两胁靠着席子躺下睡觉。一天晚上,有个美女在窗口窥视。和尚心里明白,这是妖魔到了,但装得好像没看到没听到一样。那女子千方百计诱惑,也靠近不了和尚所坐的蒲团。此后每天晚上都来,也终究不能使和尚生起一丝欲念。女子的伎俩用尽了,于是远远地对和尚说:“师父坚守自己意志的能力到了这种地步,我确实应该抛弃妄想了。不过,您还只是佛教所说的‘忉利天’这一层境界中的人物,知道一旦靠近我,就会败坏自己的道行,所以怕我像害怕虎狼一样。即使您进一步努力修行，得以达到'非非想天'，也不过只能做到女人柔软的肌肤靠着自己的身体，就像抱着冰雪；美女娇媚的姿态呈现在眼前，就像见到的是灰尘而已，还是不能摆脱色相。如果您的心灵达到了'四禅天'，则能觉察不到任何外在物象的影响，像花自然映照在镜子里，镜子并不知道有花，月亮自然映照在水中，水也并不知道有月亮，这就是摆脱色相了。再进一步达到'诸菩萨天'，则花也无所谓花，镜子也无所谓镜子，月亮也无所谓月亮，水也无所谓水，没有颜色也没有物象，也无所谓离，也无所谓不离，这便是佛的自在神通，进入一种不可思议的神妙境界了。您如果能让我靠近一下，而本心不受影响，则我将一心一意敬服您，就像当初妖女摩登伽敬服佛祖的大弟子阿难一样，再也不来干扰您了。"和尚揣度自己的道行法力足以战胜魔女的诱惑，于是很轻松地答应了。那女子偎依在和尚怀中，百般抚摸挑逗，这和尚终于控制不住欲念，与她发生性关系，损坏了自己修行的清净身体。事后悔恨不已，结果在苦恼悲愤中死去。所谓经过碾磨也不变成粉末，放在黑水中也不变成黑色，这种经受考验而不改变的行为，只有圣人才能做到，大贤人以下的人都做不到。这和尚一下子中了魔女的激将法，便开门把强盗请进门。天下凡以为自己能做到什么，于是就去做人们不敢做的事，结果惨败完蛋的，都是属于这个和尚一类的人。

乩仙论棋

德睿斋扶乩，乩仙降临后没有作诗，只是署了一个名，叫"刘仲甫"。大家不知是什么人。有一个全国有名的围棋手在旁边，说："这是南宋时一个著名的围棋手，写过四篇《棋诀》的文章。"他接着请乩仙一起下棋，乩仙写道："下则我肯定输。"又再三邀请，乩仙才同意，结果果然输了半子。在场的人说："大仙您是故意谦虚，以帮助后辈成名吧？"乩仙写道："不是这样。后代人事事都赶不上古人，只有天文历法学和下棋则都胜过古人。有的人也许会说，这是因为后人在古人所达到的水平的基础上，再进一步深入思考，所以能百尺竿头，更进一步。然而这话只能对天文历法学而言，对下棋就不能这么说了。世俗风尚一代比一代浇薄，人们的性情一天比一天狡猾，互相倾轧进攻夺取的伎俩，两方面互相推动，花样层出不穷，挖空心思出奇斗巧，不留任何余地。古人不肯做的事，后代人往往肯做；古人不敢冒的险，后代人也往往敢冒；古人不忍心使出的计策，后代人也往往忍心使出。所以对世界上各种事物的心计，都超过了古人。下棋也属于心计的一种，所以宋元时代的国手，到明代已差了一路，至今天则差一路半了。不过，古代的围棋高手最败不过输一路，现在的围棋高手则有输到两路三路的，这是因为古人都稳步踏实，现在的人则喜欢冒险出奇计企图胜过对手的缘故。"大家又问："难道下棋根本没有保证常赢的办法吗？"乩仙写道："没有保证常赢的办法，但保证永远不输的办法是有的，那就是不下棋，不下就不会输了。我很侥幸因为本来聪明，得以成为鬼仙，已是摆脱人世的自由清闲的人了，争名誉的心思早就没了，现在只不过逢场作戏，是胜是败有什么关系？像那些还在人世间名利场上竞争得失的人，还望他们小心谨慎些呵。"当时在场的人中，有些是饱经世故的，听了这话，都深深叹息。

狐狸怕狐狸

季沧洲说：有只狐狸，住在某户人家的藏书楼上，已经好几十年了。它帮主人整理书卷，驱赶老鼠，除灾害虫，最善于收藏管护的人也赶不上它。它能与人说话，但从来不现形。宾客饮宴聚会，安排一席空在那里，它也会出来与大家应酬。说话温文尔雅，而又委婉中肯，使在座的人都为之倾倒。有一天，监督饮酒的人宣布喝酒的规则，约定每个人都说出自己最害怕的东西，说得没有道理的就罚酒，说出并不是某人单独害怕的东西也要罚酒。有的说最害怕讲道学的人，有的说最怕那些所谓的名士，有的说最怕有钱人，有的说最怕当大官的，有的说最怕善于说阿谀奉承话的，有的说最怕过分谦虚的，有的说最怕讲礼节太周密的，有的说最怕总是闭口不言装出慎重的样子想说话又不说的。最后问狐狸，狐狸却说："我最怕狐狸。"大家一起喧哗起来，笑着说："人怕狐狸可以理解，你是狐狸的同类，怕它什么呢？请喝一大碗酒！"狐狸轻轻一笑，说："天下只有同类的东西最可怕。生活在福建、浙江等地的人，不会与生活在北方的奚族人和霅族人争地盘；在江海中驾船行驶的人，不会与在陆地上坐车骑马的人争路，这是因为他们不同类。凡是争财的，必定是同一个父亲的儿子；凡是争宠爱的，必定是同一个丈夫的妻妾；凡是争权位的，必定是在一起做官的人士；凡是争利的，必定是在同一个市场上做买卖的人。他们所处的位置相近，就会相互妨碍；既然相互妨碍，就必定会相互倾轧。而且射野鸡的人，总是以野鸡作诱饵，不会用鸡鸭；捕鹿的人，总是用鹿把鹿引出来，不会用羊或猪。凡是作反间作内应的，也必定是用他们的同类。如果不是他（它）们的同类，就不善于投其所好，不善于抓住他（它）们的弱点加以利用以陷害他（它）们。根据这些来想想，狐狸又怎能不怕狐狸呢？"在座的人中，有些是经历过许多人世间的风波险阻的，他们大都称赞狐狸说的话有道理。只有一个客人倒了一碗酒放在狐狸面前,说:"你的话确实有道理。但这种情况是天下人都共同害怕的,不是你一个人害怕的,仍然应该喝一大碗酒。"于是大家一笑而散。在我看来,狐狸罚的一碗酒应该减掉一半,因为相互妨碍、相互倾轧这样的事,天下人都知道并且都害怕,至于那种就潜伏在你的身边而将来可能成为你的心腹大患的恶人,那种假装与你是挚友亲朋而心里则藏着陷害你的阴险计谋的恶人,那不知道的人恐怕就多了。

小妾巧计逃生

沧州李老太是我的奶妈,她的儿子叫柱儿,他说:从前去海边"放青"时,(海滨空旷的地方,青草长得十分茂盛。当地老百姓把牛马赶到那里去放牧,称为"放青"。)有个"灶丁"晚上刚上床睡觉(在海边上煮盐的人家称为"灶丁"。)听到屋里有窸窸窣窣的声音。当时月光明亮,透过窗户照进屋里,灶丁仔细查看,没看到人,于是以为是虫子老鼠之类发出的声音。不久便听到吵吵嚷嚷的声音,从远处慢慢靠近,有人连声喊道:"钻进这幢屋里去了。"灶丁正感到疑惑吃惊,那声音已到了窗户外面。有人敲着窗户问道:"某某在这里吗?"只听屋里一个带着哭腔的声音回答道:"在这里。"外面的人又问:"主人留下你了吗?"哭着的声音又答道:"留下了。"又问:"你和主人是同床睡,还是单独睡?"那哭声继续了好一会儿,才回答:"不同床,谁肯留我呢?"窗户外的人跳着脚说:"完了,完了。"忽然有一个女人大笑道:"我就估计她跑到别人家里,别人一定不会放过她,你还说未必,现在究竟如何?你还有脸面把她带回去吗?"继说话声之后,便只听到一阵索索的人走动的声音,再没有人说话的声音了。过了一会儿,那个女人的声音又大笑,说:"这事都不能决断,你还算什么东西。"又敲着窗户说:"我家逃出来的婢女投到你家,你既然留下一起睡觉了,按道理就不好回去了。这不是你故意威胁诱骗来的,老东西没有什么理由找你的麻烦;即使他要找你的麻烦,有我在,老东西也不敢把你怎么样。你们好好睡吧,我走了。"灶丁把窗户纸戳一个洞偷偷往外看,外面连个人影也没了。回头一看枕头边,则有一个美貌的女子横躺在床上,灶丁又欢喜又吃惊,问她从哪里来,那女子说:"小女子本是个狐女,被这边坟墓中的老狐狸买作小老婆,它的正妻非常妒嫉,天天毒打我。我料想住不下去,所以逃出来求生。之所以没有先给您打招呼,是担心您害怕,不留下我,我就一定会被他们抓回去,所以蜷着身子躲在床角边。等他们追来了,我才冒死说自己已经失身,希望他们或者能放过我。现在幸亏逃脱了,我愿生生死死与您相伴。"灶丁担心无缘无故就得了个老婆，倘若被别人发现追查，就会引来别的麻烦，那女子便说："我能隐蔽自己的形体，不让人看见我。刚才我就缩成几寸长，您就忘了吗？"于是灶丁留下她，结为夫妇。那女子亲手操持家务，打水做饭，与贫穷人家的女子没有两样，灶丁竟因此建成了一个小康之家。柱儿与那灶丁是表兄弟，所以这件事知道得很详细。李老太谈起这件事时说："那女子还活着，已经四十多年了，现在不知怎样。"这个小妾遭遇很不幸，她不惜说谎话以玷污自己，可以说是铤而走险了。不过，她既已玷污自己的名声，则她的丈夫就没有理由留她了，那正妻要把她赶走也就有依据了。这是一个冒险的计策，但也是一个可以取得决定性成功的计策，这小妾也够机智的了。只是她的那个丈夫，当初买她时既不考虑以后会怎么样，后来又不为她作出安排，使这女子走投无路，最后只好铤而走险，造成这样的结果。既然如此，那丈夫何不当初就估量一下自己的能耐，不做这件事，好省这个麻烦呢？

狡黠舞文之报

老儒生周懋官，说话是南方口音，记不得他是什么地方人了。他科举考试一直不得意，穷困潦倒到处漂流。他曾经在周西擎、何华峰两家住过。华峰本来也姓周，周懋官或有可能是两家的同族。乾隆初年，我还见到过他。他有些迂腐拘谨，老实本分，是一个古代君子式的人物。他每次参加考试，或者因写字笔画有小的误差而被判为不合格；或者已被录取，而因为一两个字有问题又被黜落。也有遭到过分吹毛求疵的，如题目中的"曰"字，写得稍窄一点，就被认为是错写成"日"字而被标出；写"己"字，最后一笔末端稍微往上出了一点，就被认为是错写成"已"字，又被标出。周懋官感到十分气愤。一天，他在文昌祠前焚烧了一篇告文，诉说自己平生没做什么坏事，也没什么过错，却如此横遭压抑。几天后，他梦见有个穿红衣的吏役带他到一座殿里，神坐在桌后说："你功名不顺利，便来吵闹神灵，只知道怀恨抱怨，却不知因果报应的道理。你前身本是部院里的书吏，因为你狡猾多诈，喜欢拿文字玩弄花样，所以罚你这一世成个书呆子，什么事也不懂。因为你最喜欢指摘别人的公文，虽然明明知道没有差错，也要诡辩罗织罪名，以威胁别人，诈取钱财，所以罚你这一辈子处处因笔划的原因被黜落。"那神还指着簿子给他看道："你因'曰'字被标出黜落，是因为那考官前世乃是福建驻防军音德布的妻子，是个老节妇，上报她的文书把'音德布'的'音'字写成了'殷'，而这本是译音字，并没有固定用哪个字的，你却几次三番驳回责问，使那穷困的老寡妇所得到的官府赏给她建节妇牌坊的银子,还不够做来往的路费。你因'已'字被标出黜落,是因为那考官前生守孝期满,复任知县,满了三年零一个月,应该升转,你却因索取贿赂不得,便把'三'字改成'五'字,把'一'字改成'十'字,又根据五年零十个月应该在另一批人员中办理。等到查清楚,因原文的错误,已拖了一年多。这些罪孽必得报应,所以你这一世又与他们相遇,你还有什么冤屈可喊呢?其他各种事情,也都有前世的原因,不能跟你一一说明,也不可预先泄露给你。你应该顺从天命,不要再啰啰嗦嗦。倘若还不相信,那和尚道士就有得找你麻烦的,你应该醒悟了。"说完,挥手命周懋官出去。周忽然就醒过来,完全不懂"和尚道士"等等是什么意思。当时他正寄居在佛寺,因此马上迁居别处,以避开和尚。到了乙卯年参加乡试,考官已拟定他为第十三名举人了。但第二场考试时,有一道题是为和尚道士应当拜见父母之事写一段判语,周的答卷中有"长揖君亲"的句子,是用了唐代傅奕所上主张禁止佛教的表文中"不忠不孝,削发而揖君亲"的典故。考官因不知这个典故,认为周这句话有毛病,竟又把他黜落了。周懋官这才知道神所说的话果然不假。这些事都是他在步陈谟老先生(名登廷,枣强人,任制造库郎中)家做家庭教师时,自己详细告诉步老先生的。后来不知他结局如何,大概是在坎坷潦倒中死去了。

借尸还魂

虞倚帆待诏说:有个姓张的人,到京城候选官职,带着一妻一妾,租住在海丰寺街。一年多后,妻子生病而死。又过了一年多,妾也突然死去。正在制作棺材时,那妾突然又好像有了呼吸,接着眼睛转动,已重新醒过来。她叫着张某的名字,握着他的手哭道:"一别就是一年多,没想到还能见面。"张某非常吃惊,女人便接着说:"你不要以为我在讲胡话,我是你的妻子,现在是借妾的身体复生了。这妾虽然服侍你,但总是愤愤不平,不愿居于我的下面。她与坏尼姑商量,用妖术诅咒我,我就发病而死。我的魂魄被坏尼姑收在瓶子中,用符咒镇住,埋在尼姑庵的墙下。我在里面憋得难受,苦不堪言。碰上尼姑庵的墙倒了,挖地重筑,泥工挖土时砸破了瓶子,我才得出来。只见外面一片茫茫,我昏昏然不知到哪里去。伽蓝神指示我去向城隍申诉,而行妖术的人也都有邪神作后台来庇护他们,因此互相僵着拖了下来,案子不能了结。后来申报到东岳神那里,才下令逮捕使妖术的人,审问清楚,将那妾抓送泥犁地狱。我的寿命未尽,但尸体早已腐烂,所以判我借妾的身体复生。"全家听到这里,都又悲又喜,于是把复生的女人当女主人对待。而她指认的那个使妖术的尼姑,则一口咬定是张某想让妾升为正妻,所以让她假装死一会儿,然后造出这种鬼话来,而不惜将杀头的大罪栽在别人头上,气势汹汹地说要告到官府。张某因没有实在的证据,怕官府以乱造妖言加罪,于是闭口不敢提了。不过倚帆曾经私下询问张家的仆人,他们都说那女人再生后,说起从前的事没有一丝差错;她讲话的声音、走路的样子也与原来的女主人没有丝毫差别。又说那妾做针线活技术很差,而女主人则善于刺绣。以前她有一双鞋没有做完,复生后把剩下的一半补做完成,完全像同一双手做出来的。这样看来,这事又似乎不是假的了。这是雍正末年的事。

节孝女子

范薱洲(山阴人,名家相,甲戌年进士,曾任柳州知府。)的侄女还没成婚,她的未婚夫死了,她就要殉节,吞下金环不死,结果自己投河而死。曾太守(嘉祥人,孔子学生曾参的后裔,偶尔忘记他的名字。)的女儿为了救母亲,被一起烧死。这两件事情的始末,当时人都知道得清清楚楚。现在过了四十多年,已不能说出它的细节了。奇异的见闻容易被记住,正常的行为容易被忘记,这固然是事物的常理么?姑且把她们的姓氏附带记在这里,希望她们的德性不会泯灭。《孔子家语》记载孔子的七十二个弟子,也不是每个人都有具体事迹的。

阎王慎断疑案

范薱洲说:他的家乡有某甲,为人忠厚随和,一生从不乱来。一天他睡午觉时,梦见几个差役手持公文来抓他,把他带到一座衙门,只见阎王坐在大堂上,审问他为什么要谋财害命杀某乙。这时某乙也被带到,一口咬定是某甲杀了他。原来某乙从外面讨债回家,天没亮,他就趁着天气凉快上路了。路上遇到几个人,他们见某乙腰包鼓鼓囊囊,就共同杀害了他,抢了钱逃走,把尸体扔在岸边。某甲正好驾着小船路过,见到尸体大吃一惊,认出是某乙,还有一点气,于是请邻近的人帮助抱到船上,准备把他送回家。某乙临死前忽然醒过来一次,张开眼睛见是某甲,以为是几个人把钱抢走了,让某甲一个人把尸体运到江里扔掉,所以他的魂魄到阴司告状,只告某甲一人。阎王翻簿子查阅,说:"强盗应是某某人,不是某甲。"某乙说自己是亲眼所见,坚决不服;但阴司的吏认为阴司的簿子不可能错,因此与某乙争吵起来。阎王说:"阴司的簿子不会有错,这是就一般而言。然而怎么知道千百万年都没有错过一次,就不会有一次偶然的错误呢?由我来判断,还不如让人当面对质;由吏来说,不如让犯人自己证明。"所以把某甲抓来。某甲详细说明了当时运送的本意,阎王又用"业镜"来照,映现的情形与某甲所说的一致。某乙这才明白。某甲开始弄不明白自己为什么会被错抓来,阎王把原因告诉他,他也就明白了。于是阎王另外审理某乙的案件,而派人送某甲回家。就判断案情的聪明果断而言,到阴司也就算到顶了;就审案的文件记录的详细可靠而言,到阴司也同样算是到顶了。而阎王还这样地不专信自己,这样地不嫌麻烦,这大概也就是阎王之所以为阎王的原因吧。

凡事不应做过头

孔子主张凡事不要做得过分,他的意思难道只是要求不要矫枉过正吗?圣人所考虑的还深远着呢。老子说:"老百姓连死都不怕,你用死来威胁他们还有什么用?"其实老百姓何尝不怕死,只是知道必定要死,也就不怕了。到了死都不怕的地步,那就没有什么事情不敢做了。我小时候听说某个大户人家遭到强盗抢劫,官府悬赏捉拿。过了半年多,强盗都被抓住,而且都供认服罪。但那个大户人家对强盗恨得要命,于是用很多金银贿赂看守监狱的人,千方百计折磨他们,以至于使他们的脚挨不着地,两胁挨不着席子,把他们捆绑着不让上厕所,致使他们的裤子里面长满蛆虫,到处爬动,啃他们的大腿,只是不停止供给饮食,好让他们不能很快死掉而已。强盗们对这大户人家恨入骨髓,他们私下商量道:抢劫财物,按法律不分首犯从犯,全部斩首;轮奸妇女,按法律也是不分首犯从犯,一律斩首。两项罪加在一起审判,也只是一斩,决没有加至碎剐的道理。于是在当堂审问时,他们都招认说把那个大户人家的妇女全部强奸了。官府虽没有照他们的话录写供词,但强盗们众口一词坚持有这回事,在场的人也都听到了,于是这话就不胫而走。对那大户人家不满的一些人又因此附会,说:强盗们已被判处死刑,已抵得上他们的罪过了,而大户还不惜花费大量金钱,千方百计折磨他们,大户之所以对他们恨到如此地步,正是因为他们强奸了他家妇女的缘故。人们议论纷纷,大户又无法为自己辩白,整个家庭于是蒙受了极大的羞辱,后悔也来不及了。强盗们一齐杀头,不能怨大户;即使是拷打审问,戴上镣铐,长时间关押,这也不能怨大户,因为根据法律,这是他们应受的。至于用法律之外的办法来虐待,则他们肯定不甘心。用石头击石头,力量过猛,石头必定会反弹回来,为了一时的痛快,使整个家族一百世都蒙上耻辱,这难道不正是做过分的缘故么? 由此看来,圣人所考虑的确实十分深远啊。

高斗击盗得妻

霍养仲说:雍正初年,东光有户农家,大致有中等的家产。一天晚上来了强盗,不大搜取财物,只是从被子中拖出这农家的女儿,拖到屋后菜园里,将她朝上绑在一株弯曲的老树上,大概他们本就不是为抢钱财而来的。那女子又哭又骂。在这农家打工的高斗正好睡在菜园中,听到后跳起来,操着刀与强盗格斗。强盗们全打不过,都跑了。女子因此幸免遇害,但她又羞愧又愤怒,不说话,不吃饭,只是哭泣。父母反复劝慰,也没有效果。再三问她,她才说了一句话:"我的身体裸露着,被高斗看到,这怎么行呢?"父母明白了她的意思,于是干脆把她嫁给了高斗。这事与楚人钟建的故事正好相似,不过高斗当初并没有想到这一步。他只是因为以前自己父亲生病时,这家主人帮助寻医问药;父亲死后,主人又买了棺材帮助安葬在空地里,并让他的母亲在他们家烧饭,高斗感激他们的恩情,所以拼命救出他们的女儿。罗大经《鹤林玉露》载有一首咏战国时的侠客朱亥的诗说:"高论唐虞儒者事,负君卖友岂胜言。凭君莫笑金椎陋,却是屠沽解报恩。"这话说的真好啊!

李生夫妻

李白有首诗说:"徘徊映歌扇,似月云中见。相见不相亲,不如不相见。"这是写那些寻花问柳的人的。普通人家的夫妻有相互分离隔阻,却天天见面的,那就不知道是什么因果造成的了。郭石洲说:河南有个李生,娶妻才十多天,母亲就病了。夫妻俩轮换守护照料,一直忙了七八个月,没有脱衣在床上好好休息过。母亲死后,他们又严格遵照礼法,丈夫三年不进房与妻同宿。后来他们穷得过不下去,只好投靠妻子的娘家。娘家也仅仅能维持温饱,房子也不多,只能打扫一间屋给他们住。还不到一个月,岳母的弟弟要到很远的地方去给人做家庭教师,把老娘送到姐姐家。没有地方安置,只好把老太太与李生的妻子安排在一间房里住,李生则在书房中搭了一个铺。夫妻俩只在早晨和晚上同桌吃饭而已。这样过了两年,李生到京城去想找一条出路,岳父也带着全家到江西去给官府做幕僚。后来李生接到岳父的来信,说妻子已死,李生感到非常悲伤。后来李生越来越混不下去了,又搭别人的船南下,到江西投靠岳父。而他的岳父已经换了主人,并随新的主人到另外的地方去了。李生无地安身,只好卖字度日。一天,在街上遇到一个长得雄壮魁梧的好汉,那人拿起李生写的字看了看,说:"你的字写得很好,三四十两银子一年,替人照管文件书信之类的事,你愿意干吗?"李生喜出望外,便与那好汉一起上船。只见烟水茫茫,不知到了什么地方。到那好汉的家后,招待供应也很丰盛。及看那些需要起草回答的书信,原来主人是绿林强盗。李生无可奈何,只好暂且安身。他担心以后会有麻烦,于是谎报了自己的籍贯姓名。那主人既豪爽又生活奢侈,歌妓很多,也不大注意避开男客。他家每次有歌舞表演,都邀李生一起观赏。李生偶尔见到一个歌妓特别像自己的妻子,怀疑她是鬼;那歌妓也总是朝李生看,好像曾经认识。然而两人不敢相互说一句话。原来,他岳父带家人乘船去江西时,正好遭到这个强盗抢劫,见李生的妻子长得很漂亮,便一起抢走了。他岳父认为这是丑事,于是急忙买了一副薄棺材,声称女儿受伤已死,假装哭泣收殓,然后带回去了。这女人怕死,因此已失身,成为强盗众多侍妾中的一个,所以两人得以在强盗家相遇。但李生因相信自己的妻子已死,女人又不知道李生已经改了姓名,两人都怀疑只是长相相似,因此相见却没有相认。大约过么三五天,两人必定见面,见惯了,也就不再你我对看了。这样过了六七年。一天,强盗对李生说:"我的事要败露了。你是个读书人,不必一起遭难。这里是黄金五十两,你可带着,藏在某个地方的芦苇丛里,等来追捕我们的兵退走了,你赶紧找一只渔船乘着回家。这地方的人都认识你,不必担心他们不送你。"说完,挥手让李生快去藏起来。不一会,只听得外面喊杀声响成一片,接着听到一些人高声传报说:"强盗已经全部乘船跑掉了,就查封没收强盗的钱财、女人吧。"当时天色已暗,李生借着火光偷偷望去,只见那些歌妓都披散头发,被剥去了上衣,双手反绑,用绳子系在脖子上,连成一串,被用鞭子赶着走,而那个像自己妻子的歌妓也在里面。她惊慌恐惧,浑身发抖,显得非常可怜。第二天,岛上一个人也没有了。李生呆呆地站在水边,过了很久,忽然有个人驾着一只小船过来,叫道:"您就是某某先生吧,我们大王没事,我现在送您回去。"过了一天一夜,就到了岸边。李生担心有人查问,于是带着金子往北走。到了老家所在的地方,他岳父也先已回家,于是李生仍住在他家,卖掉随身带回的金子,生活渐渐充裕起来。他想起与妻子深深相爱,但结婚十年,同寝的时间总共不到一个月。现在家产稍宽裕一些了,不忍心让妻子用薄薄的棺材埋着,打算换一副优质木料做的棺材,同时也想再看看妻子的遗骨,也算是夫妻一场的情分。岳父尽力阻止,李生也不听。岳父无奈,只好说明真相。李生急忙日夜兼程赶到南昌,希望能与妻子破镜重圆。但上次被官府俘获的歌伎早已分赏，李生的妻子不知流落到哪里去了。李生每回忆起两人六七年间近在咫尺却好似相隔千里的情景，就惘然若失。又回忆妻子被俘时遭捆绑鞭打的情形，不知那以后遭到凌辱折磨又是什么样子，往往伤心肠断。李生从此不再娶妻，听说后来竟作了和尚。戈芥舟老先生说："这事真可以编一个传奇剧本，只可惜没有结局，与《桃花扇》一样。虽然文学作品的韵味，往往就在那似了末了的结尾，有如钱起的诗所写的：'曲终人不见，江上数峰青。'——山水的韵味，正在那若有若无、浩渺无穷的烟波中，但李生夫妇之事这样收场，终究不免使人感到惆怅。"

群狐盗金丹

金可亭（这是浙江的金举人，名嘉炎。与任户部尚书的金公同姓、同号，但各是一人。）说：有位赵公，曾做过布政使司官，晚年退休家居，娶了一妾，名叫紫桃。赵公十分宠爱紫桃，从此再也不进别的妾的房了。紫桃也十分温顺，善于体贴侍候人。只要赵公叫她，她总是早已在他身边，每次都是如此。赵公本是个精明机警的人，怀疑她有什么特殊，两人同寝时反复追问，紫桃承认自己是狐狸，然而前世有缘，应该侍候赵公，而且不会对赵公有害。赵公因为一直很喜爱她，也就没把这事说出去。赵家有花园亭阁。一天，赵公站在两间房子中间叫紫桃，那两间房中就各跑出一个紫桃。赵公大为吃惊，紫桃道歉说："这是我的分身术。"赵公偶尔在春天里拄着拐杖到郊外走走，碰上一个道士，与他交谈，道士讲话很有道理情致，两人很谈得来。赵公问道士从哪里来，道士说："正为您而来。您本是仙人，降谪到人间，期限满后，您应该返回蓬莱等三座仙岛。但你修炼的金丹现在已被狐狸盗走，你不能回仙岛了。如果你再不惩治这些妖狐，连你的寿命也会减短。我是你在仙境的老伙伴，所以来看望你。"赵公心里明白，这是指的紫桃，于是邀请道士一起回家。道士高高坐在大厅上，索来纸笔，画了一道符，然后拖长声音长啸，住宅中纷纷走出几十个紫桃，长相衣服装束全一模一样，都跪在院子里，连院子也跪满了。道士叫真紫桃出来，那些女子你望着我我望着你，然后说："没有真的。"道士又叫最先来的紫桃出来，只见一个女子上前跪地叩头说："奴婢便是。"道士斥责道："你盗取赵公的金丹，本就不该，又带上这么多同类来，非要破坏他的道行不可，是为什么？"那女子回答道："这有两个缘故。一是赵公前生修炼精气四五百年，玄关坚固，我们不轮番去盗取，就得不到；二是赵公不是平庸糊涂的人，如果见有这么多美女都来伴寝，一定会怀疑是妖怪，决不肯容纳。所以我们大家都变成同一个样子,是想不露出形迹。现在事情已经败露,我们愿意散去。"道士挥手让她们出去,回头对赵公长叹道:"小人一齐来说好听的话,君子是不会上当的。如果一个小人发现了君子的弱点,投其所好,很多小人又跟着暗暗帮助他,君子就觉察不出来了。《周易》'姤卦'的'初六'说:一阴始生,其象为系于金柅。柅即木块,塞在车轮下阻止车轮滚动。意思就是应该停止。如果不停止,那刚刚踩到霜的时候,已经意味着坚硬的冰块将要形成。逐渐'剥卦'的'六五'就要到了。今天这事,不正是这样的吗?然而如果本身没有弱点,那小人也钻不了空子;如果本身没有嗜好,那小人也无法投合。非常重要的大堤,往往因一个小小的蚂蚁洞而崩溃,就是因为有空隙的缘故。你先就错误地涉猎一些旁门左道,想实验容成子所提倡的探阴补阳的法术,后来就干脆被美女的外貌迷住了,失去了当初的道心,嗜好欲念一天天加深,所以妖狐才乘机聚集在这里。灾祸是因自己而引起的,有什么好怪罪它们的呢?这件事这样发生,这样结局,也是常理。我现在把它们赶走而没有惩治,就是因为这个缘故。我来得稍晚了一点,对你的事已无法帮助了。但你如能从此收守心神,清静度日,活到九十岁,这一点还是可以做到的。"道士再三嘱咐赵公自己珍重,一眨眼就不见了。赵公后来果然活到八十多岁。

清修之狐

哈密的驻军,大多在西北的深山中放养马匹,驻军头目有时去检查放养情况,中途总要在一户人家休息。这家的老翁有时还准备一点瓜果,态度非常恭敬谨慎,久而久之,他们搞熟了,但军官私下里感到奇怪:这里没有村落,没有邻居,老翁不种菜,也不种粮,在寂静空旷的山中他是靠什么维持生活的呢?一次偶然问起,老翁无法解释,只得说道:"我实际上是一只换了形的狐狸。"军官问:"狐狸喜欢靠近人,你为什么住在这个偏僻得没有人烟的地方?狐狸往往成群结伙,你为什么单独一人?"狐狸回答说:"要修炼道性,一定要住在人世之外幽静的地方,才能精神坚定。如经常往返于人聚居的地方,嗜好欲望一天一天多起来,就难以炼形服气,于是不免去迷惑人,与之交合,采取其精气。一旦害人太多,就犯了天上的刑律,必定受到惩罚。至于经常在废墟墓地中出没,因为这种地方狐狸为数众多,容易被人发现,从而遭到捕杀,尤其不是避免灾祸的好办法,所以我都不做。"军官喜欢它老实,也就不害怕防备,并要与它结为兄弟,老翁也很乐意。军官因出门小解,绕着围墙看老翁的住宅,老翁笑道:"凡是变形的狐狸,它们的房子都是假的;凡是已换形的狐狸,它们的房子都是真的。我自从脱去狐形以来,久已过人的生活,这房子是我砍木头割茅草亲手建造起来的,你不要怀疑这跟海市蜃楼一样是假的。"过了几天,军官再去检查,当兵的告诉说,每在月光明亮的晚上,他们没看到人的形体,却见石壁上时时映现两个人影,都有一丈多高,怀疑是鬼怪,想换一个地方放牧。军官将这事请教老翁,老翁说:"这就是《国语》和《孔子家语》中所说的山林中的妖怪如夔、魍魉等。它们是山川的精气交合而产生的,刚开始时像泡影,久而久之渐渐变成像烟雾,又久而久之便会凝聚成形。因为它本身还空虚没有实体,所以在月光下只能看到它的影子。再过百余年,它就气足而有实体了。这两个影子我也曾见过,不会对人造成伤害,用不着躲避。"后来军官把老翁是狐狸的秘密泄露出去,它便迁到别处去了。只有那两个影子现在还在。这是哈密的徐守备所说的。徐还说,很早就打算同军官一起去看那影子,因为往返需几天时间,所以还没来得及去。

乌鲁木齐山路

　　一天晚上,乌鲁木齐牧场遭到暴风雨袭击,马受惊逃走了几十匹,无法追寻。七八天后,它们竟从哈密山中跑出来。人们之所以认得是乌鲁木齐的马,是因为马身上有火烙的印记。这地方距乌鲁木齐有二十多天的路程,那些马为什么不到十天就跑到了呢?可知高山峡谷中人迹不到的地方,一定另有近路。大学士温公派几个守军带着干粮去探查,都因粮食吃完而回,说没有找到路。有人说:守军怕路远,只在近处的山里逗留了十多天,假称已经去探查过了。又有人说,守军是担心找到路后要凿山开路,必定很辛苦;又担心要更换驻地,搬运要花费许多钱,所以故意隐瞒不报。还有人说,从哈密、辟展到迪化,(即乌鲁木齐的城名,现在用作州名。)一路都有人烟,有村庄,有市镇,通信运输的车马和站馆与内地一样,而且沙路平坦。如果改走山路,则路又险阻,一路上也荒凉,各方面都不方便,所以当兵的不愿意。也有人说,如果路程缩短一大半,则驻军的人数、用于通信运输的马匹数,以及一切转送运输的费用,也都应该减去一大半,对官吏们的利益很有损害,所以官吏们暗中阻止这件事。总之这些都弄不清楚了,只是七八天就在哈密得到马这事,终究让人难以理解。又有人解释说,丢了马要遭严惩,所以管放马的人以礼品祭祀祷告山神,山神驱赶马,所以马才很快就跑出来了,并非另有近路。然而这也说不通。山神既然能驱赶马往哈密跑,为什么不把马往回赶呢?

水上羊头

奴仆王廷佑的母亲说:小时候家住在卫河岸边,一天早晨起来,听到两岸喊成一片。当时正逢河水暴涨,以为是河决口了。急急忙忙跑出来一看,原来是河中有一只羊头,高高露出水面,有可装五斗的大簸箕那么大,速度像射出的箭一样,顺着水流向北去了,大家都说是羊神路过。我说这应该是龙中的蛟、螭一类东西,不过头像羊而已。《埤雅》上说龙的各个部分分别像九种东西,也说过"头似牛"的。

河堤决口的征兆

居住在卫河两岸的人说:河将要决口时,河流中间的水一定会凸起,高过两岸,但不知将在哪里决口。如果有棒槌鱼聚集在某个地方,则这地方一两天内必定决口。这种经验是上辈人传下来的,经过验证,百不失一。棒槌鱼形状像棒槌,所以叫这个名字。平时它们不知躲在什么地方,用网捕、用钩钓,也从没有抓到过它的,等到河水暴涨时,它们便成群结队出现了。守堤的人见它们用头来撞岸,像千万根杵头一齐在捣,那堤顷刻间就要决口,这难道不是命运决定的么?然而古代圣君唐尧在位时,也有洪水灾害,这是天命;大禹按照地形加以疏导,则是尽人力。只有圣人能知道天命,也只有圣人不把罪责推给天。事先有所考虑准备,事后努力加以补救,虽然不能从根本上消除天灾的危害,也多少能挽回一些损失。

盗酒受惩

我已去世的曾祖母王太夫人八十大寿时,家中宾客满堂,奴仆李荣专门负责供应茶酒。他偷了半坛沧酒,藏在自己房里。晚上回屋正准备睡觉时,只听见坛中有鼾声。李荣感到奇怪,摇动酒坛,只听坛中有一个声音说:"我喝醉了,要睡觉了,你不要来打扰。"李荣知道是狐妖,发怒猛力摇动坛子,里面的鼾声却更大了。李荣伸手进去拉,就有一个人头从坛口伸出来,渐渐变得有一斗大,又渐渐变得有一簸箕大。李荣用巴掌打它的脸,那头就一摇,带着坛子一起旋转,发出砰砰的声音,碰在一个大坛子上,酒坛碎了,酒一滴也没剩下。李荣急得跳脚大骂,只听屋梁上有声音说:"长孙无礼!（长孙,李荣的小名。）只许你偷,就不许我偷吗? 你既可惜你的酒,我也不胜酒力,现杏就还给你。"狐狸骑在李荣的脖子上呕吐,吐得李荣从头顶到脚跟浑身都是酒。这与我所记载过的西城狐狸的事相似,而这个狐狸更会捉弄人。然而小人本性贪婪,做任何事情都要耍诡计,稍微惩罚一下他们,也不算过分。

狐狸打牌

安州陈公做过礼部尚书,他的住宅在孙公园。（它的后面有一片废墟,就是原来孙退谷的别墅。）宅后有一间楼房贮藏杂物,据说有狐狸住在里面,然而不大显露形体和声音。一天,听到它们好像在争吵,忽然向楼下乱扔牙牌,叮当作响,好像下冰雹一样。家人捡起一数,共有三十一张,只缺一张"二四"。"二四"和"幺二",打牌的人称为"至尊",（因它们合成"九"的缘故。）得到的人就可大赢。怀疑狐狸们就是为了争这两张牌,才发怒把牙牌扔下楼的。我小的时候,曾亲眼看到这事。杜甫曾大叫"五白",韩愈曾参加六博和格五之类的赌博来赢钱财,李翱写过《五木经》,杨亿喜欢叶子格之类的赌博游戏。偶然以此寄托兴致,消遣闲暇时光,作为名士风流潇洒的一种表现,古今名人往往不免喜欢这类东西,以至狐狸也跟着染上了这种嗜好。不过我这个人天性迂腐,总还是认为这不是一种高雅的游戏。

摄 尸 术

蒋士铨说:有一位客人应朋友的邀请去游湖,到了那里,只见船很华丽,船上有歌舞表演,并有红衣美女为客人劝酒。这客人仔细一看,竟是自己的妻子的模样。这里离家两千里,不知她是怎么流落到这里的。客人担心招致羞辱,所以闭口不敢出声。而那女人则像不认识他的样子,没有害怕的意思,也没有惭愧的意思,在那里调整乐器弹曲子,扬起衣袖饮酒,显得非常自在。只是声音不像,而且客人的妻子笑的时候有遮住嘴的习惯,这个歌妓却不这样,这一点也不同。但是,客人的妻子右臂上有一颗粟米大的红痣,这歌妓又一模一样。客人大惑不解,草草饮过酒,便回住处整理行装,打算回家。就在这时,收到家中来信,说他妻子半年前已经死了。客人怀疑那天在船上见到的是鬼,也就不去查问了。他的亲友们见他神情有些不正常,私下里再三询问,才知道是怎么回事,都认为这是两个女人的相貌偶尔相同而已。后来,听说有一个行踪不定的人,经常在江苏、浙江一带来往。人们从来没见他去拜见有钱有势的人以求赏赐,也不见他有什么朋友往来,也不见他做什么生意,只是携带几个小妾,闭门不出;或者有时叫出一两个女人,交给媒婆卖掉。人们都以为这是个贩卖妇女的人贩子,与别人不相干,所以没有人去过问。有一天,这人显得慌慌张张,急急忙忙订了船,赶往天目山,求有道行的和尚做道场。和尚见他写的祷告文语言含糊,不知他究竟是为什么事要做道场,又见文中有"本是佛祖的后裔,自然应恳求佛祖保佑。希望靠佛祖慈悲的庇护,我能免遭雷神的轰击"之类的话,怀疑他另有别的缘故,于是退还了他送上的钱物,拒绝为他做道场。这人回到中途,果然被雷击死。后来跟随他的人稍稍把真相泄露出来,说:"这人从一个红衣喇嘛那里学到一种怪异的法术,能够通过念咒语摄取新葬的女子尸体,又能摄取妖狐和淫鬼来附在女尸上以复生,用它们来伴自己睡觉。如果又得到新的,便把旧的转卖给人,赚了大量的钱。因为他梦见神灵斥责,说他作恶太多,已到末日,应遭上天的惩罚,所以才到佛寺去忏悔,想免遭雷击,没想到已不可能了。"这位客人的妻子,估计就是被这个人摄去的。理藩院尚书留公也说,红教喇嘛确实有摄取妇女的妖术,所以黄教的人指斥他们是妖魔。

盗墓是报应

我的外祖父安公,是我前一个母亲安太夫人的父亲。他去世时,家里还很富裕,几个舅舅用很多金银珠宝给他陪葬。有人劝阻说,墓里埋的金银珠宝多,容易被盗墓,反而是祸害,但舅舅们不听。他们又在墓地院墙处建了房屋,派几个身强力壮的人分别巡逻守护,敲梆摇铃,以声音互相整夜联络。又有人劝道,这是树立目标,招惹强盗,舅舅们也不听。不久,果然墓被盗。原来盗墓的人乘守墓人白天睡觉时,穿着绿色的蓑衣,跳过墙,藏在青草里,所以没有被发觉。到了晚上,他们用锥子凿破棺材,木梆敲两声,他们也凿两下,敲三声,就也凿三下,所以反而因为有敲木梆的声音,而听不到他们凿棺材的声音。他们藏到天快亮时,见敲梆摇铃的都停下了,便翻墙逃走,守墓的人又没有发觉。有一颗含在尸体口中的珍珠,有龙眼核大,也被敲破下颏取去,原来他们先已听说了。家里人告到官府,官府大肆搜查,也没有结果。这时几位舅舅同时做了一个梦,梦中见外祖父说:"我过去欠了这三个人的钱,现在他们是来讨回了,你们要搜捕也不会抓到。不过,我没有用刀刺割过他们,而惨遭他们刀割,戳破我的下颏,他们应该受到报应。我已经在阴间官府告状,并得到认可了。"一个多月后,抓到一个强盗,果然就是那个动手取珍珠的。那珍珠已被尸体腐烂的气息侵蚀,色彩变得黯淡发青,已经不值一文钱了。另外两个盗墓人,官府已经掌握了他们的姓名,悬赏上千两银子搜捕,结果还是没抓到,可见梦中的话不假。

一妾两嫁

表叔王月阡说:邻近的村子里有某甲买了一个妾,两个多月后,那妾就逃走了。妾的父亲反而去官府告状,说是某甲正妻因妒忌杀死他女儿,并已焚尸灭迹。正好那位县官在京城中等候委任时,自己也经历过妾逃走而妾的父亲反而诬告的事。这个案子触起了他的旧根,因此他极力追查,弄清了妾的父亲诬告的真相,使其阴谋没有得逞,但妾的父亲坚决不承认是转卖给另一家了。因为没有引诱逃走的证据,所以也无法再审,那妾也一直没有下落。某甲的妻子的弟弟住在邻县,某甲的妻子回娘家,听说弟弟新娶了一个妾,想见见,那妾关门不肯出来,妻子的弟弟自己把她拖了出来。一见面,她就跪在地上叩头,称自己有死罪,原来她就是某甲逃走的妾。妻子的弟弟因为她是姐夫的旧妾,不肯要了;某甲又因为她已经与妻子的弟弟同寝,也不肯要了。于是打了她一百鞭,配给一个老奴仆,最后一直做烧饭的女佣。有钱人家打官司,又涉及家庭内部的男女之事,往往是不可能几天就了结的,而这次正好碰上了这样一位县官;女子已被转卖,整天生活在闺房内室里,一般是查找不到的,而这次又碰巧是卖在原主人妻子的弟弟家。这妾和她的父亲设计了这个圈套,算是够巧妙的了,哪知上天的安排比他们更巧妙呢!

妖道诱骗

我的学生葛正华是吉州人,作过道员。他说他的家乡有几个商人,赶着一队骡子搭载着货物在山里走,见山路上站着一个道士,穿着青袍,戴着棕笠,用麈尾招呼他们中的一个说:"你叫什么名字?"那商人回答了。道士又问道:"籍贯在哪个县?"商人又回答了。道士说:"就是你。你本是天上的仙人,降谪到人间。现在期限已满,应回归仙境。我是你原来的师父,所以来带你回去，你快跟我走吧。"那个商人私下里想：我这辈子字也不认识一个，这样蠢笨，不应该是仙人转生的。而且我的父母年纪都大了，也没有抛弃他们而去做神仙的道理。于是他坚决拒绝跟去。道士长叹一声，又招呼其他商人说："他既然已经堕落，应该有一人补他的位子。你们今天与我相遇，就是有缘分。你们有谁肯跟我走的吗？这是千载难逢的机会，不可错过啊！"其他商人也都怀疑害怕，没有一个人肯答应，道士很不满意地走了。商人们走到一家旅店住下，把这事告诉另外的人。有人说："仙人来引导成仙而不去，真可惜。"有的则说："恐怕是妖怪，不跟去是对的。"有一个喜欢管闲事的人，第二天顺着山路去探查。刚登上一道山岭，只见草丛里到处是残剩的骨头，原来是刚被老虎吃了的人的骨头。那人又惊又怕，急忙往回跑。这道士也许是引诱人给老虎吃的伥鬼吧。所以，没有充分的理由而一下子获得不同寻常的福气，贪心的人是喜欢的，头脑清醒的人则是害怕的。无缘无故而想作非分的事情，侥幸如愿的只是极个别的，而因此招来灾祸的则是绝大部分。可以说，这个人的蠢笨，实际上正是这个人的聪明之处。

恶仆转生为蟹

　　宋代人有一首《咏蟹诗》说："水清讵免双螯黑，秋老难逃一背红。"这是借蟹暗指当时朱勔贪婪，日后一定会遭到严惩。其他东西作食物，不过一死而已，唯有蟹是将活的丢在锅里或甑中去蒸煮，从开始水沸到蒸煮熟，最快也要过几个时刻，它的痛苦肯定非常厉害，是求死不得的。我想不是前一辈子造孽极为深重，是不会转生到蟹这一类中的。传说赵宏燮担任直隶巡抚时，（当时直隶还没有设总督。）一天晚上，梦见家中已死的男女老少的仆人有几十个，都围绕着跪在台阶下面，叩头请求救命，说："我们这些奴仆活着的时候受到您的养育之恩，却互相勾结成死党，蒙蔽主人。久而久之，上上下下结成一团，使主人无法对付。即使有某人偶尔败露了，大家也众口一词替他掩盖。使得主人即使心里明白了，也无可奈何。慢慢地我们还暗中控制，主人如果不如我们的意，我们就使他一件事也办不成。因为这些罪过，现在我们被罚，托生为水中的动物，世世代代遭受开水蒸煮的痛苦。明天供给您的食物中有蟹，那就是我们这些奴才托生的，恳求您赦免我们。"赵公历来仁慈，天亮后，将做的这个梦告诉厨房的人，命他们把蟹丢进水里，而且作一场法事，替他们忏悔超度。当时正是深秋降霜的时节，蟹很肥美，巡抚家里买的蟹都是精心挑选过的，尤其肥大。那些奴仆们听了主人的话，都偷偷笑道："这老头子狡猾，想造出这种话来吓人吗？我们难道会受你的骗吗？"于是，他们就像春秋时子产手下的校人做过的一样，把这些蟹煮吃了，报告主人时，却说已全部放生。又贪污了主人叫他们操办法事的钱，向主人报告时，却说法事已举行过了。而赵公却一直蒙在鼓里。奴仆们要诡计，固然是他们经常做的事。追究起来，也是以前那几十个奴仆留下来的恶习，结果正因此遭到杀害。请君入瓮，自作自受，就是指的这种情况吧。

魂魄离形

人的魂与魄相合则形成梦，但到底不知梦是怎么回事。我已去世的兄长晴湖曾写过一首咏高唐神女的诗说："他人梦见我，我固不得知；我梦见他人，人又乌知之？屡王自幻想，神女宁幽期？如何巫山上，云雨今犹疑。"这足以为巫山神女澄清毁谤了。然而世界上确有见到别人的梦的人。奴仆李星，一天月夜在村外纳凉，远远望见邻居家的一个年轻女人在枣树林里躲躲闪闪。他以为她是在守护果园防止盗贼，怕她的公公婆婆和丈夫可能与她在一起，因此不敢叫她讲话。接着又见她沿着田埂往西走了半里左右，钻进秫秸堆里去了，李星怀疑她是与人偷偷约会，更不敢走过去，只能远远地望着。又过了一会，只见她穿过秫秸堆再走几步，被水挡住而折回，呆呆地站了好久，又沿着水流往北走了一百多步，又为一片稀泥挡住，又回头往东北走，钻进豆田里，绕来绕去，摔倒几次。李星现在知道她是迷路了，于是远远喊道："某嫂，你深更半夜要到哪里去？往北更加没有路了，而且会陷入沼泽里。"那女人回头答应说："我出不来了，某郎，你来带我出去吧。"李星急忙赶过去，却什么也没有了。李星知道自己遇上了鬼，心惊胆战，发狂似地往回跑。只见邻居家的那个女人正与她婆婆坐在大门外的墙下，说："刚才纺纱，累得睡着了，梦见自己走到野外树林中，迷了路出不来。听见某郎在后面叫我，我突然就醒过来了。"她说的与李星所见到的完全一样。这大约是因为人疲倦之极时，神不守舍，人的真阳就会飞出身体，于是使人的魂魄与形体相分离，这就是鬼一类的东西了，与人的意识自生自灭而形成的幻象是不同的，所以别的人有时能够看见。相传独孤生梦游的事，正是属于这一类。

贪横州官

有个州官，因为贪污横暴，被朝廷处死。事后，这个州的老百姓互相传说他在阴间如何如何遭受各种惩罚，说法多得无法一一记下来。我认为这是老百姓太恨这州官，因为怨恨没有平息，所以才造出这些谣言。而我已去世的兄长晴湖说："天地原本是无心的，完全根据老百姓们的反映来作决定，现在老百姓都这样说，那个州官在阴间的遭遇就很危险了。"

烧灰除积食

乡下老婆婆遇到患积食的人，看他吃过什么，就用什么烧成灰，保存它的本性，让病人调水吃下去。我开始总斥责这种办法是胡闹，但它却往往有效。我仔细思考其中的原因，原来这些都是因吃多了油腻而积食的。油腻凝结最快，然后其他食物稍吃得多一些，遇到已凝结的油腻就会积起来。凡是药物吃到人的胃里后，它们总是喜欢与同类的东西凑在一块，所以某种东西的灰，就能达到这种东西凝结住的部位。而油腻遇灰就会解散，所以灰到某处，那里凝滞的东西自然会下去，这就好像用草木灰洗衣物上的污垢一样。如果是脾弱引起的凝滞，胃病引起的凝滞，郁气引起的凝滞，瘀血痰结引起的凝滞，就不是烧灰所能消除的了。

女子变狼

乌鲁木齐有个军官王福说：从前在西宁与同队的几个人进山打猎，远远望见山腰有一个边疆少数民族妇女独自行走，有四只狼跟在后面。士兵们以为狼想吃那女子，而女子还没察觉，于是一起叫喊，但那女子像没听见似的。一个士兵猛力一箭向狼射去，却误中那女子。女子倒地滚下山坡。大家正在惊慌后悔，仔细一看，原来也是一只狼，另四只狼则已逃走了。大概这是妖怪变成女人的样子来诱惑人，好吃掉他，没想到自己被射死了。或者这妖怪作恶太多，已到末日，所以上天使它落得这个下场吧？

姑妄听之(二)

神不能决

天下的事,无非是情、理两方面而已,然而情与理有时候也会互相冲突。乡下有个婆婆虐待童养媳,惨无人道。童养媳逃回娘家,母亲可怜女儿,把她藏到别的地方,谎称没见她回来,于是两家打起了官司。婆婆因为朱老和童养媳娘家相邻而居,应当看见童养媳回去,于是请他作证。姓朱的老人私下想:如果说女孩已回娘家,就等于是把她逼上绝路;如果说女孩没回娘家,就是促使别人离婚。老人犹豫不决,于是到神像前求签,他举着签筒摇了几次,都没有签掉出来。他再使劲一摇,则签全部掉出。这大约是神灵也不能作出决断了。辛彤甫先生听到了这件事,说:"这神太糊涂了。一个十岁的幼女,天天用烧红的火钳来烫她,早就没有什么恩情关系可言了。容许她死里逃生,不算过分。"

梦见他人之诗

举人戈仲坊丁酉年参加乡试后,梦见到了一个地方,见屏风上书写着几首绝句。醒过来后,他还记得其中两句是:"知是蓬莱第一仙,因何清浅几多年?"壬子年春天,他在河间遇到景州的李生,偶然谈起这事,李生大吃一惊,说:"这是我的堂弟家屏风上近人所作的题梅花诗,句子一点也不出色,不知怎么进了您的梦中。"这事事前没有什么因缘,事后也没有任何应验。《周官》记载梦有六种,这样的梦到底归入哪一类呢?

雄 鸡 卵

袁枚的《新齐谐》(即《子不语》一书的改名)载有雄鸡生蛋的事,现在我才知道竟真有其事。它有手指头大,形状像福建的落花生,不可能是正圆形,外表有斑点,对着太阳照,里面颜色深红,好像琥珀。用它点进眼里治白内障很有效。工部侍郎德成、按察副使汪承霈等人都曾经用它配药。但雄鸡卵很不容易得到，一枚可以值十两银子。户部侍郎阿迪斯说："这东西虽少见，实际上也是人想办法弄出来的。把肥壮的雄鸡关在笼子里，放一群母鸡围绕着笼子，使它们相互靠近却不能交配，久而久之，雄鸡的精气凝结郁积，自然能变成蛋。"这也是情理之中的事。然而鸡属巽，巽为风，所以吃鸡容易引发毒疮。雄鸡的蛋是因强盛的阳气不能泄露而郁积成的，自然蕴含热毒，不知为什么反而能明目。而且关于雄鸡蛋，《本草》没有记载，医学经典没提到过，人们是怎么知道它能明目的呢？这些都弄不清楚了。汪副使还说：有人用蛇蛋假冒雄鸡蛋出售骗人，但蛇蛋对着太阳照里面不红，根据这一点就可判断出是假雄鸡蛋，这一点也不可以不知道。

变鸡生蛋偿债

沈老太说：村里有个赵三，与母亲一起在郭家做工。母亲死了一年多后的一个晚上，赵三躺在床上，像做梦又不像做梦，听见母亲说："明天下大雪，院墙外会冻死一只鸡，东家肯定会送给你，你千万别吃。我曾偷过主人三百文钱，阴间官府判我变鸡还债。现在生的蛋已经够卖三百文钱，我将离开这里了。"第二天，果然一切都像她所说的。赵三不肯吃那只鸡，哭着将它埋掉。主人反复追问，赵三才说实话。这是近几年的事。由此看来，世界上供人骑和拉车的马牛，供人吃受屠宰烹煮的鸡猪等，前一辈子必定欠了这些人的债，只是人们不知道而已；这些奴仆狡猾偷窃，下辈子也必遭报应，只是他们没有好好想想而已。

卖假药尽孝

我十一二岁时，听堂叔灿若公说，村里有个齐某，因为犯罪发配黑龙江充军，死去已经几年了。他的儿子慢慢长大，想去把父亲的遗骨运回来，因家里贫穷去不了，于是总是很难过，好像心中有很大的忧伤一样。一天，他偶然得到几升豆子，便把它们磨成末，和水做成丸子，外面再包上一层红土，装成个卖药的上路了。他是想借此骗得几文钱，一路糊口。然而他一路卖去，买了他的药的人，即使是很危重的病也吃了就好。人们互相转告，于是他的"药"卖了相当不错的价钱。他竟靠这一方法到达了他父亲充军的地方，找到遗骨，用竹筐装着往回走。走到原始森林中，遇到三个强盗，他急忙丢下身上所有的钱，背着竹筐拼命跑。强盗追上他，打开竹筐见到遗骨，感到奇怪，问是怎么回事。他哭着把事情的来龙去脉说了一遍，强盗们都可怜他，把他放了，反而还送给他一些银子。他正跪着表示感谢，一个强盗忽然捶胸顿脚嚎啕大哭，说："这个人身体如此瘦弱，还能远走几千里找回父亲的遗骨。我是个堂堂男子汉，自以为算是英雄豪杰，难道反而不能做到吗？你们好自为之，我要往甘肃肃州去了。"说完，他挥挥手就往西走。他的同伙叫他与妻子告个别再走，他一直不回头，大约是受孝子的事迹感动太深了。可惜这孝子的事迹不久便被人们遗忘，没有为之作传使它流传于世的。我作《滦阳消夏录》等书时，竟然也忘了此事。癸丑年三月三日，我住在海淀值班的地方，偶然回忆起来，于是记下，用以补充地方志的遗漏。这或许是因为孝子的德性埋没，他的灵魂没有泯灭，所以暗暗提醒了我吧？

狐媚老翁

李蟠木说：他的家乡有个种花木果树的老头，六十多岁了，与几个打短工的人同睡在一间屋里。大家忽然听到老头发出低低的呻吟声，接着又发出哆声哆气很淫荡的声音，叫他也不答应。有天晚上灯没吹熄，只见老头的被子轻轻抖动翻卷，好像有人性交的样子。别人问他，也不回答。后来，在白天里这老头有时突然跑到某个偏僻的角落，有时无故把门关上。大家感到奇怪，偷偷窥视，便有瓦片石块飞来打人，大家这才明白老头是被鬼魅迷住了。又过了一段时间，老头无法隐瞒，只得说出：最初是见到一个少年到花园来，好像见过面，但又记不得他是谁了，便请他坐，问他从哪里来。少年说："有件事要告诉你，请你不要拒绝。四世以前，你和我是好朋友，后来你忽然倚仗衙役头儿和同村有钱有势人家的势力，夺取了我的田产。我告到官府，反而遭到鞭打。我含冤而死，告到阴间官府，主持审理的人认为我们是好朋友而结怨，应该以欢欢喜喜的方式解开怨恨，判你作我二十年妻子。没想到我罪孽太重，很快就托生为狐狸，还有四年夫妻的缘分没有了结。等我修炼得道，你又再次转生，托生为现在这一世。最初的纠葛差不多被忘记了，但旧债还是不能消除。因为命运的牵扯，我与你在这里重聚，这也是缘分凑成的。我等不到你再转生为女人，希望现在就还我这笔债，了结这段因果报应吧。"我正感到奇怪，他就朝我嘘了一口气，我便迷迷糊糊，像做梦或喝醉了酒一样，于是遭到他的污辱。从此以后，他每天都要来一两次。他离去后，我也感到羞愧悔恨。但等他一来，我又心甘情愿接受，竟忘记自己是个老头子，也不知道究竟是什么缘故。一天晚上，大家又听到那老头开始发出调情亲热的声音，接着便是呻吟声，接着便是悄悄恳求慢一点的声音。接着便是很急切恳求停止的声音，到鸡叫时，便发出放声叫唤的声音，突然屋梁上有个声音大笑说道：“这足以抵得上鞭打三十下了。”从此以后，那狐狸就不再来。后来整修那幢草屋时，见屋梁上尽是用白粉划的圈，十圈为一行，数了一遍，共是一千四百四十，正合四年的天数，于是知道这是那狐狸记录的行淫次数的标记。它从头至尾来的时间不到四年，大概是以行淫一次抵一天吧。有人认为，这狐狸想迷这老头，所以才捏造出这篇鬼话。然而狐狸迷人，都是因为喜欢某个人的美貌，或想摄取他的精。这老头浑身皮都皱了，头发也花白稀疏了，有什么美貌讨人喜欢？又有什么精可以摄取呢？它决不是只为了想迷他，这是很清楚的。而且这老头已到了拄拐杖的年岁，还去做别人的男宠，逆来顺受，这也太不合情理。他们都是因为形体已改变，但本性还保留，前世的缘分未断，所以才像磁石吸引铁针一样，两者很自然地凑在一起，这也是很清楚的。那狐狸说的话，也许并不假。由此看来，人与人之间的怨仇缠绕纠结，变化百出，至三世之后还没了结，人们实在应该小心，不要结怨造下祸因啊。

少年不受妖诱

　　文水人李秀升说：他的家乡有个年轻人在山里走，遇到一个少妇骑着驴子，穿着蓝色上衣、红裙子，相貌神情很是秀雅。那少妇总是侧过眼来斜看年轻人，年轻人历来老实本分，怕惹嫌疑，所以总离她有几十步远，低着头不望她一眼。走到林谷深处，少妇忽然让驴子停下，待年轻人赶上后对他说：“你立心端正，真不容易，我不想害你。这不是到某个地方去的路，你跟着走错了。你可在某株树下绕往某个方向，再斜走三四里，就能找到路了。”说完，她从驴背上一跳，直蹦到树顶，她的身体也渐渐变大到一丈多长。接着一阵风起，树叶纷飞，一眨眼间，她已不见了。再看那驴子，原来是一只狐狸。年轻人吓得丧魂落魄。这大概是所谓飞的夜叉之类的妖怪吧。要是年轻人稍微对她轻薄一些，还不知会变出什么花样来呢。

举子发狂

癸丑年会试时,陕西的一位举人在考试的号舍里碰到了鬼,突然发狂。大家把他扶出,回到住处,那鬼也跟了出来。举人自己用头撞墙壁,头皮和头骨都撞破了。于是躲到外城,那鬼又跟到外城,结果举人用刀自杀而死。还没死时,他写了一张纸条给友人,上面是"天网恢恢,疏而不漏"八个字。虽然不知道到底为了什么事,但这属冤孽报应,则是肯定无疑的。

狐能克己让人

南皮人郝子明说:有个读书人在佛寺里读书,偶尔在空院里小便,忽然有一片飞瓦打在背上,接着便听到屋里有声音说道:"你们能看到人,人却不能看见你们。你们不自己注意回避,反而要怪人吗?"读书人正感到奇怪,屋里的声音又说道:"小丫头不懂礼貌,我会打她,先生不要在意。不过空屋中往往住有我们居住,先生凡是遇到这种情况,应对着墙小便,不要对着门窗,那么我们相互间就不会发生冲突了。"这狐可以说是能够克制约束自己的了。我曾说过,自己家的仆人或自己手下的吏役与人发生争执而没有占上风,主人或官长总认为是自己的耻辱,世上人大多如此。然而天下最可耻的事情,莫过于违背道理。不管道理上是对还是不对,只求别人一概不能侵犯自己属下的人,以为这很荣耀,这果真算得上是荣耀吗? 以前我有个下属官员,对他手下吏役的头目很好,千方百计袒护。我对他开玩笑说:"我们这些人死后应该各有墓志铭一篇。如果那对我们的一生作最后评判的人举笔写道:'公秉正不阿,对属下的吏役犯法者,坚决惩治,不讲情面。'人们必定认为这是一种荣耀,你想必也认为这是一种荣耀。又如果那人举笔写道:'公平生喜欢庇护吏役,即使他们受贿违法,也一一设法替他们掩盖。'那么人们必认为这是一种耻辱,谅你也会认为这是一种耻辱。你为什么现在却以耻辱为荣耀,又把荣耀当成耻辱呢?"我已去世的老师董文恪公说:"凡事不能写进死后的行状的,就决不可做。"这话说得真好。

狐戏悭商

侍鹭川说(侍姓不知起于何时何地何人。我怀疑本来姓侍其,明朝洪武年间,朝廷下令凡复姓都去掉一字,因而变为侍姓):有个商人在淮上经商,偶尔经过一条小巷,见到一个女子,相貌美丽动人,简直像仙女。商人悄悄向附近的邻居打听,他们说:"这女子刚来这里,还不到一个月,只有一个老母亲带几个婢女居在一起,不知是什么样的人。"商人于是贿赂媒婆去察看,那老母亲对媒婆说:"我们是杭州人,姓金,这次是与一个儿子一个女儿一起去投靠女婿,不幸儿子生病,死在船上,两个仆人又乘机盗取钱财逃走了。我们孤零零的寡母幼女,怕在路上遭到强暴,不得已在这里租了房子,暂且住下,等候亲戚家来迎接,还不知他们肯来与否。"说完她就哭起来了。媒婆用话引诱说:"你们现在无处可去,在这里又没有人可依靠,将来究竟怎么打算呢?有这样的女儿,何不就在这里找一个好女婿,你的晚年也就有了依靠了。"那老母亲说:"你的话说得对,我也不想要多的聘礼,只是我这女儿爱惜抚养这么多年,也不愿意草草了事。如果有人能给她缝些衣裳,买些首饰家具,合起来值千把两银子,我就把女儿许给他。置下的这些东西到时候仍然是他家所有,我只是到那里看一遍,不取丝毫回来。"媒婆把这些话告诉商人,商人私下想,这事划得来。于是在十天以内,急忙派人买办金珠锦绣,都华美之极,所制的一切家具,也样样精致。在迎亲的前一天,他请那老母亲来验看,老母亲相当满意。第二天,他们敲锣打鼓来到女方家,只见大门紧闭不开。等了很久,叫也没人答应。询问邻居,又说没见她们搬走。一伙人不得已,只好翻墙进去看,则又空又静没有一个人。在各间房里到处搜寻,只在一张破床上发现几具骷髅,这才知道她们不是人。商人回到家里,置办的东西一件也没少,只是毫无用处了,重新去卖,只能得到一半的价钱。商人十分懊丧,几个月不出门,也不知道这妖怪这样做到底是为了得到什么。有人说:这妖怪本来无意迷惑商人,是商人居心不良,反去窥探妖怪,妖怪因而戏弄他,按情理这是可能的。又有人说:这商人很有钱,却特别悭吝,工于算计,一丝一厘都算得很精,触犯了鬼神的忌讳,所以妖怪用美女来戏弄他一下,这也是情理中应有的事。

疮中出蝙蝠

《宣室志》书记载：陇西有个李生，左乳上生一个肿瘤，一天肿瘤穿孔，有小野鸡从乳中飞出，不知飞到哪里去了。《闻奇录》又记载：崔尧封的外甥李言吉左眼上长瘤子，剖开时有黄雀鸣叫着飞走。这种事都不可能用道理解释。内阁学士札郎阿亲眼见到他亲戚家有个小婢女，脖子上生疮，疮中出来一只白蝙蝠。由此可知唐代人记载的上述两件事不假。世上难以用道理解释的事本来就不少，难道仅仅是人世之外的东西我们弄不清楚，只好知道有那么回事而不去讨论吗？

醉钟馗

宗人府丞曹慕堂有一幅乩仙画的《醉钟馗图》，我曾在上面题了两首绝句，一首是："一梦荒唐事有无，吴生粉本几临摹。纷纷画手多新样，又道先生是酒徒。"另一首是："午日家家蒲酒香，终南进士亦壶觞。太平时节无妖疠，任尔闲游到醉乡。"别人画，我题诗，都不过是玩弄笔墨而已。一天，我午睡刚醒，听见窗外女仆们正在悄悄谈鬼，说有个姓王的老妇家在西山，她说曾在月夜守瓜田，远远望见一对灯从树林外慢慢移近，人声嘈杂，原来是一个大鬼醉得要倒下，许多小鬼扶着他，跌跌撞撞往前走。怎么知道这就不是醉钟馗呢？天地之大，无所不有。人们随意画一个人，往往会遇到一个与之相似的人；人们随意取个名字，往往有一个人与之相同。无心而暗合，这是天地自然的安排。

习儒之狐

相传魏象枢先生曾在山中佛寺读书，凡笔墨桌椅床铺之类，不须收拾打扫，自然没有灰尘。魏先生开始还不在意，后来才感到有些奇怪。一天他很晚才回来，还没开门，只听屋里有窸窸窣窣的声音。魏先生从门缝里悄悄往里看，只见有个人正在整理书桌。魏先生突然闯进去，那个人一晃而穿过后面的窗户逃走。魏先生急忙叫他停住并靠近些，那人便躬腰站在窗户外面，神情很

475

恭谨。问他是什么妖怪，他弯腰回答道："我是个读儒书的狐狸。因为您是正人君子，所以我不敢靠近，但心里很敬仰您，所以每天都偷偷来服侍您，请您不要惊讶。"魏先生隔着窗户与它说话，它的话很有条理情趣。从此以后，它虽不敢进入寝室，但遇到魏先生也不大回避，魏先生也时时与它谈话。一天偶然问道："你看我能成为圣贤吗？"它回答道："您所讲习的是道学，与圣贤不是一回事。圣贤根据的是中庸之道，以实实在在的心地，努力做实实在在的事；以实实在在的学问，求得实实在在的用处。道学则喜欢讲深奥微妙的道理，注重探讨理与气之类的问题，把人世的道德伦理放在次要位置；认为人的本性和命运是最关键的东西，而轻视做具体的事情建立功绩。它们的用意本已稍有区别。圣贤对待人，有是非的观念，没有分别你我的观念；有诱导的愿望，没有苛刻要求的愿望。道学则各立门派，于是互相之间不能不发生争论；既然相互争论，则不可能不用尽心机攻击丑化对方以求获胜。因这种想法，而做出各种各样的事情，这些事情便不尽是可以让孔子、孟子顺眼的了。您刚强宏大的气魄，正直的性情，确实可以面对鬼神而不惭愧，我之所以敬仰您，就是因为这些。您如果按照自己的本性，成为圣人和贤人，也是因为这些。至于您所讲的道学，则确属另外一回事，不是我这样愚昧的人所能理解的。"魏先生听了沉默好一阵子，然后让它走了。后来他把这事告诉学生，并说："这是因为看到明代晚期党派之争造成的灾难而产生的偏激的观点，不是公正中肯的评论。然而它揭露某些人的真实心理，还是可以警戒世上讲道学的人的。"

沉河之石

沧州南面有座寺庙，建在河岸边。它的山门坍塌倒进河里，门口的两只兽形石雕也沉进水中。过了十几年，和尚募集钱财，重修山门，在水里找那两只石兽，竟找不到。人们以为顺水冲到下游去了，于是驾着几只小船，拖着铁钯搜索了十几里，也没发现踪迹。有个讲道学的先生，当时正在设在庙里的私塾教书。他听说后笑道："你们不懂事物的道理。石兽又不是木片，怎么可能被急流带走呢？石头的特征是坚硬而沉重，而沙的特征是松软而轻浮。石兽沉在沙上，渐沉渐深。沿着河流去找，不是太荒谬了么？"在场的人听了，都相信是高见。一个老河兵得知，又笑道："凡是石头沉在河中，应当在沉落地点的上游去找。因为石头坚硬而沉重，沙子松软而轻浮，水冲不动石头，反激的力量必然在石头下面迎着水流的那一边冲动沙子，以至冲出一个空洞来。越冲越深，等到超过石头一半深时，石头就必定会往前倒在空洞里。像这样水再冲沙,石头再往前倒,倒了又倒,于是石头就反而逆移向上游了。在下游寻找,固然荒谬;在水底泥沙中寻找,不是更荒谬吗?"大家按照老河兵的话,果然在几里远的上游找到了石兽。由此可见,人们对于世上的事情,只知其一,不知其二,这种情况是很多的,怎么能想当然而加以臆断呢?

轻佻受惩

交河人及友声说:有个农民的儿子,生性很轻佻,在路上碰到邻村一位妇女,便盯住了看。正笑嘻嘻挑逗她,恰好有往田里送饭的人走来,只得各自散开。第二天他在路上又遇到那妇女,只见她骑着一头大青牛,好像以目传情,农民的儿子大喜,于是跟着她走。当时正是下过一场大雨之后,遍野都是积水,牛在沼泽中走得很快,他拼命跟上,弄得浑身是稀泥,几次摔倒,等走到她家门前,他已经上气不接下气了。等那妇女跳下牛背,他觉得样子不像,仔细一看,原来是个老头。他恍恍惚惚,又惊又疑,好像做梦。那老头见他呆呆站在那里,感到奇怪,问他到这里来干什么,他无话可答,谎称是迷了路。他无精打采回到家里,第二天,门前老柳树的皮被削去了三尺多,上书写着几个大字:"私窥贞妇,罚行泥泞十里。"他这才知道是被妖怪戏弄了。邻居们见到树上的字,感到奇怪,都来问他,他无法掩盖,只得说出。他父亲得知,差一点将他打死。他从此惭愧后悔,竟因此改了品性。这个妖怪虽然善于戏弄人,但要说他是一个善于做好事的人,也是可以的。

友声又说,有个人见一只狐狸睡在树下,便捡起一块瓦片打过去,没有打中,瓦片落地发出碎裂声,狐狸吃了一惊,急忙逃走。那人回家刚进门,突然见妻子在树上上吊,大吃一惊,忙叫救人。他的妻子急忙跑出门来,树上上吊的人已经不见了。只听屋檐边发出大笑声,说:"也还你一惊。"这事也足以为轻佻随便的人提供一个教训。

道士之徒败事

与我同年考中的陈半江说:有个道士善于画符驱除鬼怪,缚捉妖魅,都很灵验。每到一个地方,他只吃蔬菜喝茶而已,从不接受主人丝毫钱财。久而久之,他的法术渐渐变得不灵验了,十次总有四五次不成功。后来竟在降妖时被妖怪们围住,受到妖怪的戏弄侮辱,只得狼狈逃走。他去告诉自己的师父。师父赶来,登坛召唤神将,命他们把妖怪全部抓来审问,这才知道,道士虽没有收取任何财物,但他的徒弟们则往往向人索取财物,然后才肯行使法术。而且他们还常常偷道士的符箓,用它召来狐女淫乐。狐女们乘机污染道士的法器,所以神灵发怒,不肯降临,而妖怪们因此得逞。师父拍着大腿叹息道:"这不是妖怪来败坏你,是你的徒弟在败坏你;也不是你的徒弟败坏你,而是你不注意管教徒弟,自己败坏自己。亏得你本人持戒清苦,得以免受伤害,这就算幸运的了,有什么好怪妖魅的呢?"师父说完,一摆衣袖走了。人的头脑清静,浑身都听使唤;主宰者安宁清静,所有的部下都会随之清静:这是信奉儒家学说的人常说的话。然而奸诈狡猾的部下或仆人,难道会因为主人清廉正直,便停止他们贪婪的阴谋吗?半江说这话,是因为他在直隶做官时,与某位县令正好在我家相遇,所以用这个故事暗示他,而那位县令却没有领悟。结果虽然他两袖清风,却落了个丑恶的名声,真是可惜啊。

造谤得报应

村子里有个年轻人,无缘无故跑去挖妻子的坟墓,差不多就要挖到棺材了。当时周围田地里都是耕田的人,见他一边挖一边骂,怀疑他是得了狂病,一齐来劝阻,并问他是什么缘故,他死也不肯说。但因被众人拉住,不能再挖,只得背起锹,满腔愤恨地走了,大家都想不出他究竟是为什么。过了一天,一个放牧的人突然跑到墓下,发狂地打自己的嘴巴,说:"你喜欢搬弄是非,离间人家的骨肉之亲,已经够多了,现在竟诬蔑到埋在地下的死人。我已请求神灵,决饶不了你。"接着他交待了事情的始末,最后自己咬破舌头而死。原来,这年轻人倚仗自己力大胆大,扬扬得意,自认为了不起,从不把同村人放在眼里。放牧的人恨他,因此造谣道:"有人说某某人家里有丑事,我还不相信。昨天夜里我偶尔路过他妻子墓边,只听树林里有'呜呜'的响声。我害怕不敢上前,只好伏在草丛里偷看,只见月光之下,有七八个黑影来到墓边,与某某的妻子坐在一起,互相打情骂俏,讲的那些淫荡的话,一一听得清清楚楚。人们传说的话,看来不是假的。"有人听到这些谣言,告诉那年轻人,年轻人信了,于是做出挖掘妻子坟墓的事来。放牧人正在庆幸阴谋得逞,没想到鬼会显灵。小人奸险狡诈,自作自受是应该的。但那年轻人过分盛气凌人,才招惹这场祸。所以说,君子不想多居于人上。

七婿同死

我的侄孙树宝,是盐山刘家的外甥。他说他外祖父家有户关系密切的亲戚,生了七个女儿,都已出嫁。其中一个女婿晚上梦见与六个连襟用一根红绳系在一起,怀疑不是好兆头。正好碰上他们的岳父去世,七个女婿都来吊唁。这个女婿回忆起那个噩梦,不敢与另外六人一起吃饭睡觉。偶尔相聚,也只是稍微坐一下就避开。大家感到奇怪,都来问他,他说出原因,大家都认为他肯定有另外的事情不满意,才假托这话。一天晚上,主人摆酒邀他共饮,而偷偷把门从外面锁上,使他跑不了。突然停丧的房里起火,七个人竟一齐烧死。于是人们才明白,这人不做这个梦,则不会躲避另外六人;不躲避另外六人,则主人不会锁门;不锁门,则七个人未必会一齐烧死。神特地用一个梦来引诱他们,好使他们一个也跑不掉,这不知是因为前生有什么冤孽。七个人同做这家的女婿,又同时烧死,这也不知道是因为前生有什么冤孽。七个女儿同出生在这户人家,同时成为寡妇,大约也不是偶然的。

狐避雷击

周密庵说:他同族中有个寡妇,抚养一个儿子,已经十五六岁了。一天,见一个老头带着个女儿,又冷又饿,精疲力尽,再也走不动了。老头说愿意把女儿送给人作童养媳。那女孩长得端端正正,老寡妇用一千文钱作聘礼,双方写好婚约,那老头住了一晚便走了。女孩虽瘦弱,而善于料理家务,打水舂米样样都能干,针线活又好,寡妇家靠她过上了小康生活。她侍候婆婆十分尽心,凡是婆婆想的事情,她总是不待分付就做了。她照料婆婆的饮食起居,也十分周到,一夜往往要起来三四次。遇上婆婆生病,她便天天守护在床头,十天半月不合眼。婆婆对她比对自己的儿子还喜欢。婆婆病死后,她拿出几十两银子给丈夫,让丈夫买棺材做寿衣。丈夫问她钱是从哪里来的,她低头犹豫了好久,才说:"实话告诉你,我是一只躲避雷击的狐狸。凡是狐将受到雷击,只有品德高尚地位显赫的人才能庇护它们避免,然而一时间很难遇到这样的人,遇到了他们周围又往往有鬼神保护着,不能靠近。除此之外,只有早早行善,积下功德,也可以避免,然而行善积德不容易,积点小小的善德也不足以度过大的劫难。因此,我变为你的妻子,勤勤恳恳侍候婆婆。现在靠婆婆的庇佑,我得以免遭上天的惩罚,所以要隆重地厚葬婆婆,来报答她的恩情,你还要怀疑什么呢?"她的丈夫本是个胆小怕事的人,听了这话,又惊又怕,竟不敢再与她住在一起,她只好哭着离去。以后每逢祭祀扫墓的日期,婆婆坟上必定先就有人烧过纸钱浇过酒,怀疑也是狐女做的。这狐女只是善于利用人来逃避死亡,并不是真心爱戴婆婆。然而尽管是有个人目的而做这些事,仍然得到了神灵的宽恕,可见孝道确实是最重要的品德。

狐媚村女

听说有个农村女孩,约十三四岁,被狐狸迷住了。狐狸每天晚上都要来与她同寝,两个调情开玩笑,就像夫妇一样。然而女孩不发狂,也不生病,饮食起居与常人没有任何区别,女孩也习惯了。狐狸经常送来钱、米和布匹,足够一家所用。它又为女孩添置了首饰、衣裳及枕头、被褥之类,价值合起来超过几百两银子,女孩的父亲也习惯了。这样过了一年多,狐狸忽然对女孩的父亲说:"我要回山里去了,你女儿的嫁妆也准备得差不多了,你可以加紧为她找个好女婿,我不会再来了。你女儿还是个处女,不要怀疑我是先玩弄她最终又把她抛弃。"女孩早就没了母亲,请邻居家的妇女验看,果然还是处女。这是我的家乡近年发生的事,老少女仆们说起来还清清楚楚。这竟与张乖崖还婢女的事相似。狐狸迷人,从来没听说有这样的,大概它也是因为有前生的缘分应该了结,或有前生欠债应该偿还吧。

道士抑欲

杨雨亭说:登州、莱州一带有个木匠,他有个儿子,十四五岁,生得十分漂亮。教他读书,也很聪明。一天从乡里私塾独自回家,遇到一个道士对着他念咒语,他就迷迷糊糊起来,不由自主地跟着道士走。走到山坳里一座草屋前,四周无人居住。道士将他带进屋,又对着念咒语,他心里立刻清醒了,但嘴巴说不出话来,四肢无力不能举动。道士再念咒语,他身上的衣服便自行脱落。道士扶他伏在床上,抚摸亲昵,并用下流话挑逗他。道士刚自己脱掉衣服接近他时,突然跳起,后退坐在一边,自言自语道:"修炼道行二百多年,难道就被这个漂亮男孩败坏掉吗?"道士沉思了好一会,又俯卧在男孩身边,对男孩全身玩弄欣赏,很感慨地说:"这么漂亮的男孩,真是千载难逢。纵然败坏了我的道行,不过再修炼二百年而已,又有什么好可惜的!"于是道士突然起来相逼,当时的情形已似乎是男孩万万不可能免遭淫污了。就在这千钧一发之际,只见道士又掉过头去自言自语道:"二百年辛辛苦苦修炼,也大不容易。"于是他又跳身下床,呆若木鸡站了一会儿,然后绕着草屋跑动,就像石磨旋转。突然抽出墙壁上的短剑,刺向自己的胳膊,血流如泉涌。道士斜靠着呻吟,大约过了一顿饭时候,他丢掉短剑,叫男孩道:"你差一点完蛋,我也差一点完蛋,现在都没有了。"他再一次对男孩念咒语,男孩就像被别人松了绑一样,急忙起来披上衣服。道士把他带到门外,指给他回家的路,然后口里吐出火焰,烧掉草屋。一眨眼,道士就不见了,也不知他是妖怪还是神仙。我认为,如果是妖怪要行淫,它们是决不会顾虑这些的。这位道士在此以前在深山峡谷中修炼多年,偶因一念之差,心中便生起魔障。幸好他道力本来深厚,所以一会儿迷惑一会儿又醒悟,最后终于悬崖勒马。老子说过:不见到可以引起人欲念的东西,就可以使心思不被扰乱;若已见到而且心思已被扰乱,则不是具有非凡的智慧的人不能猛然醒悟,不是具有非凡勇气力量的人也不能忍痛割舍。这个道士能够在欲念极其强烈简直不可能遏止的情况下,竟毅然作出决断,以痛苦的手段断绝情欲,可以说是处于下地狱的劫难中而实现了可上天堂的功德。他转变念头的行为是值得效法的,至于这之前的事就可以不去计较了。

佚名女子诗词

朱秋圃刚进翰林院时,租了横街一小住宅居住。院子最后面有几间破屋,用来贮藏杂物,一天,朱秋圃偶尔进去查看,见满是灰尘的墙壁上好像有字迹,他擦了一下,仔细一看,原来是用小楷书写的两首绝句,一首是:"红蕊几枝斜,春深道韫家。枝枝都看遍,原少并头花。"另一首是:"向夕对银钉,含情坐绮窗。未须怜寂寞,我与影成双。"墨迹已经暗淡,大约已经过许多年了。又有一段书,已经残缺不全。分析它的句法,好像是一首词,只有最后两句还辨认得出,是:"天孙莫怅阻银河,汝尚有牵牛相忆。"不知是哪户人家的娇女,以此来寄寓已到结婚年龄还没有出嫁的苦闷。然而不怕别人知道,挥笔写在墙壁上,也太风流放诞了。我听了朱秋圃的话,说道:"《诗经》中的《摽有梅》一诗,写的就是女子已到结婚年龄而还没有出嫁的心事,不也是女子自己写的吗?"秋圃说:"过去的解释确实是这么说的,但我心里总觉得难以接受。回忆以前有位学者曾提出这是女子的父母所写(按:这就是宋代戴岷隐的说法),这可能接近真实。"倪余疆得知后说:"仔细体会词的最后两句,这大约是思念丈夫的妻子所作,她可能是遭到抛弃了。"二位先生也许都没有说对吧。后来秋圃揭换壁上贴的纸,又见到几首诗。一首说:"门掩花空落,梁空燕不来。唯余双小婢,鞋印在青苔。"一首说:"久已梳妆懒,香奁偶一开。自持明镜看,原让赵阳台。"又一首说:"咫尺楼窗夜见灯,云山似阻几千层。居家翻作无家客,隔院真成退院僧。镜里容华空若许,梦中晤对亦何曾。侍儿劝织回文锦,懒惰心情病未能。"这样看来,则余疆的说法是正确的。后来我们把这些诗词念给程文恭公听,他低头思索了很久,然后说:"我知道是谁了,但我不说。"接着他又说:"这些诗词句句都含有怨气,它们没有得到回答也是应该的。"

鬼 战 斗

季漱六说:有个佃户人家,住的地方靠近一片旷野。一天晚上,他们听到兵器格斗的声音,全家人都很惊慌。爬上墙头一看,什么也看不到,而战斗声依然如故,到鸡叫时才停息,他们才知道这是鬼。第二天又是如此。这家人嫌它吵闹不休,一齐商量埋土枪来轰击,果然土枪一响,鬼们纷纷叽叽喳喳散走了。接着屋上屋下一齐发出吵闹声,说:"他们抢了我们的妇女,我们也抢了他们的妇女做人质。我们一起去土地神那里告状,土地神糊涂,竟然劝我们互相抵消了事,我们都不服,所以在这里决一胜负,干你们什么事,你们竟用土枪轰击我们? 现在我们一齐来到你家,你举起枪,我们就走;你放下枪,则我们又来,你能每个晚上从黄昏到拂晓都不停地开枪吗?"这家人听它们的话有道理,于是跪下赔礼道歉,并准备了大量酒食和纸钱送它们走。就这样,战斗声也从此停息了。世界上不能不去做的事,不出来承担它,这是失去时机;不能不除掉的有害的事物,不出来力争除掉它,这是养痈遗害。这鬼没有侵犯人,人反而要侵犯鬼,鬼就有道理了,这不等于是开门把强盗请进来吗? 孟子说过:邻居有人打架,自己披散头发不系帽带去救,这是干蠢事,你把门关上就可以了。

嫉恶太甚之报

伊松林舍人说,有个叫赵延洪的人,性情耿直,对坏人坏事痛恨之极,往往当面指责别人的过错,一点也不注意回避忌讳。他偶尔见到邻居家的女人与一个年轻男子交谈,便马上告诉她丈夫。她丈夫注意观察,发现确有其事,等他们两人私下相会时,一齐杀死,带着人头到官府自首,官府根据法律免予追究。过了半年后，赵延洪突然发狂，打自己的嘴巴，发出女人的声音，向他讨命，他最后竟咬断自己的舌头而死。淫荡的妇女做出非礼的事情，诚然有罪，但只有她的亲属有权来抓，只有她的丈夫才有资格来杀她，这与那种造反叛乱的臣子，人人都可以杀，不属于同一种情况。且这女子所丧失的只是她本人一身的名节，所污辱的只是她一家的面子，也不同于那种阴谋篡位的大奸臣、烧杀掳掠的强盗，势焰熏天，使人们有冤无处伸，引起所有人的公愤。根据应该替别人遮盖丑事、宣扬美德的道德原则，即使是将这种事情转告另外的人，也已有损于高尚的品德了。倘若这女子因此被杀，虽不是自己亲手所杀，但她实际上是因为自己而死，自己就不免要承担一定责任；何况直接告诉她的丈夫，这是什么意思？岂不是故意刺激他，使他非杀掉她不可吗？女子的鬼魂来害他，就不是完全没有一点理由了。这事经过半年，她才得以让他偿命，肯定是请求神灵，得到允许，然后才代表天意来惩罚他的。由此看来，那么把攻击别人当做直率，确实不符合忠厚的要求，而且也不是给自己造福的行为。

仆诬主人遭报应

御史佛伦先生，是我父亲的老朋友，他说，有个富贵人家有一雇工，因为游手好闲不务正业，被主人驱逐，于是对主人恨之入骨，便造谣诽谤，说主人家里男女之间有许多丑事。他详细描绘公公媳妇婶子侄儿之间乱伦的状况，说得绘声绘色，一时流传开去，主人也略有所闻，但无法箝制他的嘴巴，又无法与他辩白。主人家的妇女们只能焚香祷告神灵而已。一天，这人正与他的同伙坐在茶馆里，拍着手大谈特谈，在座的人都凝神倾听，他突然"嗷"地叫了一声，已扑倒在桌上死了。检验死因的人当作因痰堵而死上报官府，官府出面收葬。因为棺材很薄，土又埋得浅，竟被一群狗拖出来撕咬，残剩的骨头散得满地都是，人们这才知道他是背叛主人而遭到报应。佛公天性温和平易，不喜欢听说别人的坏话。凡是家里男女老少仆人喜欢说他们原来主人的坏话的，他一定好好打发他们离开，就是借鉴了这个雇工的教训。他曾经对我说："宋代的党进听人说韩信的平话（艺人演说故事，叫做平话，《永乐大典》还收了几十种），马上把他赶走，有人问为什么，党进回答说：'他当着我的面说韩信，当着韩信的面必定也说我，怎么能听他的呢？'近千年来，人们都笑话党进糊涂，不知他实际上是极为聪明的。那些只喜欢当自己的面说'韩信'，而不想想对着'韩信'的面会说我的人，才是真正的糊涂啊！"这才真正是通达的人的见识。

贵官对奴仆作祟

福建泉州的考场，从前是海防道的衙门，房舍宏伟壮丽，但在明代末年的战乱中，衙门里有很多人被杀。加上三年之中，主管教育和考试的提学使只来两次，其余时间房子都空闭着，日子一久，鬼怪便多起来。阿雨斋侍郎说，曾在黄昏以后，隐隐约约见有穿着古代衣帽的人在暗中往来，走近一看，又什么也没有。我做提学使巡视到这地方时，我的幕僚孙介亭也曾见戴着纱帽穿着红袍的人进入奴仆们的房里，奴仆即被迷住说胡话。介亭本来胆子大，对着窗户吐口水，骂道："你生前是尊贵的官员，死后却对奴仆作祟，为什么这样不自重呢？"那奴仆马上就醒过来。从此以后再也没见到那个鬼，想来他的魂魄就住在那间屋，所以想把奴仆赶走，受了一顿斥责，自知理亏，就罢休了吧？

预卜重病者生死

乡下风俗，遇到有人病危时，偷偷剪一块他贴身穿的衣服，点火来烧。如果灰中有曲曲折折的线条，像小篆与籀书文字的样子，则这个人必死无疑；如没有字迹，则可活下去。又或者用纸联成被套，接缝的地方不用浆糊粘，而是放在捶衣服的石头上，用秤锤去捶。接缝如果联起来，则这人必死；如果不联在一起，则可以活。用这种办法试，十有八九都很灵验，但都不知是什么缘故。

念起魔生

莆田林生需说：听说泉州有个人，忽然在灯下看见自己的影子，觉得不像自己的模样。仔细再看，那影子四面转动或左右摇摆，虽然一一都与自己的身体相应，但头有斗大，头发蓬乱，好像用羽毛扎的仪仗，手脚都弯曲得像鸟的爪子，看上去简直像一个怪鬼。那人大惊，急忙叫妻子来看，看到的情况也相同。从此以后，每天晚上都是如此，不知是什么缘故，惊慌恐惧，不知如何是好。邻居家的教私塾先生得知此事，说："妖怪自己不会产生，都是由人们本身的原因而产生的。你是否暗暗怀有险恶的念头，才招致罗刹鬼受到感应而现形呢？"那人很吃惊地承认说："确实与某家人有积仇，打算亲手杀掉他们全家，让他家绝种,然后逃走去投靠'鸭母'(康熙末年,台湾有朱一贵聚众造反。一贵曾以养鸭为生,所以福建人都称他为"鸭母")。现在妖怪这样显现,真的是神在警告我么? 暂且不把这个计划付诸实施,看你的话是否得到证实。"当天晚上鬼影就不见了。这真是一个念头的转变,就可以决定是祸还是福。

拉　花

丁芒溪御史说:从前在天津时,正遇上元宵节。有个年轻人晚上观过灯后回家,遇到一个年轻女子,长得很美丽,在岔路口徘徊,好像在等什么人。她的衣服发出幽香,头上的发髻高耸,在夜幕中影影绰绰,更显得楚楚动人。年轻人开始以为是与伙伴走散了的观灯的女子,故意与她搭话,她不回答;问她姓什么住在哪里,她也不说。于是年轻人怀疑她是与人私会,正在等心上人,可以用这一点来要挟她,让她留下来。年轻人邀请她到自己家稍休息一下,她坚决不肯。强逼着与自己一齐回家,则家中过元宵节的宴席还没散,于是使她夹坐在自己的妻子和妹妹中间,一起饮酒。她开始还很腼腆,不久便互相开起玩笑来。只见她美目顾盼,仪态万方,与年轻人的妻子妹妹互相劝酒。年轻人高兴欲狂,稍微吐露出想留她住下的意思,她就微笑着说:"因为你盛情邀请,所以我暂时借你家卸一下妆。怕伙伴们在等,我不能久留了。"她站起来解开外衣,和首饰卷在一起,作一个揖便往外走,原来是乡里演社戏的团伙中的"拉花"(秧歌队里装女子的男人,俗称为"拉花")。年轻人怒气冲天,追到门外想与他打架,邻居们一起聚拢来询问事情原委。有人亲眼看到是年轻人强逼他来的,所以不能给他加上夜晚私闯进人家的罪名;有人又亲眼见他唱歌,所以也不能加给他改扮装束调戏妇女的罪名。最后众人哄笑而散。这真是本想侮辱人,反而侮辱了自己。

卢泰舅氏

老仆人卢泰说:他的舅舅某氏,月夜坐在院子中的枣树下,见邻居家的女儿在墙上露出半截身子,向他讨枣子。某氏打下几十枚枣子给她,她说:"我今天才回娘家,哥哥嫂嫂都去看守瓜田,父母已经睡下。"接着她便用手指一指墙下的梯子,然后斜看着某氏下墙去了。某氏明白她的意思,踩着梯子爬上墙,料想女子刚从墙上下去,墙下必定有凳子椅子之类,于是伸脚下去试踏,结果踩了个空,掉进粪坑里。女子的父亲哥哥听到声音赶来,把他痛打了一顿,众人拼命为他恳求,他们才放手。然而邻居家的女儿这天实际上并没有回娘家,这才知道是被妖怪戏弄了。前面记载的骑青牛妇女的故事,还是那农民的儿子先挑逗她。这一次则妖怪毫无原因便找上门来,可以说无缘无故而遭灾。不过,假如妖怪招引,某氏也不去,妖怪又有什么办法呢?所以仍可以说是某氏自讨的。

偷窥鬼嬉

李芍亭说:有个朋友曾在佛寺里避暑,寺中的房间很清洁,但后面的窗户却用木板堵住。朋友把床铺在窗户下面。一天晚上月光明亮,枕头旁墙壁上有指尖那么大一个空隙,透过光线来。朋友怀疑是和尚们的密室,于是把纸捅破偷偷往外看,原来是用来停放棺材的地方。朋友估计这里一定会有鬼,于是侧躺在枕头上,用一只眼睛凑着空隙往外看。到了半夜,果然有黑影,好像人的样子,在树下走来走去。仔细去看,大致能分辨男女,但面目则看不清楚。他把耳朵靠在空隙上偷听,一直没听到任何说话声。停放的棺材有几十具,但见到的鬼少则三五个,多不过十多个,或者有些鬼过的时间长了魂魄就散掉了,或者有些已轮回转生了吧。这样过了一个多月,他没把这事告诉别人,鬼也没察觉到他。一天晚上,见两个鬼在树后亲热,距窗户才七八尺远,它们淫荡的状态,比人还要厉害,他不觉发出笑声,两个鬼一晃就无影无踪了。第二天晚上他再偷看,则见不到一个鬼了。过了几天,他生起一场大病,时冷时热,怀疑是鬼作怪,于是迁到别的寺庙去住。像鬼这样善于变幻,还免不了在意料之外被人看见自己的隐私。《礼记》中说,人的任何一种举动,都有十只眼睛十只手盯着指着,这话真不假啊。然而聪明超过鬼,结果免不了被鬼驱逐。《韩非子》里说,一个人的洞察力达到了能看清深水中的鱼的程度,不是件好事,也就是指的这种情况。

诈死而冒他人姓名

大学士温公镇守乌鲁木齐时,驻军报告流放犯人王某逃走了,于是到处搜寻,不见踪迹。很久以后,才慢慢知道,王某本来与一姓吴的人同被押送到哈密、辟展一带,两人都是福建人。王某半路上死了,押送的驻军听不懂福建话,分不清哪个姓王哪个姓吴。吴某于是谎称死的是吴某,而自己冒充王某的名字。到达流放地几个月后,他寻找机会逃跑了。官府根据哈密转来的公文,通缉王某而不通缉吴某,于是姓吴的侥幸逃脱了。因为事情没有旁证,只能怀疑而不能证实,最后竟无法追究。

军吏巴哈布接着又说起另外一件事:有个卖丝商人的妻子,长得很漂亮,忽然得了怪病,一天到晚只是昏睡,而吃饭则抵得上几个人。这样过了两年多,一天,她发出一声长长的嗷叫,然后便浑身僵硬,像抽搐而死的尸体。灌水灌药抢救了一个通宵,她终于慢慢可以讲话了,说:"我的魂被城隍判官摄去,逼我给它作妾,而另外摄来一个饿鬼,附在我的形体上。到了某一天,是我寿命终结的日子,阴司发公文来召我去,判官吩咐鬼役另摄一个饿鬼替代我。那饿鬼也为能够得到转生而高兴,愿意替代。等到城隍神当堂审问时,才察觉假冒的真相,将判官和鬼役下到监狱中,而放我回来。"后来城隍庙里判官的塑像无缘无故自然碎裂,而这个女人又活了两年多才死,算她复生到再死的时间,与她得病到复生的天数正好相等,知道她是冤枉被判官掠夺去,所以又还给她应得的寿命了。这样说来,以甲代替乙,阴司里也是有的。可惜上面讲的王某吴某的事情,没有城隍神当堂审问一下。

杀狐遭报复

李阿亭说:滦州一居民家里有狐狸,占据他家的仓库居住,不大为害,只不过偶尔抛掷砖瓦、偷窃些食物而已。后来这户人家请来法师作法加以整治,杀死了几只狐狸。法师还留下画好的符,说:"如果狐再来,就焚烧这符。"狐狸果然都搬出去了,然而经常变成他家女人的样子,晚上出去与邻居家的年轻男子嬉戏;又变成他家小儿子的模样,与一群无赖睡在一起,弄得他家丑声远扬,而这家人还一点也不知道。一天他到佛寺去,听到禅室中有嬉笑声。他捅破窗户纸一看,原来是自己的女儿与和尚杂坐在一起。他愤怒之极,回家去拿刀,却见女儿从内房中出来,才明白这是狐狸来报仇了。于是再请法师来,法师说:"它们已经逃走,我不知它们逃到什么地方去了。"狐狸稍微打扰一下人,这是常有的事,可以不必管它。即使要治一治它们,它们的罪过也不到处死的地步。突然将它们一齐杀死,实在做得太过分了,它们怀恨也是应该的。虽然有符可倚恃,狐狸再也不敢来直接伤害,但狐狸们巧妙地加以报复,结果还是超出了人们所能防备的范围之外。由此可见,君子对小人,力量如果不能胜过他们,固然会遭到他们的反击伤害;即使力量足以胜过他们,而他们包藏祸心,变化无穷,也足以令人深深感到可怕。

狐诛狐

内阁学士嵩辅堂说:海淀有个为富贵人家守墓的人,偶然见到几只狗追一只狐狸。那狐狸浑身是血,皮毛凌乱,守墓人很可怜它,于是拿起棍棒打散那些狗,把狐狸提进屋里,等它醒过来后,再把它送到旷野中放掉了。几天以后的一个晚上,有女子敲门进来,美貌无比。守墓人大吃一惊,问她从哪里来。女子拜了两拜,说:"我是狐女,前几天遇到大灾难,蒙你救了我的命,我今天是来侍候你的。"守墓人估计它没有恶意,于是把它留下。他们在一起调戏亲热,过了两个多月,守墓人越来越枯瘦。但他非常爱这狐女,没有怀疑它。一天,他们正在一起睡觉,只听窗外叫道:"阿六贱丫头,我养伤刚好,还没来得及报恩,你怎能假托我的名字来迷惑郎君使他生病呢?假使郎君病死了,我们同族的狐狸会说是我忘恩负义害死的,我怎能为自己辩白呢?即使知道事情是你干的,而郎君救了我,我看着他被你害死而不管,我怎能心安呢?今天我和姑姑姐姐们一起来杀你了。"那女子大惊,起身想逃走,已经有几个女子推门进来,立即将她打死。守墓人受她迷惑已久,非常痛惜,大肆发怒,反而指责这个女子心不好,夺走了他心中所爱的人。这个女子反复给他解释,他仍然不理解,甚至拔出刀跳起来,要为那女子报仇。这个女子只好痛哭着越过墙头而去。守墓人后来对人说起这事,仍然恨恨不已。这可以说是忠心而遭到毁谤,诚实而遭到怀疑了。

假道学出丑

董曲江老先生说:有个道学先生,性格乖僻,喜欢用苛刻的礼节要求学生,学生们深受其苦。然而这人颇有品性端正的名声,人们不好指责他的错误。私塾后面有个小菜园,一天晚上,道学先生去散步,月光下见花丛中隐隐约约有人影。当时正逢久雨初晴,土墙稍微塌掉了一些,他怀疑是邻近的人来偷菜,于是走近去追问,只见原来是个美女躲在树背后。她跪着回答道:"我是个狐女,因您是个正人君子,我不敢靠近,所以晚上来折花,没想到被您见到了,请您宽恕。"这女子说话间语气温柔,媚态横生,道学先生被迷住了,挑逗她,她也很柔顺地应允了,并说:"我能隐蔽自己的形体,来往不见痕迹,即使有人在旁边,也看不见,所以不会被您的学生们知道。"道学先生于是与她亲昵。等到天要亮时,道学先生催促她离开,她说:"外面有人说话的声音,我能从后窗缝隙里走出,您不要担心。"不久太阳光照到整个窗户上,学生们提问请教的成群而来,女子仍放下帐子在床上躺着。道学先生提心吊胆,还指望人们看不见她。忽然窗外有人说某老太婆来接女儿了,女子披起衣服一路走出,坐在道学先生的讲台上,整理好头发,提起衣襟行个礼,说:"我没带梳妆的器具来,暂且回家去梳洗,有空再来讨昨天晚上的报酬。"原来她是当地新来的妓女,是学生们贿赂她这么做的。道学先生极为沮丧。学生们上完课回去吃早饭,而道学先生已打起包裹逃掉了。外面装得过分,内心里必然有所欠缺,这话难道不是实实在在的吗?

偶人作鬼仆

董曲江又说:济南有个富贵人家的公子,妾和妻相继死去。一天,他独自坐在荷花亭,似睡非睡,恍惚中好像见到已死的妾。他素来很喜欢她,所以并不害怕,问她为什么能回来。妾回答道:"鬼也划分地界,土神禁止随便走进。今天和明天正逢娘子诵经的日期,连作布施,所以我来领法食。"问娘子来了没有,答道:"娘子的案子还没了结,怎能自己来呢?"又问:"施舍饭食对死亡的人没有用,布施又有什么用呢?"妾又答道:"上天的心意是仁爱的,佛法也以慈悲为本。赈济活着的人,上天和佛都高兴;赈济鬼,上天和佛也高兴。所以布施是为了替死亡的人在阴间积德添福,并不是为了给他们自己吃的。"问阴间情况和她的感受怎么样,妾答道:"我这辈子托生为女人,是因为我前生的罪业;给你作妾,是你前世的缘分。现在罪业缘分都已了结,静静地等待再次转生,也没有什么很苦或很快乐的感觉,只是缺个小丫环使唤。你能为我焚烧一个偶人吗?"公子憬然惊醒,姑且相信是有那么回事,作了一个偶人焚烧。第二天晚上妾又来托梦,则她旁边已有个小丫环伴随着了。捆起草把绑住竹子,剪开纸张撕裂布匹,做成偶人,只不过假装做成那么个样子而已,为什么也会产生灵气呢? 大概因为精气凝结,才形成万物的形状;万物的形体也不是空虚的存在,而是包含着精气的。它们虽然时间一久形体要腐朽,但还能化成细微的小虫,蒸发生成芝菌之类。所以,人的精气尚未散失就形成鬼,布匹的精气成鬼的衣服,就像真实的布做活人的衣服一样。凡是所有的物,既有了实体,精气就凝结在其中了。物以实体作框架,于是便形成了某种物的形状。火可以焚烧掉这物的渣滓,但它的精气不会因焚烧而消失。所以物的形体是变成了灰烬，而它的神灵则聚集在冥冥世界中，就像人死了，体魄瓦解了，而魂则进入冥冥世界中一样。传说夏代时就开始用明器殉葬，商、周以后一直继承，这大约就是因为当时的圣人们已了解鬼神的情况了。至于像金灯玉环之类贵重的殉葬品不能长埋棺材中，而要变成精怪出来；墓地里荒凉寂静，而有随葬的物品变成精怪出来走动；如果把这些东西丢在火上烧，会隐隐约约听到"咿嘤"的声音等，则是人自身的衰气召来。妖是因人本身的原因而出现的，或者便是另外的鬼怪附着在它上面了。（有个姓樊的老妇，在东光见到有这种事。）

峰巅人家

朱子颖运使说：从前任叙永同知时，从成都回叙永的衙门，偶然经过一片茂密的树林，于是停车休息。远远望见万峰之巅好像有人家，而那座高峰陡峭壁立，高达千仞，确实不是人能够上去的。当时正好带着西洋进口的望远镜，于是试着用它一望，见是三间草屋，向东边开门，有个老翁靠松树站立，还有个小女孩坐在屋檐下，手里拿着什么东西，好像是低着头在缝补。屋柱上似乎还有对联，望不清楚。不久云雾弥漫，便看不见了。后来再次路过这地方，树林山峰依然如故，再用望远镜去望，则只是一座空山而已。这或许是仙人的住宅，因不注意被人望见了，于是移居别处去了么？

潘南田画

潘南田的画气格飘逸，但他为人性情孤僻倔强，经常借酒醉骂人，与世人都合不来。他偶尔为我画了一幅梅花横幅，我题了一首绝句在上面，说："水边篱落影横斜，曾在孤山处士家。只怪樛枝蟠似铁，风流毕竟让桃花。"这诗含有和他开玩笑的意思。后来我随军远征塞外，家里的姬妾们嫌它陈旧黯淡，竟用一幅桃花图换掉它。由此看来，即使是细小琐碎的事情，也好像是先就注定了的。

真鬼假鬼

青县王恩溥，是我的祖母张太夫人奶妈的孙子。一天晚上，他从兴济回家,月光明亮如同白天。他见大树下有几个人聚在一起饮酒,杯子盘子弄得十分凌乱。这时一个年轻人邀请他也入座,一个老翁责备年轻人说:"你与别人素不相识,不要戏弄人家。"又很严肃地对王恩溥说:"你应赶快离开,我们不是人,怕我的儿子们会害你。"恩溥大惊,狼狈奔逃,等跑到家,气都喘不过来了。后来去一个亲戚家吊丧,突然见到这个老翁,恩溥惊倒在地,差一点吓死,只知连声喊道:"鬼!鬼!"老翁笑着把他扶起,说:"我最爱喝酒,每天都喝不足。前次月夜,蒙乡亲们邀请饮酒。当时酒已经不多了,你正好走来,我怕增加一个客人,就又不够我喝了,所以假称是鬼,把你赶走,你竟以为我们真的是鬼吗?"当时满屋子的客人莫不大笑。其中有一个客人,亲眼见过这事,经常向别人说起。他偶尔在晚上经过一座废弃的祠堂,见几个人正在大声喧哗饮酒,他们也邀他入座。他觉得酒的味道不对,心里正在疑惑,那一群鬼便一齐将他挤进深泥潭中,然后化成一点点的磷火散掉了。东方渐渐发亮,有耕田的人经过,才把他救出来。他因此吓破了胆,反而怀疑恩溥所见的是真鬼,以后在路上遇到那老翁,也不敢与之交谈了。以上是我的表兄张自修所说的。戴恩诏则说,确有这么回事,而人们传说的正好把它弄颠倒了。原是这位客人先遇到了鬼,而恩溥听说了。后来恩溥偶尔在夜里路过某村,碰到一个多年没有见面的朋友邀他一起喝酒,他怀疑朋友已经死了,碰到的是鬼,于是扯破衣服逃走。后来他们又在某位亲戚家相遇,结果恩溥被痛骂了一顿。两种说法不知哪一种是对的。不过,根据张所说的则可知道,人们不应该偶尔经历了一件事,便认为事事都是如此,以致因为错误地相信而造成过失;根据戴所说,则人们也不应该偶尔经历了一件事,便认为事事都是如此,反而因为多疑而造成过失。

狐教友人之子

李秋崖说:有个老秀才,家中有狐狸,住在空仓中,三四十年里从不作怪,经常与人对话,还很懂书中的内容。如果邀它一起饮酒,它也肯出来,只是看不见它的形体。老秀才死后,他的儿子也是个秀才,与狐狸互相交往,完全像父亲一样,但狐狸不大答理。久而久之,它开始放肆打扰起来。秀才本来在家里设个私塾教书,兼为别人写状纸。凡是批改的学生的功课,一件也不丢失;凡是写的状纸,则刚写个草稿,就被撕碎,甚至抽去他手中的笔。凡是教学生得的报酬,毫厘都不丢失;凡是写状纸得的报酬,即使锁藏十分严密,也会被偷走。凡是学生进进出出,都见不到什么动静;凡是告状的人来了,或者有瓦片石块打在头上脸上,使之流血,或者在屋檐下发出人的声音,在大庭广众中揭露他们私下密谋的诡计。秀才大伤脑筋,请道士来加以惩治。道士登坛召唤神将,抓来狐狸,狐狸理直气壮地为自己辩解,说:"他的父亲不把我当异类看待,与我交情深厚;我也不把自己当成异类而故意疏远他,把他父亲看作自己的兄弟。现在他的儿子自己败坏家庭的名声,做了种种坏事,不到因此丧命不肯罢休。我不忍心看着不管,所以阻挠他,使他改走正路。我所拿他的钱财,都埋在他父亲的墓中,准备等他遭到灾祸后,周济他的老婆孩子。我确实没有别的意思,没想到法师会来谴责惩罚我。是生是死,由你决定。"道士急忙走下法坛,作了三个揖,然后握着狐狸的手说:"如果是我死去的老朋友有这样的儿子,你的行为是我所做不到的;不仅仅我做不到,恐怕千百人中也没有一两个能到。这样的好事竟出于你们族类中么?"道士不与主人告别,叹息着离去了。秀才惭愧得无地自容,发誓再不做这种事,后来他竟得以善终。

贵官托女尸还魂

乾隆元年、二年间,户部员外郎长泰家有个仆人的妻子,年纪二十多岁,突然中风昏迷,只剩下一丝气息,到晚上就死了。第二天,人们正在买棺材准备收殓,她的手脚忽然动起来,渐渐能曲能伸,不久便坐起来,问道:"这是什么地方?"人们还以为她在说胡话。接着她把房子里四下打量了一遍,神情好像是已经明白了什么,连连叹气,默默无语,从此病也全好了。但观察她讲话的声音和走路的姿势,都像男子,而且她自己不会梳头洗脸,见到她的丈夫,似乎根本不认识。大家发现不对劲,仔细问她,她才说:"我本是个男人,几天前死了,魂灵到了阴间官府,管事的人查出我的寿命还没完,然而应贬为女身,命我借这家女人的尸体复生。我只觉得一下子好像睡去,一下子又像梦醒了,就已经躺在板床上了。"人们问她的姓名和籍贯,她坚决不肯讲,说:"事情已到了这一步,何必还给前一世带来羞辱呢?"人们也就不刨根问底了。开始她不肯与那个仆人同寝,后来没有理由拒绝,只得勉强服从,然而每次仆人与她性交,她都低声哭泣直到天亮。有人偷偷听到她自言自语说:"读了二十年书,作了三十多年官,竟然要忍受羞耻被奴才侮辱吗?"她丈夫又曾听到她说梦话道:"积累金钱,只是供儿辈们享乐而已,多又有什么用?"叫醒了问她,她就回答没说。知道她想隐瞒,也就暂且不管它。长公厌恶谈论鬼神之类的事,禁止家人不要传出去,所以这事不很流传,但也有不少人知道。过了三年多,她终于郁郁不乐地病死了,结果人们还是不知道她的前生是谁。

郭 生

我已去世的老师裘文达公说:有个郭生,性格刚直,年少气盛。偶尔参加一个中秋节的聚会,与朋友们谈论鬼神,他说自己从来不怕鬼。众人请他到一处闹鬼的住宅住一晚,以检验他是否真的不怕,郭生爽快答应,带着宝剑就去了。这所住宅约有几十间房子,满院都是枯草,草丛朦胧,十分荒凉。郭生拴上门,独自坐在宅中,周围毫无动静。四更以后,有人对着门口站立,郭挥剑正要起身,那人衣袖一拂,郭生口里便说不出话来,浑身僵硬,好像做梦时被什么东西魇住了,但眼睛和心里仍清清楚楚。那人弯腰对郭生说:"你确实是个豪迈之士,受了别人的鼓动跑到这里来,这也是好胜的人常有的事,我不怪罪你。既然蒙你来到这里,我们本应该尽一尽主人的义务招待客人。但今天是中秋佳节,我的家眷都出来赏月,根据礼法要分别内外,我实在不想让你见到。但现在夜深了,你又没有地方可回。现在我想出一个办法,打算请你进入大缸中,希望你不会生气。缸里有那么一点儿酒肉,聊且帮你解解烦闷,也希望你不要推辞。"于是便有几个人抬起郭生,把他放进一口大荷花缸中,上面盖上一张方桌,再上面压了一块巨大的石头。接着隔着缸只听见笑声说话声响成一片,大约有男女几十人,互相劝酒敬菜,一一听得清清楚楚。忽然觉得有酒的香味钻进鼻孔,暗中一摸,原来有一只酒壶,一只杯子,四个小盘,上面横放着两根象牙筷子。郭生正饥渴难忍,于是暂且吃喝。又有几个儿童绕着缸唱艳情歌曲,有人敲着缸说道:"这是主人派来供客人娱乐的。"这歌曲也柔美动听。过了很久,又有人敲缸说道:"郭君不要见怪,大家都醉了,不能搬动大石头,你暂且耐心等待,你的朋友们就会来的。"说完,四周重新一片寂静。第二天,众人见大门不开,担心有什么变故,翻墙而入。郭生听到人说话的声音,在缸中大喊大叫。众人用尽力气移开石头,郭生才一跃而出,陈述昨夜的所见所闻,大家莫不拍手大笑。郭仔细看那缸中的器具,好像都是自己的东西,回到家里一问,原来昨夜家中设宴,这些器具连带酒菜都不翼而飞,正在吵吵闹闹到处寻找呢。这个妖怪可以说是够狡猾了,但听到这事,只会使人觉得好笑,不会使人愤怒。当郭生从缸中跳出来时,即使郭生本人,想必也不免哑然失笑。这妖怪真会戏弄人。

余容若说:这还不过是开了个玩笑而已。从前我在陕、甘一带作客时,听说有一个少年,随着私塾先生在山中寺庙里读书。相传寺中楼上有狐狸精,常常出来迷人。少年私下想,狐女一定极其美丽。于是他每天晚上都跑到楼前,以一些下流的话来祷告，希望能遇到狐女。一天晚上他正在树下徘徊，见一个小丫头向他招手。他心里明白这是狐女来了，急忙走过去。小丫头悄悄说："你是个明白人，不须细细说。娘子非常爱慕你，但这是什么样的事情，你怎能公然祈求呢？主人非常恼恨你，只因为你是个贵人，不敢作怪害你，只是把娘子管束得很严。今天晚上幸好主人到别处去了，娘子派我来偷偷带你去，你快跟我走。"少年跟着她，觉得经过的房子和通道，都不是寺中原有的路线。来到一间房前，红色的窗子半开着，虽没有灯，但隐隐约约见到有床铺蚊帐。小丫头说："娘子初次相会，不好意思，已躺在帐里了。你只管脱衣，直接上床，不要说一句话，恐怕别的婢女听到。"说完，小丫头就走了。少年喜不自禁，急急忙忙揭开被子，把里面的人抱在怀中，就去亲嘴，那人忽然惊起大叫，少年慌忙退后站立。惊讶地看到房子都不见了，原来是私塾先生睡在屋檐下乘凉。私塾先生大怒，把少年狠狠抽打一顿，少年不得不说出实情，结果被驱逐出去。这才真是恶作剧了。

文达公说：郭生恃仗血气之勇，所以仅仅遭到妖怪的戏弄；这个少年心怀邪念，所以竟被妖怪陷害：两人都是自取应得的后果，并不是因为妖怪有善恶之分。

念佛解怨

李村有个农家妇女，每次早晨和晚上送饭到田边去时，就见有个女子跟随在左右，问同行的人，则都说没看到，农妇非常恐惧。后来那女子渐渐跟到她家，但总停在院中，或在院墙边，不入寝室。农妇逼近看着她，她便后退；农妇一转身，则又跟上来。农妇知道这是与自己有怨的对头，于是，远远问她，那女子说："你前生和我同是某富贵人家的妾，你妒嫉我得宠，用通奸盗窃的罪名诬陷我，致使我幽闭空房而死，我现在是来讨债的。谁知你今生侍候婆婆非常孝顺，总是被善良神保护着，我不能靠近，所以天天跟着你。现在我估计一下形势，是万万不可能报复你了。你如果做一个道场超度我，我得以转生，就解除与你结的冤。"农妇说家里贫穷无法做道场，那女子说："你家贫穷，这不是假话。你如果能立起一个信念，念诵佛号一万声，也可以超度我。"农妇问："这怎么也能超度鬼呢？"那女鬼说："一般人念诵佛号，佛是听不到的。他们不过是自己念时仿佛是面对着佛，以此来收摄自己的心神而已。若忠臣孝子，诚心感应神灵，一诵佛号，则声音响彻三界，所以它的功力与设道场诵经忏悔相等。你是孝妇，所以知道你念佛肯定会应验的。"农妇按照它所说的，立愿坚持念诵,每诵一声,则见那女子下拜一次,至满一万声,那女子就不见了。这事上辈人经常说起,由此可知,实实在在侍候尊亲,胜过一心一意拜佛。

刘某孝悌

又听说洼东有个刘某,他的母亲喜爱他的小弟弟,他却比母亲更喜爱小弟弟。弟弟患了不治之症,母亲忧愁,吃不下饭,睡不着觉。刘某想方设法治疗弟弟,以至卖掉了自己的儿子来请医买药。他曾对妻子说:"弟弟死了,母亲也会死,还不如我死掉。"他的妻子深受感动,连内衣都卖掉了也无怨言。弟弟病危了,刘某夫妇日夜哭泣守护。有个乞丐晚上住在土神祠里,听到鬼说话道:"刘某夫妇轮番守护他们的弟弟,神光照耀,我们短期内进不去,违反了阴司限定的时刻,怎么办呢?"土地神说:"打仗的人常用声称要从东边进攻实际却从西边进攻的计策,你们知道吗?"第二天,刘某的母亲在灶前突然发急病,刘某夫妇奔过去看。母亲苏醒,而弟弟已断气了,大概是鬼用计得手的。后来刘某夫妇都活到八十多岁才死。我家的奴仆刘琪的女儿嫁到洼东,她听长辈们讲,刘某除侍候母亲外,做其他事情都蠢得像条牛。有人告诉他:某某对自己的母亲不敬。刘某掉过头不相信,说:"世界上难道有这样的人吗?人难道会做这样的事吗?你不要捏造。"刘某往往就是这样痴呆,人们都把这话传来传去,当作笑料。不知刘某是天性单纯诚挚,认为尽孝是自然的事情,所以才会产生这种疑问。元代人写的吊王彦章墓诗说"谁信人间有冯道",也就是这个意思。

翰林院鬼论诗

兵部侍郎景介兹在翰林院任职时,单身住在清秘堂(这是因为乾隆九年皇帝题写"集贤清秘"的匾额,后来人们就这么叫,其实并没有这个堂名)。当时正值久雨初晴,微弱的月光还没有照上夜空。景介兹独坐在屋廊下,听见瀛洲亭中有人说话道:"今天在楼上看西山,才知道杜牧'雨余山态活'的诗句真是神来之笔。"又一人说:"这句诗好就好在'活'字,又好在'态'字烘托出'活'字。若作'山色'、'山翠',就意味景都要减弱了。"景介兹以为是同僚博晰之等人还没睡,在池上纳凉,就叫了一声,没人答应。推开门一看,根本没有人的踪影。第二天将这事告诉晰之,晰之笑道:"翰林院的鬼,本来应该讲这种话。"

夺舍换形

佛教徒能夺舍,道教徒能换形。夺舍就是托孕妇而转生;换形是因为血脉气息已经衰竭,而大丹还没炼成,于是借一个强壮人的躯体与他互换。狐狸也能换形。我的族兄次辰说:有个叫张仲深的人,与狐狸交朋友,偶尔问起它们修道的方法,狐狸说:"开始是炼变幻形体,道行渐深后,则炼蜕落形体。蜕落形体之后,便可以换形了。凡是痴呆的人突然变得狡猾聪明,或狡猾聪明的人忽然发狂,以及原来并不学道,而忽然喜欢服用丹药炼气功,众人都对他们的性情忽然变化感到奇怪,不知道他们的魂气实际上已离去,是狐精附在他们的形体上而复生了。然而既已换成人形,就归入人类,不再能变幻飞腾了。在此基础上精心修炼,就与人的修道一样,这样它们要修成仙就比较容易。但受声色货利嗜好欲望的牵缠诱惑,也与人沉溺其中一样,它们半途而废堕入轮回的危险也增大了。所以,不是道性坚定的狐狸精,一般不敢换成人形到人间来修炼,怕不知不觉中受到人世间种种诱惑的浸染。"这话似乎也近理。这样说来,人世间欲望之险恶,真是令人可怕啊。

阴司业镜

朱介如说:他曾因中暑昏迷,觉得自己忽然来到一片旷野,一阵凉风吹过,感到非常爽快。然而四面望去,都没有人经过的痕迹,不知该向哪个方向走。远远望见有几十个人在前面走,就暂且跟着他们。到了一座公署,也就跟着一道进去,只见殿阁高大宽敞,左右都是长长的走廊,吏役们急急忙忙走来跑去,好像大官要升堂的样子。其中一个吏突然握住朱介如的手说:"你为什么来到这里?"仔细一看,原来是已死的友人张恒照。朱介如明白这里是阴间官府了,于是告诉自己迷路的经过。张说:"活人的魂错跑到这里,这样的事经常发生,阎王见到了,也不怪罪,但不免要多一番讯问。你不到我的廊屋里坐一会,等放衙后我送你回去,顺便我还想稍问问家里的事。"介如进屋坐了不久,阎王已经登上座位,介如从窗缝往里面偷看,只见同来的几十个人依次当堂审讯,话听不很清楚。其中只有一个人仰着头争辩,好像是不服罪。阎王把衣袖一挥,只见殿的左面忽然现出一个大圆镜,周围约一丈多长,镜中现出一个女子,被反绑着,正在受鞭打。接着好像电光一闪,又现出一个女子,忍泪横躺在床上。那个人叩着头说："服了。"就被拉出去。许久以后放衙了，张恒照过来问自己子孙们最近的情况，朱刚说了几句，张挥手止住说："不要再讲了，只能引起烦恼而已。"朱于是问起刚才见到的是不是所谓"业镜"，张说就是。朱又问："影子必然像形体，现在没有形体在，镜中为什么会现出影来呢？"张回答道："人的镜子照形体，神的镜子照心。人每做一事，心都自己知道；既然自己已经知道，则心中就有了这回事；心中既已有这回事，则心中便有了这事的景象，所以一照就都显现出来了。若是无心而做了坏事，自己的心本来不知道，则照的时候也不显现，因为既然心里不知道，心中也就没有这事的景象。阴司里审判案子，只根据是有心做的还是无心做的判别善恶，你可要记住。"朱介如又问："神镜为什么能照见心呢？"张恒照说："心是见不到的，它要附着一定的物体而显现。人死了，人的体魄和性灵相互分离，体魄要朽散，性灵则还存在。它像一盏光亮荧荧的灯，外部没有阴影遮掩，内部也空彻透明，内外都是晶莹透彻的，所以里面丝毫的迹象都会清楚地显现。"张说完，急忙拉起他就走。朱介如觉得自己的身体忽高忽下，像随风滚动的枯竹壳。忽然一下惊醒，则已经躺在床上了。这事发生在甲子年七月，我们对朱介如参加乡试迟到感到奇怪，他来后才详详细细地说了一遍。

马 节 妇

　　东光的马节妇，是我妻子家的亲戚。她不到二十岁就死了丈夫，没有公公婆婆兄弟，也没有子女，艰难困苦，住在一间破屋中，靠替别人洗衣服缝缝补补维持生活，后来竟贫穷到把锅卖掉换点小米，而捡一个破瓦盆代替锅的地步，活到八十多岁才死。我曾为马家家谱作序，然而她丈夫的名字与她娘家的姓，则早就忘记了。相传她十一二岁时随母亲到外祖父家，外祖父家本来有狐狸精，晚上扔瓦片石块砸窗户，只听屋上有个严厉的声音说道："这里有贵人，你们不要找死。"但她最终只是一个平民妇女，这大约就是孟子所说的"天爵"吧。我已去世的老师李又聃先生，与马节妇同村，曾为她作了一首诗，说："早岁吟黄鹄，颠连四十春。怀贞心比铁，完节鬓如银。慷慨期千古，凋零剩一身。几番经坎坷，此念未缁磷（原注：节妇初寡时，还有贫瘠的田地数亩。有人想逼她改嫁，把这点田地掠夺至尽）。震撼惊风雨，扐呵赖鬼神（原注：有一年，一连十几天下大雨，邻近人家新造的房屋都垮掉了，节妇一间东倒西歪的破屋竟然没事）。天原常佑善，人竟不怜贫。稍觉亲朋少，羞与乞索频。一家徒四壁，九食度三旬。绝粒肠空转，佣针手尽皴。有薪皆扫叶，无甑可生尘。黧面真如鹄,悬衣半似鹑。遮门才破荐(原注:节妇房门破碎,不能修造,用破草席代门,过了十多年),藉草是华茵。只自甘饥冻,翻嫌话苦辛。偷儿嗤饿鬼(原注:有天晚上有个小偷经过节妇屋上,节妇问是谁,小偷大笑道:我何至于跑进你饿鬼的家),女伴笑痴人(原注:有一个同巷的贫穷妇女,丈夫死后改嫁一个有钱人家,回娘家时,穿着华丽的衣服来看望马节妇,说:你看我的享受,你难道不是太痴吗?)。生死心无改,存亡理亦均。喧阗凭燕雀,坚劲自松筠。伊我钦贤淑,多年共里阇。不辞歌咏拙,取表性情真。公议存乡校,廷评待史臣。他时邀紫诰,光映九河滨。"这是李先生壬申年赴京参加进士考试住在我们家时所作,所以仅说"颠连四十春"。这诗的格调与白居易诗非常相似。我现在恭敬地把它抄录在这里,一是为了表彰节妇的贤德,二是为了保存我已去世的老师的遗作。后来我的岳父马周篆先生见到这首诗,便捐出三百亩肥沃田地,为节妇立了后嗣,而且替她向官府请求旌表,这或者也是这首诗篇感染的结果吧。

误传仙诗

我在西域从军时,草写各种奏章檄文,每天都忙不过来,于是不再作诗。偶尔想到一联或一句,换个环境也就忘了。《乌鲁木齐杂诗》一百六十首,都是我回来的路上追忆写成的,不是当时所作。一天,毛功加副将回顾自己的生平经历,感慨很深,我为他写了一首绝句:"雄心老去渐颓唐,醉卧将军古战场。半夜醒来吹铁笛,满天明月满林霜。"毛不懂诗,我也没有留下底稿。后来我的同年杨逢元来看我,我偶尔提到它。不知哪一天,杨君登上城北关帝祠的楼上,随意把这首诗写在壁上,没有署姓名,正好当时有道士路过,人们于是传说这是仙人留下的笔迹。我怕别人向我求诗,杨君怕人向他求书法,都不肯说出真相。人们又稍微知道我会写诗而不善于书法,杨君书法好但又不会写诗,所以也没怀疑到我们头上,于是这事几乎被人们画进画里流传开来。等到我辛卯年返回京城时,大家设宴送行,我才当众说明,大家反而好像失去了什么。从前南宋时福建人林外在西湖题了一首词,人们误传为仙人的笔迹。元代(按:元代当作金代。王庭筠,字子端,金代河东人,自号黄华老人。)王黄华的诗刻在山西,后来云南南部有人摹刻,也误传是仙人所作。由此看来,各种书籍中记载的所谓仙诗,恐怕大多都属于这种情况。

狐女赘婿

图裕斋前辈说:有个到京城候补官职的人去钓鱼台游玩。当时西顶正有赛神聚会,出来游玩的女子很多。傍晚时分,车马渐渐稀少,只见有个女子左手抱个小孩,右手拿着一只咚咚鼓,袅袅婷婷走过来,见到这人,举起鼓一摇,这人一笑,女子也一笑。这人本来很机灵,打量女子的装束,像是富贵人家;但自己抱着小孩独自行走,又像个乡村妇女,行迹可疑,怀疑是个狐狸精。于是他跟着她走,与她慢慢交谈,女子稍微吐露出丈夫已死孩子还小的意思,这人笑着对她说:"不用多说了,我知道你是什么,也不怕你,但我很穷,听说你们能招来钱财,若能供给我,我就跟你去。"女子也笑道:"那么就一起回去吧。"到了她家,房子不太高大,但很华丽清洁。也有父母小姑姊妹等,彼此心里都明白,也就不互相打听家族姓氏,只是坐在一起饮酒而已。酒宴结束,两人同寝,极其恩爱欢悦。第二天,这人回城,把一个小仆人及行李也带来了,相互间都很适应。只是那女子性欲极强,这人疲于奔命。她又渐渐支使他打扫床铺,侍候她梳头洗脸,帮她整理衣裳,洒水扫地,以至于点烟筒、泡茶之类的事也要他做。久而久之,她的小姑及姊妹之类都随便对他开玩笑,命令他做这做那,好像使唤奴仆一样。这人迷恋她的美貌,贪图她的钱财,不敢拒绝。一天,她竟叫他洗贴身内衣,他不肯,女子生气说:"事事都随你的意,这事就不能随我的意吗?"其他女人也给她助威责备他,从此相互间开始发生冲突。接着那女子常常晚上出去不归,说是亲戚挽留住下。又常常有客人来,都说是表兄弟,天天嬉戏饮酒,有时还弹着琵琶唱歌助兴,而禁止这人不许靠近。这人又羞又怒,女子也发怒并笑道:"不这样,金钱财物从哪里来?使我不见客容易,但一家三十口人,须由你供养,你能办到吗?"这人知道不能留下去了,带着小奴仆回京城去租房子。第二天再去,则只见一片荒烟野草,根本无人居住,连自己的衣服行李也不知到哪里去了。这人本带了几百两银子进京,平时很节俭,衣服破旧,忽然穿得衣冠楚楚起来,人们都感到奇怪。他于是说明给人家入赘作女婿的情况,人们也不怀疑。不久他又穿得破破烂烂了,他又不肯说出缘故。后来小奴仆偷偷把这事泄露出去,人们才明白。曹慕堂宗丞说:"这妖怪窃取一点钱财而逃走,还算有点人的味道,我所见到的事有比这更厉害的。"

一女同时作两人妾

武强张令誉先生，是康熙五十六年举人刘景南的岳父。他说有个赴京候选官职的人纳了一妾，聘礼要得很少，只是说她的母亲特别疼爱这个女儿，每月须十五天在丈夫身边，十五天回娘家。这人喜欢她的美貌，而且价钱便宜，就勉强同意了。后来又有一个赴京候选官职的人纳妾，女方提出的要求与上例相同。这人开始不肯，女方便举前者为例。这人去询问查访，确有其事，也勉强答应了。两个人本是同年考中科举的，一天在一起谈及此事，前面那人突然醒悟，问："你家新娘子是上半月还是下半月回娘家？"回答："是下半月。"前面那人完全明白了，急忙把后面那人引进自家寝室一看，果然是同一个人。看来她家第一次卖她时，已经为再卖留下余地了。张公是个诚实厚道的君子，估计他不会乱说。只是京城卖女儿的人家，虽然花样百出，也必定是利用买方的某种弱点，所以他们的诡计一时间不会败露。而这家要求每个月按时回娘家，已不近情理，又经常在两家来来往往，人家怎会不知道？这必然要败露，狡猾的人是决不肯这样做的。或有可能是人们传闻失实，张公误信了么？然而在京城里选买小妾，往往受糊弄。那些造出这个故事来的人，也不是完全没有根据的。

姊妹同作一人妾

朱青雷说：李华麓在京城时，以五百两银子买了一个妾。一次，碰上有别的事，华麓到天津去了一趟。返回京城时，半路上遇到一个朋友，下车施礼相见。这时他突然远远望见那妾和两个媒婆坐在一辆车中迅速驰过。华麓大吃一惊，而妾好像没见到华麓一样。华麓怕认错了，但又想到她穿着的绣花衫是自己最近为她作的，于是更加怀疑。草草与朋友告别，回到家里，则妾正在。华麓一见面就问："你先回来了吗？媒婆们又把你嫁到什么地方了？"妾莫名其妙，仓促间不知如何回答。于是华麓怒气冲冲派仆人去叫她的父母来，把女儿领回去。父母急急忙忙赶来，妾的妹妹听说姐姐出了变故，也一齐赶到。一进门，华麓就认出她即是车中的那个女子，那件绣花衫，是借的她姐姐的，还穿在身上。原来她只比姐姐小一岁，长相极相似。华麓刚才还在暴跳如雷，见到她后猛然醒悟，哑口无言了。妾的父母一定要问把他们叫来是为了什么，华麓只得讲出错认的经过,并深表歉意。父母也把刚才正准备卖小女儿,借衣服,随着媒婆一齐去的事说了一遍。华麓问:"你们要的价钱是多少?"回答说:"人家出三百两银子,我们还没答应。"华麓一笑,急忙开箱子取出五百两银子放在桌上,说:"与她姐姐同样价钱,可以吗?"马上议定,就留下她不回去了,当晚两人就共寝。像风与水偶然相碰,无心凑合,这也算是一个颇有意思的故事了。

鬼折狂生

刘东堂说:有个秀才十分狂妄,对古代和当代的人物乱加贬斥,而自以为很了不起。如果有谁指出他的诗文某个字用得不好,他就恨之入骨,甚至与之殴斗。当时正逢河间的秀才参加岁试,住在一起的十几个人,有相识的,也有不认识的,因为天热都散坐在院子里乘凉。狂生肆意高谈阔论,众人怕他那张嘴,都闭口不答理。只有树背后一人发话与他辩论,连连指出他的漏洞。狂生理屈词穷,怒问道:"你是谁?"暗中一个声音回答道:"我是焦王相。"(河间的著名学者)狂生吃惊问道:"你不是早死了吗?"那个声音笑着回答:"我如果不死,敢摸老虎的胡须吗?"狂生气得又跳又叫,绕着墙寻找,只听见"吃吃"的笑声,一会儿在树顶上,一会儿在屋檐边。

狐罚少年

王洪绪说:郑州筑堤时,有个少妇抱着一个装衣服的大包袱在堤上走,好像抱不动了,于是走到柳树下暂时休息一下。当时有几十个做工的人,也散在柳树下休息。少妇说自己从娘家回来,只有小弟弟一人牵着一头驴相送。驴突然惊跑,把她摔下。弟弟钻进秫田去追驴,从上午到中午还不见回来,不得已,她只好沿着堤自己走。她的家在西北那边,离这里有四、五里,谁能帮助抱着包袱送到家,她将以一百文钱相谢。有个年轻人私下想,这个女子可以挑逗,不然的话,也能得到谢礼,于是就跟着她走。一路上年轻人开玩笑调戏她,她不大答理,也不太拒绝。走了三四里,突然有七八个人拦在路上,说:"什么样的狂徒,敢打我家妇女的主意?"他们一齐上前抓住年轻人,一顿痛打,都说:"送到官府告状麻烦,不如活埋掉算了。"少妇又叙述他一路调戏的话,他更加无法辩解,只是再三哀求。其中一个人说:"姑且饶了你,但须罚你挖开这道田塍,把积水全部排掉。"他们给他一把锹,坐着监督催促他。年轻人挖到半夜,水道才通,那些人也不见了。四面望去,只见芦苇丛生,远近都没有村落。怀疑是狐狸的洞穴遭水淹了,于是诱惑这个人来为它们疏浚。

姑妄听之(三)

狐女供养公婆

堂侄竹汀说:文安有个人到古北口以外的地方去打工,久无音信。他的父母遇上荒年,于是也到口外去讨饭,同时寻找儿子,又是久无音信。后来有人在泰山脚下见到他们,他们说,当初走到密云东北时,天已晚,风云并起,远远望见山谷中有灯光,两人姑且去投奔,走近一看,原来是几间土垒的房子,周围是一道用秫秸编的篱笆。有个老年女仆出来接待,问了他们的籍贯,进去禀报。里面又派她出来问他们的姓名年纪,并问曾经有儿子到古北口外去否,儿子叫什么名字,年纪多大。他们都实话相告。忽然有个女子整理好衣衫走出来,请他们进去坐在上面的座位上,向他们下拜,然后站在他们身旁,催促老女仆去监督婢女们准备酒菜,神情十分亲热。两位老人不知是怎么回事,站起来要问清楚,那女子突然伏在地上失声痛哭,说:"我不敢欺骗公公婆婆,我是个狐女,曾经与你们的儿子做夫妻。本来出于相互爱慕,没有迷惑他的意思,没想到他爱恋我过度,竟因精气枯竭身体干瘦而死,我心里一直惭愧后悔,所以发誓不再嫁别人,在他的坟墓旁住了下来。今天无意中与公公婆婆相遇,希望你们不要到别的地方去了,我还供养得起你们。"两位老人开始很害怕,接着见她情意真切,于是相互拉着手哭泣,留下来一起居住。狐女侍候他们无一不周到,反而胜过了有儿子。这样过了六七年,狐女忽然派老女仆去买一具棺材,而且准备了锹和畚箕。两位老人感到奇怪,问是什么缘故,狐女很愉快地说:"公公婆婆应该祝贺我。我侍候公公婆婆,本只是因为怀念死去的人,聊尽一点心意而已,没想到感动了土地神。它报告到东岳帝君那里,帝君同情我,允许我不等到金丹炼成,就蜕去形体成仙。现在将我蜕落下来的形体埋葬在你们儿子的旁边,是表示夫妇死后同墓穴的意思。"她带他们走进旁边一间房里,果然有一只黑狐躺在床上,皮毛像漆一样光亮,举起来像树叶一样轻,敲它便发出金石一样的声音,于是他们相信狐女真是成仙了。埋葬完毕,狐女又对他们说:"我现在被分派在碧霞元君属下做女官,应该去泰山,请你们一起去。"所以他们就跟着到了这里,租了房子,与当地人住在一起,狐女只是不让人见到她的形状,供养公婆则和从前一样。后来结果不知如何。这与前面所记载的狐女侍候婆婆的事大致相近,但那个狐女是有自己的目的而那么做,所以仅仅得以避免雷击；这个狐女则不是为了什么而这么做，所以竟能成道成仙。天上没有不忠不孝的神仙，这话一点不假啊。

孝妇难死

竹汀又说：有人晚上睡在城隍庙走廊上，听到殿中有鬼说话道："我拿了公文去押解某位妇女，她挂念生病的婆婆，不肯死，反复念叨这一心愿，以至魂灵与形体牢固连接，不能脱离，押解不成，怎么办呢？"城隍神说："愚昧地尽忠尽孝的人，往往不管成败与否，与命定的寿数相抗争，只不过是自找苦吃而已，这样的情况并不少见。但精诚之至，鬼神也不能迫使其改变的人稍微挽回一些寿命的情况，也偶尔有过。他们与那种强悍的魂灵顽固抗拒的情况是完全不同的。这件事还是应该报告岳帝，听它的决定，不要急于派恶鬼去抓。"说完，殿中重新寂静，不知后来它们去抓了那个妇女没有。然而由此可见，人通过主观努力可以改变天命，这个道理是可信的。

顾德懋断冥狱

顾德懋郎中，就是人们所说的能断阴司中案子的那种人。他曾说起自己平反过一件冤案，感到很自豪。案中人的姓名他不敢泄露，事情的经过则是这样的：有个媳妇没有过错，但婆婆听信小姑的谗言，将她驱逐出门。婆婆的性格暴躁固执，她估计短期内没有挽回的可能，而娘家又一个亲人也没有了，于是只好到尼姑庵做了尼姑，等待婆婆回心转意。丈夫可怜她，经常去看望，她自然也不可能没有感情。庵旁有一个废弃的院子，他们每次都约定丈夫晚上躲在破屋中，而她自己翻过院墙缺口去与他相会。这样来往了一年多，被老尼姑发觉了。老尼姑持守戒律非常严格，认为他们玷污了佛地，斥责她的丈夫不准再来，否则就把她驱逐出去。丈夫从此以后真不来了，这女子于是郁郁不乐而死。阴司的官员认为，她既然已进尼姑庵作了尼姑，就应该遵守佛法，却迷恋淫乐，触犯戒律，应该按有关尼姑的法律判处，提议将她打入泥犁地狱。顾德懋反驳道："尼姑犯淫乱罪触犯戒律，确有明文规定的刑罚，但必须是开始立愿皈依佛法，中途又违背了自己的誓愿，这种情况按僧人的法律来判处，犯罪者即使有一百张嘴巴也无法申辩。这个女子则是无罪而被迫与丈夫分离，希望将来还能破镜重圆，夫妻恩情没有断绝，而且对丈夫忠心不二。只不过因为孤苦伶仃，无处可去，才在尼姑庵中暂且安身。她做尼姑，只可称为毁坏容貌，不可称为奉信佛法；她住在尼姑庵中，只可称为借宿，不可认为是安坐参禅。如果根据她暂时寄居尼庵，就认定她犯了尼姑淫乱的罪孽，那么像北魏时瑶光寺的尼姑夺洛阳男子作夫婿之类的情况，又该判以什么样的罪名呢？至于她怀念过去的丈夫，翻墙幽会，从表面上看好像《诗经·溱洧》中描写的男女相互调情的情形一样，而事情本身却和古诗《上山采蘼芜》中描写的被休弃的妻子见到原来的丈夫的情况相同。他们本来是同衾共枕的人，从道理上说和失节不同。人间的法律对未婚而私下发生性关系的人，仅判以受杖的刑罚，而且还容许交纳钱物赎免。他们的违背礼法，比这还要轻。何况她已经郁郁而死，纵然有小的罪过，也足以抵消了。所以，应该从宽处理，直接让她转生为人。无论是从理还是从情方面考虑，这样都很合适。"这事上报到阎王那里，阎王竟同意按顾德懋的意见办理。这些话是真是假，无法验证。不过就他的意见而言，则确算得是公正的看法。又顾德懋临终前说：自己因为多泄露阴间的事，已被贬为土地神。姑且记下他这一说法，也足以为随便漏泄阴司事情的人提供一个警告。

李印与满答尔

库尔喀喇乌苏（库尔喀喇，译为汉语是"黑"；乌苏，译为汉语即"水"）的驻军李印，曾随都司刘德经过山中，见悬崖的老松树上穿着一支箭，不知道是怎么回事。晚上他们在驿站住下，李印才说：从前路过这地方时，见一个人骑着马飞驰而来，怀疑是玛哈沁，于是躲在深草中偷望。走近来一看，则是一个又像人又不像人的怪物骑在马上，马也是一匹野马。他知道是妖怪，就射出一支箭，射中时发出"嗡嗡"的像撞钟的声音，妖物化成一道黑烟散去，野马也惊跑了。现在这支箭穿在树上，可知那是个木妖。刘德问他刚才看到时为什么不说，李印答道："射的时候它没有看见我，它既然有神灵，恐怕听到后来报复，所以宁愿沉默。"李印往往就是这样机警。一天，塔尔巴哈台押来一名叫满答尔的强盗，长官命令李印接着押送。李印用铁铐铐住他的手，用铁链从马肚子底下绕上来横锁住他的脚。满答尔当时已患病，虚弱得只剩下奄奄一息。给他食物，他也不大下咽，坐在马上，总是向下倒，只是因为系住了脚，才没掉下来。李印只担心他会死，不担心他会逃。到了戈壁，两人的马并列行走，满答尔又作出要倒下的样子，李印伸手去拉他，他突然挺起，用镣铐把李印砸倒在马下，接着拨转马头，驰入戈壁中去了。戈壁东北面连着科布多（属北路定边副将军管辖），绵延数百里，自古没有人迹，根本无法追捕，这才知道他生病是假装的，参将岳济因此事受到严厉惩处，李印也长期戴枷示众。后来伊犁重新抓到满答尔。原来，额鲁特部落的人来归降的，朝廷给的赏赐很多，满答尔也来想领赏，结果被擒。问他为何敢再来，他说："我的罪最重，估计你们肯定想不到我还会来。我来与很多人在一起，你们肯定不会怀疑其中有我。"他想得也确实周到，没料到人们会认出他头顶上的箭伤疤痕。像李印这样机警细心，结果还是中了圈套；像满答尔这样阴险狡诈，结果还是因使诈而败亡。人们每天都在用心互斗，确实不知心计的巧妙会到什么地步。但专门倚仗心计的人，终究会遇到对手，从来没有千虑而不一失的，这一点则是肯定无疑的道理。

鬼 唱 曲

李商隐的诗句"空闻子夜鬼悲歌"，用的是晋代鬼唱《子夜歌》的典故；李贺的诗句"秋坟鬼唱鲍家诗"，则是因为鲍照写过《蒿里行》，李贺把它说得更加玄乎而已。但世界上往往真有这样的事。田香沚说，他曾经在某个田庄里读书，一天晚上，风静月明，忽听到有唱昆曲的声音，清脆响亮，转折圆畅，使人心神都深受感动。仔细一听，原来是《牡丹亭》的"叫画"这出戏。香沚听得入神，一直听到结束，才忽然想到，墙外面是死港荒坡，很少有人经过，这歌声是从哪里传来的呢？他推开窗户一望，只有芦苇在夜色中瑟瑟摇动而已。

鬼赌背诗

香沚又说：有个老儒生，在野外一座寺庙里教学生。寺外有很多荒芜的坟墓，晚上有时看到鬼的形状，有时听到鬼的声音。老儒生胆子大，一点也不怕；他的奴仆们习惯了，也不怕。一天晚上，有鬼隔着墙说道："和你做邻居已经很久了，知道你对我们不感到惊讶。曾经听到你吟诗，你桌上应该有温庭筠诗集。请抄录其中《达摩支曲》一首焚烧。"接着又小声说道："最后一句'邺城风雨连天草'，请你抄的时候把'连'字写成'粘'字，则非常感激。刚才我与人争论这个字，赌了一点酒食。"老儒生正好有温庭筠的诗集，于是拿起扔到墙外。约过了一顿饭时候，忽然树叶乱飞，旋风怒卷，泥沙飞打在窗户上，像急雨一样。老儒生笑着骂道："你们不要作怪样子，我已经仔细考虑过了。两人相赌，必有一人要输，输的人必然埋怨，这也是常有的事。但因改字而招致埋怨，我就没道理;因为书本身而招致埋怨,我就有道理。随你们要什么花样,我没什么好惭愧的。"他的话刚说完,风就停了。褚鹤汀说:"到底是个读书鬼,所以虽然赌气争胜,还能被道理屈服。然而老儒生不拿出诗集,不是更两全其美吗?"王谷原说:"你讲的是世间人们处事的技巧。老儒生懂得这些技巧,也就不会是个老儒生了。"

伥鬼害虎

烧饭的王老太(即见到过醉钟馗的)说:有个砍柴人在山冈上砍树,砍累了休息一会,远远望见一个人拿着几件衣服,一路走一路丢,不明白是什么缘故。仔细再看,只见他踏过非常险峻的地方就像走大路一样,而且速度很快,不是人可以做到的。他的相貌也灰暗,不像是人,怀疑是妖怪。砍柴人于是爬到高树上再看,那人已经不见了。砍柴人沿着他丢衣服的路转来转去,来到一个山坳,看见有一只老虎伏在那里。他知道那人是伥鬼,衣服是被老虎吃掉的人留下的,于是急忙丢掉柴,从山冈后面逃回家。第二天,就听说某村某某人在这个地方被老虎吃掉了。这条路不是人们行走要经过的,所以它用衣服作诱饵,把人引去。万物没有比人还聪明的,人总是用诱饵去捕取动物,现在动物却以诱饵捕取人。难道是人不聪明了吗?利欲扰乱蒙住了他的聪明,所以智慧反而在动物之下了。但这事传开后,猎人沿着衣服所在的路线,找到了虎洞。许多土枪齐放,打死了三只老虎,则老虎又是因为运用智谋而招致败亡了。辗转倚伏,世界上的狡计智谋又怎会有尽头呢?又有人说:"虎最凶悍而又最愚蠢,心计万万不可能达到这个水平。据说被虎吃的人变为伥鬼,它们要侍候老虎,待有新伥鬼来代替,它们才能转生。这事大约是伥鬼引诱人来代替自己,同时也把猎人引来捕杀老虎,替自己报怨。"伥鬼是人变的,根据人间的事情来判断,这很有可能。又可惜老虎知道伥鬼帮助自己,却不知道就是伥鬼害了自己。

真 道 士

梁豁堂说:广东东部有个大商人,喜欢学仙,招纳了几十个方士。这些方士互相吹嘘神化,都说升天成仙很容易办到。他们花掉的钱财无数,但也常常有些小的灵验,所以商人越来越相信他们。一天,有个道士来访,虽然穿着旧衣，戴着破笠，但神情清高洒脱，像独飞的鸿鹤，又像孤耸的青松。与他交谈，他的话微妙玄远，多出人意表。请他演示法术，则驱使鬼神，呼召风雨，像手持凭证向人取物一样有绝对把握；要变出松江的鲈鱼、台州的菌子、吴地的橙子、福建的荔枝等，就像取随身带着的东西一样容易；要召来嫦娥弹琴、织女唱歌跳舞，就像使唤奴仆一样；握住他画的符，则人们在梦中可以游遍十洲三岛；他拿出黍米大一颗金丹，用它将瓦片石头一点，就变为黄金，而且冶炼一百遍也不会损耗。商人非常吃惊信服，众多方士也自以为不及，都叩头称他为"圣师"，愿意做他的徒弟，求他传授大道。道士说："那么就挑个日子设坛，我将一一传授给你们。"到了选定的日期，道士登上座位，众人拜过，道士问道："你们求什么？"回答说"求仙"；又问"求仙为什么求我？"回答说："你的法术如此灵验奇异，你不是真正的仙人又是什么呢？"道士笑了好一阵，然后说："这都是些巧术，不是道。所谓道是虚静自然，与天地的元气为一体的，哪有这种种花样呢？儒、佛、道三教丧失本来面目已经很久了。儒教的根本宗旨是明白事体并能够实用而已，专门写文章、比背诵则不是，空谈天地性理之类的话题也不是；佛教的根本宗旨是无生无灭而已，讲施舍供佛像等不是，逞机锋传语录也不是；道教的根本宗旨是清净空虚而已，念咒画符则不是，炼丹服药也不是。你们前次看到的种种法术，都属于念咒画符一类，离炼丹服药还隔几层，何况成仙长生不老呢？然而我如果在这方面不显示一些灵验，而直接指出它们的谬误，你们肯定会说我是抬高自己所擅长的东西，而贬低自己不能做的事情，只是说大话而已。现在我既已经证明能做这些事情，然后告诉你们这些事情不应做，你们或许能够醒悟回头了吧。儒家、佛家越变越虚伪，因为他们与我们门户不同，路数各异，所以不必与他们辩论。我痛恨的是我们道家也日益虚伪，所以借你们求道的机会，姑且作一次纠正。"他随即一一指着众方士说："你不吃饭，是服了辟谷丸；你能预先知道将要发生的事，是用了桃木作偶人的法术；你炼的丹，实际上就是春药；你点石成金，用的是缩银法；你能使人产生进入阴间的幻觉，是用了茉莉根作迷魂药；你说能招来仙人，实际上是摄来灵鬼；你能使人返魂复生，实际上是驱使狐狸精借尸体复生；你能奇妙地搬运东西，用的是五鬼术；你能够刀剑不入，是练了铁布衫的功夫；你能飞跃得很高很远，是学了鹿卢跻的功夫。你们自称道士，实际上都是些妖人。你们还不解散离去，雷神就要来击你们了。"这道士把衣一掀，正要起身，众人扯住他的衣服叩头说："我们这些下等人物一直沉迷在妖术中，现在已知道自己的罪过了。有幸碰上你来到这里，这也是前定的缘分，你忍心不超度我们吗？"道士退后重新坐下，看着大商人说："你曾听到生活在锦绣歌舞这种环境中的人有一个挥手升天成仙了的吗？"又对众方士说："你们曾听说卖弄法术骗取钱财的人中有一个脱离红尘成仙了的吗？所谓修道，必须断绝一切俗缘，坚持一个信念，使自己的心寂寂好像死了一样，然后才可以不死；使自己的气息只剩下一丝不停，然后才可以长停下来。但要达到这种境界，也不仅仅靠枯燥地呆坐着。成仙要有仙骨，还要有仙缘，仙骨不是靠药物能够换成的，仙缘也不是仅靠有学仙的爱好就能结成的。必须积蓄功德，然后你的名字才能被列入仙人的名册，然后就可以生出仙骨；仙骨既已长成，与仙灵之间自然互相感应，仙缘也就会合了。这事都靠你们自己超度自己，仙人哪有超度人的方法呢？"道士接着要了一张纸，写了十六个大字："内绝世缘，外积阴骘，无怪无奇，是真秘密。"写完，他将笔扔在桌上，发出像霹雳一样的响声。众人再看时，他已经不见了。

王洪生家狐

我的表伯王洪生家有狐狸，住在仓中，不大为害，但小孩子如果靠近仓房游戏，就会被瓦片飞来击中。一天，家里人在厨房抓到一只小狐狸，都提议把它捶死，以发泄愤怒。王洪生说："这是挑起事端引来麻烦，人与妖怪斗，哪有斗赢的呢？"于是他把小狐狸放在床上，用果子点心等喂它，然后亲手送到仓房旁。从此以后，小孩们经过那地方，再也没有瓦片飞击来了。这是不通过战斗而使它屈服了。

狐婢绿云

又我舅舅安五占先生，住在县东面的留福庄，他邻居家有二条狗。一天晚上，狗叫得很凶，邻居的妻子出来看，又不见一人，只听屋上有个声音说："你家的狗太凶，我不敢下来。有个逃出来的婢女，躲在你家的灶内，麻烦你用烟熏她，她自己会出来的。"邻居的妻子大惊，进屋朝灶内一看，果然里面有"嘤嘤"的哭泣声，她问："你是什么东西，为什么跑到这里来？"灶内小声说道："我叫绿云，是狐狸家的婢女，受不了鞭打，逃来藏在这里，希望延缓一下死亡，盼娘子可怜我。"邻居的妻子本来一直吃素拜佛，很是怜悯她，于是抬起头向屋上说："她害怕不敢出来，我也实在不忍心用火烧她。如果她没有大的罪过，求仙家（乡里人习惯称狐狸为"仙家"）放了她罢。"屋上回答道："我用两千钱刚买来不久，怎能就放了她？"邻居的妻子说："用两千钱赎她可以吗？"过了好一会儿屋上才回答："这或许还可以。"邻居的妻子把钱扔到屋上，于是再没听到声音了。她敲着灶说："绿云,你可以出来了,我已经赎出你了,你的主人已经去了。"灶内答道："感谢救命之恩,从现在起便随娘子使唤。"邻居的妻子说："人怎么可以使唤狐狸婢女呢?你自己走吧。恐怕吓着孩子,还请你不要露出形体。"果然像有一件黑东西,一晃就不见了。后来每逢正月初一,就听到窗外有像奴仆拜见的声音:"绿云叩头。"

羊 骨 卜

　　蒙古人用羊骨头占卜,把羊骨头烧过后看它开坼的纹路,就好像南方的苗族、僮族等少数民族用鸡占卜一样。霍易书老前辈在葵苏图军台时,有个老妇会这种卜术,霍先生请她预卜自己什么时候能回内地,老妇歪着头看了很久,说:"马还没系上鞍,人还没戴上帽子,是走不成。但鞍和冠都已经准备好了,走是有希望了。"过了几个月,又请她占卜,老妇看了一眼就下拜说:"马已系上鞍,人已戴上帽子,您不久就要回去了。"不久果然皇帝命他返回内地。

　　又大学士温公说,从前征讨乌什时,俘虏过十几个回族人,监禁在地窖里。一天,他们指着自己的口诉说饿了,于是丢给他们一些杏子,他们分着吃完了。一个年老的握着杏核,口里念念有词暗暗祈祷,把杏核丢在地上,看它们的横竖排列以及是双数还是单数,忽然放声痛哭。他的同伴围过去看,也都哭起来,不久将他们一齐斩首的命令就下达了。怀疑他们的方法与用火珠林钱占卜相同。这些东西虽与蓍草、龟甲不同,但从骨头上看图像,是用龟甲的变种;从物体上看数字,是用蓍草的变种。它们都是靠人的精神感应而有灵验,道理是一样的。

公狐母狐分护男女

　　康熙五十二年秋天,宋村厂的佃户周甲受不了他妻子的鞭打,晚上乘妻子睡觉之机逃出来,藏在破庙里,想等天亮后请邻居帮助求饶。他妻子发觉后追到庙里,对着神像数落他的罪过,命他伏在地上接受鞭打。这庙里历来有狐狸居住,刚抽了十几下,周甲正在哀叫,一群狐狸一齐嚷着冲出来,说:"世界上竟有这样不合理的事吗?"它们一齐抢过周甲,把他放在墙边,然后抓住他妻子,剥得不剩一条丝,就用她的鞭子抽她,一直抽到流血还不肯放手。突然狐狸的妻子们又一齐嚷着冲出来,说:"男人只知道护着男人,他背着妻子偷偷和某家女子相好,不该死吗?"它们也抢过周甲的妻子,把她放在墙边,而一齐来抓周甲。于是狐狸们乱打一团,闹哄哄吵了很久。守庄稼的人以为是强盗来了,都大叫大喊,放土枪作声援,狐狸们才各自散去。周甲的妻子已被打得瘫软在地,周甲东倒西歪背着她回家。王德庵先生当时正在当地私塾教书,见她在路上还口里喃喃骂个不停。先生曾经说:"真令人痛快啊,这些狐狸。这真可以说是礼仪在朝廷里已经丧失了,只能在乡下偏僻的地方去找;人间的礼仪已丧失了,只有在狐狸那儿去找。狐狸的妻子们因痛恨伤害它们的同类,又另外根据一种道理,于是与它们的丈夫们打起来。门派主张一有区别,人们就各自结成朋党;朋党兴盛,则公正的看法就被混淆掩盖了。于是相互纠缠,是是非非纷纭复杂,彼此倾轧,这种情况存在已经很久了。"

知礼之狐

张铉耳先生家有天晚上不见了一个婢女,以为她逃走了。第二天才发现她醉躺在住宅后面的柴堆下,那间空房子锁着,不知她是怎么进去的。用冷水浇她的头发和脸,到中午她才苏醒,说:"昨晚听到后院有嬉笑声,我知道是狐狸精,因习惯了,并不害怕。我从门缝朝里面偷看,只见摆列着许多酒菜,几个年轻人正在一起饮酒,不久它们发现了我,突然跳起来挟着我翻墙进去,恍惚中我如睡如梦,口里发不出声音,于是被逼迫入座。它们摆出陈年好酒,罚我多喝,我于是大醉,记不清是什么时候睡着的,也不知道它们什么时候离去。"铉耳先生素来刚强正直,亲自到后院斥责道:"我们一起相处多年,除每天取柴外,互不侵犯,为什么突然违背礼法,把好人家的婢女当娼妓,让她陪酒?子弟如此胡作非为,他们的父兄到哪里去了,做家长的难道不惭愧吗?"到了半夜,窗户外有个声音说道:"儿辈们放荡无礼,我已经鞭打过了。但这里面有一点希望能得到谅解:这婢女先把手伸进门,讲些嘻皮笑脸的话讨肉吃,不是被强行拉进来的。而且她花前月下与人偷偷约会,互赠信物,交往的人不止一个,早就不是处女了,所以儿辈们敢于与她交往。不然的话,另外某个某个婢女难道不漂亮吗?为什么儿辈们一直不敢冒犯她们呢?防范不严,我与先生好像应该分担这个责任,希望你考虑考虑。"铉耳先生说:"你既已鞭打儿子,这婢女我也应该痛打一顿。"狐狸笑了一下,说:"她过了找配偶的年龄,而不替她挑选一个丈夫。她偶尔因压抑而发泄,罪过难道只在这婢女身上吗?"铉耳先生沉默不语了。第二天,他叫来媒婆,凡是年纪大的几个婢女全部嫁掉。

杜 奎

　　邱天锦县丞说：有个西部商人叫杜奎，不知他的籍贯，听他的口音好像是山西泽州、潞州一带人。他胆子大，不怕鬼神，每到一地，不管是空住宅还是荒凉的祠庙，他总是带着铺盖卷独自一人住进去，也没见到或听到什么。偶尔有一次经过六盘山麓，天色已晚，他于是走进一座废弃的地堡中，周围只有荒烟蔓草，没有人经过的痕迹。杜奎估计这里决不可能有强盗，于是解开行李，系好马，捡些枯树枝生起火御寒，然后铺开被卷安心躺下。他正要入睡时，听到有哭声，仔细一听，好像在屋后，又好像是从地下传出来的。当时火堆正烧着，照得屋里像白天一样明亮。杜奎于是侧身躺着，拿起一把刀等候。不久那声音渐渐靠近，已到了窗户外的黑暗处，呜呜哭个不停，但还是不显露形体。杜奎喝道："我平生没见过你们这一类，是什么鬼东西，可以出来当面说话。"暗中有声音回答道："我是个女子，身上一丝不挂，羞愧难以相见。如你不嫌弃，让我钻进被子中，则有东西遮盖形体，就可以对话了。"杜知道她是想迷惑自己，但也不害怕，微笑一下，说："想进来就进来。"只见一阵阴风吹过，则已有一个美貌女子躺在身旁了。她十分害羞，神情腼腆，遮住自己的脸哭道："刚讲一句话，就来和您偎依在一起，即使淫荡的人也不会达到这个地步。只因为我有苦难的经历要向您陈诉，虽嫌太唐突了，但请您不要怀疑为淫乐来而。这个地堡原来住着一群强盗，我偶尔独自路过，遭到他们袭击。他们把我身上的衣服首饰全部剥去，捆绑着扔在山涧中。我夏天被寒冷的泉水浸泡，冬天被厚厚的积雪压埋，寒气彻骨，所受的苦难难以用言语描述。后来这群凶恶的强盗被捉住处死，这个地堡便荒芜成了废墟。我无人可以告诉，满含痛苦直到今天。幸得空空的山谷中听到有人走路的脚步声，得以见到您。这样的机会缘分恐怕再也不会有了，千年也许就这么一次。所以我忍着羞耻，不惜自动献出身体。希望凭一个晚上的欢爱，能求您为我买一具薄薄的棺材，把尸骨移到平地上埋葬。这样地下的气温多少暖和一点，使我的魂魄能住得稍安稳一些。如果您还能为我作佛事，超度我转生，则我发誓一定世世代代永做您的妻妾侍候您，以报答使我重生的恩德。"说完，她擦干眼泪，钻进杜奎的怀里。杜奎慷慨地说道："本以为你是妖怪，没想到你含着这么深的冤恨。我虽然喜欢玩女人，但乘着别人危急时，通过要挟求得欢乐，则堂堂大丈夫决不肯做这种事。你既然怕冷，可以靠着我取暖，如果要性交，则你不如快走。"女子伏在枕上叩头，也不再说什么。杜奎抱着她大睡，她也很温顺地让他抱着。天亮时，她已不见了。于是杜奎在这里留了几天，为她料理埋葬，又为她作了佛事。几年以后，杜奎回到家乡，有个邻居家的小女孩一见杜奎，就恋恋不舍地跟在后面。后来杜奎年老了还没有儿子，请求娶她为妾，她的父母不肯，女孩主动请求嫁他，后来竟生了个儿子。知道前面的事情的人，都怀疑女孩是那个女鬼转生。

珊 瑚 钩

《宋书·符瑞志》说："珊瑚钩，国王恭敬有礼守信用，它就出现。"但没有描绘它的形状，大约它是一种自然生成的宝物。杜甫诗中说的"飘飘青琐郎，文采珊瑚钩"，似乎就是指的这种东西。萧诠诗中说的"珠帘半上珊瑚钩"，则是用珊瑚做成的钩而已。我见过已故大学士杨公家有一只带钩，长约四寸余，粗约一寸六七分。它的钩是就倒垂的枝丫截去附枝，做成一个螭头的形状。它上面系丝绳的圆环的柱子，也是靠近一个横长出的瘿瘤做成一根芝草的形状。它的主干天然弯曲，脉络纹理分明，没有一丝一毫斧凿的痕迹，颜色也纯呈樱桃红，可以算是奇绝之宝。挂钩的环则是用两株树孪生为一体的连理木的树枝，去掉外面的分枝，而留下那连成一体的一段，也好像是自然生成的。珊瑚连为一体的很多，佩环像这样子的也不少，不足为奇。据说它是用一千四百两银子从西洋商船上买到的，这事在壬午、癸未年间，当时珊瑚还容易得到，价格还没有高起来。

温 公 玉

我在乌鲁木齐时，见到已故大学士温公有一块玉，像手掌那么大，可以做臂阁。它质地晶莹洁白，面上有四个红色斑点，都像手指头那么大，颜色鲜艳，栩栩如生，很像花瓣。它不是用血浸成的，不是用油炼成的，也不是用琥珀烫成的。它们的颜色浸透到里面，而晕脚四面散开，渐远渐淡，以至于消失，大约是自然生成的。温公总是把它带在身边。木果木之战，温公坚守阵地浴血奋战，慷慨捐躯，这块玉想必已流落在充满瘴气淫雨的蛮夷之地了。

玉　簪

又曾见商人拿着一支玉簪,长五寸余,圆圆的像画笔的笔管,上半截是纯白色,下半截晶莹透明像琥珀,是我所从未见到过的。有人出价九百两银子,商人坚决不肯卖,但我一直怀疑它是用药炼成的。

玉　蟹

五十年前,我见董文恪公家有一块玉蟹,形体不大,但颜色纯白,没有一点斑瑕。单独看它,也就是块一般的玉;用其他的白玉比着看,则它们不是隐隐现出青色,就是隐隐现出黄色或赭红色,没有一块是纯白色的,这才知道它的可贵。最近我与户部尚书柘林提及此事,他说:董文恪公在世的时候,偶尔遇上缺钱用,已以六百两银子转卖给他人了。

亡祖训孙

益都有个书生,才华横溢,出类拔萃。一天晚上很凉爽,他外出散步,与同村一个女子以目传情,于是他暗中派家中一个仆人的妻子偷偷去传话,约定某天晚上女子虚掩后门等待。到了这天晚上,书生躲躲闪闪出门,正当他暗中摸着墙壁往前走时,突然火光一闪,像月亮一样明亮,只见一个凶神恶煞的鬼站在门口。书生连滚带爬逃回,魂都差一点吓掉了。第二天到私塾,私塾的老师忽然端端正正坐着大声说道:"我辛辛苦苦积了一些小阴德,应该有一个孙子考中科举。他为什么要翻墙钻洞与人私通,自己毁坏前程? 幸亏我变幻成恶鬼的形状把他阻止住,不至于让他从名籍中削除,但中举也要推迟两科了。你接受了人家的报酬,教人家的子弟,为什么不加管教到这个地步呢?"老师自己打脸打了十几下,然后昏迷倒地。家里人正在灌水救治时,住宅内仆人的妻子也打起自己的脸来,说:"你三代人都在我家做奴仆,难道和那些今天在东家做明天在西家做的奴仆一样吗? 小主人胡作非为,你应加以劝阻;如果他不听,则应该告诉主人。你反而讨好他,希图赏钱,差一点误了他的终身,这难道不是负心的行为吗? 以后再不悔改,我就要你的命。"说完,她也昏迷倒地,过了好久才苏醒。我的学生李南涧曾亲眼见到这件事。祖父父亲积德是这样的艰难，子孙们要败坏它又是这样的容易。祖父父亲对于子孙，又是这样的死了还不忘记。每个人难道不应该好好想一想吗？然而南涧说这个书生终身也没考上举人进士，潦倒而死。大约是浪荡而不肯回头，他的祖父也无可奈何么？或者是因为他祖父附在老师身上，又附在仆人妻子身上，而不附在孙子身上，也不附在儿子身上，是对儿孙有溺爱之心，所以终究不能对孙子加以严惩么？

罗生招狐妾

狐狸精是人们所害怕的，但有一个罗生，读小说杂记很多，见里面总是说狐女如何美丽，恨不能遇到一个。近郊有座古坟，人们说里面有狐狸，又说常常有人与那里的狐女亲热，于是罗生来到洞穴前，摆上礼物祭品，投进一封书信，请求狐女与他结婚，并说：要是狐狸小姐们都已经嫁人，或者看不起自己，认为粗蠢不配作狐狸小姐们的丈夫，则请求赏一个漂亮的婢女，用作小妾，也是同样感激。罗生拜了几拜，将书信丢下，然后回家。几天过去了，没一点儿动静。一天晚上他正独自坐着凝神思念，忽然有一个美貌女子出现在灯下，很妖媚地笑着说："主人感激你的盛情，选定今天是个吉日，派小婢三秀来做你的小妾，希望你收留。"接着她行礼叩头拜见，然后凝眸侧身站立，妖媚横生。罗生欣喜欲狂，就于当晚同寝，以为就是与仙女共寝，快乐也不会超过了。这狐婢善于隐去形体，人见不到她。即使罗生远在别处睡觉，她也会伴随，更加满足了罗生的心愿。只是她非常贪吃，家中的食物多被她偷吃掉。食物不够，她就偷衣服器具等卖钱再去买，也不知是谁替她操办，估计她有同伙一起来。因为这些，罗生稍微开始斥责她。但她妖媚的体态，温柔的情意，总使罗生心神荡漾。她即使低着眉头望一眼，也会使罗生消气。而且她淫荡不同寻常，挑逗迷惑罗生花样百出，日以继夜，没有停止的时候，还是不能满足。罗生的家业因此衰落，身体也因此拖垮，久而久之，更加疲于奔命。她时时发出怨言，渐渐产生矛盾，于是互相仇视起来。她引来同类，大肆捣乱作怪，罗生一天也过不下去了，只好请正一真人来惩治。狐婢现出形体，针锋相对地为自己辩护："最初是因为他的再三请求我才来的，本就与私奔不同。同时我也是奉主人之命而与他成亲，不属于苟且结合。他写的书信都还存在，我并不是无缘无故来迷惑他。至于偷窃东西和过分淫荡，这是狐狸的本性，自古以来就是如此，他难道不知道吗？他既因为贪图美色，舍人间女子而求狐女，而又以对人的要求来要求狐狸，不是太荒谬了吗？就根据人类的道理而言，贪图声色娱乐的人，就不能吝惜供养的费用;女子既作了小妾,就应该靠主人养活。所供给的不够用,就不免偷偷拿一点。人世间的家庭之内,这种情况是很多的,比起偷别人家的东西,还是有区别的。至于男女在卧室里亲热取乐,什么样的情形都会有。所以圣人制定礼法,也不能在这方面立下限度;帝王制定法律,也不能在这种事情上设置罪名刑罚。即使是正妻,做这种事情也是很正常的;对于做妾的来说,这更是她的本分。要把这一点提出来作为我的罪过,我实在不甘心。"真人说:"那么你纠集同伙大肆捣乱,又有什么理由?"她回答说:"把女儿嫁给别人,就是为了获取好处。如果得不到满足,就聚集一伙人去吵闹,这种情况不知有多少,没听见有人来判他们的罪,现在竟要判狐狸的罪吗?"真人低头思索了很久,然后对罗生笑着说:"你这真可以说是主动追求什么,结果就得到了什么,还有什么好埋怨的呢? 我老了,不能驱使鬼神来干预人家家中的男女之事。"后来罗生家贫如洗,自己也一病而死。

吴 士 俊

堂侄秀山说:奴仆吴士俊曾与人争斗,不能取胜,愤怒得要去自杀,想在村外找一个僻静的地方。他刚走出栅栏,就有两个鬼来邀他,一个说跳井好,一个说上吊更好。它们一左一右拉扯,吴士俊不知跟谁去好。这时有个过去认识的丁文奎从北面走来,挥起拳头把两个鬼打跑,自己送吴士俊回家。吴士俊迷迷糊糊像从梦中醒过来,自杀的想法一下就消失了。文奎也是在这以前上吊自杀而死的,他曾与士俊一起在我叔父栗甫先生家做工。文奎死后,他的母亲生病躺在床上,士俊曾送了五百文钱,所以丁文奎以此来报答他。这是我们家族内近年发生的事,与袁枚《新齐谐》记载的针工遇鬼的事大致相似,这是确实有过的。文奎本来也是来找替身的,结果却报恩然后离去,这尤其足以激励人们从浇薄的风俗中振奋起来。

虐待婢女遭惩罚

周景垣前辈说:有个大官带着家属,乘着连在一起的几只船去赴任,傍晚停泊在大江中。不久又一艘大船来停泊在一起,那船舱门口挂着灯笼,桅杆上飘着旗帜,也像是一艘官员乘坐的船。太阳快要落山时,那船舱中跳出二十几个人,都拿着刀跳上大官家的船,把所有妇女都驱赶到舱外。那船上有个穿戴华丽的女子隔着窗户指着一个少妇说:"这个就是。"那些盗贼于是一拥而上,把这个少妇拖了过去。一个强盗大声说道:"我就是你们家某婢女的父亲,你女儿残酷虐待我的女儿,用鞭抽用火烫,简直没有人性。幸亏她逃出来遇到我,你们没有追捕到。我恨你入骨,今天是来报仇的。"说完,他们扯起帆船,顺水驶去,转眼间就不见踪影了。官府没有线索追捕,大官的女儿不知后来怎样,但情状是可以想象得到的。贫穷到卖女儿的人,还能有何作为?没想到他可以做强盗;婢女受到残酷毒打,她还能怎么样?没想到她的父亲可以做了强盗来报仇。这就是人们常说的蜜蜂蝎子虽小,也有毒刺螫人! 又李受公说,有个人对待婢女十分残忍,偶尔因为一点小过失,就把一个婢女锁在空房里,使她冻饿而死。然而身上没有伤痕,她的父亲告状不赢,反被鞭打。他冤愤之极,晚上跳过墙进入主人家,将主人母女俩一齐杀死。官府全国通缉多年,也没有抓住。这又是不做强盗也能报仇了。又说京城某户人家失火,夫妇子女全部烧死,也是他家众多婢女怨恨之极而做的事。因为没有明显证据,也无法追究。这又是不必有父亲,自己也能报仇了。我有一个亲戚,鞭打婢女小妾时,还嬉嬉笑笑如同儿戏,有时甚至活活打死。一天晚上,有一股黑气像车轮一样,从屋檐上落下,然后像风一样地旋转,还发出"啾啾"的声音,一直飘进卧室,最后散掉了。第二天,我那亲戚脖子上便长了一个痈疽,开始只有粟米粒那么大,渐渐向四面溃烂,最后头齐脖子烂掉,像刀斩断的一样。这又是人不能报仇,鬼也要报仇了。人都爱自己的儿女,谁不跟自己一样?那些刚强的,衔冤忍痛,积压在心底,无处申诉,于是铤而走险报仇,这是很自然的事情。那些弱小的横遭毒害,怀恨而死,他们的悲哀必然感动神灵,神一定会替他们作主。因此,那些虐待婢女的,没遭到人为的祸患,也必定会遭到天神的惩罚,这也是很自然的事情。

琢玉之术

世人说琢玉器都要用昆吾刀来刻,其实并不一定是这样。魏文帝《典论》中已不相信世上有昆吾刀,可见汉代时就不存在这种东西了。李商隐的诗中说"玉集胡沙割",则唐代琢磨玉器已经用沙来碾了。当代琢玉的技巧,以痕都斯坦为第一。这个地方也就是佛经上所说的印度,《汉书》所说的身毒。当地精通这门技艺的人,相传还是汉武帝时中国玉工的后裔,所以他们所雕的物品图像,有不少是产于中国的花草,不是西域所有的,这是因为他们还是按照过去传下来的图样刻的缘故。又说,他们有一种奇异的药,能够使玉变软,所以刻痕细如毛发,曲折如意。我曾见吏部侍郎玛兴阿从西域买来一枝玉雕成的梅花,它的枝干像龙一样弯曲起伏,可以插进瓶中。而一打开,则上面是盖,下面是底,合成一个盒子。即使是细细的枝条和零碎的花瓣,中间也都是空心的。我又曾见到一个玉钵,内外两层,可以转动,而拿不出来,两层之间的缝隙仅有一根头发那么宽,摇动也不发出声音,绝没有放进刀子的可能,刀子也绝没有弯曲几次直伸到钵底的道理。我怀疑他们又有将玉粘合起来不留一点痕迹的药,而不仅仅是有使玉变软的药。这样的东西如果是在以前的朝代偶尔见到一次,肯定被认为是神鬼作的。现在则海外各地都把奇异珍宝运到中国来交易,就像在内地作生意一样,于是人们也就把它看得平常了。

饮茉莉根汁诈死

有个福建人的女儿没出嫁就死了,已经下葬。一年多后,有个亲戚在别的县里见到她。开始以为是相貌相似,但声音体态不可能有这样相同的。于是亲戚出其不意地从后面叫她的小名,她忽然回头看了一下。亲戚知道错不了,又怀疑她是鬼,于是回去告诉她父母。挖开坟墓验看,果然棺材是空的,于是一齐去搜寻。她开始还假装不认识,父母说出她的胸前和腋下有痣瘢,叫邻居家的妇女查看,她这才承认。找她的丈夫,则已逃走。原来福建的茉莉花根用酒磨成汁来喝,一寸茉莉花根可以使人假死一天,变得好像僵硬的尸体一样。喝至六寸还能苏醒,至七寸就真死了。这女子已有未婚夫,而偷偷与邻居家的儿子相好,所以磨了茉莉花根让她喝了诈死,待埋葬后挖开坟墓,一齐逃走。她的未婚夫家告到官府,抓到了邻居的儿子,供词与女子相同。当时吴林塘任闽县知县,亲自审问这个案子,想按开棺见尸的罪名判处,则人实际上没死,事情与贪图钱财盗墓有区别;想按用药迷子女的罪名判处,则女子本是同谋,情况也与掠取贩卖男女有区别。因为没有适当的刑法可以用来定他们的罪,最后只好仍以通奸拐诱的罪名判处。人情变幻,真是何奇不有。

犀带与大理石

唐宋时的人最看重犀牛角中的通天犀,据记载上面有种种人或物的图案,最奇特巧妙的如武则天的手板上有两条龙对立的图案,宋孝宗的犀带上有南极老人挂着拐杖的像。像这类情况记载在各种书里的很多,应该不假。现在的犀牛角则只有黑白两种颜色，没听说有人或物的图形的，这是什么缘故呢？唯有大理石往往有像画一样的图案，现在还能见到。我曾见兵部侍郎梁铁幢家有块插屏，上面有一只老鹰立在老树斜枝上的图案，嘴、爪、翅、尾都一一酷似，侧身斜视，好像是要飞下搏击的样子，神气也极生动。朱子颖运使曾将一块大理石镇纸送给我已死去的儿子汝佶，长约二寸，宽约一寸，厚约五六分。一面是悬崖两边对峙，中间有两个人乘一只船顺流驶下；另一面是两棵松树斜立，连松针也清晰可见。下面有水波纹，一个月亮在松树枝头，一个月亮在水中，很像两小幅水墨画。上面刻有字，一面题的是"轻舟出峡"，一面题的是"松溪印月"。左侧署名"十岳山人"，字都是八分书体，看来它过去属明代的王寅所有。汝佶把它献给我，我历来对这类器物玩意儿不大感兴趣，后来它就被人拿走了，对我来说好似过眼烟云。现在偶然回忆起，所以一并记在这里。

北宋苑画

我家旧藏有北宋的苑画八幅，不题姓名，所用的丝绢像布，笔法墨迹都沉着有力，工致细密中含有一种浑浑穆穆的气象，我怀疑是真迹。它们所画都是故事，而其中有三幅考证不出画的是什么故事。一幅下面是盔甲兵器隐隐显现，上面是一轮月亮挂在树枝间，一个女子衣带飘舞，有如飞鸟，好像乘风飞行。一幅是在旷野之中，一个宦官背着诏书站立，一人衣服破破烂烂从右边过来，二个小孩在左边拜迎，他作出用手去扶的样子。宦官好像没看到这三个人，这三个人也好像没看到宦官。一幅画的一座厅堂，非常华丽宽敞。台阶下摆着五个酒坛，左边是几个美女，穿着非常华丽的衣服，像是富贵人家的妾。右边是女仆们抱着小男孩小女孩，都很恭敬地侍候着。中间有个人穿着日常衣服，坐在炕上，自己抱着一个酒坛，正拿钻子去钻。后来，前一幅辨出画的是唐代传奇所写的红线的故事，后两幅则一直不知道画的是谁。现在姑且记载在这里，等博学多才的君子去考证它。

张 石 粼

张石粼先生，是我父亲同年考中科举的老朋友。他性格刚直，经常当面指责别人的过错。但慷慨磊落，讲信义，把朋友的事情看作自己的事情，任劳任怨，从不推辞。他曾梦见一位死去的朋友怒气冲冲责问他说："你做了两任县令,凡老朋友的子孙无依无靠者,你无不收养抚恤,唯独我的儿子奔走几千里来投靠你,你却像遇到路上的陌生人一样,这是为什么?"张先生在梦中又好气又好笑,回答道:"你忘了吗?所谓朋友,难道就是为了权势利益而相互利用,或者经常在一起吃吃喝喝吗?为的是遇到危难的情况可以相互依靠,彼此的命运休戚相关。当初我把你看作兄弟,我家的奴仆结成死党来败坏我的家产,他们死死抱成一团,我已无可奈何,只好暗暗请你注意观察某某。你看到了他种种奸诈的行径,却因怕招嫌疑怨恨,而不肯告诉我。当他恶贯满盈自我败露后,你又想博得个忠厚的好名声,千方百计为他开脱。我的事坏不坏,我的财产保不保得住,你都不管,只求这些奴仆能感激你,赞美你是忠厚长者而已,你这不是对对自己好的人不好,而对对自己不好的人好吗?你已经先把我看作路上的陌生人了,还怪我把你看作路上的陌生人,你忘记这些了吗?"那个人被骂得垂头丧气而去,这是五十年前的事情。大约读书人和当官的人的习气,大多认为不谈论别人的过失就是君子,而不考虑人与人之间关系的亲疏,以及事情是有利还是有害。我曾见胡牧亭被家里的仆人掠夺得衣食都供不上了,与他同年考中科举的朱竹君学士挺身而出,替他把这些奴仆驱逐出去,牧亭的生活才得以维持。一时间舆论认为朱学士是古道热肠的,一百人中没有一两人;认为他多事的,占十分之八九。又曾见陈裕斋死后,寡妾和孤儿被他的女婿欺凌逼迫,与陈同年考中科举的曹慕堂宗丞也挺身而出,率领老朋友们代他们将女婿驱逐出去,陈的儿子才得以生存下来。一时间,舆论认为他们是古道热肠的,一百人中没有一两个;而认为他们多事的,占十分之八九。我又曾见都御史崔应阶娶孙媳妇,要租一顶彩轿去迎亲,他家的奴仆们统一口径,硬说没有三百两银子绝不可能租到。到了迎亲之前的一两天,价格更是加倍。崔公愤怒之极,求朋友们代租一顶,朋友们都怕仆人们怨恨,不肯答应。甚至有人说彩轿本来没有一定的价格,就看租的人的贫富贵贱而定多少,不是别人可以代租的,用巧诈的话来打圆场。崔公不得已,只好将自己乘的轿子结上彩花,用来迎亲。一时间人们的议论,认为崔的朋友们坐看崔公为难是不合道理的,百人中也没有一两个;认为崔的朋友们善于体贴仆人们的心情,倒是十人中有八九个。前一类人有前一类人的道理,后一类人也有后一类人的道理。那么,请谁来作评判呢?

互不相下

朱青雷说:曾去瞻仰杨继盛的祠堂,见有几个人也结伴而进。众人都叩头而拜,唯有一人只作了一个揖。有人问是什么缘故,他说:"杨公是员外郎,我也是员外郎,级别相同,不应有当堂叩拜的礼节。"又有人说:"杨公是忠臣。"他很不高兴地说:"我就是奸臣吗?"

于大羽接着说了一件事:聂松岩曾骑着驴子走,遇到一个制作石磨的人,责问他为什么不让路。那人说:"石工遇石工,有什么好让路的。"(松岩是安邱张卯君的学生,以篆刻著名当时)

我也说了一件事:交河有个私塾教师,与张晴岚谈论文章,互相攻击。私塾教师发怒道:"我与你同年考中秀才,同样到今天还没考上举人,你哪个地方胜过我了?"

这三件事很类似,即使善于辩论的人,对他们也无可奈何。田白岩说:"天地这么大,什么样的人和什么样的事没有? 遇到这种人,只有以不理睬来对待,也不会造成什么损害。如果一定要让他们明白醒悟,可能会引出更多的纠葛。我曾见两个书生同寄住在佛寺中,一人骂朱熹,一人骂陆九渊,吵闹到半夜。和尚在旁边劝解,两人又说佛教是异端邪说,危害儒学正统,一起与和尚争斗。第二天,三人都打破了头,到官府去告状。这不是'天下本无事,庸人自扰之'吗?"

鸡 报 恩

昌平有个老妇,养了许多鸡,只卖鸡蛋。有人要买鸡去杀了做菜,即使出十倍的价钱她也不卖。她住在山脚下,日子一久,鸡繁殖得越来越多,像秦代乌氏倮的牛马要用山谷来量一样无法计数。清早群鸡竞相鸣叫,好像千军万马传令呼应,此起彼伏。碰上割麦的日子,麦子晒在门外,鸡忽然成百上千一齐赶来围着啄食。老妇拿着棍子驱赶不开,于是把家里人全叫出来帮着驱赶。东边的鸡散开了,西边的鸡又聚拢了。正当他们无可奈何叫叫嚷嚷时,五间住房"轰"的一声倒塌,鸡才都惊飞进山里去了。这与《宣室志》所记载的李甲家老鼠报恩的事很相似。鹤知道夜半,鸡知道天将亮,这是因为气息触动,而它们的精神便有所感应,并非它们本身真知道时间,所以邵雍说:"禽鸟可以最早感受到气息的变化。至于各种事物的形成或毁坏,则绝不是禽鸟所能预先知道的。"鸡何以能聚集在一起而来把主人从灾难中救出呢? 这必定是有神灵附在它们身上了。

狐戏猎人

堂侄汝夔说:有甲乙两人,都以捕捉狐狸为业,所住的地方相距十几里。一天,他们发现一座坟墓有狐狸的踪迹,准备一起去捕捉,约定日落后在某个地方碰头。当乙到达时,甲已先在那里了。他们一同来到墓旁,观察那个洞容得下一个人,于是甲要乙埋伏在洞中,而自己躲藏在墓旁的草丛里,待狐狸回洞时,甲堵住它的出路,而乙在洞中捉住它。乙在黑暗中坐到半夜,不见一点动静,打算出来与甲商量下一步怎么办,叫了很久没人答应,试着出来寻找,则有两块墓碑横压在洞口,只留了一线空隙,射进一丝光亮,仅有一寸左右宽。那两块墓碑很重,乙根本举不动,于是知道是被甲骗了。第二天,他听到外面有吆喝牛的声音,于是拼命叫唤,放牛的人才听见,回去告诉他家里的人去看,召集一些人搬开墓碑,乙已经被堵在里面一天一夜了。他怀疑甲谋杀自己,于是率领子弟去找甲,准备告状。走到半路,只见甲正被反绑在柳树上,浑身赤裸,一伙人正围着大骂,有人还用鞭子棍棒抽打。原来,甲在昨天赴约的路上,遇到一个送饭的妇女,互相调戏,于是在秫丛里鬼混。当时正是大热天,他把衣服脱了放在地上,刚一放下,那女人跳起来,拿起他的衣服就跑,不知跑到哪里去了。幸好没人看见,甲很狼狈地偷偷溜回家。还没到家时,遇到一伙人打着火把拿着棍棒迎面赶来,见到他便喊道:“这奴才在这里。”原来邻居家有三四个少妇睡在院子中纳凉,忽然见甲脱掉衣服跑来睡在一起,她们大惊,叫起众人,则甲已经丢下衣服翻墙逃走了,他们正和村里人一起追。甲无法为自己辩白,只有喊天而已。乙叙述了昨天晚上的事,这才知道都是被狐狸戏弄了。然而,伏在它们的洞口准备突然袭击,这是杀害的冤仇。杀害的冤仇,而只以戏弄来报复,一个闭在洞中使他出不来,但留了缝隙使他不至于丧命;一个剥掉衣裳使他遭捆绑并无法辩白,但人们一明白原委就放了他,使他的罪过不至于该死。这狐狸可以说还是善于给人留余地的了。

争认祖先墓地

天下有极细小的事情,但即使舜时最善于断案的皋陶也断不了。我有个学生叫折遇兰,是个能干的官员。他任安定县令时,有两户人家争一块坟地,案子已拖了四五十年,已经过两代人了。那块地宽广不满一亩,中间有两座坟，两家都说是自己祖先的坟。问是否有邻居作证，则这块地处于万山之中，人们要携带干粮和水才能到达，四周都无人居住。问是否有地契，则两家都说在前朝明代的战乱中已经丢失了。问交纳赋税的收据，则两家都有。他们说的话都是：这地方绝不可能耕种，没有丝毫利益，反而有按亩出夫役的份额。之所以上百次控告不已，只是因为是祖宗的坟地，不想被别人占去。又都说：如果不是祖先的遗骨埋葬在这里，谁肯打几十年官司，认别人的祖宗作祖宗呢？或有人怀疑他们是想谋占风水宝地，则又都说：陕西甘肃一带的人从来不讲究这些名堂，确实没有这种想法，也彼此都不怀疑有这种想法。而且这块地四周都是石头，不可能再埋下一具棺材。如果得到地后挖掉坟墓而另葬下棺材，则是反而给不得地的一方以把柄，谁敢这么做呢？最后也没办法使双方都服，又没有平均分配的道理，也没有官府没收的道理，于是无法判定。大约两家每逢祭祀就要发生争斗，每次争斗就要打官司，官府只能就争斗论争斗，也不问根本原因了。后来蔡西斋任甘肃布政使，得知此事后说："这是争祭祀，不是争地产，何不用道理来开导他们，说：你们既然认为这里是你们的祖坟，自然应允许你们祭祀。他们来争祭的，既然愿意把你们的祖宗当成他们的祖宗，对你们的祖宗没有损害，对你们也没有损害。让他们去祭祀，也是件大好事，何必拒绝呢？"这也是不得已的暂时处理办法，但不知他们后来听从了没有。

蠢人有福

胡牧亭说：他的家乡有个富翁，很会享受，关起门来享福，不参与外面的事情，人们很少能见他一面。他不善于经营理财，而家里的财产总不减少；不善于调养身体，而从不生病。偶尔遭到灾祸，也能意外地得到解脱。曾经有个婢女上吊而死，村里的无赖大喜，故意夸大其事上报官府，官吏也兴致勃勃地当天赶到。等陈放尸首检验时，那婢女忽然手脚都轻轻动起来，大家正在感到奇怪，接着她便开始伸缩，开始翻身，接着坐起来，已经苏醒了。官吏又想以强奸迫使上吊的罪名加在富翁头上，稍稍用一些话引导婢女，婢女叩头说："主人的姬妾都像天仙一般美丽，哪有心情用到我身上？倘若他能喜欢我，我欢喜都来不及，还肯自杀吗？实在是因为听说父亲不知由于什么缘故被官府拷打而死，我悲痛无处申诉，愤恨之极，所以寻死，没有别的原因。"那官员听了顿时垂头丧气走了。其他的事情也往往与此相似。乡亲们都说，这个富翁蠢得像头猪，却有这样的福气，这里面的道理实在弄不明白。偶尔扶乩，召来乩仙问起这事，乩仙写道："诸位错了。他的福气正来自于他的蠢。这位老翁前一生是个乡村老头,他为人淳朴老实,没有计较心;随随便便,没有得失心;平平淡淡,没有爱憎心;坦坦荡荡,没有偏私心;有人欺凌侮辱,他也没有争竞心;有人欺骗他,他也没有防备心;有人谩骂攻击他,他也没有发怒心;有人陷害他,他也有报复心。所以,他虽然穷困一生,无声无息而死,没有什么大的功德,却就以这样的心地,受到神灵的福佑,使他这一生享受到回报。他这一生愚蠢毫无知识,正是因为他身体虽已变换,本性仍然没有丧失前生善良的根本。你们却对此产生怀疑,不是大错特错了吗?"当时在场的人,相信和怀疑的各占了一半,我则认为这些话耐人寻味。我以为,这是胡牧亭先生对自己一生的自我评价,而假托于这个老翁说出来。不过,这种情况根据道理应该是确实有的。

刘 寅

刘约斋舍人说:有个人叫刘寅(这件事是在刘景南家饮酒时谈到的。南北口音有区别,不知是否是这个"寅"字),家里极为贫穷。他父亲早年与一位朋友约定作儿女亲家,只是口头答应,没有媒人,也没写婚书和双方的生辰八字,也没有送聘礼,但双方的儿女都知道这件事。后来刘寅的父亲死了,父亲的朋友也死了,刘寅年轻不懂事,家里变得更为贫穷,甚至只能靠在寺庙里讨饭吃为生。女子的母亲想悔弃婚约,刘生也无可奈何,女子结果竟郁郁而死。刘寅知道了,也只能痛心悼念而已。这天晚上,他独自坐在灯下,心中正在伤感苦闷,忽听到窗户外面有抽泣声,问"是谁",没有回答,而抽泣声仍未停止。刘寅反复地问,才仿佛听到一个很轻微的声音回答了一个"我"字。刘寅突然明白了,他说:"是你吗?你的心意我知道了,但事情已到这一步,让我们下一辈子相聚吧。"说完,那抽泣声便没有了。后来刘寅也年纪轻轻就死去,可惜没有热心的人,将他们的墓合葬在一起。白居易的《长恨歌》里说"天长地久有时尽,此恨绵绵无绝期",就是说的这类情况吧。虽然母亲的悔婚还没成事实,不能称她为"贞";她又因病而死,也不能称之为"烈"。但她的心愿志向,则是兼有"贞"、"烈"的品格。说这件事时,在场的人无不叹息,都忘记问刘寅的籍贯了。刘约斋的家在苏州,或者刘寅也就是苏州人吧。

以佛卖药

河间地方有个云游和尚,在市场上卖药。他将一尊铜铸的佛像放在桌上,用一个盘子装上药丸，那佛像作出伸手拿东西的样子。有人来买药，先对佛像祈祷，然后捧着盘子放在佛像前。如果病可以治好，药丸就跳到佛像手中；如果病很难治好，则药丸就不跳。一时间周围的人都很相信和尚的药效。后来有人发觉和尚在寄居的寺庙里关着门磨铁粉，这才明白盘中的药丸必定是一半含有铁粉，一半不含铁粉，那佛像的手肯定是用磁石做成，外面包了一层铜。一检验，果然如此，于是和尚的骗术才败露。正好另有一个道学家，背地里替人写状纸，被人发觉，告到官府。这道学家来到官府，神气十足，根本不当一回事，大声争辩。等拿到他批点的《性理大全》一核对，笔迹与状纸完全相同，他才叩头认罪。太守徐景曾先生，是一位博通古今的学者，听说这件事后，笑道："我平生相信佛，但不相信和尚；信奉圣贤，但不相信道学家。现在看来，确实不错。"

鬼 问 路

杨槐亭前辈有个堂叔，夏天在山中一座寺庙里教书。到了半夜，学生们都睡了，他独自坐在烛光下诵读。正当他因困倦打瞌睡时，忽听有人敲着窗户说："冒昧请问先生，从这里到某某村，应该走哪条路？"他感到奇怪，问"是谁"，窗外回答："我是鬼。这里溪流峡谷纵横交错，我独自行走迷了路。空山里面鬼本来就稀少，偶尔遇到一两个，都是些无赖贱鬼，我不愿与它们说话；即使问他们，他们也未必肯告诉我。我与您虽然一在阴间，一在人世，但气质性格上属于同一类，所以我听到您读书的声音，就找到这里来了。"他详细地告诉那鬼该怎么走，那鬼表示感谢后便离去了。后来他将此事告诉槐亭，槐亭很感慨地说："我这才知道性格孤傲耿介，不大合群，就是做鬼也是很艰难的。"

鬼论诗词

李秋崖与金谷村曾在一个秋天的晚上，坐在济南历下亭中。当时正值一场小雨过后，月亮刚刚升起。秋崖说："韦应物的诗句'流云吐华月'，兴味意象得自天然，比较起来，张先的词句'云破月来花弄影'露出的人为的痕迹就明显多了。"谷村还没来得及回答，忽然黑暗中有人说道："岂止是天然与人为的区别，意境也迥然不同。一是诗的语言，一是词的语言，格调也大不一样。即如《花间集》中'细雨湿流光'的句子，从词的角度看是妙句，从诗的角度看则太细巧低靡了。"秋崖和谷村很吃惊地回头去看,则周围一片寂静,连一个人影也没有。

道士纵论天地日月

胶州法南墅曾与一位朋友同登泰山日观峰,先有一位道士已在那里靠着石头坐着,很傲慢的样子,不与两人施礼相见,两人也不与他搭话。不久朝霞将起,海与天边相接处溟漾闪耀,千汇万状,难以捉摸,难以形容。南墅吟起元朝人写的诗句说:"'万古齐州烟九点,五更沧海日三竿',不是写得极真切吗?"道士忽然不屑一顾地笑了一声,说:"这两句诗是摹拟李贺《梦天》诗。李贺用它写梦中天地的情景,自然奇妙。如用它来写泰山观日出的景象,不是太勉强了吗?"南墅回过头去看,道士又不说话了。过了一会,一轮火红的太阳涌出,南墅对友人说:"太阳是真火,所以能从海水中涌出而不沾湿。"道士又轻笑一声,说:"您认为太阳是从海里出来的吗? 这是因为您不知道天的形状,所以不知道地的形状;又因为不知道地的形状,所以不知道海水的形状。整个天体是椭圆形,像只鸡蛋;地球则是浑圆形,像一颗弹丸。水则附在地面上流动,就像核桃壳表面的皱沟。所谓天体椭圆,是指它从东到西远,而从上到下近。天共有九层,最上面的一层叫宗动,是宇宙元气的外表,看不到它的形状。下一层就是恒星,也极为高远,无法测量。再往下数还有七层,就是太阳、月亮以及水、火、木、金、土五颗星各占一层。它们随着宇宙的气流旋转,离地面还有二百多万里,更不用说海了。所谓地球浑圆,是指它没有一个唯一的正顶点,每个人所立的地方都可以说是顶点。也没有一道唯一的正平线,眼睛所望到的都可以说是正平线。在非常广阔空旷的原野上,朝四面望去,一直望到天地相接的地方,视力所到的地方正好是一个正圆形,这就证明地球是一个圆球面,站的地方是中心,它最高,而周围则依次低下去了。天与地相接处就是地平线。这个正圆形以外、人的眼睛望不到的地方,就在地平线以下了。如果处于大湖或大海之中,朝四面望去,视力所到的四周天水相接处,也构成一个正圆形。这又证明,水面是随地面伸展,也是中间高而周围依次低下去的。然而江河中的水既狭窄又浅,夹在两岸之间,在地面中流动,所以一定要等到太阳高过地平线后,才能照到日光。而大海则既深又广阔,附在地面上,没有什么东西遮挡,所以人处在中间高而四面低的地面上,地球的这一部分便像水晶球的一半。当太阳还没到达地平线时,它的光线往上倒射,于是人们便开始见到地平线上有一道光线。太阳接近地平线时,则它的光线斜照,所以人们在太阳还没出来时便见到了它。现在我们见到的,不是太阳本身,而是它的影子;是天上的太阳隔着地平线的水映现出来,而不是海中的太阳从水中钻出来。等到太阳高出地平线后,则太阳照在水中的影子落下海底,陆地上的人反而看不见了。儒家的学者大概曾注意到这种现象,所以认为天包着水,水浮着地,太阳从水中出入,而不知道太阳实际上附于天空,水则附在地面上。佛教学者大概没有注意到这种现象,所以他们认为须弥山四面有四大洲,太阳环绕着这座山,南面是白天,北面就是夜晚;东面是傍晚,西面就是早晨。太阳总是围绕地球平行旋转,总不入地。用我们现在观察到的情况来检验,这种看法的荒谬性更用不着辩论了。"南墅听了这番话,对道士的知识渊博和能言善辩感到惊奇,正想再与他交谈,只见道士笑道:"让我再把这个问题说完。你不知道地球表面有九万里,它的圆形一点一点伸展,也一点一点转弯,这样渐伸渐转,结果就转了一周,你必定以为人能正着站立,不能倒立,捡起杨光先提出的这种说法,来与我苦苦地追究争辩。我年纪大了,懒惰无力,不能和你一起到大郎山上去看南斗(大郎山在亚禄国,与中国正好上下相对。那里南极高出地平线 35 度,北极低于地平线 35 度),不如就到此为止吧。"说完,那道士抖动衣衫离去,竟不能断定他究竟是个什么人。

移皮疗伤

大学士温公说:他率军征讨乌什时,有个骑兵军校腹部中了几刀,军医无法缝治。这时正好俘虏了几个当地妇女,医生说:"有办法了。"他挑了一个年轻丰满白皙的妇女,活活挖下一块肚子上的皮肤,盖在伤兵的伤口上,用布捆扎住,这军校因此得以活下来。伤口痊愈后,移植的皮和原有的皮完全吻合,连痛痒的感觉也一致。温公说:"不是因为打仗,不会得这样的伤病;不是因为打仗,也不会得到这样的'药'。"这话说得一点不假。但是反叛的乱党,按法律本就应该处死;即使不挖剥皮肤,他们也免不了被砍杀。利用他们的皮肤来挽救忠义的将士的生命,这与通常靠杀害人来救某人性命的情况还是不同的。

仙鬼论道学

周化源说:有两位读书人游览黄山,因被松石奇景所吸引,不忍离去,到了傍晚,还没有往回走。这时夜色苍茫,路上草深苔滑,于是他们一起坐在一座悬崖下面,仰望陡峭的山壁。那上面猿猴飞鸟都是上不去的,中间有一块石头伸出来,就好像从峡谷中飘起的一朵云团。当一弯残月刚刚升起时,只见有两个人坐在那块石头上。两位游客知道这不是神仙就是鬼怪,于是屏住呼吸静听他们说些什么。只听右边那个人问道:"最近你到湖南岳麓山去游学,听那位老先生又在说些什么?"左边那个人回答:"我去的时候他正聚集了一些人在讲张载的学说,我回来时他又开始讲真德秀编的《大学衍义》了。"右边那个人说:"张载主张世界上包括人在内的万事万物本属一体,每个人都应该把别人及世界上的万事万物当做自己本身一样看待,道理上本来确实如此。然而岂是只要心中明白了这个道理,就能拯救天下呢?父母对儿女,可谓爱得极深。儿女有疾病,父母为什么不能治疗?儿女遇到灾祸,父母为什么不能救护?这都是因为没有具体的办法罢了。儿女与父母毕竟还不是一个身体。人对自己的身体,想来没有不非常爱惜的,生了疾病,为什么还是不能自己治疗?遇到灾祸,为什么还是不能自己救护?这也是因为没有具体的办法罢了。现在讲道学的人,不讲考察国家规划天下的政治纲领,不讲抵抗灾害防御突发事变的策略,而只是说:我仁慈友爱的心就像天地孕育万物一样。果然只要树立这个念头,万物就可以生长发育吗?我不知道。至于《大学》一书的条目,从'格物、致知'到'治国、平天下',节节相承接,而且各自显出功力。好比土长出幼苗,幼苗长成稻禾,禾生成稻谷,谷变成大米,米变成饭粒,各个环节紧密联系;然而土地不耕耘就不会长生幼苗,幼苗不灌溉则长不成稻禾,禾不收割就不能变成谷,谷不舂就不能变成米,米不煮就不能变成饭,也是各个环节都有相应功力。真德秀编著《大学衍义》,列的条目到'齐家'就止了,认为'治国'、'平天下'将自然做到,不必再去管它。不知唐尧、虞舜在位时,果然因为舜的父亲瞽瞍最终为舜的大孝所感化而信服顺从了,于是洪水灾害自然就平息了,三苗等叛乱的部落自然就归顺了呢?还是这些都有待于尧、舜推行正确的政治法规才能达到?又不知周文王在位时,果然因为他的王妃太姒贤德仁惠,子孙众多,于是长江上游和汉水流域的部落就自然归顺他,殷商的后裔崇侯虎就自然服从了呢?还是这一切都是他推行了一系列正确的政治法规才实现的呢?现在这一切都抛弃在一边,不再探讨,而把所有的希望都寄于修养本身、管理好家庭,这就像土可以生出禾苗,于是就煮土为饭,这行得通吗?这也是我所不知道的。"左边那个人说:"那么明代的邱濬补足了《大学衍义》的'治国'、'平天下'两个条目,他的补充完整吗?"右边那个人说:"真德秀过分拘泥于根本部分,邱濬又过于探究一些细枝末节,而不考虑古今时代情况的变化,不估量南北情形的不同,零细琐碎,罗列各种政策方法,而且一一上疏请朝廷加以实施,这必将引起天下混乱。就说他主张把南方的粮食走海路运往北方这一件事吧,他罗列了历年海运翻船沉没的数字,认为所节省的走运河运输的费用足以相抵,却没想到一只船上人命就不止几十条,几十只船加在一起,就超过千百条人命,这又用什么相抵呢?他的说法不过是胡扯而已。"左边那个人说:"这件事确实是这样。至于历代儒家学者以至现在的道学家都谈分封国王、实行井田制等等,这些都是夏、商、周时代君主们实行过的根本大法,并且实践证明它们曾导致天下太平,这究竟怎么样呢?"右边那个人说:"分封诸侯王、推行井田制等都绝不可能实施,以前对它加以批驳的人已经不少。不过,道学家中喜欢大谈这一套的人,另有意图,批驳者们还没有抓住其中要害。分封制度、井田制度的不可能推行,不仅批驳的人知道,道学家们自己心里也明白。他们知道不可行还是要大谈这一套,其意图在于故意借一种必不可能推行的主张,作为保护自己面子的挡箭牌。因为谈'理'、'气'、'心'、'性'等等,都是些空洞不着边际的话题,无法着实。谁能考察出天地未分之前究竟是什么样子?复杂微妙的心理活动中'性'与'情'又各是什么样子?至于实际的事情,则有事实可以把握。一试验而没有生效,则人人都能看出它的长短优劣。于是,他们必须大谈一种根本不可能实施的学说,使别人必定不能去试验,必定不肯去试验,必定不敢去试验。然后他们就可以当着众人的面大肆吹嘘:'我所传授的是先代圣王的大法,我的大法可以带来万代太平,可惜没有人任用我实施这些大法,又有什么办法呢?'旁人也无法考察他们的话究竟是真是假,于是也都跟着一齐嚷嚷:'先生您真是辅佐圣君的大才啊,可惜呀,你们的才能不能充分施展'等等。《韩非子·外储左上》记载,战国时宋国有个人说能为燕王用棘刺的尖做个母猴,但说要斋戒三个月后才能看见,就是用的这种骗术。但那个人还得有棘刺,还得要造出一个实实在在的母猴来,所以人们还可以要求看他究竟使用的是什么曲刀。而道学家所说的这一套更加空洞,连看曲刀也无法要求。天下最巧妙狡猾的计策,都不超过这种手段。批驳的人总认为它的过失在于迂腐,哪里知道他们的真实用意呢?"两个人彼此叹息了好久,然后发出响亮的啸声,飘然离去。二位游客偷偷记住他们所说的话,后来经常复述给别人听。有个道学家听到后说:"学习的目的不过是懂得大道而已,所谓大道,也就是天、性、心而已。至于忠孝节义之类,还属于细碎的事情,而礼乐刑法政治制度等等,就更是细碎中的细碎了。抱有上述看法的人,肯定是以叶适为代表的讲究王霸之学和重视功利的永嘉学派的门徒。"

乩仙二诗

刘香畹在住所扶乩,邀我前往,我没去。有人传出乩仙写的两首诗,一首说:"是处春山长药苗,闲随蝴蝶过溪桥。林中借得樵童斧,自斫槐根木瘿瓢。"另一首是:"飞岩倒挂万年藤,猿狖攀缘到未能。记得随身棕拂子,前年遗在最高层。"虽然意境稍微狭隘了一些,但也相当有文采韵味。

原心与诛心之法

《春秋》有推究犯罪者的心迹而予以原谅的笔法,也有追究似乎没有犯罪的人的心迹而加以声讨的笔法。青县有个人因犯大罪被判死刑,当时的县令喜欢娈童,犯罪者的儿子当时十四五岁,长得很秀美,乘着县令去省城在中途住旅店的机会,等候他来到,假托要递申诉状,主动献身于他,这件案子因此竟免予处理。这少年实际上是做了娈童,但人们不因为他做了娈童而鄙视他,是因为原谅他的心迹。又某乡村有个少妇,与她丈夫淫乐无节制,丈夫因此生病而死。婆婆见她性情淫荡,于是总亲自监督她,吃饭睡觉都在一起,进出家门也形影不离,五六年间从没有离开她一步,她结果郁闷压抑而死。她实际上是个节妇,但人们不承认她是节妇,这是因为追究她的本心。在我看来,这少年的事情与郭六的行为相似,差的只不过是一死而已(郭六的事详见《滦阳消夏录》)。这少妇的本心究竟如何不知道,而身体则没有玷污。《诗经·大车》中的"因害怕你主意未定而没有私奔,因害怕你主意未定而不敢私奔",就是说,如果当官的人能因畏惧而不为非作歹,就算是还遵守国家的法令制度;普通民众能因畏惧而不做坏事,也还算是遵守礼法。君子应该宽恕待人,像这位少妇死后,我们对她身后的评论,还是应该肯定她是个节妇。

啄木鸟的神通

相传啄木鸟能像巫师那样跛脚走路,念咒语显神通,没想到竟真有其事。我家的小奴仆李福生性顽皮,曾爬到大树的顶端,用一截木头塞住啄木鸟的巢洞,并把露出树外的部分锯平,然后埋伏在草丛里观察。只见啄木鸟飞回来后,发现巢洞被塞,果然直接飞落地面,用嘴在沙上画,画出像巫师符咒一样的图案,画完后用翅膀一拂,那巢洞口上的木桩一下子就被拔出来,好像突然射出的箭一样。这种现象怎能用道理来解释呢?我在朝廷设立的整理编辑书籍的机构工作时,奉命销毁妖书,曾见《万法归宗》中载有这种符咒,它的笔划纵横交错,大体像小篆体的两个"無"字合在一起的形状。不知这种符咒当初是怎样得来的,也不知它们是否灵验。

鬼 鸣

李福又曾在没有月亮的黑夜跑到村子南面的坟堆中,发出"呜呜"的声音装鬼叫,来恐吓过路的人。不料接着四面出现燐火,都发出"呜呜"的声音向他身边聚拢过来,李福于是非常恐慌,狼狈逃回来。这是同类的东西相互招引的缘故。所以每户人家的子弟,交朋友都要很谨慎加以选择。

虎变美女

壬午年顺天乡试,我与安溪李延彬前辈都参加阅卷,偶尔谈起老虎,延彬说:"家乡有个人进山砍柴,见隔着溪流有个美貌妇女在行走,衣服妆饰很华丽,不像乡村女人的装束,砍柴人知道这肯定是妖怪,于是躲在树丛中看她往哪里走。这时正好有只大鹿带着一只小鹿来溪边喝水,那美女见了,突然往地上一扑,变成一只老虎,衣服首饰脱落在地上,就像蝉蜕下外壳一样。只见它直冲过去,抓住两只鹿,把它们吃掉。过了一会儿,它又变成美女,整理一下衣服首饰,然后袅袅婷婷顺着山路走远了。她在溪边照自己的影子,娇媚无比,使人几乎忘了她刚才还是只老虎。"秦润泉前辈说:"妖媚女子迷惑人,只不过不变出虎的形状而已,吃人害人的性质则相同。这个美女偶尔露出虎的本相,砍柴人便如此惊讶,他真是少见多怪啊。"

伍 公 诗

大学士伍公镇守乌鲁木齐时,很喜欢作诗,却没机会见到他的诗稿。我只是在驿站的墙壁上看到过他题的一首诗:"极目孤城上,苍茫见四郊。斜阳高树顶,残雪乱山坳。牧马嘶归枥,啼鸟倦返巢。秦兵真耐冷,薄暮尚鸣骹。"这首诗很有中唐诗歌的气格韵味。

李氏装鬼免祸

束州佃户邵仁我说:有个姓李人家的媳妇,从娘家返回婆家。傍晚时,刮起大风下起大雨,她只好走进一座破庙躲避。天黑以后,风雨稍微停下来,外面已暗得无法行走。这时正好有几个外地打工的人(人们一般称他们叫短工,他们替人锄地割禾,按天数算工钱,来去行踪不定),扛着镢头走进来,李家媳妇怕遭强暴,又躲进庙后面的破屋中。那些打工的人暗中见到她的影子,于是叫喊着追了上来。她窘迫焦急,没有办法,只得"呜呜"学鬼叫,接着屋里屋外都响起"呜呜"的声音,好像在互相答应一样。几个打工的人害怕,于是退回不再追。到了半夜,雨全住了,她竟得以悄悄逃回家。这事与李福的事也相似,但一是鬼们偶尔来追逐聚拢,一是鬼们好像有意赶来救援。我们即使说这是李家媳妇坚贞的心愿感动了鬼神,也未必没有道理。

婢女放火擒盗

仁我又说:有伙强盗抢劫一户富裕人家,攻打楼门,眼看就要攻破。强盗们举着火把,执着大刀,威胁全家人说:"敢叫喊的一律杀死,而且现在正刮大风,喊也没人听见,白白送死,有什么用?"全家人都闭口不敢出声。有个烧火丫头,年纪约十五六岁,睡在厨房里。她于是偷偷带着火种,在黑暗中伏在地上爬行,悄悄进入后院,乘风放火,烧起堆在那里的许多干柴,火光照到半天空,全村的人都被惊起,几里以内邻村的人也来救火。众人聚集后,火光之下像白天一样明亮,强盗们与众人格斗,无法逃脱,竟全部被擒。主人深深感谢这个婢女,要留她作儿媳妇,他儿子也完全同意,说:"有这样的智慧胆识,一定会持家,虽然是烧火丫头,又有什么关系?"主人大喜,催促马上取来衣服首饰,就在当晚举行婚礼,说:"一迟就会讲究什么尊卑,考虑什么良贱,赞成反对的意见不一,事情可能就会发生变化。"这婢女也真算得上是一位奇特的女子了。

妖怪揭穿巫师骗局

边秋崖前辈说：有个做官的人，晚上到书房去，突然见书桌上有个人头，大惊，以为是个凶险的兆头。当地有个道士能画符念咒，经常参与操办人家丧葬之类的事情，这个做官的人急忙把他召来。道士一推算，也大吃一惊，说："是大凶险的兆头，但可以祈祷避免，做法事的费用不过一百多两银子。"两人正在商议时，只听窗外有人说道："我不幸因罪被斩首而死，鬼没有头就不能转生，所以我总是自己提着它，很感累赘。刚才见您的书桌上平整干净，偶尔把头放在上面，碰上您突然闯进来，我慌忙躲避，仓促中忘记取走，以致让您受惊了。这只是因我的粗心而导致，与您的祸福毫无关系。巫师胡说八道，您千万不要相信。"那道士于是垂头丧气走掉了。

边秋崖前辈又说：有个当官的人家狐狸精作怪扰乱，于是请了巫师来惩治，不灵验，巫师反而被狐狸精弄得很狼狈。巫师跑去向师父求援，请来了新的符咒，刚刚重新登坛召唤神将，就听到楼上有搬家的声音，有互相招呼的声音，轰轰然响个不停，狐狸精们已相继离去了。巫师左顾右盼，很是得意，这户当官的人家也非常感激他。忽然，他们抬头见壁上贴了一张纸，上面写道："你衰败的命运将要来临，所以我们敢来打扰。昨天你捐献九百两银子建育婴堂，这种高尚品德感动了神明，又给你增添了福分，所以我们全部撤走。巫师做法事正好碰上这个时机，于是把这当成自己的功劳，这真是脸皮厚。你赏他一顿酒饭，稍微替他遮遮羞，这还是可以的；若还要给他酬谢，则这种小人也太侥幸了。"那些字每个大小有一寸多见方，墨迹还是湿的。巫师惭愧沮丧，闭口不敢出声。梁简文帝《与湘东王书》引当时的谚语说："山川而能语，葬师食无所；肺腑而能语，医师面如土。"上述两件事，可以说是鬼怪能说话了，巫师们大概应该知道吧。

妻偏心之报

朱导江说：有个人为妻子服丧，期限已满，却又做法事为她祈祷，而且十分悲痛哀伤，超过妻子刚死时。有人问他，他开始不肯说。与他关系亲密的人私下询问，他才流泪说道："我与亡妻在一起生活了大半辈子，一直没觉得她有什么明显的过错。前不久我忽然梦见到了阴间，见有几百个女人被铁链锁着，后面有人拿着大头棒驱赶,进入一座大衙门中。不久便听到凄惨的叫喊声,惊心动魄。接着一一被带出来,个个都血流遍体,伏在地上用膝盖爬行,好像牵的一群猪羊。其中有一个女人向我招手,我仔细一看,竟是我死去的妻子。我很吃惊地问她有什么罪过,竟遭到如此严厉的惩罚,她说:'就因为事事都对你怀有二意。开始时我以为这是家庭中常有的情形,没想到阴间的法律极为严厉,欺骗丈夫与欺骗父亲、君王是同等的罪过,所以我现在落到这个地步。'我问她所谓怀二意是指哪些事情,她说:'不过就是骨肉中我对自己的亲生儿女私下偏护,奴仆中我对女仆们私下偏护,亲属中我对娘家人私下偏护,并且都不让你知道而已。现在每月的初一,我都要被铁杖打三十下,不知哪一天才能解脱。这一群女人,都与我情况相同。'本还想再说几句话,那鬼卒已把她拉走了。多年的夫妻,不免有感情,所以我现在为她做法事祈福。"一男一女经过同食的结婚仪式结为夫妇,在感情上是最亲密的人,既然亲密,则不是其他疏远的人所能离间的;夫妻的地位相等,理当相互尊重,尊重则不是卑贱的人所能离间的。所以,夫妻俩同心协力,则家庭中任何细碎的事情,男人所不能知道的,及知道了而不便亲自处理的,妻子都能加以弥补。倘若妻子只根据自己的私心所爱,心中有偏颇,则花样百出,也可以在丈夫耳目所不及的地方无所不为。种种祸害的起因,种种败坏的状况,都由此引起。既然这一点关系重大,那么在这方面犯了罪过就不会轻。何况丈夫对妻子最为信任,寄予重托,而妻子却欺负丈夫不知道,为所欲为,这种事情即使发生在朋友之间也是负心的行为,也应遭到神灵的惩罚。丈夫和妻子本为一体,关系上属于"三纲"之一,妻子如果对丈夫负心,她的罪过不是应该更增加五倍十倍吗?虽然是因为一些日常小事,却判处严厉的刑罚,也不能说这是苛刻了。

京城人的狡诈

人心狡诈,没有比京城里更厉害的。我曾买到制墨名家罗小华的墨十六锭,装墨的匣子漆色暗旧,好像真是经过了许多年岁的东西。等到一试,才发现是用泥巴捏成,外面染上了一层黑色,表面的白霜也是放在阴暗潮湿地方长出来的霉。丁卯年参加乡试,在小小的住所买了蜡烛,点它点不燃,原来也是用泥捏的,外面蒙了一层羊油。晚上又有卖烤鸭的,我的堂兄万周买了一只,原来是肉已经吃光了,而骨头架子保持完整,里面涂了一些泥巴,外面糊了一层纸,染成经过烧烤的颜色,涂上一层油,只有两只脚掌和头颈是真的。又我家的仆人赵平用两千文钱买了一双皮靴,非常高兴。一天突然下雨,他穿着出去,不久便赤着脚回来,原来皮靴的帮是用乌油高丽纸揉出一些皱纹作的,底则是用浆糊把烂棉絮粘成一块,再用布包上。其他造假的情况大多与此类似,但这还是一些小东西。有个赴京候选官职的人,见对门住的少妇长得很端庄秀丽,一问,才知道她的丈夫给人作幕僚远行,暂把家眷寄在京城,她与母亲住在一起。过了几个月,她家门口忽然糊上白纸,全家号哭,原来是她丈夫的死讯传到了。她家设起灵位祭奠,又请和尚念经超度,也有不少人来吊唁。事后不久,她渐渐开始变卖衣物,说是没饭吃了,而且准备再嫁人,候选官职的人于是入赘她家。又过了几个月,她的丈夫突然活着回来,这才知道误传了死讯。她丈夫非常愤怒,要到官府告状,母女俩百般哀求,才留下候选官职的人所有钱财,把他赶出来。又过了半年,这人在巡城御史那里看到那妇女正在受审,原来前面跑来并扣下他的财物的那个人是女子的相好,他们合谋夺取了他的钱财。现在女子的丈夫真的回来了,所以他们才因败露而被拘捕。真真假假的诡计,不是越变越奇异么?

又西城区有一处住宅,约有四五十间房子,每月租金二十多两银子。有个人租住了半年多,总是在规定的日期之前就把租金交来,房主于是也不过问。一天,他突然关门离去,没有通知房主,房主跑去一看,则院子里碎砖烂瓦散落满地,不剩一根木头,只有前后临街的房子还保存着。原来这处住宅前后都有门,租住的人在后门口设了个木材店,贩卖建房用的木料,而暗暗拆住宅里的梁、柱及门窗等,夹杂着卖掉。因为前后门在不同街巷,所以别人没能发觉。宅内大片房屋的木料砖瓦,不声不响地全部搬运光,这骗术真可谓神乎其神了。

不过,以上五六件事情,受骗的人或者是看中了价格低廉,或者是为它的方便所吸引,都是因有所贪图而上当受骗,责任也不全在骗子身上。钱文敏公说:"与京城的人打交道,时时刻刻注意保护自己,不落入别人设置的陷阱,就算幸运的了。稍微显示出便宜的事情,其中必然设有圈套。京城人阴险狡猾,千奇百怪,哪有便宜落到我们这些人身上。"这话说得真深刻啊。

害人者不可信

王青士说:有个弟弟图谋夺取哥哥的家产,请了一个专替人打官司的讼师,两人在秘密房间里点起灯来策划,讼师替他设计圈套,布置陷阱,一一都安排得十分周密详尽,包括反间、内应之类的计谋,也无不设置得丝丝入扣。计谋设计好后,讼师一捋胡须说道:"你的兄长即使猛如虎豹,也难以逃脱我布下的铁网。然而你准备怎样酬谢我呢?"那位弟弟感谢道:"与你是最亲密的朋友,感情如同骨肉兄弟,怎能忘记你的大恩大德?"当时两人对坐在一张方桌两边,只见桌子底下突然跳出一个人,在屋里绕行,翘起一只脚跳舞,目光闪闪发亮像火把,浑身长着长长的毛,好似披着蓑衣,指着讼师说:"先生可得好好想想,这个人要把你看作兄弟,先生恐怕就很危险了。"那人一边笑一边跳舞,飞上屋檐消失了,两人与在旁边侍候的书僮都惊倒在地。家里人觉得声音好像不对劲,互相招呼着进屋来看,只见他们都昏迷不省人事。灌下汤水抢救到半夜,书僮先苏醒,把所看到所听到的一切全说了出来。两个人到早晨才能动,但计谋已经泄露,人们议论纷纷,弟弟结果不得不放弃这一企图,几个月关着门不出来。

又相传有个人和一个妓女打得火热,但提出要为她赎身,她便拒绝不肯;许诺另找一处住宅住下,按正妻的礼节对待她,她拒绝更加坚决。这人感到奇怪,问她为什么,她长叹一声说道:"你能抛弃结发妻子而与我相好,这种人是可以托以终身的吗?"这妓女的话与上面那个鬼所说的话,可以说见解大体相同。

女不如媳

张夫人,是我已去世的祖母的妹妹,也就是我已去世的叔父的岳母。她病危时对旁边侍候的人说:"我好不了啦。听说快死的人能看到已死的人,我现在已经看到了。"接着她环视病榻周围,好像在找什么,只听她叹息一声,说:"错了。"接着她又拍着枕头说:"大错了。"接着她闭上眼紧咬牙关,把自己的手掌掐出很深的痕,说:"真的大错了。"旁边的人以为她在说胡话,都不敢问。过了很久,她把所有的女儿媳妇都召到床前,告诉她们说:"我过去以为夫家的人疏远而娘家的人亲密,现在来引导我的,都是夫家的鬼,没有娘家的鬼;我过去以为媳妇疏远而女儿亲密,现在死去的媳妇都来到我身旁,而不见死去的女儿。这不正表明同一血脉的人才互相关怀,而别为一家的人就不相关连吗?回想起平日的看法,不是厚待了薄待自己的人,而薄待了厚待自己的人吗?我已经错过一次了,你们不要再错了。"这些是我的三叔母张太宜人所亲耳听到的。女人们偏爱娘家人或女儿等,到死也不醒悟,这种情况是太多了。像张夫人这样,还算是具有大智慧的人,能够回头猛省。

老乳母智讽女主人

孔子说过：劝告有五种方式，我倾向于用巧妙暗示的方式。这表明圣人对人情世故是了解把握得十分准确深刻的。我的一家亲戚中有个妇人，自己没有儿子，而心里十分嫉恨妾所生的儿子，侄儿和女婿们又造谣中伤，彼此勾结抱成一团，简直不可能用道理使她醒悟了。妇人有个老奶妈，已经八十多岁，得知后很艰难地走来拜见她，刚一下拜就痛哭起来，说："老奴仆已经三天没吃饭了。"妇人问她为什么不去投靠侄儿，老奶妈说："老奴仆当初积蓄了一点钱财，侄儿对待我就像对待自己的母亲一样，把我的钱财全骗去了。现在看到我像不认识一样，求一碗饭也得不到了。"又问为什么不去投靠女儿女婿，老奶妈说："女婿骗取我的钱财，和侄儿一模一样。我的钱财没有了，他抛弃我也和侄儿一模一样，我的女儿也无可奈何。"又问："骨肉之亲负心，你为什么不去告状？"老奶妈说："告过状了，官府说我已经出嫁，对娘家人来说已经是异姓人了；我女儿也已出嫁，对我来说她也已经是异姓人了。他们如果愿意收养我，那是他们格外的恩情；他们不肯收养，在法律上没有罪过，所以官府不能为我作主。"又问："那你将来怎么办呢？"老奶妈说："我已死去的丈夫从前跟随某位官员，在外面娶了一个妾，生了一个儿子。现在他长大成人了，我告侄儿和女婿的状时，官府说我既然有这个儿子，他应该赡养我这个嫡母，如不肯赡养，在法律上就有重罪。官府已发出传票召他来这里，只不知他哪天才能到。"妇人听了爽然若有所失。从此以后，她的行为也就慢慢改变了。这件事，亲戚族人说得口干舌燥也没有用，而这个老奶妈只用几句话就使她回心转意。用自己作例子来说明道理，说的人没有罪过，听的人足以用来警戒自己。触龙说服赵太后，也是用的这种方法。

姑妄听之（四）

妾智擒盗

马德重说：沧州城南面，有一伙强盗抢劫一户富裕人家，已打破大门冲进去，主人夫妇都被抓住，众人因此不敢动手。有一个妾住在东厢房，她穿上仆人的衣服逃到厨房里，悄悄对烧火的丫头说："主人在强盗手里，因此不能与他们正面相斗。他们在屋顶上都安排了人，以防有人来救援，但看不到屋檐底下。你撬开后面的窗户，顺着屋檐逃出去，悄悄告诉仆人们，让他们都拿上武器骑上马，在三五里以外的地方四面埋伏。强盗们四更后一定会走，因为四更还不走，天亮时就不能回到老窝了。他们走的时候一定会挟制主人送行，如果无人阻拦，则走一二里后肯定会放掉主人，不放掉怕主人看出他们逃走的方向。等他们放了主人，就立即把主人背回来，然后一起尾随在强盗们后面，相隔一定要在半里以内。他们如果回过头来格斗，即急忙往回跑；他们停下，也就停下；他们再走，又跟上去；他们再回头来格斗，仍然急忙往回跑；他们再停下，也就再停下；他们又走，仍跟着走。这样反复几次，他们不回头格斗就一直跟着，可以发现他们的老窝在哪里；他们回过头来格斗，则既格斗不成，又无法逃走。等到天亮，他们就一个也逃不掉了。"烧火丫头冒死跑出告诉众人，都以为妾说的话有道理，于是按照她所说的做，果然将强盗全部擒住。主人重赏了烧火丫头。妾本来一直与正妻不大和睦，这以后也相互和睦了。后来问妾怎能想出这样的主意，妾流着泪说："我本来是强盗头子某某的女儿，父亲生前曾说抢劫最怕的就是这一招，但从没见到被抢人家用它。当时情况紧急，我姑且试一试，没想到竟侥幸成功了。"所以说，用兵的人，一定要了解敌方的隐情。又有一种说法，叫以贼攻贼。

狐 驱 鬼

戴震说：有群狐狸精住在一户人家的空屋中，与主人相互通话，互相赠送礼物，互相借用器具物品，相安无事，就像邻居一样。一天，狐狸告诉主人说："你另一个院子的空屋中有吊死鬼，已经有很多年了。你近来拆掉那房屋，鬼没有地方栖身,于是跑来与我争屋住。它常常现出凶恶的形状,恐吓我的小儿小女,已令人可恨,又作怪让我的孩子患上疟疾,时冷时热,尤其不堪忍受。某座道观里的道士能惩治恶鬼,你为何不请他来除掉这个祸害呢?"主人果然从道士那里求来了一道符,在院子里焚烧。紧接着大风骤起,声音轰轰隆隆像雷霆。主人正感到惊恐时,只听屋上的瓦片"格格"乱响,好像有几十个人奔走践踏。层上有个声音大叫道:"我的计策大错特错,后悔也来不及了。刚才神将下来攻击,捉住了鬼,我也被驱逐,现在与你告别,我们要走了。"凡是不能忍受一时的愤怒,急于一泄怨气的,没有不两败俱伤的。看看这只狐狸的经历,就是一个明显的教训。

又我的一位姓吕的表兄(我忘了他的名字,他是我已去世的姑母的长子)说:有个人遭狐狸为害,请巫师来用符咒禁治。狐狸是走了,而巫师却贪得无厌,总是派遣一些木人纸虎之类到他家捣乱,送了钱财,就暂时停止,过上十来天,又是原样,他的为害反而超过了狐狸。这人只好把家搬到京城来逃避,才得以免受巫师的害。凡是急于求胜,请小人帮忙的,没有不被小人反咬一口的,这件事也是一个明证。

山　精

乌鲁木齐参将海起云说:从前征讨乌什时,有一天战斗结束返回营地,见山崖下的树丫间有个人伸出头来张望,怀疑是间谍,举矛用力刺去(军队中称矛叫苗子,大约是音相近而变),却刺中石头,只见火星迸散,矛折断,胳膊也差一点受伤。他怀疑是眼睛看花了,但矛上和地上又都有血迹,不知究竟是个什么妖怪。我认为这肯定是山精。深山大泽中,什么东西生长不出来?《白泽图》所载的各种妖怪,虽然很多是附会假造出来的,大概也有实际存在的。海起云又说,有个巡逻兵见一团黑东西蹲在石头上,怀疑是熊,把弓拉满射去,连续三箭都射中,而那东西竟然像不知道似的。士兵极为惊慌,急忙骑马跑回,叫了一群伙伴,带着土枪再去,则已不在那里了。我认为这也是山精。

长　姐

常山山道上的加班轿夫(九卿一级的官员坐的轿子用八个人轮番抬,出了京城则加四个人,称为加班)刘福说:有个女孩叫长姐,忘记她姓什么了,是个山东流民的女儿,年纪十五六岁,随父母一起到赤峰讨生计(即乌蓝哈达,"乌蓝"译成汉语是"红","哈达"译成汉语是"峰"。现在这里已设赤峰州),租了当地人一些田耕种。一天,长姐进山砍柴,遇到风雨,她躲在悬崖下避雨。等到雨停,天已昏黑,怕有老虎,不敢回家,因此躲在草丛中。这时只见远远有一对灯笼,她怀疑是老虎的眼睛。等靠近后,才发现是一个官和几个仆人,穿的衣服戴的帽子既不像古代人又不像当代人。那官员喝问是什么人,长姐实话相告。那官员坐在石头上,命令仆人将长姐从草丛中拖出来。仆人们叫长姐跪下,长姐以为遇到了山神,于是伏在地上听命。那官员说:"你前生犯了罪,应该充当我的食物。现在抓住你了,应该马上吃掉你。快把衣服脱掉,躺在石头上,不要留下一根纱,免得妨碍我的牙齿咀嚼。"长姐这才知道他是虎王,浑身颤抖着祈求饶命。那官员说:"看你的容貌还可以,如果肯陪我睡觉,我可以赦免你。以后我会常来你家,并给你带来好处。"长姐愤怒地跳起来,说:"哪有神灵肯说出这种话的?你必定是个妖怪。你要吃就吃吧。我长姐是良家女子,决不能蒙着自己的脸做这种事。"说完,她捡起石头乱打,那些妖怪四处逃散。这不是她的力量足以战胜妖怪,而是她的正气足以压倒妖怪,她的坚贞刚烈的心灵又足以统帅她的气。所以说,人的正气,是最强大最刚强的。

妓女智赈灾民

张墨谷太守说:德州、景州一带有个财主,总是囤积粮食,而不积累金银,为的是防备强盗。康熙雍正年间,连年歉收,米价高涨。这个财主关着仓门不肯卖一升一合米,希望价格再往上涨。附近的人很恨他,却又无可奈何。有个妓女外号叫"玉面狐",她说:"这好对付,你们只管把钱准备好,等候买粮吧。"于是她走到财主家,说:"我是鸨母的摇钱树,她却虐待我。昨天我与她吵了一架,已约定我用一千两银子自己赎身。我也厌倦了妓院里的生活,愿意找一个忠厚老实的人,倚托终身,想来想去没有比您更合适的了。您如果能拿出一千两银子,则我一辈子都将侍候您。听说您不喜欢积蓄金钱,那么用两千贯铜钱也可以抵数。昨天有个木材商人知道了这事,已回天津取钱去了。算他再到达这里应当在半个月以后,我不愿意跟随这个平庸的人,您能在十天内先定下来,则我十分感激您的恩德。"这个姓张的财主本来就十分贪恋这个妓女的美貌,听了这番话非常惊喜,急忙拿出谷来便宜出售。仓库一开,买的人一涌而来,仓门无法再关上。结果他仓中的米全部卖空,粮价也大大平抑下来。谷卖完的那天,妓女派个人来对财主道歉说:"鸨母养我这么久,一时间斗气争吵,以致有赎身的想法。现在鸨母后悔认错，要挽留我，按情理我不能负心，所约的事等以后再说吧。"财主原来与她只是私下约定，没有媒人，没有证人，也没有出一文钱作聘礼，竟也无可奈何。这件事李露园也说起过，应该不假。听说这妓女年纪才十六七岁，就能做成这种事情，也算是一位女侠了。

狐妾自辩

丁药园说：有个举人，四十岁还没有儿子，于是买了一个妾。那妾非常聪明伶俐，正妻不肯容纳，早晚吵闹詈骂。过一年后生了个儿子，正妻更加不能容纳，竟将她转卖到很远的地方去了。举人闷闷不乐，如有所失，晚上独自躺在书房里，半夜还没入睡，忽见她掀起门帘走进来。举人惊问她怎能回来，她说是逃回来的。举人沉思了一会，说："你逃回来，怕你的新主人来追捕，妒妇怎肯将你藏住？而且事情到了这一步，你回来她又怎么容得下你呢？"妾笑着说："不骗你，我实际上是狐狸。从前是作为人而来，人有人的道理，我不敢不忍受她的怒骂；现在我是作为狐狸而来，可以变幻无穷，出入不见形迹，她怎能知道？"于是两人亲亲热热，又像当初一样。久而久之，仆人们渐渐把这事泄露出来，正妻大怒，花了很多银子请巫师来惩治。一个巫师召唤神将把妾抓来，妾不认罪，挥动手臂与巫师争辩，说："没有儿子而纳妾，则纳妾是合理的；妾生了儿子却把妾赶走，这是做丈夫的负心。无缘无故遭到休弃，罪责不在我身上。"巫师说："既然已经被休弃，怎可私自回来？"妾说："已被休弃的女人没有重新嫁人，则与她亲生的儿子的关系没有断绝；已被休弃的妻子没有重新嫁人，则与丈夫的关系也还没有断绝。何况卖我的是那个妒妇，不是丈夫的主意。丈夫仍然容纳我，则等于是还没休弃，我怎么不能回来？"巫师发起怒来，说："你本是兽类，怎敢依据人的道理来争辩？"妾说："人变成了禽兽的心肠，则阴间的法律和阳间的法律都要处以刑罚；禽兽变成了人的心肠，反而认为有罪，法师依据的是什么法律？"巫师更加恼怒，说："我用五雷法，只知道诛灭妖怪，不管别的。"妾大笑说："妖怪也是天地间自然存在的东西之一，如果它没有罪，天地未尝不也一起容纳养育。上帝都不诛灭的东西，法师却要全部诛灭吗？"巫师拍桌大叫道："你用妖媚之态迷惑男子，这不是你的罪吗？"妾说："我是按礼节纳的妾，不能算是迷惑。倘若真是迷惑，则会摄取他的精气，他早就干瘦而死了。上次我在他家过了两年，重新回来又已五六年，他身体强健，没有疾病，所谓用妖媚之态迷惑他又表现在哪里？你受了妒妇大量的贿赂，一定要给我编造罗织罪名，用残酷的手段实现贪婪的目的，我怎能服呢？"就在他们相互问答的时候，巫师看看召来的神将，已经不知到哪里去了。他无可奈何，瞪着眼喝道："今天不与你争，明天我一定召唤雷神来击你。"第二天，炉妇派人再来催设坛，则道士已在晚上溜走了。大约因为他所用的法术虽属正道，但却因受贿赂而运用，所以妖怪不怕，神将也不满。相传明代末年刘宗周先生作左都御史时，在都察院题了一副对联："无欲常教心似水，有言自觉气如霜。"这话可算是说到根本上了。

阴司报应

莫雪崖说：有个同乡染上瘟疫，躺在草席上不能动弹，灵魂忽然已经出了门，觉得顿时离开了烦热，感到非常舒适，但道路都是不曾走过的。他随意往前走，偶然遇到一位老朋友，相见时悲喜交集，忽然回忆起这位朋友已经死了，顿时明白，说："我这是到阴间了吗？"朋友说："你不该死，是你的灵魂离开躯体飘到这里来了。这地方不是人能够来的，你既然来了，何不游览一番，长长见识。"他于是随着朋友走，一路上的城镇村落等，都与人间没有区别。只见人们匆匆忙忙来来往往，也都在各干各的事情。他们见到他，都盯着看，但没有一个人与他交谈。他说："听说阴间有地狱，可以去看看吗？"朋友说："阴间的地狱就像人间的监牢，不是阴司的官员不能开门，不是阴间的吏役不能引路，我也不能去。另有几个奇形怪状的鬼，接近地狱里鬼的模样，你可以去看看。"于是他们改朝一条岔路走去，走了半里左右，到了一个空旷的地方，像是一块墓地，只见一个鬼形状像人，而鼻子下面却没有嘴巴。问这是什么缘故，朋友说："这人在生时最会讲话，用一些阿谀奉承的语言取悦世人，所以受到这种报应，使他不能说话。遇到人间放焰口施舍食物，他只能用鼻子饮一些浆水。"又见一个鬼臀部朝上，头低向下，脸挨在肚子上，用两只手支撑着走路。问这又是什么缘故，友人说："这人生前自以为了不起，所以受这种报应，使他不能再仰着脸在别人面前神气十足。"又见一个鬼从胸部到腹部裂开几寸长，五脏六腑里面什么东西也没有。问这又是什么缘故，友人说："这个人在生时城府很深，心机隐蔽难测，所以受这种报应，使他的肺腑中不能隐藏任何东西。"又见到一个鬼脚长二尺，脚趾大得像棒棰，脚后跟大得像斗，好像是千万斤重的一只船，要使劲半天才能移动一寸。问这是什么缘故，友人说："这个人在生时很有才干，动作敏捷，什么事都要抢先，所以受到这种报应，使他走不动。"又见到一个鬼，两只耳朵拖在地上，好像是拖着两扇翅膀，而上面却没有洞眼。问这是什么缘故，友人说："这人在生时总是多心多疑，喜欢听一些谣言，所以受到这种报应,使他听不到声音。这些都是按照他们在生前所造罪孽的深浅而遭报应,待他们受报应的期限满后,他们才可以进入转生的行列。他们的报应只比下地狱轻一等,相当于人世间法律中的流放。"不久见到一队车马走近,一个阴司官员过来,朝他看了一眼,吃惊地说:"这是个活人的魂,误游到这里,怕他迷路不能回去,谁知道他的家,可带他出去。"友人跪着禀告:"我是他的老朋友。"阴司官员即命令他送他回来。走到大门口,浑身大汗,忽然醒来,从此病也就好了。雪崖这人天性爽快开朗,胸中不藏任何事情,与朋友们开玩笑,往往口若悬河,滔滔不绝。他说的这个故事,大概是编造的寓言,不一定真有其事。然而《庄子》、《列子》中,一半是寓言。只要它包含的道理足以给人以警戒,就不必像刻舟求剑那样去作徒劳的刨根究底了。

多情之鬼

陈半江说:有个书生,在一个月夜遇到一位女子,容貌很美丽。书生用含蓄的话挑逗她,她便很愉快地来与他相处。她说自己的家就在附近,却不肯说出姓名。又说她的丈夫总是几天就要出去一次,家里有后窗可以打开,院墙上有缺口容易跨过,只要有机会就会来与他相会,但是不能预定时间。这样过了五六年,感情非常深。一年,书生要远行,女子晚上来话别,书生说自己的命运都由别人来支配,将来不知什么时候能再与她相会。说到这里,书生不胜伤感留恋,哽咽说不出话来。那女子忽然嘻笑着说道:"你这样痴情,必然会因相思而生病,这可不是当初我来与你相处的本意。实话对你说吧,我是一个正在等待替身的鬼。凡是人与鬼亲热,没有不生病并死亡的,这是因为阴气耗损阳气的缘故。只有我因为爱你年轻漂亮,不忍心让你夭折,所以一定要每隔七八天后,当你的阳气已经恢复时,我才再来一次。有耗损有恢复,所以你没有生病。假使你遇到别的鬼,则尽情淫乐,不出半年,你早就没命了。像我这样的鬼很多,但其中和我一样重情的则极少,你以后可要慎重啊。我为你的深情厚谊所感动,就把这些告诉你,作为报答。"说完,她披散头发,吐出舌头,现出鬼的形状,发出长长的啸声离去了。书生心惊胆战,几乎丧魂落魄。从此以后,他即使遇到艳丽妖冶的美女,也不会侧眼望一下。

村妇智斗奸吏

王梅序说：交河县有个村民被强盗诬指为同伙，村民忠厚老实，不会替自己辩白，于是送了一些贿赂给县吏，请他帮忙。县吏听说强盗之所以要诬指，是因为强盗曾偷偷调戏村民的妻子，被村民打了一顿。县吏想，村民的妻子一定很美，于是拒收贿赂，而暗示说：这事秘密，必须村民的妻子悄悄到他这里来，他才能给她出主意。在中间说情的人把县吏的话告诉了村民，村民怕死怕昏了头，就把岳母叫到监狱，告知此事。岳母回家后告诉女儿，女儿根本不理睬。过了两三天，有人晚上来县吏家敲门，打开门一看，是个讨饭的女人，用布帕包着头，衣服破破烂烂，直闯进来，问她是谁，也不回答。只见她一边走，一边脱去外面的衣裳和头巾，里面穿的竟是非常华丽的衣饰，原来是个非常娇美的女子。县吏吃惊地问她从哪里来，她满脸羞红，低着头不说话，只是从衣袖中递出一张小纸片。县吏拿近手上的灯边一看，上面只有"某某妻"三个字。县吏大喜过望，把她带进寝室，故意问她来干什么。女子用衣袖擦着泪说："我如果不明白你的话是什么意思，怎会在晚上来这里？现在既然已来了，这就不必问了，只是求你不要失信。"县吏赌咒发誓，然后两人亲热起来。女子在县吏家偷偷留住了几天，县吏完全被她迷住了，神魂颠倒，生怕不合女子的意。女子暂时告辞离去，说在村里天天受侮辱，难以长住下去。如果城中与县吏家邻近的地方可以租到几间房子，她便可以得到县吏的保护，免受无赖们的欺凌，也可朝夕与县吏来往。县吏听了这番话更加高兴，竟千方百计为村民辩明冤枉，使他无罪释放。后来他遇到村民，见村民神情平淡冷漠，县吏以为是玩弄了他的妻子，所以他羞愧不愿见面。再后来县吏因事到乡下，来到村民的家，村民夫妇也拒绝见面。县吏明白他们是要与自己断绝往来，非常愤恨。正好碰上有个人利用妓女引诱人赌博，被抓到官府审问，官吏判定妓女押回原籍。县吏看那妓女，就是村民的妻子，于是走过去和她说话。那女子说："因为被丈夫管束得很严，不能按约定来往，非常惭愧，十分想念。今日幸得相逢，求你看在往日几天欢乐的分上，想办法让我免受杖刑，免于押回原籍。"县吏又被她迷住了，于是对官员说："妓女原来招供的是娘家的籍贯，她实际上是县中某村民的妻子，现在应该追究她丈夫的责任。"县吏是想让官府判她由官府拍卖，然后自己买下。官府派人抓来村民，村民带着妻子一同到来，才发现她是另外一人。询问同村的邻居，都说不是假的。于是问县吏为什么要诬陷村民，县吏无法回答，只好说是听人说的。问他是听谁说的，则他又张口说不出来。官员叫妓女过来问,妓女说:县吏当初是想通过要挟奸污村民的妻子,村民的妻子想,顺从则失身,不顺从则丈夫会被害死。这时正好这个妓女新到,村民的妻子便把自己所有的首饰脱下来送给她,让她冒名顶替去县吏家,与县吏亲热,所以相互认得。现在要受杖刑,碰巧又与县吏相逢,于是继续冒充是那个村民的妻子,希望县吏能帮助她免遭杖刑,没想到县吏又另生诡计,结果两人都遭败露。官府重审村民的案子,发现他确属冤枉。姑且念他当初有意让妻子献身于县吏是为了救命,后来的事又由他妻子设计,所以免予处罚,而对县吏则予以严惩。狡诈阴险,没有人比得上吏,但这个吏却被一位乡村妇女愚弄,就好像玩弄一个婴儿。这是因为愚蠢者总是被聪明的人所欺负,但事情发展到极端则会向相反的方向转化,聪明的人也往往在自己没有估计到的地方,被智慧更超过他的人突然出现而战胜他。没有做出的事情不遭到回报的,这是天地的规律。倘若智慧的人就永不失败,那么这个世界上就只剩下聪明的人,愚昧的人早就绝迹了,难道会有这样的道理吗?

鬼 吃 人

鬼迷惑人可直至将人弄死,不知是什么用意,倪余疆说:我从施亮生那里得知其中原因了。鬼只是要吃人的生魂。因为鬼是人残剩的气构成的,这种气渐渐消失减少,直到完全散尽。得到生魂的气来补充,则它又可以延长。所以女鬼总是喜欢与人淫乐,这是为了摄取人的精气。男鬼无法摄取人的精气,则把人杀死后吸他的生气,这都与狐狸精彩取人的精气补充自己的大丹相类似。我因此回忆起刘挺生曾说:康熙五十九年,有五个举人晚上碰到下雨,进一座破庙躲避。四个人已入睡,只有一个人还没睡着,忽觉一阵阴风飘来,有几个黑影从窗户中爬进,对着四个人吹气,四个人便迷糊了。又对没睡着的这个人吹气,这个人心里虽然明明白白,但也觉得渐渐昏迷,恍惚中觉得有人在拖自己。等他清醒一点,则发觉已不在原来的地方了,好像还被捆绑着,想呼叫,则张口发不出声音。再看另外四个人,也横的横竖的竖俯躺在地上。几个鬼共同举起一个人来吃,不一会就吃完了,又接着吃了两个人,等它们正要吃第四个人时,忽然有个老头子从外面进来,厉声喝道:"野鬼不要乱来,这两个人有做官的福相,你们不可侵犯。"几个鬼吃惊地散开了。两人不久便醒过来,叙述所见到的情况相同。后来他们一个做了县学的教谕,一个做了训导。鲍敬亭先生听说这事后笑道:"我这辈子一直嫌这个官太小,不料鬼神还这样看重。"从刘挺生所说的这件事看来,亮生的说法似乎不假。

鬼 写 信

　　李庆子说:有个叫朱立园的秀才,辛酉年北上参加顺天乡试。晚上经过羊留北面,因为绕避泥泞的路,转来转去迷失了方向。当地没有旅店可住,远远望见树林外有户人家,于是试着去投宿。到房前一看,外面是一道土垒的院墙,里面是六七间瓦房。有个童子出来接待,朱立园详细说明了请求留宿的意思,这时一个老翁走出来,衣服朴素而清雅。他请客人进去,走进正房旁边的小屋中,叫拿灯来。那灯光黯淡,老翁说:"年成歉收,油的质量不好,很令人烦闷,但无可奈何。"又说:"夜深了,不能多备菜肴,只有一点粗酿的酒,稍微喝一点,请不要嫌太轻慢。"两人谈得很投契,朱立园问他家有些什么人,老翁说:"孤苦伶仃,只有老妻和几个男女仆人住在一起。"他又问朱立园要到哪里去,朱告诉说是到京城去的。老翁说:"我有一封信和一点东西想送到京城去,但这个地方偏僻,没有传送书信的人路过。今天遇到您,太幸运了。"朱问:"四周都没有邻居,独自住在这里,不害怕吗?"老翁说:"我在这里有几亩薄田,督促奴仆们耕种,因而就近在这里住下。家里贫穷没什么积蓄,不担心强盗。"朱说:"我的意思是指旷野中鬼很多。"老翁说:"鬼却没见过。你如果害怕这个,我陪你坐到天亮,好吗?"接着他向朱立园借了纸和笔,进屋去写了书信,又将一点东西放在信封里,然后用旧布把信封包得严严实实,外面又密密缝上,交给朱立园,说:"收信人的住址已写在信封上了,你到京城后拆开看,就自然知道。"天亮后告别,老翁又反复叮嘱信和东西千万不要遗失,然后才依依分手。朱立园到京城后拆开包裹一看,只见信封上写着"朱立园先生启"几个字,里面包的东西是金簪和银钏各一双,信上说:"我年老没有儿子,被妻子的话迷惑,以女婿作继承人。到外孙时还偶尔祭奠扫扫墓,后来便被看作异姓人,纸钱、麦饭早就不供给了。矮矮的一座孤坟,也渐渐塌陷。我在九泉之下含冤忍痛,后悔不已。现在谨以殉葬的一点小东西,请你把它们卖掉,回来的路上,用卖得的钱帮我修一修坟墓,并稍微疏浚一下坟墓南面的水沟,使积水不会浸入我的墓穴。如能答应我的请求,我一定要像《左传》中记载的那个结成草绳绊倒杜回的那个老人的鬼魂一样,报答你的恩情。我知道你怕鬼,所以我会暗中给你叩头,不敢现出形体,请不要生起疑虑。亡人杨宁顿首。"朱立园大惊,汗流浃背,这才知道是遇了鬼。因书信中有"回来的路上"的话,朱立园知道这次考试肯定不中,结果果然如此。回归经过羊留时,他用卖金簪银钏所得的钱,派仆人去为杨宁修理坟墓,自己则再也不敢到那里去了。

鬼谈神鬼

吴雪岩说:有个秦生不怕鬼,总是为没能亲眼见一次鬼感到遗憾。一天晚上,他在自家别墅散步,听到树林外面有人高声朗诵唐代人的诗句:"自去自来人不知,归时唯对空山月。"声音哀伤凄厉,拖得很长。秦生隔着树叶偷看,原来是一个穿着古代衣冠的人靠石头坐着。秦生知道是鬼,突然冲出站在他的面前,鬼也不逃避。秦生长长作了个揖说:"我与你一属阳间,一属阴间;一是今人,一是古人。今天偶尔相逢,互相没有什么好寒暄的。我之所以来,是想问问鬼神的情况。请问变成鬼时是什么情形?"他说:"人的灵魂一脱离躯体,就成了鬼,好像茧化成了蝶,自己都不知道是怎么回事。"秦生又问:"变成鬼后,果然是体魄下降散灭,而魂灵上升,返回太虚宇宙中么?"他说:"我变成鬼后就一直在这里,现在我现出全身,对你相对,并没有随天地间的元气升降飞扬,只是在子孙祭祀时才聚合,祭祀完毕则重新分散。"秦生问:"果然有神灵么?"他回答:"既然鬼确实存在,神也就不是假的了。好比人间有百姓,必有官吏师长。"秦生问:"从前的儒家学者都说雷神之类都是刚产生马上又消失,这种说法果然正确么?"他说:"我作书生时,也听够了这类说法。但当时就私下怀疑,霹雳轰击,转眼即逝,而且往往同时发作。如一次雷击就是一个雷神,则神的数量将比蚊子还多;如雷击结束雷神也就消失,则神的寿命比蜉蝣还要短。当时我向老师问起这些问题,总是遭到呵斥。直到做了鬼之后,我才知道各种神灵奉行着各自的职责,就好像人间设置各种各样的官职一样,都不是片刻就消失的幻影。遗憾的是我不能将亲眼所见亲耳所闻的情形再去质问老师。不过,当时坐在讲台上讲课的人,现在都应该早变成鬼了,他们自己肯定已经知道,也用不着我去责问了。大致说来,世上没有鬼这种说法,圣人从没有提过。只是后代的著名儒家学者们,担心人们过分迷信鬼神,所以强行提出这种说法。然而,禁止酗酒是可以的,连带着完全废止酒就不可以了;禁止淫荡是应该的,连带着禁止夫妻之爱就不对了;禁止贪婪是正确的,连带着将所有财产货物都禁止就是荒谬的了;禁止争夺是对的,连带着禁止一切武器就不对了。所以那些著名儒学家,凭藉享有一代盛名,又有成千上万的朋党声援,往往可以使人不敢开口说话,但终究不能使人们心服,就是因为这个缘故。传授他们学说的人,心里也明白事实不是这样,但因为不主张这种学说,世人就不承认你的学问正确精深,所以也只好违心地附和它,说:按道理应该是这样的吧。你没有体会到早期的儒学大师们否定鬼是一种矫枉过正的说法,他们是因为受迷信鬼神的严重状况刺激才这么说的，其实这不是他们的真心话；你也没有觉察到后来的儒学家主张禁止谈神说鬼的'异端邪说'，是因为他们受到压力有所畏惧才这么做的，其实也不是他们的真实心愿。你现在竟然相信这些儒学家，真以为没有鬼神，并且正儿巴经地向我问起这些问题，则你是被他们骗得太久了。我是个阴间的鬼，不想与活人相处太久，你也不宜于太长时间与鬼呆在一起。我的话到此为止，其他的问题可由此类推。"说完，他发出长长的啸声离去了。这个鬼说儒学家们明知有鬼，却故意说没有鬼，与前面记载的黄山二鬼说儒学家们明知井田制及分封制度行不通，却故意说可行，这都是非常犀利深刻的见解。世人往往以为这些儒学家们只是太迂腐不切实际，这就还是被迷惑而不能弄清真相。

古鬼知今事

汪厚石主事说：有些人在杭州西湖扶乩，乩仙降临作诗说："旧埋香处草离离，只有西陵夜月知。词客情多来吊古，幽魂肠断看题诗。沧桑几劫湖仍绿，云雨千年梦尚疑。谁信灵山散花女，如今佛火对琉璃。"众人知道这乩仙是苏小小，于是有人问道："你是南朝齐时的人，为什么也能作唐代以后才有的七言律诗呢？"乩仙又写道："经过年年月月，阴间与阳间是相同的。鬼神的性灵没有埋灭，就能随着时间的推移而更新知识。孔子生前只认识大篆体的文字，现在人们祭祀用的祭文却可用隶书体书写；释迦牟尼不懂中国的语言，而现在的祈祷文却可以用汉语中的骈体文来写。由此可见，千年以前的人，他们的性灵至今还存在，因此也就听得懂现在的话，能写现在的文章。南朝齐、梁时的文人江淹、谢朓能够作《爱妾换马》的八韵律赋（按：谢朓当是谢庄之误，爱妾换马的故事见于《纂异记》），而这种赋体是唐代才有的；沈约的儿子青箱能够作《金陵怀古》的五言律诗，而这种诗体也是唐代才有的。古代人化为乩仙能作后代的诗文，这种事情从前早就有过，今天的事情又有什么好怀疑的呢？"在场的人又问："你还能作齐梁时盛行的'永明体'诗吗？"乩仙随即写了四首："欢来不得来，侬去不得去。懊恼石尤风，一夜断人渡。""欢从何处来，今日大风雨。湿尽杏子衫，辛苦皆因汝。""结束蛱蝶裙，为欢棹舴艋。宛转沿大堤，绿波双照影。""莫泊荷花汀，且泊杨柳岸。花外有人行，柳深人不见。"这些都是《子夜歌》的形式。虽然这是个有才华的鬼依托苏小小，但他也可谓能言善辩了。

疑案二则

表兄安伊在说:河城秋收时,有个少妇抱着个孩子在田塍上走,忽然失足倒地,躺下没有再起来。秋收的人远远望见,怀疑出了什么事情,跑过去一看,则少妇已死,孩子也撞在瓦角上,头破而死。人们大惊,急忙告诉这块地的主人,主人马上报告里长,大家一起来辨认,则方圆几十里以内都没有这个妇女。而且她衣饰华丽整洁,孩子也戴着银手铷,穿着红绫衫,不像是贫穷人家的人。人们大惑不解,暂且用草席盖着,轮番看守,而派人急忙报告官府。河城离县城很近,县官第二天下午就赶到了。等揭开草席一看,则里面只有一捆麦秸,两具尸体已不见了。压草席的砖没有动过,看守的人也片刻都没有离开过。县官大怒,将地的主人及看守的人全部抓去,千方百计拷打审问,也没有发现丝毫谋杀弃尸的迹象。这案子纠缠折腾了一年有余,只好作为疑案上报上级官府。上级官府以案情模糊不清,反复驳回责问。这样又折腾了一年多,才作为疑案待调查搁置下来,而地的主人已倾家荡产了。这事发生在康熙五十二、三年间。据说当地村子南面墓地里有只黑色的狐狸,每天晚上都出来望月而拜,以修炼道术,很多人都看到过。地的主人家有个儿子喜欢打猎,偷偷埋伏在那里,安上弩箭,结果射中了黑狐的大腿,黑狐尖声长叫,化为一团火光向西逃走。搜黑狐的洞穴,发现两只小狐,于是把它们捆着带回家,但不久就逃掉了。过了一个多月,就发生了上面这件事。人们怀疑是狐狸变成少妇来报仇,但这种说法太荒诞怪异缺乏证据,所以不敢把它当作供词,官府也不敢把它写进审讯记录,于是不得不以藏匿尸首论处,所以才折腾到这个地步。

安伊在还说,城西某个村子有个讨饭的妇女遭到婆婆的虐待,在土神祠里上吊自杀,也是用草席盖着,等候官府来检验。人们轮番看守,但官员到场时,尸体和看守的人都不见了。于是也像河城那件案子一样千方百计追查审讯。七八年之后,人们在安平(安平县属深州)发现了他们俩。原来那女子长得很白净,轮到一个年轻人看守时,脱掉她下身的衣服奸污她的尸体。尸体受到活人的气息,竟复活了。于是那个年轻人带着女子逃到了安平,这事发生在康熙末年。有人怀疑河城的案子可能与此类似,不知究竟怎样。又有人把两件事情合成一件事,则是因传闻而弄错了。

道士摄魂

与我同年中科举的龚肖夫说:有个人四十多岁了,还没有儿子,而妻子非常凶悍嫉妒,绝没有纳妾的可能。这人因此总是郁郁不乐。一天他偶尔来到一座道观,有道士向他打招呼,说:"你的气色呆滞,好像有很重的忧虑。我们道家以帮助人为目的,你何不把真实情况告诉我,或者我能帮上一点忙呢。"这人觉得道士的话很奇特,于是以实相告,道士说:"其实我早就知道这事了,不过问问你而已。你可以为我缝制鬼卒穿的衣服十来件,我一定能为你做点什么。如果你不能缝制,向演戏的人去借也可以。"这人更加觉得奇怪,但仔细一想,道士即使是骗取衣物,也没有什么用,肯定是有什么缘故,姑且让他试试看。当天晚上,这人的妻子就做噩梦,叫也叫不醒,而且呻吟号叫,声音十分凄惨。第二天,她的两边大腿上全是青紫的伤痕。问她,她不肯说,只是长叹短吁而已。三天后,又是这样。从此以后,每过三天都出现这种情况。半个月后,她忽然派奴仆去叫媒婆,说是要为丈夫买妾,人们都不相信,她丈夫也怕后患无穷,所以非常怀疑犹豫。接着她便一连昏迷了几天,醒来后,更加急切地催促买妾,并把金银放在桌子上,与家里的仆人们约定:三天没买到,就要重重拷打;买到了但是不好,也要重重拷打。看她那样子,似乎不是在说假话。仆人们找到两个女子送上,她一齐留下,当晚就收拾床铺,催丈夫入房与妾同寝,全家人都感到惊奇,不知她是什么意思,丈夫也似信非信,好像在梦中一样。后来他再次见到道士,才知道道士有摄取人的魂魄的法术。他让道观中的道士们穿上那些衣服扮成鬼卒,而自己则戴着七星冠,穿上有羽毛的道服,坐在堂上焚烧符咒,摄来那女人的魂魄,对她说:她家的祖宗公公婆婆等,因为她断了他们家的后代,是大不孝,所以向阴司官府告了状,该用桃木杖打一百下放回,并限期买妾。她开始还以为是做噩梦,不肯执行。后来过三天魂魄就被摄去一次,就像人间官府定期拷问追赔一样。她一连昏迷几天,则是魂魄被倒悬着,往鼻子里灌醋,并限定三天内不买到美女给丈夫作妾,则把她打入泥犁地狱。像摄人魂魄这种小法术,本不是正大光明的法术。然而法术本身无所谓邪与正,就看人怎么用它了。比如说同是戈矛,用它来杀人抢劫则是强盗,用它来征讨敌寇则是正义之师。法术本身也无所谓大小,也看人怎么用它。如《庄子》里就记载,同是一种使人的手上皮肤不开裂的药,发明它的人只会用它来帮助自己漂洗丝绵,而另外一人则利用它帮助吴国的军队在冬天与越国军队展开水战,大败越国。这个道士可以说是善于运用他的法术了。至于这个嚣张凶悍的妇女,讲情理不能使她醒悟,法律也无法惩治她,而道士却能用小小的法术制服她。尧牵一只羊,舜跟在后面鞭打,那羊也不走;但放羊的人一赶,则羊成群奔跑。每种东西都有特定的制约它的事物,每种药物都畏惧另外某种东西抵消它的药用。古今帝王圣贤们都提倡神鬼仙道之类来教化民众,使那些强悍大胆的人有所畏惧,从而变得驯服,其用心是极为深远的。讲道学的人总是否定鬼神,他们哪里知道这里面的奥妙呢?

狐狸打抱不平

褚鹤汀说:有个国子监生,家中的财产无法估计。妻子生了一个儿子后死了,续娶了一个女人。这女人颇有几分姿色,监生被她迷住了。她假称家务事没人帮忙料理,把她的母亲接来,母亲又把两个妹妹也带来了。不到一年,她的一个哥哥两个弟弟也带着家眷来住在一起,时间一长,家里的男女仆人也都换成女方的人,监生父子反而孤单伶仃,就好像寄居在别人家里讨饭吃一样。久而久之,家里的钥匙账簿钱粮收支等监生父子都无权过问,他们俩往往只能吃点残汤冷炙,反而遭到嫌弃。稍微表示一点不满,想夺回被侵吞的权力,则女人的哥哥弟弟在堂屋里吵,母亲妹妹等在内室里骂。监生父子还曾遭到他们一伙的围攻殴打,胡须被扯掉,脸被抓破,拼命喊救命,也没人答应。儿子急忙跑来救助,竟被一巴掌打倒在地,只得磕头求饶,希望让自己多活几天。监生愤恨之极,跑到后院菜地上准备上吊自杀,忽然有位老人劝阻他,说:“你不要这样。你家的事情,神灵和人都早已愤愤不平。我在你家已经住了很久,尤其为你不平。你只要到土神祠里烧一篇祈祷文,请求土神派遣住在你家后院的老狐狸驱逐那伙人,土神必定会答应你的要求。”监生按照他的话做了,当天晚上果然屋上的瓦乱响,窗户门扇震动摇晃,妻子家的一伙人都被砖块石头击中,头破血流。不久妻家一伙的女人都被狐狸迷住,即使她的母亲也不例外。她们白天则发狂赤裸着身体乱跑,讲些不堪入耳的话,作出些不堪入目的下流动作,无所不至;晚上则每人的卧室中都聚集着几十只狐狸,轮番奸污她们,她们忍受不了痛楚,哀叫求饶的声音此起彼伏。厨房里的食物往往都被摄取到监生父子面前,妻子家一伙人吃的东西里往往夹杂着污秽之物。他们知道住不下去了,都逃走了。监生才得以渐渐召回原来的仆人,重新料理家事,于是才能存活下来。妻子家的一伙人还不死心,经常来窥探,但一进门就会遭到袭击。有时他们想偷偷带走什么东西,但到家后则袋子已是空的。妻子偷偷送给他们财物,也是如此。于是他们终于不敢再来,但清点一下家产,则损耗已经十分惨重了。如果不是狐狸出力,则监生父子势必饿死。这种事情,即使是关系最密切的亲友也不能代他出主意,而这只狐狸却千方百计为他想办法。难道是狐狸果然胜过人吗?人受世故的影响深,所以总是避免与人结怨、遭人嫌嫉;总是挑容易的事情作,而回避困难的事情,于是见人有危难也坐视不救。狐狸则不通世故,所以想不到用机巧的手段博取忠厚长者的名声。根据道义应该做的事情,它们就挺身而出。虽然它们是狐狸,为它们赶车牵马,也是我十分乐意做的事情。

瞎子报仇

瞎子刘君瑞说:有一个瞎子,年纪三十多岁,总在卫河畔来往。遇到停船的人,就一定要问:"这里有殷桐吗?"而且一定还会重申:"是夏殷的'殷',梧桐的'桐'。"有人晚上与这瞎子睡在一处,只听他说梦话也总是念叨这两个字。问他的姓名,则他过十天半月就要变一次,也没有人向他问个究竟。这样过了十多年,人们都认识他了。有时他正要开口问,人们就说:"这里没有殷桐,你到别处去找吧。"一天,运粮的船队停泊在岸边,瞎子又像往常一样去问,只见一个人挺身跳上岸来,说:"是你吗?殷桐在这里,你能把我怎么样?"只见瞎子发出虎吼般的狂叫声,扑上去抱住他的脖子,用嘴咬他的鼻子,血流淋漓满地。众人上前想拉扯开,但瞎子抱得死死的,根本拉不开,结果两人一齐滚入河中,随着水流沉没了。后来人们在天妃宫前发现他们的尸首(尸首漂不出入海口,凡是在河中没有找到的尸体,在天妃宫前一定会浮出来),只见殷桐将瞎子左边的肋骨全部捶断,但瞎子始终没有放手,他的十个指头抠进殷桐的肩背达一寸多深,殷桐两边脸上的肉几乎全被咬掉。人们终究还是不知道他有什么冤仇,估计是杀害父母的冤仇。以一个没有双眼的人,来搜寻一个有眼的仇人,不可能发现几乎是肯定无疑的;以一个残疾弱小的人,来与一个强壮凶横的人搏斗,不会取胜也几乎是肯定无疑的。这比起伍子胥要报楚国的杀父之仇,是更为困难的。但他仍然十几年不改变自己的决心,结果竟然咬了仇人的肉报了冤,这难道不是因为他精诚之至,连天地也不能违背他的意愿吗?南宋高宗不肯出师北伐收复金人占领的北方,迎回徽钦二帝,而躲在临安游山玩水,轻歌曼舞,终究是不能以国势衰弱为理由替自己开脱的。

荆浩为鬼

王昆霞作了《雁宕游记》一卷,朱导江为我书写一幅书法挂轴时,摘录了其中一条,说:"四月十七日,晚上从小石门出来,到北洞。因贪赏景色,忘记返回,只得坐在树下,等待月亮上来。因为困倦,正想稍睡一会,只见一阵山风吹来,十分凉爽,使人忽然清醒。这时隐隐听到人的言语声,说:'夜里气雾澄清,更加幽静,在这里坐坐,胜过看图画中色彩斑斓的山水景象。'我以为这是一同游山的人晚上到了这里,所以不大在意。过了一会又听那边说道:'古代《琴铭》中说:山虚水深,万籁萧萧。古无人踪,唯石巉峣。这真是善于描绘一种很难描绘的景象。我曾请洪谷子按这几句话的意思画一幅画,他竟无法下笔。'我感到惊讶,想想这是谁呀?他竟然能够见到五代时的著名画家荆浩(荆浩号洪谷子)?于是坐起来听他们再说些什么。只听一个声音又说道:'前不久苏东坡为我画了半面墙壁的竹,分布躯干枝叶,像春天山谷中的云雾飘涌而出,或疏或密,意趣神态非常自然,没有那种枝干横冲直伸的形状。'又一个声音说:'近日我见到他写的《西天目山》诗,像空空的江面在秋天里特别明净,烟水渺然;又像老鹤发出长长的叫声,凄清嘹亮,传向远方,也将他原来诗作中的那种纵横傲岸的气势消除干净了。大约因为他过去是人间的才子,用笔往往追求充分表现心思的巧妙;现在他成了飞腾的仙人,笔法天然神妙,境界所以不同。'我知道这说话的必定是仙人,便站起来抬头望去,忽然'扑簌'一响,山间的野花纷纷散落,有两只鸟冲向云空飞走了。"王昆霞有"蹑屐颇笑谢康乐,化鹤亲见徐佐卿"的诗句,就是记载他经历的这件事的。

狐狸为女奴辩冤

刘拟山家有只金钏不见了,拷问小女奴,女奴承认是偷卖给打鼓人了。(京城中的无业游民,往往女人在家倚门卖笑招揽嫖客,男人白天要回避,就挑着一对柳条筐,拿着一只短柄的小鼓敲打,收买杂物废品,称为"打鼓"。凡是家中的仆人或小孩偷出的东西,打鼓人往往以很低的价钱买去。他们虽然不直接偷盗,实际上是盗贼的同伙。然所收买的这些东西往往很零碎,值不了几个钱,而行踪又很诡秘,根本无法追查,所以国法也不能对之加以禁止)又拷打追问那打鼓人穿的什么衣服,什么模样,结果还是没有找回金钏,于是又重新拷打小女奴。这时，天花板上有个声音轻轻咳嗽了一下，说："我在你们家住了四十年，从来没有显露形迹声响，所以你们不知道有我。今天我实在不忍心默不作声了。这只金钏不是你家夫人检点杂物时误放进漆盒中了吗？"刘家人根据这话去找，果然不错，而小女奴已经被打得遍体鳞伤了。拟山终身为此感到惭愧后悔，总是自己提起这件事，说："这样的事情经常会发生，但怎能经常有这只狐狸在身边呢？"所以他做了二十多年官，审问案件从来不用严刑逼供。

多情乩仙

多小山说：他曾在景州见到有人扶乩，召乩仙不来，再焚烧符咒，乩笔摇晃了好大一会，然后写出一首诗："薄命轻如叶，残魂转似蓬。练拖三尺白，花谢一枝红。云雨期虽久，烟波路不通。秋坟空鬼唱，遗恨宋家东。"在场的人知道这乩仙是个吊死鬼，于是问她的姓名，她又写出几句话："我家祖籍苏州，移住楚地。偶尔遇到一个心上人，陷入情网，彼此吐露了心迹。不料好梦未成，就仓促含恨上吊自杀。以圣贤制定的礼法来要求，正人君子肯定要讥讽我；但原谅痴情儿女的一段感情，多情才子或许会予以怜悯。我姑且抒发一点悲哀怨恨，请你们就不要问我的姓名了。"这位女子的才华不弱于李清照，她所说的"圣贤、儿女"两句话，作为对自己的评价也是很恰当的。

吕 留 良

袁枚《新齐谐》记载阴司中公布吕留良的罪过是声讨佛教过分，这肯定不是事实。吕留良的罪过，在于在明朝灭亡之后，既不能像伯夷、叔齐不吃新王朝的粮食，饿死首阳山；又不能隐姓埋名，逃避人世之外，像真山民那样。他自己和众多童生一起参加了清朝的科举考试，作了秀才，他儿子吕葆中还高中进士，以第二名进入翰林院，则他们父子早就享受了新王朝的名位俸禄，决不能还把自己看作旧王朝的遗民了。他们怎能写作诽谤清朝的著作，迷惑煽动老百姓，借口忠于明朝来攻击清朝呢？这是一种动摇不定进退无准的行为，是最狡猾最反复无常的表现。考察一下他平生的作为，实与钱谦益相同。死后在阴间还逃不脱惩罚，必然是因为这个缘故。至于他讲理学，斥责佛学，则是因为他既然要推尊程、朱一派的理学，就不得不批驳陆九渊、王守仁一派的理学为禅学；既然斥责禅学，自然不得不牵连着批驳整个佛学。其实批驳佛学并不是他的本意,也不是他真正的罪过。自从佛学在东汉明帝时传入中国以来,批驳佛教的很多,批驳佛教太过分的也很多,以此作为吕留良的罪过,恐怕他反而有了辩解的理由,不知人们是否曾经听说过五台山和尚明玉所说的话,他说:批驳佛教的主张,宋代儒学家很深刻而韩愈则很肤浅,宋代儒学家很精致而韩愈很粗疏,然而剃了头发披起袈裟做和尚的人怕的是韩愈而不是宋代儒学家,恨的是韩愈而不是宋代儒学家。因为韩愈斥责的是佛教信徒们给寺院和和尚施舍供养,这是针对广大普通民众而发的;宋代儒学家批驳的是有关明心见性的佛学理论,是针对知识分子而发的。天下知识分子少而普通民众多,和尚们生活所需的东西,也是来自于知识分子的少,而来自于普通民众的占大多数。假使韩愈的主张获胜,则寺庙的厨房里必然要断了炊烟,想建寺院也没有土地。即使有佛学造诣极深的和尚,他难道能率领数不清的和尚们空着肚子坐在露天里说佛法吗? 这就好像用兵的人先切断了敌军的粮草供给线,敌军就将不战而自我溃散了。所以和尚们非常怕韩愈,也非常恨韩愈。若使宋代儒学家们的主张获胜,则大不了你儒家的道理是那样,儒家的礼法是那样,你不必听从我;我佛家的道理是这样,佛教的礼法是这样,我也不必听从你。你我可以各自信奉自己所知道的东西,各自施行自己所理解的东西,彼此对峙,对任何一方都没有什么危害。所以,佛教徒不太怕宋代儒学家,也不太恨宋代儒学家。由此可见,唐代以前的儒学家,所说的每句话都有实用;宋代以后的儒学家,则每件事情都只是空谈。讲理学的人口口声声斥责佛教,实际上对佛教毫无损伤,只不过是空吵闹而已。把这当作功劳,固然是讲理学的人自相吹捧;把这当作什么罪过,也未免太看重吕留良了。

死鬼诱人自杀

奴仆王发有天晚上打猎后回家,月光之下,只见有个人被两个人各拉着一只胳膊,一个向东拉扯,一个向西拉扯,而没发出任何声音。王发怀疑是有人在黑夜里抢夺衣裳钱物,于是向空中开了一枪。那两个人飞奔跑开,被拉的人急忙奔回来,但一晃也不见了,王发才知道遇上了鬼。等他走到村口,只见一户人家灯火通明,很多人进进出出,人声嘈杂,说是有个新媳妇上吊,现在已复苏了。那媳妇说:"婆婆叫我做饼当晚餐,饼被狗衔走了两三个,婆婆怀疑是我偷吃了,狠狠打我耳光。我感到冤枉无处申诉,呆呆站在树下。不久就有一个妇女过来劝道:'这样受冤屈,还不如死了。'我正犹豫不决,又过来一位妇女,也怂恿我寻死算了。我恍恍惚惚迷迷糊糊,自己不知不觉,就解下腰带上吊,两个妇女在一旁帮我。开始呼吸被堵,难受得难以形容,渐渐地就像睡了过去,不知不觉身体已经出了门。一个妇女说:'是我先劝的,应该代替我。'另一个妇女说:'不是我在后面跟来,她下不了决心,应该代替我。'她们正在争夺,忽然'霹雳'一声,火光照亮了四周,两个妇女都惊走了,我才得以回来。"后来王发每次晚上回家,就远远听到哭骂声,说:"你坏了我的事,我发誓一定要杀了你。"王发也不害怕。一天晚上,他又听到哭骂声,于是怒喝道:"你杀人,我救人,就是告到神灵那里,道理也在我这边。你敢杀我就杀掉我,何必总是白白地吓人。"从此以后,哭骂声再也没有了。由此看来,把人从死亡边缘中救回来,也会招来想杀他的人的怨恨,难怪世上袖手旁观的人这么多了。这个奴仆,也算是稍有点特别了。

幕僚"四救四不救"

宋清远先生说:从前在王坦斋先生的提学使衙门中做幕僚时,有个朋友说梦游中到了阴司,只见几十个士大夫模样的人排着队走进去,阎王讯问斥责了很久,然后他们又相继走出来,都露出惭愧悔恨的神情。偶然见到一个吏,好像见过面,但记不得他的姓名了,试着向他打招呼,他也答礼,于是问他刚才都是些什么人,为什么露出这种神情。吏笑着说:"你也在做幕僚,刚才这些人中你难道就没有一个老朋友吗?"这人回答说:"我只是作了两次提学使的幕僚,没有进过有实权的长官的幕府。"吏说:"要是这样,你就是真的不知道了。这些就是所谓的'四救先生'。"问"四救"是什么意思,吏说:"凡是给人做幕僚的,都传授着几句口诀,叫做:救生不救死,救官不救民,救大不救小,救旧不救新。救生不救死,是指死的人已经死了,已决无什么好救了;活的人则还活着,又杀了他抵命,就是又多死一个人。所以宁愿想方设法使他免于死罪,而死者含冤与否,就不管它了。救官不救民,是指向上一级官府上诉的案子,让上诉人的冤屈得伸,原先主持审判的官员的祸福就难以测度了;使上诉人的冤屈不得伸,就是反坐上诉人的诬告之罪,最多不过充军、流放而已。而原审官员究竟错判与否,就不管它了。救大不救小,是指罪过如果落到上级官员头上,权力越大地位越高的官员,遭到的惩处也就越严厉,而且牵连得罪的人也必定很多;如果罪过落到小官身上,责任越轻的处罚越轻,而且比较容易结案。至于小官究竟该定罪与否,就不去管它了。救旧不救新,是指旧任官已经离开此任,如果还有什么案子没有了结,把他扣留下来,恐怕他没办法赔偿;新官刚来,要他承担什么责任,施加一点压力,他还可以办到。至于新官是否承受得了,也就不去管它了。这些都是以君子的心肠,做忠厚长者该做的事情,并不是企图得到什么好处而巧妙地利用法律的漏洞,也不是因为自己有什么私恩私仇而以公报私。然而人情世态千变万化,十分复杂,原本不能执定某一条规则去对待处理。如果坚持这种条例,则往往会矫枉过直,顾此失彼。本是为了替人造福,反而造了孽;本来是为了平息事端,反而酿成了事变,这种情况也会经常发生。今天审问的,就是因此而造成了祸害的人。"问他们将会遭到怎样的报应,吏说:"种瓜得瓜,种豆得豆,前世的罪孽要纠缠到下一世,因为种种因素凑合,他们下一生中也将遇到这种'四救先生',而被列入'四不救'的行列,如此而已。"忽然间猛地醒来,左思右想,也不明白入梦的原因。难道是神灵借这个人做梦而给世人以告戒么?

石膏治瘟疫

乾隆五十八年春夏间,京城里流行瘟疫,用张景岳的疗法治疗,十死八九;用吴又可的疗法来治,也不大有效。有个桐城来的医生,用大剂量的石膏治冯星实鸿胪的妾,见到的人都感到惊异,但这妾眼看就要断气,一剂药下去就治好了。人们效仿这种疗法,救活的人数也数不清。其中有的一剂药就用了八两石膏,有的病人喝的石膏达到四斤,虽然刘守真的《原病式》、张子和的《儒门事亲》等医学著作都以专门倡导用寒凉类药物闻名,但也不敢用剂量达到这种地步,这种剂量实在是自古以来都没有听说过的。考察一下历代喜欢用石膏的医生,没有超过明代的缪仲淳的(缪仲淳名希雍,天启、崇祯年间人,与张景岳同时,而所传医术不同)。这本不属于用药的中和之道,所以王懋竑《白田集》中有一篇《石膏论》,极力指责缪仲淳的错误,不知它为什么竟有这样的疗效。这也是金、木、水、火、土五运与风、热、湿、火、燥、寒六气的运行在这年正好构成一种特殊状态而造成的,不能据此把它当作一种通行不变的疗法。

鬼托人情

堂伯君章公说:有个表兄,在某个有月亮的晚上,在村外纳凉,遇到一个人,像是个读书人。只见他长长作了一揖,说:"我不幸遭到土地神的谴责,自己祈祷无济于事。这一带只有您祭祀土地神的供品最丰厚,而几十年来没有求过土地神任何事情。土地神很感激您,也很敬重您。您如果帮我祈祷一下,土地神肯定会听从。"表兄问:"你是什么人?"他答道:"我从前是个秀才,与您的父亲也认识。现在死了已经三十多年了。昨天偶尔向人家素取食物,被他告到土地神那里。"表兄说:"自己的事情不祈求,还能为别人的事情祈求吗?人的事情不祈求,还能为鬼的事情祈求吗?我不能帮你的忙,你算了吧。"那人听完,甩手离去,口里说道:"你不过是个只顾自己的人罢了,不值得和你商量。"祭祀的供品必须丰厚,这是表示对鬼神的恭敬;不去祈求鬼神,这是为了与鬼神保持距离。尊敬鬼神而又与它保持距离,这是民众应该遵循的原则。比起世俗中人讨好祈求鬼神、迂腐的儒生对鬼神傲慢凌侮,这算是适中的一种态度。堂伯说起这事时,我才八九岁,这位表丈的姓名我也不巧忘记了。当时乡间的风俗淳朴忠厚,大约必定是端正谨慎、笃厚实在的家庭之间,才互相结为儿女亲家。我家的亲戚中为人处事像这位表丈的很多,现在也不能猜度到底是哪位了。他们的品德像远处高高耸立的山峰,令我仰望钦羡不已。不知不觉已经七十年过去了,我怎能不深深缅怀呢?

潘 班

潘班自号黄叶道人,曾与一个退居田野的著名人物同席饮酒,潘班屡次称他为兄,这著名人物十分恼怒,勉强笑着说:"老夫现在已经七十多岁了。"当时潘班已经喝醉,昂着头说:"老兄在明朝所过的年岁,应该用于与明代的人排列长幼顺序,不应该一并算进清朝来。根据清朝的年岁,则我是顺治二年九月生,老兄是顺治元年五月才投降进入清朝,我只比你晚十几个月。唐代诗歌中有'与兄行年较一岁'的句子,我称你为兄,自是古已有之的礼节,你何必过分指责呢?"当时在座的人都为之感到吃惊。评论这件事的人都认为潘班是个狂士,这话太伤忠厚之道,他一辈子坎坷不得志看来不是偶然的。但是也不能说他的话没有道理。我在编写《四库全书总目》时,关于明代文人的别集,我将练子宁至金川门卒龚诩等八个人列在解缙、胡广等人之前,并且附了一段案语说:"谨此说明:练子宁以下八人都是建文帝的旧臣,考察他们考中科举登上仕途的年月,有在解缙等人后面的。但是,一为原来的君主殉难,一则投靠新君主永乐帝获取恩宠。他们像枭鸟与凤凰本性不同,不可排列在一起,所以我将他们分别编列,使他们各自归入所属的一类。至于龚诩死于成化十七年,更远在解缙等人之后。现在也把他列在前面,是用以昭示礼义纲常和人事是非。"千载之下是非论定。那些变节投降的人,虽然生前享受了高官厚禄的荣耀,死后竟不能与一个手持武器的老兵争青史上列名的先后。死去的人很容易被人们遗忘,但史书中的是非却不能颠倒。潘班说的这番话,又怎能因为它的轻佻刻薄而加以否定呢?

幕僚鬼论官司胜负

曾映华说:有几个书生赶赴乡试,当时正值盛夏,天气炎热,于是他们借着月光趁凉夜行。走累了,他们来到一座废弃的祠堂前,坐在台阶上休息,有的睡着了,有的还醒着。其中一个书生听见祠堂后面有人说话的声音,怀疑是看守瓜田枣树的,又担心是强盗,于是屏住呼吸仔细谛听。只听有个人说:"先生从哪里来?"又一人回答道:"刚才与邻居争地界,到土地神那里去告状。先生一直给官府做幕僚,请估计一下谁胜谁负。"前面那个人笑道:"先生真是个书呆子吗?打官司的胜负哪有一定的呢? 可以使被告获胜,而责问原告说:'他不告状而你告状,是你挑起事端侵犯他';也可以使原告获胜,而责问被告说:'他告状而你不告状,是你先侵犯了他,自知理亏';可以使后埋界石的获胜,而责问先埋在这里的说:'你趁他还没有来,早就占了他的地界';也可以使先埋界石的获胜,而责问后埋到这里的说:'地界早已确定,你突然要推翻原状,是你无故引起矛盾';可以使富裕的一方获胜,而责问贫穷的一方说:'你因贫穷无赖,想使对方害怕打官司,而送给你钱财';也可以使贫穷的一方获胜,而责问富裕的一方说:'你为富不仁,总是侵吞别人的土地,你是想凭藉财势欺压孤苦无依的人';可以使强壮的一方获胜,而责问弱小的一方说:'人们一般都压制强横的人而保护弱小的人,你是想用不实的哀诉来博得人们的同情心';也可使弱小的一方获胜,而责问强壮的一方说:'天下只有强者欺凌弱者,没有弱者欺凌强者。对方不是真正冤枉,是不敢冒险惹你的';可以使双方都获胜,说:'你们都没有地契,没有证人,这么纠缠下去,什么时候才能了结呢? 把这块地平分,以平息这场争执,你们也就可以罢休了';也可以使双方都失败,说:'人有地界,鬼哪有地界。一具棺材之外,都属人所有,不归你们所有,你们把这块地让出来作闲田算了'。因为这种种说法,胜负怎么能有一定呢?"后面那人问:"那么究竟应该怎样处置呢?"前面那人说:"这十种说法,各有各的依据,也都另有理由可以驳倒它。这样争来争去,永远也没个完。城隍土地神究竟会怎样处置不可预知,若阴司中的吏和鬼卒,则必定会通过向双方索取贿赂,等于拥有两处肥美的庄田了。"说完,周围重新归于沉寂。这些话,只有深知官府内幕的人才说得出的。

动物报仇

蛇能报仇,古书里有记载,其他有毒的动物则不能如此。但听老人们说,凡是遇到有毒的动物,如果没有杀害它的心思,则终究不会被它咬;如果一见到它们就加以杀害,则必定有一天要中它们同类的毒。有人做过试验,很是灵验。这并不是因为动物知道报仇,而是因为气息时机相互感应的缘故。狗见到宰狗的人,必定成群结队地对他狂吠,这并不是因为它们认识这个人,而是也感受到了他身上气息的缘故。又有人活吃毒虫,说是能增添体力。毒虫刺中了人,有时会置人于死地,但这些人把毒虫全部吃进肚子里,反而没事,这又是什么道理呢?崔庄有个无赖青年学会了这种手段,我曾亲眼见他手里握着一条赤练蛇,砍掉它的头,然后生吃,还吃得津津有味。大约是他凶猛横蛮的血气,足以战胜蛇毒吧。体力何必增添?即使要增添体力,古来流传的药方也很多,又何必要用这种办法呢?

挑逗狐妻遭报复

贾公霖说:有个商人做买卖,经常来往于樊屯一带,与一只狐狸交上了朋友。狐狸常请他到自己所住的房子里,这里与普通人家毫无区别,只是商人一走出大门,再回头看,则一切都不见了。一天晚上,商人又在狐狸家饮酒,狐狸的妻子出来斟酒劝饮,容貌非常美丽。商人喝醉了酒,心神荡漾,开玩笑捏她的手腕。她朝狐狸看,狐狸斜着看了一眼,笑着说:"老弟想学陈平调戏嫂嫂吗?"看样子一点也没发怒,还是和平时一样轻松地说说笑笑。商人回到住处后的第二天,忽见家里雇的短工牵着一头驴子,把商人的妻子送来,说:"得到急信,说你突然中风,所以借了驴子急忙连夜赶到这里。"商人大惊,以为是同伴们开的玩笑。旅馆里没有地方住家眷,叫短工仍旧把她送回去,短工却已早走了。旅馆距家不到一天的路程,而当时还是上午,于是商人自己牵着驴子送妻子回家。途中遇到一个年轻人与妻子擦肩而过,他的手碰了一下妻子的脚,妻子怒骂,那年轻人嬉皮笑脸地道歉,又说出些很轻薄的话来。商人十分愤怒,与年轻人厮打起来,驴子受惊,窜到岔路上去了。当时高粱长得正茂盛,转眼间驴子就不见了。商人丢下年轻人去追妻子,顺着驴子的足迹走了一两里地,发现驴子已陷在泥潭中,妻子则不知到哪里去了。那里一望无际都是田野,没有人迹。商人东奔西跑折腾了一个通宵,心里惶惶然等到天亮,只得暂且骑着驴子回家,再想办法寻找妻子。没走几里,忽然听路边有人大叫道:"找到贼了。"原来邻村有户人家的驴昨晚被偷,村子里的人正在四处搜索。众人一涌而上将商人捆住,痛打了一顿。幸亏遇到过去认识的人千方百计为他辩白求饶,他才被放掉。商人懊恼沮丧地回到家里,则纺车的声音"琤琤"作响,妻子正在那儿纺线。问起昨天晚上的事,则她茫茫然全不知道。商人这才明白,妻子、短工及年轻人都是狐狸所变,只有驴子是真的。狐狸的报复可以说够恶毒了,但祸因则是这个商人自己引起的。

木 商

壬子年春天,在溧阳伐木的几十个人晚上露宿在山坳里,只见山涧对面的坡地上有几只鹿在散游,又有两个人在树林边走来走去,相对着哭泣。伐木的人们都感到奇怪:那两个人走进鹿群时,鹿为什么不惊走呢?怀疑他们是神仙或者鬼怪,则他们又不应该相对着哭泣。虽然当地山崖高耸,涧流汹涌,人走不过去,但当时月光照耀如同白天,对面的景象清晰可见。有人稍稍辨认出两人中的一个像是以前的木材商人某某。不久陡然刮起一阵山风,树叶"哗哗"乱响,一只老虎突然从树林中跳出来,把两个人咬死了。于是伐木的人才明白,刚才见到的是木材商人和另一个人的生魂。苏东坡的诗中有"未死神先泣",就是指的这种情况吧。据说这个木材商人平生也没有大的罪恶,只是工于心计,事事都一定要得便宜而已。阴谋诡计,是道家所忌讳的东西,看来是有道理的。

又听巴彦弼说:征讨乌什时,一天正在加紧攻城,一个人正在奋力酣战,忽然有一支箭从旁边飞过来,没有发觉。另一个人在旁边,急忙举起刀去拨,反而被箭射穿头颅而死。这个人非常感激,哭着祭奠他,晚上他给这人托梦说:"你和我前世同在一个衙门做官,凡是劳累或易招人怨恨的事情,我总是推卸给你;凡是容易立功表现自己的才干的事情,我总是排挤你不让你参与。因为这个缘故,阴司判我这一生代替你死。从今以后,我们之间就无恩无仇了。我自有朝廷赏赐抚恤,用不着你祭祀。"这事与木材商人的事相近似。木材商人暗中算计人,所以遭到的惩罚很重;这个人只是耍点小聪明,所以遭到的惩罚轻。由此看来,一个人的巧智,不正是他的愚蠢之处吗?

郝瑗

我的门生郝瑗,是孟县人,是我己卯年主持科举考试时录取的士子。他中进士后,被任命为进贤县令,总是穿着破旧的衣服,吃着很差的饭菜,把老百姓的事情当成自己家里的事情。县库里的钱粮出入,他每个月都要造成表册。他还预先准备好回家途中所需的车船费用,锁在一个箱子里,即使非常拮据,也决不动用一文。他把家里的箱子包裹都整理得好好的放在房里,好像准备好行李的样子,他是没有一天不作好随时弃官的准备。别人见他随时都准备弃官,也就不能把他怎么样了。后来他因生病请求免职回家,没有积下丝毫财产,只得靠教私塾维持生活,直到死去。听说他年轻时,有次遇到春社日,游玩的人很多,有个老太婆带着两个女儿,虽然是乡村的装束,穿着很平常的衣服,但风韵天然。郝瑗与她们同行,没有侧过头去看一眼。忽然见老太婆带着两个女儿踩着乱石往旁边的方向跑去,跑到一条深涧旁,呆立在树下。郝瑗对她们不走人们常走的路、好像在躲避什么感到奇怪,反而转过头去望着她们。只见老太婆不慌不忙跨前一步说道:"节日里景物晴朗美好,我带着孩子们出来踏青,给她们各找婆家。因为您是个正人君子,所以不敢靠近。也请求您不要靠近孩子们,使她们恐惧不安。"郝瑗这才明白她们是狐狸精,于是甩手离去。这样看来,花妖狐精之类,都是由人本有不正当的心思而招引来的。

虎 化 石

在木兰一带为朝廷砍伐木材的人,远远望见对面山上有几只老虎。那里是悬崖峭壁,不绕上几里路不能到达,所以这些人不怕那些老虎,那些老虎也不怕这些人。不久,只见另外一队伐木的人在老虎面前经过,这些人都跺着脚为他们提心吊胆,但那些人好像没看见老虎,老虎也好像没看见他们。几天后,两队伐木的人会面谈起这事,那一队的伐木人说:"那天也远远望见你们了,也好像远远听到了你们的呼叫声,但我们看到的只是几块巨大的石头,没有一只老虎。"这大概是他们命中注定不应该被虎吃么?然而命又如何能使老虎化为石头呢?这肯定是有命运主宰者存在了。然而命运主宰者空虚没有实体,渺渺茫茫没有知觉,它又怎么能使老虎化为石头呢?这必定是天和鬼神在起作用。天和鬼神能主宰人的命运,而人们都说天就是理,鬼神就是阴阳二气在起作用，如果是这样，那么是理与气浑沦一体，一收一伸，偶尔遇到了这些人，于是便使发怒要吃人的老虎一下子就变成嶙峋的大石头了吗？这些我就无法猜度了。

高 冠 瀛

景州人高冠瀛，因他父亲梦见高士奇而生下他，所以也取名士奇。他读书勤奋，善于写文章，小考必得第一，但每次参加乡试都失败，竟坎坷不得志而死。他二十多岁时，算命的人推算他的命，说是天官文昌魁星贵人都集于同一命宫，根据算命法应该以一甲进士进入翰林院，而他当年仅仅成为廪膳秀才。他一生的遭际，也没有比成为廪膳秀才更得意一点的事了。因为他的本命本来很薄，所以虽然遇上最旺盛的运，所得到的也不过如此。田白岩说：张文和公的生辰八字，算命的人以他一生的仕宦经历与其命运星相相比较，发现他由翰林院升转春坊官的那一次，按命运只是考中秀才的福分而已，这与高冠瀛的命运恰好形成对照。算命的人应该根据这类情况来推测，不可仅仅根据星命而妄行判断祸福。我又曾听到一个算命的人说：凡是阵亡的将士，推算他们为国捐躯的那年那月的星运，必定极盛。这是因为他们在这个时刻为国牺牲，是名留千古的壮举，他们的事迹将百代传扬，他们的光荣将及于子孙，他们所获得的东西，有比王侯将相的功名利禄更宝贵的。这种说法极为奇特，而实际上包含着深刻的道理。这又是算命法以外的内容，不在李虚中等人制定的算命格式方法之中。

高冠瀛在科举考试中长期不得意，心情十分压抑郁闷。他曾对我和雪崖说："我听说一个大户人家有幢房子，凡是晚上在里面住宿的人，必遭迷惑，到底是鬼还是狐狸，一直弄不明白。一个书生有胆量，有力气，想查出作怪的到底是什么东西，所以晚上睡在里面。二更以后，果然有个黑影翩然落在地上，似进似退，一听到书生翻身，它就伏在地上不动。书生知道它是怕人，于是装成睡着的样子等候它，并渐渐发出打鼾声。不久就感觉到它从脚上爬上来，刚到腹部胸口之间，书生便开始觉得昏昏沉沉了。书生急忙挥起右手去打，抓住了它的尾巴，并随即用左手掐住它的喉咙。它发出尖厉的叫声，然后像人一样讲起话来，请求放了它。书生急忙叫人拿灯来一照，原来是只黑色狐狸。众人一起把它按住，用刀子刺穿它的大腿，穿上一根绳子，然后书生把绳子的另一头系在自己的左臂上，估计它不可能再变化了，于是拿起刀逼问它为什么要作怪。狐狸哀叫道：'凡是比较有灵性的狐狸，都注意修炼希望成仙。最上一等的调节气息,炼养神气,讲究水火相生相克的深妙意义,吸纳天地的精气,服食日月星斗的精华,靠这些在腹中凝结成金丹,然后蜕落形体,飞升成仙。这须有仙人来传授,被传授者也要先具备成仙的才干。像这种情况,我不能做到。次一等的则是运用容成子和素女传下来的法术,变成美女或美男子去迷惑人,通过交合吸取人的精气,来补充增添自己的精气。外吸与内养相互配合,也可以凝结成丹;但所采的精气太少,则不足以凝结成丹;所采的精气太多,则是伤害人而自己取利,不遭到阴司的惩处,也会受到上天的处罚。像这种办法,我不敢采取。所以我只好靠盗窃的办法捡点便宜,乘人们熟睡时,去接受他们鼻孔中呼出来的剩余气息,就好像蜂采花蜜一样,对花不会造成损害。而慢慢积累增多,最后也能凝结成丹,也可以达到元神不散。久而久之,就会感通灵气而能飞升成仙。像我这类狐狸,就属这种情况。我虽然道行浅薄,法术低微,但积累功力也十分不容易。如果你们不放我,则我上百年来耗费的全部精力,都要付诸东流了,只求君子怜悯饶了我。'书生被它的一番话所打动,竟把它放掉了。这事发生在雍正末年,流传已经很久了。我因此想到,在科举考场上,有些人才华横溢,学问渊博,我也做不到;其次有些人阴险狡猾,通过不正当手段获取功名,我也不敢做。最下一等的靠剽窃模拟,混个出身,我或许能够做到,而又不屑于这么做。我算是没有出路了。你们两位都是很年轻就考取了功名,能给我一些教诲么?"雪崖开玩笑说:"你是高士奇的后身,就像白居易托生成了李商隐的儿子白老一样。只是这种倔强不肯随俗的念头还存在,大概是高士奇的形体已经变换,但本性还保存。这个毛病根深蒂固,我们也没有好药能救得你。"于是三人笑了一场而作罢。原来冠瀛写文章喜欢标新立异,用语豪迈而不切实际,每次被考官黜落,往往都是因为这个缘故,所以雪崖开这个玩笑。贾岛的《长江集》中有"独行潭底影,数息树边声"的诗句,下面自注道:"二句三年得,一吟双泪流。知音如不赏,归卧故山秋。"千古以来,这些性格经历很特殊的人,他们的想法大致是相似的。

毛 人

吉木萨的驻军说:曾因追赶野鸡进入深山中,见悬崖上好像有人站着,于是越过山涧走近去看,那悬崖离地面不过四五丈高。只见有个人穿着紫色毡衣,脸部及手脚上都是茸茸的黑毛,有一寸来长。另有一个女子,长得很姣美,穿着是蒙古人的装束,只是打着赤脚没有穿靴,衣服则是绿毡制成。他们正面对面坐着烤肉吃。旁边还有四五个黑毛人侍候着,都像是小孩,身上一丝不挂。他们见到人都嘻笑起来,语音既不是蒙古话,也不是额鲁特话,也不是回族话,也不是西番话。声调像鸟声,叽叽喳喳难以分辨。看他们的神情形状,似乎不是妖怪。驻军们于是向他们跪拜,他们忽然扔了一件东西到悬崖下,原来是半只烤熟了的野骡腿。驻军们又跪拜表示感谢,则他们都摇手。驻军们把这只熟骡腿带回来,足够吃三四天。他们再和放马的人去那里,则不见毛人的踪迹了。猜想他们大约是山神吧。

虹

世人说虹出现则雨停,这是说倒了,实际上是雨停则出现虹。雨云破散,阳光露现,则它的光线要照射到对面天空的云。天体是浑圆形的,盖在上面像斗笠。在顶上的人看太阳要仰视;在四边的人就要侧视。所以太阳光能聚成一条线,它的形状随四周天顶向下垂的趋势而弯下去,构成弓的模样。又在侧视之中,斜对眼睛的天体距离近,平对眼睛的天体距离远,渐斜渐远,所以一层层的云气都可以看到。这些云气的边缘叠成一层层的红绿色,并不是真有一件像带子一样的东西横跨在半天空。有人说见到虹能垂头到涧里饮水,它的头像驴(见《朱子语类》),又有人说虹还能调戏妇女(见《太平广记》),这应该是另一种妖气,它的形体与虹近似,或者是另一种妖怪变化成虹的形状罢了。

蝇作祟

及孺爱先生说:曾亲眼见到一只苍蝇飞进人的耳朵中作怪,能说人话,只有患病者本人能听见。有人认为,苍蝇如此愚蠢,怎能成为妖精,也许是某种妖怪变成苍蝇的形状吧。这话也许接近事实。至于苻坚时有蝇变成青衣童子宣布大赦消息,唐睿宗时有蝇变成浑家的门客和且耶吟诗,这些都是人们随意虚构编造出来的,不值得相信。

辟尘珠

可以驱避灰尘的珠子,我的岳父马周篆老先生曾遇到过,确实存在这种东西,可惜没有看清它的形状。当初隆福寺有人卖各种各样的珍珠,他在地上铺了一块布(俗称摆摊),然后把各种小盒子摆列在上面。即使是刮大风沙土飞扬,他的摊子上也没有一点灰尘。有人开玩笑说他的袋子里有辟尘珠,他傻乎乎地随口承认说有,其实并不相信,这样过了半年。一天,他忽然跳脚大叫道:"我真的把最贵重的宝贝错卖掉了。"原来当天飞扬的灰尘忽然落集在他的摊子上,他才知道以前灰尘不来果然是有辟尘珠在起作用。按医书上有服用"响豆"的方法,所谓"响豆",就是在夜里爆响的槐树籽,一棵槐树上只有一粒,难以辨认。获取的方法是,当槐树刚开始开花时,就用丝网罩在树上,防止鸟鹊来啄食。槐树结籽成熟后,缝制很多布袋,将它们全部装好贮存起来,然后晚上用这些布袋做枕头,没有听到声音的就丢掉。像这样依次换枕头,必有一个布袋中会发出爆响声,于是把这一袋中的槐树籽又分装进许多小布袋中,然后用这些小布袋作枕头。只要听到哪个小布袋中有爆响的声音,则又将里面的槐树籽分装进多个更小的布袋中。这样依次分下去,一直到只剩下两颗,再分开枕着听,就可以得到响豆了。这个人所卖的珍珠,谅也不是很多。如果用这个办法一边分一边试,不要几下就可以辨出那颗辟尘珠了,怎会至于白白从手里错卖掉呢?他却一点也没想到这些,结果轻易地就失去了这件宝贝,大约是因为他的命运福相本来就很薄吧。

烈火不烧孝子家

乾隆四十九年,济南屡次发生火灾。四月末,南门内西横街又失火,从东向西烧,巷道狭窄,风势又猛,街道两边都烈焰冲天。有个张某,有三间草屋,位于路北边。大火还没烧到时,他原本可以带着妻子儿女逃出。只因他母亲的灵柩停在家里,他为了筹划转移灵柩的办法耽误了时间,结果全家人被困在大火中出不来了。夫妇及四个子女抱着棺材大声哭叫,发誓要与棺材同化为灰烬。当时巡抚手下的参将正督促士兵扑救火灾,隐隐听到哭叫声,他于是命令士兵爬上后巷的屋顶,看声音是从哪里发出来的,发现了张某一家。士兵们扔下绳子准备吊他们出来,张某夫妇一齐叫道:"母亲的灵柩在这里,怎可抛弃不管?"他们的几个子女也叫道:"父母为他们的父母殉死,我们不应该为我们的父母殉死吗?"也不肯上去。不久大火烧到,士兵们跳过屋顶避开了,差一点被烧着。他们都以为张家几口人肯定全部被烧成灰烬了,远远望着,为之长长叹息。等到火熄后,士兵们巡视火灾现场,竟发现张家的房子孤零零地保存完好。原来当时突然刮过一股向风,火头转折向北,从他家屋后绕过,烧掉邻居家一间典当库,然后重新转回西面。要是没有鬼神呵护,怎会出现这种情况?

这事是在癸丑年七月间,德州书院山长张庆源先生记载下来寄给我的。它与我在《滦阳消夏录》中记载的寡妇一事很类似,而张某夫妇子女能够齐心同愿尽孝,尤为难得。两人同心,力量可以折断金属,何况是六人呢?贫民女子一声呼叫,雷霆可以为之下击,何况六人都一片纯孝呢?精诚之至,可以感动天地鬼神,虽有命运注定,也不能不为之挽回。人通过主观努力一定可以胜过天命,这也算是例证之一了。这事情虽听起来觉得很奇特,但要说它是很正常的也是可以的。我与张庆源先生不相识,而张先生辗转托人寄告我,务使这件事情得到传扬,则张先生的志趣如何,人们也不难想见了。我因此对他的记载稍加修改,把它收录在这本书里。

吕含晖太常说:京城有户人家停放着灵柩,突然遇上火灾,没有路可以运出,也没有人肯帮助抬运。于是全家男女拿起锹镢刀铲等,合力在屋中挖了一个坑,把棺材放在里面,上面盖上土。坑刚掩埋好,大火就烧到了。结果房屋虽被焚烧,棺材在坑中一点事也没有,这是火的特性是向上烧的缘故。这也是应付突发事变而急中生智。因谈到张孝子的事,所以把它也附录在这里。

王 飞 腿

交河县泊镇有个王某,武功高强,人们都称为"王飞骸"("骸"字世人都写作"腿",相沿已久,但这不是正体)。一天晚上,他偶尔路过一片墓地,见有十几个小孩在路上游戏,都大约四五岁的样子。王某喝让他们避开,他们好像没听见一样。王某发怒,用巴掌打了其中一个,小孩们一起吵闹骂詈。王某更加恼怒,用脚去踢,小孩们蜂拥而上,各拿着砖瓦,打他的脚踝,动作敏捷得像猴子,抓也抓不着。王某对付左边,则右边又上来;防御前面,则后面又上来了。旋转支撑,竟被撞倒在地,头和眼睛也被打伤。屡次爬起来,又屡次跌倒,一直到半夜,竟连动弹的力气也没有了。第二天,家里人找到他,把他扶回家,只见两只脚全部青紫,在床上躺了半个月才能起来。这些小孩大概是狐狸。以王某的力气,平时对付几十个壮汉还绰绰有余,而遇到这些小妖怪,竟然一败涂地。《淮南子》引尧告戒的话说:"人应该时时刻刻战战兢兢,小心翼翼,一天比一天谨慎。人往往不是在山里跌倒,而是在蚂蚁窝的土堆上跌倒。"《左传》里说:"蜂虿虽小,却也有毒。"确实是这样啊。

狐狸报复

郭彤纶说:阜城有个人离家外出几年,一直没有音信。一天晚上他突然匆匆忙忙赶回家,说:"我在外面流浪,无所依靠,不得已加入了强盗团伙,抢劫杀害了许多人。现在罪行败露,我侥幸逃了出来,但听说其他被抓的人已供出了我的姓名和家庭住址,估计官府已传递公文要来拘捕家属了。你们应该快点自想办法,和我一起死是无益的。"说完,他挥泪离去,再也没说一句话。全家人惊慌恐惧,一夜之间全部逃散,所住的房屋不久便成为废墟,人们也不明白其中的缘故。几年以后,这人回到旧居,寻访父母妻子搬到哪里去了,邻居告诉他早已逃走,不知躲在什么地方,他自己也莫名其妙。后来慢慢打听,得知他妻子在郭彤纶家做女佣,于是登门寻访,才知道他们为什么逃散。但他实际上在外面并没有加入强盗团伙,而且也没有在夜里回家的事。郭彤纶替他到官府查阅公文,也没有追捕他和他家人的事。过了好久,他才回忆起在八沟(即汉代右北平所在地)替人种地时,在山冈上建房子居住。冈后有狐狸,有时候偷盗东西,有时又在半夜里嗥叫,打扰人睡觉。他于是邀了一些人去挖破狐狸的洞穴,用烟去熏,狐狸才全部逃离,有人怀疑是这些狐狸化为妖怪来报复。

李　六

小奴仆史锦文曾前往沧州请医生,当时正值夏天,他没有带铺盖,骑着一匹马就出发了。走到张家沟西面时,疟疾忽然发作,于是将马系在树上,靠着树休息一会。不久他便朦朦胧胧睡了过去,梦见到了一个地方,有几间草屋,一男一女两位老人坐在门外。他们见到锦文,便邀他坐。锦文问他们的姓名,老头说姓李,排行第六,曾在崔庄住过两年,与锦文的父亲史成德有交情,锦文小时候也曾见到过。老人说:"你都长这么大了吗?"谈起哪些人已经死了,哪些人还健在,他似乎不胜感慨。老太婆又问五魁(史锦文的弟弟史锦彩的乳名)还好否,三黑(姓李,锦文的异父弟弟,是随锦文的继母一道来的)还在一起住否,神情也很关切。老头接着说:"今年大雨,到处有积水。从某条路到某条路,积水虽深,但水底是沙地,不会陷进去;从某条路到某条路,积水虽浅,但水底都是红土,胶泥会粘住马脚,所以很难走。大雨就要来了,现在已经过了中午,你应该快去,我们就不留你坐了。"史锦文忽然醒来,见四五丈远的地方有座孤零零的坟墓，估计就是李六埋葬的地方。他按照李六所指的路线走，晚上到常家砖河时，果然遇上大雨。回家后把这事告诉他的继母，继母说："这人曾在崔庄卖瓜果，天天与你父亲在一起喝酒。"李六已经葬身黄土之中，还对老朋友的儿子十分关切，也算是小人物中有头脑有良心的了。

迂腐仆人

我家的年轻仆人傅显喜欢读书，还能理解一些书中的意思，并且稍微懂一点医药知识。只是性情迂腐迟缓，望去就像个古板不得志的老儒生。一天，他在街上不紧不慢地走，遇到人就问："见到魏三兄了吗？"（年轻仆人魏藻，排行第三）有人告诉他魏藻所在的地方，他又不紧不慢地走去。等见到魏三，他喘息了好久还没开口说话，魏藻问他找自己有什么事，他才说道："我刚才在苦水井边，遇到三嫂在树下做针线活，做累了正在小睡。你家的小儿子在井边玩耍，距井口只有三五尺远，似乎令人担心。但男女有别，我不便叫醒三嫂，所以走来找你。"魏藻大惊，急忙跑回家，则妻子已伏在井上哭儿子了。做奴仆的喜欢读书，可以说是件好事。但读书的目的是为了明白道理，明白道理的目的是有益于实用。像傅显这样死记住一些条条框框，却没有理解它的意义，以至于糊糊涂涂，荒谬怪僻，反而带来无穷的危害，这样的儒者又有什么价值呢？

祖宗明智

武强有个大户人家，晚上遭到强盗抢劫，全家人一起起来追捕。强盗逃走，众人一起穷追。强盗们钻进大户人家祖坟的松柏林中。那树林很深，月光暗淡，众人不敢攻入，强盗也不敢出来。就在这样僵持着的时候，松柏林中突然刮起一阵旋风，沙石乱飞，人们都睁不开眼，强盗们乘机突破包围逃脱了。众人都感到奇怪：自家的祖宗为什么反而帮助强盗呢？这户人家的主人夜里梦见祖宗对他说："强盗抢劫钱财，不能不追捕。若是官府捕捉住他们，将他们杀头，他们也不能怨恨主人。若他们没有抢劫到财物，则可以不追赶。追上了强盗，强盗回过头来格斗，肯定会杀伤人，损失不是加大了吗？即使众人的力量足以杀死盗贼，杀死了人就必须上报官府，官府或者不予谅解，给你们加上个擅自杀人的罪名，损失不就更大了吗？而且我方的人都是临时聚集起来的，强盗们则是一伙死党，强盗们以后夜夜都可以寻找机会报复，我们却不可能每天晚上都聚集起来防备盗贼。如果今天与他们结了仇,潜在的危险就大了,对这些能不好好考虑一下吗? 旋风是我刮起来的,是为了解开这场冤仇,你们又有什么好埋怨的呢?"主人醒来,长叹一声说道:"我今天才真正明白,老成稳重的人深谋远虑,比起年轻人凭冲动办事,不知要胜过多少啊。"

平 姐

驻守沧州城的军官永宁与我的舅舅张梦征是好朋友。我小时候在外祖父家,听他告诉舅舅一件事说:某个前锋有个女儿,名叫平姐,年纪已有十八九岁,还没有订亲。一天她到门外买脂粉,有个年轻人挑逗她,她怒骂了一顿进门去了。父母出去看,路上没有这个人,邻居们也说没看见这个人。晚上她拴好房门就寝,那年轻人忽从灯下钻出来。平姐知道是妖怪,也不惊叫,也不与他说话,只是抓了一把锋利的剪刀在手里,假装睡着等候他。那年轻人不敢靠近,只是站在床旁边,千方百计劝诱,平姐就像没看到没听到一样。年轻人忽然离去,过了一会儿又来,拿出几十件金珠簪珥之类的东西,约值上千两银子,摆列在床上,平姐仍然好像没见到没听到似的。年轻人又离去,而那些物品则没有收走。等到天快亮时,年轻人又突然出现说:"我偷偷观察了你一个通宵,你竟没有拿这些东西看一下。人若是不被钱财所打动,他(她)所不情愿的事情,就是鬼神也无法勉强,何况我们这一类呢? 我误会了你私下祈祷时讲的一句话,以为你是想男人而假托为了父母,所以才这样来试着引诱你,请你不要生气。"说完,他收起那些物品离去了。原来平姐家素来贫穷,母亲又年老多病,父亲领的军饷养不活全家人,平姐曾在佛像前暗暗祈祷,希望早日找到一个丈夫,好赡养父母。没想到被妖怪偷听到了。由此可见,说一句话,萌生一个念头,即使在暗中,也都有人或其他东西在旁观察注意着。那么,当着人的面,有人还想对自己的意图掩饰假托,这能办得到吗?

狐狸教诲赌徒

瑶泾有个人喜欢赌博,赌到家里穷得连瓦盆也没剩下一个。在一个寒冷的夜晚,夫妻俩相对着哭泣,追悔莫及,丈夫说:"这时候只要有三五千铜钱,我就可以挑着货担做个小本生意,维持生活,死也不会再进赌场的门了。可是从哪里能得到这三五千钱呢?"忽听见有人敲着窗户说:"你真的后悔了吗? 这点钱也容易得到,即使比这多的钱也容易得到。只是怕你旧病复发而已。"夫妻俩以为是同院中的长辈同情他们,予以周济,于是哭着发誓,话说得很坚决。接着他们打开门出去看,只见月光明亮如同白天,院子里寂静,空无一人。他们惘惘然,不知究竟是什么缘故。第二天晚上,又听见那人敲窗户说道:"你过去输的钱都拿回来了,你自己来取吧。"夫妻俩点起火把一照,则几百贯钱一串一串都已堆在屋里,算来与过去输的钱数目差不多。夫妇俩狂喜,还担心是在做梦,互相掐手腕,都感觉到痛,这才相信确确实实是真的(民间相传如果自己怀疑是在做梦,只要掐自己的手腕,感觉到痛便是真的,不感到痛则是在做梦)。他们以为是鬼神保佑帮助,于是去买酒肉果品来祭谢,路上遇到过去在一起赌博的人,他们都说:"你的赌术长进了吗? 你的运气转了吗? 怎么几年间输的钱,昨天一天就全赢回去了?"这人迷迷糊糊,也不知该怎么回答,只是连连点头而已。回家后刚开始摆设祭品,只听屋檐上有个声音说道:"你不要乱祭,恐怕招来邪鬼。昨天代替你去赌的就是我。我住的地方靠近你父亲的坟墓。你的父亲恨你不务正业,每天晚上都悲伤不已,叹息哭泣,我不忍心听下去,所以变成你的模样,到赌场老板家把钱取回来。你的父亲叫我传话给你,这种事情可以发生一次,不可有两次。"说完,周围重归寂静。这人也从此改变自己的行为,得以温饱终生。唉,世上不长进的儿孙们,自以为可以为所欲为,没人管得了他们,哪会想到黄泉之下有人正为自己的行为夜夜悲哀哭泣呢?

捐金得孙

李秀升说:山西有户财主,主人已老,只有一个儿子。儿子患了肺病,儿媳也患了肺病,看样子都没救了,父母十分忧虑。不久儿媳先死,父亲便催促为儿子娶妾。母亲十分吃惊,说:"都病成这样了,这不是加速他的死亡吗?"父亲说:"我也知道他必定会死。但我们还没生这个儿子之前,我曾到灵隐寺祈求后嗣,梦见菩萨对我说:'你本来不该有后人,因你捐献金银帮助赈济灾民,救活了上千人,特地赐予你一个孙子,为你养老送终。'现在我们不趁儿子还没死,早点为他娶妾,孙子从哪里来?"于是他们很快地办了这件事。不到三四个月,儿子就死了。后来妾生下一个遗腹子,果然使他家的血脉得以延续下去。黄庭坚的诗中说道:"能与贫人共年谷,必有明月生蚌胎。"这话真是一点不假。

艾孝子

宝坻人王泗和,是我的姻亲。他曾将一篇记述艾孝子事迹的文章给我看,文章写道:艾子诚,宁河艾邻村人。他的父亲叫艾文仲,以做木工为生。偶尔与人争斗,把对方击倒在地,误以为已经打死,因害怕而逃走了,即使他妻子也不知道他逃往什么地方,只仿佛听人传说他逃出了山海关。当时他妻子正怀着孕,两个月后生下一个儿子,就是子诚。艾文仲不知道自己有儿子;子诚从小靠母亲抚养大,也不知道自己还有个父亲。等他稍微懂事,便问自己的父亲在哪里,母亲哭着把真相告诉他。从此以后,子诚便惘惘然好像遗失了什么东西似的,总是不厌其烦地问父亲年纪有多大,长相是什么样子,以及祖先各叫什么名字,都有哪些亲戚,他们的姓名是什么,住在哪里等等,母亲不知他有什么用意,姑且一一告诉他。等他长大后,有人要把女儿嫁给他做妻子,他坚决拒绝,说:"哪有父亲在外流离,而儿子在家安心过日子的呢?"人们这才知道他有志于寻找父亲,只是因为寡母还在,他还不肯远离而已。但是艾文仲久无音信,而且子诚出生以后从没有离开过所在的乡村,天地茫茫,他到哪里去寻找呢?所以人们并不相信子诚真能去寻父,子诚自己也从未提起过这事。只是勤劳耕作,以赡养母亲。又过了二十年,母亲因病去世。料理完丧葬之事后,他便打点行装,准备干粮,出发前往辽东。有人劝阻他,说他父亲不知是否还活着,子诚泪流满面说道:"如果能相遇,父亲还活着,我就和他一起回来;要是已经死了,我就将他的遗骨背回。如果不相遇,我宁愿老死在道路中,决不活着回来。"乡亲们挥泪送他上了路。子诚出了山海关后,考虑父亲是惧罪逃命的,一定会隐蔽踪迹,躲在某个偏僻的地方,于是凡是深山穷谷、险阻幽隐的地方,无不一一搜寻。久而久之,路费用完了,他只得靠乞讨糊口。这样过了二十年,他始终没有后悔的念头。一天,他在马家城山中遇到一位老翁。老翁看到他又穷又饿的样子,十分同情,与他说话。当老翁得知他是为了寻父而落到这步田地时,感动得流下了眼泪,于是把他带回家,用酒饭招待。不久,有个木匠拿着工具进来,说起年纪,正与父亲的岁数相同,子诚不由得心里一动。接着他仔细打量这个人的相貌,发现与母亲告诉自己的也差不多,于是他拉住这个人的衣襟,哭着把父亲出逃的年月,以及自己的家世和亲戚的情况全部说了一遍,希望这个人或者就是自己的父亲。只见这个人既吃惊又悲伤,似乎想相认,但又怀疑自己在家时并没有儿子。子诚把事情的来龙去脉陈述了一遍,这人才放声痛哭,和子诚抱在一起。原来艾文仲辗转逃避到这个地方,已经过了四十多年,而且改换了姓名叫王友义,所以子诚一直问不到他的踪迹,到这时才偶然相遇。老翁为子诚的孝心所感动,为他们筹划回家。但文仲流落了这么久,欠了别人许多钱,无法脱身,子诚于是又匆忙赶回老家,抵押了房子和田地,又向亲戚朋友借债,凑足了百两银子再去,最后终于接回了父亲。父亲回家七年后,才因年老去世。子诚找回父亲后,才娶妻子,现在已经有了四个儿子,都勤俭持家。从前文安人王原寻亲远至万里之外,他的子孙们至今家族兴旺。子诚的事与之相类似,上天大约也将使他家繁荣昌盛吧。子诚佃种我家的田地,他住的地方距我家的别墅仅两里路,我很敬重他的为人,因此前去询问了详细情况,而记下它的大概如上,希望能使读书做官的人们知道,乡村的平民百姓中,也有这样的人物。我写这篇文章的时间,是癸丑年重阳节后两天。案:子诚寻找父亲多年,而在无意中相遇,这与宋代朱寿昌寻母的经历相同,都好像是有神的力量在帮助,并不是人的力量能够做到的。但是,正是因为他们的精诚到了极点,才使神灵受到感动。所以,要说这是靠他们的人力所做到的,也是可以的。

一胎产三男

引用古书上的话作论据,应该以经典为主。其他各家杂说,只能供参考斟酌而已,不能一一都当作定论。《汉书·五行志》(案:《汉书》疑是《元史》之误。《元史·五行志》载:中统二年九月,河南百姓王四妻邹氏一胎生三男。)把一胎生三个男孩当作有关人体的妖异现象,认为这是母亲的气血太强盛的缘故,所以是不吉祥的征兆。然而周代的八个贤能之士,是四对双胞胎,圣人们也不认为是妖异,这又是为什么呢? 天地的气息交通感应,孕育出万物,并不是地单独能生出万物;男女的精血融汇孕育成胎儿,并不是女子能单独生出孩子。如果三个男孩是这个女子未与丈夫性交而生下的,那么说是人妖是可以的。既然他们是有父亲的孩子,则他们父亲的气血显然也很强盛,怎能只认为这是阴盛阳衰的表现呢? 照此类推,特大的稻穗可单独装满一辆车子,分别生长在两垄地上的稻禾结穗却连成一体等等,像这些见于相传是孔子作的《书序》中的情况,也要说是地气太盛么? 大体说来,《洪范》中关于"五行"的说法,多属于穿凿附会,而这一条尤其说不通。我们不能因为它是由汉初伏胜传下来的,就把实属于"传"的东西当作"经"。我们大清朝的典章制度,凡是一胎生三个男孩的,官府都给予赏赐。这个制度一举扫清了一些不通达的学究们的迂腐浅陋说法,真可谓是千古定论。我编纂《续文献通考》时,在"祥异考"这一部分中,改变了马端临编《文献通考》的体例,取消了这个类别,这是为了遵循朝廷的制度。癸丑年七月,我这本书刚刚写完,碰上礼部官员以报请赏赐一胎生三男的奏稿让我签署,我偶尔与他们谈起这个问题,并附记在这本书的末尾。

卷十九

滦阳续录(一)

揣骨相术

嘉庆三年五月,我随从护驾去滦阳。将出发前,赵鹿泉前辈说:有一位盲人郝生,寓居在彭芸楣参知政事的家里,以揣骨相术交游于士大夫之间,推算大多出奇的灵验。惟有揣摸胡长龄祭酒时,只知道他官至四品,却不知道他出身于状元。在江湖术士中,郝生的技艺可说是相当精湛了。郝生自称是河间人。我询问同乡里人,却无人知道他,大概是他长期出游在外的缘故吧?郝生又自称他的师傅是一位僧人,技艺更加高超,只要与别人交谈一两句话,就能知道那人的官禄。他长期住在深山中,决意不出山。这种事太玄乎,我不敢相信。按给人看相的技艺,见于《左传》,有关著作《汉书·艺文志》也有著录;惟有太素脉、揣骨两家,上古时期未听说过。太素脉到北宋才出现,它的授受渊源都支离附会,依托的痕迹非常明显。对此,我在《四库全书总目》中已详加论述。揣骨相术,也不知起于何时。考《太平广记》卷一百三十六引《三国·典略》称:北齐神武帝高欢与刘贵、贾智等人射猎,遇到一位盲人老太。那位盲人老太摸遍每个人,说他们将来都会富贵;等到摸过高欢之后,说他们的富贵都由高欢而来。似乎揣骨相术,南北朝时已出现。又《定命录》称:唐天宝十四载,东阳县盲人马生,捏赵自勤的头骨,就知道他的官禄。《刘公嘉话录》称:唐贞元末年,有一位相骨山人,双目失明。有人来求他相命,他用手去摸一遍,必定能知道那人的贵贱。《剧谈录》称:唐开成年间,有一位叫龙复本的人,没有眼睛,擅长听辨声音和揣摸骨相。可见,揣骨相术到唐代已开始盛行了。流传久远,必定有所授受。因而,一知半解,往往能够言中,比起太素脉来也稍微有所依据罢了。

二郎神庙

诚谋英勇公阿公(文成公的儿子,世袭封号)说:北京灯市口东边有二郎神庙。那座庙坐东朝西,但早晨太阳刚出来,就有金光射入室中,好像是阳光回照。它的邻屋则不同,不知是什么缘故。有人说:"这座庙址与中和殿东西对称,中和殿上火珠(宫殿金顶,古代称为"火珠"。唐代崔曙有一首《明堂火珠诗》,指的就是这个)将阳光反射到庙里。也许是这样吧?

有身无头人

阿公偶尔问我刑天舞干戚的事,我沿引《山海经》上的记载来回答。阿公说:"你不要以为古代记载荒唐,确实有这种事。以前,科尔沁台吉达尔玛达都曾经在漠北深山狩猎,遇上一只中箭而逃的鹿,就张弓射死了它。正当他去取鹿时,忽然一匹马飞快地来到跟前,马鞍上坐着的人有身无头,两只眼睛长在乳房上,嘴巴长在肚脐上,呕哑啁哳的声音从肚脐中发出。尽管辨别不出他讲的是什么,但从他手势的比划中看出,似乎在说鹿是他射中的,不应把它夺走。台吉的随从都惊慌失措。台吉向来以有胆量著称,也用手势比划告诉那人,他那一箭没有射死鹿,这一箭才将鹿射死,应当将鹿剖开平分。那人领会了台吉的意思,也好像表示同意,拿了半只鹿离去。不知道那人是哪个部族的,居住在哪里。根据他的形状,莫非是刑天的遗类吗?天地之大,无奇不有,只是学者拘泥于见闻而已。"按《史记》称:《山海经》、《禹本纪》上记载的所有怪物,我不敢相信。这就说明那些书本来就产生在汉代之前。《列子》称:大禹行走时遇到那些怪物,伯益知道那些怪物并给他们命名,夷坚听说那些怪物并把他们记载下来。这些话一定有所来源,只不过后人随意增益又任意篡改,因而往往荒谬太多;而且有不少秦汉时期的地名夹杂在里面,分别开来考察,就可以了。一定要说《山海经》是根据《楚辞·天问》而写成的,不应引用《山海经》反过来注释《天问》,那就太过分了。

鬼之形状

胡太初中丞和罗两峰山人都能看见鬼。恒兰台学士也能看见鬼,但不能经常见到。嘉庆三年五月在避暑山庄值夜的地方,我们偶然谈起鬼。恒兰台说:鬼的形状也像人一样,只是两眼直视。衣服就像是一片片地挂在身上,束在腰间往下垂,与人的穿着稍有不同,体形像烟雾,看上去与人影差不多。从侧面看,能看到他的整个身体;从正面看,好像有半身隐在墙中,半身显现出来。鬼的颜色或者是黑色或者是青色,距离人常在一二丈之外,不敢再靠近。偶尔突然遇见人,来不及避开,就会或者蜷缩身体隐藏在墙角里,或者躲到废井中,等人走过去后,才慢慢地走出来。大约在灯光昏暗、月亮无光、乌云密布的夜晚,往往会遇见鬼,但不必为此惊讶。恒兰台所说的与胡太初、罗两峰二人所说的大致相同,只是鬼的形状较为详备。可见,阴间和人间的景况,不过如此而已。鬼的颜色或者是黑色或者是青色,那是因为鬼本来就是活人的延续,时间越长远,气息散发得越多,最后就消失了。所以《左传》说新鬼大,旧鬼小。这大概是气息有厚薄,颜色有浓淡吧?

晴天见龙

恒兰台又说:他曾经在一个晴朗的白天朝天空仰望,看见一条龙从西边往东边飞来,龙的头角与画图描绘的大致相同,惟有四脚张开,飞行时就像一只船上的四根桨在划动。它的尾巴扁平宽阔,到末梢逐渐变细,既像蛇尾又像鱼尾。它的腹部洁白如练。阴雨天出现龙,也不过是显露首尾鳞爪而已,从未听说过天空没有一丝云彩,无风无雨,无电无雷,能如此清晰地看见龙的。记录这段话,也足以增广见闻。

冥使拘人

赵鹿泉前辈说:孙虚船先生未登第之前,曾在某户人家坐馆。当时主人的母亲正在病危之中。馆童送晚餐来的时候,孙先生因有别的事,没有食用,叫馆童放到另一个房间的桌上。忽然,他看见一个白衣人闪入那个房间,正在神情惊愕不定之际,又看见一个黑衣短人迟疑不决地走进去。孙先生走进那个房间查看,那两个人正面对面坐在那里,大吃馆童送来的那份晚餐。孙先生大声呵斥他们。白衣人逃了出去,黑衣短人因孙先生挡在门口,出不去,躲在墙角边。孙先生就坐在门外看他的变化。不一会儿,主人从内室跌跌冲冲地走出,说:"刚才病人说鬼话,声称冥使手持公文来拘拿她。其中一个冥使被先生困扰,出不去。担心贻误时限,使死者获大罪。我不能判定病人所说话的真假,所以走出来看一下。"孙先生就移坐到另一处,仿佛看见黑衣短人狼狈逃去,这时内室哭声大起。孙先生是笃实君子,一生不曾讲过妄言妄语,这件事应当确实有过。只是阴间的法律十分严厉,神灵的视听非常清晰,摄魂吏卒尚且难免要攘夺病人家的酒食。如此说来,那么对人世间的吏卒,难道不应该严加考察吗?

心邪招妖

门人伊秉绶比部说：有一位书生来京城应试，住在西河沿的旅舍中。房间墙壁上挂着一幅仕女图，仕女风姿艳丽，神态栩栩如生。书生每当独自静坐时，就注视着仕女图聚精会神地想念，有时连客人来了也不知道。一天傍晚，仕女忽然从画上轻轻飘下来，成了一位活生生的美丽女子。书生尽管明白她是鬼怪，但想念已久，竟情不自禁，与她谈笑亲近。等到落第南归时，书生居然买下此画带去。回到家中，把它挂在书斋里，一点也没有灵验，书生却每天对着仕女图唤她的名字。三个月后，仕女忽然又从画上轻轻飘下来。书生与她谈以前的事，她都不太回答。书生也无暇多问，只顾与她诉说久别重逢的悲喜之情。从此两人亲昵无比，于是书生染上了疾病。他的父亲召来茅山道士惩治鬼怪。道士仔细看过墙壁上的画，说："画上并无妖气，作祟的鬼怪不是这幅画。"于是，筑坛作法。第二天，有一只狐狸死在法坛下。可见，是书生先有了邪心，才招致邪气，妖狐才得以假冒仕女而来。他在京城所遇见的仕女，大概是另一只妖狐所幻化的。

是非难断

判断天下事的是非，大都依据礼义和法律而已。但也有不符合礼义、违反法律，却坚定不移独行其志的人。亲戚家中有一个名叫柳青的婢女，她七八岁时，主人把她许配给小奴仆益寿为妻。等到十六七岁，即将成亲时，益寿忽然因赌博负债外逃，长期杳无音信。主人要将她许配给别的奴仆，她誓死不肯。柳青颇有几分姿色，主人趁机挑逗她，答应让她做侧室。她也誓死不肯。主人就让一个老太婆劝说她："你既然不肯有负与益寿的婚约，姑且暂时顺从主人，主人会多方设法寻找益寿，仍然和你配合。如果你不顺从主人，他就将你卖到偏远地区去，你将永无见益寿之日了。"柳青私下里哭泣了几天，居然同意与主人同居，只是时常催促主人寻找益寿。过了三四年，益寿自己跑回主人家。主人如约为他们举办婚礼。结婚之后，柳青干活像以前一样，但不再同主人交谈一句话。主人稍微亲近她，她就避开去。主人鞭打她，并贿赂益寿，多方逼胁她，她始终不肯顺从。无可奈何，主人只得好好打发他们出去。她临行之前，将一只小箱子放到主妇面前，叩拜而去。主妇打开箱子，里面都是主人几年来私下给她的东西,一件也没缺少。后来,益寿做小买卖,她做裁缝,日子过得很艰难,但她没有一点后悔之意。乙酉年,我住在家里,益寿还拿着几件铜磁器来卖,头发已经花白。问他妻子的事,他说已死去多时了。奇怪啊,像柳青这样的奴婢,不贞不淫,亦贞亦淫,居然不能给她定位。把这些记录下来,留待君子们来论定。

妖狐报复

吴茂邻是姚安公的门客。他看到两个儿童相互辱骂,就举出一个事例对他们说:在交河那个地方,有一个人曾在路途中遇到一个老头,那老头因路滑摔了一交,差点把这个人撞倒。这个人本来就很蛮横,就开口辱骂老头的母亲。那老头十分恼火,想与这个人争吵,忽然低头沉思,作揖谢罪,并且询问这个人的姓名和住址,走到叉路口,就分手离去。这个人回到家,看到母亲的房门白天紧闭着。叫唤母亲,里面无人答应,但喘息声又不同于寻常。他怀疑有什么变故,就挖开窗纸往房间里看。只见他的母亲赤身裸体,昏昏如醉,一个人正在奸淫她。仔细一看,那人就是路上遇到的老头。他愤怒得乱嚷乱叫,想冲进去捉住那老头,但门窗都关闭严密,牢不可破。他就急忙取来鸟铳,从窗外朝房里射击,那人应声而倒,却是一只老狐。邻居聚集来观看,没有不惊奇发笑的。这个人辱骂老狐的母亲,无非随口说说而已,居然导致老狐如实地报复他,擅长辱骂的人应引以为戒。那个老狐只求发泄一时的愤恨,反而致使身亡,睚眦必报的人也足以引以为戒。

小溪巨蚌

诚谋英勇公说:畅春苑前面有一条小溪。每当乌云密布、月亮无光之时,值夜的内侍就能看见天空中悬挂着一颗明亮的星星。内侍们相互惊奇,到处反复查看,才发现光亮是从小溪中发出的。他们知道这是宝物之气,到了白天,设法把它取出来,得到一只河蚌,横径有四五寸宽。剖开河蚌,里面有二粒珠缀合在一起,一粒大一粒稍微小些,体积像红枣那样大,形状像葫芦一样。内侍们不敢私自留下,就把它们进献给皇帝,如今还用作朝冠的顶子。这是乾隆初年的事。小溪不可能出产巨蚌,更没有听说蚌珠有合欢连在一起的,那大概是天命中的事。乾隆皇帝因为居住地呈现祥瑞,享寿至九十,还像早年那样康健,这难道是偶然现象吗?

莲花秋放

莲花在夏天开放,只有避暑山庄的莲花到秋天才开放,比长城以南推迟一个多月。但是,花虽然开得迟,也凋谢得迟。到九月上旬,绿叶衬红花,依然生机一片。皇苑中往往将莲花与菊花对插在同一个花瓶中,这种情况多次在皇帝的诗作中见到。大约塞外地气寒冷,春天来得较晚,所以夏天的花也开放得较迟。至于秋天寒冷来得早但花却不会过早凋谢,就不明白其中的道理。今年,我读皇帝诗作的注释,才知道皇苑中的池沼汇集了武列河的三源水,又引温泉注入,蕴涵暖气,所以池中的莲花能耐寒冷。

奇巧鸟铳

戴遂堂先生,名亨,癸巳年与姚安公同榜登第。他从齐河县令的职位上被罢免回乡后,曾在我家坐馆。他说他的父亲也是浙江人,心灵手巧,喜欢与西洋人争高低。在钦天监工作时,与南怀仁相抵触(南怀仁,西洋人,任钦天监正的职位),被贬官到铁岭。所以,戴先生为铁岭人。他说年幼时看见父亲制造过一支鸟铳,形状像琵琶,火药铅弹都装贮在铳脊里,用机轮作开关。它的机关有两个,一凸一凹,密合无间。扳动一个机关,火药铅弹就自动落到铳筒中,第二个机关随之启动,碰击火石发火,铳就发射了。连续发射二十八次,铳筒里的火药铅丸就会射尽,才需要重新装贮。他的父亲打算将鸟铳献给军营,当晚梦见一个人喝叱他:“上帝普爱众生,你如果献出这个武器,使它流布人间,你将断子绝孙。”于是内心恐惧而没有献出。说到这件事时,他回头对侄子戴秉瑛(乾隆十年进士,任甘肃高台知县)说:“鸟铳还放在你家吗? 可以取来看一下。”秉瑛说:“我在户部学习时,五弟的儿子偷去当钱用了,已经追不回来。”也许它确实已被遗失了,或许主人爱惜它,不肯拿出来,也说不定。然而,这鸟铳也太奇巧了。诚谋英勇公说,征伐乌什时,文成公与勇毅公明公犄角扎营,与敌人堡垒相距一里左右。每次相往来,都有铅弹落在马前马后,幸好未被射中。估计鸟铳的射程不过三十几步,必定射不到那里,因而怀疑山沟里有埋伏。派人去搜索,却没有发现敌人,大家都不知道是什么缘故。打败敌人之后,审讯俘虏,才知道乌什的宝器中有两支铳,射程都可达到一里多远。搜索出来,试验结果表明,言不虚传。文成公与勇毅公各分得一支。勇毅公远征缅甸时,战死沙场,那支铳不知失落在何处。文成公得到的一支铳,现在还藏在家里。终究不明白这两支铳是用什么技艺制作的。

神 臂 弓

宋代所谓的神臂弓,实际上就是巨弩。把它竖立在地上,用脚踩它的机关,能够射穿三百步之外的铁甲。神臂弓也称克敌弓,洪迈考博学鸿词科,试题有《克敌弓铭》一篇可以证明。宋军抵抗金兵,大多依靠神臂弓作锐利的兵器。军法规定不得遗失一具,即使战败无法带回,也宁可击碎它,以防敌人得知其构造加以仿制。元世祖灭宋时,得到神臂弓的式样,曾用来战胜敌人。到了明代,神臂弓已失传,惟有《永乐大典》还载有它的全部图说。但是,它的机件都是一件一图,只有短长宽窄的尺度与雌雄凸凹的形状,没有一幅是神臂弓的全图。我与邹念乔侍郎花了几天的时间,仔细审读凑合,最终仍是毫无头绪。我想钩摹出它的样式,让西洋人去具体制办。先师刘文正先生说:“西洋人思考极其深刻,像算术的借根法,本来是中国的方法传入西洋,所以那里称它为东来法。现在中国人向他们学习算术,他们反而保密不肯全说出来。这神臂弓已是世代相传的锐利兵器,怎能知道他们不暗地里把图形仿制去,却以不能理解来搪塞我们呢?《永乐大典》藏在翰林院里,未必后来无解开这个谜的人,何必求助于别国呢?”我与邹念乔才放弃这个念头。“维此老成,瞻言百里”。先生的见识确实深远啊。

鬼卒塑像

贝勒春晖主人说:热河碧霞元君庙(民间称娘娘庙)两厢,塑造了地狱世界。西厢一个鬼卒塑像,面目阴森可怕,就是民间所谓的地方鬼。有人看见他外出买杂物,如柴炭之类,往往堆积在庙里。向当地人了解,确有其事。但是,他不为害百姓,人们常见也不放在心上。有人说:“鬼不烹饪,怎么需要柴炭?《左传》说:‘石头本不能讲话,也许有什么东西依附在上面说话。’可能是其他精怪吧?恐怕时间长了会成为祸患,应当趁早除掉它。”我认为天地之大,都是由元气化生出来的。深山大泽,无所不有。热河高峻的岩壁、幽深的山谷,贴近百姓的住房,人接近鬼,鬼也就接近人。从情理上看,应当是有这种事的。

或许草木之妖,依托鬼卒的本性;狐狸之类,本来居住在这里,借着鬼卒的形状,变幻出来,依附到塑像上。从情理上看,也是会有的。总之,这些都是造物主培育出来的。圣人把魑魅魍魉铸造在禹鼎上,把官名庭氏、神像方相写进《周礼》中,无非是想除去为害百姓的鬼怪而已,原意未尝想除尽异类。鬼怪既不为害百姓,自然可听任他们自由来去。海边人一旦起意戏弄海鸥,海鸥就盘旋在天空,不栖息到沙滩来。("鸥"字,《列子》本作"沤",那是古字假借。但古今通用,从来没有写成"沤鸟",所以现在以通用字书写)可见,海边人心计一动,海鸥就以心计对付他,反而弄得动乱不安了。

陈鹤龄分家

宛平人陈鹤龄,名永年,原来是富裕人家,后来家境渐衰。他的弟弟永泰已经去世,弟媳妇请求分家,他不得已才同意。弟媳妇说:"兄长是男人,会料理家财,我是一个寡妇,子女又小,请分给我三分之二的财产。"亲属都说不行。鹤龄说:"弟媳妇讲得有道理,应当听从她的意见。"弟媳妇又以自己是寡妇人家,不能收讨别人的拖欠为理由,想以家中资产抵她的那两份,而把几年来别人没有偿还的债券连同利息,抵鹤龄的那一份。鹤龄也全都听从她。后来,凭借券去讨债务,都没有着落,鹤龄于是至于赤贫。这是乾隆五十一年的事。陈家从前没有登科及第的人,这一年,鹤龄的儿子陈三立居然在乡试中中举。放榜那天,与我同榜登科的李步玉,与陈鹤龄住得很近,听到消息后,感叹说:"天道终究不辜负善人!"

壁上小像

南皮人张浮槎,名景运,是《秋坪新语》的作者。他有一个儿子,早年死去,媳妇殉节上吊。上吊处的墙壁上,有他儿子的小像,一尺多高,眉目栩栩如生。小像的形迹似勾画非勾画,似泼墨非泼墨。媳妇本来不懂画,又没有人会替她凭回忆画上一张,况且寝室也不是外人所能去的地方。这时,亲戚聚集,都不知道小像的来源。张氏与纪氏为世代联姻,纪氏之女嫁张氏的有数十人,张氏之女嫁纪氏的也有数十人。众目同视,都感到惊异。我认为这是烈妇精诚所至,完全不值得惊异。大凡精神专注于某个人,那人的气息就会聚集到眼前。气息一旦聚集,那人的神情也就凝结起来。神情一旦凝结,那人的形象也就产生了。形象一旦有所依附,那人的形迹就显现出来了。生者的神气与死者的神气相互感应,相互聚合,就形成了这幅小像。所以说"缘心生象",又说"至诚则金石为开"。张浮槎记录他们的事迹,征集士大夫的歌咏。我打算写一首诗,但其中事理精细隐微,笔力不足以充分阐发,数易其稿,都不满意。至今,我还耿耿于怀,姑且把这件事记录在这里,以昭示幽明之间的感应,诗的创作只好留待来日了。

慎服仙药

服用丹药以求成为神仙的事,各种杂书的记载都不一样,也许偶尔能遇到这种人;但是,服药不得其法,反而会危害身体。戴遂堂先生说,他曾经见到一个人服用了十多年的松脂,肌肤红润,精力旺盛,自以为得法。然而,时间长了,却感到肚子有点不舒服。又过了一段时间,大便拉不出来,以麻仁之类的药物去滋润,不起作用。用硝黄之类的药物去治疗,拉出的大便细得像一条线。这才知道松脂粘挂在肠中,逐渐凝结增厚,使肠的通道越来越窄,所以大便如此细小。这病无药可治,那人终于疲惫至死。他又见到一个服用硫黄的人,皮肤裂开像受过刑一样,把人放在冰上,疼痛才会减轻一些。古诗说"服药求神仙,多为药所误",难道不是确实如此吗?

双塔峰仙踪

长城以北,万山环抱,但山峰都如丘陵般连绵起伏。至王家营以东,则山峰高耸,秀丽挺拔,曲折之形均含画意。大概开天辟地以来,灵气聚集在那里的缘故。那里有罗汉峰,好像一个和尚两脚交迭而坐,头、项、胸、腹、臂、肘,都可清楚地分辨。有磬锤峰,就是《水经注》所称武列河旁高耸入云的那块孤石,形状上面大下面小,就像是用斧头削成的。我编修《热河志》时,曾登梯攀绳到它的下面,原来它是由无数卵石与碎砂凝结而成的,但它却自古迄今历经风雨而不倒塌,不知是什么缘故。有双塔峰,两峰亭亭对立,远远望去,就像两座佛塔拔地而起。没有路能上通两峰,有时夜里能听到上面有钟磬声和诵经声,白天也有片片白云飘浮往来。乾隆五十五年,官府命令守吏造木梯,派人登上去考察。其中一峰周围一百零六步,上面有一间小屋。小屋里有一张桌子、一只香炉,中间供奉一块石片,石片上镌有"王仙生"三个字。另一峰周围六十二步,上面种有二畦韭菜。田畦形状方正,有如园圃的构造。这绝不是人力所能做到的,想说它不是仙踪灵迹也不行。耳闻目睹的事,还如此迷迷糊糊,讲学家却固执私见,动辄说这是情理中没有的事,不也颠倒是非吗?(距双塔峰一里左右,有一座关帝庙,住持和尚悟真说:乾隆四十七年,有一个夜晚雷雨交加,双塔峰上落下一个石佛,现在还供奉在庙里。但仅仅是一片粗石,其中一面稍微像佛形而已。这事发生在庚戌前八年。莫非认为双塔峰还有灵异,想把这件事归结为佛的法力在起作用?这更是以疑传疑了,一起附录在这里。)

西山诗迹

与我同榜及第的蔡芳三说:他曾与几位朋友游西山,到达僻静处,看见一条小路,沿路攀登,荒凉而无居民,只有几间破屋,周围长满青苔杂草。只见壁上写有一个很大的"我"字,笔力险劲。走进破屋,还有字迹,仔细一看,原来是两首诗。其一说:"溪头散步遇邻家,邀我同尝嫩蕨芽。携手贪论南渡事,不知触折亚枝花。"其二说:"酒酣醉卧老松前,露下空山夜悄然。野鹿经年相见熟,也来分我绿苔眠。"没有年月姓名。体味诗的意境,好像出自前代遗民之手。有人认为这是神仙的手笔,那是不正确的。又,表弟安中宽以前跟随木材商人出古北口,因走访朋友来到古尔板苏巴尔汉(俗称三座塔,即唐代的营州,辽代的兴中府)。旅舍主人说,他家曾经捕捉到一只鹿,正要缚到溪边去屠杀,忽然绳索寸寸裂断,鹿迅速逃去。这时,看见对面山上一个戴笠人,好像举手比划,估计就是他用法术弄断绳索的。这座山陡岩峭壁,人踪罕至,那人莫非是神仙吗?

诗露真情

先师何励庵先生,名琇,雍正十一年进士,官至宗人府主事。仕途坎坷,贫病而终。著有《樵香小记》,大多考证经史疑义,今已著录在《四库全书》中。作诗特别喜爱陆游的风格。一天,作《咏怀》诗:"冷署萧条早放衙,闲官风味似山家。偶来旧友寻棋局,绝少余钱落画叉。浅碧好储消夏酒,嫣红已到殿春花。镜中频看头如雪,爱惜流光倍有加。"替我书写在扇上。姚安公看到扇子上的诗作,深思良久,说:"怎么忧伤低沉,哀怨到如此地步,大概神志已经衰败了?"果然,何先生于这一年夏秋之间去世。古代所说的诗谶,或许是存在的。

水怪作祟

赵鹿泉前辈说:吕城是三国吴人吕蒙所构筑的。夹河两岸,有两座土神祠。其中一个神主为唐代汾阳王郭子仪,已经令人无法理解。另一个为袁绍部将颜良,更不清楚他的神祠怎么会建在这儿。当地人祈祷,相当有灵验。吕城所属境内周围十五里,不许设置一座关帝祠;一旦设置,就会招致祸害。有一个县令不相信,正值颜祠举行赛会,亲自前往观看,故意叫演员演三国杂剧。忽然狂风大作,将芦棚苫盖卷到空中,抛掷下来,有的演员竟被砸死;吕城所属十五里内,瘟疫大起,人畜死亡无数;县令也大病一场,几乎死去。我认为两军对垒,各为自己的君主效力,此胜彼败,势不两立。这是用公义杀人,而不是用私恨杀人。这期间,凭智谋与勇力,意外地遭受失败,那是天数,不能怪罪他人。凭低下的才能,被强于自己的人打败,那是自己的过错,也不能怪罪他人。张睢阳变成厉鬼杀死贼人,以社稷安危为己任,争夺这个郡,是为君国才这样做,而不是为自己才这样做。假使功成事定之后,死于沙场的将士都心怀仇恨,那么自古名将就无不被鬼所杀,有这种道理吗?况且颜良被诛已很久了,一二千年来都不曾显示灵验,怎么忽然今日变成神?怎么忽然今日来报仇?以天理来衡量这件事,大概不会是这样。这可能是庙祝师巫制造妄言,山妖水怪因百姓受到迷惑而依托在那里。刘敬叔《异苑》说:"丹阳县有袁双庙。袁双是袁真第四个儿子。袁真被桓宣武杀死后,袁双便不知去向。太元年间,在丹阳现形,求百姓为他立庙。百姓没有立刻着手建造,便发觉虎灾为患。被害的人家就梦见袁双到来,急促地催建祠庙。百姓建立了祠庙,凶猛的虎暴才平息。百姓常在二月最后一天,在祠庙中歌舞祈祷,这一天经常风雨交加。到了元嘉五年,祭祠完毕后,村人邱都在祠庙后面看到一只动物——人面鼍身,戴着葛布头巾,七孔端正而酒气浓郁。于是发现袁双之神,竟是这个动物所依托的。我认为,来到祭奠场所必定刮风下雨的,那一定是水怪。"如此看来,这种事古已有之。

老狐争风吃醋

舅舅张梦征(字尚文,名景说)说:沧州吴家庄东边有一座小庵,长久没有和尚居住,平常已成为客商往来的憩息场所。有一位月作人经常在庵前遇到一个人,招呼他坐下来交谈,很是投机。慢慢地,两人一起赴闹市饮酒,感情更加融洽。月作人偶尔询问那人的籍贯、住址,那人惭愧地说:“与你交情深厚,不敢欺骗你,我实际上是这庵里的老狐。”月作人也不畏惧,仍像往常那样和他来往。一天,月作人又遇到那人,那人拿了一支鸟铳交给他,说:“我和一个妇人亲近,我弟弟也私下与她偷情,这是与嫂嫂私通的行为。我制止他,他不听从;与他斗殴,我又打不过他。忍无可忍,今晚我将在叉路口等候他,与他决一生死。听说你善于打铳,等我们争斗时,请你发铳击毙他,我将永世感激。夜晚月光明亮如同白天,你很容易辨清我们的。”月作人答应那人的要求,就埋伏在那人指定地点的草丛中。不一会儿,月作人私下在想:“他的弟弟行为无礼,确实应该处死。然而,认真推究起来,他所私通的妇人,自有丈夫,不是他弟弟的嫂子。兄弟骨肉之间,应当妥善处理这种事,一定要致弟弟于死地,不也太残忍了吗?他们兄弟之间都尚且如此,我时常与他来往,假使产生小怨小忿,他会以同样的手段对待我了。”就乘他们扭打在一起的时候,发射一铳,把两人都击毙了。《诗经·棠棣》说:“兄弟阋于墙,外御其侮。”家庭内部相互争斗,没有不两败俱伤的。舅舅经常拿这件事警戒子侄,因为他是亲眼目睹月作人背着两只狐狸回来的。

失节与饿死

我家厨师杨老太说:她所在的那个乡,某甲将死时,叮嘱妻子说:“我生前没有剩余的财产,我死后,你们母子一定会受冻挨饿。我家四世单传,只有这么一个小孩。我现在与你约定:不管什么人,能替我抚养孤儿的,就嫁给他,也不要受丧期的限制,粮食吃完就去。”叮嘱完毕,他就闭目不再说话,只是呻吟着等死。过了半天,才死去。某乙听说甲妻有姿色,叫媒妁来说亲。甲妻尽管答应婚事,但因还能过日子,不忍心马上改嫁。几个月后,家里揭不开锅,才同意成亲。结婚那个晚上,他们已吹熄蜡烛就寝,忽然听到窗外有叹息声。甲妻熟悉那声音,知道是前夫的阴魂,就隔窗哭泣,对他说:“你有遗言在先,这不是我自己私自嫁人。今天晚上的事,从情理上讲是不得不这样,你为什么要来作祟?"阴魂也哭泣着说:"我是来看儿子的,不是来搅乱你们。我由于听到你一边卸妆一边抽泣,想起因贫穷才使你这样做,内心凄惨,不知不觉发出叹息声了。"某乙十分害怕,急忙披衣起床说:"从今往后,我如果不将你的儿子当作自己的儿子看待,天上的日头也不饶我。"阴魂才不说话。后来,某乙爱恋妻子的美丽,整天足不出户。但甲妻却经常茫然若有所失。某乙加倍喜爱她的儿子,从而讨取她的欢心,甲妻才逐渐有了笑语。七八年后,某乙病死,没有儿子,也没有别的亲属。甲妻拥有他的资产,请老师教儿子读书,儿子居然考中秀才。甲妻又给儿子娶了媳妇,生下两个孙子。甲妻到了四十多岁时,忽然梦见某甲说:"我跟随你来到这里,未曾离开过。由于我儿子事事均有着落,你尽管天天与某乙亲昵,却念念不忘我——你常在灯前月下,背着别人掉泪,我都看在眼里,所以不想显露形声,以免惊吓你们母子俩人。现在,某乙已经转世,你的寿数也快完了,我们俩余情未断,你应随我同归阴间。"几日以后,甲妻果真患了小毛病,将梦境告诉儿子,不肯服药,不久死去。她的儿子将她与某甲合葬,成全她的志节。程颐先生说:"饿死事小,失节事大。"这当然是千古的正理,但这是就一个人自身来说的。甲妻甘愿辱没自身,以求延续某甲的宗祀,她所成全的是大事,似乎应另当别论。杨老太能说出甲妻的姓氏、里居,因为碎璧归赵终究不是完美的事,所以我不将这些写出来。这是同情她的遭遇,悲哀她的志节,才替她隐晦的。又,我的家乡有一位寡妇,再嫁给前夫的三从表弟。表弟家与她原婆家相距很近,牛鸣声也能彼此听到。她再嫁后,仍然以亲戚关系去看望婆婆,两三天就去探问婆婆起居情况,而且时常有所赡助,婆婆依靠她过日子。婆婆死后,她出资殓葬,每年派人去扫墓。又,京城有一位妇女,年轻守寡,虽然很有姿色,但针线烹饪等活都不会做。她于是同公公、婆婆商量,假称是他们的女儿,卖给仕宦人家做妾,居然凭此赡养公公、婆婆终身。这些都是失节的妇女,原来不足以称颂;但是,她们不忘记旧恩,也足以劝勉浇薄的世俗。君子与人为善,本来应该不埋没她们的点滴善行。讲学家持论太严,就使一时失足的人,无法自赎罪孽,反而甘心自暴自弃,这不是教人改过自新的方法。

深夜遇鬼

慧灯和尚说:有一位举人在丰宜门外租一座小庵度夏,那里十分幽静偏僻。一天,举人得到平日喜爱的秘本,在灯下抄写。他听到窗外窸窸窣窣的声音,好像有人在活动,就问:"是谁?"窗外答应说:"我是幽魂,滞留在这里,有一百多年没有听到读书声了。连日来听你朗诵,触动了我平素之心,想同你会谈一次,以了结胸中垒块。我与你同是读书人,请不用惊慌。"说完,就揭开门帘进来,举止温雅,颇有士人风度。举子恐惧,呼叫寺僧。寺僧到来,鬼也不畏惧,指着一张椅子说:"师父请坐,我早已认识您。您一向质朴自然,没有人世间的市侩气息,我们可以一起谈谈。"寺僧和举人都局促不安,不能答话。鬼就拿过举人所抄录的书,才阅读了几行,便急忙掷在地上,忽然消失了。

巨蛇吞羊

　　杨雨亭说:莱州深山里有一个少年放羊,每天都丢失一两只羊,因此遭到主人严厉的鞭打责备。少年于是留意查看,原来是二条大蛇从石缝里爬出,把羊吸过去吞食了。这两条大蛇像酒瓮那样粗,少年不敢去触犯。少年非常愤怒,就和父亲一起商量,在石缝处设置犁刀,果然一条蛇游出时,腹部被犁刀剖裂而死去。少年担心遭到另一条蛇的报复,不敢再去那里放羊,但时常偷偷到那里去观察,没有发现任何蛇的形迹,估计那条蛇已迁移到别处去了。半年之后,他贪图那里的水、草胜过别处,仍然赶着羊去放牧。放牧不到三天,少年就被那条蛇吞食了。原来那条蛇隐匿不出来,是为了诱惑少年到来。少年的父亲很有心计,表面上不去搜索那条蛇,暗地里却让兵士把一座炮藏在草丛中,时常秘密去侦察。两个月以后,他看到岩石上有蛇爬过的痕迹,就在夜里带火石埋伏在炮的旁边。那条蛇果然来到溪涧饮水,发出"簌簌"的声音。他就发射一炮,把那条蛇炸得粉碎。回家之后,他忽然发狂地自己打自己,说:"你用计杀死我的丈夫,我用计杀死你的儿子,正好两相抵消。我已深藏不露面,你又千方百计杀死我,那我就属冤屈而死了,今天一定不放过你。"过了几日,他就死去了。民间有谚语说:"角力不解,必同仆地;角饮不解,必同沉醉。"这话讲的虽是小事,但可以隐喻大事。

巡视台湾

　　孟鹭洲自己记录巡视台湾之事说:乾隆四十二年,我偶尔与朋友扶乩,神降乩赠诗给我:"乘槎万里渡沧溟,风雨鱼龙会百灵。海气粘天迷岛屿,潮声簸地走雷霆。鲸波不阻三神岛,鲛室争看二使星。记取白云飘渺处,有人同望蜀山青。"当时将有巡视台湾的差事,我估计我当前往。几日后,果然旨命下来。我们六月从京城启程,八月到达厦门。渡过大海后,我们在那里驻留半年才返回。归来时正好顺风,一昼夜就登岸了。去的时候,却飘荡了十七天,历尽险阻。船刚驶出厦门,就遇上雷雨交加,云雾弥漫,天昏地暗。只好任凭风吹船帆,不知会飘到哪里。忽然腥风扑鼻,舟人说:"这是黑水洋。"这里的水比其他海面低几十丈,宽有几十里,长不见边。黑黝黝深不见底,看上去像一滩泼墨。舟人摇手警戒大家不要说话,他说这下面就是龙宫,为第一险处,渡过这里便没有什么可担心的了。到白水洋,遇到巨鱼竖起脊鬐游来,举起头如同高高的山峰遮蔽了日光,每翻腾一下,就浪涌如山,声音砰訇响如霹雳,很长时间鱼才游过去。估计它的长度当有几百里。舟人说这是来迎接皇帝派遣的使臣的,或许是这样吧?不久,飓风四起,船差点葬身海底。忽然,有几十只小鸟飞来,环绕桅竿。舟人欣喜若狂,声称这是天后来拯救我们。说着,风果然立刻停止了,船就停泊在澎湖。有圣人在上,百神就会效力,这是不假的。回想自己的经历,每一件都与诗中的话相符合,莫非是鬼神有先知吗?当时先父还在世,听说我有渡海的差事,就叫哥哥到赤嵌来看望我。我们一起登望海楼,与诗中最后两句的意思也正巧相符。我更加相信命数是前世注定,绝不是人力所能办到的。戊午年秋,我随从护驾到滦阳,与礼部尚书纪晓岚谈及此事。纪尚书正在写作《滦阳续录》,我就写出大意交给他,也许可成为一种谈资。(以上都是孟鹭洲的自序)考唐代钟辂的《定命录》,主旨在于劝戒人们追求名利时,不要有过分的奢求。这个乩仙预示未来,诗中的话语都已灵验,可使人们懂得,产生与祸福无关的惊恐和与聚散无关的踪迹,都不是偶然的,这也足以让人打消趋福避祸的心机了。

德行胜妖魅

高密人单作虞说:山东有一大户人家,家里的粮仓无故起火焚烧,主人还以为是偶然留下火种引起的。不久,家里又屡屡发生奇怪的事变,全家乱作一团。一天,厅堂上发出砰磕的响声,陈设在那里的玩器全部破碎。主人向来性格刚劲,厉声叱问:"青天白日之下,是什么妖魅敢来作祟?我将在神的面前诉你的罪。"只听见屋梁上高声答应说:"你喜欢射猎,杀了我许多子孙。我对你恨之入骨,到你家等候机会已经八年了。你祖宗恩泽深厚,福运未尽,中雷神、灶君、门神禁止我不要乱动,我无可奈何。现在你家兄弟外争,妻妾内讧,一家人各分朋党,简直像仇人一样。败落的迹象已经出现,恶气也已产生,诸神已不享用你的祭祀,邪鬼已窥视你的家门,所以我可以称心快意了。你却还处在糊涂之中!"声音愤怒而宏亮,全家人都听到了。主人内心恐惧,若有所思,拍胸叹息说:"妖魅斗不过德行,这是古训。不修养德行,对妖魅有什么好责怪的?"就叫来弟弟及妻妾,说:"我们距祸害不远了,幸而还未到来。我们如果能够放下以前的怨仇,每人赶走自己的私党,幡然改变自己的所作所为,还可以挽救。今天的事,从我做起。你们听从我,那是祖宗的威灵,子孙的福气。如果不听从我,我将隐居山林去了。"他反复开导劝说,引咎自责,泪水涔涔湿透衣裳。众人内心感动,一起伏在桌上哀号,立刻驱逐十多个挑拨离间的奴婢。凡是彼此相互倾轧的事,都马上改掉。从猪圈里牵来猪,歃血对神盟誓说:"从今往后,怀有二心的人都像这猪一样的下场!"众人正在彼此谢罪,听到梁上踩脚说:"我本想报仇却又泄露内情,这是我的过错啊!"叹息着离去。这是乾隆八、九年间的事。

诗 谶

侍妾明玕粗略懂得文章的含义,也能用平常的语言作诗。一个夏天的夜晚,月光明亮,照着窗外盛开的夹竹桃,花影落在枕头上,她即兴写了一首花影诗:"绛桃映月数枝斜,影落窗纱透帐纱。三处婆娑花一样,只怜两处是空花。"写成后很有点自负的情绪。第二年,她竟病逝了。她的婢女玉台,侍候我两年多,年龄才十八岁,也接着早逝了。"两处空花"就成为诗谶。实际上,生命之气已有所触动,只是作者没有意识到而已。

宽以待人

一位厨师跟随我已有几年了,今年又随我护驾到滦阳,忽然无缘无故捆束行李离去,借住在附近的街巷中。原来是以无人烹饪来要挟我,想居奇来索取高价。同事都为我抱不平,我也不能不因此气愤。不久,我忽然想起武强人刘景南任中书时,家里极其贫困,一个家奴傲慢地请求离去。刘景南以诗送他:"饥寒迫汝各谋生,送汝依依尚有情。留取他年相见地,临阶惟叹两三声。"忠厚的性情,溢于言表。我再三吟诵这首诗,觉得狭隘的怒气都消失了。

滦阳续录(二)

侮人取祸

　　一个馆吏经过考核,取得经历的任职资格,将去省城依次等候补缺,但长久没有被委派出去,生活非常困难。有一位上司同情他,暂时让他担任典史。他一任职,就作威作福,又以嚣张的气焰欺凌同事,因此被借口另一桩事撤销了职务。邵二云学士偶尔提起这事,连带说起他的家乡有一位士人,正在秉烛夜读,听到窗格上有声音,仔细一看,窗纸撕开了一个小洞,有两只小手正在继续扒开它,小手只有瓜子那样大小。不一会儿,有一个小人跳了进来,身上穿着彩衣,脚上穿着红鞋,头上扎着双髻,眉目清秀如画,仅有二寸多高。拿起桌子上的笔旋转舞蹈起来,在砚上跳来跳去,拖带墨汁,书卷都被玷污。士人起初很惊讶,坐着观看了很久,觉得小人似乎没有别的技能,就伸手去捉,小人呼喊着被抓住。只见小人畏缩在士人的手掌中,声音"呦呦呦"像鸟虫鸣叫那样,好像在讨饶。士人非常恼火,径自在灯上烧杀了小人,满室都是枯柳木的气息,终究没有别的变化。那妖物刚刚炼成人形,毫无变幻之术,却放肆地侮辱别人以至于招祸身亡,大概与那位馆吏属于同一类型吧。这不知道是实有其事,还是邵二云戏造出来的,但是听到这件事,也可引以为戒了。

幽魂报国

　　昌吉守备刘德说:以前征讨回族叛乱时,因为有急檄发来,就取道珠尔士斯路奔驰前往。当时天气昏暗,迷失道路,十几个骑兵都昏头转向,粮草也用尽,又没有饮用的水源,姑且坐在树底下,希望等到天晴时能辨别方向。看到崖下有几具人和马的尸骨,尽管遭到风雪侵蚀,衣服和兵械都已腐烂,但观察形体,好像是我方的士兵。就对着尸骨感叹道:"再过两天,天气不放晴,我们就与你们在这里成为伙伴了。"不久,一股旋风从林外吹起,忽来忽去,好像来招呼他们。试着纵马随而去,风就在前面导引;试着暂时休息,风也停下不走。幡然领悟到那是尸骨的灵魂,就跟着风朝回走三四十里路,又越过两座山岭,才找到原路,这时风也就忽然消失了。众骑兵哭着跪拜尸骨灵魂后才离去。唉！活着为国捐躯，成为幽魂还在报效祖国。灵魂永存，姓名却隐没了。这也确实可悲啊！

真假神仙

认为没有神仙，有人说遇到过；认为有神仙，却又不常遇到。刘向、葛洪、陶弘景以来，记载神仙的书籍不下于一百家，所记载的神仙姓名不下于一千人。然而，后人都不再提及。后人遇到的，又自有后来的神仙。难道保存精气，尽管能够延长生命，而最终却也归于死亡了吗？再说神仙清净，方士幻化，本来各自的来源就不一样。各书所记载的，凡能幻化的都称神仙，对二者却不加区别。有一个王老太，是房山人，家住深山之中。她曾告诉已故母亲张太夫人说：山中有一位道士，年纪约六七十岁，居住在一个小庵中，拾取野果作食粮，掬取泉水作饮料，日夜敲木鱼诵经，从来不到别人家去。有人到庵里与他交谈，他不大应酬答话，别人的馈赠他也不接受。王老太的侄儿在外地做佣工，一天晚上回来探望母亲，经过小庵的前面。道士大吃一惊说："深夜有虎出来，你怎能赶路呢？得由我送你回去。"就琅琅地敲击着木鱼在前面引路。还没走出半里路，果然一只老虎跳出来。道士用身体挡着他，老虎就离去了，道士也不告而别。后来，道士忽然去向不明。这道士或许就是神仙吧？堂叔梅庵公说，他曾看见一个人叫童子登上三层高的明楼（北方以覆瓦的楼房为"暗楼"，上层作雉堞形用来防备抵御盗贼的楼房为"明楼"），用手招呼他，童子就翩然跳下，身体完好无损。又把铜盂投入溪中，一声呼叫，铜盂就从水中慢慢浮上来。这些都是方士的幻术，而不是神仙的行径。舅舅张健亭说，砖河有户农家，在野外放牧几头牛，忽然几头牛都同时暴死。有位道士拜访他，说："这些牛不是真死，它们的魂被妖鬼摄去了。马上将我配的药给它们灌下去，可使脏腑不坏。我替你整治妖鬼，召回牛的灵魂。"他就将道士请到家中。道士跛着脚走步作法，约半刻钟，牛果真突然一下子站立起来。他留道士吃饭，道士连头都不回就走了。有知道内情的人说："道士先将毒草放在牛草中，然后再用药解毒罢了。他不肯接受谢意，表示他不图财，为下次再来迷惑人们作准备。我在山东时，已看到他施行这种骗术了。"这句话一传开，道士就不再来了。这样看来，方士之中又有真假，怎么可以都称他们为神仙呢？

轻薄招侮

李南涧说:他邻县的一个后生,是世家大族子弟。少年轻浮,沉溺于追求男色。一天,他从亲戚家饮酒回家,距县城较远,阴云密布,道路昏黑,估计已来不及进城,小雪又簌簌地落下。正在犹豫之际,看到十步之外有灯光,派仆人前往察看,却是几间茅屋,四周没有邻居,屋里只有一个童子一个老妇。仆人问:"有住宿的地方吗?"老妇回答说:"儿子长期出门在外,只有一个孙子和我居住在这里。还有两间空房,如果不嫌弃房间低下狭小,你们就住下吧。"就叫童子将两匹马系在树上,邀请后生进屋去坐。老妪说年老多病必须早睡,叮嘱童子招待客人。那童子约十四五岁,衣服破烂,容貌却极其俊俏。后生用语言挑逗他,他只管吹火煮茶不怎么答话。慢慢地与他戏谐说笑,似乎有点理解后生的意思,忽然乘机悄悄地对后生说:"这里距祖母房间太近,天晴之后,我会亲自到你家去讨赏钱的。"后生非常欢喜,解下绣囊玉玦赠送给童子。童子也羞涩地接受了。轻言曼语了很长时间,才关上门拿着灯离去。后生和仆人靠着墙壁休息,不知不觉中昏睡过去。等到醒来,房屋却不见了,两人坐在人家墓柏下。后生的狐裘貂冠,衣裤靴袜,都已被脱去了。裸露在雪地里,冻得受不了。两匹马也不知去向。幸而仆人的衣服没有被脱去,后生就脱下仆人的破衣遮蔽身体,狼狈回家,诡称路上遇到强盗。一会儿,两匹马认识道路自己归来,它们的尾鬣已被剪尽。衣裤靴帽却从粪坑中发现,狼藉污秽不堪,显然不是被强盗抢劫的。后生再没有别的托词,仆人才将真实情况泄露出来。人们才知道后生行为轻薄招致侮辱,被狐狸戏弄了。

伏击叛贼

戊子年昌吉之乱,起先没有一点迹象。屯官因为是八月十五日中秋的夜晚,慰劳流放的犯人,在山坡上摆酒席,男女犯人混杂坐在一起。屯官喝醉之后,威逼女犯人唱歌,于是立刻激发事变。犯人杀死了屯官,抢劫军用仓库,占据昌吉城。十六日早晨,檄报到达乌鲁木齐。大学士温公督促集合士兵。当时班兵分散在各个屯里,城中只有一百四十七人,但都是身经百战的强兵,很轻视叛贼。温公率领这些士兵就走,行进到红山口,守备刘德在马前叩见说:"这里距昌吉九十里,我们奔驰一天到达城下,这是他们安逸而我们疲劳,他们坐守而我们仰攻,这不是一百多人的兵力所能制胜的。而且这里到昌吉一路都是平原,玛纳斯河虽然较为宽阔,但随处可以策马渡河,没有险要之地可以据守,所能据守的只有这个山口一线路而已。叛贼夺得城池一定不会死守,他们势必马上来进攻我们。您不如在这里驻兵,借助陡崖隐蔽。叛贼不知我们兵力多少,等他们来到,我们就据险往下攻击他们,这是反攻为守,反劳为逸,叛贼就会被打败了。"温公同意他的建议。等到叛贼将到,刘德左手执着红旗,右手拿着利刀,命令士兵说:"从他们扬起的尘埃来看,虽然不到千人,但都是亡命之徒,势必拼死战斗,也不容易抵挡。幸好他们骑的都是屯马,没有经历过战阵,受到创伤一定会往回跑。你们每人拿一支火枪,屈一膝跪在地上,只管埋伏着射击马。马一旦后逃,叛贼就大乱了。"又命令说:"看见身影就鸣枪,枪弹就打不到叛贼,火药先用尽了,叛贼来到跟前反而没有射击的火药了。你们看到我的旗摇动后,才允许鸣枪。谁敢提前鸣枪,我就杀了谁。"一会儿,叛贼争先恐后地鸣枪,响声震天动地。刘德说:"这些枪弹都是虚发的,没有什么作用。"等到枪弹打伤前队一名士兵时,刘德:"他们的枪弹能打到我们,我们的枪弹也一定能打到他们了。"他举旗一挥,众枪齐发。叛贼马群果然乱奔乱跑,自相冲击。我方士兵叫喊着冲过去,叛贼就被歼灭了。温公感叹说:"刘德形状如乡下老头一般,临阵却如此镇定。参将、都司,只不过善于应对、步履有节奏而已。"所以,这一战以刘德为首功。然而,捷报不能详细叙述战役的曲折,现在详尽记录下来,也算是没有湮没刘德的功绩了。

关帝显灵

从乌鲁木齐去昌吉,南边是天山,无路可上;北边是苇湖,一望连天,无边无际,淤泥达一丈左右深,踩进去就淹没头顶。叛贼被打败后,不往西逃走,据守昌吉,却往南北奔跑,都进入了绝地,我们认为他们是因惊慌才迷失方向的。后来审讯俘虏,都说败溃惊慌之时,本想往西逃走。忽然看见关帝立马云中,断绝了他们的归路,所以不得已才往南北逃,希望或许能够隐匿逃脱。神的威灵,能达到二万里之外;国家的福祚,又能使神助威于二万里之外。一群刺猬螳螂聚集叛乱,又能有什么作为呢?

赫 尔 喜

　　昌吉没有发生叛乱之前，通判赫尔喜奉命调往乌鲁木齐核检仓库。等到听说昌吉城被攻陷时，他愤不欲生，向温公请求说："屯官激起事变，贼众反叛未必出自本心。我愿意单身匹马去途中迎候他们，以利害关系劝谕他们。如果他们献上罪魁祸首，您就不用去征讨了；如果他们都是忘恩负义之徒，不肯返归正途，我就杀死他们的头目，和他同归于尽。"温公劝阻不住，他竟骑马奔驰而去，径直冲入叛贼群中，以大义再三开导他们。叛贼都说："您是好官，这事与您无关。事态发展到这种地步，已不可挽回了。"就将他送到路旁，舍他而去。他知道劝说已不起作用，就拔刀奋力杀死几个叛贼，最后拼杀而死。当时公众舆论惋惜地说："屯官不是他的部属，犯人不归他管理，算不上'徇纵'的罪名。事件临时发生，不是预先谋反，算不上在'失察'的罪名。奉命调往别处，身不在官署，算不上守备不严和弃城逃跑的罪名；叛贼抢劫的是军用仓库，自有营官掌管，算不上'疏防'的罪名。于理于法，他都可以不死。然而，他始终遵循'城存与存，城亡与亡'的名言，甘愿以身殉国。按照他的志节，完全可以同常山颜杲卿、睢阳张巡等人相比。"所以在他的灵柩扶归之时，没有人不哭奠他。而在屯官的残骸归葬之时（屯官被叛贼用铁锄从脚开始一寸寸锄到头顶。叛乱平定之后，才掇拾拢来），没有人烧一陌纸钱。

纪 梦 诗

　　朱青雷说：他曾看到过一幅书法长卷，字大如杯，笔力怪伟极像张瑞图所书。卷首题纪梦诗十首，却被蠹虫蛀蚀得破烂不堪，只有两首诗完整可读。其一为："梦到蓬莱顶，琼楼碧玉山。波浮天半壁，日涌海中间。遥望仙官立，翻输野老闲。云帆三十丈，高挂径西还。"其二为："郁郁长生树，层层太古苔。空山未开凿，元气尚胚胎。灵境在何处？梦游今几回？最怜鱼鸟意，相见不惊猜。"年月姓名都已损缺，不知是谁作的。他曾用以替李玉典书写扇面，并附上跋语。有人说："这是朱青雷自己的作品，假托于古人。"然而，朱青雷诗作的风格像秦少游小石调那样婉秀，与上述两首诗的笔意不接近。有人又说："诗作和书法好像都是张东海的。"《东海集》，我以前曾经读过，不记得是否有这两首诗。只有留待今后再考证了。（朱青雷的跋语认为，前一首诗的后面四句之意,从没有人说过。然而,韩昌黎的诗"我能屈曲自世间,安能从汝求神仙"就是这个含意,只不过那四句袭用韩诗不着痕迹而已。)

好色身亡

同郡有一个富家子弟,形体臃肿,步履蹒跚,又不修边幅,常常满脸垢腻。然而,他却喜欢嫖娼宿妓,行为轻薄,遇到妇女必定紧盯着看。有一天,他单独行路,遇到一位少妇,风韵绝佳。当时刚下过雨,道路泥泞,他就上前调戏道:"路这么滑,嫂子要不要我扶着走?"少妇正经地说:"你不要糊涂,我是狐女,平生只拜月炼形,从来不做迷惑人采补精气的事。你看看自己是什么东西,竟然敢讲这种话,灾祸就要临头了。"说着就抓起一把沙屑洒向他的脸。他惊恐地往后退,忽然坠入沟中,用力跳出来后,少妇已不知去向。从此,他心里常常惴惴不安,担心她来作祟,却居然没有祸患。几天后,朋友邀请他饮酒,有一位刚来的妓女劝酒。他仔细一看,就是前几天遇到的少妇。他不能确定是否其人,疑惑惶恐,不知所措,勉强试探着问:"某天刚下过雨,你曾经去过东村吗?"妓女漫不经心地回答说:"这一天姐姐去东村看望阿姨,我没有去。姐姐与我容貌相似,你遇见的该是她?"语气恍惚不定,竟然难以判断她们是妖怪还是人,是一个还是两个,他就借故离席而去。他离开之后,妓女讲述这件事说:"当时我确实憎恶他的丑态,又担心他施行强暴,就以假话诳骗他,希望能求得解脱。幸好他自己跌倒,我就躲到麦场柴堆后面去了。不料他信以为真。"酒席中的人都笑得前俯后仰。一位客人说:"你既然身入青楼,怎么可以挑选客人? 他是能用千金买笑的人,何不由我带你去见他?"就一起前往,客人详细叙述妓女的公婆及丈夫姓名,他的疑虑才消除。(妓女姐妹就是叫大杨、二杨的,当时名士多作《杨柳枝词》,都借寓她们的姓氏。)妓女又道歉说:"我小时候就认识你,昨天为得到你的怜爱而感到高兴,故意以玩笑的话语回答你,不想反而唐突了你,我深抱歉意,愿意抱衾枕来自赎罪孽。"她的谈吐既高雅,又有说不尽的娇媚,他就被她的美色所迷惑,留连了好几夜。后又叫来她的丈夫,按月付给夜宿的钱财。狎玩亲昵一年多时间,他最终死于消渴病。已故的兄长晴湖说:"狐狸做人的事,他就怕她,实际上是怕死。人做狐狸的事,他非但不怕她,而且不怕死。这是因为她还能充当狐狸的同类吗?'灾祸就要临头了'这是她事先就说过的。这个人死在妓女手里,说他死在狐狸手里也是可以的。"

三槐发狂

郭大椿、郭双桂、郭三槐,是三兄弟。三槐多次侮辱哥哥,并且到县里诉讼他们。回家途中,他到一个寺庙休息,看到里面坐满僧人,诵经唱赞之声大作。主人尽管穿着吉服,面容却露出忧伤悲痛之色,宣读疏文通报诚意之时,声泪俱下。他问怎么回事,寺僧说:"某公的哥哥病情危险,他替哥哥叩佛祈福。"三槐在那里呆站了很长时间,忽然发起癫狂来,顿脚捶胸地呼叫:"人家的兄弟是这样吗?"他反反复复把这句话说个不停。把他拉回家,他不睡不吃,仍然顿脚捶胸,两三天不停地讲这句话。大椿、双桂本来居住在别处,听到消息都赶来,握着他的手哭着说:"弟弟怎么会到这种地步?"三槐又痴立良久,突然抱着两个哥哥说:"哥哥本来是这样的吗?"长号了几声,向上一跳而死。人们都说神惩罚他。其实不对。三槐是由于内心惭愧而自咎,这就是圣贤所说的"改过",佛家所说的"忏悔"。假如他发挥这种志气,即使田氏兄弟感荆、姜氏兄弟共被那样的善行,都是能够做到的。神正是赞许他忏悔,怎么会惩罚他呢?他一阵悲痛,就立刻死去,只是由于内心感动、良心发现,自己感到无颜活在世上,所以一死了之,命归黄泉,哪是神夺去他的魂魄?可惜他知道自己的过错却不懂得补救过错,意气用事,一去不复返。没有学问帮助他,没有良师益友开导他,没有贤惠妻子辅助他,就不能始于恶而终于美,以图晚节美名,这是他的不幸。以前田氏姐买了一个小婢,是倡家女。小婢听到别人责骂邻居妇人淫乱,震惊地说:"这种事是不能做的吗?我还以为应当如此呢。"她后来出嫁为农家妻子,终身贞洁。那么三槐违背常理,正是因为不懂得道理。所以,家中的子弟应该先让他们懂得礼义。

使臣赠棋

朝鲜使臣郑思贤将两奁棋子赠送给我。这些棋子都天然圆润,不像人工所作。他说黑子是由海滩碎石经潮水长年累月冲激而成的,白子是由小车渠壳经海水磨治而成的,都不是难以得到的东西。只是检寻厚薄均匀、轮廓端正、色泽匀称的棋子,需要日积月累,反复比较调换,不是一朝一夕所能做到。将它们放在书斋里,具有极为高雅的观赏情趣。后来,棋子被范大司农取去。司农死后,家境萧条,现在不知落到何处去了。

仙山灵境

海中三岛十洲，昆仑五城十二楼，词赋家沿用很久了。朝鲜、琉球、日本等国，都能读懂华夏书籍。日本，我看他们的《五京地志》及《山川全图》，疆界广袤，延伸几千里，没有以前所说的仙山灵境。朝鲜、琉球的贡使，我曾经多次与他们交谈，将上述问题询问他们。他们都说，东洋自日本以远，大小国土有几十处，大小岛屿不知几百几千，中国人必定不能到达那些地方。每次海船行程万里，商船往来穿梭，都没有听到有这种说法。只是琉球的落漈，有点像三千弱水。然而落漈中的船，偶尔遇到潮水低平的岁月，有时还能返回，也没有听说有可望不可及的白银宫阙。既然这样，那么三岛十洲岂不是纯属虚构？《尔雅》、《史记》，都称黄河的源头在昆仑。考黄河的源头有二：一个出自和阗，一个出自葱岭。有人说葱岭是它的正宗源头，和阗的河水汇入进去。有人说和阗是它的正宗源头，葱岭的河水汇入进去。两条河流已经汇合，也就分辨不出哪一条是主哪一条是宾了。然而，葱岭、和阗都在现今的版图内，戍边开荒四十多年，即使深山穷谷，也都能耕种放牧。不管两山之水哪一条是正宗源头，两山之中必定有一座昆仑山是确定无疑的。而所谓的瑶池、悬圃、珠树、芝田，一概没有看见过，也一概没有听说过。既然这样，那么五城十二楼，不又荒唐了吗？不仅如此，灵鹫山在现在的拔达克善，诸佛菩萨的骨塔都在，梵书题记一一与经典相符，还有六百余间石室，就是所谓的大雷音寺，回民部落游牧人群居住在那里。我方士兵追剿波罗泥都、霍集占，曾经到过那里，所见所闻不过如此。种种庄重威严的形状，好像也不过是华美的词藻描绘成的。相传回民部落的祖国，以铜筑城。靠近西面的回民部落说，铜城在他们东面万里之外。靠近东面的回民部落说，铜城在他们西面万里之外。他们彼此遥相朝拜铜城，至今无人曾经到过铜城。以此类推，恐怕南怀仁《坤舆图说》所记的五大人洲、珍奇灵怪，大约都是此类性质罢了。周书昌编修却说："有佛缘的人才能见到佛界，有仙骨的人才能见到仙境。不能以凡夫俗子的耳目，去判断它们的有无。我曾经见到一位游昆仑归来的道士，他所讲的与古籍记载的没有什么不一样。"这就是我所不知道的了。

狡黠仆役

蔡季实殿撰有一个仆役,在京城给他当长随。这个仆役为人狡黠,擅长应酬对答,蔡季实非常喜欢他。忽然有一天,仆役的两个儿子一起暴亡,他的妻子也在家里上吊自杀。他不知是什么缘故,姑且殓葬而已。他家有一个老妇私下对人说:"他妻子暗中有外遇,想毒死丈夫,然后带着儿子嫁给姘夫。她暗地里买来砒霜,制成饼饵,等待丈夫回来。不料两个儿子偷吃了饼饵,竟然一起中毒死亡。她悔恨交加,也就上吊而死。"然而,老妇昏黑的夜晚在窗外偷听,只大略听到密谋的这些话,却分辨不出她的外遇是谁,也就无从查究了。他的仆役不久也生病死去。仆役死后,仆役的同事私下议论说:"主人只信任他,他却千方百计欺骗主人。别的事不去说他,就像昨日四更天主人去圆明园站班,他事先故意放开驾车的骡子逃走,驾车人追不回骡子。时间已经到很紧迫,去找人家借车必然来不及了。主人急忙让他去雇车,他却说风雨就要来了,没有五千钱,车夫不愿意前往。主人没有办法,只好顺他的意思听从。这不太过分吗?他遭受非常的灾祸,或许与此有关吧。"季实听说这事,说:"他死得太晚了。我从前把他错看成是善于办事的人了。"

父财子败

杨槐亭前辈说:他的家乡有一位做官退休归故里的人,终日闭门颐养天年,外面的事一概不过问,也很有隐居的乐趣,只是因为无后嗣而忧心忡忡。后来,晚年生得一个儿子,他十分爱惜。儿子患天花,病情危急,他听说劳山有位道士能够预见以后的事,就亲自去拜访。道士笑着说:"你的儿子还有许多事没有了结,怎能就会死呢?"果然遇到良医治愈。后来,他的儿子寻欢作乐,骄奢放纵,竟然败了他的家业,到处流离寄食,他家竟断绝后嗣。乡里众人评论说:"这个老翁没有过错也没有声誉,不应该有这个儿子。不过他本是一个清寒士人,作县令不到十年,而所得银两超过几万。莫非他致富之道有不可告人的吗?"

贪婪致死

杨槐亭又说:有一位学茅山法术的人,整治鬼魅,大多十分灵验。有一家人被狐精危害,请求他前往驱除。他整理法器,按约定的日期正要出发。有一位他一向熟悉的老翁来访说:"我长久与狐精交朋友。狐精的情况危急,请求我来说句话。狐精没有得罪先生,先生与狐精也没有什么仇恨。先生只不过得了那人的钱财,所以替那人办事罢了。狐精听说事成之后,那人答应馈赠给先生二十四两银子。现在狐精愿意交纳相当那人十倍的数额给先生,先生能不去管这事吗?"说着就将银子放到桌上。这个人本来就很贪婪,当即接受下来。第二天,他就回断前来请他的人说:"我的法术只能惩治普通的狐精而已。昨天,我召神将来检查,在你家作祟的乃是天狐,这不是我所能惩治的。"他获得赠银之后,洋洋自得,就想狐精既然有很多银子,就可以用法术去索取。他因此召集四境的狐精,以雷斧火狱威胁它们,使它们向他纳贿。他频繁地索取,狐精承受不了,就一起商量盗走了他的符印。他就被狐精所依附,癫狂号叫,自己投进河里。群狐摄去他的银子,一点也不留下。人们以为他像费长房、明崇俨那样升天去了。后来,他的徒弟暗中泄露秘密,人们才知道他导致失败的原因。操持符印,役使鬼神,驱除妖厉,这种权力与官吏的权力是相似的。接受贿赂,放纵奸狐,已是不可做的事;却又想方设法来满足贪欲,难道能逃脱天道神明的明鉴暗察吗? 如果没有群狐杀死他,他应当终究也逃避不了神明的惩罚。

弄巧成拙

天地高远,鬼神幽暗不明,好像与人无关。然而,有时它们的应验如同回声般明晰,竭尽人的智力,也不能同它们抗争。沧洲上河涯,有某甲的女儿,许配给某乙的儿子。两家都是小康人家,婚期定在一二年内。有一位算命先生走访某甲家,因雨天阻路,留宿家中。某甲请他推算女儿的命运。算命先生沉思良久说:"我没有带算命书,这个命不能推算。"某甲觉得话语蹊跷,刨根究底地追问。算命先生才说:"根据这个八字,她是作侍妾的命。凭你家的地位,好像不应到这种地步。而且听说她即将出嫁,干支也不会克夫,断不至于再嫁。这就使我更加怀疑了。"有一个狡猾的人听到这件事,想借此事来牟利,对某甲说:"你的家产有多少? 加上嫁女一定花费很多,更加不足以支付。女儿的命既然如此,不如先谎称女儿病了,再谎称女儿死了,买个空棺材迅速埋葬。而你夜里带女儿逃往京城,改换姓名,将她卖给富贵人家作妾,那样你可以得到很多银钱。"某甲依照他的话行事。正巧有一位达官显贵嫁女儿,寻求长得漂亮的随嫁婢女,用二百两银子将某甲的女儿买去。过了一个多月,达官显贵用船送女儿南行,到天妃闸翻了船,全家都葬命鱼腹,只有某甲的女儿遇救生还。由于她是少女,人们不敢收养,将她交给当地官府。长官问她的由来,因为她在主人家的时间不长,仅仅知道主人的姓氏,却说不出他的官爵、籍贯,而对自己父母的姓名、住址,却讲得十分确凿。长官就将案情移交沧州,这件事才败露出来。那时,某乙的儿子已与表妹缔结婚约,没有改变婚约之理。某乙听说某甲得到很多银子,气愤得想要起诉。某甲窘迫,愿意仍然将女儿嫁给他的儿子。表妹家听说这事,又想诉讼某乙。情形错综复杂,势将发展为大案。两家的亲戚朋友出面调和,使某甲出资去沧州迎接女儿,作某乙儿子的侍妾,这件难办的事才得平息。某甲女儿回家之后,某乙儿子已和表妹举行了婚礼。某乙用牛车将某甲女儿载回家。某甲女儿拜见婆婆,苦苦申辩卖作侍妾不是她的本意。婆婆说:"既然不是你的本意,卖你时,为什么不说已有丈夫呢?"某甲女儿无言以对,领着她去参拜正妻,她稍有迟疑,婆婆便说:"你被卖作随嫁婢女时,难道不拜正妻吗?"她又无话可对,于是照侍妾的礼拜见了正妻。婆婆终身将她当奴隶看待。这是雍正末年的事。已故祖母张太夫人当时在水明楼避暑,知道得最详细。她曾经对侍婢说:"她的父亲不过想多得银钱,她自己不过想过富贵生活,所以才生出这个计谋。哪会知道这样做不仅无益,反而失去原来所拥有的呢? 你们看看这件事,就应消除不正当的念头了。"

婢女文鸾

已故四叔母李安人有个婢女名叫文鸾,四叔母最怜爱她。恰好我寄信给四叔母请代为寻找一个侍女,而四叔母在几个侄儿中最喜欢我,就打算将文鸾赠送给我。四叔母私下问文鸾,她也没有拒绝。四叔母就为她制办衣服首饰。已经定好出发的日子了,有一个妒嫉她的人怂恿她的父亲提出许多要求,这件事因此搁浅。文鸾郁郁不乐,竟然发病而死。当时我不知道这些。几年后,我才逐渐有所风闻,不过也像雁过长空、影沉水底那样一听而过。今年五月,我随从护驾即将启程,收拾行李累了,坐着打个盹。忽然梦见一个女子翩翩走来。初次见面并不认识,我吃惊地问:"你是谁?"她站在那里凝视着我,却默默无语。我也就醒来了,不明白是什么缘故。等到家人会餐,我偶尔将梦境说出来。第三个儿媳是我的外甥女,自幼在外婆家与文鸾一起玩耍,又非常清楚她含恨之事,惊愕地说:"这大概是文鸾吧?"就详细地说出她的容貌形体,与我梦中见到的完全符合。到底是呢?还是不是呢?为什么二十年来早已将她忘却了,忽然无缘无故进入梦境?我询问她下葬的地方,打算将来替她竖块石碑。知道的人都说丘陇已被平整,尸骨长久埋没在荒林杂草之中,寻找不出来了。姑且将梦境记录在此,用来安慰黄泉之下的文鸾。记得乾隆三十六年九月,我题秋海棠诗中说:"憔悴幽花剧可怜,斜阳院落晚秋天。词人老大风情减,犹对残红一怅然。"好像是为她题咏的。

《拙鹊亭记》

宗室敬亭先生是英郡王的五世孙,著有《四松堂集》五卷,其中有一篇《拙鹊亭记》说:"鹊巢被鸠占据,人们都说是因为鹊巧而鸠拙。我这小园里的鹊,却成十成百地结伴都只栖息在林子里。看那样子,并不是讨厌住在巢里,也不是害怕鸠夺走自己的巢。原来鹊的本性笨拙,比鸠还严重,大概是不善于筑巢的吧。所以它们在雨雪霜霰寒冷天气,靠新生的羽毛御寒;而太阳一出,就又聚集在树梢上叫个不停,听那叫声也很安闲自得,似乎并不以露天栖息为苦。而且鹊不飞高,也不远离,只是在小园周围觅食。有时飞进主人的堂上,正逢主人进食,主人弃剩下不吃的,鹊就把它吃了;主人有客来,鹊也不吃惊飞起,把客人与主人看成毫无心计的人。辛丑初冬,我建了一座亭子在堂的北面,结冻的树林四面围绕,鹊也环绕亭子栖息,因此题名为拙鹊亭。鸠笨拙,是理所当然的,鹊为什么也笨拙呢?但是,如果不笨拙,那就不能成为我园中的鹊了。"按,这篇《拙鹊亭记》是借鹊寓意,所寄寓的事近在眼前,决不是出自虚构,这也是一种异闻。敬亭先生的弟弟仓场侍郎宜公,刻成了先生的集子,我替他校雠文稿,就摘录这篇文章,用来作为谈话的资料。

杨 横 虎

精神病医生殷赞庵从深州病人家回来,主人派一个姓杨的仆人护送他。杨一向脾气暴戾,众人都称他为横(读去声)虎,一路上总是惹事生非,没有一天不与别人争吵。一天夜晚到达一个村庄,旅舍已经客满,他们就投奔一座寺庙,寺僧说:"只有佛殿后面有三间空屋。但是那里有怪物作祟,我不敢隐瞒你们。"杨横虎发火说:"什么怪物敢危害我杨横虎,我正想找它呢!"催促寺僧整理好床铺,就和殷赞庵睡在里面。赞庵内心恐惧,靠近墙壁睡下。杨横虎睡在外面,点亮蜡烛等待怪物。半夜里,果然有"呜呜"的声音从门外进来,一看却是一个美丽的妇人。她慢慢地走近床榻,杨横虎突然跳起拥抱住她。就与她接吻狎戏。妇人忽然现出吊死鬼的原形,形状丑恶可怕。殷赞庵浑身发抖,两排牙齿在打架。杨横虎慢慢地笑着说:"你的容貌虽然讨厌,下身应当与人相同,暂且行乐一次。"左手揽住她的背,右手就脱去她的裤子,将她按倒在床榻上。鬼大叫着逃走,杨横虎追出去喊她回来,她竟然没有回来。他们就安睡到天亮。临走时,杨横虎对寺僧说:"这间屋大有好处,我某天回来还要住宿,不要留宿别的客人。"殷赞庵曾将这件事告诉沧州王友三说:"世上居然有逼奸吊死鬼的人,横虎的名字,决不是凭空得来的。"

房官趣事

科场是替国家选拔人才的,不是替房官录取门生的。后来因为各个卷房录取人数有定额,而分在手中批阅的试卷却好坏无定,于是产生了拨房的做法。雍正十一年会试,杨农先的卷房(杨公讳椿,与已故姚安公同年登榜),拨入的试卷达十分之七。杨公毫不介意,说:"拨入的各份试卷确实胜过我卷房的答卷,我不敢心存门户之见,使黑白倒置。"(这是从座师介野园先生那里听来的,介野园先生就是被拨入杨公卷房而登第的。)乾隆七年会试,诸襄七前辈不接受拨入的试卷,一个卷房仅取中七名,总裁也听之任之。闻静儒前辈批阅的卷房第一名,在所有考生中只是第二十名。王铭锡前辈的卷房居然空缺本房的第一名。任钓台前辈的卷房出现过两个第一名。戊辰年会试,朱石君前辈是汤药冈前辈卷房的第一名,实际上是从金雨叔前辈卷房中拨入的。这样,金雨叔的卷房也出现过两个第一名。当时的房官都没有异议。他们刻印的同门卷,我都曾亲自见到过。庚辰年会试,钱箨石前辈用蓝笔画牡丹,遍赠各位同事,大家就递相题咏。当时,顾晴沙员外拨出的试卷最多,朱石君拨入的试卷最多,我题顾晴沙画:"深浇春水细培沙,养出人间富贵花。好是艳阳三四月,余香风送到邻家。"边秋厓前辈和韵一首道:"一番好雨净尘沙,春色全归上苑花。此是沉香亭畔种(读上声),莫教移到野人家。"我又题朱石君画:"乞得仙园花几茎,嫣红姹紫不知名。何须问是谁家种,到手相看便有情。"朱石君自己和韵一首道:"春风春雨剩枯茎,倾国何曾一问名。心似维摩老居士,天花来去不关情。"张镜錾前辈接着和韵两首道:"墨捣青泥砚浣沙,浓蓝写出洛阳花。云何不著胭脂染,拟把因缘问画家。""黛为花片翠为茎,《欧谱》知居第几名? 却怪玉盘承露冷,香山居士太关情。"大家都是多年交结的亲密朋友,放达不拘,以相互戏谑为乐趣,彼此之间毫无成见。蒋文恪公当时为总裁,见到这些题咏,说:"各位君子跌宕风流,固然是一段佳话。然而,古人之间构成嫌隙,大多起因于戏谑取乐的言辞。不如都没有这些戏谑,那是更为保全交谊之道。"大家都十分钦佩他讲的话。这是老成之人见识深远。记录下来以表明年轻时炫耀文辞的过错,希望日后的有才华的人士千万不要重蹈覆辙。

拜榜考辨

科场填榜完毕后,必定将榜卷成一筒横放在桌上。总裁、主考都身穿朝服,朝着榜文九拜,然后捧走榜文,堂吏称此为"拜榜"。这是误解。以公事而论,整个榜文上所列写的都是考生,试官为什么要朝考生跪拜? 以私谊而论,整个榜文上所列写的都是门生,座主为什么要朝门生跪拜? 有人引证《周礼》"拜受民数"之文,那完全是附会。其实,大概是因为放榜那天,要立即将题名录进呈皇上。题名录不能事先写好,必须拆卷唱一名,榜文填上一名,然后将填榜的纸条交给书写的人,才在题名录里写上一名。现在纸条还称为"录条",就是这个缘故。题名录要等跪拜后送出,就像行拜摺之礼。榜文不放出,题名录不送出;题名录没有写成,榜文也不放出。所以,题名录与榜文必须一起放在桌上,才行拜礼。榜文用纸大,题名录用纸小,在灯光摇曳之下,人们只看到榜文而没有看见题名录,所以误认为是"拜榜"。后来,或者没有抄录完毕,天已将晓;或者试官急于复命,先行拜礼就出发,于是就有行拜礼时,不将题名录放到桌上的情况。时间一长,这种做法被看作理所当然的了。堂吏或许由于没有题名录也可以行拜礼,于是就居然不将题名录放上桌子。又由于题名录既然可以不放上桌,可以暂缓书写而追送,以至于榜文写成之后,没有题名录可放,拜礼就潜移到榜文上了。我曾将此事请教先师阿文勤公,阿文勤公说李文贞公就是这样解释的。李文贞公就是阿文勤公己丑年会试的座主。

翰林院禁忌

翰林院的正堂不开启中门,说是一旦开启,就对掌院不利。癸巳年开《四库全书》馆,质郡王亲临视察,负责接待的人开启中门。不久,主掌院事的刘文正公、觉罗公奉相继去世。又,门前沙堤中有凝结成丸的土块,如果有人把它弄碎,一定会损害翰林。癸未年,经雨水冲激,露出一颗土丸,被儿童掷破。吴云岩前辈不久死去。又,原心亭的西南角,父母健在的翰林,不能在那里设立座位,坐下就要克父母的命。陆耳山当时为学士,坚决不相信,结果父亲竟然去世。至于左边的角门是长期锁着不开的,如果开启,那么主事的人会遭贬谪,因没有人敢去试一试,不知是否果然应验。其余部院,也各有禁忌,如礼部甬道屏门,以前不加搭渡(搭渡,用两块夹木夹在门限上,坡度像桥的形状,使乘车的堂官可以从中间进去,以免绕道),钱箨石前辈不相信,不久就有天坛灯杆之事发生,也都常常有应验。这其中必定有道理存在,只是不知是什么道理罢了。

翰林院狐女

相传翰林院宝善亭有个狐女叫二姑娘,然而没有人目睹她的形迹。只有褚筠心学士斋宿时,梦见一个美丽女子带他行走,跨越墙壁就像踏着云雾一样。来到城根高丽馆,遇到一个老头。老头惊讶地说:"这位是褚学士,二姑娘怎能如此轻率?赶快送他回去。"他就猛然惊醒。褚筠心在清秘堂时,曾经亲自讲过这个梦。

奸巧丧生

巧于作奸、工于心计的人,有败坏的时候;富有财产、行为蛮横的人,也有败坏的时候。用奸巧来支配财富,用财富来辅助奸巧,那就没有人能深入追问了。景州人李露园说,燕、齐之间有一个大富户丧偶,看见乡里一户人家新娶的媳妇很美而喜欢她。他暗地里派一个老妪,借租房子与她家作邻居,千方百计进行游说,用重金来贿赂她的公公、婆婆,使公公、婆婆以"不孝"的名目休掉她,并且约定不让她的丈夫知道事情的原委。富户又另派一个与她娘家一向有来往的老妪,用重金贿赂并游说她的父母,故意将女儿送还婆家。公公、婆婆也假装悔恨之意,留他们吃饭,已经将媳妇叫进来了。不一会儿,两亲家语言不合,相互责骂,又把媳妇赶回去,也不让媳妇知道事情的原委。这样买休卖休,以及与娘家同谋之事,都丝毫不露痕迹了。不久,两个老妪假装做媒人,帮两户人家议婚。富户以担心她"不孝"作推辞,娘家又以贫富不相当为推辞,这样谋娶之事也丝毫不露痕迹了。推迟了很长时间,再有亲戚朋友来撮合,富户才送上聘物定婚。她的丈夫虽然贫穷,但出身于书香人家,只因受迫于父母,无缘无故休弃媳妇,已经忧郁成疾,但还希望能破镜重圆;听说她嫁期在即,就愤郁而死。他的冤魂在富户家作祟为害。富户新婚之夜,他在灯下显形,扰乱他们,使他们不能同床。如此持续了几夜。富户要改为白天同床,媳妇又怨恨地说:"哪有以前的丈夫在身旁,而与现在的丈夫干这种事的? 又哪有进门才三天的新娘,而白天闭门干这种事的?"大声哭泣,坚决不同意。富户无可奈何,就延请术士来劾治。术士登坛烧符,指挥喝叱,好像眼有所见,急忙起身告辞说:"我能够驱除邪魅,却不能驱除冤魂。"富户延请和尚来做礼拜忏悔的法事,也没有效果。富户忽然想起那人一向孝顺,所以父母逐走媳妇,他不敢阻拦。就再次贿赂媳妇的公公、婆婆,让他们劝谕支走儿子。公公、婆婆虽然因失去儿子而悲痛,但非常看重贿赂的金钱,姑且一起来怒骂儿子。鬼魂哭泣着说:"被父母驱逐,我没有再呆在这儿的理由,只好到地下提出诉讼了。"从此在富户家绝迹。不到半年,富户竟然死去。大概是鬼魂在阴间胜诉了吧? 富户的这番谋划,即使邓思贤也不能提出诉讼,即使包龙图也不能察明真相。而且他依靠钱财,甚至能驱走鬼魂,他的心计可谓奸巧了,却最终不能逃脱阴间的业镜。听说他为此花费不下于几千两银子,寻欢作乐没有多长时间,反而因此而丧生。即使说他最为笨拙都不过分,他的奸巧究竟在哪里呢?

张相公庙

京城有一座张相公庙,它的缘起无从考证,也不知道张相公是谁。当地有人认为张相公是河神。然而,河神应该在沽水、潮县之间,京城不属于他的治理范围。又,密云也有张相公庙。密云实际上是山区,并不是多水之地,不是距河海更远了吗? 民间的谈资,实在不足以相信。我认为唐代张守珪、张仲武都曾经镇守平卢,考高适《燕歌行》序,这首诗实际上是为张守珪作的。一处说:"战士军前半死生,美人帐下犹歌舞。"另一处说:"君不见边庭征战苦,至今犹忆李将军。"对张守珪颇有隐晦的批评。张仲武却挫败了奚族的入侵,有捍卫保障国土之功,他的露布文书至今还记载在《文苑英华》中。以理推测,或许当地人立庙祭祀张仲武,也未可知。行李中没有书可借检索,等护驾回京之后,当再作考证。

滦阳续录(三)

轮回之说

　　轮回之说,确实是有的。恒兰台的叔父,出生才几岁,就自说前身是城西万寿寺的和尚。他从未到过那地方,拿起笔勾画那里的殿廊门径、装饰摆设、花树行列,派人去验证,都一一相符。但是,他平生不肯去那个寺,不知是什么意思。这是真正的轮回。朱熹所谓的轮回,就是指死人的生气未尽,偶然与活人的生气凑合起来,这种情况也确实存在。我家崔庄佃户商龙的儿子,才死去,就出生在邻家。这孩子未满月,就能说话。元旦那天,父母偶尔外出,只有婴儿一人在襁褓里。同村一个人来敲门,说是恭贺新年。婴儿能辨别出他的语音,急忙回答说:"是某位老丈吗? 父母都出去了,房门没有加锁,请进屋来坐一会。"听到的人惊异地发出笑来。但是,这孩子不久夭折了。朱熹所说的,大概是指这类情况。天下之理无穷无尽,天下之事也无穷无尽,不可根据自己的见闻,拘泥于一个方面来理解。

旅舍斗妖

　　德州人李秋崖说:他曾同几位朋友赴济南参加秋试,住宿在旅舍中,房屋十分破旧简陋,而旁边有一个小院,内有二间屋,比较整洁,却锁闭着。他们责怪店主人不让客人住在那里,是要把整洁的房间留待富贵的人来住吗? 店主人说:"这屋有妖魅,不知是狐还是鬼,长久无人居住,所以较整洁。并不是我敢选择客人。"一位朋友强迫他开出那个小院,展开衣被独自一人躺下,临睡前大声地说:"是男魅吗? 我同你比武。是女魅吗? 你与我同床共枕。不要畏缩着不出来!"然后关好房门,吹灭蜡烛,也没有发生别的变异。夜深人静的时候,他听到窗外低低的声音说:"同床共枕的人来了。"正要坐起来看时,突然一只巨物压在身上,像盘石那么重,差点承受不了。他用手去摸它,长毛下垂,它气喘如牛吼一样。这位朋友向来力气很大,就抱住它搏斗起来。这个妖魅力气也很大,拉扯着一会跌倒,一会爬起,两个在室内几乎滚遍了每个角落。朋友们听到搏斗声,前往探视,却因房门闭着,进不去,只听到砰訇的声音而已。时间约过了二三刻左右,妖魅的要害部位被拳击中,叫喊着逃去。这位朋友打开房门,看见众人环立在门前,就指天画地说起刚才的情景,十分得意。这时已是半夜三更,众人各自回房去睡了。这位朋友将睡未睡时,又听到窗外小声说:"同床共枕的人真的来了。我刚才想来你这里,不料家兄急于同你比武,唐突了你。现在他已羞愧得不敢出来,我特地来重申前盟。"话音刚落,已来到床前,伸手去摸他的脸,手指像春葱般纤细,如美玉般润滑,脂粉香气馥馥袭人。这位朋友内心晓得她来意不善,却喜欢她的柔媚,暂且与她同床以便观察她的变化。就让她钻进被窝,极其情意缠绵。正当他十分欢畅的时候,忽然感觉到这位女子腹中一吸气,就心神恍惚,浑身的血脉沸腾涌动,竟然昏迷过去了。等到天亮,众人看见他的房门没开,叫他,又没人答应,急忙与店主人打破窗门,跳进房内,含水喷他。他才醒来,但已像病夫般疲惫憔悴。把他送回家,医治了半年,才能拄着手杖行步。从此之后,他的豪气已消失殆尽,不再有非凡的气度了。勇力能够战胜强暴,却不能不败给妖冶。欧阳公说:"祸患经常在细微的方面产生,智勇大多被所沉溺的东西挫败。"难道不是这样吗?

烈妇打鬼

我家的水明楼与外祖父张氏家的度帆楼,都俯临卫河。一天,正乙真人的船停泊在度帆楼下。已故祖母与已故母亲是姑母与侄女的关系,正好一起回娘家。她们听说正乙真人能驱使鬼神,一起登上度帆楼,从窗缝里往外窥视。只见三个人跪在岸上,好像在陈诉什么,一会儿又见真人好像手握笔杆在判决什么。推想这一定是有关邪魅的事,她们就派仆人去察看。仆人回来汇报说:对岸就是青县县境。青县有三个村妇,因为拾麦穗,都僵卧在野外。家人以为她们中暑了,把她们抬回家。她们都口中嘟嘟喃喃胡言乱语,至今不死不活,家人才知道中了邪魅。听说真人的船已到,一起来陈诉事因。真人也不晓得是什么鬼怪,替他们写了一张符,盖上印章,叫他们拿回去,在拾麦的地方焚烧掉,说是姑且召唤神将来勘察清楚。几天之后,县里普遍传说三个村妇被鬼劫去,真人整治了鬼魅,村妇才得以复生。很久以后,才得到详细的说法:三个村妇的魂被众鬼摄去,众鬼把她们带进深林里,想先后对她们施行无礼。一个村妇最先低头,受到污辱。另一个村妇起初坚决拒绝,众鬼嘲笑说:"某日某地,你与某人在高粱地里幽会。我们围着你们观看和嬉笑,只是你不知道而已。你就能假装成贞妇了吗?"村妇的隐私突然被他们所言中,无可辩解,也受到污辱。十几个鬼依次淫狎,两个村妇狼藉困顿,差点支撑不了。接着,鬼去拉剩下的一个村妇,村妇愤怒地骂道:"我不曾作过无耻事,却被你们挟持,妖鬼怎么敢对我这样!"举手打了那个鬼一个巴掌。那个鬼跌倒在几步之外,众鬼也都惊退,相顾说:"这个妇人有正气,不可靠近,是我们误抓了她。"就一起带着两个妇人进入丛林深处,而把她丢弃在田塍上,从远处对她说:"不要怨恨我们,过一会儿,我们派个老太婆送你回家。"她正在彷徨寻路,忽然看到一个神将持戟从天而降,直奔丛林之中。马上听到呼叫讨饶的声音,一会儿又恢复了宁静。神将带着两个妇人出来,说:"鬼都被杀了。你们随我回家。"恍惚如梦,她们都已回生了。有人去问那两个妇人,她们都躺在床上呻吟,起不来。其中一个妇人本来就是妓女,只是叹息而已。另一个妇人估计还有个妇人会将鬼说的话泄露出来,几天之后,就搬家到别处去了。我常常怀疑,那个妇人如此贞烈,鬼怎么敢摄她?先兄晴湖说:"她本来是一个庸人的妻子,没有遭遇祸难,无从表现出她的贞烈。等到看见两个妇人下贱受辱,激起义愤,贞烈之心突然发出刚直之气,鬼就不得不避开她了。所以,鬼起初错抓了她,最后不敢对她动手动脚。这有什么疑问呢?"

学仙练功

刘书台说:他的家乡有个练导引功以求仙的人,坐着运气,致使手足拘挛,但还不停地运气。有位听到他的说法又喜爱的人,拜他为师,每天跟他学习功法,久而久之,也手足拘挛。妻子和儿子担心他们闲废以至于郁结,就替他们各做了一张椅子,常抬放在一个房间里,让他们面对面坐着谈论丹诀。两人促膝交谈,严寒酷暑也不间断,常以为神仙世界的奥妙,天底下惟有他们两人知晓,再无第三个人能理解。有人私下里笑话他们,他们听到后,叹息说:"朝菌不知道月初月底,蟪蛄不知道春天秋天。这句话千真万确。神仙的事,难道可从形体表面而论吗?"他们至死不后悔,还叮嘱子孙秘藏他们的书籍,以待五百年后有缘者来阅读。有人说:"这人是有道之士,假托身体上有缺陷而自行韬晦。"我对杂书有所涉猎,唯独未看过丹经。是不是这样呢?这不是门外汉所能知道的。

卖　妻

安介然公说:棗州有一个因贫穷而卖妻的人,已收下买方的钱币,妻子却逃走了。买方将要诉讼他,他说:"卖方和买方的罪行是一样的,而且钱币要没收给官库,你诉讼到官府,有什么好处呢?现在,我将妹妹赔偿给你。这样,你失去的是一个已婚的妇女,而得到的却是一个处女,这对你有什么不好?"买方就同意了。有人说:"他的妻子逃走是为了保全贞节。"也有人说:"他是想卖掉妹妹;但又怕被别人指责,所以找出一个不得已的办法来做借口。"不久,他的妻子回到家里,接着又跟别人私奔了。评论这件事的人都说:"这是天意啊。"

士人与狐女

程鱼门编修说:有一位士人与狐女狎玩。当初相遇时,狐女就直言不讳地说:"我不是以采补精气来损害你,也不想借口说我们有前世的缘分,只是喜欢你美秀的容貌,情不自禁而已。然而,一见到你就恋恋不舍,或许这也是前世的缘分吧?"她不经常到士人那里来,说:"我担心你会沉溺女色而生病。"有时,她到士人那里,正好遇上士人在读书写文章,就立刻离去,说:"我担心妨碍你的正业。"像这样过了将近十年,两人情若夫妇。士人长久没有养育儿子,曾经同她开玩笑说:"你能替我生育吗?"狐女说:"这可不清楚。胎儿,是两人的精气聚合而产生的。媾合之际,阳精来而阴精不来,或者阴精来而阳精不来,都不能形成胎儿。阳精和阴精都来了,但时间上有先有后,那么先来的精气散去而不能收拢,也不能形成胎儿。阳精和阴精来的时间不先不后,如果阳精先冲入而阴精包围了它,那么阳精居于中间而形成男胎;如果阴精先冲入而阳精包围了它,那么阴精居于中间而形成女胎。这是繁殖生育的自然规律,不是人力所能做到的。所以,有一合即成的事例,也有千百合而终究不能成的事例。因此我说这可不清楚。"士人问:"孪生是怎样形成的?"狐女说:"两人精气都很旺盛,相遇而相冲撞。阳精与阴精正冲、就分而为二。阳精与阴精偏冲,则其中一种情况是阳精多而阴精少,阳精包围了阴精;另一种情况是阴精多而阳精少,阴精包围了阳精。所以,双胞胎中两男两女的情况居多,有时也有一男一女的。"士人问:"精气一定要到心情欢畅时才会来。少女新婚,心情紧张,却有一合即成的,阴精怎么会来的?"狐女说:"新婚燕尔之际,两人内心喜悦,有的先难而后易,有的容貌憔悴而心神欢畅。他们感情融洽,精气也就来了,所以说偶尔也有遇上的。"士人又问:"胎儿既然由精气聚合,为什么一定形成在月经之后?"狐女说:"精气就好比谷种,血就好比土壤。旧血属败气,新血是生气,利用生气就能养胎。我曾经侍候仙妃,私下听她讲繁殖生育的来源,所以略知梗概。'愚夫愚妇懂得做的,圣人都不懂得做',指的就是这个。"后来,士人年过三十,胡须暴长。狐女忽然叹息说:"这稀稀疏疏的胡须就像芒刺一样,别人怎么能忍受! 看到这些就内心发寒,难道缘分完了吗?"士人起初还以为她是开玩笑,后来她居然不来了。程鱼门两颊也长满胡须,任子田就在他纳妾的时候,讲这件事来戏弄他。程鱼门一向知道这件事,也为任子田的说法而失笑。一会儿,他说:"这个狐女实际非常能言善辩,你说得不详细。"就详尽地叙述了它上述这些议论。因这些话颇有理致,就回忆并把它们记录下来。

妓女胜妖

《吕氏春秋》称黎丘之鬼,善于变幻成人的形体。确实有这种事。我在乌鲁木齐时,军吏巴哈布说:甘肃有位杜翁,家中富裕。他的居所在旷野中,附近多狐穴和獾穴。杜翁讨厌它们夜里嗥叫的声音,就用烟熏它们,把它们赶走。不久,他的家人看见内室坐着一个杜翁,厅堂又坐着一个杜翁,又处处有一个杜翁来来往往,大概不少于十多个。形状、声音、衣服完全一样,料理、指挥家庭事务也完全一样。全家一片混乱,妻妾都闭门自守。妾说杜翁腰间挂有绣囊,据此可以辨认。叫人去看,却都没有挂绣囊,原来绣囊已被妖魅先偷去了。有人给杜的妻妾出主意说:"到了夜里他们一定要进内室睡觉,不放他进来他就回去的是杜翁,坚持要进入内室的是妖魅。"过后,都不进入内室就回去了。又有人给她们出主意说:"叫他们都坐到厅堂来,让仆人抬器物走过去,假装跌倒,将器物打碎。表示惋惜怒骂的是杜翁,表情漠然的是妖魅。"这样做了,那些杜翁都表示惋惜怒骂。喧闹了一昼夜,毫无办法。有一个妓女,是杜翁所亲近的——杜翁十天中常有三四天夜宿她家。她听到这事,找上门来说:"妖魅有党羽,凡是可以用语言来表达的事,他们都一定先知道;凡是可以用器物来检验的事,他们都一定会变化。让他们全都到我家来,我本来就是妓女,无所顾忌。你们叫壮士握巨斧站在床边,我裸体上床,依次和他们交接。这中间的反侧曲伸、快慢进退与抚摸偎依,都是语言所不能表达,耳目所不能听到看到的。细微的差别,只有我能够意会,即使杜翁自己也不清楚,妖魅一定不会知道的。我叫:'砍!'就赶快砍去,妖魅必定败露。"众人听从她的话。一个杜翁掀开被子刚睡进去,妓女叫:"砍!"斧头砍下,果然一只狐狸脑袋破裂而死。又一个杜翁稍微犹豫了一下,妓女叫:"砍!"果然惊慌而逃。等到第三个杜翁,妓女抱着他,高兴地说:"真杜翁在这里,其余都可一并杀掉。"壮士刀杖并举,杀死一大半,都是狐和獾。那些逃走的从此再也不来了。禽兽夜间鸣叫,与人有什么相干？杜翁一定要扫除它们的巢穴，他所受的扰乱实际上是自作自受。狐獾既然会变化形体，去找杜翁陈诉，请求避免流离迁徙，这有什么困难呢？它们却急于肆意施展妖惑，它们的死实际上也是自作自受。可见它们的智力，大概都低于这个妓女吧。

和尚与女鬼

吴青纡前辈说：横街有一幢住宅，以前一直传说有妖魅在作祟，居住的人大多不安宁。宅主担忧这件事，请和尚来作佛事。夜里，和尚放焰口施食时，忽然二个女鬼在灯下现形，向和尚施礼说："师父们都喝酒吃肉，诵经礼忏实际上毫无益处。即便焰口施食，也都是空抛米谷。没有得到佛法的点化，鬼不能够取得米谷。麻烦师父传话给主人，另请道德高尚者来作佛事，我们才有幸超生。"和尚既恐惧又惭愧，不觉从座位上失足跌下，没作完佛事，就吹熄灯烛离去。后来，先师程文恭公居住那里，另请和尚诵经礼忏，住宅的音响才消失。文恭公去世后，这幢住宅现在归沧州李随轩按察使所有。

刻薄待人

表兄安伊在说：县里有个与狐女亲昵的人，用他妻子卖淫得来的钱财，买簪珥脂粉赠送给狐女。狐女经常在他家来来往往，只有他能看见，别人都看不到。有一天，妻子辱骂他："你的钱财是从哪里来的，怎么可以作这种用途？"狐女忽然从暗中应答说："你的钱财是从哪里来的，怎么可以只责怪我？"听说这件事的人都笑得前翻后仰。我认为这是安伊在编造的寓言，但从中也可看出，只有没有缺点的人可以指责别人。有位绰号"赛商鞅"的人，我不想写出他的姓名和籍贯，是一个老秀才。他携带家眷寓住京城，生性刻薄，大凡善人善事，都必定要挑出毛病来，因此得到这个绰号。钱敦堂编修去世后，他的门生替他家办理丧葬事务，赡养和抚恤妻子和孩子，件件事都办得很妥当。赛商鞅却说："世上没有这么好的人。他是想博得尊重师道的好名声，要让当权者听到，好提拔他升官。"一个穷人的母亲死在路上，他跪在地上讨钱来买棺材，形体容貌憔悴，声音悲痛感人。人们纷纷争着投钱给他。赛商鞅却说："这个人借着尸体收取钱财，尸体也未必是他的母亲。别人可以被欺骗，却欺骗不了我。"赛商鞅经过一个旌表节妇的牌坊下，仰视牌坊，微笑着说："这是富贵人家,奴仆众多,难道会缺秦宫、冯子都那样的人吗? 这件事必须核实,不敢就说不是,也不敢就说是。"赛商鞅平生议论都与这些相类似。人们都畏惧他,避开他,没有敢请他来家教书的,他最终困顿而死。他死后,妻子与孩子流离失所,惨不可言。有人在酒筵上遇到一个妓女,她的举止还保留有读书人家的风度。这个人奇怪她不像倚门卖笑的人,就问她,才知道她就是赛商鞅的小女儿。这也太可悲了。已故姚安公说:"这位老兄平生也没有多大过错,只是一定想使自己的见识比别人高一筹,所以不知不觉中落到这种地步。难道不应引以为戒吗?"

扶乩骗人

乾隆二十七年九月,门人吴惠叔请来一个扶乩人,在我的绿意轩中降仙。乩仙写下坛诗说:"沉香亭畔艳阳天,斗酒曾题诗百篇。二八娇娆亲捧砚,至今身带御炉烟。""满城风叶蓟门秋,五百年前感旧游。偶与蓬莱仙子遇,相携便上酒家楼。"我说:"这样看来,这位仙人就是青莲居士了?"乩仙批写道:"是的。"赵春涧突然站起来,问道:"大仙斗酒诗百篇,好像不是发生在沉香亭上。杨贵妃在马嵬坡身亡时,年龄已有三十八岁,好像那时不止是十六岁。大仙平生足迹,未曾到过渔阳,怎么忽然感叹起旧游来呢? 从唐代天宝年间到现在,也不止五百年,怎么大仙会误记呢?"乩仙只批"我醉欲眠"四个字。再问他,乩已不动了。大抵乩仙多为灵鬼所依托,但是还要有现实中可以凭附的东西。这个扶乩人,好像是稍微懂得吟咏诗歌的人,学习扶乩的手法而从事这个行业,所以一定要这个人同那个人一起扶乩,才能写出字来,换掉一个人,就不能写字。这些诗也都是流连风光,处处可用。从而可知,这决不是古人降坛。那天,突然被赵春涧言中要害,他们的窘迫之状,就十分可笑了。后来,我偶尔与戴东原庶吉士谈及此事,戴东原惊讶地说:"我曾见到另外一个扶乩人,说是太白降坛,也是这两首诗,只改'满城'为'满林','蓟门'为'大江'而已。"可见,江湖游士,自有这种稿本,相互传授,本来就没有必要深究。(宋蒙泉前辈也说:有一个扶乩人到德州,诗立刻就写成。后来检索,都是俗书《诗学大成》中的句子。)

巴尔库尔古镜

田耕野老丈领兵驻扎巴尔库尔时(即巴里坤。"坤"字用吹唇声读它,就是"库尔"的合声),军士凿井得到一面镜子,制作精妙。镜上的铭文字形既不是隶书,也不是八分书("隶"就是现在的楷书,"八分"就是现在的隶书),好像是唐代景龙年间的钟铭,只是因受泥土的侵蚀多处有剥损。田老丈非常珍惜它,经常带在身边。田老丈死在广西军府时,将古镜交给我姐姐的女婿田香谷。这面古镜传到香谷的孙子时,忽然下落不明。后来,有位姓戈的亲戚在市场上得到古镜,把它还给田家。去年,田家想制作镜屏,将古镜寄到京城,请我考定。我交给翁树培检讨推敲铭文的内容,才知道是唐代的文物。我替田家将翁检讨的释文刻在屏脚上,题了三首诗在屏背上:"曾逐毡车出玉门,中唐铭字半犹存。几回反复分明看,恐有崇徽旧手痕。""黄鹄无由返故乡,空留鸾镜没沙场。谁知土蚀千年后,又照将军髻上霜。""暂别仍归旧主人,居然宝剑会延津。何如揩尽珍珠粉,满匣龙吟送紫珍。"香谷的孙子自己有题识,也刻在屏背上,详细地叙述古镜的来龙去脉。《夜灯随录》记载,威信公岳钟琪西征时,有一位裨将得到一面古镜。岳钟琪向他讨取而没有得到,裨将因此遭受祸害。这个故事发生的时间和地点与田老丈得到古镜的时间、地点完全相同,我怀疑就是这面古镜有关情况的讹传。

强盗割耳

门人邱人龙说:有一位去远处赴任的官员,船停泊在滩河边。半夜里,有几个强盗手执火炬和利刀闯入船内。众人都畏惧而屈服。一个强盗拉起官员的妻子,半跪在地上说:"向夫人乞讨一样东西,请夫人不要惊慌。"立刻割下她的左耳,在伤口上敷上药末,说:"这几天不要洗它,伤口结痂就痊愈了。"这些人就相互呼喊着离去。妻子惊恐得魂飞魄散。耳朵上的伤口果然不流血,也不怎么痛,不久就平复了。说这些人是仇人,但他们既不杀人又不淫乱;说这些人是强盗,但他们却没有抢劫一件东西。既然不抢劫、不杀人、不淫乱,却又割人家的耳朵;既然割了人家的耳朵,却又送给人家治疗的良药。这些人是专门为取耳朵而来的。取这只耳朵又是什么意思呢?千思万虑,终究不知其所以然,天底下确实存在情理之外的事。邱人龙说:"如果问这些强盗,他们必定有这么做的理由。他们的理由也必定在情理之中,但必定不是我们所见到的那种情理。"既然这样,那么议论天下事,能够据常理来推断它们的有无吗?(恒兰台说:"这些人或许是采补拆割之流,取耳朵来炼药。"好像较为接近事实。)

狐女求画

董天士先生是明代的高士,以绘画自给自足,从不贪图一点份外的财物,是我的高祖厚斋公的老朋友。厚斋公与他有很多诗词相酬答,刊载在《花王阁剩稿》中,从中还可以想见他的为人。老一辈人中有的说他有狐妾。有的说他性格孤僻,必定没有这种事。伯祖湛元公说:"这事是有的,只是另有说法。我从董空如那里听说,董天士居住在两间老屋中,终身没有婚娶;也没有奴仆婢女,打水春米都是自己做。一天清晨醒来,他看见应当穿着的衣鞋,都被整整齐齐地放在床边;再看看四周,洗脸漱口的水都已准备好了。董天士说:'这里必定有什么怪异,莫非是妖魅来迷惑我?'窗外小声应答说:'我不敢迷惑先生,只是有求于先生,难于自我奉献,所以做这些事来等待先生的垂问。'董天士向来很有胆量,就叫她进来。她一进来就跪拜在地上,只见是一位温柔美丽的女子。董天士问她的名字,她说:'叫温玉。'问她有什么请求,温玉说:'狐狸畏惧五种人:一是凶暴之人,要避开他的盛气;一是术士,要避开他的整治;一是神灵,要避开他的稽察;一是有福之人,要避开他的盛运;一是有德之人,要避开他的正气。然而,凶暴之人不常有;即使有,也终究会自我败落。术士与神灵,只要我不为非作歹,都对我无可奈何。有福之人,运气衰败时也会玩弄他。惟有有德之人,是让人敬畏的。如果能够依附于有德之人,那么同族的人会引以为荣,品格也就高出同类之上。先生虽然出身贫贱,但非义不取,非礼不为。假如允许我私奔您,施行为妾之礼,侍候您的生活,那是我三生之幸,如果您不纳我为妾,那么请求借这个虚名,替我画一把扇,题"某年月日为姬人温玉作",也算承叨受了先生的余光。'说着立刻拿出精制的扇子放到书桌上,磨墨调色,站在旁边俟候。董天士含笑同意。温玉自己取董天士的小印印在扇上,说:'这是姬人的事,不敢劳累先生了。'再三行礼而离去。第二天清晨醒来,董天士发觉脚后有件东西,坐起来一看,却是温玉躺在那里。温玉笑着起床说:'我确实不敢以贱体玷污先生,但是不同床一夜,不亲手操持侍妾的事务,那么姬人两字终究是假托。'就递衣服给董天士,侍候他洗漱完毕,再三行礼说:'妾从此离去了。'转眼就不见了,从此不再来。"难道明末隐士声价最高,这个狐女也受到风气的影响吗?然而,这个狐女襟怀洒脱,有王夫人谢道蕴的超逸的风度,难怪董天士不拒绝她了。

书　痴

已故姚安公说:"子弟除了读书之外,也应当让他们稍微懂得一些家事和世故人情,然后可以治家,可以涉世。明朝末年,道学越来越被推崇,科举越来越被看重。于是,机灵的人坐讲心学,企图追逐声望;忠厚的人墨守课册,企图博取功名。从而致使读书人十个中间没有二三个能够懂得事理。崇祯十五年,厚斋公携家迁居河间,逃避孟村的土匪。厚斋公去世后,听说大兵将来河间,家里人又打算迁居到乡下。临行时,邻居一个老头看着门神感叹说:'假使今天有一个人像尉迟敬德、秦琼那样,应当不会落到这种地步。'你的两个曾伯祖,一个叫景星,一个叫景辰,都是有名的秀才,正在门外捆衣被,听他那样说,就与老头争辩道:'这是神荼、郁垒的像,不是尉迟敬德、秦琼的像。'老头不服气,找出邱处机著的《西游记》作证。他们两人认为民间通俗小说不足为据,又走进房间取出东方朔的《神异经》与老头争辩。当时已近傍晚,寻找书籍已过了一段时间,反复争论又过了一段时间,城门已经关上,因此出不了城。第二天将要出城时,大兵已将城包围了。城被攻破,因而全家遇难。惟有你的曾祖光禄公、曾伯祖镇番公及叔祖云台公活下来。死生之际,呼吸之间,形势万分危急,还考证古书的真伪,难道不是只晓得读书而不参与世事的缘故吗?"姚安公的这种说法,我起初写作各种笔记时,都不敢载入,因为涉及两位曾伯祖。现在再三考虑,做书痴还不是什么不好的事,古来大儒与此相似的也不止一人,因而补写在这里。

少年好事

奴仆刘福荣擅长制作网罝弓弩,凡是射禽猎兽等事,无所不能。分家时,将他分给了我。他的技艺没有机会可用,很有点郁郁不得志。他八十多岁时,还很能吃饭,只是时常带一支鸟铳,在野外散步而已。他放铳百发百中。有一天,他看到两只狐狸躺在陇上,射了两发都没打中,狐狸也不惊慌。他知道这一定是灵物,恐惧地回到家中,后来也没有发生什么。外祖父张氏水明楼有一个叫范玉的值夜人,夜里常常听到瓦上有声音,怀疑有盗贼。起床去看,却又看不出什么。他在暗地里查看，发现有一个黑影从屋上走过。他就在瓦沟中设置机关，自己仰卧在床上听动静。半夜里听到机关发动，随着传来女子的喊痛声。他爬上屋顶去寻找，看到一只黑狐股折而死。这天夜里，他听到屋顶上骂道："范玉你为什么杀死我的侍妾？"当时邻居刘氏的儿子被妖魅迷惑，范玉猜测一定是这只黑狐，也回骂道："你放纵侍妾私奔他人，不知自愧，反而骂我。我是替刘氏的儿子除害。"对方就哑口无言。然而，从此开始，范玉发觉夜夜有人用石灰渗他的眼睛。只要一合眼，那人就来。刚洗拭完毕，一会儿又有人来渗石灰。眼睛逐渐红肿、疼痛、溃烂，最终竟至双目失明，这大概是狐狸在报复他。范玉的见识比刘福荣差得远了，是因为一个老成处事、一个少年好事的缘故。

世态炎凉

我有一位门人去云南任县令，他原本出身贫寒，只带着一个儿子和一个家僮前往，在省城等待补缺。很久之后，他才得到一个县令的职位。那个县在云南还算是个较富裕的地方。然而距省城路途遥远，县令的老家又住在偏僻的村庄里，寄送书信很不方便。偶尔有家信寄出，也难免遗失，因此县令与妻子几乎断绝音信来往。县令的妻子只从书商刊刻的官员名册上，得知他在某县做官而已。偶尔，一个狡猾的奴仆舞弊，县令责打并赶走了他。这个奴仆对县令恨之入骨。他对县令的家事本就了如指掌，就假冒家僮的名义给家中写信，声称主人父子已先后去世，二副棺材现在存放在佛寺中，应当借钱来迎接回家。同时叙述遗嘱，对家事的处分也非常详细。当初，县令赴云南时，亲友以为他朴实而又不善言辞，未必能够补缺；即使获得补缺，也一定是相当差的县分。后来听说他在那个县做官，才开始慢慢亲近他家，并且有人周济他家，有时也有人来送礼问候。他的儿子有时向亲友借贷钱物，人们都答应借给他，而且也有人将女儿许配给他家。乡里人举行宴会，他的儿子每次都被邀请参加。及至得到这封信，都大为沮丧，有人来吊唁，也有人不来吊唁。慢慢地，有上门来讨债的了，有在路上遇到装作不相识的了。家僮奴婢都相继离去，不到半年，门可罗雀，冷冷清清。不久，县令托进京的官员捎来一千二百两银子到家里，迎接妻儿去云南，才发现上次那封信是假的。全家破涕为笑，好像发生在梦中一般。亲友也渐渐地靠拢过来，也有些人避开不敢再来见面。后来，县令在给亲友们的信中说："亲身经历世态对显贵与低贱不同的人很多，亲身经历世态对贫穷与富裕不同的人也很多。至于本来好好地活着却忽然死去，死后半年时间却又复活过来,这中间曲曲折折的世态,能够亲身经历的人,恐怕我是第一个了。"

神灵施行教化

门人福安人陈坊说:福建有个人在深山夜行,匆促之中迷了路。他担心会越走越远,就坐在山崖下面,等待天亮。忽然听到有人在说话。当时下弦月刚刚升起,借助月光大致能够分辨出人的身形,好像有二三十人坐在山崖上面,又有十多个人在草木丛中出没。他环顾左右,都是乱坟堆,内心明白那些人一定是鬼怪,伏在那里不敢动弹。一会儿,他听到那些人相互传告说土地神来了,偷偷地瞄了一眼,只见土地神衣冠文雅,年龄约三十多岁,很有点像书生,完全不像剧场上白胡子穿布袍的形象。土地神先走到山崖上,不知干什么事;后来走到草木丛中,对十多个鬼叹息道:"你们为什么选择自杀,死于非命,使众鬼不愿与你们为伍? 饥寒交迫确实可怜,现在有一点东西供你们食用。"就抓起饭撒向草丛中。十多个鬼争先恐后地去抢,有的笑有的哭。土地神又叹息道:"这个地方的风俗,大约胜败的观念太强盛,恩怨的成见太分明。那些弱者力不能敌强者,就想以自杀来拖累别人,却不懂得自杀的案子,按法律是没有抵罪这一条的,只不过白白地断送自己的生命而已。那些强者妄想两家各杀了对方一条人命,也足以相互抵罪了,就发动械斗来发泄私愤,却不懂得法律规定凡是杀死两条人命,要分别用活人来抵罪,而不是以死人来抵消。死了的人才知道悔恨,却为时已晚;活着的人不知道,变本加厉地干,难道不可悲吗?"十多个鬼都哭起来。不久,远处的寺钟撞响,立刻周围一片寂静。那个人曾将上述情况告诉陈坊,陈坊说:"土地神讲那些话,不如县令讲那些话更有效。然而,神灵施行教化,或许能够挽回一点损失,也未可知。"

十刹海闹鬼

嘉庆元年冬天,我以兵部尚书的身份驰出德胜门去监射。营官以十刹海作为馆舍。十刹海是明代古寺,殿宇门径与刘侗《帝京景物略》上所说的完全不同,不再是僧占一个房间、佛也占一个房间的旧格局。寺僧居住在寺门旁一间小屋,我的居室就在寺的后殿,房间也精致清洁。但是,有很多房间被封闭,仔细查看,有的是乾隆三十一年的封条,可知这些房间旷废已久。我住在东廊,室内空气像冰那么冷,点燃几只火炉也不觉暖热,几盏灯都发出昏暗的绿色。我知道这不是好处所,但是已经住进来了,暂且宿一夜,居然安然无恙。奴仆们住在西廊,都不敢睡,点着灯烛整夜坐在廊下,也幸而无恙。他们只听到被封闭的室内,有人在喁喁说话,却听不清楚。九个轿夫,走进房间就熟睡了。天亮时,其中有一人已经死去。我命令另外寻找住处,就移居真武祠内。祠中道士讲,听说十刹海一位老和尚曾经看到两个鬼相遇。其中一个鬼问:"你从哪里来?"另一个鬼说:"我的转轮期未到,偶尔到这里闲游。你从哪里来?"前一个鬼说:"我是缢魂来找替代的。"另一个问:"在这里住了几年?"前一个说:"十多年了。"另一个又问:"为什么没有找到替代?"前一个说:"人们看到我都惊逃,无可奈何啊。"另一个说:"擅长攻击别人的人往往藏住锋芒,匕首将从袖口里抽出而脸上神色和悦,事情才能成功。你以奇形怪状去惊吓他们,人家怎么会不逃走呢?你该以脂香粉气去迷惑人,以同床共枕去取悦人,这样一定能有机会了。"老和尚一向威严正直,大声叱责,他们忽然没入地下。几天后,寺里果真有人自缢。这个鬼可谓太阴险了。然而,寺中所封闭的房间不少,似乎鬼还有很多。不止这一两个。

和尚劝屠人

汪晓园阁学说:有一位老和尚经过屠宰场时,悲伤地流下泪来。有人感到很奇怪。老和尚说:"说来话长。我能记住两世的事。我第一世是个屠人,三十多岁死去,魂被几个人捆缚而去。冥官责骂我杀生的罪孽深重,将我押赴转轮承受恶报。我感觉到恍惚迷离,如醉如梦,只是苦于热得难以忍受。忽然一会好像清凉起来,我已落在猪栏里了。断奶之后,我看见食物不清洁,知道它很污秽,然而饥饿难忍,腹内火烧,五脏都像裂开一样,不得已而吃了。后来,渐渐地懂得猪的语言,时常与同类相问讯,发觉能够记起前身的猪很多,只不过不能与人讲话而已。大约猪都知道自己应当被宰割,它们时常低声呼叫,那是发愁;它们眼睫之间往往有湿痕,那是自悲。猪的身体特别重,夏天特别怕热,只有浸没在泥水中才会凉一点,然而这种机会不常有。猪毛稀疏而挺硬,冬天特别怕冷,看见犬、羊身上的厚软细毛,如同看到仙兽一般。猪遇到被捕捉时,自知不免一死,但也腾跃跳动奔跑逃避,希望能延缓片刻。被追上之后,屠人用脚踏住头项,用手扭转蹄肘,用绳勒紧四只脚,深至入骨,像刀割那样痛。有时用车或船载运,就一层层重叠相压,肋骨好像要折断,百脉好像已闭塞,腹部好像已裂开。有时用竹竿穿过去抬走,疼痛得比犯人带上三木(刑具)更厉害。来到屠宰场,被提起扔下,心脾都被震动得要破碎了。有时当天就死。有时捆缚几日,更难忍受。当时看到刀俎放在左边,汤镬放在右边,不知刀插进我身上时,有什么样的痛苦,就'簌簌'地颤抖不止,又时而自顾己身,想想将来不知剖开分散,会成为哪一家碗里的羹菜,又凄惨欲绝。等到被杀戮时,屠人一牵拽,就惊恐得昏厥过去,四肢发软,感到心在左右震荡,魂像从头顶飞出去又飞回来。看到刀光晃动,不敢正视,只瞑目以待宰割。屠人先将刀插入喉口,摇撼摆拨,血倾泻到盆中。这种痛苦不是嘴巴能说清楚,真是求死不得,只有连续号叫而已。血流尽后,刀才开始刺心,十分疼痛,就不能发出声音来,慢慢地进入恍惚迷离、如醉如梦的状态,就像当初转生时那样。很久之后才慢慢醒来,我发现自己已变为人形了。冥官认为我前生还有善业,仍然允许我作人,这就是现身。刚才看到这只猪,可怜它遭到残害,就想起以前我受杀戮时的情形,又惋惜这个拿刀的屠人将来也必定遭受这样的残害,三个念头交结在一起,所以不知不觉中流下泪来。"屠人听到这么一说,立刻将屠刀扔在地上,居然改换职业,作卖菜人去了。

屠人作猪

汪晓园讲上述那件事时,李汇川也列举两件事说:有一个屠人死去,他的邻村一户人家母猪生下一只小猪。这户人家距屠人家四五里,这只小猪经常到屠人家中睡下,驱赶它,也不离开。主人将它捉回去,它仍然自己回来。主人将它捆住锁在家里,它才跑不出去。我怀疑这只猪是屠人的后身。又有一个屠人死去,过了一年多,他的妻子将改嫁。正当她穿着彩服上船时,忽然一只猪奔来,怒目注视着她,径直扯破她的裙子,咬住她的小腿。众人急忙救护,将猪挤落水里,才得以划船前往。猪从水里跳上岸后,仍然沿岸急追。船正遇上顺风扬帆快速离去,猪才懊丧地归来。我也怀疑这只猪是屠人的后身,恼怒他的妻子再嫁的行为。这个可为屠人作猪的旁证。李汇川又说,有一个屠人刚杀死一只猪,适好他的妻子怀孕在身,立刻生下一个女儿。女儿刚落地,就发出猪叫声,叫号了三四天就死去了。这也可为猪还作人的旁证。我认为这就是朱熹所说的一个生气未尽,与另一个生气偶然凑合的情况,另有一番道理,不应以回轮来解释它。

解 梦

汪守和编修作秀才时,梦见他的外祖父史珥主事带着一个人一起来到他家,指着这个人说:"这是与我同年登榜的纪晓岚,将来是你的老师。"因而私下记住这个人的衣冠和形貌。后来,汪守和以己酉年拔贡身份应礼部试,正值我阅卷,选拔他为优等。他被授官后,来拜谒我时,详尽地叙述那个梦,并说梦中人衣冠和形貌与现在的我分毫不差,认为是印证了梦境。等到嘉庆元年会试,我为总裁,他的考卷正好送给我先阅。(凡是房官推荐的试卷,都由监试御史先送给一位主考官阅定,然后再轮流评阅。)他又被录取,殿试以第二名及第。这才知道那梦是为这件事作的。按,人会做梦,其中的原因难以说清楚。《世说新语》记载卫玠问乐令做梦是什么,乐令说是"想",又说是"因",却没深入阐明其所以然。戊午年夏天,我随从护驾到滦阳,与伊墨卿先生以理推求梦境。有的因意念专注于某个人,聚精会神而产生那人的形象,这是由意识观照而形成的梦境,像孔子梦见周公就属于此类。有的因祸福即将降临,征兆已先表现出来,与见于蓍草和龟甲占卜、身体有所感应的情况相同,这是由气息感动而形成的梦境,像孔子梦见奠于两楹就属于此类。有的因心绪混乱,精神恍惚,心情不宁,就产生种种变幻的形象,如病人看见鬼,眼睛昏黑发花,这是由意想而旁生出来的梦境。有的因吉凶还未显露出来,鬼神却已先知,用形象显示出来,用语言暗示,这是由气息而旁招来的梦境。梦境尽管变化无穷,千姿万态,但大体上不外乎这几种。至于占梦之说,从《周礼》的记载来看,这件事像是祈求福祥,祛除灾难,祭神过程也像是巫觋的行为,研究《周礼》的人十分怀疑这些。然而,这些文字记载也出现在《诗经·小雅》"大人占之"中,确实是古典经籍所记载,尽管不免多所附会,总之也实有占梦之术。只是男女之爱,骨肉之情,有的人虽然聚精会神地思念,却终究没有出现在梦中,那是因为意识有时不能观照。突然的祸患,意外的福分,有忽然降临而人却不晓得的情况,那是因为气息有时未必产生感应。况且天下人多如恒河的沙粒,鬼神为什么只将梦显示给这个人?这个人一生得失,也一定不止一件,鬼神为什么只将这件事显示在梦中?况且如果此事不可泄密,何必显示给他呢?既然已经显示给他了,却又用不可知的形象隐喻他,用不可解的语言迷惑他。(如《酉阳杂俎》记载有人梦见得枣,解梦者认为枣字像两个"来"字重叠。重"来"就是呼叫魂魄归来的迹象,那人果真死去。《朝野金载》记载崔湜梦见在座下听讲而照镜,解梦者认为座下听讲是"法从上来"的意思;"镜"字,拆开是"金旁竟"。小说所载有关梦的事像这样迂回曲折的,不一而足。)这样鬼神天天在制造谜语,不也太劳累了吗?事情重大,以梦来显示,是可以的;然而琐碎小事,也要相告(如《敦煌实录》记载宋补梦见人坐在桶中,用两只手杖拼命夹打他,占梦人说桶中人意为"肉食",两只手杖指"两只筷子",宋补果然饱吃了一顿肉),不也太轻慢了吗?大致说来,占梦的人能解得通的就解,解不通的,可以置而不论。至于《谢小娥传》所记载的那样,在她的梦中,父亲和丈夫的魂既然已经告诉她被人劫杀了,自应告诉她是申春、申兰劫杀的,却以"田中走,一日夫"来隐喻申春,以"车中猴,东门草"隐喻申兰,使得她寻找几年后才解开谜底,不又本末倒置吗?这类是由于记录人想使他的作品神秘而吸引人,不一定实有其事。凡是诸家所占的梦境,都可由此观之,他们所用的方法已经不是周代占梦官的方法了。

神人预告

何纯斋舍人是何恭惠公的孙子。他说:何恭惠公任浙江海防同知时,曾在轿子中看到有一个道士跪着献上一个物件。当时何恭惠公处于似梦非梦之中,突然醒来,道士已不知去向,物件却依然在手中,是一只墨晶印章。辨验印章上的文字,镌刻有"青宫太保"四个字,大家都不知是什么缘故。后来,何恭惠公官至河南总督,死于任上(官制有河东总督,没有河南总督。当时何公以河南巡抚的身份加上总督的头衔,所以有这个称呼),特赠太子太保。这才领悟到印章是神的预告。按,仕途升降,改移不定,只有死后尊荣的典礼,才是一生的最后结局。《定命录》记载,李回秀自知当为侍中,却官终兵部尚书,死后才被赠为侍中。又记载,张守珪自知当为凉州都督,却官终抚州刺史,死后才被赠为凉州都督。可知,神注录官阶职位的名册上,追赠的官衔与实际授予的官阶,是一样看待的。何恭惠公官至总督,而神以追赠的官衔预告他,大概也是这个意思吧。

宴请狐狸

高冠瀛说:有户人家住房后面有一间空屋,空屋里住着一只狐狸,不显露形状,却能与人面对面地讲话。这户人家生活小康,有人以为是狐狸帮助他的缘故。有一个人相信这种说法,通过他请求与狐狸结交。狐狸也与这个人融洽相处。有一天,这个人想设筵款待狐狸。狐狸说年纪大了,越来越贪吃。这个人就多设酒菜款待狐狸。吃到天黑时,有几只狐狸醉倒,现出原形,这个人才知道狐狸是呼朋引类来的。像这样款待了多次,这个人疲于供给,衣物都拿出去典当光了,于是稍微表露出请求狐狸帮助的意思。狐狸开怀大笑,说:"我只是没钱供给酒食,所以几次到你这里来吃。假使我有很多钱财,我就会自己吃饱喝醉。我贪图什么要和你交朋友呢?"从此,他们断绝交往。这个狐狸可以说是个无赖,然而我认为这并不是狐狸的过错。

滦阳续录(四)

墨汁涂鬼脸

刘香畹说:有一位老儒夜宿亲戚家。不久,主人的女婿到来,他是个无赖。两人彼此气质合不来,都不愿意同住一个房间,于是主人将老儒移住另一房间。女婿斜视老儒而窃窃私笑,老儒不知道是什么缘故。老儒移住的房间也很雅洁,笔砚书籍都齐备。老儒坐着写信寄回家,忽然有一个女子站在灯下,长相不很美丽,风度却文静大方。老儒知道她是鬼,却也不害怕,伸手指着灯说:"既然来到这里,不能闲站着,应为我剪去烛心。"女子就熄灭蜡烛,紧逼老儒,面对面地站着。老儒发火,急忙用手去摸砚台上的墨汁,一巴掌打在她的脸上,并将墨汁也涂到她的脸上,说:"以这个墨汁为标志,我明日来找你的尸体,铡断分开并烧掉你。"鬼"呀"地一声逃走了。第二天,老儒将情况告诉主人。主人说:"原先有一个婢女死在这个房间里,每夜都出来搅扰人。所以,这个房间只是白天作客厅,夜里没人住的。昨晚,没有地方安置您,推测像您这样年高而有道德学问的人,鬼一定不敢出来,不料她仍然现形了。"老儒这才明白主人的女婿窃窃私笑的原因。这个鬼大多在有月光的夜晚,在院子里行走。后来,家里人偶尔有遇见她的,她立刻掩着脸,急忙走开。此后,家人留心观察,发现她的脸上仍然墨迹污七八糟。鬼是有形无质的,不知怎么能着上颜色?大概仍然是有质的物体,时间长了变成精魅,借助婢女来变幻形体而已。《酉阳杂俎》说:"郭元振曾经居住在山中。半夜里,有个人脸像盘那么大,眨着眼出现在灯下。郭元振拿笔在他的脸颊上题辞:'久戍人偏老,长征马不肥。'那人脸就消失了。后来,他随樵夫散步山中,看到大树上有一只白耳,有几个斗那么大,他所题写的句子就在白耳上。"这也是一个证据。

深山劫盗

乌鲁木齐农家大多就近引下水灌田,就近田旁造屋,所以不能紧挨着居住,往往有一家人筑造几间房屋,四周却没有一家邻居,就像杜甫诗中所说的"一家村"那样。而且人不负担徭役,土地也从不丈量,只要每年纳三十亩地的课税，就可以耕种几百亩地。所以，深山穷壑中，这类情况更多。有一批吉木萨军士进山打猎，望见一户人家。那户人家门户紧闭，而院子里似乎有十多匹马，鞍辔都齐备。他们估计那户人家一定被玛哈沁占据，叫喊着将它包围起来。玛哈沁看到吉木萨军士人多势众，丢弃锅帐突围逃跑。众人担心玛哈沁拼死斗杀，也就不去追赶。他们走进院门，看到骸骨纵横散乱，寂无一人，只是隐隐约约有哭泣声。寻声检查，看到一个约十三四岁的儿童，被裸体悬挂在窗格上。他们替他解开绳索，问他。他说："玛哈沁四天前到来，我的父亲兄长与他们搏斗，没有斗胜，就全家被捆缚起来。他们通常每天牵两个人到山溪里洗干净，然后拖回来，一起割下肉烤着吃，男女七八个人都被吃光了。他们今天临行前，将我洗涤完毕，即将吃我时，其中一个人摇手制止。我尽管不懂得额鲁特语言，看他的比划手势，好像是想将我支解为几段，各人携带在马上作干粮。幸而大兵到来，他们弃我而逃，我才得以重生。"边哭边说个不停。军士们同情他孤苦，将他带回兵营中，姑且让他干点杂活。他就说家中还有物件埋在地窖里。军官就叫他领路，前往挖掘，果然有很多银币和衣物。仔细询问他，才得知他的父兄一起干劫盗的勾当。他们行劫必定在驿路近山之处，望见一二辆马车孤行，前后十里没有救援的人，就突然冲过去杀死车上的人，用马车将尸体载入深山。来到马车不能通行的地方，他们就联手用巨斧将马车劈碎，同尸体及衣被一起投入绝涧，只用马驮货离去。再来到马不能通行的地方，他们就又将缰绳投入绝涧，放开马任凭它奔往何处，一起背着财物从高山中的小路回家，估计这里距行劫之处已有几百里远了。回家后将财物藏在地窖里一两年，才叫人假装作商贩，绕道到辟展等地的市场上出卖，所以多年来无人发觉。却不料玛哈沁将他满门灭绝。这个儿童因为年幼免去牵连受罚，后来也在牧马时坠崖而死，这家人就绝种了。这件事是我在军幕时所办理的，因为盗贼已死，就搁置而不去追究了。现在想起来，这批盗贼踪迹诡秘，一时不易缉拿；却有玛哈沁的到来，使他们惨杀行人的罪行得到报应。玛哈沁吃人无厌，却留下一个儿童，用来说明他们招祸的原因。这中间好像有神理在起作用，并不是偶然的。盗贼的姓名，我已经忘记很久了，只记得那个儿童坠崖时，主管官吏的牒报上记下的名字是"秋儿"。

无处无鬼

佃户刘破车的妻子说：她曾有一天清晨起床，乘着凉爽打扫庭院，看见房屋后面的草棚里有两个人裸体躺着。她惊恐地呼叫丈夫来，却是邻居的女儿与她家的短工,一起僵卧在那里,好像已经死去。一会儿,邻居也来到了,内心知道是什么原因,却不知道怎么会弄到这种地步。用姜汤将他们灌醒,他们无法隐瞒,说:"我们相约已久,而家中狭窄无空隙之处。昨晚,乘雨后墙头出现缺口,天色又阴暗,知道刘破车家的草棚里无人,就在草堆上私会。疲倦后在休息,还相恋着没有起身。忽然,云开月来,如同白天般明亮。回看草棚里,坐着七八个鬼,指点取笑。我们受惊吓,失魂昏迷,到现在才醒来。"众人都以为是奇事。刘破车的妻子说:"我家原本无鬼,这些鬼是想看笑话跟随而来的。"已故堂兄懋园说:"哪个地方没有鬼? 哪个地方没有鬼看笑话? 只是有的人看见、有的人没有看见而已。这种事不足为奇。"我因此想起福建困关公馆(当地人称它为"水口"),公馆是大学士杨公总督浙闽时所重建的。适值我出巡福建,他对我说:"您到水口公馆,夜里如果看到什么,千万不用惊慌,它们不会危害人的。"我曾经住宿在那里,已插上门准备睡觉。由于天气闷热,就把床移到窗口边,隔着窗纱观察天气的阴晴。当时虽然没有月亮,但屋檐下挂着的六盏灯还亮着。我看到庭院中有黑影,有点像人的样子,在台阶前有的坐着,有的躺着,有的走着,有的站着,却听不见一点声音。半夜里,我再起来看,他们仍然在那里。到清晨鸡鸣时,他们才渐渐缩入地下。我将这些情况问驿吏,他们都不知道。我对杨公说:"您是总督兼大学士,应当有鬼神暗中随从。我哪里有这种资格呢?"杨公说:"不是这样。仙霞关以南,这里是水陆要冲,兵家必争之地。明代的唐王,国朝初年的郑氏、耿氏,在这里争斗杀死不知多少人。这些沦落的魂魄,乘房间空闲就住进去,有大官到来,就躲避跑出来了。"这也足以证明无处无鬼之说。

痴人施祥

老仆人施祥曾经说:"天下只有鬼最愚痴。鬼占据的房间,人大多不去住。偶尔有客人来住,不过是暂时居住而已,暂时让出来又有什么害处? 但鬼一定要出来扰乱客人。遇到禄命旺盛、血气刚强的人,鬼大多败坏自己;甚至遭到符箓的劾治,更是在劫难逃。即使不这样,人既然不来居住,房屋一定不再被修整,时间一长就坍塌了,鬼又住到哪里去呢?"老仆人刘文斗说:"这话确实很有道理,然而谁能将它转告鬼呢? 你岂不比鬼更愚痴!"姚安公听到这话,说:"刘文斗的毛病就在于不愚痴。"施祥,小字举儿,与姚安公同年出生,八岁就成为姚安公的伴读。几年后,他才能默诵《千字文》。而打开书本,他却不识一字。但是,他秉性忠直,把主人的事当作自己的事看待,即使遭到怨恨也不退避。当时,家中事务对外依靠施祥,对内依靠廖媪,所以每件事都被处理得井井有条。雍正十二年,我十一岁,元宵夜偶尔买了几件玩具。施祥就启禀张太夫人:"四官人今天游灯市时,买了几件杂物。这点钱财本来不足可惜,只是先生明天就开馆上课,不知四官人是顾得游戏呢,还是顾得读书呢?"太夫人赞同说:"你说得有道理。"就收去我的玩具,把它们锁在箱里。这虽然是件小事,他却实在说了别人不好开口的话。现在,我眼前已没有这个人了,徘徊四顾,遥想过去,感慨万分。

侄儿汝来

我已故兄长晴湖的第四个儿子汝来,幼时长得俊美秀丽,我最喜欢他。他也十分懂得读书。他娶妻生养儿子后,忽然患了癫狂病。如果无人料理,他就不剃头发,不洗脸;夏天有时穿上棉衣,冬天有时穿上葛衣,自己也不觉得。然而,他也没有别的疾病,好像寒暑之气不能侵扰他。叫他吃饭他就吃饭,不叫他吃他也不来索讨。有时自己拿取集市上的饼饵,叫儿童们一起来吃,不问价钱,吃剩的扔掉也不顾惜。有时一两天找不着他,忽然他却自己归来了。有一天,到处去找他,都毫无踪迹。有人说村外的柳林丛中好像有人在那里。家人赶过去一看,他已经端坐着僵死了。或许他是内心迷乱而死,也不可知。或许他是内心已得道,以混迹人间为假托,缘分完了就羽化而去,这也无从知晓了。记得我从福建归故里时,他见到我还跪拜行礼,行完礼,突然说:"叔叔太辛苦了。"我说:"这是无可奈何的。"他又突然说:"叔叔不感到辛苦吗?"然后默默离去。后来,我思索他的话,好像有什么含意,所以至今终究不能推测出他死去的原因。

小人之心

姚安公说:庐江孙起山先生去吏部等候选派时,家中贫穷,缺乏旅途费用,沿途雇驴行路,这就是北方所说的"短盘"。一天,他来到河间南门外,没有雇到驴。突然天下起大雨,他到一个百姓家的屋檐下躲雨。主人看他,愤怒地说:"造房子时,你没有出过钱;筑地基时,你没有出过力;为什么无缘无故坐在这里?"将他推出去。他只得站着淋雨。当时,河间县令还没有题缺候补。孙起山到京城没几个月,抽签补缺,居然取得这个县县令的职位。赴任时,那个人认出他来，恐惧羞惭，后悔不已，打算卖掉房屋移居别处。孙起山听说这件事，召来那个人，笑着对他说："我怎么至于与你们计较？现在你已经历过那件事，以后不要再那样了，这也是忠厚养福之道。"就举出一个事例说："我乡里有个喜欢养花的人，一天夜里偶尔起来，看见几个女子站在花下，都不是平常所认识的。他知道她们是狐精，就用石块投掷她们，说：'妖魅怎么能偷看花呢！'一个女子笑着回答说：'你白天欣赏，我夜里游玩，对你有什么妨碍？我们夜夜来这里，花不损失一茎一叶，对花又有什么妨碍？你立刻就形于声色，怎么吝啬到这种地步？我不是不能揉碎你的花，只怕别人说我们的见识也与你相同，所以不这样做而已。'就和同伴飘然离去。后来，也没有别的变异。狐精尚且不与那种人计较，我难道还不如狐精吗？"后来，那个人终究内心不安稳，不知把家移到何处去了。孙起山感叹地说："小人之心，竟然认为天下都是小人。"

诗人与学者

太原人申铁蟾喜欢写作以妇女为题材的香奁艳体诗，来寄托不被知遇的情感。他曾谒见某公，未被接见，就戏作了一首无题诗："垩粉围墙罨画楼，隔窗闻拨细筌篌；分（去声）无信使通青鸟，枉遣游人驻紫骝。月姊定应随顾兔，星娥何止待牵牛？垂杨疏处雕栊近，只恨珠帘不上钩。"很有李商隐的风致。王近光说："好像不应该怀疑到织女，诬蔑仙灵。"我说："'已矣哉，织女别黄姑，一年一度一相见，彼此隔河何事无？'这是元稹的诗。'海客乘槎上紫氛，星娥罢织一相闻。只应不惮牵牛妒，故把支机石赠君。'这是李商隐的诗。元稹之意，在于崔莺莺；李商隐之意，在于令狐绹。文人摆弄笔墨，借用比喻，其实与织女无关。铁蟾这首诗，也像元稹、李商隐之意一样，并未诬蔑仙灵。至于纯粹虚构，却像实有其事般地描写，指明时间和地点，撰写姓名，如《灵怪集》所记载的郭翰遇织女一事（《灵怪集》现佚。这一条见于《太平广记》六十八），就太荒谬了。词人引用典故，广泛览阅各种书籍，原本不能一一核实；然而，对于过分诬妄虚构之处，却也不可不知。自从庄子、列子的寓言，借用虚构抒发己意以来，战国诸子的杂说越来越多，谶书、纬书、小说竟相效法前人，才有现在肆无忌惮之时。像李宂《独异志》妄称伏羲兄妹成为夫妇，已属于丧心病狂；张华《博物志》还诬蔑到孔子，更加是野狗狂吠（按：张华不应如此荒谬，大概是后人依托）。像这种事情，不一而足，现在还在流传，更加可恨。又有的人依据历史文献，穿凿附会。如《汉书·贾谊传》，有太守吴公爱幸他的记载，

《骈语雕龙》（此书为明代人所撰写，陈枚刻印，不著作者姓名）就将贾谊列入娈童类中。注曰：'大儒为龙阳。'《史记·高帝本纪》称帝母刘媪在大泽中，太公走过去观看，见到有一条蛟龙在她的上面。晁以道的诗中才有'杀翁分我一杯羹，龙种由来事杳冥'的句子，认为高帝是人与龙交媾所生，不是太公的儿子。《左传》有成风私事季友、敬嬴私事襄仲的文字记载。所谓'私事'，就是秘密交结，以谋求继立她们的儿子而已。后世儒者拘泥于'私'字，即使朱熹也有'却是大恶'的评论。像这样的情况，也不一而足。学者应当考察核查古代记载的真伪，却不可为炫耀渊博与新奇，不加辨别就把它当作谈论的资料。"

狐狸戏弄人

堂叔梅庵公说：我们家族中有两个少年（这是我年幼时听堂叔说的，已忘记他们的字号，大概也是伯叔一辈的人），听说某个墓上有狐狸的足迹，夜里携带猎铳前往，一起伏在草丛中侦察它们，背靠背地睡着了。醒来，却发现两人的头发交结在一起，贯穿缭绕成一团，一时间竟解不开来；二人互相牵制着，不能行走，也不能站立；稍微移动一下，就彼此喊痛。就这样二人连结苦恼到天亮，望见行路人，才叫他来，用佩刀割断头发，狼狈地回家。他们十分愤怒，想去报复狐狸。父辈说："它们没有露出形状和声音，不是人力所能战胜的；况且人无故去侵扰它们，道理上也说不过去。你们的侮辱实际上是自己招致的，又有什么仇恨可言呢？报仇，必定失败更为惨重。"他们两人方才作罢。这是狐狸稍微戏弄他们，使他们警悟；而不严重伤害他们，激起他们必定来复仇，也可谓善于自我保全了。然而，稍微戏弄也能够激起怒火，不如深藏不露，使他们侦察一无所得，更是自我保全的上策。

石匮贮五谷

太和门丹墀下有一只石匮，不知叫什么名称，也不知贮藏着什么东西。德脊斋前辈（脊斋名德保，与定圃前辈同名。乾隆七年进士，官至翰林院侍读。所以，当时以大德保与小德保来区别他们）说：图裕斋的父亲以前督理殿工时，曾打开来看过。我问裕斋这件事，他说："确实是这样。但是石匮里都是黄色细屑，没有装满，这些细屑凝结成土坯一样。仔细察看，好像是米谷年岁久远所化成的。"我认为丹墀左边的石阙，既然贮藏良种，那么这些是五谷，较为符合情理。况且在皇帝的仪仗队中,象背上的宝瓶也装着五谷。大约稼穑最珍贵,这古训代代相传;八种政事中,"食"放在首位,这见于《尚书·洪范》。规定制度的原意,由来确实是十分久远了。

宣武门水闸

宣武门瓮城内,有五个像小土丘一样的建筑,是用砖砌成的,当地人称为五火神墓。明成祖北征时,用火仁、火义、火礼、火智、火信五人制造飞炮,在乱柴沟大败元兵。后来,由于他们技艺太精湛,明成祖担心他们会为人所用产生变故,就将他们杀掉,葬在那里。在城楼旁边树起五根长竿,逢年过节祭祀他们,使鬼魂有所归依,而不会成为厉鬼。后来,明成祖转生为庄烈帝,五人转生为李自成、张献忠等流贼,就是报复过去的冤仇。这自然是无根据的齐东野语,不仅近史没有这样的记载,即使明代稗官小说汗牛充栋,也从未提及这些人这件事。戊子年秋天,我遇到汉军步校董某。他说,从京营老兵那里听到这些话:"这是用来测定水平的。京城的地势,只有宣武门最低,遇上下雨天,大街小巷的水都汇集到瓮城。每当夜里下大雨,守卒就起床察看这些小土丘,水将漫到顶部时,就叫人开闸门放水。如果水漫过顶部时,闸门就被水壅塞住,不能开启了。现在年久渐渐淡忘,所以有时会阻碍水流出。城上的五根长竿,则是与白塔的信炮互为表里。如果听到信炮鸣响,就在五竿上白天挂旗,夜里挂灯。这与五火神有什么关系呢?"这些话好像较接近情理,应当有所来源。

笔墨因缘

科场调换中选的试卷,被调换试卷的房考官内心大多不痛快,这也是人之常情。然而,关键还在于试卷的水平怎样。壬午年,顺天府举行乡试,我充当同考官(当时阅卷还不回避本省的考生)。拿到一份"合"字号试卷,考生文章写得很精彩,但诗写得不好。由于刚改了考诗的制度,诗作要求可以从宽论处,就将考卷呈荐给主考官梁文庄公,这卷已经取中了。临填草榜时,梁文庄公认为试卷中"何不改乎此度"一句侵犯了下文"改"字,文句不妥贴(题为"始吾于人也"四句),这卷就落榜了。另拨了一份"合"字号预备试卷来,梁文庄公与我先看考生的诗,第六联是"素娥寒对影,顾兔夜眠香"(题为《月中桂》),已经惊喜诗作的秀逸。等着到第七联"倚树思吴质,吟诗忆许棠",我就高兴地说:"吴刚,字质,所以李贺《李凭箜篌引》说:'吴质不眠倚桂树,露脚斜飞湿寒兔。'此诗选本都未收录,不是曾经读过《昌谷集》的人是不知道的。华州考《月中桂》诗,许棠被推为第一人。许棠的诗现在已不流传,不是曾经读过王定保《摭言》、计敏夫《唐诗纪事》的人是不知道的。取中那份卷子上的'开花临上界,持斧有仙郎'诗句,怎么比得上取中这首诗! 如果没有你调入这份试卷,我也愿意换成它。"这人就是朱子颖。放榜后,时间已是九月,他贫寒得连一件棉衣也没有。蒋心余一向与他有诗词唱和,借衣服给他,他才来见我,将所写诗作献上。丙子年,我随从皇上去古北口时,路上车马阻塞,到旅舍休息了一会儿。见到墙壁上有一首诗,已有多半脱落残缺,只有三四句可以辨认出来。我最喜欢其中"一水涨喧人语外,万山青到马蹄前"两句,认为"云中路绕巴山色,树里河流汉水声"也没有超过这种水平,可惜不知作诗者的姓名。等到展开他的诗卷,这首诗就在里面。我才想起性情契合,已产生在六七年前,与他一起感叹良久。朱子颖待我最有礼貌,去世后,他的两个儿子继承父亲的遗志,拜见我还依依有情。笔墨所产生的因缘,确实不是偶然的,又何尝因为调换录取为亲疏呢?(我的《严江舟中》诗写道:"山色空濛淡似烟,参差绿到大江边。斜阳流水推篷坐,处处随人欲上船。"实际上是从"万山"一句中脱胎而来的。我曾对朱子颖说:"人们说青出于蓝,现在却是蓝出于青。"子颖尽管谦让,他的意思似乎是默认了。这也是诗坛佳话,一并附录在这里。)

介野园先生

先师介野园先生官至礼部侍郎。他随从皇上南巡,死在路上。死的前一天夜晚,有流星在船前陨落。他死之后,京城里还不知道。施夫人梦见介先生乘马到门前,随从人员很多,但是伫立门前不肯入内;只派人传话说:"家中好自料理,我去了。"匆匆忙忙就走了过去。梦中认为先生正在随从护驾,怀疑或许是有紧急差遣,所以无暇进家门。施夫人醒来后,才感到惊恐。等到凶信传来,做梦那夜正是先生去世的夜晚。先生多次执掌考选文士的职权,总共四次主持会试,四次主持乡试,主持其他杂试的次数不胜枚举。曾经作恩荣宴上诗道:"鹦鹉新班宴御园(按,"鹦鹉新班"不知出自什么典籍,当时打算请教先生,居然拖延以至忘记了),摧颓老鹤也乘轩。龙津桥上黄金榜,四见门生作状元。"这诗作于丁丑年。(按,这首诗系金代吏部尚书张大节的作品,题目为《同新进士吕子成辈宴集状元楼》,见于《中州集》中。只是"御园"作"杏园","摧颓"作"不妨","四见"作"三见","作状元"作"是状元"。)于文襄公也赠给联对:"天下文章同轨辙,门墙桃李半公卿。"这可说是儒者的最高荣誉。然而,算命人推算先生的命运,说:"最后官至一品武官,以后或许以将军的身份镇守地方吧?"先生笑着说:"如果确实像你说的那样,那么将军就不喜欢习武了。"等到先生去世,皇帝内心怜惜,特赠他都统官职。因为先生虽然在礼部任职,却兼摄副都统。他随从护驾,以副都统的职位排列次序,所以,就从武官的品位晋升了一级。算命之术,也可说已得到应验了。

扶乩问寿

乩仙大多伪托古人,然而有时也稍有应验。温铁山前辈(名温敏,乙丑年进士,官至盛京侍郎)曾经遇到扶乩人,请问自己寿命有多长。乩仙判词说:"甲子年华有二秋。"他以为寿数为六十二岁。后来过了两年去世,家人才知道"二秋"是指两年。因为灵鬼有时也能先知命运。又听说山东巡抚国公扶乩请问寿数。乩仙判词说:"不知道"。国公问:"仙人难道会有不知道的事吗?"判词说:"别人的寿数能够知道,您的寿数却不能知道。寿命的长短有定数,一般人只是享尽他所应有的寿数而已。如果是封疆大臣等担负国家重任的人,执掌生杀予夺的大权,一件政事处理得当,那么千百万人都受到他的福惠,寿数就可以增加;一件政事处理不当,那么千百万人都受到他的祸害,寿数也就可以减少。这就是司命之神也不能预先注定,何况是我?难道没有听说苏颋误杀两个人,减寿两年;娄师德也误杀两个人,减寿十年吗?既然这样,那么寿数的事,您应当问自己,不必来问我了。"这话讲得确实有道理,恐怕他所遇到的居然是真神仙了。

以狐招狐

族叔育万说:张歌桥的北面,有一个人看见一只黑狐狸醉倒在场屋中(场中看守谷麦的小屋,俗称"场屋")。起初想擒捕它,转而一想,狐狸是能招致财物的,就将衣服盖在它身上,并且坐在旁边守护着它。狐狸睡醒时,身体伸缩了几次,就变成了人形。狐狸非常感激这个人的守护,就与他交结为朋友,也时常馈赠这个人一些财物。一天,这个人问狐狸:"如果有人隐藏在你家里,你能使他隐蔽着而不露出形体吗?"狐狸说:"能。"这个人又问:"你能依附在人身上狂奔吗?"狐狸说:"也能。"这个人就恳求说:"我的家境十分贫穷,您馈赠给我的财物不足以赡养全家,却又因多次烦扰您而感到惭愧。现在乡里某甲非常富裕,却又特别害怕诉讼。我刚听说他家要找一个妇女掌勺,我想让妻子去应召。她在那里住几天,伺机逃出,藏在你家里。我以丢失妻子,假装要诉讼。妻子还稍微有点姿色,我可以流言蜚语诬陷他,敲诈他一大笔钱财。我得到钱财之后,你依附在她身上,使她狂奔到某甲的别墅里,然后叫人找到她,那样我受你的恩惠就够多了。"狐狸按他说的去做,果真得到很多钱财。找回妻子之后,某甲因为她是在自己别墅里找到的,也不敢再问什么。然而,妻子的狂病竟不痊愈。她常常自己梳妆打扮,夜里好像与别人一起嬉笑,却禁止丈夫来到跟前。这个人急忙去问狐狸,狐狸说没有这种道理,就前去侦察。不一会儿,狐狸回来顿脚说:"坏事了!是某甲家楼上的狐狸喜欢你妻子的美色,乘我从她身上退出,它就附了进去。这只狐狸不是我所能对付的,无可奈何了!"这个人不停地恳求。狐狸严肃地说:"譬如你乡里某人,像虎一样残暴蛮横,假使他强占别人的妻子,你能替那人去争夺吗?"后来,妻子的狂病日益严重,并且把丈夫的阴谋都揭发出来。医生针灸、方士劾治都无效,最后病死了。乡里人都说:"这个人狡黠如鬼,又有狐狸变幻之术帮助他,应该是万无一失了。却不料由于狐狸的帮助而招来另一只狐狸的祸害,恰如螳螂捕蝉,黄雀在后一样。古诗说:'利旁有倚刀,贪人还自贼。'确实如此。"

道士采精血

门人王廷绍说,忻州有一个人由于贫穷而卖掉妻子,妻子已经离去近两年了。有一天,妻子忽然自己归来,说刚被买去时,被引到一户人家。不一会儿,来了一个道士,将她带入山中,她内心非常恐惧。然而,已经卖给人家了,她也就无可奈何。道士叫她闭紧双目,就听到两只耳朵边风声飕飕。一会儿,道士叫她睁开眼睛,已经在一座高峰上。那里房间豪华整洁,有二十多个妇女一起来向她问候,告诉此地是仙府,一切不必担心。她就问:"你们到这里干什么事?"她们回答说:"轮番服侍祖师睡觉。这里金银堆积如山,珠翠锦绣、佳肴珍果等东西,都可以驱使鬼神,随时吩咐一声,立刻就会有。穿着饮食等日常物品,都比得上王侯。只是每月有一次小痛楚,也没有什么害处。"就指点说:"这里是仓库,这里是厨房,这里是我们居住的地方,这里是祖师居住的地方。"指着最高处两个房间说:"这是祖师拜月拜斗的地方,这是祖师炼银的地方。"那儿也有供日常使唤的人,但没有一个是男的。从此,每当白天就被叫进去同床共枕,到了夜晚,祖师升坛礼拜,她们才各自回房睡觉。只是月经干净后,就被剥去内外衣,用红绒搓成的粗绳捆缚在大木上,手脚丝毫不能动弹;并用绵丸塞住嘴巴,不能发出声音。祖师手持像筷子一样的金管,寻找脉穴,刺进两臂两股肉内,吮吸她的鲜血,非常残暴。吮吸之后,祖师将药末撒在创口上,立即就不感到疼痛,一会儿创口结痂。第二天,创痂脱落,完好如初。那里地势极其高峻,向下面看,云雨都在脚下。忽然有一天狂飚骤起,黑云如墨笼罩山顶,雷电四射,情势极为可怕。祖师非常惊恐,叫二十多个妇女都裸体环抱着他的身体,像一圈肉屏风。火光几次射入室内,都一闪就退出。一会儿,一只像箕斗大的龙爪从人丛中将祖师攫去。霹雳一声巨响,山谷震动,天昏地暗。她感到迷惘昏惑如同睡梦中一般,稍微清醒过来,自己却已躺在路旁了。询问当地居民,得知距家仅有几百里路。她就用臂钏换衣服遮体,一路讨饭回到家中。忻州还有人看到过这位妇女,她面色枯槁,不久患病死去。大概她的精血被道士采光了。根据她所说的情况,那个道士就是烧金御女之徒。他的法术如此灵幻,还不免于遭天诛的命运;何况那些没有得到真传,徒然受到妄人的蛊惑,却希望成仙的人,不也太荒唐吗!

烈妇自缢

　　江南吴举人是朱石君的门生,才华横溢却不幸早逝,他的妻子发誓要以身殉节,却几次自缢都不能死去。忽然看到举人在灯下显形说:"换上彩色衣服就能死了。"妻子依照他的话行事,果然自缢而死。举人的同乡记录下这件事征集题诗,作诗的人非常多。我也题写了二首律诗。石君替他们夫妻写墓志,对举人身世的坎坷、烈妇气节的慷慨,都深表伤感和痛惜,而对这件事却只字不提。有人怀疑他的乡人粉饰事实,我说:"不对。文章流别,各有体裁。郭璞注释《山海经》、《穆天子传》,对西王母一事铺叙详尽。他注解《尔雅·释地》,对'西至西王母'一句,不过注'西方昏荒之国'而已,不再增加一个字。因为注经的体裁,应当如此。钟鼎碑刻之文,与史传互为表里,不可与小说杂记等同,也不可与词赋等同。石君博览群书,深知著述的流别,他不将这件事写入墓志中,这是古文法的要求,哪是因为它有假而削去的呢?"我年老多遗忘,记得举人名承绂,烈妇的姓氏,居然想不起来了。姑且保存这件事的梗概在此,等我护驾回京后,再探求事情的原委,详尽著述出来。

鬼有情义

老仆施祥曾经乘马夜行到张白。那里四处空旷,黑暗中有几个人投掷泥沙,马惊叫着不再前进。施祥知道是鬼在作祟,叱喝道:"我不到你们的坟墓堆中间来,为什么要侵犯我?"群鬼戏嘲说:"我们不过恶作剧而已,谁与你论理?"施祥恼怒地说:"既然不是来论理,那是来挑起争斗了。"就跳下马,用马鞭横扫抽打他们。喧闹了好久,寡不敌众;马又跳跃着牵制了他。正当他窘急之际,忽然看见一个鬼狂奔而来。那个鬼厉声叫道:"这位是我的好朋友,你们不要鲁莽。"群鬼于是散去。施祥跳上马急驰回来,也来不及问他是谁。第二天,施祥携酒到昨天那个地方奠祭他,祈祷他显示灵响,却静悄悄没有回音。施祥的好朋友,不过是仆役和杀猪卖酒之类的人,却在九泉之下,如此顾及朋友之情!

《如愿小传》

门人吴钟侨曾经作有《如愿小传》,寓深意于滑稽之中,是一篇游戏文字。后来,他做四川一个县令,正值金川之战,因监运火药死在路上。他的诗文都已散佚,只有这一篇偶尔从故纸堆中翻出,附录在此。《如愿小传》其文辞为:如愿是水府的女神,以前彭泽湖湖神青洪君赠送庐陵欧明的就是她。因她事事都能满足别人的请求,所以有"如愿"这个名称。处处都有水府,能否遇上水神,却是由每个人的福禄和命运决定的。有四个人一起访道,遍游江海,到处寻觅,遇到龙神召见。龙神说:"鉴于你们精神至诚而有上进心,我现在赐给你们每人一个如愿。"就有四位女子出来随从他们。其中一人任何请求都获得满足,过得极其适意,没过几个月就病得快要死去,女子说:"今世的享受,都是前生的积德。你前生的积德,这几个月已消耗完了。请让我回去复命吧。"这个人果然死去。又有一人的请求没有不实现的,却还不觉满足。到了冬天,他请求弄来像瓜那么大的鲜荔枝。女子说:"溪壑可以填满,这个要求却不能满足,这不是神道所能供给的。"她也因此而离去。另有一人的请求,有实现的,也有未能实现的,他因此责怪女子。女子说:"神道的能力,也有差别,我有能做到和不能做到的事。然而,太阳当空必定西斜,月亮丰满必定亏缺。有不能满足的事,正是你的福分。你没有看到那个已经去世的人吗?"这个人警惕起来,女子就跟随他而不离去。还有一人虽然得到如愿,却从不曾有什么请求。如愿有时主动替他做点事,他也皱起眉头表示不安。女子说:"你的道德高尚,你的福泽深厚,天地明鉴你,鬼神保佑你。没有请求的获取,比有请求的获取高十倍。你可无须我的帮助,我只在暗地里帮助你而已。"此后,四位如愿相遇,各人说出自己的经历,有的欢喜有的感叹。她们说:"可惜啊,去世的人已听不到这些了!"这是吴钟侨弄笔游戏之文,偶尔为之,以资惩劝,也没有什么不可以的。如果写起来累牍连篇,动不动就成卷成帙,就不是应有的著书体裁了。

蓄 妾

郭石洲说:河南有一位富豪,官场退休回故里,年纪已六十多岁了。他身体强壮如同青年人一般,常常蓄养三四个幼妾。等她们长到二十岁,就办嫁妆将她们嫁出去。她们都还是处女。娶妻的人都暗地里颂扬他的德行,人们也都乐意将女儿卖给他。然而,幼妾在他家时,他与她们同床亲昵,与一般夫妻相同。有人认为他只取月经做药饵,也有人认为他只是娱乐耳目,实际上年岁大了,缺乏男人的功能。没有人知道究竟如何。后来,他家女仆私下里泄露了秘密,实际上他是让女子供他鸡奸。有一位老朋友私下询问实情,他并不隐瞒,说:"我血气还旺盛,不能根绝嗜欲。如果与女子交媾,还可以生孩子,实在担心成为死后的拖累。如果渔猎男色,又担心出现家母猪乱搞老公猪的事,成为子孙的羞耻。所以想出这个邪门办法。"这件事属于奇创,古所未闻。闺房之内,无奇不有,床上之事,不必深究。只是年年更换幼妾,使良家女子得到再嫁的名目,好像对人的声誉有损害;但不拖延她们的婚期,不损伤她们的贞洁,又好像对人有恩德。这种公案,简直无法判断他的是非。戈芥舟前辈说:"这不难评断。他只不过自恃财产丰裕,在法外纵淫而已。以前窦二东抢劫,必定留下御寒的衣服、回家的路费给被抢的人,自认为有德行。这位老人的所谓有恩德,也像窦二东的做法一样罢了。"

丁 一 士

家乡里有一个叫丁一士的人,动作敏捷,力气巨大,兼习技击、超距的技艺。两三丈的高度,他能翩然跃上;两三丈阔的距离,他能翩然越过。我年幼时还见到过他,曾请求他让我目睹他的技艺。他让我站在一个厅堂中,我面向前门,他就站在前门外面与我相对;我转向后门,他就站在后门外面与我相对。如此七八次,原来他一跃就飞过屋脊。后来,他去杜林镇,遇到一位朋友,朋友请他到桥边酒店里饮酒。酒足饭饱之后,两人一起站在河岸上。朋友问:"你能越过这河吗?"一士应声耸身越过河面到达对岸。朋友招呼他回来,他又应声越过来,脚刚踏上岸,不料河岸已将要坍塌,近水站立的地方有裂缝,一士没有看见,误踏在上面,河岸坍塌了二尺左右。他就随着坠入河中,顺水流去。他一向不会游泳,只从波浪中踊起几尺高,能够笔直向上却不能靠近岸边,仍然坠落水中。这样多次上跃,用尽气力,最终溺水而死。天下的祸患,没有比自以为有恃无恐更大了。依仗钱财的人,最终因钱财而败落;依仗权势的人,最终因势力而败落;依仗才智的人,最终因才智而败落;依仗力气的人,最终因力气而败落。这是因为有所依仗就敢于冒险的缘故。田松岩先生在溧阳买了一根劳山拐杖,自己在上面题诗说:"月夕花晨伴我行,路当坦处亦防倾。敢因恃尔心无虑,便向崎岖步不平!"这是真正有阅历的话,应当效法并牢记于心。

尼姑和尚

沧州甜水井有位老尼姑,称慧师父,不知道是她的名还是号,也不知是不是这个"慧"字,只是相承沿习称呼她而已。我年幼时,曾看到她出入于外祖父张公家。她遵守戒律谨严,连糖都不吃,说:"糖也是猪油所点成的。"她不穿裘衣,说:"寝皮与吃肉是相同的。"她不穿绸缎衣服,说:"制成一尺帛,需要一千条蚕的性命。"供佛用的面筋一定要自己制作,说:"市上的面筋都是用脚踏出来的。"焚香一定要敲石取火,说:"灶火不清洁。"或清水一杯,或一日一顿,自给自足,从不用心募化。外祖父家的一个女仆,将一匹布施舍给她。老尼姑仔细看了一番,说:"施舍必须用自己的财物,才算有功德。家里由于失去这匹布,鞭笞了几个婢女,佛怎能接受这种物品呢?"女仆将真情相告:"我当初认为有几十匹布,主人未必一一点检,所以偶尔取了一匹。不料连累他人受鞭打,日夜遭到诅咒,内心实在不安。所以施舍它以求忏悔罪孽。"老尼姑将布扔还给她,说:"既然这样,为什么不暗地里送到原处,他人得以证明清白,你也可以心安了。"女仆死去几年后,她的弟子才泄露这件事,所以人们才知道事情的原委。乾隆十九、二十年间,老尼姑已经七八十岁了,忽然造访我家,说将要去潭柘寺拜佛,替小尼姑受戒。我偶尔提起上述事情,她摇头说:"其实没有这件事,不过是小妖尼多嘴罢了。"人们都感叹她为人忠厚。她临行前,请我题写佛殿一块匾额。我托赵春硐代为书写。老尼姑合掌说："谁书写就请题写谁的姓名,在佛的面前不要作诳语。"改为赵春硐的姓名,她才将题额拿去,以后没有再来过。我近来问沧州人,已经没有认识她的了。又有景城天齐庙一位和尚,是住持果成的第三个弟子。士人尊敬他,都称他为三师父,因此佚亡了姓名。果成的弟子很不正派,大多外出四处募化,只有这位和尚不坠宗风,没有大庙里管接待应酬的和尚的市侩气,也没有法座禅师的骄贵气。他戒律精苦,即使远行千里,也整装徒步行走,从来不乘车马。先兄晴湖曾在路上遇到他,执意邀请他同车,他始终不肯上车。官吏来到庙里,他待他们的礼节不增加一分;村民百姓来到庙里,他待他们的礼节也不减少一分。人们多布施、少布施、没有布施,他都一样地礼待他们。坐禅诵经之余,他只端坐在一个房间内,外人走进庙中如入无人之境。他为人处事都如此类。然而,乡里的男女没有人不称赞三师父道行清高。等到问他们道行在何处,清高在何处,却茫然不知从何回答。三师父感动人心的,正不知是什么缘故了。我曾以这个问姚安公,姚安公说:"根据你所看到的,他有不清不高之处吗?没有不清不高之处,就是清高了。你认为一定想要有飞锡杖行空、乘木杯渡水那样的作为,才算了悟一切吗?"这一位尼姑和一位和尚,也是佛法中志节高尚的人了。(三师父涅槃还不久,他的姓名应当有人知晓,等见到来参加乡试的诸孙辈,让他们回去到庙中打听清楚。)

偷盗通奸

中国之大,通奸偷盗之事无地不发生,也无日不发生,都不足为怪。至于偷盗而又有别于偷盗,却不能不称为偷盗,通奸而又有别于通奸,终究不能不称为通奸,那就够奇怪了。偷盗而别人容许他偷盗,通奸而别人容许他通奸,那就更为奇怪了。却又有相互接触立即爆发,相互牵制立刻平息,爆发时如水沸一般强烈,平息时如电闪一样迅速,不更是奇怪中的奇怪吗?舅舅安五章公说,有一个中年丧偶的男子,已有儿子了,又买进一个有夫之妇作继室。幸亏他控制有术,还可相安过日子。不久,这个人死去,他平时的积蓄都由继室掌管。他的儿子听到一些风声,就向继母索取钱财,但事无佐证,继母不承认。后来,儿子侦察到钱财贮藏的地方,就在夜里挖墙洞进入室内。正当他打开箱子准备将钱财拿走时,被继母发觉。她大喊有贼,家中仆人惊起,各人拿着器械冲进来。儿子仓皇从墙洞里爬出,被仆人迎面一棒击中,立刻倒在地下。家仆们就从墙洞里爬进室内去搜查别的盗贼,听到床下有喘息声,大家呼喊还有一个贼,一起将他拉出捆缚起来。等到取来灯烛仔细一看,额头打破昏倒在地的是儿子,躲在床下的却是以前的丈夫。儿子苏醒之后,与继母各执一词。儿子说:"儿子取父亲的钱财,不是偷盗。"继母说:"妻子归依前夫,不是通奸。"儿子说:"前夫可以再次结合,却不可私下幽会。"继母说:"父亲的钱财可以索取,却不可偷窃。"两人互相责骂,势均力敌。第二天,族人秘密商议,认为诉讼则必定两败俱伤,徒然玷污门风。就私下里替他们调解,将父亲留下的钱财都归儿子,听凭继母自己归依前夫,这场风波才平息下去。然而,已经"鼓钟于宫,声闻于外"了。先叔仪南公说:"这件事巧在相互碰上,这是天意。之所以会导致这件事,却是人为的。如果不娶这个有夫之妇,哪有什么儿子偷盗、继室通奸的事? 他所凭借的,是自己能够驾驭继室和儿子,却不懂得在生前能驾驭,在死后却不能驾驭了。"

卷二十三

滦阳续录(五)

不 畏 鬼

　　戴东原说:他家族的祖辈某人,曾租过荒僻街巷的一所空屋。这屋子很久没住人,有人说里面有鬼。他大声说道:"我不害怕。"到了晚上,鬼果然在灯下现出原形,阴森寒冷的气息,使人觉得全身冰凉。有一个巨大的鬼愤怒地斥责他道:"你真的不害怕吗?"他回答说:"是的。"巨鬼就变化各种凶恶的样子,过了很久,又问道:"你还不害怕吗?"他又回答道:"是的。"巨鬼的脸色变得稍为和善一点,说道:"我也不一定要赶你走,只怪你讲大话罢了。你只要讲一个'怕'字,我就离开。"他生气地说:"我真的不怕你,怎能假意讲害怕呢? 随便你怎么办都成!"巨鬼多次劝告他,他始终不答应。巨鬼就叹着气说:"我住在这里三十多年,从来没有看到像你这样不肯低头的人。这样愚蠢的东西,我怎能和他住在一起!"忽然,巨鬼就一声不响消失了。有人责备他说:"怕鬼是人之常情,并非什么可耻的事。你假装回答害怕,可以息事宁人。彼此为这件事激烈争吵,真是不堪设想的事!"他说:"道行深厚的人,可以用镇静驱逐魔鬼,我又不是那种人。我只有用气势压倒它,气势旺盛,鬼怪就不敢迫害。我稍为迁就,气势就衰弱,鬼就乘机作怪了。他正想方设法引诱我,好在我没有上他的当。"谈起这事的人都认为他的说法是对的。

男女有情非悖礼

　　饮食和性欲,是人生自然的欲望。冒犯名义,违反人伦纲常,败坏风气习俗,都是王法所必须禁止的事。至于痴心儿女,有钟情爱恋的对象,实在并非十分违背礼教的,似乎不必太多苛求追究。我小时候,听说某先生在京城当官时,把端正气节作为自己的任务。他曾经决定把一个小婢女许配给一个小仆人,已经不止一年了。这两个人在家里出出进进,也不相互躲避。有一天,两人在院子里相遇,刚好某先生走到,看见这两人脸上的笑意还没有收敛,就生气地说:"这是不守礼仪私自结合呀! 从法律来说,诱奸未婚妻的人,应处以杖刑!"就马上叫人杖打小仆人。大家说:"小青年开玩笑,实在没有淫乱,小婢女的身体,可以派人检查的。"某先生说:"从法律来说,有企图而没有行动,只是罪减一等。减罪可以,免罪就不行。"终于对小仆人施以杖刑,受伤后差点死去。某先生以为,就是河东柳氏的家法,也不过如此了。从此,某先生厌恶两人不守礼制,故意拖延两人的婚期。两个人在同时做工的时候,走路也犹豫徘徊;没有事的时候,看见对方影子就赶快躲开。他们进退两难,毫无生活乐趣,慢慢地忧郁苦闷发展成病,不到半年,都先后病死了。他们的父母很可怜他们,请求某先生允许把他们合葬。某先生仍然生气地说:"未成年的女子死后出嫁,是违反礼制的,难道没有听说过吗?"也不答应合葬的请求。后来,某先生临死时,口中喃喃轻语,仿佛和什么人对话,大家听不清楚,只听到"没有我同意就不行"、"从礼制上说不行"两句话,讲了十几次,可以十分清晰地听出。大家都怀疑他昏迷中见到了什么。男女之间没有媒人,不会互相知道姓名,是古时礼制。某先生在两个仆人很小的时候,就先定下婚姻关系,让他们明明知道以后一定成为夫妻。天天相处在一起,又要他们不产生感情,肯定不可能。"家里的话不能出门口,外面的话不能进门口",这是古时礼制。某先生的仆人婢女并不多,不能使一个人只做一种事务。仆人婢女经常在一起亲近协作,却想他们之间不讲一句话,又肯定不可能。根子没有端正,枝叶也不会端正。所以婢女仆人两个超过礼节的行为,实在是主人造成的。但主人操之过急,处理过分,死者能够甘心吗?冤魂作怪的时候,主人还用"从礼制上不行"作为辩解的话,大概就是他所以成为讲学家的吧?

山西商人

山西人很多外出经商,十多岁就跟着人家学做买卖,等到积蓄够资本,才回家乡娶妻。娶妻后仍旧出外经商,通常二三年回家一次,是惯常的情况。有时运气不好,或者事务纠缠,就一二十年也不能回乡一次。甚至有人本钱耗尽,没有脸面回家乡,只好在外到处流浪,与家乡不通信息,也往往有的。有个李甲,过继为同乡靳乙的养子,改姓靳。李甲家里不知道他的踪迹,就相传说李甲已经死了。不久,他父母又都去世,李甲妻子没有地方可依靠,只能在娘家舅舅那里寄食。她舅舅本来住在邻县,又带着家眷经商,随商船往来南北,长年没有固定的地址。李甲长久没收到家信,也以为妻子死了。靳乙考虑给李甲娶妻。刚好妻子的舅舅死于旅途之中,家属就流落在天津居住。这家人考虑到这个外甥女青年守寡,不是长远打算,也想把她嫁给山西人,将来也许还有机会回家乡。又怕人家嫌这个甥女没有娘家,就假意说是自己的女儿。

大家找媒人说合,就定下了婚事。结婚的晚上,因为李甲与妻子分别已经八年,双方虽有怀疑但不敢查问。到半夜夫妻讲私房话时,才明白了真相。李甲认为妻子没有得到他死亡的确实证据就匆忙出嫁,十分生气,对妻子又骂又打。全家都惊动了,靳乙隔着窗户叫李甲说:"你再娶妻时,有前妻死亡的确实证据吗?而且她流离搬迁,等你八年才出嫁,也应该谅解到她也出自不得已了!"李甲没办法回答,就和她像以前一样成为夫妻。破镜重圆,古代也有这种事。像男子再娶的却是元配妻子,妇女再嫁却没有丧失贞节,这是有书籍记载以来还没有见过的事。姨丈卫可亭先生曾亲眼见过这件事。

沧 州 酒

沧州酒,王阮亭先生称为麻姑酒,但当地人实在没有这个名称。沧州酒长期以来很有名,但评论却很不一样。原来,船只往来,都到岸边酒店打酒,乡村土酿酒味淡薄,根本上不了筵席。还有,当地人怕官府无限地征调,都相互约定,不把真沧州酒送给官府,即使鞭打也不肯拿出来,用十倍的价钱也不肯卖。保定知府也不能够得到一滴真的沧州酒,其他人就可想而知了。沧州酒并非市场上普通酒坊所能酿成的,一定要酿酒世家,代代相传,才能把握酿制的火候。酿酒的水虽然都取之卫河,但混浊的水不能做酒,一定要在南川楼河心一带,像在金山汲取江心泉水的法子,用锡瓶沉到河底,汲取地下涌出的清泉来做酒,才有冲淡虚静的风味。沧州酒的贮藏,怕寒怕热,怕湿怕烘,遇上这些情况,酒味就败坏了。新酿的酒味道不很好,一定要贮藏十年以上,才是上品,一坛可以值四五两银子。不过,大都是作为礼品赠送,贩卖沧州酒被认为是丢脸的事。而且像戴、吕、刘、王、像张、卫几个大姓,家族大多破落,会酿沧州酒的人很少,所以特别难得。有人运输到其他地方,无论是肩挑、车载、船装,只要经过摇动,酒味就变了。运到之后,一定要平稳地停放在静处,澄清半个月,酒味才回复原来的样子。把酒灌进酒壶时,要用酒杓稳稳地盛起,摇晃拨动几次,酒味也会变,再要澄清几天才能恢复。姚安公曾说过,饮沧州酒有种种禁忌,经过千辛万苦,才能在花前月下饮一次,好处实在补偿不了辛劳;不如派仆人随便到店里打酒,反而舒适自在,原因也就是在这里。检验沧州酒真伪的办法是:南川楼的水所酿的酒,虽然喝得烂醉,胸腹之间不恶心,第二天也没有酒醉的症状,只不过是四肢舒畅,安静地睡觉而已。那些只是用卫河水酿的酒就不是这样了。检验沧州酒新货陈货的方法是:凡贮藏二年的,可以温两次酒;贮藏十年的,可以温十次,味道都一样,温十一次,酒味就变了。贮藏一年的,温二次酒味就变;贮藏二年的,温三次酒味就变,一丝一毫不能做假,也不知道什么原因。董曲江前辈的叔父名思任,最喜欢饮酒。他任沧州太守时,也知道真沧州酒不会给官员喝,就千方百计劝告晓喻,本地人始终不肯破坏不供应官员的规矩。罢官以后,再来到沧州,住在李锐巅进士家里,才尽情喝到李家酿的这种美酒。董思任对李锐巅说:"我真后悔没有早一些罢官!"这虽然是一时开玩笑的话,也足以看出沧州的美酒真是不易得到呀!

三代妇女偿债

老师李又聃先生说:东光有个姓赵的人(李先生曾经讲过此人的字号,现在记不住了,好像还是先生的长辈),一次经过清风店,找来一个年轻妓女陪酒,顺便说到某年曾经在这里住宿,找过一位美人住了两夜,算来那位美人今年还未满四十岁。于是说出美人的小名。年轻妓女说:"是我姑姑呀,现在还在这里。"第二天,一起到妓女家里相见,正是过去认识的那个美人。双方正在拉手问好,年轻妓女的姑奶奶听说有客来,从里面出来看看,又大吃一惊,说:"你是东光的赵先生吗? 三十多年不见面了,现在你的鬓角虽然都要白了,但相貌声音,还有一点记得的。你的字号是否叫某某呢?"赵先生一问,原来这个姑奶奶,也是他年轻时在这里找过的妓女。三代妓女同时相见,也没有什么避忌,一起喝酒谈往事,大家有点迷惘,好像做梦一样。赵先生又在她们家住了两晚,才告辞回去。临别时,第一代妓女说她们祖籍本来在东光,从父亲一辈才搬迁到这里,到现在已是第四代了。不知东光的祖坟还在不在? 她就把父亲的姓名讲出来,请赵先生回去查访一下。赵先生回到家乡后,有一次顺便向老前辈们打听。其中一个人惊讶了很久,才说:"我现在才相信天道循环的道理。那妓女之父就是你们家的门客。你的曾祖父与别人打官司,那个门客接受了对方的金钱,暗中出卖主人,使你曾祖父的官司失败了。时间长久了,事情暴露出来,门客羞愧得带着家眷逃走了。还以为他们逃到天涯海角去了,想不到会让你碰上,使他家三代妇女,为他补偿过去的罪过。啊,真可怕啊!"

安 生

李又聃先生又说:有个安生,相当聪明伶俐,突然被一群狐女摄入天花板上,吹笛弹琴,吃吃喝喝,男女淫乐,不一而足。隔着纸糊的顶篷,听得十分清楚。但天花板上没有一点缝隙,不知道安生怎么能进去的。饮酒作乐完毕,狐女就把安生从空中抛下来,头上脸上都受了伤,甚至头破血流。安生经过治疗,等稍微痊愈,又像原来一样被狐女摄去。安生家里人把天花板毁了,狐女就把安生摄上屋顶作乐,也像原来一样从空中抛下来。但是,安生一点不说自己的痛苦。安生父亲买来一张道符,挂在墙壁上。安生见了,就发抖地伏在地上,狐精也随即绝迹了。人家问安生,道符上面有些什么?安生说,开头时并没看到道符,只看见凶狠的将军士兵,兵器盔甲都明晃晃地刺眼。这些狐精是报仇吗?又不应该有喝酒奏乐的快乐;是迷惑安生吗?又不应该有把他抛下来的残酷。忽喜忽怒,都猜不出它们是什么心思。有人说:"是报仇。迷惑安生是让他死了也不醒悟。"不过,光是迷惑他,就可以把他致于死地了,又何必多此一举,把安生从空中扔下来呢?

执拗严先生

李汇川说:有个严先生,他的名与字忘记了。正是临近乡试的时候,学生放学后,他独自在灯下读书。一个学校书僮送茶进来,突然惊叫一声倒在地上,茶碗也摔碎了。严先生吃惊地站起来看时,只见一个鬼披头散发,瞪着眼睛,站在灯火的前面。严先生笑道:"世间怎会有鬼?你一定是狡猾的强盗装成这个样子,想叫我逃走躲开而已。我这里没有贵重物品,只有一只枕头一张席子。你可以到别的地方去了。"鬼仍然站着不动。严先生生气地说:"还想骗人吗!"举起界尺打过去,那鬼一下子就消失了。严先生四面察看,没有什么痕迹,沉吟了一会,说:"竟然真有鬼吗?"接着又说:"魂升上天,魄降落地下,这种道理十分清楚。世间怎么会有鬼,大概是狐精作怪罢了!"他仍旧在灯下,不停地大声读书。这位先生的倔强,可说是到了极点了,但是鬼也居然躲避他。原来执拗的气性,能百折不回,也可以战胜鬼怪的。又听说一件事:有个书生,晚上在廊屋下散步,忽然看见一个鬼,就把他叫过来对他说:"你也曾经当过人,怎么一变成鬼,就没有一点做人的道理了呢?哪有更深黑夜,不分内外,居然闯入人家庭院里来的呢?"那鬼就不见了。这就是心中不害怕,因此神智也不昏乱,鬼也不能侵犯。还有,故城沈丰功老先生(名鼎勋,是姚安公的同年),有一次晚上回家时天下雨,地面到处是泥泞积水。他和一个仆人相互搀扶地行走,看不清道路。他们经过一座废弃的寺院,过去常说这里多鬼。沈老先生说:"这里无人可问,我们姑且找个鬼来问问路。"他们就直接走进寺里,绕着大殿的走廊叫喊:"鬼兄鬼兄,请问前面道路水有多少深浅?"寺里一片寂静,没有回答。沈老先生笑着说:"想来鬼们都睡觉了,我们也休息吧!"就和仆人靠着柱子睡到天亮。这是沈老先生胸怀潇洒豪爽,故意开开玩笑而已。

火药代用品

阿文成公平定伊犁时,在一座无人的山上捕获一名玛哈沁,就问那人怎能活下来,那人说:"我打野兽当食物。"又问那人道:"你潜伏这么长的时间,怎会有这许多火药?"回答道:"把蜻蜓晒干,研为粉末,用鹿血调和,再晒干,也可以代替火药。这代用品只比硝磺的药力稍差一些罢了。"又有一个蒙古贵族说:"鸟枪里放进火药铅弹之后,再找一只干的蜻蜓,用细细的木棍塞进枪管里,发射时比平常的火药还可以远过一二十步。"这都是从物品的原理上不好解释的事,但试验都很灵光。又听伤科医生殷赞庵说:"水银能够腐蚀五金,金子遇到水银就变白色,铅遇到水银就融化。凡在战场上被铅弹打进骨头肌肉的人,开刀取出铅弹特别痛苦,只要用水银把伤口灌满,那铅弹会自动化成液体,随着水银流出。"这个办法不知是否灵验,但道理是可信的。

美 人 画

田白岩说:有个书生租僧房居住,看见墙壁上挂着一幅美人画,面目如同生人,衣服皱褶飘拂潇洒,好像会动似的。书生说:"大师不怕干扰修禅的心思吗?"僧人说:"这是天女散花图,是木雕画,在这寺院里一百多年了,我也没有功夫细看。"一天晚上,书生在灯光下注视这幅画,看见画中的美人仿佛凸起一二寸高。书生说:"这是西洋画,所以看起来好像有高低凹凸,哪里是木雕画呢!"画中美人忽然讲话,说:"这是我想要出来,你不要惊讶。"书生性格一向刚强正直,就大声骂道:"什么妖魔鬼怪,竟敢来迷惑我!"马上抓起画轴,想凑到灯上烧掉。画轴里发出唠唠叨叨的哭声,说:"我修炼快要成功了,一旦烧掉,我就会形消神散,以前的功力都付给流水了。恳求你可怜我,我会永远感激的。"僧人听到吵闹声,赶快来察看。书生就把这件事讲出来。僧人忽然醒悟说:"我的弟子住在这间屋子里,生病而死,这不就是你的缘故吗!"画里没有声音回答,过了一会儿,才说:"佛门包容广大,有什么不能宽容呢? 和尚是慈悲心肠,应该拯救超度我。"书生愤怒地说:"你已经杀死一个人了,今天再放了你,更不知还要杀几个人。可惜一个妖怪的性命,就会害了无数的人命。

小慈悲是大慈悲的祸害,大师切勿可惜她!"就把画轴抛到火炉中。烟火一冒出来,血腥的气味布满房间,大家疑心这妖怪杀死的不止一个僧人了。后来到了晚上,有时还听到有嘤嘤的哭泣声。书生说:"妖怪剩余的气息还没有散尽,恐怕时间长了会再凝聚成形体。破灭阴邪气息,只有用阳刚之气。"书生就买来成串的鞭炮十几挂(京城称为火鞭),把引信结在一起,一听到妖怪的声音就点燃鞭炮,一时像炸雷似的呼嘭大响,窗门都震动起来,从此妖怪声就没有了。消除邪恶一定要从根子上消灭干净,书生就是这样做的。

天　狐

　　有个和某人交朋友的狐精是天狐精,有很大的神通,能把这人摄起到千里之外去。凡是名山胜境,任他游览参观,一下子就来到,一下子就回家去,好像在一个房间里走路一般。天狐曾说过,除了贤人圣人所居住的地方不敢去,真神圣灵所停留的地方不敢去之外,其他地方可以按照地图记载,想到哪里就到哪里。有一天,这人向天狐请求道:"你能把我带到九州之外,还能把我放到女子的房间里去吗?"天狐就问他这样讲有什么用意,他回答说:"我曾经出入一个朋友的家,参加在后园饮酒听乐的宴会。朋友的爱妾和我眉目传情,虽然没有讲过一句话,然而两心已相通了。但她住在大院深宅中,如隔水在河对岸,只能惆怅地远望而已。你如果在夜深人静的时候,能够把我摄到她房间里,我的好事就成功了。"天狐沉思很久,说:"这也没有什么办不到的。如果主人刚好在那里,怎么办呢?"他说:"等我打听到主人住到别的姬妾那里时,我才去吧。"后来,他果然打听清楚了,就请求天狐带他前往。天狐不等他穿好衣服、戴好帽子,就把他摄起来飞行,飞到一个地方,便说:"是这里了。"把他放下,一转眼天狐就走了。他在黑暗中摸来摸去,听不到人的声息,只觉得手里摸到的都是图书画轴,原来这是主人的藏书楼。他知道这回是被天狐戏弄了,惊慌失措之间,不当心把一个几桌碰倒了,上面放着的铜器古董跌在地板上,发出破碎的声响。看守的人大叫:"有强盗!"仆人们纷纷涌来,打开门锁,高举火炬,拿着武器冲进藏书楼。仆人们看见有个人畏畏缩缩地躲在屏风后面,就一起冲过去把他打翻,用绳子绑起来。把这个人提到灯下看时,大家都认识他,觉得非常奇怪。他一向很狡猾,就假装说一时和狐精朋友闹意见,被狐精摄到这里来了。主人本来很熟悉他的为人,就鼓掌取笑他说:"这是天狐的恶作剧,想我痛打你一顿而已。现在暂时免去鞭打,驱逐出境!"就派仆人把他送回家去。以后有一天,他对一位亲密的朋友说了这件事,而且还骂道:"狐精果然不是人,和我做了十几年朋友,还会这样出卖我!"这位亲密的朋友也生气了,说:"你和那个朋友相交,已不止十几年了。你还想借用狐精的力量,去调戏别人的家眷,究竟谁不是人呢?狐精虽然憎恨你不讲道义,用恶作剧捉弄你,还仍然留下你解脱的路子,已经够忠厚的了。如果等你穿戴得整齐漂亮,再悄悄地把你放到主人床铺下面,你还有什么借口来解释呢?从这件事来看,那个狐精倒是人,而你虽然具有人形实际是狐精呀!你还不自我反省吗?"此人惭愧沮丧,只得走了。从此,狐精不再与他来往,亲密的朋友也和他断绝了往来。郭彤纶和此人亲密的朋友有些交情,所以知道这件事的详细经过。

刘 泰 宇

　　老书生刘泰宇,名定光,以教书为职业。有位浙江的医生,带一个儿子,流落在外地居住。泰宇和医生很合得来,在同地点租房成了邻居。医生的儿子生得秀丽可爱,拜泰宇为师读书。医生在本地没有亲戚,临死时把儿子托付给泰宇。泰宇对这个孩子像对自己儿子一样。逢到冬天寒冷,晚上泰宇就让这孩子和自己一起睡。有个杨甲被泰宇看不起,就造谣诽谤说:"刘泰宇把老朋友的儿子当作玩弄的男妓。"泰宇知道后十分气愤,就查问孩子,知道他还有个叔父,给押运粮船的绿旗兵当账房。因此,泰宇就带着孩子走到沧州河边,租借一间小屋子居住,每次见到浙江的运粮船,就一一招呼,询问某先生在不在?过了几天,竟然找到了这个账房,就把孩子交给他领走。孩子的叔父哭着说:"晚上做梦,梦见兄长说,我侄子要回来了,所以每天都坐在舵楼上张望。兄长又说,杨某的事,我要向神申诉。这就不知道指什么事了。"泰宇也不说明,闷闷不乐地回家了。这个老书生为人拘谨,常常想到这件事无法说清楚,竟然忧伤过度,生病死去。以后,在灯前月下,杨某常见泰宇怒目而视。杨某为人粗豪凶狠,也不把这事放在心上。过了几年,杨某也死了。杨妻改嫁,留下一个儿子,也长得秀丽可爱。有个官宦人家的儿子,是个轻薄淫荡的人,引诱杨某儿当了他的男妓,还在街上招摇活动,看到的人都感叹不已。刘泰宇,有人说他是肃宁人,有人说是任丘人,有人说是高阳人。不能确知,大概是住在河间府西边的人。回顾他的平生,就是所谓可以放在土地庙中祭祀的人物了。此件事发生在康熙中期,三堂伯灿宸公喜欢讲因果报应,曾经把这件事作为例子教育别人。因为时间长久,已经忘记了。戊午年五月十二日,我住在密云的行军帐篷中,半夜睡醒,突然想起来,又可惜他的名字事迹会湮没,到滦阳以后,就把他的事迹粗略地记录如上。

常 守 福

常守福是镇番人。康熙初年,他跟着别人抢劫,被抓到后要处死。我家曾伯祖父光吉公当时任镇番守备,见常守福相貌奇特,就请求副将韩公赦免他的罪,还给他记入士兵的名册,让他做自己的亲兵。光吉公罢官回家时,常守福护送主人到家乡,就留下不回军营了。堂伯祖父钟秀公曾说过:"常守福矫健敏捷超过常人。我小时候见过他把双脚倒勾在明楼的雉堞上面,倒挂着去扫砖线上的积雪,周围都扫得干干净净。(大盗大多数能用脚倒爬墙,手向下,挟住楼房的拐角爬上去。靠近雉堞的墙上用砖砌出三寸,四面镶起边来,强盗就爬不上了,因为他的脚不能悬空没着力的地方。老百姓把凸出三寸的地方叫做砖线。)然后,常守福手持扫帚,飘然而下,像飞鸟落在地上似的,真是身手矫健的汉子!"后来,光吉公给常守福娶妻,还生了儿子。听说,现在还有他的后代,在给四房种田。

门 联

门联从唐代末年已经有了。蜀国辛寅逊为孟昶题写在桃符板上的"新年纳余庆,嘉节号长春"两句就是,不过现在用红纸书写,和以前不同罢了。我的同乡张晴岚贡生,除夕时自己在门口题一副门联说:"三间东倒西歪屋,一个千锤百炼人。"刚好有个打铁匠请彭信甫写门联,彭信甫顺手就把这两句写上送给打铁匠。这两户人家房子相对,看到这两副门联的人,没有不笑出声来的。张晴岚和彭信甫本来是辛酉年拔贡生的同榜,情谊相当深厚,却因为这件事有了误会隔阂。凡是戏弄别人都没有好处,这便是一个例子。还有,董曲江前辈喜欢开玩笑,他家乡有为送葬演戏的,演戏的人请曲江给戏台题个匾额。曲江给他写了"吊者大悦"四个字,一县都相传,成为话柄。以致这个人恨他一生,有次几乎被这个人陷害。后来,曲江也很后悔,曾拿这件事例来劝戒朋友。

张 妻

董秋原说:有个张某,年轻时就担任州县的幕僚,到中年时估计已经留足生活费用了,就回家闲居,养花种竹,自得其乐。偶然外出几天,他妻子突然病死了,临终来不及见上一面,他心里常常苦闷,如像失去了什么。一天晚上,妻子在灯下出现,两人悲喜交集,相互拥抱。妻子说:"我被阴司拘去以后,因为有小小罪过,要等待处理,就一直拖到今天。现在好在已经查清了结,可以进入轮回投生。因为距离规定投生的期限还有几年,我又感激你的思念,就向阴间官员请求,前来看望你。这也是我们前生的缘分还没有尽呀!"于是,夫妻亲热得像过去一样。从此,妻子每当夜深人静就回来,鸡啼时就离开。妻子亲热柔顺的情意比以前更加浓烈,但一句也不问家务事,也不大过问儿女的事,还说:"人世嘈杂繁琐,亡魂能够离开人世这个苦海,不想再听人世的事情了。"有一天晚上,比预定时间早几刻钟就来了,张某和她讲话,她也不肯多回答,只是说:"等一下你就明白了。"不久,又有一个妻子掀开门帘进来,和先头进来的妻子一模一样,只有衣服首饰有点差别。后来的妻子看见先来的妻子,就大惊退后。先来的妻子骂道:"你这淫鬼变形迷惑人,神明不会宽恕你的!"后来的妻子狼狈地逃出门去。这个妻子才拉着张某的手哭起来。张某迷迷糊糊地,不知道究竟是怎么回事。妻子说:"凡是饿鬼大多假借名字去寻求食物,淫鬼大多变化形象去迷惑引诱人。世间那些好听的话,往往不是真话。这个鬼本来是西市的娼妓,乘着你思念我的机会,钻着空子就来了,要盗取你的阳气。刚好有另外的鬼把这件事告诉我,我就向土地神投诉,来这里为你驱逐淫鬼。这个时候,大概她正在挨鞭打呢!"张某问妻子:"现在你在哪里?"妻子说:"我和你本来有再世姻缘的,但是因为侍奉公婆的时候,表面恭敬有礼,内心埋怨,遇到公婆有病,虽然不希望他们死去,也不迫切地企求他们活着。这些被神明记录在案,把我降为你的侍妾。又因为怀着私心发泄私愤,用语言挑动你,以致你们兄弟不十分和睦,我再降为你的通房丫头。我要等在你后面二十多年才能投生,现在还在坟墓之间游游荡荡呀!"张某拉妻子上床,她说:阴间阳间不同,这样做怕犯了阴间法律,只有来生才能还这个愿了。"哭了几声就不见了。当时,张某父母已经亡故,只有兄长住在别的地方。张某就到兄长那里,讲出这件事,兄弟就和最初时候一样友爱了。

孝子杀人

有个寡妇,年纪不到二十岁,只有一个儿子,才三四岁。家里十分贫穷,亲属又很少,就想再嫁。她长得很漂亮,有个表亲某某甲偷偷地派个老太婆来劝说她,说:"按礼规我没有娶你的道理,但我思恋你到了不思睡眠不想进食的程度。你如能够假装守节，私下和我幽会，我就按月给你一些钱，足够养活你们母子。我们两户虽然不同街巷，但后屋只有一墙之隔，用梯子来往，别人不会发现形迹的。"寡妇受某甲甜言蜜语哄骗，就和某甲共同生活，像妻子一般。外人怀疑寡妇怎么样生活下去，但又没有形迹可以发现，还以为她不过有积蓄罢了。过了很久，某甲的仆人婢女就把事情真相泄露出来。寡妇儿子年幼，就被她送到外面学塾中住宿读书。儿子到了十七八岁，也听到一些传言，常常哭着劝告母亲，寡妇又不肯听从。有时寡妇和某甲坐在一起做出亲热的样子，故意让儿子看见，企图堵住儿子的口。儿子十分痛恨，就在白天冲进某甲的家，用刀刺某甲的胸部，刀锋从背后穿透出来，然后以"借债不遂，反被某甲加以轻薄，怒气激动，以至杀人"为供词，向官府自首。官员调查了真实情况，千方百计开导他，他就是不肯讲实话，最后以故意杀人罪抵命。乡下邻里很哀怜他，热心的人想在他的墓前立个石碑，给予表彰，就请老前辈朱梅崖为他写碑文。朱梅崖在前一晚做了个梦，梦见这个儿子，神色悲惨沮丧，对他拱手站立。到这时候，猛然醒悟说："这个石碑不必立了。碑文不写实际情况，那儿子只是一名凶犯，有什么好表彰？写上实际情况，那么表彰了孝子的名声，刚好伤害了孝子的感情，这并非安定他灵魂的办法。"于是，朱梅崖极力阻止立石碑这件事。当天晚上，又梦见儿子向他行礼才离去。这个儿子，甘愿牺牲自己去报父仇，又不公开母亲的错误，以免羞辱父亲，可说是善于处理人伦之间的变故了。有人说："断绝祖宗的祭祀，祖宗会痛苦的。何不等生下儿子以后再干呢？"这是讲理学的专家的话，对别人的要求无穷无尽，就不是我能同意的了。

小人之谋

小人的阴谋，没有不降福给君子的。这句话好像迂腐，其实是可信的。李云举说，他兄长宪威在广东做官时，听说有个游学书生性格迂腐孤僻，到岭南拜访亲朋故旧，有不少收入。回家时在衣服铺盖之外，还有两只大箱子，重得要四个人才能抬起，不知里面装着什么东西。有一天，来到换船的地方，两只船舷相接，船工用大绳把箱子绑紧，扛过船去。突然四面绳索一齐断掉，像刀切那样整齐。箱子砰的一声跌在船板上，两只大箱子都破裂开来，书生急得跳脚，十分心痛，急忙打开检查，原来里面一只收藏新的端砚，一只收藏英德石。装石头的箱子中有一封白银，大约六七十两，纸包也破裂了。书生正拿起来仔细看时，失手掉到河水里。书生请渔人潜水寻找，只找到一小半。书生正在懊丧的时候，同来的船工马上恭贺他，说："为了这两只大箱子，强盗盯梢船只已经好几天了，因为河岸上有人家，他们不敢发动。我们心里很担心，又不敢讲。现在看到箱子里并非财物，强盗已经轻蔑地走掉了。你真是有福之人！还是积有阴功，有神保佑呢？"同船的一位客人悄悄对人说："他有什么阴功，最近只做过一件笨事。他在广东时，曾经托旅馆主人花去一百二十两银子买了一个侍妾，说是只结婚一年多的新媳妇，因为家里穷得没饭吃，所以只好卖掉她求得家人活命。这妇女上门的日子，她的公婆丈夫都来送行，都又黄又瘦像乞丐一样。要入洞房时，家人互相拥抱痛哭；生离死别一般。分手之后，还追上几步，唠唠叨叨地讲些什么。媒婆硬把这妇女拉进去，她的公公抱着一个几个月大的婴儿，向书生叩头说：'这个孩子没有母奶吃，生死都不能定，请求让他母亲再喂一次奶，过得今日，明日再打算。'书生突然跳起来，说：'我以为这妇女被赶出来而已。现在看见这种情况，凄惨得让人心痛，你们马上把你们媳妇带回去，银子也不必归还我。古代现代的人区别不大，冯京的父亲能作的事，我就不能作吗？'竟然当众把卖身契烧了。书生不知道原来旅舍主人探知他性格忠厚，就把自己女儿假装成穷妇女卖身，来欺骗他。如果他真的娶了那妇女，又另外有狡猾的阴谋了。住在同一旅舍的人都知道底细，只有他不清楚，到现在还没有醒悟，难道鬼神就把这件事记录为阴功吗？"又有一个旅客说："这是阴功。虽然他办这件事有点痴呆，他实在出于恻隐之心。鬼神观察分析，也是观察分析他的内心而已。今天免除灾祸，说是因为那件事是可能的。那个旅舍主人，还不知最后怎么样呢。"我的老师李又聃先生，是云举的兄长，对云举说："我认为这个旅客讲的是正确的。"我又想起姚安公讲的一件事：田耕野老先生带兵西征时，派平鲁路守备李虎和两个千总，率领三百士兵出去巡逻，意外碰上额鲁特队伍从小路过来。两个千总对李虎说："贼人的马跑得快，我们后退一定被追上。请您带领前队人马防守山口，我们两个率领后队人马支援。贼人不知我军多寡，还是可以守住的。"李虎认为有理，就率领前队兵士尽力搏斗。二个千总早先就先逃回来了。原来他们骗李虎与敌人作战，拖延敌人进军的时间。李虎即使失败，他们逃得已经很远了。李虎就战死了。后来荫庇李虎的儿子先捷，担任了和父亲一样的官职。这虽是受骗才战败，不过也是受骗才造成他的忠烈。所以说，小人的阴谋，没有不降福给君子的。这句话好像迂腐，实际正确。

博施为福

云举又说：有个全乡最富的人，收藏粮食一千多石。遇上荒年，闭门不肯售粮。突然有一天,富人把仆人们召集来,摆出升斗量器,写了一张红纸,贴在大门口,说:"荒年人人饥饿,我怎能安心一个人吃饱? 现在准备把历年积存的粮食,全部借给同乡邻里,每人限借一石。即日开始,各人自备口袋箩筐来领取,迟到粮食就分光了。"附近的居民,听到消息都涌来,不到一天,粮食分光了。有人请求拜见主人,表示感谢,但主人却不知到什么地方去了。大家惊慌起来,到处寻找,从一间关闭很久的破房子中找到,正在沉沉大睡,见有人来才打呵欠、伸懒腰地醒来。大家很惊讶地把他扶起,在他身边看到一张纸,上面写着:"积存而不散发,是怨恨的根源;怨恨集中,灾祸就丛生了。千家饥饿,一家饱食,抢掠就是形势的必然,这不就名誉和实际两者都丧失了吗? 我感谢你旧日的恩德,现在为你买取德行。希望你宽恕我的专权,这是我最大的请求。"大家都不清楚纸上讲的什么事。富人查问分粮的过程,只有叹气的份儿了。但是,当时人们心情焦急,实在有放火抢掠的设想。富人因为广为分送粮食,才转祸为福。这个变成富人模样的妖怪,可以说是用德行来爱护这个富人了。所说的旧时的恩德,就不知道是什么情况。有人说:"富人家的院子里有间老屋,狐精住了几十年,到老屋倒塌才离开。估计大概指这件事吧?"

狐 家 婢

小时候听奶妈李氏说:有户人家和佛寺相邻,有一次,在寺院走廊上跳下一只小狐狸,被孩子们抓获,捆绑鞭打,小狐狸吓得爬着不敢动。把它放了,就在院子里走来走去,绝对不到其他地方去。喂它食物它就吃,不喂它,也不敢偷吃,饿的时候就向人摇尾巴就是了。叫它时,好像听懂人话;指挥它时,也好像理解人的意思。全家人都喜欢它,禁止孩子们再去欺负它。有一天,小狐狸忽然口吐人言,说:"我名叫小香,是钟楼上狐精家中的婢女。有一次因为玩耍误事,又因为你家的孩子顽皮捣蛋,主人就罚我被虐待一个月。现在限期满了,我要回去,所以向你们告别。"这家人问它:"你怎么不逃避呢?"小狐狸说:"主人养育我多年了,怎能有逃避的道理?"说完,作出叩头的样子,接着轻松地翻过墙头走了。当时我家有个小奴仆偷了东西逃得远远的,奶妈谈到这件事,感叹地说:"这个小奴仆真不及那只小狐狸。"

荒寺高僧

陈云亭舍人说:他家乡深山中有所荒废的寺院,传说被鬼怪占据,无人能够修复。有个僧人道行高深,就去那里居住修行。最初一两夜,仿佛有东西偷偷观察他。僧人装出不闻不见的样子,也就没有了声音形迹。三五天后,晚上有个夜叉推门进来,面目狰狞地蹦来跳去、吐火吹烟。僧人镇静自如,夜叉扑过来,几次靠近蒲团,但始终不靠近僧人身体。到了早晨,夜叉高声叫喊就走了。第二天夜晚,有个美貌女子来到,向僧人合十作礼,恭敬地询问佛法。僧人不回答。女子又对着僧人大声念《金刚经》,每到一个段落,就问僧人作什么解释。僧人又不回答。女子忽然旋转跳舞,跳了很久,抖动衣袖,有许多东西悉悉簌簌地洒落满地,还说:"这比天女散花又怎么样?"女子一面跳舞一面后退,一转眼就不见踪影了。满地都是一寸多高的小孩子,像虫子般活动,有成千上百个,争先恐后爬到僧人身上,沿着肩膀爬上头顶,穿过衣襟爬入衣袖中,有的用牙咬,有的又抓又爬,像蚊虫虱子般又钻又咬;有的拉刮耳朵眼睛,挖开口鼻,像毒蛇蝎子般咬刺。僧人抓住摔到地上,发出爆炸声,一下子一个分为数十个,越来越多。僧人四处抵抗,累得受不住,就昏迷在禅床下面。过了很久才苏醒过来,周围什么也没有了。僧人感慨地说:"这是魔法,并非迷惑呀。只有佛力才能够制伏魔法,不是我的道行能达到的。僧人不在同一棵桑树下睡三晚,我何必恋恋不舍这个地方呢?"天亮时,僧人就收拾包袱回去了。我说:"这是你自己写的寓言,比喻正人被那些小人憎嫌罢了。不过,也足以作为那些随便尝试的人的警告。"陈云亭说:"我一样本领也没有,只是平生不讲假话。这个僧人回来时路过我家,面上的血痕又细又多,像乱头发似的,这实在是亲眼看到的事。"

石 翁 仲

老仆人刘廷宣说:雍正初年,佃户张璜在褚寺东面修了一所窝棚(当地百姓叫作团瓢,瓢是焦字的转音。团焦二字,出于《北齐书》本纪),看守瓜田,晚上常见一个人,脚步沉重地走过,慢慢向西北面走去。一天晚上,张璜偷偷地跟着他,看看他到哪里。只见他走到一处乱坟堆,有十几个女鬼出来迎接,就一起淫乱游戏。张璜知道那是妖怪,不过像这样行动笨拙,不会有多大能耐,就把火枪藏在窝棚内,每天晚上都等候着。一个夜晚,张璜又看到妖怪走过,就击发火枪突然射击,怪物轰的一声倒在地上。点起火把过去一看,原来是一个石翁仲。第二天,在石翁仲身上堆积柴草,把翁仲烧成灰,也没有什么怪异的事。到了晚上,梦见十几个妇女团团向他行礼,说:"这个妖怪不知从何而来,力气大得像熊罴猛虎。凡是新葬的女鬼,无论老少,都被他威胁奸污了。有抗拒的,他就走到那人的坟顶,跳几下,就会土陷棺裂,鬼魂没有地方栖身。所以妇女不敢不听他的,但是大家心中怀恨很久了。现在多亏你把怪物消灭,我们就来表示感谢。"后来,有个从高川过来的人说,石人洼冯道墓前面(冯道是景城人,所住的地方现在还叫相国庄,距离景城二三里。冯道墓在现在的石人洼。我小时候看到残缺的石兽、石翁仲还有存在的。县志上说不知道冯道墓在什么地方,原来是继承旧志书上的失误),忽然不见了一个石人,才知道就是这个怪物。这个石人从五代到现在,才修炼成人形,岁月不能说不长久了。谁知他刚能幻化形体,就放纵淫乱,最后自取被焚烧的灾祸。这件事和邵二云所讲的木偶故事基本相同,都可以作为小有成绩却容易狂妄的人的鉴戒。

狐女赏花

外叔祖张蝶庄先生家里有间书室,相当宽敞,周围是回廊,院子中种有芍药花三四十棵,开花时香气四溢,飘过邻居的墙头。有个门下清客姓闵,带着一个仆人住在书室里。有一天晚上,刚刚躺下,忽然窗外有女子的声音说:"姑娘向先生致意。今日花开,又碰上好月色,我邀请了几位女朋友来赏花,不会给先生带来什么灾祸的。请不要开门出来干涉,就见出你的宽容了。"闵先生闭口不敢回答,那女子也不再出声。不久,听到有轻轻的衣服摩擦的声音,闵先生从窗纸挖开小洞观察,又不见人影;侧耳仔细听,好像时时有人切切私语,若有若无,一个字都听不清楚。闵先生小心翼翼地躺在床上,根本睡不着。三更以后,似乎又听到脚步声。不久,隔壁院子狗吠,接着邻家的狗也吠,跟着街巷的狗都接着吠叫起来。靠近处的狗吠停止了,远处的狗吠声又响起来,吠声逐渐向东北方面传递过去,估计妖怪走了。又怕得罪妖怪会招来灾祸,不敢打开室门。到天亮时出门察看,什么痕迹也没有,只有西廊尘土上,似乎有点弓鞋印,也不很分明,大概是狐女。外祖父雪峰先生说:"这样去看花,何必再问主人呢?大概闵先生有点毛毛躁躁的市民习气,狐女怕他偶然间冲了出去,败坏赏花玩月的兴趣罢了。"

董　华　妻

　　沧州有个董华,读书不成,流落到市场替人家算账,又不能和主管好好相处,因此遭到主管排挤,只好出外靠算卦、卖药谋生,穷得住的地方也没有。董华的母亲和妻子替人缝缝补补、洗洗衣服补贴家用,还不能每天有饭吃。正逢上闹饥荒的年头,空着肚子关上门,眼看全家就要一起饿死。董华听说邻村的富翁要买侍妾,就和母亲商量,准备卖妻子得钱救命。董妻最初不肯,董华用失节事大,导致母亲饿死事更大这个道理劝妻子,董妻只好哭着委屈地听从了,只约定如果她还能活着回来,请求和董华仍旧做夫妻。董华也答应了。董妻本来比较漂亮,富翁对她相当疼爱,但睡觉时她常流眼泪。富翁一定要问原因,董妻坚定地说:“我身子已经属于了你了,什么事都会听任你的。但说到怀念旧时夫妻恩爱,心中留有感情,即使刀锯放在我前面,我也不能割断这种怀念。”刚好又遇荒年,董华与母亲都饿死了。富翁担心董妻有变故,把消息隐瞒下来,不让她知道。有个邻居老太太不当心把消息泄露出来,董妻并不哭,只是呆呆地坐了很久,对她的婢女仆妇说:“我之所以忍受屈辱,一来是为救活婆婆与丈夫性命,二来因为主人已经七十多岁,过不了几年,就会去世;我还年轻,估计他儿子一定不会留住我,我还希望缺月能够重圆呀!现在一切都完了。”突然站起来打楼上的窗子,跳下楼去摔死了。这件事和前面《滦阳消夏录》记载的福建学院那侍妾相类似。不过,他们因为男女情深,相互以身相殉,彼此都可以无遗憾了。这个故事是因为要养活婆婆丈夫的缘故,万不得已才卖身,最后却无法救助婆婆丈夫,事与愿违,白白身受玷污,沉痛地决绝,她承受的怨恨就更加令人悲伤了。

槐　镇　僧

　　我十岁的时候,听说槐镇有个僧人(槐镇即《金史》上的槐家镇,现在写作淮镇,是错误的),是农家子弟,喜欢饮酒食肉。庙有田产几十亩,他自种自食,除放牛耕田之外,一无所知。不但佛经法器,统统没有;僧帽僧衣,也都不备;甚至佛龛的香火,也是时有时无。只是头上没头发,房间里没妻子,和一般百姓小有差别而已。有一天,他忽然招呼邻里集中到庙里,自己端正地坐在破木几上,合掌对大家说:“我与各位做邻居三十多年,现在永别了。把遗体的事托付给各位,可以吗?"然后一声不响地去世了,合掌在胸前,仍然端正地坐着,鼻孔流下两条鼻涕,长一尺多。大家大为惊奇,一起为他募捐木料,营造佛龛。舅舅安实斋先生住在丁家庄,与槐镇相近,知道僧人平日并没有道行,听到这个情况,心里不相信,亲自去察看。因为佛龛还未造好,尸体两天还未收殓。只见僧人面色如生,摸他的皮肤硬得像铁石。当时正是六月,苍蝇蚊子都不叮尸体,周围一点死尸的气味也没有,始终想不出是什么道理。

萧 得 禄

　　喀喇沁公丹公(号益亭,名丹巴多尔济,姓乌梁汗氏,是蒙古王族后代)说:内廷都领侍萧得禄,小时候曾在他府邸做事。萧得禄有一次看见一个黑东西像猫,躺在树下,就开玩笑地用弹丸打过去。那东西一转身,变得像狗一般大;再用弹丸打过去,又一转身,就变得像驴子一般大。他害怕了,不敢再打弹丸,那东西也走了。不久,飞砖掷瓦,怪事突然出现。萧得禄知道是狐精作怪,心中恐惧不安。有人教他画了画像来供奉,怪事才停止。后来,忽然在茶几上出现铜钱几十文,心知是狐精给的报酬,开始时悄悄地收下,不肯讲出来。第二天,增加到铜钱一百文。从此每天都增加钱数,渐渐到上千文。很快又改为一铤银子,重约一两。也每天有所增加,渐渐增加到一铤五十两。金钱太多,就不能够秘密收藏,被管领的人发觉了。管领人怀疑萧得禄从官库中偷的,拷打审问,几乎说不清楚,然后才明白自己被狐精所陷害了。"飞土逐肉"("断竹续竹,飞土逐肉",是《吴越春秋》记载的陈音所读的古歌,就是弹弓最初的样子)是儿童经常的游戏。主人知道了,也不会就过分追究责备,狐精也就不能痛快地达到报复的目的。而用金钱做钓饵,使萧得禄的贪心越来越大,最后中了狐精布置的圈套而受到祸害,狐精就实现报复的心愿了。这种设置陷阱,本来比较容易发现;只是因为有利可图,就使人神智昏乱,反而以为我对狐精有礼供奉,也算诚心,狐精心里高兴,就赏赐我了。勉强寻找理由去解释,终于掉进狐精的圈套之中。从前夫差贪图勾践的服从侍奉,终于败给越国;楚怀王贪求商於六百里土地,终于败给秦国;北宋贪图消灭辽国后能获取土地,终于败给金国;南宋贪求伐金之利出兵助战,终于败给元朝。军国大计,即使有将相一起商量,还不免受骗上当,何况一个小孩子,怎能觉察老妖精的阴谋呢?萧得禄的失败也是必然的了。丹公又说了一件最近发生的事。有个刑部官员的仆人,睡觉时感到有舌头舔他的脸,就拿起石头打过去,有东西倒在地下死了。点起蜡烛一看,原来是只黑狐狸。把狐狸剥开时,发现狐狸肚子里有一个小人头,眉眼已经相当清晰了,原来是狐精修炼的婴儿,还没有完全炼成人形。第二天,仆人为主人驾车回家,那狐精鬼魂就附在仆人身上,举起凳子要打主人,还大声陈述自己枉死的情况。原来狐精的鬼魂想报仇又不能够,就想借主人的手,鞭打仆人一顿,发泄自己的愤恨而已。这两只狐精都是报仇,我认为这个狐精强悍而坦率,胜过那个狐精阴沉而奸险呀!

鬼 妪

丹公又说:科尔沁达尔汗王的一个仆人,在赶路时路上捡到两只毡囊,其中一只装满人的牙齿,另一只装满人的指甲。仆人心中很是惊讶,就把它们扔到水里去。很快看到一个老太婆神色仓皇地跑过来,左顾右盼,好像在寻找什么,还问仆人有没有见过两只毡囊?仆人回答说没有看见过。老太婆猜想一定是被仆人弄破抛掉了,立刻大为愤怒,折了一根树枝用力打仆人。仆人空手与她对打,只感得她的衣服柔软脆弱,像通草的草心;肌肉又虚又松,像莲蓬的包穰。仆人手指挖到的地方马上裂开,但放手之后立即凝合起来像原来一样,又像抽刀断水。相互搏斗了很久,老太婆不能取胜,才放开仆人离去。临走前还回头骂仆人说:"少则三个月,多则三年,我一定捉拿你的灵魂!"然而,到现在已经超过三年了,老太婆也不能降灾祸,可知她只是讲大话恐吓仆人而已。老太婆应当是炼形的鬼,取得的精血未够,不能凝结成有实质的形体,所以仍然凝聚气息成为形体。她收集人的牙齿指甲,因为牙是骨头的剩余,指甲是筋的剩余,大概是想合起来炼制成药服食,用以充实她的实质罢了。

爱 星 阿

田松岩说:今年六月,有个扈从侍卫和升,死于滦阳。马兰镇总兵爱星阿先生,与和升是亲戚故旧,替和升办理棺木衣物,护送他的骸骨回家乡埋葬。一天晚上去厕所,弯月不很明亮,爱先生看见一个人像站在烟雾之中,问他不答话,骂他也不动。爱先生本来能看到鬼魂,就凝神细看,原来是和升的鬼魂。爱先生就拱手行礼,祷告说:"以前收殓你的时候,许多物品都未齐备,我的力量微薄,你也十分了解。现在现形相见,是不是对我有所责备呢?"鬼魂仍旧不言不动。爱先生又祷告说:"我听说死在塞外的人,不焚烧路引,他的鬼魂不能进关。以前我忘记这件事,你莫不是为了这件事前来么?"和升鬼魂深深地行了个礼,很快就隐没了。爱先生就为和升鬼魂入关事,办了公文报告城隍,后来不再见到和升鬼魂了。又有一次,在扈从皇上南巡时,和爱先生一同住在江宁的承天寺。寺院规模宏大,楼阁众多,所住的地方也很宽敞。有一天,两人正坐在楼上,忽然楼上窗户的六扇窗门无风自开,一会儿又自行关上了。爱先生看着,便说:"有一个僧人坐在北窗上面,他的脸面宽阔,满腮胡须好像很久没有剃过了,两只眼睛大看着,颈部有点弯曲,原来是一个吊死鬼。"爱先生就把见到的情况去问该寺僧人,僧人知道瞒不住,只是奇怪爱先生怎能知道吊死鬼的相貌,疑心有人把这件事透露出去,并不知道爱先生能够看到鬼魂。又有一次,偶然间站在船头,开玩笑地拿着竹篙插水。突然他把竹篙一抛,回身躲开,面上现出惊慌的神色。大家感到奇怪,就问他什么原因。他说:"有个淹死鬼想缘着竹篙爬上来!"戊午年八月,在清音阁宴请蒙古藩王,爱先生和我坐在一起,我把田松岩所讲的故事去追问他,他说都不是假的。那么到处都有鬼,也好像到处有人一般。那个请求回乡的鬼,有依恋故乡的心情;那个开窗的鬼,有争夺住处的心情;缘竹篙爬的鬼,有搏斗的心情。那种得失胜负、喜怒哀乐的感情,更应当都像人一样。这样纠缠不休,在阴间也没有结束的日子。佛家讲忏悔解脱;儒家圣人的说法,也是使鬼魂有所归宿,不变为恶鬼,他们十分了解鬼魂的情绪了。子贡说:"最大便是死吧,君子休息而已。"庄周说:"哎呀,那个隐士,回复到他的纯真了!"这只是就耳目所见来说罢了。

卷二十四

滦阳续录(六)

善画之狐

　　狐精能作诗的,在传说记录中有很多;善于作画的狐精,就不常见。海阳李硕亭老先生说:顺治、康熙年间,书生周珝游历湖北、河南一带。周珝以画松出名,有个读书人请他在书房墙壁上画一幅大画。只见松树根部从西墙角长出来,盘屈矫健,松枝横过北墙,末梢还伸展到东墙上一二尺。看画时只觉得座位仿佛就在松阴之下,大风似乎正在吹拂。读书人就摆酒邀请文社的朋友们共同欣赏。大家正挤在墙下指点称赞,忽然有个朋友鼓掌大笑,朋友们马上也哄堂大笑。原来在松树下面,画有一幅男女淫乐的画图:一张大木床上铺着阔阔的竹席子,上面有一男一女,正在裸体性交。双方相对含情脉脉,娇媚的情态十分逼真。旁边两个婢女也裸体站着,一个摇扇子赶苍蝇,一个双手托住女人的枕头,防止性交活动时枕头掉到地下。这是读书人和妻子、婢女的画像。大家哄笑喧哗,走近去仔细看,只见人像的面目十分逼真,即使仆人们看了也认得出是谁的相貌,人们没有不觉得好笑的。这位读书人十分愤恨,对着空中指指点点,痛骂狐精作怪。突然,屋檐上发出一阵大笑,有声音说:"你太不文雅了。从前我听说过周先生画松出名,没有亲眼看过。昨天晚上,我能看到这幅佳作,在画下流连忘返,以致忘记躲避你,我也没有抛砖掷瓦来得罪你。你却恶毒责骂我,我心里实在感到不公平,所以对你来一次小小的恶作剧。你还不反省,脾气粗暴没有改变,我就要把这幅画像再画在你家白门板上,来博得过路人一笑。你考虑考虑吧!"原来,前一夜,读书人要在书房准备接待客人的物品,和奴仆拿着蜡烛来到书房,突然看到一个黑色东西冲出门去。读书人知道是狐精,曾破口大骂。这时大家都出来讲好话,宽慰双方,还请狐精入座喝酒,在筵席上留空一张椅子。人们看不见狐精的形状,只听见说话声音很响亮。巡行的酒来到前面劝饮时,狐精就一饮而尽,只是不吃菜肴,还说:"我不吃荤腥已经四百多年了。"酒席要散的时候,狐精对那个读书人说:"你太过聪明,往往用自己才气去欺凌别人。这并非修养品德之道,也并非保存性命之道。今天的事,好在碰到我;如果碰上脾气大得像你一样的狐精,灾难就从此发生了。只有留心学问才能改变气质,请你注意啊!"诚恳地叮嘱一番,狐精就告别走了。大家回头看那幅男女淫乐的画,已经不见了,好像洗去似的。第二天,书房东墙壁上突然画上着色桃花几枝,下面衬托着青苔碧草。花枝并不繁多,桃花有已开的,有半开的,有已经落在地下的,有还未落下的,有飘落但未到地下,随风飞舞的八九片,花瓣反面侧面,横飞斜落,就像正被风吹飘荡的样子,更几乎不是用笔墨画得出来的。上面题有两句诗:"芳草无行径,空山正落花。"(按:这两句是初唐杨师道的诗句。)没有署名。读书人知道是狐精为报答昨夜酒宴所作的。后来,周玙看到这幅画,赞叹道:"一点笔墨的痕迹都没有!使我觉得我的画还有尽力经营、有心作成某种姿态的不自然的地方。"

棋　道　士

景城的北冈有座玄帝庙,是明朝末年修建的。岁月长久,墙壁上的霉迹隐隐约约化成峰峦起伏的形状,望过去就像笼罩着云雾的远山。我小时候还见过。庙祝棋道士讨厌这墙壁隐晦糊涂,就请画匠用墨线勾勒,使形状清晰,就像把方竹都削成圆竹一样煞风景。现在玄帝庙已经全部倒塌了。棋道士,不知姓什么,因为癖好下象棋,所以有了这个名号。有人认为是姓齐,误为棋字。他的棋术低劣,但十分好胜,整天下个不停。和他对局的人有时感到厌倦要走,他甚至会跪下来请求人家留下。曾经有人指点他对局的人一着棋,道士恨之入骨,就用祈祷的青词禀告上天,诅咒那个人赶快死去。又有个青年和他下棋时,误下了一着,道士侥幸得胜。青年想悔棋,道士大声争论,决不允许。青年人性格粗暴,站起来就想打道士。道士只是笑着躲开,还说:"随便你把我打得手臂折断,总不能说我今天没有赢棋呀!"棋道士也可以说是到了入迷发痴的地步了。

酒有别肠

有特别善饮酒的人,确实是这样。八九十年以来,我所听到的,前辈顾侠君可称为第一,前辈缪文子为其次。我所见到的,已故老师孙端人先生也够入当时的酒社。孙先生说:"我与那两位先生之间,还可以排上十几个人。"其次是前辈陈句山,酒力可以和孙先生相比,但却不以善饮出名。近来,路晋清前辈可以称第一,吴云岩前辈也差不多可以相匹敌。晋清说:"云岩酒醉以后更加温和克制,这是酒量不够,有意作出矜持的样子。"经过验证,果然不错。和我科举同榜的人中,朱竹君学士、周稚圭观察,都是以酒力称雄。云岩说:"两位只是酒态豪洒而已。在猜拳时大声呼叫,酒就洒出一半了。假使大家坐下,慢慢地喝,他们就不行了。"经过验证,果然也不错。后辈中以葛临溪为第一。不给他喝酒,他从不自己要一杯;给他喝酒,即使一盆也毫无难色,深深地吸了一口,一滴酒也不会剩下。有一次在我家喝酒,与诸桐屿、吴惠叔等五六个人斗酒,到天快亮时,大家都大醉,有人醉倒地上。葛临溪招呼仆人,把他们一个个扶到床上,然后自己从容地上车回家,神志清醒,好像没有饮过酒似的。他的仆人说:"我跟随他七八年,从来没有见他一个人喝酒,也从来没有见他喝醉过一次。"只是他喝酒时并不选择酒的品种,让他品酒也说不出优劣,所以和他科举同榜的人,都用登徒子好色娶丑女的故事来取笑他。不过,这也难得了。可惜他来不及见到顾、缪两位前辈,决一胜负。端人先生常常不满我不会喝酒,说道:"苏东坡的长处,是可以学习的,何必连他的短处也一板一眼地模仿呢!"等到我主持考试时录取了葛临溪,写信报告孙先生,孙先生复信说:"我的再传弟子中有这个人,我听到也高兴得手舞足蹈。但遗憾的是你夹在我们当中是两头粗中间细!"前辈性格风流潇洒,可称得上是佳话了。现在我年纪老了,很久不参加青年人论文品酒的集会,酒力后来居上的人,又不知道是哪一位了。

牛马有人心

高官的农民家里养一头牛,他儿子小时候,天天和牛玩耍,攀牛角,拉牛尾,牛都不乱动。有时这头牛嗅嗅孩子的头,舐孩子的手,孩子也不怕。孩子长大了一些,家里便叫孩子去放牛。孩子出门,牛跟着出门;孩子回家,牛跟着回家;孩子走,牛就走;孩子停,牛就停;孩子睡下,牛就躺在旁边。这样子有几年了,有一天,孩子去放牛。忽然那头牛飞奔回家,牛头牛颈都沾满鲜血,又跳又叫,还用牛角撞门。孩子的父亲出来看时,牛又回头向原路跑去。孩子父亲知道一定出事了,就极力追赶。到了野外,看见孩子脑袋破裂死了,又有一个人横卧在路边,肚子开裂,肠子流出来,一根枣木棍丢在地上。仔细一看,原来是三果庄的偷牛贼。(三果庄是回民聚居的地方,是沧州的强盗窝。)孩子父亲这才知道,孩子被强盗杀死,牛又把强盗顶死了。这头牛,是有人的心肠的。还有一个西北商人李盛庭,买来一匹马,十分驯良。只是在路上碰到白马,一定站下来仔细看,鞭打也不肯前进。或者远望见有白马,一定飞跑过去追上,硬拉马缰也控制不住。后来和这匹马原来主人讲到这件事,原来的主人说:"这匹马本来是白马生的,经常要寻找它的母亲。"这匹马,也是有人的心肠的。

牛犊复仇

我八岁的时候,听到保姆丁老太说:某家有头母牛,脚跛不能耕田,就卖给隔壁屠宰店。母牛有头小牛刚刚断奶,看着母牛被宰割,哞哞地叫了好几天。后来,小牛看到屠夫就逃走躲避,逃不开时就爬在地上,浑身发抖,好像请求饶命的样子。屠夫有时故意追赶小牛,来开玩笑取乐,也不放在心上。小牛渐渐长大,十分壮健,但害怕屠夫仍然和过去一样。等到这头牛长到牛角坚利,就乘着屠夫侧躺在凳子上的时候,用牛角撞过去,一下就穿透胸部,这头牛就很快跑掉了。屠夫老婆大叫抓牛,大家同情这头牛为母复仇,故意慢慢地追赶,这头牛逃掉了,不知跑到什么地方去。当时,丁老太的亲戚杀了人,遇到赦免,仍然和死者的儿子同住一条街巷。丁老太就私下举这件事作为例子,为他感到担忧,说明对仇人是不能轻视的。我却认为牛犊报仇的心情是可取的,当初它知道力量不够,就故意隐藏锋芒,忍耐着以求将来一次成功。这不仅是孝顺,也是机智。黄帝的《巾机铭》说(机是本来的写法,校书的人以为是俗体,改为機字,反而错了):"日中必慧(按,《汉书·贾谊传》引用这句时写成熭字。《六韬》引用这句子时写成彗字。三个字音义相同),操刀必割。"说是时机不可丧失。《越绝书》里,子贡对越王说:"人有谋害别人的心思,又被别人知道,那就危险了。"说是心机不能泄露。《孙子》上说:"善于用兵的人,关上门像女孩子那样安静,出门时像逃跑的兔子那样敏捷。"这句话说得恰当极了。

坟院狐女

姜慎思说:乾隆二十四年夏天,有位江南应试书生嫌京城旅舍大多低矮狭窄,就在西直门外租了一处大家族的坟院,在那里读书。有一次趁傍晚凉快,在树下散步,碰到一个姑娘,年纪十五六岁,皮肤白嫩。书生主动挑逗,和她搭话,她不生气,也不回答,转过墙角就走了。书生半夜睡醒,听到门上门环似乎有声响,疑心有强盗。叫书僮,又不回答,只好亲自起床,隔着门缝偷偷看,原来是白天见到那姑娘。书生知道她来相好,急忙开门,抱着她进屋。这姑娘自己说:"我是守坟人的女儿,家里十分穷苦,父母都老实忠厚,我常怕被嫁去做农家媳妇。刚才得到你的注视,我感情控制不住,就从墙头缺口处爬到你这里来。你是富贵人家出身,当然有妻子。如果你能筹办一百两银子给我父母,我当你的侍妾也不后悔。父母喜欢钱财，也一定会同意。"书生答应了，于是两个人调情做爱，到鸡啼时姑娘才离去。从此，经常半夜来，越发妖艳妩媚，千姿百态，使书生以为，即使是巫山神女、洛水女神也不过这样子。有一天晚上，来得稍为迟些，书生就走到院子里，在月亮下等候她。忽然，见她从树梢上飞下来，书生一下子醒悟过来，说："你不是狐精吗？"姑娘也不隐瞒，笑着承认，说："当初怕你害怕，所以讲假话。现在我们情意已经很深，不妨坦白地告诉你。将来你到各地做官，有一个隐形跟随伺候的侍妾，不用车马，不挑住处，不需要衣食，白天可以放在怀里袖中，晚上就出来陪你睡觉，不比花钱嫖妓好得多吗？"书生细想，这个方法也很好。从此，狐女就住在书房内，不要每夜来去了。不过，每逢上灯的时候，就要外出，到半夜才回来，有时暴露出头发撩乱、首饰斜插的匆忙样子。书生有点疑心，但又不能肯定。渐渐狐女和书生的娈童淫乱，很快又被两个仆人看到，狐女索性又和两个仆人淫乱。厨工知道了，又来和狐女乱搞。有一天，狐女和娈童午睡，书生偷偷跑进去把狐女扼死了，狐女现出狐狸原形，书生就把它埋葬在围墙外面。半个月后，有个老头子找到书生，说："我女儿做了你的侍妾，怎么突然把她杀了？"书生愤愤不平地说："你知道你女儿是我的侍妾，这就容易讲清楚了。两个男人共同通奸一个女人，又相互搏杀，叫做妒奸，按法律应当抵罪。你女儿既然做了我的侍妾，明知她不是人类，我并不改变婚约，那么我们夫妻名份已经确定了。她既和别人通奸，又和我仆人通奸，我作为本夫，按理可以捉奸。杀了她，有什么罪呢？"老头子说："那么为什么不把你的仆人也杀了？"书生说："你女儿一死就现出狐形，其他的都是人类。我杀死四个人类，却手拿一只死狐狸作为他们犯罪的证据，假使你是法官，你能以这一点证据定案么？"老头子低头想了很久，用手抚着膝盖说："这是你自取的，我真是估计不到你会变成这个样子！"抖了抖衣服就走了。书生马上搬家到准提庵，住在慎思隔壁房间。他的娈童和狐女特别恩爱，恨主人太过残忍，把事情都告诉了慎思，所以知道详细经过。

张 鸣 凤

吉木萨(乌鲁木齐所属的地方)的屯兵张鸣凤调防驻守卡伦(军营瞭望的堡垒)，和一个菜园邻近。种菜老人年已六十多岁，每遇到风雨之夜，就到卡伦借宿。一天晚上，张鸣凤用酒把老人灌醉，竟然奸淫了老人。老人醒来十分愤恨，向军官控告，检查身体，受害处还未恢复原状。军官报告上级，开除了张鸣凤。当时张鸣凤刚二十岁，大家认为根本没有强奸老头子的理由。还有人疑心老人曾偷偷地奸淫过张鸣凤,所以张鸣凤这样报仇。但是反复审问双方,都不承认有那样的事。大家都觉得这是一件怪事。有个官府的奴隶玉保说:"这种事本来会有的,不必奇怪。从前我在南山放马,被射雉的人惊吓,马逃走不见了。我怕受到责罚,到深山去追寻,慌乱中走错了路,愈转愈迷,经过一日一夜还走不出来。远远看见树林里有屋角的影子,连忙过去投奔;又担心是强盗窝,可能被强盗所杀害,就暂且爬在草丛中,观察情况。过了很久,看见有两个老头子手拉手谈谈笑笑地走出来,坐在大石块上,相互拥抱依靠,样子十分猥亵。不久,左边老头子拉着旁边老头子爬在石块上,放肆地淫乱。我正担心因为偷看到他们的阴私,怕他们会杀我灭口,就提心吊胆地不敢走动。他们却看到了我,一点羞愧也没有,把我叫出来,问我从什么地方来,还拿出两只饼给我吃,指明了我回来的道路说:'从某处看见某棵树就转弯向某处,看见深涧就沿涧行走,一天可以回到家了。'又指着一座最高的山峰说:'这是正南,迷路时就看它定方向。'又说:'荒山不长草,你的马已经饿得自己回去了。这里熊和狼很多,不要再来了。'等我回到家,那匹马果然已经先回来了。现在张鸣凤喜欢六十岁的老人,不就是那个老头子这类人吗?"据玉保的话,天下真有道理以外的事了。只是那两个老头子不知是什么人,隐居深山,似乎也是修道的人。何以有这种行为呢?《因树屋书影》记载仙人马绣头的事,说他连孩子也戏弄,说孩子身体有真阴可以采补。那么,这种法术不但玩弄女性,也要玩弄男性。不过,采补到老头子,有什么益处呢? 即使修炼中当真有这个方法,也是邪魔外道的方法而已,真正仙人肯定不会这样的。

怨 诗

张潜亭助教说:从前和一个朋友北上,晚间投宿旅舍,听到有细碎的声响,有时在窗外,有时在房间的外室。起初以为是老鼠,不很奇怪,后来听到人的轻轻叹息声,才开始紧张,起来查看,又看不到什么。走到红花埠,一时忘记收拾笔砚,夜晚听到有放笔的声音。第二天早上,茶几上有字迹,黯淡朦胧,若有若无。仔细看时,原来是一首诗,诗写道:"上巳好莺花,寒食多风雨。十年汝忆吾,千里吾随汝。相见不得亲,悄立自凄楚。野水青茫茫,此别终万古。"仿佛是女子鬼魂怨恨忧郁的语气。但是,潜亭自己回忆,不认识这样一个人;朋友自己说,也不认识这样一个人。不知那个鬼魂怎么会跟来的。程鱼门说:"你肯给我们读这首诗,肯定没有什么事。恐怕你的朋友不肯讲出来吧。"大家认为他说得有理。

胡牧亭

科举同榜的胡牧亭侍御,性格清高,学问文章功底深厚,但性情马虎随便,一点儿都不了解家里的生计,古代所说那种不知道马有几只脚的人,他大概有点相似。仆人们把他当孩子般糊弄。他曾经请我以及曹慕堂、朱竹君、钱辛楣吃饭,只有肉三盘、蔬菜三盘,酒几杯,听说花去三四两银子,其他可想而知。科举同榜的朋友谈到这些事,都感慨叹息。朱竹君更加愤怒,就把胡牧亭仆人的坏事都揭发出来,迫他把仆人都赶出去。但是仆人们坏习惯已经形成,彼此相互传授,不到几个月,胡牧亭家的仆人仍然和过去一样。仆人的同党分布在士大夫家里,到处诽谤朱竹君,反而使竹君得到喜欢闹事的名声。于是,人们都只能对牧亭袖手旁观,只有用小人有党、君子无党来自我解嘲。后来,胡牧亭终于因为贫困忧郁而死。死后一天,有个旧时的仆人来吊丧,痛哭悲哀,还拿出三十两银子放在桌上,跪下祷告道:"主人不接妻子来京,只有独身寄住在会馆里,每月的俸银本来完全可以够温饱生活。只因我们的剥削,以致饭食都不能保证。当时因为京城的仆人都结成一伙,有对主人忠心的,大家一起排挤他,使他找不到吃饭住宿的工作,所以没有人敢表示不同意见。没想到主人竟然因此而死。我心中又惭愧又后悔,晚上也睡不着。现在我把自己的积蓄都捐献出来,帮助棺木收殓费用,希望能稍稍赎抵我下地狱的罪过!"祷告完,这个旧仆人就走了。满堂宾客的仆人,都相互看看,脸色都变了。陈裕斋也举出一个事例,说:"有个生性轻薄的青年看见一个少妇在新坟前哭泣,就走过去调戏她。少妇严肃地说:'实在不骗你,我是狐女。坟墓里的人沉迷我的美色,以致病重身亡。我感激他多情,同时惭愧他因为我而送命,我已经向神发誓,今生决不再结婚。你不要有胡思乱想,否则只会白白招来祸患!'这个仆人大概类似这个狐女吧?"不过,我认为这个仆人总是比掉头不顾的仆人品德好得多。

铁虫冰蚕

田松岩说:小时候住在易州的神石庄(当地人说,本来叫神子庄,因为曾经出过一个神童的缘故。后来,有三块大陨石坠落庄子北面,好像春秋时宋国的事一样,就改为现在的庄名。庄子在易州西南二十多里),偶然和书僮们在马厩玩耍,看见煮豆的铁锅里,凸起铁泡十几个,都是窄长形状。书僮们用石头敲破一个铁泡,当中有一条半寸多长的虫子,样子像柳树的蠹虫,颜色淡红,只是四条短脚和头部是黑色,而且虫身光滑,拿出来还会微微地爬动。因此,大家把所有铁泡都敲破,一个铁泡一条虫,形状都一样。又说,头等侍卫常青先生(这又是另一个姓常的人,和礼部尚书常先生同名),乾隆十八年防守西域,在南山下设帐篷。(塞外的山脉,从西南伸延向东北。西域三十六国,分布在山脉两边。在山南的把山脉叫做北山,在山北的把山脉叫做南山,其实都是一条山脉。)半山有一处瀑布,高两丈多,泉水十分甘甜。遇到冬天结冰,到河里打水,河水湍急,水性寒冷,喝了人会生病。没有办法,只好仍然去凿开瀑布冰块取水。出水口刚刚打通,马上有无数的冰丸子随水涌出,形状都像橄榄。敲破冰丸,当中有白色的虫子,形状像蚕,口与脚都是深红色,大概就是所说的冰蚕了。冰蚕和经过锻烧也不会死的铁虫,都算是奇闻了。不过,天地的气息,一动一静,互为根基,极阳之内一定潜伏着阴,极阴之内一定潜伏着阳。八卦的对峙,坎卦是二阴包一阳,离卦是二阳包一阴。六十四卦轮流变化,阳极在乾,就有一阴生长,下面就成姤卦。阴极在坤,就有一阳生长,下面就成复卦。静处时潜伏收敛,收敛就郁结了,活动时使郁结蒸腾,蒸腾就会变化了。有了变化就有生长,生长不会停止。只要有冲和的气息,生长就是经常的。偏颇的气息,生长与否就不可确定了。冲和之气,没有地方不能生长;偏颇的气,有时生长有时不生长而已。所以,高温的炉子锅子,冻结的泉水冰块,当中都可以生虫。崔豹的《古今注》记载,火鼠生长在炎热的沙漠,取其毛织成布,放进火里也烧不着。现在西洋商船经常有这种布,我兄长晴湖收藏几尺,我曾经试验过。还有《神异经》记载,冰鼠生活在北海之中,住在冰洞里,咬冰块当食物,年月长久大得如象一般。冰块融化,它就死亡。欧罗巴的人曾经见过。谢梅庄前辈驻守乌里雅苏台时,也曾经见过。这是有生物会在冰或火中生长了。这种事看上去很奇怪,实际上是平常的道理。

知县司阍

气数都是早就确定的,所以鬼神可以事先知道。但是,有些事情还未有萌芽,有些人还没有想法,又不是关系到吉凶祸福、因果报应之类,只是游戏琐碎不值得说的事,绝对不是阴间记载所能预先注明的,但也往往能提前知道。乾隆三十五年,有位翰林偶然碰上扶乩,就探问一下仕途。乩坛判词是一首诗,说:"春风一笑手扶笻,桃李花开泼眼浓。好是寻香双蛱蝶,粉墙才过巧相逢。"不知道讲的什么。不久,御试翰林,从编修改任知县。大家说,第二句诗暗中用了河阳一县开花的事,可说是灵验了,但其他句子到底不明白。等到科举同榜朋友去慰问时,守门人扶着竹杖拐着脚出来开门。原来京官的仆人,把外地官员当做天上的人。守门人听到主人转为外地官员的消息时,正站在台阶上,高兴得跳起来,说:"我今天做神仙了!"没想到失足跌下,弄伤了腿,所以拄着拐杖行走。几天以后,隐约听说那个翰林一天之内开除两个仆人,但罪状又不说明。很快有人把事情泄露出来,说:"这两个仆人都想当守门人,但无奈已有原先受伤跛脚那一个了。于是,各自暗中打扮自己老婆,等主人睡下时,去引诱迷惑主人。到了晚上,一个仆人老婆悄悄地准备好点心,一个仆人老婆悄悄地煮好浓茶,都在黑暗中摸索,走到书斋走廊下面,猛然两个女人撞在一起,手里拿的东西都洒在地上。这两个女人惭愧得无地自容,又老羞成怒,相互对骂。主人也不想多追究,就把两个仆人打发走了。"于是,诗的第一句,第三四句都应验了。这个乩坛上可说是灵鬼,但何以能够提前知道这件事,始终没有道理好讲。(马夫人雇用一个做衣服的女人,曾在那一家做过,说那两个仆人计划夺取守门人职务的事是有的。最初并没有让老婆去勾引的意思,曾偷偷地和一个狡猾的仆人商量。狡猾的仆人给他们出了这个计策,又都和他们约定:当天有机会,可以乘机进行。但又不让双方相互知道,以致双方都失败。那两个仆人被赶走后,狡猾的仆人又依附受伤跛脚仆人,请他去玩妓院。受伤跛脚仆人知道他有阴谋,假装让他先进去等待,自己暗中报告主人去抓捕,因此狡猾的仆人也败露了。啊,一个州县官长的守门人,有四个人互相倾轧争夺位置,辗转反复个不停。黄雀螳螂的比喻,这就是个明白的例子。附带把这件事记在这里,用来揭示世情的险恶。)

归 雁 诗

我任兵部尚书时,到良乡送征集往湖北的兵士,在长新店旅舍休息,看见墙壁上有《归雁诗》二首,第一首说:"料峭西风雁字斜,深秋又送汝还家。可怜飞到无多日,二月仍来看杏花。"第二首说:"水阔云深伴侣稀,萧条只与燕同归。惟嫌来岁乌衣巷,却向雕梁各自飞。"诗后面题着"晴湖"两个字,这是我亡故的兄长的字。但诗的语气笔迹都不像我兄长,应当是另外一个人。有人说:"有位郑鸿撰先生,也字晴湖。"

卓悟庵画扇

偶然间看见田松岩先生拿着一把画扇,笔墨秀雅圆润,很像文徵明的风格,说是他的亲戚德芝麓所作。上面有一首诗,说:"野水平沙落日遥,半山红树影萧条。酒楼人倚孤樽坐,看我骑驴过板桥。"风味自然超脱,有出尘的风致。还有德先生的题词,说诗是卓悟庵所作,图画便是画这首诗的意思,所以把诗一起抄录在上面,大概也是喜爱这首诗的。田先生说,悟庵名卓礼图,但不能详细地讲出他的经历。大概是长期担任微小的官职,性情文思高雅,但姓名却不显著。这里记录保存,也算是郭恕先画的远山,只露出几个山头罢了。

蔡中郎假鬼

古人的祠堂庙宇,享受一方祭祀,使后人遥想他们的风范榜样,萌生效法的愿望,这也是维护风雅鼓励世俗的教化方法。其中精神灵魂经常存在,灵验的声名远扬的,处处都有;依托名人的名义,用来猎取祭祀的,有时也会有的。相传有个书生住在陈留一个村子里,因为暑热,到野外散步。黄昏之后,暮色苍茫,忽然碰到一个人向他行礼,二人就坐在大树下谈天。书生请问那个人的姓名籍贯,那个人说:"你不要惊慌,我就是蔡中郎。我的祠堂坟墓虽然存在,但祭祀却经常没有。我又身为读书人,死后不想向世俗百姓请求饮食。因为你也是读书人,所以敢向你说出心事。明天能给我在野外祭祀一次吗?"书生的胸怀本来比较豁达,也不害怕,就问他汉代末年的事情。那个人就按问题回答,许多是罗贯中《三国演义》中所讲的,心中已经有点疑问;又问他平生经历,所讲的事与高则诚《琵琶记》所讲的每一个细节都相同。书生就笑着对他说:"我的旅费缺少,实在无法祭祀你,你可以请求别的有能力的人。只有一句话叮嘱你:从今以后,你好像应该找《后汉书》、《三国志》、蔡中郎的文集看一看,那么和寻找食物的路子就更容易接近了。"那个人脸红耳赤,跳起来现出鬼的形状就跑了。这样说来,模仿别人姓名去收敛财物的方法,鬼也会的了。

女鬼告状

梁豁堂说:有个游历广东的人,妻子死后,棺木寄存在山上寺院里。晚上梦见妻子说:"寺里有恶鬼,伽蓝神控制不住。凡是棺木寄存在寺里的鬼魂,男的都被恶鬼当作奴仆;女的都被恶鬼奸污。我用力抗拒,也逃不过。你何不到神灵前面告状?"这个人醒后,记得清清楚楚,就点上香祷告道:"我做这样的梦,是春天睡眠神志迷糊呢,还是心中想念造成的呢? 抑或你是真有灵呢? 如果真有灵,应当一连三晚都来告诉我。"接着两天晚上做梦都相同。这个人就用阴间公文的形式向城隍投诉,过了几天没有动静。一天晚上,梦见妻子来说:"告状如果属实,那么伽蓝神就是失于纠察检举,山神土地就是失于约束管理的失误,从阴间法律上都要获罪,所以城隍左右为难,未作处理。你何不再准备公文,宣称即将到江西向正乙真人投诉,那么城隍一定会处理这件事。"这个人按妻子的话办理,准备好公文烧报城隍。过了几天,又梦见妻子来说:"昨天城隍召见我,对我说:'那恶鬼本来住在这房间内,是你侵犯他,并非他侵犯你。男女一起住在同一间房内,他的奴隶来来往往,各种引人嫌疑的迹象,难免产生。你控诉也不是没有原因。现在替你重重地鞭打他的奴隶,已经足够安慰你了,何必坚持他奸污你,自己落得个不贞节的名声呢? 从来都是有事不如化为无事,大事不如化为小事。你赶快叫你丈夫把棺木搬走,这个案子就了结了。'我反复考虑,凡事能了结就了结,何必一定与神道争论,反而激发意外的灾祸。你马上把我的棺木移走好了。"他问道:"城隍既然不肯受理,怎么表示想向天师投诉时,他就作出这样调解呢?"妻子说:"天师虽然不管阴间的事,但遇到有人投诉,可以向上帝送交奏章,各路神道都不能阻拦。城隍也恐怕激发意外的灾祸,所以委婉地消解官司,使双方都可以了结。"说完,告别后就走了。他把妻子棺木移到别的地方,就不再做梦了。这个女鬼只要能够救自己,就没有更多要求,也可说是懂事的。不过,城隍既然是明白的神,他管的什么事? 不是虽聪明却不正直吗? 而且有了祸患不去治理,将来终有酿成大祸的时候。连他所谓的聪明,不也是一半明白一半糊涂的吗?

朱 子 青

田白岩说:济南朱子青和一个狐精交朋友,只是听到声音,看不见模样。

狐精有时也参与朱子青等人的饮酒赋诗,议论纵横,没有人能说得过他。一天,有人请狐精现出形状相见。狐精说:"想见我真正的形状吗? 真正形状怎能让你们看到;想见我变幻的形状吗? 既然形象已幻化,和见不到相同,又何必相见呢?"众人坚决请求,狐精说:"你们心目中,觉得我的形象似什么?"有一个人说:"应当是眉发花白的老人。"随着话声出现了一个老人的形象。又有一个人说:"应当是仙风道骨的道士。"随着话声就出现一个道士的形象。又有一个人说:"应当戴着星冠,穿着羽衣。"随着话声就出现了一个仙官的形象。又有一个人说:"应当相貌像儿童的脸色。"随着话声就出现一个婴儿的形象。还有一个人开玩笑地说:"庄子说,姑射的神仙,温柔美丽像处女,你也应当这个样子。"就随着话声出现一个美人的形象。又有一个人说:"随着话声就变化,都是幻形而已。我们想看看你真的模样。"狐精说:"天下这么大,有谁肯把真实形象显示给人看,怎么只想我一个显示真实形象呢?"大笑着走了。子青说:"这个狐精自称有七百岁,大概他的阅历是很深了。"

无良书生

舅舅安实斋先生说:讲理学的专家一向说没有鬼。鬼我倒没有见过,鬼的说话我倒亲耳听过的。雍正十年乡试,我回家时在白沟河住宿。这里有屋三间,我住在西间,先来的一个南方书生住东间。我们相见交谈,于是在晚上边喝酒边聊天。南方书生说:"我和一个朋友小时候就相交了,他家里十分贫穷,我也时常用钱粮周济他。后来他北上参加科举考试,刚好我在某位贵族家里管理文字工作,同情他到处漂泊,就请他一起居住。他慢慢地被主人赏识,就把我家里的事做话柄,暗中造谣诽谤,就把我排挤出去,自己占据了我的位置。现在我将要到山东谋生。天下间难道有这样没良心的人吗!"两个人正在感叹愤慨时,忽然听到窗外有呜呜的哭泣声,过了很久,有人说话了:"你还责备别人没良心吗? 你家里本来有妻子,见到我在门前买脂粉,假意说还未娶妻,骗我的父母,就让你入赘到我家,你有没有良心呢? 我父母遭瘟疫先后去世,另外没有亲戚,你占了我家房子,继承了我家的财产,却在父母丧事上从棺材到寿衣祭品都十分简陋,和死掉一个仆人婢女一般。你有没有良心呢? 你妻子搭运粮船找到我家,进门就和你大声争吵,就想把我赶出去;后来知道这原是我的家,你依赖我生活,才暂时容忍我留下。你就花言巧语,把我降为侍妾。我只能苟安偷生,委曲求全。你有没有良心呢? 你妻子占了我家房子,花费我家财产,又虐待使唤我,叫我的小名,动不动让我趴在地上挨打。你反而替她压住我的后背,按住我的手足,呵叱我不准翻动。你有没有良心呢?过了一年多,我的财产、衣服、首饰都被你们抢光,就把我卖给西北商人。商人来看我的模样时,我不肯出来,你又痛打我,以致我走投无路,自杀身亡。你有没有良心呢?我死以后,你不肯出一具最差的柳木棺材,不肯烧一张纸钱,还要把我的衣服剥光,只剩一条裤子,用芦苇席子把尸首卷上,葬在乱坟堆里。你有没有良心呢?我现在向神明控诉,特来取你性命,你还责备别人没有良心吗?"声音悲哀凄厉,书僮仆人们都听到了。这个南方书生吓得惊慌畏缩,不敢讲一句话,突然喊了一声仆在地上。我担心牵涉到自己,未等天亮就上路了。不知那书生以后怎样,估计不会活的了。因果报应十分清楚,证据也确凿。不过,如果讲理学的专家们见了,又不知作什么辩解了。

东 楼 鬼

张浮槎《秋坪新语》记载我家的两件事,其中一件记述我已故兄长晴湖家东楼的鬼(这座楼在兄长宅子西边,因为上代没有分家时,楼在大宅子的东边,所以沿用旧时的叫法),这件事不假,但细节记得不够详尽而已。这座楼建筑于明朝万历四十三年,距离现在一百八十四年了。楼上楼下,一共吊死过七个人,所以没有人敢住。当天晚上,事不得已打开这座楼,就发生那样的变故。这大概是看风水的人所讲的凶方吧?不过,在旁边的一座小楼,居住的人家却子孙繁衍,真是不知什么缘故。另外一件记载我儿子汝佶临死时的事,也有六七分的准确。只是西北商人附身说话讨债的事,却是野鬼假装来骗取供品。后来认真追问西北商人的姓名、住址、年月和见过听过这件事的人,野鬼才无话而去。汝佶和债主打官司时,刑部曾经仔细核对过他欠债的数目,都有文件记录,也没有这件事。原来张姓和纪姓世代婚姻,妇女们相互传说,不会没有一点增减的。哎,所见相同而讲法不同,所听相同而讲法不同,传闻相同而讲法又不同,鲁国史书还这样,何况野史小说呢!别人记录我家的事,哪些符合事实,哪些不符合,我是知道的,其他人不能知道。那么,我记录别人的事,是根据听说的人转述的,有的假,有的真,有的遗漏,人家会知道,我也不会知道的。刘后村的诗说:"斜阳古柳赵家庄,负鼓盲翁正作场。死后是非谁管得,满村听唱蔡中郎。"可见并非今天才如此,从古到今都是这样。只要不丧失忠厚的意思,稍为保存劝善惩恶的目的,不像《碧云骝》那样颠倒是非,不像《周秦行记》那样带着个人恩怨,不像《会真记》那样描绘才子佳人,不像《杂事秘辛》那样描写男女淫乱,希望不会被君子所唾弃就是了。

附：

纪汝估六则

我去世的儿子汝估,生于乾隆九年。幼年相当聪明,读书还不多时,就会写八股文。乙酉年乡试考中,才稍稍学写诗,古文作法还没有入门。碰上我随军到西域,他就跟随诗社的才子们交游,错误地从公安、竟陵两派的文风入手。后来,在泰安跟随朱子颖,见到《聊斋志异》的抄本(当时这本书还没有刻本),又错误地落入那种模式中,竟然沉迷不悟,直到去世。所以他的遗诗遗文,只交给孙子树庭等人,保存他们父亲的手迹,我也没有为他编辑。只有他写的杂记,还没有成书,当中有些琐碎的事情,有时可以采用。因此,我选出几则,附录在本书最后,不埋没他深夜隆冬写作的辛劳。又可惜他一旦学了《聊斋志异》的写法,就百事无成,只靠着这些无关正式著述的文字,保存他的姓名。

花隐老人

花隐老人住在平陵城东面,鹊华桥西边,不知道他是什么样的人,他也从不说自己的真实姓名。他住处有亭台水石,种花特别多。平时不和人家来往,但有人来看花时,就没有不接待的。他拖着拐杖在前面引路,手不停地指点,口不停地介绍,只怕来人不能了解,不能细看。园子里没有空地,各种花木奇香异色,纷纷拂拂,一望无际。而且,兰花、菊花和竹子,尤其集中了天下的珍奇品种。兰花有红色白色,菊花有黑色绿色,又有大红的丹竹,纯白的玉竹,其他如方竹、斑竹、紫竹、百节竹,虽然不是常看到的,还是常听到的珍品。奇怪啊,物品聚集在爱好的人家里,居然是这样的啊!

环 咏 亭

某书生借住在岱庙的环咏亭。这时已是深冬,北风十分强劲。他围炉夜坐,冷得受不了,就熄灭蜡烛睡觉。一觉醒来,看见天花板纸破的地方透出亮光,觉得奇怪,就披上衣服,偷偷站起来,从破洞里仔细观看。只见一位美丽的妇人,身高不满二尺,紫色衣服青色裤子,穿红鞋,小脚纤细得像手指一般,发髻梳作时髦的样式,正在烧火煮饭。灶边放一张矮茶几,茶几上的锡烛台烛光明亮。书生想,这一定是狐精。正在凝神察看,忽然打了一个喷嚏,那妇人吃了一惊,碰上茶几,灯台倒下,就什么也看不见了。早晨起床后,撕破天棚观察,有黄泥做的小灶,十分光洁;铁锅子像碗一般大,锅里的饭还没有煮熟。小小的锡烛台倒放在茶几下面,油渍痕洒得到处都是。只是烧火的地方纸并没有烧着,特别使人奇怪。

徂徕山巨蟒

徂徕山有两条巨蟒,形状不像一般蟒蛇,头顶有像牛一样的角,红黑色,望过去闪闪发光。巨蟒身体约三四丈长,蜿蜒地栖息在深涧里。这条山涧面积有一亩,长达半里,在两山夹峙之中,有一处空隙只有三尺多阔。游人登上山顶,对空隙处低头俯视,就可见到巨蟒。相传几百年前,常会伤害游人。有个神异的僧人把蟒禁制住,蟒就爬不出来了。深山大泽之中,是会生长龙蛇的,像这样的蟒也不值得奇怪。奇怪的是它潜伏几百年,却不会感到饥渴。

韩鸣岐

泰安有个韩鸣岐,是世家子弟,以行医为职业。有一次,晚上骑马到病人家去,忽然看见几步之外有个巨人,高十几丈。韩鸣岐一向胆大气豪,策马就跑过去,相距不到一尺,就挥鞭打击巨人。巨人一下子缩成三四尺高,短头发乱蓬蓬,形象十分丑怪,嘴唇一张一合,发出格格的声音。韩鸣岐跳下马,拿着马鞭追着打他。那怪物行动很迟钝,在地上艰难地行走,样子像很狼狈。接着,身体又缩小到一尺左右,但脑袋大得像只瓮,身体仿佛支持不住头的重量,就要倒下来。韩鸣岐一面追赶一面前进,到了病人家时,那怪物就不见了,也不知道是什么妖怪。这是汶阳范灼亭说的。

烟戏

戊寅年五月二十八日,吴林塘正是五十岁,住在太平馆中。我前往祝寿。客人中有个人能表演烟戏,年纪约六十多岁,说话带南方口音,谈吐相当文雅,不知道他是怎么个表演法。不久,有个仆人拿了一支大烟筒来,烟筒里可以装得下四两烟丝,点着火就吸起来。他一面吸一面吞,一顿饭时间才吸完,就讨大碗沏上茶,饮完茶,对主人说:"为你添寿好吗?"他张嘴吐出两只白鹤,向屋角飞去;又慢慢地吐出一个圆烟圈,像盘子大小,两只鹤穿着圈子飞过,来来往往,在空中飞舞,就像飞梭似的。接着喉头发出嘎嘎声,吐出一条烟线,高高的一直向上,又分散成水波云的形状。再仔细看时,都是寸把长的小鹤,上下左右盘旋,过了很长时间才散去。大家都认为从来没有看见过。不久,那个人的徒弟也来了,向主人敬了一杯酒祝寿,说:"我的技术不及师傅,给你表演点小节目吧!"很快,有一朵云飘飘然地飞到筵席前面,慢慢地结成一座小楼阁,雕栏画窗,清清楚楚像画出来似的。又说:"这是'海屋添筹'呀!"客人们又大惊,认为神仙在指头上的细小光芒中出现玲珑宝塔,也无法与之相比。从我所读的小说中,例如掷出酒杯变成飞鹤,一下子使花朵盛开之类,说都说不完,不也是实有其事,后人却少见多怪的吗? 如果这件事不是我亲眼所见,我也始终不会相信的。

乌云托月马

河南南部的李某,十分喜欢马匹。他曾在遵化的牛市上看到一匹马,全身像墨那样黑,在太阳下闪闪发亮,但腹部的毛比霜雪还白,这就是人们所说的乌云托月马。马有六尺多高,鬃毛尾巴卷起,蹄下生有爪子,一寸多长。双眼明净像水晶,气概高昂像鹤立鸡群。李某用一百两银子买下,喜爱这匹马的神采骏逸,喂草料时一定亲自动手。但这匹马脾气十分凶恶,每次放上障泥时,一定要把它绑紧,叫几个有力气的人把马四面拉住,才可以骑坐。提着马缰,从容地奔跑,还没有觉得它快跑,一下子就跑过百里路了。有个地方,离开李某家里有五日路程。骑这匹马在午前上路,到达时,太阳还没有下山呢。因此,李某更加喜爱这匹马,但又怕难以驾驭,也不敢经常骑它。有一天,有个绿眼睛卷胡子的大汉上门求见,自称会调教这匹马。李某就把大汉带到马厩,马一见大汉就高声嘶叫。大汉用手掌拍打马的左右两肋,这匹马才俯首帖耳,不再乱动。大汉把这匹马拉到一间空屋子里,关上门和马兜圈子。李某从门缝中偷看,只见大汉手提着马耳朵,轻轻地说些什么话,马好像点头同意。慢慢地大汉又提着马耳朵,像前次那样轻轻地说些什么话,马也好像点头同意。李某大吃一惊,以为大汉真是会讲马语的。过了一会,大汉开门出来,把缰绳交给李某,这匹马已经浑身大汗了。大汉临走时对李某说:"这匹马会选择主人,也是十分可喜的事。但它的性情未定,恐怕会伤害人。现在就可以不必担心了。"这匹马从此变得很驯良,过了二十多年,骨架精力仍然和从前一样。后来,李某活到九十多岁去世,这匹马忽然逃走,不知道到哪里去了。